一剑封喉

YiJian FengHou

高仲泰 著

上册

吴王阖闾传

上海辞书出版社　中西书局

图书在版编目（CIP）数据

一剑封喉. 1，吴王阖闾传／高仲泰著. —上海：
中西书局，2022
ISBN 978-7-5475-1985-1

Ⅰ. ①一...　Ⅱ. ①高...　Ⅲ. ①长篇历史小说-中国-
当代　Ⅳ. ①I247. 5

中国版本图书馆 CIP 数据核字（2022）第 142498 号

YIJIAN FENGHOU

一剑封喉

高仲泰　著

责任编辑	孙本初
助理编辑	姚骄桐
装帧设计	梁业礼
责任校对	左钟亮
责任印制	朱人杰

出版发行　上海世纪出版集团
中西書局（www.zxpress.com.cn）

地　址	上海市闵行区号景路 159 弄 B 座（邮政编码：201101）
印　刷	上海商务联西印刷有限公司
开　本	700 毫米×1000 毫米　1/16
印　张	62.5
字　数	1 120 000
版　次	2022 年 12 月第 1 版　2022 年 12 月第 1 次印刷
书　号	ISBN 978-7-5475-1985-1/I · 232
定　价	200.00 元

本书如有质量问题，请与承印厂联系。电话：021-56044193

谨以此书献给
吴文化探索者和挚友李俊杰

目 录

一剑封喉

吴王阖间传

吴王夫差传

吴王阖闾传

第 一 章

公元前 513 年暮春的一天，戌初时辰，公子光一觉醒来，一缕阳光透过蒙在窗户上的麻布，照得室内明亮起来。

下了好多天的绵绵细雨终于停了，天放晴了，公子光精神一振。他唤来家仆田清，说自己准备出门，去逛逛街市。田清听主人这么吩咐，赶紧侍奉他盥洗。事毕，他匆匆吃完早餐，跨上他的那匹栗色高头大马，身着上等的绸缎服装，腰间佩着一把精致的吴钩，带了五六个武装随从，一路朝梅里①的闹市而去。

自始祖吴太伯创立吴国以来，历经六百多年，梅里已成为一个繁华城邑。街道纵横交错，夹道的树木已长得枝茂叶盛，犹如执戟列卫的甲士，显得很有气象。百渎河绕城而过，河水如镜，粼粼的水面映射出沿岸的风物。街上车水马龙，作坊和商铺遍布城内各个角落，还有好几个市场。

公子光来到紧靠百渎河的一个市场，这里被称为东河头，另一个市场为西河头。他嘱田清牵着马，自己在市场上闲逛。这里出售的商品种类繁杂，凡是听说过的器物，差不多都可以在这地方见到，包括青铜铸的用于割稻的锯齿镰、生铁铸造的锄头等农具。公子光在一家店肆中买了一把打猎用的弓、一壶箭，又买了几根十分精致的马鞭。这时，在买卖牛马六畜的圈栏旁的一番情景引起他的注意。一处空旷的广场上，席地坐着十几个哭丧着脸、衣履不整的男女。这些人虽然是可以被买卖的奴婢，但这样公然待价而沽，在公子光眼中，仍是件很凄楚的事。特别是其中有几个小孩，那目光哀怨而茫然。公子光实在于心不忍，便掏出钱买下这批奴婢，当场放了他们。这批被释放的奴婢面面相觑，不信似地看着公子光。

田清牵着马，大声说："你们犹豫什么？你们的奴籍已去掉了，你们自由了，

---

① 梅里，在今无锡市新吴区境内。

还不赶快回家去!"

公子光想起什么,从腰包里掏出一把钱币,散发给这些奴婢,说:"你们先去买点吃的东西吧,有家的回家去,没有家的留下来,我来安置你们。"

有几个奴婢走了。大部分留了下来,站在那里发愣。

"我有采地几十里,你们愿意种地吗?"公子光问。

留下的奴婢异口同声地说:"愿意!愿意!只要不当奴隶,我们干什么都可以!"说完都纷纷跪下叩头。

"起来吧,起来吧。"公子光笑着说,"既然不为奴了,还说什么当牛作马的?各位好好劳作,有一句话我倒要对你们说清楚,自由对人来说,是最宝贵的,望你们珍惜自己的新生活!"公子光说完,吩咐随从将留下的奴婢带到田庄去,几年来,他有意地在他的几十里采地上安排了众多的农夫,如果需要,这些人可随时训练成甲士。随从将奴婢带走了。

正在这时,一阵奇妙的声音传来。这声音抑扬顿挫,如鹤唳猿啼般清越。公子光循声看去,原来是一个乞丐在吹箫。他浑身上下污秽不堪,但服装却是贵族才能穿的锦衣,只因为沾了太多的污垢,原来的色泽和质地被掩盖掉了。公子光走近细细打量。此人年约三十,正是壮年,却是一头白发,乱蓬蓬的。他身材高大,鼻梁高挺,下颌宽阔,有一双犀利如鹰的眼睛,是个伟岸而俊朗的男子,而且有常人所没有的高华气度。

公子光坚定了自己的判断,这个吹箫的乞丐绝非寻常之人,应该是个贵族。但他为何会到吴国行乞为生?他想起,眼下时局纷乱多变,大小诸侯国林立,战事不断。各诸侯国内部也是乱象丛生,许多大臣,甚至王亲国戚,昨天得宠今日为囚的事已不足为奇。这个人说不定是哪个国家的亡命之臣。他忽然又想到,前些日子有传言,楚国的国君杀掉了忠臣伍奢和他的大儿子伍尚,可小儿子伍子胥却失踪了,楚王派兵四处搜捕追杀,有几次差点得手,最后还是被他逃掉了。公子光听说,伍子胥足智多谋,武艺过人,正因为这样,楚平王才不惜代价要除掉他,但无论怎么寻找还是不见伍子胥的踪迹。看着眼前这个一曲又一曲吹着竹箫的人,公子光有八分把握,他就是伍子胥。

"如果我没有猜错的话,你就是楚臣伍员!"公子光轻声地说。

"正是在下。先生是公子光,吴国的大将军吧!"

"不错。伍大夫,你跟我回家去吧,说说你的难处。"公子光站了起来,准备带伍子胥回自己的府第详谈。

"你放几个铜钱在地上,管市场的胥吏是僚的耳目,他已注意我好几天了。"

伍子胥趁吹箫换气的机会，说了这么一句话，说完，又吹起箫来，始终不看公子光一眼。

公子光回头一看，果然看到有个胥吏在不远处朝这里张望，手里拿着一个敲铜鼓的木槌。见公子光在看他，他立即将头扭向别处，装出若无其事的样子。

公子光掏出一串钱币，往地上一掷，便朝自己的马走去。临走前留了句话："关市后有人到这里找你。"伍子胥不动声色地拾起钱币，装进自己的腰袋，接着吹箫。

公子光跨上马背，威风凛凛地从胥吏面前走过，那小官弯下腰对他一躬到底。公子光勒住马绳，故意问道："那个吹箫的乞丐是从什么地方来的？他吹的箫像垂死之人的哀鸣，叫人听了不舒服，但他的技艺不错，宫里的乐伎都不及他！"

市场胥吏是个酒糟鼻，他弓着腰回答说："回公子的话，小的不知道此人从何而来，他除了吹箫，从不开口与人说话，所以听不出他的口音。小的猜他是楚国人，已来这里好多天，行踪可疑，说不定是楚国的奸细，是不是要把他抓起来严加拷问？"

"一个乞丐而已，你怀疑他是奸细，你有凭据吗？人家已落难到这个地步，你还不放过他？"公子光声色俱厉地说。他心里想道，一个管市场的小爬虫，竟会如此可恶！真是狗仗人势，不知有多少鹑衣百结的乞丐和做小本买卖的商人被他算计过，将来有机会非要把这个酒糟鼻斩了不可！想到这里，公子光重重地哼了一声，一扬马鞭，栗色骏马便撒腿跑了起来。

暮色将至，闭市的铜鼓声已敲响多时。喧嚣一天的梅里城安静了下来，家家户户点燃起昏暗的油盏，再晚下去，就会实行宵禁，宫里的卫队会执戟彻夜在街坊之间巡逻，城门会紧紧关闭，不准任何人进出。

公子光有些心神不定，他在等着伍子胥的到来。到后来，他甚至走到院子里来回踱步。田清出去已多时，但到现在还未领伍子胥上门，会不会那个酒糟鼻密报了吴王僚，抢在他之前把伍子胥捕了去？想到这里，他有些担心起来。

几年来，公子光一直在寻找一个靠得住的雄才，这个人不仅要才学过人，足智多谋，精于天文地理、战略兵法，而且在操守上、德行上也都要无可挑剔，对他绝对忠诚。也许他选才的标准太高，也许这样的人实在是可遇而不可求，他虽留着心，但始终没有觅到。

今天偶遇伍子胥，他觉得，这个楚国的亡命之臣就是他要找的人。对伍子胥的才干，他以前有所耳闻，但这并不重要，重要的是他对伍子胥的印象，虽只是那么短暂的一面之交和几句话的交谈，但伍子胥的形象，如刀刻一样留在他脑海

中。他是个傲气的人，他能看得上眼的人，屈指可数。他有预感，上天把他期盼已久的人送来了。

可是，这个吹箫的伍子胥怎么到现在还没有来呢？

公子光是吴国十九代君王寿梦的长孙，姬姓，名光。他的父亲叫诸樊，是吴王寿梦的长子，馀祭是次子，馀眛是三子，四子即季札。这个由吴太伯开辟的家族在数百年的繁衍和承袭中，基本保持了平安和睦的氛围。但到寿梦这一代，平和被打破了。寿梦病重将死，继承人一事让困于病榻的寿梦左右为难。礼制规定，应由长子诸樊继位。但寿梦认为季札德才突出，想把王位传给他。诸樊欣然同意，可季札极力推让，他以为这样做有违礼制，他是万万不能接受的。寿梦去世后，诸樊以嫡长子的身份办理父亲丧事。由于治丧期间，国家不能一日无君，所以，诸樊亦暂时操办国事。丧期结束后，诸樊脱下丧服，执意要把王位让给季札。

"这是父王的遗嘱，我们以仁义忠孝立国，岂能有违父王的愿望？我无论如何要归政于你，请你接受吧，否则父王是无法瞑目的。"诸樊说得非常诚恳，态度也非常坚决。

可不管诸樊怎么说，季札都百般推辞，到后来干脆迁出都城梅里的府第，到野外结庐居住，关起门来读书，和外界断绝往来。看到季札这样的态度，诸樊知道让他继位是不可能的了，于是不再勉强。

但诸樊坐在王位上总无法安心。他有意放纵自己，怠慢鬼神，只求老天让他速死，好将王位还给季札。诸樊果然得了重病。宫里有医师，梅里城中也有几位杏林高手，但诸樊就是不看病，不吃药。他的病越来越重，临终前，他对二弟馀祭说："没有人不怕死，可我为什么不吃药不看医师？我是在求自己早点死去，我已经没有活下去的信念了。你知道我这样做的用意吗？"

"知道。你是为了让位给四弟季札。"馀祭回答。

"你说得不错。我现在要跟你说清楚，我死后，你不能对王位动心，无论如何要让季札继位。你记住了吗？"诸樊气喘吁吁地说。

"我记住了。可要是四弟不从呢？"

"不可以，不可以，一定要想办法让他接受。否则，我的一番良苦用心就白费了。"诸樊着急地说。因为过于激动，他昏迷了过去。公子光当时还是十几岁的少年，但他已有主见，趁父亲不省人事，他取来汤药，往父亲的嘴里硬灌进去，还唤来医师把脉抢救。但诸樊的病拖得太久了，已药石罔效。不久，诸樊就病殁了。馀祭按王兄的嘱托，在葬礼上要季札继位，季札一句话都不说，重又回到了郊外。

馀祭嘴上虽应允了诸樊，但心里却很贪恋王位，见季札不理会他的要求，便趁势登了位。为安抚季札，他把吴国最肥沃的叫延陵的地方封给季札，季札也不推却，去了延陵，人们便称他为"延陵季子"。

四年后，吴国和越国在边境发生武装冲突，吴国占了上风，俘虏了几十名越军兵丁，馀祭将这些兵丁赏给几个将领做奴人，自己也留了几名壮奴在身边使唤。一次，馀祭乘船外出狩猎，在回吴都梅里的途中，酒喝多了，睡在他的王船卧舱里，醉醺醺的，一点知觉都没有了。越国俘虏中的一个壮奴对吴国恨之入骨，趁馀祭醉酒，拔出馀祭的佩剑，将他杀死，并砍下了他的头。当这个俘虏企图拉下馀祭胸前挂着的美玉时，卫士冲了进来，击杀了这个俘虏。这时，其他战船还在大河里静静地航行着。公子光谈起这个叔叔死于非命时，露出鄙视的神情，他说：王叔太愚蠢了，太无知了，怎么能把俘虏的越国甲士留在身边呢？又无节制地喝酒，毫无防备地睡着了，他这样的人不给敌寇杀死，那反而怪了。要知道，俘虏是最充满仇恨的，即便让他们在优越的环境里侍奉国君也不能感化他们，因为奴籍和战争的失利，使他们心中燃烧着愤怒之火，因此，俘虏只能杀掉或让他们服劳役。

馀祭惨死后，公子光的三叔馀眜继位。馀眜好色，宫廷里十多个王妃还不以为足，经常在宫里的内官陪同下到民间猎艳，荒淫的生活让他的身体越发虚弱，以至最后只能躺在卧榻上无法动弹，连说话的力气都没有了。而他的王后长姝却显得非常活跃，和一个叫神蛇的占卜师整天混在一起。这个占卜师懂得天象，也会观测风水，更精于算卜。他说：宫内有股瘴气缠绕着大王，所以大王要睡到有风流动的地方。长姝便把馀眜连同卧榻一起搬到一间三面有窗户的宫室里，并把所有的窗户都打开，让风飕飕地吹进来，以保持气流的畅通，说是这样瘴气能流出去。馀眜哪禁得住寒气的不断侵袭，当时僚看到父王在床上冻得直抖，想拿一条裘皮毯子给父王盖上，却被母亲拦住了。

有一天夜里，僚在自己的宫室里有些寂寞，想找母后，结果在母后的罗帐里看到了令他大为震惊的一幕——母后竟和占卜师抱成一团。他隐隐明白是怎么回事，一瞬间，他浑身的血凝固了，只有一颗心咚咚地跳着。他想冲上去打他们，但他克制住了，悄悄回到自己宫内。他毕竟忌惮母后的凶悍，另外，他也感到这样的事不宜张扬。第二天，他在父王榻前坐了很长时间，想把这丑事讲给父亲听，但父亲眼睛紧闭，双颊深陷，皮肤又黄又皱，原来英气勃勃的父王已变得不成人样。他什么也没有说，只是看着父亲，放声大哭起来，哭了很长时间，弄得进宫来探望吴王病情的大臣都以为大王已驾崩。

这成了僚心中的秘密，这个秘密使他十分痛苦。他想来想去，决定把这个秘密透露给公子光。公子光比自己小三四岁，但处事老练，两人从小就在一起读书、习武、游玩，相处得还算不错。

公子光听后，沉吟说："僚，这是大人的事，我们不要去管，不管你看到什么，你都只当没看到。天大的事，你都要沉住气。到有一天，我们做得了主了，这些都成了小事一桩。你懂我的意思吗？"

"若你哪一天继了位，做了吴国的国君，你能为我爹做主吗？我爹现在枉为吴王，什么主都做不了了，听凭母后和那个神蛇算计他，他变得那么窝囊，太可怜了！"僚眼泪汪汪地说。

"放心！我若继了位，会为你和王叔做主的。"公子光在自己的喉咙上做了个切割的手势。

馀眜死后，按祖制，应该是寿梦长子长孙的公子光继位，可出乎所有人的意料，继位的不是他，而是姬僚。

那个占卜师为王后出了个主意，拿出了一张馀眜的遗诏，遗诏上只有一句话：传位于公子僚。诏书上盖有吴王大印。

馀眜尚未大殓，王后便急匆匆地召集满朝的文武官员，以及王室成员，包括季札、公子光、公子光的弟弟夫概和妹妹乐范等到廷。王后拿出遗诏，当众读了一遍，便给儿子戴上了冠冕，将象征王权的玺印交到了姬僚的手中。

公子光愣住了，季札愣住了，满朝的文武官员也愣住了。他们对这样的结果有太多的疑问，馀眜宠爱儿子不假，但还不至于这么明目张胆为了私利而背离国家的礼法；其次，这封诏书显而易见是伪造的，馀眜早已只剩一口气，其他什么都不知道了，怎么有力气写诏书？再说，他即便存有此念，在清醒的时候，即使是做做样子，他也会装得很郑重地征求王族成员的意思。然而，在这之前，他没有过任何表示。但大多数人都是现实的，见僚称王已成事实，便都跪拜下去表示拥戴，没有一人反对。连季札也只是说了句轻飘飘的话："馀眜此人，只知有己，不知有国。既然如此，僚就好好治国吧！当个仁君，仁而有为，最难能可贵。"季札知道公子光心里不平，安慰说："事情是有些蹊跷，但你若和僚争个高低，你们兄弟必失和，宗室不睦，吴国必乱，这是国之不幸。为了国家的安宁，你就认了吧。"

公子光见王族中最有德望的季札都没有出来主持公道，便不得不咽下这口气。另外，看到几百名宫廷卫士密布宫内，他深知反对不会有好结果，王后和神蛇已有周密的布置，便冷静地表示："先王既有诏，当然按诏立新王，太子僚必是明君仁君，我拥戴太子僚为吴王。"

　　丧事一结束，季札便回延陵了。王后成了太后，她大大地松了口气，她和占卜师最担心的就是这个季札。他的威望实在太高了，全国的民众都知道他是不谋私利的、德行高尚的人，他若联合公子光出来作梗，这个局面还真不好收拾。于是，她早已和占卜师商量好了，若季札和公子光反对，就令宫廷卫士将他们拿下，以"抗拒遗诏、谋反大逆、莠言乱政"的罪名将他们车裂处死，并满门抄斩。但是，吴国这场宫廷冲突必将引起震荡，说不定敌国如楚国、越国会趁机出兵攻吴。对这样的血淋淋的后果，长姝是有顾虑的，她到底是个女人，虽有心计，擅作威福，但要下这样的毒手她还是不太敢。但神蛇对她说：你这是妇人之见，你要明白，如果不这样做，你儿子不仅做不了王，而且说不定连我们的性命都保不住。据我推测，僚已知道你我之关系，因为他看我的目光是仇恨的，而且他还把这事告诉了光，光定已承诺僚，他做了吴王后定惩罚我们。你想想，堂堂王后背着国君和别人私通，这是何等罪名？还有，将国君置于风口之上，连加条裘皮毯都不允许，这不是有意谋害国君吗？这又是何等罪名？你我有十个脑袋都担不起！长姝一听，吓出一身冷汗，她已经别无选择了，只能孤注一掷，把自己和儿子的一切都押上去。

　　他们没想到事情会这么顺利，季札只说了几句冠冕堂皇的话，公子光居然也表示归顺。看来神蛇这一招很奏效，一封遗诏就把他们的气焰压下去了。神蛇不愧深谋远虑，面面俱到，心思既缜密又果决，而且还是个极有雄风的男人，吴王馀眜和他相比，简直无能透顶了。

　　僚当了吴王后，第一件事就是想处置神蛇。但未等他动手，太后长姝就先找他谈了这件事。

　　"你知道是谁让你登上大位的吗？"长姝一双秀目在儿子的脸上扫视着，严肃地问。

　　"是死去的父王。"

　　"错了，是占卜师神蛇先生。"

　　"怎么会是他呢？不是父王下的诏书吗？"

　　"你想想，你父王已病得不能动弹了，怎么还有精力起身亲笔书写诏书呢？而且，即使你父王无恙，他也不会违背礼制发布这样的诏书，这样冒天下之大不韪的事，你父王是断然不会做的，这一切都得归功于神蛇先生。"长姝说，"没有他，王位就传给光了，你这辈子只能永远居于他之下，做他的臣子，听他的摆布，受他的支配！"接着，长姝将事情的来龙去脉细细说了一遍，还为她和神蛇之间的暧

昧关系作了些解释，"人非草木，孰能无情？你爹那个样子，宫里宫外都有居心叵测的人在谋划，要趁你父王病重，觊觎王位。母后没有办法，总得找个靠得住的有本事的人商量商量，我就找上了神蛇。他料事如神，绝顶聪明。正是他，保护了我们的国脉不为他人所篡夺。在危难的时候，母后只能委身于他，依托他帮忙了。为了你，什么也不顾了，全都豁出去了。"长姝说到动情处，不禁语带哽咽。

姬僚听了母亲这番话，深受震撼：这么看来，母后这么做都是为了自己，可自己还错怪了她，错怪那个运筹帷幄让自己登上王位的占卜师神蛇，甚至发誓要诛杀他。自己懵里懵懂，对母后的苦心根本不解，在背后还怨恨她、咒她。是的，没有母后，这个国家的权力岂能握在他的掌中？原来以为是天命，是父命，错了，这一切都是母亲创造的。

想到这里，僚伏地跪谢："儿子懂了，没有母后的良苦用心，就没有儿子的今天。今后，儿子对母后会言听计从，也一定尊重神蛇先生，儿子治国安邦，还需要他多帮衬，儿子管理这个国家心里还真没有底，需要像神蛇先生这样的智者引导。"

一身缟素的长姝听到儿子这么说，感到十分宽慰，眉宇顿时展开，连忙把僚扶起，说："僚儿，母后知道你是一个懂事明理的孩子，母后不会过多地干预朝政。只是你初登王位，母后愿儿清心定志，着重于军国大事，细小的事务就交付母后替你办。母后希望儿不要像你父王那样，将国事撇在一边，整日沉湎酒色，糟蹋了自己的身子，这是对国家的不负责任。"

这些话讲得入情入理，父王的早逝，确与他自身的不检点有关，母后以父王的例子告诫自己，是真心希望自己能成为贤明有为的君主。思及此，他立即回答说："请母后多督察孩儿的行为，有不妥当之处，母后尽管斥责，孩儿一定会替母后争气，替吴国争气！"

"有你这句话，母后就放心了！"长姝长长地叹息了一声，她想起了刚去世的丈夫，她嫁给他时，他是个翩翩公子，轻裘肥马，顾盼自雄，这个宫室留下了多少温馨的记忆。可似乎没几年，他就衰老下去，一切都像是一场梦。

第二天，在朝堂上，吴王僚下了他登基后的第一道诏书，那就是委任公子光为大将军，占卜师神蛇为观察天象的大夫。大臣私下议论，对公子光的任命是顺理成章的，王位都应该属于他，让他统率吴国的军队并不为过，公子光不仅有这个资格，而且也有这个才干。但对神蛇当大夫，大家觉得有些荒唐，但也在情理之中，对于宫闱中的秘事，他们也知晓一二，包括神蛇和太后那些极不光彩的事情，别说大臣会在私下议论，就是坊间也有传闻。

使公子光感到奇怪的是，当初哭着喊着要诛杀占卜师的僚，现在不仅忘记了以前的愤恨和誓言，而且对神蛇委以重任，由此可知，伪诏等整个阴谋，都出自这个占卜师和长姝的主意。但馀昧已不在世，死无对证，真假无从说起。公子光表面上感恩吴王的重用，他知道要夺回王位并非易事，伪诏事实上已得到大家的认可，没有人公开站出来指出它是假的，连季札都没有说什么。其实，季札对诏书的真伪心知肚明，他只是不愿卷入残酷的宫廷斗争。公子光之所以暂时采取隐忍的策略，是因为时机没有成熟，更主要是没有一个德才兼备的高人辅佐自己。

今天在东市遇见伍子胥，让他仿佛在黑暗的夜空中看到一颗明星。可伍子胥迟迟没有到来。

天已经完全黑了，夜色深重，殿堂内已烛火通明，仆人已将晚餐的酒菜准备好，但公子光没有一点用餐的心思。

伍子胥此刻在梅里西市的凶肆。凶肆是做死人生意的店铺。

他有一个朋友，叫伯嚭，在西市的凶肆里唱挽歌。这虽然是出卖眼泪的营生，不太体面，但因为收入较丰，并能提供食宿，伯嚭还是坚持在这里干了下去。他对别人说，别小看凶礼，它关系生死大事，也是六礼之一，应力求庄严，绝不能马虎了事。凶礼中，唱挽歌是最有讲究的，给人送葬唱什么挽歌，在楚吴越地区历来有相传的说法。伯嚭和伍子胥一样，也是楚国人，而且，都是受楚王迫害，逃避到吴国来的。伯嚭长得浓眉大眼，仪表堂堂，而且谈吐不凡，性情温厚，处事也很圆通。在楚国做官时，曾负责过宫廷乐伎。宫中养有一批官伎，有专职的乐手和舞女，承应内廷宴乐歌舞的差使。伯嚭本人也懂得音律，会敲编钟编磬，还会舞蹈。

在他来之前，凶肆里也有几个唱挽歌的歌手，但水准不高，举办丧事时只会干嚎，听众听后无动于衷。而伯嚭来后，针对不同的逝者唱不同的挽歌，并配以哀乐，在唱歌时神色悲戚，往往会激起人们的共鸣，特别是逝者的家人和亲友，个个抚棺哀恸，伤心欲绝。

今天伯嚭参加了一个贵族的送葬仪式。因为挽歌唱得好，伯嚭还额外得到主人家的赏赐。伍子胥来找他的时候，他在喝酒。这是肆东提供的，每次做生意回来，都会给他增加平时没有的薄酒，多几样下酒菜。他正喝得津津有味，伍子胥进来了，在伯嚭对面坐下来，把那支箫放在桌上，笑嘻嘻地抓了块牛肉塞到嘴里，说："今天又出场了，看来你的贱役还很兴旺。"说着，又把手伸向粗陶盆。

伯嚭看着伍子胥浑身污秽不堪，黑乎乎的手上留着又脏又长的指甲，皱起眉头说："伍大夫，你说我干的是贱役，可你高贵的箫声看来并没有给你带来几个钱，是不是？"

"我告诉你，我从明天起，就要告别东市了。不像你唱的挽歌，都是送死人归去的，我的箫声可是吹给活人听的。"伍子胥嚼着牛肉说，"我虽没有赚到几个钱，但我的箫声引来了知音，我马上就要到他的府第去。"

"知音？是谁？能欣赏你那如诉如泣的箫声，难道是位高门大户的通晓音律的女子？"伯嚭喝着酒，很有兴致地问。

"是什么人，我暂时不能声张。只要有人识得我，识得我的箫声，上达天听，亦非难事。"

"是真的吗？攀了什么贵人，也请引荐一下我，你不会忍心一直让我干这一行贱役吧？我们可是同甘苦共命运的兄弟啊！"

"当然。凭我们都是楚国的流亡臣子这一点，我们就应该同道共谋，对不对？"伍子胥说。

"那你为什么还不赶快到知音那里去，跑到凶肆来干什么？"伯嚭问。

"我是来拿放在你这里的包袱和我那把七星宝剑的。"伍子胥说着，站了起来。

"你应该换身衣服，在这里沐个浴，你那么肮脏，到人家府第去，会玷污了人家的门庭，你毕竟是楚国的大夫，一副穷酸样有失你的身份。"伯嚭打量着伍子胥的破衣服说，"你包袱里不是还有替换的衣裳吗？还有，趁这大铜锅里的浴汤还是热的，赶快去泡一泡吧？"

"沐浴就免了吧，换衣服也不必了。说到身份，自从楚平王杀我父兄，我就是一个随时会有性命之虞的逃亡者，一个复仇者。我早就不是楚国的大夫了，我和楚王势不两立，不共戴天！"伍子胥的眼睛闪着愤怒，说完走向浴房。

凶肆经常侍奉死者，制作殉葬的物品。还有些穷途末路、病势危重的异乡人，常被送到凶肆等死。这些都要凶肆的伙计料理。干这些活，虽是行善，但人们心中总不免感到不吉利，因而有了完事后沐浴换衣的习惯。凶肆里一般都设有浴房，有一个巨大的青铜盆，每天用干柴烧一大锅热水，所有的人轮流进去洗泡，直到浴水浑如泥浆。洗澡的目的不是为了清洁，而是洗掉晦气。

伍子胥在浴房里找到一只青铜盘，用瓢从一只大木桶里取了水倒在青铜盘里，洗了脸和手。走到外间时，伯嚭已将他寄存的包袱取出来放在桌上。伍子胥背上包袱，取过那支箫匆匆赶往东河头。从凶肆到东河头路程不短，待他赶回市场时，田清已急得团团转。他已等了两个时辰，从闭市等到深夜都不见这个乞丐的身影，田清又不敢离开，怕乞丐突然出现。这个乞丐说不定是在耍主人，根本就无意和公子光见面。田清心里百般猜测着，他不明白，平日里连吴王驾临都没有这样重视，公子光为何那么看重这个潦倒不堪的异国人，这个人到底是个什么样的人，

值得公子光一再郑重地叮嘱，非要完好无损地将此人接回府第。田清正在犹豫走还是留的时候，伍子胥到了。田清松了口气，埋怨道："怎么到现在才来？我以为你不会来了！"

"让你久等了，真对不起，我们快走吧！"伍子胥向周围看了看说。

田清让他上了一辆马车，这是辆篷车，车围甚密，只有大户人家才有这样的马车。伍子胥坐在车内，一点都看不到外面的情形，只听到车轮声和马蹄声。

他的心情十分复杂，兴奋之外，还有些担忧。公子光的事他早就听说过，原来是能够名正言顺即位的。从某种意义上说，公子光和自己的命运有着相似之处。当然，公子光毕竟是王族，虽未能顺利即位，还是获得了一定的名分和待遇，而自己的家族却遭到了杀戮。但共同的利益能让他们走到一起。他可辅佐公子光夺回王位，促使吴国强盛起来，以后还能帮他伐楚复仇。可他还不甚明了公子光的品性和德才，从白天释放奴人来看，公子光应是个仁义之人。但在诡异和残酷的宫廷斗争中，过分的仁慈反而会坏大事，公子光能和吴王相安无事到现在，也许和他的懦弱胆怯有关。如果公子光真的是这样一个人，那么，自己有天大的本事也帮不了他。

他投吴的目的，原是想得到吴王僚的青睐和倚重，吴国和楚国是敌对国，他希望借助吴国的力量征服楚国。他在市场上吹箫，是想吸引吴王的注意，他的直觉告诉他，那个管理市场的胥吏是吴王的眼线，自己显然已被关注到，说不定这个酒糟鼻子已向吴王禀报自己的行踪了。这是他过去的想法，而自从和公子光见过面后，他的想法改变了，他决定和公子光结盟，双方合作的步骤和前景在他的脑海里越来越清晰。当然，合作的前提是，公子光得是一个敢作敢为、有大智慧的人。公子光是这样的人吗？伍子胥这么想着，心里充满期待，也有几分疑虑。

马车从敞开的钉着青铜钉的大门直驰而进，到殿堂的台阶前才停下来，伍子胥没想到，公子光竟亲自在马车边迎接他。

"寒舍能迎来伍先生，真是不胜荣幸。"公子光满面笑容地说，"我已经等候多时，先生姗姗来迟，我深为不安。"

伍子胥听公子光有这样恳切的表示，且束发戴冠，穿着公服，以最正式最隆重的礼节接待他，又惊又喜，解释道："我是故意来迟的，我一个叫花子，身份低微，形容粗鄙，在众目睽睽之下，进出公子高贵的门庭，对公子太不便了，我想，待夜深了掩没形迹更为恰当。"

"原来是这样，伍先生想得太周到了。"公子光一听这话，佩服地说，"我疏忽了，如傍晚光临，倒真是人迹太密。现在这时间清静多了，我们可彻夜详谈！"

公子光说着，邀伍子胥登上台阶。厅堂宽敞，两面用厚实的暗红色的绣帷隔开，中间炬台火烛高举，堂内陈设了一张几案，满桌都是贵重的青铜酒器、食器，以及精美的漆器，里面盛着煮热的酒和刚刚炙得香熟的羊肉，还有其他各种美食。

公子光在伍子胥面前的觞中斟满了酒，说："今天你是我的贵客，本该礼乐伺候，但咱们商量事情要紧，那套东西就不设了，草草不恭，委屈了你。"

"公子以今天的礼仪对待一个亡命之臣，已过当了。如此厚爱，让鄙人诚惶诚恐！"伍子胥不卑不亢地说，"公子请鄙人来，既然有事商谈，就请公子言归正传吧！"

公子光离开席位，敛一敛衣襟，长揖到地："光有难，要请先生鼎力相助！"

伍子胥起身还礼说："我是一个连衣食都要别人施舍的人，除了吹箫，还有什么能力帮助公子？"

"先生谦逊了，先生的大名姬光早有耳闻。今天和先生不期而遇，因缘际会，实在是天意。我知道先生吹箫于市是假，求得知音是真，先生到吴国来绝非随意，而是为立大志成大业。"公子光说。

"公子和鄙人仅见一面，何出此言？"

"先生吹箫乞讨，却身穿锦衣，衣服虽已破旧，但其锦色仍在，这是先生有意在表明自己的身份，让有心人识得，这是其一；其二，我看先生虽身处市场，却无悲苦之色，器宇依然轩昂，表明先生并未泄气失望，而是心怀志向；其三，先生缄口不语，以箫声代言，自己却在眼观六路，耳听八方，先生已察酒糟鼻的行迹即可证明。所以，我断定先生不是在求一钱一饭，而是在求生死之交，求乾坤在胸的堂堂男儿！"公子光滔滔不绝地说，"先生是大隐隐于市，一个小小的市场胥吏尚且察觉，我岂可错过？先生，你说，我说得对不对？"

听了公子光这番话，伍子胥有些暗暗吃惊，这个王族贵胄眼光确实敏锐，才见过一面，就将自己的里里外外都剖析得一清二楚，这说明他至少不是只懂得享乐、毫无政治头脑的浅薄之人。伍子胥很满意，但要有大的担当，仅这些还是不够的，还需要大智慧大胆识，所以，他想继续试探下去。

"公子说得是！"伍子胥双目炯炯地注视着公子光说，"你刚才说有难，何难之有？你要我如何相助？"

"伍先生大概已知道吴国的情形，光本是合于法理和礼制的王位继承人。但先王馀眜的王后长妹在一个占卜师的操纵下，制造伪诏，一手遮天，违制将她的儿子僚送上大位。如果僚仁厚，以国为重，爱民如子，受到百姓拥戴也就罢了，可僚已不像他少年时有血性，受他母亲和那个占卜师影响，年岁越大越不像话，成

了一个暴君昏君，不勤政事，信用小人，暴虐不仁，所作所为，天怒人怨。"公子光愤慨地说，"这些年来我咬牙隐忍，做出对僚俯首帖耳的样子，但我不甘心啊！任他们置国家民众于水深火热之中，而我竟不出来拯救，这是为什么？我问过自己无数遍，我是怕吗？我是胆怯吗？我是贪生怕死吗？不，我的生命是属于吴国的，吴国败了，我苟活着还有什么意义？只要能拯救吴国，我随时可赴汤蹈火，直至献出生命！但我不能妄动，因为这与吴国祸福相关。"说到这里，公子光举起案上的青铜觯，昂首将满满的一觯酒饮下，把觯重重地往案上一顿。

伍子胥看着公子光，完全理解他的苦闷和痛楚。这是一种撕心裂肺的痛苦，自己自从逃离楚国后，不止一次陷入过这样的痛苦中。仇恨像无数虫子噬咬着他的心，却又无处发作。

伍子胥的父亲伍奢是楚国德高望重的老臣。楚平王有个儿子叫建，即太子建。平王委任伍奢为太傅，即太子的老师，让大臣费无忌做少傅，当伍奢的助手。费无忌是个心术不正又有野心的人，他不甘心居于伍奢之下。秦国国君将妹妹孟嬴许嫁太子建，公主是个绝色美人，又很善良贤淑。楚平王遣大夫费无忌赴秦为太子建迎娶秦国公主，费无忌极言孟嬴美艳，怂恿楚平王夺了儿子的未婚妻。伍奢上书楚王，认为此举有损国体。楚王听不进去，另外给太子娶了个齐国的贵族女子。费无忌想到太子建一定会因此嫉恨自己，便在楚平王面前诋毁太子建，说太子建因迎娶秦国公主不成的缘故，对父王怀恨在心，并在伍奢帮助下，暗地里策划谋反。楚平王大怒，囚禁了伍奢，派兵捕杀太子建，太子建闻讯逃出楚国。楚平王诛杀了伍奢和他的大儿子伍尚，伍子胥侥幸逃脱。

是啊！他可以留在楚国和暴戾的平王以命相搏，但理智告诉他，这是无谓的牺牲，于是他选择了出逃。逃，不单是求生，更是积蓄力量，等待机会。就像有些猛兽格斗时，双方会各退几步僵持着。自己的出逃和公子光的隐忍，都是猛兽的退步。

伍子胥举起觯，浅浅地喝了一口酒，说："公子，我懂你为何隐忍不发，你做得对。只有善于保存自己，才有机会一战而胜。"

"伍先生，你真的这样看？"公子光还有点疑惑。

"是的，你为了能夺回王位，拯救国家，能这样韬光养晦，足以说明公子是有大志、有大识、有大智慧的人。"伍子胥由衷地说，"我逃出楚境后，经越国到吴国。越国虽是小邦，但民风剽悍，纲纪有序。而一到吴国，便发现百姓甚苦，君臣只求安逸，作风奢华，这是败国之象啊！对公子来说，这却是很大的机会。"

"先生说机会到了，那么先生肯辅佐我吗？光忍了那么多年，就为等你伍先生

啊，刚才我说我们相识是天命，实是天助我也！"公子光大声说着，"我知道你投吴是为了以后伐楚，我们联手，重建强国，培养精兵，总有一天，你我会率兵攻占郢都。那样有多痛快啊！"说着，公子光又痛饮了一觞酒，喝完后，把酒器往案上一掷，直视着伍子胥。伍子胥从公子光的动作中，感受到一股决绝的狠劲和一种义无反顾的精神，心中的疑虑完全消失了。他解开自己的包袱，从里面取出七星宝剑。伍子胥把宝剑抽出，这把长剑在烛火下闪闪发光，寒如秋水，显得锋利无比。

"公子，你见多识广，一定听说过七星宝剑吧？"伍子胥一看到这把剑，眼眶就红了，他抑制住内心的激动，平静地问公子光。

"当然听说过，这可是你们伍家的传家宝啊！"公子光从伍子胥手中接过剑，连连赞道，"果然名不虚传，好剑，好剑！"

"这是先父的宝剑，铸刻有北斗七星，吹毛立断，削铁如泥。先父在被囚禁前，自知处境危险，将这把剑交给了我，要我和哥哥逃离楚国。他要我们珍藏好这把剑，记住楚王的无道，以宝剑为鉴，要立志报仇雪恨，如果报仇不成，就用此剑自戕。后来，先父被楚王害死了，哥哥也被楚王抓住害死了。"伍子胥说着，双手举着剑，向前一躬身，"公子，我答应扶助你翦除暴君，夺回王位，重振吴国，但公子要答应我收下这柄剑。此剑寄托了我父兄的血海深仇，也寄托了我所要追随的新君的宏愿。公子，请不要推辞。"

怎么能不推辞？这把七星剑价值百金，伍子胥在坎坷的逃亡途中，以命护着这把剑，到了吴地后，宁可吹箫乞讨为生，也不愿将其抵押以维持生计。君子不夺人所爱，况且这宝剑如此珍贵，自己更不能收下。可伍子胥把话讲到这份上，且以剑明志，他要再推却的话，伍子胥肯定会不高兴。于是，他伸出双手，郑重地接过宝剑说："伍先生，我收下，我收下就是了，从今晚起我和先生的命就紧紧连在一起了，我们舍出命来和他们对决吧！"

公子光说到这里，挥剑向案几砍去，一道寒光闪过，上好硬木制成的案几棱角已被砍落在地。伍子胥哈哈大笑，他已很久没有这样畅快地笑过了。

公子光收起宝剑，在案前坐下，因为酒菜已冷，他唤来在侧室待着的田清，让他煮酒炙肉，两人放开肚子大快朵颐。

"僚虽愚昧，但疑心病很重，总认为有人会行刺他，出入行动非常隐秘，防备甚严。伍兄，你看用什么法子制服他？"公子光问伍子胥，不知不觉地称兄道弟起来。

"百密难免一疏，防备再严，总是有漏洞的。我认为不能硬上，而要巧取。"

"什么意思?"

伍子胥抬头看了一眼在一旁忙碌的田清,公子光明白了,连忙对田清说:"你出去吧,不唤你别进来。"

待田清的身影消失在绣帷后,伍子胥俯过身去,低声对公子光说:"听说王僚是个饕餮之徒?"

"简直是贪吃无厌,可说吃尽天下美食!他对烤鱼尤其喜爱,他的炙鱼师就有多名。百姓背后称他为天吃星!"

"有办法了,我们可投其所好,从炙鱼下手。当然得从长计议,细细谋划。我听说他身边的那个占卜师老练、凶残、高深莫测,首先要从僚身边搬走这块石头,否则会带来麻烦。"

"这不难,占卜师仗着拥戴有功,又有长姝这层关系,所以常常肆无忌惮地对僚指手画脚,在许多事情的处置上,不把他放在眼里,僚已明显地厌恶他,有几次在我面前说他的不是。占卜师也在我面前埋怨过姬僚的荒淫无度。"公子光说,"既然他们有隙,我可以插一杠子,促使他们反目。"

"好极!这叫离间计,但还是得从姬僚那里下工夫。吴王蠢而自负,头脑简单,较神蛇容易中计。另外,他毕竟是王,虽受掣肘,依然有相当的权力,发起威来,神蛇和长姝都是忌惮的。"

两人越谈越投机,都有相见恨晚的感觉。田清被几次唤过去煮酒炙肉。其他时间,田清在侧室一个人待着,不敢离开一步,也不敢躺下睡觉。田清坐着坐着睡意就来了,他止不住打起瞌睡,有几次差点跌倒在地。他不知道主人和那个乞丐谈些什么,但主人待其规格之高、态度之热忱都是前所未有的。主人已经很久没有这样兴奋,这样神采飞扬了。他不敢去偷听,更不敢去插话。这是府里的严格规矩,下人是严禁参与主人和客人、主人和家人的谈话的。有时无意中听到什么,也要听而不闻,更不能外泄。田清一向很乖顺,像这样的谈话,这样的场合,他唯恐避之不及。主人是信任自己的,但那个吹箫的人显然对自己有戒备之心。

不知不觉已到五更时分,外面狗吠鸡鸣的声音清晰地传来,还隐约传来车轮声、喧哗声。这时城门已开,小商小贩正在从四面络绎不绝地进城。

"伍先生,该安置了吧。来日方长,我们明日继续切磋。"公子光看到天空露出淡淡的曙色,终于意犹未尽地说。他唤醒田清,让他陪着伍子胥到客房安歇。

"睡在府上,这合适吗?"伍子胥迟疑着问。

"以后先生在哪里安身,我们再合计,但今天先生一定要住在寒舍,好好安睡，想睡到何时就到何时，没有人打扰你，田清会安排好仆人照管你的。"公子光用坚决的口气说，"你难道还要去买卖牲畜的地方吹箫去？我不可能让你去了，估计僚也会派人去找你，你楚国大夫的身份一暴露，他肯定不会放过你。"

"那好吧，我就听公子的。可是，可是，我还想麻烦公子一事，不知可否？"伍子胥结结巴巴地说。

"你有什么事尽管说！"

"我可以沐浴吗？我的身子实在太脏了，怕弄脏府上的被褥。"

公子光爽朗地笑了起来，瞥了一眼伍子胥身上的破衣烂衫，说："当然可以，这是小事。我别的讲究没有，因经常骑马习武，所以随时要沐浴，下人不管什么时候都会烧好热水。"说着又吩咐田清，"你先到浴房准备好热水，再取几套我的衣服给伍先生更换。"

"公子的锦衣我万万不能穿，这给外人看了不好，不等于泄露秘密了吗？"伍子胥说，"我包袱中有干净的衣服。"

"这也好，暂且这样，过几日我会请裁缝给先生制几套新衣。"

"公子别忘了我是亡命楚吏，服饰只要干净整洁便可，不可奢华，否则不符我的身份。"

伍子胥在热气腾腾的浴桶里足足泡了半个时辰，自从逃离楚国后，他从来没有如此舒适地沐浴过，这温暖的水不仅清澈，且放置香料和干花瓣，因而芳香扑鼻。他在凶肆的浴房里洗过几次澡，可那洗澡水浑浊得发黑，并发出刺鼻的异味，只能刷去一些污垢，暖和一下身子，谈不上是享受。只有在公子光府上的浴桶里，他才重新体验到沐浴的痛快和做人的尊严。

洗完澡后，在田清的服侍下，伍子胥睡下了，床铺垫得软软的，是厚实的毛毡，最上一层垫被和盖被都是上乘布料制的，是从未用过的新被。田清看着他睡下后，才将灯芯压低了些，蹑手蹑脚离开了。

伍子胥很快就闭上了眼睛。他睡得很沉，自从逃亡在外，他还是第一次这样安安稳稳地入睡。过去的那段日子，他一直与颠沛、凶险、恐惧、焦虑相伴。此刻，他置身于一个安宁、平静的环境，长期的疲惫让他一下子松弛下来，睡得特别香，还做起了长长的梦。

楚国，那里有大江、汉水，有美丽的大湖，有崇山峻岭，那是他的故国，他生长的地方。可是，在一个昏暗的夜晚，他匆匆地逃了出来，一刻不停地朝越国和吴国的方向逃去。听到父兄和其他家人遇害，包括他的新婚妻子投缳自尽的噩耗时，他顿时昏厥过去，醒后大哭，取出七星剑想一抹脖子，随父兄而去。但一看到七星剑，他就想起父亲的交代。他日夜朝着东南方向奔去。他搭过顺道的犊车、舟船，更多的是一个人孤独地行走。

楚平王了解伍奢的这个二儿子，年少时就精通文献经典，又练得一身高强的武艺，比他父亲和哥哥更理性务实，更富有远见卓识。伍奢和他的长子太容易冲动了，有点不识时务，老是不顾楚平王的脸面和威严，揭他的短，让他难堪。可伍子胥不一样，他智勇绝伦，城府极深，这样的人是厉害的，甚至是可怕的。发现他逃走后，楚平王派出了几支追兵追杀他，想铲除这个心腹之患。

伍子胥避开大路，走少有人行的崎岖小道。他换上了庶民穿的服装，扮作一个采药人。他知道追他的人都是步兵，于是找到了一只独木舟，从树林里的小河向吴越方向漂下来。

幸亏是冬天，他没有遇到野兽。但凌厉的寒风把他冻得手都握不住木桨。他随身带的食物早已耗尽，只能在农地里挖些残留的菜根充饥。后来，他到了一个楚吴交界的地方，那里有一个小村，有成片的桑树，还有几堆高高的稻草垛。他钻进了稻草堆之中，这样至少可以避避寒。他不知道自己在里面待了几天，他一点力气都没有了，时而昏迷，时而苏醒。到了后来，他麻木了，饥饿感也没有了，冷的感觉也没有了，只觉得灵魂已离开身躯，在空中飘浮着。他知道自己快死了。

伍子胥在昏厥与清醒中挣扎着，忽然间听到了瑟瑟作响的声音，他知道有人来了，此时他已气衰神散，只感觉到有人把他背了起来。

当他再次醒过来时，他发现自己在一幢吊脚楼里，身边坐着一个农家女，她大约十三四岁，手里端着一只陶碗，里面盛着糊状的东西，冒着一缕缕热气。他闻到了一股食物的香味，这勾起他强烈的食欲，或者可以说是生的欲望。他霍然坐起，抢似地从农家女手中夺过陶碗，几下就将食物倒进嘴里，吞咽到肚中，农家女又给他添了一碗，他又几口吞下，意犹未尽。

"我知道你饿坏了，可你不能再吃了。吃得太多，你的肠胃会受不了。"农家女温和地说，"回头再给你吃吧，看你像读书人，应懂得这个道理。"

久饥不能大吃，可能会胀饱而死，精通医术的伍子胥岂会不懂？他恋恋不舍地看着农家女手中的碗，回味着刚才吃进的糊糊，这是平生他吃过的最美味的食物。但他没有再索取，只是要了碗水喝下去。

趁农家女下楼的时候，他打量了这幢房子。房子用木头和竹子搭建，屋顶铺着厚厚的稻草，地板有很大的缝隙。屋内的陈设很简单，但很齐全，有一架木楼梯通向一楼。伍子胥后来知道是女孩一个人竭尽全力把他拖上吊脚楼的，她是在

取柴草时发现他的。

当时他虽处在昏迷状态，但嘴里却本能地发出微弱的声音："救救我！救救我！"

他得救了，住进了这吊脚楼。但他完全不知道这是一间禁止男人进入的屋子，而且外人看到了都会远远回避。屋子孤零零地建在这一处荒僻的地方，也只有女孩孤零零地住在这里，至少要住上三个月时间才能回到村子里去。原来，这个闭塞的地方有个风俗，初潮的少女必须远离村子，单独居住。这个时期，她不需劳动，由家里的人提供她足够的食物和柴草，房子上挂着一条细长的红麻布条作为标志。外人一看这条红麻布就不会靠近这幢楼，更不会入内。这里的人有一种奇怪的观念，认为初潮的少女是不祥之人，特别是她们的经血如果被谁见了，或者碰到什么东西，那意味着死亡和灾难的来临。

农家女叫津香，是个能干的养蚕女。她看到伍子胥第一眼就猜出他是那个逃亡中的贵族大夫。因为曾有几名武士到过她居住的那个村庄，挨家挨户进行搜查。这是给她送东西的妈妈和哥哥津夷说的。也有兵士在她的吊脚楼前路过，但当地的头领告诉他们这是幢什么房子后，他们便迅速离开了。不知出于什么原因，津香很想救这个已饿极的人，大概是由于对伍子胥的怜悯，也由于这个被追杀的男子有他的魅力。虽吃尽千辛万苦，伍子胥还是和她见到过的男子有很大的不同，特别是他的手，细长而柔软，而这里男人的手都是粗糙的，布满坚硬的茧子。还有他的模样，即便饥饿和劳顿已使他的容貌大变，但依然能看得出原来丰神秀逸的轮廓。也许就是这些，使津香不假思索地将伍子胥背上了吊脚楼。为了让伍子胥安心，她婉转地告诉他这幢吊脚楼的忌讳。

伍子胥以前也听说过在楚国封闭的山野地区流行着这样的风俗，他笑了："可是我并没有碰到什么不吉利，相反，你救了我一命，你是我的福星。"

津香也跟着笑起来，伍子胥发现她笑起来很妩媚，特别是那双眼睛，清澈无邪。她是一个朴实而带有点野性的美女。伍子胥把一切都告诉了她，楚平王的残暴，父亲和哥哥的不幸遇害，家人的冤死。他还把七星剑拿给她看，表明有朝一日，他要以血还血，用这把剑斩了平王。伍子胥在这幢吊脚楼里住了一个多月，津香的三个月快期满了，她的母亲已埋怨她在这里无所事事却食量惊人，一个女孩子要吃掉两三个人的粮食。她母亲开玩笑说：你的楼里难道养了个野男人！未等津香抗议，母亲又自嘲说：哪个男人有这样的胆量，这不是找死吗？

经过一个多月的休养，伍子胥完全恢复了体力，他比原来更显英俊坚毅，脸色红润。他知道，他和津香告别的时候到了。他计划在津香三月到期的前一天离开，到吴国或越国去。他只要过一个叫昭关的关卡，然后过一条叫溧水的大河，就安全了。但昭关是有重兵把守的，他的画像可能还贴在关卡的墙上、印在关卡兵士的脑海里。

分别的前夜，他们像往常一样，因为没有灯，早早就睡下了。津香睡在靠门的地方，把门拴好，伍子胥睡在里面。津香忽然爬起来提出她要洗个澡，说这也是规矩，这样就可以干干净净回家了。通常洗过澡就可扯下红布条了。伍子胥提醒她，她后天才到期，不能明天洗澡吗？

"不，我要在你在这里时洗，在我们分别前就扯下红布条！"津香羞涩地说，"你会反对吗？"

伍子胥理解她的心意，默默同意了。

津香开始在大陶罐里放水，然后点燃炉灶，炉火很旺，把她轮廓分明的脸映得通红。很快，水开了，津香把水倒进一只木盆里，开始脱衣服，毫无羞涩地赤裸着身体。那时还没有男女之大防，山野的草根平民中更少礼教的约束。她的身体在火光的映衬下显得洁白细腻。津香提出和伍子胥同浴，她说："夏天在一条河里，我们这里的男女一起濯足、沐浴，就当我们在一个池塘里吧。你不怕死就来吧，我可还没有扯下红布条！"

伍子胥也将衣服褪尽，大声说："我不怕，你给我的不是死，而是生！我庆幸都来不及，我怕什么？"

炉火使屋子里的温度升高不少。这对年轻的男女紧紧拥抱着。

后来他们躺到了一张草席上。伍子胥剪开衣角，取出两小块金饼和一块玉佩给津香，要津香等她。津香一个劲点头，眼睛里闪着泪花。两人耳鬓厮磨，在喃喃细语中慢慢入睡。天刚亮，津香便把伍子胥推醒，对他说："你趁早走吧，这个时候人最少，碰不到兵丁。"津香把他打扮成一个草药师，用炉灶的灰把他的脸稍稍抹黑，不至于显得那么白，还给了他一个竹编的大箩筐，一把割稻用的生铁锯齿镰，充作采药草用的工具，再在筐内放一点药草，七星剑和几套衣服放在草底下。这些草药是津香的父亲为她预备的，万一她在吊脚楼里生病了，可煮药喝。津香还把他的头发弄得乱蓬蓬的。经这么一改装，伍子胥有几分像草药师了。她把他送到楼下，看着他走远，又登上吊脚楼，一直凝望着他。伍子胥头也不回地走得飞快，走得很远了，才忍不住回过头去，她依然一动不动地站着，在清晨轻烟般的雾霭中，她的人影已变得很小，原来那条刺目的红布条不见了。伍子胥举起手朝她扬了几扬，继续向前走去。

走了大半天，他在一个村子的一家车马店吃了点东西，便向昭关走去，很远

就看关卡上旗役塞道，兵士密布，守卫十分森严。他若无其事走过去，走到关卡时，几个兵丁打量着他，其中有一个问道："你是采药的?"

"是的，过去采药。"伍子胥回答。

兵丁没有吭声，朝他挥挥手。伍子胥顺利地过了关，但另两个兵丁还是觉得这个人不对劲，他的行为举止、体态气质太文雅了，口音也像郢都的，总之，不怎么像一个采药师。伍子胥出关后，迈开大步奔跑起来。他刚才发现有两个兵丁看他的眼神复杂，包含着疑惑，因而过关后，他跑得很快，路上碰到了一辆装载圆木的双辕辎车，便搭乘了一段路。下车后，他又抄小路向溧水疾步走去。一天以后，他气喘吁吁地来到了宽阔的河边，渡过河，就是吴国的地盘了。河中有一条渔船，撑船的是个渔翁。这时，伍子胥听到了一阵急促的马蹄声，追兵从后面追了上来，伍子胥想招渔船过来，但已经来不及了，情急之中，他躲进了密密的芦苇荡。

冬天已过去，芦苇还是枯黄的，白色的芦花漫无边际，伍子胥伏在地上，将头埋在芦草中间，他知道自己的头发太黑，容易暴露。他听到了兵马的嘈杂声，也听到有人唱歌，那是渔歌。渔歌只有两句：

> 月亮升起来的时候啊，那是多么幽静，月光多么温柔啊！
> 阿哥和阿妹啊，相约在河岸！

伍子胥听出这是渔翁沙哑的声音，歌声在水声潺潺的河面上回荡着。他听出那歌声好像是对他唱的，便在迷宫般的芦苇荡里一动不动。他听到兵丁在大声问渔翁："捕鱼的，你看到一个采药的么?"渔翁回答："我这双眼睛，只看河里游着的鱼，别的什么都看不到。"

伍子胥躲在芦苇丛中不敢出来，天黑了，兵丁们举着火把在河岸上巡视着。寒风如剪，在河面上一阵阵呼啸而过，幸好芦苇荡严严实实，不透风也不透光，伍子胥用芦草裹在身上抵御寒气。他想起了在吊脚楼前的稻柴堆里的情景，开始思念可爱的津香。快天亮时，兵丁的喧闹声没有了，火光熄灭了，周围一片沉寂。伍子胥一颗心始终悬得高高的，芦苇荡里弥漫着泥土和腐烂的草叶的味道，差点让他喘不过气来。他唯恐追杀他的官兵会留下埋伏和暗探，所以，虽然他身下都是泥浆，但丝毫不敢大意，高竖耳朵，捕捉着远处和近处发出的任何声音，眼睛圆睁，像猫头鹰那样注视着周围的动静。

忽然，不远处又传来明显压低了声音的渔歌：

月亮升起来的时候啊，那是多么幽静，月光多么温柔啊！

阿哥和阿妹啊，相约在河岸！

这是渔翁在唱歌，接着又传来桨声。伍子胥猜测到渔翁是来救他的，但他还是小心翼翼的，没有贸然走出去。渔翁反复唱，渔船在芦苇荡四周游弋。伍子胥等了好久，直到估计没有什么麻烦了，才走出芦苇荡，向渔翁打了个呼哨，渔翁马上把船摇过来，伍子胥以极快的速度潜入船舱。渔翁把他渡到对岸。这时，天已亮了，伍子胥坐到船头，他看到了一个风景如画的河湾，水上飞着一群群白色的鹭鸶，这就是吴国了，他终于逃出楚平王的罗网了。

上了岸以后，渔翁取出了粟米饭、鱼羹和一壶水，让他一起吃。

渔翁看着他说："你这个芦中人很奇怪，在芦苇丛中躲了一夜，头发都像芦花一样白了。"

伍子胥连忙走到河边，从清澈的河水里看自己，果然，原来乌黑的头发一夜间变得花白，让人难以置信。伍子胥又从衣服内里取出一块小金饼，送给渔翁。

渔翁推辞说："我听说，楚王曾下令，抓获伍子胥的人，赏赐粮食五万石，还赏赐爵位。我救你，难道还在乎一块金子吗？你赶快走吧，这里并不太平，楚吴边境，楚军并不受约束，他们知道你在河这边，肯定会过来抓你。"

伍子胥又请渔翁留名。渔翁说："为什么要问姓名呢？你就是芦中人，我就是老渔翁。"渔翁说完，就上了渔船，用竹篙一撑，船就向对岸驶去。

伍子胥又背着竹篓跑了起来。结果，他走错了方向，来到了越国。后来他又从越国来到吴国的都城梅里，在牛马市场吹箫乞讨。

伍子胥的梦做得好长好长。他醒来的时候已是下午，他张开眼睛，看见的完全是一间陌生的居室，恍惚之中，他一时不知身处何处。忽然，一个声音传来了："伍先生，你总算醒了，我们公子在客厅已等了你两个时辰。"伍子胥笑了，他赶紧爬了起来。

第 二 章

漫长的雨季结束了。

街上行人渐渐多了起来。初夏温暖的阳光普照着吴国都城梅里，城市在金黄色的光辉中，光影分明。按照和公子光商量的计划，伍子胥的草药铺子在东河头市场正式开张了。他的店铺不大，外面是摆着各种草药的竹箩筐。里面是居室，居室里有一个煮饭烧菜的泥炉，几件硬陶的食器。店铺门口挂着一只大葫芦，这是药堂的标记。伍子胥在军中习过武，懂得一点接骨、治伤的医术，也粗通医书，会开药方。

药铺这个地段是精心挑选的，旁边是柴市、米市，还有麻绳市和缆竿市。这地方交通便利，前店临街，后门靠河，有小码头直通水面，今后和公子光碰头，只要公子光乘一只乌篷船至药铺后面的码头，伍子胥就可直接登船见面。河里的大小船只不计其数，一只小船谁都不会注意。

开张第一天，药铺就有好几个人来看病，也有几个人来配草药。第二天下午，那个酒糟鼻就找上门来了。他里外看了一遍，便在伍子胥对面坐下问："你是楚国的逃臣伍员吧?"

"既然你知道了，还问什么?"

"你不是在吹箫乞讨吗?怎么一下就开起草药铺子来了?难道开铺子的钱都是要来的?"

"我不偷不抢，用讨来的钱开一家草药铺子，有罪吗?"伍子胥板着脸说，"楚王追杀我，到了太平的吴国，难道也要抓我的什么把柄，治我的罪?告诉你吧，这房子我花了三百文钱租的，草药是自己采集的，这些疗伤的小器具是我自己制作的。我这段时期吹箫要来的钱合起来有二百文，凶肆唱挽歌的伯先生借给我三百文。我要说的都说了，你还有什么话要问吗?"

"那个唱挽歌的先生也是楚国人，是吗？"

"是，他祖父伯州犁和他本人，原来都是楚国的大夫。"伍子胥说，"你还有什么事吗？"

"我有一件喜事告诉你，你时来运转了。"酒糟鼻说。

"我不过是一个楚国的逃臣，为谋生计，先是吹箫于市，现卖起了草药，已是潦倒不堪，何喜之有？你是在讥讽我吧？"伍子胥说，"我已经够倒霉的了！"

"告诉你吧，神蛇大夫要召见伍先生。神蛇大夫在吴国可是权倾朝野的重臣，他器重先生，说不定会给先生一官半职，这对先生来说，不是天大的喜事吗？"

"我和神蛇大夫没有任何干系，我不想见他。再说，我到吴国来是逃难避险的，此生我已绝了做官的念头，做官有什么好的，我们伍家世代为楚王效力，忠贞不二，却换来灭门之祸。你看，我伍子胥为了过昭关，一夜间黑发急成白发，幸好还保全一命。如果不是我逃得快，十个伍子胥都已成了楚平王的刀下鬼了。因此，讲到做官，我害怕了，我无论如何都不想再陷到这里面去招惹麻烦了。"伍子胥平静地说，"当然，我不是将吴王和楚王相提并论，那完全不同，吴王治国有道，万民拥戴，而楚王祸国殃民，昏庸愚昧。"

说到这里，伍子胥取出两只陶碗，从泥炉上取下一只陶罐，他往碗里冲入沸水，顿时扬起一股热气。

"请！"伍子胥做了个手势，"伍员只有这些了！"

酒糟鼻连碗都未碰，站起来就拂袖而去。

当天晚上，一条小船行到伍子胥草药铺的后门码头。伍子胥神不知鬼不觉地跳上船，钻入船舱，公子光坐在舱里等他。公子光告诉伍子胥，吴王僚已知道他从楚国逃入吴国。今天公子光进宫上朝时，吴王僚对公子光说，他想见见伍子胥，他想知道，伍子胥是何等人，值得楚平王派那么多人追杀？另外，伍子胥逃亡他国，为何别的国家不去，偏偏挑中了吴国？他要公子光出面寻找伍子胥，并邀他入宫相见。

伍子胥将白天酒糟鼻来草药铺的情况说了一遍。

"这就对了，神蛇听说僚对你感兴趣，他想抢先见你，其目的显然是想笼络你，他担心你成了僚的帮手，对他不利。"公子光取出两只青铜觞，一壶酒，一些酒菜，边说边和伍子胥对饮起来。船舱里只亮着一盏油灯，灯光昏暗。船舱还装着两扇门，不用担心外面看清舱内的情形。尽管如此，他们讲话时还是压低了声音。船舱有一小窗，装有帘子，伍子胥将帘子拉开一条小缝往外看。

船在百渎河里慢慢航行，河道两边停泊着各种各样的船，以货船居多，也有

画舫，还有小划子、独木舟，船上的风灯、灯笼、灯盏在暮色中闪烁着亮光。

伍子胥把窗帘拉严，说："公子，神蛇要见我，自然是不安好心，来者不善。但我们不妨顺水推舟，估计酒糟鼻碰了壁后，不会甘心，还会来做说客，劝我和神蛇碰头，我装得盛情难却，前去会面，我们就可以在僚和神蛇之间做点文章。"

"我们想到一起去了，但这个占卜师是个魔头，性情偏狭骄狂、诡异多疑，和他打交道要多留点心。"公子光喝了口酒说，"他还有一个癖好，就是觅藏奇珍异宝。我估摸他要见你，还另有目的，那就是图谋你的七星剑。"

"那有办法了。"伍子胥一拍大腿说，"吴国是否有技艺高超的铸剑师？"

"我有一个铸剑的朋友，叫欧冶子，是个不可多得的冶炼师。"

"那好，请公子让他仿铸一柄七星剑，由我献给神蛇。而僚也极有可能觊觎此剑，公子可先在他面前吹吹风，引得僚动心。若我把另铸的一剑当作真剑交于神蛇，僚听后，肯定大为不悦。只是我担心假剑仿真程度如何，如给神蛇看出来，反而弄巧成拙。"

公子光抚掌称妙，认为伍子胥多虑了。他说："神蛇虽阴险狡诈，但不学无术，应该没有这个辨别能力。另外，欧冶子铸的剑足可以乱真。"说到这里，公子光抽出了自己的佩剑，这柄剑铸得极其精美，刀上一片寒光。公子光扣指在剑锋上轻轻一弹，只听到"铮"的一声，余音悠然。

"好剑！"伍子胥情不自禁喊起来，"这剑就是欧冶子铸的？"

公子光点点头。他从自己头上拔下几根头发，举着靠近剑刃，用力吹一口气，头发顿时断为两截。

"宝剑、宝刀的珍贵首先在其利，锋利得能吹毛断发，甚者能削铁如泥。这把宝剑如此神奇，可见这个欧冶子仿七星剑必获成功，没想到吴国还有手艺这么高超的铸剑师，这样的奇人，将来能派上大用场。"伍子胥惊喜地说，"公子赶紧请欧冶子去仿制一把七星剑吧！"

"我明天就找他，伍兄说得对，他是个奇人。"

船慢悠悠地在百渎河上行驶着，两岸密挤着的船只大部分灯火已灭，嘈杂声也渐渐消逝。船在河面宽阔的地方掉了个头，向伍子胥草药铺码头一篙一篙撑去。此时，伍子胥和公子光都酒足饭饱了。到了码头，伍子胥一跃而上，公子光的船悄然遁去。

隔了两天，酒糟鼻子果然又来了，还是邀伍子胥去神蛇那里一叙。伍子胥没有理他。到第三天，酒糟鼻又来了，变了口风，说伍先生如实在不愿去，神蛇大

一剑封喉
YI JIAN FENG HOU

夫就到草药铺看伍先生了。伍子胥这才表示：我怎么也不敢让吴国重臣到我这破药铺来，我还是去拜谒神蛇大夫吧，但有话在先，只是谈谈天而已，我不会参与吴国的政事。

"好说，好说。谈谈天就谈谈天，你和神蛇大夫肯定会谈得很投机。"酒糟鼻子兴高采烈地说。伍子胥随之上了一辆由四匹马拉的豪华马车。马车很快就到了神蛇的府第。门口有武士守卫，进了门以后是一座极大的院子，院子里绿树成荫，散发着花卉的清香。

伍子胥打量着院子和高大的厅房，当他的视线扫过屋顶时，他愣了一下，他看到屋顶的装饰居然有鸱尾。在诸侯国，只有王者之居才能用鸱尾的装饰，任何大臣、王子贵胄都不许逾制。就凭屋顶鸱尾一事，就足可证明他的野心，甚至可证明他有篡位的非分之想。

在神蛇的院子里，他一味地赞美，像个没有见过世面的人。酒糟鼻子看着他，嘴角露出讥嘲的微笑。

"伍先生，你在楚国是做大夫的，经常进出王宫，也常到高官那里做客，你觉得神蛇大夫的府第怎么样？"酒糟鼻问道。

"宏阔当然不如王宫，但精致是王宫所不及的。我去过不少官吏的私邸，几乎没有可与大夫尊府匹敌的。"伍子胥说，"这里不仅处处精心修饰，还融进了风水之道，大到院落方位，小到景致摆设，无不暗藏玄机，让伍子胥佩服。"

酒糟鼻来了劲，要带伍子胥四处仔细看看。这正合伍子胥心意，他要借机看看这个占卜师的宅第内是否有什么暗道机关，将来举兵铲除他时可早作预备。但一圈看下来，似乎没有什么可疑之处，只是院中有一个水池，池中养有不少龟。这种龟叫"守龟"，用作问卜，占卜师宅内有这种东西并不稀奇。正在这时，一个甲士走到他们身边，说大夫请他们进去。

神蛇给伍子胥的第一印象是阴郁，但长相举止却很文雅，如不了解他的为人，真会以为他是饱学之士。对伍子胥，他的礼数还是很周到隆重的，他站在厅前迎接，携着伍子胥的手来到厅堂的案前，又亲自把几个绣垫给他铺在席子上，待伍子胥落座后他才坐下。侍奴为伍子胥斟上酒，并端上肴馔。

"今天在寒舍见到伍先生，我非常荣幸。"神蛇说，"久闻先生文武双全，又是楚国大夫，却在我们吴国都城吹箫谋生，现在又卖药草，我听后心里难过，真的很难过。"

"贵国能容伍员栖身，伍员就感激不尽了。过去的已过去，到了如今这一步，除了维持生计，我别无所求了。"伍子胥说，"只希望不再到处漂泊，四海为家，

能寻得一处安生的地方过日子。"

"伍先生未免太悲观了!"

"不是悲观,这叫到什么山砍什么柴。楚国是我故国,但在那里,我们伍家已家破人亡,什么都没有了。即使有什么,我也不可能回去了。楚平王至今还在追杀我,以五万石粮食的代价悬赏捉拿我。"伍子胥说,"伍员已是九死一生,你看我白发苍苍,犹如六十老翁,可我其实未满三十岁。说来你不相信,过昭关时,我只得在芦苇荡里躲避一宿,追兵在我周围,我惶恐至极,到天亮头发就变白了。也许上天不让我死,使我头发花白,便于藏身于白花花的芦苇荡中,以防暴露。"

"楚平王和你们到底有什么仇恨,非要将伍家斩尽杀绝?"

"这不是两三句话说得清的,我也不想说了。总而言之,君要臣死,臣不得不死!想我伍家对几代楚王都是尽忠竭力,可楚平王说翻脸就翻脸,革职坐牢还不解其恨,非要处以极刑,刽子手还把父兄的喉骨剔出,烧成了灰。"

"那样也太狠了!"神蛇骂道,"人说伴君如伴虎,你拥戴他,为他卖命,他当时是高兴的,可一转身就忘得干干净净,把他自己将国事搞糟了的责任算在你头上,你当了替死鬼,辩解几句,还说你跋扈难制。"

神蛇愤愤不平,伍子胥听出了他的弦外之音,他是借着自己发泄对吴王僚的不满,但伍子胥只当没听懂,没有附和。

"伍先生,你还有什么打算?你总不会一直卖草药吧?"神蛇问。

"像我现在的处境,还能有什么打算?我刚才说了,当前之计,先要生存下来,不至于饿死。"

神蛇微微点头,劝伍子胥喝酒,又问:"听说你吹箫在市时,公子光来看过你?"

"谈不上看我,我只碰到他一次,他扔了十几文钱给我。我当时在吹箫,连他的模样都未看清。他骑马走后,别人告诉我,他就是公子光。后来我再也没有遇见他。"伍子胥喝着酒说。

"我想留先生在我身边当一个谋士,我会厚待你,给你宅第、马匹、奴仆。"神蛇说,目光阴沉地看着伍子胥,"先生以为如何?"

"我跟东市的胥吏再三说过,我无意参与吴国政事。我只是吴国的一个过客,恕我不能从命,但我还是很感谢神蛇大夫的器重。"伍子胥回答。

"我不勉强你,你再回去想想。"神蛇说着,摆弄起他那些青铜酒器、礼器。这些东西确都是少见的上品,公子光家里一件都没有。神蛇举起一只飞鸟盖双耳铜壶递给伍子胥说:"伍先生,你见多识广,你觉得我这些东西怎样?"

伍子胥接过金光闪闪的铜壶，仔细端详一会，说："这里每一器具的器形都很独特，这只壶如此精美，我见所未见。"

"这些铜器可说吴王宫里都没有，这是我请齐国几个冶铸师浇铸的。你可看出，我这里许多铜器具都带有中原之风。越人的冶铸水准不高，他们使用的铜器比吴人要少，但越人有越人之要术。这只三足的越鼎就别具一格。"说着，神蛇将一只三足外撇的越鼎递了过来，伍子胥看后，不禁叫绝。神蛇又搬出环耳铜鬲、蟠螭纹铜簋、盘龙盖铜盉、勾连纹铜盘等铜器给伍子胥过目。

"听说你有一把七星剑，是你们伍家的传家宝？"神蛇忽然问。

这把剑的事，伍子胥早有准备。他装作惊异地说："神蛇大夫真是见识广博啊！你说得不错。我什么都没有了，只带出了这把剑和几块碎金。"

"能否让我开开眼界，瞧一瞧这把宝剑？"

"当然可以。不过，为防遗失，我将宝剑另存在一个地方，要过几天才能取回。我取回来后立即送给大人鉴赏。"

和神蛇见过面后，伍子胥很快就将情况通报给公子光。说到神蛇家的铜器，公子光轻蔑地"哼"了一下说："什么齐国来的冶铸师，我跟你说吧，这些东西都是宫里的，都是各国所赠的礼品。僚是个草包，除美食美女之外，对其他东西都不感兴趣，也不懂欣赏。"听说屋顶上的鸱尾，公子光也认为，这是神蛇僭越礼制、野心毕露的铁证。仅此一条，就可问他的罪。又隔了两天，公子光将欧冶子仿制的七星剑给伍子胥送来。伍子胥一看，果然几可乱真。

当天，伍子胥就持剑来到神蛇府。神蛇一看，爱不释手，连声叫好。

"大人，如你真的喜爱，这把七星剑就送给你了。"伍子胥说。

"这是夺人所爱，怎么行？"神蛇显然很兴奋，嘴里却假惺惺地推辞。

"这把剑是家父被楚平王逮进去之前留给我的，本要我牢记复仇之事。但记着仇恨的生活是痛苦的，我希望能忘记从前，重新开始。难得大人如此欣赏此剑，送给大人也了掉我的心愿。"伍子胥做出痛下决心的神态。

"这也好，这也好。"神蛇抚摸着剑鞘说，"长痛不如短痛。"

这以后，神蛇经常请伍子胥到家里喝酒聊天，慢慢话题多了，也谈得深了。有一次，趁着几分醉意，神蛇很明白地说，吴王僚实在太差劲，不能再让他当国君，再当下去要祸国殃民了。

"难道大夫想取而代之？"

"我？伍先生误会了，我只是一个巫师，不可能嗣位，这吴国的王位，还是得由吴王家的人来继承。你对吴国不了解，吴王僚昏庸无能，公子光胸无大志，只

求享乐，太伯开创的吴国气数已尽。我看东山方向，隐然有虎豹在山之势，这说明本朝国君已有败相，一国之主就像秋冬的草木自腐而必烂，其兴也勃，其亡也忽，吴王僚该下台了。"

"那么，谁能继承王位呢？"

"吴王僚有几位王子。太子庆忌是个勇士，有点蛮力，但太残暴，模样丑陋，做个将军可以，当国君断然不行。"神蛇坦率地说，"除太子庆忌之外，二王子、三王子还年幼，而且都很愚笨，对什么都不甚明了，立他们中的任何一位，都得由我来辅政。伍大夫，吴国，不，我神蛇身边就缺你这样一位高才啊！你愿意和我共同辅政吗？记住，大权是绝对要归一的，如果分散了，就像伸着五指的巴掌合不拢，我们需要把手掌捏起来，握成拳头，这才会形成力量。"神蛇得意洋洋地说，"伍先生，你从此再也不用做乞丐、卖药草了，你在楚国失去的一切，可以在吴国重新得到，我可给你最高的爵位，吴国的美女任你挑选。怎么样？伍先生，你别犹豫了，这可是难得的机会啊！"

伍子胥听后，心里十分震惊，这个占卜师也太胆大妄为了，对一个仅见过几面的人就坦言他的反叛计划，可想而知他平日的不可一世。

"神蛇大夫，我再说一遍，我对政事已看透了，我真的不想参与其中，而且此事关系到吴王，搞不好是要人头落地的。"伍子胥装得很胆怯地说，"我还是卖我的草药为好，我已打定主意，这辈子不求富贵，只要温饱，我就是这样的命。当然，大夫对我说这些，我会当什么都没有听到，大夫尽管放心。"

神蛇叹了口气说："看来伍先生是给楚王吓破了胆。我这样做，并不会激起严重的冲突，就像当年我扶助吴王僚登位一样，一切都是很平静地进行，而且不会违反律法和礼制。"

伍子胥还是婉拒。神蛇又劝了他一番，见没有用，脸色板了起来，伍子胥连忙告辞。

之后伍子胥又和公子光见面了。听了伍子胥的陈述，公子光不由得感叹："是啊，我早说过，僚实在是个窝囊废，受一个占卜师的摆布，完全是个傀儡，现在，他稍有不从，就要被这个占卜师推翻，这样的国君怎么能治国？这是吴国的悲哀。"说到这里，伍子胥提出一个疑问：占卜师到底会用什么手段"平静地"更选王位而且与律法、礼制相符？公子光也觉得匪夷所思，想不通神蛇会怎么做。

伍子胥凝神细想了一会，说："公子，你先在旁边看他们的好戏，待神蛇把僚弄下去后，你再举兵讨伐他，此举一箭双雕，必大快人心。"

"此举好是好，但神蛇刁钻得很，我虽是大将军，但虎符一直攥在僚手中。僚

别的事情糊涂，可在兵权上不糊涂，始终紧握虎符不放，把镇守边疆的重任交给他儿子庆忌。我和几个将军很投机，但因为掌管不了军务，调兵遣将有困难。神蛇反叛，必把兵权同时夺去。最好的办法，就是先借僚除掉神蛇，然后我们伺机再除掉僚，明数其罪，夺回王位。"公子光说。伍子胥觉得公子光言之有理，同时也意识到他处事过于小心谨慎，明白他当初王位被夺而能隐忍至今的原因。这是他禀性使然，思考得细致严密些也有利于事情的成功。伍子胥没有再吭声，以沉默表示了赞同。两人进而商定，由公子光进宫向僚揭露神蛇的种种叛逆行为，以激怒僚，借他的刀铲除神蛇。

这天公子光到了王宫。僚沉重的身躯坐在王位上，看着公子光，说："光，神蛇大夫安排到五湖附近的山里打猎，你去不去？"

公子光一听，猜到神蛇安排的这次出行肯定和他的阴谋有关。每次出行，都先由神蛇看天象地象，然后选择吉日开拔。随行人员除宫廷卫队之外，其他人员也由神蛇确定，去的地方没有行宫，由神蛇选择一块吉地，搭盖称为"行幄"的帐篷。这种帐篷用鳄鱼皮作为篷布，配以绣幔、毡毯，是国君野外憩息的地方，除舒适之外，安全尤为重要。这个搭建工程亦是由神蛇指挥，此外，他还要安置粮、酒、食物、各种器具、弓箭以及僚穿的披甲，还有马具、车具等。僚喜欢吃烤肉烤鱼，渔网和野外的烤具也不能落下。占卜用的守龟也要带上几只，以供僚取龟占卜。这个过程中，神蛇要在某个环节上制造一个"过失"，置吴王僚于死地是易如反掌的事。例如，马具和车具上某些重要配件在车子飞奔时一旦破裂，整辆车就会散架，车毁人亡。另外，只要稍做手脚，在食物中投毒，姬僚就会中剧毒而一命呜呼。这些"过失"并不是国君身边上千名威武的甲士防备得了的，也不是头脑昏昏、热衷于吃喝玩乐的姬僚所能警觉到的。

"大王，你千万不能成行，当心中了神蛇的圈套！"公子光说道，"我不是吓唬你，我手里有证据。"

"光，你是说神蛇想利用打猎的机会谋害寡人？你真的有证据？"姬僚疑惑地问。

"我不仅有证据，还有证人。"

"证人是谁？"

"楚国流亡到吴国的旧臣伍子胥。"

"伍子胥，就是那个被楚平王杀掉父亲和兄长的伍子胥？"

"正是他。"

"这是怎么回事？寡人早就闻得伍员亡命我国，穷极潦倒，在集市吹箫乞讨，

后来又卖起草药，他何以会和神蛇混在一起？我听说他身边有一柄七星宝剑，这把宝剑现流落在何处？你千万不能让这把剑被别人获取。"吴王僚着急地说，"听说这剑是件不可多得的宝贝。"

"大王，此剑确是一宝，伍员原有意将这把剑献给大王，可是神蛇大夫先下手为强，强行要伍员将七星剑交给他，并称吴国只有他才能拥有这件宝物。不仅如此，这个神蛇还久存不臣之心，企图拉伍子胥谋反，是一个地地道道的不忠之人。"接着，公子光把神蛇的所作所为、一言一行添油加醋地讲述给姬僚听。僚听后，气得暴跳如雷，破口大骂："这个巫师反了，反了，他这样做会遭到上苍的谴责和惩罚的！"但他并没有马上派兵捉拿神蛇，他虽平庸无能，但也知道神蛇不是等闲之辈，对公子光提供的情况，他并不怀疑，他早就发现神蛇不守臣道，权力的欲望不断膨胀，排除异己，扶植党羽，越来越不把自己放在眼里。但如何处置神蛇，他拿不定主意，他迷茫地看着公子光，沉思了良久，提出要伍子胥来对质。

公子光派人把伍子胥接到了王宫。吴王僚严厉地瞪着伍子胥说："伍员，你所说的神蛇大夫的情形都是事实吗？如果你无中生有，编造事实，诬陷神蛇大夫，我一定会将你逐出吴国！"

"伍员所说，句句属实，绝无半句虚言。"伍子胥不卑不亢地说，"大王，我是楚国的一个逃犯，来吴国别无他求，只想过几天太平日子，哪怕苦，只要没有灾难缠身，我也就满足了。我看到吴国全境和平，兵革不兴，放牛牧马，一片安详，这正是我孜孜以求的景象，能够在这和平的国度里生活，是我最大的福分，我还有什么理由再管闲事呢？实在是因为事关重大，他又无故夺去了我的传家宝剑，我才向公子禀报了这些事，请大王明察。"

"你是怎么认识光的？"

"我在市场吹箫乞讨，公子光来市场闲逛，出于怜悯，给了我十几文钱。事后，别人告诉我，那人就是公子光。"伍子胥说，"这件事怎样处置是你们的事，我只求过上安稳日子。另外，就是要回我的七星剑。大王，我可以走了吧？"

僚点点头，准许伍子胥离开。伍子胥刚才对吴国的赞颂让他听后心里感到很舒服，这等于是对他这一国之主的歌功颂德。同时，对神蛇的反叛他已深信不疑，他恨得牙齿咯吱咯吱直响，几次想令宫廷卫队马上把神蛇抓捕正法。

但他迟迟没有发出命令，原因是这其中隔着母后那一层微妙的关系。他不能不考虑母后的感受，这些年，母后和神蛇的关系已半公开化。说实话，多年来，他心里一直是矛盾的。他少不了神蛇的扶持，感激神蛇的伪诏使自己成为吴王。但他又厌恶神蛇的嚣张气焰，不知道这个狡诈的人在打什么主意。近年来他对神蛇的戒心越来越重，担心大权都被他掌控，但他做梦也没有想到神蛇的反叛已到明目张胆的地步，企图利用这次打猎出行的机会谋害自己。他知道神蛇凶残狠毒，什么手段都使得出来。要不是伍子胥的告发、公子光的及时进谏，自己岂不是要葬送在神蛇的手里？但要不要跟母后先商量一下呢？让母后理解了再下手岂不更好？可要是母后还是一味维护神蛇，阻止他采取任何行动，依然放任神蛇，又该怎么办呢？僚的念头一个接着一个闪过，乱糟糟的一团，好半晌都不作声。

公子光知道他踌躇的原因是长姊，便附在他耳边说："大王，夜长梦多，顾不上那么多了，此事知道的人越少越好，下手越早越好。太后那里，事后再作解释吧，她会理解你的，没有了你，神蛇哪会看重她？这个道理她会懂的。"

僚深深点头，胖得挤成一条线的眼睛可怜地紧盯着公子光，说："光，我们是一家人，你是我最信得过的，事关国家安危，你一定要帮我，帮我想一条除贼之计！我从小就服你，碰到什么难处，你总会想出办法对付的。"说到最后一句话，他眼眶里闪起了泪花。

"宗社岂容他人倾覆？不管他是谁，只要企图谋反，就非除掉他不可！"公子光说，"大王，你不用着急，我已想出了一个抓捕神蛇的办法。"

"太好了，快告诉寡人，你准备如何除掉他？"

"趁其不备，一举歼灭。"

公子光见姬僚满脸迷茫，连忙解释说："我的意思是，大王可通知他入宫侍宴，他一踏进宫门我即拿下他。这样不必大动干戈，也不惊动百官和百姓。不过，神蛇耳目遍及都城，府内侍卫众多，就是宫中军中也有他的人，所以，我带的甲士、宫中的侍卫、宫外护卫的军队，必须安排最可靠的人，看来要调遣最忠于你的一支兵，最好从太子那里调出一千甲士，以防万一。"

"这好办，我授权你调遣，所有人都得听从你的命令。"僚取出虎符，郑重地交给公子光。

"另外，你要借故将太后支开。"

"母后不在，她在五湖别宫消暑。她管不着了。"

"这太好了。今日之事乃最高机密，是一着险棋，不可有半点外泄。大王对任何人不可透露，绝不能横生枝节，这是制胜的关键。"

"知道了，我可不傻。吴国的前程在此一举，光，一切都看你的了。事成之后，哪怕把王位让给你，我都愿意。"

"一切处置，都是为保护大王不受侵犯，这王位永远是大王的，光想都不敢想。我这些年自在逍遥惯了，无心参与国事，也无力治理国家。大王，这样的话

今后不要随便说了。"公子光诚挚地说。

姬僚当然喜欢听公子光的表白，他亲昵地拍拍公子光的肩膀，哈哈大笑。

神蛇接到吴王僚的通知，请他入宫陪酒。这是常事，吴王僚天天都要大摆筵席，歌舞升平，每次都喝得满脸通红，酒气冲天。吴王僚经常命大臣作陪，神蛇受邀的次数最多，表明待他最厚。这次接到邀请，在他看来，并没有什么异样。神蛇还是像平时一样，决定准时赴宴。

傍晚，他带了几个卫士乘车去王宫，并带上了那把仿制的七星剑，想在吴王僚面前炫耀一番。王宫他是常进常出的，熟门熟路。他大摇大摆地乘车直驰内宫，这是国君赐他的特权，一般的大臣，车马只能停在宫外，除他之外，只有公子光、太子庆忌等人享有这种特权。

宫室的门紧闭着，两个高大英武的宫内武士横剑将他拦住。这是前所未有的，以往宫中任何人看到他，不是行礼就是笑脸相迎，像这样冷着脸阻拦他，是不可想象的。

"睁开你们的狗眼，看看我是谁！"神蛇喝道。

"大王有令，任何人都不能进入内宫！"武士回答。

"我可是大王请来参加酒宴的！快给我滚开，让我进去！"

这时出来一个内宫卫兵将领，神蛇居然不认识，他再仔细一看，那两个武士，也好像从未见过。他没有想到，宫廷内外的卫士都已是公子光调来的人马了。这个将领叫钮宣义，是晋国人，为人正直而机灵。神蛇这才感觉到大事不妙，但他极力沉住气，平和地说："几位兄弟好像都是新来的，有点面生，你们可能不认识我。我是大夫神蛇，是大王请来赴宴的，既然大王有令不能进入内宫，我可以不进去。各位恪尽职守，应该，应该！"说着，他一手握住剑柄，冷静地转过身，想走向他的车。这时他才发现，他的车已被几十名卫士团团围住。

"大夫，请站住！"钮宣义大声对他说。

"不是大王命令不能入内宫吗？你们要我站住干吗？"神蛇已清楚局面对他非常不利了，这里面肯定有诈。他定定神，不等钮宣义回答，猛然向宫门外飞奔而去。

他奔跑的速度极快，但武士早有准备，一拥而上。神蛇挥舞着剑，企图杀出一条路来，但寡不敌众，他很快就被制服了。众军士将神蛇严严实实地捆绑起来，禁闭在宫内的一间黑暗的小房间里。神蛇知道，自己除掉吴王僚的计划已败露，最有可能的是伍子胥告发了他。他有些后悔，自己显然犯下了大错，把如此机密的事泄漏给伍子胥，实在是自己对他太过信任，太大意了。但此时情况危急，要

赶紧想出应急之策。神蛇想到了长姝，他希望长姝能念他们之间不是夫妻胜似夫妻的这份情义，出面救他。长姝在吴王面前讲得上话，而且，到了这一步，也只有她能庇护他。

想到这里，他大声喊道："来人哪！来人！"他不断地喊，声嘶力竭地喊，但没有人理会他。待他喊得筋疲力尽，垂下头喘息时，门开了，几个甲士举着火炬走进来，有一个他意想不到的人也走了进来，他凝神一看，是公子光。他有些惊讶地看着公子光，哑着嗓子说："大王呢？太后呢？我要见他们，为何要对我这样？我到底犯了什么罪？"

"我是奉大王之命捉拿你的，太后不会来救你了，她正在五湖别宫消暑呢！至于你犯的什么罪，你自己心里应该清楚。"公子光面色凝重地说，"大夫，篡弑可是死罪啊！"

"篡弑？这是血口喷人，请问证据在哪里？公子，我只是一个看天象和地象的大夫，又没有调兵遣将的虎符，凭什么去篡位弑君？我有这个能耐吗？一定是哪个奸佞小人故意陷害我！"神蛇振振有词，一双眼睛注意着公子光脸上的表情。

"大夫，全国上下无人不知大夫为国君之肱股，是的，你手中无兵无卒，但你掌握着一只看不见的虎符。"公子光说着，脸上露出一丝讥笑，"这是天下共见共闻的事实，大夫就不必谦虚了！"

"大王倚重我，不是因为我这个人，而是倚重天命地形。大王委我以星命治国事，亦非我有本事，而是职司之系，这可能招致了一些人的误会。"神蛇已经镇静下来，"诚然，我也得罪了不少人，但不管我有什么过错，不至于横加篡弑的罪名吧？"

公子光已听得厌烦了，不再和他争论，而是拿起那柄仿制的七星剑，举到神蛇面前，神色凛然地问："这把七星剑，大夫从何处得到？"

神蛇一愣，没有立即回答。

"怎么？大夫难道忘记了这把剑的来历了？"

"此剑是楚人伍子胥赠给我的。"

"伍员是楚国亡命之臣，怎么会无缘无故赠你这把价值连城的稀世宝剑？伍员到底和你什么关系？"

神蛇默然，眼睛瞥了一眼公子光身后的几个人，忽然向公子光使了个眼色。公子光领会了他的意思，对周围说："你们暂时回避，大夫有重要的话跟我说。"

这宫室里只剩下公子光和神蛇两个人了，在火炬下，神蛇的神态阴晴不定，变得神秘而恭顺。他放低声音说："公子，我可以告诉你一个秘密，先王去世时宣

谕的诏书是假的，是太后嘱我作的伪，我对不住你，帮着僚抢了本该属于你的王位，但太后和僚私下早有成议，我不过是替他们做了这番手脚。现在一切还来得及。"

"怎么个来得及法？"

"我可以出来陈明真相，促使僚遵守天命，还位于公子，当然，僚不会乖乖地让出大位，但你只要放了我，我自有办法处置他，到时候，你就是吴王了，虽然这王位对你来说来得太迟了，但毕竟是回归了本位，我也给公子讨得了公道。"神蛇说，"你如果执行僚之命，将我杀掉，这个秘密就永远不为人所知了。况且，僚昏愚，而公子博学多识，又拥有强兵劲卒，难道甘心俯首于这样的伪王？公子，望你审时度势，和我合作，当机立断，我会助你成就王业。"

神蛇说完后，期待地瞅着公子光。公子光望着那张表情诡谲的脸，心里直骂"卑鄙！无耻！"，恨不得上去扇他几个耳光。神蛇能这么说，是他没有想到的。但他灵机一动，克制住内心的愤怒，装出沉吟的样子，在房间里踱来踱去。

"公子，时间紧迫，请尽快决断，这局面不宜久拖啊！"神蛇催促说。

"诏书之事，我当时也有怀疑。但只想到先王是徇私情而不循祖制，没想到竟是有人冒天下之大不韪，公然作伪，要不是你亲口告诉我，我简直难以置信。"公子光气愤地说，"万民仰望的吴王，竟然干起窃国欺民、伤天害理的勾当？王位都可以偷，堂堂宫禁之地，还有什么信义可言，又如何治得好国家？神蛇，此事即使能拨乱反正，但吴国的百姓还是被愚弄了一场，其情实在可恶，我当不当王是小事，如何向百姓交代可是大事，你想过没有？这个罪，你扛得了吗？"

这一番申斥，把神蛇给镇住了。他望着声色俱厉的公子光，现出畏怯的神情，加上天热，他额头上汗出如浆，一向巧舌如簧的他，结结巴巴地说："是，我，我有罪，但我可将功补过。"

公子光经过刚才的一通发泄，冷静了下来，他按原来就想好的思路对神蛇说："好吧，我给你一个将功补过的机会，你给我把作伪诏的过程原原本本写下来，记住，不准要滑头，一字一句都要真实无虚。"

"那么，我写了，公子可就放了我？公子一向宽厚，一定不会食言。"

"当然，我说话算数。我问你，你到底写不写？"

"写，写，快给我松绑！拿笔墨来！"

公子光喊道："来人！"几个甲士闻声进来。

"给他松绑，笔墨伺候！"公子光吩咐。

在另一间宫室的伍子胥听说公子光屏退了左右，单独和神蛇在房间里说着什么，现在又要将他松绑，有些不解。正在疑惑之时，公子光推门进来了。未等伍子胥开口，公子光就把神蛇的供述，自己的意图简要地告诉了伍子胥。

"留着神蛇这封亲笔信，将来一旦出示，现在王位上的那个人还有什么话可说呢？篡位之实，无可否认。这是一个铁证，可供天下人共鉴。"公子光说。

伍子胥听后，深深佩服公子光的聪明。他能够将计就计，获得神蛇和长姊制造伪诏、篡夺王位的重要证据，以便为下一步的行动提供佐证，这是明智之举，可说一箭双雕，既铲除了作恶多端的占卜师，又捏住了僚的软肋，有了这件东西，今后不仅足以堵住任何人的口，也具有律法上的凭证。

"好，这主意不错！"伍子胥赞赏地说，"没想到号称能测得天地演变的神蛇头脑如此简单，以为写下一篇供状能换来一条命，可以想象把国事交托给这样一个骗子是何等荒谬了！"

"此人不仅是个骗子，而且贪生怕死，到了关键时刻，马上把同伙出卖了，而且把罪责都推卸到别人头上，一点担当都没有，僚要是听了他说的话，恐怕要气得喷血！"公子光笑着说，说完从案几上取过一块白绸帛，走了出去。

神蛇席地而坐，用毛笔蘸了墨水，略掂量一番，便在绸帛上飞快地书写起来。他是写惯符咒的，也略通文墨，写这样一篇文字，对他来说并不难。他写完后，看了一遍，从怀中取出一枚雕刻精致的小玉印，盖在帛上，然后往公子光面前一推，大大地松了口气。

公子光把玉印取过来，托在手中，专注地看起来。他记得，在神蛇给朝廷上书时，文书上都盖有这样一枚印，这个狂妄而又愚蠢的占卜师把自己的罪状笔录也习惯地当成了公牍，真是可笑又可恨。

"这个印章，我倒是很眼熟。"公子光说。

"公子喜欢，留着把玩吧，这是越国贡使所赠，是不可多得的宝物。另外，我还有几块上乘的玉璧，世所罕见，也可献给公子。"神蛇一边说，一边察言观色，"你派几个卫兵护送我乘车出宫吧！"

公子光将帛书小心地收起来，顺便把那颗玉印放在案上，说："我不懂这玩意儿，你自己留着吧。"说着一挥手，钮宣义率几个甲士一拥而上，又将神蛇捆了起来，神蛇恍然大悟，"公子，你岂可言而无信？"

公子光冷笑一声："神蛇，你聪明一世，糊涂一时啊！我岂会和你这样的卑劣小人同流合污？你太小看了我！"

神蛇挣扎着，高声说道："光，我可服了你了，你诈了我的笔录作为凭据，又出尔反尔，灭了我再对付吴王，夺回王位，你好阴险啊！拥戴我的军队已包围王

宫，你如果敢对我动手，他们必会冲进宫内来救我，你绝无好下场！"

"神蛇，你简直是痴人说梦！拥戴你的军队？"公子光厉声说，"我可以明白地告诉你，在你进宫之时，你的几个狐朋狗友也都下了狱，等会我可让你到宫外看看，拥戴你的人恐怕连一个影子都没有了。而且，不仅无人拥护你，朝廷内外和军中对你皆曰可杀，恨不得剥你皮，食你肉，你真以为像你这样的恶人，还会有人死心塌地为你殉葬吗？"在公子光斥责神蛇的时候，伍子胥阴冷着脸出现在人群中，虽然神蛇已预料到祸出伍子胥，但当伍子胥真的出现在他面前时，他还是禁不住脑子里"轰"地一声，差点瘫软在地，他竭力支撑着自己不倒下，充满仇恨地看着伍子胥，嘴里发出一连串谁都听不懂的毒咒。他知道事态已不可挽回，念完毒咒后，他平静了下来，等待着最后的发落。

公子光从怀中取出预先拟好的诏令。诏令中细数神蛇四款罪行：阴谋逆反，企图篡位弑君；僭越行事，目无君上；屋顶修饰鸱尾，心存异志；擅取宫中之物，厚自奉养。这四条罪行，条条属实，但避去了最重的制造伪诏、淫乱宫中等罪状，从吴王的角度来说，这两条列出来等于是自辱，当然只能回避。公子光宣读完后大声问神蛇："神蛇，你可知罪？"

神蛇听得很用心，他听出数项罪行中，略过了吴王和太后，知道这诏令是出自吴王之手，或者是经吴王批准的，他觉得只要吴王僚和太后的地位不动摇，说不定念他以前拥立之功，还会救他。

"公子，神蛇知罪，但神蛇不服。人生一世犹如草木一秋，死何足惧？但死也要死得明白，能否请公子禀告大王和太后，在处置罪臣前，让臣再见他们一面，见完之后，是杀是剐就由你们了。"神蛇哀求说，"公子，你我以前相处尚可，我没有对公子做过有害的事。我求公子向吴王和太后传言，我到了地府也会感恩的。我明白，吴国迟早会归政于公子的。"说完，他跪拜下去，伏地连连磕头，没有几下，他的额头上便渗出血来。

伍子胥朝公子光直摇手，公子光点点头。他当然清楚神蛇在要什么花招，他早就看出这个蛇蝎心肠的人还在企图借吴王僚和太后的庇荫逃过一命，他有意要趁太后不在时下手的，就是怕她在他们对神蛇动手时会出面干预。因此，现在她正在五湖边，即使乘最快的马车，也要两个时辰才能赶到梅里。神蛇这辈子是不可能见到太后了。但吴王此时就在大殿的侧室里等着自己的消息，他和神蛇相距仅几步之遥，见面非常容易。但公子光不可能让他们相见。他估摸若让神蛇和吴王僚见面，神蛇除了苦苦求情，说不定会以伪诏的事来要挟他，吴王僚害怕以前的阴谋被揭露，很可能会改变杀他的心思，因此，公子光绝不会上神蛇的当。他看着伏在地上的神蛇，正色道："太后在别宫，不可能即刻来到王宫。刚才对你的诏令，是大王的决断，他不想见你，你有什么话，就对我说吧，你尽可放心，我一定给你把话带到。"

神蛇听后，知道已经无望了，他爬了起来，脸上露出一丝惨笑，说："盛极而衰，我是自找的，早该想到会有今天，可我大意了，是毁在自己手里。好了，到了这一步，我说什么都没有用了。姬光，动手吧，痛快些！"

于是，钮宣义领命将神蛇推出王宫，因为吴王僚关照，最好把他押到宫外枭首。僚的用心公子光有数，他怕血染王宫，血气太重，也不太愿意看到他横死在自己眼前。

宫廷的广场上，几百甲士肃立在那里，鸦雀无声。神蛇抬头仰望着夜空，空中仅悬着一轮圆月，忽然，一颗流星飞箭般地划过，带着长长的一束亮光，坠落到无穷无尽的黑幕中。

"是我去的时候了，天都不容我了！"神蛇叹息说。

"你从天象中看到你的末日了？"公子光问。

"公子看到那颗流星了吗？那就是我殒命的兆头。天上掉一颗星，地上丧一个人。"神蛇说完，神色有些沮丧，低下头沉默了。公子光鄙夷地看了他一眼说："既然明白了，就快走吧，别磨蹭了，伸头是一刀，缩头也是一刀嘛！"

听公子光这么说，甲士将神蛇连拖带拽地押到宫门外。一看之下，不要说神蛇，就是公子光和伍子胥都感到吃惊，原来空旷的场地上，立满了举着火把的士兵以及闻讯赶来的百姓，火光把广场照得通明，也照亮了军民们愤怒的脸庞。一见神蛇被押出来，吼声从四处雷霆般地响起来："打死他！打死这条毒蛇！""车裂！烹了他！"

神蛇哪见过这样浩大的声势和场面，他竭力想振作精神，但整个人却不由自主地瘫成一团，额头发汗，阵阵眩晕，被甲士们像鹰抓小鸡似的腾空抓住，对生命的留恋使他本能地双脚乱蹬。见他挣扎，军士和百姓像洪水般不可阻挡地涌了上来，几个抓住他的甲士趁势松手，神蛇跌倒在地，人们对他拳打脚踢，又骂又揍，士兵的戟和刀、百姓的棍棒和石块一齐向他扑来，顷刻之间，神蛇死无全尸。

公子光又带了一队甲士，冲进神蛇的府第，抄没了他搜积的金银珠宝、青铜器、奇珍异宝以及一屋子的书简。他的家人被贬为奴，仆人奴隶全部释放，解除奴籍，成为庶民。后来又查明，神蛇还另有几处府第，还有上百里采地，这些也均被籍没。他的同党同伙，包括在军中的爪牙，几乎被一网打尽，罪恶多端的正法，罪恶较轻的革职查办并处以拘禁。那把仿造的七星宝剑和青铜礼器、食器被

献给了吴王僚，玉器包括神蛇的那枚小玉印、几块玉璧都为太子庆忌吞占，一座花团锦簇的园林也给了庆忌。神蛇的另外几座府第被赏给了姬僚的二儿子盖余、三儿子烛佣。吴王僚的三个儿子对铲除神蛇都极力支持，庆忌率兵镇守楚吴边境，公子光持虎符调他的兵时，他二话没说，派出了一千精兵，布置在宫外。但公子光最精锐的兵，是以钮宣义为首的禁中侍卫，还有就是在农庄里隐伏训练的兵。这些兵许多是公子光买来除去奴籍的奴隶，平时充作农人耕作田地，对公子光死心塌地。公子光对神蛇实施抓捕时带的就是这些奴隶出身的兵。

太后长姝是第三天才得到神蛇被处死的消息的，是太子庆忌骑了快马到五湖别宫来看望她时透露的。原来风姿绰约的她已显出老态，先王病死前后，她整天和占卜师缠绵，近乎放浪形骸了。后来儿子登位，名义上是亲政，但国务事无巨细都是她管，刚开始都得问神蛇，没有他，她是撑不过来的。她虽读书不多，但天性聪慧，而且城府很深，在吴宫中，她开始不算得宠，但她凭着心计和献媚的功夫，很快就击败了一个又一个竞争对手，脱颖而出，成为吴王最宠爱的女人，生了儿子僚之后，她更是炙手可热。馀眛最后将原配的王后废掉，让长姝当了王后，她一跃成为中宫之尊。

在神蛇的指导下，她逐步掌握了处理国事的基本要领，经验也日益丰富起来，她希望儿子能成为堪当重任的一代明主，所以，慢慢放权给僚。初当国君时，姬僚看上去很想有所作为，英俊敏睿，发奋读书。但好景不长，没几年他就渐渐成了一个沉迷酒色、不思国政的人，她一直鼓励他不管做什么事，都要拿出男子汉大丈夫的魄力来，哪怕错也要错得有胆气，但他总是那样畏首畏尾的，没有一点阳刚之气。

长姝知道，儿子扶不起来，她和神蛇都有责任，神蛇太霸道跋扈，自以为是，凡事都要听他的，而自己又一味迁就他，儿子便干脆甩手不管。但她清楚儿子心里有一股气，有一种难以诉说的屈辱。有几次，在上朝时，儿子作出的决断被神蛇当场否决，神蛇甚至放肆地大呼小叫，儿子当时脸色很难看，却不敢流露出一丝不满，更不敢拿出君王的威严来，只得顺着神蛇的意思，或表示默认，或点头同意，甚至强装笑颜。可回到后宫，他却需要发泄愤怒，对宫女和内侍常常找茬发脾气、摔东西、拍案桌，骂声不绝，而更多的时候是躲在寝宫发闷气或借酒色麻木自己。

这几年，长姝过得并不快活，随着年岁的增长，她和神蛇已很少有男女之欢，即便有，也没有了以前的那种令人陶醉的激情。他们可说是慢慢疏远了，这种疏远让她变得客观和冷静。神蛇固然会勾起她许多温馨的回忆，但也唤起她对先王

和儿子的负疚感。这些天，住在五湖边，面对浩瀚的湖水，她不仅没有沉醉之感，反而心头总像有样东西压在那里，沉甸甸的。她思索起吴国当前的局面，儿子这样饱受神蛇欺压又无反抗之力，只能终日沉迷酒色，无所作为，说他是昏君并不为过。这样下去如何是好？想到这些，她忧心如焚。

因而，当太子庆忌向她禀报，宫廷发生了大事，神蛇已被押向刑场处决，被宫门外广场上愤怒的人群围殴而毙时，她震惊之余，竟产生了一种解脱感。神蛇固然死得很惨，但唯有这样，才能使疲软的儿子得以振作，吴国才有可能得到拯救。说实话，她已明显感觉到神蛇的野心和欲望的膨胀，其心不善，而这种结果也是她一手造成的。现在儿子果断地处置了神蛇势力，除了一个祸患，也除了她的一块心病。想到儿子能沉着从容、义无反顾地对这样一件极具风险的大事作出周密妥帖的安排，证明儿子还是有点能力的，这让她多少感到些宽慰。

"怎么发现神蛇有不轨之举的？是你父王亲自发觉的，还是谁告发的？"太后问，"神蛇平时是有些张狂，但处决他也得有证据啊！他毕竟是朝廷重臣！"

"是公子光告发的，抓捕处置神蛇的也是他，是父王授权于他调兵遣将抓住神蛇的，我估摸整个举动都是公子光谋划的。"庆忌说，"太后，您是知道的，父王哪有这个本事！"

原来是这样！太后心里一惊，连忙又问："公子光怎么知道神蛇要谋反？"

"有个楚国逃亡到吴国的大臣叫伍子胥，他知道神蛇企图篡位弑君。"

"此人我知道，他的父亲和哥哥都给楚平王杀掉了。他在吴国乞讨为生，但他乞丐之身，如何会探得神蛇这样的机密？"

"父王告诉我，是神蛇拉拢伍子胥，认为伍子胥文韬武略，可以辅佐他成就大业，便很倚重他，和他商议谋反的计谋，许诺事成后委以重任。不料，伍子胥将这个秘密暗中通报给了公子光，公子光再向父王禀告。"庆忌说，"神蛇想趁和父王一起出行打猎时，对父王下手。神蛇真是居心叵测，已经大权独揽，父王处处让他三分，还不以为足！"

"有证人吗？"

"孙儿不知，据说在对神蛇行刑前，公子光单独审过他。神蛇还写了供状。"

"你看到供状了吗？上面写了些什么？"

"孙儿没有看到，我问过父王，他也没看到。"

太后感到这件事隐藏着不祥之兆，公子光这些年的平静和沉默有些反常，他明明知道王位应该是属于他的，先王的伪诏瞒不过他，但他装得不以为然，而且处处表现得心悦诚服。她曾跟神蛇说过，公子光不是这样乖巧的人，说不定他在

伺机而动。可连老奸巨猾的神蛇都给他的伪装蒙蔽住了，不知为什么，神蛇一直认为公子光是个儒雅而没有权力欲望的君子，他对王位就像季札一样，并不贪恋，所以构不成威胁，不必多提防。但太后凭自己的直觉，总感到公子光有着两副面孔，一个是大家所看到的，令神蛇放心的温顺的面孔，另一个是睁着一双怒目的不屈的面孔。她听了庆忌的诉说，更坚定了她对公子光的看法，也有些后悔以前没有在神蛇和儿子面前坦言自己的感觉。

"你觉得公子光怎么样？"她问庆忌。

"公子光没那么简单，他不像神蛇，神蛇再猖狂，也当不了王，而公子光具有符合法理的继承国君的身份。"庆忌沉思了一番说，"我还听说，神蛇预备除掉父王后，准备在盖余和烛佣中选一人继位，神蛇的目的很明确，两个弟弟还年幼，不太成熟，可以当他的附庸，而我已成人，还带着兵，不易受他牵制。神蛇可说煞费苦心，但也说明他自己还不敢篡位称王。而公子光就不同，他如有二心，必称王无疑。"

太后对庆忌的分析大感意外，以前她只知庆忌从小就习武，勇猛力大，体格魁伟，喜好和一批大家子弟舞枪弄刀、打架斗殴，对读书毫无兴趣，大字不识几个，一直为他父王看不起，认为他头脑简单，知识浅薄，充其量当一个拼拼杀杀的悍将，继承王位不一定合适。吴王僚虽立他为太子，但仍在观察另两个儿子，一旦发现其中一个才干不错，随时会把他替换掉。太后在这一点上和吴王僚是有默契的。但刚才听了庆忌的话，她觉得他不仅不糊涂，而且极有头脑，不禁对他刮目相看，这个一向不被自己所看好的孙儿，让自己突然发现以前是自己看错了。他貌似粗鲁，心思却是细致的，而且讲话不紧不慢，神态不急不躁，这才是王者之气啊，看来他将来会胜过他的父亲。

太后长长地舒了口气，心里顿时踏实了不少，她殷切地对庆忌说："神蛇这事就过去了，他的下场是自作自受，不足为惜。你刚才对公子光的看法很有道理。他这个人确实深不可测，背后还有一张脸，从处置神蛇这件事来看，蹊跷之处很多，其中可能藏着他的什么阴谋诡计。今后你要多留点心，你父王就是那样了，平平稳稳地过上几年，不要出意外，吴国就是你的了，你听懂了吗？"

"太后，孙儿听懂了。我会掌稳军队的，不让任何人卸磨杀驴。"

"好，好，你能这样想，我就放心了。走，我随你一同回宫。"

这天下午，太后长姝和太子庆忌一起乘车回到梅里王宫。太后矍铄的精神和兴奋的神态令包括吴王僚在内的所有宫廷里的人都感到意外。当晚，太后和吴王僚一起在大殿宴请百官，公子光和季札坐在头排，每人的案几上都摆着简朴的膳食，所用器具也都是漆器、陶器，锃亮的铜器都不见了。原来王宫的奢靡之气一扫而光，让人耳目一新。

"我在五湖别宫消暑几天，没想到都城里发生了这样的大事。神蛇受国厚恩，奉先王遗诏，辅佐政务，本应尽忠报国，不料他却在暗地里谋划造反，妄图篡位弑君，犯了死罪。不管他以前立过多大的功，都是功不抵罪，罪不能赦，天地不可容。"太后长姝铁青着脸，严厉地说，"这样的人不杀，杀谁？所有的乱臣贼子，不管他是谁，藏得多深，采取何种手腕，他迟早会暴露无遗，得到和神蛇一样的下场。这次让我感到幸运的是，吴国的王族在国家危难之际，能合成一力卫护王脉，特别是公子光为擒神蛇出手神勇，策见高明，太子庆忌抽调精兵，携旅回都，及时护宫，如果没有他们的果敢，不知会出现什么样的局面，想想真让人后怕。他们不愧流着先祖的血啊！"

大殿上一片寂静，只有太后高亢的声音在回荡。

公子光脸上没有表情，泰然自若，但心里在冷笑。世上竟有这样厚颜无耻的人，说得这么慷慨激昂，难道就没有一点羞愧之心？神蛇之所以会得势，会这样嚣张，还不是她一手造成的？馀眛之死，伪诏出笼，都和这个狠毒乖张、行为放荡的女人有关，她难道就不能反躬自省吗？真是不要脸的人才说得出不要脸的话！

"太后所言极是，神蛇反叛，寡人早有察觉，说句实话，寡人身为一国之主，也有不是之处，国家大权，不可旁落，而神蛇权力太大，势焰日炽，与寡人的放纵和松懈分不开，结果养虎为患。若没有这次的行动，国将不国了，寡人的脑袋也要搬家了，教训啊，沉痛的教训！"待太后说完，吴王僚接着说，"今后，寡人要勤奋治国，稳掌朝纲，整顿吏治，以继先祖遗志，众卿务必尽心尽力襄助寡人。大家听到了吗？"

殿内的大小官吏立即齐声回答："诺！"声音洪亮而整齐。

"好，好！只要你们为国家恪尽职守，同心协力，寡人自会论功行赏。另外，寡人已痛下决心，在宫中力戒奢侈之风，一切从简，尽量紧缩开支，省下来多用在百姓身上。"吴王僚说，"从今天起，寡人食无珍味，衣无锦缎，少食鱼肉，少饮酒！"

听吴王僚说到这里，本来肃穆的大殿中的众人纷纷交头接耳起来，嗡嗡嘤嘤地响成一片。众大臣显然对国君所作的承诺表示质疑，但不敢大声说出来，只有季札被姬僚的话所感动。

"国君承诺勤政爱民，节衣缩食，省下资费用于百姓，如此深明大义，胸怀社稷，是国家之大幸啊！"季札动容地说，"百姓的生存，子民的福分，皆赖君而行，

只要时时感念民众的甘苦，想他们所想，急他们所急，就能定民心激民志，这就是最好的治国之道啊！"

吴王僚听了季札的赞誉，十分得意。眼光扫到公子光身上，他也盼公子光夸他几句。但他看到公子光在掩嘴微笑，分明是在讥笑自己，顿时有些不高兴了。他大声问："光，你在笑我夸海口是不是？是怀疑我做不到是不是？"

吴王僚没有说错，公子光听僚煞有介事地说少吃鱼肉少饮酒，只觉得滑稽可笑。无论如何他都不相信姬僚会兑现自己的诺言，他十余年醉生梦死，笙歌鼎沸，奢华至极，岂能过得了这样清苦的日子？这真是天大的笑话。

但见吴王僚在问自己，而且一脸的不悦，他马上警觉起来，收敛笑容说："我岂敢讥笑大王，我是为大王的决定感到惊喜，正如四叔所说，这是感念民众的甘苦，胸怀社稷，深明大义，让臣感到敬佩，也自惭形秽，要说讥笑，我是讥笑我自己，不管怎么说，我过惯了锦衣玉食的生活，那样的苦我可吃不了。"说着，自嘲般地笑起来。吴王僚也跟着笑起来，接着，全殿响起轰然大笑。这笑声中有何意味，只有各人自己晓得了。

事毕，伍子胥依然回到自己的草药铺。

吴王姬僚向公子光表示，伍子胥在这次平定神蛇的过程中立了功，又奉献了一把七星宝剑，应有所犒赏，可以入朝为官，给予一定的禄位。公子光不想伍子胥过早抛头露面，参与国务，更不想暴露伍子胥和自己的不寻常的关系，于是，婉言反对吴王僚的好意。公子光说："伍员大概被残暴的楚平王吓怕了，至今心有余悸，看来让他入朝当客卿是不太可能的了。不如赏他一笔钱，再给他一座宅子，让他衣食无忧，居有定所。他的家眷也没有了，他安定下来后也可娶亲成家，若愿意在商贸上有所成就，也有了本钱。"

姬僚听后点头说："既然他有顾忌，就不必勉强了，奖赏的事你去办吧。这伍员当年的俸禄必不会少，不肯做官可以体谅，但犒赏一定要优厚，不要让人家觉得我们吴国小家子气。"

"大王的一片宽厚体恤之心，定会让伍子胥感激涕零。他肯定会感到吴国不愧是一个仁义之邦。"公子光说。

这天晚上，在公子光的府第，公子光和伍子胥对座饮酒，他们心情都很放松，虽然除掉神蛇仅是第一步，离夺回王位的目标还有很长的路要走，但顺利除掉神蛇的势力，毕竟向这个目标迈进了很大的一步。案上摆设了丰盛的酒果，用的是红陶的食器，陶具比铜器轻便、实用。通过这一仗，两人情分更深，到了无话不谈的地步。

"伍卿！僚提出要你入朝为官，被我婉言谢绝了。你还不到做官的时候，说得透一点，现在你还不宜张扬。"公子光大口喝着酒说，眼中流转着愉悦的光辉，"僚身边不仅仅有一个巫师，还有其他奸人，太后和太子庆忌都比僚有心机，太后在这次行动后说得那么冠冕堂皇，显然是言不由衷，但她能这样沉得住气倒是我没有想到的，而且她的弦外之音，分明是说给我听的。僚还说什么要大振乾纲，整肃风气，崇尚节俭，以吃菜蔬为主，虽是笑话，但这是有人教他的。说不定他们对你我已有所防备，伍卿，我们还是小心些好，你以为如何？"

伍子胥对"伍卿"这个称谓，感到有些陌生，更感到诚惶诚恐。卿是对有声望有德才的人的尊称，还有爱卿的含义，是一国之主对最信赖的臣下的称呼。公子光还不是国君，但他潜意识中即位的信心加深了，很自然地称伍子胥为伍卿，足见公子光对伍子胥的看重。

"公子所言甚是！"伍子胥说，"我和公子的关系仍需显得若即若离，不能让他们看出我们太投机。至于入朝为官，非我所愿，出入王宫，抛头露面，更为不妥，也不合时宜。我的志向是扶助公子夺回王位，兴盛吴地，强国富民。所以此事决不可行，公子拒绝得好！"

"不过，僚要犒赏你，让我办理，我和司库大夫商议后决定奖你黄金百两，宅院一所，骏马两匹，奴仆三名。你就不要推辞了。不能给伍卿官爵、禄位，但苦日子不能再过了。"

伍子胥听后连连摇头说："公子，这使不得，真的使不得！"

"这是僚先提出来的，不是你伸手要的，也不是我给你的，为何使不得？"公子光疑惑地问。

"我何尝不想过好日子？可公子想过没有，我若得了这么丰厚的奖赏，必引人注目，我伍子胥一下就出了名，你刚才说我不宜张扬，可这样做岂不明摆着是为我吆喝？"伍子胥笑着说，"全梅里都会感到好奇，一个市井吹箫的异国人，一个草头郎中，怎么一下有了这样的荣耀？国君何故赏赐他这么多东西？如此情势，我必置身于众人的窥探之下，可我为公子办事，最重要的就是隐蔽。所以，公子，什么奖赏我都不要，我还是回我的草药铺，缺钱了或办事所需，我自会不客气地向公子索取，眼下虽清苦，但伍员已足矣！"

公子光神色大变，他已从伍子胥话中听出深意，他顿时惭愧起来：杀了个神蛇，就差点忘乎所以了，伍子胥想到的这些自己却忽略了，伍子胥说得完全准确，自己的最终目的是夺回王位，所以，无论是伍子胥还是自己，都不能掉以轻心，要处处以蛰伏之态出现，回到过去那种状态，一言一行不能有半点的大意。

"伍先生，你提醒得对，我差点犯了大错，吴王对你的赏赐不该要，而我，更是要夹紧尾巴做人，否则，会坏事的。"公子光郑重地说，"僚宴请时，我笑话他，有些失态，这也是不该的，当时僚就很不高兴，大声责问我为何讥笑他。这样的错今后绝不能再犯了。事情的成败往往在不经意中，如神蛇，那么个精明老到的人，会将机密随随便便透露给你，我觉得也是他的不经意害了他。他傲慢自负得目中无人，讲话也是大言不惭，情不自禁口出狂言了。他是自己断送了自己。不是有'一言兴邦，一言丧邦'之说吗？伍先生，请你今后及时提醒我，我犯糊涂时，要敲打敲打我。"

"公子言重！"伍子胥连忙说，"也不必过于拘谨，蛰伏之态贵在自然，太过了就是做作，使人觉得你是作假，这也不是好事。僚说大话，无人会信，你讥笑他一下也无妨，以你的地位身份及你们自小的关系，在小事上偶尔嘲讽他一下完全可以。你们是天生的一脉兄弟嘛！"

公子光频频点头，伍子胥已让他衷心倾服，他的告诫不仅完全有道理，更重要的是处处显示了对自己的忠心。他再次感到能结交伍子胥这样一个卓尔不凡的人，是他一生中最大的幸事。

外面下起了雨，风声雨声一片喧嚣。

酷热的天气顿时凉爽了下来，两人谈了一个通宵，决定了下一步计划中重要的一着，即由伍子胥以四处采集草药为名，物色一位勇士，用意想不到的方法刺杀僚，一举夺回王位。

"此事不能急，要缓缓图之，以最少的人出其不意地诛杀最强的人，这是高明的一招。大动干戈，起兵硬干，必造成内乱，且制胜把握不大。姬僚和庆忌重兵在握，你虽是大将军，但虎符已交还僚，无调派军队之权。故以刺僚为上策。"伍子胥说，"关键是刺僚的这个勇士不容易找，既要力大勇猛，又要义无反顾，视死如归，这样的血性汉子天下可没几个！"

"物色勇士一事，光拜托伍先生了。我确信凭伍先生的慧眼定能识得奇勇之人！"说到这里，公子光起身向伍子胥一揖到地。

第 三 章

　　伍子胥是在五湖边的一个渔村里遇见专诸的。

　　五湖是一个很大的湖，浩瀚无边，湖边栖息着成群的湖鸥，时不时成群地飞掠湖面，景象壮观。湖里岛屿密布，岛上密林中有獐、野猪、兔等动物，也有虎狼之类的猛兽。蛇也很多，它们自古被看作神物，人们对它又敬又怕，不敢触碰。湖水清澈见底，有着捕捉不尽的鱼虾和蕴含奇异珍珠的蚌类，还有一种生有一双毛茸茸的螯、横着爬行、外壳坚硬的怪虫。秋天的时候，这种怪虫就莽莽撞撞地出没在湖滩的淤泥、礁石和芦荡里，霸气十足，像一只只巨大的蜘蛛，吐着白沫。

　　当地有一个叫专诸的渔民，擅长烹饪这种怪虫，他将它捉了，放在釜中用柴火煮熟，熟了的怪虫通体透红，散发着特别的香味。专诸吃得津津有味，一边吃一边喊："鲜啊！太鲜美了！"

　　专诸有一条破烂不堪的独木舟，除一口千补百衲的渔网外，还自制了一整套渔具，有鱼叉、鱼梭、鱼钩、鱼竿、鱼棍、挠钩等。专诸捕捞的本领在湖畔的村落里是出名的。他能用鱼叉毫不费力地叉住一条条在水里灵活穿梭的大鱼，鱼叉够不到的地方，就用鱼梭，这种渔具是专诸发明的，他从打过仗的战场上捡来一个个铜箭镞，把它们磨得极其锋利，拴在一根麻绳上，见到远处有一条大鱼跃出水面，他便投掷过去，几乎是百发百中。他还用芦秆和藤条编了个大笼子，装上一扇活门，在笼子里塞进一些鱼饵，将它扔到水深的地方，成群的各种各样的鱼会闯进来，笼子一吃重，活门便会关上。第二天，专诸拉起这只变得沉甸甸的笼子，里面往往有大半笼子的战利品。专诸钓鱼时则利用水流、阴面、阳面、风向、水的深浅、鱼的洄游规律布竿，一次布上四五根鱼竿，以蚯蚓、昆虫、螺肉等作饵，一般都会满载而归。

　　专诸个子矮小，下巴上长满了浓密的胡子，眉骨突出而眼眶深凹，皮肤被阳

光晒得黝黑发亮。他身强体壮，一块块肌肉坚硬无比，走路和跑步敏捷而飞快，而且力气惊人，一个人就能把独木舟拉上岸。

专诸所住的渔村坐落在一个风光美丽的河湾，这条河直通五湖。村里家家户户以捕鱼捉虾为生，也垦荒种植蔬菜和稻子。专诸捕鱼技能不俗，他卖鱼虾得到的钱已够他养家糊口。他家的草房子比别人家的要大一些，屋顶的草铺得很厚实，屋前有一个围着篱笆墙的大院子，老母亲和妻子在院里饲养着一群鸡鸭，屋后种着几垄菜地，自奉已足。家中有一台织机，妻子米春在上面织的布料不但能供一家人穿衣，多余的还可以拿到梅里集市出售。梅里离这个村子很远，乘船或乘犊车单趟要一天，在市场待一两天卖布，再花些时间逛逛市场买点农具和日用品，这样往返至少要三四天。所以，米春去都城都是和村里其他小媳妇结伴而行。她嫁给专诸后，去梅里不过两三趟。都城的繁华让她们眼花缭乱，处处都感到新鲜。在都城里，虽然有看不完的景致、买不尽的物品，但米春却感到有种莫名的紧张和逼仄。她走在街上，有许多浪荡少年、公子哥儿模样的男人会向她投来轻薄的或欣赏的目光，她只得低垂着头，极力躲避着他们。在村里很少有人觉得米春姿色出众，最多夸她头发浓黑。确实，她的一头秀发像缎子那样又黑又亮，谁看到都会眼前一亮。她的身子单薄，五官清秀，肤色白嫩，脸庞只有巴掌大，腰肢更是纤细。可在崇尚劳作的农夫渔夫眼里，体魄矫健粗壮才是美。

但是，吴国都城里的贵族和士子眼中的美和粗野的农夫渔夫眼中的美是截然不同的。楚王好细腰的风气已传到吴国。楚吴这两个国家素来不和，几十年里无数次兵戈相对，至今仇恨未消，但在习俗和文化上却互相影响，互相渗透。单薄瘦弱的米春，在都市里看惯了冶艳女子的大家公子和士大夫子弟看来，俨然是绝色。这就是为何米春在梅里街上一走，会那么引人注目的原因。对此，米春是浑然不知的，她做梦也不会想到，自己会在这个车水马龙、人流不息的都市里被一些人看作大美人。

回到家后，想到那道道像刀锋般的眼光，米春还感到纳闷和心慌，几次想告诉专诸，都难以启齿。在这以后她有两年多未上梅里，织的麻布已积了不少，急需出手换钱，家里也等着要添几件农具和渔具，村里的女伴几次约她去梅里，她一直在犹豫。

今年开春的一天晚上，专诸捕鱼回来，他捕捞到了几条罕见的大鱼，卖了好价钱。回到家里，他喝了些酒，吃了一只捕捉到的鳖。夜深人静，春夜寒凉，专诸紧紧抱住米春纤巧的身子，夫妻俩脸儿相偎，耳鬓厮磨，低声说着话。

"你怎么啦？为什么不太愿意去都城？"专诸怜爱地问妻子，"你是怕麻烦，

还是怕花钱?"

米春摇摇头,她不想解释真正的原因,只将小小的脸更紧地贴到丈夫厚实的胸膛上。别看专诸长得粗陋,对她始终那么温柔体贴,从没有大声说话,也从来不给她脸色看。

"去吧,把麻布卖掉后,买些香粉、胭脂回来,再买些好看的布料。这些年,太为难你了。"专诸说着,抚摸着米春披散在枕上的长发和白润的手臂,"都怪我没有出息,让娘和你、孩子过不上好日子。"

米春伸手捂住专诸的嘴,柔声说:"快别这么说,我们一家人过的日子哪一点比别人差?我很满意了。再说,我不是娇贵的女人,你那么能干,我有你这样的男人该知足了。"

"不,我要让你们过得更好。"专诸说,"我要把你打扮得像公主一样,母亲大人像太后,绵阳和卓荣像小王子。"绵阳和卓荣是他们的两个儿子。

米春的小手在专诸的脸上刮了一下,笑着说:"说这样的话,不觉得自己是厚脸皮吗?我们是贫贱夫妻的命,我是个平民女子,能那么贪心吗?我别无奢望,但愿一辈子都能这么幸福,还有,娘能一直无病无痛,长命百岁,绵阳和卓荣能像你一样能干、善良。"

"会的。你放心,我会让你一辈子幸福的。"专诸发誓一般,"我知道你的心里,从来不嫌弃我是个粗人,就是国君迎娶你入宫,你都不会离开这个热烘烘的草窝,是吗?"

"是!"米春回答得很坚决,"金窝银窝都不如自己家的草窝。说实话,我在都城看到那些贵族过着锦衣玉食的生活,我一点都不眼红,反而很讨厌他们,一个个看我们的眼光就像看异物似的,就像牢头看犯人一样,死死地盯住我们。"米春终于把久藏在心中的不快说了出来。但她没有实说,因为那些目光死死盯住她是真的,但不是将她视作异物或是犯人,而是色迷迷的,只有女子才会有这样的敏感。

"这些人死死盯着你,不会是被你的美丽吸引了吧?"

"别瞎说,我这个乡下婆子土里土气的,什么美丽不美丽的?肉麻死了。"米春故作生气地说,"你可不能这样乱说,让人听了好笑。"

"这有什么好笑的,在我看来,我老婆好看得天下无双!"专诸略显激动地说。说完,搂住米春的脸直亲,硬硬的虬须扎得米春很疼。她没有推开丈夫,反而将丈夫抱得更紧了些。

专诸轻轻地说:"趁雨季没有来,过两天就去趟都城吧,别省钱,喜欢的东西

就买，去那里一趟不容易，好好玩上几天！"

初春之夜的五湖边湖风激荡，在草屋顶上呼啸而过。专诸和米春这对恩爱夫妻入睡了。他们深情相拥，忘却了生活的辛劳。

第二天，专诸又捕鱼回来了，但他一个钱儿都没有带回来，只带回一支挽髻用的玉钗，是素玉做的，没有精致的雕刻，只是一个极简单的蛇形。蛇是米春的属相。这个玉钗是专诸用半船鱼从鱼肆老板那里换来的。虽然不是珍品，但到底是件玉器，平民女子、渔民之妻能用上玉钗是难得的了。米春爱不释手，但还是忍不住埋怨专诸几句，说："你也太不懂事了，这种东西，岂是我这种平民女子佩戴的？"

专诸的老母亲在一旁笑眯眯地对米春说："米春，拿着吧，这是他的一片心意。"

"是，娘，我收下就是了。"米春将玉钗插到发髻上，漆黑的眼睛瞟着专诸，"他爹，只此一回，下次不要这样乱花钱了。"说着，笑得合不拢嘴，露出两排整齐的像贝壳那样白亮的牙齿，让专诸看得傻了。

过了几天，米春和女伴再次乘船来到梅里。水道成网的江南，水路四通八达。米春将自织的布匹打成包袱，还带了一个荸荠形的盖篮盛放几天的吃食和零散的小物品。一路上都是碧绿的原野，农夫和渔夫不是挥锄种田，就是撒网捕鱼，各种各样的船来来往往，河岸上的柳丝千条万条，仿佛一面面碧玉珠帘。不知过了多少座桥，最后进了百渎河，这条河直通都城梅里。

到了熙熙攘攘的都城，米春和女伴们先来到东河头市场，将织的布卖掉或交换其他物品。几家铺子有熟人，铺主对米春织的麻布最满意，出的价也最高。因为米春的布不单单是白色和玄色，还土法印染鱼和莲的花样，底色是青蓝的、灰色的，花样是白色的。卖完了布，米春便暂别了女伴，来到卖渔具和农具的地方，她准备给专诸买一把更好使的鱼叉。

正当米春在渔具铺子转悠时，她被人盯上了。这个人就是那个酒糟鼻子，管市场的胥吏。这个时候，神蛇还未除掉，他除了充当神蛇的耳目外，还替神蛇猎艳。荒淫无度的吴王僚，后宫佳丽无数，其中有不少是抢来的民女，而且大都是神蛇替他物色来的。吴王僚听说楚王宫中的美女的腰肢越来越细，脸蛋越来越小，宫中嫔妃为了得到楚王恩宠都纷纷少食甚至不食，以致饿得面黄肌瘦，弱不禁风，还饿死了几个。这股风气已由楚国传入吴国，贵族中也流行以细腰清瘦、小巧玲珑为美，吴王僚听了心里痒痒的，要神蛇替他物色几个这样的女子到王宫来。神蛇有些为难。贵戚豪门、高门大族中，可能有这样的小姐，但不易接近。平民女

子，大都体壮腰粗，皮肤粗糙，气质粗俗，即使有几个瘦弱的有几分姿色的，也都是病恹恹的。随着时间的流逝，吴王僚对细腰美人的欲望越发不可抑制，神蛇只得授意包括酒糟鼻子在内的一批走卒使劲物色。

酒糟鼻无意中发现了米春，他又惊又喜，这个女子完全符合吴王的口味，细腰婀娜，小脸俊秀，五官无可挑剔，特别是一双眼睛黑白分明，水灵灵的；皮肤也很娇嫩，没有丝毫粉饰，天生丽质。看她的举止打扮，是个难得来都城的村姑，但发髻上插着一支玉钗，倒是非乡下女人所用的首饰。酒糟鼻有些怀疑这个女子是哪一家的闺秀心血来潮，故意装扮成平民出来逛街。可当目光落到她手提的那只青竹编的盖篮，他马上否定了自己的猜疑，这种盖篮除农家使用外，在任何一个大户人家都见不到，金贵的小姐会偶然扮一回村妇，但决不会拎这么一只最普通最廉价的竹篮子出门，更不会在卖农具和渔具的铺子里盘桓。

酒糟鼻打定主意，唤来几个着仆从衣饰的兵丁，对他们细细交代了一番后，便消失在人群中。

米春挑了一把铜镰刀、一支铜鱼叉、一个盛鱼的网兜，这几样渔具丈夫一定会欢喜的。她还想再挑一把吴钩给丈夫作防身之用，但这把钩的刀刃很锋利，要价不菲。她还想给婆婆和两个幼小的儿子买几样礼物，犹豫了一下，还是离开了那家铺子，惦记着女伴，她站在道路中间，向周围张望着。正在这时，几个壮汉悄悄靠近她，猛然扑过来，刹那间已将她牢牢架住，她惊骇地大声呼叫起来，那只盖篮和刚买的几件物件散落在地。一个壮汉用一只蒙面罩套住她的头，迅速地将她轻盈的身子塞进停在一旁的马车车厢里。几个壮汉随之跳上车，马车飞驰而去。

米春的女伴没有一个人看见刚才发生的一切。有几个铺子的伙计和几个市井小贩、几个引车卖浆人看到了这一幕，可他们都不敢大声声张，只是暗暗叹息摇头。卖农具渔具的一个小伙计走到马路中间，收拾起掉落在地上的那只盛着杂物的盖篮和镰刀、鱼叉和网兜，存放在店铺的一角，他知道她的女伴一定马上会找来。

果然，不一会，米春的女伴找来了。伙计把米春掉落的东西还给了她们。女伴问道："她人呢？出了什么事了？"伙计摇摇头说："你们别问了，她是给人请去了，再也回不来了，你们回去吧。"女伴不解，都城里她一个人都不认识，有谁会请她？是不是给强人抢去了？伙计不作声，过了一会才点点头："你们知道是怎么回事就行了，不要多问了，快回家告诉她的家人吧，不要指望她能回家了，趁早死了这条心吧！"女伴继续追问："这个强人是谁？光天化日之下敢抢民女，这个

人到底是谁?"伙计只有暗示说:"他是吴国最强的人,国家都是他的,别说一个女子,全国的女人,他只要看中,都是他的。懂了吗?不要多说了,这个强人会善待她的,别替她担心,她是因祸得福,她再也用不着活得那么辛苦了。"

同伴们不甘心,又在都城里四处寻找了两天,她们猜测是给大王的手下抢到王宫去了,于是还去王宫周围转悠,但王宫禁地,戒备森严,未等走近,她们就被宫廷卫兵喝退。姐妹们沮丧地回到村子里,村里人无不为此长叹唏嘘。专诸反复抚弄着那些农具和渔具、那只已受损的盖篮、米春使用过的每一样物件,上面都还散发着他妻子的气息。他的牙齿咬出血来,脸上充满了仇恨,眼睛里闪烁着令人害怕的寒光。鲜活的妻子就这么从他生活中消失了,他却无可奈何,枉为男人。老母亲听说后,忧心如焚,日夜哭泣,本来眼睛就有病,几天哭下来,眼前一片模糊,长出了一层白翳,看什么都似乎笼罩了一层厚厚的雾。儿子绵阳和卓荣惊恐地看着父亲和祖母,他们还不太懂事,但幼小的心里明白巨大的灾难降临到本来其乐融融的家里了。

专诸消失了几天。他去梅里了,他将米春买的鱼叉装上木棍后带走了。他划着那条独木舟,不顾一切地以惊人的速度向梅里驰去。他发疯般不停地划着,风在他耳边呼呼地响着,独木舟像一条灵活的鱼在奔涌的河流中飞快地左奔右突,令其他船上的船民感到惊愕。

仅半天工夫,专诸就到了都城梅里,他扛着鱼叉,直奔吴王宫。还没有到王宫门口,他就被宫廷卫兵拦住了,他们对他吼斥:"你要干什么?你知道这里是什么地方?告诉你,这里是王宫,是大王居住的地方。"专诸回答:"我知道是王宫,我就是要找吴王,快让我进去!"卫兵冷笑说:"王宫是随便进出的地方吗?吴王是你这样的人见的吗?快滚,否则对你不客气了!"专诸说:"吴王还我的老婆,我就马上走,永远不来梅里。"卫兵打量着这个身材矮小、满身散发着鱼腥味的粗汉,不禁哑然失笑:"你老婆不见了,是不是?她怎么会到王宫里来的呢?"专诸说:"是的,她在王宫里,是被大王的手下抓到宫中的,大王有那么多女人,为什么还要抓我老婆呢?"卫兵明白了,这是个陷入妄想的疯子,他们把他痛打了一顿,缴了他的鱼叉,将他撵走,不让他靠近王宫,并警告他,宫禁之地不许撒野,否则要抓他到监牢里去!

他便在离王宫不远的地方坐着,眼睛盯着那巍峨的宫殿,想到妻子,泫然泪下。他不吃不喝,蓬头垢面,已进入精神崩溃的状态。他开始还坐着,后来因伤心和饥饿,手足冰凉,五内俱焚,眼前金星乱迸,身上冷汗直冒,实在支撑不住,只得躺了下来。忽然,他觉得咽喉中痒痒的,并有些腥味,一张嘴,竟吐出一口

鲜血！他意识到，这样下去，他会死在都城的。他想，死了也罢，没有了妻子，活着还有什么意思？他有了死的想法，心里也平静了不少，躺着任其自然。人们以为他是乞丐，怜悯他的人会施与几文钱或一些食物。与此同时，伍子胥也已在东河头市场吹起了凄楚的箫。当然，他不会也不可能和伍子胥相遇，吴国之都有无数乞丐，他只是其中之一。谁都没有想到，他们会在一年多后为了一个共同的信念走到一起。

一天，一个胖婆婆搀扶着一个小孩走过他身边，看到他蜷缩一团，已奄奄一息，便动了恻隐之心，把两个还微温的小米饭团和几枚钱币放在他身边，说："这位兄弟，你一定是饿昏了吧？快趁热把馒头吃了吧。真可怜，你家中还有什么人？有爹娘吗？有家小吗？你是哪儿人？"

专诸在昏昏沉沉、似睡非睡之中，忽然听到耳边响起苍老的声音，和老母亲的声音有几分相似，他睁开了布满血丝的眼睛，眼前出现了一张慈祥的脸，还有一张小孩稚嫩的小脸。他的心猛地一跳，他想起了家中还有年老体弱的母亲和两个年幼的儿子，如果自己死了，他们怎么办？他们靠什么活下去？专诸开始咒骂起自己的自私，只想到自己获得解脱，而不替母亲和孩子着想，自己还配得上为人之子，为人之父吗？将来米春一旦回来，看到一个好好的家已不存在，该会何等地痛苦！自己固然已看破生死，对生命毫不留恋，但对老母和两个儿子岂能不负供养之责？想到这里，他挣扎着坐了起来，对已走远的胖婆婆磕了几个头，拿起小米饭团狼吞虎咽地吃起来。他很快把两个饭团吃完，然后捡起地上的钱币，摇摇晃晃地站了起来。有一个好心人见他虚弱，又给了他一根竹杖。

他拄着竹杖，在一条小河里洗了把脸，走进一家粥店又喝了两碗粥，买了几块米糕，在码头找到了他的独木舟。码头上停泊着许多外来船只，岸上有一根根系缆绳的木桩，无人看守，却从未发生过失窃的事。他划船回到家，来时仅半天，回家的水路却走了两天。到家时，他的样子衰颓污秽，两个儿子竟不敢认他，幸亏老母亲已近乎失明，看不清他面目的变化。

他一句话都不说，倒头就睡，当夜便发起高烧，面赤如火，呓语不断，他嘴唇都烧得焦灼了，但嘴中一直喃喃喊着："米春，米春，你在哪里，在哪里？你回来吧，快回来吧！"

老母亲用浸凉了的布巾按在他滚烫的额上，两个儿子轮流喂他水和粥汤。两三天后，他烧退了，身体慢慢复原，并能下床行动。一家人都小心翼翼地不提及米春，老母亲表现得特别坚强，照样饲鸡鸭、种菜蔬，两个小孙子帮着一起干。兄弟俩还结伴到山里砍柴火，把鸭子赶出去寻食。

几天后，专诸又下湖撒网捕鱼了。老母亲深知儿子内心悲愤，只是不发泄出来而已，所以，极力鼓励他多捕鱼，劳作可以散心，可以让他忘记痛苦。专诸每天都能捕到又多又大的鱼，卖得许多钱。但他不像以前交给米春那样心情舒畅，只是将钱随意地扔在陶罐里。家里衣食基本不愁，但少了米春，不仅少了生气，更笼罩着萧瑟的气氛。

专诸的老母亲断断续续听到媳妇的遭遇，她知道米春这一去凶多吉少。但她极力保持平静，不去触动儿子的伤疤，只是在家中无人的时候，才放声大哭。都说时间是良药，但老人家的伤感并没有随着时间的推移而减轻，而是日重一日，日久便恹恹成病，卧床不起。但她还是天天在心中默默祈祷，求上苍保佑儿媳能平安回家。

米春是不可能回家了。那天她被绑上马车后，先被送到神蛇的府第，给神蛇过目。神蛇一看，十分称心，赞赏了酒糟鼻几句，赏他五两黄金，并嘱府内的女管家陪她沐浴，查看她身上，尤其是胸、腰、臀几处有无瑕疵，连最隐秘处也绝不能含糊。女管家查后禀报神蛇说，这个村野女子除了不是处子以外，其他可说完美无瑕。神蛇挥挥手说："知道了，你给她上些淡妆，再换身衣衫。是不是处子，对吴王僚并不重要，玩腻了，他就会像扔一件破旧的物件那样把她抛弃了。而且，吴王僚喜欢成熟的女人，不喜欢青涩的小女子。在他后宫的粉黛中，从民间抢来的有丈夫的美女并非个别，吴王并不介意。"

米春已打定主意，不管是谁，如企图侵犯她的身子，她就以死抗争，为专诸保持清白。至于其他，她不哭不闹，任人摆布，像一个没有生命、毫无表情的木偶。

过了几天，神蛇就将米春献给了吴王僚，吴王僚一看，大为满意。神蛇告诉他，这是个冷美人，大王可要沉住气，日后她成了宫眷，过上从未享受过的锦衣玉食的日子，自然会由冷转热的。吴王僚说："知道了，到了我这里，没有不从的，况且，冷美人有冷美人的味道。"

米春被安置在一处豪华的宫室。这里所有的一切都像传说中的天堂，地上铺着厚厚的红毡，四壁挂着簇新的金色缎子，显得金碧辉煌。红毡上是锦衾绣榻，长明宫灯发着幽静而神秘的光芒，青铜香炉里轻烟袅袅，整个屋子里弥漫着令人心醉的浓香。但米春对这些毫无兴趣，她苦苦思念着家里的草屋，还有婆婆、丈夫、儿子。她清楚，那清苦而充满欢乐的生活不会再回来了。这里离家虽然只有两三天的路程，但此刻变得无比遥远。而家里人一定会为她急得发疯，特别是丈

夫，暴躁起来是很吓人的，她担心他会干出傻事来。从周围的侍女只言片语中，她得知这里是王宫。她也想过出逃，但无论是刚被抓时住的府邸，还是这王宫，都有重兵把守，她沉着地观察和思考过出逃的可能以及自己的处境，最后还是放弃了，因为这根本是上天无路，入地无门。到了这一步，她已别无办法，只好作最坏的打算。

有一个侍女把她带到浴房，房内放着一只巨大的盛有热水的漆桶，侍女往里面散些干花，顿时香气微散。侍女见米春愁眉苦脸，轻声劝慰说："我知道你的委屈，被抢到宫中的人我见得不少，姐姐，你听我一句话，你认命吧！"米春对宫中的人当然不会轻易相信。她在沐浴时，侍女在一旁站着，随时听她的使唤，她又想起了家，怨恨满腔，忍不住泪流满面。侍女问："听人说，你是有丈夫有孩子的良家女子？"米春点点头，愤怒地说："我已有两个儿子，丈夫是渔民，还有婆婆，我是到都城来卖自己织的麻布的，还买了几样农具渔具，就不明不白地给夕人强行抓到这里来了。难道这个国家就没有国法了吗？"侍女耳语般地说："王就是法，法就是王，你知道吗？我也是给他们抓来的，和你不同的是，我是用来使唤的侍女。你嘛，"侍女顿了顿继续说，"是伺候大王。我说的意思你明白了吗？吴王好细腰，因为你长得苗条，正合吴王所好，所以抓了你。今晚大王就会宠幸你，到了这一步，不管你愿意还是不愿意，高兴还是不高兴，都是逃不过去的。"

"宠幸"这个词，米春不懂，但她已猜出是何含义。虽已有准备，但当宫里的人明确地说出自己的境遇，她还是感到惊悸，脸上旋即露出决然的表情。待穿好衣服后，她试探地问："妹妹，你能出宫吗？"侍女说："宫女照定制，二十三岁可择配出宫。我今年下半年就可以出去了，待在宫中的日子不会太长。"

米春听后摘下玉钗，递给宫女，说："我求你一件事，你出去后，到五湖边的二湾村找我的丈夫，他叫专诸，那一带的人都认识他。你把这支钗交给他，告诉他实情，要他好好奉养老母，把孩子养育成人。还有，就是要他忘记我，他看到这支玉钗自然会相信。姐姐只能托付妹妹了。"说着，她跪倒在地，泪水哗哗地流下来。宫女扶她起来，收下了玉钗。米春要宫女离开，她要一个人躺一会儿。

当天晚上，吴王僚喝得醉醺醺地闯进了这间宫室，米春已用一条白帛自尽了。她是吊死在长明灯的铜架上的。神蛇获悉后，感叹说："想不到这个孱弱的乡下婆娘竟如此刚烈！"吴王僚只说了声"可惜"，便不闻不问了，在他眼里，死一个民女就像死一条野狗。那个侍女捏着玉钗，颓然无语。

几个月后，她被指配给侍卫队中的一个小头目，离开了王宫。过了些日子，她找到了专诸，把那支玉钗交给了他，又简要地把经过告诉专诸。专诸接过玉钗，

又怜又痛，但他异常冷静，他没有把米春的死讯跟老母亲说。老人嘴上不问不说，心里亮堂得很，如胶似漆的儿子媳妇活生生地被拆散了，她心里滴着血，无比凄苦，久而久之，病情就更严重了。专诸请郎中给老母治过几次，乡村郎中随便开了个方子，服用后毫无起色。

这天，专诸早晨起来，见老母满口白涎，双目紧闭，呼吸困难，只剩下一丝游息。专诸赶紧喂她汤药，老人已不能下咽。专诸惊惧万分，走到村头大哭，呼人施救。正巧伍子胥牵着一头老驴，身上背着药筐路过，上去询问他为何痛哭。旁人告诉伍子胥，他的命太苦了，妻子在一年前在都城梅里被抓到王宫，为保清白上吊自杀了。现在老母亲又患了重病，眼看就要咽气，他不知怎么办才好。伍子胥一听，想起公子光有一次和他提到吴王僚的残暴荒淫时，曾说他最近又像楚王那样，喜欢上了神清骨秀的女人，唆使神蛇抓了几个民女，其中有个村妇，倒是个极贞烈的女子，知道避不过吴王的蹂躏，为保清白，从容尽节，死得很体面。

伍子胥没有想到，他今天竟碰到了这个烈女的丈夫，便上前对专诸说，自己是个郎中，愿上他家替他母亲看病。专诸擦干眼泪，连忙把伍子胥请回家里。伍子胥号过老人脉息，又诊察了眼睛、舌苔后，知道老人患的并非绝症，而是急火攻心、忧伤过度，他掏出铜针对准她的几个穴位扎下去。扎了几针后，老人喘起粗气，咳出了几口痰，苏醒了过来。伍子胥又从采集的草药中取出安神清火的药草，煮成汤给老人服下，老人脸上慢慢有了红晕，呼吸也顺畅了，不出三天，竟能起床了。老人病体初愈后，母子俩敞开心扉，专诸把所知道的米春的事都说给母亲听了。

伍子胥救了老人一命，专诸一向不善言辞，所以对伍子胥的感恩之情不知怎样用语言来表达。他用家里所有的钱财再搭上米春送回的玉钗酬谢伍子胥。伍子胥谢绝了。伍子胥从专诸母亲口中得知，这支玉钗是米春的心爱之物，是她临死前叫人带回给专诸的。

伍子胥从专诸手中接过那支玉钗，他想到了父亲交给自己的七星剑，在价值上，两者无法比拟，但意义上是相同的。他抚摸着玉钗，那苦涩和仇恨的滋味一下涌了上来。他把玉钗还给专诸，说："老弟，好好收好这支玉钗，你妻子冒着风险叫人带给你，就是要你记着她，记着是谁害了她的，你怎么能随随便便送人呢？我无论如何不能收的。"

"可先生的恩，我非报不可。"

"我是郎中，悬壶行医是我的本分，谈不上什么恩。"

"不！"专诸的语气非常坚决，"你救活了我的娘，对我来说，这是天大的恩情。"

"为人之道，最根本的就是恩仇必报。"专诸母亲也在一旁认真地说，"这是专诸他爹在世时经常说的，我们是贫穷人家，无力用钱财报答伍先生，我看伍先生不像寻常的人，你有什么事要差遣专诸做的，尽管说，我儿子是粗人，但只要他能做得到的事情，他拼了命也会去做的。"

"好的，我知道了。"伍子胥说，"以后有什么事要请专诸去办，我自会不客气地提出来的。眼下最主要的是要养好你的身体，你们要听我的安排。"

伍子胥的药包里还有其他滋补品，伍子胥一一取了出来，和草药一起让专诸母亲天天服用。老人家的身体很快就恢复了，连头痛、失眠这样的顽疾也渐渐好了。伍子胥在专诸家待了三四天，其间还跟着专诸到五湖里打过鱼，亲眼目睹了专诸高超的捕鱼本领。专诸平时显得有些木讷，可一到湖里，他完全像变了个人似的，不仅行动敏捷，浑身是劲，表情也显得生动了。伍子胥不胜感慨，这个专诸好像是上天特地送给公子光和他伍子胥的。

伍子胥回梅里前一天晚上，当着专诸母亲的面，和专诸在黯淡的油灯下很认真地谈了一次话，以郑重的语气告诉了他自己的身世、和公子光的关系，还有铲除神蛇的过程、吴王僚的种种恶行。

"专诸，你要替米春报仇吗？如果你此志已决，我再说下去；如果你有一点点顾忌，我就说到这里为止。前面的话就算我没有说。"伍子胥说，"因为报仇不是在嘴上说说的，而是要付诸行动的，这个行动是很危险的，弄不好要丢脑袋。所以你一定要想好了再下定决心。"

"伍先生，我在梦里都想着要为孩子他娘报仇，只要把这个魔王斩了，我死不足惜。没有了米春，我活着一点滋味都没有。不过，我不知道应该不应该提出来，我有一件事拜托伍先生。"

"老弟，什么事你尽管提。"

"我把老母亲和两个儿子托付给伍先生了，只要老母亲有人养老送终，孩子养到能自立。"

"那当然，当然。"伍子胥连声答应，"你放心，老人家我会安排到官署的后堂，两位小侄子会封爵厚禄，一生享受荣华富贵。"

"非分的福泽，我们不想。伍先生只要把两个小孙子关照好，将来能断文识字，我就感激不尽了。至于我，不用伍先生操心，这间草屋，这几垄地，是我的归宿，我这把老骨头什么地方都不想去了。"老人这时插话说。

"不行，母亲，你听我说，我不放心的就是你！"专诸吵架似地对母亲说，"两

个儿子我倒不担心，不识字也没什么，凭力气吃饭就可以了。可你，年纪上去了，身子还有病，能过几天舒服日子，我就没有什么放不下的了！"

"专诸老弟如为国家立下奇功，你的母亲大人和家小的赡养理所当然由国家来承担，这是没有话说的，老弟无须多虑。"伍子胥郑重其事地说，"这是些区区小事，重要的是你担当的事太重大了，你一定要想好。我知道你个血性男儿，但你报的不仅是私仇，还是在拯救国家，却有着极大的风险。邪恶的吴王僚除掉之日，便是玉石俱焚之时。我不勉强你，你也不必急着答复我，你和老人家好好商量商量，再作出决断，不用着急。"

"不用商量了，儿子，你答应伍先生吧！"专诸母亲沉着地看着儿子说，"这件事，不光是为了替孩子他娘报仇，也不是为了报答伍先生的救命之恩，伍先生说得很清楚，国家在遭难，凡是忠义的人，都应当舍命救国，伍先生能把这样大的事交给你，这是你的光荣。你要挺起胸膛来，像米春那样怀着必死之心做事。我了解儿不是那种恋生畏死的人，但你顾虑这个顾虑那个的，我不喜欢。男子汉大丈夫，别婆婆妈妈的。"

"老人家，你可别这么说。专诸有这些想法，是人之常情，他对国家尽忠，也要对母亲大人尽孝。"伍子胥说。

"娘，我懂了，我不该这也放不下那也放不下！"专诸转过身对伍子胥正色道，"伍先生，你吩咐吧，该怎么办，我听你的！"

"好，我替公子光谢谢你们。但此事不是有必死的勇气就能办成的，得从长计议。吴王僚身边有数百名卫兵守护，他自己也时时怀着警惕。"伍子胥说，"我马上回都城向公子光禀告，我会随时回来找你的，在定计之前，你还是打你的鱼，一切照旧。不过，我们的谈话，不能跟任何人提起，吴王僚耳目甚多，不能不防。"

"伍先生，这件事就这样说定了，我们绝不反悔！"专诸母亲说。

伍子胥很感动，这对母子的忠肝义胆实在难能可贵。他们虽是低贱的庶民，既无财产，又无尊贵的身份，亦不通文墨，甚至大字不识一个，但至少到现在为止，他们所体现的高风亮节让人钦服。当天，伍子胥依依不舍地和这对可敬可爱的母子辞别，骑着毛驴直奔梅里。

吴王僚对大臣所许下的刹宫内奢华之风、食力求素、衣力求布的诺言，无人相信，只当作是一句笑谈。吴王僚言而无信，在国事上出尔反尔，朝令夕改，是大家习以为常的事。所以，他在个人生活上的承诺，没有一个人当回事。

果然，没有几天，姬僚又故态复萌，而且变本加厉。姬光极力迎奉他，设法满足他的种种要求。除掉神蛇后，姬僚和公子光的关系亲近了不少。吴王僚在饮馔上比原来更为讲究，一有新的美味，便唤公子光进宫共食，公子光也广揽名厨，为吴王献艺。公子光推荐的都是各国各地有特色的菜肴，如越国的大汤黄鱼、楚国的煨麻雀，鲜美异常。

这天，宫中又请来一个大厨调制一道珍味，吴王僚特地请公子光进宫观看、品尝。这个大厨先将两只活的肥鹅洗干净，让它们蹲在一块铁板上，上罩熏笼。这种熏笼用青铜丝做成，达官贵人将它摆在火盆或香炉之上，可用来熏干、熏香衣服。而此刻，熏笼用来关住活鹅，笼中放一铜樽的调味品、一铜樽的浓酒。铜板之下是一个熊熊燃烧的炭炉。铜板加热后，活鹅掌子热不可耐，只有不停地走，并发出一声声惨叫，同时由于口渴，不断地喝调味品和酒，最后，鹅毛脱尽，鹅肉也已熟。大厨介绍说，这样烤成的鹅肉鲜美不可言，尤其是鹅掌更是出色。厨子最后将熏笼取下，将烤熟的肥鹅分割，先割下鹅掌，献于吴王僚和公子光，随后是鹅翅、鹅腿、鹅胸肉。看到饱受烙刑之痛的活鹅生生地变成美味，公子光于心不忍，看着大口大口吞嚼的吴王僚，在心里大骂吴王僚残酷。

听伍子胥介绍了专诸其人其事后，公子光想起了宫中流传的米春的传闻，连声说："天助我也，我们要找的人就是他了，就是这个渔夫专诸！"他想要驱车到五湖上的小渔村见专诸母子。

"公子万万不能去。你这么高贵的身份必会在那里引起轰动，弄得尽人皆知，传到宫里，吴王僚和太后会起疑心的。"伍子胥急忙说，"要见他容易，我雇一条船，悄悄把他接到都城就是了。"

"还是伍先生想得周到，我疏忽了。"公子光点头说，"你设法把他接到都城来吧，我想到了一个刺僚的好办法，可以不动一兵一卒。"

"什么好办法？请公子赐教。"

"姬僚穷奢极欲，贪吃之极！食物要珍，做法更是要奇。可让专诸练就一手烤鱼的厨艺，像现场炮烙活鹅那样，烤鱼给他吃，借此机会，专诸便可一剑将他刺死。"

"公子见识高超，吴王僚听到有席上之珍，必垂涎三尺，非一般人所能想象。况且公子推荐美味佳肴已是常事，他不会有什么猜疑。可听说厨子献美食，都要脱了衣服，光着身子，这剑放在哪里是好呢？再短的剑也要有个藏处啊！"

"我想好了，放在鱼肚子里，叫作鱼肠剑。"

"妙，太妙了！"伍子胥大喜，钦服地说，"这确实是个好办法，姬僚做梦也不

会想到，烤鱼的腹中会藏着一把要他命的短剑。可有一点要注意，不是说姬僚经常穿着盔甲见陌生人吗？这鱼肠剑必须短而锋利，能一剑穿透他的盔甲！"

"是的，姬僚是个疑神疑鬼的人。我可先和他喝酒，让他有几分醉意，放松警惕，这个时候再上烤鱼。"公子光说，"剑当然请欧冶子铸造，可多制几把试试。"

"这个计划还有待细细筹谋，所有细节都要反复考虑，专诸也要反复练习，一定要做到万无一失，不能有半点闪失。"伍子胥兴奋地说，"专诸这一剑下去，只能成功，不能失败，如果失败了，后果就不必说下去了。"

"我来说下去。"公子光眼神沉静，声音响亮而稳重，"我会车裂而死，并会被处抄家灭族的重刑，眷属一百多口，无不骈首就戮。你嘛，如逃得快，还能留一条命。到时，你就逃到越国去。"

伍子胥悚然变色，一股寒气从脊梁透出来，但这只是瞬间的感觉。他对自己产生这种感觉而羞愧，自己连专诸母子都不及，他们明知必死无疑而毫无惧色，而且慷慨自誓，相互鼓励，义无反顾，舍生忘死。想到这里，伍子胥倏地抬头，以一种凛然的目光看着公子光。

"我和公子同生死，共患难！"伍子胥慨然地说，"皮之不存，毛将焉附？没有了公子，我也就完了，我苟且偷生有什么意思？果真失败了，我不会逃走，我陪着公子共赴黄泉路。唯死可以免辱，连米春都能以死守节，难道我伍员连一个村姑都不如吗？"

"好，有你这句话，证明我没有看错人，不枉结识你这个朋友。"公子光说，"请放心，我们绝不会失败的，老天怎么会帮姬僚这样的叛逆呢？王位本来就是我的！这是我应该取回的名分，我这样做，不负国不负天，为什么要惩罚我呢？伍卿，你说是不是？"

"正是，正是！"听了公子光这番极有感染力的话，伍子胥又激动了，"铲除名不正言不顺的昏君，是替天行道而已，是顺乎时势之必然，而且，吴国还要在公子的治理下，变成一个强国，称霸天下，这份大业还等着公子去完成呢！"

"这是我们共同的事业，伍卿，有了你，我才有这份勃勃雄心，吴国才会有莫大的希望，先生不是在帮我一人，而是在奉宗庙之愿，遵百姓之命啊！"公子光说，"先生的功勋将是不朽的。"

过了几天，伍子胥乘了一艘普通的乌篷船，再次来到五湖边的小渔村，将专诸带到都城梅里。公子光见了他以后，印象比听了伍子胥介绍的更好，认为这是个有胆气的勇敢男子，而且是言出必行、绝不反悔的人。

公子光告诉他，这是一着险棋，很可能会丢掉性命。专诸说："别说很可能，我既然答应了你们，根本就没有想到要保住脑袋，我已完全作好和妻子重逢的准备。"公子光送给专诸一样礼物，是一座规模不大但很精致的坟墓。

原来，那天米春自缢后，尸身被送到凶肆，她身上穿着民间女子禁穿的绸缎裙服、全新的白绫袜子和一双红绸镂金的绣鞋，脸上施朱敷粉，是宫廷女子的打扮，而且也是宫里的甲士押送来的。一个内官给了凶肆主人几枚钱币，要他将这个女尸埋到义冢去，并且不许声张。

这事当然瞒不过精明的伯嚭。自从神蛇的事发生后，他就断定这件事与伍子胥有关，宫廷斗争是残酷的，自己没有资格参与，也不敢参与。但他必须和伍子胥保持某种程度的联系，伍子胥在吴国得势了，自己也可沾上光，谋个一官半职。凶肆毕竟不是久待之处，出卖涕泪，靠唱挽歌为生，是很不体面的差使，也是对自己家族的侮辱，传到楚国去是很难听的，会让楚平王笑话。以后若有一丝机会，他肯定会离开这个为人们所不屑、惟恐避之不及的地方。

伯嚭将这件事告诉了伍子胥，伍子胥要伯嚭偷偷记住这个宫廷女子所葬义冢的位置。从专诸处回来后，他猜测这个宫廷女子一定就是米春，于是转告了公子光。公子光经过核实，确定是米春无疑，就委托他人将米春简陋的棺木挖出，重新择地安葬，并修了一个大户人家才修得起的墓。墓是拱形石砌的，还立有一块石碑，石碑上刻有"米春之墓"几字。米春之名，除他们之外，梅里、宫中无人知道，完全可以堂堂正正立在那里。

伍子胥、伯嚭陪专诸到米春墓前凭吊，专诸在墓前顿足大哭，痛不欲生，说："孩子他娘，你等着我，我很快就会来了！"

伯嚭唱着一首又一首的挽歌，唱得气促声断，到后来，竟然呜呜咽咽的，语不成字，唱得伍子胥心里非常难受。他想起了津香，想起了她妩媚的眼睛、温和的笑容，还有那座四面透风但又无限温馨的吊脚楼。她此刻在哪里呢？她还记得自己吗？他何时再能见到她呢？楚国并不远，但对他来说，如隔天堑。想到楚国，那里的一草一木、一山一水又出现在他的眼前，父亲和哥哥的音容又浮现出来，听着专诸的哭声和伯嚭的歌声，他感到万箭穿心般的痛苦。他情不自禁地伏倒在地，凄凄惨惨地哭起来。

伯嚭的歌声虽然听上去很悲哀，但都是假装出来的，而伍子胥的哭是真的，这让伯嚭感到疑惑，一个宫里的女子何以会让伍子胥这样悲痛，仿佛遭遇到大丧的样子。而那个粗人更是在坟前哭得死去活来，嘴里念念叨叨，他又是什么人，和坟里的死者又是什么关系？这一切，伍子胥都未和伯嚭说清楚，他也不便刨根

问底，但凭他的猜测，这个谜团的背后有着不寻常的事件。

哭过了，专诸站了起来，脸上露出坚决、从容的神态，对伍子胥说："先生，走吧！"他再看了坟墓一眼，昂头走起来，步伐迈得极快。

整整一年的时间里，专诸根据公子光和伍子胥的交代，像过去一样，用各种方法打鱼，此外，就是学烤鱼。这套烤鱼的方法，是公子光从齐国请来的一个厨子教他的。这个方法很特别，鱼不宜过大，也不宜过小，以鲥鱼、鲤鱼为佳。先将鱼倒挂，敲碎鱼头，下面放一小锅翻滚的热汤，血滴入汤，连绵不断，煮成清汤，加笋丝、蘑菇块、紫菜等。然后取出鱼肚中之物，将鱼置炭火上烤，火头不能太旺，太旺了容易将鱼炙焦，一面烤，一面淋以甜酒、麻油、茶汤、梅汁，另加姜醋。这样烤出来的鱼，嫩而脆香，配以清汤，十分美味。伍子胥多次将专诸接到梅里，在公子光府邸试烤，公子光和伍子胥品味下来，赞口不绝。另外，专诸吃的"大蜘蛛"，他们也开始跟着啖起来，一尝下来，感到鲜美之至，再也放不下来。

伍子胥给这种二螯八足的硬壳怪物取名为蟹，含义就是长着长毛腿的有硬壳的大虫子。公子光在家里请吴王僚吃蟹，吴王僚不敢碰，怕有毒，公子光便当着他的面吃给他看。见公子光吃得津津有味，吴王僚小心翼翼吃了公子光剥的蟹肉，大喊味美，片刻而尽。吃蟹风由此兴起，逐渐为豪客所接受。蟹是野生的，水塘、河岸、泥潭中均有生长，几乎是取之不尽，捕捉又容易，不需什么工具，因而，很快在贫苦百姓中传开，像田螺、蚌肉一样，成为充饥果腹的食物。

专诸的烤鱼功夫可说炉火纯青，整个计划和伍子胥商议过不下上百次，可以说完善得万无一失。但为何迟迟不实施呢？这是因为吴国和楚国的边境上屡屡发生冲突，原因是为了一大片桑田，两国的边境百姓为此进行拉锯式的争抢，今天被楚国人抢去，明天又被吴国人抢回来，事情越闹越大，最后屯边的兵士加入了进来，直接发生了冲突。庆忌是边防守军的统帅，他仗着是太子，又身怀武功，未经朝廷同意，就发兵进攻，对楚国边境附近的村镇肆意骚扰，烧杀抢掠，无恶不作。楚平王岂会罢手，马上抽调大军反攻，庆忌部还未来得及撤退，就被楚军团团包围。

吴王姬僚以为战事会扩大，即令大将军公子光率三千人马驰援，公子光迅速前往边境接应，和楚兵遭遇，打了几个小仗，楚军不敌溃退，解了庆忌的围，他们才撤回到吴国这边。吴王僚明白自己无实力和楚国决一死战，两国边境的兵戎相见完全是由于庆忌的轻举妄动，于是把庆忌召回，痛斥一顿，想委派公子光去镇守边境。太后长姝不赞成姬僚的安排，她说，公子光此人文韬武略，如果居心不良，和楚国暗通款曲，带了守卫边境的重兵投奔楚国，再联合楚军杀回来，吴国哪里能抵御得住，非垮不可。

吴王僚一听，打消了这个念头，只得又派庆忌去楚吴边境，公子光带的兵名为王师，负责镇守都城，但手中没有虎符，调不动兵将。这样的边境冲突发生了好几次，庆忌并不愚笨，比他的父亲有见识得多，他认为在边境一定要卫护好吴国百姓的利益，不能让百姓吃亏。按他的分析，楚平王在国内积怨甚多，局势不太稳，所以，并不想和吴国大动干戈。庆忌吃准了楚平王的心思，大胆地在边境迎头痛击楚军，意图积小胜为大胜。他的分析不无道理，但他自负轻敌，性格鲁莽冲动，在一次战争中了楚军的埋伏，队伍被拦腰冲断，损兵折将，仓促突围回国，楚军乘胜追击，连克几个边镇。又是公子光，受命拔营增援，击退了楚军的进攻，挽救了庆忌的疲惫之师，使得庆忌部回到了边境的营垒。楚军鸣金收兵，楚吴边境又回到僵持状态。但公子光将几个最忠义的将领留下了，其中就有钮宣义。钮宣义诛神蛇有功，擢为戍边将军，已是仅次于主将的将领了。

公子光的几次出兵，浪费了他不少时间，耽误了他和伍子胥的计划的实施。但也有好处，那就是，他几次出兵都是捷报频传。虽然是小胜，但在楚吴战争史上，楚国胜多吴国负多，而且楚国要比吴国强盛，所以，边境冲突中，公子光能力克楚军，给吴国的朝廷和民间都带来了很大的鼓舞。公子光受到了赏赐，跟他出征的将士也受到了犒劳，各地杀猪宰羊，鸣炮庆贺，大街小巷一片欢腾。

伍子胥听说庆忌部打进楚国时，在边境暴掠百姓，滥杀无辜，隐隐担心津香的安危。他不知道，在战乱中，津香的家园已受到毁灭性的破坏，全家向内地撤退，他更不知道津香因此埋下了仇恨吴国的种子。认识公子光后，伍子胥和公子光无话不谈，唯独这段过去他隐去了。公子光要赠他几个女人，伍子胥拒绝了。公子光估计他有相知的女人藏在心中，所以对别的女人无动于衷。当然，也有可能是家破人亡，报仇心切，顾不上儿女情长了。

公子光不再和他提及这个话题。公子光不说，伍子胥反倒主动说了，他将在逃亡过程中，得津香相救，两人在吊脚楼里度过一段难忘的生活的过程毫无保留地统统抖了出来。他还说，到了吴国后，对这个津香一直萦怀，不管是乞讨为生，还是卖草药，她总会浮现在他眼前，吴楚边界遭受兵燹，他对她更是惦记。只是他身有重任，她又在楚国，他无力顾及，只能暂时抛却。

"难得，难得！"公子光赞叹说，"这个女孩子可敬之至！我知道你的想法了，是要我设法把津香解救到吴国来，是不是？"

"我是担心她落入庆忌军队之手，受到欺侮。如果她好好的，暂不必来吴国，

她未必会习惯这里的生活。我呢，还未安顿，有大事要做。一个小女子和我住在一起，别人看了会奇怪，我也不方便。"伍子胥说，"说不定我是自作多情，她早已嫁了人，哪里还会记得我这个小老头。"说到这里，伍子胥苦笑了一下。

"这件事交给我吧。"公子光说，"你不用操心了，我会派人过去把她的情况摸得一清二楚。我不是怪你，你早该把此事告诉我，趁这几次发兵过去时，趁势把她带过来，你觉得和她住在一起不方便，我可另作安排。谁叫你掖掖藏藏的？我们这样的关系，不管公事私事，都该直言不讳！"伍子胥给公子光说得有些不好意思，也为公子光诚恳的神情和话语所感动。

过了几天，公子光告诉伍子胥，津香家里的房子和积聚的粮食、草料都给庆忌的军队一把火烧掉了，饲养的牲畜也被吴军抢掠光，但她人好好的，和父母、哥哥一起迁居到楚都去了。她哥哥很能干，跟着几个商人做起生意，赚了些钱。她还未出嫁，但身边有一个小孩，看样子，她目前的生活还算安稳，就是对吴军的暴虐极其愤恨。

伍子胥听了后，心里的忧愁一扫而光，也有些困惑，心头一震，脱口而出："有个孩子？不会是我的吧？如果是的话，倒难为她了！"

"伍先生，恭喜你了！但愿是你的后代，真是老天有眼啊！楚平王想将你的家族斩草除根，但老天在你逃亡途中，又赐给你一个后代！"公子光高兴地拱拱手说，"这么说，这津香非要来吴国了，不能让她和孩子在楚国漂泊，一旦给楚平王知道，他们会有危险的。"

听公子光这么说，伍子胥心潮汹涌，既欣喜若狂，又忧心忡忡，心里有种难以诉说的滋味，好久才说："这是我瞎猜的，如果真有这事，那真是天助我伍家了！"

"我看八成是真的。"公子光说，"等我们扬眉吐气了，我无论如何也要设法把他们母子俩接回来，哪怕发兵也要做到，伍先生请相信我姬光今天表明的心迹！"

"多谢公子了！我在楚国，门第也算得上是众人仰望的，是该死的楚平王把我的一切都毁了，我成了丧家之犬，成了逃犯，成了乞丐，要是没有公子，我这辈子也许永无出头之日了！"伍子胥饱含热泪地说，"老天真正有眼的，不是别的，而是让我结识尊贵的公子，请容伍员对公子谢恩！"

"伍先生，你怎么说这些见外的话！我们是行在一条船上的兄弟，兄弟不言谢，你难道不知道？快收回，收回这些话，我不爱听，也不要听！"公子光有些粗暴地说，"何况，我们的大事还没有完成，你谢得太早了点吧！"

一剑封喉
YI JIAN FENG HOE

"不，虽然事情还在进行，但结果是不容置疑的，是你以未来的吴王之尊，接纳我成为你的朋友，让我恢复了做人的尊严，有了生活的目标，使我活着有了非凡的意义。"伍子胥说，"就凭这些，我身受深恩，该永生铭记在心。"

公子光不与他争了，看着伍子胥的满头白发，笑着说："要是津香出现在你面前，说不定认不出你了，她心目中的伍子胥可是一副黑发如漆的好仪表，哪会是这般白发苍苍的老态？"

伍子胥伤感地强笑道："这完全有可能，要是她不认我该怎么办呢？"说着，伍子胥收敛笑容，怔怔地说不出话来，心里却在一遍遍喊道：津香，此时此刻，你在哪里？

津香和哥哥津夷在楚吴边境的一家小客栈里，她的身边确有一个一岁多的小男孩。津香的哥哥很练达，专门收购生丝，卖给吴国的商人，两国虽摩擦不断，但民间的交易却从来没有断过。楚丝柔软洁白，又具有极好的韧性，一根丝上居然能挂七枚铜钱，所以楚丝在吴地的织造坊里十分抢手，卖得出好价钱。津香家也是养蚕的，她所在的村庄和附近的村几乎家家以蚕桑为业。和平时期，边境贸易很兴盛，不仅两国的坐商辐辏，别国的行商也很多。除摊位外，还出现了专供商贾谈买卖的客行及用来堆货的栈房。

但边境战争摧毁了对民生和经济非常有利的边贸，摊位已摆不起来，客商无法立足，栈房、客行毁于战火，幸存的也无法纳客。但只要战争一平息，胆子大的商人就会在暗中悄悄相互联络起来。

关卡是关闭的，边贸自然也禁止，不许两国居民自由来往，进出要凭两国官署都认可的关符。但这些商人买通守卒，可在边境地区附近来去，这就为他们做生意制造了机会。津香哥哥就是这批小商人中的一个，他原来是个农夫，认识了几个做小生意的朋友，因才识过人，重情重义，很快就入了门。

津香和哥哥津夷感情很深，津香住在吊脚楼里时，除母亲外，是津夷替她送的食物，除了菜蔬、米粟之外，还偷偷给她送了几条干肉。津香和伍子胥在吊脚楼同居一室，她救他一命，还将女孩的所有一切都交给了这个楚国的逃犯。伍子胥一去杳无消息，生死不明。不久，津香发现自己有了身孕，当时虽不像后来实行男女大防，但未出嫁就怀孕终究不是好事。但津香很坦然，她并不觉得自己有什么错，而是感到很幸福，甚至有一种庄严的感觉。但即便有这样的心态，她也需要妥善处理好这件事，不使父母难堪，最主要的是能将孩子顺顺当当生下来。伍子胥不是说了吗，除他孤零零一人之外，已没有任何亲人了，子女也没有了，

而现在，她会为他生下一个儿子或女儿，要是万一伍子胥已不在人间，这个孩子就是伍家唯一的香火了！

津香将这件事告诉了哥哥津夷，哥哥没有责怪她，但不赞成这么不明不白地把孩子生下来。"礼不可废，也不可草率。你该有个自己的家倒是真的，在场面上合礼数，对爹娘也有个交代。这件事就交给我来办吧！"哥哥对她说。

她点点头说："事已如此，我一切都听哥的。"

哥哥津夷先在楚国都城郢都租赁一所房子，把她安顿下来。再设法将她"嫁"给了一个他所熟悉的善烧羊肉的伍姓厨子。这个厨子手艺很好，长相也斯文，彩礼也给得很丰厚。不足的是，他常在各国献艺。津香和他成婚时，他在越国，他们是在越国举行的婚典，张灯结彩，交拜花烛，十分风光。津香在越国住了近一年，携带一子返回楚国，儿子长得清秀聪明，随父姓取名伍树。这个厨子也曾拜见过津香的父母，父母见了很满意。然而，他们不知，他并不是他们真正的女婿，这一切都是儿子安排的。

这个厨子人是不错，也痴迷津香，对津香未婚得子不但不计较，反而对孩子像对亲生儿子那样疼爱。但津香还在痴痴等着伍子胥，她向厨子承诺，假若孩子他爹不在人间了，孩子就认他作父，她认他为夫。至于她回国的理由，是孩子太小，不适应他爹四处奔走的生活。而且，他此番跟师傅去的是蔡国，蔡国是小国，夹在楚国、吴国中间，经常受夹板气，是个很危险的地方，女人和小孩还是不去为好。这些理由是站得住脚的，父母也未作深究，旁人管自己的生计都来不及，根本没人过问，事情就这样糊弄过去了，津香心中一块石头落地。

这次哥哥津夷来楚吴边境做生意，听说要过关到吴国，她缠着哥哥要一同出行。哥哥看出她的心思，把她带上了。

和吴国商人生意谈得差不多，吴国的守卒前来催促了："时间到了，等会守将说不定会来巡查，发现你们是楚国人，会把你们当奸细抓捕起来的。太子庆忌是镇关的统帅，他对楚人一向严厉，要是公子光的军队来，还能通融通融，我听说他带的部队是仁义之师，严禁抢掠。"

"我知道这个庆忌，我们家的房子、粮食、草料就是他下令烧掉的，牲畜鸡鸭也是他下令抢走的，他是个十足的强盗！"津香气愤地说，"他不是太子吗？将来可是要继承王位的。可他这样残暴，吴国以后不是由一个暴君当政了吗？吴国的百姓可要遭殃了！"

"我的小姑奶奶，你能不能不讲这样大逆不道的话？嗓子还这么响，给庆忌的探子听到了，你的小命就完了！"守卒惊恐地说，说着，打开门四处张望一下，

"还要把其他人都牵累进去，今后注意，生意就是生意，莫谈国事！"

津夷叹息着说："国家无道，祸乱不断，原来楚吴边境的商贸多繁荣啊！可现在，谈生意像贼一样偷偷摸摸，弄不好还要被当成奸细，这算什么世道？不是说危邦不入，乱邦不居吗？要不是生计所迫，谁愿意脚趾头触到吴国的地盘！"

"是啊，是啊！这位军爷也是为我们好，今天我们就谈到这里，货就在附近的栈房里，下次我们一手交钱，一手交货。"

"一言为定！"津夷起身走出屋子，津香抱着孩子跟随在后面。

夜已深，月亮发出昏晦的光，黑黢黢的山坳里零零星星散落着破旧的茅草屋，伍子胥就是从这里进入吴国的，津香望着远处群山高低起伏的影子，出神地站立着，附近传来一阵阵虫鸣声和晚雀的呢喃声，报时的更鼓声夹杂着孩童的哭声，这是多么安宁的令人感到温暖的夏夜啊！津香在心里轻轻呼唤：伍员，我的郎君，你此刻在何处？你过得怎样？你知道吗？你已经有儿子了，此时，他正沉沉地睡在我怀里，他可是在吴国的土地上啊！她在心里无声地自语着，心头空落落的，无喜无悲，仿佛在依稀的梦中那样神思迷惘。

第 四 章

　　公子光和伍子胥商议后，决定尽快实施刺僚行动。

　　有种种迹象表明，吴王僚在太后长妹的建议下，要将公子光调防到楚吴边境去当镇边统帅，然后把庆忌调回都城，由他亲领一万多兵将驻扎梅里，这样她心里要踏实得多。对于公子光，虽看不出他有异心，但她总是不放心，特别是他替儿子吴王僚定策除去神蛇后，她嘴上说公子光干得好，但心里总觉得公子光暗藏着深不可测的心机。虽打算派他去守边疆，远离都城，但又担心他会和楚军里应外合，借楚国的力量推翻儿子的统治，所以一直让他待在都城，当一个没有实权的大将军。公子光从来没有怨言，对吴王相当臣服，什么都无所谓，可她早就看出，他并非是一个庸庸碌碌的人，从杀掉神蛇以后，她密切地观察他，暗中派人监视他的一举一动，可没有发觉他有什么异样的状况。要么他确是个没有野心的绣花枕头，要么埋得极深，是条躲在洞里等待时机的毒蛇。想到公子光，长妹的心里不时会擂鼓似地不安起来。特别是到了半夜，宫中空荡荡的，孤寂的她在榻上辗转反侧，对公子光的怀疑和担心，就像水底的沉渣一样，一晃就泛起。

　　但公子光身份特殊，他是先王的长孙，没有过硬的证据，单凭猜疑，不能拿他怎样。想来想去，她改变了初衷，打定主意要把他支开。但吴王僚不同意，他讨厌母亲这么大年纪了，还指手画脚。公子光会给他带来许多乐趣，什么事都为他着想，百般迎合。单说美食，就推荐了好多回，最近他家请了个厨子，擅长烤鱼，他去尝了一回，那真是一绝，整条鱼炙得恰如其分，再配以香料、笋芽、梅汁，香气扑鼻，鱼皮香脆而不焦，鱼肉鲜嫩。

　　当时，吴王僚不停筷地就把这条烤鱼吃得精光，还有那鱼血汤，十分入味。这汤虽称鱼血汤，其实其中加了用鸡肉、香蕈、竹笋、茶叶等煮成的汤料。吃了味重的炙鱼，再来喝这样清香的汤，自然觉得神清气爽，痛快淋漓。吴王僚吃完

鱼喝完汤后还意犹未尽，连声高呼，再来一条！公子光笑答：这鱼烤起来费事，只此一条，大王下次再来品尝吧。

这是吊姬僚的胃口，再好的食物，多吃就无滋味了。果然，吴王僚回去后，一想到在公子光府邸吃到的那条烤鱼，就会馋涎欲滴。他催了公子光好几次，再让他去品尝烤鱼，已显得迫不及待了。

公子光觉得再拖下去，事情会发生不利的变化，有消息传来太后坚持要把自己调往楚吴边境，这里面必有原因。也许他在什么事上引起了机警的太后对自己的怀疑，要把他打发走，也可能和自己在边界打了几个小胜仗有关，太后听到了朝内推举他的舆论。公子光没有从好的方面去多想，他与伍子胥都往坏里考虑，即便是出于对他的器重，他若离开了都城，对实施计划也是有弊无益。

他们决意马上行动。欧冶子已打造了三把鱼肠剑，两把铜的，一把铁的。他们经过反复试验，最后选取了那把铁的短剑。这把剑很短，呈扁锥形，锋刃尖锐凌厉，专诸用它刺透了三层牛皮和一块厚厚的硬木块，还用它刺杀了一头因受惊而变得凶猛异常的黄牛。专诸将它藏在鱼腹中，反复练习从鱼腹中抽出短剑的动作，练得得心应手，敏捷得有迅雷不及掩耳之势。公子光和伍子胥睁大着眼睛，还没看清楚专诸的手在动，短剑已刺进试验品了。

行动前一晚，专诸去米春的墓前郑重地进行了祭奠，没流一滴泪，神态很平静，脸上充满期待。前一天，他已和母亲告别，对着年迈而健朗的母亲，他轻声说："娘，从明天起，儿子不能给你尽孝了。"

母亲一把抱住他，叫着他的小名说："黑蛋，你是好样的，男子汉大丈夫说的话，八头牛都拉不回来的，你就该这样！你爹和娘没有白教你，你要笑着上路，就要看到米春了，就应该欢喜些。听着，黄泉路上你们夫妻走慢些，等等娘，娘和你们见面的时间不会远了。"

专诸点点头，脸露笑容说："儿知道了，儿从来不是有了媳妇忘了娘的不肖之子，过去不是，以后也不是，米春也不许儿子对娘不孝。来，娘，儿再替你洗回脚。"说着，他往一只粗木盆里倒上热水，仔仔细细替母亲洗起脚来，虽然除了慢一点，和平时没有什么不同，但如果细细地看，专诸的一双手在微微发抖！

两个儿子已懂事了，在专诸即将跨出草屋前，他们叫了声"爹！"，伏倒在他们父亲脚下，抽抽噎噎地哭起来。专诸一脚将他们踢翻在地，骂了一声："哭什么？滚开！爹办大事去，在家里伺候好阿婆，记住，在任何时候做爹的好儿子！"说着，头也不回地推门走出去了。

虽然公子光是抱着必死的态度来实施这个计划的，他们还是作好了逃生的准

备。伍子胥雇了一条大船，停泊在百渎河的码头上，这艘有着三面帆的快船可以最快的速度驶进五湖。此外，在公子光府邸大堂的暗室里还埋伏着几十名甲士，这些甲士个个都是本领高强、刀山敢上、火海敢赴的勇士。

万事俱备，公子光亲自到王宫邀吴王僚再度来家里品尝烤鱼，还说，今天准备烤三条，吴王食两条，他陪大王食一条。这也是计划的一部分，专诸的行刺一旦发生意外，如没有将姬僚毙命，他可补上一剑。除烤鱼外，席上还有美酒，是从越国买来的珍藏多年的上品酒，名为"墨露"，又称"乌饭酒"，色如黛漆，晶光闪闪，酒汁相当稠，非常醇美。吴王僚被撩拨得口水在嘴里打转，简直是按捺不住了，盼着傍晚早点来临。

这是一个闷热的黄昏，是决定吴国命运的一个黄昏。公子光很沉静，反复检查了伏兵的暗房和炙鱼的庖房，一切都很妥帖。专诸不慌不忙地操办着，鱼在木桶里嬉游，和吴王僚一样，不知死到临头了。做鱼血汤的鸡肉、笋、香蕈等洗净切碎放在锅里煮着，发出阵阵香味。粗陶的酒坛已打去封泥，浓郁的酒香弥散四周。另有封着泥的几坛酒堆放着，这是替吴王僚准备的，他可能会先来庖房转悠，到时告诉他，这几坛酒是送给他的，宴毕让他带回去。

公子光巡视了几遍，没有发现任何破绽，也没有任何异样的气氛。时间越来越近，太阳已西斜，知了没完没了地在院子里鸣叫着。等布置完备后，公子光吩咐点亮铜灯架上的火炬，然后到门口恭候吴王僚。

不久，车马急驰的声音传来，吴王僚乘坐四匹骏马拉的华车出现在不远处。马蹄敲打在长街的石板路上，发出狂风骤雨般的声响。先是宫廷的卫士旋风般地来到，个个身穿盔甲，腰悬长剑，手持长戟，他们把公子光府邸团团围住，站满四处，一片森严，一些路过府第的行人都赶忙避开。

吴王僚出宫，无论远近，仪仗都很隆重、庞大，守卫也很严密，以显示一国之主的气派和排场。以公子光的身份，他不必以大礼拜谒吴王，且他和姬僚从小在宫里一起长大，更是熟不拘礼，但公子光还是以臣礼率领家人跪伏在地接驾。

八马华车停了下来，吴王僚的一名随从从车上先跳下，迅捷地放下一张搁脚凳，从车内扶下一个体壮如牛的胖子，他虽只有四十岁左右，但动作已很迟钝，由于肥硕，再加上有病，苍白的脸显得有些浮肿，眼睛挤成了一条缝。

他慢慢走下车，看了一眼伏在地上的公子光，一丝得意的微笑从脸上掠过。他气喘吁吁地说："免礼，免礼！姬光，我早就跟你说过，咱们兄弟不必来这套，起来吧！"

公子光爬起来，殷勤地扶吴王僚走进庭院，刚入大厅，就飘来一阵阵香味，吴王僚嗅了下，问："真香，鱼烤好了？好像还有酒香？"

"是，大王不愧遍尝过天下美食。大王是否有兴趣到庖房看看越酒？"

"好啊！虽说君子远庖厨，我可无所谓，烹制美食的地方为何不能去呢？早就听说越国产好酒，下次对越王说，让他们多进贡些。"

"是，我会通知行人府的，让行人大夫下谕给越国人，让他们派贡使多送些来。"公子光答应说，"说真的，越国是荒蛮之地，但这墨露酒实在可口，和着炙鱼喝，其味特别，据说还有养神活血的功效，故称之为善酿。请大王随我来，我另备了几坛，宴后让手下送进宫去。"说着，公子光带着吴王僚走进庖房，专诸和几个下手光着上身，穿着短裤芒鞋在忙碌着，专诸正在烧得通红的铁板上炙着一条鱼，另有一条鱼已被敲碎鱼头，悬挂着，血丝绵长，像一条红线源源不断地滴进下面的沸水中。

在庖房的一边，一坛打开的越酒浓香扑鼻，吴王僚连喊："好酒，好酒，闻这酒香人就醉了！"

公子光又将檐下的四坛同样的越酒指给吴王僚看，吴王僚满心欢喜，拉着公子光说："姬光，你哪里都不要去，就在都城陪寡人吧！"

"当然，我不会出门远行，大王可随传随到。"公子光很爽快地说，"除非边境有战事，大王令我带兵出征，不过，那都是小冲突，不足为虑，我平了敌军就会班师回梅里的。况且，边境有太子在镇守呢，不一定用得着我，说实话，我也懒得去。"后面的话，是公子光故意说出来试探吴王僚的，以此来证实传言所说的要派他去镇守边界的消息。

"不说了，不说了，母后倒是想调你去固守楚吴边界。楚军可恨，动不动就挑衅肇事，欺我边民，毁我房田，母后认为你几次出征，都打了胜仗，长我志气，灭敌威风，所以有让你移驻那里的想法。"吴王僚边走边说，"但寡人不想让你去，太子年轻，让他多经历经历也好。你是国之柱石，不能轻易离开都城。"

公子光从吴王僚口中证实了传言是确切的，姬僚是毫无头脑的人，并没有把太后处心积虑的安排放在心上，而且对公子光脱口说了出来。

公子光假装感激地说："太后、大王对臣这样器重，真让臣诚惶诚恐，感激不尽。大王，请转告太后，臣别无他求，只求辅佐大王守住吴国的大好河山！"嘴上这么说，心里却在想：好险啊！再晚几天，我可能要让这狡猾的九尾狐狸支到百里以外的边境地区，长时间筹划的刺僚夺位计划说不定会遥遥无期地拖下去，甚至会枉费心机！

"姬光，你忠于国君的拳拳之心，寡人心里明白，寡人不会亏待你的！"吴王

僚拍拍公子光的肩膀说，"快别说傻话了，上菜吧，寡人饿了！"

吴王僚坐到正中的主案后，他身穿沉重厚实的甲服，手持那把仿造的七星剑，两名威猛的武士持金戈站在他的案前，紧张地注视着厅堂里每个人的动静。根据吴王僚的要求，凡是要在他面前出现的人，除穿一条短裤衩之外，都必须光着上身，所有人包括公子光在内都不能携带武器。公子光坐在他的左下面，他穿着公服，暗暗将一把短剑插在外套里面的腰间。案上已放置着干枣、鲜果及白饼、猪蹄等看馔，还有一觞越酒。吴王僚刚坐上锦团，就举觞将酒一口喝了大半，公子光连忙站起来，替吴王僚斟满，吴王僚又喝了大半，这越酒酒味很易入口，但实际性烈劲足，吴王僚酒力并不怎样，两觞下去，便微醉了，兴致也更浓了。他吃了一块猪蹄肉，将甲服领扣解开，但没有脱去，急不可耐地对公子光喊道："姬光，叫厨子别磨磨蹭蹭了，快把炙鱼端上来吧！"

"好，知道了！"公子光轻松地将觞中的酒喝完，朝外喊道，"上烤鱼！"这是事先约定的暗号，这一声呼喊就是要专诸动手了，并且要暗房里的甲士作好行动的准备。

专诸闻声而出。他光着身子，只着勉强遮盖私处的短衩，露出一身公牛般强健的腱子肉。他原来就肌肉发达，经过这一段时间的锻炼，更是健壮，臂力尤其不凡，能面不改色、气不喘地拔出一棵陶碗口粗的树，或将两三百斤重的大石头举过头顶。公子光和伍子胥惊叹专诸的力量，凭他的神力，加上欧冶子铸造的鱼肠剑，不管吴王僚穿什么衣服，都能置他于死地。

专诸双膝跪下，高举铜盘，烤鱼还在盘上"嗞嗞"地冒着热气，一股浓郁的异香充塞厅堂。他膝行上前，这自然是一个卑微的下人对大王的恭敬之礼，但吴王僚并不在乎专诸的礼节。他的眼睛紧紧盯着那条油亮的金黄色的烤鱼，他心想，上次只吃一条，没有吃够，这次公子光预备了两条，可大嚼一顿了！

专诸低着头膝行到吴王僚案前，公子光不动声色地注视着专诸，一颗心狂跳不止。成败在此一举，瞬间就可见分晓，在专诸出手之际，吴国的江山就唾手可得了，所有的希望都在这个汉子身上！

两个持戟的甲士在专诸和吴王相距几尺的时候，将长戟交叉在一起，用戟锋紧贴专诸的胸膛，再用力一点就会扎进他的肌肤。专诸抬起了头，微微笑着，用一种凛然的目光看着吴王僚。吴王僚伸出双手接盘，无意中和专诸对视了一下，他有些诧异，不要说贱民，就是大臣，都不敢用这样的目光看他，但他没有多想什么，此刻，他的全部心思都在那条鱼上。那是多么诱人的鱼啊！就是此时献上一个美若天仙的女子，他也宁可选烤鱼而舍美女。

就在这时，专诸像被马蜂螫了一下似地跳了起来，血脉贲张，怒不可遏，嘴角浮现了一丝阴冷的微笑，几乎是闪电一般，谁都没看清楚他的动作，专诸手中已握着那把锐利的短剑，只见一道寒光，短剑刺进了吴王僚坚厚的甲服，一股鲜血喷射出来，吴王僚来不及"哼"一声，就像大麻袋一般沉重地倒在地上。专诸一边喊道"米春，我来了！"，一边用力将短剑在吴王僚的胸膛里搅上几搅。那两个甲士愣了一下，举起长戟扎向专诸的胸腔，把胸腔撕裂开来，专诸顿时肝胆破裂，血流满地。

公子光拔出短剑，喊道："吴王僚死了！"这又是约定的暗号，是命令埋伏在暗房里的甲士出击。这些甲士一听到公子光的呼喊，就像猛虎下山一样，以锐不可当之势杀了出来，将吴王僚的卫兵、随从，从里到外，全部斩尽杀绝。整个过程用了不到两觞酒的时间。公子光摸了摸吴王僚的鼻息，早已气绝身亡，像头死猪那样无声地躺在那里，那把短剑还插在他的胸腔上，鲜血汩汩地流出来。专诸已粉身碎骨，但神色极其宁静，公子光脱下自己的绸衫替他盖上。

吴王僚死了！自己可以如愿以偿地夺回王位了！在吴国的疆域上，他是傲睨万物的君主了，今后，再也不用藏锋露拙、委曲求全、低头弯腰地生活了。他可以按照自己的治国之道，济苍生，安社稷，争霸于天下，让其他国家刮目相看。他走到院子里，仰望满天的星星，繁密、神秘、深邃，他曾无数次静静地凝望过星空，他感到自己的渺小和可怜，只能听命于天的安排。而此刻，他感到荡气回肠，银汉不过如此，他可以和天较劲一番。

伍子胥乘着马车来了，是两匹马拉的马车，这是品秩最高的大夫才能乘的车，是公子光派去的。伍子胥在船上忐忑不安地等着消息，船摇晃着，他的心摇晃得更厉害。当这辆车停在码头，公子光的侍卫官在上面喊道"伍先生，公子请你速去！"，他知道事成了，横在胸中的一块石头落地了。在乘马车向公子光府邸疾驶时，望着车外漆黑的夜色中朦胧的街道和房子，伍子胥禁不住落下泪来。

跳下马车，许多甲士举着火炬一列列肃立着，门口停着八匹马的华车，那是吴王僚的座车。马车旁尸体横陈，无疑是被公子光的兵杀死的吴王僚的宫廷卫士。伍子胥直往里面奔去，见公子光一个人仰首站在院子中央，他伏地跪道："伍员参见大王！"

公子光从容扶起伍子胥，听伍子胥这样称呼他，并用君臣之礼见他，有些不习惯，他定定神说："伍先生这样称呼我，还早了些，而且你我是同生共死的好兄弟，不必行大礼，你这样做，真让我无地自容了！"

"不早，不早，从吴王僚死的那刻起，公子就顺理成章归位了，应尽的礼节当

然也不能忽略，这关乎国君的尊荣。"伍子胥说。十来个健卒将吴王僚和专诸僵硬的尸体抬出去。一个武官将一支玉钗交给公子光说："这是从专诸壮士身上找到的，他把这枚玉钗系在腰带上，我们费了很大的劲才解下来。"

公子光接过玉钗仔细看着，黯然叹息，接着眼角出现两滴晶莹的泪珠，他又将玉钗塞到伍子胥手中。

"厚葬专诸，将他和米春合葬在一起。"公子光很吃力地说，"让这支玉钗回到主人那里去吧！"

这时，公子光的弟弟夫概前来禀报："哥哥，我已带一千多精兵包围王宫，还有几位拥戴哥哥的将军在都城外扎营，一旦庆忌杀回来，可以阻击。"这都是公子光和伍子胥事先商议好的布置。庆忌带了五千多兵士驻在楚吴边境，如得到父亲被弑的消息，按他的性格极有可能带兵讨伐，但上百里路，以最快的速度杀到梅里，至少要两天，这两天里，公子光有足够的时间调兵防御。

"大王，这里不宜久留，我们要立即进宫去，把国玺和虎符取到手，然后，大王立即下旨，请文武百官入朝，宣布大王正式登基，再决议最主要的几件国事。"伍子胥说。

"进宫以后，不能妄杀一人，对太后和诸嫔妃要顾及她们的体面。"公子光说，"还有，宫中之物，都不能随便乱动，传我的令，谁违反纪律、胡作非为，格杀勿论。"

"吴王僚后宫那么多美女，该如何料理？是否可犒赏给弟兄们？"夫概问。

"不行，一律以礼相待，妥善翼护，谁都不能踏进后宫一步！"公子光严肃地说，"夫概，我知道你的心思，我有言在先，我称了王，你别以为你是王弟就可以胡来，这绝对是不允许的。如发现你违逆命令，别怪我不客气。"

夫概不吭声，悻悻地走开了。

公子光乘上吴王僚的八匹马拉的马车，带了夫概等几个将军直冲王宫，伍子胥乘了两匹马拉的马车紧跟在后面。王宫已被夫概的兵围住，严禁进出。见公子光驾到，士兵们都举着火把欢呼起来，喊声在夜空中回荡，格外洪亮，震人耳膜。守着宫门的士兵让开一条道，让公子光一行进去。

宫里显得有些冷清。宫女和内官不知道发生了什么事，都挤在一起窃窃私语，神色有些慌张。公子光脸带笑容走进大殿，他是在宫里长大的，后来又经常进宫，所以有不少人认识他。碰到熟人，他都一一打招呼。大家也都向他行礼，但神态都是疑惑的，显得异常不安。

公子光熟门熟路走进吴王僚平时处理国务、接见大臣的内室。一个内官正坐

在内室的外间轮值，他早已获知王宫被包围，而吴王不知去向。宫内人心惶惶，许多人找他打听，包括太后也派人来问过了，但他久在禁中，对于宫中的忌讳极为熟悉，他当然感到事态不妙，但妄加猜测，掀起波折，最后好坏都是他的不是。但他猜疑这个国家发生了大事，吴王僚可能已被处死或软禁，而这个反叛者多半是拥兵自重的庆忌。太子弑父的事并不奇怪，庆忌一向蛮横无礼，对父王的昏庸怨言颇多，而吴王僚也实在是太不像话了。

见公子光走进来，后面跟着伍子胥、夫概等人，他豁然开朗，连忙跪拜了下来，嘴里清楚地喊道："下官谒见大王！"

"我对你有点面熟，以前见过，可不知你叫什么。"公子光和善地问。

"下官叫被离，是宫中内官，负责管理印信文书，神蛇被处置后，也兼管占卜。"

"被离，我问你，你怎么知道我要当大王了？我可还没有宣布！你凭什么判断的？还是从何处获得的秘闻？"公子光有些奇怪地问。这个内官他见过，但印象不深。内官是小官，但专掌印信文书，凡是任免官吏，号令征伐，都由内官拟旨下达。算是替国君私人做事，官品不高，但身份却是很尊贵的。吴王僚喜怒无常，能安然无恙地伺候这么长时间，说明他不是逢迎拍马的手段高明，就是办事的能力一般。公子光打量着眼前这个浓眉大眼、神色镇定的年轻人，不由得对他产生了兴趣。

"今天封宫以来，没有人能进出王宫，下官也未离禁中一步，外间事情，无从知晓，所以大王将登基之事并非下官获取什么秘传，而是上天告诉我的。"被离朗声说。

"上天？被离，你别在这里花言巧语了，你给我说实话，上天是怎么跟你说的？要是你蒙我，你就会横着离开这里！"公子光板起了脸，用手中的剑指着被离。

被离不慌不忙地说："请大王听下官细细禀告。今日姬僚去大王府第赴宴，曾令我取守龟问卜，卜纹显示大为不吉，我又观天象，在公子府邸方向有彩云聚集，霞光万道，下官当时就断定姬僚此行将一去不复返，吴国将有大变。万象更新，国家从此会告别苦难，而云霞之处，将有新君诞生。当时卜得这一结果后，下官既惊且喜，惊不用说了，喜的是久旱之年盼到云霓，国家有幸了。按侍奉之责，我要将这些详告姬僚，这是宫中的规矩，可这样的话，说与不说，下官实在犹豫。如实话实说，可能会使吴王僚逃过一劫，但却违逆天命，所以下官打定主意，守住了口。本来想将此事一辈子烂在肚里，但大王追问，不敢不直言禀告。下官所

说，句句是实，如有虚言，任凭大王发落。请大王鉴纳。"

被离言之凿凿，不能不信，公子光欣喜在心。他看了旁边的伍子胥一眼，伍子胥仍是一脸的迷惑，公子光知伍子胥对被离的说法有怀疑，但他在眼前的形势下需要精神上的支撑，所以宁可信其有，不愿信其无。他仰天哈哈大笑起来，笑声在沉静的宫殿里回荡着，显得格外洪亮，也让人不可捉摸，连伍子胥都不解其意。倒是被离，从公子光的笑声中听出了踌躇满志，于是他敛气屏息地等待着公子光最后的表态。

公子光笑毕，将剑插进剑鞘，欣然说道："被离，起来吧！寡人信你。不过，等会上朝时，你要将你看到的天象和占卜的过程向众臣说明。"

"下官遵旨！"被离站了起来，不卑不亢地说，"大王，请随下官来。"说着，往内宫走去，公子光等人跟了上去。被离走到案几的后面，那里放着几个堆着书简的木架和几只青铜匣。被离打开匣子，取出国玺和吴王僚的玉印及虎符，跪呈公子光。公子光接过国玺、吴王僚的印信及虎符，对伍子胥说："传我的谕，请众卿马上进宫，说有要事宣布。现在还有点时间，我们看看太后去。"

公子光看了一下随员，庄重地说："除寡人和伍卿之外，其余人都留在这里，任何人严禁入后宫骚扰。众卿来了，夫概和被离照料一下，我们看望一下太后，马上回到这里，请各位少安毋躁。"说完，就和伍子胥一起，向后宫走去。

太后长姝正端坐在后宫，心里七上八下的，难止惊疑。据内侍和宫女称，儿子是到公子光那里吃烤鱼去的，这是常事，不足为奇。使她担心的是，儿子迟迟不归，王宫被来历不明的将士包围，火炬高炽，照得宫外广场的上空一片通红。宫廷卫士除一部分跟着儿子去公子光府邸，还留了一部分守卫王宫，可此刻不知跑到哪里去了。这些现象都说明出了大事，但谁都说不出是何事，宫眷们都失魂落魄似地在宫中打转。太后尽量保持镇静，她几次派人到大殿向在那里轮值的内官询问动向，回答都是不置可否。

王后率领众妃嫔又来找她了。看着众人担忧期待的眼光，太后愤愤地说："吴王是活该！整天只知道吃、吃、吃！我早就说过，做国君的不要过分贪吃贪色，凡事要讲节制，可他倒好，宁可放下国事，跑到外面去吃烤鱼，我看，连他的人都烤进去了！"

这是气话，也是平时妃嫔们听得耳熟的牢骚，所以她们对太后的诅咒并不放在心上，反而有了共鸣，心情略略平静了些。

"大王是不检点，可他现在身在哪里？外面那些兵是怎么回事？是不是哗变？

我们总是要问个明白才好，拿出一个妥当的办法来，这样等下去总不是办法。"王后说。

"没有什么办法可想。宫门锁上了，除非能插上翅膀飞出去。"太后说，"你们不必惊慌，我看不会出大事的，估计大王喝醉了，一时回不来，外面的兵即使哗变，也翻不了天，庆忌很快会打回来平定的。"听太后这么说，紧张的气氛顿时就消失，除了王后还是面带凄惶之色，其他嫔妃定下了心，很快就散了去，偌大的厅堂里，只剩下太后和王后两人。

"盖余、烛佣两人不知怎样？"

"他们和庆忌在一起不会有事的，可要是这里真有不测，远水救不得近火，他们带着勤王之师来救我们，也来不及了。在路上的时间也要一两天。"

"只要他们无事，也是不幸之中的大幸了。"

"万一，万一有不好的结果，我们就自己了断吧，陪大王一起走！"

太后说得非常平静，但王后听了，顿时汗毛直竖，悚然变色，她用颤抖的声音问："自己了断？怎么个了断法？"

"三尺白绫足矣！一了百了，说得壮烈点，是为国殉节，说得平常点，是免去受辱的痛苦。不过，你比我年轻，人缘也比我好，可以不用这样料理自己。况且，你还有两个儿子跟着太子带着几千兵马，说不定有出头之日。我呢，这把年纪了，又作了不少孽，落在叛逆手里，他们饶不了我，与其他们动手，还不如自己尽节！"太后说着，憔悴的脸上有种决绝的神色，声音也高亢了起来。

王后确实还年轻，三十有余，但看上去只有二十多岁的样子，双眸炯炯，是个骨清神秀的美女。她是王子盖余、烛佣的生母。太子庆忌是第一个王后所生，她在庆忌六岁时得急病而死，中宫空虚了没有多久，国君的服制刚满，盖余之母便以妃嫔的身份扶正为继后。她在宫内以雍容大方、贤淑敦厚著称。她丢不下两个儿子，但听了太后的话，也不得不附和几句。

"太后能有勇气以名节为重，我们岂能贪生怕死，到时就跟了太后一起去，相互也有个照顾。"王后说完，低头垂起了泪。

正在这时，公子光和伍子胥持剑走了进来，太后一看愣住了，但她随即就明白是怎么回事了。王后还傻乎乎地迎上前去问："大王呢？不是上你家吃烤鱼去了吗？他人呢？是不是喝醉了？"

公子光对王后素来尊敬。他鞠了一个躬说："他已死了，至于怎么死的，太后和王后就不必多问了，此事涉及宗庙大计，但对宫眷我们决不会非礼骚扰。"

王后一听，一颗心猛地往下一沉，顿觉天旋地转，昏厥过去。伍子胥立即唤

来宫女将王后扶回去。屋里只剩下了太后，到了这一步，她反而冷静下来，怒目盯住公子光，厉声说道："姬光，吴王待你不薄，你为何要恩将仇报，弑君篡位，你眼睛里还有太伯开创的国制吗？还有王法吗？你可担当得起这滔天的罪名？又如何向列宗列祖交代？"

"太后，说得好！"公子光冷峻地看着太后说，"你问我的这些话，不妨也问问你自己，先王是怎么死的？姬僚是怎么登上王位的？你比任何人都清楚，天地可鉴，不会因为时间久了事实就会改变。我这样做，正是为了扭转乾坤，拨乱反正，维护周礼和祖制，这有什么错？"

"我儿子继位，是先王下的遗诏。当时宣示时，你并无异议。"

"不说遗诏也罢了，一说便道出你最可恶最可耻的一个阴谋。遗诏是假的，是神蛇和你一起作的伪，太后别以为神不知鬼不觉，纸终究是包不住火的。我当时其实已洞察你们的勾当，不仅仅是我，许多大臣都对其中的蹊跷了然于胸。但朝廷被你和神蛇所把持，我们势单力薄，只能忍气吞声，敢怒而不敢言。"公子光义正辞严地说，"我虽表面臣服，但暂时的蛰伏是为了驱邪扶正。跟你说实话吧，十多年来，我公子光就是为了夺回王位、匡扶社稷而活着的，不管醒着还是在梦中都不敢忘记，我没有做错什么，我只是要回原本属于我的东西。"

"你在胡说什么？你说我和神蛇在诏书上作伪，这是凭空污蔑！成王败寇，你夺了王位，大权在握，完全可以信口雌黄，血口喷人，你才是在造谣作假。我还有必要和你争论什么？来吧，往我们母子身上泼脏水！我儿子死了，我也不想活了，你把我杀了吧！"太后咆哮如雷，脸色涨得通红。

"说你们作伪，我当然有证据，神蛇被处死前，留下一封笔供，供述了你们暗地里做的那些事。等会，我会给文武百官传阅，神蛇供状已足以证明你们的罪恶，无须我多言。"公子光不慌不忙地说，"你这个蛇蝎心肠的女人，有什么资格谈论远祖太伯的仁治？你犯下的罪太多了，不过，我还是会给予你一定的礼遇，请你好自为之吧！"

当年诏书作伪是太后最担心的事，是她最大的一块心病，很长一段时间里，她都怕真相败露。但神蛇安慰她，这事做得一点破绽都没有，只要他们不说，外人不可能捏住什么把柄，除非有神仙出来过问，或先王从棺材里爬出来追究。当时连季札都没有质疑，公子光也不得不臣服。

现在听公子光这么说，她顿时泄了气，再也神气不起来了。在神蛇被处决后，虽然听说公子光曾单独审讯过他，她有些心虚，但她一直抱着侥幸的心理，希望神蛇骨头是硬的，会看在和她多年的情分上，包庇她及儿子，守住这个秘密。她

记得，他曾对她多次立下誓言，哪怕刀架在脖子上，也不会泄露秘密。没想到，这个人终究在生死关头出卖了自己和儿子。一切都完了，在百官和后宫众人的心目中，她的人格会是何等的可鄙，无数人会用最恶毒的语言议论她、诅咒她、唾弃她，想到这里，她不敢再说什么，正眼都不敢看公子光一眼，两眼潮红，泪水潸然而下。忽然，她扭过头，掩脸向内殿奔去。

公子光对着太后踉踉跄跄的背影冷笑了一下，拿着国玺、虎符等象征国君权力的物品，大步走向大殿。文武百官已集中在殿内，他们已得知吴国发生了惊天动地的权力更迭，吴王僚已毙命，公子光成为新的吴王。

这些品级不同的官吏，大部分兴高采烈，热血沸腾，他们对吴王僚荒淫残忍以致国势日颓，早已积怨积怨，所以对吴王僚的下场感到十分痛快。但也有少数平时追随吴王僚的人心里直发毛，公子光已执掌国柄，下一步，自己难免遭到清算。他们怯懦而尴尬地站在角落里，为自己的前途提心吊胆。也有个别的官吏为王室发生如此严重的内斗感到痛惜，他们已派人去延陵通知季札，请他来主持大局，作出公断。

当公子光走入大殿，殿内所有的官员几乎同时下拜，朗声喊道："臣谒见大王！"

"众卿起身吧！"公子光十分满意地在王位上坐下来，看着大家说，"看来各位爱卿都已知道今天发生的事了。不过，寡人还是要把事情的经过给各位讲清楚，明人不说暗话，僚今晚被寡人杀死了，寡人成了吴国的国君。寡人这样做，并非是违制弑君篡位，而恰恰是恪尽职守，把十多年前姬僚夺去的王位夺回来。这是寡人的正位之举，匡扶社稷之举，一句话，是仁义之举。为何这么说，为何要将姬僚正法，也是不得已而为之，众卿该明白，如果不诛姬僚，他会甘愿让位吗？今天我要给众卿看一样东西，大家看后就可明白，姬僚虽死不足以赎其罪！"

公子光语毕，伍子胥取出神蛇的供状，将主要的内容宣读了一遍，整个大厅肃然无声，可以听到针落地的声响。伍子胥操楚国口音，铿锵有力，嗓子洪亮，大家伸长脖子听着，虽默默不语，但目光都聚集在伍子胥身上，这个陌生人大家都不认识，不知从哪里冒出来的，都觉得有些奇怪。有几个消息灵通的人已揣度到此人就是楚国流亡之臣伍员。伍员精明能干，大名鼎鼎，流落到吴国，他们略有所闻。公子光谋定而动，有条不紊，必是得到伍员的襄助。

伍子胥宣读完神蛇的供状后，又亲手将其交给前排的官吏，让他们一个个传阅下去，刚传阅几个，便有人失声惊叹，没多久，满堂就响彻愤慨之声，骂声四起，怒气冲冲。那些吴王僚宠臣更是顿足挥臂，大声斥责。公子光面色凝重地环

视着殿内众官的表演，深思着自己面临千头万绪的国事该从何下手。

听着一片沸沸扬扬的议论，公子光站起来，将双手往下压了压，殿内迅即又恢复安静。

"神蛇的供状众卿已阅览了，其实，寡人当时就明白其中有诈。先王的死因也很可疑，患风寒疾症竟被置于风口受冻，先王冷得不堪承受，却不许加盖被褥，居心何在？不是昭然若揭了吗？都城不乏名医，未料先王小病遽成沉疾，可以说，先王是死于非命，凶犯便是神蛇及长姝母子，对此，神蛇供认不讳。"公子光说，"有人可能会问，既然明了诏书作伪，先王是被害，为何没有行动，反而表示臣服。众爱卿可知，他们已掌握了先机，拥有重兵，且事出突然，寡人一时无措，连四叔季子都睁一眼闭一眼，寡人只能采取委曲求全之道，从长计议，到今天才得以复仇。寡人蛰伏了十多年，筹划了十多年，才等到今日。姬僚的败亡，是自取其咎，自我毁灭，倘若他得到王位后，能明白事理，勤勉政事，为国为民，做个明君，也就罢了。寡人可能会放弃是非曲直，辅佐他将吴国建成强国。可姬僚是怎样当国君的，不消寡人说，众卿心里都有一个结论。这样的伪王，早一日除掉，吴国就少一天祸害！"说到这里，公子光在案几上猛击一掌，全朝为之震动。

接着，公子光将国玺和虎符放在案上，郑重其事地宣布三件事：第一，客卿伍子胥忠诚干练，文武双全，才堪大用，在锄奸中立下大功，任命其为辅国大夫，赏大宅一所，采地一百里；追封壮士专诸为侯爵，由其子绵阳和卓荣承袭，并世代继承。专诸按王族待遇厚葬，建塔一座，表彰其忠义。米春和专诸合葬，并立牌坊一座，以彰其节操。并赏其子铁券各一块，即免死牌，犯了死罪可赦免一死。第二，太后长姝勾结神蛇制造伪诏，加害先王，罪孽深重。念其年迈，不予追究，但剥夺贵族身份，降为庶民，财物充入国库，在五湖边置备住宅一间，由国库拨一定俸禄，侍女两名，供其安居。王后贤淑、宽厚，赏大宅一幢，保留原有一切待遇，俸禄由国库拨付。第三，原朝臣和地方胥吏，无论过去和姬僚关系亲疏，一律不予追究，各司其职，只要心存为国之念，为安邦定国出力，匡扶社稷，便可保住禄位，得到重用。

三条新政宣布后，殿内一片雀跃。最为高兴的当然是那些吴王僚过去的亲信和心腹，自今晚踏进大殿后，他们始终惶恐不安，汗出如雨，唯恐被戴上姬僚余孽、乱臣贼子的帽子遭到清除，轻则罢官、没收财产，重则处以极刑、满门抄斩、株连九族。听到新王能对他们既往不咎，继续留用，他们像死里逃生般的暗自庆幸。

行人大夫钟周原来很得吴王僚的信任，出使各国、接待来使的事都交给他办

理，他极善言辞，博闻强识，反应很快，对各国的情况了如指掌，连神蛇都敬他三分。自得知吴王僚已死的消息后，他便作好了最坏的打算。听了新王的这番话，就像在绞刑架上脖子已套上绳圈时忽遭大赦那样感激涕零。他从人群中走出，来到前列说："大王，刚才听了伍大夫宣读的蛇贼供状，实在是义愤填膺，没想到僚竟然是窃国伪王，幸亏大王英明果断，将伪王除掉。姬僚不杀，国无宁日。况且，姬僚此人，无才无德，放浪形骸，窃国加上误国，该杀！过去，我身为大夫，不分忠奸，黑白颠倒，为贼张目。大王下谕，既往不咎。人们常说果子取老筐里的，还不如摘树上新鲜的。但大王宽大为怀，仁慈无双，对我们这些有蛀洞的老果子网开一面，这实在令臣肃然起敬。臣定反省思过，扶助大王安邦定国。新王登基，百废待举，臣建议集中力量专注内事，收揽民心，对外不宜交恶，须广结友好，广施仁义。"

公子光知道钟周虽非安邦定国的大材，但论外交，也是不可多得之人才。人就是这么势利，这些姬僚的宠臣，过去看到自己总是不冷不热的，而现在摇身一变，就使劲给自己灌迷汤了。当然，这些人和神蛇广设的爪牙、暗结的余党是不同的，现在自己刚刚上台，国事纷扰，正如伍子胥说的，要实施怀柔之策，其中对姬僚的旧属，只要无大过大错的，原则上继续留用，对王室成员，包括太子庆忌和姬僚的另两个儿子，只要不作抵抗，愿意归顺，非但不惩处，还要保留他们的爵禄，以收买人心。刚才公子光说的几条新政，就体现了怀柔的策略。

"钟大夫，你说得对。"公子光听完钟周的话后说，"你们放心，寡人说的话，决不会食言，众卿也要对寡人坦诚，君臣同心，匡扶社稷，吴国必兴。不要说各位，即使庆忌和盖余、烛佣，只要愿意归顺，寡人同样不予惩处，并且保留他们的爵禄，他们并无大错啊！"

殿堂里紧张的气氛已一扫而光，代之而起的是一片轻松明朗的氛围。公子光看了伍子胥一眼，大声说："诸位，下面是不是请辅国大夫伍员给大家说几句，一回生，二回熟，以后你们要和他同朝为官，他又是首辅，大家免不了要常打交道。伍子胥可是颗地地道道的被寡人从树上采下的新果子啊！而且，产地还是楚国，伍卿，是不是？"

公子光的话引得哄堂大笑。伍子胥先朝公子光一揖到底，又转身向众官深深一拜，然后说："我是楚国三代老臣大夫伍奢的儿子，因为楚平王听信奸臣费无忌的谗言，先将父亲和兄长伍尚关押起来，后又将他们处死，再将我们伍家的家眷都逼到了绝路，家破人亡，酿成楚国历史上最大的冤狱。我侥幸逃了出来，逃到吴国归顺了大王，我一个逃犯，一个吹箫于市的乞丐受大王的器重，高官厚禄，

荣耀之极！感激之忱，无言可喻。伍员此时不必多说什么了，既然为吴国官，就一定谋吴国事，尽心竭力辅助大王，重重地报答大王和吴国百姓收留我的恩情。我对各位同道别无他求，只求和我一起，全力辅助大王安邦定国，让异国不仅不敢小觑吴国，而且使吴国获得足够的尊重和敬仰。伍员提议，请大王戴上王冠吧！"

伍子胥最后一句话提醒了公子光，在今天这么重要的朝议上，自己除国玺和虎符之外，更要紧的是戴上大王的冠冕。他略显局促，伍子胥看出公子光的心思，凑过去低声说："大王，冠冕早由被离预备好了，被离就在屏风后面，请大王起座片刻，到屏风后戴冠冕。"

公子光点点头，走向屏风，那个宫廷内官被离捧着冠冕和一套朝服站在那里。

"这是姬僚的衣服？"公子光问。

"当然不是，这是先王诸樊的朝服。"被离回答。

"我父王的，你怎么知道的？"

"先王的朝服有专门保存的地方，每个先王有好几套，祭祀的时候用的。这一套是新的，从未用过。"被离抖开了一套崭新的朝服，这套朝服用整幅绸锦裁制，非常宽大，穿在身上，绸锦从肩垂至肘部，以下再接上柔软的丝绢，这样的王服端正大气，显示君王的威仪。

"被离，没有想到你办事这么周到。"公子光喜滋滋地任凭伍子胥和被离为他披上王袍、戴上冠冕，说，"被离，好好干，寡人会重用你，眼下你帮着把宫内的事管起来，占卜星相你也兼着，寡人成立一个内务府，你当大夫，怎么样？你可算是老果子当中的新果子！"说完哈哈大笑。

被离连忙伏地叩谢。

"起来吧，快扶寡人出去。"

公子光在被离搀扶下，走出屏风，伍子胥紧随其后。王袍、冠冕加身的公子光神采奕奕地一露面，光耀全堂，众卿连忙整整衣冠下跪行大礼，伍子胥和被离也跟着伏地下跪，高呼："臣下叩拜君王！"

公子光朗声笑道，"众爱卿免礼，起身吧！"

众官回答"臣遵旨！"，便整整齐齐起身了。他们感到奇怪，同样是国君的冠冕，同样是国君的朝服，穿在公子光身上和吴王僚身上截然不同，公子光是那样威严、英武，而吴王僚却显得有些臃肿、滑稽，丝毫没有王者的气度和威势。公子光不再是公子光，而是吴王阖闾。

正当大殿热热闹闹上演着阖闾王袍加身的大典时，后宫却是一片凄凄惨惨。太后和王后自公子光、伍子胥走后，哭成一团，虽然公子光承诺会给予她们应有的礼遇，但这样的话能信吗？公子光在大殿一上来说的关于宫眷的话，被离很快让宫女传到后宫，太后听说被革除贵族身份，没收财产，贬为庶民，脸色大变，跪倒在地，含着眼泪，气急败坏地说："这是软刀子杀人，说得好听，会以礼相待，可嘴上说一套，做又是一套，这就是他的礼？何苦这样死要面子，还不如一刀把我宰了，来个痛快的好。或者干脆把王族统统斩尽杀绝！"

有嫔妃走来劝她："太后，别说了，好死不如赖活，公子光能让你留住一条命，已经够宽大了，别惹怒了他，横生是非。把他逼急了，收回成命，别说活命，连族人也要受牵连丧命。"

说这话的是皿妃，她和另一位眉妃刚进宫不久，只有十六岁，天真烂漫，娇美淳朴。进宫后因吴王僚纵欲过度，这段时期不能展其雄风，医官给他配了药调理并嘱他尽量节制床第之事，所以皿妃和眉妃还是处子，要不是姬僚今天死于鱼肠剑，两人今晚就会被吴王僚宠幸了。

太后听后更气，骂道："死就死，与其把我驱逐出宫，还不如让我死在宫里！我是不是太后，事关名节，由不得他来贬黜我，我会自己料理自己，保住太后应有的体面。"但更使她来气的是这个小妃子竟用这样的口气对她说话。

原来王后和宫里的嫔妃见她都是恪守礼节，战战兢兢，大气都不敢出，哪像此刻。她还算暂时保留着太后的身份，就被人不屑一顾了，她的自尊受到严重的侵犯。十多年的秘密，由于神蛇的出卖，被公之于众，自己将以庶民的身份，以戴罪之身在难堪中度过余生，这样的日子怎么过下去？

而且，她不知自己儿子的尸身现置放在何处。她不敢问，也无人可问。正在这时，那个几乎日夜跟着儿子的内官被离来到后宫，与皿妃、眉妃不知说着什么。内官是不准踏入内宫一步的，可他竟堂而皇之走进来，可能是来传递什么消息的。见他从皿妃、眉妃的屋子出去，她赶紧追出，喊住被离："被离，你可知我儿子此刻安置在哪里？有无人收尸，有无得到庆忌、盖余和烛佣的音讯？"

被离冷冷地看着太后，说："姬僚作恶多端，死有余辜，难道还会厚葬？当然只会交给凶肆埋在城外的无名冢里，给野狗扒了也难说。唉！女人是祸水，这一切都是太后作的孽。如果太后能谨慎自守，也不会有今天了。换了有点志气的人，早就追随先王去了。这样忍辱偷生，将来又有何面目见先王于地下？"

被离说完，重重地"哼"一声，拂袖而去。这是极度的蔑视，太后一辈子都未经受过这样的无礼。她回到自己宫中，见到人去楼空的凄凉，昨夜还是宫女簇

拥、花团锦簇的，可此刻宫女都离开了她，宫里空荡荡的。她摸黑进了自己的卧室，坐在地上，失魂落魄，冷汗涔涔。被离说得对，这一切都是出于自己当初的贪婪、自私和不自重，自己给吴国的王室带来了耻辱和不幸，还有什么脸面苟且偷生？将来在地下和先王相逢，真不知说什么好，还不如自己作了断。想到这里，她跌跌撞撞站了起来，用白绫悬梁自尽了。

王后的宫里看上去和平时没有两样，但王后一直失神地坐着，她为丈夫的死感到可惜。她平时对吴王僚的作威作福也是看不惯的，但她把怨恨深深埋在心中，忍气吞声，从未说过一句埋怨的话。但毕竟是丈夫，一夜夫妻百日恩，如今这么悲惨地死了，据说是那个炙鱼的渔夫用一把鱼肠剑将他的胸膛刺了个透，她不免有些感叹。她尤其担心盖余、烛佣两个儿子，一个十三岁，一个十四岁，花一样的年华。儿子是她最大的希望，两个儿子虽然文弱些，不够勇猛，但还算聪明正直，不像他们的父亲那样陷入酒色而不能自拔，这是王后的安慰。想到儿子，她就伤感满怀。虽然刚才被离来传达过公子光的意思，以前享用的待遇一切照旧，而且不断暗示，王后的尊荣还会延续下去，新君对她十分尊重，也十分欣赏。其实，对爵位俸禄，她不在乎，只要和儿子在一起，过平常人的生活，粗茶淡饭，平平淡淡，有什么不好呢？她最感害怕的，就是新王会对自己产生非分之想，她对公子光印象不错，稳重、多才、沉静，但他和自己有杀夫之仇，即使没有仇，她也不愿和丈夫的堂弟纠缠不清，失去一个妇人家应有的清白。凭女人的敏感，被离那些话绝不是随便说说的，他的弦外之音已很清楚了。想到这里，王后想到了米春，一个村姑都能毫不犹豫地殉节，自己难道连一个村姑都不如吗？她看了下宫中，宫女都在，但都显得无精打采，她趁她们不注意，取出放在枕下的一小包鹤顶红。这是她早就备下的，原来是因为吴王僚荒淫邪恶，若逼得自己实在过不下去了，她想用毒药一了百了。她趁宫女们不备，将那个绢包打开，狠着心将毒药往嘴里倒去，片刻，王后便觉得肚内痛如刀绞，滚翻在地，呻吟不止，很快就七窍流血，气绝而亡。

太后和王后一死，后宫炸开了锅，几个老妃子本来有些犹豫，见太后、王后死了，也紧跟着上了吊。王后身边的两个宫女和王后有很深的感情，见王后服毒而死，拿绢包里还剩着的残粉分而食之，很快停止了呼吸。

阖闾在寝宫内和伍子胥还在商议国事，被离在处理公务的屋内值宿。宫女慌慌张张前来禀报后宫发生的事。阖闾听后，脸色大变，和伍子胥赶至后宫，几具尸体早已僵冷，王后和两名宫女因为服了毒药，容颜已变成灰青色，王后嘴角还留着明显的血痕，惨不忍睹。其他围聚在旁的嫔妃和宫女也吓得面无人色。

一剑封喉
YI JIAN FENG HOU

"为什么这么想不开？"阖闾惊诧地说，"寡人不是对太后和王后说得清清楚楚了，丝毫没有为难她们的意思，为何还要自尽！伍卿，你看怎么处置她们？还有姬僚。"

"按太后和王后的规格替她们办丧事，办得体面一些。姬僚也该厚葬，给他一点哀荣。"

"王后身后之事理应隆重些，姬僚和太后就不必了，他们可是罪孽深重的人。"

"我们不是想让庆忌他们归顺吗？需要让他们看到我们的诚心。"伍子胥低声对阖闾说，"厚葬太后、姬僚、王后是最好的姿态，天下人都会看在眼里，庆忌他们就不会无动于衷。"

"寡人懂伍卿的意思了。这件事就这么办吧。"阖闾点头说，"庆忌和盖余、烛佣到明天就会获得消息，夫概带的五千兵马也会在今晨包围他们，钮将军他们会接应的，但愿他们能归顺，如果他们不识时务，负隅顽抗，那就坚决围剿！"

"大王不是跟夫概说明白了，要尽量在营前喊话，因为真正打起来，消耗的还是我们自己的军力，也会使百姓受惊！总之，要做到仁至义尽，围剿是最后一招，迫不得已而为之。"伍子胥说。

"寡人是这么对夫概说的，终累和夫差也在旁边。但庆忌此人，寡人深知其性格，是自以为了不起的人，不会轻易认输。"阖闾说，"不过，正如伍卿所言，我们要做到仁至义尽。说些劝勉激励的话，争取让他们明白，到此地步，应以维持宗庙为重，不要作不切实际的顽抗，归顺才是最明智的选择！"

"大王说得极是，但愿庆忌能感恩于大王的宽大仁厚，放下刀戈，归顺大王。"伍子胥为阖闾的诚意感动，动情地说，"将在外，君命有所不受，夫概会按大王的话去做吗？"

"伍大夫尽管放心，庆忌手下的将士，都是我们的兄弟，这个道理，夫概还是懂的。只要庆忌肯归顺，他绝不会瞎指挥的。"

阖闾和伍子胥离开后宫时夜已深，更鼓的声音表明已到三更。阖闾回到寝宫时，被离已在等候。成为新任内务府大夫，他是没有想到的，能有这么一个结果，全凭自己灵活应变、见机行事的精明，虽和阖闾接触仅一个晚上，但他对阖闾的性格已摸到几分。阖闾是一个和吴王僚截然不同的人，他雄才大略，手段果敢，又有淳厚义气的一面。他旁边的伍子胥温文尔雅，和大王已是知己，但仍坚持礼数，亲切谦恭。

被离心想，吴王僚虽暴虐荒淫、刻薄寡恩，但他为人糊涂，这样的人其实不难伺候，正是这些弱点送了他的命。而阖闾就不同了，他显然是个明主，但明主

对臣子的要求高而挑剔，要获得他的首肯要动些脑筋，各方面要不断进取。

伍子胥想回到草药铺去休息，阖闾阻拦说："你已是辅国大夫了，岂能再到那种地方去，赐予你的大宅须略加装饰布置，今天你就和我一起睡在宫中吧，过几日再搬到新宅去。"

"这怎么可以呢？君臣不能同寝，这是违制的，伍员不敢！"伍子胥摇着头说，"这断然不行！"

"伍卿，你多虑了。原来我们相处得比兄弟还亲，你是我最信任最尊重的人，你对我也是那么亲近，一直诚心诚意地帮助我。"阖闾诚恳地说，"我们还有许多事要做，你要帮我强大吴国，我要帮你征服楚国，报楚平王杀你父兄的血海深仇。在公开场合，我们要有君臣的讲究，可私底下就不用这套了。先生的功勋比五湖还要辽阔，我夺回王位，不仅仅是为讨个公道，更重要的是复兴吴国，使百姓安居乐业、宗庙永久静肃。所以，我还要仰仗伍大夫的扶助，我少不了你啊！"

"大王言重了，大王重归王位，乃是天意，此为国家之福。我伍员只是尽了点绵薄之力，算不了什么！今后只要大王用得着臣子，臣子将全力以赴，唯大王之命是从，毕一生之精力协助大王强国定邦。至于报仇，不瞒殿下，臣子无日不思，无刻不想。但现在谈论此事，未免太早，吴国称霸之日，再提这件事也不晚！"

正在这时，被离弯腰站在门外，好像要说什么事。

阖闾看到后，大声问："被离，有事吗？这么晚了，你还没有回去？"

"回大王的话，臣今晚轮值，况且宫里发生了一些事，我岂能回家去？大王，我有一事禀报。"被离说。

"说吧，记住，任何事都不必避伍大夫。"

"大王辛苦了，还是早一点就寝吧。刚才臣奉命去后宫，听说有两个新进宫的妃子不仅貌美，而且还是……"说到这里，被离没有往下面说，迟疑地看着阖闾。

"还是什么？说下去，别吞吞吐吐的。"

"是，据臣了解，她们还是处子，要否要让她们来侍奉大王安寝？"

阖闾没有恼怒，只是对伍子胥笑笑。伍子胥见了，马上起身欲离去。

"以后再说，今晚寡人和伍大夫要谈个通宵，被离，你去吧。若前线有什么快报，马上告诉我。还有，这寝宫和办政事的屋子里坐的地方不铺三重席子，行的舟车不加装饰，宫室所有华丽的东西给寡人撤掉，吃的食物不求味美，一句话，戒奢求俭。"阖闾说到后来，又添了一句，"被离，你去办一件事，越快越好！"

"请大王下旨！"

"给寡人找一支箫来，找得到吗？"

"宫里的乐坊什么乐器都有，臣马上去找！"

被离走后，伍子胥感到有些奇怪，问："大王，你要箫干吗？"

"我是听到箫声才得以认识先生的，此刻，我不想谈什么了，倒很想听先生再给我吹一回箫。可以吗？"

"当然可以。是啊，时间过得真快，自投奔吴国，吹箫于市，已好几年了。我伍员这一生真是冰火两重天啊！"伍子胥感慨地说。

不一会，被离取来了一支做工十分精致的箫，箫的两端用玉镶嵌，竹子已磨成肉色，还包着黄金。伍子胥接过这支箫后，细细欣赏着它华贵的装饰。自卖草药以来，他已久未吹箫，此时见到这么一支箫，也激发了他吹箫的兴致。他试吹了一下，音色清脆动人，果然非自己的旧箫可及。

伍子胥吹了起来，已没有了以前如诉如泣、震荡心魄的凄婉，而是激越、雄壮、明快，箫声在夜色中传至几里之远，打破王宫的沉寂，仿佛在急风骤雨中隐隐有金戈交鸣、厮杀拼搏的战场之声，令人感到振奋。阖闾忍不住在红毡上和着箫声的节奏起舞。一曲毕，阖闾停下了舞步，两人哈哈大笑，笑得前仰后合，笑得眼泪都流了出来，笑声穿越深重的暮色，再次刺破王宫的肃静。被离站在寝宫外看着这对君臣，不知其所以然，但明白了一点，他们之间的关系绝非一般。

"伍先生，在市场时你的箫声是那样凄凉悲苦，令人不胜同情。可今天你吹的和那天截然不同，豪情万丈的，这是怎么回事？"阖闾说。

"那天是那天，今天是今天，那时我是楚国的亡命之臣，大王亦尚未彻底正名，我吹的箫声自然幽怨，而今天大王已登基，伪王得到应有的下场！胜利之日，当奏一支令人兴奋的武乐。"

庆忌第二天下午才得到父王被刺身亡以及太后、王后先后殉节的消息，庆忌对都城的政局突变猝不及防，他当即将这个消息告诉了盖余、烛佣，两个还未成熟的弟弟当场就傻了眼。三人欲哭无泪，在营帐内陈设香案，下跪祭奠。庆忌起誓说："父王、太后、母后，庆忌兄弟三人一定替你们报仇，不杀光誓不罢休，倘若背誓，天诛地灭！"

盟誓已罢，庆忌兄弟三人召集主要将领，商议如何杀回去，攻克都城，活捉公子光，血祭吴王僚、太后及王后，但将领只来了三分之一，戍边将军钮宣义等一批将领已率队伍投奔阖闾了。原来都城王宫之变早已在部队中传开，几个对吴王僚恨之入骨的将军聚在一起商量，都觉得吴王僚一家大势已去。庆忌虽是一员骁将，一柄长戟拿在手里，挥舞自如，让人看得眼花缭乱，但他生性残忍，在边

境暴掠百姓，对他手下的将士也极苛刻。他自以为是太子，便对军旅要事方略独断专行，对将士随意打骂，甚至不分青红皂白就砍部下的头，谁愿意为这样刻薄寡恩的大将军卖命？况且他父亲已死，树倒猢狲散，跟着他无疑没有前途。再说，公子光肯定会部署精兵讨伐庆忌。这么一议论，这些将军便果断地带兵回城了。庆忌一盘点，守边的八千人马只剩下两千多，力量已不足以进攻都城，也不是公子光的对手了。他一咬牙，带着两个弟弟，率剩余的兵将，越过边界，向楚军投降了。

再说夫概，早已忘了哥哥的交代，在离边界不远处，他和归顺的屯边部队相遇，不等对方解释便大开杀戒，直到阖闾二儿子夫差气愤地对夫概说："叔叔，你怎么乱杀归顺的弟兄，父王知道了，一定会重责你的！"夫概这才下令停止进攻，但已有几百名军士死于夫概的胡乱杀戮。

按阖闾的安排，夫概带的兵代替庆忌镇守边关，营帐、粮草都是现成的，又收编了原庆忌属下归顺的将士，夫概的部队一下扩充了不少。夫概很是得意，但他最大的遗憾，就是没有活捉庆忌三兄弟，也没有杀了他们。

阖闾听说庆忌三兄弟投降了楚国，顿足说："这下糟糕了！楚国会利用庆忌三兄弟，变本加厉和吴国为敌，他们三人，一个是前太子，两个是王子，如果合起来可组成一个小朝廷，这不是一片桑叶地的事了，而是针对吴国的三颗大钉子！"

阖闾觉得事态严重，但伍子胥倒感到没有什么可怕的，那三个人对吴国构不成多大的威胁。伍子胥说："大王不用有什么顾忌，庆忌不足为惧，他只是走投无路才投奔楚国的。我们派使臣去楚国，要求把庆忌三兄弟押送回来，如楚国拒绝，今后我们讨伐楚国便有了理由。"

"没有这么简单，假若仅盖余、烛佣确不足俱，但庆忌曾是太子，在军中根基很深，虽不得人心，还是有些余威的。和寡人作对的人都会向他聚拢。他去楚国，虽是逃生之计，但长期羁留在楚国，以后麻烦必不会少。"阖闾忧心忡忡地说。

伍子胥略一沉吟，安慰阖闾："臣懂了，如不尽早解决庆忌，确对吴国不利，大王，那我们设法来除去这个心腹之患吧。"他嘴里这么说，但心里想道，阖闾对庆忌耿耿于怀，反倒是一件好事，今后可以此为由，促使吴王伐楚，不愁报不了仇。

阖闾觉得这次行动最严重的疏漏，就是对庆忌三兄弟的事没处理好。如他早点派人递送安抚信函，不至于会使庆忌等人出走楚国。其次是夫概滥杀归顺将士，也可能对庆忌造成刺激。如能对归顺军表示出足够的诚意，不仅壮大了自己的力量，还可动用他们去追庆忌，说不定会有转机。想到这些，阖闾对夫概的行为很恼怒，不能容忍。吴国大丧，连死国君、太后和王后，按当时的国与国之间的约定俗成，楚国、越国、齐国都不会趁此机会对吴国发动兵衅。于是，阖闾将守边的主帅夫概调回，镇守军队由长子终累率领。

伍子胥见阖闾召回夫概有惩治祸首之意，便对阖闾说："夫概是有些鲁莽，误了不少事，可以让他闭门反省，但千万不能重责，更不能将他下狱或诛戮。现在正是用人的时候，军事人才特别匮乏。夫概至少是对大王忠心耿耿的，且是大王的亲弟弟，是有战功的，还是给予适当的处置，让他戴罪立功吧！请大王三思而行！"

"夫概大杀庆忌的投诚将士，使庆忌手下的兵将寒心，其中几个将军一见寡人就淌眼泪，说好心不得好报。我一想起来就恨。军队打仗，一定要严守军纪，秋毫无犯。可夫概到了边关，与庆忌相比，有过之而无不及，一味乱来，真不是个东西！"阖闾破口痛骂，"伍卿，你给寡人拟两个旨，一是告诫所有将士，不管在哪里，务以军纪为重，不得抢掠百姓。二是写一个文书，将吴国的情况通报各国，要突出诏书作伪、姬僚暴政的情节，四叔季札和周天子那儿也要各送一份，但不管他们说什么，都不必理会。"

伍子胥很快就拟写了一封诏谕、一封书信，阖闾阅后就将诏谕立即下发各部，书信则由行人大夫钟周到各国去游说。但还需要一个人陪他去，这个人要有些才干，必要时可留在别的国家做"质子"，锻炼一段时间，可替代钟周。钟周年事已高，可安排较轻松的职位，或干脆告老还乡。伍子胥便推荐了伯嚭，说伯嚭是楚国左尹伯州犁的孙子，楚平王很器重伯州犁，常常和他谈论。那个陷害伍子胥父兄的奸臣费无忌妒忌在心，他设计诬陷伯州犁，楚平王一怒之下，听信了费无忌的谗言，将伯州犁处死了。伯嚭为躲避迫害，逃出楚国，先流落到越国都城会稽，隐姓埋名，在一家酒肆干活。后又逃到吴国都城梅里，在凶肆唱挽歌为生。伍子胥在楚国时和他交往并不多，但伯家和伍家是世交。到了梅里，两人倒来往频繁了起来。

话说刺僚的那天晚上，凶肆接连收到几具尸首，都有卫卒严加看护，任何人都不能接近，但伯嚭还是看清了这些人所着的服装和佩戴的首饰，并由此推断，这几个人不是寻常之人，好像是宫廷的王公贵族，甚至是君王和后妃，这说明宫中发生了惊天大事。运送尸身到凶肆来的甲士是宫中的侍卫，他还听说，王宫周围都是士卒和轻骑，直到黎明才撤防。

伯嚭最后下了的结论，吴王僚死了，公子光政变成功，当了吴王，而伍子胥肯定参与了谋划。再到后来，他的分析完全得到证实，阖闾向全国发了诏书，诏

书列数吴王僚罪状，也对庆忌、盖余、烛佣、太后、王后等王室人员的待遇作了规定，总的来说，还是宽容的。诏书还任命伍子胥为辅国大夫，实际上是一人之下、万人之上的宰相。伯嚭欣喜若狂，知道自己从此要脱离苦海了，他再也用不着在凶肆丢人现眼地扯开嗓子唱那些挽歌了。但他没有去找伍子胥，而是等伍子胥来找他，他断定伍子胥肯定会来。楚国的流亡贵族，就他和伍子胥两人，伍子胥初当大任，需要帮手，而他是伍子胥的最佳人选。对此，他是很有信心的。

　　阖闾以前也听伍子胥提到过伯嚭，略知此人出身高贵，多才多艺，人颇风雅恬淡，长于协调、折冲，便马上回答："好，请伯嚭先生出山吧！"

　　伍子胥马上就叫人专程去凶肆，让伯嚭立即到王宫来。伯嚭精心打扮了一下，来到王宫。大门守卒已接到通知，很恭敬地陪他到大殿。阖闾见他长相潇洒，一副大家子弟的风范，伶牙俐齿，对他的印象不错，马上就定下由伯嚭和行人大夫一同出使各国，钟周为正使，伯嚭为副使。伯嚭一句感激的话都没说，只说了句，臣一定不辱使命，将吴国的真相和大王力挽狂澜的功勋宣扬出去，如果要我做质，我十分乐意。这样的事，对伯嚭来说，是驾轻就熟的，他略作准备，便和钟周乘船出发了。

第　五　章

钟周和伯嚭去的第一站就是延陵。

除了统一的通报情况的信件之外，阖闾还亲笔给四叔季札写了封言辞恳切的信，邀请这位德高望重的前辈回梅里执掌王权，他愿意将王位让于他，还说这是民心所向，众望所归。

季札看着信，发出阵阵冷笑，说："我都这把年纪了，行将就木，公子光居然把我像猴子一样耍，什么让王位，谁会信他这种鬼话。他真的要将王位让给我，何必要残酷地用这种手段夺吴王僚的位子呢？再说，我如坐到那个充满血腥味的王位上去，会如坐针毡，不得安生，被天下人嘲笑，请你们告诉公子光，别装腔作势了！这是吴国前所未有的奇耻大辱，请把公子光写的这封信退回去，以后我和他不会有一丝瓜葛，他做他的国君，我守住我这块小地方，两不来去，岂不大家清净！荒唐，太荒唐了！"季札气呼呼地，将阖闾的亲笔信掷还给钟周。

钟周很会说话，他笑嘻嘻地说："季大夫息怒！要说荒唐，不在大王身上，而是在太后长姝身上，她勾结巫师神蛇伪造诏书，破坏祖宗法制，篡夺本该由公子光继承的王位，这已是铁的事实，神蛇死前有亲笔供状。十年来，大王一直忍着，实在是吴王僚把一个国家弄得乌烟瘴气，忍无可忍，才用这种方式结果了他。这也是迫不得已。他让季大夫回梅里，完全是真心的，大王说，这是民心所向，众望所归。"

"我不会去趟这个浑水，吴国还是礼仪之邦吗？不是了，都毁于公子光之手了！吴国的颜面都给他丢光了！"从来都是以谦谦君子著称的季札越说越激动，"两位请回吧！我不会去梅里，也不想见公子光。"

"季大夫，我听到一些风传，有关季大夫的声誉，不知伯嚭当说不当说？"伯嚭觉得自己该出场了，他要露一手给钟周看看，"季大夫可能不认识我，我是吴国

的客卿，原是楚国人，祖父就是给楚平王杀掉的伯州犁，他是楚国的左尹，在被杀之前，曾和季大夫会过面，我说得没错吧！"

"原来你是伯州犁的孙子，他确是个好人啊！为何会遭此毒害？"

"是啊！祖父勤奋治政，一心为国，平时善良仁义，没有犯什么错，可楚平王听信了小人的诬告，把他杀了。伍员的父亲是楚国三朝元老，就因为敢于直言，引来楚平王对伍家满门抄斩，连几岁的幼童都不放过。我斗胆问一句季大夫，楚平王这样的人可恶不可恶？"

"可恶之极！"

"一个毛贼将一农户的全年存粮全部窃去，农户主人和他论理，毛贼反而恼羞成怒，将农户主人打死，对这个毛贼该不该严惩？"

"律法情理所不容，当然应该惩戒。"

"那么，吴王僚犯了窃国大罪，也应像依法惩处毛贼一样，不能姑息。在吴国，僚桀骜不驯，他就是法，法就是他，律法奈何不了他，大王只能采取特别的手段惩处他。惩戒的方式，有各种各样，诛是其中之一，对罪行严重的恶人，是替天行道。季大夫，大王诛僚是错是对，不必我多言了。"伯嚭这番话说得理直气壮，让钟周佩服得五体投地，而季札竟哑口无言，一脸尴尬，憋了好久，才问："你刚才说听到一些有关我名誉的风传，不妨说来听听。"

"上月，季大夫奉吴王僚之命，巡游各国，和楚王相谈甚欢，打得火热。楚国和吴国是敌国暂且不论，他滥杀功臣，你大概不会没有耳闻吧？大王杀窃国大盗，大夫大为恼火，认为有损吴国礼仪之邦的名声，大王请你去共商国事，要将王位让给你，你认为大王在耍你，话说得很难听。"伯嚭的一双大眼斜睨着季札说，"杀人不眨眼的楚平王连日设宴款待季大夫，也难怪有人议论纷纷，你又如何来解释呢？"

"我这是奉公行事，是使节应该得到的礼遇，并非我季札和楚王有什么不可告人的秘密。"季札分辩说，"难道非要剑拔弩张不可？"

"好了，冒犯之处，请多多原谅，我们走吧，这信你还是收下吧。"伯嚭劝慰说，"就算敌国发来的文书，按礼节，你也要收下的，延陵离梅里咫尺之间，抓紧时间见一见大王吧！"

季札不知怎么回答，只能沉默，看着钟周和伯嚭乘上马车，他心想，公子光从哪里弄来这么个铁齿铜牙的楚国人，真够厉害的！但他也改变了成见，决定按伯嚭所说的，到都城去见一见公子光。

钟周和伯嚭的第二站是越国，然后是楚国、蔡国、齐国、鲁国、宋国、秦国等。别国内政，不便多说，大多数国家只是表示理解或知道了。有和钟周熟悉的旧交，私下设宴款待，询问详情，对时局变化十分感慨。越国和楚国与吴国是近邻，山水相连，习俗相近，但历来不和，这些年大小冲突没有断过。越国行人大夫是扶同，他负责接待钟周和伯嚭。扶同是越国官吏中一个正直、明达的人，他没有对吴国政局之变幸灾乐祸，只是希望新王上台后，能和越国化干戈为玉帛。有些麻烦的是楚国，听说来使中有伯嚭，拒绝他们入境，经一再交涉才勉强放行。到了楚国都城郢都后，伯嚭不找任何人，怕牵累他们，但他还是到故居周围盘桓了很久，他在这座院落里长大，留下许多美好的回忆，但现在已是物是人非了。

父亲被杀后，族里的一百多口人，死的死，逃的逃。他的家眷都让楚平王一网打尽了。因为他是个逃犯，按楚国的法规，抓不到逃犯，就由家眷顶罪。他很感内疚，因为他的缘故，家小都受尽了折磨，最终骈首就戮，没有一个活下来的。一个钟鸣鼎食的豪门就这么被灭掉了，现在故居里住的是谁？他不知道。使他略感安慰的是，如今他可以昂首挺胸走在楚国都城的大街上，而楚平王对他奈何不得。

楚平王好多天都把他们晾在一边。他们住在一座很讲究的驿馆里，驿馆很僻静，但离闹市不远，除他们之外，还有外邦来的使臣。钟周在郢都有许多朋友，轮番请他的客，但伯嚭身份特别，钟周便向伯嚭道明不便之处，伯嚭苦笑了一下，表示理解，他就不再掺和到钟周那帮朋友中去，免得给他们招来麻烦。但这样一来，他就只能独来独往了。一个人挑家干净的酒馆，坐在靠窗的位子，一边独饮，一边呆呆地看着街上车水马龙、游人如织的景致，仿佛自己在做梦似的。在梅里凶肆时，他的确经常做回到楚国、回到郢都的梦，那些梦是栩栩如生的，而眼前的场景反而朦朦胧胧、让自己恍惚。驿馆的供奉官似乎有点面熟，以前跟他见过似的。有一天，这位供奉官来到他的房间。

"伯嚭先生，你还记得我吗？"供奉官小声问。

"只是面善，但想不起在哪里见过。"伯嚭又盯着他的脸，仔仔细细地看着，但还是想不起他叫什么，在哪里见过面，他拍着自己的前额说，"看我这脑袋，年纪还不大，记性就这么差。"

"我叫冉光，原来是令尊的弟子，但时间不长，半年而已。清除令尊和兄长的余党时，没有人想起我，我就成了漏网之鱼。"冉光说。

伯嚭"喔唷！"一声，眼前一亮，他想起父亲的弟子中，确有这么一个人，平时言语不多，很低调，不太受人注意。

"我想起来了，你怎么到这地方当差了？你也是擅长文事的人哪！"

"别提了，这世道，有口饭吃就不错了。"冉光说，"先生在吴国受到重用，是吴国使节，楚平王奈何不得你了。可在楚国，你的一言一行都有人盯着。你离开楚国后，你见过的人都会倒霉的。但驿馆是安全的，这我知道。"

"我已发现有尾巴紧跟着我，我一直是单独进出。哎，想不到楚国还这么恐怖！"

"有两个人在我屋里，他们是兄妹，哥哥是个商人，一直和吴国做生意，打仗时都偷偷做，是个有头脑有才干的人，他想和你谈谈生意。"冉光忽然说，"你放心，那屋子是堆杂物的，绝不会隔墙有耳。"

伯嚭犹豫着，他感到有些奇怪，凭直觉，他们找他绝不是谈什么生意，而另外有事，但是什么事呢？有没有风险，会不会是个圈套？他一时拿不定主意见还是不见。

冉光看出他的心理，提高声音说："伯嚭先生，不必多虑，快去吧，不会有事的，我会在外面望风的。"

伯嚭这才站起来，跟着供奉官来到驿馆附近的一间屋子，里面坐着两个庶民打扮的人，一男一女，男的长相俊伟，一看就是那种心思缜密，又极会见机行事的人；女的身材苗条高挑，头上盖一块玄色的罗巾，遮住了半张面孔，只露出一双黑亮的大眼睛，她怀抱一个幼小的孩子，时不时瞟一眼伯嚭。

"我们是楚国人，我叫津夷，她叫津香，我俩是兄妹。"津夷不慌不忙地说，"我是商人，经常和吴国商人做生意，也多次去过吴国。"

"我不是商贾，也不懂货殖这类事，你谈生意恐怕是找错人了。"伯嚭说。

"我们和你不谈生意，也没有找错人。伯嚭大人，我们想打听一个人。"

"打听什么人？"

"他也是楚国人，后来因为家庭发生变故，投奔了吴国，他叫伍子胥。伯嚭大人应该认识他的，他当下情况怎样？"津夷有礼貌地问，"对不起，我们实在太冒昧了。我们只是打听一下而已，别无他意。"

伯嚭狐疑地看着这对兄妹说："你们认识他吗？见过他吗？"

"我认识他，很熟。"津香拉下头巾，伯嚭顿觉眼前一亮。津香的漂亮不是那种贵妇人的艳丽，而是出污泥而不染的清纯之美。

"津香小姐是在楚国认识伍员的？"

津香点点头说："他现在在吴国吗？处境怎样？"津香问这话的时候，脸上露出焦灼的神色。伯嚭心里的疑窦更深了，他猜测这个年轻的小女子和伍子胥有着什么纠葛。

"伍员现在当了吴国的大官了，他是辅国大夫，相当于楚国的令尹，一人之下，万人之上，权势大得不得了！"伯嚭说。津夷津香兄妹听后欣慰地对视了一下。

"那么，他这样得意，一定成亲了？"津香垂下眼帘，试探地问道。

"没有，他一直是孤身一人。但最近听说吴王要把王室的一个女子嫁给他，伍员的原配夫人和妾都给楚平王杀掉了，嫁给他当夫人的是一位名门淑女，因为这个女子要成为他的正室。国君要将王室的女子许配给他，既是对他的器重，也是一种需要，对伍子胥那样高居相位的人来说，婚姻已由不得他作主了。"

津香听了伯嚭这么说，若有所失，表情很复杂，只是呆呆地看着怀中的小孩。几滴清泪突然掉在小孩的脸上，津香掏出帕子将孩子小脸蛋上的泪水擦去，朝伯嚭失意地一笑。

伯嚭陡然醒悟，连忙问："请明白告诉我，津香姑娘，你到底和伍子胥是什么关系？"

津香没有回答，只是淡淡一笑，幽幽地说："什么关系还用我多说吗？你回去告诉伍员，他是做大事的人，在婚事上要按国君的意旨办，不必考虑我。我是庶民，他是贵族，我不适合做他的正室，也不愿做他的妾。还有，他的儿子很好，如果要他的骨肉回到他身边，就设法给冉大哥带个信，冉大哥和哥哥是好朋友，他会告诉我们的。到时候我们将孩子送到冉大哥这里，由他转交给伍子胥。不过，话要说回来，这个带孩子的人一定要可靠，出了什么乱子，我饶不了他伍子胥。这事拜托伯嚭大人了。"

伯嚭听了后，对津香肃然起敬，一个小女子能这样讲道理是很难得的。他起身摸了摸津香怀里孩子的头，问："这是伍大夫的儿子？眼睛、鼻子、轮廓确实很相像。津香姑娘，许多男子和某个女子好上后，时过境迁，很快就忘记了，可伍子胥不是这样的人。你应该带着孩子去找他，你完全可以和他生活在一起，我相信伍子胥不会忘恩负义的，他会接纳你。我想起来了，你是他的救命恩人，没有你，就没有他的今天。"

"此一时，彼一时，他现在的身价绝不是当初我所看到的伍子胥了，伯嚭先生刚才说得对，我津香和他完全是不同世界的人了。我们仅仅是萍水相逢，不顾一切地缠住不放，我不是这样的人。"津香说完，抱着孩子站了起来。伍树摇着一双白嫩的小手，朝伯嚭牙牙学语。

"津香就是这个脾气，我也劝她到吴国找伍子胥，可她就是不愿意。如果伍先生处境不好，她可能还会动心。现在伍先生入了庙堂，她反而有很多顾虑。年纪

轻轻的，小脑瓜想得那么多，真是怪事。"津夷也跟着站了起来，说毕，便与津香一起告辞了。

冉光送他们出去后又回来，伯嚭一个人坐在这杂物屋里发愣。冉光在伯嚭对面坐下，感叹地说："伍子胥应该把孩子接去，可这孩子是津香的命根子，没有了孩子，她是活不下去的！"

"伍子胥艳福不浅，津香漂亮又通达，还替他生了个儿子，她根本没有把伍子胥的高官厚禄放在眼里。能这样看得破、放得下的女子是不多了。"伯嚭说，"真是个奇女子！"

"小娘子很冷静，我看得出来，她其实对伍大夫感情很深，但她一心替伍大夫着想，不愿成为他的累赘。"冉光说，"不过，她哥哥很能干，会为她做主的。"

季札收到信札以后第三天，就到了梅里。

阖闾走下台阶亲迎，以最隆重的礼遇接待季札，中午飨以盛宴，邀主要文武官员作陪，还请被离唤来乐工鸣钟击鼓。饭后，叔侄两人摒开左右，在一间密室里，开始认真地谈话。阖闾未等季札开口就跪拜下去，说："四叔，我有一事请求！"

"有什么事，你就说吧！你现在是国君了，国君怎么能向臣子行大礼呢？这不是乱了套吗！君君臣臣，父父子子，这种上下有序的礼制是不能颠倒的，我怎敢僭越？快起来吧！"季札有些局促不安地说，"有话快说！"

"四叔，我有句肺腑之言，吴国君主非四叔莫属！四叔，你一而再、再而三地推让，这种礼让天下的至德，除吴国远祖太伯以外，世无二人。天下者，天下人之天下，唯有德者居之。吴国需要四叔，吴国需要以德治国，吴国需要尚德、兴德，因而，四叔这次就不要谦让了，由四叔任吴国的国君，定能起到定海神针之效！"阖闾一脸的庄严虔诚，膝行几步，和季札面对面地靠得很近了，阖闾再次拜下去，"四叔，请接受吴国民众的请求！民心不可欺，民意不可违啊！"

季札脸上露出轻蔑的神色，说："看你这样子，你是真心要把王位让给我了？"

"我完全是真心的，绝不是作假。只要四叔点一下头，我马上召集百官宣布，立即为四叔加冕！"

"你愿意亲笔写禅让王位的诏令吗？"

"当然愿意！请四叔看。"阖闾指了指密室的一角，那里有数方竹简，一支竹笔，一盘上好的黑漆。

"大王，我问你一句话，既然你那么诚心地要把王位让给我，又为何要置吴王僚于死地，夺了他的王位？你不是多此一举吗？"

"姬僚的王位是太后和神蛇作假作出来的，这一点，有神蛇的笔录为凭。既然是伪诏，姬僚的君王便不是正统的，而是窃取的。刺杀姬僚虽是下策，但不行此策，他不可能将王位归还给我，我只能强取。我现在取到了，才能让给四叔，如还是姬僚当王，他肯把位子让给四叔吗？四叔心里应当清楚，我只有将王位从伪王手中索取过来，才能交给四叔啊！"

"狡辩！"季札神色肃穆，清晰地说，"吴国建国六百多年的历史上，像你这样以暴力夺取王位的可说绝无仅有。不管你有一百条、一千条理由，你都不能置礼法于不顾，如此无情，如此残忍！不错，诏书有假，当时我也有察觉，但我为何没有揭露长姝和神蛇，就是考虑不要出现内讧。因为，他们既然作伪，一定早已作好各项准备，一旦挑明，必引起无穷的争端，最后两败俱伤，损害的还是吴国。你知道我当时最感激的是谁吗？"未等阖闾回答，季札又说下去，"我当时最感激的就是你，半句怨言都没有，顾全大局，这就是太伯所遗的仁义之风啊！是的，我作为长辈没有秉公办事，而是将错就错，可我是为了什么？我是为维护吴国的长治久安啊！吴国假若因争夺王位而大乱，敌国会乘虚而入，黎民会陷入苦难，吴国从此国将不国。诸侯国中因内斗而致亡国的例子不是没有，前车之鉴，后事之师，难道我们就不想想这样的后果吗？况且不管谁登位，都是太伯的子孙，不是什么外人，何必非要一争高低呢？不就是一个王位吗？王位是干什么的？绝不是为了满足自己的谋求权力的欲念，而是为国为民造福的。光，没想到你并非是这样想的，你只是暂时忍耐，心里却是非得王位不可，我没有想到你竟是这样一个极工心计的阴谋家！为了达到目的，还重用楚国亡命之臣伍员，他一个楚国人，会真心与吴国休戚与共吗？你好糊涂啊！好了，我该说的都说了，你起来吧！"

阖闾起身，盘膝坐下，态度仍十分恭顺，他待季札讲完，才答话说："不管四叔怎么斥责侄儿，侄儿都接受。但侄儿不得不说，我之所以这样做，完全是为了吴国的正统，是为了伸张正义，僚愚昧专制，把一个好端端的吴国糟蹋得不像样，再这样下去，吴国就完了。"

这句话对季札是有触动的，他叹了口气说："僚确不是个明君，把国家大政交给一个巫师，自己一味享乐，再加上太后大失母仪，伤风败俗，把一个国家推到了危险的境地。可你也不能这样狠毒，他可是你的兄长啊！"

"为救吴国，我不能顾及兄弟之情。在这件事上，我再不能谦恭仁厚了。"

"为何不能呢？为人之道，就该讲一个德字、一个礼字！僚固然荒唐，可你该

尽辅佐之责，不管怎么样，他总没有死罪啊！"

"我做得可能过分了些。为表明我不是出于私心，我请四叔回来执掌国柄，一来以四叔的德才，可扫吴国沉郁之气，重整旗鼓；二来以正视听，向百官和百姓证明我姬光除掉僚的真正目的。"

说到这里，阖闾赶紧又跪了下来，俯首静听季札的答复。

"你别把我送到火炉上去烤！我不会当吴国国君的，过去不会，现在不会，将来也不会。如你不想置四叔于不仁不义的境地，你就放了我吧！"

"侄儿刚才说过，吴国的国君，非四叔莫属。请四叔原谅侄儿的过失，着眼于国家的前途，接纳吴王之位吧！"

"请你别再坚持了，我之所以不接受君王之位，你知道是为什么吗？"季札缓和口气问道。

"请四叔赐教。"

"不符礼制的东西，我受之有愧，因为上不合天意，中不合仁义，下不合道义，所以我不敢受，不能受。现在这个王位是血淋淋的，哪怕你说的理由是出于真心，是站得住脚的，我也决不会接受。你是国君了，犯不着对我行大礼，我消受不起。你不要再说了，再怎么说也不会让我改变主意的。"季札的声音是平静的，但口气没有调和的余地，说完这几句后，他又很快把话题转开了，"我问你一件事，僚和太后是怎么安葬的？"

"僚是按国君之尊和王后合葬的。太后是按庶民的待遇安葬的，鉴于她的所作所为，她不配享有太后的礼遇。但即使如此，陪葬也是丰厚的了！"阖闾回答说。

"你总算还懂事！太后嘛，是有点不像话了，让她受点委屈吧！"季札说，"你陪我到僚的墓地去一趟吧！我没有给他送葬，凭吊他一下还是应该的！大王，你说可以吗？"

"可以，可以！"阖闾连连点头说，"我和辅国大夫一起陪你去！"

"外人就免了吧，这是我们的家事。"季札很干脆地说，"如果可以，让一些王室成员一起去，像夫概、终累、夫差等。"

"他们有的在镇守边境，来不及赶回来，但只要在梅里的宗亲，我都会通知他们来见四叔的。"阖闾回答。

"听说庆忌三兄弟投奔楚国了，你准备怎么样对待他们？"

"庆忌、盖余、烛佣三兄弟如果愿归顺，既往不咎，爵禄照旧，原职不变，他们任何时候回来，我都会欢迎的。"

"好，你应该要有这样的度量。他们都是你的同宗后辈，你作为长辈，就宽恕他们一时的错误。不要为难他们了，他们跑到楚国去也是迫不得已，请他们回来吧！"

"我说话算数，我会善待他们的。"

阖闾陪同季札，带上在梅里的王亲国戚，来到吴王僚的陵墓前，依照当时的制度，陵墓不封不树，但依稀可以看出陵墓规模的浩大。吴王僚和王后及太后的葬礼都是伍子胥一手操办的，阖闾也是第一次来这里。

季札穿着一身粗麻丧服，穿着芒鞋，手执黑色孝杖站在队列之前，他捶胸顿足，悲痛不已，天空阴沉下来，雨倾盆而下，白幡在风雨中湿漉漉的。除了季札之外，其他人几乎都不感到悲伤，见季札的眼睛已哭得又红又肿，不少人都捂嘴窃笑。

阖闾脸无表情地站在季札后面，他感到有些滑稽，自己杀了吴王僚，还要和别人一起祭奠他，听着季札的哭声，淋着雨，他的心里忽然也涌上了一丝愧疚。他黯然无语，但在心里说道："姬僚，对不起你，我不得不这样做，否则，王位就永远不能回归于我。本来它就是属于我的！"想起那天刺杀僚的经过，他心里会禁不住发抖。当时是那样沉着镇定，可现在每想起这一幕，他觉得如同做了一场噩梦。

雨越下越大，阖闾轻声对季札说："四叔，您节哀，我们回宫吧。"

"我要回去了。"季札说，"你做你的君王吧，我已无话可说了。好好治理国家，做一个明君！"

"四叔，你考虑考虑我的请求吧！我马上替你准备礼服。"

"别勉强我了，这是不可能的。今后，没有重要的事情，我不会回到都城来了，你好自为之吧。"季札说完，径直走向自己的马车，头也不回地登车。马车在滂沱大雨中疾驰而去。

阖闾在伍子胥协助下，总算把手头乱麻般的杂事理了个头绪出来。他对主要大臣的人选也有了一个大致的安排，但最重要的大将军却缺人。伍子胥提议夫概，他没有同意。夫概是自己的弟弟，是可以信任的，在军事上有点指挥能力，也有点武艺。但阖闾觉得他为人做事太急躁，更主要的是好大喜功，私欲太重，贪图功名富贵。这是很要不得的毛病，大将军作为全军最高统帅，除了要具备整军经武的高超才干外，品德性情也很重要，起码要持重睿智，做事从容，识得大体。可夫概并不具有这样的品行，他在边境纵容部下肆意骚扰掳掠，搞得不可收拾。特别让阖闾大为反感的是，一再关照他要安抚归顺的守卒，可他还是明知故犯，

无端将哗变回归的士兵杀的杀、伤的伤，他这样做就是出于急功近利的目的。要不是戍边将军钮宣义等几个自己信得过的将领阻拦，后果不堪设想。这都是夫概犯的错，不可原谅的大错。这样的人，怎么够格当大将军？儿子终累、夫差还很年轻，虽然有初生牛犊不怕虎的勇气，但毕竟稚嫩，当大将军尚待锤炼，也还谈不上能当一军之帅。阖闾和伍子胥议论来议论去，怎么也找不出一个合适的人选。

这天，伍子胥喜滋滋地进宫，对阖闾说："报告大王一个大喜讯，苍天降大将军于吴国了！"

"快说给寡人听听，你找到了什么人？"阖闾迫切地问，他这些天一直为挑选大将军的事而发愁。夫概在他面前暗示了多次，一副志在必得的样子，阖闾无法回避了，明确跟他说，大将军一职不可能由他来担任。夫概一赌气又回到楚吴边关守军的营帐去了。

"大王，你听说过齐国的大将司马穰苴吗？"伍子胥问。

"当然知道，他可是威震四方、身经百战的一员悍将，他的《司马兵法》寡人读过，这可是部博大精深的兵书，里面的韬略和兵法值得任何一位带兵打仗的将军好好揣摩！"阖闾兴奋地说，"寡人能打点仗，也是因为从这部兵书里获益匪浅，伍卿，你提他干什么？"

"其实将军已老，也逐步守旧了，齐景公击退晋、楚、燕等国，司马穰苴功不可没，名扬诸侯间，但他的兵法也有偏颇之处。有一个人创造了比《司马兵法》更为完善、更为精辟的兵法，他大有超过司马将军之势，他的兵法已成气候，我在楚国时，曾读过一些，这个人就是司马将军的侄儿孙武。"伍子胥说，"孙武了不起啊！他可是一位难得的军事将领！他虽然年方二十，但文能服众、武能慑敌，对军事的参悟已到了很高的境界。"

"伍大夫，你越说我越糊涂了，你说孙武怎么行，怎么能干，和我们有什么关系呢？难道他来到我们吴国了？"阖闾问道。

"大王说的是，孙武是来吴国了，据臣了解，孙武隐居在虎丘，深居简出，和外界没有任何联系，但世上没有不透风的墙，他的行踪还是给人掌控了。"伍子胥异常激动地说，"大王，如果孙武真的来了吴国，大将军就必定是他了！"

"孙武来吴国是短暂巡游，还是长期定居？如是定居，那真是太好了！"阖闾求贤若渴，听了伍子胥的这个消息，也非常兴奋，"伍大夫，这件事必须弄清楚，寡人会亲自访晤他。"

"据臣了解，齐国国内争端不息，司马穰苴从大司马被谪为了庶人，至于为何遭此劫难，我略知一二。齐桓公南征西讨，把齐国建成一个强大的国家，诸侯无

不佩服，桓公率兵盟会三次，乘车盟会六次，一共九次会合天下诸侯，齐国可说风光一时。但齐桓公五个儿子明争暗斗，抢太子之位，桓公生病及死后，五个儿子打得难分难解，竟顾不上将桓公的尸身放入棺椁，任凭其腐烂。此后，又出现田、鲍、高、栾四个家族混战，至今没有停息。孙武所在的田氏家族占了上风，齐景公当国君后，赐田家孙姓，又分封乐安为田家的采地，委任孙武的叔叔为一国大司马，极为荣耀。后来四姓之间重起内乱，原来失势的栾、高家族又卷土重来，穰苴因为君臣猜忌，遭受诋毁而郁郁寡欢。估计孙武出走吴国和齐国内讧不无关系。"伍子胥侃侃而谈，"是否要派一两个密谍日夜兼程到齐国把发生的事情打听清楚？钟周和伯嚭可能去过齐国，或正在齐国，齐国之乱的详情，他们不会不知。只要他们回来，我们就可清楚孙武来吴国是路过还是长住了，臣以为孙武在吴国必有他的志向，但他对吴国情况不明，不会贸然投靠大王，他要观察吴国的情况后才能作出判断、下定决心，所以，现在不宜去找他，我们需要了解他，他也需要了解我们，知己知彼，才能好好合作。可孙武既来吴国，游历的可能性小，以吴国为托足之地的可能性大，要不了多少时间，便可见分晓。"

"唉！还要等多少天呢？寡人恨不得马上见到他！"阖闾站起来，来回走着。

"大王，孙武如确有投吴的意向，不必大王纡尊降贵去见他，臣去就可以了。"

"不，为了吴国，寡人不计较这些，要让孙武感到吴国的至诚。你去办吧！钟周出去已两个多月，也应回来了。"

钟周和伯嚭正在回国的途中。他们已去过齐国的都城临淄，虽然官场内部在互相厮杀，但负责对外接待的行人府还是正常运转，待人接物的礼节一点都不马虎，他们被安排在上等驿馆。已经是深秋，北方已很冷，屋子里炉火熊熊，倒很温暖。

齐国虽然混乱，但平常百姓的生活并没有受到影响，贵胄们依然是裘马翩翩，仆人环绕，宴安逸乐。学士们则聚在一起，饮酒赋诗，讽刺朝政。钟周喜欢单独行动，在齐国和在楚国感觉截然不同，楚国举国上下笼罩着森严和恐怖的气氛，处处都要谨言慎行，而齐国的残酷斗争只局限于上层，都城临淄居然一片歌舞升平的景象。

钟周打听到不少上层惊心动魄的斗争的内幕，回到驿馆便转述给伯嚭。伯嚭是过来人，凭他的经验和嗅觉，他意识到齐国面临大乱的局面。他敏锐地想到，在齐国混乱之际，他可以网罗几个人才给吴王。吴王阖闾刚执政，在几个场合提到人才难得，尤其是将才，吴国奇缺，而振兴国家，首要的就是军事，所以，阖闾想求到一个大将之才。自己在齐国要多留心，齐国可是人才济济的地方，如能

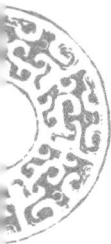

觅得一才，不但为自己随钟周周游齐国之行增光添彩，也会立下大功。

这天，钟周从外面回到驿馆，谈到了齐国的四姓之乱、司马穰苴的遭遇和他侄儿孙武的才华。

司马穰苴为齐国立下赫赫战功，所有的齐国人都知道这一点。不久前，在四姓倾轧的过程中，以前支持田、鲍两族的齐景公倒向了栾、高两族，原来失势的栾、高两族重新得势，形势变得对司马穰苴非常不利。当时，孙武就提醒叔父，要对栾、高这伙人加以防备，他已看到了围绕在叔父身边的刀光剑影。但司马穰苴听不进去，或者是故作镇静，即使真有危险，他也不会表露出慌张和手足无措。他指挥过千军万马，经历过无数场战争，什么样的事都不会让他恐惧。

果然，没几天，毫无根据的谣言像一股阴沉之气，在临淄城内弥散着。谣言直指司马拥兵自重，图谋叛乱。将军是眼睛里容不得沙子的人，岂容得下这些无凭无据的污蔑？他的性格本来就暴躁，这下更是暴跳如雷。齐景公曾许他不需通报就可进宫，他来到宫室，要见齐景公，齐景公托病不见。守宫的卫士暗示他，齐景公好好的，是故意不愿见他。于是，他径直走进宫中，未料，在政殿的台阶上站着栾氏、高氏，他们铁青着脸喝道："你是何居心？未得国君准许，就闯进宫来，你想谋杀大王吗？"同时走出几个强壮的武士，毫不客气，一左一右捉住他的手臂，将军自然不从，大声喊道"大王，大王！"，但齐景公根本没有露面。

将军就这样被逐出了王宫。刚回到家，栾氏、高氏就带了一队兵马，向他宣读齐景公的手谕，以谋反之罪褫夺他的爵位，撤去他的职位，将他贬为庶民，将军这下知道坏事了！侄儿提醒得对，罪恶的阴谋正在朝他扑来。种种迹象表明，他们还要像当年田、鲍驱逐相国庆封那样把司马穰苴驱逐出齐国。

伯嚭听后，觉得有可能说服将军叔侄去吴国，这两个人能使吴国军力增强。但如何劝说将军叔侄是个难题，另外，怎样接触他们需细细部署，齐国虽没有对他们严密监视，也不想要他们的命，但作为一个外国的使臣，直接找上门去还是不太妥当的。将军叔侄是有名的人物，遭此变故，更是引人注目，不得不避嫌。伯嚭想来想去，还是把自己的想法提了出来和钟周商量，未料钟周一听，坚决反对，认为伯嚭的主意不可行。他的理由是将军叔侄世代居住齐国，叶茂根深，即使现在暂时遭到挫折，他们也会积蓄力量进行反击，所以，他们是断然不会离开齐国的。

"伯嚭先生，足下虽言之有理，但不太现实。即使他们想出走，当过大国大司马的人岂会看中东隅小国？更重要的是，他们是不会离开齐国的，他们叔侄即使死都不会离开故土的！"钟周说。

"我不相信。已经危及性命了，他们还如老马恋旧槽般地不离开？"

"信不信由你，你还是早点放弃这荒谬的念头吧！再说，我们在齐国的事已办妥，早点回去吧！你想过没有，若是出了意外，反而招祸。"

"不行，钟大夫，我决意试试，即使不成，也无伤大雅。请你指教一下，怎样去见他们才好？"

"上司马府当然不行，让我想想，用什么办法好。"钟周想了一会说，"有了，有一个办法可以一试。孙武有个家仆叫田狄，据说极其忠心，和孙武情同兄弟。他每天办完事后，总要抽空到驿馆旁的一家叫矢野茶馆的地方喝茶，名为喝茶，其实是探听消息。那里的伙计都认识他，你只要问一下就会给你指认，但你务必小心，千万不要弄巧成拙。"

"你放心，不会有事的。"

那家矢野茶馆伯嚭去过两回。那时的茶是粗茶，茶叶作为药材饮用，亦作为蔬菜煮着食用。茶馆的茶以花茶为主，是士大夫才会享用的高雅饮品，一般平常百姓是不会踏进茶馆的。伯嚭走进茶馆，挑一个角落坐了下来，点了一壶茶，慢慢喝着。不一会，有一个着布衣衫的中年人熟门熟路地走了进来，和熟悉的人微微点个头，就算打招呼了。他并没有挤在人堆里，而是坐在离他们不远的地方，饶有兴趣地听人们高谈阔论。直觉告诉伯嚭这个人很可能就是田狄。

伯嚭向茶馆的伙计招招手，伙计很快就过来，恭敬地站在他面前，露出职业性的笑容。

"我想托你办件小事，"伯嚭说，顺便把一枚刀币塞到他手里，"能否请田狄先生过来一趟！"

"诺！谢谢先生！"伙计很高兴地走了过去，伯嚭没有看错，果然那个中年人就是田狄。伙计跟田狄说着什么，用手朝他指指点点。田狄转过脸，疑虑的眼光落在他身上，犹豫了片刻，站起身朝他走来，悄然在他的方桌边坐了下来。

"是你找我吗？请问你是谁？"田狄打量着伯嚭身穿的华服问，显然对他的身份还捉摸不透。

"我叫伯嚭，是吴国出使齐国的使臣。"

"吴国使臣，你找错人了吧？"田狄站起来想走。

"没错，我找的正是你，田狄先生。"

听伯嚭能喊出自己的名字，田狄重新坐了下来，问："你找我有什么事？"

"事关重大，我想和孙武先生密谈，有肺腑之言奉告，地点时间由你们定。"

"孙武先生和我无话不谈，无秘密可言。你有什么事，先可跟我说无妨。如有

必要，我再替你引见。"

"孙武家里陡生横祸，我也听到一二。"伯噽顾左右而说，"吴王阖闾，求贤若渴，对孙先生仰慕已久，吴国乃东南膏腴之地，极盼先生到吴国共创大业。"

"伯噽先生别说了。你的意思我已知道，隔墙有耳，不宜深谈。"田狄说，"伯噽先生住在驿馆吧？"

田狄得到伯噽的肯定答复后，起身说："晚上有一女子到驿馆找你，请你携带使臣信物，由她引你见孙武。"说完，便匆匆而去。

晚上，伯噽刚用过晚餐，钟周便神色紧张地急急赶回："你知道吗？出大事了！司马穰苴自刎了，一代名将落此下场，真是令人寒心。"

"这是真的？"

"确凿无疑，与其说是自杀的，还不如说是被逼死的。另外也证明我所说的，司马将军和孙武是宁死也不会离开齐国的，你还是趁早放弃你那庸懦之念吧！"

"偏偏在这节骨眼上横生枝节，否则，我马上就能见到孙武了。"伯噽长叹一声说，"堂堂大司马，身经百战，驰骋疆场，统领过千军万马，竟被逼得无路可走，只能自尽殉国，看来齐国和楚国一样，无功臣老臣的立足之地了！"说到这里，他像突然想到什么似地说，"这反而是好事，我和伍子胥因家破人亡，才背井离乡，另择栖身之地，孙武这等聪明人，岂会坐以待毙？为了保存实力，他也只有选择亡命出走这条路！钟大夫，你以为如何？你说是不是好事？"

"伯噽先生，你还有点仁义之心吗？司马将军被迫自杀，你却称是好事！这样的劫难，何好之有？"钟周和司马穰苴有几面之交，他素来佩服将军的文才武略，所以，对他的死感到不平，也感到难过。听伯噽这么说，他十分反感，忍不住抢白几句，见伯噽要辩解，他转过头去，挥挥手，"你别说了，什么都不要说了，让我安静些！"

伯噽坐到一边去，哑口无言。正在这时，屋外传来很轻的敲门声，伯噽赶紧过去开门，门外站着一个平民打扮的年轻女子，她虽然身穿半新不旧的灰布裤褂，但仍掩饰不了她的超凡脱俗的气质和端庄的容貌。

她有礼貌地问："请问，谁是伯噽先生？"

"本人就是。你是？"

女子没有回答，轻声说："先生随我来吧！"说着，便转身走起来，伯噽拿了出使列国时给各国的文书和印信，跟着女子走出来。一路上，女子始终保持沉默，不发一言。走到馆外，一辆犊车等在那里，车上有盖。他们坐定后，车夫赶着犊车走起来，一切都平平常常，毫不引人注意。

临淄比梅里要大得多，街道宽阔，两旁建有布衣百姓住的泥草屋和贵族住的高堂大屋，在混沌的夜色中，这座北方的国都显得深邃、空旷。月亮发出冰冷的光芒。和梅里相比，这里秋天的夜晚已寒意深重。伯嚭早有准备，身上穿着一件御寒而轻薄的丝袍，他见那个不知姓名的女子冷得有些发抖，向来怜香惜玉的他将丝袍脱了下来，给她披上。

那女子轻声说了声"谢谢先生！"，便再也不多说了，但很有深意地看了他一眼，在月光下，那一双眼睛像两口深潭发出幽光。伯嚭心里一动，但很快就告诫自己，这是在齐国，又要去见一个重要的人物，不是想入非非的时候。

牛车慢吞吞地走了很长时间，在一座宽敞的院落前停了下来。女子跳下车，把丝袍还给伯嚭，敲响了院门。有人开门，看到女子，一声不响避到一边，让他们进去。女子领着伯嚭直往里走，一个身影出现在堂前，田狄站在他旁边，举着火把。

"伯嚭先生来了，孙公子在这里等你。"田狄指着身边穿孝服的年轻人说，"这就是你要找的孙武。"

"这是我一个朋友的家，在这里见面比较方便。"孙武拱手行礼，"请伯嚭先生进里屋去吧！"伸手做了个请的姿势。

"好，好，公子请！"伯嚭行长揖之礼说。

伯嚭随孙武升阶登堂，落座饮茶。房舍很雅洁，摆设也很讲究，看得出是一户贵族的家。火光下伯嚭见孙武并不像他想象中那样剽悍威武，倒像一个举止文雅的儒生。他身着麻服，神色哀切。

"我听说了司马大人的不幸，这个时候还打扰孙先生，实在太唐突了，作为使臣，此时此刻，只能在心中遥遥为大司马祈祷，而不便去灵前吊唁，太惭愧了。"伯嚭抱歉地说，"请孙先生见谅！"

"伯嚭先生言重了！"孙武说，"叔父英雄一生，想不到结局这么惨，因为已被贬为平民，礼制所限，他老人家只能用麻布裹尸，嘴里除了不平之气，什么都不能含，更凄凉的是，以往宾客如云、门庭若市的大司马府现在是一片冷落的气象，除了家小亲戚，没有外人来吊唁了。当然，这是完全可以理解的，伯嚭先生不必介意。"

按周礼，天子驾崩，大殓时，口中要含上等的珍珠；诸侯国的君王可含玉，着锦衣；大夫要含玑，着绢服；学士含贝，着布衣。可大司马什么都不含，甚至穿麻布服，可想而知他的境遇。难道君王都是这样反复无常、薄情寡义的吗？伯嚭想道。

"伯嚭先生，这些伤心事我们不说了。我们言归正传吧，你与田狄谈的事是真的吗？你能详细跟我说说吗？"孙武庄重地问伯嚭，可伯嚭正在出神，没有马上答话。

"请答话！"那个女子在他耳边说，并且拉了拉他的衣角。

伯嚭感激地看了那女子一眼，回道："噢，孙先生，吴国和齐、楚、晋等国相比，虽比较弱，但地处南方，人文荟萃，民风尚武，风物精美，为诸国所罕见。国中河流成网，湖泊如镜，东临大海，南接越蛮，西连强楚，北望齐晋，为滔滔五湖所包孕，湖面辽阔，方圆几百里地，百姓出入以舟代步，吴地男子无不佩钩！"

站在一旁的女子"扑哧"一声笑起来，说："伯嚭先生，你在向我们介绍风光啊！是想引我们去游览？"

"妹妹，你别打岔，听伯嚭先生说。"孙武喝住那女子说，"噢，忘了给伯嚭先生正式引见，这是我妹妹孙燕，有点没大没小，请别见怪。"

伯嚭站起来，朝孙燕行礼："不知你是孙先生的妹妹，真是失礼了！"

孙燕还礼说："我才失礼呢，一路没有理睬伯嚭先生，这是哥哥一再嘱咐的，快把我憋死了，我还要谢谢伯嚭先生给我衣服御寒！"说着，秋波流转，神态娇憨，看上去天真无邪。

孙武打断妹妹的话说："你别多话了，让我和伯嚭先生谈正题。"说着，又转问伯嚭，"一直听说吴钩越剑，越剑我是见过的，但这吴钩却只闻其名，不见其实。钩者，到底为何物？"

"这是流行于吴国的一种弯刀，以青铜铸成，外形似剑而曲，可砍可劈，不仅可以防身御敌、近距离厮杀，还可用于采伐、狩猎、捕捞，军士也有佩带。我在楚国时，听说楚吴对阵时，有些将军讥笑吴军没有兵器，连割稻用的镰刀都用上了，未料它还是很厉害的，吴军用起来得心应手。"

"一样武器能广泛应用，达到男儿人人携带，总有其道理。看来这吴钩有点儿意思，兵法之要有三：一为勇，士兵要勇敢善战；二为智，将领要懂得谋略；三为器，这就是兵器，别说打仗了，就是砍柴都要用斧子。当然，打仗总不是好事，兵法，是诡道，不得已而用，我好研读兵书、兵法，大概是受了叔父的影响。但真正的治国之道是以德治理，所谓为政以德，譬如北辰，居其所而众星拱之。"孙武说，"叔父惨死之前几天，就要我出走，但我是后辈，岂能置叔父于不顾而亡命他乡？叔父毅然引颈自刎，主要是以死抗争，另外也是断我后顾之忧，让我放心离开齐国，另择良木而栖。"

伯嚭知道孙武已触及了今晚话题的核心，那就是吴国对他的态度，是否欢迎他去，他去之后干什么。事情到了这一步，他只能继续打着吴王的旗号，鼓动孙武投吴。

"孙先生，吴国大王归正王位的时间不长，为振吴强吴，匡扶周室，吴王海纳百川，礼贤下士，广罗有用之材。我和伍子胥都是楚国的亡命之臣，然吴王不以客卿而见外，均委以重任。伍子胥当上了辅国大夫，成为国之柱石，在这以前，伍子胥是在市场吹箫乞讨为生。而我，不怕孙先生见笑，是流落在凶肆唱挽歌卖泪度日。可见吴王用人不拘一格。国家大事，无非祀与戎，请孙先生去吴地吧，吴王正千盼万望地等着你。当年周太王的长子太伯，让王位而出走，驻足于梅里，使蛮荒之地成为至德的国家，鲁国的孔丘说太伯'三以天下让，民无得而称焉'，这样的礼仪之邦，值得成为先生第二个家国，先生的宏略也必会有用武之地！"

"好吧！"孙武很干脆地说，"既然吴王有如此胸襟，我就听先生的话，投奔吴国。不过，要等叔父的丧事办完以后伺机行动，另外，鲍氏、高氏派人监视我的行踪，不能堂而皇之出境，需要另想别法。到了吴国后，我会和伯嚭先生联络的。"他们约定了若干联络的方式和办法，伯嚭也告知了自己府邸的地址，将私人印信交给田狄，若进入吴国有何不方便之处，可取出他的印信办事。

"我在吴国恭候孙先生！"伯嚭喜滋滋地说，"孙燕小姐和田狄先生会同行的吧？齐王无情无义，也没有什么不能割舍的了，都来吧！"说完，伯嚭突然注意到孙燕那双明亮的眼睛，正若有所思地盯着自己。

还是孙燕送伯嚭回驿馆，还是那辆犊车，孙燕添了衣服，紧靠伯嚭坐着，依然是一言不发，直到送伯嚭到驿馆门口。分手时，她随伯嚭跳下车，倏地抬眼看着他说："等着我！"又补上一句，"也许是我等你！"说完，便跳上车，很快，犊车消隐在夜色中。

十几天后，钟周和伯嚭的船才回到吴国，钟周把一路的情况向阖闾作了详细的禀奏，伍子胥当然作陪。谈到齐国的情形，钟周的仁厚就表现出来了，他对说动孙武投吴之事毫无贪功之心，而是实话实说，自己怎么反对的，伯嚭怎么争取的，都如实说了，并对伯嚭的才干大加赞扬。

证实了孙武确实是来了吴国，而且是伯嚭策动的，阖闾和伍子胥都拍案叫好。在他们看来，得孙武的意义是极其深远的，这份潜在的无形的力量，是不可估量的。但伍子胥也有些疑问，孙武竟比钟周和伯嚭更快地到吴国，更重要的是，他为何不来都城梅里，而是要隐居在虎丘？但伍子胥很快就想通了，钟周、伯嚭离开齐国后，齐国国内的情形变得更加险恶，情急之下，孙武果断出走。至于隐居

在虎丘，他是想等钟周、伯嚭回到吴国，向大王禀报情况后，自然会找到他，据伯嚭说，孙武在齐国的声誉不亚于他叔父，且通达六艺，即礼、乐、射、御、书、数各方面都有很深的造诣，有一点傲气是很正常的。另外，孙武也要细心考察一下吴国的政风民风，是否像伯嚭所说的那样偃武修文，广施仁政，民心士气都积极向上。如吴国不像伯嚭介绍的那样，或接纳他的诚意不够，他完全有可能离开吴国另选别的国家。

阖闾赞同伍子胥的看法，决定立即去虎丘寻访孙武。同时，他对伯嚭大生好感，他觉得这个人不仅有光鲜的外表，而且忠诚干练。因此，阖闾将伯嚭升任为掌握朝觐聘问和内政外交的行人大夫，但属伍子胥节制，钟周调任太史大夫的位置，是主管国家律法的最高官员。对此，钟周不仅没有怨言，反而欢天喜地履新去了。

过了几天，三四辆普通的马车直奔虎丘山而去。阖闾、伍子胥、伯嚭等都脱下锦衣，换上布衣衫，随身佩带一把青铜钩。这是伯嚭提议的，因为他对孙武吹嘘过，吴国男儿无不带吴钩。随行的甲士有七八个，除佩短剑之外，没有执长戟长戈。从梅里到虎丘有七十多里路，马车全速前进，一个多时辰就到了。虎丘地方很大，到底从哪里着手探寻呢？伯嚭心中有底，因为按照前约，田狄一直在梅里，但在伯嚭回来的第二天晚上，田狄就到他府邸拜访过。田狄告诉他早到的原因，确像伍子胥所说的，那天在司马府守灵，突然来了个吊唁的客人。外人前来凭吊，使他们感到意外，这个人不是权贵，平时和大司马也没有往来，只是鲍氏的一个门客，他出于对司马和孙武的敬仰，冒险装扮成吊唁的人，前来通报一个紧急的消息：鲍氏、高氏在司马将军安葬当晚，就要将孙武捕入牢狱。

婶娘急得直打转，大司马一直对她说：他们不会放过孙武的，因为孙武是田氏后裔中唯一可继承祖先遗志的人，你一定要劝他走，走得越远越好。可这怎么办呢？孙武在门缝中发现外面确有异样的人在走动。恰好这时有亲戚乘了三辆马车前来吊唁，孙武嘱田狄和孙燕先混入其间，回去取已整理好的东西，准备好马车。

半夜时分，凶肆的歌手在司马穰苴的灵柩前唱凄凉的挽歌，家眷们不是嘤嘤啜泣就是哀声长号。乐师们手执各色乐器演奏哀乐，还有一群人围着火堆，画着脸、穿着古装跳舞。孙武趁此机会离开大司马府，奔回家中。田狄、孙燕早已等得急不可耐。孙武和他们乘上马车，飞驰而去。待将军安葬结束，兵丁果真蜂拥而入，但遍寻孙武，已不见踪影。孙武他们仅用了七天时间就到了楚国，卖掉马车，雇了一条船，经长江，进五湖，最后到达吴国，隐居到虎丘。

伍子胥对于孙武隐居虎丘的原因分析中，一条错一条对。说他恃才傲物是不对的，孙武为人淳厚知礼，绝不是那种故作清高、爱摆架子的人。但引而不发，找一个地方观察这个风景秀美又陌生的国度是对的。伯嚭没有说错，这里水是暖的，风是暖的，但民风是强悍的，除儒生之外，从事劳作的平民都佩带吴钩。孙武特地买了两把吴钩，仔细研究后，觉得形状很特别，也很锋利，功能齐全，稍加改进，改变一下铜锡铅的配比，是一件不错的兵器。看下来，吴国是一个平和的国家，这从百姓的神闲气定的神态上可以感觉得到，另外，和齐国、楚国相比，这个国家还比较弱小。但弱小不足惧，只要有明主治理，全国上下奋发努力，很快就会强大起来。几天下来，孙武已习惯于这青山绿水的环境，甚至产生了抛开一切，在这个离故国千里之遥的鱼米之乡永远隐居下去，无忧无虑、平平常常过日子的念头。

妹妹孙燕到这里后，显得心神不定，一有马蹄声、车轮声，就会走出门去，似乎在等待什么。等待的时间长了，她会坐着怔怔地想心事，做什么都心不在焉的。孙武知道妹妹的心事，她心里有了一个人，那个人就是伯嚭。她十八岁了，是个矜持的女孩子，对男女之事，有种睥睨一切男人的傲态。虽提亲的不少，她一概拒人千里。她怎么会对已有三十岁的吴国大夫心生好感，难道一件寒衣就使她动了情？也难怪，父母早逝，兄妹俩相依为命长大，自己习六艺，跟叔父学兵法，很少给她关爱。而伯嚭仪表堂堂，学识渊博，家世显赫，是个有才学的人，如真心对妹妹好，不失为一个值得托付的人。

伯嚭告诉田狄，吴王知道孙武要投吴，大喜过望，望眼欲穿地等待着他，伍子胥已获悉他隐居虎丘，吴王准备亲自到虎丘拜见，请孙武出山。田狄听后，感到很宽慰。他清楚，主人到了吴国，势成骑虎，只怕别无选择了。他把他们隐居的所在地详告伯嚭，突出的标记是村头有一家酒坊，院子里有一口水井，水井旁装着汲水用的桔槔。田狄和伯嚭见过面后当天便返回了虎丘。

当吴王的马车叽叽嘎嘎的车轮声传来时，反应最快的是孙燕，她走到院门外，见马车停了下来，一队甲士跳下车时，她满怀的郁闷一扫而空。当伯嚭的身影出现时，她眉目舒展了开来，脸上喜现春色。在伯嚭的后面，跟着两个精神焕发、气度不凡的人，其中一人，一头华发，身材高大，略显清癯；另一人面色严肃，一脸的红光。但使她纳闷的是，既然是国君达官，应该乘双驾的朱轮车，身着官服。而他们却都穿平民一样的布衣，乘坐的是最为普通的马车，随行的甲士腰悬弓矢、短剑。

伯嚭已看到孙燕，快步走了上来，喊道："你哥哥呢？大王来了！"站到孙燕面前，又轻声说，"果然是你等我了。"

"你让我好等！"孙燕也轻声说，"哥哥钓鱼去了！"

"钓鱼？快去唤他！"

田狄慌慌张张地说："孙燕，陪贵客屋里侍茶，我去唤你哥哥。"又对伯嚭说，"你们稍候片刻，孙武就在附近，马上就会回来的。"

"不用唤他，你领我们去就是了。"阖闾大声说。

"诺！"田狄答应着，在前面带头走进一条小路，路边都是没膝的野草，小路连接着一大片密林，密林尽头是一条河流，河边是一片长满了芦苇的浅滩，芦苇开始枯黄，芦花白花花的，在风中飘摇。这片芦苇滩使伍子胥想起逃出昭关时的情景，也是在这么一个芦苇荡，那个船家好心救了他，自己今后一定要找到他报答救命之恩。还有津香，伯嚭这次回来，告诉他出使楚国时，津香和她的哥哥津夷曾找过他，并带去了自己的儿子伍树，这使得伍子胥惊喜万分。逃命途中，蕴含着无限的艰辛，命悬一线之际，上苍又赐给他一个骨肉，这可真是来之不易！但如何处置这件事，他还须从容思索，伍树要回到自己身边，这是毫无疑问的，关键是津香，让他为难。津香是庶民，和他不能正式婚配。另外，吴王有意要把妹妹嫁给他，伍子胥已按贵族必须遵循的婚礼"六礼"对女方进行"纳采"。依照古礼，"纳采"以雁为贽礼，称为"奠雁"，另附九样礼物：合欢草、嘉禾、阿胶、九子蒲、苇草、丝绸、百合、干漆、两块石头。连雁共十件，都有其含义。雁是向暖处飞的向阳之鸟，而且秉性坚贞，象征从一而终。胶膝当然是如胶似漆之意，寓意夫妻和睦。石头寓意牢不可破。丝绸寓意柔顺。蒲苇屈伸自如，意示夫妇之间，应谦让互谅。合欢与嘉禾、百合，则是取其口彩。一旦吉期选定，便要举行大婚之典，在这样的情况下，对津香的安排，自然让伍子胥犯愁。他嘱咐伯嚭暂时不要声张，先把儿子接回再说，至于津香，只能搁一搁了。

这时，伯嚭拉了拉伍子胥的衣服，说："看，孙武就在那里！"

伍子胥定睛一看，河滩边果然坐着一个垂钓人，孙燕已一蹦一跳跑过去了。

阖闾当然也看到了，他想都未想，竟扯开嗓子喊起来："孙卿，孙卿！寡人来看你了！"

听阖闾这么喊，田狄和孙燕诧异地站住了，他们为阖闾的热诚深深感动了。在齐国，齐王出行，要乘十匹马拉的朱轮华车，卫卒兵戈闪闪，随员彩服灿烂。国君经过的道路、道口都有兵士密密把守，任何人都不能通行。而是无论文武官员还是平民，都得跪伏在地，不得抬眼偷觑。而吴国的大王竟这样平易近人，亲

自来看望孙武还不算，竟像久别的老友那样亲热。这样的君王，世上没有第二个。

孙武缓缓地站起来，摘下斗笠，屈膝跪下，不卑不亢地说："草民谒见大王！"

"起身，快给我起身！"阖闾三步并作两步地跨上前去，"今天，没有什么王不王的，有朋自远方来，不亦乐乎！咱们都是朋友，朋友之间，用不着这样，况且，这里是山野之地，又不在都城，不用这样拘礼！你看，我、伍大夫、伯大夫都没有穿官服，这样，反倒轻松！"

孙武反而有些不好意思了，他喃喃地说："大王驾到，孙武有失远迎，罪不可赦！"

"哪里话，哪里话！"阖闾哈哈大笑，拽着孙武的手，回头走起来，"到屋子里细谈吧，虽初次见面，但我有满腹的话跟你说！"

这是一间简陋的农舍，院子里有一片小竹林、一口水井。宫廷出身的阖闾第一次来到这地方，颇觉新鲜。

走进屋内，屋内是平整的泥地，墙壁是芦席抹上沙泥制成的，屋顶铺的是稻草，家具是木制的和竹子的，洁净而朴实。他们走进去时，田狄已在地上铺上席子，摆上布垫和木头案几。孙燕在一边的黄泥炭盆上用陶罐煮茶，炭火是用来取暖的，这是北方人的习俗。陶罐里的茶水是早就煮着的，一张矮桌上放着一溜陶碗，孙燕在忙碌着倒茶，伯嚭见了，上去帮着端给大家，孙武向伯嚭投去意味深长的一瞥。

正端着两盘橘子过来的田狄看了，忙喊道："伯嚭大夫，你放着吧，哪有让朝廷大夫端茶的？"

"让他忙吧，大王刚才不是说了，今天不用这样拘礼，这是大王的旨意，我们都得听。"孙燕将一碗热腾腾的茶端给阖闾，问："大王，是不是？我没说错吧？"

"是，是，说得一点没错。"阖闾笑道，他以为孙燕是孙武带来照料生活的侍女，见她长得娉娉婷婷，忍不住赞叹，"孙卿，你这位小侍女，素面朝天，聪明伶俐！"

"这是我妹妹，给我宠得一点规矩都没有了。"

"原来是令妹，对不起！我当成是孙卿的侍女了。"

"没关系，我就是哥哥的侍女。"

阖闾喝了一口茶，看着孙武，他笑嘻嘻地说："孙卿，我和伍员大夫、伯嚭大夫从梅里赶来，就是对先生寄予厚望，特地请先生为吴国执掌军事，先生和叔父的威名天下无人不知，可恨齐王昏聩，竟听信奸佞谗言，将先生的叔父迫害致死。昔日播下的良种，竟收得败草烂谷！我的遭遇也和先生相同，名正言顺的王位给

篡夺十多年，姬僚别说毫无王道，连人道都没有，荒淫无度，专横跋扈，导致朝纲不振，国事败坏。这样下去，吴国迟早会国家沦陷，河山破碎，人民惨遭蹂躏。因此，我不得不采取极端手段结果昏君，夺回王位。我是为拯救国家而为之，不是为了私利的冲动，请孙卿相信！”

“大王，我完全相信。把人逼急了，都要起而反抗！若现在让我去杀了无道的齐王，只要有机会，我也会下这个手！”孙武说。

“孙卿，你说得好！”阖闾盯着孙武五官端正的脸说，“我现在肩负吴国图存图强的重任，以德为治国之道是不错的，我何尝不想协和万邦，永不黩武？但孙卿，你是知道的，吴国的周围几个国家都在觊觎吴国，楚国一直图谋侵略吴国，连小邦越国都有吞吴的野心。中原数国对东隅亦虎视眈眈，一旦条件成熟，就有可能发兵讨伐。国与国之间，历来以强欺弱。强者，无非强在兵力上，兵盛则国强。仁义如无兵力支撑，只会是空谈！以德治国，首先要以军立国！孙卿是军事大才，请留下来帮吴国建军强兵吧！”

阖闾说完这番话后，对孙武抱拳作揖，表示他的期待之心。

“大王，不敢当！不敢当！”孙武慌忙还礼说，“军事大才之说，孙武万万不敢承受。盛名之下，其实难副，我不过从小跟着叔父习武，潜移默化，又喜读兵书而已，虽有效劳之心，其实寸功未建。”

“孙先生，你莫谦虚。”伍子胥说，“我在楚国时，就久闻司马穰苴大名，后又听说，先生从小出入军营，后随田将军沙场点兵，打过不少胜仗，各国兵家都传，先生的才干青出于蓝而胜于蓝！”

“孙先生，我在齐国时就与你说过，吴国大王有礼贤下士之心，对先生仰慕之极！今天你应该有亲身感受了，只要你在吴国，必有得大用的机会，何愁不能建功立业？”伯嚭说，“孙先生，你还犹豫什么呢？”

“是的，大王这样器重我，垂青下顾之情，我岂能不领？”孙武感动地说，“孙武远走天涯，就是弃暗投明，今日明君就在面前，孙武这个人就交给吴国，交给大王了。大王要我干啥，尽管吩咐，耿耿寸心都为吴国谋。不过……”说到这里，孙武把话头顿住了，欲言又止。

“不过什么？孙卿，你快说，有什么说什么！”阖闾催促说。

“我有自知之明，我的本事绝没有你们说的那么大。我绝不是谦虚，我说的是实话。”孙武认真地说，“如果我今后做的事不尽如人意，大王可能会大失所望，那还不如事先慎重些的好。这也是我最担心之处。”

听了孙武这样恳切的话，阖闾更看重孙武了，他原来也隐隐担心孙武身上会带有名人的通病，傲慢、自负、固执。现在看来，孙武非但没有这样的弊病，反而性格中有许多可爱的地方，其中认真淳朴是他最赏识的。

"孙卿，你多虑了！世上岂会有十全十美的事情？人非圣贤，孰能无过？你尽管甩开膀子干你的事，即使干错了，也没有什么。你任何时候都可对寡人对国事无保留地提出建议，只要寡人采纳，交于你办的，无人可干涉，就是寡人也不能随便干涉。"阖闾拍了下桌子，激昂地说，"伍大夫，伯大夫，你们听到了吗？"

"是！臣遵命！"伍子胥、伯嚭异口同声地说。

"孙卿，还有什么顾虑吗？"阖闾问道。

"没有了。孙武当为吴国尽心竭力，生死许之。"

"你没有，我却还有一件事不知可说不可说。"

"请大王明谕。"

"我这肚子在造反了，你这主人该请我们吃午饭了吧？"

大家哄笑起来。孙燕朗声说："都准备好了，不过都是菜蔬，只能委屈大王了！"

说是菜蔬，其实也有荤食，有肉干、肥鹅、烤鱼、虾螺等，在这种闭塞的地方，这就算是盛馔了。阖闾吃得津津有味，对所喝的酒更是赞叹不已，连说此酒芬芳馥郁，色泽晶亮，入口甘醇。他问孙武："这酒哪里买的，难道是你从齐国带来的不成？"孙武说："远在天边，近在眼前，这酒就是从村口小酒坊买的。店主叫要离，酒是他自己酿制的，他是个极豪爽的人，也有不凡的勇力，且有异相。"阖闾问："异在何处？"孙武说："他是个侏儒。但依我来看，要离虽外表丑陋，但是个真正的壮士。"阖闾"噢"了一声，要孙武将要离唤来，孙武让田狄去唤，并要买三坛酒给大王带进宫去。不一会，田狄带着一个体形瘦小，矮如孩童的人来了，他身后跟着几名伙计吃力地扛着三坛酒。他们当然不知阖闾是谁，所以没有行跪拜之礼。伍子胥刚要开口，被阖闾阻挡住了。阖闾不想陌生人知道自己的真实身份，免得扰民。要离给阖闾、伍子胥留下了深刻的印象，他虽然矮小，但这么冷的天，仍赤膊上身，额上还汗渍渍的，手臂、胸脯的肌肉突出，而且坚硬无比，一双眼睛深沉而锐利，闪着逼人的寒光，脸上还高耸着一个鹰钩鼻子。

"要离，你先回去，等会我再来看你。"孙武客气地对他说。

要离拱拱手告辞了。阖闾一直定睛看着他的背影，直到他消失在小路上才转过身，对孙武说："此人不光有异相，整个就是异人。他那双眼睛，就像是狼眼，令人不寒而栗。好了，孙卿，我们该告辞了，请你尽快来梅里，不要让我久等了。"

"是，臣不日就会来梅里领命。"

第 六 章

五六天以后，伯嚭专程到虎丘迎接，孙武依依不舍地离开虎丘山脚下的这个小村，带着田狄和孙燕，乘坐吴王派来的马车，前往梅里。

到了梅里一看，吴国的都城，虽不及临淄规模大，但绝非弹丸之地。城内房舍整齐，街道也比较宽阔，一条百渎河穿城而过，一问，才知道这是吴地先祖太伯当年开挖的用于灌溉和航行的一条大河。几百年来，这条河给富庶的吴地带来极大的益处。

和临淄不同的是，这里树木很多，虽已是深秋，但草木还未凋零。使孙燕好奇的是，许多民女在河岸的码头上洗衣服，用木槌捶击衣服，发出有节奏的"嗒嗒"声。这个景观在北方是不多见的。

孙武投奔吴国，虽时间不长，但住在虎丘期间，从随身带的书简和虎丘村民的口述中，了解了吴国的历史。数百年前，吴地还不存在国家，只有零星的各自为政的小部落。

先主太伯，本来是周太王的长子，但周太王更中意孙儿姬昌。传说姬昌一降世，便有种种瑞象，令太王宠爱有加，有意让他继承王位，但又碍于长子继位的祖制而下不了决心。当时，太伯已四十出头，膝下无子，他既考虑到自己的情况又体察到父王的烦恼，于是主动让王。为了使姬昌能够顺利继位，他带着二弟仲雍，一路南奔，越过黄河，再越过淮水、长江，远离故土，以显示让王的决心。

他们来到了吴地，这里有一个秀美无比的大湖，有无边无际的平原，平原上草木茂盛，沼泽纵横，当地土人以渔猎稻作为生，常在水中，长发不便，加上各种虫子咬人，所以，无论男女一律断发裸身，身上纹图，再涂上防虫咬的植物汁液。在一大片高墩上，太伯感到风光特别灵异，经询问当地人，知墩名"蛮里"（即梅里），于是选择在这处地方居住下来。兄弟俩毅然脱去周服，断发纹身，成为蛮民。太伯以石为纸，以炭为笔，以歌为教，传授北方的耕作技术、物候知识、新型农具，改一年一熟，为一年两熟，稻麦轮作，并治水，改堵为疏，率众开渎。后又开挖"九泾"，沟通湖泊、河流，将沼泽地变为良田。投奔太伯的部落越来越多，太伯便建城立国，国号为吴。梅里成了吴国的开基之地，吴地数百年声名文物，皆于此肇端。

孙武的马车在梅里行驶了不多一会，便来到一幢大宅，精雅舒适，这是阖闾赐给他的府邸，厅室俱全，还有池塘、花圃。孙武一看，觉得无功而已受禄，实在受不起。

"伯嚭大夫，请转告大王，这宅子太奢华了，我孙武住了不安心。"孙武对伯嚭说，"我们只有几个人，用不着这么大的房子。像虎丘那样的屋子，多自在啊，我们主仆三人住已绰绰有余。当然，大王不会许我住草房的，但也不必这么大、这么阔气。"

"这宅子是大王特地留给你的，王弟夫概看中这房子已好长时间了，大王就是不给，大王说，这房子要给配住的人住，言下之意，夫概还不配，只有你孙武配。"伯嚭说，"这下你该明白，在临淄跟你说的话不错吧，大王是何等地看重你。"

"不行，如果是这样的话，这房子我更不能住了，这岂不是夺人所爱！"孙武坚决地说，"伯嚭大夫，你替我去跟大王说，换一套房子，小一点、简陋一点无所谓，只要安静，我在撰述兵法一书，预计十三篇，现在已著七篇，估计还余六篇。"

"既然这样，我有一个想法，如你们不嫌弃的话，先住到我的府邸去吧，房舍虽不算豪阔，但很安静，你们几个住也完全可以，反正本来也只有我一个人加几个家仆住。"伯嚭对着孙燕说，"孙燕小姐，你可愿意？"

"我听哥哥的！"孙燕眼睛一亮，笑盈盈地说，"不过，要挤伯嚭大夫了！"说着，有喜上眉梢的模样。

"那只有打扰伯大夫了。"

就这样，孙武借住在伯嚭府邸，他和妹妹各一间房，位在大厅后面，伯嚭的房则在厅堂的侧面，和孙武兄妹的房间之间有一条较长的走道。宅子坐落在鱼塘边，厅前有两株高过屋檐的杏树，时当深秋，黄叶满院，更显幽静。对这个住处，孙武十分满意，虽不十分大，但适合习武撰述，还有塘里的鱼，悠闲地游来游去，增加了许多雅趣。

阖闾听伯嚭说后，叹了口气说："这孙武，也太谦让了！"

夫概也在场，听王兄这么说，心里想道：这孙武还算识相，他知道我看中那房子，怎么还敢进去？他一个客卿怎能跟我这样的王亲贵胄相比？

"王兄，既然孙武谦虚，那这房子就给我吧，房子是要人住的，我有一个夫人、四房妾室，现在实在拥挤不堪了！"夫概嬉皮笑脸地说，"我是配住的。"

"你要向人家孙武多学学，不要削尖脑袋争名于朝，争利于市。以军立国，需要财力充盈，举国要戒奢求俭，伍子胥提出要迁移都城，在战略要地重修城郭，这需要有足够的库帑。"阖闾说到这里，脸上的表情是沉重的，"姬僚留下许多事，国家已很空虚了，要树大邦威仪，谈何容易？有时，我晚上醒来，想起这些事，心里十分烦恼，再也不得安睡。夫概，你是我弟弟，国家兴衰，和你休戚相关。房子你可以去住，但你多替王兄，多替国家想想。军队要管好，首先军纪要严。你要身先士卒，上梁不正下梁歪，你带头带不好，何来规整的军风？"

夫概被阖闾说得脸上一阵红一阵白，阴郁渐现。依他狂妄的性格，早就要发作，但阖闾终究是大王，哪能出言不逊，这点道理他还是明白的。顶撞的话几次到了嘴边，硬是咽了回去，但脸上的神色就不太好看了。

伍子胥打圆场说："夫概将军，大王把房舍赐予你，还不赶快谢恩！"说着，对夫概使了个眼色。

"臣谢王恩！"夫概沉着脸说。

"谢什么恩？我们是兄弟，兄弟之情加君臣之谊，这绝非寻常，想到这一点，你就要替我争气，皮之不存，毛将焉附，我这个王位坐不稳，你又何以自处？"阖闾的语气缓和了些，"这一点，你一定要想明白。好了，你走吧，我和伍大夫还有事商议。"

阖闾的烦心事确实很多，要治理好一个国家确实不容易，家底不厚，百姓不富，四境不宁。特别是楚国，仗着兵强马壮，国力雄厚，不时在边界挑衅。吴国重用伍子胥、伯嚭后，他们也公开招降纳叛，大力扶持姬僚的三个儿子庆忌、盖余、烛佣。先是划出一块地盘，当作采地封赏给盖余、烛佣两人享用，派兵守卫他们的府邸，不准外人进窥。继而调拨粮草给庆忌的军队，供他练兵，那里军营成片，号角劲吹，战鼓隆隆，成为反攻吴国的桥头堡。据说庆忌的士兵，虽寄人篱下，但士气很高。阖闾曾派谍人深入庆忌大帐，策划将士哗变，都没有成功。

这成了阖闾的心腹大患，弱肉强食，吴国不在较短的时间内兴盛起来，别说迟早要被咄咄逼人的楚国吃掉，就是庆忌也极有可能杀回来。其潜在的威胁，是不消说的。

不过，伍子胥提出了重振吴国、重农振商的方略。重农桑，首要的是建井田之制，禁止豪强兼并土地。其次要造民籍，造牛籍。牛马是耕作所必需，严禁宰杀。至于民籍，一则为分配公田的依据，再则亦是行"卒伍之法"的张本。"耒耜以养生，弓矢以免死"，兵即是农，农即是兵。依周礼，天子六军，诸侯大国三军，次国二军，小国一军。一军一万两千五百人，三军三万七千五百人，吴国有几十万户人家，如有一半人家每户出一夫，就有十多万军，勤加训练，足以成为劲旅。井田之法，不仅能使农户获得耕田，又能提供兵源。另外，是振商，促进物品交流，这种交流多了，可富国安民。这就是伍子胥的重振吴国的方略。

这方略使得阖闾大为叹服，但实行起来，损害到贵族的利益，所以，一些权贵怨声不绝，絮絮不休，让阖闾感到不忍，也不胜其烦。他一度想暂停执行，但看到耕农一片雀跃，国家出现了新的气象，物力开始丰盈，还是以国家利益为重，咬牙顶住，杀了几个闹得凶的贵族，终于促使新制畅行。

他最担心的还是军事。兵源解决了，仅仅是第一步，关键要使士兵成为劲卒！而且，一支军队，能抵御侵略还不算，还要有征服敌国的威力，直至称雄中原。这可没有那么简单，凭目前那么点本钱，想都不要想。阖闾很清楚，眼下的吴国勉强只是个二流国家，要成为一流国家，成为强盛的国家，还有很远的路要走。想到这些，阖闾岂能不烦躁？他心中有种无可言喻的担忧，只是当着大臣的面不说罢了。

有时和皿妃、眉妃说笑，心事涌上，他的笑容会突然冻结，会挥挥手让她们走开。被离推荐的两位废王旧妃，确实深得他的欢心，这两个刚年满十六岁、吐蕊含苞的女孩子给他带来很多愉悦。但在皿妃、眉妃看来，这位大王有点喜怒无常，宠的时候，会让她们快乐得发疯；但脸陡然冷下来，会像驱赶一条狗那样赶她们走开。单纯如水的女孩对大王的变脸惊恐不解，但她们哪里会知道阖闾心里像一团乱麻，剪不断，理还乱！

好在孙武来了，阖闾召他进宫畅谈了几天几夜，孙武态度平和，谈了不少兵法，不仅新鲜，而且没有大话，句句在点子上，联系吴国的实际，是经过深思熟虑的，听得阖闾和伍子胥频频点头。

"用兵之法，无非奇正相生，以正合，以奇胜。"孙武在其中一次谈兵法时说，"斗力不如斗智。假设我们要伐楚，以五万精兵，水陆并进，进发之前，不但要有足够的准备，还要考虑道、天、地、将、法。道者，即大王、将领、士兵、百姓都要形成高度的统一，生死与共，荣辱与共。天者，天时也，也就是阴晴、寒暑、风向，冬、暑天都不宜发兵。地者，地利也。我们对伐楚经过的道路、河流、山

脉都要摸得一清二楚，不能一知半解，打糊涂仗。将，这是指将领的智谋、胆略、素养，简单地说就是智、信、仁、勇、严。有何将领，就有何军队。法者，是指组织、阵形、指挥方略、军令传递、粮草补给、武器装备。大军进攻，这是正兵。正兵之外需用奇兵。奇兵道，诡道也。大部队之外，另遣精骑，进行突袭，以佯攻之法声东击西，这些都是诡道。诡道不可言传，根据战况，比较彼此的力量，才能具体制定。这就是斗智，然而智是建立在力的基础上的，无力即无智。智力结合，才能以最小的代价获取最大之胜利。总而言之，挥师用兵，伐楚也好，伐越也好，都是国家的大事，是死生和存亡之道，须慎之又慎，这是其一；战争的上策是谋略，其次是外交，再其次是用兵，下下策是攻城。攻城取得的胜利，都是用血肉之躯换来的，一将功成万骨枯。战必全胜，不战而屈人之兵才是至善者。"说到这里，孙武不说了，垂着头，既不看阖闾也不看伍子胥，密室里静得出奇。

"不战而屈人之兵，我何尝不想这样做呢？"阖闾显然对最后这句话存有疑义，"打仗，既要花钱，又要死人，烽火遍地，生灵涂炭，但这是不得已而为之，能不战而胜当然最好，但如何做到不战而胜，这就难了！"

"大王说得对，确实不易，这就需要很高的智慧，而且要看机遇，大王以专诸刺僚的方式不动一兵一卒夺回王位就是一个范例。"孙武说，"这是大王遵天意，抓住了一个极妙的机遇，才得以成功，这是真正的大智慧。如果起兵硬夺，也能夺回，但一场内战就难以避免。搞不好，黄雀在后，周边敌国趁火打劫，宗社有倾覆之危。"

阖闾听后，才明白"不战而屈人之兵"奥妙无比，许多时候利用天时、地利、人和，可以兵不血刃，达到预期的目的。他点着头，开心地大笑起来，拍了一下伍子胥的肩膀，说："这可是伍大夫的功劳！"

未等伍子胥开口，孙武就抢先说了："大王和伍大夫的结识，是天作之合，大王的十年蛰伏和筹划，伍大夫领受大命寻访到专诸，而专诸对姬僚的仇恨加上勇力，另有姬僚的荒淫无度，这些都构筑了机遇，其中少掉一样也不行，如果姬僚嘴不馋，效果也许就要打折扣了。打仗其实也是如此，诡道而已！"孙武又回到了他陈述的兵法要点上。

伍子胥听后赞叹说："是啊！经孙武先生这么说，我心里亮堂多了，更坚定了移建都城的想法，梅里虽是先祖太伯所创，已十分繁荣，但地势平坦，不利于防守，城池又过于狭小，不足以大规模训练军队，特别是训练水师，更难以凝聚天地元气，实施孙先生刚才说的道、天、地、将、法。所以要另选一处地方构建新城，作为吴国的新都城，能起到安内攘外的作用。"

伍子胥已向阖闾提过多次移建都城的倡议，阖闾对此从心底里感到赞同。对梅里格局的小，他早有感觉，四野平旷，城墙低矮，毫无屏障，不是屯兵之地，一旦有强兵来犯，如入无人之境。无论从哪个方面说，它都不可当一国之战略要地。但赞同归赞同，伍子胥提出后，他一直迟疑。这使得伍子胥纳闷，自从辅佐阖闾以来，从公子光到国君，阖闾对自己的意见都无不尊重采纳，像这样不置可否是极少见的。

其实，阖闾有自己的想法，牵一发而动全身，易地建都更是牵涉到方方面面。首先是库帑还不是很足，修城墙、街市、库房、王宫、军队营垒等，件件都是浩大的工程，要耗费一笔巨资，这钱从何筹集？其次，原来城邦里的居民都要跟着迁移，原来的住房要放弃，重建新房，这笔费用不是每一户人家都能承担的。况且，大多数人世世代代住在梅里，不愿迁移到新址，总不能强迫他们搬迁。再次，贵族们的府第都在梅里，且都是豪宅，这些住宅往往和列祖列宗的爵禄功勋联系在一起，仿佛是荣耀历史的见证，一朝弃之，这一切都会荡然无存。还有他们各家的库藏，是秘而不宣的，而搬家，必然会使这些平时隐藏的奇珍异宝、金银财帛有所暴露。

阖闾以为，伍子胥是只身来到吴国的，现在住在府第里，也只有几个家仆、几个守护的卫士，没有累积下来的坛坛罐罐，所以他不会想得这么深。其实，伍子胥并没有忽略这些事，阖闾想到的，他都想到了。而且，他还想到了应对之策，只是因为国君没有明确的表示，他不好说下去。

听伍子胥再次提到迁都的事，阖闾知道不能再回避了，正好孙武也在这里，不妨议议这件事，想出一个折中的处置办法，既将都城迁入战略要地，迁到易守难攻、对全局能起到控制作用的地方，也不至于伤筋动骨，闹得怨声载道，不可收拾。贵族和平民的利益都得考虑，才能体现驭下宽厚。

"都城迟早要迁移的，梅里这个地方的确不是很合适，这是显而易见的，"阖闾说，"但易都是大事，牵动多方，不是说搬就能搬的。你们说说看，怎么办才好？"

"从梅里的地形看，一坦平原，河道成网，但缺大的水面，练水师就有点难。看来迁都势在必行，但移至何方，怎么迁，我刚到吴国，对此未作思考，不敢妄议。"孙武说。

"臣下知道大王内心是赞同的，依大王的英明，早已洞察梅里作为都城之不足。"伍子胥沉吟说，"大王想得很深，移都花费甚大、达官贵人之利可能受到贬

损，还有百姓的意愿等，这些臣子已有所考虑。是啊！移都本来是好事，但处置不好的话，反而会招来不少麻烦，扰乱人心，大王可能有所不忍，也确实不能不顾！"

阖闾一拍大腿，说："正是，正是，你说到寡人心里去了，你别怪寡人犹豫，这些事情岂能不顾？伍卿，你说说看，如何处置才好？"

"迁都是有关国本的大计，必须坚定不移地推行，不能因为一些无关宏旨的意见就轻易地否定，建议大王降谕百官和全国民众，让大家都识得其中的利害关系，一己之利必须服从国家之利，暂时之难要服从国家安排。"

孙武点头说："这是对的，迁移国都这样的事，绝非心血来潮，而是势在必行，但人们不一定很明白，有必要以上谕的形式让大家理解，贵族和王亲国戚更要识大体、顾大局。不过是换个地方，职掌依旧，俸禄如故，有什么可计较的？以兵法来说，这就是道，令民与上同意也，可以与之生，可以与之死。君民臣认识必须一致，做到令行禁止，打仗如此，迁都也要如此。"

听了伍子胥、孙武这么说，阖闾有些暗暗惭愧，他们是客卿，都能把吴国的最高利益置于第一位，自己为一国之主，虽然也觉得迁都非常重要，但瞻前顾后，淡化了大义。他们说得对，应下谕说明迁都的原因，要臣民务必识大体、顾大局，难处是暂时的，国家的安危才是国本之根。想到这里，阖闾从容地说："两位所言极是！一旦确定迁都，即降上谕，广告全国上下，君臣百姓在这件事上要同心，迁都是个浩大的工程，要以举国之力办妥这件事，不得有半点的马虎。"

看到大王的态度变得这么明朗，伍子胥很高兴，原来隐隐的担心一扫而空，他连忙说："大王有这般决心，真是国之大幸，民之大幸。具体的麻烦，也要大事化小，小事化了，这样才能使大家消除顾虑，发自内心拥护迁都的大计。"

"是啊！寡人就是怕伤了大家，寡人真感到有些难于应付，你有什么良策，赶快说出来听听！"

"迁都工程既然浩大，臣以为不能一步完成，而要分步进行，先筑城墙、演兵场、点将台、马厩、车库、仓房、船坞、兵营；尔后筑先贤祠、王宫、官府；最后是道路、官吏和贵族的府第、民居、商铺、市场。分段实施，在这个过程中，随着新都城一天天成形，大家也会感到鼓舞和激励，爱国之心，人皆有之。"

"嗯，有道理，继续说下去。"阖闾说。

"至于费资，吴国的豪门大族为数颇多，他们拥有的土地占全国耕地的三分之一，实行井田制，禁止豪强兼并土地，使他们惶恐，唯恐被剥夺土地。大王可以向他们申明，他们的土地可长期保留，并作为定制明确下来，但十年内厘金要提高五成，以用于筑都城。贵胄的采地，是封赐的，当然不能动，不过，同样要缴纳税金，并动员其捐木石费、输运辎重费、劳力费等。按其捐资的多少，应有所慰劳，予以奖赏，如可优先挑选府第位置，并许诺扩大一定的面积。没有爵位却能出巨资的，可赏以爵位。商铺则由商人自造，可挑选地段、市口，但须承担一定的道路费，承担越多者，自然地段、市口越佳。民宅由国家统一建造，拆一还二，即在原来的面积上扩大一倍，虽然不要钱，但每户须一夫出役，以力充资。"伍子胥一口气讲了许多条办法，可以看出，他对阖闾担心的难处了然于胸，并想出了不少切实可行的对策，"还有，可在全国征兵，屯兵于新都城工程之地，一边练兵，一边参加工程劳作，尤其是修城墙、演兵场等军事设施，他们从头参与，更能明白作为兵士，有守土护国之责。这是对他们极大的锻炼！"

"太好了！"孙武在一旁连连叫好，"兵要屯，要养，战时打仗，和平时期亦兵亦农、亦兵亦工。天灾突袭，重要工程中兵力是最好的劳力！"

"还有，豪门最担心他们的库藏会在搬迁中暴露，国家可在新都城建一座'封桩库'，隔成数十间内库，分配给他们备用，钥匙交给他们。他们可派人看管，在搬迁时，可收贮各自的财物布帛。将来各自的府邸建妥，可再将库藏搬回家。"伍子胥兴致勃勃地又补充说，"还有，大王可马上着手挑选新都城地形，当然要挑诸水交汇，地形险隘之处。"

"伍大夫，你不必再细说下去了！"阖闾笑着向伍子胥罢手，"这些办法都使得，听你这么一说，寡人大有豁然开朗之感，不用再发愁了。这样吧，伍大夫，此事交给你全权负责，兼司空一职，你去写一道奏疏，把你刚才说的全写进去，然后作几次廷议，再下谕通告全国。地形嘛，可以看起来，选址范围不宜过大，要说诸水交汇，地形险隘，五湖边别宫那里是绝佳的地方，可先上那里勘察。"司空是掌管工程建筑和百工的，权力很大，把这么大的事交给伍子胥，说明了阖闾对伍子胥的器重。

此事就这样定了下来。阖闾下旨宣召十余名近臣商议此事，除伍子胥、孙武以外，还有夫概、被离、钟周、伯嚭、夫差、终累等。阖闾将迁都的必要性和梅里的弊端作了详尽的说明，并宣布了伍子胥在奏疏中提议的实施办法，要大家廷议。让阖闾感到意外的是，大家的发言绝对地一面倒，没有半点异议，连一向乖戾的夫概，也变得极通达，第一个表态说，这样的事有关国家之本，当然应该全力拥护，至于会给个人带来些难处，这无足萦怀。他还表示要捐资若干，以助筑城，还提议从驻镇楚吴边境的军队调遣出部分兵员参与工程的建设。其他近臣也对具体的实施办法提出了种种补充和完善的措施，其中不乏值得采纳的良方。如

夫差提出，越国和蔡国一向对吴国有所贡奉，越国出秀木，可让他们贡木千根，用于建屋造宫，蔡国可贡巨石，或木船百艘，用来输运物资。

阖闾听了，很感欣慰。向小邦索贡，确能补充移城费资的不足，但这是建国都，用小邦的钱物，有伤国体，传到其他国家，会遭人讥嘲。今后，都城建成，往往会被他们说三道四，他们被吴国敲去多少木头、多少石头，仿佛整个城都是他们进贡的，面子上就不太好看了。

为此，他和颜悦色地对夫差说："你这个主意不错，但吴国有这个能力移都，暂时不需他们朝贡，国家建都，不能有失风范。"

夫差听了，有些怏怏地不响了。隔了一会，他低声对站在他旁边的孙武说："孙先生，我想有空到你府上请教兵法，如何？"

孙武点点头，用极低的声音说："请教不敢，可一起探究一番。我住在伯嚭府邸。"

夫差是真心要向孙武讨教的，他几次听父王提到孙武，是发自肺腑地佩服和敬重。父王持这样的态度对待的，还有一个就是伍子胥，其他就没有了。这段时间，夫差对玩耍寻乐已不感兴趣，父王给他和哥哥终累请了老师教授知识，在王宫辟出一间空屋作为学舍，学文习武。夫差学得很刻苦。他已十六岁，长得高大英武，宫中的佳丽，看到他都忍不住要多看上几眼，连父王宠爱的皿妃都寻找借口和他搭话。有一次，有外国贡使送来荔枝，皿妃特地托了一盘给他送来，他正在读书简，头都没抬地说："你放着吧。"皿妃剥了一颗，塞到他嘴边，他推开了，说："皿妃，你去伺候父王吃吧，恕我失陪！"说着，站起身来，走出了自己的房间，气得皿妃脸色发白。

这次廷议非常成功。阖闾当廷决定由伍子胥负迁都事宜的全责，被离和伯嚭予以协助，事无巨细，都向伍子胥汇报。也是在这次廷议上，阖闾特颁诏命，正式任命孙武为大将军，负责对全国军队的重建、演练，旨在建一支劲旅。这个任命让孙武感到突然，也让在场的近臣都感到突然。虽然，大家都知道孙武会得到重用，但一下就当上大将军，即大司马，还是有些意外。一个来自齐国的客卿，二十出头的年纪，虽满腹兵论，精通六艺，但毕竟缺乏实战的经验，能否担当这个重任，统帅全国的军队，大家都替他捏一把汗。

孙武心里略有不安，但他没有丝毫受宠若惊和诚惶诚恐的表现，而是气定神闲，仪态雍容，伏地叩拜说："谢主隆恩，臣自顾力薄，担此大任，惶恐之至。"

"起身吧！你当之无愧！你会超过你的叔叔司马穰苴的！"阖闾做了个请起的手势。

"大王过奖。"

"一点不过，我心中有数。"阖闾看着孙武从容起身，回到队列中，又对众人大声说，"寡人相信孙大将军有这个能耐，我不会看走眼的，这段时间，我一直在物色大将军的人选，此人选和迁都一样，关乎国基王业，岂能马虎？现在我请来了孙武，齐国司马穰苴的侄儿，他对军事的见解，明达透彻，他的才干，不需多说，今后有事实鉴证。"

参与廷议的近臣，虽有人有所怀疑，但他们相信阖闾绝非昏君，他能这样倚重孙武，必有其道理，就像国君所说的，今后自有事实说话，练一支兵，打一个仗就能见分晓。但有一个人失望之极，大为不服，这个人就是夫概。他见阖闾迟迟不任命大将军，以为哥哥在考察自己，因为部队军纪松弛、暴掠百姓，以及争宅邸一事，王兄曾责备过自己，但责之切，爱之深，这说明王兄对自己抱有很大的希望。他认为大将军一职非自己莫属，因为这个职位最为重要，一定要交给最信得过的人，自己是王弟，大王不相信亲弟弟，难道相信外人不成？另外，他的自我感觉一向不错，性格自负，自以为是吴国数一数二的悍将，在他眼里，能超过他的人还没有生出来。

听了对孙武的宣旨，他简直不相信自己的耳朵，问身边的伍子胥："大将军是谁？"伍子胥瞥了他一眼说："非你夫概，而是孙武。"夫概声音响了些："怎么会是他？"伍子胥回答说："怎么不能是他？"

夫概神色大变，顿时像斗败的公鸡，平日的傲气消失得无影无踪。偏偏阖闾锐利的目光盯着他说："今天，我在这里说清楚，军队所有将领，无论大小，都得无条件听从孙大将军的调遣，不准欺生，有违令者，按军法严惩，孙大将军不必禀奏寡人，可直接处置。"这话分明是警戒夫概的，夫概当然听得出来，恨得牙关差点咬出血来。

"取过虎符！"阖闾喊道。

这一声出口，早已待在一边的被离连忙送上一只铜盒，将盒子打开，取出虎符。

阖闾取出虎符，喝令："大将军孙武！"

孙武应道："臣在！"

"请领虎符！"

孙武走上前，从阖闾手中接过象征着军权的虎符。此时，孙武捧着虎符的手沉重得有些微微颤抖，周身的血在沸腾，但他很快控制住自己的情绪，不让自己失态。他伏地磕头说："谢大王！"

这一幕，虽然对大多数大臣来说，和他们都没有直接的关系，但他们都很感到兴奋，都觉得精神一振。以军立国，一军之统帅关乎宏旨，关乎国家的前程，现在孙武衔命而任这重职，总算填补了悬置多时的一个空缺，完成了一个重要的步骤，这本身就是非同小可的事。

如果说大臣中最失落的是夫概，那么最为得意的就是伯嚭了。孙武可是他发现的，孙武能有今天，完全靠他，以后，孙武立下战功，使得吴国扬眉吐气，他伯嚭自然功不可没。还有一条，孙武和孙燕兄妹及田狄搬入他的府邸后，他和孙燕有更多的机会接触。虽处得很融洽，但都还没有挑明，不过，伯嚭久经红尘，依他观察，孙燕肯定对自己有意思。那么一个天真无邪、单纯得像五湖水，而又言语利落、姿态明爽的小娘子，一见到自己就会像喝了酒似的，双颊绯红，讲起话来也变得柔声柔气。但孙燕的事握在孙武手中，他们兄妹情深，孙燕表面上对孙武动不动就发脾气，常给哥哥脸色看，实际上对哥哥言听计从。所以，自己和孙燕能不能成，最终要看孙武的态度。现在他当上了吴国的大将军，获得如此尊贵的身份，出于对伯嚭的感激之情，也不应在中间作梗。为此，他走到孙武面前，拱着手说："大将军，恭喜！恭喜！在临淄时我说的话没错吧？吴国大王的器重才是别的国家的国君无可比拟的。"

"不错，不错，伯嚭大夫，谢谢你的指引！"孙武说，又转向钟周，"钟大夫，也得谢谢你！"

"惭愧！惭愧！老夫当时糊涂，差点误事。"钟周有些尴尬地说。

"不能这么说，当时情形那么复杂，换了我，也会谨慎行事的。"

这么一句话打消了钟周心中的顾忌，原来他的确担心孙武会对自己在齐国的行止心怀不满，大将军虽是管军队的，但他说的话在国君那里分量极重，几句话，就能把自己打发回田庐去。

廷议结束后，阖闾把夫概、夫差和终累留下了，询问他们对任命孙武为大将军有何看法。"你们三人都是从军的，少不了要和孙武打交道，不管你们想得通还是想不通，都要和大将军处好，疙疙瘩瘩的，带不好兵。"阖闾好声好气地说。

"父王让孙武担任大将军，真是英明，儿臣觉得没有比他更合适的人了。他不仅精通六艺，而且对兵法研究极深。虽没有带兵打过仗，但他是在军营里长大的，在他叔叔的大帐里耳濡目染，等于打过不少仗，是在战场上锻炼出来的，是个军事奇才。"夫差说，"我已跟大将军说好，要拜他为师，跟他学兵法。"

"孙大将军的事是谁告诉你的？是孙武吗？"阖闾问。

"不是，是伯嚭大夫说的。孙大将军从来没有与我说过这些事。"

"很好，你有志学兵法，就跟着大将军好好学，而且，要学到点子上，掌握精髓，否则，把兵法的书简背得滚瓜烂熟都没有用。"阖闾说。

"是，父王！"

"终累呢，你觉得怎样？"

"父王的安排不会错的。"终累心不在焉地看着父王，好久才说了句话。他虽也在军中，但实际上是个纨绔，整天热衷于打猎、玩鹰、出入声色场所，对任命谁当大将军毫无兴致，"再说，我和孙武也没有什么接触，但我听说他妹妹倒是个美人。"

"没出息！"阖闾骂了一句，又转眼盯住夫概，只见他铁青着脸，仰头看着屋顶，微微冷笑，阖闾又说，"夫概，我看你很不服气！"

"大王宣旨，我敢不服气吗？何况，孙武在你眼里简直比天神天将还要厉害！"夫概气呼呼地说。

"你有什么想法可以说出来，别说赌气话，现在不是在廷上，自己兄弟，心里有话，就说出来，别这样阴阳怪气的。"

"好，让我说心里话，我就说。王兄，你怎么能把一国的兵权交给一个来了没几天的客卿，大将军的重要性，你比我还要清楚，此事不可儿戏！"

"什么？你说我是儿戏！"阖闾怒问夫概，但他很快又平静下来，严肃地说，"我知道，你想当大将军，但我坦率地告诉你，如果我看在兄弟的情分上让你当，那才是真正的儿戏。你知道这是为什么吗？因为，你虽然在带兵，也打过点仗，但你懂得兵法吗？你懂得治军吗？你有一个统帅的度量和操守吗？我观察过你，也想把虎符交给自己的亲弟弟，但你实在让我太失望了。我无法把兵权交给一个不学无术、胡作非为的将军，因为这是国家的命脉，而不是一套宅邸！你好好想想吧，看看人家孙武是怎么带兵、练兵、治军的，不是我轻视你，你能及上他的一小半已经不错了！"

夫概的脸上一阵白一阵红，气得不得了。

夫差和终累平时就看不惯这个叔叔，见父王严厉地训斥他，都幸灾乐祸。终累笑嘻嘻地说："叔叔，是啊！这大将军的官本应由你来当的啊！"

"终累！"阖闾喝住他。

但夫概到底受不住了，站起来就走，嘴里还咕哝着："我这么坏，干脆把我一撸到底，我像你大儿子一样，整天到烟花巷去！"

"夫概，你给我站住，不许走！"阖闾朝着夫概的背影大喊，声音极大，不仅夫概，连终累、夫差都被镇住了，"你想撂挑子，是不是？我偏不同意，你给我听

好，今后，你如对大将军有何不敬，给我知道了，杀你的头。你给我小心点，滚！"阖闾愤怒地吼道。

夫概头也不回地走了。他郁闷地来到梅里的兵营，兵营外是一片演兵场，兵营和演兵场是用木栅栏围起来的。木栏四周种着杨柳，因到了初冬，柳条上的叶子已脱尽，剩下一条条深褐色的条枝在风中飘荡着。夫概的心中充满不平之气，这些年来，自己为哥哥披肝沥胆，杀吴王僚时，没有自己率领军队阻击庆忌部队，阖闾能安安稳稳爬上王位吗？可哥哥现在却翻脸不认人，待自己连一个客卿都不及。心中的怨恨无处可以宣泄，他走进营帐，一觞觞喝起酒来。

这时，手下的一个副将潘缯进来对他说："上将军，孙大将军来了！"

"是孙武吗？"

"是。"潘缯看着夫概的脸回答，"上将军不必理会他，随他去。"潘缯打仗有点本事，但为人一向奸诈，喜欢挑拨离间，无事生非，他阴阴地继续说，"今天大王一宣布他当大将军，他就向你摆架子来了！"

"去他的架子，他不过会说几句用兵的道道，有什么资格来指挥我！"夫概喝着酒说，但他想起王兄对他的警告，觉得这样子不妥，便叫住潘缯，"潘将军，你叫副将以上将领在校场集合，看在王兄份上，给他面子，免得他去大王面前恶人先告状。"

待夫概等将军在校场三三两两聚集起来时，孙武早就把演兵场里里外外看了个遍，他越看心里越不是滋味，校场太小，设施也不全，最重要的是地点不合适，挤在民居当中，不仅扰民而且围观者甚多，不太安全，也容易给敌国派来的谍人看到。

见夫概他们聚集在大帐前，他走上去，温和地说："夫概将军，打扰你们了，你们做你们的事，我随便看看。"

"不行啊！大王有谕在先，如对大将军不敬，要斩首处置！"夫概一身酒气。

"哪有这么严重？所谓不敬，要看什么事，如滥杀无辜，烧杀抢掠，违抗军令，当然要严惩不贷。而有些事，虽然有违军纪，像将军明知军中不能喝酒而喝，我不会杀你的头，只是要警告你，从今天起，不能再犯，如不听，作违抗军令处置。如屡教不改，以致贻误大事，我会拿下你的头！"孙武说这话时，神态很平静，但口气非常坚定。

将军们肃然起敬，夫概不由自主地把高昂的头颅放低了些。

"大将军，听说你精通六艺，射艺尤高，百步之内，箭无虚发，能否给我们作番表演，让兄弟们开开眼界？"潘缯很谨慎地对孙武说，摆出一副虚心受教的样子。

"是啊，是啊！正好兄弟们都在这里，大将军就不要推辞了，露一手给我们看看！"夫概附和说。

"下次吧，今天没有准备。"

"这要什么准备？射艺在身，随时可以拉弓，就像文采好的人，可出口成章一样。"

"好吧，取弓来，另外，谁和我比试？"

"当然是夫概将军了，他的臂力非凡人可比，是军中一等一的射手！"潘缮回答，众将笑了起来。潘缮说得有些夸张，夫概射艺是不错，但没有他说的那么神。

百步射箭，需要的校场更大，但这个演兵场未免狭小了些，为了防百姓翻栏而入，孙武令执戟的甲士守卫在围栏边，使得校场增添了森严的气氛。

士兵取来弓箭了，孙武试了几副，都觉得软，不断地调换，最后，他决定骑马回府取自己的弓箭。见孙武策马而去，夫概嘲笑说："哈哈，临阵脱逃，我估计大将军一去不复返了！"

军中将士也窃窃私语，猜测大将军会不会持弓回来，有人说会，有人说不会，莫衷一是。正在议论时，孙武已骑马返回演兵场，后面多了一匹马，马上的正是孙燕。在江南，在吴国，绝少看到女人骑马。为了骑马，孙燕换上了窄袖短衣，脚穿高帮羊皮靴，英武中带有俏丽。兄妹俩一出现，将士们除了注意孙武，更多的视线落在了孙燕的身上。

孙武跳下马，从背上取下一张弓。大家一看，都暗暗吃惊，这张弓弦粗胎阔，比一般的弓要显得更长更大，显然是一张硬弓。百步开外，已摆好十个靶子，孙武笑着对夫概说："夫概将军，咱们开始吧！是你先射还是我先射？"

"大将军先射诱射！"夫概所说的诱射，是正规射箭比赛中的一个程序，即由司射先射一箭，称为诱射。担任司射的射手都是射箭好手，夫概让孙武诱射，与其说是对孙武的尊重，还不如说是想给他一个下马威。

"那我就不客气了。"孙武没有推辞，从孙燕手中接过箭，略看一下百步外的箭靶，不动声色地拉弓便射，一箭飞出，靶旁跃出一个甲士，举起一面小黑旗，表明箭中靶心。孙武看了夫概一眼，又一口气射了九箭，箭无虚发，箭箭射中靶心，黑旗几乎刚放下又举起，一旁的将士们情不自禁喝起彩来。

轮到夫概了，看到孙武刚才的射艺和阵势，他不免有些胆怯，但已无退路。只得拉弓一箭一箭射起来，对面的黑旗只举了三次，五支箭都打偏了，打到了靶子边上，有两支打飞了，不知所终。这时夫差和终累不知怎的得到了叔叔和孙武

比射艺的消息，也骑马赶来，官家子弟闻讯赶来看比试的越来越多，他们单凭穿戴服饰就显出身份的不同，被允许进场，庶民则层层叠叠站在围栏外观看。

夫概输了，他向孙武作揖说："大将军名不虚传，佩服佩服，末将惭愧！"

"没关系，千里马都有失蹄的时候，你今天手气不好，是喝了酒的缘故！"孙武安慰他说。孙武是真心的，别无他意，可夫概以为孙武是在讽刺他，气得嗓子直冒烟。

"大将军百步之内能射中杨柳，射靶和射杨还真不一样，大将军，校场柳树不少，能否射给我们看看？说实话，在下还真没见识过这么厉害的箭术。"潘缮嬉皮笑脸地对孙武说，"趁弓箭在手，就让我们一饱眼福吧！"

夫差在一旁听得清清楚楚，他认识潘缮此人，知道他不怀好意，不由得对他大喝一声："潘缮！对大将军休得无礼！"

潘缮一看是王子夫差，顿时吓得像突然感到有一股冷风迎面扑来，不由得打了个寒噤，张口结舌，说不出话来。

孙燕闻声回头，见一个英俊少年怒目对着潘缮，便对他嫣然一笑说："别骂他，不就是多射几支箭吗？我哥行！"

夫差是第一次见到孙燕，他的眼光发直了，这个女孩子和他在宫里见到的所有美女都不一样，她打扮质朴，五官清丽，娇憨中带着宫中女子所没有的英气。他听她称孙武为"哥"，猜想她必是孙武之妹无疑了，孙武居然还真有这么一个超凡脱俗的漂亮妹子，夫差心神不定起来，他寻觅着她的踪影，她却再也不回头了。

这时，孙武见场上这么多人都期待地看着自己，知道自己已骑虎难下，便和孙燕耳语几句，对准百步外的两棵杨树，从孙燕手中接过箭，搭在弓弦上，拉弓便射，接着又射一箭，兄妹俩配合得浑然一体，箭落之处，杨枝"唰唰"地像刀斩似地纷纷断裂在地，引得一片喝彩声。孙武感到意犹未尽，他和孙燕骑上马，两人各挎一个箭壶，一前一后，奔跑着朝天空的飞鸟射箭。只见他们手法敏捷，令人眼花，空中矢如流星，一支接一支交错飞舞，而一只只鸟从天而落，夫概和所有的将领都看傻了眼，场内和场外的众人兴奋地欢呼着。甲士们纷纷涌进场内，捡起被射中的飞禽。

兄妹俩并辔联骑，向众人打拱致意。密密麻麻的人群发出更响亮的惊雷似的喝彩声，内外观众无不赞叹议论，这份热闹的喜气，是校场从未有过的。

夫概沮丧极了，都怪潘缮的鬼主意，弄巧成拙，使自己在众人面前丢人现眼，而让孙武出尽风头。回到帐内，他把潘缮痛骂了一顿。潘缮让夫概出尽了气，才心平气和地说："将军息怒，都是在下不好，没有想到孙武射术尚可。君子六艺，

射术为其一，但举国上下，士族贵胄，都在习射，孙武善射不等于他能当好大将军，一打仗，他必现原形。"

听潘缮这么说，夫概心里才好受些。

夫差和终累回到宫里，把演兵场发生的事及自己的所见所闻都告诉给阖闾。阖闾正和皿妃、眉妃在一起喝酒，酒是薄酒，菜肴也很简单。对今天的廷议，阖闾十分满意，许多让他忧心的事情总算有了眉目，便把两位妃子唤来放松一下。

夫差讲得有声有色，阖闾听完后，冷笑一声说："夫概这个蠢货真不知道自己几斤几两，居然和孙武去争高低，他六艺之中，无一样及得上孙武，至于兵法韬略更不要说了，他丢人现眼是活该！"

"父王，孙武的妹妹天真可爱，武艺高强，我听人说，'南人乘船，北人骑马'，大概她是北人，所以骑起马来，驾驭自如，比我都内行。这样的女子难得一见。"夫差赞不绝口，"我看宫里的粉黛、高门里的佳丽没有一个比得上她。"

"说的是！这丫头不错！"阖闾盯着夫差说，"我问过她，她比你大两岁，十八岁，已到待嫁之年。"

"怎么样？公子是否对她动心了？可惜年龄大了些，不是良配。"皿妃在一旁说，"女人骑马，野来野去，成何体统？夫差，德容兼备、才艺兼擅的好女子多得很，像你这样尊贵的王子，何愁找不到十全十美的佳人？"

夫差脸一板，说："你少说几句，我的事不用你管！"

阖闾朝皿妃使了个眼色，皿妃便不响了。

伍子胥和伯嚭也在喝酒，在伍子胥的府邸内。

对伍子胥来说，这一天心情很复杂，既感到兴奋，又感到失落和遗憾。首先，孙武当上了吴国的大将军，执掌了军权，这意味着由他为首的客卿势力得到了进一步的巩固，为他的报仇雪恨奠定了一个稳固的局面。其次，通过冉光，津香那里已有回音，短时期内可设法将儿子伍树从楚国送到吴国。他准备亲自到楚吴边境去接儿子，这样还能见到津香。这两件事让他喜悦之极。引起他不安和缺憾的也有两个原因，一是得到消息，楚平王病死了。杀他父亲和兄长、毁掉他全家的楚平王死了，他应该高兴啊！可伍子胥一点也高兴不起来。他曾立下血誓，要亲手处死楚平王，可现在这个机会永远不会有了，凶残如狼的楚平王已躺在棺木中了，他的儿子继承王位，即楚昭王。据说楚昭王比他父亲要仁厚一点。楚国的这一变化，使得伍子胥大为气馁。二是津香，她对他的救命之恩，刻骨铭心，在那么凶险的环境里掩护他，让他逃脱搜捕，把年轻女子的一切都交给了他，还给他

续了香火，自已无论怎样报答她都不算过分，最好的报答就是娶她，但自己却不能娶她，至少这一段时间不能考虑。吴王的妹妹很快就要和他成亲，吴王要通过联姻，将他这个客卿和吴国命运牢固地捆绑在一起。王族的婚姻历来渗透着政治，他无法拒绝。

阖闾的胞妹叫乐范，已二十五六岁，有点姿色，且很有才德，是梅里有名的贤媛。但她自视甚高，生性孤傲，能看得中的男人似乎还未出世。从十六岁起，提亲的人络绎不绝，但她一个都看不上，不是嫌别人无德才，就是嫌别人无容貌。这两年，阖闾登了王位，也有人跃跃欲试，想借此得到平步青云的机会，可乐范还是眼高于顶。但当阖闾向她提及伍子胥时，她竟毫不犹豫地答应了。缘由很简单，伍子胥原是楚国的上卿，帮助哥哥夺回王位，并身居辅国大夫的位置，另外，才更不要说了，连哥哥都对他钦佩得五体投地，貌也不错，气度不凡，身材挺拔，无论从哪一方面来看都是个好男儿。

当阖闾向他提亲时，他想到过津香，说："家小在楚国被楚平王害死，尸骨未寒，我无意续弦，于心不忍。"

"过去的已过去，伍卿已身在吴国，心亦要在吴国，你能在吴国成家立业，我也安心了！"阖闾说，"悼亡的心可放一放了，当然，复仇的心不能放，但这不妨碍伍大夫婚配。况且，辅国大夫的婚姻是你家事，也是国事。齐家为治国之先，伍卿有了一个家，可专心致志帮我处理大政，我骄傲的妹妹也有个归宿，这是两全其美的事啊！"

阖闾已把话说明了，是家事，也是国事，他只能接受，不能推辞了，这是国家的利益所在。伍子胥想了想，只好同意："好吧，既然大王抬举臣，玉成我与乐范公主，就按大王的意思办吧。我真是不胜荣幸，这样一来，臣子岂不成了国君的妹夫了，臣子实在是不敢当啊！"

"有什么不敢当的？当初，我俩认识时，你说是天意。那么，我们的结亲也并不奇怪了！"阖闾哈哈大笑，"老实说，我这个妹妹，只有交给像你这样的人，我才放心，也只有你才镇得住她，她就是在等你啊！这是她的福分，也是吴国臣民之福。"

伍子胥听阖闾说得如此诚恳，心里很感动。回到家里，他想到津香，心里又生出一阵阵怅惘、内疚。这些天，婚事在紧锣密鼓地筹备，乐范忙忙碌碌的，人也变得温柔快乐多了，原来苍白呆板的脸有了生气，显得有些光艳照人。而伍子胥始终像局外人，他说不出对乐范不称心的地方，只是心里被津香占着，要腾出地方容下她，似乎不太容易。

他今天和伯嚭喝酒，就是想找个人说说自己的满腹心事，伯嚭和他同为楚国人，在差不多的时间沦落吴国，现在又同朝共事，这种关系使得伍子胥对伯嚭始终有种生死之交的感觉，一些难以向外人启齿的话都找伯嚭说。

几觞酒喝下去，伍子胥和伯嚭的话多了起来。

"你和公主成亲，就是吴国国君的妹夫了，这是多荣耀的事，你这么苦着脸，好像受了多大的委屈，真是不可理喻。"伯嚭责怪他说，"换了别人，早就乐得不知自己姓甚名谁了！"

"别人不知道，你还不知道吗？你说，他们怎么办？我想来想去，这对他们母子太不公平，我愧对他们。"伍子胥黯然地摇摇头，"你是见过孩子和津香的，伍树来了，津香不能到我身边来，对她的打击太大了，一想到这点，我就烦透了。大王明明是知道这件事的，为何还要促成这门亲事？"

"别说傻话了，大王说了，这是家事，更是国事，哪容得你出尔反尔？"伯嚭说，"伍大夫，你样样都好，就是还脱不了文人的迂腐气！"

"那津香怎么办？就不管她了，我实在不忍心。"

"不忍心也要忍心，你处在目前的位置，别无选择。你要面对现实！"伯嚭认真说，语气中带有警告的意味，"大王是怎么知道津香和伍树的？"

"我和他说过津香和芦苇船家，没有他们，就没有我伍子胥的今天。忘了他们，何以为人？可说猪狗不如！"

"伍树没提？"

"怎么没提？提了。"伍子胥说。

"那么，你应择机向大王再说清楚，让他转告公主知道，否则，将来成亲了，突然冒出一个孩子，公主会怎么看？还真以为你伍子胥有多风流呢！"

"当然，伍树要来了，不对公主说也不行。"伍子胥说，"可津香怎么安置？总得想一个妥当的办法才好。"

"我倒有一个想法。"

"那你还卖什么关子？"伍子胥等了一下，不见伯嚭开口，便催促着说，"倒是把你的想法说出来啊！"

"我想，干脆把津香和她的哥嫂、爹娘统统接到吴国，给他们一笔钱做生意，还可以在乡下给他们几十里地，供他们种植，这样，他们母子也不用分开了，你也可以经常去看看他们。公主那里可过一段时间再说，事缓则圆，到你和公主老夫老妻了，再以侍妾名义将津香娶进门不就可以了吗？"伯嚭说到这里，喝了一口酒，神情颇为得意，声音也大了起来，"伍大夫，你看这样行不行？事无两全，我

以为，这是最好的办法了！就这么办，我陪你一起去见津香和她哥哥，有些话，你不便说，我来说，我印象中他们兄妹是明事理的人，会理解你的处境的。"

伍子胥默默地沉思了良久，不时小口喝酒，又陷入沉思。伯嚭的主意虽不尽如人意，但他想不出更好的办法了！暂时把他们安顿下来，今后再根据事态的发展作进一步的处置吧。想到这里，他把觞内的酒一口饮尽，对伯嚭说："就这样吧，我先向大王正式禀告这件事，再去见津香，你陪我一起去。"

"好吧，具体的事宜我来安排。"

津香的事总算议出了一个结果，伍子胥心里轻快了不少。他们把话题转到楚平王的死上。

"这个狗东西就这么死了，可惜，可惜！"伍子胥说到楚平王之死，忍不住顿足叹息。

"这是你我久盼之事，你何以为他惋惜？这真是怪了！"

"楚王死不足惜，死有余辜，我说的可惜是指他死得不是时候，死得早了点。"

"你的意思我懂，是想吴军攻占郢都，我们亲眼看到他被正法！"

"我要亲手对他千刀万剐，抽他的筋，剥他的皮，取其心肝而食！现在便宜他了。"伍子胥咬牙切齿地说，"还要刨掉他的祖坟，不这样，不足以解我心头之恨！"

伯嚭看着伍子胥突然变得狰狞的脸，心里一阵战栗，仇恨有时会把人变得很可怕。"算了，他已遭到报应了，剩下的就是伐楚，我们以胜利者的身份出现在郢都，那是多么令人痛快的事情啊！"伯嚭神往地说，"费无忌这帮奸臣也会成为我们的阶下之囚，我可以想象那一天他们卑躬屈膝的神情！"

"伐楚，这是我做梦都在想的事。可吴国要战胜楚国，谈何容易？"伍子胥说，"我现在所做的一切无不为伐楚而备，礼请孙武，迁移国都，都出于此。可幸的是，我们遇到了一个难得的明君，又得到了一个难得的大将军！得人之助，得天之助，伯嚭，我们好好干上一觞！"

"伯嚭何幸，荣登吴国庙堂？还不是得力于伍大夫引荐，感激之情，都在这觞酒中了！"伯嚭说完，将觞中的酒咕噜咕噜喝了下去。

"伯嚭，不必这么说，谁叫我们是难兄难弟？想到父亲和哥哥，想到逃亡的经历，我忍不住要哭了！"伍子胥的声音中，带着浓重的感伤意味，"伯嚭，大王给了我们这样一个机会，不是无故荣宠我们，而是要我们为强吴出力。强吴，是大王的目的，也是我们的目的。只有一个强大的吴国，才能帮我们杀回楚国去报仇。你我要始终把此事置之首位，一时一刻都不能松懈。你可要记住！"

"放心！我会记住的！"

"不要沉醉于暂时的荣华富贵而沾沾自喜！"

伯嚭听出伍子胥话中有警戒的意思，连忙说："这你不必费心，我岂会忘乎所以？事情那么多，还不如在凶肆唱歌，无官一身轻。"

"上门来的大贡和小贡，必有所望，投桃报李，纠缠不清，最好止于门外。当然，朋友间的情义，就另当别论了。"伍子胥委婉地说。

被离几次跟他说，伯嚭在外宣称，伍子胥和他是生死之交，对他言听计从。而伍子胥是国君的股肱，握有大臣的升降大权，这话意思很明确，谁想升迁或得到肥缺，他可从中斡旋。于是，上伯嚭家送物送钱的不计其数。虽是被离的片面之词，但说得有鼻子有眼的，引起了伍子胥的警觉。这时他想起来了，便想提醒提醒他，敲敲他的边鼓。

"这是无稽之谈，同道和朋友间的礼尚往来是有的，出格的事我决不会做。"伯嚭争辩说，"伍大夫，你想想，我替别人在你面前说过情吗？托付过什么事吗？"

伍子胥一想，伯嚭说得不错，这样的事他确没有在自己面前说过做过，加上他当时曾问过被离从何得悉这些事情的，被离没有直接回答，只是诡秘地一笑，就把话题岔开了。他对被离这个人印象不是很好，机灵过头，捉摸不透，给他诡异的感觉。

"没有就好，钱财是身外之物，现在的生活，和刚到吴国时相比，已是云泥之别，应该知足了。"伍子胥说，"你别生气，我只是敲敲警钟而已，对你，也对我自己。在朝廷为官，都该检点节制，这对大家都有好处。"

伯嚭松了口气，装出情绪有些激动的样子说："我知道是谁在你面前造的谣了，一定是被离，他见我当上行人大夫，一直在妒忌我。"

"别胡乱猜忌别人，没有谁在我面前嚼过你的舌根。再说，身正不怕影子斜，万事都要以事实为据。"伍子胥好言说道，"这些不说了，说点别的。我问你，你跟孙燕怎样了？孙燕可是难得的好姑娘，看得出来，她对你钟情，你可要真心对待她，窗户纸捅破了吗？"

"人非草木，我自然感觉到她对我好，但这层纸就是没捅破！"伯嚭说，"她有好几次对我欲言又止，我想，她的事由不得她做主，得听孙武的。"

"你可以跟孙武明说嘛，不必羞答答的。"

"虽没有明说，但有几次我已把话说得很透了，可孙武不是不回答，就是岔开话题。他对我很客气，但好像又有隔膜似的。"

"什么时候我来跟孙武说说。他自己没有娶亲，也舍不得妹妹出嫁吗？"

"那拜托了，成人之美，感谢之至！"

伯嚭离开伍子胥的府邸，回到自己家已很晚了，今晚喝得多了点，从马车上下来，走路有点蹒跚。刚想进自己的寝室，孙燕服装整齐地从里面走出来，虽已是午夜，但没有一点困倦的神情。

伯嚭在庭上细篾席编的绣团上坐了下来，喘着粗气，脸色红里发紫，一脸的疲乏。

"伯嚭大夫，你在哪里喝的酒？看你醉成这个样子，这样喝法会伤身子的。"孙燕嗔怪道，利落地端来一碗温热的茶水，喂他喝下，又取来热巾，替他额上、脸上擦了两遍。伯嚭舒服了不少。这时，家仆已闻声起床来到庭屋，孙燕见了，对他们说："这里有我，你到大夫寝室去，替他铺好床，等会扶他进去安寝。"两个家仆相互对视了一下，向伯嚭的寝室走去。

"想不想呕吐？想吐就吐，吐出来会舒服些。我去取器具来。"孙燕关切地问，那口气就像是伯嚭亲密的家人。这几句话就像涓涓清流注入伯嚭的心田，让伯嚭感到无比亲切和温馨。

伯嚭头脑顿时清醒了不少，他抬头看着孙燕问："这么晚了，你怎么还不睡？"

孙燕愣了一下，脸一红，说："你不回来，我怎么睡得着？"

"是吗？那我让你操心了，我真不该啊！"伯嚭听了这话，笑嘻嘻地说，"你哥哥呢？"

"他还能做什么？还不是在房间写他的兵法，竹简堆了半间屋子。"孙燕说，"你还难受吗，我替你捶捶，我哥哥有几回喝多了酒，就是我替他捶的，他说舒服了不少。"说着，她在伯嚭的后背轻轻地有节奏地捶打起来。伯嚭陶醉了，透身舒畅，他情不自禁伸手抓住她那只柔若无骨的手，孙燕没有缩回去，任伯嚭轻揉细捏，心头蓦地涌上一股潮热。

伯嚭更是心痒痒地不知道怎样才好，双手紧捏住孙燕的手，不住地抚摸着，怜爱从他热辣辣的掌心传到孙燕的手上，乃至身上、心里。

"小燕子，我能一辈子拉着你的手就好了，你愿意吗？"伯嚭鼓足勇气问。

"你刚才叫我什么？"

"小燕子。"

"我爹在世的时候，就是这么叫我的。你这么唤我，我感到特别亲切。"

"真的吗？那我一直这么叫你，好不好？"

"好，我喜欢你这样叫。"

"刚才我问你的话你还没有回答我，我再问你一遍，我能一辈子拉你的手吗？"

"一辈子执手"这句话意味着什么，够清楚的了。见孙燕久久不语，伯嚭回过头去，正好和孙燕的目光对接，她长长的睫毛下，一双漆黑的眼睛热情似火，见伯嚭盯住自己，也不闪避，隐隐透着少女才有的羞涩和痴情，这把一切都说得明明白白。

"好，我知道了，我是认真的，绝不是一时戏言。"伯嚭信誓旦旦地说，"如有半句虚言，不得好死。"

一个"死"字还未出口，孙燕伸手把他的嘴堵上了，急急地说："快别说这样不吉利的话，我相信你，你是堂堂的吴国大夫，我不要你像村妇那样赌咒！"

伯嚭转过身，抱住孙燕的半个身子，想一把把她揽入怀中。正在这时，脚步声传来，伯嚭连忙松手，孙武从里面走了出来，大声问："伯嚭大夫，你可回来了？上哪儿玩去了？"

"和伍大夫商量点事，多喝了几杯，头有些发昏。"伯嚭极平静地说，"孙燕，我刚才说酒话、发酒疯了吗？"

孙燕不知所措地站在一旁，听伯嚭问她，回答说："你没有说酒话，发酒疯，你每句话都是认真的、清醒的，没有半句虚言，更不是戏言，是不是？"

伯嚭的神色有些尴尬，连连说："正是，正是！"

"孙燕，深更半夜，你怎么还不睡？快回你的房里去吧！"孙武把脸拉了下来，厉声说。孙燕瞥了伯嚭一眼，迟疑了一下，转身往自己的房间走去。

伯嚭从席子上站了起来。

"伯嚭大夫，你休息吧。"孙武和气地说，"时辰已很晚了，马上可听得到鸡鸣了。"

"大将军，你也不要操劳了。请便吧！"伯嚭说着，朝自己的寝室走去。

孙燕回到自己寝房，还在细细体会着刚才的情景，心中有种说不出的惘惘之情，似甘似醉。只是最后哥哥的粗鲁，倒是罕见的，他对自己一向和颜悦色，从未这样对待过自己。这让她费解，难道当了大将军，就这么盛气凌人了？

正想着，急促的敲门声传来，孙燕的心剧跳起来，脸上涌起潮红，她以为是伯嚭来了。开门一看，是哥哥站在门口，孙燕扭头便走回屋去。

孙武的表情平静而肃然，他看着孙燕垂着头，虎着脸，显然对刚才自己的态度不满。他知道妹妹很小时就缺少父爱母爱，自己是她唯一的亲人，两人的兄妹情谊是她最大的抚慰，现在看到她有些伤心，心里顿觉歉疚。

"刚才哥哥出言不逊，你别放在心上。"孙武恳切地说，拍了拍孙燕的肩膀。

哥哥这么一说，孙燕心里一酸，眼眶发红了。她自尊而敏感，受不了半点

委屈。

"你是大将军了，我算什么！不管你说什么，我没有计较的道理。"孙燕说。

"在家里没有大将军，只有你和我，我们兄妹俩。"

"你找我有什么事？大将军！"

孙武笑起来，说："我还有几句话跟你说。"

"深更半夜的，有话明天说吧。"

"我只问你一句话，你喜欢上他了？"

"是的。"孙燕低着头，毫不含糊地回答。

刚才妹妹和伯嚭那情形，他在庭屋的走道里看得一清二楚。走道里没有火，庭屋里却点着火台，将整个庭屋照得通明，他在暗处，他们在明处。妹妹和伯嚭眉来眼去的情况，他早已察觉，开始时他还乐见其成，伯嚭的长相、学养、身份都是没话说的，再说，自己能奔吴，全靠他的周旋。他之所以愿借住其府邸，也是感到和伯嚭很知心。但这一段时间，伯嚭却慢慢令他失望，他为人虚伪不说，还贪得无厌。这么一个人，自己能放心把妹妹托付给他吗？不能，绝对不能！

妹妹的回答，虽在意料之中，但孙武听到后，还是感到震惊。他恼怒地说："孙燕，你给我听着，我不同意！"

"这是我的事，我不要你同意。"孙燕抬起头，毫不畏惧地看着哥哥，"还有，我倒要问问大将军，他有什么不好？如果你对他看不顺眼，何以要借住到他家中？又要听他的话，投奔到吴国来？"

"这是两码事，你不要混为一谈。"孙武有点词穷了，看着妹妹豁出去的样子，不知讲什么道理好。

"什么两码事？你明明是霸道！只许自己和他做朋友，别人就不可以。我以为你是尊重他的，原来并非如此，我看不懂了，一向胸怀坦荡的哥哥，也有虚情假意的时候，所以你才不准我与他亲近！"孙燕大声抢白，"你刚才说过，这家里没有大将军，你别在我面前吆喝！我是你妹妹，不是你的兵！"

这番话把孙武气得发抖，他粗暴地说："你不要不知好歹，我是为你好！"

"好？有这样好的吗？"孙燕回嘴说，"要是爹娘在，会阻挠我的好事吗？而且阻挠得一点道理都没有！"

说到父母亲，孙武冷静了下来，他轻声说："哥哥不会平白无故反对你的，你和他不合适，要是合适，哥高兴都来不及！"

"我不管合适不合适，我死了心了，非他不嫁！"

"你不要把话说得这么绝，慢慢地我会把道理跟你讲清楚的。"

"我不听，不要听！我主意已定。你走吧！说下去没有意思了。"说着，她倒头便睡。

孙武又生气又伤心地离开妹妹的房间，妹妹的话讲得斩钉截铁，一点商量的余地都没有。他回到自己房间，躺到被竹简包围的铺上，却一点睡意都没有。这时窗外天空已露出鱼肚白，传来一阵阵此起彼伏的鸡叫声。

另一个房间里，孙燕也久久未能入眠。直到红日映窗，孙武才起身。他已完全冷静下来，并作出搬离伯嚭府第的决定。兄妹俩有早晨习武的习惯，他走到妹妹房前敲门，但敲了好一会，孙燕就是不开。孙武知道她脾气犟起来，一时不会转变，摇摇头，苦笑了一下就走开了。

刚走到庭院，外面有人敲门。

第 七 章

很少有人这么早就来敲门的。

伯噽昨晚回房就呼呼大睡，鼾声大作，早晨是家仆按他吩咐，把他唤醒的。爬起来时，他的双眼涩重得睁不开，但今天要接待蔡国的贡使，必须准时赴约。正在洗漱的伯噽听到有人敲门，以为又有人给他送东西了。送东西的人，为避人耳目，一般都挑选一早一晚的时间。送的东西都放在门房里，由他亲自检点。他吩咐门官把门打开，没料到进来的居然是王子夫差，伯噽三步并两步地走上来，赶紧伏身迎接。

"少礼，少礼！家里不兴这一套！"夫差一边说，东张西望，"大将军呢，起床了吗？"

"应该起床了，在后面院子里习武呢。"伯噽说，"公子找他有事吗？"

"父王嘱咐我跟大将军学兵法、习武艺。昨天我看到大将军和他妹妹在演兵场和叔叔夫概比赛射箭，那射艺高超无比，叔叔输得灰头土脸的。"夫差笑着说，"特别是大将军的妹妹，骑起马来，身轻如燕，我还是第一次看到一个女子骑马骑得这么好。伯噽大夫，你见过她骑马吗？"

"当然见过，公子说得一点不错，身轻如燕，她的名字就叫孙燕，小名叫小燕子。"伯噽恭敬地说。

"那小燕子人呢？"

"大概和大将军一起在习武。"

"我能到里面去吗？"

"当然可以，请进请进，我给你带路！"

他们来到院子里，只有孙武一个人在舞剑，他持着一把闪闪发光的剑，一面挥洒自如，一面大声唱着：

既破我斧，又缺我斨。周公东征，四国是皇。哀我人斯，亦孔之将。

既破我斧，又缺我锜。周公东征，四国是吪。哀我人斯，亦孔之嘉。

既破我斧，又缺我銶。周公东征，四国是遒。哀我人斯，亦孔之休。

孙武的动作娴熟而优雅，声音高亢而雄壮，与其说是在舞剑，还不如说是在舞蹈。夫差和伯嚭都看傻了眼。伯嚭虽和孙武兄妹住在一个屋檐下，也是第一次看到孙武舞剑，以往，只看到兄妹俩练过射术。夫差跟夫概和几个将领习过武，但像孙武这样舞剑的，从未见过。他情不自禁喝起彩来。听到声音，全神贯注的孙武才发觉来了不速之客。

"公子，稀客啊！"孙武收起剑，向夫差行礼，"怠慢了。"

"大将军，我是来跟你学兵法的，碰巧一睹大将军舞剑的风采，我可是第一次见到边舞剑边唱歌的，令人耳目一新。"夫差有些激动地说，"你妹妹孙燕呢？听伯嚭大夫说，她每天陪着你习艺，今天怎么不见她的人？"

"她有些不适，还在房内休息。今天习武只能免了。"

"要不要请宫里的医官来看一下，开个方子？"夫差说，脸上露出怏怏之色。

"多谢公子，不用了，孙燕只是有点累而已，不用就医。"孙武说，"公子要学兵法，我另安排时间和你探究。"

伯嚭没有作声，他省悟到，孙燕的不适，是孙武的借口，其中必另有原因，而且和他有关，兄妹俩很有可能发生了争执。这么说，孙武昨晚已看到他和孙燕的亲热了，看到也好，事情早晚要挑明的。他很自信，无论孙武态度怎样，孙燕许身自己的事实是改变不了的。

夫差和伯嚭先后离开了。孙武不放心妹妹，到她寝室前又敲了会儿门，里面有声音，但孙燕就是不开门。孙武嘱咐田狄要庖丁好好料理妹妹的饮食，烧几道齐国风味的菜，就出门上车走了。

进了宫，阖闾召伍子胥和他商量大事。今日是他第一天以大将军的身份议政议军，被离领着孙武来到大殿内宫，这是大王和大臣议事的地方。大殿很大，途中，被离告诉他，伍大夫已到了一会儿，又笑道："你到底要从伯嚭那里搬出来了。是啊，借住在那里，算是行人府邸呢，还是大将军府邸呢？见伯嚭那些丑事，你就不怕脏了眼睛？"孙武有些奇怪被离怎会知道自己已决定要搬出来，这事他可没有透露给任何人，连任何事都不瞒的家仆田狄都还来不及说，被离从何得知的呢？难道他真的连别人的心思都卜得到，孙武含糊地回应了一句话，没有多说便快步往内室走去。至门口帷幔处一看，伍子胥果然已端坐在一方席子上。见孙武

进来，他连忙作揖。孙武还礼，寒暄告一段落后，便在他的下首坐下，席的前端有一案几，上面设酒浆果饵，一角还燃着一炉香，香气弥满宫室，两人谈起闲话。

"昨晚伯嚭大夫很晚才回来，喝得醉醺醺的，他说，是在你那里喝的酒，是吗？"

"谈点家事，多喝了几觞。闹醒你们了吧？"

"没有，我尚未就寝。"

"听说你和孙燕在演练场大显身手？夫概也确是太狂了，目空一切，是要给他一点厉害看看。"伍子胥轻声说，"他一直以为吴国的大将军一职，非他莫属，昨天你去巡视演练场，他跳出来对你寻衅，是对你当大将军心怀不满。可大王心里亮堂得很，由他来整军经武，是搞不好的！"

"昨天，我不是故意要丢他的脸，军中无戏言，军中无游戏，不管比赛还是操练，都要像真正打仗那样来对待。"孙武不知不觉中把声音提高了，"没有平时之严，也就没有战时之勇，所以，我昨天是认真的，不会因为夫概是大王弟弟就虚应他，演练场就是铁血战场。"

"大将军，说得好！没有平时之严，就没有战时之勇！"阖闾跨着大步走进来，"虚应？为什么要虚应？即使对寡人，也不能这样做！"

伍子胥和孙武连忙伏地行礼。坐下后，阖闾没有谈军政大事，而是对孙武说："孙卿，你是大将军了，还居住在伯嚭大夫家，这太不像话了，传出去要叫人见笑的。不管怎样，大将军都应有自己的府邸。"

伍子胥插话说："大将军，我知道你不喜享乐，但你现在毕竟身份不同了。再说，众官到府上找你，总会有不可对外人言的话，与人同住实在不太方便，你又在写兵法十三篇，没有一个安静的住所怎么行？"

"大将军，不要固执了，昨天我就让被离给你物色一处房子，你就别推辞了！"阖闾说。

"遵命，大王！"孙武应道。他立即明白为何被离一见面会说那样的话了。孙武本来打算今天见到大王就提出要搬家的事，未料大王先于他作了安排，这让他深深地感动了。对幸免荼毒、辗转奔赴吴国的他，没有半点怀疑，不仅亲临虎丘拜访，极度地信任他，委大任于他，而且连自己的生活细节都能想到，这样的国君到哪里去找？想到这里，他连着向国君顿首相谢。

"谢什么？这事就这么定了！"阖闾挥挥手说，"大将军，你的兵法写到哪里了？"

"这几天在写练兵篇，兵不在多，在于精，一个精兵可一当十。精者，智勇

也。智勇不是天赋的，是苦练而成的，这就是练兵的要义。"说到兵法，孙武的话就多了起来。

"大将军，吴国军队虽不算多，亦不算少，你的精兵之说很重要。乌合之众岂能血战疆场？不用说，一触即溃。所以，练兵为整军经武之要。这段时期，你能否练一支兵，让众将领，也让夫差、终累，当然也给寡人见识一下，兵是如何练成的。不论练兵，不足国谋！"阖闾一字一句地说，脸上是一副肃穆的神色，"这支兵不要多，五百人足矣！练成了，可作为我的护卫。"

"是！在下明天就去调五百甲士进演练场，马上就开练！"孙武说。

"不用调，我已给你安排好了，不过，我的举荐，绝非出于私情。你把她们练成了，我的王宫就固若金汤了，迁都以后的王宫，再大也不用担心安全了。"

孙武有些迷惑，不知大王安排的兵是些什么人。但他很快就明白了，这些兵可能是守卫王宫的甲士，便说："好极了，王宫的甲士本来就是百里挑一的，责任重大，应该练一练，正如制剑淬火，会更为锋利。"

"不，这些不是甲士，我另有安排。"

这就奇怪了，不是甲士，还会是哪些人呢？孙武不解地看着国君，阖闾脸上很平静很认真，看来已胸有成竹。

连伍子胥都糊涂了，问阖闾："大王，请赐教！"

"我举荐我的后宫嫔妃、宫婢五百人让你练，虽无法让她们个个练得像你妹妹孙燕那样身手不凡，但将这一盘散沙练成有纪律、有勇气、能作战的队伍，从而形成合力，这是多么了不起的事啊！"阖闾说，"大将军，我可不是故意为难你啊！你觉得不好办，可以另选人，毕竟都是深宫娇娃，恐怕谁都没有见过这样的兵。"

"君命如山，没有不从之理。"孙武说，"但臣有一要求。"

"请说。"

"后宫粉黛，娇生惯养，个个金贵。不过在臣眼里，既然是兵，无分男女，也无分贵贱，更无分美丑。因此，对她们不能有任何的宽待，也来不得半点胡闹。一切都得听臣的指挥，军中无戏言，也无游戏，如果违反军纪，当按军法处置。"孙武从容答道，"另外，请大王将你的宝剑借我一用，以借王威镇军。"

伍子胥在一旁听了，捋须微微点头，他虽没有发表议论，但对孙武的这番话从内心表示赞同。根据兵法对后宫佳人进行操练，可说是亘古未有的奇闻，他吃不透大王葫芦里卖的什么药。是用一种特殊的方式逗嫔妃们开心？还是拿她们玩耍？他无法猜度。大王和公子光不一样，以前的公子光对自己透明似镜，当了大王后，他的心思很难了解了。估计孙武也想到了这一点，才提出这样一个合情合理的要求。

"这是不用说的，我交给你这五百人的队伍，该怎么办就是大将军的事了。别当她们是后宫的粉黛，就当是一队将来要赴战场的甲士，只要有违军纪，如何处置，是大将军的职司，任何人包括寡人都不得干涉。这些话我昨天在朝上已说过。"阖闾没有任何表情地说，"至于我的宝剑，只要大将军觉得对练兵有用，当然可以拿去，虎符都授予你了，你用它可调千乘车、万匹马，区区一把宝剑算什么？"

见阖闾讲得这么干脆，这么坚决，丝毫都不含糊，伍子胥忍不住向大王投去异样的一眼，阖闾察觉到了，大声问："伍子胥，你对我的话有怀疑？练兵这样的军政大事，我岂会当儿戏？"说着，脸上露出了笑容，伸出手在伍子胥的白发上轻轻拍了一下，说一声，"白头翁，请释虑！"

"不敢，不敢，臣岂敢质疑大王？"伍子胥心中的一块石头落了下来。大王的动作让他感到亲切，以前的公子光高兴或作出重大决策时，常会这样轻轻地拍他的头发，叫一声"白头翁"。

他们又商量移都的事，决定明天去五湖夫椒山边视察新都地址，骑单骑去，一天来回。那里有一座别宫，以前太后到那里去消暑，是乘船去的，从梅里至五湖夫椒山一侧的湖岸，顺风的话，要半天多。伍子胥说："那地方我只去过一次，孙武则一次也未去过。要造船宫，造大量战船，木材是少不了的。但听被离说，五湖边虽长有密林，但都是灌木，大树不多。造一千条大小兵船，需数量庞大的大木。至于吴国其他地方，亦大多地势平坦，河道湖泊多，山林少，既要建宫室，又要造兵船，这么多大木一时难以采集。不妨让越、蔡、唐三国进贡数千根，小邦贡物，也不伤国体。大王如体恤他们，可用稻麦和他们交换。吴国推广井田制，再加上严禁宰杀牛马，确保了农田力耕，全国普遍丰收，估计可余出几十万石粮，拿出部分和小邦交换绰绰有余。"

阖闾听后很受鼓舞，特别是稻麦丰收，虽已是老消息，而且秋天收割时，他亲自到梅里附近的农村参加过庆祝丰收的营火晚会，高歌狂舞，炙烤猪羊，但听伍子胥再次提及，他仍然心花怒放。

"好吧，让伯嚭到越国、唐国、蔡国走一趟，以稻麦交换大木，要他们尽快伐木，逐步结筏由水路运来，争取一年中交完。"阖闾笑道，"井田之制要坚持，诗云：'疆场翼翼，黍稷或或，曾孙之稼，以为酒食。畀我尸宾，寿考万年。'岂不美哉？"

"兵马未动，粮草先行。粮草多多益善。"伍子胥说，"全国要在腹地建巨大

一剑封喉
YI JIAN FENG HOU

的仓廪，用于存储粮草，在吴楚接壤之处也要造几座，用于将来伐楚。"

"伍大夫说得对极了！"孙武说，"要准备打仗，兵源越多越好。造民籍和推广'卒伍之法'，农即是兵，兵即是农，这还不够，我们要力促增丁。女子十七岁未嫁，男子二十岁不娶，其父母要问罪。生儿子，国家奖励两瓮酒和一条狗，生女儿则奖励一瓮酒，一头猪。一胎生三个，国家出资抚养两个孩子，一年供应一百石粮食；一胎生两个，国家出资抚养一个孩子，一年供应五十石粮食。几年下来，其民殷众，以多甲兵。"

"好，好，不错，不错！"阖闾兴奋地喊起来，"这些都是极好的强国之策！可按照这项国策，伍大夫和孙大将军都是有罪之人了，伍卿已过三十，孙卿已二十出头，你妹妹也十八岁了。伍卿，你别拖了，快把婚事办完，让乐范生个双胎，辅国大夫，要带头为国家添丁！"

伍子胥趁这个机会说："大王，说到添丁，臣有一事禀报。大王早已知道，我在逃亡中结识的津香，为我生育一男儿，名叫伍树。这是伍家的骨肉，臣理应让他回归到我身边，但我顾忌乐范……"伍子胥没有说下去。

"我记着你这件事，是你骨肉，当然要跟着你。我会跟妹妹解释的，她是个明事理的人，不会计较的。安国定邦，家兴也很重要。"阖闾说，"那个津香姑娘呢，不管她是楚国人还是吴国人，堪称奇女！"

"大王是知道的，津香是楚国人，楚王派人追捕我，是她冒生命危险救了我。"

"当然知道，大恩莫如救命之恩，饮水思源，你可不能忘记她。按理，她位卑而不贱，居困苦之地而有义，完全可当你的正室。我本不该再将乐范许配于你，但可惜礼制所限，她当不了你正室。可她是你的女人这个事实是不可改变的，再说，她为你生了儿子！"

"大王仁厚之心，令人感激。最近我想见她一面，请她一家移居吴国，如果乐范同意，津香愿意，我想纳她为侍妾，也算是报答她的大恩。"

"这是你的事了，你以为怎么妥当，就怎么办。我不加干涉，你和大将军也应有几个女人为你们操持家事。像伍卿和津香这种可遇不可求的姻缘，是天赐缘分啊！叫人羡慕，叫人感动，你要好好珍惜。当然，纳她进门，完全应该。不过，过些时候再说，不要和大婚凑在一起，否则两个女子都会不自在。"

"是，我会遵大王的旨，只要把津香的全家安顿下来，其他事情迟一点也无妨。"

孙武在一边听得出了神，他没想到伍子胥在逃难途中还有这么一段奇遇，也感叹于他对这个女子所抱的深情。伍子胥虽突出报恩，但从他的语气和神态看，

他对那个女子不仅仅是感恩，而且怀有一种特别深厚的眷恋和关爱。

"伍大夫，什么时候把你和那位楚国女子故事，说与我听听！"孙武对伍子胥说。

"别听我的事，大将军，你还是多为自己操点心吧，被离前几天不是起了个六爻神课，卦象上显示，明年夏天，你在五湖边定有奇遇。是什么奇遇？被离说，是一位佳人和你相遇！不知这位有福气的女子是谁，只有到时候看了。"

"伍卿，被离真这样说的吗？"阖闾问。

"是的，被离起过卦后，立即很高兴地和我说了，也跟大将军说了。"

"可惜我女儿尚幼，否则，我一定要让大将军做我的女婿。"阖闾叹口气说，"像大将军这样的才俊，近乎完美，能配得上他的女子，绝非平常的女子。伍卿说得对，这个女子真是有厚福，不知何时能出现？"

"卦象上的显示，尤其是男女情事，不能全信，被离说得神乎其神的，我看多半是激我而已。不过，我听了还很高兴的，我等着这位吴国女子从天而降！"孙武是个稳重的人，轻易不言这类事，此刻却说得喜滋滋的，英俊的脸上浮起一层隐隐红色。议完事后，阖闾又和他们商议移都的具体事宜。被离取来了一张五湖旁的地形图，这是幅用白绢细绘的地图，精裱在细竹篾上，伸展自如，君臣三人对着地图商量了一整天，并由被离在一旁讲解。最后他们决定第二天亲临实地察看。

第二天一早，阖闾带上他们及伯嚭、被离、夫差、终累，还有伺候他的家仆田清，此外还有从别国请来的三五个筑造师，加上几十名甲士，一人一骑，飞速向五湖驰去。两个多时辰，他们就到了五湖和夫椒山[1]的相连处。策马高岗，纵览形势，人人胸襟一宽。浩瀚的五湖被尽收眼底，湖面很平静，当中耸立着座座岛屿，虽是冬天，近处的几座岛依然是一片葱绿。北风凛冽的湖滩边，到处是深苇密林，人迹罕见。

阖闾到五湖边来过多次，幼时，父王带他到湖边避暑，后来，他自己曾泛舟到过这里，心情都是悠闲的。还有几次和楚、越打仗，乘战船在五湖中匆匆而过，无暇赏景。而此时他的心情和以往来五湖都不一样，他是以一国之主的目光审视属于他的山河，有一种豪迈的感觉，这里的每一座山、每一片水，都是属于他的。另外，他要在这里选一个地方筑一个新的都城。这个都城是崭新的，无论在规模上还是设施上，都是史无前例的。筑城和整军的钱，伍子胥已基本按他的办法筹齐，他当上吴国国君后，力主轻徭薄赋。这次筑城，虽有违这一国策，但从长远

---

① 夫椒山，今称马山，又称马迹山，今属无锡滨湖区。

看，收益胜于损失。至于让百乘王亲、千金贵胄、玉帛大户出一点钱，对他们来说，并不伤筋动骨，而且，对国家来说，有百利而无一弊。伍子胥说："让他们出的血，不仅有功于筑都城，而且也有利于均富。"

夫椒山是个岛，面积不小，周围都是密密的芦苇荡，沿着湖岸绵延。湖中的近岛有好几个，都是无人居住的小岛，稍大的方圆五六里，也可屯兵千人，泊船百艘。一旦打起仗来，这些小岛都是天然的堡垒。孙武研究过五湖的地形，但一到现场，所见比他想象的还要宏伟，他激动地喊："壮哉，壮哉！"

阖闾一一指点着地形，和伍子胥、孙武相比，他对这一片山水要熟悉得多。夫差紧紧跟在孙武后边，孙武的智慧、武艺、品格在他心目中和父王不相上下，父王的威严让他惧怕三分，而孙武的温厚让他更是敬重，加上孙燕的关系，使他对孙武更添几分亲切。所以下马后，他对孙武几乎是亦步亦趋，时不时和孙武说上几句话。

"这里是绝好的水师训练场，再过去是造兵船的地方，芦苇荡之深，足以掩蔽几千号大小兵船，小湖可辟为鱼池，夫椒山可辟成养鹿的鹿山、养鸡的鸡山和养猪的猪山。不打仗时，屯兵在这里，训练之余，可从事畜饲，军资可自给了。"孙武欣喜地说，"这是块风水宝地啊！而且，伐楚伐越，可水陆并进，这大湖和周围的山岭又构成了天然的屏障，有山水之险，在地利上远超梅里，这可是一处真正的战略要地！"

"这里荒地甚多，可治田修长塘，鼓励百姓前来种植，增加耕作面积。都城若建在此，夫椒山就是天然的大堡垒，通往越楚之路可设关卡，派水兵、步骑层层守卫，插翅难飞。"伍子胥对阖闾说，"大王，纵观诸国都城，如此形胜，是上天垂爱大王啊！"

阖闾频频点头，望着一处地方出神，忽然，他把被离唤到面前，将马鞭极有气魄地朝那边一指，说："被离，你仔细测测那里风水怎样。"

被离独自骑着马向前奔过去一段路，这里看看，那里望望，时而屈指在数，时而伏地贴耳倾听，最后叫来一个甲士，捧来一只木盒，里面有一叠硕大的龟壳。另有甲士将一只炭火盆放在地上，点燃。被离取出一支两面刃口的青铜扁形针，在火上燃红，很郑重地跪在地上将针钻进龟壳，龟壳慢慢裂出清晰的纹理，被离仔细地观察了纹理，举着龟壳上马奔到阖闾面前说："恭喜大王，这是一块难得的吉地！兴王业、强国家、建军备的吉地！前面是天造地设的五湖，意为王业浩荡，周围群山环绕，此为龙脉，尊荣无比，五湖连环，犹比巨璧。大王，像这样的宝地，可是举世无双啊！"

"好，新都城就定在这里了，伍子胥，你看如何？"阖闾朗朗地问伍子胥。

"大王观察得细致入微，选这里作为新都城之址是英明的，臣无疑义。"伍子胥说。

"大将军认为怎么样？"

"这还有什么话说！走遍天下都难觅这样的好地方了。五湖的地势只是其一，其二还得有严密的防守措施。"孙武说。虽心里觉得被离说得有些夸大，但他由衷地惊叹五湖的秀美雄奇，夫椒山更是吴国的门户，是牢牢把守着新都的钥匙。

"地点就这么定下来了，伍卿和营造师细细筹划，商量细节，尽早把新都建起来。寡人可是迫不及待了！"阖闾说，"走，到别宫去！"说着，他一挥马鞭，向别宫跃蹄而去。

别宫不远，走几里地就到了。伍子胥、孙武顿觉眼前一亮，波涛之边，沿湖屹立着一处大邸，一大圈原木排列而成围栏，占有数坊之地，牢固而气派，围栏之内，掩映着数幢华屋，规模虽逊于王宫，但十分华丽。别宫正式的名称是避暑宫，始建于吴王寿梦时期，后在吴王僚时由神蛇操办，得到大规模的修缮和扩建，姬僚和太后长姝一到夏天就搬到这里消暑，国事全盘交给神蛇处置。

下马入内，因无人居住，别宫显得空旷清冷，加上料峭的北风从湖面上吹来，一派萧瑟的景象。而碧澄澄的池塘里养有许多条鱼，马队临近，就有人放进饲料。一行人来到池边，金鲤受到惊动，加上突闻美味袭来，纷纷跃出水面摇尾争食。有几尾竟直跃出水，在空中一甩尾巴，抖落一串水珠，重又入池。伯嚭说："这么冷的天，鲤鱼应潜伏水底，今天如此活跃，一定是见了大王驾到，跃出水面迎接。"

其实，这是伯嚭事前安排的，他听说国君近日要视察新址，便和被离商量，大王到五湖，必到避暑宫。吴王僚和太后死后，这座别宫已近于颓废，需要打扫整理。这是被离的分内事，于是，他派人乘船到这里，里里外外清扫、修理了一遍。伯嚭另派人带上几十条金鲤，在大王即将到别宫前放入池内，同时撒进香油和食料，让国君高兴。

打扫清理别宫，被离是知道的，池塘金鱼争食他不知道，但他清楚这是伯嚭瞒着他派人做的。他想，这个伯嚭确是个老谋深算、舌灿莲花的人物，自己不服也得服，要和他一争高低，得看准机会，用另一种方式对付他。他站到伯嚭身边，耳语般说："伯嚭大夫，你真高明！不过，大王知道，这池塘是养荷花的，从来没有养过金鲤，这金鲤不会从天上掉下来的吧！"

"没关系，只要大王高兴就好，我告诉你，从今天起，这池塘便既栽荷花又养鱼了。"伯嚭笑着轻轻回答，"我想，大王是不会反对的。"

果然，阖闾对池塘出现金鲤争食很有兴致，他满脸含笑地问："记得以前这池塘种的是荷花，从不养金鲤，这是谁养进去的？"

"臣派人养的，一塘残荷太令人扫兴了。"伯嚭回答。

"伯嚭，你想得周到。"阖闾嘉许说，"这金鲤虽非以前所养，跃水争食，也非迎接寡人，但小动物也是有灵性的，就像龟一样，灵通天地，感知万物。被离，你看这是怎么回事？"

"这是吉祥之兆，无疑也是恭迎大王！"被离赶紧说，"金鲤在冬天舞之跃之，实属罕见，正如大王所言，鱼龟鸟之类动物通灵，它能有异常的表现，必是受天道所激，并非受伯嚭所使，这是最清楚不过的事了！"

伍子胥和孙武听了被离的话，对视了一下，不约而同地嘴角露出一丝不易察觉的嘲笑，心照不宣。他们都知道被离和伯嚭一直在争宠内斗，被离在伍子胥面前经常抨击伯嚭，有些话说得过分，但不失犀利实在，而伯嚭自以为是，有些瞧不起内官出身的被离。但在大王面前，他们往往会非常默契，保持惊人的一致。

"给你这么一说，还真觉得有些道理！"阖闾又问被离，"出发前，我曾吩咐你备下解饥渴的东西，我现在饥肠辘辘了，就在别宫进食吧！"

"请大王到宫室休息用餐吧！"被离说着，领着一行人走进别宫的一间水榭。这间厅室很大，有一小半伸向水面，房子延伸到湖面的那部分用很粗的圆木支撑，浸在水里的一段包有铜皮，可长期耐蚀，且纹丝不动。为确保安全，底脚还挖得极深后用巨石砌成。石基和包有铜皮的木柱接触处，浇灌铜浆，经得起巨浪冲击，可保岿然不动。水榭正面对着茫茫湖面，打开装有窗扇的排门，有一宽大的廊栏，凭栏眺望，风光一览无余。

眼下正值隆冬，门窗紧闭，屋内还放置着两只大火盆，炭火烧得通红，满屋热气腾腾。在风口浪尖吹了很久，冻得有些发僵的一行人顿感通体舒畅。不一会，厨役在每人面前摆上食器、酒器，菜肴只有几样，烤鱼、煮虾、烤野猪肉、羊肉汤、萝卜等，均温热可口。

阖闾惊喜地说："被离，膳食不是随身带来的干粮吗？这地方久无人居，除看守外，何来的厨子？而且这么快就煮出合我胃口的饭菜？"

"是臣前几日来安置好的，冬天吃点热东西是最起码的。"

"知我者，被离也！知我者，伯嚭也！知我者，伍子胥、孙武也！"阖闾看着通红的炭火，把戎服脱下，说道，"寡人最大的幸运，就是遇到你们这批忠心耿耿的能臣！你们都是吴国的栋梁啊！有了你们，我何愁办不成大事！来，来，寡人

敬你们各位！"说着，举起了漆碗。

众臣也举碗谢恩。大家风卷残云般地进起了食，热乎乎的酒食下肚，穿戎服的纷纷解甲，只有孙武依然兵服整肃，一丝不苟，只是额头汗水直冒。阖闾无意中看到他还穿得那么整齐，而且腰间还挂着剑，感到有些奇怪。

"大将军，看你很热，宽宽衣吧！"阖闾对他说道。

"禀报大王，臣不能解甲。"

"为什么？不要太拘谨了，脱了吃饭轻松。"

"臣叔父曾对我说过，将士在外，不管在哪里，做何事，都不能放下刀剑，脱下战袍，以防不测。我一直记着他老人家的话。"

阖闾突然醒悟，脸上现出惭愧的神色。他放下筷子和食刀，立即要田清帮他把战袍重新披上，整整衣襟说："大将军所言极是！你们知道，姬僚是怎么死的吗？他就是太大意了，他虽没卸甲服，可将领扣解开了，这说明他放松了警惕，才让专诸的鱼肠剑刺透了胸膛，这一点，伍大夫最清楚不过。"

"不过，鱼肠剑锋利无比，能刺透盔甲，专诸练了无数遍。"伍子胥说。

"当时，我还是有些担心的，怕姬僚穿上一件新战袍，虽能刺进去却不至毙命，这样，事情就糟了，寡人也不可能今天坐在这里和众卿一起进食了。大将军说得对，只要军务在身，无论在何地，都不能解甲卸剑，领扣也不能松！"

"遵命！"伍子胥、孙武和众武官回答。

食毕，阖闾率领众官回都城梅里。踏进城门时，天色已暗，余晖照在平静的百渎河面上，金光闪烁。

被离对孙武说："搬家还是明天再说，看房子也恐怕来不及了。"孙武想了想说："不，连夜就搬，房子不必看了，只要安静就可，你替我做主吧。"被离点点头，他已猜到孙武这么急迫地搬家，很可能和伯嚭、孙燕有关。

这事刚说定，阖闾就叫住孙武说："今晚，你不劳累的话，夫差要到你的住所造访，向大将军讨教兵法，你就辛苦一点，给他指点指点，难得他有这份上进心。"

"臣不累，请公子来吧，我给他一些兵书看看。是我叔父写的。"孙武看了被离一眼，被离立即领会了，对孙武点点头。意思很明确，房子的事待明天再说吧。

晚餐时，伯嚭依然有说有笑，但孙武和孙燕言语并不多，脸上也没有什么表情，闷着头吃罢，兄妹俩就各自回到自己寝室去了。

伯嚭看着他们的背影，悄悄问田狄："他们怎么啦？是不是吵架了？"

"没有啊，大将军对妹妹从来都是百依百顺，这么多年了，我从未见他们兄妹之间说过一句重话。"田狄说。

"不对，他们之间肯定为了什么事争执过。他们听你的话，你劝劝他们，有什么不要在意。"伯嚭说。

"不会有大不了的事的，偶尔口舌上有个高低，过一夜就好了。"田狄正说着，一个小家仆来唤他，说大将军请他去。

田狄连忙来到孙武寝室兼书房，孙武对他说："你把叔父的兵法找出来，等会公子要来取。"

田狄在书架上找出一个木箱，打开一看，里面是一卷卷简册，那是司马穰苴的兵法，他放到孙武的案几上，为孙武整理起案上的简册。

"你把我写好的兵法都放进箱内锁好，其他书简也装箱上锁。我们的衣物也整理一下，你去告诉小燕子，明天我们要搬家，快让她理理物什。"

"怎么突然要搬家了？又这么匆匆忙忙的？"

"国君让我搬的，当了大将军，再和伯嚭合住在一起，就不太方便了。比如，等会公子夫差要来，伯嚭不得不同时出来迎接，否则礼节上过不去。又如，有些人来找伯嚭大夫，有些应酬可能要避人耳目，我在场就不太好。"孙武直率地说，主仆之间历来没有什么保留。

田狄心领神会，来到孙燕寝室，把孙武的话复述了一遍。孙燕听了一愣，半晌才说："田叔，我知道了。你忙你的，我东西不多，不需怎么整理，站起来就可走。"说完，把脸转了过去，眼眶湿润了。

田狄大惊，孙燕是个爽朗、乐观的姑娘，在从齐国奔赴吴国的路上，险象环生，艰苦颠簸，但她还是笑盈盈的。到了吴国，一切顺利，哥哥平步青云，深得吴王器重，她也很受尊重，她还会有什么事要伤心掉泪？这么多年，他从未看到她哭过，难道兄妹俩真的闹起了别扭？

"小燕子，你怎么啦？你哥哥欺侮你了？"田狄问。

孙燕垂着头不响，田狄不自觉地伸手抚在她肩上，轻轻摇动着说："小燕子，你哥哥到底对你怎样了？要是他做的事不对，不管他是大将军还是小将军，田叔会帮你骂他，伯嚭大夫也会帮你的。"

"伯嚭大夫说不上话，哥哥就是为了他。"孙燕擦着眼泪说。

田狄起初听不太懂，但他很快就明白了，联想到孙武突然要搬出去，看来不单单是大王的意思，更是孙武不想借住伯嚭府邸了，孙武必定是反对妹妹和伯嚭交好，兄妹俩发生的冲突必来自此。田狄深知，对于孙燕的婚事，孙武会像父母那样关心、过问，但孙武是一个异常理智、冷静的人，他决不会随随便便反对妹

妹的幸福，他期待妹妹的幸福甚于自己。田狄记得，孙武对伯嚭的印象不错，曾亲口对他说过，妹妹如真的喜欢伯嚭，这不失为一个好的归宿。他之所以愿意借住伯嚭府邸，内心深处可能也是希望妹妹有更多的机会接近和了解伯嚭。现在，孙武态度改变，肯定是感到伯嚭不适合妹妹，而孙燕依然对伯嚭一往情深，兄妹俩由此而吵起了架。只有犹如他们兄妹的家人的田狄才能一下就猜测出他们的心结。但他毕竟是家仆，对这样重大的事情，不便指手画脚。

"孙燕，你是知道的，这世上，你哥哥是最替你着想的了。不管什么事，你都得与你哥哥好好说，好好商量。只要你说得有道理，你哥哥绝不会是块冷冰冰的石头。"田狄劝慰着孙燕。

"他就是块石头，一块冷酷的石头！"孙燕爆发似地喊起来，一下子趴在田狄的肩膀上，嘤嘤地哭了，"他要我离开伯嚭，可是我不想离开他，真的不想！"

田狄轻轻地拍着孙燕的后背："我懂，我懂，你哥哥也会懂的，你可以问问哥哥这是为什么。家里可不是军营，你哥哥不是大将军，你也不是他的兵，你可是他的宝贝疙瘩，有什么事可以好好跟他谈。"

孙武此时就站在孙燕寝室的门外，门是虚掩的，孙燕和田狄的话，一字一句都听得一清二楚。他见妹妹骂他是"冷酷的石头"，不自觉地心中有些歉然，不由自主地推门而入。田狄见孙武来了，推推孙燕说："你哥哥来了，你们平心静气地谈谈。"说完，就走出房去了。

"小燕子，昨晚哥哥不该跟你那样说话，惹你生气了。不过，你听我说，何以伯嚭不合适，我也是慢慢发现的。"孙武平静地说，"开始，我也觉得伯嚭此人不错，多才多艺，一表人才，我之所以愿意借住到他的府邸，也是给你们一个多接触、多了解的机会。我也可借此机会多观察他。我就你一个妹妹，要为你负责，你的事比我自己的事还要重要。可是，事与愿违啊！我觉得他这个人品行不正，表面看上去还可以，但慢慢就会发现他不太正派。"

这叫什么话？孙燕大起反感，失声说："你凭什么说他不正派？难道人人都要像你那样如硬邦邦的石头就算正派？人的个性有异，他不过是性格活跃一点，善于交际，就不符合你的要求了？你不要忘了，他可是行人大夫！"

"我绝非指他的个性，他懂音律，能歌善舞，能给你带来快乐，我并无成见。善于应酬交际，绝不是坏事，我不是为了这些说他为人不正。"

"这就奇怪了，你斥责他不正，难道是凭空说说的？"

"好吧！听我举例向你说明。他操行不端，为人太滑，人品很不得人待见，并非是哥哥对他抱有成见。"

孙武正要说下去，田狄有些慌张地走进来，说："公子夫差来了，在正厅待茶，伯嚭大夫在接待，公子在找你，还问起孙燕。"

孙武随田狄走到正厅，夫差已坐在厅上，伯嚭正在高谈阔论，可夫差显然心不在焉，时不时朝里间看一眼。孙武束发戴冠，从里屋走来，田狄捧着几卷书简跟在后面，夫差立即面带笑容地站起来，伯嚭也跟着起身。

"公子，有失远迎，让你久等了。"孙武作拱打揖说，"听说公子要学兵法，我把司马穰苴的兵法典籍找出来了，请公子阅读。"说着，从田狄手中接过书籍，跨上一步，递给夫差。

夫差不在意地接过兵书，放在几案上说："大将军，这些书简我带回去看，今晚叨扰大将军，是要当面请你和你妹妹赐教。上次在演兵场看你们兄妹联袂表演射艺，真让我开了眼，我还真没有见过一个女孩子骑马骑得这么好，箭艺如此高超，而且在马上的姿态，可说英姿飒爽，宫中的那些粉黛和她可没得比。"夫差赞叹说。

孙武报以谦逊的微笑，轻声说："公子过奖了，我家都是从武的，妹妹从小就跟着学了几套，仅此而已。"

"什么叫仅此而已，这是绝世之姿，听说孙燕已年方十八岁，早就应该出嫁了，迟至今日，大约因为没有谁能叫她看得上眼，不过，幸亏她还留在闺阁，让现在的年轻子弟尚有期求，大将军，是不是？"

孙武和伯嚭都感到愕然。伯嚭很快就会意了，夫差来这里，什么学兵法、取兵书都是托词，他完全是冲着孙燕来的。伯嚭心里一阵失望和震颤，像夫差这样丰神清俊的年轻美男子，又是国君之子，他看中吴国任何一位女子，都能易如反掌地得到，他若对孙燕有意，自己是断然争不过的。那怎么办呢？他转念一想，马上有了结论，不就是一个女子吗，不值得自己和一个王子，且极有可能是未来的君主去较真，这是以卵击石，下场必败无疑。即便保住孙燕，其他的一切都可能会失去。明智的做法，就是自己闪避开，并顺水推舟，促成公子的好事，既能讨得夫差的欢心，又可让孙燕看在和自己有过感情的分上，在夫差面前为自己美言，这对自己的前程无疑大有帮助。

孙武也感到夫差对孙燕有好感，但他不像伯嚭想得这么多，他感到夫差还是个孩子，欣赏孙燕只是一时的冲动，不会认真到底的，更谈不上婚嫁，况且，孙燕比公子还要大两岁。所以，他假装没有听懂，也没有回答夫差的问话，只是脸上露着微微的笑意，边示意夫差坐下，边往一个炽热的火盆里添炭。

夫差坐下，眼睛一个劲往里瞅，伯嚭说："小燕子应该出来了，她不是那种庸

俗的女子，但第一次见公子，总要作些修饰。公子请稍候。公子到了寒舍，不必拘礼，才显得亲热些。"

"是的。"夫差答说，"我也是这想的，今后我会经常来的，熟不拘礼嘛。"

"田狄，你去唤声小燕子！"伯嚭吩咐田狄说，"不要让公子久等了。"

田狄看着孙武，等待孙武的发话，偏偏孙武踟蹰着，没有作声。

伯嚭突然站了起来，毫无顾忌地向里屋奔去，来到孙燕寝室，急促地敲起门。孙燕把门打开，一看是伯嚭，有些意外，也有些吃惊，脸上不由得出现了羞涩，水汪汪的双眼望着伯嚭，嫣然一笑，说："你胆子好大，居然闯到我的闺房来了？"

"我们不能多说什么了，公子夫差在外面等着你呢，你快随我出去吧！"伯嚭说。

"他等我干吗？他是来找哥哥学兵法的，和我不相干。"

"怎么不相干？学兵法也好，借书也好，都是借口，他是冲着你来的，只是不好意思，才找出各种理由。"

"他为什么要冲着我来？他找我有事吗？"孙燕好奇地问，"他是王子，我可是从齐国逃亡来的，虽然哥哥当了大将军，也是昨天才发生的事，我们可是素无往来的啊！"

"你是真不知道，还是假不知道？他是对你有意了！你要鲤鱼跳龙门了，攀上王子这样的高枝，你和哥哥就是王亲国戚了，你哥哥将前途无量，你也将会得到高贵的封号。你们的子孙也将会是世袭的爵侯，这是何等的风光啊！"伯嚭有些激动地说。

孙燕以为伯嚭故意在嘲笑她，用拳头在伯嚭的胸脯上捶了几拳说："你这是损人！我孙燕是这样势利的人吗？你要相信我的心，别说是王子妃，就是当王后，我都不稀罕，我只要你我执手，一辈子都不松开，就像你说的。"

"孙燕，那是我那晚喝了点酒说的戏言。我失礼了！让你造成了误解，请你饶恕。"伯嚭说，"是的，我很喜欢你，但我们是不合适的，即使合适，我也只能忍痛割爱。因为，夫差公子看上了你，我是拗不过他的，我要在吴国给吴王当差，你要体谅我，我不能为此而毁掉自己的前程。那才是你的真正归宿，快到外面去吧，夫差在等着你呢！"

"伯嚭大夫，你再说一遍，你那晚和我说的话是戏言，真的是这样吗？"孙燕既惊且诧，之前信誓旦旦，刚过几天就背信弃义，在权势面前，他见风使舵，只想到自己的功利，毫无诚心。她陡然省悟，哥哥之所以坚决反对她和伯嚭交往，绝不是偶然的，他一定早就识破了伯嚭的真面目，而自己却对哥哥的劝说听不进去，从这里可看出自己的幼稚和愚昧。

"是的。我那晚说的是酒后戏言。"伯嚭重复了一遍，声音低得像蚊虫叫，惶惶地垂下了头，眼睛不敢看孙燕，"你一定要体谅我，千不该，万不该，我不该酒后失言。"

"好，我知道了。都怪我孙燕自甘下贱，我真是太傻了！你走吧！"孙燕冷冷地说。

"随我一起出去吧，公子在等你呢！"伯嚭想拉她的手一同走出房间。

"滚！"孙燕将手猛地一甩，一跺脚，大声吼道。

伯嚭悻悻地走出去了。见伯嚭灰溜溜地走出来，表情沮丧，夫差急忙问："孙燕呢？何故到现在还不出来？"

伯嚭有些尴尬，他喃喃地答不上来。

孙武不能冷落了夫差，他平静地说："伯嚭大夫，你给公子斟茶，我到里头去看看。"孙武说着，对田狄使了个眼色，两人走到里面孙燕寝室。推门而入，孙燕正伏在案上痛哭，她尽量抑制哭声，但肩膀禁不住一耸一耸的，可以看出她内心的痛苦。见哥哥和田狄进来，她泪流满面地站起来，扑进孙武怀里，颤抖地喊了声"哥哥"。

孙武心里一酸，眼眶也湿了，他哽咽着说："妹妹，没事，没事！有什么委屈跟哥哥说，哥哥替你做主。"

田狄也在一旁说："是不是伯嚭大夫对你失礼了？"

孙燕摇摇头，眼中噙着泪滴说："哥哥，你说得对，他这个人不值得交往。我是个傻瓜，居然会相信他的花言巧语。"接着，把刚才伯嚭和她说的话详尽地告诉了哥哥。

孙武听了，拍拍孙燕的肩："这是我料到的，不足为奇，他这种人什么事做不出来？说不定他还会把你当作向公子邀功的机会。好了，好了，别难过了，事情已过去了，你能这么早看穿他，也算幸事。"

田狄在一旁插话说："是啊！好好的，有自尊的人，怎么也不会到凶肆哭闹着唱挽歌。像伍大夫，宁可讨饭，也不会到那种地方去。"

"不提他了，也不要恨他，他本像条泥鳅，也是想混出个局面。做人和打仗一样，打仗有不同的打法，做人也有不同的做法。"孙武又问孙燕，"夫差公子在外面等着你，你怎么办？出去打个招呼吧？"

"我的眼睛红红的，出去见公子，有失庄重。"孙燕说。

"有道理，不去也好，我来向他解释吧。"

在孙武和妹妹说这些话时，伯嚭已吩咐家仆备下酒器食盘，煮酒炙肉，和夫差对饮起来。他明白孙燕不会出来了。他了解她的性格，直率、单纯，重情而正直，她是绝对不会接受自己突然改变态度的。最后那声"滚"还久久在他耳边回响着，这是从牙缝中迸发出来的喊声，是气极了的表示。

他感到对孙燕有种说不出的心情，愧疚、留恋、遗憾，但他在前程和孙燕之间，只能牺牲她，这是没有办法的，只能忍痛割爱。孙燕会慢慢理解他，体谅他的。但他对自己和孙燕就这么结束是很惋惜的。想到此刻孙燕一定在房中对着哥哥号啕大哭，心里觉得很不忍，他一向是个怜香惜玉的人，何况孙燕又是那么温柔、可爱，还有个当大将军的哥哥，这样的女子是可遇不可求的。但再不舍，和夫差相比，夫差的分量显然要重得多。在王子中，终累为长，但平庸骄横，成不了大器。而夫差不同，只有十六岁的年纪，已显出雄心，人也很聪明伶俐，虽有些少不更事，但很快会成熟起来的，国君对他也抱有很大的期望。在他身上押宝，是吃不了亏的。伯嚭心里很杂乱，但在夫差面前，他不能有丝毫流露，仍若无其事地殷勤地侍候着夫差。

"公子，你觉得大将军的妹妹怎样？"他笑着问夫差。

听到伯嚭提到孙燕，夫差便来了劲，把手中的箸一放说："那还用说，让人见了，难以忘怀！"

"公子有眼力，孙燕不是那种美在表面上的女人，她的美是天然的，愈看愈美。不知公子的感觉是否如此？"

"大夫说得对极了！我的感觉就是这样。她骑在马上妩媚而英武的样子，更是美不可言。宫中的女子、高门里的闺秀，没有一个有这样的绝世之姿！"夫差脸上露出神往的神色。

"公子，我有极重要的话对你说，你要听吗？"

"你尽管说。"

"我知道你对孙燕有好感，这件事，你不能急，我可以替公子在孙燕面前敲敲边鼓，依我的看法，你们是天生的一对。"

"真的？可孙燕到现在还没有出来，她是不愿见我？"

"这绝对不可能，天下女子无一不愿和公子亲近，孙燕虽武艺超人，但她毕竟是女孩子，她八成是怕羞，所以不好意思出来。"

"原来是这样。那就拜托伯嚭大夫将我的爱慕转告给孙燕，事成以后，对大夫的玉成之恩，我一辈子会牢记在心的。"夫差胸怀一畅，尽兴喝起酒来，兴致极好。

这些话，孙武和田狄没有听到，但两个在一旁侍奉着的家仆听到了，他们实在听不下去。伯嚭对家仆有极严格的要求，除了唯命是从外，对家中的任何事情不准外泄半点，不准议论。孙武搬进来后，他和孙燕、田狄对他们都很尊重和客气，从不对他们大声呵斥，这使他们心存感激。他们都是目睹以前伯嚭对孙燕的态度的，现在见主人变得那么快，竟然把心爱的女人作为礼物出卖，虽装作没有听见，但两人交换了一下眼色。

孙武出来了，对夫差说，妹妹昨日微恙尚未痊愈，服了药已睡下了，刚才叫醒了她，她想起床，可实在爬不起来，只能请公子体谅她的失礼了。夫差毕竟年少，很容易地相信了，他怅然地说："她武艺那么好，没想到身体这么弱，她今天早晨就有些不适了，大将军，我看，还得请宫里的医师来看看吧。"

"公子，没有这么严重，女孩子，难免有些不可言说的小毛病，是很普通的事，过两天就会好的。"伯嚭说，"不管她了，我们喝酒吧！"

孙武默然，坐到案几旁，陪夫差喝起酒来。在厨房，伯嚭的家仆已轻声将主人对公子献媚的话告诉了田狄，田狄冷笑了一下说："没想到他如此缺德，不过，也让小燕子看清了他，没有一错再错。"

夫差的酒量并不怎么好，很快就上脸了，但他今晚兴致不错，加上伯嚭的再三劝酒，他还是不断地喝着，到后来，醉意很浓了，竟手舞足蹈地唱起了卫国的歌。卫国兴乐，兴歌谣，以至风行各国，俗称卫风。伯嚭是善咏能舞的好手，他知道公子情窦初开，就鼓动他唱卫风中有名的情歌《硕人》，夫差开始还有些忸怩，伯嚭为他起了个头，并用匙箸敲击青铜酒皿为他打击节拍，夫差便唱了起来：

> 手如柔荑，肤如凝脂，领如蝤蛴，齿如瓠犀。螓首蛾眉，巧笑倩兮，美目盼兮。

夫差嗓音敦厚，唱得又符音律，还倾注进了对孙燕的爱慕、赞美，所以颇为动听。当夫差唱第二遍的时候，伯嚭便和了进去，他是老手，音色洪亮华丽，带动夫差更忘情地唱起来。对夫差来说，他这首歌就是唱给孙燕听的，但让他感到美中不足的是，孙燕不在旁边，他只能想象着孙燕的种种神情和姿态，特别是演兵场上对他甜甜的一笑。

夫差的华盖马车一直停在门口，是伯嚭把他送到宫门口的。宫门已闭，没有腰牌是进不去的，但卫士一看是公子，当然放行了。回到寝宫，宫女将夫差扶进宫室，已醉得不省人事的夫差倒床便睡。今晚，国君宿到眉妃那里去了，巨大的

宫室里只有孤灯陪伴着皿妃，天又飘起细雨，让她感到有些凄凉和寂寞，久久不能入睡，后来听到马车声，一问宫女，才知是公子喝得烂醉如泥地回来了。她穿上轻盈的便鞋，将原来已抖散的头发挽了个髻，没有惊动正在打瞌睡的宫女，轻手轻脚地来到夫差的寝宫。皿妃看着锦衾绣榻上的夫差一身酒气沉睡在那里，不觉有些心疼，便使唤两个照料夫差的宫女："去倒一盆热水来，再倒一碗茶水，多放些茶叶，炉上煮一煮，另倒一碗凉的梅汁。"宫女应声而去。

皿妃将锦衾往下拉一拉，将夫差的衣领解开，让他透透气，不一会，宫女将热水和茶都取来了。

"好了，你们都下去吧，人多了，反而会把他吵醒。"皿妃说。宫女们双双退了出去。

皿妃用热巾擦夫差的脸、脖颈、胸口，再喂他些许梅汁。梅汁是酸甜的，被认为能醒酒。滚烫的热巾一擦，再加上一口口梅汁落下肚，夫差略有些醒了，他喃喃说："水，水！"

漆碗里的茶水已半温不热，她用一只手臂托起夫差，另一只手将碗里的浓茶送到夫差嘴边，夫差"咕噜咕噜"一口气把一碗茶喝得精光。皿妃把他放到绣枕上，他的呼吸平静多了。皿妃坐在他旁边，凝视着他嘴边毛茸茸的细软胡须和光滑俊逸的脸，还有红红的嘴唇以及轻柔滑动的喉结。他的酒气已褪尽，身上散发出青春的气息，一种年轻男子才有的血气方刚的清新气息，这种气息是阖闾身上没有的。她只有十八岁，平日锦衣玉食，养尊处优，等着大王召见或宠幸。但大王日理万机，嫔妃又是一大群，他难以应付得过来。白天他得闲的时候，她们有机会陪伴他说话、逛院子、赏花赏鱼。晚上她就和许多嫔妃一样，盼他来。虽有时说是宠幸，但到她那里，往往倒头便睡，打雷都震不醒他。皿妃和眉妃，还有其他嫔妃都感到孤寂，许多个夜都是长长的。她感到自己是一只笼中鸟，不能自由飞翔的笼中鸟。按辈分，她应该是夫差的长辈，但她从未有过是他长辈的感觉。

皿妃呆呆地看着铺上的夫差，她的心"怦怦"地剧跳，她鼓足勇气，做贼般地向四周看看，用灼热的嘴唇轻轻地吻着夫差的额头、鼻子、眼皮，最后是双唇。她浑身发颤着，突然，夫差伸开健壮的双臂，把她紧紧地抱住，脸颊相偎，鬓发相磨，嘴里喊道："孙燕！小燕子！"

皿妃偶尔在大王那里听说过孙武的妹妹叫孙燕，武艺高强。她心里有些酸溜溜的，原来这个孙燕已住到夫差的心里。她没看到过孙燕，也想象不出她的模样。一个舞刀弄剑的女人会美到哪里去？天下所有的美女都集中在吴王宫，而宫里最美的就数她皿妃了，还有谁会超过她？夫差将她抱得更紧了，他的嘴唇已反过来粗暴地吻她的嘴唇，让她喘不过气来。在夫差朦胧的意识中，他觉得孙燕的腰肢细而柔软，浑身发出浓香，呼吸是那样地急促。

她知道自己成了孙燕的替身，但她不在乎，她任凭他恣意轻薄。她充满激情，她不顾一切。"有了王子的宠幸，死都值得了！"她在心里说，她没有想到，她对自己说的这句话，成为一个冷酷的谶语。

阖闾将五百名嫔妃和宫女交给孙武，要他练一支兵。别说吴国，就是列数诸侯各国的历史，这都是从未有过的旷古奇闻。孙武也多少有些意外，但他坚决地接受了，他知道阖闾在考验自己。自己一再强调，兵贵在精，精兵则是练成的，那么，大王就要看看他是怎样练兵的。

其实，阖闾并非非要孙武练成兵不可，他只是想观赏一下孙武的练兵方式。如果练不成，也是在预料之中的，这批人本来就不是当兵的料。练而不成，当然不等于孙武不能练兵，也不等于他只会纸上谈兵。但若能把这些娇滴滴的宫中佳丽练成精兵，这是非同小可的。伍子胥几次劝他，练不下去也不要太在意，女子不让须眉的固然有，比如孙燕，但毕竟是少数。可孙武可不是这么想的，他只想到成功，没有想到失败。几天来，他一直在寻思如何练这支特殊的队伍，晚上睡觉都不甚安稳，孙燕也帮着他出主意。

孙武搬迁到新宅后，在一旁冷观的伍子胥有一次受邀上门做客，两人接席促膝，絮絮而谈。伍子胥对他说："宫中女子手无缚鸡之力，连乡野村妇都不及，怎么能练成兵？这简直是异想天开。做做样子，就像舞剑一样，捏把剑，挥它几下就行了，大王会体谅你的。"

"伍大夫，连你都这么想，说明今后要练吴国的军队的话，阻碍重重。练兵是不能有任何借口的。练兵只有一个字：严！一招一式就像亲历战场，绝不能因丝毫的借口而有所松懈。既然大王把后宫女子交给我，还把随身带的宝剑都给了我，我岂能有负王命，做做样子，如同游戏？"孙武严肃地说，"我当时就问过大王，大王说得那么坚决，说军政大事，岂能当儿戏，还拍了一下你的头，叫了你一声白头翁，你难道忘了吗？"

"我怎么会忘？做君主的，往往言不由衷，你能铁了心，我就放心了。"伍子胥说着，诡谲地一笑。

孙武明白了，原来伍子胥说这话的用意是在试探他的决心，或者是在激励他，将他的军。

"孙武，我们都是客卿，能得到大王的宠信，颇蒙礼遇，当然是大王有慧眼，

识得我俩有些本事。但是，朝内的其他大臣，像王弟夫概等人，心中还是很不服，对我提出的兴国之策和你的整军经武之策，都抱着质疑的态度，加上成见和私利，不免希望我们出些错，因此，这次练兵，他们都在看你的好戏。"伍子胥说，"你应该明白，这次练兵，是很难的，但再难，也只能成不能败。整个朝廷，不，整个吴国，甚至列国都在看着你。败了，大王决不会责怪，但有些人会幸灾乐祸，种种对我们的奇谈怪论会蜂拥而至。"

"伍大夫，你说的这些，我都明白，这五百人相当于五万人，我会格外小心的，你可以放心。"孙武厚道的脸上露出豪迈而坚毅的神色，加上稳重、从容的举止，使得伍子胥心中的疑虑都消解了。

孙武又告诉伍子胥，公子夫差好像对孙燕有意，但孙燕因伯嚭的缘故，暂时对儿女之情失去了兴趣。再说，夫差虽不是轻佻的少年，但他是国君之子，自己不想被人说他们兄妹攀龙附凤。另外，夫差年未弱冠，比孙燕还小两岁，这种年纪，正是勤奋读书、多加历练的时候，把大好时光荒废在儿女情长上面很是可惜。

伍子胥点点头说："长子终累就是这样的人，国君之所以没有立他为太子，恐怕原因就在这里。国君只能把厚望寄托在夫差身上了。"

"可按祖制，只有长子长孙才能继承大位啊！"

"那是以后的事，国君是一个头脑极清醒而处事果断明达的人，我相信他决不会把吴国交给昏庸无能之辈。"伍子胥说到一半，忽然把声音压得极低，还警觉地左顾右盼，"被离告诉我一件事，前几天，国君的一个妃子，叫皿妃的，深更半夜从夫差的寝宫慌里慌张走出来。宫里的宫女私下议论此事，已传得沸沸扬扬，但大王还不知道。"

"我不相信，夫差不可能做出这样的事！皿妃和他虽然年龄差不多，但是父亲的妃子，就是他的母亲，要是真有什么，这不是乱伦吗？"孙武收敛起笑容，惊呼起来，"有些人就是唯恐天下不乱！"

"据说那天夫差喝得酩酊大醉，由伯嚭送回来的。"

"噢，那天我也喝了几觞，夫差喝得已不省人事了。国君听说后，一定是命皿妃去照料的。宫女看到后，就捕风捉影，乱嚼舌头，不可信，不可信！"孙武一个劲地摇头。

"是啊，宫里的事，特别是后宫的事，历来微妙得很，这些宫闱琐事与我们不相干，我们左耳朵进，右耳朵出。你还是先把兵练好了，迁都的工程已开始，我每天忙得应接不暇，经常要去夫椒山，没有工夫管这些闲事。"伍子胥说着，起身告辞。

练兵正式开始那天，因后宫五百佳丽要来校场训练的消息风传全城，庶民百姓一大早就踏着霜，冒着严寒，从各处像参加盛大节日般来到演兵场。太阳刚刚出来，练演场周围已是人山人海，尽管甲士一再严加阻挡，但围观的百姓还是相互推搡着挤向高高的木栅栏。栅栏旁边的几株大树上都高高低低地爬满了人。孙武听说后，怕挤坏了人，便增派更多的甲士到校场外的栅栏边，不对百姓进行弹压，而是手拉手地站着，到后来为便于百姓观看，干脆让甲士分两排坐在地上，另有骑士来回巡视，发现有个别人趁机故意作乱的，就将他揪出管教。这样一来，栅栏外的人群慢慢安静了下来。

平时这种天，落水成冰，西北风刮得像刀子一般，但今天却是个风和日丽的大晴天，阳光灿烂，那些落光了叶子的树枝随风摇晃。人们焦急地期盼着宫妃宫女们操演开始，校场里面也是人头涌动，他们大多是贵胄子弟，还有一些武官。能进入校场的人以服饰和腰牌为准。栏门由执戟的甲士严格把守，防止不符身份的人混进来。人们的心态其实不在于看操练，引起他们好奇的，是五百名宫中美女，平时要见这些生活在深宫中的美女，难度不亚于想要见天上的仙女，现在一下来到眼前，而且一来就是五百名，红粉云集，这是前所未有的，使整个吴国为之震动而兴奋。

场内的乐工开始奏乐，敲起了巨大的鼙鼓和铜锣，被离还别出心裁地搬来秦国特有的乐器——粗陶制的缶和瓮。敞口的小缶，其声铿锵，清脆而激越。小口肚突的大瓮，声音醇厚、深沉、余音久响不散。现场指挥官是禁军将军钮宣义，从边境回来后，阖闾就任命他负责王宫和整个都城的防卫，不久后，钮宣义的长女又成了阖闾的第八个妃子，有了这层关系，阖闾对他更信任了。此刻，他站在木头搭建的台上，等待着大王等大臣及佳人们的到来，不准其他任何人上来。

终于，人群骚动起来，一辆朱轮华盖的八马大车和几十辆战车疾驰而来，发出隆隆巨响，扬起遮天盖地的飞尘。孙武、伍子胥、被离、钮宣义都前去迎接大王驾到。

马车上乘的是阖闾、王子终累、夫差及王后。战车上站的都是宫中的嫔妃和宫女。她们难得出宫，乘在敞篷的战车上虽然寒风扑面，冷得发抖，但都感到十分新鲜。很快就到了演练场，满眼看过去都是人。她们的出现引起了一阵阵喧哗、惊叹和欢呼。到了场内，嫔妃宫女们被人扶下了车，披上了甲服，严格地说，只有上装，免了戴头盔，这是照顾她们高耸的发髻和鬓发间的金银首饰，但即便是这样，这批弱不禁风、腰如柳枝的宫闱女子已有点受不住了。钮宣义发给她们每人一支最轻的长戟，这是供少年练武用的。

阖闾等王族人员登上了木台。所有的人都跪拜在地。阖闾俯瞰台下和场外伏地的臣民，心里真正产生了君临天下的骄傲感觉。他扬扬手，让大家起来。粉黛们起身后，都纷纷叫苦，沉重的甲服压得她们几乎起不来，她们纷纷低声埋怨，目光都盯住了台上的国君、王后、王弟、王子和公主。

阖闾对夫概说："想不到这些弱女子披挂起来，刚中有柔，别有风采啊！哈哈！"

夫概说："只知美色可餐，想不到美色还能杀人，两军阵前，香风飘过去，对面的将领哪里还会恋战，早就魂飞魄散了。终累是不是？"

终累正睁大了眼，在佳丽中扫来扫去，见叔叔问他，连忙答道："是，是。"

王后是个忠厚人，她见嫔妃和宫女们已气喘吁吁的，有点不忍心，说："怎么想到让她们扛棍弄刀的？还要穿那么沉的衣服，真为难她们了！"

"妇人之见，你懂什么？"阖闾有些不悦地说，"这是军政大事，不要妄议。国家发生战事，缺少男丁，说不定妇孺老幼都要上阵。"

见阖闾沉了下脸，王后不再说什么了，终累和夫差相互顾盼了一下，也知趣地闭上了嘴。夫差在人群里寻找孙燕的身影，找来找去没有找到，大为扫兴。

皿妃和眉妃站在队伍的最前列，她俩乐呵呵的，随着乐声的节拍扭动着身子。她俩都是舞女出身，能跳许多漂亮的舞蹈。见她俩跳起舞来，一些嫔妃和宫女也跟着跳起来，皿妃一边跳，一边偷眼瞧着台上的夫差，见王子东张西望，像是在找什么人，她以为王子是在找自己，情不自禁向夫差抛了几个媚眼。那个晚上以后，她见过夫差几次，夫差对她比以前客气多了，有时脸会涨得通红，结结巴巴一句话都说不出来。皿妃自然以为夫差已知道那晚的女人是她了，她笑着话中有话地说："别难为情，有事尽管找我，别想着我是你长辈，我可和你差不多大。"

可夫差一次都没有上过她的寝宫。实际上她是自作多情，那个晚上夫差隐隐记得和一个女人亲热过，但他以为是宫女。在宫中，宫女不仅是他们的奴婢，也是他们的玩物，发生这样的事，对他们来说是毫无过错，而对宫女来说，则是一种幸运，如能由此怀上孩子，她的命运就会发生大的改变。但夫差还是有些不安，不敢问是谁。他从宫女处了解到，他醉得不省人事时，皿妃曾来照料过他，这是他见了皿妃脸红的原因。

钮宣义来到孙武面前，报告说："五百人全部聚集，请大将军开练。"

孙武点点头说："告诉乐队统领，按军令奏乐！擅自奏乐者，斩！"

"是，遵命！"钮宣义大声应道，迈着大步，转身向乐队走去。

他的女儿也在队列中，但他装作没有看到。这支由佳人组成的队伍松松散散、嘻嘻哈哈的。孙武手持阖闾的七星宝剑，没有表情地走到队伍前面，大声说："不准嬉闹，依次排成两个方队，每排十人，每个方队排成二十五排。知道了吗？"

"知道了。"声音参差不齐，有气无力，中间还夹杂着笑声。

孙武皱了下眉头，大声宣布："皿妃是右队的卒长，眉妃为左队的卒长。现在我宣布军纪，兵法有道，将令不明，治将之罪；令行不动，治卒长之罪。我在这里申明，不依我将令行动，我将治卒长的罪。我在这里先将要求说一遍。你们要想到你们不久就要置身战场打仗，要以同仇敌忾之心练兵，一举一动不能马虎。前后左右要分清，听鼓声前进，听锣鼓坐下。听清楚了没有？"

回答的声音依旧不高昂，除了少数人，绝大多数人懒洋洋的。

"右队卒长出列！"孙武喊道。

没有动静，没有反应，佳人们面面相觑。

钮宣义指着皿妃说："皿妃，大将军有令，你听到了吗？你是右队卒长，赶快出列！"

皿妃才意识到自己是右队卒长，伸了下舌头，扭着腰，走了出来，笑盈盈地看着孙武。

"右队卒长，请将我刚才宣布的命令再重复一遍！"孙武问。

皿妃搔首弄姿，嬉皮笑脸地说："大将军，这谁记得住啊！"

"左队卒长出列！"孙武又喊道。

眉妃向前跨出几步，也是微笑着看着孙武，悄声对身边的皿妃说："我原来还以为这个大将军是个黑脸膛的粗汉子，想不到还是个白面书生。"

"左队卒长，你来复述一遍我刚才下的命令！"

眉妃支支吾吾，背了几句，就说不下去了。她略有尴尬地说："我干吗要记住这些话？只要听着鼓声、锣声办就可以了。"

"钮将军！"

"卑职在！"

"你来重复一下我的命令！"

钮宣义大声把孙武下的命令重复了一遍。声音之嘹亮，全演练场都能听到。

"你们听到了吗？"

"听到了。"声音比刚才响一些，皿妃的声音尖利而清脆，引得一阵哄笑。

"两位卒长请归队！钮将军，传令乐工准备击鼓打锣！"

"遵命！"钮宣义应声转向传令兵，传令兵举起要乐队做准备的小旗。

"拿起长戟！向左转！击鼓，整肃前进！"

鼓声有节奏地响起，宫廷佳丽胡乱地走起来，有扛着戟的，有抱着戟的，有拖着戟的，方向则前后不分，互相相撞。步伐更是散乱，别说整齐了，连步子都迈不开。她们笑得弯腰，皿妃干脆把长戟扔在地上。队形乱成一团。

孙武的脸色显得极凝重，他任凭她们胡闹。等闹够后，他令钮宣义唤来十个甲士，按命令向左转，向右转，前进，坐下，示范给女子看。

"你们看到没有？就这么操演，懂了吗?"

"懂了。"

队伍在鼓声、锣声的伴奏下，又走了起来，走了一段路，她们上气不接下气，不少人发起牢骚，皿妃干脆退出队列，站在旁边看起热闹。其他继续在走的人也像玩耍似的互相推搡着，搀扶着，或停下脚步在一边站着，怨责之声不绝。

孙武铁青着脸，猛地抽出阖闾的宝剑，剑身在阳光下熠熠闪光。

阖闾在台上看了，不禁有些疑惑，心想：这个孙武要干什么？难道要持剑吓吓这群女子？

夫概哈哈大笑："这个孙武也不过如此啊！王兄，还是让他早点收场吧！"

阖闾没有表情地回答："孙武绝不会就此作罢的，你看下去！"

伍子胥脸上露出意味深长的笑容。

孙武平静地对钮宣义说："传令停止击鼓，传执法队！"

钮宣义愣了一下，马上领命而去。不一会，来了十几个负责执法的甲士。

孙武命令："将右队和左队的卒长捆起来，押赴刑场正法！"

第 八 章

孙武这一声喝令，像晴天一声霹雳，使全场的人都感到震撼，连阖闾和伍子胥都不例外。执法的甲士看了下坐在台上的国君，但国君没有任何表情坐在那里。连监军的都尉钮宣义，也表现出迟疑的神情。

"钮将军，立即听命，还等什么？"孙武举起七星宝剑绷着脸说，"大王的宝剑在此，本将军的虎符在此，谁抗命，一律军法处置！"他的声音在演练场上空响亮地回荡着，全场一片肃静，所有人的目光忽儿看大王，忽儿看两位花容顿失的妃子。

钮宣义马上宣布："甲士听命，将她们押往刑场斩首，提首级前来交大将军查验！"。

甲士立即衔命将皿妃、眉妃捆绑着，推向场边停着的一辆战车，两个美丽的妃子虽然有些心惊肉跳、冷汗直冒，而且当着这成千上万的人被捆起来，到底不体面，但她们还很沉着，不相信真的会被斩首。她们坚信这是孙武在吓唬她们，更深信大王会救她们，毕竟大王是宠爱她们的，岂会为了这场游戏般的练兵让她们丢了性命？

当她们被押上战车，战车的轮子转动起来，阖闾仍不动声色地坐着，冷静地注视着场内发生的事情，丝毫没有要站起来干预的意思。战车徐徐地行驶着，速度极慢，赶车的甲士显然在等着大王的赦令。钮宣义乘在另一辆战车上，见状催促前车加速行驶，几辆战车便加快了速度，驶出校场大门。按理，应当场将皿妃、眉妃斩首，但孙武还是考虑了阖闾的感受，她们毕竟是国君的爱妃，不至于让他直接看到这血淋淋的场面。

直到这时，皿妃和眉妃才明白她们死到临头了，孙武是当真的，这不是游戏，孙武说的话是算数的。皿妃还能挺得住而眉妃神色惨淡："怎么会这样？怎么会这

样？我还以为是玩玩的，我还以为是玩玩的！"她垂着头，喃喃自语，要不是两个甲士一左一右紧紧抓住她，她早已瘫作一团。皿妃昂起头，望着台上，忽然果断地呼叫："慢，我有事要说！"

"停！"钮宣义下车，来到皿妃前问，"快说，你有什么事？"

"能否请公子夫差来见我一面？我有几句话要对他说。"皿妃勉强一笑，笑得比哭还难看。

钮宣义点点头，快步跑向孙武，禀告了皿妃的要求。孙武产生了重重的疑问：皿妃不找大王却点名要见公子，难道那传闻是真的？但不管真假如何，这并不重要了。他略一思索对钮宣义说："你去问一下公子，愿不愿意去见皿妃。注意，和他一个人说话，不要声张。"

钮宣义按孙武的吩咐来到夫差身边，耳语般地说了这事。夫差一听，不相信地喊起来："要见我？为什么？你有没有听错？她找父王才对啊！"

"没有错，她就是这么说的。"

"什么事？"阖闾和夫差隔了几个人的位置，他听到夫差在和钮宣义嚷嚷，回过头问道。

"钮将军跟儿子说，皿妃有话要对我说，我觉得有些奇怪，问他是不是搞错了。"夫差提高了声音说。

"这有什么奇怪的？她可能有什么事交代，不能唤我，请你代转，你就快去吧！也算代父王送送她。"阖闾他说得很轻松，但在台上其他人听来却是振聋发聩，这等于国君已批准孙武将皿妃、眉妃处死。难道真的为了这区区的小事就要了她们的命？大王也未免太狠心了些！

"王兄，够了，玩笑不要开过头，孙武是练不好她们的，他是恼羞成怒，你快下旨让孙武收回军令吧！"夫概插话说。

"开玩笑？谁在开玩笑？你以为这是在闹着玩？是在杂耍？难怪你带不好兵，连军中无戏言这句话都不懂！"阖闾厉声斥责夫概，"谁也不要多言了，孙武手持寡人的宝剑和虎符，是代行寡人之命！"

伍子胥噙着泪赞叹："难得，难得！今日孙武受命于大王，大王大义灭亲，可谓惊天地，泣鬼神啊！未来吴军将无敌于天下！"

王后也想说什么，但她嘴唇翕动着，众人听不清她的语声，只看到她的眼角流出几颗清泪，她用衣袖悄悄拂去，站起来对身边的阖闾说："臣妾有些头晕，支持不住了，想先走一步了。"

"那你先回宫休息去吧。"阖闾见王后确实脸色苍白，站在那里摇摇欲坠的，便轻声答道。对宽厚仁慈的王后，他一向很尊重，也不想让她多受刺激，便吩咐随王后来的宫女和内监将王后送上车回宫。

夫差随钮宣义来到皿妃的车旁，困惑地看着皿妃，见皿妃用一种痛苦而又依恋的目光痴痴地盯着自己，眼泪汪汪，欲言又止。他突然发现皿妃竟然是那样娇美，那样艳丽，虽然现在满脸凄楚，但仍掩盖不住她的逼人光彩。想到这样年轻的美人就要香消玉殒，他不禁心里一酸，忍不住叹一声说："你有什么话要我转给父王的尽管说，我定会一字不漏地告诉父王。"

皿妃竭力把撕肝裂胆的悲痛压下去，收住眼泪轻轻说："公子，请你再走上前一步！"

夫差又跨上一步，身子已紧贴车厢。皿妃弯下身，脸几乎是贴着他的耳旁，一阵浓香扑鼻而来，夫差觉得这香味有几分熟悉。皿妃用极低的声音说："那个晚上，你喝醉了酒，有一个女子和你在一起成了好事，你记得吗？那个女子就是我，你喊着孙燕的名字，把我当成了孙燕的替身。我是自愿的。"

难怪香味有些相熟，那晚浸入自己脑髓难以去掉的，正是这股浓郁的异香，原来她是皿妃！夫差惊愕地退了一步，不认识似地盯着她，不知说什么才好。

"本来是个永远不会跟你说的秘密，可现在不说，我没机会再说了。"皿妃继续伏着身子说，脸上露出凄婉的笑容，"那个晚上我对自己说，有这么一回，我死都值得了。好了，公子成全了我。我知足了！我要说的话就是这些。"皿妃说完，站直了身子，昂起了头，像视死如归的义士那样，从容镇定，乌黑的睫毛中含着晶莹的泪光，神态中竟有些许骄傲和满足。

车轮又开始转动，皿妃一把拉起已处在昏沉状态的眉妃，紧紧抱住她，头也不回地去了。

"皿妃，父王要我送送你，你们一路走好！"夫差像突然醒悟过来似地喊道。说完，他扭身回到台上去，心里十分混乱，难以分辨自己心中是何滋味。这时，演练场内外已是一片议论声，但原来轻松的带有节日气息的氛围已完全消逝，取而代之的是庄重而严肃的气氛，连阖闾身旁那些原来纯粹抱着看热闹的心态而来的王亲国戚也端正了身子，定了神。

不多一会，钮宣义携着装有两个妃子首级的竹篓飞驰而来，直驰到队伍前，又提着竹篓来到孙武面前，大声报告："禀告大将军，罪卒已枭首完毕，请验证！"

孙武接过竹篓，仔细查看了一番，将竹篓还给钮宣义，响亮地说："不错！继续练兵，奏乐！"

他话音刚落，场内外一阵骚动，但随着鼓声、锣声响起，全场很快就寂静下

来。两个方队中的女子，个个像换了个人似的，步伐有力，动作划一，几个回合下来，已透出一股锐气。有些女子已明显力不从心，但都咬牙撑着，一遍一遍走着，随着乐声的节奏做出各种作战的基本动作，使得演练场内外的人群都看得愣怔怔的。人群情不自禁喝起彩来，阖闾脸上露出满意的笑容，轻轻拉了下身边伍子胥的袖子，和伍子胥对视了一下，默契地顿一下首。见国君脸露赞许之色，满场的观众也都活跃起来。

其实，刚才在钮宣义取了两妃的首级给孙武查验的时候，阖闾心如刀割，深感惭愧，颓然地坐在那里，视线尽量不去触及那个淌着鲜血的竹篓。他明白，皿妃、眉妃是不该死的，自己别出心裁地提出让孙武练这支娘子军虽有道理，但实际上迫使孙武不得不采取非常之手段。没有半点习武基础、毫无思想准备的皿妃和眉妃注定要成为牺牲品，她们是无辜的，是自己害死了她们。可孙武做的是对的，为将之道，贵在有威，威行于众，动三军才能如动一人。练兵是这样，打仗是这样，治军治国亦是这样！想到这里，他的心情才稍稍平静下来，他想好好厚葬她们，再重重抚恤她们的家人，作为对自己的愧疚之心的一种安慰！

练兵告一段落，孙武随阖闾回到王宫。君臣俩和伍子胥进了内宫，孙武立刻将七星宝剑归还给阖闾，并跪了下来说："大王，孙武有罪！"

"孙卿，快起来，快起来！"阖闾伸出双手，和蔼地扶起孙武，"皿妃、眉妃固然罪不足诛，但她们不得不死，她们的血会使吴国清醒，会有助于尽快建立一支劲旅！两颗佳人的脑袋让寡人领教了真正的治军治国之道！孙大将军，你真行！"说着，阖闾重重地在孙武的肩上拍了一下。

"不敢，不敢！大王过奖了！"孙武谦逊地说，但心里感到非常激动，能获得大王的认可是他最感快意的事。他对功名看得不重，但将尊重和信任视作生命，是一个雄心万丈又义薄云天的人，吴王阖闾和伍子胥对他真诚的器重和支持使他铁下了心要襄助吴王问鼎天下。他生性善良，感念苍生，渴望牧歌般的宁静生活，期待永绝战争之痛，但他又偏偏生在兵家，从小就和戎马打交道，如痴如狂地钻研兵法，旷世之作兵法十三篇即将完成。更难得的是，命运将他推到吴国最高军事统帅的位置。孙武，这位天生的儒将注定要为吴国大动干戈了。他已没回头路可走了。

"臣受王恩深重，从今坚决志不负国，定辅佐大王实现强吴称霸宏愿，哪怕肝脑涂地，万死不辞！"孙武又作长揖说。

"靠我一人成不了大业，但有了你们两位辅佐，我必可成功！寡人绝不能当独夫，独夫者，绝对当不了雄主！"阖闾慨然说道，"今后，只要是有利于强盛吴国的善策，即便有悖我的心愿，也请两位爱卿坚持。我不是昏君，但也不是圣人，孰能无过？我犯错的时候，请两位一定指出，千万别屈从我意！今天，孙武能不顾皿妃、眉妃是寡人爱妃，毅然秉公执法，这是我最为欣慰的。大将军，了不起啊！"

阖闾的这一番话，可能是真心的倾吐，也不排除是笼络人心的漂亮话，对满腹韬略但处世城府还不够深的孙武来说，他深信大王是发自肺腑的诚恳，因而频频点头，对吴王更为倾服了。伍子胥则不同，他和阖闾的君臣关系是很特别的，始自生死之交，进于阖闾夺回王位，已到了相辅相成，你中有我、我中有你的程度。伍子胥扶持吴国，一半出于私怨，这一点阖闾很清楚，伍子胥也不回避。阖闾登位后，他们由原来推心置腹的朋友关系变成了君臣关系，有一种等级上的隔阂存在，这是不可逾越的。这种鸿沟和隔阂对阖闾和伍子胥来说，都是一种制约。虽阖闾依然像过去那样敬重他，但国君的身份不知不觉让阖闾变得威严多了，对伍子胥也不免有些居高临下，虚话也多了；而伍子胥深沉的性格，加上等级和礼制的影响，也使他拘谨多了。因此，阖闾刚才的表白，在他看来，无非是借着今日之事表激励之意。什么别屈从我意？什么指正其错？千万不要以为真的可以那么做。国君自有国君的尊严，阖闾无疑是明主，但国是他的，只要有利于他的王业和称霸追求，阖闾的确会什么话都听得进去，但一旦他觉得有悖他的本意，这就难说了。这些，单纯而侠义的孙武是想不到的，伍子胥想着不妨以后慢慢提醒提醒他。

阖闾见伍子胥在沉吟，脸色捉摸不定，已经猜到他在想什么，便笑着对伍子胥说："白头翁，你最清楚了，我们是祸福相依的人，况且，你马上要成为我的妹夫了，乐范在等着你快点娶她呢！我对你、对孙卿说的都是真心话。你们也不要有什么顾忌，君臣确有礼制之隔，但并不妨碍我们之间赤诚相见，以心换心。不错，吴国是寡人的，但吴国强弱和你们休戚相关，这一点，在百渎河的船上，我们就说好了。"

一提到百渎河上的经历，伍子胥便生出一种亲切之感，那些和公子光密谋大事的日日夜夜，让他终生难忘。"听了大王这席话，子胥实在感动万分，做臣子的，最期待的就是能碰到一个好主子，我们运气好，让我们碰上了！"伍子胥真诚地说，"想想我初来吴国，惶惶如丧家之犬，幸好大王知遇，才使得子胥有了今天，子胥唯有尽心行事，知恩图报，为吴国效力，辅助大王治国治军平天下！"

"好了好了，这样的话别说了。我最得意的，不是拿回了王位，而是得了你们两位大才。我用人不分亲疏，唯才是举。你们放心干吧！有我在，谁都不敢不

服！"阖闾说，"他们总有一天会明白，寡人起用伍卿孙卿是国家之福！"

这时被离来报，出使越国等国的伯嚭派信使送了信回来，说着捧上一页书简。

"我不看了，说说要点。"阖闾说。

"伯嚭大夫信上说，越国蔡国对进贡木石等物都已承允，他们都愿以此示诚，或乞不咎既往，重修于好，或托庇于大王德威之下，求得国泰民安。"

"嗯！"阖闾满意地哼了一声，"这些小邦还算识时务！"又问被离，"伯嚭何时回国？"

"他信上说，待有些具体的事办妥后，不日即乘专船回国。"

"伯嚭此人还是很能办事的。"阖闾忍不住夸了一句，"算不上大才，但为人很机灵，和被离大夫一样也可算是个能干人！"

"臣子和伯嚭大夫不可比！"被离冷冷地说了一句，持书简退出了宫室。

阖闾一笑，没有接话，又转身对伍子胥、孙武说："伍卿统管新都工程的一切，伯嚭回来后可遣他去那里督办具体的事情。孙卿可上夫椒山屯兵练兵，大木到了之后，组织工匠造大小战船，先让技师设计出图样，一年内造出千艘。吴地系水网之地，特别是五湖广阔如海，其中不乏捕鱼之船，像五面帆的渔船，行驶如飞，可借鉴借鉴，争取都城落成之日，是我强大水师建成之时。"

"臣遵命！"伍子胥、孙武同声应道。

从演练场回来后，健硕如牛的夫差一下就病倒了。

大冷天的，夫差浑身冷汗淋漓，问他什么都不说。宫廷医师为他把脉以后，称无大碍，只是受了惊吓而已，开了草药，煎汤给他服用。被离说他中了邪，还请来巫师作法，也没有多少用。一连几天，夫差不吃不喝，不言不语，时睡时醒，目光迷离，迷迷糊糊的，像丢了魂似的。

阖闾对夫差寄予很大的期望，长子终累本应立为太子，但阖闾始终拖延着，因为这个儿子实在不像样，绝不能继承大业。其他几个儿子，不是年纪太幼，就是体弱多病，难成大器。只有夫差沉稳持重，有上进心，具有几分王者之气。如今见他突然得不明之疾，病情来势很凶，阖闾心中焦虑万分，连朝政都无心料理了。他唤来被离，要他向天下张榜寻医，谁能治好夫差疾病，赏黄金百镒。谁能引见良医替夫差治病，赏黄金十镒。被离听后，并没有马上领命去办，而是站在那里，迟疑着，好像有话要说。

"被离，你听到寡人的话了吗？"阖闾瞪着眼睛大声说，"你今天怎么啦？"

被离庄严说道："大王，臣当然听到了，但臣认为没有谁能治好公子的病。"

"被离，你好大的胆，你敢说公子已病入膏肓，不可救药了？你居心何在？"

"臣不敢。"被离轻轻一笑，慢条斯理地答道，"臣之所以这样断言，是因为公子无病，即使有病，也是心病，神医也治不了的。"

"什么心病？"阖闾诧异地问，"他年纪轻轻的，心里会有什么病，你少糊弄我！"

"臣这样说，并非信口开河，而是有我的道理。你看公子健硕如牛，除昏沉迷离、汗出如浆外，并没有其他病兆，给他治病的医师不下十几人，都断不出他有病，所以，依臣所见，公子并没有病，只是心里有块垒而已！"

阖闾听了，松了口气，但仍很担心："既然有心病，那怎么办呢？还有，他心中到底有何块垒呢？"

"大王，你可想想，公子是从何时起这个样子的。"

"从演练场回来就不对劲了。不，杀皿妃、眉妃时他就神情恍惚了，难道是被吓坏的？他还不至于这样窝囊啊！"阖闾想了想说。

"公子英武，不是胆怯之徒，决不会因军法处死皿妃、眉妃而受到惊吓，可我观察，皿妃临刑前曾唤他去说了几句话，病根也许就在那几句话上。"

"是啊！皿妃是想通过夫差给寡人传言，可他回来什么都没说，后来就病倒了。"阖闾恍然大悟，"难道是皿妃的魂灵附于公子身上了？"

"开始我也是这么想的，但巫师已用过法术了，不见起色，可见并非有鬼魂附身。"被离说，"臣以为任其自然，过几天，公子心中的块垒自行会消除的，只要让宫女喂他参汤，勤于照料便可。另外，臣会时时守他身旁。还有，心病是需心药的，这心药是一个人，这个人能安慰公子，就可以药到病除。"

"这个人是谁呢？"阖闾疑惑地问。

"现在我还不能说，等他不再昏迷了，请她来也不迟。"

"好吧，就这样办，夫差就交给你了，不，还有田清，夫差从小就和他亲热。被离，若如你所说的那样，我就放心了，只怕并非是你所断言的什么心病，反而误了事。"

"臣知道了，公子身体事关吴国之将来，臣绝不敢掉以轻心。大王尽管放心。"

阖闾还是不放心，抽空便去探视儿子，一日数次。被离总是在一旁静静坐着，见国君来了，也不多说什么，只是督促宫女注意夫差冷暖，宫内炭火燃得不至过热，恰如其分为好，甚至有些偏凉。田清时而用冰袋敷夫差额头，时而用汤匙给他喂参汤。开始时夫差并无多大变化，但慢慢冷汗就不冒了，呼吸也均匀了，也没有了梦呓，看上去是在熟睡之中。这天晚上，宫女正在给夫差喂参汤，夫差突

然睁开了眼睛，骨碌骨碌地看着宫女，宫女吓了一跳，赶紧报告被离，说公子醒了。被离和田清走近夫差时，他一翻身坐了起来，揉揉双眼，怔怔地瞅着被离，是那种茫然不辨身在何处的神情。

"公子醒了。可要用膳？我想你一定饿了！"被离恭顺地说。

"嗯！是饿了，饿得有些发慌。"夫差听被离一问，顿感饥肠辘辘。

田清马上端来早已熬好的鸡汤糜粥，夫差很快喝完了一大碗，意犹未尽，要田清再替他盛来，给被离阻止住了。饿了几天，不宜吃得太多。

"公子，先去漱洗更衣，回头再吃吧！"被离不等夫差答应，便让内监扶他到里面洗漱更衣。趁这机会，被离差人报告国君，阖闾闻讯大喜，带着王后、公主乐范很快就来到夫差宫室。这时，夫差换了件轻裘，衣冠整齐地走了出来。夫差虽醒，但目光还有些呆滞，看到父王、母后、姑姑，喊了一声便不响了，不停地喝起茶来。

"儿，你感到哪儿不舒服，快跟母后说，你这样子真急死母后了！"王后慈爱地说。

夫差摇摇头，表示没有不适的地方，但神情还是有些呆板，平时潇洒自如的神态已不复存在。阖闾心里不免还有些担心，他已相信被离所说的，夫差并无大碍，但他心里有解不开的疙瘩，便轻声问："夫差，那天皿妃唤你去，到底与你说了些什么？说出来给父王听听，可否？"

乐范在夫差铺前收拾衾枕，见哥哥问夫差这样的话，站起来说："王兄，你问这些干吗？临死之人会说什么，无非求他转请大王饶命，小孩子哪受得了这些可怜可悲的言语。"

"姑姑，你别污辱皿妃，她根本没有求饶！"夫差突然很粗暴地说。

"那你这么忧忧郁郁的干什么呢？你这么伤心又是为了什么呢？"乐范有些尖刻地说。

"乐范，别对他说这些。他心里说不定真有难言之隐！"阖闾说。他知道这个老大不小的妹妹脾气有些乖戾，说话常口无遮拦，想说什么就说什么，从不顾及别人的感受。

"小孩子有什么难言之隐？男子汉大丈夫，就该提得起，放得下！"乐范冷笑一声，说，"夫差，我最瞧不起男人扭扭捏捏的，你心里有什么事，别闷着，快说！"

被离对宫女内监使了个眼色，带着他们悄然告退了。这是国君的家事，他们不便待在一旁。但田清一向被他们视作家人，他留了下来。

"是不是皿妃对你说了不该说的话？不管是什么，说给父王听听。"阖闾继续好言问道。

父王和姑姑的话一下触动了夫差的隐痛。皿妃那天站在战车上，俯身对他讲的话和她冷冽的神情，又兜上心来。皿妃那晚的献身，以及临死前说的那句"死了值得"的话，把他打闷了头。他平时有些看不惯皿妃的矫揉造作，可没想到她会对自己这么痴情，而自己竟越礼对她做出了那样的事，她又是那样视死如归。孙武的练兵练出了这么多事，一个如花似玉的女子就这样掉了脑袋，这未免太残忍了些！一连几天，他方寸大乱，对突如其来的一切大惑不解，又无法接受，胸口像压着巨石般窒息，气都透不过来，以致一阵急火攻心，一下病倒了。现在他终于醒了过来，像从一场噩梦中苏醒了过来。面对着父王和姑姑的发问，他无法回答，父王说得对，他有难言之隐啊！皿妃对他说的那些悄悄话，能对父王、母后和姑姑说吗？他们要是知道了真相，会气得吐血。和父王的妃子私通，那是极严重的乱纲乱伦，为人所不齿，对死去的皿妃的名誉也是极大的亵渎。这么想着，他咬紧牙关。

"皿妃对儿说，大将军处她极刑，是她咎由自取，她无怨无悔，父王对她的宠爱，让她知足了，她死也值了！"夫差知道不回答父王的提问，父王永远会存有疑问，他此时迅速反应，随口编出了这句话。

王后听了，难过得掉了眼泪："这孩子，太可怜了！"

"这么说，皿妃倒是个烈女！"乐范阴阴地说。

阖闾没有理会她们，但对皿妃、眉妃动了恻隐之心，轻轻叹息了一声，半晌又问："皿妃真是这么说的？她不恨父王？"

"是的，她不恨！"

"没想到她还是个明理识大体的女子，她就对你说这些？这些话也不至于让你像中了妖风似的昏迷几天。你难道被孙武的军法惊吓得难以自制？"阖闾问。他虽相信了夫差的话，但心里的种种疑惑并没有完全解开。他对这个儿子还是了解的，皿妃对夫差所说的话也好，孙武将两妃军法处死也好，绝不能使他好几天进入精神崩溃的"离魂"状态，但此时也不便再继续追问下去了。阖闾安慰他一番，要他好好休养，过几天还要随孙武到五湖夫椒山练兵造船去。提到孙武，夫差自然想到孙燕，想到皿妃说的那晚他醉酒后，喊着孙燕的名字，把皿妃当作了孙燕的替身。

"父王，其实，皿妃还对儿说了一件事。"夫差忍不住说。

"什么事？"

"有次儿醉得不省人事，皿妃听说后不放心，过来看顾儿，听儿在喊一个人的名字。我当然不知道当时在唤谁，但皿妃听到了，她被正法前告诉了我这件事。"

"她告诉了你当时你喊的那个人是谁？"

"是的。"

"能告诉父王这个人是谁吗？你不愿说也可以，我不勉强你。"

"我在呼唤大将军的妹妹孙燕的名字，儿也不晓得怎么会喊她的，说起来都成了笑话。"夫差终于说了句真话，说出后，他隐然有如释重负之感。他借这个机会说出，可说是很聪明的，一来告诉父王他对孙燕有意，二来将皿妃的话补上，一旦父王得知那晚皿妃深夜出入自己宫室的传闻，他已有了先入为主的解释。夫差年纪虽小，但已懂得宫中处处有秘密，也处处都有探秘的眼睛，宫中的秘密是藏不住的。

阖闾笑了起来，想起被离说起可充作"心药"的一个人，这个人就是孙燕无疑了！被离真是个人精，什么事都逃不过他的耳目。阖闾一切都明白了，他很高兴，在他眼中还是孩子的夫差已长大成人了。

"好，好！大将军的妹子小燕子人品端庄，面容姣美，身手不凡，有须眉气概。今后你可以跟孙武学兵法，跟孙燕学武艺，这兄妹俩可和我们家结下深缘了！"说完，他带着王后、公主头也不回地走了，笑声久久尾随着他。

过了几天，伯嚭回吴，当日便进宫拜谒吴王。阖闾召来伍子胥、孙武一同听伯嚭陈述出使过程。伯嚭将一路所受到的礼遇，以及他国对吴国所表现出来的恭敬忠顺，大大吹嘘了一番。做君王的即便是明君，也都喜欢听好话，阖闾也不例外。

"臣代大王向他们邀请在先，新都落成，非同小可，不仅是吴国建国以来的大事，也是周天子治下的大事，吴王邀约各国借此机会来吴国同喜同贺，结好盟誓。各国听后，无不欢欣鼓舞，对大王佩服仰慕之至！"伯嚭神采飞扬地说，"对于要求他们给的贡品，他们都很重视，专门派贡使驻梅里办理此事，估计下月就有首批木石运来。除此之外，临时需增拨其他贡物，可通过他们的贡使随时商议，只要他们有的，决不推诿。至于用粮草补偿，他们断然不愿接受，他们要向吴国表白的，是一片至诚，收了我们的粮草，其诚似有所减，所以，几个小邦包括越国都坚拒纳粮。"

"寡人没有料到他们会有这番的善意和至诚，特别是越国，历来对吴国怀有不甘之心，唯恐吴国强大了会吃掉他们。"阖闾欣慰地说，"我是愿意和越相安无事

的，只要他们臣服，我会给他们太平的。吴国的首敌是楚国，我们现在所行之事，都是为了以后征服楚国。必要时，我们可联越伐楚，允常要是聪明，就不应对吴国怀有异心，免伤两国的情谊。"

"臣正是这样对越王允常说的，允常诚惶诚恐，表示吴越两国山水相连，习俗相近，应彻底抛弃前嫌，世代交好，决不能兵戎相见，臣对他说，为表明不是信口敷衍，贵国应有所行动，光说漂亮话是没有用的。"伯嚭继续在表功，"允常听后，当即决定派太子勾践到吴国充质并兼贡使。"

"太子作质，这很见诚意了，伯嚭，你说的可是真的？"阖闾有些怀疑。

"当然是真的！"伯嚭加重语气说，"勾践押第一批大木三百根来吴国，此后便长驻梅里作质，以表诚意。"

"允常此人，我早就看透了，想充硬汉，可是个骨头硬不起来的人！"阖闾轻蔑地说，"听说太子勾践倒有点小才。"

"大王说得完全对，允常想强硬实在无所凭借，他总算还有点自知之明。至于勾践，臣见过几面，一起饮过酒，他倒是读过些书，很留意军略，也懂得点兵法，性格沉稳阴郁，但说到底还是个乳臭未干的毛孩子，成不了大器。"伯嚭说。

"对了，建新都时，驿馆建得大些，以作招待各国来使之用。勾践来吴国作质，赐大第一处，不必太奢，但要精致清静。好好安顿勾践，伯嚭，你等会交代被离去办。"

"臣遵命！"

"越王如真心臣服，当然是好事。但我听说允常胆子小，为人狡狯，言而无信，据细作报告，越国和楚国来往甚密。"伍子胥说，"楚遣大批能工巧匠到越传播种植、纺织、铸造等技艺，楚这样做的目的很明显，就是扩充越国实力，从后院钳制吴国。现在越国实力不济，不敢向吴国挑起兵衅，但将来有一天翅膀硬了，说不定会伺机动武。所以，越国眼下的态度可能是权宜之计，我们切勿盲目轻信。"

"伍大夫说得对，越国今日之'屈'，正为他日之'伸'，贡物以通好，遣质以事人，说不定都包藏着祸心。伐楚必制越，伐越是早晚之事，箭在弦上，如今只是暂时不发而已。"孙武说，"还有那个勾践，据我了解，并非只有小才，而是智勇双全之人，极具胆识、谋略。他来吴国作质，绝非示诚，而是窥视我国，不入虎穴，焉得虎子，这是古今常用之策，不能不防。我意将他安置在梅里城里某偏僻处，对其行动设限，绝对禁止他去夫椒山。对他，我们不能不防啊！"

孙武的话还未完，阖闾便击节称赞，也旋即省悟到刚才听了伯嚭的话不该沾

沾自喜。越国和吴国是宿敌，越王允常个性审慎圆滑，极富野心，与楚结盟，取得大量物资和军事生产技术的援助，使越国国力有所增长，这是公开的秘密。可自己居然给伯嚭几句话一说，忘得一干二净。这当然不是说对越国的示好一概不予接受，也不是马上要对越用兵，吴国的主要敌手是楚国，越国的威胁只能算是疥癣，不值得过分担忧。但绝不能因为允常这个老狐狸说几句巧言，上贡一些东西就高枕无忧，对越国放松警惕。

"伍卿和孙卿说得是！"阖闾正一正神色，郑重地说，"允常这个人，是个老滑头，不能信他，他的恭顺多半是做表面文章，暗地里肯定在整军备战。大将军，吴越边界的镇驻守军，只能加强，不能减弱，他们要不老实，就给他些颜色看看。如没有什么动静，亦不宜轻言讨伐。"

"是。臣马上安排。说到边界守军，臣有一个建议。"孙武说。

"大将军请讲。"

"吴楚边界一直由夫概率部镇守，臣建议将夫概移驻吴越边界，由将军钮宣义任吴楚守军统帅，拔为右将军。夫概为左将军。他们原来的军队，暂时不动，按伍大夫推行的国策，在全国三丁抽一，并提高四成粮捐。这样估计可集聚兵勇六七万人，每年增粮草十万石，兵勇集中于夫椒练兵，粮草在几处新建的仓房囤积。这样做，虽不符轻徭薄赋之策，但非常时期当用非常手段。"孙武将随身带的地图徐徐摊开，这是吴国与周围诸国的态势图，他在图上指点着说，"夫椒练兵，规模空前，必须保密，不可泄漏。倾国之力倾军之力建新都，势必会造成国家一定的空虚，夫椒山水路直抵延陵、云阳，向南可直往越国，在夫椒练兵，是练、守、战、役四者兼顾。除在楚吴、越吴边界区域重兵据守外，其余冲要之地，也得布防，以阻敌军趁我集中力量营建新都之机，进窥偷袭，兵法上称之为出其不意，趁虚而入。"孙武说完，随手将地图卷起。

"嗯，嗯！"阖闾边看地图边点头，待孙武说完，卷起地图，他与伍子胥对看了一眼，取得默契，思考了一下说，"这些以前都议过，大将军考虑得十分周全，就这么安排吧！吴国之兴，得力于晋，姬僚不思治国也不思治军，文恬武嬉，吴军军队虽庞大，但精兵不足万人，钮宣义一支尚可，夫概一支马马虎虎，过去最能打硬仗的是庆忌的部队。他的勇力，天下闻名，他的治军，虽暴虐不仁，动不动就打骂，将领为此切齿，但和夫概比起来，作战力强得多。可恨他降了楚国，当了可耻的叛逆。这个烂摊子不修理好，什么都不要谈！"

伍子胥插话说："听说庆忌驻军在楚吴边界，招降纳叛，自封吴王，扬言要替他父亲姬僚报仇，杀回梅里。据谍人侦探，他号称万人，天天操练，看上去气势不小。"

"只怪我小看了他，以为他和烛佣、盖余一起投了楚国，成了丧家之犬，在那块楚国给他们的封地上过着寄人篱下的生活。没想到他的气焰这么嚣张。"阖闾愤愤地说，"夫概可恨！误了我的大事。"

"别理他，他不过是虚张声势而已！"伯嚭说，"他在楚国边境的日子不会好到哪里去，臣派人越界去劝他归顺，至于办法，不外乎封官许愿，赐予财物，外加美女。大王如需要，臣可亲赴楚境，私下见他。"

"这个办法是行不通的。封官，封他什么官？他原来是太子，吴王僚不除，他原本可继承王位的，除非寡人让位于他，否则哪怕封他侯爵，都填不了他的欲壑。至于金钱美女，你们不了解，他对这些并不看重，这诱惑不了他。"阖闾皱着眉说，"除非派兵越境将他剿灭，别的办法都动不了他！"

"楚国将他安置在边城，用心险恶，其目的是让庆忌当诱饵，引敌深入，而一旦我们发兵过去，楚军早已严阵以待。"孙武劝阻说，"我们和庆忌发生冲突，就意味着两国交战，若我们现在国力未充而劳师远征，臣窃以为不可。"

阖闾默然，脸上有快快不乐之色，沉吟良久方说："那么，就奈何不了他了？"

"大王，臣有一法。"

"什么办法？快说来听听。"

"还是那句话，不战而屈人之兵，也就是说，不动一兵一卒，将庆忌除掉。"

对阖闾动兵剿灭庆忌的想法，伍子胥也是不同意的。庆忌是国君的心腹大患，也是吴国的心腹大患，他何尝不想一举而将庆忌擒获或歼灭，他懂得阖闾的心情。这条落水狗一旦爬上岸，扑将过来，确实会招来很大的麻烦。他隐隐有些后悔，刺杀吴王僚之后，因夫概是阖闾之弟，他便相信他会按计划招降，没想到夫概会违反既定计划，贪功杀降，纵兵殃民，导致庆忌逃出吴国投降楚国。如早作疏通，广施仁义，安抚庆忌，不至于会留下这个后患。

但伍子胥分析，楚国一时不会和吴国为了庆忌而决战。楚平王死后，楚昭王继位，见父亲暴虐不仁，众叛亲离，树敌过多，便着手修正平王的暴政，实施怀柔之策。而且，楚国的国力也给楚平王折腾得明显衰颓，华而不实，国中能战勇将已寥寥无几，头脑还算清醒的昭王不会轻举妄动。楚国是伍子胥、伯嚭的故国，他们做梦都想打回去，但孙武说得对，吴国的国力还不足以对楚大动干戈，包括伐庆忌。两个相互为敌的国家只能暂时僵持着，一段时期内谁都不想破了这僵局。如果盲目行动，会有极大的风险。

孙武的兵法脱胎于吕尚、曹刿、管子，特别是他叔父司马穰苴，但这些前辈

的谈兵论战均算不上宏构。而孙武即将完成的兵法十三篇既把握战争之全局，又着墨于战事的种种变化与准备。孙武兵法的精髓当在"慎战"与"全胜"四字。慎战是指不轻易发兵，一场战争，要动用倾国之力，关系到国家生死存亡，百姓更是饱受痛苦，因此，务必慎之又慎。全胜则是指不战则已，战必全胜，而且要以最小的代价来取得完胜，不战而屈人之兵才是上策中的上策。

伍子胥对孙武的兵法是十分佩服的，他对自己的军略很自信，但对比孙武，他自叹不如，甚至还有些"妒忌"。但他知道孙武为人坦诚，做事坦荡，言语质直，如有所见，一定有把握了才说，因而对孙武所说的"不动一兵一卒，将庆忌除掉"的说法，伍子胥大为在意，便说："孙武，你到底有什么奇计，如筹谋已熟，大王定会鉴纳。"

孙武的奇计其实并不奇，他想寻访一位力士，打入庆忌身边，伺机诛此叛逆。钮宣义是庆忌旧部，和庆忌手下的几员大将有很深的交情。他可事先派人和他们联络，庆忌一死，群龙无首，钮宣义可趁机策动他们返国，耆兵念旧，必然跟着回来。这样既翦除了庆忌之患，又收罗了一批将勇，可谓一举两得。

这么一条计，阖闾和伍子胥听后有些失望，觉得不仅无奇可言，而且难以施行。

"孙武老弟，你这条计确能不战而屈人之兵，但看来还尚未成熟，我倒要请教，你可知庆忌勇猛过人，上百人也不能抵挡。"伍子胥说。

"我早有所闻，看来这个庆忌真有些蛮力，我要找的人，肯定力不如他。可我这个力士不是用力取他，而是用智取他。"孙武说。

"大将军说得对，但这样的人踏破铁鞋也无觅处啊？"伯嚭枭鸟般大笑，"你不会让你的妹妹小燕子去吧？那么，这是条美人计了？"

"伯嚭，你怎么能这么说话？"伍子胥喝住伯嚭，"太过分了，不像话！"

"对不住，我失言了！我只是说句笑话而已！"伯嚭向孙武致歉，"不过，此计最关键之处，就是能否找到这样一个壮士，以及这个壮士如何取信于庆忌。我听说，庆忌不但勇猛，而且多疑，现在他身在楚国，戒备甚严，时时提防有人害他。"

"是的，据说庆忌住在一个溶洞里，此洞深如迷宫，宫中地下河还能行船。外人见他，得有人引导泛舟才能见到。"孙武说，"可越是防范周密，越说明他虚弱，越是有漏洞可钻。我举一例子，如果他躲在一个密不通风的木桶里，看似安全了，但同时带来的，是他对外面的情形毫无所知，被人将桶推入深渊也不知道。另外，在桶外，他可行走如飞，力大拔树，但一入桶，就犹如瓮中之鳖，他的本领也就被束缚住了。"孙武从容地说，并没有因为伯嚭出言不逊而生气，他早已看透了这个人的脾性。

"那么，大将军已物色到这个壮士了？"阖闾捉住了孙武的手臂，急急问道。

"可以这么说。"

"他是谁？快与寡人说。"

"现在我不能说，因为我还未与他正式谈这件事，虽然我知道他会义无反顾地接受。不过在正式取得他同意之前，我不能说，即便他点了头，为了事情的成功，我也只能独自向大王面奏，其余人恕不奉告了。"孙武说着，看了伍子胥和伯嚭一眼。

孙武的意思很明确，这个人选的确定，是极机密的，不能随便泄露，因为它不仅事关成败，也事关此人的安危。伍子胥赞同说："应该，应该！"

伯嚭却有些着恼了，他知道孙武是防他而决不是防伍子胥，这说明孙武对他持有戒备之心，甚至对他有了成见。这当然事出有因，原来孙武兄妹和他很投缘的，不然不会爽快地把他的家当成自己的家，俨然像自己人那样相处一宅。但后来孙武明显和他疏远了，对他和孙燕的结好，也由支持转向反对，其原因大概是他喜结交，有人有事相托或巴结他，他虽然设法避开孙武，但还是给孙武看在眼里了。孙武是容不得纳礼的，大概还讨厌他的长袖善舞，左右逢源。这个人是死心眼，根本不懂为官之道。后来他见夫差有意孙燕，便趁势退出，这使得孙燕恼怒之极，视他为薄情郎、白眼狼，孙武兄妹便连夜搬了出去！他知道，从此孙武对他不会有好感了！

这次出使，伯嚭一路风光，享用了各地的名物土仪，也笑纳了不少珍品，金银彩帛、奇珍异宝，获利甚丰。有些显眼的东西，如两尺多高的珊瑚树之类，受了供奉官的教，拿到店家变现成了金块，竟换了上百块。在越国，他不仅被奉为上宾，食住如王侯，还有两个绝色宫女作陪。这两女，一人善歌，一人善诗。两人都弹得一手好琴，伯嚭喜歌舞，熟音律，便和两个雅女天天饮酒吟唱。他点了好多曲目，她们不会的，他亲自唱，亲手操琴。两个女子还是第一次遇到这样丰神清俊又多才多艺极其温文的美男子，都为他感到心醉。伯嚭从楚国逃亡到吴国后，命运发生奇迹般的变化，先是沦落凶肆，后又入朝为官，先苦后甜。但这样的欢乐他从未有过，吴都也有勾栏人家，在凶肆卖唱时，他还去过几回，但进了庙堂后，再寂寞他也不敢涉足那地方了，传出去是很难听的。现在到了别的国家，又没有钟周那样的古板老头跟着，他可尽情玩乐了，便将贵介公子的习性表现得淋漓尽致。

和两个粉黛缠绵了几天，无奈有好些事要办，不能太耽搁下去，伯嚭不得不辞别她们启程回国。越国行人大夫扶同和大将军石买特地为他设宴饯行，一边喝酒，一边东一句西一句地问了他吴国不少事。对扶同和石买所问的一切，伯嚭几乎是有问必答，知无不言，一些不该说的涉及国家机密的事，都一吐为快了，如夫椒建仓库、练兵场、兵器库、造兵船等，他都毫无保留地大吹特吹，根本不曾想到应该有所戒备。其实，在这之前，在和越王允常和太子勾践的会晤中，伯嚭也已说了许多吴国的大事。他倒不是有意要泄密，而是想炫耀国力，威慑这些比吴国弱小又有宿怨的国家。另外，他信奉"诚信相孚"的道理，以为坦诚能换得对方的友谊。

越国对他说的话都十分重视，他们由此得出结论，吴国要越国献大木，数量如此之多，不光为建宫室之用，也不仅仅造几艘舟船，而是要练一支拥有上千艘兵船的强大水师。而夫椒是造兵船、练水军的基地。从夫椒出发，经五湖，上可进发楚国，下可直抵越国，这样看来，吴国积极募兵整军的计划已正式开始，而且规模之宏大，远超原来的想象。不出几年，吴国就有可能对楚对越用兵，倾国之祸，难以避免。

"阖闾比吴王僚野心大得多，在伍子胥、孙武辅佐下，整军经武，大振乾纲，迁都夫椒，都是在为亡我越国做准备，这如何是好呢？"允常听后，大惊失色，忙召集太子勾践和主要大臣商量对策。

勾践年纪很轻，但已显得沉稳、成熟。他劝父亲千万别恐慌，他说：吴国之首敌是楚国，伍子胥和楚王有杀父杀兄之仇，他辅助阖闾诛吴王僚，夺得王位，再采取一系列兴国之策，其目的就是为了伐楚报仇，所以，暂时还不会对越用兵。阖闾志不仅在伐楚，而是要称霸中原，吞并越国是他计划中的事，但我们还有几年的时间应对，趁吴国暂施怀柔之旨，越国当增强国力，扩张军备，网罗人才，与楚结盟。同时，为表示诚意，应尽快筹够大木进贡吴国，并借机派驻贡使到梅里，以监管交付贡物之名，搜集吴国行动的情报。勾践接着提出了一个大胆的建议：由他亲自到吴国作质并兼任贡使。

允常连忙摇头说："不行，不行！这太危险了！到吴国作质，阖闾把你囚禁起来怎么办？你可是太子，越国不能没有你啊！你要是希望父王多活几年，就放弃这个荒唐的念头！"

"我意已决，冒这个险是值得的，正因为我是太子作质子，吴王才不敢拿我怎样。要是别人去，不足以表示我们的诚意，反而招忌，被认为是谍使。"勾践平静地说，"再说，小时候我和吴王子夫差相处过一段时间，有点交情。另外，这个伯

嚭，贪婪无比，我去后，和他这个行人大夫可经常交往，从他那里或许能挖出不少消息。图存图强，须知己知彼，我去担任此职，最为妥帖，父王不必多虑。"

就这样，定下了由勾践到吴国作质兼贡使，越王通知了伯嚭，越国派遣太子为使，以表尊礼之忱，要伯嚭尽量在吴王面前多多美言，让吴王理解越国这样做完全是出于对吴国的诚意。扶同说："越国是小国、穷国，夹在楚吴齐等大国之中，无力和各国为敌，特别不愿和一湖相连的吴国为敌，现真心愿意和吴国修好，民众世代交谊，以免兵衅之灾。让吴越两国像浩浩五湖那样互相包容吧，盼大夫斡旋，多加看顾，必不忘盛德。"

扶同说得很诚恳，伯嚭当即表示，吴国正在忙于偃武修文，减轻赋税，鼓励农桑，当然也征兵扩军，训练士卒，迁移国都，这一切都不是针对越国，吴国警惕的是楚国，吴国强大了，可防范楚国的进犯，也可庇护后院的越国。

伯嚭说："吴王遣我出使，就是为和越结下通好之谊，吴王阖闾不喜黩武，只求共同繁荣，北方诸国，不久还要遣延陵季子周游，输诚结交。我伯嚭是楚国人，辅国大夫伍子胥亦是楚臣出身，孙武则是齐人，吴王并不见外，可见其胸襟之宽大。这次赴越，亲见越王淳厚明达，太子年轻有为，不愧为两代英杰，伯嚭很是敬爱，凡能效力，无不尽心。"

伯嚭启程回国时，太子勾践亲率百官相送，殷勤道劳，盛况空前。勾践代父王允常赠与一把宝剑，此剑为越王平时所佩，鸟篆错金，白玉相饰，坚韧锋利，刚柔相济，剑格正面左右各镌"越王剑"三字。伯嚭一看，便知这把剑是剑中之魁，镇国之宝，非常珍贵。他拿着剑，左看右看，爱不释手，嘴上却说："不，不！君子不夺人所好，而且，这把剑是越王所佩之物，伯嚭万万不敢收。"

"不就是一把剑吗？越国多的是铸剑师，不足为奇，请伯嚭大夫不必客气。"勾践说，"这是父王的一点心意，只怕大夫不见赏！"

"哪里，哪里！"伯嚭说，"此剑可同伍子胥赠给吴王的七星宝剑媲美，是磐郢等四把名剑中的一把，人见人爱，我伯嚭当然也喜爱得很。但正因为如此，我受不得这样的重礼！"尽管这样说，伯嚭还是紧紧握住剑柄不放。

勾践一笑，不再说什么。扶同又将二十瓮越酒搬上伯嚭的专船，还有几十包丰盛的越地土仪。伯嚭进入船舱，猛然发现那两位美人正羞答答坐在内舱，又惊又喜。归程中的伯嚭，可说满载而归，那些土仪竟是珍珠、玉镯、黄金、古玩、奇珍等，还有两个美人倾心相随。伯嚭想，这小小的越夷，还算识得时务，无功不受禄，自己应该为他们做点什么。

正因为存有报答之心，他在今天将出使经历面奏国君时，将越国的诚意吹得

最厉害，细数他如何软硬兼施予以威慑，如何循循善诱，竭力疏通，最后促使越王不仅心甘情愿进贡大木等物，还遣太子来吴作质，并监督贡物如数尽快交纳。勾践在越国是王储，他来吴国作质，开始当然是有顾忌的，大臣们也多有阻挠，是他凭恳切和有力的说辞，说吴王大度宽容，希望和越国彼此坦诚相待，若勾践赴吴作质，是修好的良机、久安的善策，就这样，勾践下了来吴的决心。

伯嚭说得天花乱坠，一再为自己表功。开始，阖闾听了还很相信，神情也有些掩饰不住的欢愉和得意。看得出来，阖闾对他此行所取得的成果，是很满意的。不料，伍子胥和孙武的意见让阖闾最后改了态度，婉拒勾践来吴作质，称不必惊动太子了，贡使也可委派较低的官员前来，新都落成之时，欢迎勾践参加庆典仪式。

这对踌躇满志的伯嚭无疑是当头浇了一盆冷水。这等于是表明自己在吴国说话不力，吴王对他不器重。回到家后，大骂伍子胥、孙武作梗。骂完了，他把闷气又咽了回去，寻思如何向越国解释变卦的原因，稍稍弥补自己的尴尬。灵机一动，他忍痛将那把越王赠给他的越王剑和两个美女献给阖闾，谎称是允常献给大王。阖闾正为皿妃、眉妃之死意兴阑珊，暗自伤心，在内宫已多日未进别的嫔妃的宫室，在他眼前，尽管后宫粉黛不少，但几乎没有什么颜色了。阖闾一见精致珍稀的宝剑，竟胜过七星剑，十分喜爱。那两个越女，一个叫敏乔，另一个叫春美，阖闾乍一见，忍不住一惊，她们太像皿妃和眉妃了。特别是敏乔，仪态万千，一脸的甜笑，活脱脱的皿妃再世。至于春美，细腰窄肩，也和眉妃很相似。阖闾精神大振，马上嘱她们沐浴更衣，衣服是现成的，是皿妃和眉妃留下来的，住的地方也是现成的，原来皿妃和眉妃的宫室还空在那里，恰好用来安置她们。当天用完膳，阖闾便让她们来侍席，两个妙龄美女并不拘束，一个斟酒，一个递菜，细心体贴，不时说些笑话，逗阖闾开心。

饭后，阖闾把被离叫来，商量如何定她们的身份。被离知道大王对这两个女子看上了眼，心里明白这又是伯嚭做的手脚，称是越国献的艳姬。如果是，为何一回国不马上将她们送进宫，而要先养在自己家里，过了几天再献给大王？他猜她们是伯嚭在越国结识的风尘女子，玩过后再带回来的，如果真是这样，伯嚭是犯了死罪的。但被离只是猜测，是否如此，有待证实。

"依臣所见，先作为宫女安置，据伯大夫说，这两位女子也仅是宫婢而已，否则如有封号，必会说明。故暂且安置了再说，今后大王再给一个合适的身份也不迟。"被离的回答很得体，可谓滴水不漏。

阖闾点点头说："就这样吧！是宫婢就好，如是允常的嫔妃，应该不是完璧了，那样的话，寡人岂不是拾了那老东西的牙慧？"

"是否完璧并不要紧，要紧的是看是不是良人。吴王僚抢专诸之妻米春进宫，米春当然不是完璧了，但她是良人，只要她愿意，并无不妥。若是卖色女子，再美也不能入宫室，不能让她们玷污了王廷的尊严，不过，不卖色的乐伎就另当别论了。"被离说得头头是道，"这两个女子，气质高雅，绝非粗俗之流，请大王放心吧！"

被离讲话兜来兜去，无非隐含两个意思，一是不让大王因为女子来历不明而发窘，二是为今后查实她们的真实身份埋下伏笔，可借此对伯嚭施致命一击。

"被离，你好像对女子很有些讲究。"阖闾微笑着说，"你是否动过纳妾的念头？有的话，不妨纳上几个，寡人不责备你。好像从未听你提起过夫人，你年纪轻轻的，伉俪感情正是如胶似漆的时候啊！"

被离脸色一变，笑容不见了，轻轻叹息一声说："不瞒殿下，臣妻是独女，在娘家时被宠得十分任性，面目姣好但个性凶悍！要是臣纳妾，臣便不得安宁了！"

阖闾哈哈大笑，指着被离的鼻尖说："我说你为何总是在宫中轮值，原来是躲避家中的母老虎啊！真是一物降一物。"

"臣并不是惧怕悍妻，只是图个耳根清静。再说她是刀子嘴豆腐心，心地不坏！不过，惧内的名声总是惹人讥笑的，臣实在惭愧！"

"这有什么可讥笑的？家有悍妻有什么错？不过，你也不能太让她，越是让她，她越是凶悍。你若有看得上眼的女子，想纳进家，寡人给你做主。告诉你一个秘密，别看伍大夫仪表堂堂的，他从楚出逃，亡命途中还不忘风流，和一个楚女生下了孩子。他马上要娶公主乐范，你是知道这件事的？"

"是！臣知道，可喜可贺！"

"我那个妹子也不是省油的灯，但我同意伍大夫和她成婚后纳楚女为妾，另组别室。乐范虽有些不乐意，但因为我做主，她也接受了。"阖闾兴致勃勃地说，"没想到被离这么精明、这么干练的人，居然惧内，不错，家和万事兴，但这就像国家一样，修好无非讨好，久安实为苟安，只怕讨好未必苟安，我以为，国家也好，齐家也好，绝不能存畏忌之心。被离，向伍子胥学学吧！"

这回轮到被离发窘了，伶牙俐齿的他只能诺诺称是。

这是一个风不大但很寒冷的冬夜。吴楚边界的一个边镇中，在镇守部队的营帐里，伍子胥和伯嚭正坐在帐内，新上任的守边统帅、右将军钮宣义亲自率领一队百人精兵，在帐外巡逻。

帐内点着炭火，温暖如春。周围是暗沉沉的一片极大的林子，依山势绵延，茂密的枝叶中闪着光亮，这是巡防的吴兵手持的火把。林子外是平畴，坐落着边民住的茅屋，疏疏落落的。再往远看，是一条水流很急的河，河边有一个个码头，都是用整整齐齐的青石板所铺。这条河从楚国流出来，船来船往，川流不息，两国都设有哨卡，各有士兵把守。

吴楚交恶以来，在漫长的边界线上都设有关卡，屯重兵戍守。关卡一般设在河道、道路、山谷和两边都集居居民的村镇处，过往商人、百姓需持两国颁发的关符进出，使臣则持"封传"。所谓封传，是一块桃木符，上面记载出关人的姓名、性别、年龄、官职、事由。由行人府封印，出关时由边吏打开细细查验。其实，山高水深、地形崎岖的地段，无卡无兵，边民来去自由，并无任何阻碍。设关卡的地方，在相安无事的时候，对商旅过往、樵采渔猎，也查得很松，关卡形同虚设。

按照预先的联络，这次津香的哥哥津夷雇商船过来，楚国的守吏早已被打点好，关符也准备好了，一同过来的是津香和儿子伍树，他们将在眼前这条湍急大河的埠头停靠上岸。伍子胥和伯嚭到这里来，行动非常秘密，除国君和孙武知道外，再没有人知道了。这样保密当然是有道理的，因为这座边镇的几里之外，就是楚国了，庆忌就驻在那里。他如得知子胥、伯嚭两个吴国重臣到这里来，很可能会来一个突然袭击。钮宣义也不敢大意，在河道、码头、营帐周围以及哨卡一带，一一布防。

夫概镇守楚吴边境时，是征用富豪的大宅居住的，被楚军偷袭过几次。钮宣义到任后，改为住在营帐，并经常更换驻地，一般都有林子或山丘遮蔽，随时可开拔。

伍子胥心里有些兴奋，也有些激动，但他竭力克制自己的情绪，保持着平静。他和伯嚭都未穿官服，而是士子打扮，显得非常儒雅。如今的伍子胥已不是那个住在吊脚楼里，衣衫褴褛、蓬头垢面的亡命之徒了。

伍子胥到底按捺不住了，他问钮宣义："怎么到现在还不到，早过了约好的时辰，不会出什么事吧！"

"此刻已闭关，关卡的士兵多半在打盹，晚上行船，那边是不查的，这一边要看情况，小渔船不查，大船非查不可。船家的习惯，是日行夜息，除非有急事，决不夜航。"钮宣义说，"大夫请放心，不会有事的，对面那个守将，是庆忌手下的一个营官，和我有点私交，我来这里后，已会过他两次，他思乡心切，恨不得马上潜行过来。今天晚上，是他值岗。"

"这样就好，钮将军，你陪我到码头去等候吧！"伍子胥已经迫不及待了。

"伍先生，我早就知道你急不可待了，走，我和你一同去！"伯嚭说。

于是，钮宣义领路，三人大步走出密林，来到码头。

码头上很暗，河水潺潺，沿河岸停泊着许多船，河面映出船家的星星灯火。一阵阵寒风从河面上吹来，寒冷彻骨，尤其他们刚从温暖的营帐里出来，伍子胥穿的是足以御寒的裘袍，也顿觉像掉进了冰窟。幸好风不算大，一会儿，他就适应了。他感觉有小颗粒落在脸上，冰冷冰冷的，一摸是雪粒，抬头一望，灰暗的夜空中，稀疏地飘着雪花。伍子胥不禁为津香他们担起心来，船在河中行，四面临水，西风无阻，免不了挨冻。他正心中不安，钮宣义轻声说："来了，大夫请看！"

伍子胥赶紧向河面看去，只闻桨声传来，一盏风灯亮了又熄，熄了又亮，闪了五下，钮宣义从身边的甲士那里取过火把，也摇晃了五下，这是暗号，预先约好的，表明没有什么意外情况，可以登岸。于是，小船飞一般地行驶过来，停泊在埠头上。借着火把的光，伍子胥看清这是一条双桨快船，乌篷紧合。船老大将缆绳抛上来，一个甲士接住，紧紧系在码头的缆船木桩上。船老大先跳上埠头，扳住船头，乌篷打开，几个甲士赶紧下去，将三个人扶上岸。走在前头的是一个精干的男子，正是津香的哥哥津夷，后面跟着一个穿黑衣、包裹着头巾、身材修长的女子，怀抱伏在她肩上已入睡的小孩，显然是津香与伍树母子俩了。

"小娘子！"伍子胥喊了一声，"果真是津香吗？"

"是我！"津香抬头深沉地瞥了伍子胥一眼，"天这么冷，又下起了雪，让你们久等了。你们干吗在码头上候，在屋里等就可以了。"说着，看到了伍子胥身边的伯嚭，又轻声喊了声，"伯先生。"

伍子胥忍不住要去抚摸伍树环抱在津香脖子上的小手，被津香打了一下，嗔道："别碰他，让他再睡会儿，他要吓着的！"

津香这小小的动作，让伍子胥心里一阵激动，感到亲切而温馨。他呆呆地立着，一个劲地打量着津香和酣睡中的伍树。忽然他发现，从船舱上岸的，仅有津夷和津香母子。他脱口问道："怎么只有你们，你爹娘呢？"

"他们没有来，也不会来了。"津夷回答。

"为什么，不是讲好一起来吗？"

津夷和津香都没有回答。这时一阵凛冽的西风带着寒气刮来，津香不由自主地打了个寒噤，雪也越下越大，伍子胥这才想起从身后甲士手中取来早已准备好的一件裘衣，披到津香身上，把津香和伍树紧紧裹了起来。

"伍大夫，快进营帐吧，这里太冷。"钮宣义在一旁提醒着，举着明晃晃的火炬，率先走起来。津夷走在他旁边，钮宣义边走边问："怎么会现在才到？伍大夫替你们担心极了！怕你们出事！"

"进关时遇到些小麻烦，好像防备很严，一列士兵要我们上岸盘问，还要搜船，那情势不太妙，像是有意冲着我们来的。我举着关符反复解释，父亲是商贾，在吴国经商，突发恶疾，我们前去探视，不得不连夜闯关。可那士兵，不像是以前我熟悉的那个，而是一名军官，根本不听我的解释，一定要我们统统上岸，这完全是意想不到的。我夜晚过关多次，一般都不查，一个兵都没有，今晚明显是有备而来，很异常。我在楚国也有几个熟人，和楚令尹囊瓦有过生意上的来往，便抬出了他。居然没有用，为首的那个军官冷笑着，说了句奇怪的话。"津夷解释说。

"什么奇怪的话？"钮宣义追问。

"他说，囊瓦算什么东西，我们听吴王的！"

"吴王？他真是这么说的，你没有听错？"

"千真万确。我装糊涂说，军爷别开玩笑了，这里是楚国的地盘，何以要听吴王的？那军官只是冷笑，这时来了个级别更高的将领，斥责他胡说，登上甲板，朝舱内张望。舱内是一团漆黑，他的火炬虚晃了一下。这时发生了更奇怪的事，他问我那老头可是郎中，我说是，他便转身上码头，说了一声"放行"！我悬着的心这才放了下来，但已经冷汗直冒了。"这下轮到钮宣义打了个寒噤，他明白了，这显然是走漏了风声。这么机密的事，怎么会泄密呢？这可是件严重的事。

到了营帐，伯嚭、钮宣义等人都知趣地离开了，留下伍子胥和津香母子。钮宣义又调兵遣将，作了更严密的防备，在河道、关卡及沿境地区埋下伏兵，树林周围布置了一队精骑。他安排妥当，才到另一营房，和伯嚭一起，设下热饭热菜，陪津夷和船家用饭。

营帐里很热，伍树还在沉睡中，伍子胥抱过伍树小心翼翼地放在一张卧榻上，盖上棉被，细细端详儿子。见伍树眉毛眼睛活脱像自己，他欣喜地说："一看就是我伍子胥的儿子，津香，我要好好报答你，你救我一命，还续了我的香火，你看，多壮实的小子啊！"见津香没有回答，抬头看去，津香已泪流满面，无声地啜泣着。

伍子胥惶恐起来，他站起身，走到津香跟前，细细地看着她的脸，她也深情地注视着他。津香的脸还是那样清秀美丽，但明显憔悴了，原来带着野性的活泼劲和俏皮劲不见了，看来这几年过得不易，伍子胥不觉隐隐心痛而自责。

"津香，你受苦了！一个人带着孩子不容易。"伍子胥掏出一块绫巾替津香拭泪，像哄孩子似地哄她，"久别重逢，一家团聚，该高兴才好，别哭，别哭！"

津香从伍子胥手里夺过绫巾，擦着眼泪说："辛苦倒不见得，爹娘和哥嫂对我很照应，许多事都不用我操心，可是你……"津香死死地盯着伍子胥说，"你怎么一头白发了？像七老八十的样子了。"

伍子胥苦涩地笑起来："哦，是这样的，我和你分手后，逃到昭关，被楚平王的鹰犬发觉，派兵抓捕我。我在芦荡中避了一夜，一个渔夫冒险救我渡河，这一夜，我急白了头。现在连吴王都唤我为'白头翁'。"

"原来是这样，不过，你现在当了吴国的大官，虽然风光，可也是耗心血、伤精神，你还是悠着点。"津香说。

这时，伍树醒了，一骨碌地爬了起来，揉着眼睛喊："娘，娘！"

津香连忙走到榻前，抱伍树下地，指着伍子胥说："小树子，你瞧他是谁？他就是娘常跟你说的爹！"

伍子胥慈爱地向伍树招手："来，到爹这里来！"

伍树躲避到津香身后，一双黑亮的眼睛眨巴眨巴看着伍子胥说："你是白发老公公，不是我爹！"

伍子胥哈哈大笑："你这小东西，连爹都不认了！"

这时，侍者端来热腾腾的丰盛饭菜放在案上，三个人坐下吃起来。伍树胃口极好，吃得津津有味。津香划了几口，便持箸不动，怔怔地看着伍树，显得心事重重。

"你爹娘怎么没有随你一同来？我请冉光跟你哥讲好的，你们统统过来，我已在梅里给你们安排了宅子，今后的生计，我都有打算。我亏欠你很多，好好让我报答你。"伍子胥忽然想到什么似地说，"你在船上一定累了，吃了东西，我们就回梅里。"

看着伍子胥亲切而潇洒的笑容，一向快人快语的津香却显得迟疑，低着头不吭声。

"津香，你怎么啦？久别重逢，你说话反而不像以前爽快了！你总得给我一句话，你哥知道的，吴王安排的婚事，我无法拒绝，但我会以正室之礼待你的，你不要想不开。我的一颗心，可挖给你看，我伍子胥绝非忘恩负义之人，一切我自有安排，吴王都要我善待你。"伍子胥好言说道，"这几年，我始终记着你，特别在吴国吹箫乞讨时，晚上睡在桥洞或屋檐下时，我是多么怀念你那座吊脚楼啊！"

津香目光灼灼地看着伍子胥。当年，伍子胥在吊脚楼醒来时，接触到的就是

这大胆而温柔的眼神。

"我听说过，伯嚭大夫来楚国时，就跟我们说了。你有今天，我很高兴。你可知道，你走后，我替你担心死了，夜夜做噩梦。"

"真难为你了，从今以后，我要让你和伍树过好日子。把两位老人家也接来吧，我这个女婿还未和他们谋过面。我也该对他们尽点孝心。"

伍树很快吃饱了，在营帐里转悠着，不一会就厌了，吵着要回家。

"小树子，再待一会，我们马上就回梅里，那是你的新家。"伍子胥说。

这时，津香打开随身的一个包袱，把一堆小衣裳，布的、麻的、单的、棉的，还有帽子鞋子等摊了开来，说："伍树的衣服我都带来了，他不欢喜戴帽子，贪凉，吴地潮湿，你不要让他赤足，穿暖一点，免得受风寒。还有，他不喜甜食，怕吃鱼，小时候被鱼刺鲠过，就再也不敢碰了。还有，他喜欢吃瓜果，但当心他把瓜子吞下去，要吃坏肚子的，还有……"

"打住，打住，这些你用不着跟我详说，有你这个娘在，就足够了！难道你想把伍树交给我，你不管了？让我又做爹又做娘？"伍子胥笑着说。

"是，我把伍树交给你了，他是你的骨肉，理应回到你的身边。他很聪明，像你，将来会有出息的。不过，有了后娘就有后爹，你可不能嫌弃他，要是我知道你对伍树不好，我饶不了你。对了，你可以找一个脾气好的、能断文识字、贤淑的保姆养育他。我听说吴国公主的脾气有点怪，照料伍树不会尽心的，你不要把伍树交给她来管，就算我求你了。"津香说着紧紧地搂住伍树，眼泪无声地淌下来。

伍子胥有些惊慌，陡生疑虑，视线不住地在津香脸上扫来扫去，津香黯然避开了眼光。

"津香，你心里到底在想些什么？我越听越糊涂了！"

终于，津香抬起头，吃力地吐出来一句话："我不打算住在吴国，把伍树留给你后，我跟哥哥还是回楚国去。"

伍子胥像被蜜蜂蜇了一下似的，猛地跳起来，大声问："这是为什么？你怎么能不留下来呢？难道你忍心把伍树丢下不管吗？伍树这么小，怎么能没有娘呢？"

津香不响了，把伍树搂得更紧，还不住在伍树的脸上亲着。伍树的小脸泪痕累累，他不知道发生了什么事，一个劲地唤着："娘，娘！"津香听了，再也克制不住，放声大哭起来。伍子胥重重地叹了口气，颓然地来回踱来踱去。

"你不说，我也猜得出来，你是不满我和公主成亲，可，可我也是没有办法啊！"伍子胥边走边说，"要不这样，我跟吴王去说，和公主算了，反正吴王对我们的事是知道的，我也是有言在先的，如果公主不能容你和伍树，我宁可违背王命，也不会接受这门婚事的。"

"伍大夫，你这样做没有必要，你到这一步不易，怎么能为了儿女情长，毁了自己的前程？你这样的雄才，怎么会生出如此不智的念头呢？"津夷和伯嚭走了进来，津夷平静地说。

"可，我不明白。我已获得吴王同意，可置津香于外室。在现在的情况下，我娶津香做正室太难了。办法只有一个，我和公主毁婚，除此之外，别无选择。"伍子胥说，"我料大王也不会对我怎么样，伯嚭大夫是清楚的。"

"伍大夫，你别冲动，刚才津夷先生跟我谈了这件事，我觉得他们想得有道理。"伯嚭婉转开导，"你是辅国大夫，在吴国地位崇高，大王现在这么宽容，是从他的立场考虑的。但你在公主、津香之间，肯定倾情于津香和伍树，新婚燕尔，你冷了公主，和这边热得很，依公主的脾性，她能若无其事吗？"

"这种关系是很难处的，久而久之，是非就出来了，津香虽是贫困之家出身，但性格倔强，是天不怕地不怕的，愤怒可制，委屈难忍，在公主的威逼之下，她也会起来叫板的。"津夷说，"至于名分，津香是不会争的，她何尝不愿和你伍大夫在一起，可这荣华富贵是享不得的，她是为你着想，不要为了她，让你里外不是人！"

"可是，我这样有愧于津香啊！"伍子胥痛心疾首地说，"我伍子胥要遭天谴的！"

"没关系，你不必自责，来日方长，走一步看一步吧！津香是你的人了，又是伍树的生母，这份缘是断不了的，她会等你的。"津夷安慰伍子胥。

"小树他爹，你不要多想，我们有机会见面的。你不要担心我，有哥照应，我总会有安身立命的地方。"津香已平静下来，但话中还隐含着排遣不了的伤感。

"既然你已铁了心，暂且就先这么办吧。不过你要答应我一件事，这是不容商量的。"

"什么事，你说吧。"

"你和伍树到梅里住上一阵，我物色一个好保姆和你一起带伍树，让伍树慢慢和保姆熟悉起来，生出感情，到时你离开他，他也不至于觉得有多大的不对劲！"伍子胥说，"那幢宅子，我给你们留着，津夷来去楚吴之间做生意，到了梅里，也有个落脚之处，不必住驿馆了。"

津香也舍不得和伍树分开，听伍子胥这么说，看了哥哥一眼，欣然同意了。津夷也觉得这样处置比较妥当，对双方都有一个缓冲的余地。况且，从今晚过关

的情况看，连夜返回或滞留在边境都不太安全，暂且到梅里住几天也好。

"那事不宜迟，我们就启程去吴都吧，乘船还是乘车?"津夷说。

"当然是乘船，船早备好了，是条大船，舒适平稳，可卧可坐，且是十人划桨的快船。"伯嚭说。

当在宽敞豪华的舱房里躺下，伍树酣睡后，伍子胥和津香拥衾而谈，几乎讲了一夜。雪停了，一轮明月升起，船的底层，左右各有五人用力划桨，船行得飞快。他们未料到，在船开出半个时辰后，边境就发生了一场冲突，庆忌率领一支轻骑悄然无声地冲过关来，没有一点声响，也不打火把。庆忌前几天就得到从越国辗转送来的一个机密消息，伍子胥这一晚可能在吴军营寨中，和楚国来的几个人会面，于是，他部署了这次突袭，想一举擒获伍子胥。

他们对这一带地形熟门熟路，像一支隐形队伍，神不知鬼不觉地摸着黑杀来。哪知钮宣义早有了防备，已设下多重埋伏，张着口袋让庆忌钻进来。庆忌等刚踏入树林，突然一支响箭凌霄而起，顿时火光乍现，鼓声四起。庆忌大呼："中计了，快撤!"但已来不及了，飞箭如雨，吴国的劲卒仿佛从天而降，庆忌这支骑兵虽个个矫健善战，但因为猝不及防，边招架边撤退，陷入了乱阵，死的死，伤的伤。庆忌既惊且骇，不敢恋战，只身杀出重围，臂上肩部被砍了几刀。他跃下马背，挥刀击倒了几个吴兵后，向楚境飞也似的奔逃而去，捡回了一条性命，而几百精锐大多有来无回，死伤之外，都降了吴军。其中就有钮宣义的那个在庆忌手下担当营官的密友，也正是他掩护津夷、津香和伍树躲过了搜索。

第 九 章

　　庆忌夜袭边境守军营帐的消息传到梅里，伍子胥感到很震惊。显然，庆忌亲自出马，率轻骑出关而来，绝不是随意骚扰，而是有计划有目的的军事行动，目的就是擒获自己。吴楚边界的摩擦，这几年来时有发生，并不鲜见。但这一次不同，先是过关检查异乎寻常地严格，津夷他们差点出事，接下来又是庆忌半夜偷袭，目标非常明确，而且来犯者都是逃出去的吴兵，身上都佩着吴钩，行动又诡秘，和庆忌一贯的大事张扬的做派很不一样。这肯定是预先获得了伍子胥在边镇迎子的消息。可知道伍子胥、伯嚭此行的人屈指可数，这消息庆忌是如何获取的呢？这足以说明在吴宫或吴国最高权臣身边有细作，这个人会是谁呢？这么绝密的事都泄露出去，以后吴国还有什么秘密可言！这是何等可怕的事，想到这里，伍子胥不寒而栗。

　　孙武听说伍子胥带了儿子伍树和津香来到梅里，便与孙燕、田狄前来探望。伍子胥见孙武兄妹来了，十分高兴，连忙把津香、津夷介绍给他们。津香携着小伍树上前招呼。

　　"孙武偕妹孙燕问嫂嫂、津兄的安！"孙武作揖说。

　　山野长大的津香朴实无华，不太懂礼数，见堂堂吴国大将军这么郑重，不太习惯，不觉有些窘，略慌张地说："别客气，别客气，快坐，快坐！"说着，便麻利地端上干果、点心、茶水。

　　津夷毕竟是走南闯北的人，见闻名退迩的孙武风雅恬淡，一派君子风范，其妹孙燕大方可人，毫不做作，所以大有好感。更有意思的是，伍树对孙燕一点都不陌生，牵着孙燕到院子里玩去了。孙燕在院子空场上和伍树扔球，伍树玩得很开心，咯咯地笑着。屋子里，伍子胥和孙武、津夷一边喝茶，一边聊天。津香坚持要留饭，孙武也不推辞。伍子胥吩咐庖厨操办几样口味独特的楚菜出来。

大家在聊天中，自然谈到了入关的险遇、庆忌的突袭，以及伴随着消息泄露而来的各种猜疑。

"我们来吴，一个人都未说，连家里人都瞒着的。因我们不准备久留吴国，送伍树给伍大夫，我们便回去，所以没有必要跟父母说。但入关时的遭遇，不言而喻，是事先有人知道了。这就奇了，他们何以会晓得我们的行动呢？"津夷心有余悸地说，"好险啊！"

"我和伯嚭的行动，也只有大王、大将军、钮将军等几个人知道。这事知道的人越少越好，但没有料到，还是泄露出去了，我百思而不得其解，这消息是如何传过去的呢？"伍子胥说，"大王听说此事后，也很震惊，命令我务必深究其原因，是谁不小心露了口风，还是我们的身边藏有越、楚的谍人？可我不知从何着手啊！但查不清的话，后患无穷！"伍子胥不安中透着担忧。

"这不足为奇，敌国之间，往往派有细作，刺探情报，收买叛人，你中有我，我中有你。"孙武笑着说，用茶水在桌上写了个"间"字，"用间之计，有乡间、内间、反间、死间、生间五种，间谍之计就是处心积虑派细作打入对方内部。津夷先生和楚国令尹囊瓦的公子囊丹相识，和囊瓦也见过几面，楚昭王还是个孩子时，囊瓦乃是楚国众卿之首，国家军政大权都执掌在他手中，假设津夷先生能为吴国所用，在和囊丹交往中，不管有意无意，都会得到许多有用的情报，会起到极大的作用。"

津夷点头说："大将军说得很对，这是敌国之间的一种设谋。我津夷是个凡夫俗子，山野出身，一介布衣而已，现在做点小生意。以我的处境，不便在楚国吴国之间多说什么，但愿楚吴能化干戈为玉帛。百姓是不愿意发生战事的，穷也罢，富也罢，都期望过太平日子。我和囊丹交往，并非深交，只是受他委托，从事楚越、楚吴特产的交易，无非是一些土仪，如几地名酒的交易，从不涉及国事。"津夷说得很坦诚，末了又补上一句，"在感情上，楚国是我故国，岂有不爱国之理？吴国有了伍大夫，现有了侄儿伍树，我难免会爱屋及乌，也会对吴动了情。妹妹因为吴军在边界毁了我们的家，对吴国有恶感，这也是她不愿入吴久居的原因之一。这也不能怪她，她的脾气就是倔。但有损吴国的事，我和妹妹都不会做的。"

孙武对津夷这几句话，钦佩之至。边界发生的事，他断定别有蹊跷，有细作在里面作祟。他暗暗进行排查，知道津夷和楚国令尹囊瓦的公子认识，他就怀疑是否是津夷漏了口风，但见他落落大方，虽是小户人家出身，但不卑不亢，便马上否定他是楚国的谍人，相信他即便说漏嘴，也是无意的。

津夷自然懂得孙武是在敲打他，他也不恼火，神态自若地委婉表明了自己的态度，说得合情合理。孙武听了心服口服，反而觉得有些过意不去，便笑着说："津夷兄说得一点不错，战争绝不是好事，兵戈之灾，最伤的就是百姓，所以应能避则避。我生自兵家，也好兵法，现在又当上了大将军，在别人看来，威风之极，但说句心里话，我从心底里厌恶战争，渴望四海安宁，兵革不兴，伍大夫可能略知我的心思。"

"是的，孙先生绝不是好战之人，不好战而善战，我伍子胥达不到这样的境界。"

"伍大夫过奖了，但不管怎样，兵凶战危，须慎之又慎，君王不能因为施暴天下而兴师，将军不可因为贪图功勋而征伐。打仗之际，要想想兴兵十万，日费千金，农桑遭毁，百姓劳顿！战争说到底，要不义中有义！"

"不义中有义？我不太懂。"津夷有些困惑不解地说。

"是这样，战争有不义之战和义战之别。从前，黄帝和后来的商汤、周武王得天之道、地之利、民之情，因而旗开得胜，百姓拥戴，这就是义战。"

"当然是义战，讨伐天怒人怨的暴君，替天行道，为民除害，是高义之战。有些战争称不上大义，但战争中尽量不伤民，不劳民，即便对敌人，只要他们无招架之力了，也该免战而赦其罪，这也是一种义！"

"所以，孙武兵法有一条，不战而屈人之兵，善之善者也；百战百胜，非善之善者也。"

孙武和伍子胥的对话，津夷还是勉强听懂了，凭他的直觉，这两个人都是性情中人，孙武比起伍子胥，更显得血气方刚。吴王礼贤下士，能接纳这两个在国内站不住脚而出逃的落难之人，并委以重任，这番气魄实在是难得！

津夷由此得出结论，有伍子胥和孙武这两个人才辅助，吴国的兴盛是必然的，而吴楚之间必有一战，不是你死就是我活，他隐隐觉得自己和妹妹处境微妙，很可能会招惹麻烦。他更坚定了自己和妹妹的想法，把伍树留给伍子胥后，仍回到楚国去，不再和伍子胥纠缠不清，待楚吴之间宿怨平息后再母子相见也不迟，和伍子胥的关系到时自然会迎刃而解。未来的几年，是否会发生惊天动地的事，这是现在难以预料和想象的。

津夷幽幽地说："乱世还是当小老百姓好，一头牛，一个猪圈，一幢吊脚楼，男耕女织，粗茶淡饭，苦是苦，但招不上祸。人啊，就是想不通，整天你争我夺的。国与国也是这样，非要打仗，还要派细作四处活动，千方百计探查对方的底细。哎，何必要这样做呢？为何不能好好相处呢？"

听了津夷的感叹，伍子胥不以为然，说："人活着总得有些志向，安于一瓢水

一碗饭，这是苟且偷安，像燕雀那样安于泥窝，而不思像鹰那样去搏击长空，这有什么意思？"

津夷不和伍子胥去争，只是微微地笑着，不赞成也不反对。孙武却不同，津夷的这些话在他心中引起了强烈的共鸣，他说："津夷先生说得对，无纷争的大同之世是何等美好啊！无负担的田庐生活也确值得向往，然烽火弥漫的乱世中，许多事是由不得你的。古人遵礼讲信，连打仗都要遵循规则，不得违反，恪守'不鼓不成列'。宋襄公和楚军在泓水边会战，宋襄公先到达战场，列好了队形，而楚军还未鼓未列，没有完成布阵，宋襄公的部下谏言趁对方混乱时出击，但宋襄公坚持要按规矩办，因为楚军未列好阵就进攻是不礼不信的行为，结果宋军失去了一个取胜的好机会，大败而归国，襄公因受伤于次年死去。从现在的兵法来看，这是极可笑的！"

这是个有名的典故，伍子胥当然知道，他笑着说："是啊！襄公这样做，于古为义，于今为笑，他蠢得像头猪，愚不可及！"

"不，这才是义战！"孙武反驳说，"襄公看似童子般天真，这有什么不好呢？时移事易，此风已不可追。为打仗而倾一国之力，争以机诈相高，对方即使投降仍无法放心，结果只能把降卒全部活埋了事。世人讥笑襄公愚，可血腥的残杀，比之愚蠢，简直就不是人之所为！"孙武的情绪明显激动了。

车战废而首功兴，孙武提到的这一点，和礼制变化有关。春秋之初，崇尚"礼"和"信"，即使纷争不断，大家仍遵循周公制定的那一整套礼乐制度，连打仗都不例外。车战是那时的主要战争形式，当时的礼制对不同等级的国度理应拥有多少乘战车有严格的规定，有所谓万乘之国、五千乘之国、五百乘之国等，不允许随意扩军。而且，每辆车上最多站立三个武士，车后配备若干名徒卒，也都有规定。交战双方必须严守规则，武士站在各自的战车上，在较开阔的战场上斜错列阵，保持距离，战鼓擂响，战旗飘扬，一切齐备了，战车才由对角线的两端相向行驶，在它们互相接近前再各自"左旋"。就这样，当交战的两辆战车分别做逆时针圆周运动时，车上的武士便能在战车侧身相错而过的一刻交手过招。一个回合叫"一伐"。至多转上三四圈，也就是打到"三伐""四伐"，即使车上的人尚未头昏，也往往轮飞轴裂，车翻马仰。故而不足一两个时辰，战争也就结束了，与其说是打仗，还不如说是游戏。这样的车战早已废除，现今打仗也没有什么规矩了，战争的规模越来越大，歼敌方式也变化多端，越来越残酷。战功以斩杀的首级多少为凭据，一仗打下来，将士争相将死尸或尚有一息的卒士枭首，点数请赏，因而，一眼看去，满地都是鲜血淋漓的人头，惨不忍睹。这就是所谓的"车战废而首功兴"。

孙武的兵法，完全不符那个时代的义战、礼战，在车战、阵战、水战、搏战等各方面可说不择手段，所以，孙武说了句名言：兵者，诡道也！可说这句话的人，内心倾向却和他的兵法之道完全相背，这真是不可理喻。但伍子胥对有着两面性的孙武心悦诚服。《诗经》云，洵美且仁，洵美且武。仁和武融合在孙武身上，实用冷静和坚守仁义浑然一体，这正是孙武伟大的地方！

"孙卿，一切都过去了，一切都回不来了，鲁国的孔丘，主张克己复礼，复辟周礼，可这是徒劳的。时势犹如天空之日，日落是沉潜，日出是跃升，过去那套已沉潜，新章在跃升，谁都阻挡不住，可孙卿的仁慈和淳厚令伍子胥衷心钦佩！"伍子胥说，"除独夫狂徒以外，人人都不喜打仗，可你不打，人家要打，恃强凌弱，虎视眈眈，你也只能奉陪。像你所说，兵者，无非守和攻，守是被动，攻是主动，不战则已，战必全胜，否则就成了虎口里的羔羊，看来，我们只能立足于战，战而胜之，天下也就太平，到时再推爱布仁，实现天下大同！"

"是啊！太平不会从天上掉下来的，我写兵书时，有时忽然会生气，将简牍掷得满地都是，想：我写这干吗？不是在宣扬杀人之道吗？可又转念一想，周室倾颓，天下大乱，兵连祸结，战事不断，唯一的办法，是以兵抑兵，以兵求泰，于是又研墨写下去了。"

津夷在一旁听着这两个有大智慧的人谈论着治国治军的大事，他是第一次听到这些新鲜而深奥的观点，也第一次和这样地位极高、身份极贵的人坐在一起，更重要的是，他们一点都不回避他，谈笑自如，毫无保留。他谙于世故，不一定赞同他们的看法，但从人格上来看，他们无疑都是奇才异士，是值得尊敬的仁人君子，津夷听着听着，心中充满了一种不可形容的庄严感。

"好了好了，不要说那么多废话了，我听听都烦，快吃饭吧！"津香挥着刚清洗过的湿漉漉的双手进来说，"子胥，你只顾高谈阔论，就不知道大将军饿了！伍树呢？在外面玩疯了！"

正在这时，孙燕牵着伍树的手进来了，爽朗明亮的脸上闪耀着灿烂的笑容，伍树头上冒着热气，捧着那只红红的球，满脸兴奋，见几案上摆着酒菜，伸手取了块烤羊肉往嘴里送，被孙燕拦住说："手那么脏，快去洗洗！"

伍树一听，把羊肉块放下，乖乖地跟着孙燕到厨房去洗手，回来后，伍树依然要和"燕姨"坐在一张案前。伍树越发地喜爱孙燕了，津香见了，带着几分妒忌说："没想到，认识孙燕没几个时辰，就不要我这个娘了，这小东西，一见到漂亮的姑娘，就给俘虏了！"

话虽这么说，她心里还是感到喜滋滋的，她心里一动，伍树要给了孙燕，那她就放心回楚国了。她对孙燕很有好感，虽然是堂堂大将军的妹子，但没有一点架子，善良率直。小孩子其实最懂得好坏，伍树一见孙燕，不仅不觉陌生，马上就喜欢上了她，一点隔膜都没有。当然，她是气度雍容的贵女子，不可能帮着照料伍树的，但至少有一个伍树喜欢的人，偶尔能和他玩玩，给他增添些乐趣，这就够了！

食罢，孙武兄妹要告辞了，伍树怅然地盯着孙燕，依依不舍。孙燕看出来了，柔声问："小树子，跟姨一起回家吧？今晚和姨一起睡，好吗？"

伍树抬头看了看津香，对孙燕点了点头。孙燕笑了，一把把伍树抱起，对津香说："让他跟我去吧，我会照顾好他的，明天吃过晚饭我把他送回来，保证毫发无损！"

津香当然求之不得，但想想还是不妥，立即说："不行不行，伍树调皮得很，会吵着你的！"

"是啊！伍树不懂事，会惊扰府上的！"津夷也在一旁说。

"没关系，我无事可做，不过是看看书，练练武，伍树可爱懂事，跟了我去，正好为我解闷。说来也有趣，我和伍树一见如故，特别投缘。你们就放心吧，什么吵闹，什么惊扰，都是多虑，一个家，有了孩子天真无邪的声音，那是最有生气的。"孙燕诚恳地说。

"让她带去吧，别说一夜，住多少天都可以，小燕子年纪不小，其实孩子气还很重，没大没小的，也素来喜欢小孩，伍树和她不陌生，就是没当她是大人，而是当个小伙伴。"孙武说，"还有，小燕子贪玩，玩的花样又多，天生是个孩子王，她会把伍树哄得乖乖的。伍树初到梅里，让他多接触些人，对他有益无弊。"

"那就有劳小燕子了，津香，既然他们如此投缘，就让伍树去吧。别以为大将军府第森严，你想错了。孙武仁而好礼，你不用担心！"伍子胥说。

"在大将军府第，我没什么可担心的，只是怕给他们添麻烦。"津香顺水推舟，"既然这样，就辛苦大妹子了！"津香称孙燕妹子，是随伍子胥的辈分，伍子胥年长孙武近十岁，而津香比孙燕要大两三岁。

伍树一听，竟拍着小手，蹦跳起来，唯恐母亲变卦，迫不及待地跟着孙武、孙燕走出庭院。刚想上车，两匹快马疾奔而来，是宫中的传令官，宣吴王口谕，要孙武和伍子胥立即进宫。孙武嘱田狄将孙燕和伍树带回府，他则和伍子胥同车去王宫。

进宫后，原来阖闾是为了伍子胥到边关迎子被泄密的事召见他们，他把这件事看得很严重。这么机密的事会泄露出去，而且庆忌是丧家之犬，居然敢越境偷袭，这是对他的挑战，他心里如火烧一般难受。特别令人担心的是，越、楚的谍人居然打入到吴国的心窝里来了。而且，谍人是谁，潜伏在何处，自己和孙武、伍子胥都一无所知，无从查起，这使他既感到不安，又感到沮丧。

"大王，谍人细作在各国都有，别国派到吴国的肯定有，我们派往别国的也有不少。谍人无非是探听消息，制造是非，贿赂官吏。谍人不足惧，可怕的是掌握机密的人不知其真面目而受其利用。"孙武严肃地说，"细作在暗，我们在明，但只要他们活动，不管怎样隐蔽，总有迹可循，我看，这事不久就会暴露。"

"这么看来？大将军已有线索？"阖闾问道，"请说得详细些。"

"线索还谈不上，但找到迹象是不难的。伍大夫已有怀疑之人。"

"伍卿，你怀疑谁？快说，不要有顾忌。"

"大王，我先不说具体是谁，只说我和孙武排查线索的一个范围。"

"可以，先把范围说说。"

"这事吴国共有五人知道，伯嚭、钮宣义、大王、孙武和我。楚国就津香和他哥哥津夷知道。现已查清，除大王之外的其他四人以及津夷兄妹均无泄漏消息的可能，至于大王是否与什么人说了，臣不知，也不便询问。"

"什么？伍子胥！你怀疑寡人泄了密？"阖闾跳了起来，怒气冲冲地问。

"请大王息怒，子胥岂敢诽谤大王？只是刚才大王说不管涉及谁，哪怕涉及大王也要查个明白，臣才斗胆说了臣的疑虑。大王是否记得无意中曾和谁说起过这件事？"伍子胥急忙赔笑，"臣的心思，大王是最清楚的。臣对大王唯有尽忠竭智之心，丝毫没有半点的不敬，这样说，也是为了揭开谜团，肃清内奸，绝无他意。"

阖闾意识到自己刚才有些失态，他冷静地思考起来，突然想到那个晚上越国所赠的两个佳人敏乔和春美陪他唱歌跳舞后，一起饮酒作乐时，他谈到了伍子胥在伯嚭陪同下，要去吴楚边镇接津香和孩子的事。怎么会提到这个话题呢？阖闾想不起来了，大概是喝得有些过量，面对娇柔无比的美人，自己的心上下激荡，一时兴奋，才脱口而出的。想到这里，阖闾极为不安，这两个越女，乃越国所赠，说是宫中女子，没有想到会是越国的细作，由于自己的疏忽，差点酿成大祸。多少年来，美色当前，他都持谨身自守的态度，但当了国君以后，他放松自己了，这样下去，岂不成了姬僚第二？

阖闾久久不说话，但额上冷汗涔涔，神情既惊且悔，似做错了事。伍子胥和孙武对视了一眼，都明白事有蹊跷了！

"大王，你是不是想起什么了？"伍子胥终于忍不住了，小心翼翼地问道。

"唉！老话说得对，女人是祸水。"阖闾叹息一声说，"都怪寡人酒后失言，闯下了祸，差点害了你们一家！"阖闾自责地切齿顿足。

"大王，这话怎讲？"伍子胥说。

"大王，是那两个越女从中捣的鬼吧？"孙武是直性子人，不会绕圈子，便直接道出了真相。

"是的。除了她们，还会有谁？这两个妖精，明明是越王安插在寡人身边的奸细，我竟丝毫没有警觉，结果一高兴，把不该说的机密也说出来了。说者无意，听者有心。我不能原谅自己。"阖闾悔恨地说，"这事说明寡人杂念未净，不足为明君。"

"大王，你对自己太苛求了，这只是偶尔的疏忽，何苦要这样自贬！"伍子胥说，"大王不是明君，天下无明君了，大王别为这件事烦心了，反正庆忌的阴谋没有得逞，以后提高警觉就是了。"

"这事不能就此结束，两个越女不能留在大王身边了，而且还要一查到底，一般来说，会另有下线和她们联络，还有，两个越女中，其中一个是奸细，还是两个都是？下线是谁？内应是谁？消息是怎么传递出去的？都得查清。"孙武和伍子胥不一样，他不想为国君避讳什么，将事情化大为小，化重为轻，而是实话实说，"线头不找出来，这个谜团是不可能彻底解开的。还有，伯嚭在这件事上有推脱不了的责任，应拿他是问。"

"说得有理！"阖闾不住点头，严厉地说，"此事必须严查，决不能马虎了事。伍卿，你看怎样？"

"当然要严查，但臣以为要悄悄进行，大事声张，有伤国体。对伯嚭可问他的责，但他也不了解底细，重责就不必了。"伍子胥不想把事情弄得过分复杂，如果追问下去，伯嚭的欺君受贿之罪就会全部抖出来，杀他的头都够了！大敌当前，兴国重要，不要因为这么一件事，节外生枝，引起严重的震荡。从大处说，对国家的利益会造成损伤，从小处说，对客卿在吴国的地位也会产生影响。他说这话的时候，特地对孙武投了一个眼色，让这个耿直的硬汉子能够领会他的意思。

孙武何尝不领悟伍子胥那一眼的深义，知道他不想让这件事成为某些居心不良的人的把柄，借题发挥，揪住不放，使正在大张旗鼓进行中的强国之策和新都的建设等受到冲击。

"关键是肃清细作，这不能手软。至于伯嚭大夫，还是让他自省吧。大王，和我们的诸多大事比起来，这是可小可大的事，无关宏旨。练兵、建新都、扶持农

桑、推广井田，这些大事绝不能因两个越女而受到干扰！"孙武说，"还有庆忌这厮，我马上来解决他，这不能拖了！鉴于伍卿边疆之行的教训，这件事就交给臣一个人来处置吧。我什么人都不说，也不必兴师动众，以防此事泄露。"

"好，只要你提庆忌的头来见我就可以了！"阖闾说，"查奸的事，伍大夫和被离去办吧，越快越好！"说完，大喊一声，"来人！"一个内官应声而来。阖闾轻喝："快去，把被离找来！"

"臣有一事请求大王。"伍子胥说。

"伍大夫，请说。"

"回到内宫，对两个越女要态度如常，以免打草惊蛇。"

"自作孽，不可活！我不会再给她们好面孔看了。"阖闾冷冷地说，"明知是两条美女蛇，态度如常，寡人做不到。当然，她们的宫室我会派卫士严密看守，一只苍蝇都飞不进去也飞不出来，不会打草惊蛇的！伍大夫，你说呢？"

阖闾这么说，伍子胥也无言以对。被离和伍子胥商量后，立即分别将敏乔和春美不动声色地关了起来审问，由被离和几个侍卫官主审。两个人的态度迥异，敏乔嘴硬得很，坚决不承认，且态度镇静，脸上还带着微笑，反复说："奸细，这太离奇了！我们已快成吴王的嫔妃了，有享不尽的荣华富贵，何以要去做这等冒险的事？这肯定有人诬赖我们，想害我们。"而春美听后，也是断然否认，但表情是茫然失措的，到后来只是啜泣，有着含冤莫白的委屈。不得已只能施刑，最后，敏乔熬不住了，她承认伍子胥、伯嚭到边镇的消息是她传递出去的，至于内应是何人，怎么传出去的，吴国还有多少越国的谍人，她坚不吐实，还咬定她一人做事一人当，与春美无关。

在她们被抓起来拷问时，宫里又出了一件事。王后自校场杀妃以后，似乎受了惊吓，恹恹成病，开始时还能起身行动，到花园走几步。有次下雪，寒风劲急，园子里有几株腊梅绽放了。王后平时喜花，听说了，坚持要去赏梅。那几日阖闾和王子夫差都打猎去了，终累非王后亲生，和王后关系向来淡漠，所以宫中无人可出面阻挡王后冒着严寒出宫。不料，王后因此受了寒气，回宫后就倒下了，咳嗽日甚一日。宫里的一个叫武锦清的医师是一等一的名医，给王后诊脉后，断言是受了风寒，说："不要紧的，是微恙，服几帖去湿气的药就会好的。"他立即开了方子，被离给其他医师细心检验，然后取来草药煎汤后给王后服下，还取来酸醋，浇在红炭上，以酸热之气熏蒸，加之汤药，王后的病势果然控制住了，咳嗽和气喘也明显减轻了。打猎归来的阖闾见状松了口气，奖赏了武锦清。夫差不放心，天天守在母后的身边，亲自伺候。

敏乔和春美关起来的事，虽是保密的，但还是传开来了，宫中的气氛越发紧张。武锦清天天出入内宫，当然能听到这些传言。这天，他给王后服了一颗药丸后就匆匆离开了王宫，此后再也不见人影。第二天，王后突然上吐下泻，腹中疼痛，被离派人传武锦清，到了他的家中，只见大门紧闭，毫无声息。被离起疑，令甲士破门而入，宅中物件样样都在，但哪里还有什么人？被离明白了，武锦清就是敏乔的内应，得到敏乔、春美被捕的消息，知道弱女子扛不住酷刑，将他供出不可避免，思量再三，全家乘车潜遁而去。身上的关符，他是常备的，关卡的关吏和兵丁都认识他，关符都不用看，一挥手就放行了。

等王后陡然病重，被离遣人找他时，他已到越国。敏乔至死都没有供出武锦清。敏乔知道必死无疑，她对被离提出了两个请求，一是不要为难春美，她是无辜的，没有做任何对不起吴国的事；二是临刑前，允许她操琴唱一曲歌，跳两支舞，她便死而无憾了。被离做不了主，禀报伍子胥，伍子胥要被离直接禀报大王。大王听后，"哦"了一声，沉默很久，说了句让被离摸不着头脑的话："让她到大殿歌舞吧，和春美共咏共舞，召集百官来听。"

被离领命而去，但对大王这样做法百思而不得其解。他去问伍子胥，伍子胥也感到很奇怪，但他要被离不要多言，照办就是。

这天，大殿坐满了文武百官，除孙武之外，几乎到齐了。阖闾坐在王位上，面无表情，因为医官告诉他，武锦清给王后服的那粒药丸是慢性毒药，毒性已深透骨髓、血脉，最多拖上半个月的时间，非药石能救，给她拟方服药，只是减轻她的痛苦而已。阖闾听后，大惊失色，忍着心里的悲痛，坐到了大殿，夫差、终累和乐范也都知道了王后病重不治，在世上的日子屈指可数了。

大殿一片肃静，伍子胥率百官坐在案几前，谁都不说话。往日有教坊乐工、伎女表演王室礼乐时，满堂喜气洋洋，气氛轻松，此刻却充满着可怕的寂静。敏乔和春美上来了，柔软闪光的绸衣掩盖住了她们满身的伤痕、血痕。敏乔依然笑着，在大家看来，那笑比哭还难看，春美毫无表情，像一具艳丽的躯壳。她们开始舞蹈，无骨般的柔软，如羽毛随风飘般，绰约多姿。大家都愣愣地看着，而要是以前，殿内会发出震天的喝彩声。

舞罢，敏乔、春美各自端坐到早已摆好的两张形制古朴的七弦琴旁，伸出纤纤如玉的五指，丁冬数响，诸弦铮铮，发出一串流水般的声音。敏乔开始唱歌了，声音动听悦耳。伯嚭在伍子胥耳旁轻声说："她唱的是《贞女引》。"伍子胥微微点了点头。

敏乔唱的时候，春美伴奏着，她闭着眼睛，脸上挂着几滴清泪。敏乔唱完一

曲，像平时一样，起身行礼。礼毕，她面向阖闾躬身说："谢谢大王成全！"说完，轻盈的身子飞一般地朝最近的一根柱子奔去，一头撞在粗大的硬木柱上，满朝官员和甲士几乎同时惊呼起来，就一瞬间，敏乔已头破血流地躺倒在柱旁冰冷的石条地上。春美也昏厥过去了。

阖闾不自觉地叹息了一声。隔了良久，阖闾温和地说："被离在何处？"

被离起身下跪："臣在。"

"厚葬敏乔，她不失为一个贞女，性之刚烈，值得敬重。至于春美，快抬进宫去，唤医师治疗，她禁不住这般折腾，好好安慰她，她要回国，发关符放行。"

"臣领旨。"

几个甲士取来锦被，替敏乔、春美盖上，迅捷地抬了出去。

"伯嚭！"阖闾大喊一声。

伯嚭心头一震，立刻趋前伏地，战战兢兢地说："臣在。"

"你做的好事啊！给寡人送来了这样两个绝色美女，寡人要赏你！"

"臣不敢，臣有罪。"

"下去，回府闭门自省十天！滚！"阖闾咆哮说。

"臣滚，臣马上滚！"伯嚭哭丧着脸，冷汗直冒，逃跑般地奔出大殿。

阖闾喘着粗气，脸色发白，他锐利的目光变得有些恍惚。隔了一会儿，他脸上露出决然的神色，说："寡人还有几句话跟众爱卿说，寡人贪图女色，无意中泄露了机密，差点酿成无法弥补的大祸。君王犯法，与庶民同罪！伍子胥！"

伍子胥在阖闾前跪下："臣在！"

"伍大夫，你看寡人该当何罪？"

"大王不知越女是谍，无意中讲的话，不足论罪，今后引以为戒就是了。"

"看来你们还是宽恕寡人，不敢问责。这样吧，我自己提出一个制裁之法。"阖闾说着，摘下头上的冠冕说，"这冠冕，我摘下半年，这半年中，寡人若再犯大错，退位。我说到做到，天地为证，众卿共鉴！"

伍子胥大声说："大王不可，大王不可啊！"

百官也纷纷跪下呼喊："大王不可！大王不可！"

阖闾把冠冕捧在手里说："吴国一日不强，寡人一日不能懈怠，姬僚之败就败在奢靡之上。今后，我们君臣都要牢记，照现在吴国的国力，没有理由耽于逸乐，高歌醋宴，更不能迷失本心，不求治道。即便今后强大了，也要小心谨慎。否则，亡国之祸便不远了。

"臣遵旨！"臣子们都响亮地回应。

就在这时，被离急急赶来，哭嚎着："大王，王后仙逝了！"

越国都城会稽①，是一个小城，而且周围环山，进出非常不方便。允常登位以后，鼓励百姓由原来狩猎和采集野果为生，转向垦殖，开拓疆土，发展农桑。越国疆域也有数百里的范围，不算小了，但和楚国、吴国比较起来，还是个小国。不仅疆域小，而且国力要弱得多，国库空虚，农耕的方式很落后，百姓过着食不果腹、衣不蔽体的生活，住的是竹子或树木搭建的矮小栏屋，即吊脚楼，着短袴，跣足。加之越地遍布沼泽，多河溪，山多蛇，水多鳄，少有膏腴之地。越人的习俗是敬蛇食鳄，吴人也敬蛇，但惧怕鳄鱼，对越人食鳄和赤身赤足的习惯，讥为蛮夷而不屑一顾。这些年，楚国派来师傅和工匠，到越国传授技艺，训练军队，输入较先进的战车和其他兵器，越国也在慢慢发生着变化，国力和军力也在一天天增强。

会稽作为一国之都，和吴国的都城梅里、楚国的郢都、齐国的临淄比起来，那就显得寒酸多了。临淄是有名的大都邑，梅里、郢都次之。会稽在楚人及吴人眼里只是一个大镇子而已。城池虽小，街道狭窄，但市面很热闹，百业俱兴。越国产铜、锡和铁，街上占卜、草药铺最多，此外就是冶炼铺了，几乎几步路就可见到一间。熊熊的炉火、飞进的火星、铸冶工高抡铁锤用力敲击的声响，以及两个人抬着铁锅，盛着耀眼通红的掺和锡水的铜汁，浇灌在一个模子里的情景，往往吸引了许多孩童观看。打制好的成器，往装满水的缸子里一扔，会发出"嗤嗤"声，冒出一股股白烟，孩童们在这个时候就会发出一阵欢快的叫声。

这天，就在会稽的最大的一间铸冶铺前，站着一个二十五六岁的翩翩公子，他牵着一匹马，姿态悠闲，站在孩子堆里，像观看玩杂耍那样，饶有兴趣地看着工匠锻一把吴钩。冶工有一男一女，打铁的汉子，举一把大铁锤，满脸黑灰，只露出一双眼睛和红口白牙，胸前和臂上的肌肉，一块块突出来，油光闪亮，让人估摸不出年龄。那女匠倒是眉目清秀，一手用火钳夹着钩件，另一手持一把小锤，两人配合得十分默契，显得熟练而灵活。炉旁还坐着一个白须老者，"呼哧呼哧"地在拉风箱鼓风。他一边拉着，一边暗暗打量着门外这位不一般的看客。他一眼就看出此人身份高贵，但绝非越人。越国的贵公子，他几乎都认识。而这个人不仅衣衫讲究，而且牵着一匹越国不多见的良种大马，马鞍上的铜件也极精致，刻着华丽的鸟兽纹。更值得注意的是他的佩剑，形制和装饰都古朴无华，但一定

---

① 会稽，今浙江省绍兴市。

是把稀世名剑，非那些虚有其表的剑所能比。

"好了，打完这把钩，我们今天就歇了吧！"老者对打铁汉子说。

"时间还早呢！可以再打上几把钩。"

"有贵客临门了，封炉吧！"

夫妻俩不约而同地抬头往门外看去，都看到了那位仪态高雅的公子，一双温和的眼睛正目不转睛地看着他们。汉子把那把打好的吴钩往水盆里一扔，"嗤"的一声，热烟腾起，雾气迷蒙。老者停拉风箱，用一块铁板将炉口封住。夫妻俩收好工具，到里屋洗漱去了。众孩童意犹未尽地散去，只有那公子还安安静静地站在那里，气定神闲的。

"先生可有事？"老者走到门口问他。

"我没有猜错的话，老先生是天下闻名的铸冶师豪蒙，那两位定是干将、莫邪了。"是楚国铿锵有力的口音，但已揉进了些许越语。

老者"啊"了一声，略惊异地重新打量着这位楚人，微微颔首，抱拳作拱说："你猜对了。请问先生尊姓大名？"

"晚辈范蠡，特来拜谒豪蒙先生。"范蠡趋前几步，作了个长揖。

"原来是少伯先生，快进快进！"豪蒙喊着他的号，作了个邀客的姿势说，"请！"并朝里面叫唤了一声，一个小徒出来，将范蠡的马牵到屋旁的棚内喂草料，然后关上铺门，领了范蠡走向里屋。前铺和里屋之间有一块很大的空地，堆有铁、铜、锡、铅等金属，还有炭木及铸打好的农具、兵器。里屋有四五间房，房舍整洁、宽敞，其中一间厅房，家具简陋，但几架子的宝剑，让屋子顿显不凡。干将和莫邪已在屋里等候，干将洗去脸上的炭灰，穿上了干净的衣服，簪好原来披散的头发。刚才那个打铁的壮汉，一下变成了一个有几分儒雅的男子。而莫邪，略施了淡妆，显得娴雅端正，明眸皓齿。范蠡一下傻了眼，要不是刚才亲眼所见，是无论如何不敢相信他们是和烈火铁石打交道的铸冶师的。干将是厚道人，敦敦实实的，笑多言少，倒是莫邪极善言辞。她一转身，就端上了茶汤，颜色墨黑，有一股异香。范蠡喝了一口，味道苦涩，知道这是越国特产的蒸茶。越地产茶，他在诸暨协助山民开发荒地和兴修水利时，喝了许多种茶，但这样苦涩中带有异香的还是第一次喝到。

"好茶！味道很特别，很过瘾！"范蠡忍不住说，"这大概就是传说中的蒸茶了，据说制法很特别，整笼蒸熟以后，日晒数天，芦席紧裹，反复用重物挤压后陈放，时间愈长，茶味愈好。至于其中还有什么窍门，我就不得而知了，就像足下铸剑，我只是看个热闹而已，而真正的门道，我只能望而兴叹，一点都摸不

到了。"

"范先生，你说得很对，窍门就是三字，蒸、晒、压，加上陈放，就像酿酒一样，越陈越香。但这茶不过是粗茶，你若爱喝，等会带上几条去。"莫邪笑嘻嘻地说，"喝过了这茶，别的茶汤就淡而无味了。"

"多谢了，这样的好茶，为何不推广呢？像铸剑一样，成为天下的名物，输向别国，也是谋富之道。都说越国弱而穷，这种说法，不过是偏颇的世俗之见而已，依我看，越国既不弱亦不穷，只要道不穷、志不穷，就没有穷弱一说。"范蠡喝着浓郁的茶汤，侃侃而谈。

"请教范先生，越国与北面的吴国，宿怨厚积，从大王到黎民百姓，都知道吴越之间，迟早有一战，可越国断然不是吴国的对手。先生来越国多日，把工夫花在农事水利这些琐碎的事情上，茶叶和几把好剑又引起先生如此浓厚的兴味，这难道就是先生说的道不穷志不穷？"豪蒙说这话的时候，虽脸上堆满了笑容，但口气咄咄逼人。

范蠡却一点都不恼，神态更加潇洒，笑声也更响了，甚至站起来，在屋内踱起方步，走到剑架前，这把摸摸，那把看看。

"老先生，国士之称，我实在不敢当。我只是一个游士，生性散漫，不爱拘谨，游到越国，为这里的山水、这里的人着迷，竟不想再游下去了，在越国一待就是一年多，乐不思乡。我想，再这样待下去，我快成越人了！"范蠡说到这里，解下腰间的那把剑，双手捧给豪蒙，问道，"请先生赐教，此剑如何？"

豪蒙接过剑，缓缓抽出来，细细端详起来。这把剑有八个面，通长三尺，由剑尖至剑柄，厚度各异。豪蒙用手指在剑身上弹了几下，剑声沉闷而厚实，不似一般利剑发出的清脆声。豪蒙略有些惊异，他又用手抓住剑尖，用力往下弯曲，剑身弯成弧形，他一松手，剑身又迅即弹了回去，恢复笔直。豪蒙没有说话，将剑递给干将，干将仔细看过后，又递给莫邪。

"怎样？这是家传的一把剑，其貌不扬，但还算锋利。此剑品质到底如何，我也说不上来，家父没有明示，家兄不知其详。请老先生不吝赐教，让范蠡做个明白人，不至于对自备的防身之器竟说不清是何物，闹出笑话来。"范蠡说。

"古来雄主，皆求名剑，颛顼有'画影''腾空'，太甲有'文光'，武丁有'照胆'，穆王有'昆吾'。至近代，好剑更是身价百倍。如吴王阖闾，得伍子胥祖传七星剑，加之以前吴国拥有的湛卢、巨阙、胜邪、纯钧四剑，阖闾拥有了天下名剑之半。"说到这里，豪蒙叹息了一下，"这还不算欧冶子替他铸的鱼肠剑，鱼肠剑短小得如一片韭叶，能藏身于鱼腹之中，造型特殊，利不可当，专诸就是用它将吴王僚贯甲达背。"

范蠡静静听着，时而点头，时而沉思。

"莫邪，你说说，范先生这把剑是把什么样的剑。"豪蒙瞥了一眼莫邪说。

"豪蒙先生，范先生，我哪敢妄加评论，要是我胡说一通，就当我什么也没说。"莫邪说，"依我看，这把剑就是传说中的周穆王的昆吾剑。"

"何以见得这是昆吾剑?"豪蒙问。

"昆吾剑的特点是剑柄是硬木柄，比一般的剑柄长一倍，可双手使用。另外，它的铜锡之比使剑的硬度和韧性结合得恰到好处，最主要的是采用了软包硬的铸造之术。"

"何为软包硬?"范蠡问。

"用硬铁制造剑刃，外覆以极具弹性与韧性的庖丁铁。下水淬火前覆一层特制的泥土于刀身上，剑身有八个面，剑尖至剑首处厚度各异，根据不同平面不同厚度，覆泥依次渐薄，剑刃处则不包泥土。剑身下水淬火时剑刃未包泥土处直接与水接触可增加其韧性与弹性，使剑身具有良好的弹性，使剑锋锋利而不易缺口。而且玉首上有刻花，细看是周穆王的纹饰。"莫邪不慌不忙地一口气说完，"说得对不对? 我也没有多大把握，见笑了。"

"嗯!"豪蒙满意地捋了下胡须，说，"莫邪，你答对了。这确是昆吾剑，铸造之术已失传。还有一点，这个皮剑室是后配的，原配可能损坏了，也可能丢失了。"

范蠡听完后，十分倾服，起身向豪蒙及干将夫妇深深一揖："今日幸会，范蠡受益良多，请受我一拜。"

"岂敢，岂敢!"豪蒙和干将夫妇还礼，"请范先生说说来意吧! 其实，你自己是知道你这把剑的来历的，不过是考考我们，侥幸给莫邪猜对了。"

"考验不敢，只是想请师傅再鉴定证实一下而已，家兄曾质疑过这把剑的真伪。"范蠡坐定后说，"我有一事要请你们相助，如能成功，越国军力特别是车兵骑兵之力将大增。刚才老先生论剑确很精辟，但晚辈认为，要使越国强大，靠剑和剑术还不很够，剑术是一人之术，宝剑再利，也是单器。即使像吴国百姓佩钩那样，人人都持一把七星剑或昆吾剑，就能无敌于天下了? 而开发民智，发展技术，增盈国库，提升国家综合实力，那么整个国家就是一把利剑了，这才是真正的取胜御敌之道。所以，与其让我到宫中高谈阔论，还不如让我在民众当中做些实事。"

豪蒙听了，明白了范蠡在民间转悠而拒绝入宫的缘由，想起刚才自己出言不

逊，错怪了他，既惭愧又激动，一跃而起，说："范先生，我错怪你了，说得好，剑术是一人之术，提高国家实力才是善策，只有把整个国家铸造成一把巨剑，才能无往而不胜。"

"是，可铸冶这把巨剑，是非常难的，须举国努力，犹如夏商饮酒，醉者持不醉者，不醉者持醉者。国家持百姓，百姓持国家，一炉炭火，万众一心，剑成之时，即国强之日。"范蠡手舞足蹈地大声说。

范蠡和豪蒙、干将夫妇交上了朋友。一连几天，他在铸冶铺里帮着拉风箱、抡锤子、铸吴钩或剑，歇下后便和豪蒙他们喝酒，纵论天下，一醉方休。他沉浸在烟火和豪情中，根本不知道越国太子勾践在满世界找他。

范蠡是楚国大部族三户的贵族，三户一向以学术和智谋闻名，祖父辈都是极有名望的人，虽不任什么官职，但历代的国君都很器重他们。

范蠡从小便不喜欢贵族那种讲究礼仪、注重形式的中规中矩的生活，经常遨游山林田野之间，一匹马，一把剑，几卷书简，随遇而安，豪迈不羁。他在大自然中自由自在地漂泊着，观察和研究天象、气候、地质、水文、山川以及各方动物、植物，尤其是农作物。他结识隐士、农夫、猎户，常和那些部落中底层的顽劣少年厮混，打架、喝酒、游泳、摔跤、爬树、探险、狩猎，或者和小村落的那些庶民在篝火旁高歌狂舞。他给他们讲授各种知识，帮助他们改进农耕技艺，兴修水利。他挥金如土，但又有赚钱的智慧，许多商贾经他一点拨便财源滚滚。许多有着野性的女孩子都竞相追逐他，这些女孩子纯洁得像奔流的山泉，活泼得像林中飞来飞去的鸟，她们很少受贞节观念的束缚，或者说，在成家前有一段时期，她们可以和任何男人来往。范蠡喜欢她们身上的这种奔放的野性，和她们没有任何掩饰的情感。有时，他会带着其中的一个，在朝晖暮霭中，放马疾驰。少女们都愿意把自己最珍贵的东西交给他，但他只接受她们火一样的情感，她们对这看得很淡，他却替她们看得很重。

范蠡有一个好朋友，叫文种。文种是邹国的贵族。邹国本属中原南方国家，后来成为楚国的附庸国。生活在乱象丛生的时代，使邹国的贵族都擅长于折中和谋略，文种自小在这样的环境中成长，他机智过人，才干出众。楚王出于笼络的目的，有时也会挑几个附庸国的有点本事的人入朝为官，自然看中了文种这样的杰出人才，令尹囊瓦让文种先出任行人大夫。眼看吴国在一天天强大，文种建议囊瓦加紧扶持越国，在吴国的后院牵制住吴国。楚国的公主季婉亲自到越国教授养蚕和纺织的技艺，囊瓦顺水推舟，把文种派遣到越国担任负责军事的正使，并让他自己物色一个副使。文种马上想到了范蠡。

文种和范蠡两人的个性大为不同，生活方式也有着极大的差异。但他们却非常投缘。他们有太多的共同语言，对天下大势的看法和分析，常常不谋而合。文种对范蠡的人品和学问十分钦服，但对他到处漂泊的狂士风格不太赞同，常劝他做点正事，可范蠡根本听不进文种的劝告，依然我行我素，有时让文种见了哭笑不得。可奇怪的是，只要有机会碰在一起，他们就会有说不完的话，喝不尽的酒。

范蠡喜欢谈各地的自然生态和农耕情况，官家出身的文种对这些一知半解。范蠡提出一个观点，治国如同农作。这个譬喻除要求治国像农事那样精耕细作外，还突出农事对国家而言是不可忽视的关键。当范蠡清晰地阐述国家和农桑的重要关系，归纳为有粮则有国，无粮则无国，兵以粮载，民以粮存的道理时，文种佩服得五体投地。

文种想让范蠡一起去越国，但又不知道他漂泊到哪里去了。有人说他到楚国的东部去了，待他赶到那里，才知道范蠡又去了越国，去帮助越民开发荒地和疏浚河流。在那里，范蠡结识了一个狩猎技术高超，为人又非常侠义的猎户莫希。莫希是苎萝村人，他的猎术远近闻名，家里还有桑园和几十部纺车和织布机，纺车和织机都是从楚国买来的，在当地也算得上是个大户人家了。范蠡和莫希虽是萍水相逢，身份差别悬殊，但却很快成了至交，于是，范蠡随莫希来到苎萝村，住在莫希家中。这个村子风光美丽，村旁有一条湍急的大江，叫浦阳江，江边遍植绿油油的桑树。江岸的石阶上，日夜响彻砧杵之声，这是成群的浣纱女用木棒在捣练麻丝，去其杂质，使麻丝变得柔软洁白。

在越国，苎萝村有纺纱织布的传统，但设备老旧落后，工艺百年不变。而楚国的纺织业在诸侯国中向来处于领先地位，从贵族到平民都尽可能地注重生活起居的气派，衣着尤为讲究，郢都街头，鲜衣触目皆是，这和楚国盛产锦帛绸缎有关。富豪人家拥有的财富中，除金银珠宝、良田屋宇之外，就是锦帛。帛，甚至可作为一种货币的替代品，用于货物交易。这在各国都是通用的。

楚昭王的姐姐季婉，虽长在深闺，但并不是那种娇生惯养的公主。因为乳母是农妇出身，她常随乳母去农村，对民生的疾苦、稼穑的艰难也有所了解，也学会了纺纱织布。这次来到越国，她坚持要到民间传授养蚕缫丝和织造的工艺，越王允常让太子勾践陪季婉来到浦阳江边的苎萝村，收了一大批年轻的女徒，手把手地教她们饲蚕、纺纱、织布。越国产苎麻，不产棉花，但植桑养蚕，也出产尊贵的丝绸，不过只限于少数地方。越地产得最多的是平纹麻布，这是越国特产，但颜色单调，仅黑白两种，越人穿的衣饰大多取料于麻布，因而，在越国城乡，包括都城会稽，无论男女老幼，着的衣服非白即黑。当然，贵族穿的是锦衣，国

内仅产出少量丝绸供给他们，远远供不过来，要从楚国、吴国进口，这样，就使得丝绸在越国显得尤为珍稀，贵族往往也只拥有一两套绸衣，除待客和外出，或遇到隆重的日子外，他们也穿棉布及苎麻织的衣服。

季婉到了这里后，着手从两个方面促进越国民间发展织造业。首先是将苎麻进行改良，反复地捣练，使之柔软得似棉似绸，还试验染上新色，创出了天水碧、殷桃红等较鲜艳的色布，一破黑白两种老色的陈规，所织夏布、汗巾行销各国。另外就是广植桑树，从楚地引进新的蚕种，推广新的养蚕和缫丝方法，让越国丝帛从进口变为出口。一年多来，季婉的良苦用心取得了显著的效果。苎萝村的生丝具有白、净、柔、韧的特点，后来逐步推广，蚕桑之利大盛，产的丝更是光彩鲜艳，韧劲十足，再以后，越丝竟名冠各国，大行于市，贸丝者群趋而至。

季婉和村女住在一起，很快习惯了清苦简单的生活，而且，她从不让别人称她为公主，所以，周围的人都直呼其名，或喊她季姑娘，女徒则喊她师傅。她的衣着起居，言谈举止都和普通人没有多大的区别，以致当地不知情的百姓都不知道她的真实身份。但季婉是个气质高华的美人，即使穿着寻常的衣服，去掉珍贵的首饰，也遮盖不住她超凡脱俗的光彩。

范蠡在众多的浣纱女中一眼就看出季婉绝非常人，他已听说楚国的公主在越国授艺，便马上猜测这个绝色美人可能就是季婉。范蠡刚到苎萝村的第二天，季婉带了一帮女徒在浦阳江边捣练，随着忽高忽低、时沉时亢的极有韵律的砧杵声，季婉唱起了歌，那是她创作的《蚕桑引》，音调带有浓郁的楚风，欢快中暗含着淡淡的伤感：养蚕女采桑饲蚕，织绫缫丝，是那样的辛劳，更苦涩的是产了成批的丝绸，浣纱女身无一缕，可慨！

范蠡情不自禁地大声诵吟起来："七月流火，八月萑苇。蚕月条桑，取彼斧斨，以伐远扬，猗彼女桑。七月鸣鵙，八月载绩。载玄载黄，我朱孔阳，为公子裳。"这是《诗经》中名为《七月》的一首歌谣，范蠡吟的是其中的一段，写女子们采桑、养蚕、纺织、染色等劳作场景。这西周时期的歌，所言皆农桑稼穑之事，范蠡因为常躬耕垄亩，久于其道，吟诵起来特别感到亲切有味。

季婉在宫中读过许多词章书籍，听到有一个男声在附近朗声吟咏《七月》，以为是个轻薄文人借这首诗在挑逗她们。她停下了唱歌，警觉地打量着范蠡，看他落拓不羁的样子，于是神色严肃但又不失礼貌地问："你是何人？何以要在这里卖弄诗文嘲弄人？"

"你可以歌咏，我当然可以吟诗，说我嘲弄人，这就奇了，我到底嘲弄谁了？请道个明白！"范蠡笑嘻嘻地说，"听你说话的音色，倒有楚风的味道。在越国唱

楚歌，看来你这位浣纱女和我有些缘分，因为我是楚人。"

范蠡的语言模仿能力极强，来越国时间虽不长，但一口越语说得惟妙惟肖，季婉一听，就火了，说："明明是越人，却要冒充楚人，你到底居心何在？"

"我来帮你们捣练，如何？"

"你会捣练？"季婉问。

"不是我吹嘘，你们这群小女子，没有一个能捣得过我。不信，我可捣给你们看。"范蠡说着，脱下鞋子，卷起裤腿，朝埠头走去。

这时，一个年轻女子和季婉耳语了几句，季婉点了点头，那个女子又和其他浣纱女说了些什么，浣纱女们都会意地笑了起来。当范蠡刚下到最后的石阶，双脚触到冷冰冰的江水时，那女子手一扬，十几个浣纱女纷纷双手捧水，瓢泼般地向范蠡泼来，瞬间，范蠡就浑身湿淋淋的，连眼睛都睁不开了。范蠡用双手掩挡，说道："使不得，使不得！不要戏闹了！"可浣纱女泼得更起劲了，范蠡不得不急急地逃窜上岸，他的背后，响起一片银铃般的笑声。

季婉听清楚了，这个看上去不太正经的纨绔说"使不得"那一句话时，确是地地道道的楚音，真是同国之人。她觉得玩笑开得有些过分了，拿起一条干净的汗巾，递给那个年轻女徒说："西施，你去给他擦擦脸，他没有蒙我们，他是楚国人。"

西施接过汗巾向岸上走去。范蠡有些狼狈地站在江岸上，虽然全身淌着水，心里不仅不恼，反而感到很愉悦。和这群天真无邪、毫无心机的少女在一起，自己的心也得到净化了，难怪高贵的公主不爱深宫爱山野，这江边的"哒、哒、哒"的木棒捣击之声，加上季婉那清脆动听的歌声，让范蠡深为感动。特别是季婉，放下公主之尊，放弃华丽的宫廷生活，以自己的千金之体，不顾疾苦和劳累，帮助越国图存图强，让范蠡觉得这实在是非常了不起的义举、善举。虽然对自己有些戒备，以泼水相待，但他还是满心舒畅。

西施走到他面前，范蠡在看到她的一刹那，眼前顿时一亮，心里一阵悸动，这是一个没有丝毫施妆的美女，五官完美精致，眼睛黑亮清澈，皮肤细腻洁白，朱唇红润。她递上汗巾，轻声说："把你浑身都弄湿了，师傅给你的，让你擦擦。"她说话的声音，悦耳动听，像呖呖莺声。

"不要紧，我不怕水，也不怕湿，我从小有嬉水之习。做梦常变成一条鱼，在水中畅游！"范蠡极力控制内心的激荡，笑着说，"不过，我还是要谢谢你，谢谢季婉公主，谢谢你们的戏谑，这让人感到很有趣。"

当范蠡说到"季婉公主"四字时，西施有些吃惊，她很认真地看了范蠡一眼，

心里一动，这是一张多么英俊优雅的脸啊，温和的笑容中又微带俏皮、幽默，她的脸一红，羞涩地转身走了。走了几步，范蠡又把她喊住。

"你能告诉你叫什么名字吗？"范蠡鼓足勇气问。

"我，我叫西施！"说完，便袅袅娜娜地走了。

西施来到季婉身边，脸上还是红红的。

"那个士子，跟你说了什么？"季婉问。

"他说他不怕水，不怕湿，自小有嬉水之习。做梦都让自己变成一条鱼，他这个人真有意思。"西施说，"还有，他认出你是公主，喊得出你的名字。"

"喊得出我的名字？这是真的？"

"我对他说，这罗巾是师傅给你擦拭的，他说谢谢季婉公主。"

"是吗？他到底是谁呢？"季婉陷入了沉思。

三天后，文种来到苎萝村，他终于打听到范蠡住在猎户莫希家，但莫希说范先生有事去了都城。文种在越国的身份是保密的，在各地寻找范蠡也经过乔装打扮，他当然也不知公主季婉就在苎萝村，所以在莫希告诉他范蠡的去向后，他几乎没有多逗留便乘马车回到会稽。他在豪蒙的铸冶铺找到了正在抡大锤打铁的范蠡。范蠡到越国都城来，是受了公主季婉的激励，他决定为越国做更多的事情，他不想再漂泊下去了。他已改变主意，如果越国的君主允常或太子勾践要他为越国参谋军国大计，他愿意尽力付出自己的才智，为安邦定国出力。他有这份心，还有一个原因，就是那次见到浣纱女西施后，他时常想起她。这个小女子让自信洒脱得连对公主都敢随便开玩笑的范蠡，竟不敢正视，说得确切些，不是不敢，是一时慌乱。想到西施，范蠡像品尝醇醪般沉醉，又因为近在咫尺却不能相见而感到惆怅。

他几次想去找西施，几次盘桓在江边，听着捣练之声，听浣纱女的阵阵笑声，还有婉转悠扬的歌声。不过，他克制住自己的强烈欲望，没有像上次那样趋前唱和，和她们戏闹一番。他担心这样会引起西施对他的反感，因为有公主在。在公主眼里，他是个轻薄的士子，一个游手好闲、拈花惹草之徒。范蠡想好了，要让公主真正了解他范蠡是何等样人，在越国做些事后再和西施见面，到时候，公主决不会对他有偏见了。他在楚国，在诸侯国中间，还有些名望，公主和越国的君主、太子勾践不会排斥他为越国效力。佯狂倜傥的范蠡其实有精细严谨的内心，他要像季婉那样留在越国干上一番事业，没有什么人能阻挡他的行动。

范蠡听说文种担了新的使命，大感兴奋，未等文种开口，他便主动请缨说："文种兄，范蠡已决意固守越国了，如果兄不弃，范蠡可随兄襄助越国自强图存，抵御外侮！"

文种感到意外，他追问："范蠡，此话当真？"

"当真？我平时讲话，虚虚实实，但在大事上，何时骗过你？"

"知老弟的为人，文种也。不过，协助越国，不光是开发农桑、兴修水利这点事。你别误会，我并不反对从事这类事。但凭老弟的大才，可以为越国的强盛发挥更大的作用。"文种说，"我找你找得好苦，就是想你能共事，我一直担心老弟心气高，天性散漫，不肯俯从，没有想到，我还未开口求你，你便慨然承应，太好了，太好了！"

第 十 章

晚上，文种和范蠡来到太子府邸，这是幢十分简朴的宅子。文种和勾践已很熟悉了，太子府是常进常出的，所以，刚到门口，门官便认出他，立即进去禀报了。勾践正和公主季婉在商谈事情，听说文种来了，请季婉暂到另室回避，他立即到门口迎接。

季婉是昨天由苎萝村乘车来会稽的，进宫拜过越王允常和王后之后，便来到了太子府，两人一直晤谈到现在。越国在都城为季婉安置了一处住所，原来是个驿馆，现在是一座花木深深、幽静雅致的小院落，供公主和她的几个侍女居住。但她的大部分时间都在苎萝村传授纺艺，在会稽的住所，住不上几天。

勾践匆匆走到门口，在门官举着的火炬映照下，他见到文种的旁边站着一个二十余岁、气度不凡的贵介公子，不用说，这就是范蠡了。他知道文种这段时间在到处找范蠡，也知道范蠡眼下正在越国漂泊。文种向勾践推荐过范蠡多次，说他性格狂放，学问深厚，尤擅长战术谋术，但他素来不求闻达，欢喜四处浪迹，乐于农桑水利。

勾践以太子的身份兼任监国大夫，允常已把一半王权交给了他。允常的年龄比阖闾略大，但身体比阖闾差得多，脸容清癯如六十老者，精神不振，讲话的时候，头还会神经质地颤抖，一点王者之气都没有。因为体弱心烦，许多事情不得不交给儿子去办。

勾践知道自己的担子不轻，越国之弱、吴国对越的威胁，都是他的心病。为探求自强图存之道，他极力主张和楚国结盟，接受楚国的援助，也主张和吴国修好，对吴不得罪、不言战、不为敌，以取得发展的时间。越国从庙堂到民间充满了对吴国的敌意，普遍相信吴国有窥越之意，以致举国人心惶惶，甚至有人谈吴色变。勾践是个极有心机的人，喜怒不形于色。他尊重父王的想法和决定，但他

自己有一套深思熟虑过的国策，摆在首位的，就是网罗人才，尤其是能治国治军的人才。他非常清楚，越国的弱，是缺少力挽狂澜的栋梁之才；越国图强，希望也寄托在这批智慧超群、能谋大事担大任的贤才奇人身上。

越国当下有几个治国治军的重臣。三朝元老大将军石买，有点军才，可惜气局不大，刚愎自用，自视甚高，心眼极小，什么人都不在他眼里。将军灵姑浮，打仗勇猛，憨厚朴实，但少点谋略，他是石买的女婿，对岳丈唯命是从。司直大夫扶同，耿直正派，饱读诗书，在各国有点贤名，人缘不错，只是雅好翰墨而疏于武略，书生气过浓。还有太宰皓进、行人大夫曳庸、将军诸稽郢，名声不坏，但都不足以大振乾纲，托以强国重任，成为国之柱石。至于国舅陶谷，愚昧无能，但依仗是王族，唯利是图，且紧跟石买，亦步亦趋。

因而，勾践求贤若渴，四处留意，八方打听。听文种推崇范蠡，他恨不得派出兵马，在全国密密搜索，协助文种将这个特立独行的士子网罗到自己的手中。但文种反对他采用这种大肆声张的方式寻找范蠡。文种说，范蠡是个贵族，但又以庶民的面目出现，既有贵族的矜持，又有平民的行为，招揽他，关键要让他感到值得为之效力。他并不看重功利，但看重情分，有时清高得很，有时候又极平易近人。文种这么说，更勾起勾践对范蠡的好奇，和招纳他的欲望。

未等文种引存介绍，勾践就走上前去，对范蠡肃然躬身说："这位必是国士范蠡先生了，久闻贤名，今日幸会，勾践当好好讨教！"

文种一愣，自己尚未正式介绍，勾践就认出了范蠡，而且郑重行礼，并称他为"国士"，可见勾践纳才的诚意和急迫。一国的王储，未来的国君，能这样礼贤下士，这让文种既意外又感动。他连忙拉了下范蠡的衣角说："范蠡，你看，太子对你何等垂青，亲自到门外迎候，还一眼就认出你。"

"多谢太子厚爱，不过，'国士'之称，范蠡实在不敢当。"范蠡还礼说，"范蠡只是在越国漂泊，寸功未建，蒙太子垂青，已是沾了文种大夫的光，何以还能当这样的尊称？这顶帽子给他戴还差不多！"范蠡说着，指了指文种，笑了起来，"文种大夫是楚国遣越使节，担当援越大任，够得上国士之称，我一介草民，东游西逛，文大夫不骂我佯狂就算饶我了。"

文种道："范蠡，你别当着太子的面贬损我，太子可作证，我几时骂过你佯狂，赞美你都来不及！"

"是，范先生，我可以作证，文种大夫不仅对你从无有过半句贬言，而且对你推崇之至！他称先生为大贤。"勾践说，"还有，我称先生为国士，先生完全受之无愧，你帮越国农人修水利、兴农桑，这种为贵族所不屑的杂事，先生竟乐此不

疲，这份对越国的忠义之情，难道还不足以让我称呼这样先生？当然，文大夫也对越国情重如山，也该当国士之称！"说到这里，他在前引路，领着文种和范蠡朝内庭走去。

毕竟是庄严的太子府，文种和范蠡不再斗嘴了，随勾践走进院中的长廊。那个门官的火把发出耀眼的光芒，驱赶着深深庭院里的沉沉暮色。

文种来过多次，已是熟门熟路，范蠡第一次来，扫了几眼，便发现这太子宫虽大，但主要宫室还是草顶，屋顶上似乎也没有任何装饰，长廊的木柱未上彩，还是原色。而楚国贵族的屋宇，梁柱都是彩绘的，门窗也是漆上深红色，屋顶铺的是上漆的木瓦，或者是深褐色的陶瓦。

范蠡曾到北方诸国游历过，王室的宫殿无不金碧辉煌，宏伟豪华之极。勾践府第之简，虽说明越国的物产还不够充盈，但也和其刻意低调、崇尚节俭的性格有关。对这一点，范蠡是很欣赏的。

厅堂里灯火通明，大家在席上坐下后，侍仆便端上茶汤。在火光下，勾践细看范蠡，越看越觉得他的仪容比在门口初看时更丰神俊逸，温润的面庞上，沉静中透着一种逼人的英气。比他年长十岁的文种，虽不失儒雅，但已是满脸的沧桑，和富有朝气的范蠡一对照，更显得谨厚和老成。

寒暄了几句后，文种便迫不及待地对勾践说："太子，有句话，我要先告诉你，是个佳音，少伯弟已答应与我一道，为越国效劳了。"

"是吗？这太好了！"勾践大喜，起身朝范蠡深深一拜说，"先生能出山襄助，越国有望了！"

范蠡起身还礼说："是的，我愿留在越国，尽我所能做些事。但能否像太子期许的那样，为越国的振兴起到点石成金的作用，我可不能保证。我不是谦逊，我从来不懂自谦，所以，请太子对范蠡不要期望太高。"

勾践看出范蠡不是故作姿态，而是出于坦诚，对范蠡的性格更加佩服了，抚掌称快说："点石成金？这自然是不可能的，我从未有过这样的奢望。但先生刚才说'尽我所能'四字，给我带来了希望。越国是个弱国，百废待兴，非一人或几人之力便能振兴乾纲，但先生一个'尽'、一个'能'，对越国来说，足矣！"

勾践的脸上露出耐人寻味的笑容，说着，又朝文种一拜："子禽兄，你为越国举荐少伯先生而奔波劳顿，容勾践敬谢！"他嘴上这么说，心里想道，恃才傲物的范蠡到底给自己得到了。吴国阖闾愈来愈狂妄，派伯嚭到越国，一开口就要几千根巨木，吴国敢这么做的一个重要原因是任用了伍子胥、孙武、伯嚭诸客卿，使国力强大起来。昔秦国之盛，乃因秦穆公任用百里奚一帮贤臣。越国欲强盛，必用贤才。现在有了文种、范蠡两贤，他们的才具远超越国众臣，可以谋大事，自己由他们辅佐，可有所作为了。

"岂敢，岂敢！"文种慌忙起身还了礼。

"不必谢他。"范蠡说，"我决然留在越国效力，非因子禽的劝说。不错，他曾多次劝我参与国事，但太子有所不知，我范蠡生性淡泊，不慕名利，不受拘谨，喜勤读、游历，顺便做些农事猎事，自然山水使我感到其乐无穷。所以，子禽的游说，对我而言，并没有什么用。子禽，你可不要生气！"

"我不生气，你我至交，我还不知道你的脾性？我也在纳闷，一向高傲的范蠡，这会想通了，这到底是怎么回事？"

"说来很简单，我是受到一个人的激励。"

"受到一个人的激励？"勾践用手势请文种范蠡坐下后，自己也在席上坐下问，"这个人是谁？能对先生产生这么大的影响？"

"是啊！"文种问道，"这是何许人？能让你沉下心来为越国认真做事？"

"这个人，你们都认识。而我，只和她有过一面之缘，她不认识我，我也只是猜测是她。"

"范蠡，你越说越让我糊涂了，就这么一面，就让你受到了激励，快说吧，此人是谁？若是我认识的，我也该向他致谢！"文种催促说。

"这个人就是楚国公主季婉，我住在苎萝村一猎户家中时，公主正好在那一带传授纺艺，我亲眼看到她布衣打扮，带了一群女徒在江中浣纱捣练。你们想，公主能放下千金之身，切实地为越国谋利，我一个堂堂七尺男儿，也应该有点抱负，不能以游戏人生之态，东游西逛了。农事猎事固然也是做事，但这不是在尽我所能，我应该像公主那样，发挥自己最大的能力才对。"

"原来是公主激励了你。你这么一说，我就不奇怪了！公主为了越国，几乎是全心投入，实在是令人钦服不已！"勾践说到这里，脸上的神情变得诡秘起来，他把一个侍从喊来，对他轻声说了几句话，那侍从应声而去。

"公主能这样做，确不容易，毅然放弃楚国的富贵生活，到越国的山野，像农妇那样干着粗活，传授纺艺饲蚕之术，虽是农事，但使越国受惠不浅。"文种赞叹说，"这次我寻访范蠡，若知道公主在那里，我应该谒见她。"

"公主在那里传艺，是国之大事，需要保密，所以未对外宣扬。我担心给吴国的谍人探听到了，对公主的安危不利。"勾践说，"楚昭王有谕，公主在越国绝对不能有什么闪失。"

正说着，仆人将帷幔拉开，随着一阵环佩之声，一个盛装的高髻丽人款步走

来。范蠡觉得这个高贵女子似曾相识，但一时想不起在哪里见过，只能呆呆地看着她。文种一见，整一整衣襟，伏身下拜："臣文种谒见公主。"

"这是在越国，免礼，免礼！"季婉话虽这么说，还是以会见大臣的礼节还礼。

原来她就是苎萝村江边怀疑他是轻薄之徒，对他不太客气，还令女徒泼水逐走他的楚国公主季婉，那时她是一身村姑打扮，而此时的穿戴恢复了公主的尊贵身份，难怪自己一时没有把她认出来。眼前的公主光芒四射，足使大部分娇美的女子产生自惭形秽之感，但范蠡还是觉得苎萝村的公主可亲可爱。

"公主，这位就是我和你提起过的楚国贤士范蠡先生，他说曾在苎萝村和你有一面之缘。"勾践说，"今天，在我这里，你们三个楚人异乡相逢，应该会觉得格外高兴。"

季婉看到了范蠡，惊得目瞪口呆，进而又露出微微窘态，眼帘低垂了下去。

"公主，你没想到吧？那个与你唱和，被你疑为行为不检点，泼了一身水的轻薄人就是范蠡。"范蠡矜持地笑着说，"不过，能亲见公主纡尊降贵，和村女一起劳作，是范蠡毕生难忘的幸事。"

"公主，我还得多谢你，正是你为越国操劳的行动激励范先生下定了与越国同甘共苦的决心，说真的，能把范先生感动得改变了初衷，说明公主的魅力是非凡的！"勾践并没有注意到季婉的异样神情和范蠡带有自嘲的话语，兴致勃勃地说，"你们俩，居然会在苎萝村相遇，真是有缘啊！"

季婉已冷静下来，掩嘴一笑，神色端庄地走上来，盈盈下拜说："范先生，我真是有眼不识泰山，对你失礼了，一定惹恼你了吧？我向你道歉，冒犯之处，请先生多多包涵！"

"不，公主，我一点不恼，一泼相交，挺有兴味。我还得谢你遣西施给我送罗巾擦水。"

"是吗？先生不恼就好。那位给你送巾的女子，你何以会得知她的姓名？"

"她自个儿告诉我的。"

"难怪。"季婉意味深长地笑起来，"西施姑娘一再问我，那个贼头贼脑的人怎么不来了？他一定是生气了，也许我们做得有些过分了，要是他再来，我要对他说声'对不起'。这都是她的原话。我今天代西施姑娘对范先生道一个不是！"

"什么'对不起'？她没有使什么坏，戏谑而已，告诉她，我不计较。是我唐突了，叫你们见笑。"

"贼头贼脑？好你个范蠡，你到底在苎萝村干了些什么荒唐事？"文种笑道，"你对公主的女徒有非分之举？"

"我岂敢有什么非分的行止？我看到她们在浣纱，触景而感，念了《七月》中的几句诗而已，没想到，这个美若天仙的西施，说起话来倒真刻薄！"范蠡笑着说，心里却有一种说不出的欣悦。

"别怪她，她这么说你，是故意的，是想掩饰对先生的期盼。"公主笑道，"我看得出来，西施对先生印象很深，一直盼望能和先生重逢。你何时再上苎萝村？"

"去，当然会去。"范蠡低声说，"见到了又怎么样呢？帮你们捣练？"

"那是你的事了，你要怎样就怎样，不过，我们不会对你泼水了。可我不能保证西施会不会泼你，那要看你的了！"季婉依然笑着说，"好了，你们请坐，我失陪了。"说完，转身仪态万方地走出帷幔。

勾践和范蠡看着公主的背影，怔怔的，好久都没有回过神来。勾践若有所思，他对公主怀着感激之情，内心还隐有一份倾慕。公主来楚国后，他陪同公主到苎萝村，公主的倩影笑貌便常在脑中萦绕，只是他性格阴柔，加上自己是太子，季婉是公主，碍于礼制，所以在公主面前从未有过丝毫的表露。但目送季婉那一瞬间的依恋之情，给文种看在眼里了。范蠡则还在回味着公主刚才的那番话，由公主来去倏忽，如遇仙人一般，想起那天在江岸和西施的遭遇也是这样，恍恍惚惚的，仿佛是一种幻觉。文种当然也看到了，他寻思：看来一个公主一个浣纱女，像那洁白柔软的苎麻丝和蚕丝，丝丝缕缕的，注定要把楚国和越国紧紧缚在一起，拉都拉不开了。这样出乎意外的圆满结果，文种当然是十分满意。

坐下后，勾践已恢复了冷峻和镇定的神态，范蠡则大喊饿了，向勾践要酒喝。勾践马上吩咐设席，三人饮宴畅谈。几杯酒下去，三人略脱形骸，没有什么拘束了，谈话自然也放得很开。

勾践问范蠡："有一事请教范先生，吴国之患，早已存之，现有了伍子胥、孙武的加盟，变得更为严重。伍子胥的一系列治国大政，正在见效，从梅里迁往新都，倾全国之力营建新都，要越贡巨木三千根，言称是建宫用的，但我判断是要造兵船，一支强大的水师不久将会崛起。他们意在何处？不言而喻，一是楚，二是越，三是问鼎中原。说得不中听一点，越国迟早是吴王嘴里的肥肉，面对这样的危局，我们该如何办才好？"

这个提问，勾践无时无刻不在思考，越王允常也在思索，整个越国都在议论。勾践也以同样的口气问过文种，显然，这件事勾践虽有成熟的对策，但仍是一个沉重的压力。

范蠡没有直接回答，而是反问："听说吴国大丧，王后死了，是给医师武锦清毒死的，而武锦清和越国赠给吴国的叫敏乔的歌伎是越国派去的细作，可有这回事？"

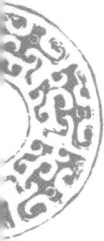

"有，是大将军石买派去的，武锦清原来就是经吴国大夫伯嚭荐到吴王宫去的。"

"间谍是可以用的，但武锦清用药丸毒死王后却迂腐透顶，越国战俘杀死醉酒的吴王馀祭，这是吴越之间一个宿仇，武锦清毒死阖闾的王后，这是新仇。你们想过没有，毒死吴王后对越国有何好处？"范蠡的双目，锐利地盯着勾践，未等勾践答话便继续说，"武锦清之为，简直是有百弊而无一利。吴国王后，是个不问国事的仁妇，在民众中深得人心。把她置于死地，而且是在她病中给予毒药，这不仅伤及不到吴国的一根毫毛，而且会激起吴国百姓同仇敌忾，阖闾可随时以此为由，借助民愤，对越发兵。"

听了范蠡这番话，勾践沉默了。无疑，范蠡的分析是对的，可错已铸成，说什么都无法挽救了。

"吴国君后是无辜的，医家本来是救人的，却去害人，这样做，为天下人所不容，连越国的百姓也会感到不忍。武锦清此举可说无益而有害。"文种说，"敏乔暴露，听说并未供出武锦清，他何以要这样气急败坏？还害了伯嚭，伯嚭被革职了。他帮了越国不少忙，他受株连是很可惜的。如果是石买之计，我真不知道为何要采取这样的下策？"

勾践的脸变得铁青，狰狞得有些可怕，他双拳猛击案几，恨恨地说："这批人成事不足，败事有余！"

"听说太子曾提出到吴国作质？"

"可吴国婉拒了。"

"少伯，你还未回太子的问话，你说说看，强敌压境，时不我待，越国到底要如何应对吴国？"文种对范蠡说。

"以我所见，把武锦清交给吴国处置，并由太子出使吴国，吊唁王后，并对武锦清毒死王后表示歉意，先把这件事平息了。"范蠡说，"这样做是有些难堪，但如果想把武锦清引起的事态不至于激化，这样做是必要的。虽吴国对越国戒心不会泯尽，但至少会消一部分气，尽量避免引起兵衅。"

勾践听了，没有马上表态。范蠡的思路是对的，暂时和吴国修好，以争取图强图存的时间，父王和自己也是这么考虑的。但将武锦清解回吴国、由自己出使吴国吊唁王后、致歉请罪等做法，实在是自取其辱，不仅丢尽越国的颜面，而且会为吴国所小觑，认为越国虚弱胆怯到了极点。但勾践是个深沉的人，心里这么想，脸上没有流露什么表情出来，只是作深思状。

文种却沉不住气了，说："武锦清固然愚蠢，但他是为越国设谋，怎么可以忍心将他出卖？敏乔已殉国了，难道一个还不够，还要再送去一个给吴国解恨？这未免太不仁不义了！"

"文大夫说得好，对武锦清而言，是不仁不义，但对国家而言，是有仁有义。太子，我再重申，越国为今之计，就是力求自全，避免招致吴国的报复。如果为了颜面和所谓的仁义，招致吴国侵略，自速其祸，结果国破家亡，百姓遭殃，这才是最大的不仁不义！"范蠡激动了起来，嗓音也响了，"伍子胥眼里最大的仇敌是楚国，在伐楚之前，他断然不会伐越，可敏乔将伍子胥去楚吴边境办私事的秘密通过武医师传出，由此造成庆忌偷袭，这样只会激起伍子胥仇越反越。这是为了一时的痛快，而不顾越国的根本利益。同样的道理，为了越国的国本，暂时以退为进，即便是自取其辱，颜面有损，也是出于随机应变的策略，这有何不可？俗话说，能屈能伸，现已是不可收拾之势了，唯一的办法就是以屈求和，以今日之屈谋明日之伸！"

"以今日之屈谋明日之伸！"勾践重复着这句话，"范先生，我明白你的意思了，解国家之危，妇人之仁，讲究面子，是不足取的。好，就这么办，但步骤细节，还得细细筹划。筹思成熟，我再禀父王，这是大事，须取得父王允许。"

"太子，你真的想通了？我心里还是替你感到为难。"文种说。

"任何事情，总有得失，刚才听了范蠡先生这些话，我才明白，我所以犹豫为难，实在是患得患失之故。然这是患小失而未想到大得！"勾践脸色明朗多了，现出决然的神色，"化险为夷，度过一劫，这对越国来说，乃是上策，除此之外，别无选择！"

"太子，你能这么想，越国有救了！"范蠡欣慰地说，"如果太子准备赴吴吊唁，我愿随太子前往。伍子胥和我虽不熟，但同为楚人，容易说得上话。我也见见孙武，和他切磋切磋兵法，但愿吴越之间，真正能和平共处，世代友好。"

"范卿能随我赴吴，这也是我求之不得的事。我可随时向先生请教，心里也有了底气。另外，凭先生的才能和魅力，从中周旋，更能使大事有济。事缓则圆，能过这一关，以后的事，可从长计议了。"勾践倏然动容说，"越国一切的一切，借重两位了！"

"范蠡，你能自告奋勇陪太子赴吴，我也放心了！"文种脸上忽然含笑说，"赴吴之前，是否要去趟苎萝村，和西施姑娘辞别？"

范蠡一个劲地摇头："和她告别干吗？丧仪有期，太子要尽快成行。"

越王允常听儿子陈述赴吴的计划，心里是赞成的，他是懂得利害得失的，也

有点自知之明，虽然不甘心一味向吴国讨好，但此时除了讨好求得苟安，实在没有其他良策。他沉吟了很久，头一阵紧似一阵地打颤，一时下不了决断，在勾践的一再催促下，才说，这涉及武锦清的生死，而武锦清是石买的心腹，所以还要和石买商议一下。后来又说，叫石买一人还不够，还是把重要的大臣都找来，廷议后再作定论。

"父王，这件事已火烧眉毛了，吴国国丧是有期限的，去迟了是失礼，哪有时间议来议去的！况且，这些大臣能议出什么名堂来呢？还不是七嘴八舌，各执己见。"勾践抗议道。

"还是议一议吧，这是大事，郑重些好，事情办砸了，适得其反，他们也怨不得我们了。"允常坚持说。

于是，越王立即召集重臣廷议。太子勾践先介绍武锦清毒死吴国君、敏乔殉国、庆忌偷袭吴国边城、企图抓捕吴国辅国大夫伍子胥等事件的过程，强调这些事对越国有害无益，造成了极大的麻烦，种种迹象表明，吴国会恼羞成怒，发兵对越国进行报复。到时，大军压境，危在旦夕，好不容易签下的两国和约也会撕毁，即使越军阻御吴军于国门之外，从此，越国也无宁日了，国将不国了。见太子这么说，大臣们大多悚然动容，有几个觉得形势已很严重，脸色显得十分凝重。只有石买的嘴角露出一丝冷笑。

"武锦清下毒，使患病的吴王后毙命，这对越国有什么好处？阖闾动怒，是情理之中的事。太子，我们得尽量设法缓和事态，否则，会招来弥天大祸！"将军诸稽郢忍不住抢着说。诸稽郢是带兵的，虽听命于大将军石买，但他素来对石买的强悍霸道不满，平时处事讲话很是直率。

"情势摆在那里，安稳的局面，一夕之间就有可能打碎，凡明眼人都会看到这场危机。为平息吴国对越国的怨恨，我准备亲自出使吴国吊唁王后，对吴王表示哀悼之意和致以道歉，并将武锦清移交吴国处置。"勾践尽量用平静的口气说，"当然，事情这么办，对武锦清有些不公，但为了能阻止吴国的挞伐，从国家的利益出发，只能委屈他了，也算牺牲小义，谋得大义吧！"

"好个牺牲小义，谋得大义！"勾践的话刚落音，石买就大声喊起来，"天下哪有这样的怪事？武锦清在吴国潜伏多年，因敏乔暴露而被迫撤回，临走前伺机杀了王后，这是对吴王这个暴君的当头一棒，这样一位除暴安良的英雄，太子却要把他交给吴国处置，这种灭我威风、长敌志气的荒唐行径，就不怕贻羞祖宗，为天下人所讥笑？"

"大将军，话不能这样说！"行人大夫扶同说，"国难当头，这样做，也是不得

已而为之，太子冒着风险出使吴国，正是为了保全宗庙，维护社稷。事不宜迟，臣以为太子应成行。臣是行人大夫，理应陪同赴吴，请大王恩准。"

"此行不宜。"大夫曳庸说，"吴王遭逢大丧，正在哀伤之中，王后之死出于我越谍之手，吴王对越必恼怒异常。太子在这时候赴吴，吴王轻则对太子有意为难，重则太子会发生不测，所以，太子万万不可成行。"

"我个人安危是小事，国家安危是大事。我不去，不足以表示越国的诚意！谅阖闾不至于拿我怎样。"勾践说，"父王遣我出使吴国吊唁，这是成议了，扶同大夫不必去了，另有人陪我去。"

"安危与否不足论，太子将武锦清作为贡物，作为阖闾婆娘的祭品，吴国自然不会为难他。不过，我还是请大王阻止太子成行，这所谓的示诚之道，无非是讨好乞怜，堂堂越国储君，岂能去自取其辱，让越国人脸上无光？"石买虎着脸，眼睛朝着天说，"要是太子执意要去，我也没有办法，但请将武锦清留下。武先生何错之有？何罪之有？非要献给吴国人解恨？兔死狐悲，武先生会感到冤，我石买也深为寒心。"

勾践发现，在石买提到武锦清时，几乎没有大臣持有异议，即使是赞成他出使吴国的大臣，也都回避了将武锦清交吴国的事。由此可见，反对将武锦清移交吴国是多数人的想法，在他们看来，武锦清是为越国驱策的密谍，用这种方式对待他，于心不忍。但武锦清是赴吴计划中的一个关键，这样处理他，和此行的成功，也和国家安危休戚相关，必须让大臣理解。于是，他把范蠡的那番话，原封不动地说了一遍，说得声泪俱下，几乎是大声疾呼，说得廷上的人大受震动，失声惊嗟。

"我身为太子，孤胆深入吴都，面见吴王，你们以为我愿意吗？乐意吗？可国家命悬一线，只能这样自取其辱，以今日之屈谋明日之伸。说穿了，我勾践去吴国也是命悬一线，阖闾一怒之下，极有可能对我下手，让一个太子以命偿还一个王后之命，在天下人看来，也是说得过去的。可一两人的牺牲，能使国家避去一场灾祸，这值得，也可算是舍生取义。此事不宜耽搁，我得连夜赶赴吴国，请各位支持！"勾践最后说，说完后伏地叩拜，等抬起头来，只见他满脸皆泪。

大臣们都为太子的非常之举感动了，慌忙都跪下来，伏地磕头。只有石买还站那里，显得特别突兀。允常冷冷地看着他，问："石买，你还有话说？"

"太子是储君，太子前去，等于把国家都豁出去了。与其这样，还不如末将率领全国大军迎击吴军，唯有昂扬斗志，以死相拼。如果对吴如此怯惧，则委曲未必能求全，讨好未必得苟安，还不如血战一场，杀出一条血路！"石买环视着四

周，恨声说道。

"石买，别说大话了，你忠心可嘉，可越国的实力，寡人是知道的，你手下的那些士卒将领，我亦有数，如能像你所说的，血战一场，抵御外敌的话，太子何苦出此下策？"允常处事，是优柔寡断，但并不昏庸，在大臣争论时，他想来想去，可说别无善策，而儿子的哭述让他最后下定了决心，"这件事就这样吧，不用再商议了，也没有什么可商议的了！"

一锤定音，勾践匆匆和父王辞别，和范蠡、文种又认真细致地作了筹划，从最坏处着想，对吴国的态度作了几个方面的估计。说到馈赠的礼物，他们决定金银珍宝一概不带，范蠡提出送给吴王阖闾的一把宝剑，即他随身佩戴的家传的周穆王昆吾剑。

"这怎么行？昆吾剑是先生家传的名物，岂能就这么送掉了？"勾践摇头说。

"不就是一把剑吗？身外之物，只要对越国有用，舍弃了不足惜。回头我请豪蒙铸一把就是了。"范蠡说。

"太子，范蠡是真心的，他就是这样至诚至义的人，一切皆为越国，就这样定了！"文种在一旁说。于是，范蠡将昆吾剑交侍仆细细擦拭一遍，装在一只锦盒里，再用白绢包上，一同打入行装，连夜直奔吴国。勾践一行共有两车十二马，一辆车乘太子和范蠡，及两个武装随从，另一辆车乘武锦清和几个看守他的甲士。每车由四马拉牵，还有四位骑士，每人各举火把一个，担任前后护卫。一路上车马轰然作响，狂风骤雨般的，惊得夜鸟纷纷在黑暗中乱闯乱飞。

吴国都城的王宫像下了场大雪似的，白茫茫的一片。王后的彩绘梓宫安放在大殿正中，殿前堂内，以及宫中的树木、亭阁、长廊等都遮盖上了白麻布。因为毒性剧烈，并弥漫全身，王后的容颜已变得极其难看，脸色发黑，四肢青斑累累。阖闾见了，气得牙齿咬得"咯咯"直响。他吩咐凶肆的妆师为王后精心化妆修饰，换上王后的衣冠，头旁摆上几颗鸽蛋大的珍珠，口中含上碧玉，佩戴上最珍贵的首饰。这些首饰是王后的陪嫁，王后平时节俭，这些珍饰没有戴过几回，最后一次戴就是上演兵场观看孙武练兵，她也是那一次受到惊吓而病倒的。

使阖闾伤心的是，她未及留一句话就崩逝了，王后还不满四十，贤淑柔嘉，德容俱备，她的病并不重，只是偶染风寒，要不是医师武锦清给她服了那颗毒丸，王后绝不会这么早离开他。阖闾十分悔恨，自己麻痹到了极点，让越国的谍人深隐禁中而久无察觉，要是他给自己一颗极毒的药丸，自己就有可能立即毙命。至于敏乔，也随时可在自己醉中或梦中刺上一刀，这是极易做到的事，就像当年越俘在舟中刺死伯父馀祭那样。他后悔自己疏忽大意，愤恨越国卑鄙可耻，用这样的手段对付吴国，居然把一个与世无争、和越国无冤无仇的仁妇毒害死了。

王后大殓那天，阖闾白麻披身，衬得他那张毫无血色、充满仇恨的脸更加苍白可怕。阖闾的身旁是终累、夫差、乐范、夫概及后宫嫔妃，也都是白袍白冠。朝会当然停掉了，国事暂由伍子胥、孙武代理。之前孙武消失了几天，听得王后的噩耗后，又现身梅里。国丧之日，文武大臣都着丧服守灵，贵族们络绎不绝地前来哭奠，外国也派来了专使吊唁，王宫外面，素车白马，终日不绝。按照规定，全国停止喜庆活动，百姓不准穿红戴绿，不准饮酒喧哗，这样一来，梅里成了一座死气沉沉的都城。

夫差和母亲感情很深，母亲的突然离世，让他悲痛欲绝，每天祭奠，必定哭拜在地，劝都劝不住。往往是阖闾发话"好了，别忧伤过度，记住你娘怎么死的就可以了"，夫差听后，这才停止号啕，站起来，但仍哽咽不绝。百官分批来守灵，个个形神俱枯的样子。

王后入殓封棺那刻，哀乐齐鸣，大殿内满是悲恸的哭声，夫差哭昏了过去，阖闾收拾涕泪，看了王后最后一眼说："我对不起你，是我容奸细在身旁而不察，是我害了你，我一定要报仇雪恨！"

夫差醒来，对阖闾哭喊："父王，请容我带五千人马，杀到会稽去，活捉允常，为母后报仇！"

阖闾神情肃穆地回答："好，我委任你为伐越将军，待你母后的葬礼结束，我们立即发兵！"

跪拜在地上的伍子胥和孙武抬头互相对视了一下，马上又把头低了下去。这时，被离悄然来到伍子胥身边，在哭声中低声说："伍大夫，越国的太子来了。他是越王派来吊唁王后的，这事很棘手，你看怎么处置？"

"你安置他们住到驿馆去，暂时不要声张。大王正在盛怒当中，刚刚在梓宫前委任夫差为伐越大将军，马上就会发兵伐越，勾践不是送死来吗？"伍子胥有些着急地说，"越王难道不知自己闯下大祸了吗？"

"他当然知道。勾践不仅仅是吊唁来的，而且是请罪来的，还把武锦清也押来了。"

"武锦清人呢？"伍子胥大惊。

"由越国甲士押着，在宫门外听候发落。"

"孙武，你看怎么办才好？大王和公子情绪激动，如见到勾践，势必火上浇油！"伍子胥问孙武。

"勾践来吴国吊唁，借这个机会谢罪，并把毒死王后的元凶押来交吴国处置，实在是很明智的一招，要平息这场冲突，这是唯一的办法，否则，吴越两国必兵戎相见了。这下可打开僵局了，勾践来得好！"孙武沉吟说，神色开朗了，"让勾践进来吧，被离，你关照勾践，在任何情况下都得忍着。我先跟大王去说，你们看我的手势行事！"

孙武来到王后梓宫旁，凑到阖闾耳朵旁说："大王节哀，臣有要事禀报。"

阖闾红肿的双眼困惑地看了下孙武，用沙哑的嗓子说："是国事，你和伍大夫决定吧！"

"不，此事重大，必须禀报大王。"

阖闾点了点头，大殿太闹，不是讲话的地方。阖闾和孙武走到大殿一间密室，这里是平时君臣商议大事的地方，孙武把门关上，并上闩，给阖闾倒了一觞酒，阖闾一口气喝了半觞，冷静了下来后看着孙武。

"大王，你知道吗？越王遣太子勾践吊唁王后来了。"孙武轻轻地说。

阖闾猛地站了起来，吼道："勾践自己送上门来了，好啊！把他逮起来，等王后下葬那天，我要斩了他祭奠王后。收拾了小的，我再收拾老的，他们不义，我理应不仁！"

"越国的做法诚然可恶可鄙，但他们已有悔改之心，勾践不仅是来吊唁的，而且把武锦清也押来了！"

"武锦清？就是那个下毒的越国细作？"

"是，他正被越国的甲士五花大绑押着，等着大王处置。"孙武说，"勾践是越国的储君，现在已掌握大半国政，他能来吴国，撇开吴、越恩怨不论，臣还是很佩服他的胆量和气度的。他明白，来吴国是自取其辱，并且有生命之险，但他还是来了。并不是所有的人能做到这样，这说明越国不想和吴国大动干戈。"

"这是他们胆怯，明白越国不是吴国的对手，若要和吴国干一仗，他们必败无疑。"

"不错，他们确不是吴国的对手。但出兵伐越，也并非易如反掌，越国自然会被迫全力抗争，吴国也会有几场恶仗要打。吴国刚刚起步，离强国强军距离还很远，大王是否想把现有的一点兵力消耗在复仇上，原订的国策就这么更改了？"孙武说，"大王的目标可是强吴，伐楚后再伐越，然后进取中原，霸业可成。"

阖闾微扬着脸，呆呆地看着孙武，半晌才说："可是，我实在咽不下这口气。"

"军国大事，最忌意气用事。王后已逝，全国痛惜。但在这个时候，尤其要镇静自处，不可冲动、盲动处事。国事军事都要有道，也就是什么时候、什么地方

该做什么样适宜的事，这就是行之有道。现在急着伐越，是行之无道。"

阖闾仿佛受到一击，他从不平静的情绪中摆脱了出来，很快作了一番反省，感觉到自己实在太冲动，太激动了，面对镇定自若、思路清晰的孙武，他作为一国之君，反而几乎失去了理智。他略有些局促不安地说："嗯，嗯！我真的太急躁了，差点搞出乱子来，大将军，你说吧，如何对付越使？"

"以礼相待，顺水推舟。至于武锦清，暂不忙杀他，先关起来再说。详情待后再面禀，此刻大王先去大殿接待越国太子。臣的意思是，以丧事之礼对待他，其他不必多言，慢慢再说。"孙武慢悠悠地说，"越国太子不是一般的行人、使节，在安置上规格高些。大王可以摆出大国对待小邦的态度，可傲然而不可骄狂，可责之而不可辱之，至于具体的事宜，走一步看一步，总之，投鼠也要忌器。"

走出密室，来到大殿，哭声依然，阖闾的状态却沉稳多了。孙武走出去，朝张望着的被离扬了扬手。被离立即走出宫门，带勾践进宫吊唁。

勾践向被离要了三套白麻服穿上，他一套，范蠡一套，另一套当然给武锦清。武锦清自从被押上车，就知道自己走上了不归路，他深悔自己的一时冲动，给越国带来大祸，对吴而言，医师成了杀手，杀的还是受人们爱戴的王后；对越而言，是误国之罪，一粒药丸不定带来无穷的灾难。而到了这一步，他反而坦然多了，不慌不忙地跟随着太子跨进大殿。

阖闾睁大眼睛注视着勾践迈着沉重的脚步，向王后的灵堂走来，夫差也看到了勾践。十年前，吴越关系曾有过一段相对稳定的关系，勾践曾在吴作质，和夫差就教于一个师傅，相处得还很友好，结了一段情谊，夫差曾常念叨起这位少年同伴。

可在这时，夫差看到走上前来的是勾践时，不禁既惊又骇，他揉揉泪眼，对阖闾说："父王，那不是勾践吗？他怎么来了？他来得正好，让我亲手宰了他！"

"你站着，不许胡来，没有我同意，不要和勾践讲话！"阖闾喝住他。

被离高喊："越国太子勾践、越国大夫范蠡吊唁国后！"

仿佛晴天一声惊雷，哀乐声、哀歌声、哭泣声立即停住，整个大殿一片寂静。跪伏在殿前痛悼王后的众官都抬头凝望着缓步进堂的勾践等三人，最后目光落到了被牢牢绑着的神色无异的武锦清身上。他和跪在这里的大臣都很熟悉，居然微笑着和大家打招呼，可大臣们一触及他的目光，就像遇到瘟神般地赶忙把眼光避开。从相互探询的眼神中可知，勾践的来到成了一个难解的谜团，吴越对立，王后是被越国谍人所害，何以越国还会派太子来吊唁？何以吴国会允许越国太子前来？武锦清何以被缚住而神态自若？

灵堂如雪。勾践在梓宫前立住，白色的帷幕前有一张桌，上放神位、烛火、供品，气氛悲哀，无数双眼睛死死盯着他们，传递着怒火和悲伤。勾践一个长揖以后，毫无表情地念道："惊闻吴国国后不幸中毒崩逝，越王允常特遣勾践和大夫范蠡前来吊唁，转达越国的哀悼。已查清圣尊后为武锦清下毒致病不治，武锦清潜行回国，现遵越王令，将其捉拿押往吴国处置。越国对于此事的发生，特向圣国后、吴国大王、全体吴国臣民谢罪！"勾践说完，扑倒在地，对王后的梓宫、神位行大礼，范蠡和武锦清也跟着磕头行礼。等勾践起身，竟是涕泗滂沱，眼泪沾湿了麻衣。

阖闾看着勾践虔诚、惶恐、恳切的态度，按礼制，不由得躬身还礼，勾践的那席话，他一个字一个字都听得真切，觉得句句如出肺腑。他本来想严厉骂他几句，结果也骂不出了。倒是夫差，不顾父王的警告，冷冷地对勾践说："勾践，你别猫哭老鼠假慈悲，你们太卑劣了，有本事对阵打上一仗，何必暗中使坏，我母后碍着你们什么啦？要把她害死，即使我能容，天地也不容，勾践，你们太狠毒了！"夫差说到伤心处，泣不成言，不断地唤着，"母后，你死得好惨啊！"

勾践嗫嚅着："王子责备得对，勾践无地自容！丧母之痛，我有切肤之感。"

勾践生母，当时还是越国太子允常的太子妃，在勾践少时作质于吴国时，日夜思念，久而成病。越王天下召医，但太子妃还是未得治愈，弥留之际，还口呼勾践之名，萦怀殊深。当时允常恳求父王和吴王商量，让勾践回家探视母亲。石买领命前去吴国，吴国大夫钟周上书吴王僚，说勾践是太子妃的爱子，临终前放他回去，是天经地义的事，大王应予体恤，以示大国的仁厚之心。吴王僚被说动了，当时的公子光也在吴王僚面前一再说情，吴王僚终于点头同意了，要勾践速去速回。太后长姝也在一旁说，没娘的孩子够可怜的，不要他再回来吧！就这样，勾践得以回国。临行前，夫差以一副玉石做的精致的围棋相赠，这是他俩平时下棋时用的一副棋。勾践泪别夫差，随石买回国，太子妃当时已口不能言，不过，她的意识还是清楚的，紧紧握住勾践的手，又拉着允常的手，将儿子的手和丈夫的手叠在一起。允常表示："勾践不再回吴国去了，我会好好待他的，我登位之时，就是他封太子之日。"太子妃方含笑而逝。勾践哭得死去活来，几年的作质生活，使他学到不少东西，也造就了他内向、阴柔的性格，母亲死后，他更变得沉默寡言。

"你娘是病死的，与吴国无关，我母后是被毒死的，是你们越国人干的，岂能同日而语？"夫差指着勾践气愤地说，那架势好像要冲过来似的，被终累一把拉住。

"什么有切肤之感！我看你是幸灾乐祸！"夫概也在旁边煽风点火。

勾践脸上一阵白一阵红，惶恐地分辩："我决无幸灾乐祸之心，我说的都是真的。"

阖闾低声对夫差说："够了，少说两句！"

阖闾见夫差强自抑制，除了抽泣，不再说话，便跨前一步，居高临下地说："越主既和吴国签了'从约'，为何还要做这些见不得人的手脚？国无论大小、强弱，都要讲信义，若不讲信义，当面一套，背后一套，如何见得越国修好的诚意？与其这样，倒还不如摆开阵势来比个高低！"

"大王责备的是，越国决无和吴国兵戈相见的打算，至于修好的诚意，我多说无用，请看越国的行动吧！以前越国的种种不是，许多虽非出于朝命，只是属下个人所为，但越国决不推诿，"勾践从容地说，"我此番奉父命来吴，吊唁认罪之外，还有另一使命，就是向大王表明心迹。"

"下去吧，灵堂重地，不是说这些话的地方，我也不想听。"阖闾不耐烦地说。

"是。勾践不打扰大王了。"勾践恭顺地朝梓宫又一次深鞠一躬，欲退下。身后的武锦清再次跪下，说："大王，王后中毒崩逝，是我蓄意所为，并无别人唆使，请别延祸于越国，我甘愿承担全责，该杀该剐，请大王决定！"

阖闾一挥手，几个吴国军士上来，将武锦清押了出去。事情到这一步，殿内的人总算明了了事情的眉目，越国惹出了祸，担心吴国举国报复，将罪责推到了武锦清头上，派太子来吴国吊丧，谢罪示诚，并交出毒死王后的凶手，以平息吴国的愤慨之情。灵堂上的一幕，立即传遍吴国，吴民在为王后哀戚之余，略略感到些许安慰，还有些自傲。国强而不受欺，吴国还未发兵，越国就慌了手脚。

勾践和范蠡一行被安置在上等的驿馆里，招待还算周到，已老迈的钟周来看了他们一回，只是寒暄几句。他对范蠡很注意，交谈下来，得知他是楚国人，感慨地说："伍大夫、伯嚭大夫都是楚国旧臣，现在投吴仇楚。文大夫也是楚国人，也离楚滞越，同范先生一同助越。真让人不可思议。"

"春秋以来，王室衰微，其力不足以维系天下的安宁，诸侯之间，攻伐相争，以求称霸。有识之士，各寻其主，以恢复周制，行仁义之事。仁者乃以民为本，范蠡助越，是以仁求仁，以强制强，以兵克兵，唯如此，才能让芸芸众生得到太平。"范蠡面对满头白发的钟周发起了议论。

"话是这么说，可以强制强，以兵克兵，不是兵连祸结、争端不息的根源吗？"钟周问。

"国与国唇齿相依，如能相互尊重，互不侵犯，当然不需为防备或战胜别国而谋强谋兵，没有战事的蹂躏，实为黎民苍生之福。可实际上这是不可能的，恃强凌弱，弱肉强食，强强不容，一句话，都争着独霸天下。在这种情况下，小邦弱国只能谋强制强，谋兵克兵，否则，就是一只任人宰割的羊羔！"

"说的是，说的是！老夫一生奔波各国，就是为了通好通和的目的。"说到这里，钟周轻声说，"世道无常，太子和范大夫，你们在吴国如没有什么事，还是早日返国吧。"

这是好意的提醒，暗示他们"危邦不入，乱邦不居"。望着这位好心善意的长者，勾践感激地说："待王后下葬、越国的贡木到吴后，如吴王许可，我们再离开吴国。"

"贵国的伯嚭大夫呢？在梅里吗？"勾践又问。

"因敏乔、春美两女是他献给大王的，武锦清也是他举荐的，大王令他闭门思过，连王后的丧事都不许他参加。他主动要为王后唱挽歌，大王都没有答应。"

"能和他一晤吗？"

"还是不见的好。"

王后出殡那天，下起了雨。灵车由十四马拉着，在泥泞不平的道路上慢慢行驶，一队骑兵打前，接着是乐队，接着是几辆车载着陪葬品，有王后生前使用过的物品，以及铜鼎、铜灯、铜盆等青铜器，还有玉琮、玉编磬等玉器，此外还有陶俑、陶马、陶猪、陶羊及各种漆器。接下来是一大片白幡，在风雨中无力地飘拂着。勾践和范蠡执着绋，踩着泥浆，和其他人一起唱着挽歌。使勾践感到意外的是，伯嚭居然也出现在执绋的队列中，他领唱着一首又一首挽歌，声音凄凉而悲痛，有时干脆是哀声长号。参加祭礼的百姓有数万之众，队伍绵延十几里路，车轮声、脚步声、雨声、风声和啜泣声飘荡。

到了墓室前，梓宫缓缓入内，大雨倾注，嚎哭成片，阖闾、终累、夫差、夫概、乐范等王室成员，包括前来奔丧的季札，哀痛地捶胸顿足，夹以长嚎。每个人的脸上都淌着水，雨水和泪水混到了一起。

葬礼结束不久，越国进贡吴国的一千根大木结成木筏，由几艘大船牵引，横穿五湖，直达夫椒山。勾践和范蠡得允后，亲自到五湖边停筏处查看清点，虽没有进入练兵造船的禁区，但一路上只见湖边狭窄崎岖的道路上，一列列载满石、木的车队络绎不绝，一群群扛着各种工具的工匠浩浩荡荡。到了夫椒山，只见山峦起伏，密林重重，五湖烟波浩淼，一望无际，还隐约可见梅花鹿、野猪、獐子等动物出没。至于山中、林中在施什么工，当然不得而见。但从沿湖码头上樯桅成林的规模，以及隐隐传来的"吭唷吭唷"的呼喊声判断，这里肯定有大的工程在营造。

押运官见过太子后，见四周无人，低声地问："你回得去吗？大王急死了，为取悦吴国，嘱我们日夜兼程。"

"我们过两天就返国，吴国还算善待我。"勾践话是这么说，但心里还是怯怯的，不知道阖闾会拿他怎样。他关照所有运大木的越人，一言一行都要慎之又慎，不要乱走乱说，无事时待在船上，一切听吴国人员的调遣，不要节外生枝，惹出什么事来。

又过了两天，伍子胥到驿官拜访了勾践和范蠡。一听范蠡一口楚音，伍子胥好奇地问："范大夫也是楚国人？"

"是，我本是楚宛三户人，与文种相偕入越，时间还不长。"

"文种我见过，范大夫出身高贵的三户，你我有幸在吴国相逢，天下大乱，我们都在楚国无立足之地，只能各奔前程了。"伍子胥感叹地说，"现在我和伯嚭是吴国大夫了，而文大夫和范大夫成了越国的重臣，吴、楚、越三国积怨甚多，我们几个楚人说不定会闹得不可开交，哎，人生的遇合真是太奇妙了！"

"这没有什么奇怪的，兄弟都能反目，何况同国之人？"勾践说，"你们这几个楚人在各自的舞台上会演出一场轰轰烈烈的雄壮大戏，看吧，好戏在后头呢！不过，越国不想和吴国大动干戈，而是诚心和吴国修好，武锦清之事，庆忌偷袭之事，伏乞伍大夫体谅。"

"我体谅是可以的，可吴国大王对这几件事颇为愤激。刚才，我来驿馆前，大王要我警告你，你国君不可自误。你想，庆忌是叛吴媚楚，越国却助纣为虐，给他通风报信，武锦清又长期潜在禁中，是毒死王后的嫌犯，这些事，不得不让人生疑，越国究竟有几许修好的诚意！"伍子胥话中的分量很重，但说话的态度和语气还是很温和的，仿佛在责怪朋友做了不妥的事。

"是，这些事确实做得很失策，这是石买安排的，细作的事也是他安排的。说起来伍大夫可能不信，他做的事，别说我，连父王往往都不知情。但鉴于这次惨痛的教训，我回去后会建议父王收权，不能让他胡来了。"勾践一边说着，一边在琢磨伍子胥话中提到武锦清时，称他是"嫌犯"，这绝不是伍子胥的口误，而是说明还不足论定武锦清是下毒元凶。这是值得注意的。

"不管怎样，吴国国君听你们言，更会观你们行。凡不利于吴国的事，千万不要再做了。请太子转告越王。"伍子胥说，"要不是我们力劝，这次吴王一定会对越用兵。"

"我们深知您和孙大将军具回天的力道，今后若发生新的误解，还望大夫多多斡旋，必不忘大夫的恩德。"

"只要越国处事明智，吴越之间不会有大的变故。我们只希望越国说到做到，太子曾提出到吴国当贡使并作质，我们不敢领受，也没有此必要。这次太子亲来吴国吊唁，又将武锦清押回，做得很聪明。否则，事情会变得糟不可言。"

"是，多谢伍大夫关照。"勾践装出不经意的样子问，"刚才伍大夫提到武锦清时称他为嫌犯，难道对他还不能下定论？"

"我们反复调查，发觉武锦清给王后服药丸后，王后还喝了一小勺药酒，后来用银筷试过，这瓮药酒也有毒性。而这瓮酒另有人所送，这么一来，案情就变得扑朔迷离，致王后死命的，是药丸还是药酒，这需要进一步查验，在查验结果出来之前，自然只能将武锦清作嫌犯看待。此事事关重大，轻忽不得。"伍子胥毫无保留地回答说。

这番话，勾践是相信的，但他不便继续追问下去，只是轻轻地点一下头，看了下范蠡。范蠡会意了，立即将剑取出送给伍子胥，说剑是赠给吴国国君的。伍子胥将剑抽出一看，兴奋地喊起来："这可是闻名天下的昆吾剑！"

"大夫见赏，不如留着佩戴。"范蠡趁机说，"大王那里，我们另选宝剑相赠。"

"不，不，这昆吾剑不可复制，是古之名物，还是献给大王为好。"伍子胥推辞说，"大王爱剑胜过一切，无事便赏剑。看到这把剑，他会爱不释手。"

又过了两天，勾践就启程回国了，他的任务已圆满完成，一场危机已化险为夷，虽不能说一劳永逸，但至少化解了近忧，至于远虑，那不仅存在，而且情势还极严重。在夫椒山的所见让他相信，吴国的积极备战，已是不争的事实。越国只有利用这短暂的苟安，加紧强军兴邦，否则越国不会有好日子过。勾践感到前所未有的压力。

装木的几艘大船同时返回，吴国以数万石米麦回赠，使几艘船满载而归。吴国曾许诺以粮换木，总算没食言。阖闾对这件事的结果还是满意的，昆吾剑过去只是听闻，现在捏在自己手里，可把它挂在床头，时不时取出赏玩。

伍子胥对范蠡印象特别深，他觉得此人有孙武之略，这个人必是吴国可虑的一个敌手！

人是健忘的，事过境迁，几件骇人惊闻的事件过去没几天，吴国臣民已很少提及了，宫中也恢复了应有的秩序。只是公主乐范有些不乐，因为国丧，她和伍子胥的婚事只得推迟，按礼制，至少要服丧一年零两个月，才能进行王室的大婚仪式。她曾私下问过掌管仪典的大夫钟周，他就是这样毫不含糊回答的。而这段时间，伍子胥和津香、伍树和和美美地生活在一起，这使得乐范心中充满妒意，而又不好发作。

其实，她这是想当然，伍子胥长驻夫椒，监督新都的营建，忙得不亦乐乎，和津香、伍树也是聚少离多。况且，伍树经常待在大将军府，和孙燕难分难解，孙燕单纯得也像个大孩子，和伍树嬉戏打闹，没大没小的，又像慈母般照顾伍树。津香也和孙燕处得极和谐，两人都是不脱孩子气的女孩，待人一样的真挚，因而大家在一起，有着许多的欢笑。但时间一长，津香便发觉了，这样待下去，她会不想离开梅里的。而孙武也几次向妹妹埋怨说，公主的心胸也太狭窄了些，还未和伍子胥成婚，对津香和伍树住在梅里竟存着戒心，妒忌得心口发痛，甚至借故斥骂宫女，含沙射影地责怨孙武、孙燕在拆墙脚。这是率直的孙燕告诉津香的，津香有隐隐不安之感，暗思自己该离吴返楚了，和哥哥津夷商议后，他们决定不辞而别。

这天，伍树又让孙燕接去了，津香整理好行装，由津夷代笔给孙燕、伍子胥留了封简札，便乘上津夷预备好的马车，踏上返楚的路程。

津香要马车在大将军府稍留片刻，她希望能再看一眼伍树，果然，孙燕挽扶着伍树，拿着几个球在门口的空地上踢着，互相追逐着，伍树快活地笑着。津香含着眼泪，用罗帕蒙住了脸。津夷一挥手，马车飞奔而去。傍晚，他们便到达吴楚边界。他们在钮宣义的营帐中住了一晚，钮宣义什么话都未问，第二天上午开关后，就送他们出了关。

就在这一晚，一个身如小孩、手脚矫健的人，借着一个火把，攀过一条险峻的崖壁，沿着一线羊肠曲径越过吴境。到了楚境，他便折下山，进入大道，扔掉火把，飞跑着，一直看到一片开阔的地势上有一大片房子，耸立着一幢木头搭建的哨楼，这个汉子才双腿一软，倒在哨楼下，他就是虎丘山下开设酒坊的要离。这片房子里驻扎着逃亡楚国的庆忌的残部，要离就是投奔庆忌而来的。

津香的出关和要离的出逃，在梅里和吴国并没有引起多少人注意。

但第二天上午，梅里的气氛突然变得森严起来，一大列执戟的甲士满布东河头市场的一片空地，警卫极严。几辆笼子般的囚车由马拖来，从上面赶下五个重犯，两女三男，三男中有一个还是十余岁的孩童。他们已吓得脸无人色，瘫作一团，几个刽子手将他们按跪在地上，喝上一钵酒，举起锋利雪亮的大刀。一个宣判官展开一卷简书，宣布他们的罪名，要离进献药酒进宫，言称可治王后风湿病，

经查验，所谓药酒实为毒酒，王后服后不治而逝。事发后，要离逃窜，家属收捕。按国法，酒坊捣毁，查获毒酒封存为证，家属尽诛，并着令兵士追捕要离归案。原医师武锦清给王后所服药丸，含有毒性，虽不至于致命，但武锦清罪不可赦，另案处置。宣判结束后，喷着酒气的刽子手立即行刑，顷刻间，五人身首分离，血溅吴国闹市。自阖闾登位以来，在闹市处决罪犯，这还是第一次。这一事件让平静了一些时日的梅里又一次轰动了，消息迅速传遍了全国。

其实这一切都是孙武筹划的。孙武隐居在虎丘山下的村子里时，和要离成了好友。要离生相怪异，但性格非常侠义，且臂力过人，他对专诸这样的刺客崇拜得五体投地，也十分佩服孙武，甚至产生一种奇怪的念头，只要孙武让他做的事，他哪怕粉身碎骨也心甘情愿。这是一种朴素的士为知己者死的观念。他现在经营的酒庄，是父亲所遗。要离父亲是吴国有名的酿酒师，酒庄里的酒几次被吴王僚洗劫一空，最后一次要离父亲实在忍不住了，举起劈柴的刀和吴王僚派来的兵士拼命，结果死于乱戟。因而，他一直希望孙武能给他一个报仇的机会。

吴王起用孙武为大将军后，要离曾找过孙武几次，孙武动员他入军，凭他的勇气和蛮力，定会成为一员冲锋陷阵的悍将。要离答应了，但提出一个条件，让他率领一支轻骑，闯入楚国庆忌的营盘。这个条件被孙武拒绝了，要离马上推翻诺言，不愿当兵了。后来，要离提出一计，将他无罪下狱，尽诛其家属，他再越狱投奔庆忌，伺机刺死他。这是一条可以考虑的计策！孙武沉吟了一会，说："无罪岂能下狱？无辜何以伏诛？以后再说吧。"

这段时期，阖闾对于庆忌这个心腹之患，越来越感到担忧和烦躁，甚至有遣大军痛剿的想法。一日不除庆忌，他一日不能安心。阖闾是有些心急，但从战略上看，今后要征服楚国，对楚国所豢养的这条恶狗，早除早好。孙武提出不战而屈人之兵，劝阖闾不必大动干戈，原因有几点：一是吴国目前的兵力不足和楚国对阵大战，担心痛剿庆忌引发大规模战争；二是庆忌神出鬼没，营盘游移不定，派小部队进袭，逮不住他，反而易被他诱敌深入，集中兵力歼击；三是庆忌力大无穷，行走如飞，只能智取，不能硬攻。

最后，孙武还是决定由要离单枪匹马深入虎穴行刺。但让孙武发愁的是，以何种罪名何种借口把要离打成"罪大恶极之人"。当然，欲加之罪，何患无辞，但这个罪要加得顺理成章，合情合理，让人深信不疑，还要惊天动地，以便传入庆忌耳中。就在这时，王后中毒而逝，勾践押着武锦清前来，孙武心中的一个计划筹谋成熟。

孙武密见要离，把这个计划告诉了他，要离欣然接受，好像是碰到了大喜之

事，全然没有对此计一旦实施，他全家要遭到灭顶之灾的后果的顾虑。孙武看他傻乎乎的、乐不可支的样子，心里很难过，寻思：我这是在利用要离头脑的简单，这样做，是否太缺德？可要离马上脸色变得凝重起来，看着孙武说："你不要以为我傻，甘愿去寻死，贪生怕死可说是人的本性，但也有人在关键时刻，敢于舍生取义，像专诸就是这样一个人，你能说他傻吗？况且，专诸有私怨，他有杀妻之仇；我也有私怨，我有杀父之仇。所以，请你相信我，我不傻不呆，我铁了心要做一个义士，也要让你大将军觉得值得交我这个朋友。"

"要离兄，我相信你，你不会比专诸做得差。你看，吴国并未忘记专诸的义举，专门建了塔纪念他。以后，我也给你建一座塔。"

"我才不要那什么塔！每年你上我坟前几趟，倒上几瓮好酒就行了。"

"知道了。我会给你上足酒的，够你喝个痛快！"孙武含着眼泪说。

"能得到大将军赐的酒，真的也就够了！"

孙武又和他细细筹划了几次，所有的细节想了又想，议了又议。最让孙武为难的，就是将要离的妻儿在吴市枭首，他实在不忍心，可不这样做，不足以引起震动，使庆忌不疑要离是受吴国迫害而投奔他的。最后孙武想出了一个变通的办法，家属五人，要离妻妾作出牺牲，三个儿子留下，由国家抚养，以后封以爵禄，另从狱中提三个被判极刑的湖匪充作他的儿子。要离不允，说一旦被人认出有假，将前功尽弃。孙武说："你们长期住在虎丘乡野，梅里不会有人认识他们，就这样办了。"孙武又问，吴王僚劫酒的事，杀他父亲的事，庆忌知道不知道？要离回答，庆忌尚幼，不会记得这些事。而且当时要离还未娶亲，后来的事，庆忌也不可能得知。

对孙武这个计划，阖闾总的来说是赞成的，不费一兵一卒可除去庆忌，这当然是好，但他也有些担心。如果庆忌对要离的身份怀疑怎么办？庆忌会采取各种办法考验他，他能不能经受得住？还有一点担心，要离的体力、武艺远不如庆忌，任何武器都不带，赤手空拳地来到庆忌身边，凭什么去制服庆忌，将他置于死地？而且庆忌身边强手如林，如不一下子结果了他，绝无新的机会。孙武说，要离和专诸刺僚不一样，专诸的行动是在献炙鱼的一刹那，取出鱼肠剑向吴王僚刺去，而要离先在庆忌身边潜伏下来，具体行动要见机行事，不可像专诸刺僚那样预先设定。在不败露行藏的前提下随机应变，这需要有极强的应变能力，和泰山崩于前面不改色的强悍心理。

"他行吗？他做得到吗？要知道，这种压力，非常人所能承受！"阖闾问。

"他行，他做得到，他知道如何自处。"孙武回答。

要离被几个甲士团团围住，其中有两个用吴语问他："你是什么人？是楚人？还是吴人？"

要离用吴语回答："我是吴人，我要见太子。"

"你说错了，不是太子，是吴王！你说要见就让你见的吗？我看你形容猥琐，侏儒一个，是不是阖闾派来的奸细？快从实招来！"有一个军官模样的人冲着他喝道。

要离沉着地回答："我是投奔吴王来的，我和阖闾有不共戴天之仇！"

"哈，又一个阖闾的仇人？他对你怎么啦？"

"他怪罪我用药酒毒死了王后，将我妻妾儿子抓捕到吴市杀掉了，我冒死连夜逃了出来，这笔血债，我要和阖闾算清！完了，我的一切都给阖闾毁掉了！"说到这里，要离嚎哭起来，在地上打滚，浑身上下都是过境时被棘刺和石棱划伤的伤口，衣服当然也被撕成麻条，腰间倒挂着一把吴钩。

"把他关到屋子里去，给他米饭吃，再给他一套衣服。"那个军官吩咐。

于是，要离被关在一间黑屋里，不一会，一个武士送来一套黑色卒士服，一钵冷饭，饭上是几根咸萝卜，一碗冷水。要离已饿得发慌，他一口气把饭吃完，又把水喝光。

接连几天，他未能离开黑屋半步，饭也只有半饱。这样的处境，比预料的要好得多。黑屋里有一扇小窗，用稻草堵上了，木板门倒上有几条很宽的缝，阳光可从缝隙中透进来。门口站着一个执戟的甲士，白天晚上有三个甲士轮值。要离靠墙坐着，凝神静听外面的动静。偶然有人讲着话从黑屋前走过，从语声来听，都是吴人。

到第三天，门锁响了，那个军官走了进来，神色缓和了不少，在要离面前站停说："我们调查过了，你的妻儿前几天在梅里东河头斩首了，吴国对你还发了通缉令。你在药酒里下了毒，把阖闾的婆娘毒死了，整个吴国都震动了，你小子干得好！"

要离不理他，懒洋洋地躺着，显得有气无力的，到后来干脆闭目养神。

"你要是把阖闾那贼毒死了，可立大功了！吴王要是回国正式登了基，你小子等着封侯吧！"那军官笑着说。

"废话少说，快给老子煮十斤肉，端一壶酒来，你们想把老子活活饿死，是不是？难道你们吴王就是这样对待投奔他的人的？早知道这样子，打死我都不来了！"要离瞪着眼睛吼道，"你听到了没有？"

这时有一个人走进屋，因为门开着，门前那个地方亮堂堂的，要离在暗处看

得格外清楚，此人身披铁片制成的铠甲，腰挂长剑，身材高大，仪态有几分威严，脸上有一条很深的长长的伤疤。要离记起孙武的提示，庆忌的脸上有条很明显的疤痕，看来这个人很有可能就是庆忌了，屋内的人包括那个军官都恭敬地闪到一边去了。

"要离，你的脾气不小哇！有本事朝阖闾发去，不过，只要你踏进吴国，他决不会饶了你！告诉你，我就是庆忌，这世上，只有我能救你，只有我能替你报仇！"

"报仇？太子，不，吴王，你真的能替我报仇？"要离坐了起来，急急地问，"你快发兵打回去吧，攻入梅里，把阖闾赶下台去，你当真正的吴王，我要离跟定你了！我的妻儿被阖闾杀掉了，我此生除了报仇雪恨，别无寄托了。我就是为了报仇才投奔吴王的，请吴王成全我吧，我不怕死，阖闾这样暴虐无义，迟早要垮台的。他的王位是刺死先王僚得到的，取之无道，只要吴王你能归位，除掉这个暴君，吴国百姓一定会拥戴你吴王的！"要离越说越激动，咬牙切齿，把随身佩带的吴钩也取了出来，举在手里使劲地摇晃着。

这些话，在庆忌那里引起了强烈的共鸣，他日夜思想的，天天诅咒的，想付之行动的，就是要离刚才所说的这些。其实，要离的来历和话中也有漏洞，如"刺死先王僚，取之无道"等语不是一个粗人所说得出的，另外，要离好好地卖酒，何以要用毒酒毒死王后，也说不通。孙武曾教他，之所以要毒死王后，是阖闾为筑新都，酒税增加了几倍，使他几近破产，因而想到了毒死吴国君后这一招。孙武还要他说，他的治风寒病的药酒全国有名，王宫特派人到他酒坊买，他得知是给王后服用的，就在酒中下了毒，但这些理由要离忘记了，反而把孙武随口跟他说的痛恨阖闾的一些道理记得牢牢的，背得滚瓜烂熟。但庆忌只听得痛快，没有深究下去。

"要离，你的仇一定会报的。"庆忌用肯定的语气说，"我们一定会杀回去，那次，伍子胥那个卖国求荣的奸人差点给我逮住！阖闾就是靠了伍子胥、孙武、伯嚭这批亡命之徒来暴掠百姓，榨取民脂民膏，修建他的豪华宫室！其兴也快，其亡也速，阖闾的统治是长不了的！"

"这就好，这就好，我巴不得阖闾从马上摔下来跌死，得暴病死去，喝酒喝醉了醉死！"要离狠毒地说。

庆忌笑了起来，屋内所有的人都笑了起来。

"要离，你是酿酒的？"笑完后，庆忌问要离。

"是，打我祖父起，我们家就以酿酒为生。"

"那么，今后你就替我酿酒吧，楚酒太烈，我还是喜喝吴酒。吴国的米酒，酸中带甜，你会酿吗？"

"会，米酒、青梅酒、清酒，我都会酿。"

"太好了，弟兄们一说到吴国的米酒，酒虫都要从嘴里爬出来了。"庆忌下令给要离立即上酒上肉，"我这里有猪肉、狗肉、鹿肉，让你吃破肚子。"

就这样，要离在庆忌的营盘里待了下来，庆忌特地给他搭建了一个酒棚，配给他几个帮工，筑起酒池、锅台、堆栈，调来酿酒的器具和原料。酿酒对要离来说，是驾轻就熟的事。他不久就酿出了酒，全军皆喜。但要离很着急，庆忌住在一个溶洞里，他不太露面，无法接近，寻找不到除掉他的机会。他有些烦躁，也有些不安，但想起孙武的叮嘱，要他一定要有耐心，不能着急，不能轻举妄动，于是，他强自抑制着自己的情绪，尽力保持平和。

机会终于来了。庆忌像他父亲一样，嗜酒如命，有一次，他不知从哪里搞来了几瓮头酒，觉得是好酒，命要离仿酿。几个兵士就带了要离入洞见他。溶洞极大，火炬通明，洞中景观奇异，蝙蝠成群，最妙的是有一条湍急的地下河，又阔又深。乘上船后，兵士警告他，当心落水，河水最深处达几丈，深不可测，落水后必溺死无疑。要离"诺诺"称是，但灵机一动，想着这说不定是个机会。他又从士兵嘴里得知，庆忌是旱鸭子，不谙水性。计划慢慢形成。

庆忌住的洞俨然地下宫殿，石壁和洞顶都覆以用桐油浸过的木板，由重重锦帷分隔，居然隔出殿堂、寝宫、议事厅、餐厅等，处处有重兵把守。要离品尝那酒后，便明白了酿制要义，很快就仿酿出来。庆忌喝得十分高兴，见要离不仅会酿酒，而且善饮，便常召他进洞陪饮，有几次更是同进同出。

这天，要离进洞陪庆忌喝酒，要离预先得知，庆忌今天要出洞见他的弟弟盖余、烛佣。他的弟弟讨厌潮湿、黑暗的洞穴，不愿进洞，住在外面的营帐内。要离尽量给庆忌劝酒，喝得庆忌满脸通红。要出洞了，士兵扶着庆忌走了一段高低不平的小径，至河边，船早就泊在那里，船由两个士兵摇橹，船头另由一士兵用竹篙探路，要离陪庆忌坐在中舱。庆忌已满身酒气，浑浑噩噩的，要离也装醉不语。

船行到最深处，要离突然蹦起，使尽全身之力，将庆忌猛然推下船，自己也跟着下水，庆忌猝不及防，在水里拼命挣扎，但要离牢牢地拖住他，让庆忌大口大口吃水。他在岸上能奔走如飞，力大无穷，但一到水里，便一点招架之力都没有了，除了手脚胡乱扑腾，没有其他逃生的办法，而且，身子还被要离死死缠住。船上的士兵只能眼睁睁地看着庆忌和要离沉下水去，冒出一串水泡。他们都怕这里水深光暗，一个都不敢下水相救，只有拿竹篙的那个士兵，将竹篙伸到庆忌面前，让他拉住，结果要离伸臂将竹篙用力一拉，强大的臂力使得那个士兵连篙带人落进深潭，很快就被水吞没。

庆忌死后，几百人花了一天时间，才在洞河中捞到三具尸体。群龙无首，军心涣散，思乡心切的队伍，在钮宣义私下联络的几个将领策动下，向吴军投去了。

第 十 一 章

这是一个凉爽的夏夜。

夫椒山的一个山湾里，响了一天的刺耳的斧凿和锯木声终于静寂下来。工匠和参与造船的士兵都回到了营盘，湖畔停泊着一排排木筏、货船，和着已造好的战船，整齐地排列着，在茫茫暮色中黑压压一片，延绵几十里，望不到尽头。不少船舟的桅杆上都挂着一盏风灯，远望像繁星一样忽闪忽闪。

木筏是巨木所扎，巨木是越国分批进贡的，多达三千余根，另有上千根由国内的深山里采得。这些大木一部分用于宫室和官署的建筑，绝大部分用来造战船和战车。筏上和新造的战船上有哨兵警戒，岸上搁置着正在营造中的战船。这就是吴国夫椒山的船宫。除船宫外，另外的山坳里还有铸造各种兵器的冶坊。熊熊的炉火和叮当的打铁声，此刻也看不见听不见了，取而代之的是五湖的涛声、风声、虫鸣声和夜鸟惊起的声音。

夫椒山屯兵练兵、造船、筑仓房、铸兵器以来，原来那种犹如混沌初开的洪荒景象已荡然无存。这座静默的沉睡的小岛在湖水中的倒影也静悄悄的，远远看去，影影绰绰的，烟雨般飘渺。可现在，它苏醒过来了，发生了惊人的变化。夫椒山不远处，一座全新的城池也正在拔地而起，作为吴国的新都城，它很快就会向世人揭开神秘的面纱。

孙武此刻正坐在一艘楼船的三楼舱房里，在油盏下和造船匠子考下围棋，孙武在齐国时，常和叔父对弈，叔侄两人，与其说在摆弄黑白棋子，不如说在排演军阵。叔父常一边摆子，一边讲述着用兵之道。少年孙武就看着棋盘想象着各种作战之法。到了吴国以后，忙于军事，他很少下棋，偶尔和田狄来几盘，因田狄不懂兵法，和他对弈纯粹是游戏。住在伯嚭府邸时，开始两人也常抽空对局，伯嚭棋艺不错，但他交际多、应酬多，围棋宜静，他坐不太住，再加上两人越来越生疏，后来基本上不再对局了。

来到夫椒山后，他碰到了一个博弈高手，那就是造船师子考。孙武和他对局，势均力敌，输赢各半。于是，他一得闲便和子考下几盘，这是他在极度繁忙之中的一大乐趣。平时和子考下棋，他是极其认真的，进退取与，攻劫收放，绝不马虎。可今晚他却怎么也集中不起精神来，一盘没有下完，他就把棋子一推，说："子考师傅，明天大王和伍大夫他们就要来看大小战船的样船了，还要看'王舟''楼舰''将舟'的图样，这是非同小可的大事。样船已造好，丑媳妇总要见公婆，大王自有评议。但'王舟'这几艘艨艟巨舰，不仅规模浩大，而且要求船坚而快速，更重要的，这是用来乘着打仗的，不是乘着游玩的。我们还得仔细研究一番，看看哪些地方还有不妥。"

"是啊！像这样庞然大物，吴国是第一回造，也无实物可仿，应该斟酌尽善。"

"北人骑马，南人行船。我是北人，虽齐国离海不远，但我从未参加过海战，对船亦少有研究，大王把督造水师的大任交给我，真是让我为难。幸亏有子考师傅这样的行家，要不，我真不知从何入手，怕是要有负大王托付了！"孙武说。

"大将军过奖了，我其实也只营造过渔船而已，以前吴国的战船见是见过，但看上去只是比民船稍大。我们现在设计营造的战船，大部分都出自大将军的灵光闪现，我只是在大将军的启示下，把你对战船的种种构想画成了图样。"子考说，"我说的是实话。"

子考说的确是实话。一年前，庆忌被要离推下水溺死，几年来给阖闾带来极大不安和忧虑的心腹之患一朝得除，阖闾大为高兴，趁热打铁，既定的几项大政决定加紧推进。越国审时度势，举国示诚，吴国所缺的大木渐渐到齐了，建立一支强大的水师迫在眉睫。

按照孙武的计划，吴国要建三支劲旅，一支步战劲旅，一支车骑战劲旅，一支水战劲旅。其中水师可说是白手起家，吴国原来也号称有水师，不过是一百多号木船，不足一千水兵，毫无战斗力可言。几乎要从零起始，不建则已，要建就要建拥上千号战船的水上精锐，能够称雄东南，甚至在诸侯国中数一数二的水上大军。无论是攻还是守，有了这样规模的水师，诸水交汇的吴国可以显显威风了。因此，孙武首先要做的事，就是造船，兼顾练兵、铸武器、造战车。

于是，孙武便带了十几个将领、几百卫士长驻在夫椒山。阖闾一开始要将那幢避暑别宫给他作营帐。孙武婉言拒绝了，大王和伍子胥常来夫椒巡视船宫、冶坊及新都工程的情形，也要来看他练兵，那避暑别宫是他们憩息、商议要事的所在，他不想占着。

他对阖闾说："大王好意，我领了，但带兵的将领要和士兵同吃同住、同甘共苦才对，我住在别宫，会和弟兄们产生隔膜，在处事上也大大地不便。"阖闾没有再勉强他，细思孙武说得也有道理，夫椒已云集三四万从全国各地抽来的新丁，再加上几千工匠，整个摊子都压在孙武身上，日理万机，要随时留意各种动态，居住在避暑宫确实不太方便。

孙武先住在营帐内。他的随员阵容很强，包括王子终累、夫差，这是阖闾指定跟了去的，目的很明显，让他们历练历练，向孙武讨教兵法。孙武对夫差是看好的，自上次练兵场杀妃以后，他陡然老成了不少，身上原有的冲动和浮华几乎脱尽，静得下心读书了，借给他的兵法典籍，他能从头到尾读下来，还给孙武后，又借了新的去读。终累虽不及夫差那么上进，也不敢再像以前那样逍遥了，他知道，这是父王给他的最后一个机会，如还是那样的德性，就对他不抱希望了，自然，太子也不可能轮到他了。

随孙武到夫椒的将领，是孙武点的将，都是立过战功、有才能且人品较好的。其中有从吴楚边境调回的钮宣义，还有身经数战、在军中有威名的敬泽、奇夏、书怡等。

其中还有一个十岁出头的少年，他就是封了爵的卓荣，专诸的二儿子，他放弃了优越的生活，坚决要从军。他祖母已死，哥哥绵阳埋头读书，醉心于《易》的研究。伍子胥将卓荣交给了孙武，孙武看他人虽小，却聪明过人、肯吃苦，便让他在营中从士卒当起。

跟他去的，每个人都能独当一面。水师的训练就交给了夫差担纲。钮宣义节度军需物资的调配，在他手里进出的资费和物品以及运输用的车舟马不计其数。

孙武遇到的最大的难题，就是战船的设计，他虽生长在临海的齐国，但从未见过能疾驰的巨大战船，水仗也只是跟着叔父打过一两次。严格地说，那只是两军在河道中相遇而战。他在兵法中写到水仗时，提到"半渡而战"，这是说，在大军渡河的中途，军力是最为薄弱的，可乘虚出击，致对方于混乱而歼之。但在像五湖这样宽阔的水面上展开大规模水战，他没有经历过。他翻遍各种兵书，都未找到战船的记述和图样的只言片语。虽然，从其他国家收集来了好多艘战船、民船、渔船图样，但孙武和伍子胥看过后都不满意。

那段日子，孙武本来就心情不好，庆忌的死及其部下的倒戈，并没有让他像阖闾、伍子胥那样欣喜若狂。在举国欢庆的气氛中，他郁郁不乐，整天皱着眉，眼睛失神地盯着大王授予他的那枚虎符，田狄和孙燕都知道他在痛惜壮士要离的牺牲，儿子虽存，但好端端的一个家却毁了。这一切皆出自他的主意。

要离和庆忌的尸身都被倒戈的将士运了回来。大王向全国发布诏书，为要离全家昭雪正名，对其幼子封爵授禄，对要离及其家人正式进行了厚葬，还像专诸那样建了纪念塔，以示彰显。庆忌原是太子，虽罪不能赦，但死后还是给予了应有的待遇。应该说，能做的都做了。

但孙武的内心还是受到了很大的震动。他去了一趟虎丘原来要离的酒坊，这里已人去楼空，满目是苍凉萧瑟，再看他的故居，那口井竟枯涸了，顿时他的心境变得愈加灰黯。

孙武下令修复酒坊，将早已散去的原班人马召了来，重操旧业，人大部分都到了，但少了要离，酒坊失去了灵魂，生气全无，酿出的酒大不如前，顾客也不像以前多了。孙武将这里产的酒命名为要离酒，阊闾以国酒相称，很快就打响了名号，买家蜂拥而至。从此，孙武非要离酒不喝。

到了夫椒山后，要务缠身，他全力投入到军国大事当中去了，表面看上去他情绪好了不少，其实战船的这个难题又让他十分苦恼，心里一阵一阵发紧。但作为大将军，内心的感觉不宜外露，在任何情况下都得镇定自若，保持一种大将风度。

田狄和孙燕不在身边，留在了梅里的府邸里。所以，到了晚上，孙武独处的时候多，他往往背握着手，边踱步边紧张地思考着。诸事都很顺利，新来的士卒都编成方队，一半时间承担扛木、搬石、挖土等劳作，另一半时间练兵。到处都是疲惫而开朗的脸，劳作时的号子声和练兵时的鼓声响彻这座充满蛮荒气息的美丽绿岛。

孙武有时乘一叶小舟，在五湖上随意地泛游；有时徒步走访渔村和猎户，与渔民和猎人随便交谈。

那是个黄昏落日的傍晚，天际的云彩血红血红，暮霭像轻烟般笼罩上来，无际无边的湖水波澜不惊，习习晚风夹着水藻的气味迎面扑来，孙武备觉醒脑沁脾，精神一振。他带着钮宣义在湖上泛舟，想着造船的事。

五湖中散落着一片片小岛屿，岛上树木浓密，大多无人居住。但也有一些较大的岛上筑有石墙草顶的房子，冒着炊烟。岛屿的周围无不芦苇摇曳，时闻水鸟惊飞的声音。孙武欣赏着湖景，盘算着在靠近湖岸的小岛上布防，以及如何在这些离湖岸较远的岛上设兵。一旦打起仗来，这些弹丸小岛都是两军必争之地。

"钮将军，这些小岛，无论有人还是无人，以后水师都要驻兵泊舟，不能让它空虚。上千号战船不能都壅塞在一起，要分散驻泊，湖中小岛修上埠头，都是天然的屯船良港。这里离国都咫尺之近，战事一旦发生，零散的小岛都是戍守必保

之地。"孙武说。

"大将军说得很对，楚国对五湖生疏，但越国就两样了，他们有一半国土紧依五湖，如从对岸出发，可直插夫椒。而且，他们对五湖的地势可说了如指掌，如再雇上越国的渔民当水手，闭着眼睛也能过来。当然目前他们绝无可能冒这个险，因为没有强大的水师，也没有足够多的战船。"钮宣义说。到了夫椒山以后，他对从夫椒到湖心的地形，下过工夫了解，不必查阅地图，便能指点明白。

"现在不可能，不等于将来不可能，楚师虽不熟悉五湖，但和越国联手，就不成其难。所以，吴国建水师就是为了控制八百里五湖。五湖是我们挥师楚天越地，进取中原的战略要地，也是吴国最重要的屏障。可无论攻防，都需要有足够多足够大的战船。"孙武又想到造船之难了。

"大将军，你不要着急。伍大夫已向天下征召有经验的营造师，据说，越族分外族、内族，外族水居，内族山居。南越水居的越人在海上以捕捞为生，还有夷族的商贾，泛巨舟浮沧海而来，有些渔商为了远捕，也仿造过这些巨舟，出了几个有名的建船的营造师，伍大夫已派人寻访去了。"

"伍大夫用心良苦，不过，据可靠的消息，这些营造师已散在各国，也有的隐于吴国。可说远在天边，近在眼前。不知他们何时能出现。"

说着说着，孙武让船夫把船划向一座湖心小岛，他发现岛上有火光，岛畔停有几只很小的渔船，说明这里有渔民居住。忽然，从岛上飘来一阵弦琴声，琴声幽徐婉转，散发着委婉、忧伤的味道。随着琴声，又传来了女子动听的歌声。

孙武生在齐国，齐鲁是富庶之地，王公贵族，无宴不乐。这股风气也刮到民间，男的吹竽击鼓，女的鼓瑟弹琴，爱好音律的风气极盛。孙武耳濡目染，也学会了唱歌，但大多是气势不凡的征战歌、祭祖的歌和颂扬周公的歌，民歌听得很少。现在他听到的是吴歌，吴歌都是在民间流传的，是王侯府邸中不易听到的。贵族们也不屑于听，一来认为吴歌太俗，二来民歌大多倾诉民间疾苦，嘲讽朱门贵族的奢华和五体不勤。

伯嚭精于器乐、歌舞，伍子胥提出兴吴的计策，其中有一条就是以民歌娱民，伯嚭马上就反对，他的理由是，民歌俚俗，不登大雅之堂，而且歌词粗鄙，有污上听。

"《诗经》其实采集自民歌，即使周礼中的乐礼，其中不少曲子也都由民间的俚歌俚曲改编而来，怎能说不登大雅之堂？"伍子胥对伯嚭反唇相讥，伯嚭忌讳在凶肆唱挽歌的经历，怕伍子胥讲出更难听的话来，所以不吭声了。

在阖闾看来，以歌娱民同扩军备战、扶助农桑、推广井田等国策相比，是小策而已，但能以歌促谐，造成歌舞升平的盛世景象也不是坏事，因而他发诏兴歌，一时间，吴歌在吴地大兴。孙武来到吴国后，到处能听到朗朗吴歌，觉得非常新鲜。

而此刻传来的歌声，有一种特殊的魅力，激越的音调，凄凉而哀怨，一声声穿云裂帛般的，直冲肺腑，孙武不由得凝神听起来，心头一阵阵震动。歌声唱道：

> 珍珠亮，珍珠圆，颗颗像泪珠，珠女泪化成。珍珠贵，珍珠稀，贵妇身上妆，珠女把命换。五湖阔，湖水深，珠女潜湖底，摸得蚌壳归。千只蚌，万只蚌，只有颗粒珠，粒粒皆血泪。珍珠亮，珍珠圆，缀成珍珠塔，缀成珍珠帐。一颗颗，一粒粒，朱门增颜色，珠女像鱼鳖。珠女苦，珠女怨，谁人能知晓？谁人会可怜？

孙武对吴语还只能勉强听得懂一些，这首歌的歌词他只能听得懂大概的意思，但他听得出了神，似诉如泣的哀苦之音，听得他心里酸酸的。

"这个小岛叫珠岛，岛上有一批女子，以采珍珠为生。珍珠女整日潜入深水，像歌词中说，犹如鱼鳖。她们的艰辛是可想而知的。"钮宣义解释说。

"我还是第一次知道，珍珠是这么采集的，潜入深水，一日无数次，摸得湖蚌，往往十有九空，真是为难她们了。难怪唱得这么哀戚，这样的活，男子为何不做呢？"孙武听了，有些不忍。

"我也说不清，只听说，蚌贝中的珍珠非常稀罕，而蚌珠只有女子才能采得，越美的女子越能采得个大而圆润的蚌珠。碰得巧，还能采得稀世珍宝夜明珠。"

"说得这么神乎其神，我看一定是有人瞎编出来的。"孙武笑着说。

琴声和歌声还在回荡。这给孙武带来了无限的遐想，这个唱歌奏琴的女子是珍珠女吗？她怎么会生得这么一副好歌喉？这琴是何样的乐器？如果是宫里贵族家演奏的弦琴，她一个珍珠女怎么会学会的？而且弹得颇有法度，不同凡响，她到底是何人，会有这么不凡的琴艺？正想着，歌琴俱寂，小岛在夜色中变得无声无息。孙武在归程中，心中萦绕着无限的怅惘。

隔了一天，军士来报，有一平民要见孙武，说是来应伍子胥的召，帮助造船的。孙武连忙请他入内。一谈下来，此人的父亲早年在越国之南的海边造过渔船、货船，见过来做生意的夷人的巨船，他从小就听父亲讲述过这些船的样子和性能。父亲后来带着他回到吴国，在五湖边开了家造船坊，专造渔船，再后来他继承了家传，一直以造船、修船为业。这个人就是子考。孙武见他须发已花白，身体干

瘦，但精神矍铄，一双沉毅的眼睛流露出饱经沧桑和拙朴的神色，谈起船来，博闻广记，头头是道，极有见地。他们谈了一夜，直到破晓。孙武感到，这正是他所要找的人，当即邀他担任建兵船的总营造师。

造船的都会画图，孙武要子考凭记忆把那些夷族巨船的模样画出来。但子考说，他从来不画图，也不需图，材料齐了，便指挥工匠动手造船。

"船的图我都烂熟于心了，最多拿根树枝在地上画一下。"子考说，"但是，若要造新船，我们就要放样。"

"何谓放样?"

"就是先造一艘模型，然后依葫芦画瓢地放大。其实，只要放样放好了，船要造到多大都是一样的。这就像造房子一样，先造个小房子，然后放大，梁、柱、橡，屋顶的尺寸只是延长而已。"

"喔，原来是这样。"孙武长长地透了口气，"子考师傅，你道出了造船的窍门。"

不过，图样还是要的。战船毕竟不同于渔船和民船，它的用途是打仗，是水上的大战车，务必坚而快。怎么画图呢? 孙武做了个大沙盘，由子考边口授，边在沙盘上画着，几个营造官在旁边一一记录下来。在子考讲的过程中，孙武从实战的要求出发，进行修正、补充、调整。营造官再画出图样，让孙武细阅、思考。

在这过程中，孙武全神贯注，废寝忘食，把全副精力投了进去，其间，时有灵光闪现，他经常拿手指敲着自己的头自言自语"不错，不错"。

图样一改再改，再请来子考和其他营造官商议，如此几个回合，终于把图样定了下来，确定了大船五帆、中船三帆、小船一帆的定规。战船有"大翼""中翼""小翼"之分，还另造"楼舰""桥舰""将舟""王舟"等艨艟巨舰。"楼舰"是指挥船，船楼高达三层。主帅、主将立在最高层，能观察敌阵的组合演变，并通过口令、令旗指挥，变化出应对的队形。"桥舰"主要用于摆渡，甲板宽大，方头，配有云梯，云梯可升可降，直至放平。士兵上船和登岸容易多了。"将舟"是供大将军和副主将乘坐的战船，"王舟"当然是国君专用的座船，有四层之高，特别伟岸坚固，尽显王者的气势。

大翼是最大的战船，有帆叶五桅，有大有小，用绳索牵引变换方向，宽一丈六尺，长十丈二尺。中翼有帆三桅，宽一丈三尺五，长九丈九尺。小翼主帆一桅，宽一丈二尺，长五丈六尺。大、中、小战船都配有划棹者。大翼能载兵九十余人，分上下两层，下层划棹，上层作战，划棹者二十八人，战士五十人，舟舻三人，操长钩、斧、矛、戟者四人，吏仆射长各一人，并配弩矢三千三百支，配甲、鍪、

盾各五十个。中翼和小翼的兵士和武器有所减少，但每船都设号兵、旗兵、鼓兵，每个兵士皆佩鱼肠短剑一把。每艘舰船还配备泅卒数十人，如同随战车步行作战的步兵一样，在水里泅水推船行进，协助作战。在和敌舰交战时，船与船之间难免发生激烈的撞击，这样的水中之兵夹在其间，一不小心就会撞伤，甚至被轧成肉饼。

到现在为止，孙武已造大翼、中翼、小翼各一艘，楼舰和桥舰亦各一艘，作为样船。孙武自第一艘楼舰竣工后，就将自己的营帐搬到了船上。王舟和将舟已画出图样，并制成了小样。明天，阖闾、伍子胥和主要文武官员就要来看已造好下水的样船和将舟、王舟的图样和实物小样。

孙武离开棋盘，又把王舟和将舟的图样和小样仔细审视了一番，各个细节都不放过。细审之下，还是发现了几个疏漏之处，虽无伤大雅，但也需调整。王舟的议事舱、指挥舱大小都适宜了，但卧室似乎少了些，大王的随员多，还有可能带宫眷，这些人的住处竟忽略了，船上寸金寸地，不可能把像宫中那样宽敞、舒适，但总是要得到妥帖的安置。

"这是战船，打仗用的，顾不得那么多了。难道还要在船上设后宫，把嫔妃带上？这可是在血腥气十足的战场，不是乘了船在游历！"子考说。

孙武笑笑，说："王舟不光打仗时用，平时也会乘的，例如到全国各地视事。也有可能乘了到中原参加盟会去，那后妃是非带不可的。"

子考明白了，没有再说什么，自己草野之人，不能领略深宫中的深微奥妙之处。孙武又提议在王舟上设救生小艇，艇内放上必要的武器及药丸、干粮，以备不测之用，所有舰船中只有王舟设置救生船。子考问，将船是否也要置救生船，孙武断然拒绝。将者，不应留有任何贪生的余地，要与战船同生死、共存亡。子考听了，只觉得孙武处处替大王着想，而自己一心想着的就是领兵打仗，只求勇往直前而不想存丝毫的退缩和逃遁之路。和孙武结识以来，子考为自己能和孙武共事深感幸运，也越来越敬服他。孙武身为大将军，才华横溢，权倾一时，但他的身上没有一点骄矜之气。对周围的人，哪怕一个士卒一个侍从，都客客气气，对子考和其他营造官都极尊重，议事的时候，只要你说得对，便欣然采纳。他的心态是那么平和，任何事能行则行，应止则止，绝不固执己见，一意孤行，更不去争天夺地，斤斤计较。这样坦荡、宽阔的胸怀，处事待人的诚笃之心，确实是少见的。

但不知什么原因，大将军至今还未婚配。不知有哪位女子在等着他，要是能和他结为夫妻，那这个女子可说是天下最有福气的了！他想起自己的三个女儿，

每个都是如花如玉，两个女儿都嫁了人，只剩三女儿子蝶，也到了及笄之年。在他眼里，三女儿子蝶是一个娴良淑德、容貌出众的窈窕淑女，有一副声如玉磬的好嗓子，琴艺也是出类拔萃，可说人见人爱。说媒求婚的很多，但她一个都看不上，犹如公主般高傲。他突发异想，子蝶和孙武倒是绝配，但又是绝对不配，因为门户太悬殊了，孙武是一国的大将军，而子蝶是造船匠之女，并非高贵的公主。虽然她活泼美丽，且多才多艺，但毕竟是地位低贱的庶民。子考马上否定自己的想法，怪自己荒唐之至，居然会萌生出这样的非分之想！

但人往往是奇怪的，越是骂自己有非分之想，越是经常会这么想。有一次，他忍不住把这个想入非非的念头讲给三个女儿听，大女儿和二女儿都笑话父亲的想法荒谬，简直是异想天开！小女儿子蝶却说："爹把这个男子说得这么好，我倒要去认认他，他到底好在哪里？"子考摇头说："不行不行，你别瞎胡闹。"但子蝶缠着父亲非看一眼不可。

子考只得依了女儿，在孙武不知情的情况下，让她见了孙武一眼。从此，孙武就在子蝶脑子里铭刻了下来。她说，要嫁就嫁孙武这样的男子。子考很后悔，不该让子蝶见孙武，不该在子蝶面前说那些荒唐的想法。他知道女儿性子倔强，自己的几句没有分寸的话反而害了她，使她也失去了分寸。这件事成了子考的一个心病，唯恐孙武得到什么风声，误解他企图攀高枝。所以，在孙武面前，他从来不提女儿一个字，也不问孙武的婚事。

有一次，孙武特地问子考："你知道那个珠岛吗？"

"没听说过。不，好像有这么一个岛。"子考吞吞吐吐回答。

孙武有些失望说："你居住在五湖这么些年了，怎么连珠岛都不知道？"

"大将军怎么会提起这个岛，想在这岛上泊船？"

"这是布防上的事，我要问你的是另一件事，我和钮将军那天到过那里，听到有人唱歌弹琴，好听极了，好像上面有采珍珠的人家，你什么时候陪我去一趟！"

子考差点脱口而出："那唱歌弹琴的就是我三女儿子蝶，她在那岛上有一间小屋，那些珍珠女都是她的好姐妹。"但是，他终于控制住自己没有说出来，只答应道："是，这好办。"

后来，孙武又在他面前提了几次，都给子考搪塞过去了。钮宣义不知从哪里打听到，子考的三女儿就是珠岛上那个弹琴唱歌的女子，告诉了孙武，孙武便问子考，要子考领女儿来一见。子考支支吾吾，说三女儿为人腼腆，不太愿见生人，尤其见到大将军，她会吓得语不成声。

"她的歌和琴实在太好听了，让人陶醉，我真想面对面听她唱歌奏琴，从琴声和歌声中，我想象得出她是一个优雅而高贵的女子。大王不是提出以歌娱民吗？她可以进教坊领唱。吴歌，我虽听不太懂，但别具一格，从你女儿那儿听到的，是水边柳下春莺流啭的那种声音，娇而脆，很好听，而北歌，高亢铿锵，不如吴歌那样婉转悠扬，令人回味。"

"不，不，大将军谬赞了，小女只是个普通女子，她生性粗野，喜欢和珍珠女、渔家女子在一起。"孙武对女儿琴艺和歌喉的夸奖，让子考感到骄傲和欣喜，但又叫他生出警觉，子蝶这件事，不能在孙武面前多言，以免弄巧成拙。

已是深宵，虽值暑天，但战船泊于湖沿，四面透风，夜凉如水，正是安睡的好时光。子考见孙武有些倦了，便起身告辞，并要孙武早点安息，明日大王来了，他又要忙前忙后的。不料，子考前脚刚走，又有夜半客造访。

这个夜半客不是别人，正是伯嚭。伯嚭因武锦清和两个越女的事，被阖闾责令在家闭门思过，王后守灵都不许他参加，出殡时，经伍子胥说情，才让他执绋唱挽歌。葬礼结束后，他继续在家反省。后来建新都的工地缺少人手，伍子胥又向阖闾说情起用伯嚭，最终看在伍子胥的面上，阖闾免去伯嚭行人大夫的官衔，让他到新都工地执事。

伯嚭这份差事实际上是个工地上管杂事的胥吏，他的上面有伍子胥，还有被离，他得听他们的调遣。听伍子胥的，他是愿意的，但被离对他指手画脚，他心里不乐意。但他只能忍着，不管怎么说，大王总算手下留了情，如果从重处罚，杀他的头都不为过。他连忙向阖闾谢恩，高高兴兴到五湖畔就职去了。

他住的地方，是临时搭建的工棚，虽是独间，但环境嘈杂，伙食又差，使他吃不好，睡不好，苦不堪言。营建阶段，条件简陋艰苦犹有可说，他最受不了的是胥吏们给他脸色看，动辄恶语相加，根本不把他放在眼里，也不服他管。他明白，这是被离在当中使坏，做的手脚。他对被离恨得牙根发痒，根据偶然听到的一些传闻，他暗地里对被离营私舞弊的行为进行了调查，凭他处事的机灵，思维的严密，很快就握有了凭据。

"大将军，这么晚还来叨扰你，实在不该！但我思虑再三，还是鼓足勇气来了。"伯嚭站在船头恭谨地说，"我只有几句话禀告大将军，说完便走。"

孙武见原来炙手可热的伯嚭一副可怜相，心里有些不好受，便对他说："没关系，我还没睡，你到舱里坐吧。"

伯嚭连忙走进船舱，在船板上坐了下来。子考刚才在的时候，曾在泥炉上煮过茶汤，壶中还存有不少，孙武便亲自倒了浓浓的一盏，端给伯嚭。

伯嚭举起手中一只竹编的饭盒，笑嘻嘻地说："我带了点酒食，我料想大将军

未睡的话，不定饿了，我们边吃边聊吧，我会长话短说的。"

孙武听他一说，倒真的感到腹中空慌了，便说："我是有些饿了，你带了些什么好吃的东西？"

伯嚭打开食盒，殷勤地取出一壶酒、一大块烧烤的羊肉，酒是要离酒，壶塞一取下，浓郁的酒香扑鼻而来，而烤羊肉名为"貊炙"，是名贵的食物，而这块羊肉更是上品，肥瘦相间，色香俱佳。孙武感到有些疑惑，工地上的情形，他是略知一二的，伙食平常得很，要填饱上万人的肚子决非易事，只能求其饱，不能求其精了，伯嚭不知从何处弄来的美食好酒。

看出孙武的神态有惑，伯嚭说："这是我自己掏钱买的，附近村子里头脑好的人开了酒肆，只要有钱，什么东西都买得到。这些店铺家家顾客盈门，客人都是工地上的匠人、胥吏、役工，他们腰里的钱都哗哗地扔进去了。"

原来是这样！这些村民真是生财有道，孙武感叹地想道，他忽然担心军士也会到那些食铺去酤酒，军中除每周统一供酒一次外，其余时间都是禁酒的。

"饮客中可有夫椒的军士？"孙武问。

"没有，我去过几次，从未遇见过军人，大将军治军严格，将领士卒无不谨守军中之戒。"

伯嚭边说边从一旁取来漆碗漆盘，给孙武的碗倒上酒，又拔出随身带的一把鱼肠剑，切了一块"貊炙"，放在漆盘里，递给孙武。

"伯嚭大夫，你不是找我有话说吗？快直说吧！"孙武边吃边问。

"哦！"伯嚭便把自己在工地上的处境详细说了一遍，特别强调那些胥吏不服他管，他即使发现施工质量不符要求和怠工现象，说了也没有用。

"我虽然犯了错，大王贬我到工地来是我罪有应得，但他们如此轻视我，受损的不是我，而是新都的工程。这些人之所以对我这样，是被离教唆的，他一向容不得我，见我落难，他不仅幸灾乐祸，还要指使人折损我。"伯嚭气愤而又委屈地说。

孙武一时不知如何回答，他相信伯嚭这次对他说的是真话，被离和伯嚭不和的事他早就听说。但伯嚭告诉他这些，其意何在呢？

"你可以与伍大夫说说这些事。那些胥吏果真这样对待你，是不对的。当然，你也要切实负起巡检之责。"孙武想了一会对伯嚭说。

"大将军，我当然会奉王命而全力以赴的。"伯嚭俯身向前，极恳切地说，"大将军请放心，他们对我这样，是难不倒我的。可这些胥吏贪污税收，甚至克扣军资，为自己私下筑大宅，并将受贿的珍宝私藏封桩库，以便将来移入宅邸，是国法所不容的。这群仓鼠可是在挖国家和军队的墙脚啊！"

"伯嚭大夫，你这么讲，可有证据？"孙武对伯嚭这么说深感意外，尤其涉及军费，这就非同小可了，他严肃地问。

"我可以用脑袋担保，我今天所说的句句是实。"伯嚭说着，从胸口摸出一小卷简，递给孙武，"都记在上面了，请大将军拔冗一阅。听说大王明天来夫椒巡视，烦请大将军转呈大王和伍大夫。"伯嚭说完，把那盏茶一口喝了，随口念了《诗经·谷风》上的两句诗，"'谁谓茶苦，其甘如荠'，我在这里是苦，但苦中回甘，还是值得回味的，如我在凶肆那段经历，有时想想，能激我上进。"

伯嚭走后，孙武摊展开伯嚭的书简读起来。原来漏洞出在赋税上。按伍子胥制定的方法，推行井田制后，对拥有土地的农户，每里地提高土地赋，从原来的每里每年纳赋三百二十钱，提高到三百四十钱。每户抽一丁参加筑新都劳役，不愿去的出钱五百，名为"过更"。如家有劳力四人而不愿服役，加倍出钱，即出一千钱。贵族官吏门户不出丁参加劳役，按家族人头每位出一千钱，雇人代替，名为"践更"。贵族封赏的土地，每里纳赋五百钱，并每户纳木石费、输运辎重费、劳力费五千至数万不等。商人交道路、市口赋，三千至一万钱不等。这些纳钱六成作为建城资费，四成补充夫椒屯兵练兵的费用。但经手的胥吏采取不入账、少入账、做假账等手法，从中克扣、贪污，如其中"践更"收入的钱大大少于雇人替代的钱，差额簿记上无从反映，仅此一笔数额就十分可观。该交的军费也相应缩水，部分流入私囊。

依孙武的感觉，伯嚭的书简虽没有附上细账，但他反映的情况可说基本是真实的。而且他的手中可能握有第一手证据。孙武一方面为污吏的捞钱手段和胆大包天而震惊，另一方面也为伯嚭和被离之间的互相借题攻讦而感到不安。叔父穰苴的不幸、伍家的灭门之祸，无不是一国大臣之间的内讧而激起的。发生在伯嚭和被离之间的争斗并不是好的兆头。当然，被离所管辖的这几个胥吏的这笔糊涂账，性质极其严重，一定要禀报大王严查。他的想法是，内讧是一回事，查处此事又是一回事。伯嚭固然是出于泄私愤，说得不好听，是狗咬狗，但这些见不得人的事，也要披露开来，把这些吞噬国家财物的硕鼠揪到阳光之下。

本来想趁夜凉而安睡一宵，第二天好好接待大王的孙武，一夜都未睡，干脆一早就下船，吸着清新的空气，在一棵大树下舞起剑来，直到旭日东升。

阖闾、伍子胥一行在中午前到达夫椒山，巡视了已造好的大翼、中翼和小翼以及楼舰和桥舰，感到非常满意，并兴致勃勃登上楼舰。岸崖上有一草亭，里面

设两面大鼓，鼓兵擂得大鼓震天响，五六里外的湖面上清晰可闻。伍子胥说，以后可在这里正式建个亭，这地方可称为战鼓墩。

夫差指挥水兵进行各种动作的操练和船队阵形的变化，看得阖闾和伍子胥异常兴奋，更使阖闾刮目相看的是，夫差神采飞扬，站在一艘大翼的顶层，镇静地发着口令，俨然是一个主帅的样子，别有一种以前未曾见过的神采焕发，他为夫差的变化暗暗吃惊，更多的是安慰。

阖闾由夫差想到终累，问起终累如何。孙武说，终累在练车马旅，很刻苦，也很认真，并说，车马演练场在夫椒的一片空地上，现在正在操练，大王可去一看。阖闾当即决定去车马演练场。离得很远就听到金铁交鸣、厮杀拼搏的声响，走近了，可见几十匹马拉着战车，列成面对面两队，一声令下，双方以极快的速度，风驰电掣般朝对方冲刺而去。车后车旁几十匹单骑，以锐不可当之势跟着向前冲锋，骑士的长戟和短剑，在阳光下发出耀眼的光芒。马蹄激起满场的尘土，场面极为壮观。

指挥台上，终累一身戎装，高举着长剑，发出一个个号令。见父王来了，他昂起头，挺起胸，摆出睥睨一切的姿态。等一个回合完了，战车列成一行，终累跳下台，骑上一匹高头大马，策马来到父王的马前，大声说："父王，请检阅，战马之操，要不要再来一遍？"

阖闾见一直萎靡不振的终累也有了一点血气，赞许地说："好了，不必再来了，好好练，你是我的大儿子，要替我争气，吴国早晚由你来治理，你可别辜负了父王对你的期望，身上的陋习，在军旅中锤炼掉，去掉杂质，就是一块好铁！"

"是！"终累应道，"儿决不会辜负父王的期望。我会在今后的恶战中千锤百炼的！"父亲还是第一次很明确地对他说今后由他来治国的话，这可是暗示要册封他为太子，为王位的接班人了，这让终累觉得痛快极了！

最后阖闾又回到楼船，这艘船正是孙武用作临时营帐的那艘战船。孙武让阖闾、伍子胥审视了将舟、王舟的图样和样船，两艘船的规模气势和先进精致的程度都超出阖闾和伍子胥的想象。阖闾赞口不绝，问道："大将军，其他国家可有这样大、行得这么快的战船？"

"暂时还没有。"

"一千艘战船全部完成需要多少时间？"

"一年左右。"

阖闾又问："越国大夫范蠡会不会造出更厉害的战舰来？"

"有可能。不过，要建出巨大的艨艟，事情并不简单。不仅要有精巧的设计，更需要有国力的支撑。光有船还不行，还要有骁勇善战的水兵。吴国是水乡泽国，大多男儿从小就会摇橹航船，天生是水兵的材料。楚人的水性就差多了，越人有一半居水边，越境亦和五湖相连，与吴国遥遥相望，也有水兵之源，可目前还暂无国力建水师。臣估计他们会扬长避短，先建步旅、骑旅，再建水师，将来如发生决战，极有可能发生在五湖，这当然是后话了。"

有了孙武的这席话，阖闾放心了。孙武的意思很明确，楚军长于陆战，不长于水战；越国和吴国接壤，水陆同途，但越国目前无力制造成批巨舰，只能发展陆战部队，但今后吴越两国若有大的战事，必然是水战。孙武在提醒，越国只要国力许可，总有一天也会大兴水师的。越国的战船也会活跃在五湖之上，但至少这几年还没有这种可能。

以后的事以后考虑吧，且越国暂时已放在一边了，吴国一切的战备，皆以楚国为目标，而备战的进展，各方面都相当顺利。今日巡视下来，成效卓著，让阖闾日夜耿耿于怀的事，都有了非常好的结果，连两个儿子都有了明显的长进，因而神情显得特别愉快，于是话题也变得轻松了。

"大将军，告诉你一件喜事，伍大夫与乐范已选定黄道吉日，马上就要举行大婚了，好事多磨，伍大夫终于要当上新郎倌了！"阖闾笑着说，"孙卿，你看伍卿，功德圆满，是何等地春风得意！"

"恭喜恭喜，伍大夫，这是大事，需要孙武做什么，尽管吩咐。"孙武向伍子胥拱手道贺。

"我跟大王说了，国事繁忙，婚礼仪节，还是从简为好。夫妇之间，不在于礼节，而在于长久的默契。"

"伍大夫，这件事你别较真了。乐范是我妹妹，年龄不小了，千挑万挑，好不容易挑中了你这个如意郎君，你就依了她，她想办得热闹些、隆重些，是可以理解的。"阖闾打断了伍子胥的话，说，"简朴当然是不错的，但一边是王室嫁女，一边是显贵娶妻，过分简陋，不合时宜，让人笑话。伍卿，你别固执了，就照乐范的意思办吧！"

"是，我知道了。"伍子胥答应着。

对这门婚事，伍子胥本来就不太热心，只是阖闾之命，实在不能违逆。他心里还放不下津香，津香不辞而别，让他难过了好多天。他清楚，津香和伍树住在梅里的这段日子，已慢慢安下了心，津香不急着回楚国，伍树也认了他这个爹。伍子胥虽不和他们同住一室，但几乎每天都去，一家子其乐融融的。伍树喜和孙燕在一起，一日不见孙燕，便吵着要找她。乐范是勉强同意伍子胥接津香母子的，

但因王后突然崩逝，举国哀悼，王室人员至少要服丧一年，她和伍子胥的婚礼不得不推迟，乐范深以为憾。这时，津香和伍树已在梅里住下，乐范心狭，起了妒意。一次伍子胥进宫和阖闾议事，她竟不顾礼制，闯入议事的密室，指着伍子胥的鼻子说："伍子胥，你倒好，马上要娶我了，竟和没有名分的女人和私生子甜甜蜜蜜地过起了日子，俨然是一家子，让我的面子往哪儿搁？"

伍子胥窘态毕露，不知怎么回答她才好。

"我跟你说清楚，在我们成婚之前，你不准和他们住在一起，你这样做，有违夫妇之道，虽我们还不是正式夫妇，但婚约签订，法度上夫妇名分已立，你不能这样乱来。"乐范振振有词地教训他，"至于我们成婚一年半载后，你要纳她为妾，也须经我同意了才行。"

这些话大大伤了伍子胥的心。他气得脸色发白，碍于大王在旁，不好发作，只好愣在那里，显得手足无措。

阖闾看不下去了，对妹妹斥责说："乐范，你这简直是无理取闹！我和伍大夫在议国事，你快走开。"

"你议你的国事，我谈我的家事，两不相干嘛！"

阖闾火了，大声说："你还未和伍大夫成亲，何以有家？何以有家事可谈？真是笑话！一个姑娘家的，一点都不知羞耻！"

这件事在宫中传开了，正如阖闾所言，成了让人捧腹大笑的笑话。消息传到津香耳中，通达明理的她便抛下了伍树，带着无限的辛酸和对儿子的眷恋，断然离开了吴国，回到了楚国，和父母团聚。表面上她还是乐呵呵的，但心中的隐痛，又有多少人了解？

伍子胥和乐范的婚礼之期定下来后，在婚礼的仪式、规模上，两人的意见非常不合，伍子胥力求一切从简，而乐范不乐意。

"平民百姓都吹吹打打的，我是公主，又不瞎眼缺腿，终身大事，凭什么这么简陋？"她对阖闾愤激地说，"哥哥，那伍子胥是什么意思？以前商定的礼制他都是同意的，现在怎么变卦了？什么从简？他当我是那个乡野女子了，躲进吊脚楼就完事了。我看他根本就是没把我放在心上，婚礼只是搪塞而已。"

阖闾皱起了眉头，乐范脾气虽有些乖戾，但还是知书达礼的，可现在对待伍子胥，对待自己的婚事，变得越来越蛮不讲理，讲起话来，有时竟像村妇那样粗鄙、难听。他想，伍子胥将来的日子不会好过，家有悍妇，他纵有满腹韬略，也只能委曲求全，不能不尊重乐范的地位，毕竟她是国君的妹妹，是重于千金、贵于碧玉的公主。想到这里，他不仅笑了起来：伍子胥啊，你这辈子跳不出我的手

心了，在朝中得听我的，到了家里得听我妹妹的。想虽这么想，他还是对乐范正色道："对伍子胥，我都要让三分，你不要太任性。你要记住，做妻子的第一德行就是温柔。"

"哥哥，嫂子是够温柔的了，天下像她这么好脾气的王后，恐怕没有第二个了，但她并没有得到好报，结果还是给武锦清害死了。"乐范说，"人善被人欺，马善被人骑，伍员是自负清高之人，是楚国的大才俊，吴国的大功臣，我不能对他太温柔，否则，我这个家会有极大的麻烦。说来说去，我还是为哥哥考虑，家有贤妻夫祸少，有人约束，他就会心无旁骛，一心辅佐哥哥了。"

不能说乐范的话没有一点道理，但阖闾还是板着脸对乐范说："伍子胥是何等样的人物，会受你的气吗？到时候，你们闹出什么事来，我可不会管的，你哭都来不及！"

"我懂，我自有分寸。哥哥的告诫，我会记住的。"

在别宫用过餐后，趁阖闾小憩，孙武把昨晚伯嚭披露的被离与工地管物管钱的胥吏相勾结，侵吞赋金、收受贿赂、坐地分赃、私建大宅等事告诉了伍子胥，并把随身带的书简展示给伍子胥看。

伍子胥把伯嚭写的书简逐字逐句看了两遍，他的感觉和孙武是一样的，伯嚭所揭发的这些事，基本上是事实，绝非无中生有，捕风捉影，认真查一下账，马上就会见分晓。伍子胥把书简卷了起来，冷静地想了一会说："这件事交给我来处置吧！等会巡视新都工地时，我再找伯嚭问问话，事情就昭然若揭了，如果他手中有过硬的凭证，那就更好办了。被离工于心机，为人浮滑，非凿凿有据，他必定会否认其事，百般抵赖。"

"这样的仓廪硕鼠，实在可恶之至。可被离是能吏，为内府的事费尽心力，大王很倚重他，也少不了他。大王会不会维护他？"孙武有点担心。

伍子胥想都没想就说："这样的事，不管涉及谁，大王都不会姑息。但我在想，这事很蹊跷，被离是聪明人，怎么会做出这等蠢事来？说不定他并不知情，是他的手下瞒着他恣意而为。"

伍子胥感情上是向着伯嚭的，但对被离也没有恶感。他平时总觉得被离这个人机敏深沉，很难捉摸，一味投上所好，明里暗里和伯嚭争宠。但和伯嚭相比，他并不贪婪，头脑又是极冷静极敏锐，加之妻子太泼，是个醋坛子，起居生活不像伯嚭那样奢侈，也不敢风流自喜，虽置身宫中，身边美女成云，但他表现得很端方。有时在议论国事时，大臣发生分歧，他的态度也显得很率直。他从不避讳对伯嚭的恶感，几次和自己谈起过伯嚭的劣迹，口气之中，对伯嚭非常鄙视，甚

至对伍子胥说过，伯嚭将来会害他，是他的一大克星。但伍子胥认为他是出于对伯嚭的成见，是危言耸听，并没有听进去。

他抱定主张，不管是否牵涉到被离，此事一定要促大王查办到底，伯嚭也可借这个机会东山再起。

下午，阖闾巡视了新都的工程，重点查看了宗祠、王宫和城墙，这些建筑还在施工中，但已露出壮观的雏形。阖闾很满意，随阖闾巡视的，除伍子胥、孙武、被离之外，还有一大群管事的胥吏，伯嚭不声不响地躲在后面，没有什么人注意到他。

到新都后，伍子胥抓紧时间找过伯嚭，伯嚭担保他说的都是事实，不出伍子胥、孙武所料，他果然握有人证物证，至于用什么办法获取的，他表示不便说，伍子胥也不便问。

其实，伯嚭的办法很简单，但不太光彩。

工地附近的酒家里，那几个胥吏都是常客，常在那些尽欢。伯嚭买通了酒店店主，专设小间，招待胥吏，买醉之外，还备几个粉头，伺候他们。工地人杂，胥吏为避人耳目，到酒店吃喝玩乐之外，干脆借这里商议秘事，做花账，坐地分赃。粉头也给伯嚭重金收买了，在他授意下，粉头和他们几个人周旋之余，留意打听他们私下捞好处的秘诀。酒后吐真言，那几个胥吏口无遮拦地说了不少，炫耀自己有能耐、财路广。殊不知，隔墙有耳，伯嚭早已派了人一一录下，还趁胥吏醉得不省人事时，潜入房间，翻阅簿记，口账对照，真相大白，铁证如山。胥吏言谈之中，常提被大夫，由此断定，被离是他们的后台无疑了。

阖闾听了伍子胥的禀告，大惊失色，对伍子胥说："我不太相信被离会做这样的事，但既然证据确凿，人证物证俱全，那我没有理由不相信了。我对被离印象不错，这个我从来不否认，但我不能以私废公，被离要是硕鼠，我饶不了他！"

阖闾马上唤来被离，证言证据面前，被离坦率地承认，自己犯了两大错误。一是用人不当，顾念私情。这几个胥吏，都与他沾亲带故，掌钱财的那个是他妻子的表哥，也算是妻舅。二是给予他们过大的权力，自己也发现他们不对劲，下面也有反映，但因为妻子袒护，自己下不了手。最后他表白，没有一文钱进自己的私囊，但妻子素爱敛财，胥吏贪的钱，她必有一份，具体的数额他也说不上来。

紧接着，那几个胥吏被拿下，开始他们还支吾抵赖，证据摆出后，他们便一一招认了，但都死死咬定不是被离指使，被离根本不知情。阖闾二话不说，把他们下了狱，命核实罪行后处决，并不准被离再过问都城营造之事，但还是保留他内务大夫之职，而对涉及他的事情，继续深究。不过，阖闾话中有话，对被离要网开一面，用人不当，下不了手，皆出于惧内，至于手下人的贪渎，不知者不罪。一个具有无人可及的随机应变的本事的人，却偏偏畏惮悍妻，这真是让人哭笑不得，可世上的事，就是一物降一物！这是没有办法的！阖闾说，其他违法的事，如私造的宅第，一律充公，夫概有一座，也不例外。

在伍子胥提议下，伯嚭担任都城营造大夫，钮宣义统管都城财物和各项赋金的使用，营造大夫只管营造，建城所需要的资费经孙武、伍子胥审阅后，由钮宣义拨付。这样一来，伯嚭等于官复原职，在新都城工地大权独揽了，但层层把关，已无好处可捞。

阖闾把被离、伯嚭叫到一起，当着伍子胥、孙武的面对他们说："我知道你们之间猜疑很深。人嘛，都会犯错。不要一抓住对方的漏洞就大做文章，攻其一点，不及其余。敌人是不怕的，最怕的是窝里斗。楚国内斗，把伍子胥、伯嚭斗到了吴国；齐国内斗，给吴国送来了大将军孙武，可见内斗只会对国家不利。我今天再说一遍，都是我的臣子，何以要你争我夺，猜忌如此之深！斗则两伤，和则两利，我是决不允许楚国、齐国那样的事在吴国发生的！"

孙武所顾虑的事也在于此，而阖闾能有这样鲜明的立场，吴国有这样的明主，吴国的臣民实在是三生有幸！

"大王训诫得对，臣子之间应该有福同享，患难相扶，即使有些疑虑，何足介怀？特别是伯嚭大夫，和我与伍大夫都有生离死别、国恨家仇的经历，英雄末路，忽然天高地阔，入了吴国庙堂，受到这样的重用，可说是幸运得不能再幸运了，我们没有理由再患得患失了，应知恩图报，把全副精力摆到国事上才对。"孙武看着伯嚭说，"营造的重担大王压给你了，你一定要克己奉公，杜绝私弊，尽力而为，把精力放在国事上，心就宽了！"

"大将军，伯嚭一定记住，把全副精力放到国事上。"

伍子胥没有多说什么。大王还是袒护被离的，惧内就能开脱责任吗？家妻爱财纳贿，做丈夫的会不知道吗？这些托词都是经不起推敲的，既离奇又可笑，这里面大有玄虚，大王还是在搞平衡。只有厚道的孙武才相信，听了大王那些话就热血沸腾！但好在伯嚭又得到了重用，而且，做国君的也有他的难处，阖闾能这样做，已经是很开明很大度的了。

越国的苎萝村，七八个小女子聚在西施家一起夜织，称为"会烛"。这样一火多用，七八个人原来要用七八盏油盏，现在只需两三盏就足够了。她们还能在织布的技艺上，互相观摩切磋，且女伴们相聚一起，又热闹又愉快，相互逗趣说笑，

要比独自一人在家里有意思得多。她们都是楚国公主季婉的徒弟，这些徒弟现在都成了手艺熟稔的师傅，也带起了徒弟，这些徒弟很快也会当上师傅，带起徒弟。

公主去会稽已有多日，有消息传来，越国太子勾践经文种居中做媒，要娶公主为太子妃，大家听说后，非常振奋。她们都很敬重、喜爱公主，公主跋山涉水来到越国，在越国的穷山村里传授先进的纺织技艺，扶助越国发展经济，以增强国力，防备吴国的觊觎。开始时，大家都不知道她是楚国公主，以为她只是一个从异地到此来传授织造技术的普通女子。她凭借耐心、才情、气质和平易近人，很快就获得姑娘们的钦慕和尊重。后来，太子勾践来拜访公主，公主的真实身份才泄露，但她和女徒及村民们的关系，并没有因此生疏，她还是那个穿街走巷和姑娘们一起浣纱捣练的女师傅。

"西施，公主还会来我们村里吗？"有一个叫郑旦的村女问。

"公主当然会来，肯定会回来。"西施停止了织布，抬起头来，睁着盈盈秀目，肯定地说，"她马上要当越国的太子妃了，和我们一样，是越国人了，怎么会不来呢？"

"太子妃就是未来的王后，那么尊贵的身份，还会和我们一起织布浣纱，这怎么可能呢？"还有一个村女说。

"公主和我们姐妹相称，她到哪里都是我们的好姐姐。而且，她的为人是那样至诚至情，她绝不会忘记我们的。"西施说着，又怔怔地出了神，她由公主想起了被她骂为"贼头贼脑"那个倜傥不羁，豪爽、快乐而又风趣的男子，虽然只见过一面，但她总是忘不了他，一想起他，竟会感到有种莫名的激动。那天晚上，公主和她说悄悄话，她对公主说："我们说不定把这个男子惹恼了，我还骂他贼头贼脑，我觉得太过分了，下次碰到他，我要正式向他道歉。"

公主很专注地看了她一眼，恍然意会，说："西施，你喜欢他？"

西施顿时脸色通红，埋怨说："公主，你，你不正经，我根本不认识他，就和大家一起见过他一次，怎么会有这样的事！"

"怎么不会有这样的事？你听过一见钟情这句话吗？你还记得我跟你们念过的'窈窕淑女，君子好逑'这句诗吗？"

"公主，你别说了，我不知道这句话，也忘了这句诗。"

"好，我不说了。我的大美人！"公主赞叹说，"在苎萝村，数你和郑旦最美，我在楚国从未见过像你这样的美人，我看得出来，那晚，是你的美丽把那个男子镇住了，要不，被我们泼了水，他却若无其事，一点不快都没有？我的直觉，他对你存有好感。"

"他不恼，是因为认出了公主，而且，他也是楚国人。公主，他到底是什么人呢？他怎么闪一下身就不见了呢？他到苎萝村做什么来的呢？"

公主笑了起来，用纤长的手指指一下西施的眉心说："你这小脑瓜为了他想了这么多，你在盼他再来苎萝村，是不是？快跟我说实话！"

"不是的，不是的！"西施一个劲地否认。

"唉！"公主叹了口气，不管西施怎么否认，她还是看出了西施的心意，这个美若天仙的少女的心里已装着那个风雅的人。她估计这是个以到处游历为乐的游士，丰神俊朗，性格狂放，不务正业。这类人她太熟悉了，她对他们没有什么好感。可这样一个玩世不恭的男子却特别能讨得涉世尚浅、单纯而充满憧憬的小女孩的欢心，西施显然是动心了，但这样的男子是绝对不适合西施这样朴实而纯洁的女子的。所以，他一出现，她就马上警惕他的一举一动。她不希望他出现在这些天真无邪的女孩身边。但她马上觉得自己不能扫西施的兴，便说："我估计他是个侠士，楚人中有侠义之气的男子很多，你等着吧，他会来找你捣练的。"

西施一直记着公主这句话，但等来等去就是不见他的身影。在一片机杼声中，她又发起了呆。郑旦发现她的纺机停了下来，神情有些异样，知道她又想起了那个被她们泼水逐走的男子，一刻的见面，竟让她如此恋恋不忘。西施在郑旦面前，没有提他一个字，但西施的神情毫无掩饰地暴露了她内心的秘密。

"西施，你在想什么？"郑旦起身，走到西施身边，轻轻在她耳边说。

西施一惊，回过神来，慌乱地说："不想什么。"

"你骗不过我的眼睛，你在想他？"

"他是谁？"

"你心里清楚。"

"郑旦，你再胡说，我撕你的嘴！"西施刚骂出一句，忽然侧耳凝神，一阵随风而至的马蹄声和车轮声从不远处传了过来，"这么晚，还有什么人来呢？不定是公主吧！"

西施这么一说，所有的纺织机都停了下来，茅屋里静得掉一根铁针在地上都听得到。那声响越来越大，越来越听得真切。姑娘们都站了起来，走出茅屋，站在屋檐下，看着村头那条大道，不远处亮着一团在夜色中跳跃的灯火，那是挂在车前的马灯。平民一般乘犊车，而犊车只会发出木轮转动的"吱呀"声，也不张灯。这种车只有贵族才乘，来者是有尊贵身份的人，她们预感是公主来了。

车马越来越近，是一辆双马牵引的大马车，马车前后还有几匹单骑，这阵势只有太子勾践来拜访公主时才有过。显然，这是公主无疑了。

几个骑着马的甲士先到，点燃了几支火炬，苎萝村一大片都被照亮了，然后马车紧随其后。这是一辆以鱼皮为饰的帷车，车后的一匹单骑上跳下的人，竟是那个被她们用戏谑的方式赶走的男子。范蠡比上次神气多了，换上了新衣，挂着一把新剑，潇潇洒洒地站在车旁，脸上露着温顺亲切的笑容。紧接着从帷车上下来的是公主，公主也显得有些陌生了，一阵幽香微度，公主由原来的淡妆天然的模样，变成了一个盛装的丽人，环佩围绕，锦裙曳地，另有一番高华的韵味。

姑娘们看傻了眼，个个欲语不语的。公主走前几步，笑着说："你们都在这里啊！怎么，分别才几天，就不认识我这个师傅了，不定是学会了本事，师傅都不要了？"

西施第一个走到公主面前，恬静地笑着，那男子就站在公主一旁，但她故意装得没有看到似的，对公主说："刚才，姐妹们在会烛，还提起师傅呢！你不觉得耳热吗？自从你走后，我们没有一天不想你，今天师傅变成了真正的公主，乍一看，我们真不敢认呢！"

姑娘们这才唧唧喳喳地围了上来，激动得眼泪都掉了下来。公主和这些可爱的村女们谈笑着，村女们乍见公主的拘束和生疏已完全冰释，一年相处积下的情感是深厚的，她们真的就像是久别重逢的亲姐妹那样互问长短，亲热无间，流露出真挚无限的友爱。

范蠡受到了冷落，他站在一旁，扬着清俊的双眉微笑着，心里很感动，为姑娘们的淳朴，也为公主在这山村里所结下的人缘，这是异常珍贵的情谊。他时不时看看西施，她只顾和公主说话，似乎根本无视自己的存在，但范蠡发现她的眼睛的余光在投向自己，这是极其微妙的神态，显然，她不看自己不理自己，那是故意装出来的矜持。

公主突然想起什么似的，向周围张望着，找到了范蠡，大声说："范先生，你过来！"

范蠡走了过来，大方地向姑娘们行一个礼，说："我叫范蠡，我们已打过交道，也算得上是熟人了。"

村女们忍不住都"扑哧"一声笑了起来。西施笑得用手掩上嘴，偷觑着范蠡。

公主也忍俊不禁笑起来，边笑边轻轻拉过西施，指着范蠡说："你不是盼着那个'贼头贼脑'的人来吗？现在我把他带来了，你怎么又不说话了？"

"西施姑娘，你今天还觉得我是'贼头贼脑'的小人吗？"范蠡问。

西施又窘又羞，抬眼看了范蠡一眼，又赶紧垂下头去，轻轻地说了一句："范先生，上次鲁莽了，对不起。"说完，满脸的红晕，欲闪避而去，被郑旦一把揪

住："西施，你别走啊！你天天盼他来，他来了，说句轻飘飘的话就完了，你这是怎么啦？"

"郑旦！"西施喝住郑旦，"回屋去，回屋去，怎么能把公主撂在外面？"

来到西施家的茅舍，公主在纺纱机前摸了一阵，忍不住坐下织了几下布，但由于服饰不便，她只能依依不舍地站起来，感慨地说："我真怀念在苎萝村的日子，其实，做一个浣纱女也很开心，自由自在，没有那么多烦恼！我见识了越民的善良、能干，也认识了太子，所以，我大喜的那天，你们一定都要到啊！"

这时，村民们闻讯都聚来了，范蠡当众宣布："太子勾践就要迎娶公主为太子妃，公主是来邀请苎萝村的村民参加婚礼大典的，请各位乡亲届时务必光临！"

公主不免有些羞涩，但她还是快乐地笑道："苎萝村在我生命中是一块福地，到那一天，我要请西施、郑旦当我的傧相，我就是专程为了这件事来的。"

茅舍里发出一阵震天的欢呼声，莫希和村里一个德高望重的长老笑逐颜开地迎了上去，代表村民向公主道贺："恭喜，恭喜，公主的盛情邀请，是我们苎萝村开天辟地以来的最大幸事。我们谨祝太子和公主多子多福，白头偕老！越国和楚国世代友好！也祝四海平和，永息兵革！"

跨国君室结姻在当时很普遍，带有政治的性质，其目的是借此促进两国通好。但这其中的情形是大为不同的，有弱国向强国示诚，有敌国之间的修好，有结盟国之间增强盟谊。勾践和季婉的婚姻显然是属于第三种，但并非完全如此，两人的互相爱慕也是一个重要原因。季婉到越国后，接触最多的就是勾践。贵为公主，没有一点傲气和娇气，在穷山村授艺，吃苦耐劳，俨然以村姑自居，这样的公主，天下哪里还找得出第二个？而且，公主虽非绝色，但气度高雅，勾践一见而不能忘怀。同样，勾践的睿智沉稳、聪明干练、儒雅多才，也让公主十分倾心。善于察言观色的文种看出他们之间的奥妙，先向越王允常试探，允常求之不得，季婉的淑名在楚国家喻户晓，她不仅是楚国的公主，还是秦王的外甥女，肯屈尊下嫁到边远的越国，自然难能可贵。于是，越王命文种为特使，正式让他向楚国提亲，楚国太后孟嬴和年轻的楚昭王十分赞同，楚越联盟越牢固，对吴国的牵制越大，且太子很能干，多才博学，将来继位后，是个明君，无论从哪方面看，都是良配。这门亲事就这样成了。

按照礼制，季婉应回楚国等候迎娶。回国前，季婉提出去一趟苎萝村，原来由勾践陪同，但出于礼制，男女订婚约后，不便多接触了。范蠡恰好要去苎萝村看他念念不忘的西施，便自告奋勇和公主同行，既可照料公主，又可实现愿望，可谓一举两得。

公主和范蠡在会稽巧遇后，才明白在浦阳江把范蠡看作轻薄的游士，是大错特错了，居然闹得极尴尬，自己愧对这位才学不凡的奇士。

文种将范蠡的性格、才情，所做过的事情都一一讲给公主听。她想起曾为了安慰西施，说范蠡有侠义之气，是个侠士，这话倒让自己无意中讲对了。范蠡就是一个难得的大侠士。范蠡谋划勾践押武锦清赴吴国吊唁，弭战患于无形，更使公主对范蠡侠义的理解更深一步。范蠡之侠，绝非一般的抑恶扬善，扶弱战强，而是一个具有大智慧的，他是倾力帮助一个弱国变强的国士。他可以为越付出一切，他毅然陪太子出使吴国，那是冒着极大风险的，吴王盛怒之下，什么样的事都做得出来，可范蠡并没有多想自己的安危，这足可证明他的胆略和勇气非同寻常。

公主嫁勾践的事定下后，她便不自觉地将自己看作一个越国人了，因此她对范蠡充满着感激。她意识到范蠡对西施有意，西施似乎也对范蠡有心。他们是郎才女貌的一对，便想借重返苎萝村，顺水推舟，撮合这对有情人。

允常曾多次召见并问计于范蠡，允常问："吴王阖闾在伍子胥、孙武辅佐下，大造战船，据谍人所报，居然要造千号艨艟巨舰，他们对付楚国之外，显然对越国也是莫大的威胁。吴越一湖之隔，吴师挥戈南下，越国倾国之祸，可以立见。当然，这几年吴不会对越兴兵，可总有一天，吴国会打过来的，范先生，你说我们该怎么办？"

范蠡说，要抓紧这几年吴越和平相处的时间，尽快增强越国的国力、军力。他的谋略是，徙沿山北，引属东海。即走出山区，以沿海平原为基地，引进楚国先进的耕作技艺，扶助农桑，鼓励人口的充实，辟市场开展商货交易，与此同时，扩军备战。为此，他建议，都城从丘陵迁移到平原。原都城困于山中，交通困难、地势险要，使得王室闭于一隅，而无力辖全国各部落于一统。山里荒芜，居民只能以打猎采集为生，肥沃的平原白白地成了没有收获的荒地。因而，越国之强，就在于打破封闭的局面，让越国会有一个更大的天地。

允常听了，对范蠡的献计大为赞赏，尤其是"徙沿山北，引属东海"八字，言简意深，十分精辟。其实，他登位以后，已经意识到自闭在山区是越国穷困弱小的根源，采取了一些措施，鼓励百姓垦殖，开拓疆土。作为越国始祖无余的二十余世孙，允常还是想有所作为的。但他的致命伤是优柔寡断，魄力不够，措施不光不力，而且执行得断断续续，别说形成强大的国策了。都城始终置于山窝，百姓当然习惯于山居，而水居的百姓因平原沼泽密布，洪涝不断，也无力开发平原，沿海的平原成了滩涂。范蠡所说的要走出山野，移都平原，可说是击中要害。

但以石买为首的一批老臣听说后，对此嗤之以鼻，石买冷笑着对允常说："别相信这个楚人的胡言乱语，楚人无义，伍子胥、伯嚭都是楚国旧臣，竟然投吴仇楚。现在越国也来了两个楚人，信口开河，欺世盗名，大王万万不可信他们的。迁移都城，开发平原，这谈何容易？会稽已经营这么多年，倾注了多年的心血，难道就这样付诸东流了？即使他说得有理，造新都的钱在哪里？劳力在哪里？"

"照你这么说，我们就永远困在山中了？"勾践问他。

"会稽是交通不便，但易守难攻，这有什么不好？"石买回答说，"迁到平原，地处要冲，四通八达，一旦敌人入侵，也就长驱直入了。"

允常犹豫了，头又神经质地晃动起来，说："石大将军说得也有些道理，这是国之大事，以后再议吧。"

勾践没有心灰意冷，石买等人的反对、父王的摇摆都在他的预料之中，他暂时不和石买他们争辩，他在等待机会。他要父王正式任命范蠡为大夫，陪自己去吴国吊唁。为出使需要，允常同意临时给范蠡大夫之称，从吴国回来后，范大夫又成了范先生，勾践感到过意不去，连季婉都替范蠡鸣不平。

范蠡却不在乎，他说："太子别说了，我不是为了一官半职投奔越国的，没有受封，我反而好说话好做事，有大王和太子的信任，就足够了！"

勾践和季婉的婚事定下后，越国太宰皓进、行人曳庸、司直扶同、司农皋如联名上奏越王允常，原有的太子府邸过于狭小、简陋，应修一座新的太子宫，以供太子和太子妃新婚居住。这关系到越国的脸面，也事关和楚国的结盟，允常马上同意了。

勾践将太子宫的地址定在平阳，这里虽不临海，但是平坦之地，交通也便捷，离苎萝村也不远。勾践将建宫的事交给了范蠡，范蠡听说新择之地离苎萝村很近，眼睛陡然发亮。范蠡当然明了这是勾践为迁都作准备，将太子府建在平阳，也算跨出山窝了。

这次范蠡随公主到苎萝村之后，就要到平阳履任，在那里租一间房舍，作为太子宫的筹备处，一应钱物由负责国库的太宰皓进核算后调拨，具体事务由范蠡受太子授权统筹。

公主决定在苎萝村住一夜。她和西施共居一室，等更衣后，房内只剩下她们两人时，西施突然对季婉说："好啊！公主，你在要我！"

一句话把季婉问愣了，说："我要你什么啦？你这是哪里的话？"

"你和范先生明明早就认识的，却装作是陌生人，还要我们泼他的水，赶他走，害我还骂了他，你说，你不是在要我是什么？"

"噢！是这件事。"公主笑了起来，"我们那天确实互不相识，后来到了都城，

我才在太子那里碰到他，才知道他是越国的国士，是一个非常有才干、真心帮助越国的尊贵客卿。我当场就向他道了歉。真的，我没有耍你，我当时也误认为他是个流里流气的轻薄之徒。"

"可他认识你，能说出公主的名字。"

"那是他猜的，他不知从哪里得到的消息，知道我在越国，他的眼光很锐利，一见到我，就猜出来了。"

"范蠡这么厉害，公主怎么会误认为他轻薄呢？我后来给他罗巾擦拭，发现他并非是这样的人，他很友善，也很正派。"西施鼓足勇气说。

"好啊！西施，没想到你小小年纪，眼光也很锐利啊！"季婉盯着西施，脸上露出意味深长的神色。

"我，我没有别的意思，我只是有那种感觉。"西施被公主看得有些发慌，连忙作出解释。

"你的感觉很对，这是一个难得的好男子。"季婉收敛了笑容，很认真地说，"你知道吗？这次范先生来苎萝村，是为了你来的。你没有想到吧？"

"你又在耍我！"西施一听这话，惊喜交集，怦然心动，但她故意嗔怪说。

"好，你又怪我耍你，本来下面还有很重要很要紧的话，我就不说了。时间不早了，我们睡吧，明天一早我就要赶回会稽去，后天回楚国。"

西施急了，求饶似地对季婉："好公主，好师傅，有什么话，你继续讲下去吧，是我不好，我不该怪你耍我。"

"下面的话，你给我记住，我不是和你开玩笑，句句是认真的。"季婉说，"范先生对你很在意，就是说，对你很有意。你如果对他有意，可要珍惜这次机会，算你走运，这辈子能遇到这样完美的好男子。他为越国效劳，这是越国的福分。你能真心对他好，就是对国家有功。你明白我说的话了吗？"

西施没有想到公主会说这番话，但她领会了公主话语中的含义和分量，她看着公主极郑重的神色，点了点头。

"好妹妹，从今以后，你不再是个浣纱女了，你和我一样，都不再是普通的女人。虽我们出生于不同的地方，但我们有一样的命运，因为我们都爱上了一个注定要为这个国家奉献一生的男子，他们所承担的责任关系到越国的兴衰，而我们的人生也不会像在苎萝村里这样安静、单调。他们不是属于我们的，而是属于这个国家的，你可要做好准备！"

这个晚上，西施在公主入睡后，还丝毫没有睡意，屋外传来江水的奔流之声，月光像碎银般从窗棂洒落进来，公主刚才对她讲的话，久久地在她耳边回响着。

第十二章

吴国的动静不仅引起近邻楚越的警觉，也引起了中原各国的注意。齐国、秦国、燕国、鲁国、晋国、赵国、韩国、卫国等国家都在谈论位于东隅的吴国的种种传闻，这个迅速崛起的南蛮之国，一旦强盛到一定程度，肯定会有所图，那就是夺取霸主的地位，称雄中原。虽然它现在还没有这样的实力，但野心已表露出来了。有些小国的君主内心已感到有些惊惶，中原的强国已让他们成了惊弓之鸟，若南方的强国再北上，双重的危险就会降临到他们的头上，纷乱的中原就会变得更加不安生。

楚国首当其冲，它自以为还是强国，和吴国打过仗，互相天敌似地仇视着。但面对气焰逼人的吴国，楚国有些色厉内荏，还是觉得应该采取一些对策。楚昭王召见令尹囊瓦密议。

楚昭王还很年轻，他是楚平王的次子，他的哥哥太子建被父王逼到外国去了，先到郑国，差点被郑国国君交出去，后来又逃到宋国。平王死后，太后孟嬴派令尹囊瓦为专使赴宋国请他回国继承王位，但太子建吓破了胆，不敢回国，而且他心灰意冷，把楚国看作龙潭虎穴，已无意袭位。

国不可一日无君，太后召众臣和王室商量后，推平王的次子继位，这就是楚昭王。当时楚昭王还只有十三岁，因此由囊瓦辅佐，朝政都握在他手中。当时费无忌势力仍很大，暗地里一直和囊瓦作对，但囊瓦执掌楚国的军政大权，又有大将沈尹戌的支持，且费无忌的奸诈无道已使得他在众臣中不得人心，大家都疏远他，使他的图谋难以得逞。无奈之下，费无忌又去投靠囊瓦，但囊瓦对他不热不冷的。费无忌不以为意，还是厚着脸皮百般讨好献媚于囊瓦和楚昭王。囊瓦尽管很厌恶他，见他还有些势力，还是收他于自己的门下。

几年下来，楚昭王已开始理政。姐姐季婉即将远嫁越国，下面有妹妹菁云、

芊兰，都还年幼。他为人敦厚，不像父亲平王贪婪暴虐，树敌过多。他希望能息事宁人，避免和吴国打仗。

"有什么办法可阻止吴国的伐楚之谋呢？"楚昭王问。

囊瓦是一个傲慢自信且专断的人，他知道吴国的动作很大，正在建天下最强的一支水师，建成后将拥有战舰上千。吴国意欲何在，这不是秘密了，目标是直取楚国。楚吴之间，恩恩怨怨，纠结多年，两国曾几次发兵对阵，两国边境磕磕碰碰的纠纷更是时有发生。七八年前，当时还是大将军的阖闾即公子光曾击败过楚军，虽然吴军只是小胜，但使楚国民众震惊了，一个强国打不过弱国，这是国之大耻！然而楚平王无心恋战，攘外必先安内，他要先把国内反叛他的力量肃清了再说。而且他整天和从儿子那里夺过来的秦国公主卿卿我我，哪有闲工夫和吴国大干一仗。费无忌还对他说："吴国不足为敌！他们只有一万多兵，而楚国有二十万，不，有三十万，任何时候都可以把吴国踏平。"

这话楚平王听进去了，他狂笑说："吴国并无动武之心，它充其量是自保而已，绝无和楚国大战的胆量，一个越国拖住它够了！要是它敢向楚国挑衅，寡人掐死它如同用一个指头掐死一只蚂蚁一样。不信，吴人可来试试！"

费无忌附和说："凭大王的神威，不费吹灰之力，就可让吴国成为楚国的疆土。"

这虽是大话，但当时楚吴之间的国力确相差悬殊，楚国如真要对吴国大举用兵，虽有公子光、夫概等猛将率兵抵抗，但吴国国破之祸难免。但楚平王失去了伐吴的最好时机，他的狂妄和自大给他的继承者留下了极大的隐患。直到他病死，他都没有意识到这一点，自以为拥兵二三十万，殊不知，这支庞大的军队已成四分五裂的怠惰之师了。

囊瓦的心态其实和当年的楚平王的心态差不多，也自以为楚国强得很，但他比楚平王聪明的地方是，知道现在的吴国不是那么容易制服的，楚平王的穷奢极欲、挥霍无度，耗去了不少国帑，要劳师征战，恐怕没有足够的军费支持一支大部队。而太后、昭王和公主季婉都不想打仗，他们都是平和的人，只图怀柔之策，协和邻邦，维系国家的安宁就好。

可吴国狠下心来要和楚国为敌，阖闾伐楚的野心已暴露无遗。楚昭王向囊瓦发的问，囊瓦也不止一次问过自己。他深思熟虑，早有方案。

"要阻挡吴国伐楚之谋，只有一个办法。"囊瓦从容回答。

"什么办法？快请令尹见示。"

"化解吴国对楚国的仇恨，两国化干戈为玉帛。"

"冰冻三尺，非一日之寒。楚吴积怨，由来已久，如何化解？"楚昭王一听，有些失望，这个办法算不上善策，因为根本办不到。但令尹身为首辅，国事军事都是他在料理，他这么说或许有他的道理，楚昭王便耐着性子继续问他。

"大王也知道，帮助吴王整军强国的主要人物有三个，伍子胥、孙武和伯嚭。其中伍子胥是吴王最为重要的权臣，他不仅帮阖闾夺回了王位，主要国政大计都出自他。"

"这我当然知道，那又怎么样呢？难道派勇士入吴刺死他？"

"当然不是。不过，吴国仇楚，固然由来已久，但也因伍子胥和伯嚭的缘故而加深了。伐楚之谋，是伍子胥助阖闾起事所提出的一个条件，也是阖闾对伍子胥许下的诺言。阖闾称王后，必实践前约，强国强军，替伍子胥伐楚雪仇！"

"是啊！太傅伍奢、其长子伍尚，都惨遭杀害了，伍子胥死里逃生，他对楚国有仇恨是可想而知的。可是，令尹当时也是参与其事的，我尚年幼，不知这事的来龙去脉，令尹大人为何不劝阻父王呢？"

在迫害太子建和伍奢父子一事上，囊瓦昧着良心，起到了推波助澜的作用。但此时他却断然分辩说："臣没有丝毫对不起伍奢父子的地方，当时都是费无忌在先王面前谗言诬陷太子和伍奢父子的，后来又诬赖伯嚭的祖父伯州犁，导致伍子胥、伯嚭出逃吴国，伍子胥、伯嚭对楚国的仇恨加剧了吴国对楚国的仇恨。这样的恶果，都是费无忌这个巧言诌媚者一手造成的，臣的过错是没有坚决抵制费无忌对贤良的陷害之举，没有劝阻先王。但话要说回来，先王要做的事是臣能阻止得了的吗？大王责备臣，让臣不免感到委屈。"

"那你何以把费无忌这样的小人收揽在门下呢？"

"这是我做错了。我念他是先王的老臣，出于怜惜之心，不忍对他弃之不顾。"囊瓦沉住气回答，"大王，言归正传，臣刚才所说的办法正是和费无忌有关。"

"你说得详尽些，怎么和费无忌有关？"

"这个结果是费无忌一手造成的，也得由他来解开。"

"如何让他来解这个结？"

"很简单，替伍奢父子和伯州犁平反昭雪，并追究费无忌无事生非、陷害贤良、败乱国家之罪，将其诛戮，以平息伍子胥、伯嚭的怨恨，对全国的百姓也有个交代。至于老臣收揽费无忌，虽出于怜惜，但大王如认为老臣纵容奸佞、姑息养奸，臣请告退归田！"

囊瓦这么说，带有要挟的意味，楚昭王自然懂得他是以进为退，一方面洗刷自己当年迫害贤良的责任，另一方面开脱包庇费无忌的嫌疑，同时包含着对昭王

越来越多地亲理国事感到的不满。昭王听说，正因为囊瓦的乖戾和霸道，得罪了不少人，楚国在各诸侯国中很不得人心，和中原各国的关系紧张了很多。久而久之，楚国势必会陷于孤立。

囊瓦太专横跋扈，在昭王面前指手画脚，态度极其无礼，因此，昭王已很讨厌他，恨不得立即问罪，将他贬为庶民，放归田里。但他知道囊瓦的势力还很大，其他几个大臣，像申包胥、沈尹戍、子期等，虽服从自己，但所拥有的力量不足以和囊瓦抗衡，而且囊瓦还能做些事，兵权在他手中，楚国还少不了他。冷静地考虑过后，他决意采取暂且忍让的态度。

"事情是费无忌惹出来的，加之对臣下的进退赏罚，权操于主上，王命不可违，岂能问责于你？"昭王口气缓和地说，"至于你提到问费无忌的罪，为伍奢、伍尚父子和伯州犁平反，重新厚葬，等等，所言甚是，马上去办，首要之事是将费无忌收捕下狱。这个人太可恶了！"

"是。臣遵命。臣建议派人向伍子胥表示慰问和歉意，进行必要的安抚。"

"按理要好好抚恤他，赐些金帛给他。他如能归楚，我会以最高的礼遇接待他，授他最高的爵禄。"昭王说，"但楚吴交恶，除钟周、伯嚭来过一趟外，近乎断交，尤其是庆忌闯吴军边营以来，两国已没有任何人员来往。请越国转达，也不妥当。我的意思是，费无忌的事可昭告天下，但安抚伍子胥，不宜声张，最好私下进行，你看，派谁去好？"

"伍子胥不好钱财，但将大王的厚意带给他，他会感激大王的，他到底世代都是楚国人啊！至于派什么人去，臣可以保荐一人，是一个最合适不过的人了，托其从中斡旋，必能不辱使命。"囊瓦兴奋地说，几乎是突然来了灵感。他想到了一个他儿子的朋友，他就是伍子胥的女人的哥哥，这个女人虽不是伍子胥的妻子，胜似妻子。

囊瓦想到的女人就是津香，她的哥哥自然就是津夷了。津夷和囊瓦的小儿子囊丹是生意上的伙伴，囊瓦从儿子那里隐约听说了伍子胥和津香的故事，便鼓动儿子和津夷多结交。伍子胥现在是吴国的中枢大臣，他本能地意识到，留着这层关系说不定哪一天能派上用场。但他只见过津夷两面，寒暄过几句，对方给他留下的印象是一个很精明的小商人。

楚昭王一听，来了劲，问："你保荐的人是谁？"

"伍子胥的妻兄，和犬子是朋友。"说到这里，囊瓦怕昭王会误会他早就里通伍子胥，便又补充说，"他们只是生意上有往来，犬子通过他到吴国代购土仪、生丝、陶器，仅此而已。"

"听说伍子胥马上就要和吴国的公主、阖闾的妹妹成婚，他在楚国何来的妻兄？"

囊瓦便把伍子胥亡命时遇到津香的故事讲给昭王听。昭王听得津津有味，他是在深宫里长大的，没有多少生活的阅历，听了伍子胥的故事，他感动了，说："这事就托付给你了，你告诉他，一定请他设法疏通化解，事办成了，我会重重地赏他。他的妹妹也是难得的奇女子，如有可能请她出面，她会比什么人都做得好！"

"是。臣马上去办。津夷、津香就住在郢都，很容易找到。"

"令尹！"昭王沉吟说，"今天谈的事，是国家的机密。无论成功与否，请爱卿务必保密，你知我知即可。也请令郎和津夷嘱咐他们，免得横生枝节。"

囊瓦伏地说道："是！臣当谨守大王之诚！"

伍子胥和公主乐范即将成婚，佳期已定。

伍子胥终于接受了乐范所提出的所有婚典的礼节。繁文缛节，不胜其烦，但伍子胥别无选择，大王发话了，坚拒不妥，只能依从。阖闾赐了他们一所府第，不过这座大宅在五湖畔的新都，还在营造之中。据说宅子轩敞明亮，还有一个很大的水池，水光潋滟，栽了满池的荷花。

水池边有一座水榭，是乐范以后奏琴赏荷读书的地方。伍子胥的书房也规划得特大，比宫中大王的书房还要大。伍子胥不安了，对阖闾说："这是僭越，请大王与公主说说，我伍子胥领受不起。"阖闾手一挥说："让她去吧，拗不过她的。再说，什么僭越不僭越的，依你的功勋，怎么享受都不为过。"

乐范和哥哥不同，阖闾节俭，不尚奢华，而乐范的用物，无不追求精致、珍贵，她准备的许多器具，像香炉、灯柱、食器、礼器，都由她亲绘图样，请有名的工匠特制。除了一部分取材于铜和金，大多是漆器。至于室中的陈设，罗帷锦茵，样样讲究，都由乐范亲自指挥宫女陈设。

乐范感到不足的是，新宅没有竣工，只能将伍子胥的旧宅作为婚房。按伍子胥的意思，在这里不会住得太久，将就些，不要多作修缮了，但乐范还是让人大大折腾了一番。

阖闾给足了面子，下诏将一条在新都旁流过的大河命名为胥江，而新都面对五湖的一座城楼叫胥门，这让伍子胥又感激又惶恐，连忙进宫谢恩，并说："大王的赏封，伍员万万不敢僭越领受，还是请大王取消了好。"

"伍卿，你别推辞了，这事就这么定了，再说，诏书已颁布，王命岂能出尔反

尔？我知道你怕人说闲话，你多虑了。吴国谁不知道你伍子胥功高，万民感戴！这样的赏封对你而言，一点都不为过。"阖闾温言劝抚他，"还有一事，新都落成后，替代梅里，总得取个名？你觉得叫什么好？"

"我想过了，叫吴都①。"

"吴都，这地名好，响亮，明白！"阖闾拍案叫绝。

"臣还有一事禀报，大臣们对臣说，国君对王后的服制已满，中宫不可久虚，望大王早日册立王后。"伍子胥奏道。

阖闾轻轻叹息了一声，说："王后下葬刚过一年，想起她来，还让我很难受。王后十六岁嫁我，跟着我担惊受怕的，当王后没几年，刚过了几天舒心日子，就这么走了。我实在没有这份心情，过一段时期再说吧，大臣们的好意，我心领了。"

阖闾说得很恳切，也很动情，伍子胥听了后，肃然起敬地说："大王能这样想，大臣们当然会理解，大王对王后的一片情意，弥足珍贵，但为了社稷臣民之福，乞大王早作打算。"

"我自有打算，然眼下不作考虑。而且，这类事也要看机遇，水到渠成，不能强求。"阖闾说，"你和乐范的事办好了，我也了却一件心事。乐范有不是之处，你让着她些，她任性惯了，我也说了她几次。你为人宽厚，不要与她一般见识。我知道你念着津香，也知道只有一味药切你的症。"

"什么药？"

"你做过草药师，这味药很寻常，那就是'当归'，以后还是劝她回来。伍树那么小，她会忍心一直丢下他不管吗？听说孙燕在带他，成他的干娘了？"

"幸亏有孙燕，那天津香不辞而别，伍树哭喊着要娘，还是给孙燕哄住了，本来伍树就和孙燕亲热，这下除了小燕子，什么人都不要了，连我这个爹，在小家伙的眼里也可有可无的。"伍子胥絮絮叨叨地说，"可小燕子是个未出阁的姑娘，身边拖了一个孩子，总不太好。看来唯一的办法，就是让津香回来。"

"过一段时期再派人到楚国接她吧，当然，应该给她一个应有的名分。她毕竟为你生了个儿子，又救过你的命，不能亏了她。乐范如作梗，有我在。这件事她是答应了我的，不能言而无信。"阖闾拍着胸脯说，"不过，你也要有点耐心，新婚燕尔，这种事最好不要提，伍树也不要接回来。"

"好！我知道了。"

---

① 吴都，即今阖闾城遗址所在地，无锡马山闾江地区。

"听说越国太子要娶楚国公主季婉为太子妃？有这回事吗？"

"确有其事。吉期就快到了。"

"是否要派专使致贺？我们和越国签有和约，可是和楚国敌意颇深，新娘是楚国公主，这致贺是否得当？"

"确实不当，公主是楚人，向越国致贺，等于也是在向楚国致贺，岂非昭示我们在向楚国示好？"伍子胥毫不含糊地说，"听说这位公主倒是一位很贤淑的女子，我离开楚国的时候，她尚年幼，平王的罪孽和她没有多少关系。但她和楚昭王一样，毕竟是楚平王的子女，平王死了，父债子还，平王欠下的账只能跟楚昭王算了。昭王继位后，事事听囊瓦的，像费无忌这样的奸臣，已声名狼藉，在楚国朝中已遭到冷落，囊瓦却还是把他到收揽自己门下委以重任。昭王也睁一眼闭一眼，任凭囊瓦和费无忌扰乱国政，与吴为敌，收留庆忌、烛庸、盖余，扶助越国，可见昭王并非真的要推行怀柔之策。所谓怀柔、协和邻邦，只是权宜之计。臣认为，勾践迎娶楚国公主，我们断乎不能派专使致贺，只当未闻其事，保持缄默即可。"

阖闾听完伍子胥这番话，看出他对楚国的血海深仇并没有因为楚平王的暴死而减弱，反而随着时间推移，越加强烈，一牵涉到楚国的事，就情绪激愤，失去了控制，甚至失去了理智。这样的情形已发生过多次。其实按阖闾的想法，既然和越国和好，不妨对越国太子大婚表达一下祝贺，以示大国的气度和风范，可正像他所料的，伍子胥慷慨陈词，坚持一贯的看法。阖闾始终不解的是，当初刚刺杀姬僚后，吴国派钟周、伯嚭作为特使，到各国宣明吴王僚篡位的真相，这主意就是伍子胥出的，而且并没有漏掉楚国，还把楚国列为第一站。

其实，伍子胥之所以把楚国列为首站，是告诉楚平王，我伍子胥并没有死，还在吴国官居中枢。他要借助吴国之力，报仇雪恨，并且借伯嚭现身楚国，向楚王示威。伍子胥那时的用意，就是这样。聪明非凡的阖闾对此竟然一直没有想通。

见伍子胥强烈反对，阖闾便放弃了自己的念头，他点了点头，没有再说什么，默认了伍子胥的意见。这是小事，不必固执己见，伤了君臣之间的和气。在无关国本的细碎事情上，阖闾一般都会采取宽容、谦让的态度。

本来是伍子胥进宫推辞对他的封赏的，后来又谈到了家事国事，和乐范大婚算是家事，对越国勾践和楚国公主大婚祝贺与否算是国事，到此可以告一段落，可伍子胥又提出了一事，而且是非常重要的一件事。

伍子胥说，据收集到的情报，吴国一系列的举措，博得了各国的尊敬正视，各国从此不敢小觑吴国。但也引起各国的戒备，有迹象表明楚国、越国可能会加强和各国的沟通，派出使者，到中原游说，企图联合各国，共同抗吴。中原各国，

尤其作为盟主的齐国，很顾忌吴国有朝一日会盟中原，威胁到齐国霸主的地位。虽然抗吴的联盟未必能形成，但不得不预防。楚、越的游说，会引起中原对吴国的畏惧之心，吴国一旦伐楚，其他国家会出兵干预。

这并非是伍子胥没有根据的猜疑，也绝非夸大其词，他获得的情报无疑是正确的，提出这件事也很及时。即使没有这些情报，阖闾也应该想到这点。这一阵国事军事繁忙，加上王后去世等家事，使他对于国内事务偏重了些，而对天下大势很少作深度的考虑，伍子胥这么一说，阖闾暗暗惊心，自己对这样重要的情况，竟忽略了。孙武早就提醒过自己，用兵的精华在于奇正相生，以正合以奇胜。正即所谓的道、天、地、将、法。道、天、地就包含着天时、地利、人和，也包含着天下人心的所向，如果他国对吴国有着同仇敌忾之心，这对吴国今后的军事行动是非常不利的，毫无疑问，吴国会陷于被动，甚至会导致多年的心血白费。

"我们大造战舰，耗巨木甚多，其中越国献木三千多根，辗转运送到五湖边，极费周折，这些行迹无法遮掩，谁都懂得，若非为了征伐，吴国绝不会如此劳民伤财，去建造上千艘兵舰。所以，各国对吴国的戒备不足为奇，换了我也会想到这是用兵的迹象。"阖闾有些局促不安地说，"天下人都在议论我的举动，又见伍子胥、孙武主持大计，必会猜测不是为了劳师远征，图谋称霸，还会是为了什么！这样的传言对吴国贬损极重，会让我们失去很多的朋友。"

"岂止是失去朋友。"伍子胥插话说，"发展下去，会化友为敌，吴国会孤立于天下。"

"那怎么办呢？"

"最主要是要消除中原各国的疑虑，让他们知道，吴国整军经武完全是出于吴、楚两国敌意深重，随时会兵戎相见，吴国不得不有所准备。吴国无意劳师远征，到中原去打仗，更没有称霸的企图。"

"那如何对各国说呢？又如何去消除大家的疑虑呢？"

"无非三条：一是我们做事尽量少露形迹，防谍肃谍。二是派专使到各国游说，讲清吴国以仁德立国，无意侵扰别国，也不会以武力相威胁，不必无端不安。吴国对外友好为上，广结人缘，对内只求国泰民安。三是趁新都落成之机，请各国来参加庆典，借此笼络，当然楚国除外。"伍子胥神色庄严地说。

阖闾边听边不停地点头，表示同意。待伍子胥说完后，他想了想说："伍卿所说三条，都是很好的办法，第一条和第三条都好办，唯第二条派遣专使，我实在想不出合适的人选。"

"臣倒想到了一人，非他莫属。"

"此人是谁?"

"延陵季子,他在各国声望极高,鲁国的孔仲尼称他为大贤大德之人。据了解,他在延陵时,曾以个人身份几次周游过列国,交了许多朋友,口碑极佳。"

"他确实是一个合适的人,但为刺僚一事,对我成见很深,不知他肯不肯负命出行。"

"大王亲自去延陵请他,一次不行,两次,两次不行,三次,他是块石头,也会被大王的诚意所感化的。"

阖闾沉默了一会,终于下定决心,说:"天高而远,风高而广。我这位四叔是天是风,你说得对,只有他能走得远,影响广,我去请他,去求他。当初,我王位都愿意让给他,现在,只要能说动他,我有什么不能做呢?"第二天阖闾就轻车简从,来到延陵。

延陵范围方圆十几里,由一圈城墙围着。小城十分安静,城的上空悠悠地飘着几片白云,城墙上爬满了密密的青藤,阳光照耀着,明媚而不炽烈。城的外面有一条河,河水沉静而清洌。阖闾是第一次到延陵来,他惊奇于这个地方的安宁幽静。城墙的大门敞开着,只有一个看门人。看门人见大王来了,伏地叩拜。

阖闾对看门人说:"我要见我四叔,你去通报他一声。"看门人连忙向季札的府第跑去。

季札正在与他的一个朋友下棋,听仆人报告说大王来了,快到府邸门前了,季札想都没想就对看门人说:"你告诉大王,我是个闲人,除了看书下棋,无所事事。他是个忙人,我们之间没有什么事可言,他还是去忙他的国事吧,别在我这里空耗时间。"

和他下棋的朋友劝他说:"大王来了,你把他拒之门外,是大大地失仪了。"

"他是我侄儿,我是他长辈,长辈不想见小辈,并不失礼。"季札对看门人说,"你去吧,就这么说。"

看门人慌里慌张走到阖闾面前,说:"季先生说,他是闲人,大王是忙人,别为了看他而耽误了国事,请你回都城去吧!"

"你去跟我四叔说,我一来是来探望他老人家,这是小辈对长辈应有的礼仪。二来我有重要的国事请教他,事关社稷宗庙,他老人家不能不管。你就这样把我的原话告诉我四叔,还有,你对他说,四叔若不见我,我会一直等下去的。"阖闾说着,站在了门口。

季札听了看门人的陈述后,知道躲不过了,与他对弈的朋友又一再劝说他不要简慢大王,于是季札整了整衣冠,到城门口迎候阖闾。阖闾见季札来了,以小

辈见长辈的礼节施礼："小侄谒见四叔！"

季札还了礼，矜持地微笑道："你那么忙，来找我这个闲人干吗？国家给了我这块封地，我整天在这里享清福，年纪大了，对国家做不了什么事，你看我，身子尚健，能吃能睡，但毕竟老朽了，除了安闲度岁，什么都干不成了。"

季札把阖闾迎到正厅待茶，当阖闾说明来意后，他断然拒绝："我已没有身份了，代表国家出使列国，名不正言不顺，恕我不能从命，大王还是另择别人吧！"

"四叔虽未拜命受职，但天下人谁不知四叔的贤名，这是至高无上的身份，各国的君臣谁不仰望四叔。"阖闾恭敬地说，"请四叔为国家辛苦一趟吧，以消除各国对吴国的疑虑和误解。他们见吴国有了点中兴的气象，加上个别国家的挑拨，未免有些忌惮了！"

"绝非忌惮，你招那么多兵丁，造那么多战舰，除了防备楚国，就没有对其他国家用兵的图谋？"

"我整军经武，目的绝不是劳师远征，而是求得吴国有足够的国力和军力抵御压境的强敌，我希望做一个有仁德的君主，以仁德立国，让吴国成为一个有道的国家，这对我来说足够了，我丝毫不想到中原会盟称霸，这是我的真心话。"阖闾侃侃而谈，"四叔，这几年，我推出了一些新政，已开始见效，物产渐渐丰盈，百姓的生活有了改善，我只求这个趋势能保持下去。诸侯之间，攻伐不已，扰攘不息，这个局面我已看够了！礼为重，和为贵，这是四叔经常教导我的话，是圣明君主的治国方略，也是尊周王攘凶夷的方略！"

季札将着胡须，默然，嘴角露出一丝微微的冷笑。阖闾见季札这个样子，知道他并不信自己说的话，而且也不想驳斥，也不作反应。这样说下去，他自己都觉得没趣，于是戛然而止，静静地看着季札，见他无动于衷，心中颇为不快，想站起来拂袖而去，但想起对伍子胥表的态，只得忍住气，问："四叔，你听明白我的话了吗？"

"当然听明白了。"

"你以为如何？可以请四叔带着我的这番话上路吗？"

"你的辞令，虽说得漂亮，可惜都是虚言，我无法相信。"

"四叔，你真的不信。"

"不信。"

话说到这种地步，当然说不下去了。阖闾只得告辞，回到梅里。进宫室，还未歇息片刻，他马上召伍子胥进宫商量。他对伍子胥说："请季札担此重任，看来只能作罢了，这老头顽固得很，水都泼不进。"

"大王不是说过一次不行，两次，两次不行，三次？现在只碰了一次壁，怎么就泄气了呢？大王除了再次上门，别无选择。"伍子胥说。

阖闾干笑了几声，有些无奈地说："好吧，他回绝我十次，我上门十一次，我叫他非去不可。"

"大王，季札是王位都不要的人，这样的高义厚德之人，死不足惧，利不足惑，你硬逼他没用。还是要动之以情，让他相信你。"

"他难道已看破我说的是假话，是在糊弄他？"

"是的。"

"那我要以肺腑之言奉告他，我阖闾所做的一切，是要匡扶周室，弘扬周礼，内修仁德，外求长治，即使讨伐他国，讨伐的也是那些不讲信义、暴虐不仁的国家，为天下除害。即使称霸，也是在霸主无道的情况下，以雄武之姿，行仁义之事，顺乎民意，高举周旗，而且，要取信于诸侯，得天下之援。一句话，称雄也好，称霸也好，要众望所归，天下所归。"阖闾明白，对季札不能闪避事情的要害，不能泛泛地讲道理，而是要推心置腹，让季札心悦诚服。于是，他脱口而出，讲了这些话。

伍子胥听了很痛快，这么说没有回避整军经武的目的，用兵、称霸，都有信义两字作为约束，而且打出了匡扶周室、弘扬周礼的旗号，这样迎合了季札的倡导之道，讲到哪里都站得住脚。

第二天，阖闾又去了延陵，季札听后将信将疑，但口气已不是那么决绝。

第三天，阖闾再去了延陵，季札听后在屋内踱了一会步，站住了脚，看着阖闾，沉吟了好半晌，终于问阖闾："你能不能向我保证，你对我说的每一句话都是真的，而且，今后，在任何情况下，永远维护周室周礼，永远不背离吴太伯所创的仁德之治！"

"我保证，我起誓，永不背离祖训！"

"那好吧，我这老朽之身，就替吴国办最后一件事吧。"

准备了将近半个月的时间，一辆四匹马拉的大车、两辆两匹马拉的稍小一点的车出发了，由大夫被离、王子终累作陪，两个宫中的内监、两个骑士随行。之所以指派被离陪同，是因为被离善于辞令。终累在夫椒的表现不俗，和以前判若两人，阖闾很满意，此行回来，如达到预期效果，借迁都之机，可正式册封他为太子。车上还备足了礼物，最多的是五湖产的珍珠，这是北方大国小邦所没有的，在那里是稀罕的珍品。阖闾率文武百官送行，车队便在无数百姓的夹道欢送下，徐徐出发了。

紧接着是伍子胥迎娶公主乐范。

伍子胥骑着披彩戴红的高头大马，马蹬马鞍的配件都是错金嵌银的，在阳光下闪闪发光，伍子胥后面是一辆装饰华丽又充满喜气的两匹马拉的凤车，这是接新娘用的。公主出嫁，盛况空前，梅里街道两侧，早早挤满了看热闹的百姓，可说万人空巷。乐范双亲已不在，伍子胥跪拜参见国君后，阖闾以尊长兼国君双重身份将妹妹送到凤车边，伍子胥骑上大马回府。

乐范的嫁妆很多，装了十几辆车，礼器、食器、漆器、玉器、锦衾服饰、首饰器玩等，流光溢彩，林林总总，显示着王室的气派，亦不乏生活气息。一路上，车队走得很慢，浩浩荡荡，富丽繁华，这在梅里难得一见。这些东西都是乐范自己准备的，许多是宫中之物，是母亲生前留给她的，也有些是新置办的。伍子胥没想到她的嫁妆会这么多，让他吓了一跳，他虽然出身楚国的贵族，见识也算多了，王室的婚典也见过，但如此丰厚的嫁妆他也是第一次见到，足见吴国之富和婚制的隆重。其实，以前吴国王室之女出嫁，嫁妆也没有这么多，这是阖闾对妹妹的一片苦心和关爱，由着乐范去讲究、奢华。妹妹终于出阁了，阖闾不由得大大松了一口气，他是节俭之人，但对妹妹的婚事，他事事依她，哪怕把王宫搬空了，他都不会反对。

伍子胥骑在马上，昂首挺胸，仪表不凡，但他心里无限感慨。刚到吴国时，他穷困潦倒，狼狈不堪，在市场吹箫，夜宿街头，再经过这些地方时，他不禁多看了几眼，恍如隔世，伤逝感今，心潮澎湃。他耿耿难忘的是津香和伍树，津香在楚国，当然看不到这个场面，但会听到消息。她听到后会怎么想呢？还有伍树，他和孙燕在一起，难道今后就一直随小燕子了？这显然是不现实的，那么，何时把他接回来呢？乐范会接受他吗？伍树又会接受乐范吗？这些都让伍子胥感到烦恼。满街都是欢乐兴奋的人群，但他心中却是一股错综复杂的滋味。

到了府第，家中的一切都交给伯嚭张罗了。伯嚭精于此道，把迎亲的仪式安排得非常妥帖而隆重。厅堂里一队乐师在那里演奏着吴国民间很少听到的优美的韶乐，给屋子里增添了闹哄哄的喜气。这是乐范坚持要的，但伍子胥却觉得脑袋都快被吵昏了。

接下来是一系列的礼节，和民间的仪式大同小异。伯嚭是司仪，他那洪亮有力的楚音，抑扬顿挫，仿佛在高唱赞歌，引得欢声四起。伍子胥意兴阑珊地做着花样繁多的动作，好不容易挨到最后一道仪式，新郎新娘喝交杯酒。

伯嚭唱道："伍大夫和公主，交杯欢饮。"

有人端着一只漆盘走上前来，里面放着两只红漆酒盏，已注满了甜酒，两只酒盏中间用一条红绸缎带拴着。伍子胥未等伯嚭尾音消失，便迫不及待取过酒盏，一饮而尽，而乐范那边，则由陪嫁过来的宫女端起一盏，放在她手中，她只是象征性地在嘴边碰了碰，又交给了宫女。

结婚之仪终于圆满告成，贺客纷纷告退，只留下孙武和伯嚭。孙武和伯嚭百事缠身，在梅里最多待一天，就要回夫椒和新都。吴国的三个客卿难得聚在一起，伍子胥让他们待一会再走。孙武对伯嚭心存芥蒂，不想和他多说话，但看在伍子胥面上，还是和伯嚭坐在一起了。

伍子胥不能冷落新娘，便又回到花团锦簇的洞房，乐范和贴身的宫女正在忙着整理东西。她的表情和姿态，不像是初上门的新娘，而像在这里生活久了的主妇。乐范一见他就说："你怎么不去招待客人，到这里来干什么？"

"我怕你冷清，所以来看看你。"伍子胥说。

"这是我自己的家，有什么冷清的？"乐范很爽快地说，"我还想问你，伍树呢？他到哪里去了？"

"伍树在大将军府邸，由孙燕带着。"

"快把他领回来吧，我们的儿子住在别人家里，不像话！"

伍子胥简直不相信自己的耳朵，一向难说话、不好相处的公主怎么一下会变得这么通达，难道婚事真的会改变一个人？但要说会改变，乐范也改变得太快了点。

"你真这样想，我颇感宽慰。"伍子胥大为高兴地说，"晚上我去把他接回来，我也好几天未见到他了，怪想他的。"

"好。自己的骨肉岂能分开？时间一长生疏了，犹在其次，父子之情淡薄了，那可是大事。"

"是的，是的。"伍子胥一迭连声地答应着。他的心病除去了一半，至少乐范接受了伍树，剩下的就是伍树能否接受这个后娘了，但他没有太担心，小孩年幼无知，有奶便是娘。这么一想，这心病的另一半还是在乐范身上。乐范刚才能这么说，固然说明她不排斥伍树，但长期相处在一起又会怎么样呢？伍树顽皮随性，没有养孩子经验的乐范不一定会喜欢他。但乐范有这样的态度，已经让伍子胥的心为之一宽。

伍子胥来到正厅，见孙武和伯嚭在说着话，也坐了过去，问："你们在聊些什么？"

"我们在说，我们三个颠沛流离之人，数你福气最好，不但封了吴国的上卿，还娶了吴国的王女，而且还有一个儿子，续了香火。"伯嚭开玩笑说，"伍子胥啊

伍子胥，真是好事都让你占了。"

"什么好事？你们知道吗？刚才迎亲骑马走在路上，我一点都没有当新郎的兴奋劲，好像在云里雾里，心里一点都不踏实。"伍子胥压低声音。

"伍子胥，你别占了便宜卖乖，你也算是王亲国戚了，和大王的关系又深了一层，这可不是谁都能遇到的幸事。"伯嚭说着，又转向孙武，"孙武，你说是不是？"

孙武微微一笑，委婉地说："人各有志，在婚姻上也是这样，依我的性格，不求富贵，唯求相知。当然，通婚，本来是很简单的事，却往往有着太多的玄机、太多的计算，我觉得简单些好。"

孙武虽没有明说，但伍子胥和伯嚭都听得心里雪亮。婚姻牵扯的东西实在太多了，不说别人，就拿伍子胥和乐范的婚配来说，阖闾的旨意，既是对伍子胥的信任和器重，把亲妹妹托付给他；又是对伍子胥的不信任和防备，因为他是客卿，因而要通过婚姻笼络他，控制他，这样一来，伍子胥和吴国的宗庙和王室休戚相关，便不会起异心了。

这样的话，因为涉及大王，他们不便轻议，更不便多议。这个屋子里，除他们三人之外，还有一个特殊人物，就是伍子胥的新娘，大王的妹妹。他们本能地感到了一种拘束。伍子胥把话题转到孙武身上，说："被离去年曾为你卜过一卦，说你今年夏天会有艳遇，现在正值夏天，是否有这样的兆头？"

孙武摇头，说："被离的卦，哪有这么神？别相信他的，他分明是在戏弄我。我不愁自己，倒为小燕子有些着急，她有了归宿，我会感到肩上一轻。"

说到孙燕，伯嚭有愧，他垂下头，不作声了。

"听大王说起过，他有意将孙燕许给夫差，夫差有段时间好像对小燕子很有意。"伍子胥说。

"是的，大王非正式地和我提到过，后来觉得夫差年龄尚小，还需多锤炼几年再成婚，所以，也再不提这件事了。不过，从夫椒练兵来看，夫差大有长进，苦读兵书，对军略十分用心。很奇怪，他原来还是孩子气十足的，一转身就长大了，成了一员虎将。"孙武用赞赏的口气说，"这位王子倒是会成一番大事业的，吴国后继有人了。"

"你对夫差这么欣赏，我来向大王提议，将小燕子许给他，他们倒是很配的一对。"伍子胥欣然地说。

"我试探过小燕子，她明确表示，不喜欢嫁给比她小的男子，她说，十六岁的男娃作夫君，太滑稽了！她比夫差长两岁，所以这么说。随她去吧，还是那句话，人各有志，我们不必乱点鸳鸯谱。"

伍子胥知道孙武的真实想法是不愿和王室攀亲，他怕因此受到掣肘，也怕有攀龙附凤之嫌。他的清高和质直的性格，使他做的事，往往为常人不解。伯嚭就感到他傻得可爱，枉为一个军事家。伯嚭虽没有插话，但心里寻思，这个孙武真让人大为困惑，这么好的机会，为何不紧紧抓住呢？夫差是王子，也有可能当太子，小燕子如嫁给夫差，说不定会成为统摄六宫的王后！孙武就这样莫名其妙地放弃了？早知他这样，当初自己也不会作出忍痛割爱的决断，把小燕子让给夫差，以致伤了孙燕的心。他承认是讨好夫差，但也是为孙燕着想，可他的努力看来是白费了，他唯有苦笑。

"我得到一个消息，听说有大臣上奏大王，中宫缺位已一年多，应该选立新后，但大王婉拒了，不知你们听说了没有？"伯嚭很神秘地问伍子胥。

"我当然知道这件事，不仅知道，而且可以告诉你，伯嚭，你所说的向大王上奏这件事的大臣就坐在你面前。"

"是你？你怎么不与我说一声？"

"那天进宫，钟周等几个元老和我议到这件事，认为中宫不宜久虚，要我奏请大王考虑在全国选拔才德俱胜的贤媛，从中选出新后，正好大王召我议事，我就把几位老臣的见解上奏了，未料大王水都泼不进！"

"大王怎么说的？"

"王后尸骨未寒，大王没有立后的心情，更不忍大张旗鼓地进行荐选贤媛的事，他一再说'以后再说吧'，可这以后之说不过是托词，如此拖下去就遥遥无期了。而一国有妃无后，显然是大为不宜的。"

"这有什么不宜的？"孙武插话说，"大王重夫妇之情，还怀着悼念之心，我们应该体恤他，不必勉强。实际上，大张旗鼓地进行荐选，倒不太妥当。伍大夫和几位吴国大臣不妨在贵卿范围内物色物色，说不定有藏于深闺的贤媛。"

"这倒是个办法。可以一试。"伍子胥说。

伯嚭眼睛一亮，心里有了盘算，他不动声色地说："大将军说得对，兴师动众不妥，何必要舍近就远？"

"伯嚭，你交际广泛，主意又多，你就多留意留意吧，给大王物色一个德貌双全又性情柔顺的贤媛，以继中宫。"伍子胥兴致上来了，提高了声音说，"有了一个合适的人选，再上奏大王，大王只要看着满意，也不会固执己见了！"

"我哥哥都不急，却把你们三个人急得发慌！我哥有你们这样的臣子，也是他前辈子修来的福气！"乐范一边说，一边摆着裙幅，踩着碎步走过来。

三人马上起立，孙武和伯嚭行礼招呼："公主，恭喜啊。"

乐范还礼，笑靥生春的脸突然一变："你们三人，谁最年长？"

"子胥最年长，我次之，孙武为最年少。"伯嚭回答。

"那你们别叫我公主了，该管我叫大嫂！"

孙武和伯嚭一愣，对尊贵的公主、辅国大夫的新夫人怎么能用民间的俗称？但见乐范郑重的神色，他们立即恭恭敬敬地长揖，口中喊道："问大嫂的安！"

乐范再次还礼，交代说："今后到家中来，就这么称呼，我在宫中那么多年，对繁文缛节厌烦透了，既然出了宫，这些一概免去，随意些好。"

孙武和伯嚭都糊涂了，他们都久闻公主古怪乖戾，但今日一见，并不像传言中所说，倒是很开朗爽快，他们看了一眼伍子胥。伍子胥也微感愕然，乐范做新娘第一天的变化，完全出乎他的意料，他也不明白她何以会一反常态。

乐范执意要留饭，一席盛宴，只有宾主四人共享，却正好容他们纵情畅谈。宴罢，伯嚭孙武告辞回府，好让忙了一天的新郎新娘休息。他们家中也需好好整理，第二天，还要进宫参拜大王，犹如民间的回娘家，所不同的是还要接受群臣朝贺，国君赐宴。

乐范催促伍子胥随孙武回大将军府接伍树。伍子胥听了，乘上了孙武的马车。路途中，孙武说："都说公主心狭，不太讲理，今天见下来，待人接物，还算大度啊！形容也很端庄、优雅，并不像有人说的面目可憎，这是怎么回事？"伍子胥说："我也不知道，她罗盖一摘下，像变了个人似的，以前在宫中，虽只见过她几回，可她的悍态，我确确实实是领受了的。"

到了孙武的府邸，伍树见了父亲，虽愿意接近，但神情还是怯怯的，明显有些拘谨。一刻不得安宁的他，和伍子胥在一起，出奇地乖巧。

"跟我回家吧！好不好？"伍子胥问他。

伍树点点头，一双黑亮的眼睛不敢正视父亲，只是偷觑，隔了半晌，他才低声问："燕妈妈呢？她跟我回去吗？"和孙燕待的时间长了，没有人教他，他自己便称孙燕为"燕妈妈"，在他心目中，孙燕就如同他的妈妈。伍树第一次这样叫的时候，孙燕听了，有种前所未有的温馨感觉，也有些淡淡的心酸。

今天伍子胥迎娶公主，整个梅里像过节般的欢腾。孙燕抱着伍树，也挤在人堆中看热闹，田狄跟在他们身旁。在人山人海中，看着伍子胥很神气地骑在马上，后面跟着新娘子的凤车，伍树很快就认出伍子胥，扬着小手喊道："爹，爹骑在马上！"

"你知道爹骑在马上做什么吗？"孙燕问他。

"他娶了新妈妈。"

孙燕暗暗吃惊，机灵的小家伙怎么会知道的呢？她可没有与他提及过这件事。

"谁告诉你的？"

"叔叔和燕妈妈说话时，我听到的。"

原来孙武从夫椒回梅里参加伍子胥和公主的婚典，不免要和孙燕谈起他们的种种情况，未料伍树居然听懂了，小家伙的聪明，由此可见。自从津香不辞而别后，他哭闹过几回，后来便再也不提津香，但有时在睡梦的呢喃中，他会喊"妈妈，妈妈"，足以说明他的心里并没有忘记津香。看着他像一只温驯的小猫依偎着自己，孙燕只觉他可怜，女人潜在的那种母爱情不自禁迸发、释放出来，都倾注到伍树身上。她已离不开伍树，伍树也离不开她了。

伍子胥大婚之事敲定后，孙燕就作好了两种准备，一是乐范不接受、容不下伍树，那么伍树就跟定自己了，直到津香归吴，母子团聚；二是乐范接受伍树，并能善待他，伍树也乐于和乐范相处，这样，伍树就永远离开自己了。从理智上说，孙燕希望伍树和父亲生活在一起，他毕竟和伍子胥有血脉之连，虽亲娘不在，但伍家总是自己的家。父爱有时也是不可或缺的，像伍子胥这样雄武、有大智慧的人，对儿子会产生深刻的影响，这也是津香毅然要把伍树留给伍子胥的原因。可从情感上，孙燕实在割舍不了伍树，她甚至在内心期望，霸道的乐范坚决不要伍树，态度冷酷、坚决，让伍子胥无可奈何，只能继续让自己带着伍树。

所以，当伍子胥和孙武兴冲冲地来接伍树时，孙燕的一颗心猛然往下一沉，眼泪止不住地涌了出来，但她还是强颜欢笑说："乐范能这样说，太好了，伍树应该回家去，我会去看他的。"

伍树不说话，戒备地看着伍子胥，一只手牢牢地拽住孙燕的衣角。

"小树子！"孙燕喊着伍树的小名，温柔地说，"我知道你最听话，会跟着爹回家去的，每个孩子都要和爹娘住在一起的，你爹对你多好啊！新妈妈也会对你好的。"

"燕妈妈是我娘。"伍树突然吐出了一句话。

这句话触到了孙燕心中最柔软的地方，她顿时语不成声，抽噎了起来。

伍子胥见了，心里有些不忍，说："让伍树再在这里住上几天吧。"说着，慈祥地摸了摸伍树的头。

"燕妈妈别哭，我听你的话，我跟爹回家去。"伍树轻声说。

孙燕用一块罗巾擦干眼泪，对伍树说："这就对了，燕妈妈知道小树子会听话的，小树子是最乖的孩子。"然后对伍子胥说，"小树子是伍家的孩子，早晚要回

家的，走吧！"然后，孙燕以最快的速度，默默地整理好伍树的衣物，打成一个包袱，递给伍子胥，对田狄说："备车！"

伍子胥带伍树上了车，车夫一松辔头，扬手一鞭，车轮便滚动了，孙燕还忍不住在车后喊道："伍大夫，小树子是鬼聪明，要公主对他耐心点，他是懂得好坏的！"她一直看着车子消失在黑暗中，还久久地站在门口。

伍树回到家后并没有哭闹。他没有单独睡觉的习惯，以前和津香一起睡，后来是孙燕陪着。到了家里后，他拒绝和任何人同卧，乐范还是将他安置在自己隔壁房里，由两个宫女睡在这间房里作陪。

第二天，伍树有些发烧，不思饮食，乐范很镇定，唤来宫中的医师诊治，医师看过后，说是夏夜凉爽，孩子着凉所致，配了草药，让伍树服用。乐范把两个宫女痛骂了一顿。她亲手煎汤药，一勺一勺给伍树喂服。夜间，她要数次起床，替他盖被，喂他服药，甚至帮他溲溺。几天后，伍树病愈，他对乐范的戒备明显减弱，加上宫女、仆人都哄着他，为他排忧解闷，他在新的环境慢慢适应了，人也一天比一天活泼起来。

伍子胥见状，原来的顾虑和担心都一扫而光了。消息传到孙燕那里，她安慰之余，也有些许伤感。她克制住对伍树的思念，坚持不到伍子胥家看伍树，怕引得他不安心。只要公主能善待他，她就没有什么不放心的了。但在家里待得实在沉闷无聊，她便向孙武提出要去夫椒做些事。孙武想了想说："也好，你和田狄一起来吧，住在我船上。白天，你就到铸造兵器的冶坊去帮帮忙吧！点数、入库什么的都可以做。"那里聚集了最出色的铸造师在制造各式兵器，其中有大名鼎鼎的欧冶子、风胡子、欧剑子等人，欧剑子是欧冶子的儿子，铸造的本事直追其父。欧冶子是大王的老朋友了，专诸刺杀吴王僚的鱼肠剑就是他制的，如今已成了天下名剑！据说，越国的干将、莫邪也仿制了好多柄，做大臣将领的防身武器。

孙燕一听，大感兴趣，和田狄来到了坐落在五湖之中葱郁神秘的夫椒山。

被离为孙武占的卦真的被验证了，不过时间晚了点，不是夏天，而是入秋的事了。

在伍子胥大婚婚典以后不久，有一个女子闯进了满脑袋都是兵法的孙武的心中，这个女子就是子蝶，造船师子考的女儿。在他们没有正式谋面之前，实际上相互已经熟悉，孙武已听到了子蝶弹的琴声、唱的吴歌。在钮宣义陪他到珠岛第一次听她唱《珍珠女引》这首歌后，他就难以忘怀那凄清、幽怨、忧伤的歌声，还有那像潺潺流水般的似幻似真、似诉似泣的琴声。后来，孙武又乘船来到那小岛旁，可惜的是，他再也没有听到让他心旌摇动的琴声和吴歌了。

而子蝶，已在孙武未觉察的情况下见过他，并被深深吸引。因为父亲的阻拦，她再也没有上那个珍珠女云集的小岛。

父亲曾为这些珍珠女造过一种叫鸳鸯船的小船，那是两艘并连在一起的能分能合的船，在水面上行驶特别稳定，珍珠女在鸳鸯船上可自如地下水起水，将采集到的蚌放在竹篓里，倒入船舱，并在船上剖开蚌壳，采摘珍珠。她们不丢弃蚌壳，岛上有人用它们做各种饰品。

子蝶和不少珍珠女交了朋友，有时会带着琴上岛住上几天，那个小岛上仅有的几十户居民，还保持着远古的一些习俗，会有各种稀奇古怪的礼仪。最常见的是众人在身上、脸上涂着彩绘，狂热地跳舞，篝火的火焰映红夜空，燃烧的大木发出惊心动魄的"噼噼啪啪"的爆裂声。他们还举着火把环岛奔走，或者在祭坛前肃然跪立，听岛上最年长的老人祈祷神明的保佑，驱逐邪魔的毒害。每逢这个时候，岛上几个老妇就会唱起吴歌，那些吴歌很古老，是一代代口耳相传传下来的，模糊不清的唱词中诉说着命运的神奇、自然的恐怖、生活的痛苦、男女爱情和各种愿望。

子蝶就是在这座小岛上学会唱吴歌的。到后来，她能自己编歌词，又唱歌又弹琴，还读完了父亲子考所有的藏书。她的两个姐姐已出嫁，只有她十六岁，尚待在闺中。上门的媒人不断，但子蝶是子考最宠爱的小女儿，有些舍不得她嫁出去，那些袭父祖余荫的浮浅张扬的世家子弟他看不上。子蝶的眼界很高也很特别，不在乎对方是否有钱，但是要有过人之处，在某一方面有很高的天赋，能一下子打动她，让她发自内心地感到崇拜。这样的男子当然是很难找到的。

孙武和子蝶正式相遇纯属偶然。

那天，军营和工地歇息，孙武想找子考杀上几盘，偏偏子考不在，孙武便骑了一匹马，外出巡视地形去了。这是他的习惯，一有空便四处走走。兵士格斗的喊声、战阵的变化，让他着迷，但更多的时候，他渴望平静，站在船楼上，看着水天处的点点帆影，就会冒出一种奇异的念头，这天下为何要有血腥的战争，有殊死的争夺？维持这平和的景象有多好！

秋天已到，空气凉爽，天空明朗高远，五湖处处是美景，辽阔的水面湛蓝湛蓝的，阳光温暖而灿烂，孙武的心情感到难得的轻松，他治兵一向主张有张有弛，自己也会忙里偷闲，或下棋或孤身一人从逼仄的事务中解脱出来，一身便装，无目的地外出闲游。

孙武是军事家，也有诗人的气质，喜欢独处，喜欢在安静的环境里放松心情，

求得心境的安宁。他带上了弓箭，五湖边有的是野物。夫椒的营盘工房里，常有兽类的造访。军士和工匠常设陷阱捕杀，取柴烤炙，饱餐鲜美的野味。

孙武穿了件墨绿色绸服，束带上用四五寸长的一个刀状的玉佩打扣，腰间挂了把铜剑，骑上马，扬蹄疾奔。他在湖边的树林射了几只野兔、山鸡，挂在马背后，意犹未尽，迎着秋光，又向前奔去。忽然，隐隐有琴声传来，接着是歌声，他心里一震，这琴声和歌声和他在珠岛听到的十分相似，似乎是同一个女子弹唱的，他循声而去，越离越近，歌词随风飘至，能听得很清楚。在吴国这么长时间了，接触的大多是吴人，他已基本听得懂吴语。他干脆下马，细细听着。

这是情歌，孙武听出来了。声音像上次听到的珍珠歌一样清亮，不过，那时听上去凄凄惶惶的，此时却是温柔婉转、情意殷殷的。孙武忍不住被歌声牵引着非要探寻个究竟。只见一条小径，通向一片竹林，小径深处，竹林掩映着几间村舍，有几分像自己在虎丘山脚下住过的农屋。

孙武下了马，牵着马顺着小路走去，见到竹篱围着一个很大的院落，院里的黄色菊花正在开放，院子里有块光亮的棋盘石，有一个人在那里专心致意地下着棋，旁边一只泥炉，上面置着一只陶罐，正煮着茶汤，茶香扑鼻。一只毛色黄褐的大狗，大耳大眼，非常漂亮，正趴在棋盘石旁边，而琴声和歌声显然是从那几间房舍里传出来的。

这番情景让孙武感到特别清雅。细看之下，他又惊又喜，他突然发现沉醉在棋局中而全然不顾周围动静的人正是子考，孙武差一点笑出声，这位精于船只营造的老先生原来住在这么一个好地方。平时他也是住在工地的，在孙武面前，他很少提到私事，偶尔说起，也是一带而过。孙武把马拴在篱墙旁的一棵树上，轻轻推开篱门，黄狗惊觉地站了起来，朝他走来，凶狠地吼叫起来。

这时，琴声歌声戛然而止，一个女声从屋内传了出来，喝道："阿黄，你乱叫什么？没听到我在弹琴吗？你捣什么乱！"

屋子门口挂着一道竹帘，孙武见帘后人影闪动，帘子打开，一个秀美的少女走了出来，她就是子蝶。孙武不认识她，也许是孙武换了便服，子蝶开始也未认出他，只是又一次轻声对狗喝道："不许无礼！听到没有？"说罢挥了挥手，大狗听话地停止了叫声，又趴了下去。

"对不起！不要紧的，它不会伤人。"少女对孙武笑着说，刚想问孙武找谁，忽然愣住了，站在她面前的竟是她魂牵梦萦的大将军孙武，而子考心在棋盘上，居然还没有察觉。

"爹，别下棋了，大将军来了！"子蝶大声说。

"别胡说八道，大将军怎会到这种地方来？再说，他根本不认识我们的家，你骗得了谁？别来打搅我，弹你的琴去吧。"子考头也不抬地说。

"子考师傅，真的是我，我是被令嫒的琴声和歌声引来的。"孙武说。

子考抬头一看，果然是孙武站起那里。他惊得目瞪口呆，慌忙起身，整整衣襟郑重行礼："在下不知大将军驾到，失迎，失迎！"那个棋伴见状，匆匆行了个礼，告辞而去。

"免礼免礼！我是不速之客，搅了你的局。"孙武说着，朝子蝶看去，四目相视，子蝶在喜出望外的同时，不免有着突兀之感，怔怔站在那里出神，脸上露出浅浅的笑容，不知说什么好。

"大将军，这是小女子蝶。"子考介绍说。

子蝶立即向孙武行礼："子蝶谒见大将军！"

孙武还礼说："子蝶小姐，你见过我？怎么一下就认出我？"

"见过啊！"子蝶已恢复常态，天真地说，"我一眼就把你认出来了。"

"我们见过？看我这记性，我怎么一点印象都没有？"孙武拍着脑袋说，有点发窘。

"你没见过我，当然没印象了。我见你到的时候，你没有看到我，也不会看到我。说实话，我也只是偷瞅过大将军几眼。"子蝶优雅地微笑着说，她已经完全放松了，说话也开始随便了。

"原来是这样，你爹和我共事，你可以经常来啊！这样，今日相见，也不至于你认识我，我不认识你啊！"

"我久闻大将军的英名，早就想一睹将军的风采，可爹不让我来。"

"为什么啊？"

"因为你是大将军啊！吴国千军万马的统帅，岂能随便打扰？"子蝶说。

子考怕女儿口无遮拦地，说出有违礼节的话来，便赶快邀孙武到屋里坐。

孙武在棋盘石旁的一个石凳上坐下，对子考说："就在这院子里坐吧，没想到你住在这么一个绝佳的地方，可用三美来形容。"

"哪三美？说来听听。"子蝶没等父亲回答，便在另一个石凳上坐下，水潭般清亮、深沉的眼睛盯着孙武，两个深深的酒涡使她显得妩媚可人，衬着氤氲馥郁的菊香，孙武心头忍不住一动，在女子面前，这是他从未有过的感觉。

"竹美以感心，竹子节节而高，象征气节；菊美以悦目，金黄色热情豪爽；还有音美以悦耳，子蝶小姐的吴歌实在太动听了。"孙武的语气很平静，不过视线却始终没有离开过子蝶。子考也坐下了，他一双锐利的眼，已看出孙武和女儿脸上

和话中的情态，心里喜不可当，深悔以前防范女儿产生妄想是多余的，看来高不可攀的东西，也有伸手可及之时。于是，他只在旁边静静观望，不再插话。

"大将军过奖了，我唱的不过是民间俚曲，不登大雅之堂。"子蝶抿嘴一笑说，"不过，吴歌是用吴语唱的，你是齐人，听得懂吗？"

"我已是半个吴人了，吴语已能听懂，这吴歌，只有用吴侬软语唱，才有味道，所以，我很喜欢听。有一次，我泛舟五湖，在一个叫珠岛的小岛上，听到有人在弹琴唱歌，不仅琴艺不凡，而且音色极美，唱的是珍珠女，那曲子悲悲戚戚，说真的，我一直忘不了。"孙武情不自禁地哼唱了几句，"可惜我学不了，吴语我能听，但说不了。你知道吗？齐鲁之地，历来有爱好音律的风气，家母就是此中能手。听民歌是采风问俗，能听到民间的心声。"

子蝶一听，喜形于色地问："你见过那个弹琴唱吴歌的女子吗？"

孙武摇摇头说："我没有上岛去，不过那女子的嗓音和子蝶小姐极像，操琴的法度也相似，真的，太像了，简直是神似，可说如同一人。"说到这里，他看到子蝶的表情有些狡黠、神秘，他脱口而出，"其实那个女子，就是子蝶小姐！我早就知道，钮将军跟我说的，可你爹不肯让我去找你，你是他的宝贝，他要藏着不能随便示人，可今天还是让我见到了。"

看着孙武那认真又欣喜的表情，子蝶愉悦兴奋，脸色艳如春花。

"是这样吗？"孙武追问。

"是的，你说的珠岛上的那个人，就是我。"子蝶娇憨地说。

孙武欣然抚掌，说："我说嘛！就是你嘛！可是，"孙武转过身问子考，"我对你说过此事，你怎么吞吞吐吐地不说个明白呢？"

"小女只是一时兴起，雕虫小技，不值一提。"子考谦虚地说。

"你这样说，是不对的。"孙武说，"我在齐国时，军中就专门配有乐手，甲士在疆场拼杀，命悬一线，生死当头，一仗下来，军帐内的气氛往往很沉闷，几曲歌往往能起到鼓舞士气的作用，也可为大家解闷。这可不是雕虫小技，而是一样重要的武器，是必不可少的。"

"是。我没打过仗，还真不知道唱唱歌、奏奏琴还有这样的作用。"

"子蝶小姐，我准备在军中设一支乐队，备上各式乐器，大的有铜钲和大鼓，小的有弦琴、箫笛，以武乐为主，也可奏民歌，你愿意来当老师，向乐队授艺吗？"孙武又问子蝶。

"你觉得我行吗？"

"军士都来自民间，他们从小接触的就是吴歌，虽然有人会嫌民歌粗鄙，但军士肯定爱听。我这个大将军爱听，再加上军士爱听，你觉得自己行吗?"

孙武像谈国事兵法那样说着这件事，子蝶手托腮，含笑注视着孙武的一言一行，听得出了神，而脸上也泛上了红晕。到后来，子考实在忍不住了，插了一句话:"大将军在这里用饭吧? 这里没有好东西，有的是新鲜果蔬!"

孙武说了声"好"，想起什么似的，起身走到篱门旁，从马背上解下打到的野味，回到院子交给了子考。

第十二章

第 十 三 章

这天傍晚，马蹄嘚嘚，车声辘辘，一匹毛光闪亮、神骏非凡的白鼻大黑马拉着一辆车，在朦胧暮色中，停在伍子胥府第门口。

车上下来两个人，一个是津夷，另一个人比津夷略大，穿的是在吴国不多见的胡服，是用羊毛织的料子，式样新颖，脚上着一双履，由柔软的小牛皮和丝锦合制而成，相当华贵，他就是楚国的令尹囊瓦的儿子囊丹。囊丹在各国走来走去做生意，见识多，阅历广，只知赚钱，从不过问国事。吴国的事，他委托津夷代办，但楚吴敌对，他作为令尹之子，不得不有所戒备，若发现他是囊瓦之子，他很有可能被扣作质。所以，他轻易不入吴，但吴国物产丰盈，有些物品是天下名物，在中原很畅销，吴酒、吴茶、吴丝、吴陶都是中原各国贵族得之为荣的特产，所以一般津夷从吴国进了货，由囊丹经销，津夷在和囊丹合作中，赚了不少钱，也磨炼得相当老练。

囊瓦从不过问囊丹的事，他只是一直动员儿子从政，因为商人地位不高，为人轻视，贵介公子都不屑于从事此业。但儿子已看透了入仕的前途，官场的凶险、肮脏、卑鄙他看得太多了，所以他根本不理会父亲的期望，依然我行我素，甚至反过来劝父亲，早点急流勇退，过几天恬适轻松的隐士生活，以免忽遭横祸。

这几年，吴国的国力在猛增，军队急剧扩充，又在夫椒建起一支强大的水师，大规模营造巨舰，显然是在为伐楚作准备。人无远虑，必有近忧，虽然目前吴国不会贸然动武，但今后必有一战，楚昭王未经战事，胆子又小，表面上照样高歌酣宴，通宵达旦，但他心里很是不安。太后和姐姐季婉也都忧心忡忡。有些大臣，特别是武将，力主先下手为强，趁吴国还未足够强大时，发兵把它踏平。楚昭王对这个建议不是没有动过心，但楚国的情况，他是清楚的，不过是外强中干，虚有其表而已，内争不息，贿赂公行，官员耽于逸乐，军队各自为政，近乎解体。

他知道征战是要倾全国之力的，但楚国的国力已不足以打大仗了，所以，他放弃了武力解决吴国的念头。除了继续扶持越国外，他觉得还是应该采取怀柔之策，化解和吴国的宿怨。在囊瓦建议下，他先杀了费无忌，又为伍奢伍尚平反昭雪，重新进行厚葬。

不过，伍子胥并没有表现出丝毫的感激之情，楚昭王得到的消息是，新婚燕尔中的伍子胥冷笑了几声，对阖闾说："哈哈，昭王稚子，想用这套手段来平我的气，也太可笑了点，血债要用血来还，而且要加倍偿还。"

"这说明楚昭王心虚了，他这一套不仅是做给你伍子胥看的，也是做给我阖闾看的，他们知道我对伍卿言听计从，软化了你，我也硬不起来。"阖闾说。

"大王，请放心，不管楚国使什么计，我伍子胥都不会受蛊惑，改变初衷。"伍子胥坚决地说。

"这个，寡人完全信，你、我、孙武，不，整个吴国都没有退路了。"阖闾伸手放在伍子胥的肩上说，"费无忌算什么？没有君王的无道，哪有奸臣的横行，杀了一个奸佞做替死鬼，就让寡人想便宜他们，这也想得太美了。不过，这是好事，说明昭王想化干戈为玉帛。可惜晚了，楚国的动向，只会激励我们早日破楚。武王伐纣，天下既定，同样的，不给楚国点厉害尝尝，天下也不会得到真正安宁，吴国放牛牧马、植桑饲蚕的安详境界，也难以持久。"

"昭王想用小伎俩，像孙武所说的，不战而屈人之兵。他们只要有一点点清明理智，就会懂得，这是多么可笑而幼稚！我料此计不会出身于囊瓦这个老狐狸，而是昭王的一厢情愿。"

"昭王也够可怜的，小小年纪，又无大才，接了这么一个烂摊子，也为难了他！"

"他没有什么可怜的。"伍子胥狠狠地说，"谁叫他是平王的儿子？他继承了平王的王位，也就继承平王欠下的血债，平王死了，所有的账，都得和他算，他逃都逃不掉！"

伍子胥一家刚饭毕，门人报，津夷来了。伍子胥连忙要门人请他进来，他和公主成婚后，公主的表现可说无可指摘，特别对伍树体贴入微。时间一长，伍子胥才明白乐范这样做并非完全出于她的善意，她还是有企图的。公主最大的弱点就是狭隘和猜忌，她成亲第一天，为何要伍子胥立即将伍树从孙燕手里接过来，就是怕孙燕爱屋及乌，不定会成为伍树的另一个继母，所以，她怎么也要把孙燕和伍子胥阻隔开来。而她对伍树好，是想让孩子忘了生身母亲津香，而对自己产生依赖和感情。这样，就可断了伍子胥正式将津香娶进来的念头，不让别人去分

她的宠爱。

伍子胥对津夷的来访是很高兴的，他一直思念着津香。伍树的归来，使他很自然地回忆起他和他们母子欢聚的那段日子，想起来别有滋味，也越怜惜、思念津香，但又没法排解，只能尽力忍受煎熬，保持平静。乐范能接受伍树，能对伍树这么好，这样的结果他应该知足了。总算还有儿子，给他带来安慰。伍树已懂得看大人的脸色，提起亲娘时，往往欲言又止，但神情告诉伍子胥，他幼小的心里时时在想着亲娘。伍子胥只得幽幽地叹口气，耐心地等待着那一天的到来。

"我来梅里办事，顺便来看看伍树。"津夷对伍子胥说，又指着囊丹，"他是我生意上的伙伴。"囊丹对伍子胥躬身施礼。津夷轻声说："伍大人，找个能讲话的地方，我有事与你说。"

伍子胥领他们去了书房，这里也是他的密室，有重要的人物来访，他都在这里和客人会晤。他们刚坐下，乐范领着伍树来了，她对伍子胥领津夷到书房密谈大为起疑，以为是要避着她谈津香的安置，不定津香已到了梅里。不要说乐范，连伍子胥都隐隐有此想法。伍树一见津夷，喊了声"舅舅"，两眼便泪汪汪的，这让津夷很心酸。

"让他留在这里吧，津夷从楚国来，我要向他问问楚国的事。"伍子胥沉着脸对乐范说。乐范只得快快退出。乐范进门前，伍子胥通过阍间关照过她，家里什么事她都能管，就是公事不能干预，遇到伍子胥见要客，她必须回避，并且要告诫家人仆从，不准接近，以防泄露机密。

"伍树，我和你爹多有事，你先到一边玩去，等会我再带你出去玩，好吗？"津夷哄伍树。

伍树点点头，但仍站着不走，片刻，他又问："我娘呢？她在哪里？"

"你娘没有来，她和外祖、外祖母在一起。"

"娘为啥不来看我？为啥不要我了？娘坏！"这是藏在伍树心中的一个疑问，他不敢问伍子胥，更不敢问乐范，但对着津夷，他再也忍不住了。

伍子胥和津夷听了无不动容。伍子胥叹息了一声，而津夷只是苦笑。

"伍树，听话，娘的事等会再说，这几样东西，你拿去玩。"囊丹说着，从口袋里摸出十几粒红绿石子，塞在伍树手中。伍树毕竟是小孩，光滑晶亮的石子引起了他的好奇，他便到一边玩耍起来。

"伍大夫，跟你实说吧，我叫囊丹，是囊瓦的儿子。不过，我确是商人，从不过问政情军事。这次是家父托我来的，我知道家父是伍大夫深恶痛绝的人，我斗胆恳求津夷先生陪我来谒见伍大夫，只是转达家父和昭王的一些想法。"囊丹见识过许多通都大邑，阅历了不少人情世故，在他看来，许多事都是较真出来的，其实，只要彼此坦诚相见，不要那么较真，再大的疙瘩也解得开。平时，他碰到什么事都是一副满不在乎的劲儿，但在伍子胥面前，他还是很谨慎地说："我以为，虽然楚、吴敌意极深，但作为局外人，从中传一些话，是没有任何的恶意的。我原来想拒绝家父所托，津夷先生也不愿领我来，但作为生意人，国家的和睦，会对我们带来最大的好处。所以，存着这点私心，我还是冒昧前来拜谒大夫。"

伍子胥自听说他是囊瓦的儿子，便黑下了脸，先是责备地看了津夷一眼，然后，眼睛朝天，摆出一副冷漠姿态。"你不用说下去了，你说什么我都不想听。既然你自称是局外人，我就奉劝你别掺和进来，你年纪尚轻，根本不会了解楚、吴之间的事，你利用津夷这层关系，充当中人，传令尹和楚王的话，这种做法不妥，也犯不着，所以，你还是走吧。惹恼了我，别怪我把你当细作捕起来。"伍子胥很不客气地说，"看在津夷面上，我不会这样对待你，也不会妨碍你做生意。但请你别再纠缠下去了！"

"既然拜谒了大夫，还是请大夫容我把话说完。我听说，令尊大人在明知楚平王不可能听得进，甚至会恼羞成怒的情况下，仍数次冒死向平王直谏，有人对令尊大人说，这样做未免太傻，令尊大人说，傻者，质直者也。"囊丹从容地说，"我不敢自诩为令尊大人所说的质直者，但我至少要让大夫知道我要说些什么，这就够了。顺便说一句，令尊大人的话，是家父告诉我的。尽管家父与他们同流合污，但他心底里对令尊大人还是钦佩的。在楚国，家父还算是个有些良心的能吏，这次诛杀费无忌就是他提议的。其实，他早就看清是非曲直，但他缺少的是质直气节。"

不能不承认，囊丹这番话说得有理有节、不卑不亢，伍子胥不由得把头低了下来，打量起这个父亲政敌的儿子。见他丰满的双颊留着浓密的短髭，浓眉大眼，微微笑着，神情不慌不忙，倒是一个温文尔雅而又倜傥豪放的人物，于是伍子胥对他有了几分好感，用比较和蔼的口气问他："你果真是商人？"

"真的，家父不允我从事此道，要我入仕，为国效力。但我对仕途不感兴趣，还不如从生意上赚些钱，来得干净些。"

"囊丹确是商人。"津夷插话说，"而且是义商。"伍子胥明白，所谓义商，是说得好听，但是，作为达官的公子哥儿，却成为好与市井交往的游侠，大把地赚钱，又大把地撒钱，他真没想到。城府极深的囊瓦竟有这么一个儿子。

"那你有话就说吧！"伍子胥终于点了头，松了口，但他又对囊丹摆摆手，因为两个宫女站在门口，正在小声地哄伍树出去，伍树拿了那把珠子奔了出去。

"家父和昭王的意思是，当时平王在费无忌的挑唆下，把向来谋国至忠的令尊和令兄迫害至死，并手段残忍地将伍家灭门，伍大夫虽死里逃生，但受尽了磨难，吃了不少苦，这是平王的错。所以，昭王杀了搬弄是非、诬陷众臣的费无忌，还宣布为令尊令兄及伍大夫平反昭雪，拨乱反正。"囊丹不徐不疾地说，他操一口清朗的楚音，还时不时观察着伍子胥的神色，"伍大夫，你苦难深重，但楚国欠你的，会加倍偿还你。"

"楚国是欠了我一笔债，一笔血债，楚国准备怎么偿还？"

"怎么偿还，得由伍大夫开出条件。不过，楚国希望能和吴国不计前嫌，修好两国关系，避免兵戎相见。家父和昭王深知伍大夫在吴国的地位极其重要尊贵，深得恩宠，一言九鼎，所以，家父和昭王再三嘱我向伍大夫表示倾心之意，希望伍大夫能原谅楚国，并从中斡旋，以使得楚国结好吴国之愿能得到实现。假若伍大夫愿意归国，楚国欢迎之至，伍大夫的爵位将在名公巨卿之上。"

"完了吗？"

"完了。"

"那好，我可以不计前嫌，可以原谅楚平王的罪孽，也可以向大王进言和楚国修好，但我有一个条件，如楚国能答应，我会尽力而为，吴、楚之间，定有新的气象！"伍子胥毫无表情地一字一句说。

"什么条件？请伍大夫明示！"

"昭王退位，由我伍子胥奉天命接位。别以为这是戏言，我是认真的，这是唯一的条件，如昭王答应，一切迎刃而解，请昭王以国本为重，认真考虑。"伍子胥说这话的时候，一脸的肃穆和正经。

津夷吓坏了，伍子胥替代楚昭王成为楚国国君，这算什么条件？简直是荒唐不堪，是为天下笑话的狂妄大话！但他马上转念一想，这是伍子胥拒绝囊瓦和楚昭王笼络他的婉转的说法。

"好的。我知道了。"囊丹并没有感到意外，而是微微颔首答道，"我一定将伍大夫提出的条件回禀家父，让他上奏昭王。我也算得上不辱使命了。"

"囊先生，你不觉得我的条件过分吗？"

"过分不过分，我说了不算，得由昭王、由楚国朝廷说了算！如果他能用退位来换得楚、吴两国的和平，这可是大好事，从我个人来说，昭王应该好好考虑。"囊丹答道，"这世上什么事都是可能的，从夏商至周，春秋之世，王室衰微，天下大乱，诸侯之间，为争霸而相伐，你死我活，胜王败寇。可难道胜者永胜败者永败？这绝无可能。我想，列国之间即便一度出现均势，也是暂时的。时移事变，没有恒久不变的格局，强弱之间，福祸之间，是会转化的。于国是这样，于人也是这样，例如伍大夫，家门不幸，惨遭横祸，大夫历尽艰险，来到吴国，位居上卿，手握楚国命运之门的钥匙，世间的事就是这么不可测料，祸害转福，遇难呈祥。伍大夫自己在亡命时会想到现在的处境吗？从大局看，谁又能料到百年后的大势会是怎样？楚还是楚吗？吴还是吴吗？恕我说句冒犯的话，要不了百年，楚已不楚，吴已不吴了！悟透此点，就不会也不必去较什么真了。"

显然，话中有话，但囊丹这么年轻，就能对事物如此勘破悟透，这倒让伍子胥深感意外。但他看得出来，囊丹讲的是真心话，而且不无道理，绝不是在挖苦讥笑他，难怪他处事待人，是那么满不在乎，随意而不乏坦诚的样子。在功利心强烈、虚浮又躁动的年轻人中间，这个囊丹倒确实是个罕见的另类。其实，有时，伍子胥的内心深处偶然也会涌上类似的想法，但这只是失意时的一闪念，瞬间就过去了，从来没有形成一套成熟的观点，也没有和什么人谈过，包括对伯嚭和孙武。

"这些看法你跟你父亲谈过吗？"

"谈过，时常谈，但他从未认同过。他身居令尹之位，权倾一时，利令智昏，岂能听得进我这些扫兴的话？我冒昧请教，伍大夫怎么看？"

"我？"伍子胥愣了一下答道，"没想到囊公子能想得这么开，看得这么透，这很难得。这也是一种活法。我不想评判好还是不好，因为这不能以好坏来下定论。不过，时势造英雄，不管世间的事多么曲折多舛，天下多么纷乱，有志气有抱负的人都不会置身事外，而是会以天下为己任，为国效力，为民造福。这样的英雄人物必会名垂青史，不管他个人最后结局如何，他的生命和事业都像一座山一样，这是另一种活法，我不反对你那样活，但我钦佩后一种活法。"

"我懂了，看来这就是家父和伍大夫不同的地方。伍大夫能坦率地表示人各有志，人各有不同的活法，英雄固然可嘉，无大志而自顾者未尝不可。而家父，总是斥责我胸无大志。其实，他心目中的大志，只是为了保持并获得更多的爵禄，想让我们这些子孙托庇于他的荫威，他把利禄看成了大志，还自以为是智者所为。"说到这里，囊丹站了起来，向伍子胥长揖说，"小辈告辞了，后会有期。我想，下一次见面，恐怕是在楚国了，大夫会以征服者的身份归国，家父不定会成为你的阶下囚，而我和津夷依然是局外人，商人而已。青山绿水，一切依旧，只有人事变了。"

伍子胥愕然地看着囊丹扬长而去，津夷抱起伍树，说："我带小树子出去逛逛。"他便紧跟着囊丹上了车。这时，梅里已是暮色苍茫。

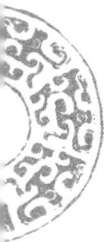

乐范捏着囊丹送给伍树的石子，走进来对伍子胥说："这个人是什么人？他给小树子的红石子绿石子是胡石，也就是宝石，据说是集几万年天地精气而成，极其贵重，价值连城。太后，也就是被贬为庶民的长姝有一颗，她非常珍爱这颗珠子，后来传给了王后，王后自尽，又到了嫂子手里，这次哥作为嫁妆给了我。"

伍子胥大吃一惊，急急地说："这东西不能拿，快还给他！"说着，从乐范手中接过那些宝石，用一块罗巾包起来，紧紧握在手里，快步追出去，可到了门口，哪里还有他们的影子。回到屋里后，伍子胥有点束手无策地说："这怎么办呢？我上哪儿去找这个姓囊的？不知他住在旅舍还是驿馆！"

乐范提醒他："小树子的舅舅不是还要来吗？让他带给那个人不就可以了？"

"对，看我这脑子，怎么忘了可让津夷转手还给他。"伍子胥拍了下前额说。

"这个人到底是谁？是津夷的朋友，怎么会送你这么贵重的东西？这可说是一掷万金了，他有什么事托付你？和津香有没有关系？"乐范追问说，"看你们神神秘秘的，密谈什么重要的事？"

"你不必多问，这事太重要了，绝对不能外泄。我可以告诉你，这是个非常之人，担负着非常的使命。你只要知道这一点就行了，其余的，我一个字也不会多说了。"伍子胥神态严峻地对她说。

"公事你告诉我，我都不要听。我只想问清楚，这个非常之人，要做的非常之事，和津香姑娘相关与否。"乐范的骄纵脾气又来了，她听伍子胥把话说得那么绝，那么粗暴，哪里忍受得了，怀疑伍子胥故意借口镇住她，以此来掩盖他们在商量津香的安置问题。想到这里，她心里老大不快，手掌一拍案几。

"你有完没完，你牵扯津香干什么？"伍子胥也火了，"你这毛病何时能改改？夫妇之间，最主要的是信任，整天疑神疑鬼怎么过日子？再说，即使和津香有关，又怎么啦？津香是伍树他娘，都是一家人，你凭什么容不得她！"

这下可捅了马蜂窝，乐范顿时横眉竖眼，又哭又闹，说的话又尖酸又刻薄。那两个宫女已司空见惯，视若无睹地做着家务，伍子胥家的旧仆还是第一次见公主发威，哪敢上去劝解，只得避到一边，面面相觑。

伍子胥气愤难忍，可又无话可说，在一旁坐下来，凝视着公主，冷着脸，一言不发，任凭她发作。俗话说，一只碗不响，两只碗叮当。公主说着说着，见伍子胥不理睬她，而且神色冷冷，端然而坐，根本对她的生气不当回事，她也泄气了，没了劲。公主是这样的人，越是和她争论，她越是来劲，越要反唇相讥，反之，她就会偃旗息鼓，自己落下篷来。

公主虽平静了，伍子胥一肚子的气还未消，他唱叹一声，站了起来，气呼呼地走出门去，等津夷和伍树回来。

秋风徐来，夜已很凉，伍子胥抬头仰望夜空，只见幽蓝深邃，繁星点点，他头脑一下清醒过来，仿佛感到上天在看着自己，苍穹中有个声音对自己说：伍子胥啊，上天已将大任降于你，你何苦要为一个女人生这么大的气呢？说明你还未修炼到家，经历了那么多事，你还那么沉不住气！乐范是有些执拗任性，但这一切都是自己招来的，明知她是这个性格，还是就范了。囊瓦说自己和他父亲是不同的，其父为了私利会逢迎，而自己不会。他说错了，他们骨子里其实是一样的，他也会屈心逢迎，娶乐范就是最大的逢迎。既然如此，自己生什么气呢？自己还是忍吧。再说，这样的忍，说来说去，还只是小事、家事，还不属不能忍之范围。自己为了报仇雪恨，忍了多少怨，忍了多少气，忍了多少辱，现在这点忍，又算得了什么呢？在吴国，要真正成就一番大业，要实现自己报仇雪恨的目的，忍辱忍气都不足为奇。乐范的无礼，以后不知还有多少，只得忍下去，忍不了，也要忍。伍子胥府第大门口有一块镇宅的方石，他坐了上去，等到津夷带着伍树回来。

"和公主怄气了？"津夷见伍子胥脸色不对，问道。

伍子胥点点头说："她就是那样的人，心狭，见你来了，以为谈津香来吴国的事，没完没了地和我吵。由她去，她在宫里被宠惯了，就是那个性子。但她对伍树不薄。"

"津香料到了，她不辞而别的原因，就是听说公主难惹得很，怕你夹在当中为难，其实，她天天想着伍树，眼泪不知淌了多少，恨不得连夜来梅里。"

"她怎么不来呢？我和伍树天天盼着她。"

"她何尝不想来，做梦都想来，可这样子她能来吗？这会给你惹来多少麻烦闲气！你看，连我来了公主都妒忌，她来了，公主不要闹翻天？"

"可当时公主是答应的，我与大王也是讲妥的，她不能言而无信。"

"算了，来日方长，再缓缓吧，事缓则圆。"

"也好，新都马上建好了。我和公主会搬到新都去，津香来了，还住在梅里，隔得远了，要好些。"伍子胥说到这里，取出包着宝石的罗巾交给津夷，"这东西比黄金都贵，我不能收，今后，你和囊公子做生意可以，不要涉及国事。吴、楚之间和不了，即使我答应了，我也说了不算，上面还有大王，大王是不可能向楚国妥协的，你和津香身份特殊，不要受人利用。"

"你放心，我只是和囊丹周旋而已，这些珠子我会还给他的。囊丹已料到你会还，刚才我们还在酒家一起吃的饭。"

"这个人很有意思，会不会是在我面前佯装这种样子？"

"绝不是佯装，他和别的官家子弟不一样，他已成家，和囊瓦不住在一起。"

"你什么时候娶亲？小树子该有舅妈了。"

"我已成亲，妻子是普通人家，父亲在郢都开了家小铺，专门做刀剑的'皮削'，生意还算不错。他们家都是厚道人，嘉敏，就是伍树的舅妈，是个贤淑温文的女子，和津香处得很好，姑嫂之间，就像亲姐妹。"津夷说着，止不住满心欢喜。

"皮削这活不错，我以前在楚国时，也认识几个皮削师。"伍子胥说。所谓皮削，就是将锈蚀的、损坏的、丢了鞘的铜铁剑进行修复，刮去锈斑、补好坏处、重磨刃口、配上剑鞘，一经整理，修旧如新，是个细致的工艺。当时男子大多佩剑佩刀，所以，皮削店生意一直很好。

"请转告津香，我对她的耿耿之心，永不会变。我和他们母子的深情，不会因为娶了公主有丝毫的改变。我对不住她，一想到她独自度过漫漫长夜的寂寞无奈的情景，我就很难过。"伍子胥动情地说，"让她作好来吴国的准备吧，为伍树着想她也该来，不要顾忌那么多，一切有我担着。"

"知道了，我会转告津香的。不过，她除了想伍树，还算开朗。你不必为她担心。"

"明天我让人给你送些黄金，是给你和津香开销用。"

"不必了。我这几年赚了些钱，够花销了。以前你给津香的，也都攒着，她没有什么开销。"

"这是我的心意，你不要推辞。"伍子胥摆着手说，"囊丹那里，你可以跟他说，虽楚、吴敌对之状不会化解，但只要楚国不挑衅吴国，吴国决不会动武，吴国整军经武，只是出于自保。楚国的军队有二十万之众，吴国充其量只有三万，有何力对楚国发兵？至于建造水师，吴国是水泽之国，防范别国侵犯，须构筑水上防线，一个五湖就足够我们镇守的了。别国对吴国的种种猜疑，都是误解。吴国已派季札、被离到列国说服去了。不错，楚国是我仇家，报仇是我平生的大愿。楚平王、费无忌已死，虽不是我手刃仇人，但也算遂了我一部分愿。修好是不可能的，仇恨一时消解不了，维持现状吧。一旦打仗，我也要为你们的处境担忧。"

伍子胥是故意对津夷这样说的，让津夷转告囊丹，以回禀囊瓦和昭王，这样，不用季札出场，也能起到麻痹他们的作用。津夷不知道伍子胥的用意，以为他的态度有所软化，并以为他是为了他们兄妹和伍树着想，觉得又高兴，又骄傲，伍子胥还是给了自己面子。

伍子胥和伍树回到家里，使他没想到的是，乐范已若无其事，布置了饭菜，

在等他们回来就餐。见到伍子胥，她笑嘻嘻地说："你们饿了吧？快用饭吧。"

"我们都用过了，其实，你不必等我们的。你管好自己就行了。"伍子胥的声音冷淡得很，脸上别无表情。

"再吃一点吧，我叫厨子煮了鹿肉，是宫里送来的。"乐范热情地说。

"你吃吧！我送伍树到房里去，让宫女替他洗漱了就安排他睡，他累了。"伍子胥说完，就拉着伍树的手往里面走去。待安置好伍树，他回到书房，细细想着囊丹突然来访的事，觉得还是应该向大王禀报，这样的大事瞒着大王不妥，一旦泄露，自己浑身是嘴都说不清。于是，他连夜进宫去了。

阖闾听了伍子胥的禀报，很大度地说："这是我们预料到的，只能说明昭王急于要和吴国修好，不过，明眼人都能看出，这只是他们的权宜之计。到时机合适，他们又会翻脸，楚国这些人哪有信义可言？楚人不足信！"

"囊瓦这个人，是出了名的狡诈，可是他经商的儿子，却是个很奇怪的年轻人，讲起话来，老气横秋，好像把一切都看破了。"接着伍子胥将囊丹的话复述了一遍。

"他是不是装出来的？"

"不是，他没有必要装成这样。据津夷说，他平时就是这样的人。我断然拒绝了昭王和囊瓦求和之意后，要囊丹转告，若要我伍子胥从中斡旋，答应我一个条件即可，而且是唯一一个条件。"

"什么条件？"

"昭王下台，我伍子胥接位当楚王。"

伍子胥刚说话，阖闾纵声大笑，狂态毕露，说："伍卿，你回答得好，回答得妙，如果楚昭王真的同意了，楚吴之间，就永无争端了，这对楚国和吴国的黎民来说，无疑是一个大好事。而且，楚吴结盟，其合纵之力，势不可挡，中原会盟，指日可待。到时，我便推伍卿为盟主，大小诸侯，无不心悦诚服，天下从此太平。到时，吴国还要仰仗伍盟主多多照应。"

"不，不，这盟主非大王莫属，我伍子胥怎敢僭越！"伍子胥使劲地摇着手。

"楚国是大国，盟主当属楚王。伍卿不要争了，就这么定了。"

"臣倒有一个想法，到时，干脆楚吴兼并成一国，大王仍为国君，臣以为，两国臣民必会拥戴大王的。"

伍子胥和阖闾谈笑着，笑完后，两人言归正传，又谈起正事。阖闾谈到季札和被离出使列国的事，据被离送来的书简说，因为季札的德名，他做宣示效果特别好，各国都确信位居东南的吴国的强盛无害而有益，至少可以以强大的国力和

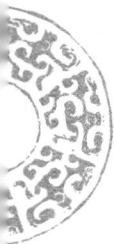

军力拖制住逞凶一时的楚国，使之不敢贸然进犯中原，而与楚国为邻的吴国，迁移都城、建立水师、营造战舰以防备楚国的侵略，是完全必要、无可非议的。

季札说得很漂亮，他说："吴国的远祖太伯三让王位，南奔而创建吴国以来，一直以仁义立国，以德教民，一代代下来，几百年里，始终举国尊礼。虽然也发生过一些不愉快的事，但一个国家就像一个家庭，因为误会而发一点争执口角在所难免。哪个家庭没有一点波折？同样，哪一个国家内部始终那么一团和气？吴国对待别的国家，从没有野心，只是和楚国、越国交了恶。但这不是吴国的错，楚国有二十万军队，吴国只有两三万，其力是壮汉孩童之比，两国若发生了战事，是壮汉的错，还是孩童的错，还用多说吗？至于越国，虽弱于吴国，但越国的一个甲士竟把吴王馀祭杀死于睡梦中，这样的暴行，天地不容，神人共愤，两国动武兴兵，也就不足为怪了。现在吴国的国君是阖闾，他是我的侄儿，他用残暴的方式夺回了原本属于他的王位，对他的这种行为，当时我很生气，也无法接受，跑到延陵不理他了。他派大夫钟周和伯嚭到各国解释了这件事的来由，这是吴国的家事，他能向天下公布，虽是为自己开脱，但也说明了对别国的尊重。他连敌对的楚国越国都去进行了解释，敢于承认'弑君'。他陈述的理由，认为吴王僚僭越继承王位破坏了周礼，其父立下的要姬僚继位的诏书是伪诏，所以他要正位，还一个公道。他能坦然承认自己的所作所为，而不是一味藏匿，可见他是坦诚、有雅量的人。他当吴王这些年来，行为也恭，为事也敬，养民也惠，使民也义。他减轻赋税，鼓励农桑，几年下来，吴国百业兴旺，鱼米富足，百姓拥戴，这都是阖闾推行德政仁治的结果。民生是本，民食、漕运、仓储、赋税，以及度支出入，无不关乎民生丰啬，而阖闾把这几样治理得井井有条，官帑充盈，前所未见。他节用勤政，历代的吴王都不如他做得好，原来奢靡的风气、官吏的腐败都得到了整治，吴国又恢复了太伯所倡导的与民同乐、举国同道、全国和谐的局面，我不得不对他刮目相看。他长念民生，我曾瞒着他，在国内周游过几次，亲睹各处繁华和平，荒田都得到拓殖，溢水之河都得到治理，不仅无饥荒之患，家家还多少有些积余，吴歌盛行，和者甚广。这几十年里，从未见到过百姓有过这样的畅快！眼下的吴国，足食，足兵，民心顺畅。有人问我，吴国有了这么强大的军队，除了自卫自保，难道你就能担保有朝一日，阖闾不会举兵讨伐别的国家，侵夺别的国家的疆土吗？伍子胥和楚国有杀父杀兄之仇，他难道不会怂恿阖闾杀到楚国去报仇？孙武是从齐国逃亡到吴国的，和齐国有不共戴天之仇，他这个大将军难道不会用他的兵法对付齐国？我告诉他们，伍子胥和孙武是有大才之人，也是大德之人，阖闾用人的标准，是德才兼备，况且，阖闾岂会容忍他们挟私心行事？

他向我担保过，起誓过，决不会对外用兵，荼毒别国的百姓。打仗最受伤害的是民众，为了泄愤，为了贪图疆域的扩张，肆意劳师征战，耗费民脂民膏，让国百姓饱受痛苦，即便打胜了也是不义之胜，即便称霸了也是不义之霸，非但不是荣耀，而且是天大的耻辱。阖闾是言必信，行必果的人，他不会弃信于我，也不会弃信于天下，他要我遍访各国，就是将他的信誓通过我，传到各国，如背信弃义，必受到各国共讨伐，失天下之援，这样得不偿失的事，我这个侄儿是断乎不会做出来的。否则，季札不是成了他诳骗天下人的说客了吗？季札的一世英名不是毁于一旦吗？"

"四叔这席话，加上他的德名，列国的君主和大臣无不信服，将来我若用兵，在他看来，是背叛了他、弃信于他，将他置于欺世盗名、不仁不义的境地，毁掉了他的一世英名，我倒真的愧对他了。"阖闾若有所思地说。

"以后发兵，也要找个借口，尽量师出有名。"伍子胥说，"请王叔出场，说得好听，是策略，说得难听些，是玩弄手段。孙武不是说过吗？兵者，诡道也！

"以前是讲信和义，可这个美好的时代早已过去，周室倾颓，各国之间，早已用力和诈取代信义。我们还是要讲吴国旨在广修文德，但做起来另当别论。大兵压境，强国横行，不以自强对付，而还在讲信义，也太庸懦了，也够迂腐的了。不过，我这位四叔的信念和品行实在是可敬，不要权，不豪奢，不近色，一言一行，都力求合乎仁，合乎礼，可谓是广修文德的楷模。今后尽量不要使他难堪，要尽力维护他的名声。恶名由我来担，弑君之名已担了，食言背约之名我也无所谓了，只要对吴国宗庙无损，为吴国列祖列宗扬眉吐气，老夫子早晚会理解的。"阖闾说，"伍卿，你知道吗？这次四叔出行，又传出不少美谈，最有名的是他挂剑的故事。"

"挂剑的故事，这是怎么回事？"

"我听说是这样的，四叔这次到了徐国，徐国国君很喜爱他随身佩的那把叫'属缕'的名剑，这把剑是我送给四叔的。徐君没好意思开口，但四叔看出来了，但他当时没有相赠给徐国国君，不是他舍不得，而是因为有出使上国的任务，想要返回时再送给他。后来，四叔走了几个国家后，特意赶回徐国，准备把这把剑送给徐君，可是徐君在他回来前不久暴病身亡了。四叔深以为悔，后悔当时没把'属缕'剑送给徐君，于是来到徐君的墓前，把剑挂在墓前的松树上。"

"季札太认真了，徐君既然已谢世，他何必还要赠剑呢？挂在树上徐君也收不到了啊！"伍子胥不解地说。

"是啊！被离也是这样对四叔说的，可四叔表示，做人一定有信义，哪怕是心

许了的事，对方可能并不知道，但这也是一个承诺，一定要践言。"阖闾很感叹地说，"这就是四叔的为人，他对信义的执著，可说世无二人了。我越来越明白，他不肯当吴王的意旨是极清楚的，不是不愿当，而是认为不合礼制，礼制即信义，这对他的束缚是深之又深的。"

"不过，礼制束之如此深，并非完全是好事，如今礼崩乐坏，情势已发生大变，周制周礼那套早已失去了约束力而名存实亡。尧舜之世的昌明、夏商周三代之隆也不复存在，天下纷乱，周室衰朽，诸侯都自行其是，自立规章，新礼新制破土而出。国事政事已不是贵族的专权，新的人才辈出，季子坚持仁德，作为个人的品行是无可非议的，但作为一个国家如再抱残守缺，恪守早已不存在的礼制，那简直是愚不可及了。"伍子胥说，"例如，按旧制，对诸侯国拥有多少乘战车有严格的规定。大国万乘，中等之国五千乘，最小的国家只有五百乘，不允许随便扩军。可现在有哪个国家遵守了，我们吴国造千号战舰更是史无前例。大势所趋，老夫子有不少东西已不符潮流了。老夫子心许徐君终不移，只可惜了那柄宝剑。"

"区区一柄剑不足为惜，季札挂剑在各国传开了，真正诚信过人，令许多人感动，使他为吴国宣传的话更有说服力了。现在看来，伍卿提议由季札周游列国，乃是上策。各国对吴国的警觉和猜测已基本消除，预期目的已达到，等被离回来便可知详细。"

君臣俩谈完了国事，阖闾随口问道："和乐范处得如何？上次她进宫，看她精神很好，提起伍树，口吻中很是疼爱。"

"是的，乐范对小树子照顾得很周全，脾气也好多了。"伍子胥淡淡一笑说，没有提及和乐范大吵的事。

伍子胥记着阖闾答应他的，待他和公主大婚以后一段时期后，可纳津香为妾的话，便故意说："据津夷说，津香很想伍树，一想起来就夜不成寐。"

"自己的骨肉，思念是自然的，可让津夷告诉她，新妈妈会善待她的儿子的，不会比她差，让她放心就是了。"阖闾说。

伍子胥很失望，大王根本没有要津香归吴的意思，他疑心是乐范对哥哥施加了影响，让他阻挠津香进家门。季子一诺千金，哪怕心诺，对方并不清楚，也想到做到。而大王言之凿凿，答应了的事，竟然故意打马虎眼，不算数了。要是有一点点季札之风，他也不至于自食其言。伍子胥带着遗憾回到家里，伍树已入睡，乐范在等他，他要乐范先睡，说完就径自向书房走去，坐在案几前，翻阅几卷简书。但他一个字都看不进去，一颗心倒像被剜空了似的，空洞洞、惶惶然无所依凭。

子蝶在家里与孙武不期而遇后，心里就仿佛有头小鹿在跳，七上八下的，无法平静。这个男子正是她所理想中、期待中的男子，那讲话的神情是那么潇洒、练达、稳重，他温和的语气和柔和的目光、明朗愉悦的笑容，使子蝶一想起来，就心跳脸红。

子考觉察女儿变了，原来她是很勤快的，自己从工地回家，总会看到她忙里忙外的，嘴里哼着曲调，但现在她懒得动了，经常坐着发愣，手托着腮，目不转睛地望着院里菊花丛中上下翻飞的一对蝴蝶，或蓝天的一朵云彩，口角挂着一丝微笑，那是一种连她本人都不自觉的痴笑。而且，对于身边的动静，包括大黄狗在她的腿上磨蹭着乞食，都毫无知觉似的。

子考明白了，女儿的心里装满了孙武。他心里矛盾重重，思量很多。他希望子蝶能和孙武结百年之好，这对子蝶、对自己来说，都是天大的福分。可是，正因为这个福分太大，他总觉得这件事可能性不大，虽然他也感到孙武对女儿有好感，那天孙武和子蝶相谈甚欢，两人的意兴都很高，孙武对子蝶也很在意，他在一旁看得相当清楚，这真是太好了，他当时确实喜不自胜。以他几十年丰富的阅历看来，征兆甚佳。

但后来他很快就冷静下来，觉得这事还很悬，女儿虽然娉婷出众，心性又好，但到底是个普通的小女子，怎能配得上地位如此高、身份如此尊贵的大将军呢？他的佳偶应当是王室公主或豪门的千金。子考太世故了，他明白像孙武这样的人物的婚姻都是政治婚姻，说不定像伍子胥一样，国君会安排。也就是说，他娶什么人，往往身不由己。因此，子考觉得还是应该给子蝶泼泼冷水。

子考想好后，便把子蝶叫到院子里，坐到棋盘石旁。秋天的风凉飕飕的，很是爽快，秋虫唧啾，院落宽阔，一切都罩在朦胧的夜色中。这块深黑光滑如镜的棋盘石，是块奇石，且年代久远，史前的人在石面画了奇特的无法识得的图案，似乎是一种最古老的文字，后人又在石面上划上棋盘。后来石头流传到了子考的父亲手中，成为子考家的镇宅之宝。

子考不仅经常在这里下棋，也常依石喝茶、静思，和宾客或家人谈话。这块奇石，配以篱笆墙、狗、茅舍，俨然成了子考这个家的一大风景，初次见到的人，都会称奇叫好。

父女俩坐下后，子考神色肃然，不作迂回，单刀直入。

"子蝶，我要与你说说孙武的事。好吗？"

"好啊！"子蝶兴奋地回答，心一阵猛跳，脸庞升起红晕，明亮的眼睛盯着父亲。

"你喜欢他?"

"是。"

"可你知道孙武是什么人物?"

"什么人物?吴国的大将军啊!不过,在我心目中,他只是一个男子,我从来没有当他是大将军。"

"可是,他就是一个大将军,绝非一个寻常男子,这一点,你一定要明白。你阅历浅,不谙世故,自然不懂。所以爹要提醒你,你不要太痴。我知道你喜欢孙武不是贪图他的高位厚禄,而是喜欢他这个人。你的眼力不错,孙武确实是个不可多得的好男人,是个罕见的大才。你若能嫁给他,爹马上去死也不以为憾了,可是,事情并非这么简单。"

"为什么不简单?只要我喜欢他,他也喜欢我,不就行了吗?当然还有礼制上的繁文缛节,那就由爹去操办了。"子蝶天真地说。

"要是这样,事情就好办了。可大将军是朝廷的重臣,他的婚姻连他自己都做不了主,像他这样的大人物,特别讲究门当户对,和他相配的应该是养在深宫的公主,或贵介女子,绝非像你这样的民间女子。而且,说不定大王要给他安排婚事。"

"爹的意思是,大王说不定也会给孙武安排婚事,孙武不管愿意不愿意,都得接受,不能违抗?"子蝶吓得一哆嗦,声音都有些发颤了,"大王也太霸道了!"

"不许瞎说,这不是霸道,而是规矩,无论是吴国或别的国家,都是如此。所以,爹要让你清醒地明白这一点,你和孙武的事,绝不能一厢情愿,想得太美。当然,成最好,这是老天赐福于你,不成也不要伤心,世上的好男子多得很!"子考慢慢地劝慰女儿。

子蝶不作声了,站了起来,在院内对着秋菊默默地掉眼泪。片刻,她又坐了下来说:"我明白爹的意思了,可此生我非孙武不嫁,如果我们无缘,我这辈子就陪侍爹爹终身。"

听着子蝶决绝的口气,子考心里一震,他知道这个小女儿不是随便说说的,她一旦对什么事铁了心,十头牛都拉不回来。

"爹,女儿托你一件事。"子蝶突然说,"把一样东西交给他。"

"什么东西?"

"就是我们家里的那把'秦汉子'。"

"秦汉子"是一把乐器,有一根直木、几根粗弦,下端一个两面蒙皮的硕大的圆盒,自然是音箱。这种乐器看似粗糙、简单,根本不入流。当时流行的乐器是筑和琴，筑的形状和琴相似，所不同的是，筑是用一根小木棍敲击而发声，琴是用指拨的，当时的雅乐只有宫、商、角、徵、羽五音，琴亦是五弦，恰配五音。而"秦汉子"这种乐器，据说是秦国的役工，在无比繁重的劳役之余所创的一种粗陋的乐器，故以"秦汉子"为名。虽是俗乐，但所奏的音，已超过五音，而有七音，因而其声浑厚、低沉、有力，和塞北雄奇荒凉的景象相符，也是役工们苦难沉重的生涯中情感的抒发。可以想象，在崇山峻岭中，朔风劲吹，荒凉寂寥，一轮孤月下，劳累了一天的役工弹奏起"秦汉子"，把对家乡家人的思念，恶劣环境下的艰辛，以及对人生的无望都倾注其间，乐声就像一声声硬汉发自心胸的叹息和控诉。

这把乐器也是子蝶家的家传之物，是一个南下的秦国商人送给子考父亲的。子蝶很喜欢这把貌不惊人然而音色特异的乐器，偶尔弹奏一番，经过她的调弦，奏起的乐声变得粗犷而雄壮，极适合演奏武乐。

"为何要把这么粗鄙的乐器给他？"

"琴声太雅、太华丽，不足以表现战争，而'秦汉子'能，孙武一定会欢喜的。他不是要我帮他训练助战的乐兵吗？撇开我们之间个人的事，我愿意为他练兵效力。"

"子蝶，我可以把这东西转送给他，但一个姑娘家的，万万不能失仪！"

"父亲，我子蝶是什么人，你还不了解吗？失仪的事女儿决不会做。我只是想帮他做些事。"子蝶镇定地回答说，"明晚，我要上珠岛，如果孙武有空徜徉五湖，请他上岛来，我替他演奏'秦汉子'，当然，来不来由他定，我决不勉强。"

"好的，见一面谈谈也好，孙武是耿直的人，他有话会对你说的。但记住，无论结果如何，你都要自重。"

"知道了。"子蝶说完，快步走回屋去，取出那把珍藏的"秦汉子"，细细检查了弦线，又擦拭一遍，将它交给了父亲。

第二天，子考将乐器交给了孙武，并转述了子蝶邀他上珠岛的话，他说得比较婉转，很不经意的样子："大将军，她请你去珠岛，因为你喜欢那地方，你方便的话，借这个机会散散心，没有时间不去也可，子蝶也是要去和那些采珍珠的姐妹聚聚，她有些时日没有见到她们了。"

"我肯定会去的，我不单要听她弹琴，还有事情跟她说。"

"小女不谙世故，讲话随意，如讲了不当的话，请大将军见谅。"

"这哪里话？子蝶虽单纯，但很懂事，她最大的特点是不虚伪、不做作，和我妹妹孙燕性情颇为相近。我们很谈得来，许多事情彼此能默契于心。"孙武笑道，

"其实，我也没有那么多的人情阅历，也不喜欢和心计深的人打交道，和他们说几句话都觉得累。人与人之间又不是打仗，何必要费那么多心思？"

"这倒是，我这个女儿别无长处，唯处事爽快。能蒙大将军见赏，老夫深感荣幸。"

"好了，明晚的事就这样说妥了。"

次日的晚上，孙武还是由钮宣义陪同，乘一艘小舟来到珠岛。

珠岛有一个不小的码头，月色下，停泊着许多艘船，其中有鸳鸯船。这种船引起了孙武的注意，孙武对钮宣义说："这种鸳鸯船是子考师傅专为珠珠女采集珍珠用的，它的特点是稳定、安全、不怕颠簸，我想完全可以改造成兵船。鸳鸯船是双船相连，可合可分，我看，亦可三船、四船、五船相连，在打水战时，可起到特殊用处。"

"那可让子考师傅根据打仗的需要重新设计，第一要紧的，是船与船连接部分，兵船所要承载的分量远远超过珍珠船。还有速度，大将军你看清楚了吧？"钮宣义指着码头的鸳鸯船说，"它们后面都只拖着一支橹，对于这些不行远程的船来说，足够了，但对兵船来说，就不够了。"

"到时再和子考师傅和其他营造师一起商量吧，不管什么样的船，无非都是用风力和人力。"

他们说着，船已靠岸，子蝶已在码头等候。刚才她在一棵松树下奏琴咏唱，眼睛一刻不停地盯着湖面，孙武的小舟挂着一盏风灯远远出现时，她就看到了。孙武上岛，对她来说是件大事，可能会影响到她的一生，虽然经父亲的提醒，她冷静了不少，但只要一想到孙武，她依然激情澎湃，心头涌起一阵甜蜜。

子蝶陪着孙武在岛上走了半圈，这里是岛上的一大片平地，坐落着一幢幢民舍，夜色中还能隐隐看到菜畦果园。有一座石块垒起来的高墩，由石阶通到墩端，墩端是一座平台，这是祭坛，是岛上的渔民祭祀用的。岛的另一半是山地，也零零星星地散布着一些建筑，住着渔民和猎户。这里的猎户用飞镖和鱼叉打野鸭野鸡。在靠码头的附近，有一所单独的小院，这是珍珠女住的地方，由保镖守卫，外人一般不许入内。

子蝶不仅可自由进出，还有单独的一间房舍，她来岛上小住，就住在这院里她的房舍里。院子外面有一棵古松，她有时在院里，有时则到松树下奏琴、唱歌。她们的头儿叫三姐。三姐三十多岁，精于珍珠的鉴别。珍珠的优劣品级，她一眼就能看出来。她受雇于吴国一个有名的珍珠商，珍珠商靠三姐发了大财，给三姐的酬劳当然也很丰厚。

三姐听子蝶说大将军孙武要来，还不太相信。见子蝶领着一个二十多岁的气度高贵的男子走来，后面还跟随着一个一身戎装的将领，她喊了一声："不得了了，果然是大将军来了！"马上迎了上去，后面跟着一个举着火把的仆从。

　　"你是采珍珠的三姐，是不是？"孙武和气地问。

　　"是，是，我就是三姐。"三姐敛手在腰，盈盈下拜。

　　"免礼，免礼！"孙武拱拱手还个礼说，"对面的夫椒山正在练兵造船，再过去一点在建新的国都，这些你都知道吗？"

　　"当然知道，以前我们这座岛很安静，看到的大多是渔船，可现在各种大船、木筏川流不息，这热闹劲从未见过。"

　　"对采珠有打扰吗？"

　　"蚌是生在湖底的，打扰不了。"

　　"听说你们的珍珠女有潜水的绝技，能入水个把时辰不露面，她们在水中如何呼吸，对我来说，是个极大的谜。"孙武饶有兴趣地说，"这个绝技，能否给我透露一点？"

　　"当然可以，大将军也想潜水？"

　　"我虽生在临海的齐国，但是个旱鸭子，连游水都不会，哪能潜水？"孙武说，"我们在练水师，准备建一支突击队，能潜水而隐身，敌人不易察觉，这样就能出其不意地对敌军发起突击。这潜水的绝技就要请三姐传授了。"

　　"一句话，我派五个珍珠女去当突击队的师傅，保证三天就能教会他们。谁叫我们这座珠岛在王城脚下呢，应该出力的地方，义不容辞。"

　　"三姐很会讲话，这件事我们讲定了。三姐你就是我们的老师了。除了潜水，水兵都要学泅水，不熟水性怎么当水兵？此类事情今后由子蝶姑娘代表我和你联络，她也是我营帐中的人。"孙武说到这里，用充满柔情的眼睛看了子蝶一眼，子蝶连忙垂下头去，脸立即涨得通红。

　　"这算不了什么，子蝶姑娘是我们这里的熟客，很要好的姐妹，这么一来，我们和大将军不会生分了。"三姐一面说，一面用一种诡秘的眼光时而看孙武，时而看子蝶。

　　孙武辞别三姐后，就来到子蝶的房舍，里面点着灯，一片通明。房舍很简单，但干干净净，房舍里外两间，外间是客厅，里间是卧房。外面有一个很大的院子，几排房舍房门紧闭，静悄悄地不闻人声。

　　"这里倒是个极好的读书之地。钮将军，以后仗打完了，我们就到这小岛上搭一幢房，读读书，练练武，听子蝶唱'吴歌'。"孙武将一直拿着的"秦汉子"递

给子蝶，说，"子蝶姑娘，你看我的打算怎样？"

"仗打完了，你不回齐国了？你的家国在那里啊！"子蝶睁着一双黑亮的眼睛，看着孙武说。

"我的家国在吴国了。怎么，你这个吴国人不欢迎我这个齐国人留下来，成为吴国人？"孙武一笑而问。

"你能留下来最好，我当然欢迎，求之不得。"子蝶慌乱地说。她轻轻拨了下弦，便弹了起来，雄厚、浑重的乐声流转在房室之中，孙武心头立即受到了一阵震荡，他不由自主地在席子上坐了下来，这乐声不同凡响，低沉中有种刚烈，而且，孙武听出来了，在宫、商、角、徵、羽五音之外，又增加了"闰"和"变"两音，这种变声使得这简陋的乐器奏出了孙武从未听到过的苍劲高亢的乐声。

随着"秦汉子"扣人心弦的旋律，子蝶开始唱了起来，曲调是吴腔，歌词是周武王巡行祭天的一篇叫《时迈》的乐歌，但子蝶把它译成了通俗易懂的吴语：

世上万千之邦国，
都是皇天的儿子！
现在都臣服辅佐我周邦。

强大如雷霆，
天下无不震撼。
于是祭祀百国之神，
还有大河之神与高山之神。
英明国君为众王之后裔，
发光明于我周邦，
一代一代永远传下去。

愿从此收起干戈，
藏起弓箭。
让我王的美政，
施行于华夏。
英明的周王要永久保有它！

孙武先是惊愕，子蝶居然会唱这么深奥的古歌，歌的内容是周武王平定天下

后，外出巡行，看到四方的大山、河流都能归依周朝，各地的百姓也能得到安抚，他希望能停止战争，天下永远太平。他被这首歌深深打动，收起干戈，藏起弓箭，这是多么美好的境界啊！可是，这一天何时才能来到呢？看来他这辈子是看不到了，不仅看不到，自己注定要驰骋疆场，大动干戈了，而且，既然选择了从武这条路，只能义无反顾地走下去。孙武的内心还是企盼和平的，子蝶竟能探触到自己的内心，琴止声罢，孙武已是热泪盈眶，哽咽着，话都说不出来。

钮宣义早就发现孙武和子蝶之间的微妙神情，一曲未罢，他就悄悄地走出去了。他虽然粗犷，但还是能识透人情的。

屋子里只剩下了他们俩。子蝶看到孙武眼中显现出异样的光辉，当发现他在流泪时，惊诧地问："大将军，你怎么啦？是我的琴声和歌声惹你伤心了？"

"没有的事，是你的'秦汉子'和《时迈》感动了我，你弹得好，唱得也好，让我感慨万千。我，我失仪了。"孙武破涕为笑，"这'秦汉子'的苍劲高古，实在是我没有想到的，秦国役工既能用它来抒情，我们军中更可用它来扬志。"

"大将军，经你这么一说，我有了信心，练了这么多年琴，唱了这么多年歌，我第一次遇到了知音。这个知音，还是位精通六艺的大将军。"

"其实，我第一次在这座岛附近的湖面上听到你的琴声和吴歌，我就成了你的知音。当时我猜测这个琴艺和嗓音这么好的女子，一定气度高华，美若天仙。后来听说是子考师傅的三女儿，我就很想见见你，可你父亲似乎有点不太愿意，我只能作罢。但老天有眼，看出了我的心思，还是让我见到你了。"孙武爽朗地说。一向持重的他，语言也变得轻快起来。

"你看到的子蝶与你想象中的女子，有天壤之别，你一定失望了。"

"恰恰相反，我所见到的子蝶，正是我想象中的女子，甚至比她更自然可人。"

"多谢大将军垂青，子蝶只是个寻常百姓的女子，只是有一副歌喉，会操操琴罢了。"听孙武赞美自己，子蝶自然高兴。但她想起他父亲的提醒，不敢过分忘形，天真的本性让她忍不住说出父亲的那番话，"要是你不是大将军该有多好啊！如果孙武像我一样是个凡人，能成为我的知音会让我更高兴。"

"我知道你在想什么，我告诉你一个办法。"

"什么办法？"

"不要把我当成大将军，忘记我的身份，忘记我的家世。只要记住，我是一个普通的男子，我没有特别的地方，这样就可以了。"

"是啊！我也是对爹这么说的，孙武在我眼里只是个男子，我从来没有多想他是大将军小将军的。我不是冒犯大将军，我就是这么想的。可爹一再对我说，大

将军的身份有多么尊贵，多么崇高，对我们这样非贵非富的门户来说，遥不可及。我想不通，但爹这么强调，总有他的道理吧。"子蝶提到父亲的态度，不免有怏怏之意，如玉笋般的手还情不自禁地拨了下"秦汉子"，"铮"一声，仿佛是她的一声叹息。

孙武一切都明白了，想起子考在自己面前提到子蝶时含糊其事的暧昧态度，很明显，子蝶对自己有意思，可子考担心自己的身份，并把他的担心灌输给了女儿，使子蝶不敢和自己接近。如果真是这样，对单纯可爱，不慕虚荣的子蝶就不必捉迷藏了，还是直接揭晓自己的心意吧！

"我刚才说过，我要留下来做吴国人，你为什么不问问我何以要留下来永为吴人？"他语气随便，而神态却极认真地问。

"是啊！你为什么啊？"

"因为你子蝶是吴人啊！"

子蝶娇羞而愉悦地笑了。躲在门外的钮宣义在外面听得一清二楚，他一拍大腿，在心里喊道："这一对有情人成了！孙武今后不再是孤单大将军了！"他对孙武的佩服甚至堪比有恩于他的伍子胥，孙武的兵略是一等一的，这不用说了，但孙武更让其好感的是他的性格，正直刚强，厚道善良，就是做起事来，往往忘了顾惜自己，现在有了子蝶，就皆大欢喜了。孙武这样的德才俱全、身份高贵的俊秀男子，引得多少高门大族的金枝玉叶倾慕，达官贵人都想巴结他，欲将自己的女儿许配他，连大王也牵挂着他的婚事，正在王室中物色合适的女子，这是朝内外都明了的事。

可孙武却偏偏选择了一个寻常的女子，这令人奇怪，但只要了解孙武的为人性格，就不奇怪了，贵族出身的孙武，韬略深厚的孙武，却有一颗平常心。子蝶啊！子蝶！你会羡煞天下的女子，你会让王公贵族讥笑孙武。可子蝶就是一个难得的好女子，你的可爱，又岂仅一副歌喉？聪明、淳朴、单纯、不慕虚荣，不都比歌喉来得更可贵吗？

钮宣义正想着，孙武挟着那把"秦汉子"走出来，兴冲冲地说："钮将军，我们回营吧，今晚我采摘了一颗极品珍珠。"

第十四章

转眼一年将尽了。

在吴国紧锣密鼓扩军备战、营建新都之际，范蠡负责的在平阳埠中所筑的太子宫，经过百余名工匠技师半年多时间的忙碌，也已竣工落成。

太子宫规模宏大，尤其是宫室，远比会稽都城的王宫来得轩敞、气派，花园则利用原有的一片生长得疏密有致的树林，以及周围的天然的大池、芦荡等景致，巧妙地加以改造。这里是太子宫的中心，所有的建筑都围绕其展开，一处荒僻的所地，在范蠡的手下变成了一个水木清华而充满野趣的园林，这是范蠡的得意之作。

最初，营造师并没有这样的设计。范蠡看了图样，总感到规模陈设不错，不过还缺少点什么，经琢磨是园林的器局不大。于是他花了五六天时间，就在先选定的原址附近，找到了这个地方，经他亲自修改，使太子宫的设计大为改观。太子勾践一见，连声叫好，所聘的营造师，也都叹为观止。

勾践对太子宫的构筑，是非常重视的，因为这处宫室不仅仅是他和季婉成亲所建，还是今后的新王宫，是越国的新都城的中心。他采纳了范蠡的建议，都城要走出深山，虽还没有东移至海边，但毕竟移到了一处平阳之地。勾践知道，父王允常对文种、范蠡是很器重的，想重用他们。但大将军石买的势力实在太大，他们把持着朝政，把持着军队，对允常、太子虽表面服从，背地里却结党营私，阳奉阴违与王室分庭抗礼。他们利用允常性格的懦弱，极力阻挠范蠡、文种入朝。因而，文种作为楚国的特使，本应指导政事军事，但实际插不入手，徒有虚名。而任命范蠡为大夫的事，几次廷议，争论激烈，允常只得搁下再说。勾践不得已，派他来当太子宫的总监工，让范蠡暂且在这里过渡一段时期，等待时机。

勾践在使用范蠡、文种这件事上决定和石买一伙较一番劲，他实在不能再忍

耐下去了。

父王让自己监国，可石买等人的猖狂，使自己履行这一使命实在太难。石买势力的形成由来已久。许多年前，小邦越国和现在比起来，国力更薄弱，兵不精、械不利，兵无斗志，百姓的生活极其穷困。国中豪强仅几百户，世袭的贵族也只是上千人，但他们拥有越国大部分土地、大宅和财物，他们富可敌国，奴隶成群，宅邸的绮丽、起居的奢华，远过于王宫。但他们对庄园里的奴隶暴虐不仁，那些奴隶长年担负着沉重的劳役，生活牛马不如，且日夜受到严密的看管，没有半点自由，稍有不从，便遭受苦刑，私狱遍布，天怒人怨。允常年轻时，很有血性，目睹国内的种种弊端，也想革除。可惜，允常的父亲夫潭不是一位仁君，他无所作为，优柔寡断，加上与越接壤的吴国屡屡为争夺渔猎之利对越挑起兵衅，越弱吴强，越国一败再败，致使老越王夫潭对付吴国都来不及，哪顾得上对内进行革弊图新？所以，允常的呼吁，在朝廷无人响应。直到允常接位，血气方刚的他，在当时只是副将的石买的支持下，毅然铲除掉了以国舅为首的把控朝政的大奸大贪者，推行纳谏、远佞、减赋、恤民等新政，严禁豪强虐民、设私狱，给予奴隶应有的待遇和自由，鼓励农桑，国风为之一新。

但这种革弊之举是非常有限的，没有触及到真正的要害，虽然一定程度上促使国家有了进步，但并没有迎来盛世。而石买升至大将军后，居功自傲，拥兵自重，到后来和那些一度受到抑制和冲击的豪贵纠集在一起，成了他们的总后台，也成了实施新政、图强图存的绊脚石。

范蠡一面打理太子宫的营建事务，一面抽空继续到各处考察民情和时弊，对越国的朝廷大政、四方庶务，有了更深的了解，从中也发现了在权臣撑腰下，大族作威作福、巧取豪夺的种种事实。他清楚，这个偏僻弱国，已生有一个毒瘤，若不将这个毒瘤除掉，任凭石买为代表的大族恣意妄为，越国要变得足够强大，以抵抗吴国的军事侵略，是万万不可能的。想起越王召见自己，恳切地询问治国之策时，他滔滔不绝地大发议论，许多提议，现在细思，自以为有见地，其实只是纸上谈兵，很不现实，难怪越王和太子口头称善，却迟迟不采纳实行。

平阳埠离苎萝村不远，他经常去那里见西施，青天下，花地里，溪流间，留下了他们的足迹和身影。西施给范蠡唱了许多越地民谣，她的声音像珍珠那么圆润，踏碎了野花，惊醒了山峦。范蠡则作诗应对，他受西施民歌的影响，用词不再求华丽、艰涩，而是多用口语，一派自然。可西施记住了，回到家里后记在白绢上，一段时间下来，范蠡的诗竟记下了一叠丝绢。这些丝绢都是西施自己织的，她平时做服饰都舍不得用，可现在用来记录范蠡的诗，一点都不可惜。

楚国公主季婉在教授着纺织技艺的同时，教会她写字，教会她唱歌吟诗，教会她弹琴，教会她许多只有楚国贵族女子才会的东西。当然，季婉也从这些越国山野女子身上感染到特有的清新、天然的气韵。范蠡还真的帮西施在江中捣练，和一群浣纱女在月色下同川濯足、捣打麻丝，还与西施一起常被少女们泼水。范蠡和西施有几次在桥上被泼得浑身透湿，他写下了不少关于水的诗。

后来，很多年以后，范蠡经常对人说，这是他一生中最愉快最幸福的日子，诗兴也最盛，在他眼里，一切皆能成诗，出口成章，满腹柔情。范蠡听西施弹一段琴，两人一起看夜间朗朗明日，听喧嚣的蝉鸣，感酥骨的清风，便是炎炎夏日里最好的慰藉。

他见西施竟能记住他随口吟出的那些诗句，并在白绢上毫无遗漏地记下来，十分感动。苎萝村周围多竹，他在西施家的竹林里的一片粗大的竹子上，用削尖的刀直接刻上了诗，抒发他对西施的爱。他的竹诗成了这个小山村的一景，郁郁葱葱，倾注着他的一片深情。

当然，范蠡并没有沉醉在儿女情长之中，他想得最多的还是如何兴越，如何扶越。他意识到他的命运将和越国的兴衰捆绑在一起，一损俱损，一荣俱荣，而这个古老的国度要强大起来并不容易，越国的现状如此复杂，太子智勇绝伦，却控制不了大局。

原来他对这个国家还不是很了解，到越国后，他从这个部落到那个部落，帮着修水利，兴农植，虽看到这个国家的落后、蛮荒，但也看到这个国家景致的壮美，山脉起伏，河水迢迢。到了苎萝村，更见云烟绵连，一派祥和。只是，这都是表面现象，透过表象，他越来越认识到越国的重重危机。

最大的危机是从君王到百姓，都为越国的过去感到自傲，常从中自慰、自醉，然而又为眼下的越国感到自卑，缺乏应有的自信，一味依赖楚国，把保全国家的砝码放在楚国身上。楚国公主季婉要嫁给太子的消息传开后，越国从朝廷到闾巷、乡村，无不大大地松了口气，以为这下楚国和越国的关系更深更牢固了，在楚国这把保护伞的庇荫下，越国会安全多了。同时，他们对吴国从心底里瞧不起，但又对吴十分恐惧，谈吴色变，犹如惊弓之鸟。

有一次，他与文种和太子勾践一起议事时，勾践摸了下喙般的鼻尖，神秘又得意地对他们说："两位知道我们越王的祖先是谁吗？"

文种和范蠡不知其详，都摇摇头。

"我告诉你们，我们家的祖先是大禹。"

范蠡想起了越王宫里建有一座高大的禹王庙，而宫内的其他建筑包括宫殿、楼阁、亭台、宅院、花园都围绕禹王庙铺排，当时，范蠡就感到奇怪，禹王庙何以雄踞越王宫正中，后来一想，尧舜时期，天下洪水泛滥，是大禹救民于水患，越人崇拜这位夏朝开国之君，不足为奇。

但听勾践说，大禹是越国的祖先，文种和范蠡都感到很突然，这个又弱又穷的越国怎么会和圣人大禹扯上关系呢？他们将信将疑。况且，史书上从未有这样的记载。

"是吗？大禹怎么会是越国的祖先呢？何以见得？"文种疑惑地问。

"据我了解，事情是这样的。大禹平定洪水后，舜临终前将帝位禅让给禹，禹去世后安葬在这会稽山。"

"大禹之陵在会稽？"范蠡惊奇地问。

"是，禹陵很简陋，我们常年派兵守卫，以防不规之徒亵渎。"

"那什么时候去祭祀一番！太子，你是说禹陵在越，所以，大禹就是越国远祖？"

"并非仅仅这么一层关系，更重要的，禹以下六世是帝少康，少康恐怕禹的祭祀断绝，就把他的一个叫杼的儿子封到现在越国这块地方，国号'无余'，即'于越'，所以也称杼为无余，越国就是这样来的。无余是仁君，道德高尚，起居简朴，与民共苦同乐，春秋两季坚持到会稽山祭祀禹陵，这样传了六世，最后一个国君由于品格低下，被民众群起推翻，被贬为平民，禹的祭祀也就此中断。"勾践沉浸在回忆中，仿佛他亲身经历过这些事。

"既已贬黜，越王室又如何传承至今呢？"范蠡有些好奇了，他追问说。

"越国已是一个国家，虽有多个部落自立，但既有国之存在，岂能无国君？因而，过了一段时间，贤君无余的一个后裔受到民众的拥戴，被拥立为国君，沿承越国的治权，这便是无壬君。无壬之后是无绎，无绎之后是我的爷爷夫潭接位，然后是父王允常。"

"是的，是的！昔大禹治水，功在天下，今楚越联盟，匡扶周室！"文种附和说。

范蠡则陷入了沉思。大禹勋业千古，青史名标，作为他的后代，觉得荣耀是正常的，但与其夸耀祖上的辉煌，还不如多想想现在的境遇，以及如何发奋图强，挽救岌岌可危的国家。

"范先生，你怎么不说话？"勾践看出范蠡的神态有些异样，猜测他心里别有想法，便问道。

"越国国脉令人肃然起敬，这是好事。但说句不敬的话，越国虽历史悠远，远

祖崇高，但到现在还是一个看别国眼色行事的小国、弱国，如先祖有灵的话，肯定会非常失望、惋惜。"范蠡尽量用恳切的口吻说，以免让勾践感到自己有讥嘲之意，"当前诸侯反目，都打着匡扶周室的名义，其实，这都是欺人之谈！说穿了，无非是两个字！"

"哪两个字？"

"争霸！"

"越国只想自保，不想争霸。"勾践说。

"太子这么想，是因为英雄气短，国力脆弱，不足以争霸。但太子刚才说的效先祖振兴华夏，匡扶周室，平定天下，在别国听来，就是争霸之说。吴国、楚国、齐国等国，都毫不顾忌地提出要争霸，而且无一例外地打着匡扶周室的旗号，天下人都看穿了，他们都是在假振兴周室之名，行兼并别国之实。所以，太子，匡扶周室，平定天下这样的陈词滥调不要说了。"范蠡说，"霸道不久，天道长存。何谓天道？人道即天道。一心想称霸的君王，即使会盛极一时，也会由盛变衰，楚国曾盛极一时，但从楚平王起，就走下坡路了，逼走了伍子胥。当年管仲辅佐齐桓公，九合诸侯，一匡天下，何等的威风，可现在的齐国又是怎样呢？逼得孙武这等兵略家到别国效力，这两国的霸业，气数已尽！"

勾践听了，虽心里不太舒服，但他知道范蠡能这么坦率直言，是真心为越国着想，而且，他说的那些道理的确值得自己深思。他觉得要好好想想，调整一下自己的思路和心态，以后再作计议。所以，太子保持着沉默。

文种以为太子不高兴了，打圆场说："太子，范卿说话向来狂放，但他说得也不无道理，请太子不要见外。"

"范先生说的都是肺腑之言，我感激都来不及，怎么会见外呢？"勾践连忙分辩说，"两位都是大才，为越国已出了不少好的主意，武锦清的事多亏范卿的妙计，化解了一场危机。其他种种，因朝内的原因，只能慢慢推行，想来范卿能理解。"

"太子，我以前提的一些见解，现在想想，有些大为不宜，有的明显偏颇，我是下车伊始，只知其一，不知其二。我也需要调整思路，使自己的想法尽可能地切合越国国情，唯有这样，才不会误导太子。"

"范卿太谦虚了，我现在只是储君，但我不能无所作为地等待，好在父王已将监国的重任交给我，蓄势待发，请两位不吝赐教，知无不言，言无不尽，不管什么话，都请直言不讳。"

"是，我们会为越国竭尽忠智。"范蠡看得出来，这是勾践的真心话，也符合

他目前的真实处境，心里十分感动，更坚定了为越国效力的决心。太子说得对，他尚未完全自立，但要蓄锐待发。蓄势，就是要帮助太子从现在起就积蓄力量，以后一旦掌控全局，就会有全面的足够的控制力，那国家大计就能畅通无阻地贯彻执行。

这天，太子来检验落成的新宫室。

宫室落成已多日，室内的陈设，包括家具、器皿、寝具、烛台、帷幔等也都摆设好了。花园的景观也经过了最后的修饰、整理。

空旷的院子里，那片老树林长势茂盛。周围虽建起了一道围墙，可林子里依然是原来的那些鸟，大池里依然是原来的那些鱼，甚至有一对白鹿，也留在了这里。范蠡特意在围墙上开了一扇门，是木栅门，以便白鹿出入。但奇怪的是，白鹿很安详地在院子里溜达，吃着林子里的草和野果、树叶，从来不到木栅门那里转悠，庖厨还给白鹿准备了一些米麦做的食品，洒在林子里，供白鹿食用。大池边造了个水榭，可凭栏眺望水景，水中栽种了荷花，粉色的荷花衬着碧绿的荷叶，水光明亮，香风四散。

勾践来的时候，范蠡在大池里放了两艘战船的模型。这种战船是小型的战船，名叫"戈突"，形状很怪，两头都是尖尖的，往上弯翘着，像弯弯的月亮。它能容纳三十六名水兵，一人掌舵，八人划桨，其余作战。它在水面上能跑得飞快，而且进退自如，两头都可当作船头，船的尖端镶上铁刺，称为戈矛，锋利无比，进攻时，可向对方的大船冲去，戈矛刺透对方的船体，能使水迅速地渗入船舱。戈突船是范蠡从一种"老鹗捉鱼船"的渔船得到启发制造出来的，船身由上好的木材拼装，用细而牢固的麻丝镶嵌所有的接缝，船舷钉上铜皮，船身漆成朱红色。

大池里的戈突模型比采莲的长木盆稍大些，能乘两人，有两支木桨，其余设施和真正的战船一模一样，这是范蠡送给公主即太子妃的礼物。

勾践出行，从来都是轻车简从，这次来新宫，更是悄然无声。一辆极普通的车，带着两个卫士，到了新宫，不要说别人没有注意，连大池边的范蠡都未发觉。

守门人看到太子来了，马上伏身行礼，要去禀报范蠡。勾践朝他摆摆手，说："不必了，我自己去。范先生呢？"

"在花园大池边。"

此前，太子已来过几趟，竣工前夕，他和文种又一起来过，因而对宫内的布局已很熟悉。他熟门熟路地走到大池边，驻足静观。偌大的花园，草木森森，百鸟啁啾，池里粼粼的水面上，荷花盛开。这个花园既雅致安静，又野趣十足，构筑十分精致巧妙。勾践几次来，都在此流连忘返，十分喜爱。想到今后将和季婉

一剑封喉 YI JIAN FENG HOU

在这里消闲散心，他心里不由得产生一种温馨的感觉。他原来担心越国多的是穷山恶水，即使造出新的宫室，但和季婉从小待的高大壮丽的王宫相比，还是寒酸，公主虽不会计较，但自己心里总觉得亏待了她。从繁华的楚国，下嫁边远的越国已不容易，如果没有一个适心的住所，更是委屈了她，但看到这个花园后，勾践放心不少。公主会欢喜这里的轩敞清静，更会欢喜这里的自然多趣。他忽然看到了那两艘别致的朱船，它像野渡之船那样自由地在荷叶中游荡。绿叶、粉荷、朱船，这三样色泽鲜明之物，使勾践眼睛顿觉一亮，心想，这个范蠡，真是胸有丘壑，不论大事小事，都会办得十分妥帖。这个花园，整个就是他的创意，花费不多，就地修葺，只是画龙点睛地增设了几处建筑和点缀，竟会使一处荒芜之地成了如今这风光清雅的园林。

"范先生，你好兴致啊，在这里看小船，何不登船划上几下？"

范蠡闻声转过声来，连忙躬身拜了下去："太子，范蠡有失远迎，失敬，失敬！"

"是何言欤？"勾践笑盈盈地说，"这是我的家，你是贵客，我自己回家，还要客人来远迎，这未免本末倒置了。倒是把范卿一直晾在这里，真让我心不安。"

范蠡明白，这是双关的话，一是指让他孤单一人在这偏僻之处料理营造的事，二是一直没有正式起用他，连一个正式的名分都没有给，只是在这里管些繁琐的杂务，这让勾践很过意不去。文种曾单独来和他会晤过，替勾践转达过歉意。

"幸亏太子把我'晾'在这里，这段时日，是我有生以来最舒畅闲逸的日子，营造之事并不怎么繁杂，用的都是最好的匠师，技艺已相当的娴熟，不必我多费心，我有暇各处走走，顺便作些考察。"范蠡从容答道，忽然诡秘一笑，"苎萝村离这里不远，我常去那里，作了不少诗，我自己都搞不懂，怎么会诗兴那么好，简直可说诗如泉涌！"

勾践哈哈大笑，那双深沉的鹰眼难得地变得柔和起来，他指范蠡说："什么自己都搞不懂？明明是在装糊涂，佳人在身边，不泉涌才怪呢！什么时候把你的篇章给我和文大夫看看，一定是记录了不少美妙绮丽的片断。"

"让太子见笑了，我不过是耳目所及，引发联想，有景、有物、有人、有事，当然也有情。西施是水，有水一样的清纯，就像那荷叶上的水珠。这些诗我只是随口念的，念过就丢了，倒是西施有心，回去写了下来，她的记性出奇的好，居然一字不差。有个别字，她还有意修改过，改得还颇为恰当。"范蠡说，"下次，让她献给太子和公主鉴教，还有，我在她屋后的竹子上刻了几首诗，不过，要到苎萝村才能看得到。"

"好啊，公主对苎萝村很有感情，待我们大婚以后，一定去回访，就算她回娘家吧！"勾践说到这里，指着池中的朱船说："这些漂亮的船是怎么回事？"

"这是缩小了的戈突船，是我和西施送给公主的礼物，木材是取自苎萝山的百年老木，恭祝你们纳福千秋，白头偕老。以后公主得闲可在池中荡荡船。"

"公主见了，定会高兴得跳起来，可是，为何叫它戈突船？"

"戈是取两头翘的形状，突是指它快如飞鱼。太子，你看出来了吗？它可是兵船。"

"兵船？我怎么从未见过？"

范蠡于是把这种兵船的构想来由，它的特点及优劣、造价说了一遍。太子听了，赞叹地说："这么说，这戈突船是越国的独创，好，太好了！"

"越国不能像吴国那样造上千号巨舰，耗费太巨，但将来吴越之间发生战事，水战最有可能，因而，还是要建水师，造舰船，而且要针对吴的艨艟大船之短来造。任何东西，有长处，亦有短处。例如战车，兵家均认为越多越好，其实不然，战车前后必须随兵，但人哪里跑得过马车？战车往往冲在前面，孤军深入，以致前后左右暴露在外，结果挨打。另外，山陵、沼河之地也不宜使用战车。舰船也如此，大船载兵多，自然是好，但也有笨拙、行驶慢的短处，戈突虽小，但灵活快捷，两头装有戈矛，可撞击大船，使其船破而覆。"

"这戈突船这么厉害，花费也不大，我们可多造些，以多胜少，以快制慢，以其之锐角，避大舰之锋芒，这样，吴军水师就不足惧了！"勾践高兴地说，"是否可上船划上几下？"

"夏日炎炎，划船太热。我们还是先到各处看看，然后到水榭小坐。"

"好！我来的本意也是来走一番的，其实也没有什么可看的，有范先生打理，一切都用不着我操心了。"

"不，太子还是仔细检视一遍，太子和公主大婚，举国视听所系，非同小可。公主千金之尊，下嫁越国，象征楚越之谊，越国虽然做不到尽善尽美，但至少得符合礼制，体现越国的真心，太子的真情。"

听范蠡这么说，太子默默地点了下头，跟着他朝宫室走去，大殿、正厅、书斋、琴房、议事室、后宫、宴厅、楼阁、执役宫女、卫士、其他役工的住所等，都一一看过去。范蠡一路走，一路解释，太子只是点头，觉得无可挑剔，而且，心里还隐隐感到不安，这宫室的舒适、陈设的齐备、器物的雅致都不比王宫逊色，有些地方甚至超过王宫，会不会引起大臣的异议？父王不会说什么，他力主要豪华、讲究，不能亏待下嫁到越国的楚国公主。但王后就不一样了，她的心态和父

王恰恰相反，而且对自己抱着极深的成见。

王后陶素是父王的续弦。勾践的生母即先王后在勾践十岁时就去世了，中宫空缺了两年后，当时十九岁的嫔妃陶素被立为中宫。陶素是个美女，先王后健在时，她就深得允常的宠爱。她当时一味讨好王后，凡事都依着王后的意愿办。王后生产勾践时，正是冬天，越国遭遇百年未见的奇寒，宫中虽有火盆，还是阴冷得很。王后是难产，饱受折磨，又受了风寒，此后落下了病根，时常缠绵病榻，夫妻间不知不觉也生分了，光彩照人而又健康活泼的陶素很自然就越来越得宠了。

王后逝后，允常守制间，陶素如同变了个人似的，利用她的势力，排挤、打击其他嫔妃。在允常守制未满一年时，她如愿地生下一子，取名延吉。这么一来，她的地位无可动摇了，顺理成章地继承王后的位子。

她当王后的时候，勾践仅十岁出头，原来性格内向的他变得更沉默寡言，整天埋首简牍之中，天文地理、兵略农医，无不涉猎。陶素的哥哥陶谷是石买手下的一位将军，为人奸诈，不学无术，品格低下。妹妹当了王后以后，他也跟着得势，成了石买的左右臂。他对妹妹说，勾践是长子，将来国君的大位肯定会传给他。越王比你大近三十岁，体弱多病，不会久在君位。所以，你对太子柔顺一些，以后才能尊你为太后。陶谷的话自然来源于石买，他们早就盘算未来如何巩固他们的权势。

一晃十年过去了，不管陶素对勾践怎样笼络，勾践始终对陶素不冷不热，敬而远之。允常逐渐将国柄向长子转移，让他先任监国之职，日常的国务交给他办理。勾践离王位越来越近，而离王后、石买、陶谷他们则越来越远，且处处和他们作对。更严重的是，他打算起用文种、范蠡两个客卿，委以重任，这显然是在扩充自己的力量，寻找几个可共心腹的帮手，并有进一步的谋划，那就是向他们开刀。

老谋深算的石买终于明白，勾践是不可能和自己走一条道的。于是，他吃准了允常懦弱的性格，开始明里暗里和勾践较劲。勾心斗角的形势开始影响到大臣，两派间的对立暗暗生长，虽没有到公然撕破脸的程度，但裂痕已深得不可能弥合了。陶素摆出了有恃无恐的姿态，开始在允常面前百般贬损勾践，"他看不起我，心目中根本没有我这个继母，这些年，我对他怎样，你都看到的，可是他一点都不见我的好，那看我的眼神，完全是恨之入骨，好像他娘是我害死的，真是天晓得！"她咬紧牙齿对允常说。

"哪有这样的事？他什么时候恨你了？他何以要恨你？你讲这样的话，传到他耳中，会伤他们兄弟之间的和气的。"允常好言相劝。

"兄弟和气早就伤了，他从来不把延吉当弟弟看待。他这样无情，以为他继承王位是铁定的了，可王位能传长，也能传幼啊！传长而不传幼的礼制早不算数了！"

允常的脸色不好看了，他陡生警惕，这么严重的话，没有人教唆，她是讲不出来的，也是不敢讲的，从来宫廷中的骨肉伦常之争，往往起于继统之争，吴国的公子光借刺客专诸之手刺死吴王僚就是一例。

"你怎么说得出这样话？老实给我讲清楚，谁教你这么说的？"允常厉声问。

哥哥陶谷确对她这样愤愤地说过："凭什么只传长不传幼？石买说，周制是这么规定的，但现在有几个国家在奉行周礼，周室都已日薄西山了，周礼也都名存实亡了。所以，勾践别神气，我十年前说过，王位非他莫属，现在我要说，这不一定！"

哥哥这样大逆不道的话自然不能供出来，而且，绝不能牵连到石买和哥哥，这一点陶素是清楚的。她警觉了，心里怦怦直跳，都怪自己一时冲动，言语不慎，差点闯下大祸。

"我说的是气话，这样荒唐的话谁敢教我？我，我错了。"陶素垂下了头，"可是，太子他，真的不把他弟弟放在眼里，有时延吉亲热地叫他哥哥，他哼一下就开走了。"

这是实情，勾践对王后母子俩的确很冷淡，爱理不理的。

"他就是这种脾气，对我都这样，你们不要介意。不理人是因为他牵肠挂肚的东西太多，许多的国事要他去处理，因此有时思虑在别的地方而顾不上别人。说实话，有了他，我轻松了不少，否则，我这身子早拖垮了。"允常为勾践辩解说。

但过了一天，他就对勾践说："我知道你忙，为我分担了不少事，但也要抽出时间关心关心你弟弟，毕竟是一脉相承的同胞兄弟啊！不要见面如同陌路。"

对这个弟弟，勾践一向没有好感，但不是因为他是继室所生。在王室，不管是谁生的，哪怕是不受待见的宫娥生的，也是王脉，不能轻视，这个道理勾践还是懂的，所以，他对延吉并无成见。可延吉受陶素溺爱，已经十岁了，还不肯好好读书，贪玩贪吃，淘气得过分，出言蛮横，举止无状，谁见了都头疼。陶素百般袒护儿子，把儿子的调皮看作是英武之相，不能说他半句不是。

王后对勾践的一些微词，他早就有所耳闻，但只是一笑了之，后来居然说出"传长而不传幼的规制不算数"之类的话，才引起了他的警惕，愕然之余，他想起朝内石买、陶谷等人的反常，派谍人暗中监视，察觉了许多他不得不重视的情况。王戚大臣朋比徇私，自居特权，把持朝政，这对各国各代来说，都是大忌。吴国

一剑封喉
YI JIAN FENG HOU

的神蛇和王后沆瀣一气，弑君篡位，逼得公子光用非常手段夺回王统。这个事实，勾践当然知道。

目前越国的状况，虽不像姬僚上台前后那么险恶，但有某些相似之处。他们的目标，就是自己，而父王的性格对这股恶势力起了助长作用，他的宽容和中庸，无意中帮了他们，对陶素有时虽有所戒饬，但并非真正的消弭之道。看来这个潜藏很深的祸患，只有采取手段，才能除尽。但因为王后，他必须慎重行动，也要防备他们抓自己的把柄，借题发挥。

今天看了太子宫，他有一种预感，王后、石买等必会有所议论，王后会像只呱呱乱叫的乌鸦，对太子宫的规模和陈设大肆攻击。

一大圈走下来，勾践只提了几个细节要修改，总体上是非常满意的，觉得无懈可击。他走得有些累了，范蠡便带他到水榭，两张案几，凭栏而坐，眺望荷池，清风徐徐。白鹿昂着头，旁若无人地走到水榭前，朝他们张望。这实是一处密谈的好地方。待侍役端上凉茶、鲜果，范蠡转脸看着太子，询问："太子，在修葺、布置上还有什么不足，尽管提出来，可以重新改正。"

勾践摇着头，沉吟说："在我看来，已经尽善尽美了，公主不是苛求的人，依越国的条件，能做到这样，而且处处体现了照顾她是楚人的匠心，她会很满意的，特别那两艘戈突船，她看了会大为惊喜。所以，不要多费手脚，但即便如此，也有人会说三道四的。"

太子忽然顿住了，脸上现出不安的神色，情绪也低落了下去。范蠡见状，知道太子心里有事。

"怎么？难道大王对太子宫的营造不满？如果这样，那大非他的常态，他上次来巡视时，曾对我说过，只要造得好，不要考虑资费。"范蠡有些惊异地说。

"父王不会说什么的，但另有人会提出非议，而且是一些厉害的人，他们天天在挑我的刺，唯恐天下不乱。"勾践忧心忡忡地说。

"请恕我妄加揣测。和太子格格不入的这些厉害的人，可是大将军石买、国舅陶谷、石买女婿灵姑浮等人？而他们的靠山就是王后？"范蠡敛容说，"事关越国君室、朝内，我不便多说，但有句话我不得不说，佞人攻讦太子的某些举措，包括对太子宫的营造，都是醉翁之意不在酒！"

"他们意欲何在？"

"太子是要继承大统的人，他们之意，自然是冲着王位来的。"

勾践默然，但心中凛然一惊，继以疑惑，范蠡一言中的，道出了事情的实质，听他的话音，不像是揣测，而是掌握了一些实情。若果真如此，他身在平阳埤中

建宫，和西施卿卿我我的，何以了解实情？宫闱禁地，许多事情外人是看不到听不见的。王后的放肆行径难道已传到民间？然而又是怎么传到范蠡耳中的？勾践是一个很机智也很多疑的人，他心里这么想，但出于对范蠡的尊重，并没有将疑问道出来。

可范蠡已看到太子心底深处，他干脆把自己这段时间的思索和考察的结果来个畅所欲言。他正色地问："太子，你肯定在想，我这么说，不是猜的，而是通过什么渠道听说了什么，是不是？宫中无小事，局外人都懂得充耳不听，视而不见，言行谨慎的道理，以免无辜遭祸，因而，没有人与我说这方面的事，要说实情，我是从民心民意中得出来的。"

太子坦然承认："不错，我是这么想的。那么，民间难道说到了这些人存在野心？"

"民心民意是一面镜子，虽然没有这样直言，但这面镜子把越国之弊照得清清楚楚。"

"请范卿说得详尽些，可否？"勾践喝了口凉茶说。

"当然可以。我本来想在太子大婚后，认真和太子谈一次，今天既然触及了这些事，我就直言了。"

"请说，我洗耳恭听。"

"我刚才说过，我初见太子和大王时夸夸其谈，提了不少建议。这些建议现在来看，有些不切实际，有些则难以做到。无论是整军经武还是推行新政，得排除干扰、阻力，而越国的实情，不仅是存在干扰和阻力，而是有一股强大的权势牵制太子，挟制国君。那些拥有大量采地、财帛的大族豪强，他们盘剥民脂，欺民虐民，以致民怨沸腾，而在背后撑他们腰的，不是别人，正是石买之类的亲贵们。他们只图私利权欲，只求苟安，对国难毫不痛惜，毫无忧心，这批人可恶之极，他们是越国的毒瘤！"

"毒瘤？"

"是的，地地道道的毒瘤。太子和他们没有调和的余地。除非太子让步、迁就他们，放弃强越计划，维护他们的利益，让他们把持朝政，一手遮天。"

"我岂能牺牲国家和民众的利益，屈就这批佞人？这样的太子名分，这样的王位，我宁愿不要，也不能便宜他们。"勾践大声说。

"好，太子说过，要蓄势待发，这句话好极了！蓄势待发，就是要积蓄力量，有足够的控制力。然而，蓄和除是相辅的，太子只有铲除那些绊脚石，割除那个毒瘤，才能蓄积力量，倘若不除，则无以蓄积。兴国之策，亦无从贯彻。"范蠡说到这里，意犹未足，但他没有继续说不去，而是直直看着勾践那张轮廓分明但表情深沉的脸。

"范卿，你把我的蓄势待发解析得太深刻了，而且给了我一个很大的启示，攘外必先安内，要提高抵御外侮的能力，首先要处理国内的难局，除旧才能布新，你说是不是？"

"正是，正是。"范蠡兴奋地答道，"我的一些建言是因为刚到越国时并不清楚越国还有这么一个情状。我太自以为是了，差点误导了太子。"

"那么，这个毒瘤如何除掉？"

"我想过了，要一步一步走，操之过急，反会误事。"

"这些人势力很大，一步一步走，可说步步荆棘，那第一步该怎么走？"

"当然是大婚，先和公主成婚。我听说，公主的嫁妆中有车马兵器，能武装一千人，石买必以为会给他调配。太子要不动声色，静观其变，必要时引蛇出洞。他们是沉不住气的，必策划于密室，煽火于庙堂，蛇一出洞就可以动手了。"

勾践有点不懂，既要静观其变，又要引蛇出洞，这到底应该怎么办？他沉思着，片刻后，他终于开口问："静观其变，我知道是怎么回事，可引蛇出洞又如何来把握呢？

"这其实是一回事，静观其变，就是看他们怎么表现，例如楚国的车马兵器，先放着不动，石买必会千方百计活动。引蛇出洞，就是太子组建一支护卫精兵，并委任一个或几个他们的眼中钉执掌，他们必狗急跳墙。这一静一动得如何做，要另外好好筹划，我还得想想。"

勾践陡然省悟，范蠡的意思很清楚，一边不动声色监视他们的言行，掌握他们的动向，一边组建护卫军，这样一来就触动了石买一伙的痛处，他们自然会有所行动。只要他们有行动，就有了为国行道的理由。当然，这过程中会有很大的风险，处置不善，易生变乱，范蠡说得对，这个关乎到国本的大计，还需要细细谋划。这当然是今后另择机会商议的事了。

勾践和范蠡在太子宫的水榭密谈时，石买和陶谷、灵姑浮等几个心腹也在会稽大将军府密谈。

石买的府邸依山而筑，在越国，其规模和豪阔的程度是首屈一指的，其最大的特色，就是引入一注湍急的溪水至园内，溪水落到潭中，形成一道小瀑布，哗哗直响，水花飞溅。而潭边，有一间不大但精致的雅舍，舍顶铺的是只有王宫才铺的筒瓦，这是允常特赐的待遇。

这间雅舍就是石买的密室，透过窗户，对面就是终年不息的溪流，这大热天里，溪流所激起的水汽一阵阵扑过来，使得精舍里暑气大收，清凉不少。

石买已年近花甲，仪观甚伟，头发、胡须已白多黑少，但因为食不厌精，又善保养，所以满面红光，身背挺拔，丝毫没有老态。他十分风流，老而愈甚，新纳的小妾年仅十九，比他的二女儿即将军灵姑浮的夫人鸢萝还要小几岁。此刻，他坐在一方竹编的细篾席上，案几上放着越国特产的黑露酒，酒器和食器都是楚国铸造的青铜器，金光闪烁，鼎中盛放着鹿肉、马肝等珍品，有些连王宫的餐几上都见不到。

石买酒量很大，一觞觞喝，越喝意兴越豪，此刻，他一仰脖子便又干了一觞，抹一下嘴说："你们可知道，太子宫的豪华和规模，远胜王宫，花园之大，可以放马牧牛，大大的一个水池，可以荡船，据说还有一个鹿苑，养了白鹿。越国可是穷国，太子借着迎娶楚国公主的理由，大肆挥霍国帑，大兴土木，心目中哪有黎民百姓的艰苦、国家的困难？他是监国太子，难道就是这样监的国？我看是盗国而已！"

"对，对，哪里是什么监国？明明是盗国。听妹妹说，他的太子宫就是以后的王宫，王位还未坐上，王宫都造好了，他也太迫不及待了！"肥胖的陶谷已有酒意，满脸通红，他粗声粗气地说，"他怕大王变卦，废了他的太子，改立延吉，所以急于要夺权，造成既成事实。"

灵姑浮在一旁听不下去了，他冷冷地说："陶将军，你别喝醉了酒胡说八道，这样的话是不能乱说的，别害了王后和小王子！"

"陶谷，你的智力像你的酒量一样，还是那么浅。"石买对着陶谷阴阴地说，"我再跟你说一遍，你别再做梦了，大王是决不会废长立幼的，你的外甥是不会替代勾践当上太子的。大王是什么样的人，你我还不知道吗？他绝非有道之君，我们对他这么忠心，可他私心自用，还是处处护着长子，除非采取非常手段，否则他绝无放弃长子的可能。"

"这怎么办呢？要是真的让勾践继了位，没有老国君这堵挡风的墙，勾践会给我妹妹、外甥好果子吃吗？自然也不会放过我们。"陶谷的酒醉吓醒了一半，他恐慌地说，"大将军，你足智多谋，快想想办法吧！"

"陶将军，你慌什么？只要我们没做有负国家和大王的事，太子不至于会随便责难我们，更不会贸然将我们问罪。"灵姑浮对陶谷说完后，又对石买说，"父亲，我看与太子的隔阂，多半是误会所致，太子虽为人阴沉，但并不是那种不讲道理，处事不计后果，专横跋扈的人，父亲是多虑了。"

石买知道女婿本性忠厚，虽打仗骁勇，却对政治一窍不通，他不想为难女婿。另外他替女儿着想，也不愿女婿在这场争斗中卷得过深，便对灵姑浮说："有些情况跟你说不清，鸢萝身子不太好，你先回去吧，今天议到的事，不要跟鸢萝说，女人家不涉足这些事为好。"

"是，我知道了。"灵姑浮回答，他早已归心如箭，听岳父这么一说，求之不得，立即起身，和各位作揖辞别。

"我这个女婿，心地善良，是个死心眼，把别人也都看作是好人，二女儿也毫无机心，这两个人，真正是绝配！"石买笑道，"陶谷，你刚才说了什么话？"

"我说，如果一旦大王有什么意外，勾践不会对我们手下留情的，趁大王还健在，我们要想想办法。"陶谷说。

"噢，你放心，我自有安排。"石买慢条斯理地说，"太子宫造得如此奢华，超过王宫，这是一种僭越，所费都是民脂民膏，会激起很大的民愤。再者，这么重要的事，托付给楚国的一个游士，有失国格。这个范蠡，摇唇鼓舌，一派胡言，企图干预越国大政，在太子宫营造上，他大肆耗费越国国力，居心何在，值得怀疑。我想联合几位大臣上奏，向大王奏明，太子宫为迎娶楚公主所造，这是应该的，但造成这样，影响恶劣，希望国君为了挽回民心士气，有所补救，或撤去鹿苑，或拨出部分宫室挪作他用，同时对负监造之职的楚国客卿范蠡，严加申斥，逐出越境。"

"上书大王，即便他真的如奏章所说的办了，但太子还是太子！没有伤他一根毫毛啊！"

"你是真不懂还是假不懂？这样做，虽不会导致大王废掉太子，但毕竟也能让大王和太子感到压力，大王一向防口胜于防川，民怨滔滔，众官不满，对大王会造成掣肘，对太子也是敲响警钟。最重要的是，范蠡如被逐，意义非同一般，也是我们上奏的主要目的。范蠡和文种两个楚人，太子一心要援引入枢，若太子的作为有颠覆宗社之虞，那么驱逐范、文，无疑于折断太子的左右臂，太子的气焰也不会那么嚣张了！"石买洋洋得意地说。

陶谷听后，对石买的分析十分钦服。他想，老奸巨猾的大将军果然有一套！自己跟了他多年，为他一手提拔，妹妹能进宫为妃，也是靠他的大力推荐，没有石买，哪有他陶谷兄妹今天的荣华富贵，他哪能获得国舅的尊位，受人敬仰和羡慕？虽然，石买对他并不怎么尊重，不仅直呼其名，还动不动就呵斥他，但他还是紧跟石买，他不敢想象，离开了石买，自己除了拼拼杀杀，还能做成什么事。

"王后那里，就交给你了，你让她不断地在大王身边吹枕头风，这比我们的奏

章还要来得重要。但不要乱说话，像个泼妇那样撒泼，王后要像王后的样子，惹得大王怒了，会讨厌她的。"石买叮嘱陶谷说，"有理不在声高，什么叫母仪天下，她在王宫这么年了，没人教她，看也该看会了。你要对她说，要广结人缘，度量大一点，宫闱静肃，上下之福。"说到这里，他嘱人取来一只锦盒，揭开盖子，里面竟是五颗鸽蛋大的珍珠，圆润泽滑，闪着异彩，一看就是珍宝，陶谷的眼光马上发直了。

"这是我给王后的一点点心意，不成敬意。"石买递给了陶谷。

"这么大的珍珠，我还未见过。"陶谷取出一颗，放在眼前仔细端详，爱不释手。

"这是海珠，很深的海里才采得到，不可多得，国舅喜欢，过几天，有人送来了，我再赠你几颗。"

陶谷连忙称谢，让他感到意外的是，石买难得以"国舅"相称，让他有点受宠若惊。其实，当年国君选嫔妃时，曾对石买的二女儿鸢萝有意，可石买不知怎么想的，连夜将鸢萝许给了手下的猛将灵姑浮。国君见名花有主，也没有办法，只恨迟了一步。石买适时地推荐了活泼可爱而又绝色的尤物陶素。

这时，石买的一个宠侍悄然走来，在石买耳边耳语了几句。

"他人呢?"石买侧过身子问道。

"在正厅待茶。"

石买看了陶谷一眼，说："请他到这里来吧。"宠侍应声而去。

陶谷知道是有什么重要的客人来，而石买的一眼，他当然领悟了，就是让他回避。他赶紧拿起那个锦盒起身告辞。

石买没有挽留他的意思，而以往在石买家中喝酒或聚会，也会有不速之客闯来，石买总会挽留说："自己人，不必介意。"这次石买不仅不挽留，而且示意他闪避，可见这个客人绝非等闲之人。陶谷有些好奇，还有些怏怏，石买对自己并不是毫无保留的，还是有些人事对他保密。

来客不是别人，正是长期潜伏在吴国君宫内的医师武锦清，他埋得很深，以精湛的医术和沉默寡言且谨守宫中规矩而得到阍闱和王室的信任。他是石买直接派到吴国的谍人，后来伯嚭将那两个越国佳人转送阍闱，其中一女，负有特殊使命，但不慎败露形迹。武锦清是她的上线，以为那个越女必会供出他，便给王后服下一颗毒丸，连夜逃回越国。回来后，不仅无功，反而有过，被石买痛斥了一顿，因为他违反了石买的原则，即不能激化与吴国的矛盾，引得吴国发兵。而毒死王后，必会引起和吴国的极大摩擦。吴军早已虎视眈眈，正愁找不到越国的碴呢！石买他做梦也没有想到武锦清会做出这等荒唐的事，给他闯了这么一个大祸，正在考虑如何收拾这个局面。范蠡提出了将武锦清押送吴国处置，并由太子作为使臣到越国吊唁谢罪的建言，居然为大王和太子采纳，从而转危为安，避免了一场足以动摇越国宗庙的血战，这可谓奇迹。他从这件事上看到了范蠡的大智大勇，一旦让其入枢，对自己是极大的威胁，所以他以对范蠡高度戒备。越国朝中所有的人都以为武锦清必死无疑，越国一大批年轻的士子还上表朝廷，认为武锦清殉节有名，是国之英雄，应予表彰，并封赏他的后人。石买认为不可，表示这样做，会刺激吴国，战端之险好不容易平息，不要因表彰他而冷灰里爆出热火星。勾践也认为不可，认为武锦清的事不易再做文章，既交给吴国了，又赔了罪，再去表彰他，岂不是言而无信，出尔反尔？石买和勾践这两个明斗暗争的冤家对头，难得地保持了一致。

可是奇迹再次出现，武锦清不仅没有像大多数人想象的那样被枭首、腰斩、车裂、绞刑，而是被赦免了，毫发无损地回到了故里。他不愿见人，一家子躲在山野的一间吊脚楼里，靠采药为生。但他是吴国的医师，医术的高明不用说了，人们认出他后，便开始上门求医。消息不胫而走，慕名而来的病人越来越多，没过多少时候，便全国皆知了。不仅有人找他治病，有好事者找到他探询毒死王后的经过，不死而归的背景，以及有关这件事的种种。

那些原来申表朝廷褒奖他的士子们，愤慨异常，反过来责问朝廷：武锦清获赦，大有蹊跷，士可杀而不可辱，吴国能饶他这样谋害王后的人不死，一定是他背叛了国家，做了无耻的事，要朝廷依照律法，处以抄家灭族的重刑。允常听说了，生气地说，吴国人都放了他，我们反而要从重处置他。因为不死，就有罪吗？背叛国家？他有什么可背叛的？无非认罪而已，越国太子都去认罪了，他就不能认？要是越国斩了他，则忠君义士，将莫不寒心。

激昂的士子们无语了。允常一不做，二不休，赠了一笔钱给武锦清，再拨他一座住所，让他返回都城大隐于市，不再看病，而是在家休息读书，怡情养性，偶尔到旧日的好友亲戚家串串门。

其实，吴国饶他不死，确有蹊跷。伍子胥和孙武一商量，干脆把武锦清赦免算了，但有一个条件，让他做吴国的谍人。武锦清是越国大将军石买派过来的，石买是权臣，统帅军队，势力极大，但是主和派，历来主张对吴国臣服，不想和吴国大动干戈。他派武锦清潜伏于吴国，并设法通过伯嚭入宫，除了探刺情报外，还想通过他和吴国上层拉上关系，为自己留一条后路，不得已时，可降吴自保。孙武把意思跟武锦清说了，他的任务是力避越国挑起兵衅，战争会使得国家遭难，

更会使得越国百姓陷入悲惨的境地，因而，凡有轻举妄动，务必暗中通报吴国。

"你这样做，非但不是负国，而且是救国救民，我们劝吴王对越不予讨伐，也是考虑到不要让越国的百姓受苦受难，无论什么样的战争，都会带来血光之灾，无义可言！"孙武对他说。

伍子胥和孙武都没有威逼他，武锦清想了两天，求生的欲望占了上风，应诺了下来，于是被赦免了。他回来后，也不谈什么理由，因为任何理由都是不能自圆其说的，只会越描越黑。按照原来商量好的，他回国后便躲起来，直到有人找他为止。

"武大夫，你回来这么久，我都没去看你。你最近过得怎么样？"石买亲热地问。

"武某为国家添了这么多的麻烦，惭愧得很，没脸见人，一直在家闭门思过。"

"你是死里逃生的人，不要想那么多。这件事不能怪你，过去我说的那些话过分了，别放在心上。"

"哪里的话，大将军所言极是，是我一时意气用事，差点闯下大祸。"

"武大夫，我向来钦佩你的谋国之忠，我们之间应该推心置腹。那么机密的事都交给你去做了，我能不信任你？百官虽有过激的议论，可那都是胡言胡闹而已。大王出面为你说了话，那也是我向大王建言的。"

"谢谢大将军的照应，武某永世不忘。"

"言重，言重，你是我的属下，我照应你就是照应自己，况且你为国家为我受了这样的罪。"石买为武锦清斟上一觞酒，"来，喝一点酒，润润嗓子，你在我面前，用不着这么拘谨，我还要派你大用场。什么闭门思过？你有什么过可思的？快出来做点事！国家还用得着你。"

武锦清心头一热，两行清泪流了下来，哽咽着说："大将军有何吩咐，尽管交办。武某哪怕粉身碎骨，肝脑涂地，也在所不辞。"

"好，好，我就知道武先生心里还是装着国家。"石买说，"我不问你吴国在赦免你时跟你交换了什么条件，虎穴之中的机变，可以理解，让它们成为永久的秘密。如今你要为我做的事，就是在我和吴国的重臣，最好是伍子胥、孙武之间，建立暗中的联络，机密书信，我会盖上双方约定的印信，对方当然也是这样，以示郑重、诚意。"

"机密之事，录入文牍，再盖印信，不怎么好，一旦落入外人之手，后果就很严重。"武锦清担心地说。

"所以要交给最信任的人，再商议秘密通信最可靠的方式，才可万无一失。"

武锦清听到石买有这样恳切的表示，又惊又喜，这实际上是授以他特权，让他和吴国方面秘密接触，至于授权者是石买，还是出于大王的意思，他不可能刨根问底。但不管怎样，他可以名正言顺暗通吴国，亦可继续为越国效力，两面讨巧。

这是武锦清没有想到的一个意外的机缘，自然喜出望外。他以为有了石买的授权，做什么事都可心安理得，即使有事，也有石买挡着。但他实在是一根筋，根本没想到这种事一旦败露，石买必推出他为替死鬼。倘若石买这艘贼船倾覆，遭到没顶之灾，他也难以脱身。后来的结果就是如此，他糊里糊涂当了双面间谍，至死才明白，不应轻信石买的话，参与其事。他跟着石买卷进了越国权力之争的深涡，成为触发了握在太子手中的炸药的一个引信。

得到石买的授权后，他立即将此事向吴国方面通报，很快得到了吴国方面的答复，同意建立吴越之间的秘密管道，彼此还约定了秘密通信的具体手续和方式。双方以专门指定的印信为准，石买是一枚方形鸟纹金印，吴国是一枚圆形龙纹玉印。

鸟纹印当然由石买亲掌，他有什么信件，写在绢上，盖上印信，交武锦清传递。而吴国执掌印信的竟是伯嚭。伯嚭和武锦清不发生直接的接触，中间指定专门的联络人，而联络人只负责传达，不准看信件的内容。能看到内容的只有阖闾、伍子胥、孙武和伯嚭，有时被离也能看到。武锦清将情报交给一个潜伏在越都的以运货为业的谍人，再由其交回给吴国伯嚭。

伯嚭一度恶名昭彰。他接受越国贿赂，引发了输送越国女谍到吴王身边，及越谍武锦清毒死王后等一连串大事，每一件都惊心动魄，足判死罪，但因为得到伍子胥的力救，暂得免祸。他仅仅被降职待用，逐出中枢。但不久，他的政敌被离的手下贪婪过分，截留捐资，中饱私囊，并做假账掩饰事实，被伯嚭揪住把柄。阖闾大怒，重处了那几个污吏，被离也因为这件不光彩的事受到牵连，被削去新都总监之职，一时间，灰溜溜的，抬不起头来。伯嚭又由于伍子胥的力挺，东山再起，被重新任命为负责营造新都的大夫。

伯嚭接管新都的营造事务后，进度突飞猛进，许多棘手的事，在他手中都一一得到解决，令人不得不佩服。武锦清是他的旧识，他去过两趟越国，和越国的大臣私交不错，交往过程中，虽收受了不少重礼，固然是出于贪得无厌的本性，但从另一角度看，小邦的馈赠是出于对大国的敬重，以伯嚭的身份收下也无妨。女谍和武锦清的案件发生后，伯嚭将在越国收纳的黄金珍宝交给了国库。

这一天，伯嚭由新都回梅里，自请入觐。他得到了一个极机密的情报，是武

锦清向吴国潜伏在会稽的谍人密报后，这个谍人向伯嚭禀报的，事关重大，他急于要向大王面奏。他除陈说情报外，还另有要事陈奏，而这件事，伍子胥和孙武不宜在场旁听。重要的事，大王习惯于与伍子胥和孙武一起参议，而这天伍子胥和孙武正好在夫椒演练水战，不可能回梅里了。这是一个难得的机会。

"越国太子迎娶楚国公主季婉，建造了一座煌煌大宫，耗费甚巨，朝内大臣纷纷上奏允常，指责太浪费，并引起了民愤，太子的婚事恐怕喜不起来了，越国会闹一场大风波。"伯嚭说。

阖间有些失望，这算什么机密情报？而且，越国人也穷花了眼睛，造一座宫室，稍微讲究些，就揪住不放，真是小题大做。他勉强点点头说："我早就听说了，他们为一座宫室的事闹翻天，和我们吴国有什么关系？"

"大有关系，大王请容我说下去。"

"大有关系？你说来给我听听。"阖间有了一些兴趣。

"越国朝内分两派，一派以大将军石买为首，还有国舅陶谷、女婿灵姑浮和王后陶素等，这一派，主张对吴国臣服，修好两国关系。另一派以监国太子勾践为首，这派人主张强越抗吴。勾践的得力助手是楚国人范蠡、楚国驻越国军政专使文种。勾践和石买明争暗斗，这次在太子宫营造上较上了劲。"

"喔，较劲，如何较劲法？我怎么也听不出和吴国有关啊！"阖间问道，"难道太子宫和吴国兵戎相见有关？"

"可以这么说。大王有所不知，负责营造太子宫的就是范蠡，他曾陪勾践到吴国吊唁王后，是个有志有识有智的大才，他发明了一种叫"戈突"的战船，在水面上快如飞鱼，专门用来对付我们的艨艟巨舰。"伯嚭答道。

阖间的脸色凝重了，问："这叫戈突的船厉害在哪里？"

"这船两头往上翘，装有锋利的戈矛，专门用来撞击大船。由于它体小灵活，航速快，很容易将大船撞破。在太子宫的一片小湖里，范蠡停泊了两艘这样的战船。"

"连太子宫里都停了战船？水面这么大？"阖间深为惊讶，"看样子，这太子的宫苑也够广阔的了，而且证明太子好战，非要和吴国为敌到底了！"

"大王说得不错，石买联合一批大臣上奏越王，就是借太子宫的奢华联系到他们奉行的所谓的强越抗吴之策，认为这个国策有失允常确立的和吴国修好之旨。扩军备战，大费国帑，非国力所能承担，只能加重税赋，搜刮民脂，未来将国不强，军不锐，民则更困，还要引来吴国的大举挞伐，因而，勾践之策实质是亡国之策。既无自知之明，亦无知人之明。"伯嚭说，"允常一向优柔寡断，胆子又小，面对一大堆奏章，不知怎么是好。”

“允常口头上要与吴国修好，签了从约，表示臣服，但心里还是不甘。他和楚国结盟，就是和吴国为敌，太子娶了楚国公主，这下他们抱得更紧了。这话要他们说清楚，否则到时候别怪我不客气！”阖闾被勾起了心火，气冲冲地说。

“允常虽心里不甘，但和勾践比起来，还算有点自知之明，他昏庸，体力不济。最危险的还是范蠡、文种两人，石买想趁势弹劾太子，废长立幼，这个目的是达不到的。允常偏爱长子，决不会接受这个条件。但另一个目的，驱逐范蠡、文种，是可能实现的。勾践以范、文为辅，两人一旦被逐，勾践大势去矣！”

“我早就听说范蠡、文种是难得的人才，尤其是范蠡，上次陪勾践来吴，我就看出这个人不简单。若让他们辅助勾践执掌越国大政，可比之于伍子胥和孙武辅助寡人，这对吴国极为不利。”

伯嚭一听，心里有些不舒服，大王抬举伍子胥和孙武，而对自己只字未提。伍子胥和范蠡有本事，他不否认，但自己也不比他们差到哪里去，可自己在大王心中的位置远逊于伍子胥、孙武，这似乎不太公平。但他的脸上还是极力表现出对大王这么譬喻的赞同。

“是啊！大王慧眼识英雄，得伍大夫和大将军这两个贤才的鼎力，才有吴国今日的强盛。而范、文两个楚人，其才能可与伍、孙媲美，一旦入掌中枢，决非好事。”伯嚭说，“石买不遗余力阻挠这两人入枢，已经成功了。”

“真的成功了？”

“真的，勾践提议了几次，都给石买反对掉了。”

“能驱逐他们出越国吗？”

“有这个可能。石买说，哪怕动武也不能让他们参与大政，所以，他希望吴国能对越国施加压力，和石买作响应。”

“这是越国朝内的事，吴国如何作响应？”

“范蠡、文种妄言连篇，大多鼓吹强越抗吴，这是蓄意策动吴越间兵戎相见，明显对吴国有严重的挑衅和轻侮，可以此为理由，致函越王允常，表示抗议，并要求越国约束他们的言行。”伯嚭说，“即使允常有心要保两人，迫于情势，也只能作罢。”

阖闾深深地点了点头说：“好，你去起草函件，给伍大夫看过后，传过去。越国两派势不两立，搞不好要酿成内乱，我们要密切关注，请他们随时提供这方面的情报，以定计应对。”

“是，遵旨。”

这件所谓机密的事已谈完，但伯嚭迟疑着，意犹未尽的样子。

"伯嚭大夫，你还有事吗？有话你尽管说，有事不妨直奏。"阖闾笑着说，"是否想要寡人请你喝酒？"

"伯嚭岂敢僭越要与大王共饮？我还有一事，思之已久，犹豫再三，我就直奏了。"

"有骨鲠之言，不必犹豫，我自信还有纳谏的气量，该做的，我一定采纳。我以为不妥的，也不会介意。"

"大王，王后仙逝已久，中宫久虚，这是不应有的事。无论朝内还是朝外，无论侯爵还是百姓，都盼望能有一位贤淑尊贵的女子入主中宫。大王，请体谅臣子黎民的殷切希望，早日议定继后一事，趁吴都落成之际，同时举行册封之典和嘉礼之仪。"

"哎！你们的好意我何尝不知道？"阖闾轻轻叹息一声，"寡人后宫虽嫔妃成群，可不瞒你说，能扶正的竟挑不出来。"

"大王，何不把眼界放到宫外去？蓦然回首，这位才德俱全的佳人或许已站在你面前了。"

"你是说在全国遴选，不行不行，正值图强之时，大张旗鼓选后，不适时宜。"

"不必广为遴选，可小范围推荐，臣倒有一人选，容颜才德皆出众，虽活泼些，但这是天真单纯，稍作训导，便会变得尊贵无比，气度不凡。"

"噢！伯嚭大夫，你倒说说看，你替寡人物色的女子到底是谁，我认识不认识。"阖闾好奇地问。

"大王认识，而且很熟。"

阖闾更好奇了，开始思索起来，想了半天，摇着头说："你说的女子是谁呀？我怎么一点都想不起来。"

"大王，"伯嚭肃然说，"这位女子是孙武的妹妹孙燕。大王觉得如何？"

"你是说小燕子？不行，不行，她太小了。而且，夫差对他有意，我岂能和自己的儿子去争女人？"阖闾说。

"不小了，她今年十九岁，早已到了出阁的年龄，只是眼界太高所以一直拖到现在。夫差比小燕子年少两岁，小燕子早以此为由，拒绝了夫差。这件事已过去了。"

"嗯，是过去了。听说有段时期，你和她走得很近，有这事吗？"阖闾的脸上绷紧了。

"有这事，那时，他们兄妹住在我家里，她还是个孩子，天真无邪，当我是他的叔叔，一有空就缠住我闹着玩，我有时难免想入非非，但他们兄妹哪里会看得上我。"伯嚭坦然说，"小燕子最大的长处，是不仅绝色，而且清纯之至，超凡脱俗，和娇柔做作的贵介女子截然不同。另外，孙武身居大将军之高位，执掌全国的军队，是国之柱石，如小燕子入主中宫，他就是贵戚了，和吴国的关系非同寻常，这对国体王脉至关重要。这个道理，用不着我多说，此中利害，大王比我还要清楚。"

这后面的一席话，阖闾听进去了，他一直在物色一个王室女子嫁给孙武，但孙武的眼界也很异样，竟找不到合适的女子。孙武这样的重臣，要让他死心塌地将全部精力献给吴国，和王室联姻是最好的办法。后来，他听说孙武和一个唱吴歌的民间女子好上了，他不好反对，但想起来总是个缺憾。现经伯嚭一提，他豁然开朗，孙武不行，还有其妹，如小燕子做了王后，孙武就是国舅了，他必绝无二心。

想到这里，阖闾站了起来，沉吟说："这事怎么向孙武提呢？伯嚭可否为媒人？"

"我不行。伍大夫做媒最为合适。"

于是，君臣两人又细细商量了一番，直到阖闾露出轻松的笑容："很好，这件事就这么办吧。"

第 十 五 章

夫椒山附近五湖的广阔水面，呈现出一片前所未有的热闹。伍子胥、范蠡、夫差分别乘坐在不同的将舟上，神色凛然，指挥着舰船出师迎敌。

周围几十里范围的湖面已被列为禁区，禁止渔船捕捞及各式商旅船只过往。夫椒山靠船宫的一个山头上，搭建了一个亭子，设巨大的战鼓数面，称为战鼓墩，由鼓兵十几名轮流擂鼓。夫椒山沿岸，山林丛中及湖中的几座小岛，都飘扬着写着"吴"字的军旗。

水军分对立的黑白两阵，黑阵代表越楚联军，白阵代表吴军，进行着实战演练。两阵共出动了上千号战船，大翼、中翼、小翼、突冒及将船、楼船，从不同的方向，组成作战阵势。黑阵由夫差统帅，白阵由孙武、伍子胥统帅。

五湖水天一色，风平浪静，浩瀚无际，水鸥惊起，在芦苇荡上空结群飞翔。一些胆大的鸥鸟，在战舰的左右前后上下盘旋、腾跃，发出阵阵尖叫声。在众多的战船中，有一艘船非常特别，那就是乐船。作战举乐是独创，将乐队集中在一艘战船上，专门供乐师奏乐，可说天下绝无仅有。这是孙武的主意。乐船有三十甲士左右，其中二十人，每人捧一只仿制的秦汉子，此外还有五人奏铜钲、铜鼓。

子蝶是乐船的总指挥，她由两个女兵陪同，一身戎装打扮，显得格外俏丽。去年她从家中来到夫椒，按孙武的要求，从军队中抽出一批聪慧机灵、略通音律的士兵，组建了一支军中乐队。乐队分男乐与女乐两队，男队主要练秦汉子、铜钲、鼓、琴等乐器；女队主要练琴、编钟等乐器，并练舞和唱吴歌。子蝶从宫廷乐坊请来几个乐工教授一部分乐器，她自己负责授秦汉子、唱吴歌。所有演奏的乐曲，均是武乐，唱的吴歌也是与打仗有关的。吴歌原来的歌词大多是农耕渔捕、男女情爱、婚丧喜庆，表达对美好生活和爱情的渴望，以及对丰收的喜悦和对神灵的崇尚，用贵族的话来说，吴歌唱的都是些俚俗之事，不登大雅之堂，更无法充当武乐。但夫椒军中发生了一件事，让大家感受到了吴歌的特有魅力。

去年深秋，夫椒山突然流传疫病，许多甲士受到传染，病倒了，浑身酸痛，高烧不退，躺在营帐里昏迷不醒。铸造兵器的冶坊场的名铸剑师欧冶子的儿子欧剑子、徒弟风胡子也病倒了。

军中的大夫煮了大锅的草药汤让病人喝，也让健康的人喝了预防，但效果不明显，疫情有进一步扩大的趋势。军队最怕这种杀人不见血的瘟疾袭击，惊惶失措的情绪和各种荒诞的谣言笼罩在夫椒山上。

孙武心里沉沉的，出现这样的情况，是他没有预料到的。阖闾和伍子胥得知后也很焦虑。伍子胥和孙武首先排除了敌国安插的内奸从中破坏的可能，并亲自拟了三张药方，根据病情的轻重，让病者服用。孙武采取了一个果断的措施，将患病的甲士移到兵船上，兵船开至湖中抛锚，以阻断病疫的蔓延。孙武从这条船转到那条船，探望和安慰病卒，病卒见大将军态度沉着，言语可亲，深受安抚。

孙武时时和军医一起，观察疫情的变化，熬煮伍子胥配的药，请被离唤来巫师举行祭神之仪，祈祷上苍和诸神保佑，每每要忙到深夜方才归寝。子蝶住在另一艘船上，但每晚都要看着孙武睡了才离去。

她看得出来，虽孙武的神情那样坚毅镇定，但眉间已隐隐显出忧郁之色，形容也日渐憔悴，这让子蝶心疼无比。然而，让她最担心的，是怕孙武染上恶疾，她天天端着汤药，一日数次，逼着孙武服下去，但不幸的是，孙武还是染上了病疫，他倒了下来。大将军病倒，这非同小可。子蝶急得痛哭，愿求一死，来换取孙武的健康。除了按医嘱，加重药量，子蝶想到吴歌中有一首《喊魂歌》。这首歌在吴地广为流传，家有病孩，娘在门外击门喊唱，爹在屋里槌床应和，十数八腔，由低到高，荡气回肠。于是她把孙燕找来，与孙燕共同喊唱。

　　子蝶：哎嗨呀！　孙燕：哎嗨呀！

　　子蝶：我估阿黑落大魂，魂回呀！　孙燕：魂回呀！合唱：魂回呀！！

　　子蝶：阿黑呀，听娘话，魂不可落呀！　孙燕：魂不可落呀！

　　子蝶：不可落到天。　孙燕：天有雷公霹雳呀；

　　子蝶：不可落到地。　孙燕：地有九关八级呀；

　　子蝶：不可落到东。　孙燕：东有地动山摇呀；

　　子蝶：不可落到南。　孙燕：南有虎豹豺狼呀；

　　子蝶：不可落到西。　孙燕：西有妖风卷沙呀；

　　子蝶：不可落到北。　孙燕：北有冰雪万丈呀。

子蝶：阿黑呀，天上地下、东南西北不可落，魂回呀！　孙燕：魂回呀！

子蝶：魂儿回屋里。　孙燕：快快回屋里。

子蝶：魂回呀！　孙燕：魂回呀！合唱：阿黑魂回呀！

　　子蝶和孙燕唱毕后，又是眼泪纷纷，周围的人听了无不动容。孙燕又和子蝶来到欧剑子的船上，也唱了一遍《喊魂歌》。她们这么一唱，各船也仿效唱起来，夫椒的湖面上，回荡起沉重而痛彻心肺的喊魂声，让病人激动、振奋。几天下来，不知是汤药的作用还是喊魂的作用，在子蝶和孙燕的精心照料看护下，孙武和欧剑子的病大有起色，不但好转，而且好得很快，实在出人意料。子蝶和孙燕都心里为之一宽，精神大振。

　　其他船上的患者也都有不同程度的好转，至于陆上，疫情已停止肆虐。大家庆幸之余，称奇说："子蝶姑娘和孙燕姑娘的歌真灵啊！比药物都灵！"

　　那天，孙武早晨醒来，觉得神清气爽，心情十分舒畅，一点不适的感觉都没有了。舱房里静悄悄的，铺旁放着一钵草药汤。子蝶每日一早就来到孙武的船，为他照方煎药，显然，今天子蝶早就来了。但不见她的身影，孙武起身，拿起挂在舱壁上的佩剑，舞了起来，同时侧耳听着外面的动静，探寻子蝶人在哪里。

　　这些天，子蝶来到军中，使他内心感到一种从未有过的温馨和愉悦。染恙以来，子蝶天天在他的身旁料理，虽然他们已订亲，但未成婚之前，按礼制，他们还得保持应有的距离。但子蝶不顾这些了，和孙武几乎是如影随形，殚精竭虑地配合医师照顾他，只要听说哪种东西能对病体有利，便千方百计弄来，费尽了心思。

　　孙武生病这件事是严格保密的，这是孙武嘱咐的，他怕在军中引起惊惶，另外怕惊动大王，前来探视，而这种病，是决不能让大王近身的。所以，他令他的坐船远离湖岸，未经他同意，除子蝶、孙燕、钮宣义、大夫等少数人之外，一律不准上船。伍子胥是知道他得病的，但也被挡住不能上船，急得寝食不安。

　　来去最勤最自由的，就是子蝶和孙燕，但孙燕放不下欧剑子，因此经常留在孙武身边的就是子蝶了。她喂药之外，便是一首又一首哼唱吴歌，很奇怪，她的歌声对孙武来说，比药物更灵，犹如一般清流注入焦灼的内心。他确是焦灼的，重任在肩，百事待举，他岂能病倒？烦躁而无奈的情状，不言而愁自见，子蝶都看在眼里，隐隐心痛。她并不劝以一词，对孙武这样的人来说，任何劝慰的话都是苍白无力的，她只有以歌代言。孙武也特别喜欢听她的歌声，只要子蝶唱出那婉转、动听的清音，他就平静多了。

子蝶刚才在船厨煮了野百合和石斛的粥，这两样药材都是清补祛热的名物，是伍子胥派人送来的，子蝶每天都将它们捣碎后煮成药粥，给孙武服用。她端着盛粥的陶罐入舱时，见孙武在舱房外的瞭望台上，迎着凛冽的秋风舞剑，她大吃一惊，连忙说："大将军，你怎么舞起剑来了？身体刚有些恢复，不能用力，不能劳累，不能受凉，这是大夫关照的。你忘了？快回舱，快回舱！"

"我全好了，一点病都没有了，从今天起，我要做事了，船也要泊到岸边去。"孙武收起剑，走回舱房说，脸上露出潇洒的笑容。这是子蝶所熟悉的笑，她再细看孙武，神采奕奕，眉目舒展，确是病势全无了，子蝶把心也放宽了。

"大病初愈，你不能过劳，还是要好好静养。"子蝶明亮的眼睛看着他说，喜得合不拢嘴，把粥罐往案几上一放，取来漆碗，盛了半碗，递给孙武。

"我倒真的饿了，心里已发慌！"孙武接过漆碗，几下就吃得精光，子蝶又给他添了半碗，他又以极快的速度吞下。

"好了，不能多吃了，等会再吃。"子蝶说。

"那么，等会给我干饭吃，不能再吃稀的了。"

"那我得问大夫，病刚好，你就忍忍吧。你要知道，你这次生病，来势凶猛，真把我吓死了。要是你有了不测，国家怎么办？我怎么办？"子蝶说着，眼眶潮湿了，转过身去，用袖掩脸。

"我是军人，死不足惧，但要死就战死疆场，年纪轻轻被病魔把命夺去，未免太窝囊！我不愿就这么去了，一是王恩未报，壮志未酬；二是放不下你。我要是就这么去了，岂会甘心？决不会的！"

这番话，让子蝶听了，心里涌上一种甜蜜又幸福的感觉，非常舒坦。她伸手掩住孙武的嘴，说："什么死不死的？尽说这些不吉利的话，你不是好好的！像大将军这样的人，天降大任，怎会容得这么快被招去？我也不容！"

孙武执起子蝶的手，动情地说："我是给你喊回来的，你的那首《喊魂歌》，足可让病魔落荒而逃。"

子蝶任凭孙武握着自己的手，有些害羞地垂下头说："我是病急乱投医，想到民间都用此歌喊魂祛病，就和小燕子效仿民妇唱了，不敢说它有用无用，唱了再说，你可别怪我愚昧粗俗，唱这种俚曲。人家也是为了你。"

这个时候的子蝶在孙武的眼中，因为娇羞，看来更觉得美。

"我病是好了，可仍魂不附体。"

"怎么会这样呢？你的魂灵到哪里去了？"

"在一个人的身上。"

子蝶明白了，带着欣慰和得意的神情，定睛看着孙武，明知故问地问："在哪个人身上呢？你能否透露一下呢，这总不算是军事机密吧？"

"不，这是我的机密，不能泄露给任何人，尤其不能泄露给你子蝶。"

"我不在乎，也不要听。反正你的魂魄跑不到哪里去！天上地下，东南西北，我都能把他喊回来！"子蝶装出不介意的神态说，格格地笑起来。

"什么机密？哥哥你还有什么不好跟子蝶说的？"孙燕出现在舱门口，爽朗地说，"哥哥，你真的要谢谢子蝶，她为了你，真是命都不要了，大夫要她不要过于接近你，靠近你时要用湿罗巾掩嘴，可子蝶就是不愿这样做。"说着，仔细地打量着孙武，满意地说，"哥哥，你已完全好了，真是谢天谢地！"

"欧剑子呢？他怎么样？"

"也好了，吵着明天就要去冶坊，重上炉台。"孙燕说，"我当然不能答应，我对他说，你要是不听话，我就……"说着，孙燕顿住了，没有往下说。

"说下去呀，你就怎样？"孙武说。

"没什么。"

"我替小燕子说下去：要是你欧剑子不听话，我就不理你了！是不是这样？"子蝶说。

孙燕的脸红了起来，说："是，是这么说的，那又怎么样？我不过是吓唬吓唬他而已，没有别的意思。"

孙燕到兵器制造坊后，和欧剑子接触很多，欧剑子从父亲欧冶子那里继承了一手铸剑的绝艺，他仍不以为足，还是刻苦地钻研刀剑铸造的奥秘，精益求精。他铸的刀剑，已经另辟蹊径，取的材料，不再是铜锡铅，而是以铁为主，铁中加一点别的金属，坚硬而又有韧劲。

欧剑子的好学及在刀剑制造上的天分，吸引了孙燕，孙燕便跟着他学这方面的技艺，着了迷，兴味无穷。在紫烟升腾、炉火熊熊的炉台上，欧剑子把将一块顽铁变成寒气逼人的利剑的全过程耐心地指点给她听，孙燕出身兵家，对兵器的设计和制造特具灵心慧思，极其复杂的工艺，经欧剑子一说，她马上就懂，到后来，她还会帮着欧剑子出点子，两人极有默契。

在与欧剑子接触中，孙燕感受到他的敦厚和朴实，不善言辞，见任何人，都是含着笑，遇到什么难事，都是那种毫不在乎的劲儿，做起事来，特别是铸铁打刀的时候，有种说不上的顾盼得意，但细细看去，质朴的外表下另有一股精悍之气。和一般平民子弟不同，他追求生活的精致，衣饰、家具、器物等，无不追求其精，但这种精和贵介子弟的华丽、摆阔和虚荣又完全不同，许多东西都是他自

已设计、制作的，并不花多少钱。一贯朴素无华的孙燕不单不厌恶他的生活趣味，反而因为是他自己动手的，很欣赏他的独特的眼光和匠心。

日久生情，两人觉得相互十分的投缘，便再也分不开了。但她从未向孙武说过她和欧剑子之间的事，不知道怎么说，也不知道哥哥是否会赞同。从哥哥爱子蝶这个事实来看，哥哥对欧剑子是平民子弟的身份不会太计较，但哥哥对自己归宿所寄予的期望深不可测，她对哥哥会对欧剑子持什么态度说不上有多少把握。与其说了碰壁，还不如不说，就这样，孙燕在孙武面前，从来不提自己和欧剑子的事。

殊不知，欧剑子早已向父亲欧冶子供出了一切。欧冶子一听大将军还不知情，深知这件事的轻重，便鼓足勇气向孙武禀告了此事，连连自责管教不严，但他可以担保，儿子决不会对孙燕做出无礼出格的行为。

孙武对欧冶子是十分崇敬的，对欧剑子也很喜欢，他觉得这未免是坏事，但论到婚嫁，他倒真的没有思想准备，不好马上表态。他想了想对欧冶子说："我对令郎印象不错，他和小燕子的遇合，也是他们的缘分。小燕子早过了及笄之年，比令郎还要大半岁，我也希望她能找到一个如意郎君，这件事让她跟我坦白了再说，婚姻一事不能轻率，更不是儿戏。对这个妹妹，我是知道的，脾气倔强得很。我不忍拒绝她，伤她的心，她不跟我说，也是怕我拒绝，所以，她在我面前严守秘密，这让我感到为难，唉！"

欧冶子听懂了大将军的意思，他不反对，但也不能马上同意，要待妹妹孙燕主动和他说了这事及她对欧剑子的具体想法后，再作出最后的决定。大将军这个态度已经让他知足了，依孙燕如此尊贵的身份，能看得上一个铸剑师，实属不易，大将军不嫌弃，更是让他很感动。但即便这样，他心里还不太同意这门亲事，非门当户对的婚姻，是不会美满的，对孙武孙燕来说，也太屈就了。这件事就这样拖了下来。

欧剑子染病以后，孙燕无所顾忌地在他身边照料，众人颇为疑惑。但孙燕不以为然，天天出没于欧剑子的舟船上。当时，孙武还未病倒，看到妹妹这样，他当然不会阻拦，他意识到妹妹对欧剑子已情深之至了！后来，孙武染疫，孙燕心头之痛陡增数倍，眼泪哗哗地不知流了不少，和子蝶常黯然相对而泣，又互相安慰，最后，竟和子蝶一起为大将军、为欧剑子唱《喊魂歌》，令人不胜感慨。到这时，大家恍然大悟，大将军之妹和欧剑子之间，已是两情相悦！

孙武听说欧剑子已康复，大为宽慰，说道："孙燕，过两天，请欧冶子、欧剑子父子来吃顿饭，子蝶和你爹也一起来吧！"

"真的？为什么要请他们？"孙燕感到有些突然，简直不相信自己的耳朵，困惑地问。

"同病相怜啊！都是你们喊魂喊回来的，一起聚聚嘛！"孙武说。

一顿丰盛的饭，地点设在珠岛子蝶的房间里，珠岛已驻扎两艘战舰，岛上亦有一队兵，有现成的庖厨，但孙武不愿花公费，便委托三姐代请厨子采办，以五湖水产为主。欧冶子父子对这座弹丸小岛的一切都怀着浓厚的兴趣，子蝶尽地主之谊，陪他们到各处逛逛。驻岛的卒长前来谒拜大将军，并带着士兵作了潜水表演，他们是珍珠女教练出来的潜水泅渡特种水兵的一部分，还有几百人分别驻扎在其他几个小岛。

孙燕是敏锐的，除了欧剑子不时看她的目光含有深意外，她还注意着哥哥和欧冶子以及子蝶的神态，一个眼色，一丝微笑，一个动作，都能激起她的想象，让她捕捉到某种微妙的意味，可惜一切都很平常。

孙燕决定还不对哥哥表明自己对欧剑子的心迹，要是哥哥发起怒来，禁止自己去冶炼场，那么，她连欧剑子的面都见不到了。

阖闾还是知道了孙武染上病疫的事，虽事过境迁，还是惊得冷汗直冒。这场疫情的平息，除了得力于孙武果断将病人隔离在湖中，避免了疾病的流行，还得力于伍子胥的几张方子，事实证明，效果显著。还有就是一曲《喊魂歌》，歌声对病症的治疗也许有缓解安抚的效用。于是，阖闾再次下诏全国，推广吴歌，并接纳了孙武在军队中建立乐队的建议。

正是这几件事的发生，使吴歌唱遍全国各个角落，此起彼伏。而由子蝶一手培养的这支诸侯国中唯一的军乐队在今天得以大显神威。

双方的战阵早已摆好，作战的一切准备已就绪，只要一声令下，五湖几十里范围的水面上就将发生一场史无前例的"大血战"。但此刻，这片战场上静悄悄的，除了猎猎的军旗声、鸥鸟的鸣叫声，这么大一个阵仗，竟没有一点声音，让人感到窒息和莫名的紧张。许多人都用眼色相互探询：怎么回事？

原来是在等大王乘王舟前来。阖闾姗姗来迟是故意的。这次检阅车骑、步旅、水师三军，其中的重头戏就是水战，演练一场几乎近于实战的吴越五湖水战。阖闾采纳了孙武已经完成的兵法"伐交"的谋略，邀请了两个邻近的小国的唐成公和蔡昭侯前来观战。

唐国位于汉水上游，蔡国位于淮水上游，是生存在楚国和吴国以及中原大国夹缝中的小国，受尽楚国的欺凌。唐成公和蔡昭侯在做太子时，曾到楚国作质，被楚国当囚犯一样关押了三年，因而两个年轻的国君对楚国切齿痛恨。这几年，见吴国崛起，他们便向吴国靠拢，伍子胥提出"孤楚广交"的外交国策，除派季札周游历国，宣扬吴国推行富国强兵的国策，只是防守楚国进攻，对别的国家并无野心，吴国愿和天下各国广泛结和之外，还直接拉拢小国成为吴国的附庸国和保护国。而孙武的"伐交"，就是炫耀武力，大展锋芒，慑服邻国诸侯。根据伍子胥和孙武的计划，阖闾诚邀唐国和蔡国的国君来观看三军演练，顺便参观已基本完成的吴都。

唐成公和蔡昭侯在阖闾、伯嚭的陪同下登上了王舟，王舟之巨，俨然是一座水上宫殿。唐成公和蔡昭侯还是第一次见到这么大的船，纷纷赞叹不已。站到四楼的指挥厅，极目望去，整个五湖黑压压的，都是望不尽的大小舰船，船上兵丁执戈肃立，旌旗纷纷扬扬，阵势极其恢宏壮观。这样大的场面本来就让唐成公和蔡昭侯一阵晕眩，更让他们惊心的是，如此浩荡的战阵却保持着高度的肃静，恍如无人。

船楼第四层十分轩敞，从入口到最前端的瞭望台要走二十几步，阖闾刚从楼梯登上舱厅，走了几步，湖面上的一切就可看得清清楚楚，他迫不及待地扫视了湖面一眼，一下就被震慑住了。这个场面，他盼望已久，在梦境中也出现过多次，而今它活生生地呈现在自己的眼前。这是真的吗？他问自己。一瞬间，他的心一阵剧跳，耳边嗡嗡作响，有些不能自已了。他竭力控制住情绪，眉目舒展，步履轻快，顾盼自如，比平时显得更加从容，更加放松。待走到船厅外露天的瞭望台，居高临下，更是一览无余，他笑着看了一眼唐成公和蔡昭侯，问："可以开始了吗？"

唐成公和蔡昭侯同声回答："听吴王指令！"

阖闾又以睥睨一切的目光看了下蓄势待发的舰队，对身后的伯嚭说："传令开始！"

伯嚭恭敬地说："是，遵命！"接着，扶栏对站在瞭望台上的号令兵说，"向大将军发号旗，传达大王的命令，演练开始！"

号令兵向孙武、伍子胥打起号旗，等待已久的孙武立即举起手中紧握的弓箭，朝天发射了一支响箭。这种箭向空中飞射而去时，会发出巨大的破空之声，还伴以火光，如果是夜间，火光会像流星般划过夜空，极其灿烂。

子蝶听到响箭尖利的声响后，便命乐工播动鼙鼓，敌我双方的舰船闻声而动。首先是充作敌方的夫差，从五湖的深处，指挥上百艘战船，鼓棹乘风，全速进攻。孙武、伍子胥沉着应战，吴军的舰队中五百号战船变成三路，左右两路各配大翼、

中翼、小翼合一百多号，其中中路最强，配备两百多号船，以大翼为主。作战的战略是正面迎敌，两翼包抄，迅速地占领有利位置，以破竹之势，向敌方压去。

按原来的部署，夫差的敌军必败无疑，但也不能一触而溃，要经过一番激战再败下阵去，因为这毕竟是演练，其结果只能是敌败我胜。但夫差年少气盛，即便演练，也不甘心轻易当败将。他站在将舟上，举着佩剑，命令原来分散前进的两百多号战船呈扇形舰阵，集中起来，改正面进攻为侧面进攻，向吴军最薄弱的一路，即左路迎了上去，左路配船一百四十号船，且以小船居多，是三路中配船最少的。

孙武一看傻了眼，夫差不按计划做了，而是临时变阵，有点假戏真做的味道。

"糟了，王子胡来了！"孙武看了下身边的伍子胥说，"他这是故意破坏计划，伍大夫你看如何办才好？"

"向他发号令，马上回归计划，否则会乱了阵脚的。"伍子胥说。

孙武立即令号兵向夫差挥舞起号旗，可夫差视而不见，依然集聚舰船，避开中路和右路，向左路蜂拥冲去，速度之快，令人吃惊。按原来的计划，三路舰队将敌军团团包围，使其进退不得，敌军经过"奋不顾身"的抵抗后，缴械投降。可现在夫差变了阵，依原来的计划已围不了它，而它向左翼运动，以多击少，左路势必告急。夫差的思路是对的，随机应变。孙武和伍子胥商量后，决定顺势推舟，随夫差之变而变，孙武立即令中路向左路迅速靠拢，右路加速推进，抄到敌方后面去，阻断其退路。这样一来，预定的战局，在俄顷之间，全盘改观了。

阖闾是了解演练的基本阵势的，敌方是分散一线正面扑来，我方则是三面包抄。经过研究，两阵的战舰都能一对一或二对一地短兵相接，咫尺之间，互相搏杀，这是最惊心动魄的，也是最能显示出兵士是否训练有素的。因为是演练，并非实战，多少有点表演的成分，要让观战的蔡昭侯和唐成公等领略到吴国长于舟战的优势。而眼下的阵形发生了不测之变，阖闾糊涂了，但已无法问孙武了，只得任其自然。

夫差见孙武也跟着改变了阵形，心里非常得意，他冷静地分析了战场的态势，他的舰队离对方的左路已很近，待中路靠过来，右路从后面包抄过来，他已聚歼左路，或可趁势痛击中路，再待右路包过来，虽败犹荣。而若按原来的计划，他会败得很惨。

很快，吴军的舰队和夫差率领的敌舰已遭遇，展开了激烈的战斗，先是弓箭手互相射箭，矢飞如雨，箭头装的不是铁镞，而是木镞，被击中没有皮肉之伤，更无生命危险，但射在手上、脸上，还是十分疼痛，甚至会出现瘀青。因而，厮杀声之外，还有"哎哟哎哟"的喊声，更有人落到水里。接着是长戟短刀的相交，铿锵有声，双方都显得斗志奋勇，杀气腾腾，一时难分难解。

岸上的战鼓如雷声轰鸣，载有乐师的乐船上，几十名乐工捧着秦汉子演奏着武乐，配以铜钲、铜鼓，浑厚有力中略含悲壮的乐声在湖面上空回荡，敲叩着大家的心弦，让人感到浑身上下充满了一股豪气。

而子蝶在指挥乐工的同时，带领一批歌女，用吴腔唱起昔日曹国的《候人》一歌，歌声如潮，余韵深远，催人振奋。这首歌的歌词是："彼候人兮，何戈与祋。彼其之子，三百赤芾。维鹈在梁，不濡其翼。彼其之子，不称其服。"它表达的意思是，扛着戈与戟的这些战士，不知道是谁家的子弟，要是像鱼鹰般待在岸滩上，怕被河水沾湿了羽毛一样怕被血污染到身上，那这些军士，就不配穿上这身战袍！这首曲和其他的古诗，有不少是孙武教她的，她将其中一些改成了吴歌，别有风味。

伍子胥在将舟上一边观战，一边听乐，他忍不住对身边表情严肃的孙武说："大将军，你和子蝶姑娘不愧为是夫唱妇随！"

孙武盯着不远处的战场说："我从来没想到，唱歌还能督师！我的兵法中遗漏了这条，不过，我在诡道中说了一句话，诡道不可先传，也就是很难能用语言说清楚，唱歌恐怕也是这回事。它也可是诡道一法！"

"孙武，你听说了吗？大王已同意遴选合适的人选，作为入主中宫的继后。"伍子胥忽然说。

"这是好事，中宫空缺已久，齐家为治国所先，不能再拖下去了。"

"不知是哪位名门闺秀，能有此洪福。"伍子胥说到洪福时，声调有些古怪，孙武明显听出有些嘲讽的口气，他和孙武说过，入继中宫，虽然荣耀，但日子并不自在，礼仪重而人事复杂，远不如在宫外舒坦。伍子胥又说，虽然这样，吴国在朝在籍的大臣，以及德高望重的耆老，都在周围熟悉的人群中寻找，想向大王引荐而立上一功，有及笄之女的，无不跃跃欲试，不肯错过这个绝好的攀附机会。

"伍大夫，你快看！"伍子胥正说着，孙武用手一指，只见有几百水兵，突然从水中蹿出，登攀到夫差率领的舰船上，挺刀近扑。这些人文身、黥面，模样非常怪异，战船上的士兵都受到了惊吓，相顾失色，加上猝不及防，一下就乱了阵。而中路和右路的战船上的许多士兵像飞鱼一般跃入水中，凫着水，推着战船更快地行进。原来从水中冒出的水兵，就是跟珍珠女学习在深水中久潜的特种兵，而在水中推船而进的士兵，也经过珍珠女训练，有着特殊的泅水本领。

正面的舰船很快逼近敌船，夫差已招架不住，再往后看，又有一百多号船只

正在飞快赶来，他已处在重围之中。他宣布投降，演练到此结束。

王舟上的唐成公和蔡昭侯看得目瞪口呆，为吴国水师的实力惊服。但这仅仅是演练的第一阶段，还有第二阶段的陆战演练。王舟、将舟等靠岸后，阖闾领着两位国君乘上马车，由孙武、伍子胥带领来到夫椒山的练兵场，由夫概和另一位叫公孙雄的将军以及钮宣义率领五百战车、三千步卒、一千骠骑，组成各种队阵，奇正分合，做出进攻、后退、拼刺、格斗、肉搏等各种动作，个个显得无比勇猛、果敢。身上的铠甲，手中的戈、戟、斧、刀、钩等精亮的铁制兵器，把唐成公和蔡昭侯看得眼花缭乱，目不暇接。

战车和骑兵是衡量一国兵力强盛的重要标志，但战车因它的明显弱点，一些国家对它的重视程度已逐渐减弱，有些将军已干脆将战车取消，以致出现"兵车废而首级兴"的现象。至于骑兵，则越来越为兵家所青睐、倚重。

孙武对战车有过深入的研究。叔父田穰苴痴迷于战车，著有兵车之法的兵书。但战车的弊端已显而易见，他深究的结果是，战车还不能舍弃，但需要改进，不光是战车本身要改，战车的使用更要得法。春秋早期的战车礼战，如同游戏，早已废除。但怎么改进，让孙武大费心思。孙武在练兵过程中，发现了一个行官公孙雄，是个将才，很有军略，也很有计谋，因而他脱颖而出，受到孙武的破格提拔。

孙武新编的三军总数是三万三千六百人。军队一分为三，中路、左路、右路，孙武亲兼上将军，率中路大军；夫概为左将军，率左路大军；夫差为右将军，率右路大军。每路大军一万一千两百甲士。将军之下还有副将协助，钮宣义为中路军副将，潘缮为左路军副将，公孙雄为右路军副将。下边又有十旌，每旌一千一百二十名甲士，指挥旌的将军是嬖大夫。旌之下有行，行辖一百名士卒。再下面是两和伍，两设二十五人，伍设五人。行设行官，两设两官，伍设卒长。敬泽、奇夏、书怡等将领为旌的嬖大夫。专诸的儿子卓荣也脱颖而出，成为带兵的行官。

公孙雄原是带一百兵的行官，但他对车战颇有见地，认为战车要做大，至少要待得下十名士卒，其中五人为弓箭手，并配以弩弓。这种弓是公孙雄发明的，力量很大，又射得很远。公孙雄以坚木作架，固定在战车上，将两张或三张弓合在一起，然后用转轴绞紧。这种弓发射时需两三个健卒合力转动后架，方能将强劲的双弓或三弓拉满，再用粗大牢固的牛筋，扣在绞架上，木楔头楔住，便可安箭发射。这个武器经孙武一改再改，成为当时最具威力的武器，射出的箭既劲且密，杀伤力极大，更为关键的是，它装在战车上，大大增强战车的进攻能力。战车改大了，由双马引为四马牵引，冲击力更大，兵法上的说法，就是势更盛更锐，几辆大车呼啸而来，车未到，箭矢纷飞，势不可挡，足以让敌人退让。这是吴国的秘密武器，制造的方法，孙武严格保密，只有少数人掌握要领。但后来还是传开了，各国纷纷仿造。

公孙雄因此受到孙武器重，由小小的营官，一跃而被擢升为副将，和战功赫赫的钮宣义并起并座。孙武创立的这套严格的部队建制和战斗序列，在诸侯国中是罕见的。与军队的编制配套，伍子胥在全国建都、郡、邑三级行政单位，都即都城，郡即较大的城镇，居民千户以上，邑即聚邑，居民百户以上。郡守、邑令由朝廷任命。几个村落连在一起，村伯由村民推选出。郡守管邑令，邑令管村伯，层层管辖，百姓在全国流动，需持邑符、郡符，这样一来，国家的管理变得井然有序，上谕政令能一贯到底，从而加强了对部落的掌控，增加了凝聚力。这样以军立国，加之行政建制的完善，为派丁派役、调拨物资、蓄积军饷创造了条件。军队序列就绪，确保了孙武所说的"动三军如动一人"。

战术演练结束后，以车骑步卒为主的阅兵式开始了，大王、辅国大夫、大将军及唐公、蔡侯站在一座临时搭建的观礼台上检阅。

骑兵在先，战车居中，最后是步兵。骑兵的马是一色的枣红马，是从北方引进的良种，速度、爆发力和耐力俱佳，能疾奔上百里而不疲，在夫椒的养马场培育饲养，再入军中训练。

马队飞奔而过，十马并骑。最先十匹马上的战士，高举日月军旗。每匹战马都一骋凌云之蹄，旋风般地冲过去，马上的甲士高举长戈，腰佩吴钩，杀声震天，扬起冲天的烟尘。马队虽速度极快，但始终保持着队形。下来是战车，当头一辆，鼙鼓高悬，远远就传来隆隆之声，仿佛春雷初动似的。

战车排成方阵，四辆并进，五人把着木架上的弓弩，五人持戟作厮杀状，风驰电掣般地冲将过去，天动地摇，扬起的烟尘，足可蔽日。战车的后面是步卒，在鼓声和秦汉子的乐声中，一方队一方队通过检阅台，这些兵都是挑选出来的精兵，训练有素，个个体魄雄健，黧黑的脸膛上表情严峻，步履动作整齐而划一，在通过检阅台前，响亮地高呼："保卫吴国！保卫大王！"

听着这锐气逼人的口号，阖闾微笑着频频点头，但他心里很不平静，感慨万千。从结识伍子胥，刺杀吴王僚，重用孙武，到今日，仅短短四五年工夫，吴国已成为一个他理想中的强国，一支威武之师已经建起，一个崭新的吴都已雄踞五湖之畔。诸侯各国已无人敢小觑吴国了，然而，这仅仅是第一步，接下来，他就要正式实行他的称霸计划了！伐楚、伐越、伐陈、伐齐、伐秦，征服一切敢和吴国作对的国家，到中原去会盟称霸。但要达到这个目标，吴国还有很长的路要走，

自己决不能沾沾自喜，忘乎所以，他要进一步把伍子胥的强国之策推行下去，加快增加人口，完善庙制，抑富济贫，在发展军事、经济的同时，倡明文化，将四叔在齐鲁欣赏到的《周南》《召南》等诸侯各国的音乐改成吴音，尽显吴地歌声朗朗的情景。

这场演练和阅兵式对唐成公和蔡昭侯带来很大的震动，他们原来在楚国与吴国之间游移不定，抱着两面都讨好、两面不得罪的态度。在两国国力和军力的比较上，他们都认为吴弱于楚，虽也知道吴王在伍子胥和孙武的辅助下，国力和军力在不断上升，但以为吴国还不足以和楚国抗衡，且还有软肋。

而今日一见，其军力的精锐和强大，远超他们的想象。在这以前，吴国也为解除外界的种种猜忌，派季札和王子终累、大夫被离放下身段到各国进行解释，宣称吴国谋求的是和平崛起，追求的是不战而屈人之兵。现在他们亲眼目睹的事实是，整个吴国上下不怒自威，朝气蓬勃，展示了一种有别于外界通常认识的崭新形象。

第二天，阖闾又陪同他们参观了吴国新都。新都的工程正在作最后的收尾工作，所以未作细看，但走马观花中还是让他们吓了一大跳。吴都给他们留下的印象是，在各方面都足可与天下的名都邑，如齐国的临淄、楚国的郢都相媲美。其中临淄的壮观当推第一，但还比不上阖闾王城，因为它没有如此壮美的五湖啊！没有充盈的国力，是造不出这样一座城池的。这让他们更相信，吴国通过几年的韬光养晦，已悄然崛起。和平崛起何其难，但吴国做到了。这几年，吴国几乎没有和别的国家动过大的干戈，连宿敌楚国和越国也未兴兵革，但以后，吴国恐怕不会这样低调，在安抚多数国家的同时，应该会对主要的敌国采取行动。

晚间设在梅里旧王宫的宴席，非常盛大、豪奢，列七鼎而食，行诸侯之礼，并由一直闲置的乐工、艺伎伴乐，这是阖闾当上国君以来第一次铺张设宴。阖闾毫不掩饰他对楚国的仇恨："你们还怕楚国为难唐国和蔡国吗？"

"托庇吴国，我们何怕之有？"唐成公说。

"是啊！蔡国别无所求，唯愿在吴国保护之下，国家安泰，百姓安居乐业。"蔡昭侯说。

"嗯，这就对了！"阖闾满意地哼了一声，"我是一个天生的寒相，从公子光开始，我只铺一张席，可今天我铺了三张席，还举了乐。为何？因为吴国有底子了，在你们面前，可以摆一回阔。楚国恃强欺弱，总以为吴国比他们穷，比他们弱，所以，几十年里，一直欺侮我们，到今天，还庇护着姬僚的儿子，把养城封给他俩，作为反吴复国的基地。他们言称要修和，囊瓦的公子囊丹还找过伍大夫，表示修好之意。如果真有诚意，为何不把盖余和烛庸送回来？这只能说明，楚国所称修好，是欺人之谈，其实，灭我之心不死！"

"楚国屯兵三十万，不可一世，欺人太甚！"蔡昭侯愤愤地说，"直到去年，囊瓦还从蔡国勒索去了百乘锦帛、黄金、珍宝，还有五万石粟！"

"这是楚国国内在大闹饥荒，军粮不继。如此不堪，还在打肿脸充胖子，进逼邻国。吴国是决不会坐视不管的！"阖闾提足了声音，竭力盖过乐声，一脸决然地说，"有楚无吴，有吴无楚，阖闾此志早决！"

此言一出，语惊四座，最痛快最激动的是伍子胥。他把觞中的酒，一饮而尽，他明白，阖闾要对楚国用兵了！他等待已久的一天，终于要来了！想到这里，他紧闭着的嘴，微微颤抖起来，牙齿咬得格格作响。他忍不住看了下孙武，孙武却十分平静，悠然自得地品着吴宫中难得拿出的好酒，一面聆听着悠扬的乐曲，乐工奏的是《文王之什》，他自语自语地低声和唱："文王在上，于昭于天。周虽旧邦，其命维新。有周不显，帝命不时。"

这时，蔡昭侯和唐成公不约而同地站了起来，双手举觞说："大王，吴国伐楚，乃天意也，中原各国早就对楚国的强霸之态十分恼火，认为楚国无道，天地不容，当讨伐之！吴国如一马当先，深受其害的唐蔡两国决不会袖手旁观，国虽小，兵虽弱，也要出上一把力！"

"两位国君够有义气！"阖闾气概昂然地说，"有两位此言，阖闾更感到守土有责了，这个土当然包括唐、蔡两国的疆土了，今后，若有谁侮唐侮蔡，就是侮吴，我必反去！"

唐成公、蔡昭侯赶紧伏身行礼："一切仰仗吴国了！"

"两位国君言重，周王早有言在先，天下者天下人之天下，国家无论强弱大小，当一律平等。楚国狂妄，越国轻贱，都是有负天道，自会遭到惩罚！"阖闾做了个请坐的手势，唐成公、蔡昭侯喝了口酒，坐了下来。

"被离！"阖闾又喊道。

被离起身来到阖闾案几前："臣在。"

"请取两把鱼肠剑相赠唐公、蔡侯。"阖闾吩咐。

不一会儿，被离将两个锦盒递给阖闾，阖闾离座，亲手把锦盒交到唐成公、蔡昭侯手中，两人打开一看，是一把闪着寒光、细长而锋利的短剑，造型奇特，原来就是闻名天下的鱼肠剑。

"剑是我的起家之器，没有这把剑，阖闾恐无今日，因而鱼肠剑实为吴国国剑，是吴国最为尊贵的礼品。"阖闾说，"两位国君可不要嫌弃它短小粗鄙，孙武

大将军的兵法提到，器不在于华，而在于致用。鱼肠剑是小，却开辟了一个新的吴国，此后，我要继续凭借鱼肠剑灭敌图强。"

唐成公、蔡昭侯懂了，阖闾以鱼肠剑相赠，就是向他们再次明确无误地表示，他要向楚国亮剑了。

一旦向楚用兵，绝不是小事，阖闾向唐国和蔡国发出了誓言，也就等于已向楚作出了宣战，但牵涉到如何战，则不能草率。于是，在演练宴会后第二天，阖闾便召集亲贵重臣密议。孙武和伍子胥当然极力赞同。夫差主动请缨当先锋，他说："父王，容儿臣打头阵，为祖业而战，直扫楚国，活捉昭王，提了盖余、烛庸两个叛逆的首级来见！"

群臣你看我，我看你，谁都没有贸然开口。阖闾看着孙武问道："大将军，夫差勇气可嘉，你看呢？"

孙武想都不想就说："王子此议不妥。"

孙武刚说完，夫差霍然而起，不服气地说："大将军凭什么这么贬损我，我主动要求当先锋，难道错了吗？"

"你甘当先锋，按理应鼓励。可你说说，这次对楚用兵，主要目的是什么。"

"当然是报仇雪恨，踏平楚国。"

"你错了，而且是大错特错。这次用兵，只是攻陷养城，活捉盖余、烛庸，并非真正的全面伐楚，大王已致信楚昭王，要他们将盖余、烛庸引渡给吴国，如楚国拒之，我们再发兵，这叫先礼后兵。王子连战略战术都没有搞清，便要当先锋，打头阵，那么，我请问王子，你的先锋怎么当？头阵怎么打？"孙武说，"还有，你身为将军，却忘记了军令如山这个最起码的道理，这是军中大忌。"

"我什么地方违命了？"

"昨天水战演练，你擅改计划，改变进攻线路，有没有这回事？"

"将在外，王命有所不受，我这是随机应变。"夫差争辩。

"你别强词夺理，演练并非实战，有确定的计划，你未经同意，故意改变，扰乱了全局。这不是随机应变，而是抗命，当军法处之。如果都像你这样随心所欲，那演练不是乱了套了吗？"孙武板着脸说，"将在外？你在外吗？明明是在大王的眼皮底下！"

"夫差，这虽是演练，各将各舰也都得听命而行，否则，会不战自乱的。"伍子胥插话说。

"演练嘛，何必那么认真！而且，后来的效果不是很好吗？"夫差还在狡辩。

阖闾大怒，明白了昨日队形之所以会改变，原来是由于夫差自作主张更改了预定的方案，差点乱了大局。孙武、伍子胥指责他，他不仅不虚心认错，反而百般狡辩。阖闾一气之下，血脉偾张，严厉地说："演练不认真，实战也不会认真，演练不仅练艺，更是练精神。违反纪律，自以为是，目中无人，明知不可为而为，简直是胆大包天！这抗命乱纪的责任你承担得了吗？"阖闾越说越激昂，夫差颜色大变，结结巴巴地说："我，我觉得我率领的敌方太傻了，明知要掉进口袋，还要，还要往里钻！"

"我看是你太傻了！连军纪都忘了！大将军！"

"臣在。"

"如按军法，夫差该当何罪？"

"当斩！"

孙武一说，群臣相顾失色，夫差慌了。他想起了皿妃、眉妃之死，因为嬉闹，被孙武按兵法斩首。这个流血练兵场的例子，已成为孙武治军的一个范例。后来在夫椒的练兵中，孙武也斩杀和杖责过几人，这是他亲眼目睹的。大将军带兵之严，他是有切身体验的，大将军和自己说过，军中无戏言，军中无小事，动三军如同一人，这就要靠铁的纪律，唯有这样，三军才能拧成一股绳，三军才能成为一体。他平时也是对下属和士兵这么要求的，可昨天自己鬼迷心窍，竟把这些都抛之脑后了。

"父王、大将军、伍大夫，夫差错了，甘愿认罪受罚！"夫差深为后悔，横下心说。

阖闾看着孙武说："大将军，虎符在你手中，你处置吧！"

"王子犯法，与庶民同罪，夫差昨日的行为，是有意抗命，按军法当斩。但在演练之前，我作为大将军，以为军中戒律，每个将士都已熟记于心，并已化为行动，不必再另予重申，因而没有再作申明。这是我的错。鉴于事出有因，对夫差从轻发落，暂时停职，关禁闭十天，作深刻反省，并将对其的申斥和处理通告全军，以饬三军。"孙武略思考了一下说。

伍子胥松了一口气，他担心孙武较起劲来，真的会一刀斩了王子，王子和妃子不同，妃子虽得宠，杀了让大王心痛，但不足伤害宗庙，且选几个妃子补上，对国君来说，是轻而易举的事。而杀了夫差，后果就严重了，大王正在终累和夫差之间选太子，终累为长，按理该立终累为太子，但终累不争气，文疏武嬉，行为孟浪。在夫椒练兵时，终累好了一阵儿。这让阖闾大喜，派他随季札周游访问，结好各国，目的是让他增长见识，得到更多的锻炼，未料他的确见识了不少，除各国的政风和习俗之外，还见识了许多新奇的玩乐，如斗鸡、玩鹰、赛狗等，而

那些风流场所，风光旖旎，更是吴国见不到的。他瞒着季札，在被离的掩护下，到这些地方尽情享乐，简直到了乐不思归的地步。

回国后，他不愿再在夫椒过那种刻板艰苦、管束甚严的生活了。阖闾和孙武商量后，派他到吴楚边境当镇关将军，那里远离梅里，地势偏僻，但他作为戍边之帅，大权独揽，无人监督，做什么事都可以。于是，终累更无法无天了，天天沉湎于喝酒、斗鸡，无一日不喝得酩酊大醉，而军营则成了鸡营，他养了五只斗志凶猛的雄鸡，两红、两白、一黑，每次相争，都会凯旋，大有斗遍天下无敌手之势。消息传到梅里，孙武、伍子胥悚然心惊，大王伤心不已，只得取消封终累为太子的打算，免得他被人称为"斗鸡太子"而丢尽脸面。夫差成了他最后的希望了。

在这样的情况下，夫差是不管怎样都动不得的，孙武是聪明人，岂会不了解这里面的利害关系？他对夫差的处置很得体，把责任揽到了自己身上，既维护了军法的尊严，又保全了王室的利益，无伤国体。

夫差被军法官带走了。阖闾看着夫差的背影，眉头紧皱，意兴阑珊，神色有些伤感，不自觉地叹了几口气。孙武和伍子胥对视了一下。

"大王，王子虽是抗命，但从实战的角度来说，他改变进攻线路，由正面进攻，改为侧攻，由分散一线，变为船队合纵，并寻找薄弱环节出击，这些都是对的，王子在兵略上大有长进。"孙武委婉地说，"夫差是个将才，而更重要的是吃得起苦，我给他的兵书他都看了个遍，我处罚他，也是让他吸取教训，懂得不管身份多高，也得受到法纪的约束，这对他有好处。"

"昨日他的临时变阵，确实变得得法？"阖闾问。

"这是肯定的，当时我下旗令命他回归到计划中的路线，他置之不理，但我和伍大夫都认为他很会打仗，所以，再没有阻止他，也就将计就计了。"

"大将军认为他变阵变得有道理，我还气得过去，可他的性格太偏，我行我素，这个毛病要多敲打敲打。将来要当明主，就要做到纳谏、谦虚、远佞、用贤，最忌的就是刚愎自用，专横跋扈。"

"由大王作表率，夫差会成为明主的。大王，提到这事，臣斗胆提议，早日下诏，立夫差为太子吧。"伍子胥说，并向孙武以目示意，要他附议，但孙武只当没看见。

阖闾不置可否，他感到很为难。终累继位，必是姬僚第二，他不可能将国家交给一个昏君。他偏爱夫差，但立幼而不立长，是严重违制，不好轻率决定。伍子胥的建议虽符合他的心意，但他有顾虑，一时下不了这个决心，唯有默然。这默然，在场的大臣都看得出来，是有苦难言的表示。大家不好多说什么，阖闾要大家继续议伐楚的事。主战的占绝大多数，反对和质疑的是少数，例如钟周，就不主张用兵，他说："劳师远征，兵马几万，辎重粮草，所耗巨大，国家刚刚有所起色，盛运之兆初现，一场战争会大伤元气。而且，季札不久前还到各国许下不战之言，话音还在他们耳边缭绕，便大兴兵事，岂不会被天下人看作是自食其言，不讲信用？要战的话，是否等几年再说？"

"不能再等了，盖余、烛庸在楚国养城，托庇在楚王之下逍遥法外，终究是吴国的心腹之患，楚国如坚持不送回来，我们就动手去抓，他们不让抓也得抓，只要抓得有理，谁也没资格说三道四！"夫概朝钟周吹胡子瞪眼地大声说，"钟大夫，你是三朝元老了，楚国是怎么对待吴国的，你比任何人都清楚，忍了这么多年，你能忍得下，我可忍无可忍了！"

"忍了这么多年，再忍几年有何不可呢？你可知道，发兵一日千金，楚国来回千里，这笔账你算过吗？也许我老了，尽说些不中听的话！"钟周讪讪地自嘲，"大王，我绝无别的意思，只是为国家考虑。"

"钟大夫忠心可鉴，我心中有数，这笔账我算过，吴国能打得起这场仗，国帑减少些，别的地方紧紧，也得把盖余、烛庸剪除。楚国养着他们干吗？就是用来侮辱吴国，这是国耻！"阖闾说，"我们打楚国绝非逞血气之勇，而是为了雪耻。"

钟周听阖闾这么一说，知道这场仗打定了，便不再多言。

孙武简单扼要地说："发兵一万，攻打养城，剪除盖余、烛庸。这场仗由我统领，夫差、公孙雄做副将，钮宣义负责水师、辎重粮草。战略战术不在这里商议，由我制定后先在军营内议，再由伍大夫和大王定夺。"说完后，他有感而发，"英主在上，人寿年丰，渴求安分无祸，太太平平过日子，是人的本能。打仗是不得已的事，会徒然生出不少事故来，但战是为了不战，我会尽量减少代价，以最少的耗费和牺牲，取得最大的胜利成果。"

楚国都城郢都一片繁华。虽然经过楚平王的肆意挥霍和内乱，楚国衰弱了不少，但表面上看去还是颇有盛世的气象，楚国的富户大室仍过着声色犬马、夜夜笙歌的生活。郢都的街道上，放眼看去，红男绿女，香车宝马，熙熙攘攘，秋风中，充塞着喧哗的人声和车马声。

一辆豪华的马车在郢都的大街上疾奔，马车由六匹白马牵引，每匹马都毛色光亮，看上去极其神骏，行人都对这辆车侧目而视。这辆车显然是辆王车，按制由六匹马牵引的，乘坐的人非王即侯。车上的人不是别人，正是由文种陪同，前来迎娶楚国公主的越国太子勾践。勾践坐在车上，看着热闹的街景，从街上行人

的衣饰和来往的车辆及街市的热闹来看，楚国要比越国富庶得多。

楚王宫宏大阔气。大殿钟鼓齐鸣，楚昭王以隆重的大朝仪接见勾践，勾践穿戴整齐，在文种的引导下，走上殿去，伏身行礼。

"起来吧，太子，不，我该叫你姐夫了！"楚昭王笑着说，声音听上去还很稚气。勾践抬头看去，只见一个少年端坐在殿上的案几旁，背后是描金嵌宝的巨大屏风，楚昭王年仅十六岁，长得很清秀，慈眉善眼，一脸的稚嫩、青涩。

"越国监国太子勾践参见大王！"勾践朗声说。

"上来吧，姐夫，坐到我的身边来！"楚昭王向勾践招手说。

"谢大王！"勾践说着，跨上三级台阶。楚昭王旁边的一张案几前早已置下锦团，勾践便在案几前坐了下来，和昭王只相距咫尺。殿上的群臣看着勾践，这里面有不少人是反对公主季婉下嫁越国的，他们觉得越国既小又穷，是个偏居东南的蛮荒之邦，公主嫁到这种地方，未免委屈了点。但公主愿意，太后和昭王同意，他们也就不好再坚持了。现在，他们看到越国太子仪表不俗，身材高大，有玉树临风的风采，眼神如电，只是鼻子像鹰啄——这是异相，君王异相者，必成大器——众臣不知不觉对他增了几分敬意。

"姐夫什么时候到的？路上可顺利？"昭王问。

"我是昨日到郢都的，路上非常顺利。"

"好，我这个姐姐就交给你了，姐夫可要好生待她，姐姐对我太好了，我真舍不得她离开。"

"是。越国已在平阳埤中建了宫室，专供公主居住。当然，和楚国的王宫是无法比的，只能让公主屈就了。"

"我听说了，据说宫中还有鹿苑，还有一片湖，专造了小兵船让姐姐荡船，我知道姐姐是最喜荡船的。"

"这片园林是贵国的士子范蠡先生设计的，宫室也是他帮着建造的，楚味很浓，是公主习惯的环境。"

"这太好了，姐姐一定会很高兴的，我也就放心了！"楚昭王眉开眼笑地说，"你刚才说的范蠡，好像很耳熟。令尹大人！"他喊了一声。

"臣在。"囊瓦出列，站到楚昭王面前。

"你知道范蠡这个人吗？"

"知道。他是宛地三户人，很有才学，阴阳之变、尧舜为帝之道，他都非常熟悉，据说，《握奇经》《六韬》等简策他能倒背如流，又好农事、水利，倜傥脱俗，到处游历，不务正业。"囊瓦说。

"对了，我听姐姐提起过他。令尹说他不务正业，可姐姐很赞赏他，说他谋略精妙，深受越王和太子的器重，曾陪太子冒险入吴吊唁吴国君后，这样人才，楚国为何不用？伍子胥和伯嚭是亡命而去的，范蠡没有人逼，为什么不愿为楚国效力呢？"楚昭王问。

"臣说不清楚原因，只听说，他在越国遇到了一个绝色美女，楚国留不住他，美女留住他了。美色之惑，不同寻常啊！"囊瓦嘲笑说，满堂大臣也跟着哄笑起来。

楚昭王看了勾践一眼，正色说："不许放肆！范蠡现在可是越国的上卿，他在尽心帮助越国，应当鼓励。越国和楚国现在成了亲家，越国强则楚国强，范先生能得到越国重用，成为越王和太子的股肱，这是好事，你们笑什么？令尹，退下去吧！太子，你可别在意！"

"我不会在意的，范先生在越国时，也受到过误解，但我最了解他，我可以对你们说，他是个奇才，是不可多得的大贤。"勾践扫视了一下殿上的文武百官，嘴角露出一丝笑容说，"说句不中听的话，在座的各位，包括我勾践，都比不上他。"

昭王的正式接见结束后，勾践由昭王、文种陪同，到后宫参见太后孟嬴。太后五十不到，风韵犹存，仪态富贵，出言吐语，一口秦语，隽妙而爽直，可看出她年轻时的风采。季婉伏身在她的膝下，母女依恋之情，连勾践都深为感动。

太后打量着勾践说："婉儿可是我最珍贵的宝贝，她从小就懂事、乖巧，长大后更明理、贤惠，可说上得了庙堂，入得了厨房。勾践，她离开我，我真是不舍，但公主也要嫁人，我不舍得也要舍得。"说到这里，太后眼眶红了，言语哽咽了，季婉亲热地依偎着太后，仰视着太后说："母后，咱们不是说好都不许掉泪的嘛！"说着，用一块绫绢为太后拭泪水。

太后破涕为笑，抚摸着季婉的肩头感叹地说："当年我离乡背井，远嫁楚国，想不到我的女儿也像我一样，也是远嫁，唉！远离了亲人，又有了新的亲人。故国犹在，嫁入的国家，又成自己的祖国，人生就是这么的无常奇妙。也许，这就是命！"

"太后，请您老人家放心，越国绝不会亏待公主的，您要相信我。"

"我相信，凭我几十年的眼光，太子的为人是靠得住的，我放得下心。"太后说着，拉起季婉的手，又拉起勾践的手，放在她的手背上，又用另一只手捂住，敛容说，"天下大乱，诸侯纷争，你们两人要相亲相守，风雨同舟。你们能答应我吗？"

"太后，我答应您。"

太后满意地笑了。接下来的几日，依照当时通行的"六礼"婚制，勾践履行纳采、问名、纳征、纲徵、请期、亲迎等繁文缛节。公主的陪嫁是非常丰富的，一车黄金、一车珍宝、一车铜器、一车锦帛，足可装备一千人的铁铸的兵器和战马、战车。还有一支乐队，相随的还有宫娥、庖厨、卫士等人，都是服侍和照料公主的。这支迎亲的队伍足足延绵三四里路长，浩浩荡荡的，昭王还派了将军子期率精兵护送。

在迎亲队伍回归之前，楚昭王召集囊瓦、子期、文种等人商量了吴国的通牒信，勾践受邀参加，以协调两国的应对步骤。吴国限期楚国在一个月内将原吴王僚的儿子盖余、烛庸遣返给吴国，否则，吴国将用武力追捕他们，信的口气非常强硬，没有可商量的余地。

"这是赤裸裸的挑衅，来者不善！我们的选择只有两个，其一，将盖余、烛庸送回去；其二，拒绝吴国的无理要求，准备和吴国兵戎相见，那就是要和吴国动武了！你们看，怎么办才好？"楚昭王有些苦恼地说，"寡人想了几天，都想不出两全之策！"

"盖余、烛庸已成为吴国的心腹之患，只要他们在楚国，吴王就不会心安。臣以为，楚国已无必要再给予他们庇护，让他们封地自立，更大可不必。他们已成是非之人，为了他们一战，太不值得了，臣以为，还是把他们交给吴国为好。"囊瓦说。

"将盖余、烛庸送回吴国，无异于将他们置于死地而不顾，臣窃以为不可。"文种反对说，"楚国这样做，会被天下看作无信无义，屈服吴国压力，出卖亡命的弱者，这有损楚国的国格。"

"文大夫说得对，这是吴国借故威胁楚国，其用心十分险恶。我们将两位亡命的王子送回去，等于对吴国屈从，吴国会以为，楚国对吴国惧怕了，今后再也硬不起来！"将军子期抗声说。

楚昭王听着这针锋相对的意见，觉得各有各的理，加上他优柔寡断的性情，他拿不定主意。他看着勾践，询问道："太子，如果你处在楚国的位置上，你替我想想，如何是好？"

"本来我不便多言，大王既然问我，我就直说了。我以为，断然不能接受吴国的要求。吴国如此咄咄逼人，绝非为了两个已无还手之力的只是寄身于楚地避难的小王子，而明摆着是讹诈，无耻之极的讹诈。如接受了他们的条件，楚国等于不战而降，在诸侯国中大丢颜面，还落下个不仁不义的坏名声。所以，唯一的选择，是拒绝他们，即使吴国借此起兵，以楚国的军力国力，难道怕吴国不成？诚然，吴国在伍子胥、孙武的辅佐下，这几年整军经武，扩军备战，实力大增，不可小觑。但和楚国比，还是小巫见大巫，吴国若出兵进犯，楚国只要给他们来个迎头痛击，让他们搬起石头砸自己的脚！"

勾践讲完，文种、子期都表示赞同，囊瓦也觉得勾践讲得有道理，吴国确是借盖余、烛庸讹诈楚国，如在这件事上示软，今后吴国势必会步步进逼，得寸进尺。自己只求息事宁人，没有想得那么深，听勾践一说，他觉得只能采取强硬的态度，和吴国较量一番，否则，他这个令尹也会给人觉得太窝囊了！于是，他也表示赞同勾践的意见。

楚昭王犹豫了一下，说："那就这样，令尹，尽快给吴国复信，拒绝他们的要求，并调兵遣将，作好应战的准备！"

"是！臣遵旨！"囊瓦回答，然后转身对勾践说，"一旦和吴国开战，请越国在吴越边境牵制一下，让吴国不致倾力进犯楚国，这样，楚国的压力也可减轻一些。"

"当然。越国会助楚国一臂之力的。"勾践沉着地说，"楚越一家，楚国的事就是越国的事。"

"好，姐夫，我不信楚越同心打不过蛮吴！"昭王说。

此议既定，昭王也就定心了，两天以后，他亲自送姐姐乘上越国的迎亲马车，看着长长的车队，绝尘而去。

第 十 六 章

伍子胥刚坐下，阖闾就直截了当地对他说："中宫继后的事，当初是你第一个上奏的，可我当时哪有这个心思，所以没有采纳。而今马上要搬入吴都了，中宫还空虚，我想通了，这确不太好，王后在天有灵，也不希望她后继无人。此事在迁都前，当有个了断。"

伍子胥听大王说完，马上就说："大王这么想就对了，这一阵不是由被离负责遴选了一批贤媛吗？"他猜测，大王必定是看中了什么女子，要征求自己的意见。因为，据他所知，小范围遴选出来的候选贤媛，都是万里挑一，品德容貌、家境身份都是吴国一流的，其中该有良配。

"是的，确选了好几个，但大多数不合适，不是我挑剔，王后母仪天下，马虎不得，宁缺毋滥。"阖闾说道，好像并不像伍子胥所猜的，大王选中了什么人。

"这是当然的，但事不宜迟，这几个不行，当再继续挑选，直到有合适的为止。"伍子胥说。

"不过，有人推荐了一个女子，初想不妥，细想下来，倒是挺合适的。"

"那好啊！臣恭喜大王了。"

"且慢恭喜，这只是我的意愿，她肯不肯，还很难说，所以要伍卿相助。"

伍子胥糊涂了，此女子是谁呢？国君看中什么未嫁的女子，只要开开口就成，可说如同探囊取物，何以娶这个女子要他犯难呢？

阖闾说的女子就是孙武的妹妹孙燕。阖闾觉得孙燕并非所宜，但让孙武妹妹入主中宫，就牢牢拴住了孙武，这有利于社稷江山的长治久安。从这点考虑，恐怕没有比孙燕更合适的了。这个伯嚭真是鬼机灵，能办事，他推荐伍子胥向孙武说媒，也是绝妙的主意。孙武为人正直而孤傲，不畏权势。伯嚭出面，孙武不单不接受，反而会认为伯嚭用了心眼，结果会适得其反。只有伍子胥能肩起国君托付的重任，原因很简单，伍子胥德高望重，和孙武私交极好，是孙武最尊敬的人。他去说媒，必会成功。

"要我做什么，请大王明示。"

"有人推荐的这位女子，不是别人，正是大将军的妹妹孙燕，寡人不想逼她，所以，想有劳伍卿从中撮合。"

这话来得突兀，使伍子胥感到有些惊疑。他马上意识到，这个主意肯定是伯嚭出的，他想以此讨好大王，而且会摆出一条非常迎合大王的理由——以联姻来笼络、束缚孙武。这对阖闾来说，正中下怀，阖闾像天下所有君王一样，希望亲信重臣能永无二心，而最好的办法，就是通过婚嫁结牢纽带，以血脉巩固国脉，以亲情促进忠诚。阖闾将妹妹乐范许给自己，也是出于这个原因，现在轮到孙武了。这是理所当然的，伍子胥冷静想一想，就感到并不奇怪了。

"大王，子胥愿意领命。可是，大王觉得小燕子是母仪天下的女子吗？"

"怎么？你觉得孙燕不妥？"

"恕臣直言，孙燕生性活泼好动，喜欢骑马射箭，舞刀弄剑，说白了，小燕子武气有余，稳重不足，宫中礼数多，她适应得了吗？"

"母仪天下者，德也，孙燕虽武气较重，但她为人善良，行为端方，从她陪伴侍奉伍树来看，她是个德仁女子。另外，她举止自然，毫不做作，让人感到清新可人，这倒是另一种大家闺秀的风范。"阖闾嘉许道，脸上现出欣赏的表情。

"大王说得是，小燕子的善良和豁达是有口皆碑的。"伍子胥笑着说。

"这就好，这样贤淑通达的女子，我喜欢。加之她是大将军的妹妹，作为继后，当之无愧。孙武和你一样，也成了贵戚，你们一个是我妹夫，一个是我妻兄，千钧之重的国柄都操在一家人手里，这是吴国君室和百姓的福祉！"阖闾高兴地说道。

国柄都操在一家人手里！这才是大王欲娶孙燕为继后的真正意图。看来这事大王已深思熟虑了，并成了定议。

"小燕子能得到大王的垂青，这是她的福分，我这个现成红娘当定了。我近日会去夫椒，向大将军报这个天大的喜讯。"伍子胥喜孜孜地说，"孙武正忙于伐楚的筹划，我正好要去和他做最后的商议。"

阖闾点了点头，但笑容在他脸上消失了。他起身在室内踱了几步，站到伍子胥面前，定睛看着伍子胥说："这不是正式的宣谕，婚姻得两厢情愿，孙武为人清高质直，他自有他的想法，他如果不想和寡人攀亲，我决不会责怪他！伐楚是大事，不能为了寡人的私事，让大将军烦心！"

"是，我知道了。"伍子胥应道。走出宫室后，他站在一株大树下，又细细回味了一遍阖闾的意思。秋蝉叫起来比夏蝉更为起劲，一声接着一声，余音悠长，而夏蝉的声音是短促的，有点底气不足。

大王所说的话，就像这秋蝉的鸣叫声，余音悠长的，特别是最后一句"他如果不想和寡人攀亲，我决不会责怪他"，显然并非那么简单明了，而是话中有话，含义深长，也极有分量，让人感到有一种无形的压力。

他在那棵大树下待了片刻，回去和乐范说了一声，取了几件衣物，便乘车直奔夫椒。一路上，他继续思索这件事，孙燕入宫当继后，这是好事，在别人眼里，能当上王后，这简直是一步青云的大喜事，多少人可遇而不可求。但孙武这个人，他是了解的，并不贪图荣华富贵，更不愿攀龙附凤，小燕子的事他未免会真心赞同。那自己该如何和他说呢？要是他一口拒绝又怎么办呢？这件事处理不善，小则伤了君臣的感情，大则造成君臣的分裂，这样的例子举不胜举。孙武的性格，是宁折不弯、无所畏惧的，一旦有损他自尊心，再想对他劝说什么，其势有所不能！那吴国好不容易出现的大好局面势必会受到致命的影响。尤其马上要用兵，关键时刻，决不能发生节外生枝的事！

到了五湖边，伍子胥没有直接到夫椒山去，而是先去了新都找伯嚭。伯嚭见伍子胥面如凝霜，惊疑不止，不知他何以会有此表情。

"伯嚭，你向大王推荐继后是好事，但事先为何不和我商量商量？你的脾气为何不改改？总是这样自说自话！"伍子胥愤激地说。

"伍大夫休动气！我知道你是指孙燕的事，可是，凭良心说，我从中玉成完全是为她好啊！王后之尊，这是多么荣耀的事啊！多少深闺佳人做梦都不敢想能获此荣耀，因为太遥不可及了，可我为小燕子争取到了，我真是好心不得好报！"伯嚭委屈地争辩说。

"你以为别人都像你这样想吗？"伍子胥说，"你想过没有，要是孙武、孙燕不愿意呢？这怎么办？不是所有人都期许获取那份荣耀，奢望继位中宫的。要是大王和孙武为了这件事搞僵了，影响国事，你担得了这份责吗？伯嚭啊，伯嚭！你为何总要弄些是非出来，唯恐天下不乱？"

这是很严重的责备，伯嚭有些惊惶失色，他由伍子胥引入吴国朝中为官以来，从没见他如此震怒过。

"那怎么办呢？我真的是出于好心。"

"从现在起，你不要再掺和这件事了，由我来处理。"

"我听你的。"

一剑封喉
YI JIAN FENG HOU

"再发现你在背地里使花招，我伍子胥饶不了你，你给我留点心！"伍子胥狠狠瞪了伯嚭一眼，拂袖而去。

伍子胥马不停蹄来到夫椒山孙武的将船上，孙武正和一批将领在船舱议事。孙武以为他有机密的事情要说，连忙散了会，跟了伍子胥来到岸边。结果却是他意想不到的一件事，是大王相中了妹妹，要妹妹当王后，他和伍子胥一样，感到非常突然，一点思想准备都没有。夫差对孙燕有意时，最初他不以为然，觉得这是夫差一时的冲动，小孩子闹着玩的。后来，夫差慢慢成熟了，在夫椒练兵时，孙武发现他身上有非凡的军事潜质，而且正一天天显现出来，让他大为兴奋。有时，看到夫差对孙燕露出倾慕之意，又竭力压制自己的情感，孙武脑中会忽然掠过希望夫差和孙燕能认真来往的念头，但这只是一刹那的闪念，过了，自嘲荒唐，也不会多想。可让小燕子继位中宫，他简直不敢想，也说不出是好事还是坏事。他一直沉默着，心不在焉地在五湖岸边随伍子胥走着。

"孙武，你我之间，从来坦诚相见，你怎么想的，就怎样与我说，大王说，这不是正式的宣谕，也就是说，不是王命，非要你和小燕子听命不可。你作出决定，我来答复大王。"

"大王能垂青小燕子，这当然是无上的荣光，我感激不尽。"

"这么说，你同意了？"

"我，我不知道。你说，小燕子像当王后的人吗？"

"我也对大王说了，小燕子活泼好动，武里武气，中宫礼数多，她恐适应不了。"

"一点不错，她能母仪天下吗？"

"可大王不计较这些，一味赞赏她善良、端方，具有特别的大家闺秀的风范。"

"这也没有说错。可是，小燕子当王后，太不可思议了。"

"那么，你同意与否？"

"我此刻不能回答你，容我再想想。或者等伐楚回来再定夺。"

"太迟了，大王虽说不是宣谕，但也是很认真提出这件事的。你要及时给大王一个确切的回复，不管怎样，先要谢恩。"

"那容我考虑一夜，明日向你作复。有件事我需明白告诉你，小燕子似乎有了心上人。"

"是哪位公子？"

"铸剑师欧冶子的儿子欧剑子，不过，小燕子没有与我明说，但我看出来了。"

"你的意思，还得征求小燕子的意见？"

"不错，她脾气倔强，有主见，我做不了她的主。"

"那你好好和她谈谈吧！我等你的答复。大王说，如果这事成了，我是他的妹夫，你是他的妻兄，一家子执掌吴国国柄，是吴国君室和百姓的福祉！你是聪明人，该懂得这桩婚姻的真谛。"

晚上，孙武和子蝶找孙燕谈了一次话。孙武简略地把事情说了一遍，他以为妹妹会感到意外，甚至会感到惊骇。可孙燕在听他陈述的过程中，表现得出奇平静，仿佛是在听别人的事情似的。

孙武刚说完，孙燕想都未想，脱口而出："我不嫁给他。"

"你再想想，你是去继位中宫。"

"我不稀罕，宫里那种地方，我待不了，像关在笼子里，一点自由都没有，我没法过。"孙燕迅即接口说，"哥哥，嫂子，你们看我哪一点像王后的样子？"

"到了宫里，自然而然就像样子了，到哪一座山砍哪一片柴，以王后之尊，做什么事都是一呼百应的，那种威风，大概就是所谓的母仪天下吧。"子蝶亦真亦假地说，"孙燕，你再想想，免得将来后悔。"

"我用不着想，哥哥，我再说一遍，我不会到宫里去的。夫差不久前曾经对我表达过那种意思，我婉转拒绝了，理由就是，我天生是野性子的人，我怕到宫中那种禁地去，走一步路，说一句话，甚至笑一声，都得讲规矩。重重禁制，钟鸣鼎食，我一听就烦，也过不了那种束手束脚的日子。我是匹野马，只能放在外面，整天将我关到马厩里，我会闷死的，哥哥，你就饶了我吧！"孙燕眼泪汪汪地说，"哥哥，你要我做什么都可以，就是这件事不能依你，不是我看不上大王，大王是个顶天立地的人，我是抬着头看他的，但我这样野惯了的人，真的配不上他，我是个普通的女子，不足以母仪天下。你可以把我的话告诉大王，你开不出口，我去跟他说，好不好？"到最后，孙燕的口气几乎是哀求了。

孙武听了妹妹的话，觉得心里异常不是滋味，他深深看了妹妹一眼，郑重地点了点头："好吧！小燕子，哥哥懂你的心思，我不会强逼你的，就这么办吧！"

"谢谢哥哥！"孙燕的眼泪止不住地流了出来。

子蝶用罗巾轻轻地替她擦干泪水说："别哭，别哭，你哥哥不是已答应你不去那地方了吗！其实，他心里早有答案，在找你说这件事之前，他就有了答案，你是不会去的。都说，知女莫若父，可在你们家，知你者，你哥哥也。"

"你违反了王命，不会惹出什么麻烦吧？"

"别担心，没事的。大王是英主，他让伍大夫转言，而不是正式宣谕，还说婚姻是两厢情愿的，要是你不愿意，他不会责怪我们的。"孙武安慰妹妹说，"你和欧剑子怎样了？"

"就那样。"

"如果两情相悦，他还等什么呢？按'六礼'，该由男方请媒人上门来提亲啊！他难道在等我们上他们的门，这可是违制的。"孙武笑着说，"就像剑柄和剑锋不能颠倒一样，他是铸剑师，应懂得这个道理。"

孙燕脸红了，羞答答而又感激地说："我知道了，他早就请好了媒人，就是不敢来，他们父子都怕你。"

"我有什么可怕的？要是厌恶他，早就要你离他远一点，就像当年我劝你离伯嚭远一点一样，可他实在太迟钝了，像没有开锋的剑那样钝。妹妹，你有了归宿，哥哥也就安心了。"孙武深情地看着孙燕，双亲早逝，兄妹俩相依为命，现在妹妹出落成一个大姑娘了，马上就要出阁，他既感到欣慰，又有些伤感，兄妹就此要分开了，可不舍也要舍，这就是人生，想到这里，他动容地说："小燕子，我一定要把你像样地嫁出去。"

孙燕笑而不答，把脸转过去，凝视着船外沉沉的五湖，眼中却噙满泪水。秋高气爽，五湖的上空，繁星满天，多少个晚上，孙燕依偎着哥哥，数星星，看月亮，那情景犹在眼前，恍同昨日之事。想到很快就会离开哥哥，她心里慌慌的，仿佛觉得世界虽大，不在哥哥身边，以后就像失去了依靠般，于是格外地对哥哥生出一种依恋之情，她回过头，带着哭声说："哥哥，我什么人都不嫁了，我陪你。"

孙武的心如被重击，但他竭力平静地对孙燕说："别说傻话了，好了，回你的舱里去吧，时候不早了，秋季夜寒，当心着凉。"

孙燕站起来，揉着眼睛，低着头，跟跟跄跄地走下舱房的楼梯。这时，一个身影在楼梯口一闪而过，但舱内的人谁都没有注意。

孙武长叹一声，对子蝶说："你也去歇息吧。"

"你也安寝吧，别熬夜了，这段时期，你又瘦了！"子蝶心疼地说，把一件袍子披到孙武身上，孙武一把握住她的手，抬头看着子蝶羊脂玉般的脸，说："出征之前，我们成亲吧，不要惊动国君和大臣，也不要那些礼节和场面，就到珠岛和你那些姐姐闹一闹，就可以了，你觉得怎样？"

"我听你的。"

这时田狄端了两碗藕粉上来，当作孙武、子蝶的夜宵，孙武说："我一点也不饿，今天不吃了。"子蝶也表示不想吃，田狄摇摇头，嘀咕几句，又将藕粉端了下去。

子蝶走后，孙武坐到舱外的瞭望台上，静静地望着周围的夜景。田狄又在船厨内升火烹煮茶汤，煮的是当地一种老茶树上的叫楪叶的白色树叶，放进花瓢，熬成的汁苦中有香，孙武很爱喝。田狄煮好后，给孙武提了一壶，又送来一罐要离酒，一盆干肉，轻轻放在孙武旁边，他便悄然退去。

孙武喝着茶汤，品着酒，茶是苦的，苦中含甘；酒是甜的，但甜中有苦。甘苦甘苦，人生品味起来，无非就是这两个字。

夜已深，辽阔的五湖变得沉寂安静，湖水也不再动荡，月色在水面上弥漫开来，碎银般闪着一片片细密的波纹形的光芒。从古至今，这湖上不知发生了多少事，谁都不知道了。只有五湖是亘古不变的，变的是人，一代一代的。五湖见证了一切，它还要继续见证下去，一百年，一千年，一万年。

孙武这样看着想着，把一壶茶、一罐酒喝尽，满腹的惆怅和感慨也消尽了，心境也平静了下来，带着醺然的恬适归寝。

伍子胥住在夫椒山别宫。别宫后面的山坡上新凿了一口井，凿得很深，井水冰凉而甘甜。开凿这口井是大王交代的，他住在别宫，最喜饮这口井的水。伍子胥保持着他多年的习惯，黎明即起，练武后清扫院庭，然后读书理事。马上要伐楚，虽不是全面讨伐，只是攻养城，但这意味着向楚宣战。囊丹那天和他讲的话，有时会浮现上来，想想还是有道理的，但到了这一步，他别无选择，只能硬着头皮走下去。人生苦短，与其平平淡淡，不如轰轰烈烈，青史留名，也不枉来世上跑一趟。

他走到井边，吊起一木桶水，用瓢打了水饮个痛快。他正准备回屋用饭后去孙武处，这时，马蹄声声，孙武赶来了。伍子胥连忙把孙武请到室内，闭门避人，两人细谈起来。孙武把昨晚和孙燕的谈话详尽说了一遍。

"请你委婉向大王说明，并非我孙武不识抬举，傲慢自大，不愿让小妹入中宫继后位。这份荣耀和恩泽，我孙武感激万分，永远铭记。实在是小妹野性十足，好动成性，无法受宫禁礼制的约束，到了宫中，不仅不能母仪天下，而且会给大王出丑，有损王廷的威仪。按理，我没有理由拒绝王命，但实在是小妹不配，没有这份洪福，请大王宽恕孙武的大不敬。不过，孙武身为吴国大臣，永远忠诚于大王，忠诚于吴国，至死不渝，日月可鉴。"这番话，孙武说得很从容，很诚恳，显然是经过了深思熟虑。

伍子胥不动声色听完后，不免有些失望，虽这个结论是在他的预料之中，孙武说的也句句属实，绝无夸张、牵强之意，但他还是觉得事情很棘手，孙武再诚恳解释，到头来还是一句话，就是"不愿和大王攀亲"，他得从中费心周旋，消除国君因此可能产生的不悦和误解。

他沉吟了一会说："大将军，你不必多虑，我昨晚越想越觉得小燕子不合适，但大王似以为小燕子的这些性格并无大碍，而且会使宫中的风气为之一新。所以，小燕子的性格一带而过即可，不一定要过分强调。倒是已许配给欧剑子或可成为一个理由，虽未成亲，但一旦定了婚约，于法而言就是夫妻了，就像你和子蝶一样，按制，女方另配就是毁约，这是不义之举。别的男子硬娶，那是夺人之妻，这是违法违德的。当然，这些话不能对大王说，但已和欧剑子定约是实，也是一条过硬的有说服力的理由，大王一听，当然会明白这件事事关人伦法，就不会硬来了。"

"这条理由我是想过的，但事实是，我同意小燕子和欧剑子结识相知，还请他们吃过一顿饭，只是因我的犹豫，两家并未正式订亲。直到昨晚我和小燕子谈过话后，我才同意男方来提亲。向大王言称他们之前有婚约，岂不是欺君？"

伍子胥一听，对孙武为人由衷佩服，又觉得他未免太死板了些，便说："反正小燕子有了心上人是真的，人家已情投意合了，棒打鸳鸯，硬生生地拆散他们也是缺德的，为人所不齿！"

"那么，拜托伍大夫在大王面前如实解释，说孙武不得已有违王命了。"孙武坦然而又矜持地笑着说，"必要的话，我自己去和大王说，不管怎样，我总觉得对不起大王，问心有愧。"

"大将军用不着这么想，世上能有几人不贪图荣华富贵？小燕子对王后之尊不屑一顾，对这天大的富贵视作粪土，能有这样的境界，太不容易了！"伍子胥说，"说实话，我都做不到，大王将公主许配给我，我心里明明不乐意这门亲事，还是接受了，一是王命不可违，二是贵戚的身份吸引了我，我耿耿在心的是觉得对不起津香和伍树。"

"伍树现在怎样了？"

"公主对他尚可，但她有股威势，伍树怕她，原来调皮活泼的性格，变得木讷寡言了些。我知道，他在想着津香和小燕子，但不敢说出来。"伍子胥一声声叹息着。

"什么时候我让小燕子去看看他，陪他玩上一天。"

"那太好了。"

伍子胥和孙武说完话，就乘上车回梅里了，孙武单骑回了夫椒山。

在伍子胥未向阖闾禀报孙武的答复前，有一个人已先于伍子胥向阖闾说了这些情况，一字一句，孙武怎么说的，孙燕怎么回答的，都详详细细告诉了阖闾。

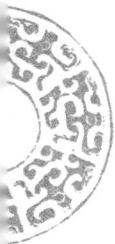

这个人就是夫差。夫差因演练过程中违反军令，而被孙武处罚关十天禁闭。关禁闭的屋子是一间堆置柴薪的空屋，铁窗土墙，阴暗潮湿。公孙雄提出将夫差禁在将船上，毕竟夫差是王子，但被孙武拒绝了，孙武说，既然是关禁闭，就得动真格的，关在将船上，徒有形式，糊弄别人，这样做，于军法不严肃，于夫差本人，起不到教戒的作用，反而助长其贵为王子的骄矜之气。

夫差也不愿对自己优待或有额外的照顾。十天的禁闭，让他静心反省了不少事，反思懂事以来的经历，荒唐无知之处不少，自己身上的毛病也一一认识到了，以致又惊又愧。对照之下，愈发觉得孙武、伍子胥等人身上有股浩然正气，身为客卿，对吴国安危祸福的关注，对吴国强国强兵所投入的精力超过任何人，可说他们俯仰无愧，无一事不可质诸天地鬼神。

十天期满，他自觉身上多了阳刚之气、谦卑之气，少了自以为是的骄纵之气。他来到孙武的将船，值哨的甲士见是王子，自然没阻拦。将船巨大，将领出没是常事，因而没有人注意他。他来到孙武议事兼就寝的舱房，刚走到楼梯口，恰逢孙武、子蝶在和孙燕谈话，一问一答，他听得一清二楚，对他震动很大。他一直爱慕孙燕，校场上，孙燕英姿爽飒的气质深深吸引了他，后来，因皿妃临死前道出那个秘密，让他在孙燕面前自惭形秽，表面上和孙燕保持了距离。但他从未在心中放下过孙燕，而是暗自下定决心，一定要刻苦进取，成为一个真正的让孙武看得上的兵略家和带兵的将军，博得孙武的赏识，到时以一个有才华的青年将领的身份，而不是王子的身份向孙燕提亲。

在夫椒山时，他有一次正好在冶坊场遇到孙燕，被炉火映得满脸红晕的孙燕别有一种妩媚，夫差有些心动了，对她情不自禁说了些爱慕的话，但被孙燕有礼貌地顶回来了，让他沮丧了好几天。

后来他就被关了禁闭。他明白，虽然他力求自己是以将军的身份而不是王子的身份出现，但在自我感觉中，或者潜意识中，还是存在着王族贵胄的优越感，而这种优越感是孙燕所讨厌的，甚至是厌恶的。她是不慕虚荣的人，也反感别人在她面前摆虚荣。明白这一点，是夫差生涯中的一个重要转折，也让他认识到自己修炼的不足。做一个年轻有为的将领，不光光是军略上要修炼，更在于人格性情上要修炼。

从孙武和孙燕的谈话中，他听出父王要娶孙燕为继后，也就是说，孙燕要成为他的继母，这对夫差来说，是沉重的迎头一击。自己所爱的人，忽然间成了自己的继母，这太荒唐了，也太可怕了！后来听孙燕异常坚决地回绝，他心头为之一宽，为孙燕的骨气所折服。最后，又听说孙燕有了心上人，是那个身份平常的

铸剑师欧剑子，夫差心又一沉，知道孙燕这个奇女子已和自己擦肩而过了，自己再也没有机会了。但即便伤心，这个结果还是比孙燕当王后，成为自己的继母要好。从他们谈话中，夫差还感觉到兄妹尚有顾虑，怕因拒绝了父王而被冠以犯上之罪，惹出不必要的麻烦。于是夫差决定连夜赶回梅里，面陈父王，让父王取消这并不明智的选择，不至于让身肩军事重任的大将军为儿女情长的事感到压力。

阖闾耐心地听完儿子所奏后，一时竟说不出话来，但有一点让他暗暗吃惊，少不更事的二儿子，不仅陈述得极有条理，而且极有见地，能坦率地对父王说明这件事做得极其不智。

"父王，孙燕为中宫继后是完全不合适的，正如她自己说的，这是把一匹自在惯了的野马，硬是关进马厩，让其窒息而死。而且，婚姻要两厢情愿、两情相悦，孙燕的不愿，并非故意犯上，而是她已有了心上人，且已谈婚论嫁，你要她当王后，岂不是硬拆散了他们，其德何在？"

"这么说，孙燕已有良配？"

"可以这样说。"

"伯嚭这混蛋，为何隐瞒这个实情？"

"儿子不敢欺隐，儿也喜欢孙燕，曾求伯嚭撮合过，但没有成功。后来儿决心努力上进，成为一个真正的将领，再向孙燕求婚，但儿还是错过了机会，深以为憾。"

"儿子，你别说了，君子不夺他人所好，更不能夺他人之妻。父王之所以选择孙燕，主要还是希望和大将军结亲，让他更死心塌地地为吴国效力！"

"父王，你又错了。你还不够了解孙武的为人吗？孙武是不需要用什么绳子牵住的，而且也是牵不住的，真正能牵住他的，是父王的大德、王道的大行，丢掉了这些，你娶十个孙燕，都是无济于事的。"夫差说，"还有，伍子胥和孙武把吴国治理成了一个举世瞩目的强国，你还嫌他们不够死心塌地吗？历朝的英主，都是用人不疑，疑人不用，信任两字，王道之要，爱民如子，信臣如信己。孙武兵法上说，道，令民与上同意也，可以与之生，可以与之死。也就是说君臣、君民要互相信任，保持共识，生死与共，荣辱相同。要做到这样，君主不能多疑，不能对大臣有防备之心，这就是须大行的王道。吴国之盛，就在于父王奉行了这样的王道，它足以凝聚人心民意，父王，儿不懂，你手里有了最强有力的法宝，何以还要祈求婚配这过时的古老办法呢？"

阖闾对夫差的指责不仅不恼怒，反而感到心服口服，他愣愣地看着儿子，像看一个不认识的陌生人似的，半晌，才慈祥地说："夫差，这些道理，是谁教你

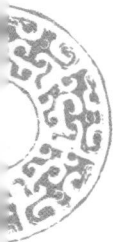

的? 连父王都讲不出来。"

"是儿子关禁闭十天悟出来的。其实，伍子胥、孙武早就这样教诲过儿子的，他们都是儿子的严师。"

"可今天你给父王上了一课，要不是你，父王真的要做出不智的事情了。孙燕肯嫁，他们兄妹也是勉为其难，过得不愉快，心里还要怨恨大王。拒绝了我，我会对孙武起疑，怕他对吴国有所保留。是儿提醒了父王！"阖闾说。

伍子胥入宫禀奏孙武的答复，还未开口，阖闾就先说："伍卿，别说了，我想过了，小燕子继后中宫，确不合适。燕子嘛，冬去春来，飞来飞去，梁下筑巢，人们任其自由来去。我岂能将它安置在宫中这座金丝笼里？我小时候捉过一只燕子，它不吃不喝，宁死不服。算了，这件事到此为止，不管孙武态度如何，我决计放弃原来的决定，请孙武不要把此事放在心上。大将军仁厚，一定为此事颇费心思了，都怪寡人欠考虑。"

伍子胥简直不相信自己的耳朵，仅一两天工夫，阖闾就来了个急转弯，自己否定了自己的决定，他不便追问阖闾为何会在短时间内陡然改变态度。改变的原因不外乎是他自己重新考虑后，幡然悔悟；或者由别人的劝说后想通了，那么这个人一定非一般人。如果有这么个人能挺身而出，规劝大王，那这个人又会是谁呢？大王不说，伍子胥也不好多问，这成了一个永恒的秘密。好在一件原本棘手的事过去了，其他的种种便不重要了。

"大王圣明，孙武兄妹对大王的恩宠感激万分。无奈小燕子实在难为中宫母仪，大王能体谅她、放弃她是对的，当然，也是她的福分不够。"伍子胥用遗憾的口气说，"要不然，大将军成了国舅，我也算是国戚，正如大王所期许的，吴国的国本都是一家人掌握了。"

阖闾摆摆手，递给伍子胥一方竹简，说："蔡昭侯派专使送来的，他想把他的女儿蔡小娇许配于我，你觉得如何？"

伍子胥以最快的速度看了遍竹简，上面清清楚楚写道，愿以小娇敬配吴王，以侍奉吴国君王为终生之大幸。他明白了，这竹简才是促使大王改变态度的原因，但一看竹简的日期，此信送达已有半月有余，也就是说，阖闾在决定迎娶孙燕之前就收到这方简书了。他是故意压下的，对蔡昭侯的好意并没有接纳。

"蔡小娇是蔡国有名的美女，据说容貌出众，光艳照人，且性情端庄有礼，又多才多艺。"

"你是听谁说的?"

"伯嚭说的。"

"嗯，我收到蔡侯的简书多日了，觉得让一个外邦的公主当继后不太妥当，主要是不了解她，就不打算接纳了。这两天我问了几个人，都很赞许她，看来蔡国公主口碑不错。"

"传来之言，难免有夸大之处，大王可遣专人前往蔡国当面考察，才最为可靠。"

"我也有这个打算，那么，派谁去比较合适呢？身份不能低，又要识得人。"

伍子胥听大王的口气，好像是要他跑一趟淮河边上的蔡国，便说："臣可去蔡国。"

"这样的事，用不着伍卿亲自出马，国事那么繁重，你哪走得开？"

"我若不去，便得由被离去了。被离和季札去过蔡国，当时只在花园里远远地见了公主一面。要不，让他再去蔡国，他善察言观色，当面和公主说说话，大事必谐。"

"被离也太忙，你看夫差去怎样？正好蔡国要我们去个将军，协调军务上的事，考察一番蔡国的兵备，以便将来合力，要不让他去担当此事，顺便看看公主？"

"儿子替父亲相亲，合适吗？"

"不跟他说穿这件事，免得他尴尬。再说，他去以办正事为主。"

"也好，再派几个得力的人襄助他，这些人要经验丰富，法眼无虚。"

"好，伍卿，你去安排吧。"

"不过，要打仗了，夫差是要随孙武出征的，命他快去快回，顺便再去一趟唐国。"阖闾收敛了笑容，神色变得十分郑重。

不久，夫差乘一艘将船出使蔡国、唐国，公孙雄相随，并伴有几个很有见识的将领。田清作为侍仆也跟去了，他的识人眼力是超凡的，阖闾信得过他。于是，夫差一行越五湖，向淮河扬帆而去。

孙武见孙燕的事发生了戏剧性的突变，和伍子胥一样，深为疑惑。但这样的结局，终究免了原来的担忧。这使他心头一宽，如释重负。什么原因促使大王改变态度，也不必要弄清楚了。伍子胥认为，最大的可能，是大王自己想通的，这再度证明，大王仁厚俭朴，大贤大德，极其通达。他庆幸遇到难得的英主，认为是上苍降福于吴地。这样想着，他心里充满着感激，叮嘱自己不可稍忘王恩，全力辅佐吴王，成其大业，凡有所命，必全力以赴。

到了深秋，攻养城的战略已定，三军的调遣也完成了部署。孙武和子蝶举行了简朴而低调的婚礼，以民间的方式，将子蝶从竹篱茅舍的小院迎娶到梅里的府

邸，然后乘船去珠岛狂欢几天。他也借此好好地静下心来，在这五湖的独岛中什么也不想什么也不做地休闲几天。本来不想惊动大王的，但阖闾还是得知了，亲到孙武府邸祝贺，并赠一份厚礼：多件良玉做的玉器、一块兽面纹大玉璧、一套玉带钩。还有一套玉制兵器：玉剑、玉斧、玉刀、玉盾、玉戈，共五件，件件精妙无比。一方玉卧羊和一套编钟是送给子蝶的。阖闾下令册封子考、子蝶爵位，他还接受了伍子胥的建言，认孙燕为干妹子，俄顷之间，孙燕成了公主，双重喜庆，孙武兄妹伏地稽首谢恩。

阖闾见到孙燕的时候，她正和一只虎纹斑斑的肥猫一起玩耍，花猫爬到了一棵树上，怎么唤它也不肯下来。孙燕抱住树干，三下四下攀爬上去，花猫眼看要被她抓住，便纵身一跳，又跃到另一棵树上，朝小燕子"喵呜喵呜"地叫着，故意逗她。孙燕气不过，从头上取下一件银簪子，向花猫射去。花猫突遭一击，从树上摔了下来，孙燕这才拍起手来。

孙武正在院子里陪着大王赏满园的秋菊，这是子蝶从子考院落中引种过来的。阖闾无意中见到了孙燕和大花猫嬉戏的这一幕，忍不住哈哈大笑，心想，伍子胥、孙武都说得不错，孙燕假若真的当了王后，还要爬上树去与花猫追逐，实在是不符身份！

珠岛的狂欢，均由三姐操办，那是最古老的庆贺方式，男女老幼，披头散发，脸上身上涂满各种花纹，头戴牛首或狰狞面具，手持盾牌、石制剑戟和石制的刀斧、农具，围着焚烤着一头野猪的篝火，跳着、蹦着、唱着。珍珠女则一首首唱着吴歌。一座小岛，盛载着前所未有的欢乐和热闹。

孙武和子蝶走遍了小岛的每个角落，岛上有几条清溪，流水淙淙，山坡长满苍松翠柏，葱郁中夹杂着红叶。岛上多的是野杜鹃，满山遍野的，竞相绽放，使得小岛绚丽多彩。一连几天，孙武品尝着闲适的乐趣。田狄和孙燕也来了，但他们都识趣地尽量不去干扰孙武夫妇，以让孙武和子蝶尽情享受新婚的甜蜜。

"要是没有战争多好，我可以一直这样过无忧无虑的舒心日子，我一个大将军能这样优哉游哉，那意味着天下真正太平无事了。"孙武忘情地说，这几天心中的舒畅是他多年来所未经历过的，他英俊的脸上带着兴奋的憧憬之情。

子蝶含泪而笑，她清楚，孙武的愿望是不可能实现的，他很快就会披上战衣远征，等着他的是戈矛林立、战车千乘和残酷的厮杀。她不理解，那么一个有着仁爱之心又温和敦厚的人，竟然是指挥千军万马，决战于疆场的大将军？难怪他热衷兵法而又明显厌战。孙武到底是怎样一个人，她有时也感到迷惑，但有一点是肯定的，他是个无可挑剔的好丈夫、好男人、好哥哥。

夫差从蔡国、唐国回来了，据他的观察，两国的军备不算弱，各有一万甲兵，将领尽职，也懂兵略，兵士年龄偏大，但都很有精神，看得出给养不错，军容也算整齐，并不是没有一点战斗力。唐成公和蔡昭侯以王侯之礼迎接夫差，礼数周至，情意殷勤，反而让夫差感到了局促。他见到公主蔡小娇，她美丽的笑靥和翩然的身影，让他想起了皿妃。

十九天后，夫差对蔡唐两国军备的观察以及和两国军方的会谈，录成竹简，奉孙武阅览。孙武阅后大为欣赏。夫差的几个负有特殊使命的随从，特别是田清，一回来就向大王报告，据他们所察，蔡国公主花容月貌，肤白如雪，头发黑亮柔顺，纯真无邪，是一个名不虚传的大美人，而且，出言温雅，举止端庄，要说缺点，就是体形稍纤瘦了些。阖闾听完后，不再犹豫，马上嘱被离起草回函，同意这门亲事，并下聘礼订婚，待攻下养城，抓住盖余、烛庸后他亲赴蔡国迎娶。

夫差知道父王要迎娶蔡国公主为继后，心情很复杂。当父王问他对蔡小娇的印象时，夫差脱口而出："公主像皿妃。"

"像皿妃？"

"是的，太像了。"

"看来皿妃和父王的缘分足够深，老天又将她送了回来。如果像皿妃，蔡小娇一定娇憨可喜。"

"是的。"

就在吴国的国君阖闾准备迎娶蔡国公主的时候，楚国公主季婉早已入住平阳埠中的太子宫。她很喜欢太子为她备下的这所宫室，特别喜欢那个大池子和那座水阁。她嫁到越国的时候，原来的一池荷花还未开过时，虽已经没有了最初的茂盛，但依然是莲叶田田。季婉几乎一有空便到水阁逗留，荡船采莲或采藕。有时下起雨，珠落玉盘，蛙鸣鼓噪，她坐在那红色的戈突船上，任它在雨中的碧波上慢慢游荡，感受着在庞大森严的楚宫所没有的生机和野趣。楚宫原来也有一个石栏围起来的水池，但接二连三有宫娥投池而死，楚平王觉得不吉利，便下令将水池填平。当时，季婉还很小，印象中母亲孟嬴坚决反对，平王便承诺她，在宫中另选一个地方，挖一个更大的池，可父王一直没有兑现此诺。十余年以后，父王突患急病，药石无救，临终前，还拉着母亲的手说："我欠你的水池，这辈子挖不了了。"

"大王，别这么想，我等着你挖呢，你好起来了，一定要替臣妾挖，好吗？"

楚平王苦笑，已无力说更多的话，十岁刚出头的季婉顿时感到一阵彻骨的凄

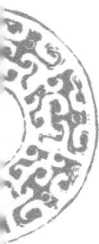

惶。人之将死，其言也善，楚平王拼足最后的力气说："让，让太子建回，回来。"说完便咽了气。

所以，季婉对这个大得足可称为湖的水池的喜欢，还含着母后的一份向往，和着父王临死前的未了心愿。在她的记忆中，父王十分威严，时常暴怒，晚年脾气尤烈，宫中每日都可听到他雷霆般的骂声。

父王对母后是极宠爱的，但母亲对父王的感情，其实很淡薄。母亲是父王从季婉同父异母的哥哥太子建手中夺过来的，为了她，国中曾闹了一场骨肉相残、株连大臣的大事。在旁人看来，这场灾难是由她而起的，她是祸水。可是，有谁知道当时她也是竭力抗争的，也是想阻止这种有违人伦、荒谬不堪的事发生的？但她的不从，根本无用，一切就这样发生了。孟嬴入继中宫以后，对此讳莫如深，严禁宫中议论这件事，也不许自己的儿女提及，这成了楚宫的一个秘密。秘密其实不秘，宫外的百姓、境外的诸侯，提起这件事，无不切齿，斥责楚平王的无道。平王为了秦国的公主，可说冒了天下之大不韪，身败名裂不说，还造就了一个伍子胥，埋下了差点亡国的祸种。

而季婉此时心中也不安宁，越国为了她的陪嫁，也正在酝酿着一场没有硝烟的内战。

季婉虽在越国待过不短的时间，但对上层的矛盾并不怎么知情。当了太子妃后，她才从各种迹象和获得的信息中得知，越国的元老、大将军石买和太子之间的分歧已不可调和，有一触即发的可能。季婉的嫁妆中有一批可装备千人的战车兵器，质地十分精良，是越国的武库中没有的。石买早就看中这批武器，他是大将军，武器理应归他调配，大王允常开始也是答应他的，但后来就模棱两可了，到最后，允常就食言了，反过来劝石买说："这是太子妃的陪嫁，让太子去处理吧，你就别争了，不就是几辆战车，一些兵器吗？多了不稀奇，少了不足惜，算了，我令制造司多打造些不就是了。"石买说："话不能这样说，太子不理军事，他要这些武器干什么用呢？他是不把我这个大将军放在眼里，偏跟我作对，明着是撕我的老面皮。"允常又劝儿子："把这些车辆兵器给了石买算了，省得他来缠住我，我实在消受不了。"勾践坚决地说："石买居心叵测，许多行藏颇费人猜疑，你要多防备点他，这批东西是公主的嫁妆，凭什么要给他？我要用来它来卫护太子宫。"谁都不愿相让，局面就僵持着。

这件事把石买气得暴跳如雷，同时又引起了他深深的警惕。勾践募兵千人，用这批武器装备成立了一支所谓的武卫军，由范蠡率领，未经廷议便委任他为武卫将军。范蠡在太子宫旁又辟出一个校场，天天操练，很快就练成一支精兵。石

买更难以忍受的是，允常又向勾践授了一半虎符，下谕规定，今后调兵遣将，必须两半虎符合并才能有效，这显然是对他的严重节制，变相地剥夺他的兵权，扩张了太子的权势。

此举大快人心，石买在朝多年，狂妄自大，目无群臣，积怨甚多，多有僭越。多年来，他渐渐跋扈难制，连国君都怕他几分，由着他专掌军务，兵马都在他手里。痛恨和妒忌他的人越来越多，现在见大王削了他的权，由太子来节制他，都感到很痛快。

石买和陶谷等人密议了几天，都认为形势到了十分严峻的地步。这是一场鱼死网破之争，现在有王后陶素在，只要允常健在，他们虽受到节制，不像以前那样可独擅其事，但允常还不至于对他们逼得太紧。太子的用心就不同了，他是要置石买他们于死地的。碍于允常从中调和，他暂时还不会撕破脸，不过，他在步步进逼，积蓄力量，一旦继承王位，王权在握，必然对他们下手。

于是，石买等人决定先下手为强，计划由陶谷带三千兵包围太子宫，捉拿太子，制服武卫军，并请求吴国派兵相助，石买再以大将军之名下令罢兵息战，开垒迎接吴军，围住王宫，胁迫允常废长立幼。

石买没有想到，他的一言一行都在勾践的掌控之中，石买企图篡权谋反，与吴国暗通款曲，卖国求荣，已是事实，无可置疑。石买身边的那个宠仆，其实是勾践安插的细作。自作聪明而居功自傲的石买什么都不避他，这样，他一切的动静皆在勾践的掌握之中。除这个宠仆之外，他的几处府邸及陶谷的府邸，都日夜有人监视，连王后的身边也安排了耳目。石买自以为得计，但他哪里会想到，他的举措、他的言谈都已被勾践打探得明明白白。他的致命伤不仅仅在于身旁的这个无声无息、老实巴交的宠仆，还在于他手下的那个闯下大祸，却又奇迹般被吴国赦免的谍人武锦清。

武锦清在被石买赋予他新的任务后，越想越不对劲，他是死里逃生的人，是范蠡设计保全了越国，也保全了他。当时全越国的人都几乎认为，武锦清就算有十颗脑袋，都要给阖闾斩掉，只有范蠡悄悄对他说，伍子胥、孙武会饶你一命的，因为吴国的首敌是楚国，对越国暂时会放一马，而且吴国要收买越国和天下的人心，所以，只要太子安然无恙，他就不会死。

事实证明范蠡的预测是正确的，他被吴国赦免了，并反过来要他为吴国收集情报，作为不杀他的代价。后面这一点，范蠡都没想到，他以为吴国只是为了口碑。当了双面谍后，特别是充当石买暗中联络吴国的秘密信使后，武锦清心里非常恐惧，惶惶不可终日。他是再生的人，深知活得安宁，能享受天伦之乐，就是

人生最好的境遇。当双面谍，最初是出于感恩，感念吴国不杀之恩，而且毒死了无辜的王后，也让他事后深感内疚，他想为吴国做些事作为补偿；为石买当与吴国的联络人，是感念回国后石买继续收留他，包容他。他以行医谋生，报酬很低，家口又多，生计比较艰难，石买常以金钱相赠，让他得以安居乐业。有此两层缘故，武锦清越陷越深。他一直想借机脱身出来，但总下不了决心，又抱着侥幸心理，对自己说，干了这一回，下次就不再干了。但他的"这一回"何其多，没完没了的。殊不知，他和石买所有的接触，也都落入了勾践眼线的眼中。

但范蠡和文种要勾践不急不躁，佯装糊涂，让他们继续频繁活动，以期抓住最有力的最直接的证据。像石买这样老谋深算、狡黠如狐的人，看不到过硬的确凿凭据。是绝不会承认自己的罪行的，他们也收不了网。

那天，石买的宠仆密告，武锦清明天将从石买家取走一封传递给吴国的极重要的帛书，并在近日内将帛书交给吴国的那个扮作商人的细作，送到吴国去。这封帛书用隐晦的语言写明，石买他们何日起事，请求吴国派一支劲旅，水陆并进，秘抵越国，夜围会稽城，射三支火箭为号，石买便打开城门，吴军入城至越王宫云云。

石买的这个宠仆是不认字的，帛书上的内容都是听石买跟陶谷说的，而且帛书是封在一个锦盒里的，锦盒上了铜锁，锁眼用蜡封死。这也就是说，武锦清是打不开锦盒的，也不一定知道帛书的内容。

会不会有诈？锦盒内如果不是这一内容，那不仅不足为证，还会打草惊蛇。石买的仆人没有看到这封帛书，看到了也没有用，他不识上面的字。但他提供了一个不可忽视的细节，石买取了那枚鸟纹的金印盖在帛书上，这说明，这封帛书非同一般。

"可以抓捕武锦清了，搜出锦盒，一切就明了了。不管是否是和吴国里应外合的约书，还是别的内容，至少证明石买和吴国暗通款曲，卖国求荣。"范蠡说。

"是，帛书是物证，武锦清和石府仆人是人证，铁证如山，石买和陶谷无可抵赖了。"文种说。

"就这样，抓住武锦清，连夜秘密审讯，一定要让他说实话。"勾践肃然地说，"范将军带五百武卫军到武宅对武锦清实施抓捕，不要惊扰街坊，不要敲门，可越院墙进去。"对武宅周围的环境和建筑的布局，三人都了然于胸。

到了晚上，范蠡骑上战马，后面跟随着十四单骑和十辆两马牵引的战车，上乘百名精兵，这些精兵个个都有擒拿的好功夫。他们趁夜色离开太子宫，向都城会稽进发。太子宫离都城并不太远，翻过几个山头便到。都城城门已关闭，范蠡取出关符，对守城门士兵说："我奉太子之命，入城有十万火急的公干，请验关符。"

守城士兵取来支明晃晃的火炬，细验了关符，果然是王室的关符，连忙开门放行。由在武宅前监视过的密探带路，他们很快到了武宅。范蠡立即作了部署，在房舍四角密布哨探，十几名精兵攀越院墙而入，拔门闩、顶木，将门打开，几十人一拥而入，神不知鬼不觉地包围了这幢很宽敞讲究的干栏式的房子。这种房子底部有粗木做柱脚，悬空而建，呈阁楼状，是越族所特有的，和津香住的吊脚楼有相似之处，所不同的是，越族的房子四周有一圈装有木栏的走廊，宽窄高低与房主的贫富相关。富户的房舍走廊很宽很高，并设廊檐，在上面可设案喝茶、下棋、聊天。武锦清的房舍就是这样一幢房子。

范蠡持剑蹑手蹑脚从走廊里摸过去，并排有六七间房，其中一间亮着灯光。范蠡到窗下一看，里面放满装有药陶罐和书简的木架。武锦清正坐在一张案几上翻看着书简。

范蠡轻轻地叩了下门，里面传出武锦清的声音："门开着，推进来就是了。"

范蠡推门而入，十几人走到武锦清面前，他还头也不抬地说："什么事？这么晚了，有话不能明天说吗？"显然，武锦清当他们是家人。

"武医师，别来无恙啊？"范蠡压低了声音说。

武锦清惊骇地抬起头来，一看到范蠡及他身后的甲士，再看到门外黑暗里影影绰绰不少人在晃动，脸色一下子变得十分苍白，浑身竟哆嗦起来。

"范大夫，你，你怎么来了？"

"武医师，别紧张，带上你的锦盒，跟我走一趟，尽量不要惊动你的家人。"

"什么锦盒？我不知道啊！"

"那我可以提醒你，是石买交给你的锦盒。你太健忘了吧？"

一听到"石买"两字，武锦清顿时瘫倒在地。

经过连夜审讯，武锦清供认了全部罪行，但正如范蠡所分析的，他对石买里通吴国，企图起兵突袭太子宫，拘押太子，除掉武卫军，并引入吴军以武力逼宫，强行让允常废长立幼的阴谋并不了解，他只是传送石买和吴国之间密件的联络人，是收集情报的双重谍人，既为吴国所聘，也为石买效力。他送出的情报，大多是公开的秘密，其中涉及越国的兵备、粮储、民生，豪强封山占地的状况，太子宫的建设，太子和石买的的明争暗斗，太子党的主要成员以及元老党的成员，等等。情报中提到范蠡、文种，说是大将之才，深受太子信任，太子的许多计谋出自他们，是强硬的抗吴派。提到楚国公主，说能与村姑同甘苦，尽力传授纺艺，淳谨

知礼。奇怪的是，情报居然说了石买、陶谷的坏话，说他们贪而狡，把持朝政，操纵大族，富可敌国，而且专门倾轧同僚，人缘极坏。这些情报都是从官员和贵族的议论、牢骚中及茶坊、酒楼及闾巷的议论中获取到的，也有不少在行医过程中，从有身份的官吏或贵人口中听说的，价值并不大。他替石买传出的信件共七件，但内容都不详。

锦盒里的帛书，的确是一封给吴国的约书，内容和石买的宠仆所说的完全吻合，文字晦涩，写道："石头将启运埤中，越勾脱落，长子重病，幼子甚健。明晚必至，水陆并济，火鸟飞天，洞门大开，药到病除，石头伫候。"帛书末尾，鲜红的鸟纹印赫然在目。

除了这件帛书，还有口头的传话，武锦清要告诉吴国的谍人说："家中一切已安排妥帖，尊长素来寡断，但族人相逼之下，他会把家产给小儿子的。请定期出发，迟恐不及。"

这已经够清楚了，铁证如山，石买图谋篡国，起兵反叛的诡计已暴露无遗。接下来是如何处置的问题。石买掌握兵权，在军中和朝内势力很大，党羽甚多，处置不妥，很有可能会引起极大的冲突，造成国家内乱。

勾践和范蠡、文种商议后，决定了几项举措：第一，立即禀报越王允常，让他知道真相，并由太子召集操行端直，对石买素来看不惯的将军，宣布石买的罪行，调动一切可以调动的军力，严密卫护王宫和太子宫。第二，派重兵包围石买、陶谷及其重要党羽的府第，趁其不备，一一捉拿下狱。第三，按刑律，诛杀石买等人，并诏示全国，在朝内军内肃清其势力。第四，废除王后，将其降为庶人，王后的家人一律重处，有爵位的统统褫夺，有官职的一律革除，家产则全部充公。当然，最后一条由大王裁断。

事不宜迟，勾践深夜进宫，称边境告急，把允常唤醒。陶素对石买的计划是略知一二的，天天期待事情成功，她的儿子被可立为太子。听说勾践夜半有急事找大王，她心里一慌，以为石买和哥哥的动作被勾践发觉，但允常告诉她，是因为吴越边境又起了冲突，她这才放下了心。

来到密室，允常才得知太子要禀告的，并非吴国挑起兵衅，而是石买密谋，准备借助吴国，公开叛乱，废长立幼。允常听了，大吃一惊，有些不太相信，说："石买平时是骄横了点，但还不至于卖国反叛吧？"他脸上的肌肉都抽搐了，头剧烈地晃动起来。

"事实俱在，这帛书足以说明他的罪孽。"勾践语气平静地说。

允常翻来覆去地看着那封帛书，咬牙作响，愤怒得难以自制了。

"我一向待他不薄，重爵厚禄，德望俱尊，一大半的朝政都交给他了，他还不以为足？唉！这个石买啊！"允常叹了口气说。

"什么德望俱尊？父王到下面去听听，就会知道他何德何望。此贼不除，国无宁日！"

"这帛书不会是有人作伪，诬赖他吧？"

"千真万确是真的，这鸟纹章就是石买和吴国约好的印信，而吴国给他的书信则盖兽纹章的印信，只要查抄石买的家，就能搜到吴国给他的密件，上面必盖着兽纹章，可和这帛书相互印证。这都是石买谋反的铁证，想作伪都作不出来的。"勾践说，"父王，请赶快作出裁处，下旨将石买、陶谷等人抓捕起来，时不宜迟，一旦等石买觉察到不妙，他会狗急跳墙的，他可是大将军，握有兵权，他若起兵闹事，一不做二不休，局面就很难收拾了！"

勾践的话，把允常说心惊胆战，心乱如麻，在勾践逼视下，他下定决心说："抓吧！不过，先下狱再说，不可妄杀一人，特别是石买、陶谷、灵姑浮，无论如何要保全他们的性命！你要替我把握好。"

于是，勾践立即出宫，回到太子宫。范蠡已集合好武卫军，几个将军也都率兵在太子宫外的校场集中，火炬照亮了夜空，料峭的风势中，甲士手中的刀戟闪着幽光。除了战马的嘶嘶的鼻息声，校场一片肃静。勾践一声令下，各路人马纷纷出动，一个时辰不到，石买、陶谷、灵姑浮等都在睡梦中束手就擒，被押赴死牢关押。范蠡亲率一批武卫军对石买的府邸进行了仔细的搜查，在那个宠仆的指引下，果然搜出了吴国给他的密件和其他密件，其中有一件的内容，是事成以后要铲除的朝廷命官、军内将领以及要任命的重要官衔大臣的名单，还有一件是以允常名义下发的废长立幼的诏书。

此外，还有不计其数的金银珠宝、珍品古玩，范蠡将这些财物全部造册封存，派兵驻守，任何人不能窥视。

甲士进入石买卧房内，面对满屋的甲士，石买不慌不忙地穿好衣服，对闻声而来的一群哭丧着脸的妻妾说："你们别怕，我去去就回！"

见范蠡缴了他的虎符，石买说："你不能碰它，这是大王授予我的，只有大王才能收回去。你一个太子手下的门客，有何权利取我的虎符，奉谁的命拘我？"

"石买，你死到临头，别装模作样了，还是先想想你的下场，在任何国家，谋反篡国都是死罪，你大概也是这么一个下场！"范蠡冷笑着说。

"我石买为保越国宗祀出生入死，打过无数的仗，说我谋反篡国，是血口喷人！"石买傲慢地说，"你们诬陷我谋反篡国，你们有证据吗？你们无异于疯狗咬

人！我告诉你，范先生，你去把太子叫来，我要问问他，我是看着他长大的，大王立他为太子，也是我向大王上的奏，他为何要和我过不去？我要他当面对我说个明白，要是不明不白地咬上我石买，把我拘了，我的部下明天知道了，真的会起兵造反的。到时候，惹出大祸，你们担待得了吗？所以，你请太子露面，我要和他谈谈。我知道，太子就在不远的地方，那就让他赏个脸吧，否则，我哪儿都不去！"

范蠡看出石买故意在胡搅蛮缠，拖延时间，期望有人来救他，他的宠仆这会儿不见了，石买准以为他去哪儿通风报信，喊救兵了。范蠡向几个甲士示意了一下，几个甲士上来，架了他就走。门口，早有一辆带篷的马车停在那里。石买是武艺高强、臂力过人的将军，为防止他反抗逃跑，甲士把他结结实实捆绑起来，往车里一掷。

抓捕陶谷的时候，他气急败坏地喊："你们肯定抓错人了，我可是陶谷，当今王后的哥哥。"

"不错，你就是陶将军？"领队的武卫军将领和陶谷不熟，陶谷也不认识他，所以他这么问。

"是啊，是啊！我正是陶谷。"

"那对上号了，我们奉命拘捕你，走吧！"武卫军将领冷冷地说。

陶谷跨前一步，欲取挂在墙上的剑，几个甲士拥上去，几下就把他制服了。

只有灵姑浮毫无反应，乖乖地跟了就走。他的妻子，就是石买的女儿叶萝，在临走前，很镇静地对他说："我料到这一天早晚要来，好在我们都没有参与他们什么事。我知道你感到委屈，谁叫你是石买的女婿呢？嫌疑是难免的，借这个机会可以向大王、太子说清楚，有什么说什么，只要我们没有昧着良心做坏事，没什么怕的！大王、太子会明鉴的。"

第二天，消息不胫而走。一夜之间，发生了这番惊天动地的大事。石买一伙，劣迹累累，大族豪强以他们为后台，逞威作福，扰民欺民，直接或间接吃过他们苦头的人不计其数，正人君子，无不痛恨。因此，听说石买等人被抓后，百姓和军中的兵士无不欢欣鼓舞，店家纷纷张灯结彩，好像逢年过节似的，行人的脸上都露着喜气。

早朝的气氛也与平时不同，紧张中夹杂着兴奋，肃静中交织着激动。勾践出示了石买里通吴国，企图里应外合，起兵包围太子宫、王宫，诛杀太子，胁迫大王废长立幼的证据。勾践还说石买准备在朝内军内大开杀戒，把不顺着他或对他的恶行有非议的大臣和将领一网打尽，换上他的爪牙，并出示了其他证据。

群臣听了，愤慨异常，众口一词主张依照律法，从重处置。对石买等人的处置，勾践和范蠡、文种商议过。商量下来，石买、陶谷、武锦清斩首，灵姑浮口碑较好，查清他所犯罪行情节后再作处理。勾践主张连坐灭族，斩草除根。范蠡主张对他们的家人从宽处理，他表示，律法应废除"收孥相坐"之律，他说："一人犯罪一人当，何以要层层株连，使无辜的父母、妻儿、兄弟甚至奴仆同坐？这太残忍了。法者，治之正也，就不该伤及无辜，当然也不该宽恕罪恶，滥法酷刑反害于民，不是正法。越国图强，要聚人心，在对石买等人处置上，体现宽严，令天下人感到大王和太子的仁爱之心，会大获人心。"

勾践还是没有被范蠡说服，他的理由是，不这样处置，不足以平愤。治国治军务必纲纪严明，不能有妇人之仁。石买等人是越国许多为富不仁者的后台，这股势力不剪除，越国革新寸步难行，所以，不对他们处以抄家灭族的重刑，不足以镇服恶霸势力。

范蠡没有再坚持，他知道勾践有时固执起来是很难再改变心意的。对于勾践的处置方案，允常想了又想，叹口气说："灭族就算了吧，石买妻妾成群，她们何罪之有？还有许多少不更事的孩子，他们又有什么错？我们就放了他们吧！"

勾践还是痛切陈词，主张连坐灭族。在廷议中，两种意见针锋相对，皓进主张赦免家属；曳庸反而为石买说情，主张不杀，革除爵禄，降为庶人；扶同则附议太子的方案。

"法不容情，这样大逆不道的罪行，如予赦免，天理何在？国法何存？"扶同是质直大夫，法司归他管，他这么说道。

经过法司审讯，石买、陶谷谋反罪成立，灵姑浮罪名不成立，无罪释放，爵禄保留不变。在处决石买、陶谷前，太子妃季婉出来发话了，她对勾践说："范先生说得对，父王也说得对，该宽恕的地方我们就要宽恕，该赦免的人就赦免。我的父亲太残暴，给楚国带来了无穷的祸害，否则，就不会有伍子胥、伯嚭亲吴国而仇楚国的事了，也不会有孙武奔吴了，这都是株连的结果。我希望你继位后，要当明君、仁君，而不要当暴君。"

季婉的话打动了勾践，石买、陶谷的家人得到了赦免。有少数人感到遗憾，但大部分人叫好。王后陶素天天哭闹，要允常饶了哥哥，说哥哥是受了石买蒙蔽、胁迫。

允常火了，厉声对陶素说："这件事你脱不了干系，不追究你责任，是看了我的面子。按照律法，你要被贬为庶民，逐出王宫。"

陶素一惊，只嘤嘤低哭，不敢再闹了。不久，石买、陶谷、武锦清在刑场引颈就戮，身首异处。那个吴国的谍人当然没有再到武锦清的药所去，武锦清就刑时，他在人堆里看得清清楚楚。

　　他回到吴国，把所见所闻禀报伯嚭，伯嚭转告伍子胥，伍子胥惋惜地说："石买若成功，越国实际上就归于吴国了，吴国也不必有后院之忧了。现在，勾践得逞，重用范蠡、文种，吴国有麻烦了！"

一剑封喉
YI JIAN FENG HOU

第 十 七 章

这一年初冬。吴国的都城正式迁移到五湖边上的新都吴都。

新都建成，国力不仅没有伤了元气，反而比前几年更强盛，而且，还同时建造了那么多兵舰，那么多兵器，练就了步兵、车骑、水师三支劲旅。吴国在短短的十余年里，从一个国力一般的二流国家变成了欣欣向荣的一流国家，各诸侯国无不称奇。

伍子胥建了不世之勋，孙武也立下了奇功。伯嚭、被离等亦功不可没。

这次迁都，受吴国邀请，各国都派了品级很高的专使前来祝贺。蔡昭侯是吴国君室的姻亲，带了厚礼，和唐成公再度来到吴国。半年不到，原来虽已基本完工，但略显杂乱，如今的新都，已光彩夺目，洁净壮丽，而且，通往新都的大道，已变得宽阔平坦。

楚国和越国也派来了专使，越国是行人大夫曳庸，楚国是大夫文种。文种虽长驻越国，这次却是以楚国专使的身份和曳庸一同来的，他们一看吴都的规模和气派，都为之一震。

在这之前，楚国为遣使往吴之事作过商议，拒绝了吴国遣返盖余、烛庸的要求。双方的猜忌越来越深，两国关系更为紧张，这种情况下，再派使臣上门祝贺，是很尴尬的。但太后孟嬴和楚昭王一心想化敌为友，不管吴国有没有邀请，都要遣使祝贺。礼多人不怪，吴国不至于不顾惯例，让楚使吃上闭门羹。如果这样做，也太失仪了！

那么，派谁去吴国呢？这倒是让太后和楚昭王很为难，因为这是件极费斟酌的事。依楚昭王的想法，恨不得自己亲自走一趟，也许会使得几十年的两国恩怨一朝化解。

"大王万万不能赴吴，不仅是路途遥远，而且，伍子胥虎视眈眈，先王不在

了，正寻思要找大王报仇，所谓父债子还。上次犬子囊丹面见伍员时，他峻拒和解时就这么说的。所以，大王到吴国去是很危险的，即便安全，也是有失国家的体面！"令尹囊瓦坚决反对说。

"那么，只好托付令尹赴吴国了。"太后说。

囊瓦心存怯意，但不好表现出自己害怕，便托词说："臣愿意冒险入吴，哪怕是虎穴，我都义无反顾。不过，据谍报，吴王子终累在边境日夜操练，有进犯之势，我须调遣军马布防，敌军压境，我怎么走得开呢？"所谓谍报，是没有的事，终累正忙着斗鸡，军马也难得操练一次了。孙武对楚国自有特定的计划，他的计划中，并没有动用终累的镇关部队参与作战的安排。终累进犯楚境，根本不可能。

"那怎么办呢？堂堂的楚国，就派不出一个大臣出使吴国吗？我不相信。"楚昭王不悦地说。

"臣倒想到了一个人，他去最合适。"囊瓦灵机一动说。

"谁？"

"大夫文种。"

"文种不是在越国吗？"

"可他还是楚国的大夫，大王只要派人向他传宣，任命他为楚国贺吴国迁都使臣，他就可名正言顺赴吴都了。而且，从越入吴，还来得方便些，乘船经五湖可直抵吴都。"

太后想了想说："这主意不错。文种当过楚国的行人大夫，虽长驻越国，但楚国的官职并未免。文种多谋果敢，处事灵活，很善周旋，就让他去吧！"

对于各国的使者，吴国盛情接待，所有来宾都被安排入住新落成的西苑宾馆。对文种代表楚国表示祝贺之意，伍子胥有些冷淡，但仍然以礼相待。文种口才极好，又沉着冷静，不慌不忙地说："今日赴吴，一睹之下，盛运之景处处皆见，国泰民安，物力丰盈，甲兵精锐，可喜可贺！"

"吴国之强，恐怕非楚国所乐见。"伍子胥脸无表情地说。

"大夫此言是对楚国误会了。据我所知，太后和昭王都诚心诚意要和邻邦修好，尤其希望和吴国抛弃前嫌，化敌为友。一个强盛的吴国，对楚国有利无弊。两利相权，取其重；两害相权，取其轻。修好无疑于两国相利，所以值得两国取之。"

"既然希望和吴国修好，为何不肯把盖余、烛庸遣返给吴国？"伍子胥反问道，"这件事，对吴国而言，是非常重要的，楚国的态度是两利相权呢，还是两害相权？"

"大夫言之有理，大夫如认为盖余、烛庸的事是两国症结所在，那么，事情就简单多了。我一定据实向昭王转奏，请大王取其重，将盖余、烛庸遣返吴国，从此楚吴阴霾得开，永无战事。"文种说，"伍大夫以为如何？"

"可惜晚了！楚国拒绝吴国的表状早已送到了！"伍子胥慨然地说，"两害相权，取其轻，对楚国这种敌视吴国又言谈修好的态度，吴国不屑一顾，既不相信也不会重视。"

文种轻轻一笑，不再说下去。他心里雪亮雪亮的，吴楚之间，纠结已固不可解，绝不是将盖余、烛庸遣返吴国，就可化干戈为玉帛。阖闾、伍子胥决不会那么简单、轻松了断两国的恩怨。除却一战，没有"取其轻"的善策了。不过，作为吴国的客人，他不好明说，也不必明说，因为，吴国这几年苦苦追求的，包括迁都至五湖之畔，都是为了对付楚国和越国，这已是不言而喻的，期望和吴国化敌为友是年幼的昭王和善良而命运曲折的太后的一厢情愿，幼稚得可笑！

来宾见到吴都，震惊之余，也颇有微词。有的说是过于奢华，这么大的工程，大工大役，要役使多少民力？何处不是用吴地百姓的血汗和民脂筑构？吴国的国力虽有起色，毕竟还未到可大肆挥霍的地步，许多工程的精美和豪阔，都是为了满足虚荣，是打肿脸充胖子。有的人说是违制，也就是违反周制。周礼对诸侯国的都城及宫室的规模都有明确的规定，小的诸侯国方圆三五里，大一点的五六里，最大的不能超过九里。因为周王城只有方圆九里，有九门，诸侯国的都城超周王城范围就是僭越违制。也有人驳斥这种批评，眼下诸侯国中的大国和较大的国家的都城有几个不违制僭越的？鲁国都城周长二十六里，齐国都城临淄周长四十八里，楚国都城郢都四十六里，周礼对诸侯国都城的规定早已冲破，因而，对吴都的规模没有必要横加指责。

吴都作为都城，在诸侯各国中确可称得上是个大城池，能和楚国的郢都媲美，在东南一隅已是名副其实的第一大都市。它周围的风物和景致，更是别具一格。

泱泱五湖就在眼前，它不是海，但和海一样宽广、辽阔，大多数时间，它是驯服的、优雅的，它的壮美是无与伦比的。

吴都里的人都能感受到它深广的呼吸和活力。它也有发怒的时候，那一刻，它狂舞乱吼，把天生丽质藏了起来，仿佛要把吴都吞没。但吴民都不害怕，大家感觉到这是它柔和中的一种悍性。五湖湖面的氤氲里，千帆竞发，群岛点点。咫尺之距的夫椒山林木葱郁，云山掩映下，甲帐旌旗，战舰林立，气势逼人。

在吴都的周围，青山峭拔，林莽葱茏，水网阡陌，满眼是稻田、桑树、村舍，而在这一片清朗的景物中，遍布着密密的战垒，特别是沿五湖的山脊上，用石块

构筑起一道长长的墙，长达八九里，可谓吴国的长城。

吴都有二城，称为外城、内城，内城也可称为子城。内城内又分东城、西城，还另有一个瓮城。

外城正方形，周长四十七里，有护城河环绕，城墙坚实、高大。城墙宽达二丈六尺，高四丈七尺。辟有陆地城门八个，其中两个有城楼，八门象征天宇的八面来风，水城门亦八个，象征土地的四通八达。内城周长十二里，同样筑有城墙，城墙厚二丈七尺，比外城墙还要厚，高四丈七尺，与外城墙相同，并辟三个城门，都建有城楼，这三个城门之外，还建有两个水门，有水渠沟通护城河，其中一个水门上建有城楼，内城还另辟一扇侧门，用以运送日常生活所需的物资，俗称柴路。内城北面、西面、南面均开门，唯东面不开，表示绝越，也就是和越国势不两立。

这些城门的朝向，都是由阖闾和伍子胥仔细相看了风水吉凶后设计的，寓意极深。伍子胥精通《易经》，对此比较注重，被离对风水星相更有研究。从最初城址的选择，到每一个城门的开辟，再到每一幢宫室、建筑的定位朝向，事无巨细，阖闾和伍子胥都要问他。

吴都地势占得极好，雄踞五湖北岸，西通楚吴边境，南通越国，北连延陵、云阳，扼水陆交通要冲，倚山近水，进可攻退可守。面向烟波浩渺的湖面，有两条人工挖掘的宽阔的河道迤逦而来，与南护城河相通，直接和五湖夫椒山的船宫相衔。战船包括王舟和将舟都能从这东西两条河道由五湖进入城边停泊，伍子胥命这两条河为间江，以喻吴国的国君阖闾从这里通向霸业之路。间江宽十丈，分南西两条汇入五湖，它不仅是都城通往外界的一条要道，而且也是漕引江湖，通往中原的一条水路。

外城内有平坦的街衢、广场、集市、商铺和鳞次栉比的民房。贵族则居住在东城区域内，有岗壕相隔，形成一个相对独立的城区。这个城区内遍植大树，有温柔恬静的渠水，渠水经水城门和护城河相通，小型的货船、画舫可经渠水航行到护城河，再经间江通往五湖。因此，几乎每个宅邸都有小码头、揽船石柱，这给贵族的豪奢生活带来很大的便利。

真正的内城其实是宫城，它是吴都的中心，也可说是吴国的中心。在内城里，建有一系列宫室，主殿高大巍峨，拾九级石阶而上，便是石栏相围石板铺成的平台，平台后面是大殿，大殿为重檐四坡顶，面阔九间，进深五间，这是吴国的大殿。大殿两侧配以同样四坡顶、面阔五间的配殿；两侧城墙转角处各有一望楼。

大殿为"三朝"中的"治朝"，是君主治理朝政最为重要的场所。大殿左侧为先贤祠，即祖庙。按周制，宗庙分五庙和七庙。周王七庙，诸侯五庙。阖闾属诸侯，应置五庙。此外，还有后寝殿、西苑、社稷台即点将台等建筑，在王宫宫门前有一片占地甚广的演兵场。

整个宫城方正、规整，屋宇壮丽恢弘，错落相望，既体现了一个大国、强国的风范和王者之气，又处处从防御及安全着想。王宫由三重城墙围成，每道城墙上都由重兵把守，外加护城河，固若金汤。

城邑是建国之本，新都落成，八方来客前来祝贺，冠盖云集，其盛况是吴国建国以来从未有过的。从来宾惊奇和赞赏的表情中，阖闾得到了极大的满足。

因为战争频发，许多国家的都城虽然繁华，但多少有些混乱、浮躁的气氛。但吴都没有，它给大家的感觉是江南的气韵，平静而秀美，还有就是处处崭新，满城生辉，一片锦绣掩盖了这个古国漫长历史中的痕迹和沧桑。

许多国家的使臣都带来了厚礼，连楚国都送来了铜十万斤。楚盛产铜，吴楚边境即吴国的西北端的山陵中有丰富的铜矿，故被称为铜陵。这里是吴头楚尾，吴楚两国在几百年中，发生过无数次边界战争，触发的原因以争夺桑田和铜矿居多。对两国来说，桑叶涉及经济民生，铜矿涉及战略军备，都是极其重要的资源。这片产铜的山陵中，有座不起眼的小山包，山下有个山洞，是一个采铜之处，当地人管这里叫"金牛洞"。几经争夺，金牛洞现被吴国所控制。

当时采铜的技术已很成熟，人们利用金属和石头的不同膨胀力，采取先用火炙烤，然后用水冷激的方法进行开采。自青铜器问世以来，铜成为礼器、兵器及其他器具的主要材料，这片沉寂的山林，便终年硝烟弥漫，锤石之声不息，役工栖身的棚子在山野间连绵不断。楚国赠铜十万斤，装满了十号大贡船，这是极友好的举动。越国则送来了十万匹细麻布，也是表示臣服的进贡。

尽管伍子胥一再对阖闾说，楚越，尤其是楚国这样做，是心怀叵测，应该坚拒，原货退回，但阖闾还是收了下来。

"不管人家是怎么想的，毕竟是贺喜的仪物，退回去有点太莽撞了，再说，是人家自愿送来的，不拿白不拿。"阖闾说。对于楚国能以如此重的仪物相赠，阖闾心里是很得意的，楚国历来不把吴国放在眼里，现在能有这样恭敬的表示，是历代吴王从未碰到过的，这说明吴国已不是过去的吴国了，今日的吴国已强大得连楚国也不得不主动前来讨好了，这让阖闾的内心忍不住感到沾沾自喜。见大王不肯退，伍子胥也只能作罢。

文种和曳庸只待了一天，上午到达，见过伍子胥，下午在大殿和各国使节一起拜见阖闾。蔡昭侯代表各国宣读贺颂词，阖闾作答谢词，对各国深表谢意，他

说："吴国都城由梅里迁移至五湖边，毋庸讳言，这是因为梅里四野平旷，不是顿兵之地。而现在的吴都依山据湖，易守难攻，为战略要冲之地。这是出于自保而迫不得已之举，并非我阖闾贪图阔气，穷奢极欲。不过，和为贵，和为重，吴国练兵也好，迁都也好，都不是冲着别人来的。吴国愿像今日一样，国家无论大小、强弱，都能像一家人般坐在一起，有话好好说，有难大家帮，永免刀兵血光之灾。"

这些话文种和曳庸是不相信的。他们相互对视了一下，眼神是意味深长的。阖闾这些拉高调门，倡言和平，宣布不战的话，其实都是假惺惺的空话浮言，欺人之谈！但从中原远道而来的一些国家的使臣却深信不疑，这和季札去年巡游历国、一路宣教是分不开的，他们难得到东南水乡泽国来一趟，此处风光秀丽，放眼望去，人心安定，社会祥和，没有丝毫的乱相，便愿相信这样的国家不太可能随意挑起兵衅。

文种和曳庸在傍晚将贺礼的清单交给了吴国官吏，交代贡船的押运官监督好仪物的卸装清点，交接完毕，立即返航。伯嚭和钟周到五湖边的码头相送。他们是老熟人了，谈话比较随意。

"何必匆匆如此！今晚大王将在大殿设宴款待各位，还将举乐，两位何不多住几日，容我们尽一点地主之谊，陪同各处看看。"钟周热情地说，"我年事已高，到年底就要回归田园，一起宽坐叙话的机会不多了。不管国家之间的关系如何，我们的交谊总是改变不了的。"

"无官一身轻，钟大夫能得以退隐，过上清闲日子，倒不失为是件好事！我国中有事，不敢久留，就此告辞了，我们后会有期。"文种说完，一揖到地。

"既然两位有公务，我们就不勉强了。多事之秋，望两位珍重。"伯嚭顾左右而言，附到文种耳边，说，"石买到底是怎么回事？真是知人知面不知心啊！身居中枢，三朝元老，居然要谋反？"

"大夫别装糊涂了，你对此事的来龙去脉，恐怕比我们还要清楚。武锦清的供状我都看过，他的医术是很高明的，死里逃生后更有进境，可说能化腐朽为神奇。可他这个人，实在幼稚得像十岁童子，本来可以置身事外，偏又要卷到是非堆里，捡回来的一条命最后还是丢掉了。"文种双眼灼灼地看着伯嚭，"我借用伍子胥一句话，剪除石买，恐怕不是贵国所乐见的。算了，不提他吧！"

"我也是奉命办事，各为其主，绝不是我故意弄出来的玄虚。"伯嚭说，"国家之间不信任，你我做臣子的也有苦处。从私交来说，我们什么都好商量。可一牵涉到国事，有时不知不觉就趟上了浑水，避都避不掉。我为了武锦清和那两个宫女，受到了严重的牵连，要不是伍员从中解释，我今日可能见不到两位了，这绝非危言耸听。还是钟大夫好，可以过上闲散的日子，远离风口浪尖！"

"这还不容易，辞官隐居便可以了。只恐伯嚭大夫炙手可热，不愿放弃荣华富贵。"钟周说。

"没有那么容易，我是身不由己，骑虎难下。再说，我受平王迫害，亡命吴国，是伍员和大王拉了我一把。知遇之恩，我岂能忘？饮水思源，与大王共图大业，正合乎做人为臣的忠义之道。"伯嚭振振有词地说。

"好了，看来我们都得在风口浪尖闯下去！伯嚭兄说得对，人总是要遵天命，尽人事，你我各为其主，今后如有不测之变，我可能要有求于大夫，那时还得请大夫多照应。"

"这好说，只要不侵犯国家之利，不违王命，我当效力！"

他们分手后，文种和曳庸并没有解缆即航，而是在船上待了一段时间。他们泊船码头附近的驰道上，见到一辆辆战车列队而过，车里的甲士都穿着簇新的盔甲，手擎雪亮的刀剑，接着是鞍辔鲜明的骑兵，还有一队队步兵，个个神情严肃，军容极壮。而队伍前进的方向，是楚吴边境，有几十号满载粮草的大型战船也向楚国方向驰去。

凭文种的直觉，这绝不是演练，演练要大张旗鼓，而且会邀请各国使节观看，是炫耀武力的好机会。听礼宾官说，本来是有这样的安排的，但后来又不明原因地被取消了。为何要这么低调地调动这么多兵马？而且，码头上岗哨密布，禁止货物装卸作业，也禁止人们在岸上通行，但允许在一旁驻足观望，只是不许大声喧哗。

"曳庸大夫，大事不妙，楚国和吴国边境又要打起来了！"文种神色凝重地说，"今天朝堂上，在吴国的大臣中，你看到大将军孙武了吗？"

"没注意，好像没看到。"

"这就对了，还有几员将军好像也没有见到。王子夫差是孙武一手培养起来的悍将，这么重要的仪式，也不见他的人影。只有一个解释，他们都在军中，此刻可能都在征途上了。下午在大殿，阖闾说得比唱的还要漂亮，这都是掩人耳目的谎言，实际上，吴国的劲旅已直指楚关了。"

"不会是楚国军队在边境惹出事来了吧？难道又是为了争夺铜矿和桑田？"

"不太可能，边境冲突不会调遣这么大阵容的兵马，况且，王子终累在镇守边境，那里的兵力足可对付小规模的兵衅。这肯定是攻打养城，前一时期，吴国以极强硬的口气要求遣返盖余、烛庸，被囊瓦拒绝了。吴国早料到楚国会是这么一

个态度，因而在发表状给楚国的同时，早部署好了军事行动。"

"楚吴边境平静了几年，到底还是又起烽火了，这下坏了，越国又有大麻烦了！"曳庸顿足说道，懊恼万状，"越国该怎么办呢？"

"楚吴越三国，从来都是牵一发而动全身。该来的避都避不掉，走吧，我们该启程了。"文种说完，吩咐船老大升帆解缆，以最快的速度向越国驶去。

文种的分析是对的。孙武果真是选择了迁移都城、各国使节云集吴都这一天，在一片喜庆的气氛中祭旗出师，踏上攻克养城的征程。

正如文种所言，吴王对策动吴国向楚国进兵，早有布置。孙武和伍子胥对这次行动的所有细节，都一再进行过磋商。阖闾的想法是，全军三万精兵，分水陆两途，分头并进。但孙武的计议是，主要走陆路，兵船只输送粮草。右将军夫差率领一万兵马为先锋，负责主攻。夫概、钮宣义各再率领一万兵马。为何不走水路？孙武主要是想出其不意，因为吴国水师的威名已远播各国，楚国针对吴国的舟战已有所防备，并引进范蠡发明的戈突兵船，一口气赶造了几百号，装备了一支水师。因而，孙武放弃水路进攻，让楚国的戈突船无用武之地。另外，养城周围没有大的水面，有的只是河面不宽的一段淮河和几个小湖泊，因而，出动大中型兵船没有必要。还有一个重要原因是，冬天已来临，即将大寒，可能还会降大雪，港汉冰封，不利于舟舰航行，不如动用精锐车骑步卒，更为稳健、机动。冬季有诸多不便之处，一般都不出兵，楚国的将领都认为不太可能会发生大的战事，因此，在兵备上出现了懈怠和松弛。孙武正是利用楚国将领，包括令尹囊瓦和大将军沈尹戌的麻痹心态，将不利于进攻的冬季变成有利的作战时节。

从吴国到楚国国都有一千多里路，楚国位于汉水流域，占长江中游南北各一部分疆土，境内有长江天堑，都城郢都就临汉水而建。养城居于淮河之北，是一座只有千户人家的小城。楚国在长江南部和吴国交界处，有两座边城，夷城和潜城。这一路上的地形复杂异常，山道多于平地，随行的除粮草船外，还有几艘桥船，供大军渡河之用。这支队伍，均是孙武在夫椒招募而来的，是经过严格训练的新编军队，原来的旧军集中在楚吴边境。吴越边界，则安排约有六七千兵。另有两千精兵驻守都城。

秋高气爽，夫差骑在一匹白色的战马上，率领车骑步卒近一万人，沿五湖北岸山脉的山道，昼夜急驰，向西面的楚吴边境进逼，声势很大。夫概所率的一支部队和先头部队保持四五里路间距，断后的钮宣义部则到淮河边待命。

到晚上，阖闾在大殿举行盛筵，以美食和要离酒招待各国使臣时，孙武大军的先锋已驰出近百里路。可大殿内的各国使节对吴国的这次军事行动依然毫不知情，吴国除了阖闾和伍子胥、伯嚭外，其余大臣也都蒙在鼓里。伯嚭还是进入殿内筵席未正式开始时，听伍子胥悄然与他说了几句才明白。伯嚭一听，惊得两眼圆睁，急急将伍子胥拉到大殿的僻处，问道："到底怎么回事？怎么这么突然就出兵了？"

"这是孙武选定的日期，他就是要杀楚国一个措手不及。"

"文种、曳庸连晚宴都没有出席，就急着赶回去了，他不会听到风声了吧？"

"不会的，连你都刚知道，他从何得到风声？"伍子胥扫了一眼济济一堂的大殿，"这么多人，主客俱在，除大王你、我之外，再也无人知晓了。当明天孙武出现在楚国边境，楚人会以为是从天而降的天兵天将！"

"这么大的事，你们总得让我有所知啊！下午我和钟周送文种、曳庸上船前，还对他们拍胸脯呢！"

"你对他们说什么了？"

"也没说什么，反正就是大王下午说的，和邻国要修好，不能再兵戎相见，荼毒生民。"

"这样说并没有错啊！大王也故意这样说的，让楚国、越国先吃颗定心丸，再发兵攻下养城。他们可能会说，我们说的是一套，做的又是一套，但别忘了，我们是先发了表状给楚国的，请他们遣返那两个余孽，但他们拒绝了，我们被迫而为，不得不发兵追索，这叫先礼后兵。我告诉你，这只是牛刀小试，还算不上真正的伐楚，就算是一次演练吧！"

筵席开始不久，一大队宫廷乐舞伎人走进了大殿中央，开始翩翩起舞。阖闾继位后，不喜奢华，所以将乐工舞伎解散了，后在伯嚭力主下，才恢复了乐工，但朝堂上基本不举乐。伍子胥和乐范大婚，公主非要举乐，才不得不调动了乐队。子蝶的秦汉子乐团和吴歌队，是隶属军队的，和宫廷乐队没有关系。舞蹈跳得很优美，雄壮的雍之乐伴奏着，有歌者在吟唱：有来雍雍，至止肃肃。相维辟公，天子穆穆。于荐广牡，相予肆祀。

上百人目不转睛地看着舞蹈，如痴如醉，连坐在阖闾一旁的季札也轻声哼唱着，他只有在巡游中原国家时才能欣赏到礼乐，平日在延陵，除了鸟鸣外，就是风声、雨声。这次，侄子阖闾再度亲临延陵，邀他出席迁都仪式。

他到吴都一看，一派泱泱大都的气派，心中不免欣喜，但他表面上不便露出来，只是一手扶住侄子的肩，一手拉着他的手臂，神态之间，亲热而郑重，久久不语。他真心地感到扬眉吐气，阖闾看懂了这位德名远扬，已是望七之年的叔父的心思。

"四叔,这新都造得怎样?有不足的地方,尽管指出来,事关社稷宗庙,我的责任很重,不能让人笑话!"阖闾说。

"好,太好了,不过,筑城以卫君,造郭以守民,建如此大的都城,难免劳民伤财,以后还是要让国家和百姓得到休养,内修仁德,清素节约,外结和约,遵行天道纲常,国家才能长治久安,百姓才能安居乐业,这才是仁德之治。"季札又开始大发议论了,阖闾不免有些厌烦,但他还是装出洗耳恭听的样子,频频地点头。他发现四叔到底老了,雪白的胡须垂胸,脊背微曲,但精力还算可以,讲话像朗诵似的。

"四叔是天下闻名的贤人,道德学问高不可攀,侄儿一定会牢记四叔的教诲,把吴国治理得更强盛。吴国不好战,但也不惧战。讲礼治的国家越来越少,诉诸武力的国家越来越多,就像楚国,疆土已经很大了,拥有长江、汉水、淮河这样的河川,还不以为足,觊觎吴国的国土。吴国决不会像一只羊羔那样,受强楚的吞噬的,我们会以牙还牙,以血还血,现在,我们的子弟非常勇敢,全民皆兵!"阖闾慷慨激昂地说,"我要驱驰万乘兵车,纵横于大国之间,将那些不义无道的国家剪除!"

"德不孤,必有邻,武备是需要的,抵抗侵犯者也是应该的,但万万不能因此而穷兵黩武!和为贵啊!"季札刚说完"和为贵"三字,一阵寒风吹来,他忍不住打了个寒战。

阖闾摸了摸季札的衣服,怜惜地说:"四叔,你穿得太单薄了,而且衣服也很老旧了,等会我置几套寒衣给你。四叔道德至高,四海敬仰,还得继续游说诸侯,传布吴祖太伯的圣贤之道,以济天下。四叔不仅仅是吴国的大贤,而且是天下人的大贤,可要保重身体啊!"

"哪里,哪里!大贤之称,我当之有愧,鲁国的孔丘才是真正的大贤,高山仰止,众望所归,我有生之年,真想和他一晤,向他讨教学问。"季札悠然神往地说着,忽然,又被一阵冷风呛住,猛咳起来。

"好,到开春气候转暖的时候,我派人送你去鲁国,乘我的王舟去,那可是艨艟巨舰啊!"

"不必那么豪奢,且那是王舟,我不敢僭越。"

这是叔侄之间最后一次比较平和的谈话。此后他们之间发生了激烈争吵,季札一气之下,深夜回到延陵,后来听说盖余、烛庸被杀,他痛哭了一场,决定和阖闾断绝来往。他在城四周挖掘一条护城河,以水围住宅邸,使之成为一个孤岛,以此表示和阖闾相隔。人称这个孤城为淹城。未料,河道挖好不久,季札便一病不起，阖闾以王侯之礼厚葬季札于云阳。

大殿歌舞场中，季札看着看着，脸色渐渐变了，他注意到跳舞的人是八排，每排八人，合起来六十四人，每行八人作一佾，这是八佾舞。而按周礼，八佾舞只有天子才能享用，诸侯只能享用六佾舞，即每行六人的舞，贵族只能享用四佾舞。庶民再有钱也是绝对不能举乐的，只许自娱自乐，鼓瑟而歌，舞之蹈之。

阖闾一向自诩节俭，不喜奢侈，即使礼制内无可非议的待遇，他都不追求，也不讲究这套东西。这次迁都，大臣都说不能再马虎了，该有礼数，该有的场面、歌伎舞伎的安排，都要有。阖闾接受了大家的建议，伯嚭通音律、礼乐，大王就把这些都交给他办了，而大殿的舞蹈是八佾舞还是六佾舞，大王根本就没有在意。可季札看不下去了。

"停，给我停下来！"季札喊道，用手掌往案几上猛一拍，觯内的酒都泼翻了。

季札连喊几遍，舞蹈和音乐都停了下来，大家不知所措地看着大王。阖闾也莫名其妙，不知季札为何要无端发火。殿内的宾客面面相觑，不知道发生了什么事，只可惜这么精彩的歌舞被打断了，大为扫兴。

"四叔，这是怎么啦？"

"明目张胆犯禁，太不像话了！"

"此话从何说起？"

"你自己心里清楚，刚才我还在心里夸你大有作为，没想到当着各国使臣的面，如此嚣张，是可忍，孰不可忍！"季札沉着脸说。

伍子胥赶紧起身走到季札案几旁，扶起他到殿内的别室。季札坐下后，还是很生气，伍子胥一问之下，才知道是为了八佾舞，不觉好笑。礼崩乐坏，周礼那套制度，早已名存实亡，各诸侯几乎都不受其约束，僭越之事，比比皆是，季札何必食古不化而自禁？而且还气得拍案而起，实在是少见多怪，小题大做，让人哭笑不得！

"原来是这件事，这与国君无关，是我和伯嚭大夫安置的。"

"他不生眼睛吗？他看不到吗？上有所好，下必甚焉！臣子这么做，都是逢迎他。不能怪臣子，得怪他自狂。"

阖闾听伍子胥说了原因后，把伯嚭叫了上来，要他把八佾改成六佾，继续舞蹈下去。宾客这才知道，季札是为了舞蹈没有按周制而气愤，都哄笑起来。蔡昭侯说："我的宫里，早就是八佾舞了，这不是什么大事啊，天下的诸侯早已不按周制来举乐了！"

"在四叔眼里是大事，就依他吧，不就是跳个舞吗？多几个人少几个人有什么

了不起的？他以为我是要争天子之制，若一个国君要争天下，在跳舞的人数上计较，未免太没有出息了。"

"要是按他所说的礼制，我们的都城只可以周长九里之内，不能超过周王城洛邑，而吴都大大地僭越了，老先生还不是看得很高兴，并没有责怪大王犯禁吗？这真把人搞糊涂了！"

"这不奇怪，他多次游历各国，看到各国的都城，小于九里的，寥寥无几了，所以见怪不怪了。"阖闾说到这里，忍俊不禁。

"老先生真是一个很有趣的人，不过，他在徐君墓前挂剑的事，让我很感动。这真是诚信终不移的君子风度，比千金还要珍贵！"

宴罢乐休，阖闾才当众宣布了孙武已率军队，劳师远征，去养城擒拿盖余、烛庸的消息，阖闾说："楚国无道亦无信，扣住吴国前朝王子作质，以威胁吴国，吴国多次交涉，楚国置之不理。吴国不得已只能发兵去擒拿两个王子，说是擒拿，实质是解救。盖余、烛庸是吴国人，我不会为难他们的，只是让他们回归故里。吴国不要楚国一寸领土，但要讨一个公道。我白天说过，国家与国家，就像一家子，有话好好说，有难互相帮，可楚国偏要与吴国为敌，我们出于无奈，不得不采取此等下策！"

话音刚落，大殿内便炸开了锅。季札、终累周游各国时，就讲明白了，吴国强兵，不针对别国，只是防备楚国，因为楚国灭吴之心始终不死。有赞同的，认为这次出兵，是追击盖余、烛庸，既然吴国要求遣返，楚国为何要执意扣着不放人呢？这就难怪吴国要发兵了。也有置疑的，说两个亡命的王子，已无招架之力了，逃出去的时候，还是孩子，可怜巴巴的，像丧家犬一样，为何要派这么多兵，由大将军孙武亲自出马去抓捕呢？这也太兴师动众了！还有反对的，认为攻打养城，纵有千条理由，也是侵入别国的疆土，盖余、烛庸只是借口而已。大家议论纷纷，要离酒的醇香里，有陶罐摔破的声响。

阖闾顾不上这些，站起来就和客宾客客气气地告别了。他唤住被离，要被离到宫门外的社稷台上看星相，卜筮孙武进军是否顺利。然后他又把季札请到内宫，告诉他自己马上要迎娶蔡昭侯的女儿蔡小娇为继后。中宫久虚，绝非好事，季札作为长辈对此理所当然表示赞同，且蔡国公主他见过，品貌无可挑剔。

"中宫早该有主了，恭喜你！蔡小娇我有幸见过，是个有德有才之女。中宫是非常重要的，桀以妹喜灭，纣以妲己亡，这可是教训。"

"到时还要请四叔为我主持大婚，我虽想办得简略些，但也不能太简略，有关国体，该有的礼数都起码要做到。四叔是我们家的尊长，又德高望重，四叔不到场，这婚礼再隆重也不会圆满的。"

"好，到时我会来的。你打算什么时候办事？"

"孙武将盖余、烛庸押回来，我就办，也算是双喜临门。"阖闾刚说完这句话，就后悔了，刚想补救，季札就勃然大怒。

"盖余、烛庸也是我的晚辈，你杀了他们的爹还不算，还要斩草除根，非要把他们斩尽杀绝不可，你也太狠心了！他们已逃亡在别的国家了，你还对他们放不下心，他们身无一兵一卒，只有几个护院的家丁、家仆，能碍着你什么？能到吴国来抢你的大位？你这样做，真是令人匪夷所思。君主要有仁爱宽容之心，你口口声声要当明君，却对待自己的子侄辈这么残暴，像一个明君所为吗？"

"楚国是吴国的敌国，盖余、烛庸为何要投靠敌人，背叛祖国？我多次要他们回来，可他们就是不肯。庆忌在楚国还自称吴王，俨然是个小国。盖余、烛庸还被庆忌授了大将军和令尹，庆忌死后，他的部下大都归顺了，可他们就是不愿归顺，死不改悔。"阖闾争辩说，"这次我派孙武、夫概、夫差是去请他们回来的，我决不会杀他们！"

"他们在楚国只是羁留苟安而已，也是出于万般无奈，那看别人脸色的日子也不好过。他们不是不想回来，是怕回来你会杀他们。你就任由他们在养城待着吧！若你真的有诚意要他们回国，兄弟俩看到你切实示诚的表现，自然而然会回来的。像你这样大动干戈，大兵压境，他们敢回来吗？"

"人各有志，他们真的想终老楚国，我决不相强。可他们绝不是甘于寂寞的人，他们依附楚国，甘为楚国的附庸，就是梦想借楚国之力，达到他们反攻复国的目的。四叔，你替我想想，我能听任他们吗？"

"你终于说出了实话，对你来说，他们就是你的心腹大患。"

"是的，他们以敌为友，和吴国势不两立，终究是王廷的后患。"

"你会杀他们吗？"

"不会。"

"会礼待他们，善待他们吗？"

"会的。但他们不能叛逆，而要对王室臣服。"

"言而有信，宗族称孝，乡党称悌，这是对君子的要求，你是君主，一定要言必信，行必果。暴如桀纣，不讲信用的国君，是无道之君。如你杀了盖余、烛庸，我将不再视你为君主，亦不再视你为宗亲。"这话讲得很重了，意思很明确，阖闾一旦食言，诛了盖余、烛庸，他就不再会把他看作是吴国的国君，也不再把他看作是自己的侄子。

阖闾不想杀盖余和烛庸是真的，孙武发兵前，阖闾曾把孙武找来，关照说："这次攻打楚国，无论在吴国境内还是别国境内，都要秋毫无犯，守纪安民。钮将军带兵，历来严格，对他可以放心，夫差和你在一起，不会胡来的。我最担心的就是夫概，他这个人生性暴躁，以前在楚吴边境，暴掠边民，烧杀抢淫，无恶不作。而且自以为懂兵略，武艺高强，因此恃才傲物，所以，你一定要给我看住他，不能再让他坏了吴军的声誉。"

　　"是，臣知道了。"孙武回答。

　　对于军纪，他已在军中三令五申，三支部队也都派有军法官跟随，军法具体的条例内容，都有军法官宣读到各旌各行各伍，军法条例一共六款：第一，绝对服从上命、军令，任何人不得违抗，不得擅自行动。第二，所有将士都要勇猛杀敌，不得临阵脱逃、怯阵、畏敌。第三，不得谎报、隐匿军情，不得泄密。第四，不得扰民暴民，严禁烧杀抢淫等行为；不得斗殴、赌博、擅自喝酒。第五，对俘虏不得随意打骂诛戮。第六，不准克扣军饷，所有缴物归公，不得私匿；不得涉足声伎。

　　这六款军法，只要违反一项，便以军法处置：轻则杖刑，将领革职削爵，士兵革去军籍，贬为役工，随军服役；重则处死斩首。

　　孙武在大帐内宣命，不要以为这些军法条款是虚声恫吓，可网开一面，包括他大将军在内，违者一律按军法处置，概无例外。他还特地说明，第四款尤为重要，打到别国土地上了，或攻进城了，便以为可以胡作非为，胜者不律，立功者不律，都是要不得的。说到这里，他瞥了夫概一眼，夫概的操行和劣迹，他是了解的。他自以为是王弟，一贯盛气凌人，横行霸道。有段时期，他对孙武不太服，甚至有些瞧不起，现在他已知道了孙武的厉害，对孙武很恭顺，百般地巴结，唯命是从。可对别的将领，他还是傲气十足，目中无人。在某些情况下，他往往会独擅其事，阳奉阴违。

　　这次伐楚，是孙武到吴国担任大将军以来，首次领王命出征，虽然他胸有成竹，但大王担心的夫概，也是他最为担心的。所以原定孙武随夫差打头阵，经考虑，临时调整为他随夫概那一路，相信在他的眼皮底下，夫概会收敛得多。

　　"大王，我想过了，我决计随夫概部队走，这样就能看住他了，免得他惹出事来。"

　　"你盯着他，他不敢妄自尊大，也会守得住规矩。话说回来，我这个弟弟，打仗还是有一套的。"

　　"我听说过，你当吴国大将军时，他跟着你，打过不少胜仗。一次给楚兵夺去了两条战船，他率领一千兵，连夜突袭楚军大营，硬是将两艘船夺了回来。"

"不错，有这回事。另外，有件事，你替我想想。"阖闾庄容问，"擒获了盖余和烛庸，杀好还是不杀好？"

"不可妄杀。"孙武毫不犹豫地回答。

"为何不杀？"

"撇开他们是王脉不论。不杀，可让天下人看到大王的宽容、吴国的仁厚。盖余、烛庸和庆忌不同，对吴国构不成足够的威胁，他们也无非诛不可的大罪。杀了他们，等于跑到楚国打两条死蛇，不值得。不但不杀，还要礼待他们，善待他们，让盖余、烛庸感念大王对他们的诚意，使得他们意识到归顺祖国才是正确的出路，寄托于楚国是何等不智。同时，楚国所有对吴国的毁谤也就不攻自破了，这样，大王攻打养城，就是推爱布仁。"

"有道理，看来对盖余、烛庸全家，无论如何不可诛，你要将这个意思付之于军令，寡人希望他们能归顺，金窝银窝不如家里的草窝，让他们回家吧！这件事，我就托付给大将军了。"

"臣领旨。"

阖闾解下伍子胥所赠的七星宝剑。这把剑，被阖闾视作吉利之剑、成功之剑，自刺僚以后，虽然他拥有许多把宝剑，包括范蠡送的周王的昆吾剑，但佩戴的始终是七星剑和鱼肠剑，七星剑挂在腰间，鱼肠剑藏匿于裤腿的小袋内，以近身肉搏用。孙武在梅里初次练五百嫔妃宫女时，主动向阖闾请剑，以借助王威练兵，最后斩嬉闹的眉妃、皿妃，第一次露出了他军令如山、军法无情的锋芒，从此，吴国无人再小看他了。

"大将军，此剑到处，如寡人亲临。"

孙武接过七星剑，双手捧剑，伏地谢恩。

"军旅中违命者，无论是谁，他就是皿妃眉妃第二，可以此剑斩之！"

"是！臣记住了。"

阖闾又下令各位将军将匕首都换为鱼肠剑，夫椒山的冶坊场已铸出了无数把鱼肠剑，和专诸所用的一样锋利，一样尖锐。他又将当年专诸刺僚的那把鱼肠剑赠给孙武，孙武赶忙又接过这把小小的短剑，再次伏地谢恩。

"我至今还能在这把剑上闻到血腥之气，让专诸的英魂助你避凶压邪！"阖闾说着，轻轻叹息了一声，"唉！我已好久未到专诸的墓上去了，你凯旋时，我们去祭祀他，让盖余、烛庸给他磕上几个头，他就完全可以闭目了。还有，他的儿子卓荣怎样？该有十五岁了吧，虎父无犬子，是否有点壮士的遗风？"

"岂止有，而且会超过其父的。他不仅有其父之勇，还有其父没有的谋，是个将才，前程不可估量啊！"

"好，专诸可瞑目了。"阖闾有些悲怆。

"很快，卓荣就可带兵了。"

"盖余、烛庸的事就这么办吧，你可对他们说，吴都给他们留着大宅。"

阖闾简略地把这段君臣之间约定的过程讲给季札听了，季札听后，还是将信将疑，他总觉阖闾调三万兵力攻打养城，包藏着不可告人的目的，至于是何目的，他猜不透。

黎明时分，晨星稀疏，寒气像剪刀一样凌厉。夫差的先锋部队已到了淮南大地。眼前是一片旷野，三里路之外就是楚国的夷城，淮水在不远处奔腾着。

夫差下令在这里扎营，很快，野战营寨在一个山丘的坡上连成了一片，煮饭烧水的篝火升腾起来，弥漫在曙色初现的晨空，战鼓及歌声在冷冽的空气中震荡。旌旗猎猎，战车、骑卫、步兵、方阵随处可见。

一座营帐内，夫差取出地图，展开来和几个副将研究。这一带的地形，在出征前，他们已十分熟悉，但夫差还是不放心。仔细对照查勘无疑后，夫差令向天空发射火箭三支，告诉后面的孙武和夫概，他们已在预定地点驻扎下来了。

约半个时辰不到，孙武和夫概便率领一旃军队和夫差会合，略作休整后，准备对夷城发起佯攻。佯攻，即孙武并不打算将夷城攻下，而是另有战略上的意图。兵以诈立，孙武这次攻养城，确定了一整套迂回周转的战略。因为据谍报，自拒绝交出盖余、烛庸以后，囊瓦和大将军沈尹戌便令楚将子期率重兵驻守养城，城内精兵有五万人之多。养城在淮水北岸，城口有一个天然的河港，直通淮水，子期在河港的两岸建起高墙水寨，水寨的高墙是用巨木打入河底，密密相连而扎结的木栅栏，栏后的河岸上矗立着几个哨楼，日夜有哨兵巡视。

夷城的守将姓白名山。白山不是个良将，胆小如鼠，夜晚天黑，一人不敢出门，雷电之日，会躲到墙角。楚吴两军从未在这里交战过。但白山每天都提心吊胆，半夜一听到什么动静，就会惊醒，以为吴军攻来。有一次城内有人家失火，铜锣紧敲，人声鼎沸，他吓得从窗户翻越而逃，躲到院子的草丛里，闹出一个大笑话，因而被人起了个绰号，叫白老鼠。

清晨，他在梦乡中，城头上的守备卒长敲开了他的门，说吴军已在淮水对岸，距夷城只有几里之地。白老鼠一听，大惊失色，慌忙起身爬上城头，一看之下面如土色，隔着一条淮河，可清楚地看到甲帐旌旗，一望无际，估计有几万人之多。

在这之前，孙武已派一百多名善水性的甲士，泅渡过河，将停泊在淮水岸上的几十艘船抢了过来，这时，钮宣义部和十几艘粮草船和桥船也到了这里，桥船下锚，组成了一座渡河的桥梁，一阵鼓声，一队队吴兵通过桥船轻易过了河，而夺到的几十艘楚船，是楚军的货船，满载的军用物资还未来得及卸下，便成了吴军的战利品。

夫差部下约五千人渡了河，将营帐移扎到夷城城下，对夷城实施了包围。白山将城外的兵撤回城内，紧闭城门，派人到郢都报急。夫差的另一半部队隔河扎营，其实许多都是空营，在山坡旷野连成一片，形成极大的声势。而孙武、夫概、钮宣义率领两万多大军，长驱五百余里，袭向楚国的另一座城市潜城。

郢都的王宫在接到夷城的报急后，气氛顿时紧张起来，因为夷城虽小，但位置重要，周围是连绵的丘陵，组成一道天然屏障。屏障背后便是一马平川，可直抵楚国的腹地，那里有多座贮备粮草的仓房、养马场和造船工场，是楚军重要的后勤基地。夷城一失，危及到屯马屯粮屯船，一旦被吴军侵掠，其损失不可估量。

楚昭王召令尹囊瓦、大将军沈尹戌和大夫申包胥、将军史皇等紧急商议对策。

"吴军果然开始伐楚，据快马急报，几万吴兵屯兵夷城，而不是养城，可见他们的用意并非要擒拿盖余、烛庸，而是另有所图，可他们要干什么呢？我们如何是好？"楚昭王焦虑地问道，太后正生着病，他还不敢将消息告诉她，怕她担忧。

"臣早就说过，盖余、烛庸在吴国眼里毫无价值了，不过是找楚国麻烦的一个幌子。我们幸亏没有将他们交出去，在天下人面前，为国家保留了仁义的面子。我们确想和吴国修好，该做的都做了，但这一切证明那都是徒劳。伍子胥复仇心切，我们无论怎么做，都改变不了他对楚国的深仇大恨。由此可见，孙武不是冲着养城来的，而是想攻陷夷城。"囊瓦说。他是令尹，楚国的朝政都在他手里，他说的话往往是一锤定音，所以，他说完后，其他几个大臣都不敢发表意见，都愣愣地看着昭王。

"孙武为何要打夷城呢？这里面有什么讲究？"昭王问。

"当然有讲究。他们的最终目的是想打下郢都，灭掉楚国，这样才能解伍子胥之恨。"

"凭他们三万兵马，就想打败楚国，也太不自量力了！"沈尹戌插话说，"我带十万兵马赴夷城应战，杀他个片甲不留。"

昭王不耐烦地看了沈尹戌一眼说："调兵的事等会再说，先议清吴国的用兵策略。令尹，你说下去，孙武攻夷城到底是什么讲究？"

"孙武在其兵法十三篇中说，军队深入敌国腹中，务必要取食于敌国，这便是

'因粮于敌'，即所谓'掠于饶野，三军足食'。他们打夷城，就是想打开通往楚南腹地的门户，攫掠粮草马匹还有船只。楚南之肥，孙武自然有数，那里可是国家的屯粮屯马之地，还有几家大的制造坊。他们打夷城的目的，不就是取食于敌国吗？有了粮草、马匹和舟船，就可步步深入了！"

"噢！原来孙武是这么个策略。"昭王恍然大悟地说，"那么，我们怎么来对付他呢？"

"臣认为应急调子期将军五万兵马从养城驰援夷城，另由大将军率五万兵马从郢都前往夷城一线迎敌，阻敌于夷城之外，楚南之肥，让孙武可望而不可及。"

"就按令尹说的办。'掠于饶野，三军足食'，哈哈，孙武胃口不小啊！简直是癞蛤蟆想吃天鹅肉！"昭王轻蔑地笑着说。

"大王，不可轻敌，孙武说，兵者，诡道也。依臣所见，他未免是想掠夺什么东西，他打夷城恐另有诡计。"大夫申包胥说。

"请问申大夫，孙武到底是何诡计？他攻夷城难道是闹着玩的？"

"孙武非寻常兵略家，他是齐国大司马田将军之后，我一时还说不出他的意图，依臣所见，一动不如一静，待摸清了他的真正目的后，再调遣兵马不迟。倘若匆忙发兵，说不定会中了他的计。"

"打仗贵在神速，孙武已打到夷城城下了，我们仍按兵不动，岂不是纵敌深入？"

"申大夫，令尹说得对，不能贻误战机，就按令尹所说的发兵吧！"昭王说。

夷城脚下，夫差骑在马上，背后的旌旗上写着"孙"或"夫"字，身后车骑成阵，车上的弓箭手把握着固定在车上的弩机，箭已上弦待发，军容极壮。夫差大声呐喊，百般辱骂，要求白老鼠开垒一战，但哪里还有白山的影子？在城头守着的将军叫白观，是白山的堂弟，行伍出身，作战勇猛，他手下有四五十个弟兄，都极勇猛，个个身怀绝技，身经百战，易冲动，有血性。虽白山一再嘱咐不得开门迎敌，等待援兵到后再行动，但面对夫差的挑战，他们忍无可忍了。其中有一个弟兄对白观说，那个一马当先的，是吴国的王子夫差，我们设法活捉了他，以夫差的性命要挟，不退兵便杀了王子，逼吴军不战而退，这样我们岂不立了奇功？白观考虑再三，决定冒一下险，告诉弟兄们，我们只是擒拿夫差，不得恋战，捉住了他，马上退回城内。于是，白观令弓箭手一阵猛射，顿时飞矢如雨，夫差稍往后退了一段路，士兵都举起了盾牌。

就在这一刹那，城门突然洞开，杀出一队人马，挥刀舞戈，嗷嗷直叫，杀气腾腾。夫差一惊，细看发现不过几十人，便定了定神，下令反击。车上的弓箭手万箭齐发，战车向前猛冲。夫差周围的骑卒见这伙人直冲王子而来，掩护夫差后撤，后面的骑兵和步卒则蜂拥而上，将那几十人团团围了起来，白观一伙拼命搏杀，吴兵居然近不了他们的身。于是，夫差令几辆战车上的弓箭手居高临下，集中向他们发射，白观一伙本事再大，也抵挡不住密密麻麻的飞箭，加上寡不敌众，待发现夫差难以捉住，准备退回城去，已来不及了，黑压压的箭像蝗虫般飞来，几十个勇敢而无知的猛士，大多死于乱箭，少部分死于斩杀。白观身上中箭几十支，成了飞箭聚簇的活靶子。

城内的官兵见势要关城门，可吴军的战车已冲了进来，势不可挡。更多的吴军潮水般涌来，夷城就这样被夫差攻了下来。夫差进城一看，百姓均已逃光，夷城已成了一座空城。这时，子期的五万援兵和沈尹戍的五万援兵还在路途中。而孙武、夫概率的部队，长驱五百余里进攻楚国另一座重镇潜城，一路不扰百姓，昼伏夜行，一直到离潜城不到五里的地方扎下营来，潜城的守军还没有发觉。而钮宣义部保护着那十几艘粮草船和桥船，溯淮水悄悄而上。

子期和沈尹戍将到夷城时，遇见逃出来的白山和溃军，才知道夷城已丢失，沈尹戍一怒之下，将白山斩杀。十万人马将夷城密密包围，只见城门紧闭，城头的旌旗插得整整齐齐，但见不到一个守城的将士，整座城死寂死寂的，一点动静都没有。

沈尹戍和子期都感到很蹊跷，但又不敢破门而入，怕中了吴军的埋伏。又过了一天，他们终于忍不住了，下令攻城，攻下来后，才发现是座空城，吴军在城内城外留下的营帐都是空的，那么一支庞大的队伍不知去向，而城内每户人家的物品都安好无损，没有受到过抢掠的迹象。

沈尹戍感叹地说："这倒是难得一见的仁义之师！什么'因粮于敌'，'掠于饶野，三军足食'，还是申包胥说得对，孙武对夷城只是佯攻，他另有诡计！"

"那孙武到底用的是什么计呢？"

"我看是调虎离山计，他的目标还是养城。"

"那么，我还得回防养城。"

"这要听令尹的，我们就在夷城听他的指挥吧！"沈尹戍说。他看不惯囊瓦的自负武断，在重大事件上，听凭囊瓦去决断，即便是错误的，他也不说出来，这样他可以不承担任何责任。

囊瓦得报夷城是座空城，夫差占领后又自行退去，不知所踪。他不知夫差是见十万楚军压来，自知不敌，故逃之夭夭，还是另有所谋。如果是另有所谋的话，

那么，最大的可能是攻养城，可养城周围并未有吴军的动静。正当他想下令子期回师养城，潜城突然传来消息，孙武大军在潜城外围扎营，有攻城的迹象。潜城是进攻都城郢都的第一个门户，莫非孙武有进逼郢都的意图？囊瓦立即下令沈尹戌的五万兵和子期的五万兵火速驰援潜城。而孙武扎在潜城外，围而不攻，等着夫差前来会合。

孙武在楚国的大地上来去自如，指挥若定。一切都在他的调度之中，但烦心的事还是有。部队奔袭过程中，除了休息，就是行军，部队始终能保持纪律严明。到潜城附近扎下营，几天按兵不动，部队却出现了松懈。附近的楚民，开始时很怕，对吴军能避则避，能躲则躲，慢慢地他们发现这支队伍对百姓态度不错，没有欺民扰民，对村民物产也无掠取之意，戒备之心渐渐消除，军民之间，有了些来往。

有几个大胆的村姑居然到营帐里和甲士们说笑，其中一个甲士和一个年轻的寡妇勾搭上了，用几块银子，买通了卒长，通宵不归。还有的用刀戈换来了几瓮酒，喝得烂醉。而换兵器的人，实际上是自卫团的武丁，他骗两个卒长去村民家喝酒，趁其酒醉，一刀结果了他们的性命，这才导致事情败露。孙武依法查处了几个违反军法的军士，和寡妇勾搭的、用兵器换酒的都被杀掉了。有关的长官有的降职，有的免职，情节不重的，受了鞭笞的处罚，两股打得血肉模糊。自卫团涉及血案的也杀掉了，其余一律不究。

孙武睡梦中常梦到子蝶，她有了身孕，估计在他出征途中就会生产。出征前一夜，夫妻两在灯下话别，孙武看着她隆起的肚子说："我最不放心的就是你肚子里的小东西出来时，我不在你身边。我把你们都托付给孙燕了。"

"孙燕是未出阁的闺秀，不好意思劳烦她，别忘记，我有两个姐姐，都是过来人，还有珠岛上的三姐和姐妹们，帮我的人多着呢！你放心打仗去吧！"子蝶强笑说，神情不禁有些凄惶。

"不管是女孩还是男孩，都叫孙平，和平的平，我这个当爹的是带兵打仗的，但愿我的儿女不要再遭遇到战争。"

"好，就叫孙平。这名字我喜欢。"

"最好他能等我回来再出来，你跟他说说，让他等等爹。"

"别说傻话了，他到了时候，就迫不及待要出来了。"

"我听人说，分别是最让人难过的。我现在体会到了！"

"我们不过是小别，一个多月时间，眼睛一眨就过去了。在军中，你一定要当心，飞箭是不生眼睛的，老话说，明枪好躲，暗箭难防。还有，打起仗来，往往玉石不分，别伤了无辜的百姓。战争，不管是义战还是不义战，受伤害的总是百姓。”

“是的。我战也是为了不战，不战而屈人之兵当然最好了，可要做到这样，很难很难。”

“你真是的，明明厌战，却又研究战争，写兵法，我觉得好奇怪。这是造化弄人啊！你答应我，等吴国称霸了，你不要再当大将军了，也不要去打仗了。我害怕打仗，人与人之间，为何要互相残杀啊？”

“我答应你，到那一天，我们住到你爹住的那样的房子里去。一块棋盘石，满院子金色的菊花，平平淡淡，无忧无虑，忘记战争，你唱吴歌，我干什么呢？对了，和欧剑子一起铸造农具，那时候，马放南山，兵戈入库，太平盛世，用不着兵器了啊！”

“那你帮我整理吴歌吧！我已整理了四十首，等你有空了，帮我看看，替我改改。”

“好，你们母子一定也要平平安安地等我凯旋。”

夫妻俩说了半夜话。眼眶里含着泪水，脸上露着笑，温暖中包含些凄清。

孙武踏上征程那一刻，子蝶和孙燕，还有田狄和欧剑子看着队伍走尽，嘚嘚马蹄，辘辘车声，声音越来越小，最后消失在远方。子蝶和孙燕的眼泪流淌不止，孙武凛然地站在战车上，目不斜视，但心里却情丝万缕，缠绵难理。

孙武伐楚的消息传到了越国，允常唤勾践和范蠡、文种去王宫商议这件事，因为楚国派来了专使，先找文种，再找允常。

而勾践这几天一直在太子宫里，太子妃季婉前两天刚刚生了个大胖儿子，母子平安，这是大喜事。深怀忧国之心的太子平时总是心事重重的，这几天也发出了爽朗的笑声。范蠡和文种乘车来到平阳埠中的太子宫，大池里已是一片败荷，枯黄的芦苇荡中芦花飞白。在宫室的议事厅，已正式成为越国大将军的范蠡告诉太子说，吴国这次对楚国用兵，绝不是一般的边界冲突，而是有攻伐郢都的意图。孙武的几万兵马已集结在潜城，潜城可是通向郢都的重要门户。虽然，楚国有足够的军力和孙武决一死战，但楚国还是希望越国能在吴国南边起一下牵制的作用。

勾践因喜得贵子而笑逐颜开的脸又绷紧起来，他站起来，在室内的席子上踱方步。“楚国的意思，我是懂的，越国应该助楚国一臂之力，这是义不容辞的。可越国眼下的军力怎么能和吴国一战呢？”勾践为难地说，“如果不配合行动，楚国会认为越国太不义了，见楚国有难，不该不操戈而起。这怎么办呢？”

"楚国并不要求越国向吴国宣战，发兵伐吴，楚国知道越国力不从心。"文种委婉地说。

"那我们该怎么办呢？在力所能及的范围内，如何采取一点行动呢？"

"是否能组织水师，在五湖进行演练，以逼近吴国的控制线？"范蠡说。

"可我亲眼看到，吴国的水师并没有出动，除了几艘运粮草的战船和桥舰外，几百号船都停在夫椒的船宫里，这样的安排，估计就是为防备越国乘虚而入。"文种说。

"我们只是演练，并非要真正和吴国兵戎相见，只是让吴国感到些压力而已。"

"这没有多大的作用，吴国有那么强大的水师，根本不把越国几条戈突船放在眼里。就怕虱子没有打掉，却惹得一身痒。而且孙武又造了不少小型的舰船，叫突冒船，专门是用来对付我们的戈突船的。吴国在舟战上占绝对的优势，我们不要在水面上做文章了。"

范蠡点点头说："我想到了另有一计，可以一试，事情闹起来，责在吴国。"

"大将军，计从何出？快详细说说。"勾践急切地问。

"是这样，吴国的王子终累原来镇守楚吴边境，孙武发兵后，为防备越国趁机进犯，因而派终累移师吴越边境镇守。"

"这我知道，终累是长子，应立太子，但阖闾迟迟拖着，看来对这个儿子不满意。"

"太子说得对，终累沉溺吃喝玩乐，近来嗜好斗鸡，人称斗鸡大将军。他镇守吴越边境后，常派兵到越国这边来抢鸡，有时会深入越境一二十里。据说，偶尔终累也会亲自过来挑鸡。我看可以趁他们过境来抓鸡时，把他们一举拿下，不管他们出于什么目的，军队屡次潜入越境的行为，怎么也是侵略挑衅的行为。"

"太可恨了！虽是抓鸡，也是公然抢掠，终累眼里哪有越国的尊严？真是肆无忌惮！就借这件事整一整他们，我们可派军设伏，他们若要再来，出兵夹击，打他们个下马威！"

"如果是终累亲自来呢？"

"照打，把他软禁起来，事情就热闹了。"

这个主意十分狠辣，吴国是理亏的，越国此举属正当防卫。除此之外，实在没有更好的良策了，主意既定，范蠡、文种便一起赴会稽入王宫，向允常禀报。允常沉吟了很长时间，顾虑重重，决定不下来。吴国气焰甚高，正巴不得寻找把柄，对越宣战。范蠡说："吴国精锐都在楚国，如果吴国借此为由，要对越大举进攻，越国可做深沟高垒的准备，举全国军力，迎头痛击。越国不能一味示弱，趁

他们国内空虚，有必要给他们一点厉害。现在的情势，和武锦清毒死王后时不同。那时，我们理亏，吴国正值国丧期间，哀兵气盛，世人同情，而我国兵力薄弱，不足以和吴国一战，兵权又在石买手里，所以，一旦和吴国开战，后果十分严重，无论如何只能暂且忍耐。可目前的情形显然不同，吴国两面出击，腹背受敌，未必有这个力量。阖闾有伐越之心，伍子胥也会拦着他。伍子胥是有大智慧的人，他难道不懂得用一个拳头不能同时打两个人的道理？撇开助楚不谈，借这个机会警示吴国也理所当然，别以为越国是个可随便欺负的国家。"

"吴国这次不会对越大举进攻，可这次结下了仇，吴国必报无疑。"允常说出了他的担心。

"在吴国心目中，越国是他们养在圈内的羊羔，早晚要宰割掉的！吴越之间不可调和，生死之战不可避免，所以，越国只能走图存自强之路。当然，现在还不是和吴国较量的时机，可是，我们也不能总是像小媳妇似的，逆来顺受，战战兢兢，偶尔发顿脾气，发发威也未尝不可！"

"好吧！就照你们的计议办，但一定要掌握分寸，恰到好处。吴国灭我之心不死，我何尝不知道？可我们这个小媳妇，还未熬出头啊！"

"大王，会的，我们总有一天会熬出头！"

季婉听说后，十分感动又很担心。她怀抱儿子兴夷说："越国在这关键时刻，能见义勇为，母后和昭王一定会感恩的。我代他们谢谢太子和大王。不过，这下把越国牵扯进去了，吴国必会对越国怀恨在心，他们会变本加厉报复越国的。其实，越国这种小打小闹，对牵制吴国进犯楚国没有太大作用，带来的后果却可能会致越国地动山摇，请你们衡量得失，不可也不必冒这个风险。"

季婉的这番话，很有见地，一针见血地道出了此策的得失利弊。勾践从她怀里接过兴夷，在儿子的小脸上亲了一口，看到季婉的表情中有明显的局促不安，安慰她说："你放心，事情不会闹得不可收拾，这样做，也不尽是为了助楚。夫人想想，吴军一而再再而三地入越境抢鸡扰民，如入无人之境，根本无视邦国之间应有的守则，不教训教训他们，越国也太窝囊了，难道真成了可以任意欺侮的小媳妇了？何况，我们是堂堂夏禹苗裔，岂能甘愿受吴国的步步进逼？"

"太子说得也是，人是要有些志气，宁折不弯；国家也要有国格。但国家和人不同，一个人为节抗争，大不了玉石俱焚，可国家要为黎民百姓着想，举措若有不当，受苦的首先是他们。"

"我懂你的意思了。今天天晴，难得有好太阳，你抱兴夷到花园看看白鹿去，那只新生的小鹿像我们夷儿一样，特别可爱。看来咱们这地方确是块风水宝地，

你入宫一年，一对白鹿便产下小鹿，咱们又有了夷儿。以后，这里会有一大群白鹿，一大群小王子、小公主。"

"但愿像太子所说的，这样的好日子能天长地久。"季婉说。门外是院子，寒冷中的阳光淡淡的，没有风，水池一片寂然。两头已成为父母的白鹿用身体替小鹿挡寒，一家子躲在枯黄的草丛中，相濡以沫，平凡却让人感动。

范蠡将太子宫的武卫军调到吴越边境，加强警戒和防备。一天，终累听说越国有一个山村养的鸡特别高大威武、勇猛善斗，凌厉无比，是专门为斗鸡者所培殖的，他便不顾几个将军的劝说，带了上百卫士，骑上战马直扑越境，毫无顾忌地朝那村子扑去。进入那村子后，果然见到家家户户的鸡棚里养着不少身高三尺的大雄鸡，血冠翘尾，十分神气。终累欢喜得不得了，亲自抓了几只放进随身带去的竹编的鸡笼里，其他将士也帮着捕捉，群鸡扑翅惊叫，乱成一团，村民敢怒而不敢言。

正在这时，在暗处埋伏的武卫军将他们围了个密不通风，缴了他们兵械，并将抢掠去的鸡归还给村民。终累在内的一百多吴兵全部成了俘虏，终累昂首挺胸，不以为然，对一个卒长模样的人说："把你们的头叫来，我有话要说。"

"头儿没工夫，有话跟我说就行。"

"你给我听好了，我是吴国王子、镇关将军终累！"

卒长冷笑几声，斜睨看着他说："你骗谁？吴国王子那么高贵的身份，岂会干出这种偷鸡摸狗的勾当！你敢冒充吴国王子到越国来作威作福，我揍你这个骗子！"说着，上去就左右开弓，扇了几个巴掌。终累从未受过别人的打，一怒之下，和卒长对打起来，结果被打得鼻青眼肿。在押往一个边防营垒关押时，终累伺机逃跑，却跌入河中，差点淹死，后被越兵救起，又关押了起来。终累气馁地坐在角落里，寻思着以后如何举兵报仇雪恨。终累被关了三天三夜，直到伯嚭和越国交涉，才被释放回国。

第 十 八 章

越国军队扣留终累的消息传到吴都的王宫内，阖闾狂怒。

这几天，他本来心情极好，刚迎娶了蔡国公主蔡小娇，婚礼十分隆重。阖闾以国君身份举行亲迎之典，全副车驾，极为庄重。本来，婚礼要在孙武凯旋后举行，但蔡昭侯催得急，就将吉期提前了。冬日的吴都本来冷飕飕的，因为喜庆和热闹，使得全城热气骤升，劲峭的严寒也变得有些暖意融融了。

成亲之仪圆满告成。小娇果然是个娇小玲珑的美女，知书达理，温柔爽朗，脸上常带三分笑，安安静静的，让阖闾越看越倾心。另外，就是孙武入楚的战略正一步步在实施，据专使报告，楚国大将军沈尹戌和将军子期率领的十万军队被孙武调动得晕头转向，疲于奔命，养城之攻胜利在望。

可就在这时，越国蠢蠢欲动了，竟将王子终累一行扣捕。据说，终累遭到了越国军士的痛殴，把他吓得心胆俱裂，他以为命将不保，便设法逃脱，结果掉入冰冷的河中，差点溺死。后来伯嚭和越国行人大夫曳庸交涉，才得以将其护送至都城。终累回来后像变了个人似的，精神委顿，容颜惨淡，常觉得背脊发冷，牙床抖颤。

伯嚭与终累一行人踏上回吴国的路，伯嚭乘车，其余人依然骑马。不过终累和他的部下再也没有来时的那股不可一世的气势了。营垒周围聚集了许多越民，男女老幼都有，夹道痛斥终累等的抢掠行为。这时，笳角破风，一队队全副武装的军士乘战车驰来，军旌鲜明，足有几千人，到了营垒处，便停车下来集合，当地的黎庶纷纷鼓掌。另外，在附近的山坳、旷野里，能隐约看到营帐和军旗的影子，河道上多艘戈突船在巡航，不远处桅杆高立，像小森林一般。

"这是为何？"伯嚭问陪同而行的曳庸。

"越国不能不有所防备，不过，只是保境安民，没有别的意思。"

好啊！越国已经在调兵遣将了！可转念一想，换了任何国家，都会这样安排的，伯嚭点了点头，表示理解。

"楚国那边的战事怎么样了？孙大将军大展神威了吧？"曳庸轻声问。

"我不知详情，大概还算顺利吧。"伯嚭含糊地说。

"会直捣郢都吧？"

"这是机密，不可泄露，我不能与你多言。"伯嚭一本正经地说，其实他也不知道孙武伐楚的最终目的，整个军事部署只有阖闾、伍子胥和孙武清楚。当然，军中的几员大将也是会得到布置而明白作战意图的。

"越国有何消息？公主、范蠡、文种都是楚人，总会得到什么风声。"

"这几天我一直在边界，除鸡声之外，何来的风声。"

伯嚭会意一笑，不再多说了。他们都想从对方的口中套出些消息，特别是曳庸，临来边界办理这件冲突时，大王特地关照他要对伯嚭察言观色，从中得到些有用的信息，以供军备参考。可有关楚国的消息，伯嚭嘴紧得很，不肯多说，估计他也不甚清楚孙武的动向和战略方向。但有一条伯嚭说清了，阖闾已猜到越国是借口挑起兵衅，配合楚国牵制吴国的用兵，这么看来，吴国有可能会修正孙武的路线，必要时会急调孙武班师。

伯嚭的话虽然很简单，但勾践和范蠡、文种听后表情都很凝重。这句话在暗示，由此而引起的纠纷不仅不会就此平息，而且很有可能会进一步激化，以致上升为一场战争。然而吴国的劲旅在楚国，国内仅存不到一万兵马，分别镇守吴都、梅里、云阳等重镇，战舰有上千号，但大部水兵编入车骑兵和步卒，都出征楚国去了。因而，范蠡认为，吴国举兵报复的可能性很大，但不可能将守防各重镇的兵力全部集中起来，和越国打一场大仗。为和越国一战，让孙武主力提前全部返回也不太可能，这样会使得孙武的远征半途而废，无果而终。

在阖闾伐战的时间表上，伐楚毕竟是放在第一位的。孙武的这次行动，是准备了好几年、志在必得的，因而决不会丢了楚国这只西瓜来拣越国这颗芝麻。但局部战役不可避免，越国以倾国之力抵抗，军民齐心，上下奋发，救亡图存，是能够战胜吴国的进攻的，至少能拒吴军水陆两途的深入。

范蠡算了算吴国能动用的军队共有多少。孙武主力奉命归国不太可能，但调回一支钮宣义军或夫概军的可能性还是有的，一支军万把人，加上国内可调的兵力五千人左右，充其量一万五千精兵。而越国总动员，正规军加民团，也有一万多人，只要斗志昂扬，同仇敌忾，也是一股不小的力量。

听范蠡这么一说，勾践和越国的大臣都有了信心。连愁眉苦脸的越王允常也有了底气。助楚不助楚他抛在一边了，这些年，他不得不对吴国臣服，忍气吞声，以求苟安，但心里实在是十分苦涩和不甘的。这次若能力挫吴军的进犯，阻止吴军的凌逼，对越国军民的士气振奋作用极大，他身为一国之主，也可上告慰列祖列宗，下交代黎庶百姓。憋了多年的委屈，他也多少能够发泄了一下了。

"大将军，这次我们是豁出去了，你一定要替寡人争这口气，越国就这么一点本钱了，输不起了啊！"允常对范蠡说。

"范蠡遵命！一定为大王保全好这一点本钱，并力争赚上一点！"

"范大将军，寡人和太子对你极为推崇，知道你不是妄自尊大的空谈之辈。寡人等你的喜讯，凯旋之日，我亲自为大将军接风洗尘！"

"谢大王！"

曳庸出列站到允常面前，伏地叩拜，说："大王、太子，臣有不同之见！"

"曳庸，你说吧！"

"臣以为，坐而论之，则易。行之如意，则难。"

"大夫请详说。"

"吴越接壤，水陆同途，鸡犬之声相闻，两国百姓虽为土地、出产争端不断，但相互通婚、结亲的也有不少，同宗同祖的不计其数。边民虽恨吴国的攘掠，但不愿两国兵戈相见，因为战争对他们带来的是更大的灾难。两边有血缘有姻缘的边民更是不愿挑起兵衅，他们的苦痛，自是一言难尽。"

"曳庸，你说的这些情况，寡人是知道的，别说边民，吴越两个邻邦都是一衣带水，民众之间有千丝万缕的联结。这些寡人都知道，可这又说明什么呢？吴国要灭越国，这才是眼前最为残酷的事实，边民不愿打仗，我何尝愿意，这也是迫不得已而为之啊！"

"臣以为此仗万万不能打。"

"为什么？"

"这几年，越国对吴国实施曲迎柔平之策，保全了国家，虽是一时的苟安，但毕竟保牢了宗庙。这次教训了终累，事出有因，我们出了口恶气，臣以为这样就可以了，不能再激化争端，授吴国以柄。调动全国兵力和吴国对垒一战，其结果，恐是大王所言的仅有的本钱将血本无归，越国必亡无疑。大王几年来委曲求全的苦心也将白费，臣恳请大王三思。"曳庸说着，连连磕起头来，前额碰在地面上，咚咚直响。

"那么，依你之见，该怎么办？"

"由臣出使吴国，赔礼致歉，奉上厚礼。我和伯嚭有些来往，通过他可面见伍

子胥，表示越国臣服之心不变，虽是自取其辱，但至少能继续维持苟安的局面，也争取到了图存图强的时间。大王，处大事，须从容，切勿受慷慨陈词、坐而论道之惑。"

"晚了，要是像你说的这么做，何必去招惹终累呢？这不是多此一举吗？"允常叹口气说，"大夫说的，不是没有一点道理，但事到如今，已没有用了，阖闾见越国胆怯心虚，更把越国当成软柿子了！你别说了，寡人好不容易下定决心和吴国死战，你别再来动摇寡人的决心了，苟安绝非长策，长痛不如短痛，说实话，通过此战，治治我们的恐吴之症也是好的，这可是绝症，此症不治，不需吴国讨伐，越国也必不战自亡，即使活着，也如同行尸走肉。这样的生不如死的日子，我过够了！"允常不觉涕泗滂沱起来，哽咽着说。

"大王，大王！"勾践、文种、范蠡及众臣都跪了下来，呼喊着。

"父王说得很对，苟安绝非长策，长痛不如短痛，事到如今，国难当头，大敌当前，越国已别无选择，只有上下一心，共兴义师，共战暴吴，只有这样，才能打开一条死中求活的出路！"说到这里，勾践从剑鞘中忽地抽出利剑，站起身来厉声说，"有谁再宣扬恐吴谬论，此剑必斩之！"

"孩儿，不用这样，不用这样，曳庸大夫是肺腑之言，为国为民着想。他说的这些，也是我经常想的、说的，生死存亡关头，务求内部团结，切不能自乱！"允常说，"众位爱卿请起吧！"

"箭在弦上不能不发了，楚国和越国是盟国，大王、太子能作出和吴国一决高低的决议，便是对楚国最有力的支持，楚越同心，相互配合，不患大事不成。"文种用沉着有力的声音说，"我已派人奏请楚王派一支劲旅到越国来参战，抄吴国的后路。这是大将军出的点子，实在是一着妙棋。"

"越国不是孤军奋战，楚军能入越境参战，对吴国构成包抄之势，变被动为主动，变消极的防御为积极的反击，这才能使吴国感到不胜负荷，也能真正起到牵制的作用。"范蠡补充说，"说是妙棋，过奖了，这是从孙武那里学来的兵法，即迂回作战，牵着敌军的鼻子走。楚军入越，这只是一种姿态，楚目前以自保为要，不可能真正分兵入越作战，但有三千甲兵足矣！吴国不知底细，以为楚国要从吴国后面攻打它，这是吴国所意想不到的。这就打乱了他们原来的作战部署，他们部署就会出现漏洞，漏洞对我们而言，即可趁之机。只要越军不和吴军打垒战，而是声东击西，避其锋芒，把握良机，就有可能以弱胜强，以少胜多。"

"听你这么一说，老夫明白了，原来大将军不是带兵和吴军打硬战，而是巧战。巧战好，打得了就打，打不了就跑，再加上和楚军合战，这就更好了，越楚一家，唇亡齿寒，理应互相配合，楚兵入越，能壮我之胆，灭敌之锐气。吴国以为楚国要抄它的后路，必大为紧张，这是上策，克敌制胜的上策，看来老夫多虑了！"曳庸兴奋地说，脸上的忧愁一扫而光。

"楚国真的会派兵来越参战？"允常怀疑地问，"我还是第一次听你们说啊，这么重要的消息为何对寡人隐而不报？"

"请大王恕罪，楚兵来越还有一段时日，我和文种大夫想楚兵到境后再禀报大王，免得大王翘首以待，等得心里发急。另外，原先不泄露这一消息，是怕将领有依赖之念，把战局的胜负寄托在楚军身上而不肯立足自战，现在看来是臣错了，这个消息应该昭示军民，可提高大家的士气！"范蠡说。

"这就对了嘛！别说将士百姓，就是寡人听到这个消息，精神都为之一振，大臣们也个个大为振奋。"允常指着曳庸、皓进、扶同等大臣说。

"曳庸大夫，我觉得你还是可出使吴国，赔礼致歉，但我们不是求饶，而是劝战。"范蠡说。

"何谓劝战？"

"劝吴国不必为了这么一件小事而发动战争，打仗终究不是好事，普天之下黎民百姓无不厌恶战争，害怕战争。富国强兵，目的是让本国国民安享太平，祖庙延续，如动辄用兵，埋伏祸种，冤冤相报，则无穷尽也，别国百姓遭殃，本国百姓亦受累。总之，和则两利，战则两伤，此为公理。大夫理直气壮地宣传这些道理，这就是劝战。大夫若能劝住吴国不战，可是拯救百姓于水火的盖世之功！"

"老夫愿往吴国劝战。"

廷议结束后，勾践和文种、范蠡乘马车回太子宫。太子显然有话要说，刚在池边的水榭坐下，勾践就问："楚兵入越包抄是怎么回事？"

"我确派人回楚国向囊瓦提出这个要求，请楚国派兵合战，可囊瓦一直没有答复。这事未成之前，我不能多说，免得让大家空欢喜。不过，范蠡是知道的，包抄之说也是他提出来的。"文种解释道。

"可你们将未成的事，在朝上说得煞有介事，如果没有一个楚兵来，我们怎么办？"

"兵不厌诈，我想好了，先将太子宫一千多武卫军装扮成楚军，打出楚军的旗号。好在所使用的兵器、战车和马匹均为太子妃嫁妆，不必更换了。国中另有几十号战船，可插上楚旗，驶至五湖吴国一边巡游。"

勾践一听，由越兵充作楚兵，是绝妙的一计，脸色转为缓和，心里浮起了一阵欣慰之感。三人又细细地研究了军略和有关事宜。范蠡统帅三军，灵姑浮为先

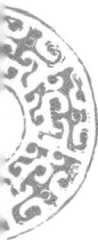

锋，诸稽郢为副将赴吴越边境，抗吴援楚，保家卫国；并马上将楚军先头部队已进入越境的消息由灵姑浮和诸稽郢传下去，让每个甲士都知道，以激励军队的士气和斗志。关于由武卫军装扮成楚军的事，是最高的机密，除他们三人和太子妃知道，连大王面前都不说破。同时，由季婉亲书一函，派最靠得住的人迅即潜往楚国，将从越国包抄吴国的计划密告昭王，要昭王派一支精锐之师急驰越国，这是最为有效的解孙武部围袭郢都的善策，望昭王无论如何要采纳。派曳庸"劝战"一事也可成行，带黄金千镒、玉器百件、锦绣千束，贿赂伯嚭，由伯嚭通过伍子胥劝战。

正商量着，苎萝村的猎户莫希和西施来了，西施为兴夷做了许多套民间式样的小衣服和一只虎头帽、一双虎头鞋，还有些山中的土仪，是苎萝村的村民赠给太子妃的。西施一见范蠡，原本脸上似春色般的喜气，一下就阴沉下来，对范蠡也爱理不理。

范蠡知道西施对她有怨气，太子迎娶公主时，她留在太子宫照料过公主一段时期，是范蠡硬逼着她返回苎萝村的，范蠡和她已订了婚约，但一直没有迎娶她的意思。太子宫离苎萝村不远，骑马乘车半个时辰就可到，乘船更方便，溯浦阳江而上，可直抵她们浣纱之处。可范蠡在数月间竟一次都未去看过她。不是他不想念西施，而实在是国事太繁忙，他所有的精力都放到国家大事上，实在无暇去想别的任何事情，包括西施。而西施不解范蠡竟会忙得看她一眼说几句话的工夫都没有，猜想不定是当了大将军以后，觉得自己了不起了，她这个村姑配不上自己了。但转念一想，范蠡绝不是那种势利的俗人，况且，那么多花前溪旁的甜言蜜语，那一首首脱口而出的诗歌，还有她屋外天天摇曳着的竹诗，那么容易忘记吗？男人的心真的像天空的浮云，游移不定吗？

月朗风清之夜，西施常站在窗口，呆呆地凝视着那一丛由他亲手镌刻诗句的翠竹，时而惆怅，时而温馨。但不管是怎样一种心情，让她魂牵梦萦，心里不得安宁的，就是那个男子。他当什么大将军也好，游士也好，在她心目中，他只是一个她深爱的男子。

她和莫希来到太子宫时，在门口值勤的武卫军将领认出了她，也知道她是未来的大将军夫人，所以殷勤地对她说："太子和大将军、文大夫在池边的水榭议事。你直接到那里找大将军吧！不过，太子吩咐，不准任何人到那里去。"他想了一下又说，"我陪你们一起去吧。"西施和莫希便随这位将领来到池边，他们等着，他直奔门窗紧闭的水榭。

几个月不来，大池已显得凋敝冷寂，一池残荷只剩枯枝败叶，池边蓑苇萋萋，那两艘红色的戈突船静静地泊在小码头上，船舱落满飘下来的黄叶，船身也被薄冰所围，失去了以往的生机。这里的一切和她心中的范蠡一样，变得陌生起来，倒是那一对白鹿添了一头憨态可掬的小鹿，让她心里一喜。

武卫军将领很快就过来了，太子传话让他们直接到水榭去。西施走进置放着一大盆火炭的阁子时，一眼就看到范蠡在温柔地望着她，不免有些羞涩，心跳加快，但很快又有一股怨气冲了上来，她冷冷地瞥了他一眼，迅即转过脸，向太子和文种行礼请安，就是故意漏了范蠡，让范蠡感到有些发窘。

"西施姑娘，还有一位呢？你可怎么也不能漏掉他啊！"勾践笑着说。

"我不认识这位贵介公子。"

"西施姑娘，看来他做了什么事惹你生气了？"

"岂敢！我浣纱女一个，即使不快活，也只能自己生自己的气。"

"哈哈，大将军，看来小娘子气还大得很，你是怎么搞的？"勾践看着范蠡说，"看来要问你的罪了，你好好反省吧！"

"是，我该反省。"范蠡看着西施说，心里充满着对她的歉疚之情。

"西施姑娘，你到公主那里去吧，看看我们的儿子兴夷。快去吧，今晚请你吃蟹，现正是蟹肥可口的好辰光。"原来只有少数人敢吃这怪东西，可少数人很快变成了多数人，食蟹之风传遍吴越两国，上到王公贵族，下至黎民百姓，无不视这种多足横爬、样子可怕的小怪物为美味。

西施弯腰行一礼就告辞了，转身出门前，匆匆地但又意味深长地看了范蠡一眼。

勾践请莫希坐下，莫希告诉太子说："听说吴军要进犯越国了，苎萝村周围有两百多个猎户自动组织起来，成立了自卫团，帮官军打吴军。虽然起不到多大的作用，但当老百姓的，在国家有难的时候，也当出一份力。"

"是吗？这是好事！什么起不到多大作用？绝不是这样的，越国是没有吴国强大，兵力也有限，但如果民皆甲胄，处处为营垒，越国就由弱变强了。"勾践凛然地说，"民众的伟力是不可低估的，莫希先生，谢谢你们力图报效国家的忠心！"

"太子，他们猎户，个个都是神射手，箭无虚发，我想，能否把他们编入军中，建一支神射队，专门远距离射击敌军的头目，擒贼先擒首，如此，就真正能发挥他们百步穿杨的射艺了！"范蠡说。

"这是好主意，就这么办。莫希先生，这支神射队的头领，非你莫属了！"勾践动容地说。

"好，我就当仁不让了。不过，太子，我要预先跟你说妥，神射队的军饷资

费，都由我包了，不用朝廷出一文钱。"

"这怎么行？君主不差饿兵，你们为国效力，岂能让莫希先生掏私囊？"

"太子，这几年，我做皮货织品生意，赚了些钱，我负担得起，钱嘛，要用在刀刃上，现在不用，更待何时？太子就不用与我客气了！"莫希豪爽地说。

范蠡知道他是个热心侠义而又慷慨大度的人，他对国家无私的忠心完全是真诚的。如果再拒绝他，他会很不高兴的，以为是对他不信任，甚至会固执地跟你嚷个不完。

"太子，莫希是有些钱，就让他耗费些吧，不然，也会给他胡乱撒到别处去的。"范蠡说着，对勾践使了个眼色。

勾践会意地点头说："莫希先生，好吧，那让你破费了。"

晚餐是分开吃的，西施和太子妃季婉在宫中炉火熊熊的暖室里就餐，两人边吃蟹边说话，低声细语的，一如公主在苎萝村住在西施家时一样。她布衣荆钗，和周围的村姑没有不同，但言谈举止表现出来的优雅，是任何一个村姑所不具备的。西施在公主的熏陶下，也慢慢地变得有修养起来，在她身上已找不到农家女那种粗放、随意、俗气的痕迹，她像是一个彬彬有礼的大家闺秀，两个身份如此悬殊的少女成了闺中密友。如今，季婉出嫁了，已为人妻为人母，西施的终身大事亦已初定，但她们的友谊延续了下来。

西施一见到兴夷，就喜欢上了。他粉红色的皮肤、绒毛似的纤细头发、小小的手，让她顿生怜爱之心。她将亲手做的虎头帽给他一戴，更显得虎头虎脑，可爱之极。兴夷在西施的怀里很乖巧，刚满月的孩子居然会甜甜地浅笑，使得西施对兴夷爱不释手，季婉的眼睛始终不离兴夷，脸上闪着幸福的光彩。

"女子有了孩子才会明白，什么叫心甘情愿的付出。"季婉坦言，声音异常柔和，"我娘刚嫁到楚国时，她想家想得天天都要哭，可有了我、弟弟和两个妹妹后，她便死心塌地地成了楚国人，再也不想家了。她最大的满足，就是我们几个孩子伏身在她膝下，她会拧拧这个的小脸蛋，摸摸那个的头发，一切的烦躁和郁闷就都消除了。"

"我爹娘也是这样，小时候不懂，长大了，才懂得父母之爱是一种不讲回报的慈爱。"

"等你当了娘，你的体会更深。"太子妃说，"怎么样？什么时候能喝你们的喜酒？"

"喝喜酒？人影子都见不到，恐怕他压根就不想这件事了！"

"怎么回事？"太子妃满腹狐疑地问，"你们闹别扭了？大将军的脾气比太子要好得多，他不会欺侮你的。这样好的男子，你可要珍惜，别耍小孩脾气。"

"我哪知道！哪知道他对我存着什么心眼！"

勾践和范蠡出现在门口，勾践咳嗽了一声，作一个暗号，太子妃懂得太子的意思，便在西施的肩膀上捏了一把，笑一笑，走出去了。侍女们也随即退了出去。范蠡走了进来，西施意识到他站在她身后，甚至能听到他呼吸的声音。屋中只有她与范蠡两个人。

"我没有想到你会来！"范蠡轻声地说，"你来得正好。"

"我是来看公主和小公子的。"

"我知道，毕竟我们在这里见上面了。我知道你在怨我，可我太忙了，大将军府我都难得回去，我在练兵，不是练兵就是看地图、和将军们议事。我心里除了公事，什么都没有了，唯一有的就是你，你知道，可能要打仗了。"

后面几句话，使西施的怨气顿消，她转过身来，正好和范蠡四目对接，西施细看范蠡，见他温润的面庞变得又黑又瘦，让她隐隐心痛。不过，他眉目间还散发着她所熟悉的那股英气，灼灼看着她的双目也很有神采。

"我只听说吴国进攻楚国了，刚才公主也提到了，可她没提吴国还要对越国用兵啊！"

"她是怕你着急，也不想这个消息使你们姐妹见面时感到扫兴。吴国伐楚之始，太子也是瞒着公主的，她还在月子里，不能让她担惊受怕。"

"局势严重吗？莫希估计是对情况有所了解的，但他一路上没有说起这事。"

"我不想瞒你，情况非常非常严重，吴越之间，积怨太深了，一旦爆发冲突，就有可能酿成大战，我要上前线了。我们这段时间，又见不上面了，你，你可要体谅我。"范蠡温柔地说，眼光也特别地柔和，烟笼寒水般的。在造太子宫那段时间，他们经常见面，范蠡的眼光让她感到抚慰，也感到心跳。她开始自责起来，范蠡身系国之重，忙碌于国务军务，自己还像怨妇般地怪着他，甚至怀疑他对自己的感情淡薄了。扪心自问，自己之所以会这样埋怨猜忌范蠡，就是那句话，对他不体谅！但绝不是自己心胸太窄，而是爱他爱得太深了！

"我，我太想你了。见不到你，心里空空的，直发慌，这滋味真不好受，你不会晓得的。"西施鼓起勇气说。

"我知道的。"

"你怎么会知道的？"

"因为我和你的心情是一样的，我天天饱受相思之苦。我无时无刻不想着你，无奈，无奈我身不由己。不过，一切都会变好的，这场仗过后，无论什么样的后

果，我们就成亲，好吗？我们再也不分开了。"范蠡说着伸出两手，按住西施柔弱的肩膀，轻轻地摇一摇，表示亲热。

西施的脸红了，她微微地点点头，眼睛已经湿润了。她赶紧推掉范蠡的手臂，转过身去，用手背拭去泪水。

等她重新转过身来，眼睛里已透出喜悦的光芒。"为什么要打来打去的？听说吴国的大将军孙武是个厌战的人，那他为何要去研究兵法呢？兵法就是打仗的方法，他何以要喜好这样的学问呢？"

"你说的这件事很复杂，不是几句话能说得清楚的，孙武是个杰出的兵略家，人品很高尚，他厌战但又不得不战，他的兵法中提到要慎战，不战而屈人之兵。我很钦佩他，我觉得我们有相通之处，爱好和平，却又成了战将，成了军队的统帅，却都有一点妇人之仁。在这尚武和以军立国的时代，我们被推到这样的位置上，做着与自己的愿望相反的事，我自己都弄不懂，这算怎么回事？我相信孙武也会这样问自己的。"范蠡叹着气，脸上出现了烦躁而无奈的神态，不言愁而愁自现。

"打仗既然不是好事，为何要勉为其难当什么大将军呢？"

"你问得好。我多么希望天下兵革不兴，各国的边塞无大量的戍卒镇守，也无需养那么多军队，制造那么多兵器，省下来的国帑可为民造福。可这仅仅是愿望而已，实际上不仅实现不了，且战争愈演愈烈。我当大将军是以战止战，况且，大王和太子以国士待我，我当以忠诚报之。"

"那你自己小心，竭忠效力是应该的，报答大王和太子的知遇之恩也是应该的。强敌压境，你率兵抵抗是你应尽的责任。只要你一天在大将军的任上，就一天要恪尽职守，除非将来你不想当了，那我们就作自己的打算，尽量安闲度岁。但这段时期，你不能这么想。你只管潜心打好仗，至于我，你放心好了，我不会再七想八想了。"西施说到这里，走到墙角，那里有一个食柜，里面置放着酒罐、酒爵和酒觥，她往两觥中倒了少许酒，端到范蠡面前，说："我为你壮行！"

范蠡接过酒觥，仰头一饮而尽，深情地看了西施一会，把酒觥塞给西施，掉头便走。西施捧着两只酒觥，呆呆地立在那里。

孙武和夫差、钮宣义会合后，三军合纵，待楚国的大将军沈尹戌和子期率十万大军赶到潜城之际，孙武率三军拔营就走，沿着湍急的淮河昼夜兼程，行军数百里，到了兵家必争之地弦城城下。弦城地势险要，三面环山，淮河有一条支流穿城而过。这里是楚国的一个重要的门户，也是扼制周围小国的基地。到了弦城后，孙武又扎下了营，把弦城围成一个铁桶。

消息传到郢都时，昭王也收到了姐姐季婉派专使送来的一封简书，说明吴越因终累事，冲突一触即发，越国冒险挑衅，目的是为牵制吴国，拖住孙武进军的脚步。他们要楚国派兵入越包抄吴国后院，帮助越国抵御吴国进攻，以增强牵制之力。

"姐姐的信写得很清楚，楚国派一点兵去包抄吴国的后路，倒不失为一个善策，令尹，你看派多少兵去比较妥当？还有，派哪个将军去为好？"

"大王，容臣直言，这个善策，在臣看来，乃是下策。"囊瓦冷冷地说。

"怎么说是下策呢？我们不是说好要越国牵制楚国的吗？越国和吴国现在对上了，我们的军队亮相越国，对吴国来说，有后顾之忧，更恐楚越合力，来个两面夹攻，说不定孙武马上会回师。"昭王有些不解地问，"君无戏言，是我亲自发书简给越国，要他们配合楚国行动的，现在越国在配合了，我们反倒不配合了，如果姐姐问我，楚国何以出尔反尔，寡人又将何言以对？"

"大王说得不错，君无戏言，楚国要越国配合，以牵制吴国，可我们并没有说要派军队入越包抄吴国啊！"

"当初没有这个计划，是没有想到此策，现在越国想到了这个不错的主意，令尹却认为是下策，寡人不知令尹是怎么想的。"随着年龄的增大，昭王已不像前几年对囊瓦那么依从了，他越来越有自己的主张。

昭王指责的口吻，让囊瓦心里很不舒服，心里寻思：你这黄口小儿，要不是几年来我给你苦撑门面，你会过得这么太平吗？现在自以为羽翅丰满了，想甩掉我，自以为能治国了，可以过河拆桥了？没门！但他还是克制住自己的情绪，慢吞吞地说："大王，臣以为楚国和越国应该患难扶持，合力抗吴，正因为如此，楚国不惜代价支援越国，要钱给钱，要物给物。光经臣手的兵器，包括戈、戟、刀、弓箭、战车、马匹等，就足可装备上万军队，战舰大小也有上百号。其他方面也不吝支持，工匠、技师不计其数，连公主都亲自到越国传授纺艺，越国所以至今没有被吴国吃掉，都是由于楚国在撑它的腰。可是，楚国一旦出兵到越国参战，局势就会变得更复杂，更危险！至少目前还不到楚国派兵到越国去的时候！"

"为什么？"

"孙武的几万兵马一直在楚国的边界城市来回奔袭，谁都知道孙武用兵诡诈，可谁也不知道他最终的战略意图是什么。而太后和大王早就有意和吴国休战，使得国家得以养身休息，以重整旗鼓，再图霸业。我们可以扶持越国，让它变得强大一点，能具备抗衡吴国的能力，不至于烂泥一团，只有挨打的份。可我们若出

兵，楚吴之间将永无休战之日了！"

"这话怎讲？"

"很简单，吴国看到楚军出现在越国，就会以为楚国准备两面夹攻，铁了心灭掉吴国，而且是先下手为强。这样一来，就把阖闾逼急了，本来他可能没有攻郢都的打算，但见楚军有灭吴的图谋，他便会下令孙武攻伐郢都。我们的军队一部分去了越国，造成削弱、分散，要保全郢都就更难了，因此，臣以为楚派兵去越国参战不是善策。"囊瓦说。

昭王觉得囊瓦的顾忌不是没有一点道理。和吴国休战是母后的意思，他也不想打仗，楚国百年来与中原抗争，战事不息，意在称霸。但伐战给楚国带来了什么呢？除了怨恨，还是怨恨，威名如风中的烛火，灿烂一时就被吹灭，留下的是难分难解的怨恨。

吴楚之战却不同，两国争夺土地、争夺铜矿等资源，连年战争不断。自楚先王熊渠开拓长江中游东至越章以后，争夺桐柏山、大别山地区，后步步蚕食，东进至淮夷之地，与居于长江下游的吴国相遇。其时，吴国的势力正在向淮水一带拓展，楚吴为此大动干戈，吴国向来是处于下风的。

近二三十年来，从寿梦始，特别是公子光当大将军后，楚吴之间的冲突基本上打平手的多。阖闾称王以后，吴国国力大增，一跃而成为强国。而楚国这些年内乱不息，太后见继承王位的儿子年幼，因而一心要让昭王先把王座坐稳，把国家大权逐步夺回来。所以，她竭力主张对邻国特别是吴国采取怀柔之策，尽量不打仗。太后是这样想的：外患内乱不可分，一旦打仗，昭王和自己不懂兵略，得依靠囊瓦、沈尹戌等权臣，这些权臣会趁战乱而进一步争权扩权，最后将昭王架空，危及王位，甚至带来弑君之祸。

她也清楚，伍子胥不肯调和，迟早要发动一场复仇之战，但她希望这场不可避免的战争发生得越迟越好，让儿子成熟些，能懂得兵略，最好能亲自带兵作战。经过战争历练，在戎马倥偬中成长起来的君主是最具权威的。

昭王想了想说："不对吴国逼之过甚是对的，但姐姐的面子也是要给的！这样吧，让子期将军率三千人马赴越国，不打楚国旗号，对外一律保密。让子期告诉文种，要越国尽量不要声张。"

"子期是镇守养城的将军，他带走三千兵马，余下的归谁指挥？"

"交给沈尹戌吧！"

"万一养城有变怎么办？"

"看盖余、烛庸的命了，有变的话，你调度吧。"

"臣遵旨，不过，孙武如意在养城，何必作这么大的迂回？"

正在这时，昭王、囊瓦得报弦城告急。昭王不知怎么办好，他看着囊瓦说："孙武怎么跑到弦城去了？又是围而不攻，他到底想干什么？"

"孙武的狐狸尾巴终于露出来了，他的军事行动的目标，原来是攻下弦城，弦城是兵家必争之地，占据了弦城，能镇服一大批小国，把吴国的疆域扩大到淮水、汉水之间，将弦城作为今后伐楚的桥头堡。"

"令尹有何安排？"昭王有些慌恐地问。他压根没去过弦城这座城池，只知道那里是一个重兵把守的军事堡垒。

"还是让沈尹戌去救援弦城吧！"

"好，子期的三千兵连夜奔越，不得有误！"

"臣遵旨。"

弦城脚下，淮河边上，营帐密布，车马步卒云集。大帐内，孙武召集夫差、夫概、钮宣义等人开阵前军务会议，分析双方的态势，安排下一步的军事部署、粮草辎重的储备和运输等事。一路上，他们攻下了一些粮库草仓，以补充储备，十几号运粮草的战船和桥船一直紧随队伍，钮宣义部始终保护好这些船，防备楚军抢掠去。有几次，楚国盯住这些船，派兵围堵，企图绝了吴军的粮草，结果中了吴军的伏兵，楚军损兵折将，被打得落花流水。几个回合下来，楚军明白，这些船不仅装着吴军的粮草，还是吴军的诱饵，有时候，看上去是孤船行进，其实就近可能都藏有伏兵。他们抢掠不成，反遭剿灭，故到后来，再也不敢对船队轻举妄动了。

近一个月来，孙武率领三万兵马，分三路长驱直入楚地，有分有合，调动楚国大将军沈尹戌和子期率领的十万精兵，忽东忽西，忽南忽北，忽平原大野，忽险径奇岖，神出鬼没，屈伸自如。楚军处处扑空，颠簸奔波，捉摸不定，眼看吴军扎寨安营，又几乎在瞬间悄然遁去，时隔几天，又在意想不到的地方出现，沈尹戌和子期十分被动，军队锐气大减，兵无斗志，将无计出。十万人马乱撞乱闯，疲惫不堪，在开合之间，露出破绽，被孙武找准战机，一阵猛攻，死伤无数。

沈尹戌和子期是身经百战的老将了，但像这样的仗从未经历过，他们相当头痛。将领们无不怨声载道，当着两人的面，责问他们："你们会不会带兵？连敌人在何方都搞不清，整天像无头苍蝇，这仗没法打了！干脆回师镇守几个重镇！"

沈尹戌拍桌子，大声骂道："你们以为我喜欢这样带兵吗？你们守城的将士，见孙武的兵驻扎在城脚下，为何不冲出去和孙武、夫差、夫概一战呢？像缩头乌龟那样躲在城里，连大气都不敢出一声，等着援军来救你们，现在倒说起轻巧话来了!"

子期也跟着帮腔:"打不过孙武,犹有可说。夫概是我的手下败将,几次楚吴边界冲突,被我打得一败涂地,差点被我活捉。可你们和他遭遇后,竟打不过他!你们的本事可想而知了。再说,夫概带兵,素来暴虐不仁,百姓切齿,可现在军纪那么好,倒是太低估他了。"

沈尹戍骂了一通后,将士们都非常泄气,最后的结论是,孙武实在太狡猾了!他不按常规出兵,不按常规出招,而在耍诡道。大家要大将军对孙武下战书,与他堂堂正正打上一仗,他们觉得如果面对面地对阵,孙武必败无疑,早就无藏身之处了!当然,这是对沈尹戍含蓄的讥讽,沈尹戍也不会做这样的傻事。

夜深了,朔风一阵紧似一阵,发出尖利的啸声,天气很冷,军营中纷纷燃柴取暖。孙武要钮宣义到各营帐中巡视,寒冻之夜,气候干燥,务必防火。

钮宣义安排十几个甲士,分片敲锣喊着"小心火烛",自己则四处巡查,发现有隐患的营帐,立即要他们采取措施,防止火灾的发生。如果发生,风助火势,火烧连营,不战自乱,加上驻守在弦城的楚军趁火出击,其后果是不堪设想的。所以,孙武要各营做到万无一失,如有一丝一毫的危险,宁愿受冻也要防患于未然。如故意违反军令,一律斩杀。

孙武在帐内思考着战局,大王和伍子胥对他没有特别的交代,千里之外,只要有利于摸清楚军防备的虚实、楚国军队的应变和作战能力,在有把握的情况下,他可歼灭敌军,但不可恋战,不打硬战,不取首级计功。整个行动其实是实战演练,为下一次全面伐楚作准备,最后活捉盖余,烛庸,即可班师。

只要能做到这几个方面,阖闾要他不妨便宜行事,即有君命亦可有所不受。他估计弦城的楚军像潜城、夷城一样,在等援军,而援军多半还是沈尹戍和子期的十万军马。经过多次的过招,十万军马估计折兵已过万。援军一到,他就要拔营直奔养城了。这最后一站,也是孙武的终点站。但他在思索,是否要另取道攻下徐国。出发前,大王曾暗示,徐国,即季札在徐君墓前挂剑的那个小国,是楚国的附庸,曾帮着楚国欺侮蔡国,蔡昭侯对徐国恨得咬牙切齿,想要吴国教训一下这个狐假虎威的国家。阖闾说,如果战局允许,将徐国拿下,也算是送给新王后蔡小娇的一份新婚礼物。如要取徐国,就要从三支军队中调出一支伐徐,另两支攻养城,攻养城和打徐国不是顺道,而是背道而驰。那么,这支打徐国的军队灭掉徐国后,徐国由蔡国进占呢,还是吴军占领?这些大王都没有明示,得由自己决定。

钮宣义在巡查过程中,偶尔抬头望了下夜空,虽风厉奇寒,但满天繁星。突然，他颤抖了一下，不是因为冷，而是当头看到长星一颗。长星即彗星，光芒很长，拖尾如扫帚，所以又叫扫帚星。彗星的出现自古就被认为是不祥之兆，从君王到百姓，见了都会产生极不安的感觉。钮宣义盯着那个长星看了一会，便转身折向孙武的营帐。

钮宣义大步走进去，孙武还在踱来踱去地想着事情，见到钮宣义，便说："钮将军，你巡查过各营了？"

"巡查过了，各营都检点了烛火，除非万无一失，都不准生火取暖。"

"好！来，我们饮上一碗酒，暖暖身。"孙武指着帐角的一瓦缶酒。钮宣义有些意外，孙武善饮，但在军中从不豪饮，只是碰到好的消息或庆功时，才饮上一碗，行军、打仗或操练过程中，他绝对禁酒。

钮宣义默默接过孙武递给他的那碗酒，一饮而尽，抹抹嘴，定定神，跨前一步，凑到孙武耳边，低声说："大将军，有情况，请随我来。"

孙武有些疑惑地随钮宣义来到帐外。来到一片空旷处，钮宣义用手遥指星空说："大将军，请看，那儿有颗长星。"

孙武一抬头，那颗很亮的长星便赫然在目，曳着长长的光尾。和钮宣义一样，孙武不由自主地打了个寒噤，向着幽蓝的夜空，轻轻说："有什么祸害发生了？"

"有的长星，转眼而逝，在空中划过；有的长星，悬在空中多时，甚至几夜都不退。不管哪一种，都是不好的预示，但不知会应在哪个方面。"

"这是针对天下人的，对敌，对我，对其他人都是不祥之兆，说到祸害，无非是天灾人祸，落实到具体行动上，会警示其不利。"孙武说完，面凝严霜，径直向自己的营帐走去，他虽不及被离对占卜、天象有很深的研究，但对天象也懂一点。他在兵法十三篇中，谈到正兵的重点在于足够的准备，即道、天、地、将、法。天者，天时也，除阴晴、寒暑、时制（季节）外，也隐约提到天象对战争所带来的某种预兆。他走到营帐前，见钮宣义站在原地未动，便向他招一招手，钮宣义小跑而来。

入帐后，孙武将传令兵唤来说："传我的令，所有营帐一律不准生火，哪怕万无一失也不准，照明烛火也熄灭，借月色就可以了。每人可喝三碗酒取暖，一碗都不能多喝。违者重罚，严重违反以至醉酒者斩。所有将士不准安睡。还有，请夫差、夫概两位将军到我的营帐来。"说完，取过一支令符扔给他。钮宣义通知完夫差、夫概立即回来，神色严重地看着孙武，不知他有何打算。

"钮将军，长星之兆，不能不引起重视。"孙武在案前坐下，并对钮宣义做了个请坐的手势，看着他坐下后，说，"我们正在打仗，我想，要是长星对我们应验

第十八章

什么的话，必是战事。刚才我在考虑，要否攻打徐国，正思定要打，并准备派你出师。但长星出示，出师徐国可能不利，所以，我决定取消此计划，此事你知、我知、天知、地知，从此就不再提了。但回去后，我会向大王说清楚的。"

"知道了。"

"另想到的不利，就是火警和楚军袭营，你再替我想想，还有没有其他的可能发生的祸事。"

"天寒地冻，我们的粮草船虽停在淮河边，那里水流很急，不易冰封，但有一年，五湖都冻过，结了薄冰，这是我亲眼目睹的。所以，淮水也有可能把我们的粮草船冻住。"钮宣义说。

"等会你去码头看看，如果是河岸冰封，河中不冻，就无大碍，你让船往河中移一移就可以了。我发兵前，做过调查，淮水和汉水未发生过像黄河那样严重封冻的现象，会结冰，但都是薄冰，船行即破。"

这时，夫差、夫概走了进来。夫概睡眼惺忪的，一见到孙武就嚷嚷："大将军，三碗薄酒实在不杀馋，能否让我再喝上几碗？"

"不行，一滴都不能增加。"

"那为何不让睡觉呢？要是没有那三碗酒，我是无论如何爬不起来的。不是议过事了吗？深更半夜的，又有什么事？即使有事，不能明天再说吗？"夫概嘟嘟嚷嚷地说，还时不时打着哈欠。

"叔叔，你别罗嗦了，听大将军的。"

"叫你们来，是告诉你们一件事，今晚空中长星高悬，是钮将军先看到的。大家都知道，长星是不祥之兆。钮将军，你陪他们去看一下，看过马上回来。"孙武平静地说，他已完全镇定下来。

三人出帐，看过天象后，立即返回，夫差和钮宣义一言不发地坐了下来。

"马上派快骑回国禀告大王，说楚天发现长星，天亦要灭楚，我们可直捣郢都，一举将楚国灭掉，不必再抓一个扔一个。"夫概怠懒的神态一扫而光，毫不考虑地大声说。

这真叫孙武啼笑皆非，他不想驳斥夫概的无知，所以保持着沉默。

"叔叔，你胡说什么呀！天上的星宿，普天下一样，这彗星不光楚国能看到，吴国、越国和其他国家都能看到。有被离在，吴国不会没发现它的，估计父王早知道了，也看到了。而且，彗星之兆，不单是应在楚国身上，也可能应在我们身上。"夫差替孙武驳斥了夫概的谬说。

孙武赞许地看着夫差说："夫差说得不错，我们先要想到这颗不祥的长星，会给我们带来什么不好的事。火灾、楚军偷袭、粮草船被冻住，或某项军事计划不宜，这些我和钮将军都想过了。你们俩再想想，还有什么倒霉的事会发生。"

夫概摇摇头，一脸的无奈。夫差沉吟说："我听被离说过，有不祥的天象出现，一是要反省想做的事是否妥当，二是要可采取什么举措破解。大将军，我们可有破法？"

通常办法不外乎是祭天祭祖，祈祷苍天祖宗庇佑，驱邪避恶。军中有专门的巫师，可连夜举行祭祀之仪。但孙武想到的破解之法，是采取一次军事行动，以胜利振奋军心，驱逐彗星带来的潜伏在每个将士心中的阴影。

孙武对弦城的地形相当熟悉，城脚下直通淮水的口岸处，是一大片洲渚沙草，远远看去，桅杆林立，显然是兵船，兵船之后扎有水寨，若要攻弦城，必须要先攻破水寨这道防线。孙武决意要破掉这个水寨。

"对付水寨，不能硬攻。我想施行火攻，而且时间宜放在今日凌晨，这时人们正在酣睡，值守的兵士也最疲乏最松懈。因为，一般来说，攻城不会放在夜间，更不会放在凌晨，而今晚的风势正好刮向水寨，这是天助我也。"孙武说着，又作了具体的部署。

凌晨，只有朦胧的月色，整个吴军的营帐，寂静无声，一点光亮都没有，像完全处于沉睡之中。钮宣义率领两千士兵，乘桥船、粮船沿淮河悄悄行至水寨对岸，然后又将先前缴获的几艘楚国货船启运到同一地点，淮水近岸果然结了一层薄薄的冰层，但不妨碍行船。

货船里面载满了木柴和造船用的桐油，桐油是原来楚船装运的货物，是装在木桶里的。孙武下令将油桶凿穿，桐油便流入舱室，使得木柴都浸在油中。还留有残油的空木桶则扔进江中，被风推到洲渚沙草边。紧接着，油船升起风帆，先有十几名兵士用竹篙撑、用桨划，以极快的速度向水寨泊船的港汊疾驰而去。这时，桥船已搭成一桥，连接对岸，在油船接近水寨和港汊时，所有士兵都跳上岸，埋伏起来，有几个弓箭手向油船发射火箭，油船顿时跃起几丈高的烈焰，片刻之间，熊熊燃烧的油船便冲进楚国的战船群，旺盛的火势、飞爆的火油得强风之助，无情肆虐，卷起一团团冲天大火，那些空木桶也都变成火桶，引燃了密密的干燥的枯苇和败草，水寨顿时成了火城，烈焰狂吐，舐向四处，弦城上空浓烟弥漫，火星飞溅，一片通红。

无数的吴国士兵从桥船上冲杀过去，战鼓声、喊杀声打破了寂静的黎明。而河中的十几号粮草船上的士兵居高临下，向水寨高处的营垒射箭，许多在火阵中逃窜或企图抵抗的楚国守军，有的中箭身亡，有的跳进江中淹死，惨叫声、哭喊

声和舟船房屋因燃烧迸发出的爆裂声汇成的声浪令人毛骨悚然，传到十几里之外。弦城里的守将闻声望势，知道吴军已发起攻城之役，城头排满了持戈刀的甲士和箭在弦上的弓箭手，严阵以待。但就是不开城门，不让水寨里的兵逃进城来。

而冲过去的吴兵都隐蔽到了一个火焰不及的山崖下，和油船上跳上岸的兵士会合在一起，眼看着严如坚壁的水寨化为灰烬。

守水寨的三千兵马死伤大半，侥幸活下来的往山崖这边逃来，被潜伏在那里的吴兵逮了个正着，纷纷放下武器投降。带兵冲过去的夫概不顾部下劝阻，大肆杀降，后来被后续冲上来的钮宣义严厉阻止。夫差发现了崩塌的水寨有一个水城门，水城门有城楼，但城楼的守军已逃跑，水城门已烧焦，烧毁的船只堵塞在城门口，已成岸路。夫差轻而易举地将摇摇欲坠的水城门打开，吴军如怒潮般涌入，当守将想到水城门，派兵卒去镇守时，吴军已势不可挡。

弦城守将率五千守卒向夫差投降。天刚拂晓，孙武率兵从正门入城，处置降将降卒，一个不杀，统统资遣。他带了夫差、夫概、钮宣义全城兜了一圈，这是一座没有百姓居住的军事城垒，城内的仓廪粮草充足，各式军械俱备，马厩内良马成群。城墙则高而厚，望楼高耸，城头置放着滚石、盾牌、铁棘、钩索等抵挡攻城的种种兵器，许多器具他们从未见过。城头和城楼还设有暗堡明垒，即使敌军攻上楼还可作最后的顽抗。这是一座十分坚固的城池，如果力攻，会造成很大的损失。

孙武站在城头上，只见周围重峦叠嶂，景色秀丽。江渚的水寨已成一片狼藉的废墟，寂静得出奇。到处在冒着一缕缕烟尘，空气中充满着浓重的焦炭味，淮河河面漂浮着一具具死尸。原来只想破水寨，如今连带弦城都攻了下来，战果卓著，是一场不小的胜仗，也是一个用兵成功的范例。而这一切，都得归功于那颗令孙武不安的彗星。

孙武命令将城内的粮草和军械搬上船，打捞楚军尸体掩埋，然后弃城回到对岸营地，宰猪杀鸡，犒劳全军，并允许将士开怀畅酒。到了晚上，孙武临机决断，星夜拔营直奔养城。

当沈尹戌率领近十万兵马赶到弦城时，他被眼前的情景惊呆了，弦城已空空荡荡，粮草、军械已被搬空，水寨已彻底毁于火攻，惨不忍睹。可全城不见一具尸体，只见残壁断垣处散落的胄甲、铜盾、戟刀、箭镞。孙武几万兵马又是不见了踪影，他们不知又去了哪里。那支豪气干云的人马到底在何方？孙武啊，孙武，你将弦城打得天崩地裂，可又丢下了一座迷宫。在奔袭养城途中，孙武又顺手攻克了巢城，几乎是不战而攻下的。可他攻下了，又放弃了，这葫芦里到底卖的什么药啊？

　　就在沈尹戌感到困惑时，孙武以迅雷不及掩耳之势，用同样的方法，火攻养城的木栅栏。火焰吞噬了临水的各种作战工事，孙武倾刻间就攻下整个养城城池，在盖余、烛庸住的宅邸前，孙武命令军队就地休整，未经他同意，不得入内，由钮宣义把门。他整了整装，带着夫差、夫概轻手轻脚走进去。他一再关照夫概，见了盖余、烛庸，不得无礼。宫室里的侍女和侍仆见了他们，都伏地跪了下去，吓得瑟瑟发抖。

　　"别害怕，都起身吧！"孙武和蔼地说。

　　"大将军要你们起身，各位听到了吧？"夫差说。

　　他们在人群中发现了几个衣着华丽、容貌艳丽的女子，孙武估计是盖余和烛庸的家人，便好声问道："你们的两位王子呢？"

　　"他们在内室，不让任何人进去。"有一个胆大一点的女子说。

　　孙武预感不妙，连忙快步向里走去。门反锁着，孙武破门而入。盖余、烛庸安静地卧倒在地上，脸色苍白如帛，嘴角有一摊血污，孙武伸手一探鼻息，他们早已停止呼吸。兄弟俩饮鸩自尽了。

　　"唉，我们来迟了一步！"孙武惋惜地叹道。

　　孙武那晚看到那颗不祥之星，想到的只是战局。因而，他举兵火攻弦城水寨，进而攻下弦城。他认为祸害已解除，又马不停蹄地发兵养城。虽然没有按大王的要求，把盖余、烛庸活着"请"回吴国，但两人的灵柩和他们的家人都跟着部队归来了，孙武专门拨出一条兵船，载着他们踏上回国的路程。

　　孙武归心如箭。他最思念的就是爱妻子蝶，他的孩子应当出世了，他或她的名字叫孙平，马上要见到自己这个一身战尘的父亲了。一个驰骋疆场的武将偏要为儿女取象征和平的名字，别人会笑话他吗？伍子胥和大王会笑话他吗？随他们去，自己真心渴求和平，子蝶更是渴求平淡和安宁的生活，天下太平，四海安定，有什么不好？他骑在战马上，反复想着妻子的模样，羊脂玉般的皮肤，清澈如水的眼睛，爽朗的笑容。孩子会像谁呢？但愿男孩子像自己，女孩子则像子蝶。

　　就在孙武遐想无穷的时候，他绝对没有想到，那个拖着长尾巴的星星所带着的不祥会应验在自己的身上。

　　自从和孙武话别后，子蝶一直和父亲住在一起，茅舍、篱栅、黄菊、棋石，这都是孙武和她欢喜的。孙武有一块他亲自做的棋盘和一盂石头做的棋子，是孙武叔父田穰苴留给他的，棋子已被叔侄两人抚摸得精亮光滑。孙武出征后，子蝶每天在棋盘上放两粒子，一白一黑，黑象征孙武，白象征自己。棋盘就摆在房内的案上。一天天过去，棋盘上的子越来越多。每晚，她摸着自己的肚子，或哼着吴歌，或轻声说："平儿，又过去一天了，你爹离家又近一程了！"

孙武一直没有确切的消息，但据孙燕告诉她，有军中的信使送书简给朝中，孙武在楚国辗转作战着，顺风顺水的。她听后，喜忧交集，喜的是孙武很平安，忧的是他还要在千里之外的战场继续打仗，想到这里，她心里慌慌的。

出现彗星那晚，父亲从夫椒山船宫回来，坐在院内棋石旁喝着茶，檐下是荧荧一炉红炭，炉上的瓦缶煮着茶汤，散发着特有的香味。天色已晚，外面又很冷，有一行人站在篱栅外，指着空中在议论什么。子考走过去问："你们在看什么？"

"看扫帚星，喏，很亮的一颗星，后面跟着一束光，你看到了吗？"

子考抬头仰望夜空，一下就看到那颗星了。他心里一沉，回到院里棋石旁，不自觉地自言自语："怎么有扫帚星出来了？这可不是好征兆啊！"

子蝶见父亲不回屋，出来问他："爹，你在说些什么？"

"子蝶，你出来看，空中有一颗彗星，因为拖着像扫帚一样的尾巴，又叫扫帚星。"

"扫帚星又怎么啦？"

"没什么，有人以为，这颗星的出现是不祥之兆，会发生不好的事情。"

"怎么样不好的事情？"

"这很难说，无非是天灾人祸。"

子蝶听了，嘴上没说什么，心里异常不安。她为孙武担心，怕这不祥之兆会应验到他身上，打仗打败了倒无妨，胜败乃兵家常事，怕只怕孙武有个什么意外。她呆呆地看看那已摆了一大片子棋子的棋盘，不禁心跳气喘，额上冷汗涔涔。后来孙燕回来了，孙武走后，她每天都住到嫂子这里来陪她，子蝶见了孙燕，便拉着她的手，呜呜咽咽地哭起来。

孙燕不知发生了什么事，震惊地问："出什么事了？快跟我说！天大的事，有我替你担待。哥哥可是把你托付给我的。"

子蝶便把出现扫帚星的事告诉孙燕，孙燕这才放了下心，笑着说："那无非是一颗异样的星星而已，即使它是不祥之兆，天下有那么多人，何以会落到哥哥身上呢？我告诉你，天佑好人，我哥哥那么有仁爱之心，决不会遇到什么倒霉事的！当初我们在齐国时，情况那么凶险，哥哥毅然出走，从此足迹不履齐境，不就化险为夷了？你放一百个心！"

听孙燕这么一说，子蝶面色平静了下来，心里宽慰了不少。但她心里还是空空的，对孙燕说："小燕子，你哥哥怎么一点消息都没有？算算日子，他应该回来了。他难道就不想我们？"

"哥哥是重情义的人，他肯定时时惦记着你和我这两个他最亲近的亲人！可他身为大将军，重任在肩，不能不以国事为重。他长途跋涉，金戈铁马，动三军如动一人，是个使敌闻风丧胆的统帅，但他的心又是最软的。"

"是吗？别忘了，除了你和我，他还有小平儿呐！"子蝶忍不住笑着说，轻轻地揉了下大大的肚子，"你看，平儿正在踢我呢！他听到我说他了。好了，好了，平儿，你给我安分点。"子蝶的脸上又升起幸福的红晕。

孙燕见嫂嫂愁绪已去，又变得开朗愉快起来，定下了心，劝子蝶说："别替哥担心了，心里发急，会动了胎气的。"

"好，好，平儿，咱们听姑姑的，不想你爹，想也没用，我要睡了，你也睡吧，我给你唱首歌。"子蝶说着，脱衣睡下，把手放在肚子上，轻轻地哼唱一首摇篮歌谣。

孙燕没想到，这是子蝶生平讲的最后一句话，唱的最后一首吴歌。

半夜，子蝶突然感到腹中剧痛，出血不止，不久便昏厥了过去。产婆就住在吴都，早就预约好了，是经验丰富、名扬四方的好产婆，接生过公主、王子和无数贵人的子女。孙燕以最快的速度乘上这些天在此待命的马车，持卡符进城把她请了来，她还带来两个高徒，都是很干练的人。

产婆一看子蝶，"哎呀"一声，便吩咐烧热水，备产盆，拉上帐幔，请所有的人出去，包括孙燕。孙燕和子考坐在堂屋里，浑身发抖，不知所措。到鸡鸣黎明时，子蝶似乎醒来，传出轻微的痛苦的呻吟声。日头高升时，伍子胥和乐范赶来，带着医师，但都爱莫能助。坐了一会，乐范走了。伍子胥遣一个侍女叫出产婆的一个徒弟，询问情况。徒弟为难地说，夫人是难产，胎位不正，凶多吉少，就看夫人的命了。伍子胥一听，忧形于色，疑惧重重。到下午，屋内突然"哇"的一声，传出婴儿响亮的啼哭声，伍子胥、子考大喜，孙燕心中悬着的一块石头顿时落地。

产婆抱着已洗净身子被裹在锦被中的孙平出来，沉重而无奈地说："夫人走了，他们母子的命相克，母克子，子克母，两者只能取其一，按夫人遗愿，我们取了大将军的小公子。对不起了！"

这如晴天霹雳，屋里所有的人都愣住了，子考瘫坐了下去，伍子胥顿足说："老天不公，为何要如此薄待孙武？薄待孙武就是薄待吴国啊！"

孙燕顿时哭成泪人，边哭边说："都是那可恶的扫帚星作的怪！"

阖闾得知消息后，要杀产婆和她的徒弟，给伍子胥劝住了，伍子胥说："她们能保住孩子已不容易了，事情到这一步，怪不得她们。"

阖闾诏令将子蝶以公主之礼厚葬，子蝶直到临死，手里还紧紧捏着两颗一黑一白的棋子，入殓时，怎么也松不开她的手，孙燕说："随她去吧，她在等哥哥。"

大将军府一片凄凉，灵堂如雪。因为孙武未到，子蝶虽已入殓，但棺木未合，要等孙武见子蝶最后一面后再合上。子考以及子蝶的两个姐姐全家、孙燕和欧剑子、三姐和珍珠女、田狄等，轮流守灵。孙平由奶娘抱着，吊祭过母亲后，便避居后室。

五六天以后，孙武率大军凯旋，阖闾率文武百官到吴都演兵场亲迎，场面是隆重的，也是热烈的。但阖闾和伍子胥脸上的表情有些说不出的怪异，欲言又止。孙武在人群中东张西望，在寻觅子蝶的身影。

阖闾拉住孙武的手低声说："恭喜你得了贵子，夫人和小孙平在大将军府等着你，不过，夫人她，已经，已经很不幸地谢世了！"

孙武不相信自己的耳朵，惊惶地问："大王，你说什么？"

伍子胥说："我陪你回家吧，此处不是谈话之处。"

孙武像梦游般回到家，刚进大门，便是一片哭声，孙燕冲过来，一把抱住哥哥，哭道："对不起，对不起！我没有保护好嫂子。都怪我，都是我不好！"

伍子胥简略地叙述了那晚的经过，以及产婆所说的话。孙武木偶般地毫无表情地听着。他走到灵柩边，子蝶平静地躺在花团锦簇中，脸如死灰，双手放在胸前，一只手紧握成拳，孙武将她那只紧握的手轻轻一掰，便松开了，里面是两颗棋子。孙武大恸，泪如泉涌，取过棋子，喊道："子蝶，我平安回来了，你睁开眼看看，我真的回来了！你怎么能舍我而去呢？我们不是有约定的吗？你和孙平一定要等着我平平安安回家啊！你真狠心，岂能抛下我们父子俩就这么走了？"

伍子胥把他拉开，劝他："大将军，人死不能复生，你一定要节哀自重。"

那盘摆满黑白棋子的棋盘就摆在灵前，据产婆前，子蝶临终之前，有过短暂的苏醒，但口不能言，只是眼睛一直看着那棋盘，手里不知什么时候起，握着两颗棋子。孙燕是明白其义的，将棋盘原封不动搬到灵前。孙武也明白其义，出发前子蝶与他说过，要用这种方式计时，等他回家。想到这里，他走到灵前，缓慢地将两颗棋子摆了上去，对着牌位说："我回家了，那两颗子，我替你摆上去了。"

细问下来，子蝶突然腹痛之时，正是扫平弦城之日，他大惊，自己欲破解彗星不祥之兆，可杀气太重，反而遭到报应，厄运应验到了自己身上。他对伍子胥喃喃说道："弦城开战，大获全胜，可一物报一物，人事有五行相生相克之理，看来弦城不该克！是我害死了子蝶！"

第十九章

在孙武伐楚这段时间，吴国和越国之间的关系一直是波诡云谲。

越国表现出了多年未有的强硬姿态，进行全国战争总动员，范蠡亲率一万多兵马，由将军灵姑浮打先锋，集结在吴越边境，挖壕筑垒，摆开一副决一死战的阵势。一千武卫军扮成的楚军单独行动，由一个叫蒋尊的将军统领，直接听命于范蠡，以苎萝山猎户莫希为首的神箭队也归范蠡指挥。不过，他们的服装有些奇特，在民间猎户常穿的猎装外套一件铁甲的背心，头戴盔甲，背着自制的弓箭，虽形制各异，但个个矫健果敢，反应灵敏。

范蠡出征前，在越王宫中的禹庙，勾践以监国太子的身份带领众将臣宣誓。勾践对着大禹像严正地发出誓言："今强吴压境，勾践和众将臣向先祖盟誓，我等将拼死抗击吴军来犯，以鲜血和生命，奋勇杀敌，保国安民，卫护宗庙之全，重振祖先雄风，愿大禹佑我！"

宣过誓后，越王在王宫前的广场上，敕封勾践为三军统帅，并将自己佩戴多年的越王剑授予太子。此剑是干将父亲的师傅所铸，剑身鸟篆错金，锋利无比，剑格正面左右各铭"越王剑"三字。这把剑不仅是护身的利器，亦是越王王权的象征，允常将佩剑授给太子，等于把王权基本上交给儿子了。经过石买之乱后，越王已感到身心疲惫，萌生提前退位，让位给儿子的念头，在没有最后下定决心前，他想把军务先放手交给太子负责。

也是在这个广场上，范蠡被勾践任命为前敌将军，文种为军师，灵姑浮为左旅副将，诸稽郢为右旅副将。勾践授予范蠡书有"越"字的鸟篆文大纛及青铜虎符，凭虎符，范蠡可全权行令对吴之战。接着，巫师手舞足蹈，念念有词，祭祀上苍，求神保佑。这些仪式结束后，范蠡、灵姑浮和诸稽郢率部出发了。勾践和文种留在太子宫遥遥指挥。

除在陆地各兵略要地作出布置外，范蠡说服了勾践和文种，出动了一百多号戈突船，和十几号楚国所赠的战船，在五湖巡航，逼近吴国控制的一些岛屿，让这些岛屿上的守军可清楚地看到越国水师的旗号，包括几艘船上楚军的旌旗。越军水师甚至在离吴国较近的水域进行演训，组成各种队形，时进时退，时分时合，变化无穷。

在吴越边境，范蠡也进行着车骑兵和步卒的演练。上千辆战车列成横阵，操演围剿、佯退、伪装、诱敌、伏兵、奇袭等战术。围剿和奔袭战中，范蠡让每辆战车的车尾拖上一根横卧的树木，用铁索牢牢钩住，横木在奔跑中，扬起一股股弥天尘土，可使得"敌军"在烟尘横飞中无法睁眼，不辨方向。战车挂木的战术在中原各国的相互伐战中经常使用，叫作尘战，中原少水干燥，往往地面尘土厚积，扬卷起来，足可蔽日，既能使得对方的兵士不可张目，又能壮声势。范蠡这样做，就是借用了这一兵法。

越国的装备当然被吴国看在眼里，伍子胥很冷静，他仔细分析了越国的一反常态和军事策略，觉得值得寻味。当获报有楚军参战，他明白了越国之所以会这样突然变得强硬起来，决非偶然，而是楚国的谋略。楚国正面受到孙武三万大军的威胁，因而意在从越国开辟第二战场，于是楚越组成联军，从吴国后院进行包抄。

孙武所率的主力远在千里之外转战，国内仅有一万多兵马，由将军公孙雄率领，部署在吴都周围。孙武出征前，为防备越国蠢动，特将王子终累原驻防的楚吴边境的兵力移师吴越边境。未料荒唐不堪的终累，竟置戍边于不顾，而热衷于无聊的斗鸡，从而被越兵逮住，给抓住了一个把柄。现在吴越边境紧张起来，公孙雄屯兵吴越边境，他的副将是卓荣。卓荣几年来，从步卒当起，做过伍长、行官，直至副将，他出道了，表现得很有些才智，孙武力排众议，把重担压给他。

两国相和，发生什么事都不要紧，都会得到化解。两国为敌，就无小事了，芝麻大的事，就会无限放大，成为导火索。越国这么多年，和吴国签了"从约"，进贡物品，百依百顺，表示臣服。但吴国非常清楚，越国的顺从是暂时的，是国力衰弱时的无奈之举，心里是非常不甘的。因此，越国暗地里和楚国结盟，在楚国扶持下，整军经武，发展经济，到了一定的时候，就会摆脱吴国的樊篱，变顺从为反抗。从阖闾、孙武到伍子胥，对此都是心知肚明的。吴越必战，图存救国与灭国兼并的相争是吴越之间的大势所趋。

但在吴国的伐战时间表上，有个轻松缓急的安排，饭要一口一口吃，仗要一个一个打，国要一个一个伐，量力而行，循序渐进，分步实施，这是一个长期的

过程。如今，孙武劳师远征楚国，这是吴国蓄势待发的第一仗，对于强吴称霸的征途，是至关重要的一步，只能马到成功，不能有半点闪失。

照伍子胥的心愿，恨不得大举兴兵，攻入会稽，杀了越王允常、太子勾践，灭了越国。可伍子胥瞻前顾后，觉得绝不能对越妄动。事情很明白地摆在那里，一旦打起来，前后皆敌，楚越联合包抄，千里之外，一部分楚军拖住孙武，另一部分反攻吴国，吴国就会陷入被夹攻的境地，处境是十分危险的。如果孙武回师勤王，伐楚首战就会以失利告终，这对吴国来说，是大丢面子的事，无疑会受到重挫。

比较明智的办法，就是稳住阵脚，不和越国开战，以守为攻，以不变应万变。他和被离、伯嚭在这点上取得了共识。正好曳庸出使吴国，为王子终累被扣遭关押事，向吴国致歉。

曳庸到吴都后的当晚，便将一车的厚礼作为土仪，送入伯嚭的府邸。自上次宫女和武锦清的事发生后，伯嚭已很长时间没有横财可发，他的奢华生活使他闹起了穷，对于越国的进仪，他略作一番推让，便统统笑纳了。

"大夫，王子的事，是士卒不熟王子所引起的误解，必不至有意冒犯。"曳庸坐下后便开门见山地说，"现在有成僵局之势，我这次来吴国，除了代表越王再次正式向吴国道歉外，特托付大夫寻找转机。拜托了！"曳庸站起来，深深一揖。

"不必客气，不必客气。"伯嚭起身还礼，他的态度和上次去边境办交涉、领终累时的态度已大为不同。那时他身上还是免不了有股强国对弱国的傲慢之气，现在一车厚礼已使他在感情上向越国倾斜了："我已和伍子胥为这事商议过，他原来也是肝火很旺，主张讨伐越国的，我反复申述是王子缺乏自制，骚扰越民，为非作歹引起纠纷，以此为由，对越发兵，是有失公允的。越国诚然不是吴国的对手，但孙武带兵西征北伐，国内空虚，越国同仇敌忾的话，只恐吴国占不了上风。伍子胥是聪明人，他被我劝住了。"

伯嚭说得天花乱坠，其实子虚乌有，伍子胥一开始就坚决反对对越国举兵讨伐。

"大王呢？他是怎么样的态度？"曳庸问，"你上次在边界时，不是谈到他不会轻易放过这件事吗？"

"大王现在情绪还很激动，终累毕竟是他的长子，终累在越国的遭遇，在他看来，等于是他的奇耻大辱，他咽不下这口气！而且，王子回来后，不知是受了惊吓，还是掉在河里冻着了，竟一病不起，咳嗽加上气喘，似衰病侵入的老翁。"

"王子病成这样，倒是没有想到的。是不是可以这样说，终累不治，事情可虑?"

"不能这样说,吴王是明君,不会这么糊涂,他只是在气头上,对臣子的力劝,他最终会听入耳的。况且,儿子做的事,并不光彩啊!"

"是啊!越国上下都在传这个笑话,这个斗鸡大将军要是继承了王位,那不是变成斗鸡之王了,那真是吴国的不幸了!"

"嘘!"伯嚭伸出食指放在嘴上,表示噤声,环顾左右低声说,"这样对吴王不敬的话,少说为佳。依我看,大王不会把王位传给终累的,他最看好的儿子是夫差,他深得孙武的教诲,已很懂得军戎之事了。要是不出意外的话,夫差必继王位。"

"那不是废长立幼了吗?"

"正因为不符礼制,大王才对立太子这么重要的事迟疑不决。大王年龄不小了,他嘴上不响,心里却有说不出的着急。"

"也罢!这是吴国君廷之事,越国不便过问。"曳庸轻描淡写地说,实际上越王和太子对阖闾的继承者十分重视,这关系到未来的吴越关系,他们宁愿纨绔的终累继位,而不愿是才堪大用的夫差。从伯嚭的口气中,曳庸已多少探到了吴王的底。他笑笑,又说:"吴主新迎蔡国公主为继后,我带了一些礼,略表越国的祝贺之意!贺仪清单是亲手交给贵国大王,还是请大夫转呈?"

"贺仪明日上午先入府库,然后我陪你去拜见伍子胥,清单你交给他吧,我就不经手这件事了。大王不见为好,免得讨了个没趣。"

"好,按大夫说的办,总而言之,还请大夫关照。"

第二天,曳庸将送伯嚭之外的礼物,交国库胥吏清点入账,然后由伯嚭陪同到伍子胥的相国府拜见伍子胥。最近阖闾封伍子胥为吴国宰相,实际和辅国大夫没有多少区别,只是名称不同而已。诸侯国中间对相国官衔的称呼颇为混乱,有称令尹的,如楚国;有称太宰的,如越国。但最为普遍的就是称宰相,或相国。相居百官之长,和大将军分领文武,总理国政。

伍子胥见了曳庸,拍案大骂道:"你们越国是不是头脑发昏了,怎么能对王子如此无礼?王子到你们越国来不是一次两次了,你们以前熟视无睹,这次为何要小题大做呢?告诉你,昨晚起,终累病情加剧,如有意外,越国就是自速其祸!"

"伍宰相,请息怒,我就是为了此事而来。大王和太子遣我来拜谒宰相,致歉谢罪,并向贵国大王迎娶继后表祝贺之诚。"曳庸说着,递上礼单。

伍子胥将礼单往案上一扔,看都不看一眼,继续铁青着脸说:"你们别来假情假意这一套,其实,你们那点心思我早就看透了,什么下面的步卒不熟终累,造

成误会，都是托词！这明明是预谋，是配合楚国牵制吴国的行动。甚至接下来还有更大的计划，是不是？"

"不是。越国绝无这个意思。"

"曳庸，别抵赖了！我问你，既然没有这个意思，越国为何大批屯兵边境？越舰屡屡在五湖演练？为何还有楚军出现在越军之中？你们想干什么，不是昭然若揭吗？"

"这没有什么奇怪的。"曳庸理直气壮地回答说，"吴国扬言要攻伐越国，越国岂能束手待毙？不能不有所准备。越国虽然是弱国，也可集十万之兵，与吴国一决雌雄，只不过白首老人和尚未成年的少年占了相当一部分。与其受戮，不如起而一搏，到头来无非都是一死。吴国即使灭越，亦遗骂名于后世，被天下人所不齿！"

"好吧！你总算承认了越国要和吴国一决雌雄的意图，那么，你还跑到吴国装模作样干什么呢？你不怕我杀了你吗？"

"两军交战，不杀来使。宰相若杀了我曳庸，就不怕天下人骂吴国不仁不义吗？你伍员也是痛恨楚平王乱杀之暴行，才奔吴扶持吴国，以实现伐楚报仇之旨，何以又要步楚平王后尘，置古制于不顾，妄杀无辜呢？这在道理上说得过去吗？"

"有话好好说，有话好好说。"伯嚭见双方都拉下了脸，对曳庸使了个眼色，劝解说，"曳庸，我们都是老朋友了，常来常往的，彼此推诚相与，岂不甚好？"

"伯嚭大夫说得对，彼此要推诚相与。"伍子胥口气缓和下来，拿起礼单看了一眼说，"我不会杀大夫的，刚才是戏言。请大夫回去转告越王和太子，吴国对越不会举兵讨伐，双方都应克制，越国尤不可听楚国的挑唆。"又用一只手掌拍拍礼单说，"贺仪我代大王收下了，也替大王谢了！"

曳庸说了声"不客气"，便趁机退出。伍子胥对他虽不是很友好，劈头就骂，但他还是暴露了自己的想法，正如伯嚭所说，伍子胥是不主张攻越国的，并担心楚越合力，包抄和夹击兵力空虚的吴国。范蠡的策略果真奏效。

但吴越边境还是发生了一次激烈的冲突，公孙雄见越兵天天大肆操练，咄咄逼人，很有和吴国干上一仗之势，便跃跃欲试，很想有一番作为，便也在边境这一边操练起来。越国的莫希手下的一个神箭手，对准吴国这边一个挥着小旗的营官射了一箭，箭从旗中穿过，飘落在地。营官一愣，接着又来一箭，从战车上高悬的一面鼙鼓鼓面中心穿越而过，紧接着，一名将军头盔上的羽毛被一支箭射了下来，公孙雄对这种肆无忌惮的挑衅行为大为震怒，下令冲杀过去。

双方大动干戈，打得难分难解，越国的一列战车拖着横木疾驰而来，尘土飞

扬，吴军一个个都睁不开眼睛。夫概手下的将军潘缮，现在是公孙雄的另一个副将，带了一队兵冲锋到越军阵中，却陷入尘埃中，晕晕乎乎的，坐骑被越国战车的横木绊倒，要不是逃得快，一条命都会送掉。卓荣在乱阵中倒灵活得如鱼得水，骑在马上挥剑拼杀，勇猛不可挡。但更多的吴兵败下阵来，滚滚黄尘之中，旌旗翻卷，其中一面大纛写着"越"字，另一面大纛写着"楚"字。

公孙雄见势不妙，连忙鸣金收兵。核对下来，吴军损兵折将一百多人，其中不少是被暗箭射中额头而死的，而越军死伤三四十人，显而易见，这场冲突，吴军惨遭失败。消息很快传遍越国，上至国君，下至黎庶，无不欢欣鼓舞。这是多年来，吴越之争中，越国取得的罕见胜仗，从城邑到乡村，从山野到平原，人们杀猪宰鸡，到处洋溢着过节般繁喧热闹的气氛。弥漫全国上下的"恐吴症"亦一扫而空。

消息传到苎萝村，西施也很兴奋，但很快冷静下来，长叹一声，对正在她家中的郑旦说："不能高兴得太早了，吴国吃了亏，肯定会变本加厉反扑，激战还在后面，阖闾、伍子胥是不会甘心罢休的。"想到这里，她惴惴不安起来，恨不得插翅飞到范蠡身边，提醒他千万不能轻敌，被胜利冲昏头脑。但一转念，又好笑起来，她能想到的，难道范蠡会忽略？

"西施，你的范先生真了不起，神机妙算，力挫吴军，立下奇功！"郑旦神采飞扬地说。

"你爹也不赖啊！他百发百中的射艺，可大展身手了！"西施也喜滋滋地说。郑旦的父亲也是神箭队的猎户。

"不知下面的情形会怎么样？你说得对，吴国不会罢休的。"

"吴国本来还有些顾忌，这下不仅会恼羞成怒，而且肯定会明目张胆对越国大举讨伐，宗庙生灵又要吃苦头了！"

"有太子和范先生在，越国没有什么怕的！吴国凭什么又是打楚国，又是打越国？这世上就没人管管它？讲不讲道理？"

"范蠡说，有人天生热衷于动武，好像不打仗活不下去似的，他不得不以战制战。"

"以战制战？就是通过战争来制止战争，争取和平？"

"是的。不过，不管什么样的战争，终究不是好事。"

终累死了。

本来他一直恹恹无生气，但近日有了好转的迹象。此日早晨，他突然喊肚子

饿，可喝了几口粥，又把碗放下，不想吃了。到晚上，他忽然全身发烫，到半夜更是神志紊乱，胡言乱语，到底说些什么，却一个字都听不清。医师陪伴在他身旁，隔一个时辰就给他服一次药，开始他还能吞咽一点，到后来喂多少吐多少，点滴不进了。守在一边的被离知道终累不久于人世，不得不叩大王寝宫，阖闾闻讯立即赶到终累居室，问医师王子的病情有救没有救。医师没有正面回答，只说，刚刚替王子请过脉，脉象大不好，很是棘手。

这话的意思是很明确的，王子的病已不治。阖闾没有责怪医师含糊其辞，他知道终累的病情起因很简单，正如脉案上写的，情怀失旷，这是指受了惊吓，又跌入冰河中受了冻，以致肝气郁勃，心神失养，神志错乱。

"还有多少时辰？"

"拖不到天明。"

"能有办法让他清醒片刻吗？我有话对他说。"

医师表示只能试试，是否能做到，没有把握。

"你试吧，醒不过来免你的错。"阖闾挥挥手说，他有点不耐烦了。

医师掏出一根长长的银针，在终累人中处连扎几针，终累的喉口"呼噜、呼噜"地发出声音，僵直的四肢抽动起来，眼睛微微睁开，白眼往上翻着，在艰难地望着什么。

"终累，终累，我是父王，你听见我的声音了吗？"

终累毫无反应，阖闾提高声音，连续大声呼喊。终累眼睛终于张得大了些，视线落在父王脸上，声音细如蚊虫声："父王。"

"终累，你听着，你要给我挺住，现在我册封你为太子！你听到了吗？"

终累微微点了点头，嘴唇哆嗦着，但什么话都说不出来了，他慢慢闭上眼睛，两颗大大的泪珠从眼眶里滚了出来。到天明，终累咽了气。

白发人送黑发人，阖闾悲痛欲绝。早朝时，文武大臣都已知道终累逝世，大王在最后时刻，按制封长子为太子。而临终前获此封衔的终累，只当了一个多时辰的太子。在廷议中，阖闾命内务府大夫被离依制安排太子身后事，命伍子胥调集全国军队，作好讨伐越国的准备。阖闾还说，前两天楚越联军公然在边境肆意挑衅，打死吴国一百三十四名将士，还有五十七人受伤，其中二十四人重伤，生命垂危。

曳庸作为专使来吴国致歉后，刚返国四天。越国在边境打了胜仗，信心大增。楚将子期率三千精兵入越，虽然没有预想的多，但毕竟来了一支援军，而且，子期声称，只要需要，楚国还可增派更多的援军，这对越国来说，无异于服了一帖强心剂，精神为之一振。一时间，人人剑拔弩张，磨拳擦掌，都觉得吴国不足惧，有楚国做后盾，越国可以趁势和吴国大打一仗，借孙武军在千里之外，吴国国内空虚之良机，把吴国打个人仰马翻。

连允常、太子、范蠡和文种都改变了尽量阻止吴国伐越、以求苟安的想法，而是希望能诱敌深入，凭军民誓死捍卫国家的决心和机动灵活的战略，痛击进犯的吴军，由此改变吴越之间的局势。因而当曳庸说到伍子胥已承诺不对越国用兵，他的稳定吴国的使命已告完成时，太子勾践有些扫兴地说："早知有今日之时势，你出使吴国也大可不必了！"言下之意，他对吴国的发兵无所畏惧了，而且，不怕吴国打，就怕吴国不打。曳庸无奈，心里想道：没想到太子这么忘乎所以，一次小胜就让他如此轻敌！

大殿的朝会散后，伍子胥、伯嚭和被离留了下来，商议太子的丧事和向越国发兵的事。伍子胥对楚越合力，企图两面夹击吴国的计谋以及双方的兵力作了具体的分析，说："大王，太子英年早逝，是大王之不幸，也是国之不幸。我很为大王难过，此仇必报！但臣以为现在不是报仇的时候，待孙武攻下养城，活捉盖余、烛庸，择机攻陷郢都以后，再伐越也不迟。"

"宰相说的是，太子致病，乃越之过，这是不用怀疑的。臣恨不得连夜带兵打进会稽，活捉允常这老贼，寝其皮，食其肉，将越王宫、太子宫付之一炬。可君子报仇，十年不晚，当下情况复杂，越国诚然可恨，但大将军率主力尚在外境，楚国会派兵从越国进犯我国，实施南北夹击。因而，目前伐越，确不是时候，大将军说，锐卒勿攻，饵兵勿食。"伯嚭知道，大王对孙武最为信任，故讲话中多说孙武的兵法，以此劝阻大王用兵，也是暗中帮越国的忙。

"你们说得都有道理，但我伐越决心已下，不可动摇。我决意亲自领兵，南下越国，另外，让孙武暂缓攻打养城，立即班师，一举拿下越国，将越军连同入越的楚军痛歼。"阖闾坚定地说。

"大将军无功而返，楚国利用越国牵制吴国的目的就达到了，大王制定的伐楚计划，历经几年辛苦的准备，势必受挫于一旦。诸侯见笑，暂且不说，误了国家的通盘大局非同小可，因而，断断不能召回孙武，请大王三思。"伍子胥应声答道，他的口气也很强硬，满朝文武，也只有他能以这样的话语劝阻大王。

"大王，越国已是我囊中之物，今日取和明日取，都在大王手中，臣以为待孙武完成使命，凯旋后再取更为稳妥。先楚后越，两全其美。大将军半途而废，弃楚攻越，这笔账算下来是该得的未得，该付的已付，怪可惜的。别的不说，劳师远征了那么长时间，所耗军资浩大，就这么不了了之，令人遗憾之至！而且大将

军将略奥妙，深不可测，他对楚国自有他的谋划，突然让他中断，是不是太为难大将军了？"伯嚭附和说。

阖闾不作声，这些道理他当然懂，只是心里的愤怒让他失去了理智，一心想举兵伐越，为大儿子终累报仇。他没有回答伍子胥和伯嚭的话，他不想回答，也不好回答，他满脑子只有一个念头：报仇。

他用一种凛凛的目光从伍子胥脸上扫过，再移到伯嚭脸上，最后落到被离的脸上，冷冷地说："该你说了。你赞成他们的话？"

"是，请大王鉴臣之衷！"

"我知道了，我懂你们的意思。我不怪你们，可事情就这么决定了，我无意改变。这口恶气不出，我心里不好受，你们就不能体谅一点我吗？"阖闾黯然地说，眼睛里饱含热泪。

三人面面相觑，苦笑之外，已无话可说了。大王根本听不进半句劝他的话了。其实劝他的话，他心里都懂。伍子胥和伯嚭怀着不同的心思回府第去了。被离像往常一样，在宫中处理一些杂事再回，特别是太子的丧事，虽不能逾越规制，但规模不能小，梓宫要大，彩绘要鲜明繁复，图案以蛇、龙、鸟为主，而青铜礼器、食器要成批成套，而且要新铸的，上面还须刻铭文，陶器、漆器、玉器以及兵器都不能少。虽已布置下去，有专人负责，但他不放心，一一把人找来催问。这些事够被离忙的了，好在诸事进行得还算顺利。只是大王坚持要伐越让他心里很感烦乱：倘或大王果真不肯放弃，如之奈何？

他带着这份疑虑，乘马车回府。马车是敞篷的，他坐在车上，习惯性地仰望星空，忽然，他叫马车夫停下车，他仔细地在点点繁星中定睛搜索，发现天空中有一颗彗星，拖着扫帚一样的光芒。这个天象坏极了！他要马车折回王宫。

马车掉过头向王宫奔去。他直奔阖闾的内宫，大王还在灯下想心事，见被离慌慌张张地进来，便问："被离，你慌什么？有什么事？"

"刚才臣看到了很不好的天象，扫帚星都出现了，大王，天在警示，伐越之战不能打啊！"

"扫帚星？这么会有这样的事？"

"大王不妨亲自一睹！"

阖闾随被离走到宫室外石砌的平台上，朝夜空而望，果然发现了一颗拖着淡黄色光束的彗星，他愕然地揉揉眼睛，不错，正是不祥之兆的扫帚星高悬在深邃幽冥的夜空。

"被离，你到城门外的观象台去仔细看一下天象，除了扫帚星之外，还有否别

的征兆。我在宫室等你。"

遵照大王的吩咐，被离冒着呼号的寒风，沿着台阶，爬到高耸的观象台上。深色的浩瀚无沿的苍穹，不计其数的星座宝石般地闪烁着，被离用"堪舆术"来仔细查看漫天星图，北斗七星，南斗六星，银汉横贯，金星居中，像一豆烛光，有点肃杀之气。忽然，有一颗流星从黑暗的夜空划过，很快就沉落了。寒气习习，被离感到他熟悉的星空变得有点恐怖起来。天象在他眼里，是带有明显的感情色彩的，但像今天这样让他感到恐怖还是极少有的。

被离从这座广场上最高的坛顶上下来，风刮得更厉害，也更强烈了。他跌跌撞撞地回到王宫，又从内监取出一只守龟占卜，龟板上所出现的诡秘裂纹，同样显示出有灾祸出现。

他脸色苍白、气喘吁吁地来到阖闾的内宫，阖闾已变得很沉着。他很镇静地听完被离的诉说后，想也不想地说："既然天道不容，那就算了，取消伐越的计划。你连夜告知伍子胥和伯嚭，不然，今晚他们会不得安寝的。看来他们说得对，寡人差点犯下大错，误了通盘大局！"

被离带了几个宫中的卫士，分别到伍子胥和伯嚭的府邸，传达了阖闾新的决定和出现彗星的天象之兆。伍子胥正在为这件事一筹莫展，听了被离的话后说："这下好了，和衷共济的局面，差点为了打一场仗而维持不下去了！"

伯嚭则更为高兴，他觉得只要吴国不举兵，就是他的功劳，越国送他再厚的礼，他都受之无愧。一旦决定不对越讨伐了，阖闾就觉得放下了一个沉重的包袱，心里也就轻松多了。其实，他是有点意气用事，虽然刚才坚持要伐越，但在潜意识里，还有另一声音在对着自己说，你可别忠言逆耳啊！

扫帚星的出现，不单使他镇定、清醒过来，而且帮他找了最好借口。

被离走后，他对蔡小娇说："小娇，我是怎么啦？像中了邪似的，不顾力薄，非要对越举兵，你看，连老天都觉得我不智，用扫帚星来向我当头棒喝了？"

蔡小娇正在整理她的服装，她穿衣讲究款式、色彩。听阖闾提到不打越国了，她温婉地说："是啊！你以后打仗的事少跟我说，吴国时逢盛世，百姓日子过得好好的，为什么还要大动干戈呢？少打仗，让百姓的衣着讲究些，国家也更有颜色了，岂不更好吗？"

看着仪态优雅的蔡小娇，阖闾几天来第一次露出笑容说："我打越国也是为了你啊！"

"和我有什么关系呢？"蔡小娇不解地说。

"越国出丝绸、棉麻，把越国打垮了，你有更多的绫罗穿了。"

"为了我的穿衣发动战争，也太可笑了，太不值得了！如果真是这样，这些用性命换来的衣裳我情愿不要。我听爹说，有些国家为了一块玉璧，就起兵争夺，大打出手，真有这样的事吗？"小娇知道大王是在说笑话，但还是表明自己的态度。

"当然有。你爹没跟你说吗？他当太子时，楚国为了勒索蔡国一批珍宝，把他当质子，扣押了三年。"

"好像听他说过，不过，详情不太清楚，只知他对楚国、徐国挺痛恨的。"蔡小娇含糊地说。她不想多说这个话题，其实她知道父王和楚国的恩怨，虽然这是国耻，是禁中的秘密，父亲平时对此讳莫如深，但还是有人详细地告诉过她。她也明白父亲将她远嫁吴国，就是想通过婚姻来加强和吴国的联盟，凭借吴国的实力来报复楚国和徐国等敌国，但她厌恶自己成为父亲讨好吴国的工具。作为女人，能当上吴国这样大国的王后，嫁给一代英主，她很知足了。她希望国家安宁，后宫息事，一个动辄举兵的国家，一个是非多端的后宫，会使她这个王后不自在的。

前几天，太子病逝，大王满脸的煞气，口口声声要亲征越国，为儿子报仇雪恨，连伍子胥都劝不住他，这让她又害怕又担心。她想劝他几句，又怕碰壁。今天见大王神色和前几天大为不同，板着的脸松弛了，露出了笑容，还因为扫帚星的出现，取消了伐越的计划，话中有些悔意，便趁势说他几句。

"大王，你答应我一件事，好吗？"

阖闾看着她那张艳如春花的脸说："什么事？你说。"

"迢迢银汉，出现彗星，这是上天的警告，今后你就少打仗，不打仗。一动干戈，会没完没了，打输了，就想扳回来；打胜了，人家不服气，想报仇。说到底，打仗都是犯了心疾，不知足，要面子。殊不知，打仗是最耗神、最耗力、最耗钱的事，这些如果用在治民上，百姓不知多多少好处！所以，大王你答应我，今后不要轻言动武，好不好？我们是夫妻，我就直言了。"蔡小娇慢条斯理地说，仪态非常娴雅，说完后，眼神闪烁着又补了一句，"我过来时，父王曾关照我，不要干预朝政，我记住了。我这么说，并不是管你的事，只是夫妻之间的闲聊，这不算干预朝政吧？其实，打仗是很傻的事，是钻了牛角尖出不来了。"

阖闾听完后，深深看了王后一眼，别看她是个十七岁的深宫里长大的娇娃，还是很有心机的，也没想到她的心还很仁慈，便说："我答应你不轻言动武。不该打的仗，我尽量不打，但该打的仗，还是要打，这是迫不得已的事。你不太懂，你父王就懂了。做君主的都想国泰民安，可有人偏偏不让你有好日子过，觊觎你的土地、你的财物。我当然要履行做国君的责任，保境安民，这就免不了要打仗。

当然，有时，我也可能会钻牛角尖，你可以提醒我不要轻举妄动，你是王后，有谏劝之责，这不算干预朝政，再说，夫妻本是同命鸟，你即使偶尔干涉，也是出于好心，我不会计较的。"

话说得很漂亮，蔡小娇笑得十分灿烂，光彩逼人。阖闾看傻了眼，有点心旌摇荡。蔡小娇揉着惺忪的倦眼，慵懒地伸了个懒腰，双颊浮上红晕，轻轻地说："我们去睡吧！你这段时间倦了。"

"是啊！出了这么多事，竟把身边的娇妻都冷落了，走，我们睡去。"阖闾起身扶着年轻的王后，走入寝宫。

天微明，阖闾和小娇正酣睡中，有内监急报，大将军夫人子蝶临盆告危，阖闾惊起，下谕医师前往救治。他一开始在宫中等着消息，后又亲自去子蝶家探视，但子蝶还是离开了人世。子蝶之死，使阖闾非常感伤和不安，而这种感伤和不安，多半是为了孙武。孙武这样的大才和国之柱石，好不容易遇到一个钟爱的红颜知己，却这样殒命了，他为孙武感到痛惜。

孙武回来后没几天，越王允常因病崩逝了，勾践顺理成章地继承了王位。紧接着，刚修缮过延陵淹城的季札无疾而终。短时间里，吴、越两国接连发生丧事，似乎都应验了那颗不祥之星的预示，亦隐喻着生之无奈。楚、吴、越三国的战事因此而暂告段落，又进入了表面平静但又暗流奔涌的对峙和胶着状态。

子蝶的突然离世，让孙武深感悲痛，他本来话就不多，现在更寡言少语了。他带着忧戚之色，常去五湖中的珠岛，怀念和回忆他和子蝶在这里度过的愉悦生活，她的歌声和琴声已在这座小岛消逝，而子蝶的美在他心中与日俱增。

家里并不寂寞，孙燕因为丧嫂，和欧剑子的成亲之仪搁了下来，孙燕依然住在大将军府，田狄管着这个家，家里还有多名男女仆人、厨子和卫士。儿子由乳母带着，一天天在长大，而很多时候，和当年的伍树一样，与孙燕待在一起。孙武对儿子并不怎么喜欢，甚至有些憎恨。因为他克掉了他的母亲，让自己和子蝶幽明异路。

有时，孙燕抱着孙平，在孙武面前逗他："小平，朝你多笑一笑，对，就这么笑笑！"小家伙果然笑了，而孙武见了，反而脸色阴郁下来。他想起子蝶那开朗爽直的笑容，他出征前他们的夜谈，还有她躺在棺木中手里的两颗棋子，这是她用一种特别的方式寄托对丈夫的相思。于是，哀从中来，悼亡之悲复起。他会一句话都不说，走到子蝶那盘留下的棋盘前，一颗颗抚摸着，拿起，放下，心境很坏。

久而久之，孙燕也看出哥哥对儿子感情淡薄。孙燕开始还以为他是只是心情

不好，后来才看出他对儿子有些恨意，她觉得哥哥对儿子存有这份心，实在没有道理。怎么能怪出世不久的可怜孩子呢？

"哥哥，你怎么能这样对待小平呢？他一生下来就没有了娘，够可怜的了！"有一次，孙燕忍不住责问孙武。

"产婆可恨，为什么不把机会给子蝶呢？明明可以给她的嘛！"孙武突然愤愤地说。

"你是说不该让孙平来到这世上？他是来错了？难怪你对他正眼都不看一眼，孙武，你太狠心了，有你这样当爹的吗？你怎么能把这口气出到孩子身上呢？这也太可笑了！"

"可是将生的机会付以子蝶，她还能再生育。"

"不行，既然小平已来到这世上，你就不该这么想了。小家伙多懂事啊！知道爹嫌他，看到你就笑，那是在讨好你，你不想想，他多可怜啊！"孙燕说着，伏在案上哭了起来。哭了一会，她抬起头，拭着眼泪说："这样吧，你不欢喜孙平，就将他过继给我，由我来照料他，我终老不嫁，免得他会随继父改姓。我保证好好把他养大，坐不改姓，立不更名，永为我们孙家的子孙！我可不会像津香那样心肠硬，扔下自己的亲生儿子不管。"说完，站起身来，到后堂去抱起孙平，对乳母说，"从今晚起，小平跟我睡！"

妹妹的倔劲又来了，但孙武对妹妹的耿直和善良以及爱憎分明的性格还是十分感动。她说到做到，一定对会孙平非常宠爱，视如己出。她对伍树就是这样，经常到伍子胥府邸，将伍树带到外面来玩。乐范对伍树管得很紧，使得伍树对她惧怕得很，驯顺异常。只有和孙燕在一起，伍树才天性复苏，又蹦又跳的。每次送他回家时，只要一到门口，脸上就有了愁容，企求孙燕："燕妈妈，你要多来啊！"

每次和伍树分开，她回到家便要将乐范和津香数落一番。乐范其实不太欢迎孙燕将伍树带出去，每次见到孙燕，脸色就不太好看。但孙燕只当没看到，有一次，乐范对她说："小燕子，听说你在夫椒冶坊场很忙，那就不用管伍树了！"

"你是后娘，我是干娘，你是大王的亲妹，我是大王的义妹，管伍树是我的应尽职责。况且，他亲娘托我照管他，我答应了她，说话不能不算数。将来见了他亲娘，我也可有个交代呀！别看孩子小，谁待他是真心真意的，谁待他是虚情假意，他心里很清楚。"孙燕说。

孙武冷静下来想想，自己确对孙平的态度有些过分了，对妹妹说的那些话也很不当，他心里不免有些愧疚。子蝶的惨死，对子考的打击极为沉重，几个月下

来，他心灰意冷，形神俱枯，一回到家，便坐在棋盘石发愣，不言不发。他和孙武在船宫见面时，两人都小心翼翼，不去触及子蝶的话题。但这天孙武碰到子考便问道："当时子蝶临盆遇险时，产婆到底怎么说的？在母与子的选择和取舍上，产婆是如何决定的？"

子考未说话就流下眼泪，他神情忧伤地说："留子舍母，是子蝶自己作出的决定。"

"怎么会呢？不是说子蝶已神志不清了吗？"

"也许是回光返照，她有过短暂的清醒，在她的恳求下，产婆告诉她，照她的情形，只能保全母亲舍弃孩子，这是迫不得已。子蝶一定要舍己保子，产婆听了以后，还是坚持要保大人，但子蝶忍着痛苦，断断续续说，这是吴国大将军的骨肉，谁未经大将军同意舍弃，是死罪。"说到这里，子考哽咽不绝，稍稍平静后，他歉然地说，"而且据产婆表示，即便保全子蝶，今后恐怕也很难有子嗣了。"

原来是这样，孙武倒抽一口冷气，自言自语地说："子蝶真傻，没有孩子就没有孩子，我是无所谓的。"他对子考说："子蝶不在了，有我在，你还是我的尊长、孙平的外祖父。我会替子蝶竭尽侍奉之责的，从明天起，你就搬到我这里来吧。"

子考推辞说："这倒不必，我住惯那个院子了，那里自由自在。不过，我还是很感激大将军的关切之情。子蝶能嫁大将军这样的人，也是我们这样家的女子最大的福分了，可惜她命薄，不能保住这份福气，怪不得别人。"

孙武回到家里，把子考所说的告诉孙燕，孙燕一听，也唏嘘不止，半晌才说："嫂子心里只有你，此情何其可贵啊！可你千怪百怪，怪到孙平头上了。其他人会这么想，还说得过去，连你这样豁达大度、聪明绝顶的人也会这么想，真让人匪夷所思。"

孙武面露愧色说："是的，是我错了，太欠思量，是子蝶成全了孙平，我却责怪无辜可怜的孩子，子蝶地下有灵，一定会说我辜负了她的深情厚义。"说到这里，他急急地对孙燕说，"小平醒了吗？我要好好抱抱他，我这个做爹的，委屈他了。"

孙武的心情慢慢平稳下来，精力完全放在了军国大事上，静下心来总结在楚国的几次战役。这次最遗憾的是没有像大王交代的，将吴王僚的两个儿子活着带回来。孙武觉得自己有负王命，就盖余、烛庸之死，向大王上表自责。

孙武用三万军队孤军深入，攻陷楚国多座城池，包括戒备森严的军事重镇弦城，而楚国出动十万军队，却毫无办法，被孙武牵动得疲惫不堪，完全处于被动

挨打的状态。当时的情形，如果孙武欲取郢都，也不是没有可能的。这让诸侯各国大为震惊，虽然心态不一，但都感受到了吴国的雷霆万钧之势。特别是吴军所表现出的从容和机动，让各国的将军无不叹服，无不吃惊。

这次吴国的军事行动，使称雄一时的楚国丢尽脸面。这足以说明，战争的胜负不仅仅在于军队的数量和武器的先进，更在于军略兵法的得当。孙武的兵法在这次行动中大显威力，真正神不知鬼不觉，在敌国范围内纵横捭阖，进退自如，行动干净而隐秘。以前的中原之战，大多是两军的兵阵对垒之战，面对面的较量中，兵力和兵器的多寡优劣再加上兵法，是决定胜负的重要因素。但孙武这次可说是以兵法的玄妙操纵战局的变化，开创了全新的战略战术，这使得各国都惊诧不止。唯有楚国的囊瓦不以为然，在背后说孙武兵法不过是流寇之术，老鼠逗猫的雕虫小技而已。

吴军虽退，人心惶惶的楚国仍惊魂未定。昭王把令尹囊瓦、大将军沈尹戌找来。昭王有些茫然地问："孙武像一阵风似地刮来刮去，楚国有那么多军队，何以让他如入无人之境？难道孙武用兵真的那么神？"

"孙武用兵何神之有？他只是流寇战术，打得了就打，打不了就跑，跟你捉迷藏似的。正像大王所说，他像行无定止的风那样，让你捕捉不住，其实也如我们见到的江洋大盗那样，平时像鼹鼠一样躲着，一有机会便出来行凶作恶。孙武有本事有实力的话，就堂堂正正地和楚国的军队正面干它一仗，可我谅他不敢。孙武没有什么了不起的，不过是盗贼而已！"囊瓦说，显得傲慢十足。

"不能小看孙武，兵以诈立，这是他说的。流寇哪有这样的计谋？令尹，依我看，这次孙武犯楚，只是摸底演练，为下一次攻打郢都作准备。"沈尹戌摇着头说，"如果我们轻敌，不引以为戒的话，楚国必会遇到真正的劲敌。"

"大将军说的摸底演练，到底是何意？请大将军详述。"昭王说。

"摸底，就是摸咱楚国的底，优势在哪里？弱点在哪里？楚军不弱，但总有防备不尽之处，吴军在楚国转战一月有余，我军的底蕴，他大致有数了。演练，就是通过这次劳师远征，实战练他的兵、他的军略，打几个城市，都是顺手而已。他的最终目的是除掉盖余、烛庸这两个吴国的前朝余孽，也令孙武这次犯楚师出有名。"

"这么说，阖闾、伍子胥还会打郢都？"

"这是肯定的，伍子胥的仇还未报，阖闾称霸中原的野心还未实现，而楚国是他争霸的一大阻碍。至于吴国什么时候打，就很难说了，近则一两年，远则两三年。"沈尹戌说，"势在必行，臣以为楚国要对吴国加强防范，绝不能掉以轻心。"

"令尹，你说如何防范为好？"

"依臣所见，一两年之内，吴国攻郢都的可能性不大。如吴国敢冒天下之大不韪，悍然伐楚，那我们也可趁此机会，一举将吴灭了。这次吴国对越国不敢举兵，是子期的三千楚兵让吴国害怕了。"

"这两年，楚国是要好好加强军备，以防吴国进犯，阖闾、伍子胥、孙武都不是省油的灯。善者不来，来者不善。但我们也不要去招惹他们，能相安无事最好，事缓则圆，母后也是这么说的。"昭王说，"令尹和大将军是寡人的左右手，国之栋梁，拜托两位了！"

孙武的总结中，对楚国的强势和弱势都作了精辟细致的分析。兵强马壮，城池坚固，军队的数量多于吴国近十倍，这是楚国之长；兵力分散，各自为政，军心涣散，士气低落，将领不精，令尹囊瓦和大将军沈尹戍钩心斗角，使楚军缺乏凝聚力，这是楚国之短。而这次吴军对楚举兵，以迂回之术避其主力，拖着他们东奔西跑，消磨其锐气，暴露其破绽，使其师疲力怠，这个战略是成功的。最大的缺陷，是对越国的牵制估计不足，造成楚军入越，包抄吴国之势，这是很危险的。

根据孙武的总结，伍子胥和孙武再三斟酌后，都认为，攻打郢都，全面伐楚还需用两三年时间扩军备战，总的兵力要增至六万至八万人，也就是至少要比现在扩军一倍以上，水师再建五百号大小不等的战舰，战车扩五千辆至八千辆，战马扩三万匹。还应仿照楚国弦城那样的军事城垒，在吴楚边境、吴越边境分别构筑二十至三十座城垒，形成牢固的边境防线。水师兵卒和车马步卒宜分开，并要大幅度提高粮草辎重的输送能力。这个计划很庞大，没有几年时间，难以完成，而且所耗的军费不是小数。

阖闾有些犹豫了，但不如此，要讨伐楚国，攻打郢都很有点难度。阖闾想了好几天，咬咬牙下诏批准了伍子胥、孙武的计划，并和伍子胥对国制进行了调整和完善。宰相为伍子胥，宰相之下设副相两名，由伯嚭、被离担任，分别称为太宰和太傅。太宰主外，太傅主内。伯嚭从一个楚国亡命士子，依靠伍子胥的引荐和其本人在官场游刃有余的本领，终于成为辅佐大王的高官。被离原是吴王僚身边掌管章奏、图籍的小官，因为人机灵，懂天象、理阴阳，受到阖闾器重。伯嚭和被离一直明争暗斗，这下给大王摆平了。二人之下又设司农、司库、司器、行人、内务、谏议、御吏等大夫。行人大夫由伯嚭兼任，内务大夫则继续由被离兼任。老臣钟周已隐退故里，不久谢世。阖闾不拘一格，从较年轻的官吏中提拔了有德才的人担任大夫。

军队的建制根据伍子胥和孙武扩军备战的计划，也作了调整。大将军之下，设上将军三名，替代原来的左、右、中将军之称，三名上将军是夫差、夫概、钮宣义。下设将军，敬泽、卓荣、奇夏、书怡为将军。将军之下设尉，有中尉、卫尉、都尉、校尉，尉官至少带一旌兵。尉以下就是中下级军官了。百人为行，十行一旌，十旌一将军，骁骑、车船、镇关、粮草、禁卫，都为将军统率。这几个将军都是从孙武在夫椒山所募的新兵中培养起来的，经过对楚对越战役的考验，都是能"担方面之任"的将才。

吴国像大多数诸侯国一样，国君是国策的最后决定者。但阖闾很少独断专行，除了公族势力，他还依靠伍子胥、孙武、伯嚭、被离等大臣，必要时，扩大到各大夫和各将军。伍子胥清楚，这是对相权的一种变相制约，但他认为亦有好处。他现在是襄助大王的最直接的推行政令的权臣，可谓一人之下，万人之上，使卿大夫各得任其职，事无巨细的国务，都得由他办理，事繁而多，难免会有思考欠周的地方。大王这样做，可集思广益，克服偏颇。出了差错，也不至于由他一人来担当责任。

越国也不甘落后，勾践继承王位后，已经没有人能阻碍他按自己的意愿和国策治国治军了。二十出头的年轻国君，胆大、勇猛，充满自信。在边境和吴军打胜一仗后，勾践觉得自己的底气一下就足了，吴国在他眼睛里也变得并不可怕了，只要仗天威、遵庙算、顺民意、敢碰硬，越国完全有希望战胜吴国。

但范蠡泼他的冷水说："上次我们在边境打败吴国，吴国肯定记恨越国，吴越之间必有一场乃至几场生死大战。边境之战只是小胜，不能由此断定越国能在以后的大战中再次获胜。"

"只要有战，自然要战。大将军原来对战胜吴国好像很有把握，何以现在变得有些泄气了？气可鼓而不可泄啊！"勾践有些不太高兴地说。

"大王说得对，气可鼓而不可泄！但越国不能求速胜，求胜太心切，只会招来速败，宗社有倾覆之危！"

"此话怎讲？那次你领兵抗击吴军来犯，何等英武，何等果敢，不战则已，一战即胜，大将军从此威名远扬。可现在，别人的'恐吴症'治愈了，大将军反而染上了此疾？"

"此一时，彼一时，目前的情形和前一时期的情形不能同日而语。那时，吴军主力远征楚国，国内兵力空虚，仅一万有余。越国能动员的兵力却有两三万，民心思战，加上楚军入越，吴国若要进犯越国，它在道义上、力量上处于劣势，就输定了。可现在情况不同了，孙武已凯旋，阖闾也已冷静了下来，继续在扩军备战，楚军也已撤回楚国，不可能再出兵入越国参战了。若越国因为一次小小的胜利，竟骄矜起来，以为吴国不足一战，这种轻敌的情绪，比恐吴症还要危险。”

勾践一听，收敛了笑容，面露惭色，说：“季婉也对我说过同样的话，说我有些得意忘形。文种干脆不理我了，他甚至想回国了。大将军，既然我们不该轻敌，而吴越之间的决战又在所难免，那么，我倒要请教，越国该如何办？”

“臣听说，阴阳协调，万物才能生长得繁茂。冬天的时候，草木都枯死，动物都各自躲藏起来，此时阳气便避开阴气，将力量蓄积在地底，使阴气能成功地在地面上运作。炎热的夏天是万物生长的季节，阴气则避于地下蓄积力量，但万物对于阴气还是非常亲切信赖的。现在吴越的情形就如阴阳之势。”

“你的意思，是指现在正值隆冬，吴国是阴气，凛冽酷寒，草木不生，而越国是阳气，阳不敌阴，只能避开它，蓄积力量于地底，等待夏天的来临。”

“臣正是此意，吴国阴气正盛，越国这股阳气无力和它较量，唯有盈积力量于地下，强兵富国，才能具备战胜吴国的条件。阴阳二气是一种自然之气，它们相互协调，才能构成寒暑的更迭。如果有阳无阴，或有阴无阳，力量悬殊，何来四季时序的分明？国与国之间也是这样。伍子胥帮助吴国强盛，花了近十年的时间积蓄力量，他的许多做法值得我们借鉴。”

勾践听得连连称是，他把文种和皓进、扶同、曳庸、诸稽郢等大臣都召到王宫。这时，越国的王宫已由会稽山搬到勾践原先的太子宫。太子宫进行了一番扩建，原来的宫室和水池成了后宫。勾践平时处理国务，和少数人议事还是习惯在水榭。但参加的人多了，正式的廷议还是会到新落成的大殿举行。大殿是无法和吴都的大殿相比的，但陶瓦朱柱、石座灰砖，在越国还是比较讲究的了。屋顶上有铜铸的鸥吻之饰，这都是王权的象征，是勾践刻意要摆上去的。而吴国的大殿的顶端是三只栖伏的大尾鸠。

随后，勾践宣布，越国在几年内不言与吴开战，全力蛰伏，盈蓄力量，增强国力。范蠡为上大夫兼大将军，既管军务又管国政。文种协同范蠡全面辅佐勾践。

勾践又把范蠡的阴阳之说简略地说了一遍：“从今日起，越国便是寒凝之地，除蛰伏，盈积力量于地下外，不能想力不能及的事，等夏天来了，阴衰阳盛的时候，我们再作计议。”

勾践的支持，对范蠡、文种来说，是一种绝大的鼓励。因为为老越王允常守制，范蠡和西施的婚典不得不推迟。范蠡取得了西施的谅解，把全副精力都投入国事军事了。他采取了一系列的革新之策。第一，将原来石买一伙庇护下的大族

豪强所兼并的土地退出来，归还给农户耕作，并在全国建立户籍、牛籍、擅杀耕牛者，要依法严惩，累犯和贩牛烹饪者杀，反之，养牛、育牛、护牛有功者褒奖。第二，鼓励生育，发展人口。女十七、男二十不结婚，论父母的罪。凡生女孩，赏猪一只；生男孩的，赏狗一条。生三胞胎，由国家抚养两胎；生双胞胎，由国家抚养一胎。建立多处孤老村，由豪族出资负责赡养，国家派兵保护。第三，鼓励百姓开荒辟地，免征税赋，并要求百姓建窖藏三年的余粮。和外国积极通商，由越王开始，力戒奢华之风，节衣缩食，将越国的名产如丝绸、兽皮、细麻布、山珍海味等输出换取金银存库。第四，募新兵三万，边练兵边垦殖，自给有余。从楚国引进先进武器，使越国军队的武器在两年内实现更新。在距都城十五里外的木客山，兴建伐木场，采木造舰船，建立规模更大的水师。在距都城近百里外的海边建盐场，设置盐官，全力开发海边资源。同时，在楚国帮助下，采用比较先进的技术开采铜、锡、铁矿，由干将、莫邪牵头，将各地的铸冶师集中起来，建立冶坊多座，统一铸造兵器和农具。这些国策中有不少取自于伍子胥强吴的做法，也有范蠡因地制宜的独创。

越国的国力在一天天得到增强，招募的新兵屯垦练兵两不误，经过反复演训，作战的技巧亦已娴熟。莫希和那批猎户，凭狩猎所造就的军事素质如多智、勇悍、沉稳以及对地形的熟悉、气候变化的准确判断等，再加上侠义重诺的性格，在军队中脱颖而出，大多擢升为中低级的士官长，莫希则成为范蠡手下的一个重要猛将，带兵有法。

人口和农耕在国家的激赏之下，发展得最快。人丁增加了三四成，这为兵源提供了保障。无论是国家的仓储还是农户的窖藏都颇为充足。库帑也逐月逐年丰厚起来，初步改变了国帑匮乏的状况。五湖边的战船、兵库的兵器，以及大型的车马，也得到大幅增加，不到一年，越军新编的三万军队和原来的一万军队所持的兵器都更换一新。

范蠡的计划虽大部分能顺势而行，少部却推行不动，如将豪族和部落所占并的田地退给农户。豪强和部落的头领阳奉阴违，其中不乏贵戚，和王室成员的利益关系千丝万缕，因而，王亲国戚出于自身利益的考虑，也无意有意地从中作梗，这使得勾践相当为难。他和季婉的生活那么简朴，可巧取豪夺的贵族豪门拥有成片成片的采地、府宅、森林、鱼塘，过着奴婢成群、肥马轻裘、一掷千金的奢靡生活，而全然不顾失地农民的死活和国家的利益，依然对穷人百般盘剥和奴役。勾践可能熟视无睹，并不感到他们太过分，可范蠡实在看不下去，对这些人非常愤慨，骂他们是国家的仓鼠，向勾践提出要杀几只鸡给猴看看，以达到敲山震虎、杀一儆百的目的。

可越王勾践却不以为意，对于范蠡的提议，既不反对，亦不赞成。国君的沉默和迟疑，自然会引起范蠡的注意，他细细一想，也能理解国君沉默、迟疑的道理。勾践面对强吴，能够毫不犹豫地作出决断，可面对贵戚的纠缠和连声叫苦，他难以重拳出击。这些人都和他沾亲带故的，或是越国元老之后，或是有功之臣，或是父辈祖辈，有极深的情分，他怎么下得了狠心呢？

范蠡忍无可忍了，有一天，他极郑重地对勾践说："大王，臣知道你有为难之处，对这些人不能逼之太甚。但其中有一些，不单不愿退田，反而见利忘义，继续在兼并吞噬农户的零碎之地，甚至染指未开辟的荒地，使得这项国策推行起来步履艰难，这样下去，势必于大事无济。臣以为对个别为非作歹者，当诛戮以平民愤，请大王垂察。否则，臣难为大王付托之命！"

"上大夫，你的用心我自然知道，可你给寡人一些时间来说服他们。可否？"勾践几乎是用恳求的口吻回答他。

范蠡还能说什么呢？他失望地对勾践说："时至今日，大王还下不了决心，当断不断，反受其乱，大王看着办吧？"

勾践知道范蠡生气了，他没有什么理由来说服范蠡，又下不了决心支持范蠡的行动，所以十分苦恼。他想通过文种从中斡旋一番，让范蠡体谅自己的苦衷。他暗示过文种几次，但文种装作没有听懂。显然，文种是站在范蠡一边的。

王后季婉看在眼里，正好她第二个孩子即小公主满月，季婉请范蠡和西施到王宫喝满月酒。宴毕，季婉以到鹿苑观鹿为由，把范蠡、西施叫上，边走边和范蠡说："上大夫，你让大王非常局促，我还从未看到过他这样为难，这样局促，但我要告诉你，这绝非是他的本意。这件事对他来说非常棘手，他是怕激起内乱，许多国家都是因内乱不可收拾，最后酿成恶果的。像咱们楚国就是这样，太子建和父王反目成仇，这场风波给楚国带来的危害太大了。这么多年过去了，父王也死了，太子建还不肯回国，连我这个妹妹和他的王弟都不认。事情就是这样，宗亲盘根错节，个个得罪不起，你要体谅大王。"

范蠡对王后一向敬重，按理，自己是臣子，勾践是一国之主，即使他不支持自己的决策，也是正常的。勾践为此感到局促而为难，甚至王后都出面为大王说情，这使得范蠡大感歉疚。他马上回答："王后，我对王命不能论体谅，只能服从。我可能急躁了些，事情并没有我想得那么简单，我让大王为难了，这是做臣子的不该了！"

"上大夫是替国家操心！急国家所急，大王心里明白得很，他敬重你的人品，

感激你献身越国的精神！好了，君臣之间，不会总是完全一致的，牙齿和舌头都难免要碰到一起，说开了就好了，大王只是担心会伤了你的壮志。”

“不会，没有什么东西能消磨我为越国为大王效力的决心。”范蠡说着，回头看了一眼跟随着他们的西施。王后也觉得冷落了西施，便也回过头说：“西施姑娘，你住到宫里来吧，孩子由乳娘带着，我连个说话的人都没有，你来陪陪我吧！”

范蠡知道王后是为他们着想，西施到了王宫，他们随时可以见面，不像现在，虽然王宫和苎萝村不远，但因为范蠡太忙，两人难得见上一面。

西施对王后的好意很感动，也极愿意听从王后的安排，但她不知范蠡是怎么想的，因而瞅着范蠡，欲语不语地。

“上大夫，西施姑娘在等你的口谕呢！”

“口谕不敢。中宫重地，西施以什么名义住进来呢？”

“名义？姐妹的名义，师徒的名义。”季婉笑着很干脆地说，“先王忌日已过了一年多了，你们可以成亲了，这样，再可增加一个上大夫、大将军夫人的名义。”

“那由王后安排吧，请向大王禀报一声。违制的事不能做。”

“中宫的事由我统摄，不用大王下诏宣布的。这宫里的事，就是太让人谨言慎行，我看，熟不拘礼，像我们这样的熟人，不要那么讲究，就轻松自在多了。”

但好事多磨，不久以后发生的一件事，使这个成议没有得以实现。事情是这样的，因那些豪门大族的不法之举，勾践虽起杀心，但还是让带了口信给里面几个人，要他们适可而止，上大夫已经极为震怒了，万一他要采取整肃的措施，无人能帮他们的忙，要他们好自为之。这话中最重要的一句，就是无人能帮他们的忙，可以理解为大王决不会偏袒他们。其中一个贵戚，转弯抹角找到西施的大哥，要他出面到范蠡那里说情，并送了一份厚礼。西施这位大哥为人忠厚老实，不知道事情的轻重，糊里糊涂地答应了别人的请托，虽不想收礼，但不好意思把礼推掉，打算暂且保管几天，与范蠡说过情，再将礼退回去。他瞒着西施，找到范蠡为那个贵戚说话，引起了范蠡的警觉，追问他如何想到要为别人说情，西施大哥便把经过如实说了。范蠡大怒，派兵搜查其家，搜出黄金一百镒。这是笔巨款！范蠡当即下令将西施大哥和那个贵戚下了大狱，西施苦苦哀求范蠡饶她哥哥一命，范蠡不为所动，将西施哥哥处死，贵戚发配伐木场服苦役，并处罚黄金千镒。

西施气极，对范蠡说：“没想到你这个人这么无情，你让我太寒心了！”说完，扭头便走，发誓不再和范蠡见面。西施搬进宫来的计划，就这样泡汤了！成亲的事也就无从提起了。但这件事起到了意想不到的效果，肆意妄为的豪强大族终于有所收敛。一个连自己未来大舅子都不放过的人，还有什么事做不出来呢？还有什么人他不敢碰呢？难怪连大王都只能爱莫能助，袖手旁观了！

楚、吴、越三国对峙了将近三年，也相对平静了三年。

这三年，三国的国力发生了微妙的变化，楚国不进则退，加上内耗不息，如一盘散沙，国力不仅无长进，反而在变弱。越国的国力在悄然地发生了巨变，一个薄弱而不堪一击的小邦，不甘贫穷落后，正在急起直追。而吴国的国力进一步得到增强，军备士气，恰在最好的时候，正宜及锋而试。阖闾十年，一场楚吴之间的大血战终于爆发了。

吴国自上次孙武伐楚以来，一直憋足劲为全面伐楚、攻打郢都作认真的军备。尤为心急的是伍子胥，从楚国逃亡吴国已十余年了，他处心积虑、勤勤勉勉辅佐阖闾，不仅站稳了脚，而且身居吴国相位，和国君攀了亲，儿子伍树也已十二岁了。但父仇兄仇还未报，他感到一种近几年来从未有过的焦虑，渴望报仇雪恨的心情也愈发迫切了，渴望和津香团聚的心情也变得急切了。

由于乐范的横加干涉和变着法儿的阻挠，津香一直没有按计划成为他的妾，津香来吴国见过几次伍树，是津夷陪着来的。乐范悔了约，不再提当年的承诺，她已看出，伍子胥一旦和津香、伍树另建一家子，就等于从自己的身边把他放走。每次津香来吴国，伍子胥就心情特别好，和津香、伍树有说有笑，非常亲热。而和自己在一起，则相敬如宾，整天难见笑脸。这是其一。其二是津香二十多岁，已从一个青涩、单纯的少女变成了一个成熟的、风姿绰约的漂亮女子，繁华富丽的郢都把她熏陶得言行优雅，气度也不一般起来。而且她是伍子胥唯一儿子的生母，母凭子贵，风光得意的日子正在等着她。而自己呢，铜镜中可看出形容明显地憔悴了。三十多岁了还没有为伍子胥续上香火，这对她是一个极大的隐患。

因此，只要津香一来，待的时间稍长一点，她就会对伍子胥摆出近于撒泼的态度，频频施加压力要津香回楚国。伍子胥几次提出要按以前的定议，还津香一个正式的名分，乐范不允，说："我不同意，你要给她名分，除非把我废了。"后来，伍子胥退而求其次，只要让津香居住在吴国便行，乐范还是一口拒绝，说："除非你把我从这个家撵出去。"她已蛮横得一点道理都不讲了。

伍子胥到阖闾那里诉苦，阖闾也只是不咸不淡地劝他："伍卿，再等等吧，妹妹的性格偏，也有些乖戾，你让一让她，她会想通的。"

"可这是说好的事啊！岂能说了话不算数？津香对伍树牵肠挂肚的，母子一直这么分离，我也不忍心啊！"

"是啊，是啊！让她常来吴国看看儿子吧！"

"可津香多住几天，公主就要赶她动身，公主心太狭了，容不得津香。"

"女人都是这样，善妒、小心眼，她怕津香把你抢了去，心情可理解，我有机会劝劝她。"

可乐范不仅没有随着年龄的增大而态度有所好转，反而变得越来越不可理喻，别说津香来吴国，就是不来，只要提到她的名字，乐范脸色就会变得不好看。津香也绝望了，误解成伍子胥是借口公主霸道，其实他心里已没有了自己，因而来吴国的次数越来越少，对伍子胥幽怨交加。

伍子胥为此被搅得心烦不已，对这样的窘境，竟不知如何应付为好。唯有碰到津夷时，给他塞钱，让他转给津香，但往往下一次就被津香原数退了回来。因此，伍子胥急切地希望对楚国开战，一方面了结复仇的心愿，用战争来排遣津香带来的烦恼；另一方面他还希望这场战争能打破目前和津香的僵局，寻找到一个解决的办法。

孙武对伐楚态度很谨慎，他正在制定一套新的军略。他越来越感到孤寂。孙燕已出嫁，住到欧剑子家去了，田狄半年前突然严重中风，拖了个把月，和孙武永诀了。幸亏身边有个孙平，给他带来无穷的乐趣和安慰。他经常去子考的草舍篱院，坐在棋石上和子考对弈。他也偶尔去珠岛独自走走，这里的景物依旧，不过，斯人已去，尤觉怅惘。他表面上非常平静，丧妻之痛似乎已过去，一切都已恢复平常，实际上，他觉得孤零零的，没有一个人可以交心，也没有人可以给他切切实实的安慰。唯一和他能说得上话的，就是伍子胥，可伍子胥如今也有着满腹说不出的烦恼。两个吴国的重臣，碰在一起，除了叹息之外，还是叹息。当然，更多的是谈国政军备，一谈起这个话题，两人便把什么苦恼都抛之脑后了。

孙武也渴望战争，战争能给他带来无可言喻的痛快和充实，但他又惧怕战争，战争会给百姓造成不可弥补的损失。不战而屈人之兵，是善策中的善策，但实现起来何其难，妹妹说自己有将军之才，但心里却是妇人之仁。子蝶也说过自己是真正的兵家，但又不像一个拼杀战场、嗜战如命的将军，他不过是一个仁慈的大将军。是啊，按自己的性格，不应为大将军的，但偏偏统帅千军万马！

迫切期待出征的还有吴王阖闾，他害怕再过上几年，老之将至，驰骋疆场的威风将不复存在。男子展露雄风的渴求和称雄称霸的野心促使他把谋划多年的伐楚之事提上了日程。另一个使他想举兵的原因，是越国在楚国的扶持下一天天强大，勾践在范蠡、文种辅佐下，自强不息，很有些魄力，所以，要趁其还不够强

一剑封喉
YI JIAN FENG HOU

大时，赶紧扼杀。伐楚之后便是伐越，如再拖下去，一个虽正在衰落但依然很强大的楚国，加上一个正在崛起的越国，对吴国造成的麻烦是可怕的。

机会终于来了，借口终于找到了。就在这年，囊瓦愤恨蔡国和吴国走得过近，率领楚国军队围困了蔡国，蔡国危在旦夕。消息传来，蔡小娇急得大哭，惶恐地求阖闾出兵救蔡。

阖闾假装幸灾乐祸地说："王后不是劝我少动干戈吗？怎么现在又要我举兵出征了？"

"大王不是说过，该打的仗还是要打的。蔡国是我的故国，蔡侯是我的父亲，是大王的岳父，难道我们见死不救，眼睁睁地看着他沦落于楚军之手？要是父王有个三长两短，我也不活了！"说着，她号啕起来。

"小娇，你别哭，楚国不围蔡国，我也要打它了。本来苦于没有一个正当理由，现在囊瓦这个蠢蛋报复蔡国，正好给了我一个理由。我马上兴师救蔡，由我亲征，而且要乘胜追击，直捣郢都。你可信得过我？"阖闾兴奋地大声说。

蔡小娇破涕为笑："我怎么不信？你是我最靠得住的靠山，我和蔡国就靠你了。不过，这下可辛苦郎君了，可谁叫我们是深情相结的同命鸟、连理枝呢？我会，我会加倍地疼爱你的。"

第 二 十 章

阖闾下了决断，立即以救援蔡国为由，对楚国用兵。

他亲自率领六万精锐，任命孙武为伐楚主将，宰相伍子胥为军师，太宰伯嚭为副将，出动上千号大小战船，三千辆战车，分水陆两路，挥兵直进，溯淮水而上。阖闾乘着他的王舟，伍子胥、伯嚭和他同船。他的前面是孙武的将舟，和孙武一起的有将军钮宣义。陆路的军队，四万兵都由夫概统领。兵马未动，粮草先行，粮草将军敬泽带领一百多辆满载粮草的车子，在一千精兵保护下，走在最前面。

在队伍远征前，阖闾召集了一次扩大会议，朝廷大臣都参加了。大殿的气氛一片肃穆，阖闾用斩钉截铁的声音说："蔡国是吴国的盟国，是王后的故国，楚国出其不意围攻蔡国，实际上是针对吴国的。两年前，大将军孙武为扣留盖余、烛庸事发兵警告过楚国，楚昭王和令尹囊瓦曾假惺惺地向吴国表示要修和，可没有过几天，他们就言出不行，悍然向蔡国动武了。我们岂能坐视不管？吴国是仗道义执法度、以礼自持的国家，有责任救援蔡国，也有责任惩处楚国。救蔡征楚是上符天道，下合众望。今年三月，刘文公曾在召陵会盟十八国诸侯，图谋伐楚，可见楚国积怨甚多，吴国这次不出兵，更待何时？"

虽然众臣都知道，楚吴之间难免一战，但战争说来就来，而且在大王口中清清楚楚说出来，还是让大家备感意外。大殿内静得掉下一根针都能听得到。

"寡人、宰相、大将军、太宰都要出征，倾吴国之军力，救援蔡国，破楚入郢，毕其功于一役！这是寡人为吴大王以来打的最大一次战役，不平了楚国，大军绝不班师。也就是说，这次用武楚国，只能取胜，不能失败！"阖闾提高了声音说，"都出去打仗了，国内亦不能放松，要防止越国乘虚而入，所以寡人令太子夫差暂时监国，太傅被离辅助，公孙雄为卫戍主将，各位大夫各守其职，禁军将军和镇关将军要洞察越国的动向，如越国胆敢冒险，那不消说，务必彻底、干净地将来犯之敌消灭。越国这几年国力有所长进，但到底有几斤几两重，不用我多说了。大将军已和夫差磋商过一切细节，已作了安排。各位守土有责，尤其边关和各城垒，不能大意，凡丢掉一寸国土、一个城垒，军法严处！太子，留守的责任，我交付给你了。"阖闾看着夫差说。

夫差对父王不让他率兵出征，心里很不乐意，他多么希望在这难得一遇的战机中，能像上次伐楚一样，充当先锋，杀敌破城，建功立业。但父王却执意让他留守。

"不！"太子固执地拒绝，"说什么也不行，我想打仗，我想到前线去，做梦都想。"

"你是太子了，将来吴国就是你的，让你留守，也是一次历练，当临时的国君，你肩上的担子不轻啊！再说，今后打仗的机会多得很，你要做一代雄主，一半时间要在马背上度过，天下无敌的吴钩决不能躺在库房里锈蚀。你要把眼光放远些！"阖闾用慈爱的充满期待的目光看着这个儿子。儿子气定神闲，仪表雍容，有帝王之相，亦有大将风度，阖闾看了，心里感到极大的安慰。夫差能长成这样，和孙武和伍子胥的教导是分不开的，这两个忠心耿耿、情意殷勤、足智多谋的重臣，不仅为他打造了吴国的今天，也打造了吴国的明天，这是他最为得意，也最为感激的。

父王这样说，夫差心中虽不无怏怏之感，但不再执拗地坚持他的意思了，他果断地说："父王，我不会让你失望的，等你凯旋，我会把吴国毫发未损地交还给父王。蛮越想动我国一个指头，我就对他不客气！"

"好，我料越国也不敢蠢蠢欲动，一些军备上的布置，大将军会和你磋商的。"

"是，越国和楚国可能会故伎重演，来个包抄，范蠡和文种不是孬种，治国打仗是有一套的。但我不怕，我们镇关的大将虽是后起之秀，但上次打楚国时，都得到了锤炼，都是能攻能守的将军，打越国不足为虑。"

"范蠡是个大才，竟让他跑到越国去了，可惜啊！他如能归顺吴国，吴国就多了个人才，如文种能一起来，那吴国就更无敌于天下了！这事我一想起来就觉得大为遗憾。"阖闾嗟叹说，"儿子，你一定要记住一个道理，做君主的，最为重要的就是礼贤下士，礼尊国士，国士是国家的珍宝。蔡昭侯，就是国后蔡小娇的父亲，拥有无数珍宝，美玉、轻裘、明珠，可就是少一样最大的珍宝，就是国士、智囊，蔡国也就因此成了摇摇欲坠之国，不得不背靠吴国，你懂了吗？"

"儿子懂了，只要礼数周至，范蠡也有可能归顺吴国吗？"

"不可能，大才之所以是大才，不单是有才，而且是有志，他们认定了一个主，认定了一个方向，往往矢志不渝。而且，他们对钱财亦是很不介意。孙武、伍子胥就是这样的人。"

夫差细细琢磨着父王的话，觉得对将来自己继位后极为有用，事后便把它抄录下来，塞在自己的枕中。他在帛绢上记下了不少文字，最多的是孙武和伍子胥的话。

现在，在大殿上，父王一句"留守的责任，我交付给你了"，让夫差心中凛然一惊，继以一种庄重的感觉，他了解父王的用意，这是暂时把吴国交给自己了，信任和期望兼而有之。自成为太子以来，他离王位仅有一步之距，而这一步，在他心目中又十分遥远。父王正值壮年，体健而精力充沛，再当一二十年国君完全可能。但此刻，他一下跨越了那一步，似乎王位已触手可及，虽只有几个月时间，但几个月和几年、几十年仅是时间的长短而已，而一国之主的感觉是大同小异的。

想到这里，他跨上一步，回答说："是！儿臣敬谨奉旨，必不辱使命，看好这个家。"

"这就好！这次你若留守有功，今后我会让你逐步参与国政，当监国太子，替父王分担些事。"阖闾神采奕奕地说，"寡人虽亲征，但军队还是听大将军调度指挥，我与宰相都不会干涉他，军队出征，将帅坐镇大营，军令必须统一。将在外，王命有所不受，寡人在军中，王命亦可有所不受，我和宰相、太宰只设谋，不与其事。大将军，你尽管放手用兵，不必有所束缚，我亲征，只是替军队壮胆壮行，对大将军绝无掣肘之理。"

"臣知道了。大王亲征，这对军队的士气，是极大的激励，大树底下好乘凉，有大王、宰相在，难得之至。臣胆气更足了，决心更坚定了。一个将军能有此厚遇，真的也就够了！"这是孙武的心里话，绝不是矫饰的奉承虚言，规模如此大的远征，有国君、宰相随军，在他兵戎生涯中是不会经常遇到的。什么叫倾其国力？连国君、宰相都进了军中，这就是地地道道地倾一国之力。作为大将军和这次出征的主将，孙武别无所求了。

"大将军，再与大家说几句话。"

"这次伐楚，必有恶战。不管破郢都，还是破楚国的其他城池，不可暴掠，不可妄杀一个百姓，也不准杀降，总之，要告诫将士，能不杀尽量不杀。大王上次令我率军打楚时，曾授我王剑一把，对严重违反军纪者，以此剑斩！这次出征，也同样要下达军纪规则，还是那么几条，希望上下切记，尽量不要去扰民，更不许暴民，要让百姓将我们看作是正义之师、礼仪之师。打仗是不得已的事，要打，就要打义战。"

"大将军带兵，军纪之严明，是众目共睹的。可我们国中还有人认为不杀不掠，不成其军，美女金帛，不用来犒劳兄弟，实在是虚掷了，打这样的仗，一点意思都没有。夫概！"阖闾突然喊了一声。

"臣在。"夫概出列应道。

"这是你发的牢骚吧？"

"我，我只是说句笑话而已。"

"这个笑话说不得。上梁不正下梁歪，上次你打弦城时，你要杀了楚国的降卒，幸亏被人制止了，没酿成大错。你是我弟弟，爵位在他人之上，你的一言一行都要不失身份，更要替我想想，别给我难堪。"阖闾说着说着，就恼火起来，对夫概近乎斥责了。

在这样一个场合，当着这么多公卿大夫的面，受王兄的重言，夫概哪里忍受得了？他脸上一阵白，一阵红，心里很是不满。作为自己的兄长，大王对孙武、伍子胥、伯嚭几个客卿的信任和重用，胜过对作为同胞弟弟的他，而且对自己百般挑剔，毫不留情地责备、排斥。虽然给了自己一个上将军的空衔，但和夫差、钮宣义并列，这让他很不服气。这个当大王的哥哥，对自己太不讲情面了，连吴王僚都不如，吴王僚都给公子光当上了大将军，而且很慷慨地厚待自己，要什么给什么，除了不给大权，其他方面都照顾得无话可说。这次他在吴都的新府第，原来有三座，硬是给大王取消了两座，想到这里，他豪气顿消，满腹充塞着郁闷和不平，当然，他不敢发作，只是昂着头，一声不响。

"你不要不服气，你心里想什么，我都知道，你还是能打仗的，但居心行事，不太严谨，我希望你能记取教训，不要再犯什么过咎。好了，下去吧！在这次伐楚中好好带兵打仗，立了功，我自然会重赏你！"

"是，我记住了。"夫概轻轻地说，声音低得连站在他附近的人都听不到。

接下来看天象、占卜、祭祀，经过仔细地磋商，确定了一个出发的吉日。在鼙鼓、铜钲和秦汉子劲急的乐声中，队伍出发了，吴都的演练场，挤满了前来送征的百姓和文武百官，隆隆的车轮声和嘚嘚的马蹄声，清晰可闻，催人振奋，鲜明的甲胄和各式兵器在秋天的阳光里斑斓纷呈，显示出庄重和激昂的氛围，让人焕发出一种自傲、兴奋、豪迈的情绪。但因为是一场前所未有的征战，也令人不免想起金戈交鸣、尸横遍野、血流成河的惨烈景象，热烈中隐隐地透出一丝肃杀。因而，人群中也传出压抑的饮泣声，许多人泪流满面。但更多的是一声声祝福和叮嘱，场面十分感人。

五湖夫椒船宫旁的湖畔，也是人山人海，湖面上渔船密布，民众以最隆重的礼节和高昂的情绪欢送大军奋然踏上征途。船头、码头、岛礁上，人们纷纷俯身下跪，焚香祈祷，祝愿上苍保佑王师出征顺利，态度极其虔诚、恳切，念念有词，热泪盈眶。

湖面上的战船已排成队形，千樯如同密林，旌旗在劲峭的湖风中翻卷着，那阵势之威武、壮阔，令人震撼。

码头上，阖闾和伍子胥、伯嚭从车上下来，准备登船，夫差和被离等大臣在这里送行。

"父王，一路顺风，旗开得胜！"夫差从容沉着地说。

"儿子，我把吴国交给你了！"

"请父王放心！我不会辜负父王的托付，只望父王一定要为国珍重！"

正在这时，一辆车帷密遮、装饰华丽的两马牵引的马车疾驰而来，车子戛然停下，王后蔡小娇从车上下来，气喘吁吁地说："大王，我有话跟你说。"

"不是都说过了吗？还有什么话？你太唠叨了。"

"我想跟你去，好不好？"

"不行，这不是出游，而是去打仗，你跟了去，有诸多的不便，你会成为我的累赘的。而且，那些血肉模糊的场面，惨不忍睹，会吓坏你的。你还是回宫去吧，等我凯旋。你不要任性，要听话。"阖闾好言对她说。

"我不是去打仗的，这与我无关。我要趁这机会回一趟娘家。到了蔡国后，把我扔下就是了。等你们攻下楚国，班师吴国时，来接我就可以了，或者让我父王把我送回去。我不过是搭大王的便船而已，怎么会成为你们的累赘呢？"蔡小娇说。

阖闾看了伍子胥一眼，对蔡小娇说："这样也好，上去吧。不过，我们一言为定，到了蔡国或碰到你父王，你就回娘家去。"

伯嚭殷勤地对蔡小娇说："王后，请吧！"并吩咐随蔡小娇一起来的宫女说，"还不快把王后扶上王舟上去。"

吴国一万水师、四万陆军，西行北折，后又溯淮水北上，一路气势如虹，军容极壮。动静这么大，来势这么凶，楚昭王和囊瓦很快就知道了。楚昭王既惊且怒，把囊瓦和沈尹戌找来，怨责说："何必兴师动众，去招惹蔡国呢？你们难道不知道吴国是蔡国的保护国吗？打蔡国不就是授吴国以柄吗？这么大的事，你们竟不与我说一声！"

沈尹戌冷冷地说："臣并不知详情，是令尹大人调的将，遣的兵，定的方略。"

"臣是练兵而已。将兵多年未行动，久而必嬉，所以，臣只是想擂一阵战鼓，提高点军队的士气。"令尹分辩说。

"练兵固然不错，可哪里不能练，何以要练到吴国君后的娘家去呢？这不是正中阖闾的下怀吗？快把兵撤回来！"昭王比三年前老练多了，但一遇大事，还是沉不住气，十九岁的脸还未完全脱尽稚气，因为着急而变得苍白。

"撤回来也恐怕来不及了，蛇已出洞了，未必会再缩回去。"沈尹戌说。

"大将军的意思，吴军是要伐楚？"

"这是明摆着的，解蔡国的围，用得着阖闾、伍子胥亲自出马吗？用得着使用大部兵力吗？阖闾救援蔡国只是一个幌子，他的真正的意图是伐楚，而且志在必得。"

"嗯，寡人也是这么看的，那你们说说看，事隔三年，吴国大军卷土重来，我们该怎么办才好？"

"志在必得？这不过是阖闾、伍子胥的一厢情愿。吴国举国远征，孤注一掷，充其量不过五六万兵马，而我楚国有二十多万精兵，加上临时从民间调用的民团，可达三十万之众。不错，孙武诡奇，伍子胥狡诈，阖闾狂妄，但想凭五六万兵打三十万，除非他们是天兵天将，否则，绝无可能！"囊瓦神态镇静，嘴角隐隐含着笑意，说，"我担心的倒不是吴军，而是内部的恐慌，大兵压境，灭我志气，长敌威风，这是最为可恨的！"

沈尹戌知道囊瓦说此话是冲着他来的，便阴恻恻地回答说："大王放心，令尹自有退兵之计，区区几万吴军，长途跋涉，已是疲惫之师，加上粮草不济，哪是令尹指挥下的楚军的敌手？大王在宫中静候佳音吧！"

"令尹，大将军，大敌当前，寡人希望你们能顾全大局，摒弃前嫌，共商退兵大计。恐慌自然是不当的，但轻敌亦是大忌。我们不能不承认，孙武、伍子胥都是将才，三年前，孙武率兵侵扰楚国，虽未进攻郢都，但也让我们受到不小的惊吓，孙武的几万人在楚国横冲直撞，你们却奈何不了他！"昭王的头脑还是清醒的，他并没因令尹那番豪言壮语而宽心，反而愈加心情沉重。军政大权在囊瓦手里，他骄狂而喜独擅其事，连熟读兵书、很会带兵的大将军沈尹戌也不在他眼里。这是昭王最为担心的，楚国虽有这么一支庞大的军队，但若仍旧不齐心，散沙一盘，怎么会敌得过有气吞山河之势的如虎如狼的吴军？孙武能调三军如一人，楚军能做得到吗？囊瓦总是这样狂妄自大，而沈尹戌被他压得气都透不过来，如此下去，郢都能踞守吗？楚国能避免国运毁尽的结局吗？除了无奈，他有许多话要

说却说不出来。

"你们去商议吧，拿出一个切实的退兵计议来，楚国国威能否保全，寡人的王位能否坐稳，都关乎此役！"昭王有些伤感地说。父王丢给他一个烂摊子，他年幼时，由太后听政，但主政的是囊瓦、费无忌。费无忌坏事做绝，人缘极坏，引起公愤，祸国殃民。后来，囊瓦将费无忌伏诛，但他除掉了一个政敌，气焰更为嚣张了，虽不像费无忌那样居心险恶，在群臣中也引得一片谤言。现在太后不问国事了，楚昭王真觉得肩上的这副担子让他不堪重负。

当晚，他又单独召沈尹戌进宫，勉励沈尹戌担当起责任来，不要和囊瓦去计较，有什么建言，如囊瓦不接受，可直接禀告他。总之，国难当头，大敌当前，他把一切都托付给大将军了。说这话的时候，昭王把一只手放在沈尹戌的肩上，态度诚恳，对他的敬重溢于言表。

沈尹戌顿时热血沸腾，他慷慨激昂地说："吴军来势汹汹，但情形还不是很严重，孙武自己说过，锐师不战。因此，对付吴军的办法，就是暂不和其交战，放弃一些小的城池和军垒，以退为进，凭借汉水天堑，集中兵力固守郢都。吴军劳师远征，是禁不起拖的，时间一长，给养跟不上，将卒士气受挫。到时再反击，臣的计划是两个包抄，一个是小包抄，一个是大包抄。两个包抄必将置吴军于被动挨打之境地！"

"何谓小包抄？何谓大包抄？"昭王很有兴趣地问。

"小包抄是我到方城调回设防在楚晋边境的十万大军，直扑淮水，把吴军的战船全部烧毁，然后，占领大隧、冥阨、直辕三个隘口，这三个隘口是吴军后撤的必经之地，也是我军戍守必保之地，到时，扼守郢都的主力开门出击，而我抄其后路，两面出击。大包抄就是派两万大军进入越国，从越国抄吴国的后院，此计三年前用过，使国中空虚的吴国大为紧张。"

"这两个包抄甚妙，大将军，就依你的计划办。如令尹有异议，我来说服他，他要反对，寡人剥夺他的兵权，让大将军指挥。"

"大王，这万万使不得。令尹在军中树大根深，如处置不慎，会引起内乱，还是要给他戴高帽子，哄他，鼓励他，当然，也要给他些压力，尽量扼制他的逞威好胜之心。国难当前，令尹也明白事情的轻重，非有心抗拒朝廷。大王要稍安毋躁，稳扎稳打，步步为营。"沈尹戌说。

第二天，囊瓦和沈尹戌就下令让围蔡的将军子期和芮射将军队撤回。在蔡国边境屯兵数天待命总攻的楚军，回撤的速度很快，但刚刚渡过汉水，进入夏城，还没来得及休整，就获悉吴国大军会合了唐蔡两国军队三万兵，合计八万兵，越过了大别山和桐柏山脉的三个隘口,深入到了楚国腹地。蔡昭侯没想到女儿小娇也来了,父女相逢,又惊又喜,又哭又笑,蔡侯接了她便回国,接着便和唐成公将国内几乎全部的兵力都交给了阖闾。

孙武将这三万兵安排在大隧、冥阨、直辕三个隘口,推断楚国极有可能会抢占这块两军必争的兵略要地,因此必须驻下重兵把守,以防楚军截断后路,更重要的是,楚国如果想故伎重演,派兵入越国打吴国的后方,那这三座隘口,亦是南下入越的一条重要出口。守住三个隘口有一箭双雕的作用。

郢都的门户是豫章,过了三个隘口,攻下豫章,往后便是一马平川的开阔地带,茫茫汉水便袒露在面前,和郢都隔水相望。

孙武已下战船,乘上战车,随大概一起行动。一路上,阖闾、伍子胥、伯嚭和孙武以及乘在战船上的甲士时而乘船,时而乘车,陆军变成水师,水师又转化成陆军。在淮水弯曲处,他们都走下战船,指挥大半水师弃舟上岸,乘车向南行军。上千艘战船停泊在淮水转弯处的一个港口,这个港口叫蒲口,江宽水深,过往商船渔舟常在此避风歇夜。港口有一个小镇,有简陋的旅舍、酒楼、堆栈、马厩,是为民船泊在港口而开设的,平时人来人往很热闹,因为要打仗了,整个小镇已空无一人。孙武将战船停在这里,自有他的打算,一来将这里作为吴军的一个重要基地,粮草物资存放在船上,随时可派兵来取用;二来,他估计楚军的水师会在郢都围困中或陷落后袭击这里的战船,以图为郢都解围或作最后的挣扎。

阖闾在蒲口上岸前,与孙武、伍子胥在王舟中会商,对打豫章作了部署。豫章和弦城一样,依山而筑,城墙坚固。不同的是,它不靠水,所依的山也很矮,只是一个山包而已,山包周围,杂林丛生,有一大片沼泽地,地形复杂异常,战车和战马通过时,不是荆棘挡路,就是陷入泥淖而不能自拔。

据谍报,驻守豫章城垒的楚兵大概有五千多人,都是身经百战的老兵,强悍而顽固,有丰富的攻防经验,不会轻易投降,想以势逼城,兵不血刃地拿下它,看来是办不到的。那么,只有强攻了。孙武的打法是,派三千劲卒,借夜色悄悄从杂林里潜行到豫章的后面埋伏,然后对杂林进行火攻。杂林旁有一个城楼,亦驻有守军,城楼上有工事,居高临下,林子一起火,楚军以为吴军从侧面攻城了,势必会把守军调动过来,而需要仰攻且守备最严的正面就成了最薄弱的一面,可派两千人正面奇袭。后城门留下缺口,让守卒从缺口逃窜,伏兵趁机围剿。

孙武对着地图刚说完,阖闾便笑着说:"这就是大将军兵法上的'围师必阙'的战法?那个缺口就是一个袋口。"

"正是。"孙武说,"打仗就是小口袋套大口袋,大口袋外套更大的口袋!"

接下来是商量细节，确定埋伏和正面攻城的队伍。孙武定了卓荣带队越林，要阖闾、伍子胥、伯嚭继续在船上过夜，等攻下豫章后，再上岸乘车。他和夫概率一万兵在今晚攻城。这是伐楚的首战，首战不可不胜，胜了，会鼓舞士气，振奋军心，对敌军当然也是不小的震动。

孙武、夫概、卓荣率兵出发了，不动声色在豫章城附近停驻下来。阖闾半生戎马，很想看看孙武是怎么指挥打仗的。征得孙武同意，他骑上一匹马，由一百名禁军卫士保驾，跟随部队前进。孙武仔细察看了风向、城垒周围的地形，发现城内冒出一缕缕炊烟，知道城内的守军开饭了，这是守卒最为懈怠的时候，便示意卓荣带三千兵过杂林。夜色朦胧，夜风劲急，三千兵隐身浓密而低矮的灌木丛中，擦城而过。孙武练兵时，练过"利趾""步力""轻足""隐步"，士卒能适应长途的急行军，夜袭时能轻手轻脚和伪装掩护，有些兵甚至会惟妙惟肖地学夜鸟叫和狼嚎、野鸡扑翅的声响。卓荣最擅长口技，是从小跟父亲出去捕鱼时学会的，在夫椒练兵时，他经常练习，更加娴熟了。

三千兵穿越林中时，卓荣一边眼观四路，一边学着夜鸟归林的啁啾声。穿过林子后，他又学了几声狼嚎，这是信号，表明已顺利过林埋伏了下来。

于是，孙武下令火攻，连续向杂林射去火箭，秋天干燥，杂林易燃，加上风大，顷刻之间，烈焰冲天，林子成为一片火海，城头的守卒大喊："吴军在东面攻城了！"东面，正是起火的那一面，于是楚军纷纷涌向东面的城头。一队化装成楚卒的兵士，迅速奔向正面的城墙，用钩索扎住城沿，轻盈而敏捷地攀援而上，很快就跃上城垒。而东面，一千弓箭手纷纷引弓发射，在火光映照下，箭无虚发，楚卒一批批倒下。

这时，潜进城垒的吴军已将厚实的城门打开，孙武又令发射几支响箭，吴军便从正门蜂拥而入。豫章守将知道城破，率兵举着火把，开启后城门突围，卓荣带领的伏兵迎头痛击，后面的追兵奋力追击，楚兵拼死抵抗，一对一、一对几地搏杀，没有一个放下武器投降，直到全部战死，尸体堆积如山，血染豫章。

战役结束，一场飘泼的豪雨骤然而降，孙武冒雨查看，下令若发现幸存者，将其移到屋内，让军医敷药救治，然后撤军。阖闾在篷车内观着全过程，对孙武的用兵，不住地点头称许。原来他在王舟之内，心里还有些忐忑不安，对于能否攻下郢都，还有些许担忧。经此一役，他已顾虑全消。

第二天早晨，雨过天晴，阖闾带了伍子胥、伯嚭巡视战场，从城垒内到城垒外，到处是死尸，到处是血水，虽然经过雨水的洗涤，但山野的草木间、空气中依然散发着浓重的血腥味。

阖闾谈笑风生，对伍子胥说："宰相，好一场大战哪！郢都已指日可下了。大将军，你觉得郢都是否也能以迅雷不及掩耳之势拿下？"

"大王，恕我直言。兵贵神速，但打郢都快不得，求快则欲速不达，还是按我们议定的，要诱囊瓦出击。但囊瓦和沈尹戌是有勇有谋的将领，他们不会贸然出城迎敌。沈尹戌会坚持到最后，囊瓦也会坚持一段时间，但最终会出来和我们决一死战。不过，时间不会短，要有足够的耐心等待。只要囊瓦渡汉水一战，郢都便拿得下了，怕就怕他们高挂免战牌，严防死守，这对我们非常不利。"

"为何沈尹戌会坚持到最后，囊瓦却只能坚持一段时间呢？"

"这是性格的不同所造成的。沈尹戌为人深沉，处事冷静、明智，是个智者。囊瓦好逞强，刚愎自用，虽有谋略，然则不太识时务。这就决定了他们对同一件事持不同的态度。当然，这不是绝对的，还要看大势的变化，往往形势有变，亦会影响到他们的决断。但不管怎样，打郢都必是一场硬仗。不战而屈人之兵，可能性不大，除非郢都快要被困死，成了进退维谷之势。"

阖闾听后，一直深思着，望着眼前的惨状，想象着破楚都后的情景。郢都是个大邑，人口众多，街巷纵横，单守卫的兵卒就有近二十万，如果硬攻，两败俱伤，玉石不分，死伤无数，那情状之残酷，完全可以想象。他突然明白，孙武为何坚持隔水以围，引敌决战，其原因就是想避免过大的无谓损失，特别是不要殃及池鱼。

囊瓦听说豫章大败，而且几乎是不战而陷，吃惊不小。豫章守不住，这是意料之中的事，几千人岂能敌过六七万人，但他下令要这座城垒至少守上五天，让郢都的军备做得更完善些，除军粮尽可能多储屯外，也要动员家家户户备粮。隔河相峙还不要紧，还有路与外相通，怕就怕吴军渡过汉水，将郢都围得水泄不通，对汉水水面实行封锁。到那时，郢都孤城一座，粮草的维持就是最为关键的了。但囊瓦没想到，吴军几个时辰就拿下了豫章，楚国的门户一下就被打开。

三天后，吴国的大军便在汉水北岸扎下营寨，和郢都隔水相望。从郢都高大的城墙上看过去，营帐连绵，无边无际，旌旗耀日，鼓声雷动。楚昭王听说后，特地登上城头远眺，一望而心惊肉跳，忙在城头上和囊瓦、沈尹戌再次商量对策。

沈尹戌提出他的"两包抄"计划："令尹带兵固守都城，与吴军周旋，让其师疲，给养断绝。在令尹的指挥下，楚都将岿然不动。而我到方城搬兵，堵住大隧、冥阨、直辕三个隘口，切断吴军退路，再烧毁吴军水师停泊在蒲口的战船。再调一部分兵力入越国，和越军组成合纵之力，从吴国的后方杀进去。"沈尹戌说，"从来一物降一物，吴军要包抄郢都，我们来个反包抄，以其人之道，还治其

人之身，就可以制敌于先机。”

“大将军的计划高明之至！”囊瓦不仅没有反对，反而非常赞许，“吴军劳师远征，不能久峙，等到他们疲惫不堪，我自会伺机渡河，痛击吴军。大将军实行大小包抄，使得阖闾后院起火，国本动摇，腹背受敌，首尾不顾，他的五万兵卒和蔡国、唐国的三万兵卒必成汉水游魂。”

昭王本来被对岸吴军的阵势吓得不知所措，现听历来谈不到一起去的令尹和大将军能如此默契，而且听上去都信心十足，不觉心情轻松了不少，顿时胆气一壮，说：“我将楚国交给两位了，盼望两位能一直和衷协力，为国立下新功！寡人会重重赏你们！”

这天晚上，沈尹戍乘一小型战船，带十几个心腹和武艺高强的卫士，偷渡汉水，骑上已预备好的战马，向方城飞奔而去。

越国获悉吴国几乎倾全部兵力，会合蔡国、唐国的军队，以救援蔡国被楚军围困为由，举兵伐楚，势如破竹，已冲过三个隘口，破郢都门户豫章，直抵汉水北岸，安营扎寨，楚国告急。这是件大事，虽对吴国伐楚早有估计，但勾践还是十分震惊。

楚越唇齿相依，如果楚国被吴国打败了，唇亡齿寒，吴国必掉过身来，收拾越国。他感到有种莫名的紧张，初秋的天气，酷暑刚过，王宫里已很凉爽。但勾践额上还是冒着汗。鹰一样锐利的目光显得有些呆滞，但这种神情只有他独处时才有，当范蠡、文种走入宫室时，他又变成了那个阴柔、沉着的年轻君主了。

他刚刚从内宫出来，季婉很焦虑，脸色都变了，吴国终于动武了，并且七八万大军已旋风般地刮到郢都脚下，隔着汉水天堑，两国军队对峙着，战争一触即发。消息是勾践跟她说的，她正和四岁的兴夷和两岁的公主兴姑在花园里逗白鹿玩，两头白鹿已产下四头小鹿，原来的鹿苑太小了，季婉叫人将鹿苑扩大了，它们安详地在草丛里溜达着，老鹿的眼神善良而平和，看护着小鹿，露出浓浓的舐犊之情。

秋天的园内色彩缤纷，中午时分，阳光晒上来还有些热辣，兴夷和兴姑已玩得汗渍渍了。季婉闲适地坐在池边的石头上，心里感到平静而幸福，这是她所渴望的生活，作为王后，她渴求的是国泰民安，国富民强，没有兵戎相见，没有天灾人祸；作为妻子和母亲，她渴求全家安康，诸事顺利，一双儿女能快快乐乐成长，就像这四头小鹿一样，没有人惊扰它们，一直安安静静地得到庇护和眷顾。

一个宫女急急朝她走来，告诉她，大王回内宫了，让她带着兴夷和兴姑回去。

她心里隐隐有种不祥的感觉。果然，她一回到内宫，勾践就把吴军在郢都对岸屯兵的消息告诉了她。吴军救援蔡国被围，勾践早就得报，当时虽分析吴国可能会趁势伐楚，但只是猜测，不是定论，所以未告诉季婉，怕她徒然心惶。但吴军已兵临楚国都城之下，他不能不将实情告知王后了。季婉未过分张皇，但一颗心已悬了起来，不禁为母后、弟弟昭王、二妹菁云、小妹芊兰，为楚国的命运，深深忧愁起来。

从窗户可看到院内的景致，刚才还觉得是那样恬适，现在却变得一片灰暗了。安安稳稳过了几年，又起风波，今后会有怎样的曲折和结局，她不知道，也实在不敢想下去。前途未卜，给她带来深深不安。

"大王，吴王野心勃勃，他是伐楚窥越，伐完楚必伐越。因而，我们不能坐视不管，应该助楚一把，助楚就是保越，楚国和越国存则皆存，亡则皆亡，存亡之际，越国别无选择，只能和楚国南北呼应，共攘外患！"范蠡神情庄重地说。

"楚国大将军沈尹戍到方城搬兵，他已派专使急赶到越国见我，谈了和昭王、令尹囊瓦商定下来的大小包抄的计议，恳请越国配合。"文种补充说。

"大小包抄的计议？请大夫详陈。"勾践问。

文种把沈尹戍的大小包抄的具体内容详细地说了一遍，边说边用一把削竹简的小刀在案上比划着。

这个计划无疑是准确的，也很高明。但这么一来，楚吴之战就变成了楚吴越三国之战，如果一向支持吴国的晋国和支持楚国的秦国参与进来，加上已出兵的两个小邦蔡国和唐国，或许还会牵动更多的国家加盟两个阵营，那就会出现一场波及广泛、影响深远的多国混战。

勾践在室内踱来踱去，事关重大，他必须将一腔激愤化为冷静的思考，将事情的利害得失想清楚。越国参战，其结果只有两个，战中获存或战中获败。而这个败局亦有可能是亡国。换句话说，是将社稷宗庙一起摆进去的孤注一掷。当然，如果吴国败了，那越国便解除了长期面临的威胁和控制，求得真正的太平盛世，免除刀兵血光之灾了。

"囊瓦除了死守之外，还有无其他打算？"他突然问。

"囊瓦是困厄吴军，以逸待劳，坚壁清野，以疲吴师。"

"以疲吴师？孙武打仗，会让自己的军队疲劳吗？"

"孙武本事再大，七八万兵马的给养能从天上掉下来吗？粮草带得再多，也有穷尽之日，那时候，就是孙武师疲之时，囊瓦就会将养得好好的十几万大军放出城去，渡汉水迎击吴军。而吴军的后路早被沈尹戍切断了，吴军进退维谷，我们

就可借机向吴国展开攻击。"文种说。

"上大夫，你看我们该不该出兵？"勾践问范蠡。

范蠡已猜测到大王的心思。大王怀有私心，即便在大敌当前的生死关头，私心也不能尽去，尽量替自己国家的利益着想，作为一国之主，这可以理解。但事实是，以私为重，不尽力合作，这种情形只会导致合作的失败，最后国家的利益亦不能保全。春秋以来，这样的例子不胜枚举。回答大王这个提问，先要消除他患得患失的心理。

"大王，臣刚才说过，楚越唇齿相依，存则皆存，亡则皆亡。我们若采取旁观的态度，不参战，不助楚，以致楚国失败告终，吴国会因为越国的暧昧而放弃亡越之心吗？绝对不会。不管越国采取何种态度，伐越在阖闾的战争时间表上决不会剔除。吴越积怨太深，没有调和的余地，我们对吴表示臣服，也是为取得一时的苟安。吴国对越实施怀柔，也是因为力量还须蓄积而采用缓兵之计。明摆着的事实是，吴越迟早要决一死战，不是鱼死就是网破。与其等着这一天，还不如眼下和楚国共举义师，共击暴吴，合力打开一条死中求活的出路。因此，大王，臣认为不仅应该出兵，而且要倾全部国力出兵！"

勾践静静地听着范蠡的这番话，为范蠡慷慨激昂的情绪所感染。范蠡说得对，伸头也是一刀，缩头也是一刀，逃也逃不了，躲也躲不开，能够有这样一个机会，和楚国联合抗吴，或许能像范蠡所说的，打开一条死中求活的出路。

"好，就这么办。将越国所有的兵力全部扑上去，上大夫负责调度。文种大夫负责和楚国联络，以保持步骤的统一。联合作战最怕的就是乱了阵脚。"勾践终于下定了决心。

第二天，勾践举行廷议，扶同、皓进、灵姑浮等大臣都主战，只有曳庸认为不宜出兵太早，还要观望一段时间再说。

"这次是阖闾亲征，伍子胥、伯嚭随征，主将是孙武，蔡国、唐国参战，阵容不小，军备充足。而国内由太子夫差监国，也留下了较强的兵力，不能说吴国空虚，更不能说是举国远征。对于越国的行动，伍子胥、孙武不会不作防备。所以，臣认为还是谨慎行事为好，看看郢都守得怎样。沈尹戌守扼三隘口又怎样。"曳庸说。

勾践点点头说："曳庸大夫言之有理，孙武用兵，诡计多端，我们不可轻敌。暂时不要接战，先屯兵边境再说。"

第三天，范蠡、灵姑浮、诸稽郢率领三万大军列阵于越吴边境，几百艘大小战船集于五湖畔，船头方向都对准了吴国，随时可升帆航行。越国大军和前几年

相比，军容、士气、器械都有了长足的进步。声闻十里的鼙鼓，从早到夜响个不停，水陆并济，显见越军的威风。特别是到了夜晚，灯火连营，从漫长的边界线一直延伸到五湖黑沉沉的水面，一望无际。

夫差对越国的动静一清二楚，越军的排兵布阵显然是在配合楚国，有那么大的声响，是做给吴国看的。孙武说，用兵之法，无非奇正相生，越国大张旗鼓，声威远播，这是正兵。正兵哪有这么做的？这不是让敌军有备吗？所以，越国的正兵多半是佯攻，而它的真正目的，是另遣精兵，对吴国突袭，这是奇兵。那么，越国用奇兵最有可能用在哪里呢？夫差记得孙武在出征前帮他分析的，越国行动最会选择的方式是从五湖直扑过来，进行水攻，因而，五湖之防，尤其不能掉以轻心。另外，若采取正兵佯攻，另派军旅偷袭，那么佯攻陆上、水上都有可能，所以，绝不要被越国的挑衅所迷惑而轻举妄动。

他令公孙雄在夫椒严加防备，剩下的千号战船分散在五湖的岛屿周围或五湖边的芦苇荡中。夫差一直坐镇在宫中，他第一次品尝到一国之君是不好当的，所有的事情都得自己拿主意，都要自己算计。多算胜，少算不胜，他得多算，可身边没有伍子胥、孙武、伯嚭在帮着算，他得自己盘算，让他空前地感觉到自己肩上压力的沉重。

公孙雄大大咧咧地说："太子，勾践、范蠡如果敢用兵，我索性带兵打到平阳越国新都去，为三年前死伤的兄弟报仇。他们要配合楚国，我们也配合王师伐楚，上下联手，把楚越两国同时荡平。"

"公孙雄，不得莽撞，我们的任务是镇守吴国，御敌于国门之外，攻打越国不在父王的计议之内，只要越国不进攻，我们就暂且按兵不动，当然，戒备不得懈怠。"夫差厉声说，"父王、宰相、大将军都在前沿阵地，你我要好生看好这个家，你可不要给我添乱。"

"是。没有太子的军令，我不会妄动的。"

而越国边境大营内的范蠡心里也很不平静，楚国的局势比他料想的要坏。据谍报，楚国和越国、吴国之间的重要通道，即那三个隘口已有蔡国和唐国三万兵马驻守，吴军的后路非但没有被阻断，反而为沈尹戌南进设下一道防线。沈尹戌的部队要攻下三个隘口，必是一阵恶战，如果能攻下，当然是幸事，但到头来沈尹戌部也会遭到巨大的折损，还要镇守隘口，那么入越的兵力就不会很多。如打不下来，沈尹戌之部就入不了越，包抄计划就会流产，那结果就很严重了。孙武真是处处都想到了。

蔡唐守军固然战斗力不强，但毕竟有三万人马之众，据说领兵的几个将领还

是很骁勇的，要击溃这支兵马，也不是那么容易。况且，孙武对三隘口之防，必有预先的部署，沈尹戌不一定能识破，这样的话，沈尹戌的胜算就很小。

范蠡考虑再三，决定立足于自身，对楚军入吴不抱希望。但立足自身，不能无所作为。他定下了一个偷袭的计划，施行奇袭。这天夜晚，天黑如墨，边境这边的火炬照样明燃，战船上的风灯也悬在桅杆上，给吴军的印象依旧是有阵势无行动。暗地里，范蠡派一千水兵分乘小巧轻盈的戈突船和打鱼的渔船，不声不响顺风顺水，鼓棹而行。在接近吴境时，一千水兵中三百名水性特好、能长途泅水的水兵下湖，头顶鳄鱼皮制的密封的口袋，里面装的是引燃的油料，慢慢游向吴国的船宫，悄悄分头接近战船。船宫里的战船因为已被夫差分散，所剩不多，但也有两百多号，其中有几艘将舟。越军以矫捷的身手，登上战船，几乎是同时引燃油料袋，湖风强劲，顿时一片火光，红焰腾空。三百名水兵夺了三艘没有放火的将舟向外湖奔突，其他着火的战船上的吴国水兵只顾救火，谁也没注意三艘战船逃离船宫，而小岛上和芦苇荡中的水师以为这几艘将舟是去追击越兵，亦未加重视。等公孙雄从夫椒山营垒中率兵前来扑火，两百多号战船已化为灰烬，越国戈突船和被劫持的三艘战船已逃之夭夭。

夫差得报后大惊，和太傅被离赶到船宫。公孙雄和诸将站在码头上相顾失色，一个个像落汤鸡似的，浑身湿漉漉，十分狼狈。他们见太子赶到，都慌慌张张跪了下来，神情沮丧不安。

"这是怎么回事？怎么好端端地失火了？"

"太子，没料到越军会派人泅水偷袭放火，都是我太大意了，公孙雄甘愿受罚！"公孙雄垂着头说。

"看你们一个个什么样子！都像是从水中捞上来的！都给我起来！"夫差冷静地说。

公孙雄等守将一个个抖抖索索地起身，等待着监国太子的发落，闯了这么大的祸，他们知道轻则杖责，重则斩首。

"你们都犯了死罪，知道吗？"夫差的口气平静得像是随口说了件微不足道的小事。

"公孙雄知罪！"

"我不办你们的罪，大将军出征前，对五湖之防特地作出交代，要我们派战船日夜巡航，可我们却让勾践、范蠡派兵偷袭了，你们有错，我亦有错。这笔账记在那里，从现在起，我们一起将功赎罪。"夫差说，他并不将这场小战役看得很严重，就像家中难免遭贼偷，窃去一只鸡或一头猪，不足为奇。造成这场错误的原因还是将卒都有骄恣之心，有恃无恐，不把越国放在眼里，这次事故的发生，会对将卒敲响重重的警钟，对以后的戍守国境反倒是件好事。于是，夫差保存好火烧船宫的现场，第二天让镇关的将领和留守都城的将领前来观看，让大家引起足够的警惕。

范蠡虽然取得了一次小胜，但他并没有得意忘形。沈尹戍依然没有任何消息，三个隘口依然由蔡唐军队把持。郢都大兵压城。他已意识到，楚吴对峙形成的僵局短期内不会打破，越国的行动因为沈尹戍两包抄计划迟迟不能实行，而要作出相应调整。他命令大军后撤三十里，由莫希带一百多名神射手，并加两千弓箭手，隐匿在暗处，引诱吴军深入。

吴越边境沉寂了下来，越境内鼓不再鸣，旗不再飘，兵不再现，到了晚上，火光全无，漆黑一团，除了秋风秋雨、鸡犬之声外，什么声响都没有。但吴国自火烧船宫的事发生后，边陲的每一座兵垒、营帐、城池、岛屿都日夜严密地监视着越国的细微动静，五湖开始戒严，商船渔船一律禁止通行。这是大战前的沉寂，夫差命令在五湖中打上木桩，组成桩阵，防止越军再次偷袭，自己则驻扎到吴越边境，亲自镇关，他不能再安稳坦然地坐在宫中了，而国内的一切杂事都交给了被离。

吴越之间暂时很安静，但这种安静的背后是剑拔弩张，势不两立，只等着一个出击的时机。

而在汉水边上，吴军的大营也同样显得很沉寂。楚军依凭汉水天堑，固守不战。而吴军如过江硬攻郢都，在近二十万楚军的抵挡下，攻城很难取胜。狡猾的囊瓦在等着吴军耗竭粮草士气，然后渡江和吴军一战。这个僵持的局面是在意料之中的，但得知楚国大将军沈尹戍确实到方城搬兵的消息后，阖闾有点沉不住气了，本来他和孙武一样，神闲气定的，弄了把秦汉子学着拨弄，有时，还在汉水边遛马，遥望郢都那高大的城墙，轻轻地朗读《大武》中的诗句。

可沈尹戍调兵，国内船宫遭到偷袭，二百多号船付之一炬，并在吴军的眼皮底下被劫走三艘战船的消息传来后，阖闾明显地烦躁起来，他在营帐内踱着方步，虽不说什么，但陪伴在侧的伍子胥都看在眼里。他来到孙武的营帐内，要孙武取出要离酒。军纪约束，军中不能畅饮，但稍稍喝上几口还是可以的。孙武知道伍子胥有事商议，便取出两只陶碗，倒了少许的酒，和伍子胥对饮起来。

孙武喝了一小口，便问："宰相，你有什么话快说吧，大王有些耐不住了？"

"别说大王，就是我，也耐不住了。这样死不死、活不活的，不是长久之计啊！天马上要冷了，甲士身上都还是单衣，目前粮草给养还尚未告罄，但也维持

不了多久了。楚国大将军沈尹戌到方城搬十万兵过来，和囊瓦手里的兵两面夹击，那样一个局面，大将军想过了吗？"

"出征前，我们已经将楚晋边境的十万兵算进去了。我想，等不到沈尹戌来，囊瓦就会出兵，大王和你耐不住，昭王和令尹也耐不住了。"

"嗯，沈尹戌是有韬略的将军，他和囊瓦向来不和，他去方城搬兵，也是看不惯令尹的独断专行，或许他是躲避囊瓦，将守卫都城这个难题交给囊瓦，看囊瓦的好戏。沈尹戌会不会一去而不复返呢？"

"不会，沈尹戌不是置国家安危于不顾的人，他会搬兵回来的，这毋庸置疑，但方城离郢都甚远，关键是路不好走，有上百里的山道，宽不过五尺，车不得方轨，马不得并骑，是难见天日的隘路，所以，他的十万兵马通过这条隘路需要多少时间，宰相不难想象。沈尹戌出发前，一定会要昭王和囊瓦坚守都城，等他搬兵回来再渡河迎敌。可囊瓦为人骄狂不羁，又自以为是，他不会记住沈尹戌的忠告，他早已失去耐心，蠢蠢欲动，立功心切，像他这样的人，往往缺乏耐心。"

"能不能用激将法，让他迫不及待出兵？时间上不要再拖延，能速战速决最好。"

"这当然可以，但囊瓦虽骄矜，却也不是等闲之辈，不看到棺材，他是不会落泪的，非一般的激将法能激得起的。"

"我倒有一法。"伍子胥沉吟说，"囊瓦期待的，不就是吴军粮尽草绝，士气不振，成为疲惫不堪之师，不能持久吗？"

"正是。"

"既然囊瓦蠢蠢欲动，求功心切，他必会派密谍前来探我吴营的虚实，我们不妨将计就计，作出我军给养不足，士兵已食不果腹，且瘟疫流行的假象，使囊瓦觉得我军已难以为继，出兵时机已到。"

"好极了！宰相此策甚妙！我也在想用什么办法激一激囊瓦，但苦于想不出善策，还是宰相智谋高超。不过这件事，一定要保密，安排不当，会弄巧成拙。"孙武佩服地说。

伍子胥猜对了，囊瓦果然派了几批谍探，化装成乞丐，偷渡过江，到吴军大营乞讨，诉说因为打仗，流离失所，家已断粮，请赐一口饭充饥。正是吴军开饭时，一个卒长端了一碗稀粥给乞丐看，说："不瞒你们，我们军中的粮食也撑不了几天了，这些天还有稀汤喝，如淮水蒲口的粮船再不开来，我们就揭不开锅了，这么多兵马，难道都像你们一样要饭去？"

另一个士卒把陶碗掷在地上，摔得粉碎，骂道："连肚子都吃不饱，还打什么仗？还不如开了小差，到哪里混口饭吃！不然，打仗不死，饿也要饿死！"

卒长劝他："再等等吧，大将军不是说'因粮于敌'吗？"

"你睁开眼睛看看，周围几十里范围，地里已没有可吃的东西了，前几天还能抓到几只田鼠，这几天，什么都没有了！"

正说着，一个小校敲着铜锣走来，对卒长说："快去领草药，许多营帐出现瘟疫，上吐下泻的，听说，连伍宰相都病倒了。"说着，怀疑地打量着几个乞丐问，"你们是什么人？不会是楚军的探子吧？"

那个摔碗的士卒说："他们是来要饭的乞丐，你瞧瞧他们的脸色，鬼不像鬼，人不像人的，哪会是楚军的探子？"说着，又对乞丐说，"不过，你们别出去乱说，我们给养一时供不上，大王、宰相、大将军不会不管的。"

卒长连连点头，望着敲锣远去的小校，对乞丐说："你们快走吧，要真当你们是楚军的探子，你们就没命了。"说着，舀了些稀粥放进乞丐的碗内，劝他们赶快离开。

隔了一会，有一个步卒拎了一木桶汤药，放到卒长面前，说："这是防瘟疫的，每人一碗，听说这药方是伍宰相开的，他在梅里当过草药郎中。但他喝了两天，还没有见效。"

乞丐见此，喝着粥汤走了。

为了使囊瓦更相信吴军粮草告急，伍子胥瞒着孙武，布置夫概带兵在汉水北岸方圆几十里范围里，挨家挨户抢掠粮食。夫概和潘缮精于此道，趁机在楚国的腹地进行扫荡，把百姓仅剩的一点粮食都抢得精光，还抢耕牛、猪羊、鸡犬，甚至出现放火烧掉民房、奸淫楚国村女的事件。附近的百姓闻讯纷纷逃难，百里之内，一片凋敝，人烟稀少，人们谈吴色变。

这些情况当然瞒不过孙武，孙武知道伍子胥是用策略，是为了制造假象，让囊瓦相信吴军已山穷水尽，不得不烧掠抢劫，吴军已陷入困境。但他心里很痛苦，夫概、潘缮假戏真做，借题发挥，使他努力树立起来的吴军纪律严明、秋毫无犯的名声毁于一旦。在楚民眼里，吴国军队和强盗土匪没有什么不同，甚至有过之无不及。更加使他痛恨的，从阖闾、伍子胥、伯嚭、夫概到一部分将军将这些暴掠行径都冠之以他的兵法，"因粮于敌"和"掠于饶野，三军足食"，这是对他最大的侮蔑，但他只能忍着。

阖闾看出他的心思，神色愧疚地对他说："孙卿，这样做也是迫不得已，有损大将军的形象，亦有损吴国和寡人的形象！"

"固然是迫不得已，但有些人也太过分了。臣一直以为，吴国的军队是支正义

之师，将士有仁义之心，有足够的毅力自制，可我错了，我看到许多道貌岸然的人内心藏有邪恶，一有机会，这些邪恶就会让他们摇身一变，成为恶鬼。"孙武痛心地说。

"没有那么严重吧！他们也是奉命行事。个别人虽过火了些，但这个分寸很难掌握，怪不得他们。"

"奸淫良家女子，依臣所见，是绝对不能允许的。"

"是的。是太过分了，这是不能容忍的，除非事出特殊。"

孙武不再说下去，大王的意思很明确，这次行动中，某些人的某些恶劣行为是事因特殊，因而是可以谅解的。连一向强调军纪必须严谨的大王都这么看，他还有必要继续说下去吗？

使孙武略感安慰的是，囊瓦已开始相信吴军陷入困境。将军芮射亲自化装成乞丐中的一个，对吴军营中粮草危机和瘟疫的流行、士卒士气的低落、浮躁进行观察，他估摸，事实情况比他所看到的要严重得多，因为，在他探营的第二天，他碰到了吴营中的几个逃兵，他们说，大军已后撤了五里路，有几十座营帐远离大营，单独悬挂于外，且层层设卡，没有关符，不准进入，可见那些营帐里住的就是重病号。

而吴军的暴掠行为尤其让囊瓦深信，这支军队因为饥饿和疫情，已经开始不攻自溃，即使像孙武这样的统帅也控制不住了，这支在豫章战役中还曾为受伤的楚兵敷药包扎的仁义之师，因为给养的短缺，已变得不仁不义了。

饥寒起盗心，饥饿和疾病会使一支铁军变成豆腐渣，变成腐朽之师。虽然沈尹戍的十万军队还在路途之中，但囊瓦觉得该是他开垒和吴军大打一仗的时候了。囊瓦心里被强烈的冲动撩拨得坐立不安，他一次又一次站到城头上去，眺望一江之隔的吴军营盘，对岸死寂死寂的，旌旗歪歪斜斜，在秋风中有气无力地飘拂着，已截然没有刚扎营时的神气。无风，无声，散发着吊诡的气息。

看不到一个兵，阖闾、伍子胥、孙武、伯嚭像乌龟一样缩在深营当中，刚来时，伍子胥乘着一叶小舟，在汉水中对着城墙大骂一通，诉说着他的仇恨，城头的弓箭手向小舟射箭，飞矢如雨，伍子胥飘然而去，洒脱异常。可现在伍子胥染上瘟疫，说不定已死了，那孤独的和大营相隔的军帐，可能正存放着他的灵柩。

芮射说得对，吴军已成一座即将倾圮的大厦，猛烈地冲撞它，它就会忽剌剌地崩塌。自己打过无数战役，有胜仗，有败仗，这次他要打一场让沈尹戍刮目相看、让昭王五体投地、让吴国闻风丧胆的仗，让沈尹戍再也不敢用那种怪模怪样的目光看自己，他将扭转乾坤，他将立下盖世功勋。

囊瓦进宫，见了昭王，并召集三军将领，细述吴军如何在郢都固若金汤的防守中垂垂衰竭，已不堪一击，因此，他准备开垒出击，渡河和吴军大战，把吴军消灭在汉水畔，取阖闾、伍子胥、孙武、伯嚭的首级回来祭祖。

昭王听后很兴奋，脸上透出坚毅的神色，但也有些忧虑："令尹，为何不等沈尹戌回来，来个大包抄、小包抄呢？据说通往吴国、越国的三个隘口由蔡国、唐国的军队守着，阖闾的退路还未阻断啊！"

"大王，打仗贵在抓住战机，战机瞬息万变，过了就再也不会来了。为了不至于因丧失战机而悔恨，大王，我们不能再犹豫了，当断不断，贻害无穷。我们等不及大将军了，大将军的十万人马可作追穷寇，打扫战场之用。"囊瓦真实的想法，是不想让沈尹戌从背后袭击吴军，抢去头功。

"既然阖闾已焦头烂额，为何不自退？"

"这正是臣所担心的，担心他们会仓皇后撤。眼下，他们正处在即将退兵之际。阖闾就是一狂人，自以为锐不可当，欲和我们决一死战。但锐兵断不能接战，故我们以逸待劳，固守都城，养精蓄锐，挫其锐气。阖闾战机已失，但又欲罢不能。事到这一步，他死要面子，他不甘心，可他死到临头了！"囊瓦陡觉飘飘然，看到了吴军兵败如山倒的景象，他以不屑的口气说道。在兵力上楚军数倍于吴军，他从未想到过会众不敌寡，尤其是一支精神饱满、跃跃欲试的强兵之师和一支由病卒、饿卒组成的疲惫之师对阵，结果如何，是不用多说的。

"令尹，兵马都在你手里，你决定吧！不过，太后说了，伍子胥、孙武用兵诡诈，要多加小心。"

"臣遵命，不过，伍子胥、孙武已山穷水尽，怎么诈都力不从心了。他们有本事的话，为何不渡河攻城？足见他们色厉内荏，胆气不足。"

"这话说得是，寡人一直想不通，吴军为何隔江扎营，按兵不动，听令尹这么说，看来他们还是胆怯。"昭王说。他还令大夫申包胥到营中监军，有情况随时可回宫报告。

孙武判断囊瓦就要动手，决战就要开始。深夜，他在江边踯躅，江对岸，高大坚固的城池屏息静气，在昏暗的夜色中沉睡着。森森城头闪隐着影影绰绰的人群，那是守值的兵卒，寒意浓浓中可见到点点火光，这是守卒在燃火取暖。汉水波涛拍岸，发出沉闷的声响。他已作好了血战的部署，并得到了大王和伍子胥的同意。忽然，一个身影来到他身边，他回头一看，是伍子胥。

"大将军，怎么还不安歇？秋冷不可挡，当心着凉。"伍子胥说。

"大战在即，成败在此一举，我要再想想，是否有疏漏之处。"

"囊瓦何时会过江？"

"早则今晨五更，迟则明日五更。囊瓦喜打晨战，而且喜捏住拳头，倾力而攻，所以我们分兵三路，将楚军分成三段。从三更开始，我们退军三十里，并命蔡唐联军从三隘口调出，隐于汉水和淮水一带迂回待命。"孙武说。他的计划是和大王、伍子胥一起商定的。总的战略，是不和囊瓦近二十万大军对阵而战，而是边战边撤，诱其深入，将其分成三路兵马，各个击破，先集中优势兵马吃掉其最弱一路，然后再歼另一路，最后围歼囊瓦亲率的一路。整个战役充满诡道，虚虚实实，变化多端，像上次伐楚一样，牵着囊瓦的鼻子走，以运动战对付囊瓦擅长的阵地战。伍子胥对整个计划已非常熟悉，地图上看了不下百遍，所有的细节都考虑到了。听孙武这么说，伍子胥心领神会。

"囊瓦终于上钩了，可他不是等闲之辈，打仗凶残而狡猾，身边还有一个将军史皇，是囊瓦的军师，此人城府很深，熟读兵书，不得不防。"

"可囊瓦一向自负，听不了别人的话，史皇未免能左右得了他。他下面两员大将，芮射和子期蛮悍有余，智谋不足，求功心切，这是他们的软肋。各个击破，先挑芮射，因他年少气盛，不知深浅，是囊瓦军队最可破的一路军；子期经验丰富，但心机很重，我说的心机是私心易胀，在维护私利上，很会动脑筋。"

知己知彼，百战百胜。这是孙武兵法中所强调的，也是孙武用兵时要费很大工夫了解掌握敌方有关情况的道理。这次出征前，孙武便对楚国的大王、大臣和主要将领都一一作了摸底，每人的特点、性格、军略、兵法都有了大概的了解。孙武得出的结论是，沈尹戍是最为可虑的人物，上次他虽然也被自己打败，但再度较量，此人不能轻视。事实证明，他从方城搬兵，实施两包抄，是对吴军和吴国最能构成威胁的一着，这也是孙武和伍子胥趁沈尹戍没有带兵归来而引诱囊瓦出击的重要原因。

孙武和伍子胥说着这些已重复无数遍的话，实际上是在互相勉励，或者继续在探讨谋略。伍子胥和孙武有一个共同点，最重细节，而且都从坏处着想，这次举国大征伐，孤军进入楚国腹地，人地生疏，楚军在天时、地利、人和上均有所凭借，更不能有半点马虎。

孙武看着泛着漩涡的汉水水面，江面上偶尔还划过几艘小舟，传来阵阵桨声，是一个秋风飒飒的美丽的夜晚。

孙武突然冒出一股厌战之情，他问自己，我这是何苦？人生要是不涉战事，而是平平淡淡，在珠岛那样一个清净之地，在子考家的竹篱茅舍里平静地生活有多好啊！子蝶就是这么想的，他们的渴求是一样的，就是不求富贵，不求辉煌，唯求收兵息争，过上国泰家和的太平日子！孙武想到子蝶，又心痛起来，眼睛里含起泪水，他用手一抹，凉凉的，湿湿的。他立即不安警觉起来，自己怎么会有这样的情绪？这是很不该的，大战之前，最忌的是精神不振。他马上抑制住这些念头和感触，恢复常态。

伍子胥没有理会孙武，他愣愣地望着夜色中的郢都，他在想着津香。此时此刻，她在做什么呢？她知道自己就在对岸的营帐中吗？不知怎么，他忽然有一种强烈的怅然若失的感觉。好在快了，他很快就能在楚国见到她了。他从未像今晚这样，迫切地希望她来到自己身边。乐范越来越怪僻，喜怒无常，这使他更怀念津香的温柔体贴、善解人意。他已打定主意，攻入郢都报了仇以后，一定要找到津香，不顾大王和公主的反对，正式纳她为妾，让她和伍树团聚。

"宰相，你在想津香？"

"是，到汉水后，可说常常魂牵梦萦。"伍子胥坦率地说。

"津香是个好女子，她有点像子蝶，孙燕和她也很投机。"

"我没志气，屈从于公主和大王，不敢迎娶她，大大刺伤了她的心。现在想起来，既悔又恨，打下郢都后，我也要豁出去了。"

"日久见人心，这么多年，子胥兄没有忘怀津香，津香一定会见你的情，也会谅解你的苦处。破城之后，快去找她吧。在楚都重逢，战尘披身，想来别有一番情趣。"孙武取笑他，脸上笑着，心里却很苦涩。他由津香想到子蝶，伍子胥和津香只是隔着汉水天堑，而他和子蝶，却有着不可逾越的阴阳之隔。

到三更时分，吴军开始拔营后撤，郢都防线无声无息。到天明，吴军已后撤三十里。又过了一天，到五更时分，囊瓦率领十余万大军，乘上千艘战船，分正面和两翼突然强渡汉水，汉水在曙色中人声鼎沸，号角高奏，千军万马向对岸直扑而至。甲士个个沉雄刚毅，甲衣在身，或挟弓弩，或持长戟，在阳光下反射出炫人的光芒，有股慑人的气势。随船还载着战马和战车，战马奋鬃扬尾，引颈嘶鸣，车阵一列又一列，极为庄观威严。

囊瓦站在北岸上，昨天早晨起，吴军已往后撤退，由于撤得匆忙，兵器、盔甲、帐篷、埋在地上的军锅还留下不少，触目都是，一片狼藉。

囊瓦对身边的军师史皇说："你看，阖闾简直是未战先溃，夹着尾巴惊惶逃窜了！"

"孙武打仗，从未如此仓皇，这些东西撒得满地都是，是否有诈？"

"不可能，阖闾、伍子胥、孙武屯兵汉水，给养中断，饥寒交迫，病疫蔓延，成了一支可悲而又可怜的哀兵！"囊瓦说。

囊瓦登上战车，摆出一种傲视一切的姿态。他得报吴军分三路朝一个方向撤退，于是将兵马亦分成三路，一路由芮射统领，另一路由子期统领，他自己亲率一路，铺天盖地地压过去，随着雄浑的鼓声，发足狂奔，沙尘飞扬蔽日。

一剑封喉
YI JIAN FENG HOU

第二十一章

囊瓦十几万兵马分三路对后撤的吴军穷追不舍。

没多时，前面的天际飞尘弥漫，隐约可见吴军旌旗招展，密密麻麻的甲士蚁群般地挤在一起，同时已听得到骤雨般的马蹄声和战车行进的辘辘声。囊瓦站起来，判断吴军去向和阵形，他仔细观察后断言，吴军的阵形已不战自乱，也就是说，已没有什么阵形可言，整个就是一支唯恐逃之不及的乱军，一支没有半点章法的失控了的乱军。这样的队伍，已没有了战斗力，没有了士气，没有了灵魂，已无法扭转一泻千里的颓败之势！

不错，吴国的五万多军队，是显得混乱不堪，但囊瓦根本没有想到，这是有组织的、有秩序的混乱，用孙武的话来说，这是乱阵，是军阵中最复杂最难掌控的一种阵形。

他把五万人马分成左中右三路，夫概率一万多人走中路，乘军中最为华丽最宽敞的王车，打着鸟篆文"吴"字大纛。夫概端坐在车内，他和阖闾是亲兄弟，神态、面貌、体形、举动有几分相似，只是缺乏阖闾的那种王者之气。但这不要紧，只要形似即可，让囊瓦认为这是阖闾亲率的主力就可以了。

几个上将军中，孙武最不放心的就是夫概，要说出差错，最有可能的就是他，而这支中路军是用来迷惑和牵制囊瓦的最主要的诱饵。因此，他决定和钮宣义乘另一辆战车跟随夫概行军，夫概表面装得很高兴，但心里大为反感，孙武明显是对自己不信任，但他不好反对，而且时间紧迫，后有追兵，不能为此多费口舌了。

另一支队伍由卓荣带领，有两万人马，往左路奔突。卓荣最大的特点是头脑冷静，越是形势复杂，他越是冷静、沉着，他带的兵特别善跑，行走速度之快令人吃惊，而且极具耐力，可一口气疾走五六十里路而不觉累。

还有右路一队有两万精兵，阖闾、伍子胥、伯嚭都在其中，由伍子胥指挥，潜遁而去，有特定的任务。

三支队伍不和囊瓦接战，只是以最快的速度撤退，诱敌深入，将囊瓦的十几万兵马调遣到预定的地方，分而歼之。

囊瓦派芮射率三万兵追击往左逃窜的吴军，派子期率三万兵追击往右逃窜的吴军，自己盯住阖闾亲率的吴军主力。

他打定主意，要活捉阖闾、伍子胥、伯嚭，他估计，这三个吴国的大人物都在这支军中，一旦由他擒获，拿下吴国也就易如反掌了。沈尹戌的十万兵马只能紧跟其后，打扫战场了。

但三路吴军都跑得非常快，始终和他们保持着几里路的距离，看得见，摸不着，也不知要逃向何方，好像既有目的，又像没有目的，丝毫不恋战、不接战。

史皇怀疑了，总觉得看上去有些不对劲。孙武怎么会不战而退呢？而且整支队伍并不像一支充斥饿卒、病卒的军队，他们奔跑起来是那样飞快而有力，虽看上去有点乱，但始终没有像真正的逃兵那样一路溃散。他不得不提醒囊瓦："令尹，我们是否不要追了？末将觉得孙武好像是在佯退，为了小心起见，我们还是先停下来，免得进了孙武、伍子胥的迷魂阵。"

"佯退？怎么可能呢？从没见过大部队佯退的，军师你多虑了，再说，我们停下来，他们势必逃窜得更远，到时候我们想追都追不着了，岂不是贻误了战机？"囊瓦不耐烦地咕哝说，"哪里有什么迷魂阵？现在不追，何时再追？"

"如果真是逃兵，他们是逃不到哪里去的！这是在楚国的土地上，我们完全可以从容地对付他们，困死他们。末将以为，孙武是故意在引而不发，让我们一步。而且，再跑下去，不是平地了，我们在地理上要吃亏。"

"地理上对我们不利，亦对阖闾他们不利，而且他们人地生疏，我们可是在自己的地盘上，这有什么怕的？逃兵往往慌不择路，不会向好地方逃！"

史皇不响了，囊瓦的固执和刚愎自用的性格，他比任何人都很清楚，让令尹碰点壁吧，令尹是个不碰得头破血流不死心的人。他静下心来，琢磨着吴国部队可能会玩弄什么花样，但他的心情很糟，他猜不透孙武会使出什么计谋。作为军师，他只能提出些建言，而无决定权，他只能走一段看一段了。芮射和子期已分别追逐另两路吴军走了，囊瓦的部队锐减了一半，但吴军的主力也只剩下一两万人，其他的分散到另外两支逃兵那里去了。囊瓦的这支主力和阖闾所率领的主力相比在数量上占绝对优势，不过，吴军数量虽远少于楚军，但训练有素，历经战阵，又说不清是真溃退还是假溃退，史皇想着有机会一定要提醒令尹，绝不能轻敌。

前面出现了一条很宽的河，秋枯水浅，河床都暴露了，孙武和夫概涉水而过，在河岸上，孙武突然命令部队停下来，凭借河道，摆出了抵抗的架势。几千弓箭手拉弓搭箭，沿河密布，趁囊瓦部因吴军突然停步反击而猝不及防，朝还未站稳脚显得有些茫然的楚军一阵猛射，矢如流星，楚军死伤不少，连囊瓦战车后的一面大纛也被射得千疮百孔。到这时，囊瓦才小心起来，命令在河岸屯兵，不要轻易渡河。虽是浅水，但河床坑坑洼洼，乱石泥浆混杂，战车是过得去的，但颠簸得很厉害，稍有闪失就会陷入泥坑或倾覆，因此必须十分谨慎，若吴军来个半渡而击，会吃大亏。加上已追得很累，将士又饥又渴，需作休整，于是，他命各营埋锅起炊，吃饱喝足，待机渡河。

"军师，你看阖闾会否在这里和我们拼上一下？"囊瓦坐在一棵树下，问史皇。

"有可能。但虽有一河之隔，却不足御敌，阖闾不会不懂这个道理。我估计只是抵挡一阵，喘口气，接下来还要跑。"

"那么，我们应从速部署渡江，虽有被半渡而击之虞，但只要我们预作准备即可。先令弩兵猛射，然后步卒强攻，战车置后压阵，以避搁浅在河渚上挨打。"

"末将建议先派两千精兵偷渡过河，和吴军短兵相接，使敌军弓箭无用，然后大军渡河，所向披靡，不怕制压不住。"史皇说。

"军师此议甚妙，就这么安排。总而言之，不要迟疑瞻顾，坐失良机。"囊瓦很有信心地说，"沈尹戌一去而不复返，他是个聪明人，就是太优柔寡断，到方城搬兵固然不错，但路程那么远，远水救不得近火，如按他的话，固守都城，按兵不动，等他的兵马到了，吴军的影子都见不到了，他辛辛苦苦搬来的兵只能望汉水而兴叹了！哈哈哈。"囊瓦说到这里，纵声大笑起来。

囊瓦吃了点东西，喝了些酒，在车里打了个盹。河两岸，楚吴两军沿河布垒，都是严阵以待，相峙之下，出现了暂时的令人不安的平静。风势加强了，发出凄厉的叫声，气候在变冷，囊瓦忽然被史皇推醒，史皇告诉他："令尹，对岸的吴军又开拔了，跑得很快，估摸跑出十多里路，要不要渡河追击？"

"当然追！传令部队，立即渡河，军师的计议用不上了，哈哈，不出我所料，阖闾到底还是色厉内荏的角色，不敢和楚军接战，只能趁我们休整时脚底抹油，溜之大吉！"囊瓦轻蔑地说。于是，在他的指挥下，几万楚军的战车人马很费劲地渡过了河。而此刻，孙武已在三十里之外的山野之地，等待卓荣来会合。

往左路佯退的卓荣跑得极快，战车狂奔，而且像范蠡那样，车后拖拽横木，尘土滚滚，声势特别大。芮射在后面紧追不放，两军之距，不过三五里。跑到一片密密的树林前，卓荣弃车逃入林子，往树林深处跑去，两万多兵马不知所踪。

芮射追到这里，看着吴军遗弃的横七竖八的战车，笑着对部下说："吴国的士卒不会像猴子一样躲到树上去吧?"

林子茂密，浓郁的树冠遮蔽了阳光，林子里光线黯淡，芮射派几千人在前面砍树开道，以便车马通行。他们总算开出了一条道，一条只能通一辆车、两匹马并骑的林中小道。通过林子，是一片草木藤蔓覆着的平地，芮射的车马从平地上驶过去，隐隐看到吴军在急促奔跑，芮射下令全力追赶，结果战车跑了一段路就一辆辆瘫在那里，原来车下都是稀软的烂泥。而且，越往前走，车下和脚底的泥越稀软，战马陷在泥潭中，连带着战车也慢慢下沉，驾车的士兵使劲地抽着鞭子，但战马喷息嘶叫，四蹄都被泥浆糊住，无能为力，只能无奈地往沼泽里沉下去。车上的士卒吓得赶紧跳下车，拼命抓住藤蔓，逃到没有沼泽的地方。

芮射发现中计，赶紧下令弃车马后撤，但已来不及了，卓荣的兵马已绕道来到他们后面。原先通过沼泽的边上冲到前面去的吴军又掉过头来，对芮射的军队实现了包围，万箭齐发，芮射身中五箭，毙命在草丛荆棘中。蛇无头而不行，三万兵马顿时大乱，慌不择路，一半人葬身于沼泽，一半被射死、杀死。有三四千楚兵丢下兵器，逃的逃，降的降，卓荣将降兵放掉，缴获了一批战车战马，又拾起弃在树林外的战车，到原定计划中确定的地点和孙武会师。

卓荣这一仗打得很漂亮，很顺利。可囊瓦并没有及时知道芮射全军覆没、自己战死的噩耗。直到两天以后他才得知这一消息，这使他半天说不出话来。

卓荣和孙武会合后，向孙武禀报了这一仗的经过，当说到沼泽地成了一万多人的坟场时，孙武叹息说："太惨了，一万多人就这么活埋了!"

夫概在一旁听到了，阴阳怪气地说："大将军，你不必可怜他们，打仗哪能讲究好生之德，再说，是他们自己找死，又不是我们杀的!"

"话是这么说，但这些兵士年轻轻的，就这么沉死在烂泥之中，实在死得很冤。这种沼泽地就是吃人地，看来我这一手用得太狠了些! 打仗，当然是你死我活的，是残忍的，但也确要讲好生之德，能少死人有什么不好呢?"孙武口气中带有后悔和自责。

孙武和卓荣会师后，听谍报，囊瓦又从后面追了上来，而且，追击的速度很快。有成群的鸟从头顶飞过，发出一片刺耳的叫声，脚下的大地有微微震颤的感觉，孙武意识到，囊瓦离自己的队伍最多只有三四里路了，于是乘上战马，下令继续前进。卓荣一仗得胜，使军中大快人心，信心陡增，三万兵马在楚国的大地上又马不停蹄地飞奔起来。

楚国左路军子期率领的三万多军队同样威风凛凛地追击阖闾、伍子胥率领的队伍。吴国这路军的主将是钮宣义，他骑在一匹高头大马上，冲在最前面。孙武交给他的任务，除了要"逃"到预定的目的地，就是绝对要保护好大王和宰相，他们坐在一辆普通的毫无特色的战车内，身披盔甲，有七八个禁军守在车旁，没有特别的显眼之处，别说子期，就是军中的兵卒也不知道大王、宰相、太宰就在队伍中。

阖闾坐在车上，风驰电掣般地向前冲去，迎面刮来的风透出了寒意，天色渐渐发暗，楚国广袤而丰饶的大地在眼前闪过。路过几个村庄时，他看到这里正在举行某种仪式，人们正在跳舞。他们光着上身，赤足，腰间围着兽皮，头上插满了羽毛，脸上涂抹着不同颜色不同图案的脸谱，目光深邃。这里面男女老幼都有，女子同样裸着上身，戴着由红绿石块、兽骨做成的项链、臂钏、脚镯等首饰，抖动着饱满的乳房。

队伍经过时，他们并没有受到惊吓，仍旧旁若无人地进行他们的狂欢，连瞅都没有瞅上一眼。这使得阖闾感到很奇怪。他叫来传令的骑校，要他迅速赶到钮将军处，让队伍停一下。至于什么理由，他没有说明。

钮宣义接到命令后，马上将队伍停了下来，掉过马头，奔向大王的战车，很紧张地问大王："为何要将队伍停下来，到底发生了什么事？"

"寡人想到那个很热闹的村子里去看看他们在举行什么仪式，为何如此开心。"阖闾从战车上跨下来，很轻松地说。

伍子胥哑然失笑，劝说阖闾说："大王，我看不必了吧，这些人都是楚国的蛮族，凶残无比，杀人不眨眼，有猎头的习俗，而且会将敌人的死尸熬成油，用来点灯，用头骨当灯盏。骷髅是他们的装饰物，摆在草屋顶上和家里，恐怖之至！大王还是不看的好，免得染上晦气。况且，楚兵正在追上来，我们也没有时间去闲逛。"

"大王，这种地方我们绝对去不得，宰相说得对，这些部落遭受过楚国贵族的残酷镇压，现在虽然暂时能相安无事，但这些野蛮人对贵族恨入骨髓，贵族从来不敢到他们的领地来。他们是不好惹的，郢都的大户人家，经过这一带，都不敢停留的。"伯嚭绘声绘色地说，"他们敢于和老虎、狮子搏斗，所以楚人都称他们为狮子族。他们使用特制的弓箭，箭头涂有剧毒的毒液，谁中了他们的箭，就会七孔流血，全身青紫，必死无疑。而且他们人人会使用一种叫三角石的石器，几十尺外投掷过去，弹无虚发，大王，我们还是不要去接近他们。他们可是些不开化的土著野人。"

"听你们一说，我更有兴趣和他们一晤了，这里离我们要去的斗城还有多远？"

"不远，大概几十里路，这一带都是蛮族，斗城本来也是这个部落的土地。楚平王在位时，曾对他们进行过讨伐和杀戮，并在他们的土地上建起过好几座城垒。斗城就是其中一个。"伍子胥回答说，"大将军要我们把楚军一路引到这里是别有深意的。"

"孙武向我说起过这里的情况，他虽然没有要求我们去利用狮子族对楚军的仇恨，但他计划将楚军引向这里，显然看到这里的土人能成为我们的朋友，会助我们一臂之力。你们想过吗？别处的楚民，对我们极其恐惧，数百里之外，都逃之夭夭，罕有人迹，唯独这里的人，泰然自若，载歌载舞。这是因为他们欢迎我们攻打楚国，他们不属于楚人，是楚人侵入了他们的地盘和家园，贵族们趁机对他们进行暴掠，世世代代的土人都和楚人不共戴天。走吧，我要去看望他们，拜访他们的头领，和他们结盟。"

伍子胥明白了，大王不是出于好奇而到这些部落的村子里去的，他自有他的算计。于是，伍子胥对伯嚭使了个眼色，并交代钮宣义在附近摆好阵垒，埋下伏弩，随时和楚国的追兵一战。

伍子胥带了几百名卫卒，和伯嚭一起，骑着马朝一个村落走云。这个村落在丛林的外面，村落的一片广场生着篝火，人们在手舞足蹈，嘴里在唱着怪声怪气的歌，念着听不懂的词，像是祈祷，又像是读着咒语。一个脸上涂着斑马纹的人迎了上来，用楚语说："我们的长老已等了你们很久了。请吧！"说着，领着他们向丛林深处走去。

一个长满了水草、面积很大的水潭的旁边，坐落着几间草房，月光下，一排同样赤裸、下围兽皮、长发披肩的没有涂脸谱和身纹的男子，一手持长矛，一手举火把，站在草房前，把草房照得通明。茅草屋顶上排列着一颗颗骷髅，令人不禁头皮发麻。伯嚭有些胆怯地对伍子胥说："这里太危险吧！还是劝大王不要进去了。"

伍子胥看了他一眼说："你要是害怕，就留在外面和卫士一起，等着我们吧。"

伯嚭想了想说："大王和宰相进去，我留在外面不成体统！"

"你是太宰，国君都将安危置之度外，你有什么怕的！"

坐在草堂里的是几位白发白须的老人，相貌威严，腰间挂着的却是类似吴钩那样的铁制的大弯刀，地位最高的长老手里还捏着一支乌木质地、有鹰隼状把手的权杖，草堂的四角都用人的颅骨点着灯，屋内十分明亮。

长老说了一大串话，但阖闾他们一句都听不懂，那个白脸斑马纹的男子将他们部落的土话译成楚话说："谁是吴国的大王？谁是伍子胥？谁是将军孙武？"

伍子胥回答说："吴国的大王在这里。"他指了下阖闾。

阖闾朝长老弯腰行礼。几个老人不动声色，打量着阖闾。

伍子胥又回答说："本人就是伍子胥，孙武正率兵在另一个地方和楚国令尹囊瓦打仗。"

"你是楚人，楚平王将你父亲和兄长杀死了，你逃到吴国去了。你这次杀回来，是报仇来的。"大头领说，并带着身边几个长老站起来，把手放在自己的胸口，头略低垂。这是部落欢迎贵客的礼仪。

白脸斑马纹的男子要他们坐下，阖闾、伍子胥、伯嚭便在一堆很干净的、散发着清香的草垛上坐下，有人端来了盛着酒的木碗，里面是色泽透明的清酒。阖闾解下佩剑，并要伍子胥、伯嚭都解下佩剑。这些配剑虽不是名剑，但都是欧冶子和欧剑子父子铸造的上乘宝剑，镶宝石错黄金的，剑鞘用牛皮所制，包有铜皮，剑首是玉的，剑柄是上千年的奇木做的。阖闾把它们当作礼物送给长老，并要随后进来的站在他们身后的钮宣义去取一车粮食送给长老。

长老们仔细察看宝剑，用粗糙的布满皱纹的手捋着剑锋，欣喜地点着头。大头领说了很多话，经翻译，阖闾听懂了。大头领表示，吴国伐楚攻郢都，他们的部落都十分兴奋，举行最隆重的庆典来表示内心的欣悦，祈祷吴军取胜，诅咒楚国军队失败。因为他们恨楚人，恨他们霸占他们田园，掠夺他们财物，奸淫他们妻女。他们愿意和吴国军队结盟，如果战争在这里或周围地区发生，他们愿意派出他们最强壮的勇士参战。

"你们能出多少人？"阖闾问。

"三千至五千人，但我们每个勇士都是举世无双、不可战胜的，他们能以一挡十。"

"好，我们马上会攻下斗城，楚军明天就会反攻，想把斗城夺回去，并消灭我们，但这是不可能的。一旦他们攻城，你们的勇士就在后面袭击楚军，我们开垒迎敌，两面夹击，楚军就会像森林里的浆果那样，被我们采摘下来，你们的屋顶上会增加无数的新的骷髅，你们的宫室会更加壮观。"阖闾用洪亮的声音大声说。

大长老用他的权杖在地上用力敲击几下，这是表示完全同意，他笑容满面，脸上刀刻般的皱纹像菊花那样绽开来。

当天晚上，钮宣义指挥两万多兵马对斗城发起进攻，斗城有三千守卒，多年未有战事，战备已徒有形式，虽接到吴军入侵的急报，但从将领到士卒都认为吴国军队绝无攻打斗城的可能，吴军来犯和自己没有多大关系。

附近就是蛮族的领地，这座军事城垒就是用来对付土著的，不是什么兵略要

地，而且，与其说是一个城垒，还不如说是一座大的仓房。这里储存着大批粮草和寒衣，供大的军事行动时调用，但多年来只调用过两三次。养兵千日，用兵一时，长期只养不用，久而久之，将士们都难免懒散，到了晚上，守城的将士更是松懈，根本想不到吴军会突然出现。在他们想来，这是不可能的事，加上秋夜寒冷，大多士卒都躲在营房起烤火取暖，昏昏欲睡。城头上的值卒也躲在城楼的阁中避风打盹。

这样一来，整座城垒等于不设防，钮宣义带了几百人，用从狮子族那里借来的藤梯攀登进城，打开城门，大部队便进了城，不费一兵一卒，就拿下了斗城。斗城的楚兵都缴械投降了，打开仓房一看，仓内都是粮草寒衣和器械，正是吴军急需的，吴军将其连夜搬运一空，载装在车上，由一个副将率领一千多兵押着向和孙武会师的地方运去。其余人在斗城吃了顿饱饭，补足军械，等着子期那一路追兵前来挑战。

子期在天黑前行军到离狮子族区域还有几里路的地方，士卒已饥渴不堪，都埋怨追得太猛，即使追上，也无力打仗了。而且，天黑下来，搞不好要中了敌人的伏兵之计。另外，再往前走是处处和官府为敌的蛮族土人的地盘，给他们摸上来偷袭砍掉几个头都说不定。想到这些，子期便下令就地休整过夜，但各营要高度戒备，加强巡逻，轮流休息，随时准备打仗。

天刚亮，子期便得到消息，斗城已被吴军攻下，他猜吴军攻斗城的目的，是得知那里储备充足的粮草，已断了给养的吴军当然会不惜一切代价攻城，这是情理之中的事。子期当即决定，趁这支吴国逃兵尚未将粮草运走，将斗城团团围住，来个瓮中捉鳖，将他们和还未来得及运走的粮草一起拿下。于是，他下令部队开拔，在曙色中向斗城全速进发。很快，远远的，斗城的影子已能朦朦胧胧看到，可那里悄然无声，像是一座死城。子期又喜又急，喜的是吴军毫无防备，可出其不意进行突袭，急的是担心吴军抢了粮草连夜继续逃窜了。可原来的守卒到哪儿去了呢？难道都给挟持走了？子期紧张地思考着，心里七上八下的，又怕周围有伏兵，孙武的厉害，他是领教过的。他下令停止行进，仔细观察四周的环境，以防不测。但细看下来，没有什么异样的情况。他又派人出去四处探查，不久，派出去的人回来报告，发现城头有人影，有火光，还有声响。

子期决定硬攻，便下令全军向斗城靠拢，进入紧急作战的状态，摆出攻城的阵势。天虽破晓，但还是暗暗的，前锋部队扬蹄直冲，但没料到离城不远的地方，早已埋下一个个经过伪装的、在拂晓的光线中难以察觉的陷马坑。这是狮子族派人连夜挖的，他们世代以狩猎为生，精于此道，挖的坑深浅大小、伪装的方式都恰如其分。子期的先头兵马都一个个掉入坑中，后面的车马也都层层叠叠堆积在坑上，追尾撞击，队伍顿时大乱。子期是有作战经验的，他冷静地命令军队下车下马，暂缓前进，保持队形，寻找有利的地形和位置，准备应战。特别是几千弓箭手，对准城头，搭箭上弓，只待令下，便可发射。

就在这时，城门洞开，大队人马蜂拥而出，可走在前面的，竟是原来斗城三千守卒。他们手无寸铁，甲衣都已脱掉，双手都被反缚背后，而且相互用绳索牵掣。他们神情沮丧，看到面前几千楚军的弓箭手对着自己，情不自禁大喊："不要射箭，我们是楚兵！"子期见这些斗城的守兵成了吴军的战俘，充当着吴军的一道肉墙，竟不知怎么办才好。就在犹豫之间，后面杀声震天，狮子族的三千勇士手持长矛弯刀，小推车里满载着三角石子向他们奔来。随着喊声，石弹纷飞，被石块击中的楚兵个个头破血流，而后面的楚军已和狮子族的勇士交上手。骁勇无比、模样怪异的部落战士都是和虎狼格斗过的，楚卒哪里是他们的对手？三千人左冲右突，弯刀起落，人头便被他们提在手里。长矛更是厉害，近处当胸刺来，远处投掷飞去，被击中者无一活命。队伍顿时乱成一团，向四面溃散。

城头的几千弓箭手趁机矢出如雨，楚兵又一批批栽倒，楚军大溃。射过一段时间后，钮宣义喝令战俘闪在一旁，亲率铁骑从城内跃出，紧跟着是战车、步卒，和楚军展开了一阵血战。楚军已无回天之力，三万多军队死伤过半，剩下的往几条小道落荒而逃，挤挤挨挨，水泄不通，互相踩踏，被吴军分头乘胜追击。狮子族的勇士越战越勇，飞石、长矛、弯刀三管齐下，到处横陈着楚军的尸体，许多是无头的尸身，鲜血流淌着，把斗城前几里范围的地面、草木染成血色。子期见势不妙，带了几个贴身的卫士在几个将军的拼死掩护下，逃了出来，朝郢都狂奔。

阖闾将战利品、战车、马匹、武器和战俘，连同斗城全部交给了狮子族，两万人马继续踏上征程，并很快和孙武、夫概带领的中路军胜利会师。知道卓荣那一路早已告捷和孙武会合，吴国的军队总算形成了最后的合力，阖闾才彻底放下了心。囊瓦的两翼已剪除，他的兵力已消灭过半，元气大伤，如果沈尹戍十万兵马再不能前来救援的话，囊瓦也会败得很惨。而且，没有了十几万军队，郢都已成为一座蛋壳般脆弱的危城。

孙武是不到最终不言胜的人，他担心着沈尹戍的十万救兵。囊瓦败局基本已定，但和沈尹戍的决战，计无所出。孙武觉得比较棘手的，除了十万兵马超过吴军和唐、蔡两国联军的总和，更在于沈尹戍善于用兵，深解兵法。上次犯楚时，他同子期带兵应战，并没有占上风，主要是由于对孙武的兵法生疏，这次可能会吸取教训，有所调整。孙武想了很久，觉得只能和上次一样，唯有迂回运动，才

能避去锋头。但如何运动，如何让他的兵分散，还颇费周折，只能等歼灭了囊瓦，视沈尹戌的动向再说。

他牵制着囊瓦向柏举奔去。去柏举之路，地形变化多端，时而是窄狭的山路，时而是平坦的开阔地，时而上坡，时而下坡。监军申包胥在此之前，对囊瓦的战略战术，都是很支持的，没有提出多少质疑，只有军师史皇一直在劝囊瓦小心行事，但囊瓦根本听不进去。快到柏举，囊瓦已感到不妙了，申包胥更是看出形势的吊诡，奔袭了这么长路，拼命追赶吴军，却毫无所获，吴军不但没有溃败，似乎越逃越有劲。

申包胥不得不出面了，在一次途中休息时，他对囊瓦说："这是怎么回事？吴军这只老鼠，窜来窜去的，得想办法逮住它呀！给它牵着鼻子走，奔波到何日何地才能了啊？令尹，阖闾把我们带到这里，不安好心，我们是否可考虑后撤，不跟吴国人玩了！"

"晚了，退不回去了，据谍报，三万蔡、唐联军已在山隘口堵住我们的退路，而芮射和子期两支军队已全军覆没，芮射阵亡，子期生死不明。吴军钮宣义部已将斗城储备的粮草一抢而空，他们已补足了给养，有足够的力量和我们决战了。我们除了迎敌一战，别无退路。"史皇平静地说，说完后，轻轻叹息了一声。

囊瓦刚听说芮射和子期大败的消息，顿觉轰地一声，魂灵几乎出了窍，天旋地转，明明天气很冷，额上、背上竟大汗淋漓。

"军师，刚才你说的芮射、子期的事是真的？"

"千真万确，我们派出去的谍人碰到了两支队伍的逃兵，已把情况打探得明明白白。令尹，他们实在是败得太惨了！"

"你为什么到现在才说？"

"我也是刚刚得报，况且，这样的消息，我不忍告诉令尹，事情已经发生，令尹知道了，亦无济于事，只会着急。我以为，这件事到此为止，不要在军中扩散，大敌当前，军心不可动摇。"

囊瓦点点头，忽然想起什么地问："大将军从方城调兵，他的军队到底到了哪里？有什么消息吗？"

"到哪里不清楚，但肯定在路上，而且昼夜兼程。我已派快马前去迎接，说句良心话，如听了沈尹戌的建议，死守都城，一有汉水天堑，二有坚固的城池，三有近二十万守军，吴军是破不了城的，撑到沈尹戌搬兵而来，实施包抄，战局就不是这个样子了。"

"我好糊涂，我好后悔！"囊瓦欲哭无泪地说，"申大夫，大王令你当监军，你

何以不提醒我?"

"悔之不及了,当时,我也认为吴军真的是溃退。令尹是怕他们逃掉,丧失战机,出城追击的,这并没有什么错。哪想到吴军心怀叵测,退却是假,诱敌深入是真。我以为,如果和吴军决战没有胜算,现在还来得及掉头撤退。"申包胥说。

"来不及了,这条路是狭路,被称为楚八尺,秦国有些山路更狭,称为秦五尺。但即便有八尺,也只能双骑并列,不能双车同轨,我们的队伍拉了几十里路长,要退回去,战车无法转身,除非弃车步行。但吴军见我们撤退,肯定会发兵进攻,后面的蔡、唐联军也会跟上来打击,在这么局促的地方,连身子都转不过来,两面受敌,如何抵挡?"史皇反对说,"我是主张撤退的,但到了这一步,只能进不能退了,出了这条狭路,便是柏举,柏举是开阔之地,也是有名的古战场,我们就在那里摆开阵势和吴军展开一场大战。吴军和蔡、唐联军合起来八万人,与我们相比,还要少一些,只要我们调遣得当,必会一战成功。"

听史皇这么说,囊瓦稍稍安下心来,也觉得此时撤退,不仅从军略上看会给吴国和蔡、唐的军队造成可乘之机,而且,在朝廷和百姓中会落下临阵脱逃的不好名声,为今之计,只能硬着头皮,咬紧牙关,过了这段狭窄的山道,进入柏举和敌军列阵而战。他紧追吴军不舍的目的,就是寻找和吴军作战的机会,现在机会来了,自己怎么能怯战呢?主将胆怯,会像瘟疫一样传染给全军的,想到这里,他果断地对史皇说:"下令全军,作好恶战准备,畏敌退却,动摇军心者,格杀勿论!"

"是。"史皇应声说。

"慢!"囊瓦又喊住他,"你再和几个将军商量一下到了柏举后的策略,并派谍人先潜入柏举探听敌情,寻找有利地形。战车到后,先列出圆桶阵,再用重兵阻击蔡、唐军队,力求歼灭他们,决不能让他们和阖闾会合。"

"知道了。我马上去办。"史皇说完便走了。

申包胥装作很认真地听囊瓦的布置,一面听一面不断点头,一双眼睛却心神不定地眨巴着,显得有些心不在焉,好像在动别的脑筋。队伍继续前进时,他不再乘车,而是骑了匹战马,趁人不备,蹿入一条更窄的岔道,脱下甲服,扮成士子模样,躲进一个樵夫家,谎称自己有事去秦国,却碰上了战事,只得避一避再上路。他送给樵夫一块黄金,要樵夫让其避过风头后,送他去秦国的边界。根据他的分析,囊瓦已折了锐气,长途跋涉,已使整支军队疲乏无力,而孙武显然已在柏举张着口袋,让他去钻,其结果凶多吉少。

从目前情况来看,什么吴军断了给养、军中流行瘟疫、吴军师疲仓皇后撤,

都是假的，都是孙武的诡道。囊瓦不是他的对手，沈尹戌也不是他的对手，一切都在孙武的掌控之中，芮射死了，子期不知下落，六万精锐之师就这么轻而易举地被吴军消灭了。而孙武在柏举摆开战场，就像等待芮射、子期一样，早为囊瓦、史皇掘好了坟地。孙武实在是个武圣，他总是比敌人计高一着，他把有勇有谋的囊瓦的十几万军队像一团泥那样捏来捏去，想捏成什么形状就捏成什么形状，不，除了孙武，还有阖闾、伍子胥、伯嚭，他们个个都是强手中的强手，这几个人聚在一起，简直是所向无敌！他预感最后郢都要被他们攻克，沈尹戌的十万军队救不了楚国，他必须到秦国去，求秦国看在太后孟嬴的面子上出兵援楚，只有强大的秦军才能救楚国。申包胥住在樵夫简陋的、四面通风的茅屋中，越想越坚定。

囊瓦终于到了柏举，这里离郢都整整六百里路。柏举在大别山西侧，平畴深谷，天高地阔，空旷而沉寂，收割过的田野显得很荒凉。一排排白云一直铺展到天边，白云之下，屹立着一座座明朗而美丽的青山，遍布着一片片到了秋天便五彩缤纷的树林。囊瓦曾到过这片发生过多次大战的古战场，是陪同楚平王到这里来狩猎，没想到自己有一天会率领大军和吴国及蔡、唐联军在这片土地上决一死战。

进入这里的先头部队选择依山坡的地方驻扎下来，摆开了阵，战车组成一个个圆桶形。这是囊瓦的发明，几十辆战车围成一个圈，圈内是持戈戟、弓箭的步卒，接战时，战车带着步卒向前冲，抵挡住敌军最初的冲锋，战车便向四周散开，圈内的步卒便冲将出来，挺戈戟直扑，和敌军咫尺相对，使敌人感到突然，慌了阵脚。

但楚军列阵以后，根本不见吴军的踪影。据先期到这里的探子说，他们来这里后，始终没见到吴军的动静，估计吴军是在柏举附近的某一个地方。囊瓦完全镇静下来了，他下令撤掉战阵，安营扎寨，并仔细观察周围的地势。营盘扎在山冈下，面对一条奔腾的河道，这是个易守难攻的屯兵之地。

他感觉到吴军就在离这里不远的地方，可能随时会冒出来。他布置防御措施，几里范围内哨兵密布，几千弓箭手掩藏在山冈的密林中，敌人来犯，可居高临下射箭。布置结束后，他便在大营召集各营将领议事。史皇估计，孙武、伍子胥用兵奸诈，很可能趁楚军刚扎下营，晚上就会来摸营，因而他在河道对岸扎下一片规模浩大的空营，周围埋下伏兵，一旦吴军来偷袭，伏兵四起，杀他个措手不及。

囊瓦连声称好，说："偷袭是孙武的惯用之计，上次他带兵深入楚国，避开正面，像流寇一样声东击西，不是偷袭就是暗算，这就是他的诡道。他诡我亦诡，我倒要看看，到底谁诡得过谁！"

"不过，大家都要格外警惕。阖闾、孙武、伍子胥都是兵略家，不太容易上钩，上了钩也可能会溜掉，所以大营里不能完全是空帐，要点灯，要安排一些兵士，一旦吴军来摸营，要抵挡一阵，趟河后撤，不要一到大营门口，马上让他们察觉有诈，那我们就白忙一阵了。"史皇说。

但囊瓦和史皇不知，芮射和子期的惨败早已在将士中传布开来。虽然囊瓦作了精心的部署，但一股畏敌怯战的情绪笼罩在军中，他们觉得楚军追了那么长时间，一路折腾，千辛万苦，来到了这个偏僻的地方，很有可能重蹈芮射和子期的覆辙。整支楚军在精神上已支撑不起来。

当天晚上，囊瓦、史皇等无不高度紧张，各军旅的将领和所有卒士都高度紧张，唯恐吴军前来摸营突袭，各营帐中灯火亮了一夜，谁都不敢熄火。特别是空营中的那些兵，战战兢兢，提心吊胆，风声鹤唳，草木皆兵，闹出了不少笑话。几只野猪见灯火明亮，闯到空营中来，引起一番骚动，在空营中的士兵赶紧鸣锣后撤，争相扑向营帐后的河流。待囊瓦率兵将空帐团团围住，才发现一场虚惊。天亮后，楚军怨言不绝，全都懈怠了下来。

这天中午，太阳高照，阳光灿烂，楚军因为一晚都没闭眼，都在偷闲打盹。值哨的士兵、林子里的射卒眼睛盯着盯着，就耷拉着脑袋，打起了瞌睡，连蔡国和唐国的军队就在几里之外埋伏下来都没发觉。

囊瓦的感觉不错，吴军就在附近，就隐蔽在周围的山坳中。蔡、唐的军队一到，孙武和阖闾、伍子胥商量后，决定对楚军发起总攻。伍子胥领一万兵，蔡昭侯领蔡国的军队，唐成公领唐国的军队，夫概领一万兵，钮宣义领一万兵，孙武和阖闾领一万兵，卓荣领一万兵，从各个方向向楚军进攻。另遣五千兵从山冈背后翻过去，歼灭林子里的伏弩。

这时，囊瓦正在对几个将军发脾气，原因是监军申包胥不见了。囊瓦愤怒地说："申包胥和伍子胥是老交情，你们怎么没看住他？他可能被伍子胥策反过去了，难怪芮射和子期的行动被孙武算得那么准，说不定都是申包胥这个内奸通的风、报的讯！昭王也真是的，派他来监军，这下好了，这个监军可是一根阖闾、伍子胥安插在我身边的木楔头。你们给我记住，不管在什么地方发现他，立即把他逮住！"

这时一个小校飞奔而来禀报他：吴军发起进攻了！囊瓦得报，有点意外，吴军怎么会在光天化日之下摸营？他不慌不忙对帐内的将领下令说："你们马上回去压阵，不管吴军怎么样的阵势，一定要顶住，然后再组织反击，先搭起圆形战车阵！告诉大家，不要慌，敌军的人数少于我们，我们又占据有利的地形。"说完，

他从腰间抽出宝剑，毫不迟疑地冲了出去。史皇已在很短的时间内调动起一百多辆战车，冲过湍急的河流，在广阔的田野上组成一个又一个圆形阵，其余几万骑兵、步兵也都排起了队阵，囊瓦站在一辆战车上，亲自擂起战鼓，旗兵挥动写着"楚"字的大纛和其他旌旗，一时间，军容为之一壮。楚军毕竟训练有素，将领中亦不乏悍勇的猛将，原来心存的怯意，在强敌面前，挥之而去。

这一段时间来追吴军被戏弄被玩耍而积聚起来的愤怒之气，一下激发了起来，变成了一股勇气，楚军个个眼睛圆睁，凶狠的目光中透露出杀气。吴军远远地，从四面八方冲杀过来，在明亮的阳光下，出现了密密麻麻的甲士、旌旗、车马，气势赫赫，鼙鼓声、马蹄声、兵士的脚步声和秦汉子的乐声，合成雄浑的韵律和宏大的声响。

囊瓦站在战车上，回头大喊："射箭！射箭！"

严阵以待、气概不凡的楚军虽有七八万之众，但却是肃静无声，囊瓦的喊叫声尖厉而响亮，像一把寒光闪闪的利刃，划破了沉重的寂寂。囊瓦高立于战车之上，他震怒了，震怒于山冈上的弓箭手为何不发飞箭。可他的呼喊声音刚落，一声响箭凌空而起，接着劲矢齐发。但使囊瓦大惊的是，箭的方向不是飞向吴军，而是从高处从背后飞向自己的队伍。原来林中埋伏的弓箭手已被卓荣除掉，高冈被吴军所占，箭矢是吴军所发。无数楚军背部中箭倒下，惊愕之间，才知道冈上的弓箭手已被敌人取而代之。这样一来，楚军阵容就开始乱了，而箭越来越密，卓荣缴获了楚兵充足的弓箭，加上自备的，足够发射的了。

箭声破空之下，楚军像秋天割稻般一排排一簇簇倒下，楚军大乱，而伍子胥、阖闾、孙武、夫概等带着兵，站在箭雨之外，静静望着楚军狼狈的样子。囊瓦急中生智，命令盾手转身抵挡高处射来的箭，接着，下令向吴军阵营冲去，史皇的车阵一马当先。吴军也从四方杀来，势不可挡。卓荣停止射箭，率兵奔下山冈，从楚军背后发起冲锋，这样，囊瓦的八万兵马陷入了重围，刚刚激起杀气的楚军已毫无斗志，胡乱招架，将领已难以压阵指挥。

只有史皇的车阵散了开来，围在中间的步卒向前猛冲，遭遇的正是伍子胥部，双方展开了血战。伍子胥身披甲衣，站在战车上，一头白发在盔甲中披散开来，显得格外醒目。史皇认出车上的将军是伍子胥，便向伍子胥直冲而去。

两辆车已靠得很近，史皇厉声骂道："伍子胥！你这个叛逆，你是楚人，为何要助纣为虐，背叛宗庙？今日我当取你首级，以谢天下！"

"哈哈，史皇，你死到临头了，还敢口出狂言！你我以前无冤无仇，你肯投降，我可饶你不死，生死关头，你可不要犯糊涂！"伍子胥笑着回答。

"叛逆伍子胥，你别嘴硬，我今日不将你收拾掉，誓不为人！"说完，史皇举着一把闪闪发光的长戈杀了过来，伍子胥仗剑一挡，剑戈相触，砰然作响。史皇是武将出身，武艺超人，伍子胥也习过武，臂力也很强，两人在战车上戈来剑去，几个回合下来，不分胜负。其实，伍子胥是留了一手的，没有非置史皇于死地的心思。他知道史皇有才，深受囊瓦的倚重，所以很想留他一个活口。攻下郢都后，许多事情都少不了有人指点，史皇就是最为合适的一个人。史皇所处的劣势是明显的，他的车上只有三人，一人驾马，除他之外，还有一个就是他的贴身卫士，是个身手极强的勇士，十几个精兵都近不了他的身。而伍子胥的车上，有六七个甲士，手持长戟，个个都是胆大艺高的强手。伍子胥凭借兵多势众，要制服史皇并不难。史皇当然知道自己的处境，但他毫无惧色，越战越勇。伍子胥明白要他投降已绝无可能，叹了口气，手一扬，几个持有长钩的吴军从队伍中跃出，他们手中的武器是孙武发明的，非常特别，长竹竿之头，套有一把锋利的钩刀，专门用来钩马脚。这几个兵都是孙武训练出来的"多力"之徒，脚力非凡，行走如飞，个个都像吴王僚的太子庆忌，在军中凭双脚能跟上车马的速度。他们一拥而上，举竿刀将史皇两匹马的马腿用力一钩，腾跃的马腿顿时被割断，两匹战马轰然倒下，战车倾覆，史皇和他的卫士跌倒在地，无数支戟矛对准了他们。

伍子胥从车上伏下身问："史皇，你若愿为吴军效力，我可放你一条生路。"

"伍子胥，你动手吧，我史皇身为楚国人，死为楚国鬼，我决不像你伍子胥卖国求荣！"史皇躺在地上，拼足全力说道。

"我成全你！"伍子胥笑道，一挥手，十多支戟矛同时刺下去，史皇和他的卫士顷刻毙命。

这时，楚军已溃不成军，夫概、卓荣、钮宣义率兵在楚阵中横冲直撞，个个杀红了眼。囊瓦已换乘单骑，他挥戈在阵中左右奔突，看到了阖闾稳稳地端坐在战车内，看到孙武在另一辆战车上指挥自如，看到蔡昭侯和唐成公指着他狞笑，他甚至还看到史皇被伍子胥所杀。他知道大势已去，深悔不该出城迎敌，不该和沈尹戌明争暗斗，他多么希望此时此刻，沈尹戌能带兵赶到，要是沈尹戌能挽救危局，他宁可将令尹的位置连同军政大权都交给沈尹戌。可一切都太晚了！

此时此刻，他已无心恋战，求生的欲望使他只身单骑逃了出来，在原野中狂奔。坐在战车内的阖闾将他的举动都看在眼里，从身边一个校尉手中取过弓箭，搭箭射去，正中囊瓦背心，囊瓦翻身落马，在地上挣扎了几下，躺在已枯萎的野草上一动不动了，背上的鲜血汩汩地渗出来。

望着尸横遍野、血流成河的情景，孙武的心里一阵阵哆嗦，而身受重伤尚未

死的楚卒在一声声哀叫着，绝望的声音在田野上空回荡着。他们是那样年轻，那样血气方刚，许多还未娶亲，他们的父母眼望欲穿地期待着他们平安回归，还有许多已成亲有家室的，他们的妻子正心急如焚地等着从军的丈夫早日归来团聚。可他们亲人的心愿都已落空，永远地落空了，永诀之人只能在梦中相会了，这些作战疆场的战士已成了这片空旷之地上的孤魂野鬼。孙武又一次感受到战争的残忍，不管战死的是哪国的士兵，受伤害最多的是活着的人。

八万楚军，兵败如山倒，葬身在柏举的足有六万，剩下两万拼命往郢都逃窜。吴军紧追了三天三夜，在一条叫长清河的河边，趁逃兵渡河时，站在岸边拉弓射击，楚兵又折兵一半。剩下的残部万把人逃到汉水边的雍澨，隔江五十里，便是郢都。他们欲渡河时，吴国大军又紧追而至。一万士兵不管会不会游水，都像赶鸭子般地纷纷被迫跳河，吴军再次站在岸上，列阵射箭，河中的楚军不是被射死，就是溺亡。湍急的河面上，漂浮着一具具死尸，河水都被染成血红色。死尸和散发着血腥气的河水流到了郢都，使本来已笼在愁风惨雾中的郢都一片惊慌，富户大族开始带着细软外逃。

幸免于难的少数溃卒逃回都城，讲述囊瓦惨败的经过。这个消息迅速在城内传播开来，郢都的贵族和有钱人惶惶不可终日，大难将临，不知如何是好。倒是穷人，反而泰然，吴军即便破城，他们除了命一条之外，什么都没有。看到那些平时神气活现的贵族富豪诚惶诚恐，反而有一种幸灾乐祸的快感。

但郢都的市面彻底败坏了，酒楼、茶馆、饭庄已无人问津，大多已闭门歇业，市场因为城门开少关多，进出严格，货物已停止流通，没有什么东西可出售，已十分萧条。

昭王得到囊瓦惨败的消息后，顿时大惊失色，吓得浑身发抖。事到这一步，不能瞒太后了，他跑到后宫见太后，把听到的情况原原本本告诉了太后。太后听后，闭眼摇头，眼泪汪汪地说："沈尹戍有没有音讯？"

"没有，听说他的勤王之师还在途中，可方城离郢都八百多里，也该到了啊！"昭王说着，眼圈也红了起来。

"沈尹戍是个值得寄托重任的人，咱们楚国的全部希望都在他身上了。孩子，你不要太着急。咱们再等等吧。"太后安慰昭王说。

"可惜楚国近二十万军队，就这么完了，这可是父王和几代先王上百年的心血啊！"

"不要想这么多了，能熬过就算老天保佑了。"

"母后，如今囊瓦不在了，申包胥也不知下落，沈尹戍何时能搬兵回来，也不得而知。"昭王忧心如焚地说，"我们坐困危城，总该想点办法才好，难道真的束手待毙？"

"平时都是囊瓦说了算，大家还在背底里不满于他专横，可真没有了他，一下就失了主心骨，做什么事都很难。"太后说。

一个内监匆匆忙忙地走进来，激动地说："太后、大王，大将军沈尹戍带兵回来了！"

"真的，大将军人呢？"

"说来事情也巧，他的勤王之师刚到汉水边，正好碰上吴军准备渡河攻城，于是就与吴军接战了，现在正在河对岸交手，打得难分难解。大将军为让太后、大王放心，特遣派一位叫石光的将军进宫禀报一声，并令石将军接管都城的防务。"

"太好了，太好了！"昭王高兴得跳起来。

"谢天谢地！这下楚国有救了！"

"那位石光将军在哪里？"昭王忽然问。

"正在宫外等待大王接见。"

"好，好，我这就去。"昭王说着，辞别太后，跟着内监匆匆向外宫走去，一边走，一边额手相庆。

石光原是方城的镇关副将，这次沈尹戍到方城搬兵，为协助大将军指挥这支他比较陌生的队伍，主将特派石光协助沈尹戍带兵。一路上，沈尹戍见石光年轻有为，精通兵略，且胆大心细，办事干练，就提拔了石光担任这支勤王之师的右路军统帅，带领一万多兵马。到了汉水边，他要石光带五千人马进都城，和囊瓦留下的两万守卒会合，石光为守都大将军。石光带了沈尹戍给昭王的简书，立即带五千兵进城。

郢都百姓得悉大将军回师勤王，而且已在汉水对岸阻击吴军，并派一员将军率兵进城镇守，民心士气为之一振，人们奔走相告，欢声雷动，笼罩在楚都上空的愁云阴霾一扫而光。

石光安置好五千兵马，没有马上进宫，而是到令尹府找囊丹。原来石光和囊丹是自小一同长大的至交，石光的父亲是囊瓦手下的一员将军，因不满囊瓦的霸道，才主动要求解甲归田。但父辈的反目，并不妨碍囊丹和石光的深厚友谊，但两人志向有别，囊丹热衷游历经商，石光喜好兵事。石光本来可在行人府谋得一文官之职，但干了一阵，石光觉得不适应，还是投笔从戎了。囊丹已知道父亲丧生战场，正在悲伤之中，见石光成了守都大将军，感到很欣慰。他虽不问政情军事，对人生看得很开，但还是希望国家不破，山河不碎，都城能守住，宗庙能保

全，王室不受侮辱，百姓不受践踏。于是，他陪了石光去见昭王。

昭王见了石光，欣喜万分，可见了囊丹，便抹着眼泪说："囊公子，令尊死得好惨啊！我，我有说不出的彻骨之痛，有种天塌地陷之感，父王驾崩时，我尚年幼，不懂事，所以没有这样伤心过。"

"大王，家父一生功过难定，也得罪不少人，但最后的结局是让我做儿子的引以为傲的。他虽然打了败仗，但为国捐躯，虽败犹荣。刚才大王能这么说，对家父之死如此哀恸，家父可以瞑目了。"囊丹感动地说，神情有些凄惨。他和父亲虽相处得一般，因他一向特立独行，为父亲所看不惯，但毕竟是父子骨肉，父亲战死，还是给他带来极大的震动和悲痛。

接下来，石光取出沈尹戌的一方书简，囊丹见他们要谈公事，便欲回避。昭王向他摆摆手说："囊公子不必见外，留在这里吧。"说着，很快地看完书简，对石光说，"沈尹戌建议让石将军来守都城，兵权归一，这很好，寡人同意。大将军如此器重将军，我当然要听大将军的。石光，郢都的万千生灵，寡人就托付给将军了！"

"臣遵命！"石光起身，深深地跪了下去。

沈尹戌在北方提兵十万勤王，依当初和囊瓦计议好的，他希望囊瓦能坚守郢都，等待他回师。方城未到，他获知囊瓦率镇守郢都的绝大多数军队，贸然渡过汉水，与吴军会战，他仰天长叹："囊瓦如此不顾大局，贪功自负，必败无疑，他毁掉自己不算，还毁掉了楚国。"他还存有侥幸心理，期待囊瓦大军能和吴军多周旋些时日，结果没想到囊瓦败得那么快，那么惨，特别是在柏举，明知是圈套，偏向圈套里钻，结果遭到没顶之灾，真是可恶可恨！

当他知道囊瓦最后的下场，他并不感到意外，只为楚国感到悲哀，只想尽快南下为危在旦夕的都城解危。吴军在歼灭囊瓦后，就是直取郢都，因此，他带着十万军队，在石光的协助下，穿山越河，日夜兼程，以最快的速度回师。

但他还是迟了一步。孙武真会算计，抢在他之前，追赶到汉水边，把突围出来的两万残兵杀得几乎片甲不留，正在千钧一发之际，他的十万兵马和气焰高炽的吴军在雍澨不期而遇。他不顾长途劳顿，立即对吴军发起进攻。

沈尹戌的突然出现，使得吴军防备不及，正欲渡河的吴军受到沈尹戌的猛烈攻击，被一下打得人仰马翻，而刚踏上大木筏还未起航的士兵则大多中箭落水。孙武立即下令停止渡河，边撤边打，组成应战的队阵这个队阵非常奇怪，像扇子一样形成一个半圆形，两翼兵势极强，中间却明显空虚，可以清楚地看到孙武、

伍子胥端坐在战车上，手持宝剑，是一副稳坐钓鱼台的神色和姿态。看不到阖闾，这个吴国大王不知隐藏在这支队伍的哪一个角落。

沈尹戍观察了吴军的地理位置，西边是汉水，南边也是汉水，北面是一条河，即常青河，三面临水，另一面是十万楚军，吴师已置身绝地、危地。但无论是孙武、伍子胥，还是虎视眈眈对着楚军的吴国将士，个个神色坚毅，没有一点惧色，甚至露出了不屑的神色。孙武、伍子胥周围的甲士更是凶悍无比，皮肤黢黑，肌肉强健，充满杀气，这是一群无所畏惧的士兵。

沈尹戍决定暂时收兵。吴军屡战屡胜，锐气和士气都处在极旺盛的状态，这支兵是非常可怕的，加上孙武用兵的诡诈，眼前这个阵形显然不是偶然的、随意的排列，而是一种诡阵，说不定吴军兵阵中间薄弱之处，设下了斗城那样的陷马坑，引诱楚军兵马冲过去。加之从方城过来的十万军队太疲倦、困乏了，不宜再连续作战，于是，沈尹戍退兵五里，在汉水边扎下大营。

既然是绝地、危地，吴军便不会久待，沈尹戍决定采取以守为攻、以静制动的策略对吴军进行长围，让孙武、伍子胥、阖闾进不得、退不得，近十万兵马困死在几十里范围内。吴军在此前刚和囊瓦一战再战，从柏举追击穷寇，又追了三天三夜，沈尹戍估计，这支队伍看似凶狠，但实际上已疲惫之极，更重要的，经此反复折腾，吴军的给养肯定已很匮乏，撑不了多久了。而其三面临水，绝无粮草物资补充的来源，阖闾、伍子胥、孙武纵有天大的本事，也无法从水中变出粮草来。什么"因粮于敌""掠于饶野"等策略都失效了，八万强兵变成饿殍，其结果是不攻自溃，到时，就像孙武说的，不战而屈人之兵，吴军除了投降，别无出路。孙武的兵法在迂回运动中才能发挥威力，把他逼到三面是水的绝处，他的兵法也无用武之地了。

主意打定后，沈尹戍便严严实实地筑垒布阵，交代各营旅，不得有半点松懈，日夜戒备，严防吴军背水一战。沈尹戍的战略思路是对的，他比囊瓦聪明，但聪明反被聪明误。囊瓦有恃无恐，鲁莽盲动，而沈尹戍过于谨慎小心，步步为营。他最初和吴军接战时，应趁其不意，乘胜追击，这是个破敌取胜的大好战机。但他居然被孙武的一个虚张声势的战阵唬弄住了，怕中计而停止了进攻，从而让孙武喘了一口气，回过了神。

孙武摆的那个阵，说破了，没有多大的玄妙，既没有陷马坑，也没有其他安排，纯粹是临时匆匆排出的一个阵形，要说依据，就是他对沈尹戍心理上的估摸。他知道囊瓦之败会给他带来心里的压力，处事会很拘谨，不敢义无反顾地放开手脚来大打一仗，所以，他故弄玄虚地摆出一个让沈尹戍看不太懂又疑虑重重的战

阵。当然，即使沈尹戌硬打，阖闾已发话，不管发生什么事，吴军别无选择，只能背水一战，杀出一条血路来。

沈尹戌的退兵，让孙武松了一口气，但局势的严峻是明摆着的，沈尹戌想打持久战，将吴军困死、拖死，这一手很毒辣，可以兵不血刃地让吴军不攻自破。而事实是，吴军的粮草确只能维持一两天，所以不能困在这里，也困不起。粮草一断，兵马势必力衰，因而，趁现在兵有士气，将有魄力，必须在较短时间内进行反击，突出重围，争取主动。

阖闾在这生死关头，显示了他一代雄主的非凡风度，伍子胥也是丝毫不慌，照样谈笑风生。在一次汉水边的短暂商谈中，阖闾指着几十里外的郢都说："你们看，郢都已经可望且可即了。我们一路凯歌，围追堵截，击败了不可一世的囊瓦，难道对一个沈尹戌奈何不得？不就是十万兵马吗？他有十万，我们也有六万，就差区区几万嘛！这算不了什么！告诉每个士兵，绝地可以不绝，死地可以变活，受水之围，可以背水一战，以得解围。我作为一国之主，先申明态度，胜败在此一举，这次大战，我打头阵，我战死了，伍宰相、大将军给我记住，只要你们活着，请扶助太子夫差继位。特别是夫概，你是太子的叔叔，长辈在上，可要鼎力辅佐太子，再展我吴国的霸业宏图。"阖闾说到这里，看了夫概一眼，夫概的脸上现出一种复杂的表情，但仅仅是一掠而过，他马上响亮地说："王兄以破釜沉舟之概，一马当先，必大激士气，所向披靡，至于其他事，王兄是多虑了！作为将军，我会和楚军血战到底，作为王弟，义不容辞的事，我当全力以赴，在所不辞！"

伍子胥感动得流涕："大王，你别说这种不吉利的话，大王是天赐吴国的，会和吴国同存，而吴国则与日月同辉。只要大王立于军中，吴军必无往而不胜。这么多将军，何以要大王打头阵？大王运筹帷幄就足够了，打头阵有臣，有大将军；有夫概，大王指向哪里，我们就奔向哪里。大将军，是不是？"

"宰相说得不错，这一仗肯定要打，而且越快越好，以免节外生枝，缓兵之计只会挫我士气。沈尹戌十万兵和我们对阵是迟早的事，本来我希望破郢都后和他一战，未料他来得快了些，把我们逼到这块三面临水之地，好啊，我们只能借水用兵了。大王，谁都不用打头阵，这个打头阵的，就是我们面前的汉水。"孙武说。

看来孙武已有了破敌之计，阖闾心领神会，说："传令各营旅，这两天务必让每个士卒吃饱喝足，有什么好东西，都拿出来让大家饱餐。"又对孙武说，"大将军，有什么良计，能否说来听听？"

"兵法上从无万全之计，但运用时，尽量要想得周全。容臣想一想，再禀报大王。"

阖闾点点头说:"好,现在不多说了,大将军和宰相去筹划吧!"

孙武和伍子胥两人在一起时,孙武谈了他的计划。沈尹戍的营帐不知为什么,都是沿着汉水河岸排列着的,而河边密布已枯萎的芦苇,层层叠叠的,芦苇荡中还停泊着几艘很大的木船,估计是给军队运送粮草辎重的货船。楚营所处的位置是下游,要是风向偏东,楚营又处于下风,可将原来准备渡河所扎的数十个至今停靠在吴军营地河岸旁的木筏装载柴草,顺水顺风,冲向楚营。筏上可乘多名士卒,在木筏靠近楚营时点燃柴草,与此同时派两千名在五湖练就泅水本事的水兵,喝上半斤酒,持刀单衣推木筏行进,起火后便和木筏上的士卒一同跃上岸去厮杀,发现有粮船就设法抢夺过来。而大军趁着火势的蔓延,向楚营发起猛攻,所有军队都要扑上去。

这是火攻,是孙武用得很多也很熟的兵法,水战用火攻,虽为兵家常用,但孙武将这种方法发挥到了极致。但火攻要借助风向风势,倘若风向倒了过来,等于引火自焚,作用适得其反。伍子胥明白了,刚才孙武当着大伙的面,没有详述他的计划,首先是此计在实施前是高度的机密,知道的人越少越好,其次是还须看风向而定,风向不对,风力不够,便不能实施,只能推迟。

到了晚上,吴军饱餐了一顿。原来都以为粮草要绝了,士兵不免有些心慌。粮草一绝,不战而溃,还打什么仗?但晚饭很丰盛,不像要断粮的样子,军中人心立刻稳定了下来。

孙武和伍子胥一直站在河边。天刚黑,风就一阵劲似一阵,到后来变成了呼呼的大风,把汉水刮得波涛起伏,而风向正是吹向楚营,远远看去,可见楚营的一顶顶营帐在风中摇动着。阖闾已听伍子胥说了孙武的火攻之计,听到帐外西风呼啸,向东面卷裹而去,大喜说:"此乃天助吴国也!"

很快十几个筏子都装满干燥的柴草,并浇上油料,每个筏子载兵卒五六名,另有两千士卒脱了甲衣,腰挂吴钩,在筏子周围泅游,推着筏子顺流而下。这个敢死队由卓荣率领,他给每人喝了几碗酒,以抵御水中的严寒。一切安置妥当,又派谍人到楚营附近打探,见楚营戒备极严,但没有发兵的征兆。今天只是楚兵围堵吴军的第一天,上午楚军取得小胜,沈尹戍见好就收,作好困死吴军准备的他,以为吴军惊魂未定,当天不可能会有任何军事行动。他的策略是以守为攻,以静制动,在吴军断粮草之前,他不准备率部出击,也没有作出任何进攻吴营的部署。

天色昏暗,风大浪高,除了微微的水光外,什么都看不清,楚军一队队兵在

河岸巡逻，他们仿佛听到了可疑的声音，但在河岸驻足观望了一会，除了芦苇在摇曳，没有发现什么异样的情况，便继续巡视着。其实，十几个筏子已悄然行来，隐匿在芦苇荡中，楚兵自然难以察觉了。这时，木筏被点燃，由强风推送，飞快地扑了过来，很快地燃着了枯苇，烈焰升腾飞卷，炽烈的火舌向河岸延绵，在瞬刻之间便吞噬了岸上无边的连营。

"着火了，着火了！"楚兵巡逻队大叫，接着是紧凑急迫的锣声，催人心魄。楚营顿时大乱，两千多吴兵在卓荣带领下，身穿湿衣，面遮湿巾，举起弯弯的吴钩，冲出火阵，在楚营见人就砍，钩起头落。火势越来越猛，漫天覆水的浓烟笼罩几十里范围的楚营，冲天的火焰狂舞肆虐。十万人到处乱窜，争先恐后往汉水跳去，但河滩的芦苇及木筏还在熊熊燃烧，跳入水的楚兵无异跳入火海。粮船上的楚兵见状，弃船登岸跳窜而去，先到的吴兵忙扑灭船上的火，然后将粮船解缆迅速往河心移去，使粮船免去火患，但已经有一艘粮船抢救不及，化为了灰烬。

沈尹戍出帐一看，到处是凄惨的声音和冲天火光，骇然失色。打了多年的仗，他还是第一次看到如此凶猛的火势，红色的飓风猛烈地吹着，向他席卷而来，他再不逃开，就会被无情地撕成碎片，他忍不住一个趔趄，哭喊："天哪！你为何不容楚啊！"说着，遥遥地对着郢都跪了下来，磕了三个头。这时，吴军的兵马以雷霆万钧之势，冲了过来，火光之中，一面写着"吴"字的大纛在高高飘扬，阖闾一马当先，紧接着是伍子胥、孙武。沈尹戍知道大势已去，于是拔出利剑，自刎而死。

大火一直烧到天明，汉江边浓烟久久不散，几十里焦土，仿佛历经一场天崩地裂般的巨大灾难，河里、岸上到处是被烧焦的不可辨认的尸体，叠床架屋般堆积在一起，河边的芦苇荡、岸上的树木都被烧得精光，到处余烟不息，浓郁的焦味扩散到百里之外。

石光站在城头，看着几十里外的汉江对岸烈火腾空飞去，半个天空都像布满绚丽血红的火烧云。开始他不知是火起楚营还是火起吴营，后来看出火烧的是楚阵，他只得痛苦而无奈地看着十万人马毁于兵火。他和诸将相顾无言，最后派出几艘战船、几千人去汉江边接应逃出险境、泅渡过河的残将溃卒，到天亮时一检点，不过千把人，而汉江的浮尸遍布河面，密集得将河道都梗阻生了，船只都难以通行。十万人到底逃出多少，石光无从估计。他有侥幸的想法，希望沈尹戍能带上几万人杀出火阵，转战别处。但有一点是肯定的，经此一战，楚国已无力抵挡吴国的攻势了，郢都已坐在火山口上了，随时会有破城之灾。石光望着远处暮霭般的沉沉烟云，痛不欲生，泪水一次次模糊了双眼。他命令囊瓦留下的那个守

将带兵去打捞浮在河中的尸体，他们足足捞了两天还没有捞完，没有那么多棺木，只能芦席一裹，在城外荒地挖坑掩埋，到第三天，那个守将就带着几千人逃走了。

吴军已重新扎筏，显然要渡河攻城了。郢都已成吴军的囊中之物，吴军随时可轻取。石光和囊丹不得不作最后的打算。

石光进宫，把情况的严重如实禀告昭王，昭王面无血色，喃喃道："这怎么办呢？这怎么办呢？"

"大王，为保持楚国宗庙，臣保护大王一家离开郢都，到外地去躲一躲吧？局势急转直下，大将军已殉国了，吴破郢都就在这一两日，万一吴军攻进城来，我们岂能束手就擒？"

"我不走，我不能丢下全城百姓和宗庙，只顾自己逃命去。要死要活，听天由命吧，我甘愿和郢都共存亡！"昭王擦着眼泪毅然地说。

"大王，还是避一避吧，大王在，楚国宗庙就在，留得青山在，不怕没柴烧！死不足惧，臣等都愿殉国，然一死固然保持了臣节，但顾全大王的安危更重要。大王不得保全，是臣最大的失节！大王，时间紧迫，吴军已开始渡河，不能再拖了！"石光跪了下来，声泪俱下，"伍子胥是来报仇的，他不会放过大王，对这等乱臣贼子，唯避之可以免辱，唯保全可以复仇。大王，为了社稷宗庙，请暂避为好，臣恳求大王了！"

"我这一走，文武大臣和宗亲贵戚、后宫女眷怎么办呢？"

"顾不得这么多了，各人自己顾自己吧！主要的大臣和王室成员可随大王一起走。"

"我和太后商量了再定。"

太后听儿子这么说，想都没想地说："吴军一破城，当然要逼宫搜宫，与其受辱，不如出逃，你是大王，吴军轻则将你俘掠，重则诛杀。可你是一国之君，你在国在！尽节还不容易？三尺白绫，一把毒药就能成全了自己。但楚国呢？就这么拱手送给了吴国，你将来有何颜面见先祖先王于地下？保住了人，国家就保住了！何愁以后没有复国还都的机会？"

昭王没有话说了，只得点头称是。石光将车马全部备好，昭王、太后上了一辆车。昭王的大妹公主菁云坚决不走，表示死也要死在宫里！小妹公主芊兰正患病，身体很虚弱，石光不顾礼仪，一把背起她，走出宫室。逃回郢都的子期已令车队启动。原来守城的守卒剩下一千多人，而石光手下的五千精兵依然军容整齐，石光交代一千多兵紧闭城门，一旦破城，可自行散隐民间。石光将芊兰放在马背上，指挥五千军队保护着太后、昭王和部分宗亲、大臣，从另一个城门逃出，向

随国奔去。

第三天，天空飘起鹅毛大雪，纷纷扬扬的，气温骤降，吴军未大动干戈，就将郢都攻破，守卒早已脱去甲衣，各奔东西。高门大族早已收拾了细软，携家出逃。偌大的都城街衢空寂，家家闭户，路无人迹，成了一个空城。阖闾骑了高头大马，踏着薄薄的积雪，向王宫奔去，后面跟着夫概、伍子胥、伯嚭，以及庞大的队伍。孙武和钮宣义、卓荣断后。

阖闾下令不准骚扰百姓，更不准打家劫舍，暴掠商家，妄杀一人，但对王室大族及民愤大的官员另当别论。此例一开，夫概等一片雀跃，这等于允许他们可以为所欲为了。他们迫于军纪，实在压抑得太久了。伍子胥已激动得不能自制，十多来梦寐以求的报仇雪恨之时终于来到了，他急切地向王宫飞奔而去，想活捉昭王，让他替父偿还血债。

宫中一片混乱，秉性节烈的前朝老妃和一些嫔妃闭户悬梁，公主菁云毫不犹豫地投池而死。其他宫女、内监都胆战心惊地等待着厄运的来临。巨大的楚宫，笼罩着一股阴森恐怖的肃杀之气，似乎一场残酷的杀戮将要开始！也有几个大臣和内监已作好投降吴军的准备，走到宫门口，把宫门打开，躬腰站在两旁。当阖闾、伍子胥、伯嚭在手执雪亮斧钺的卫士的护卫下，大步走入楚王宫时，这列人惊恐而又不得不作出强颜欢笑的样子，吃力地说："我们都是楚臣，在此恭迎大王！"

"很好，请陪寡人入宫吧！请放心，只要诸位臣服，寡人不会为难你们的。"

伍子胥迫不及待地问："楚王那黄口小儿呢？"

"楚王已逃走了。"

"逃走了？"伍子胥顿时感到大为失落，"他逃到哪里去了？"

"逃到哪里，我们就不知道了，估计是往随国去了。"

夫概带着他的属僚冲了进去，直往后宫闯去，见了一个个丧神落魄、如花似玉的嫔妃便像饿狼般地扑上去，后宫一片骚动，响起一声声惨叫。阖闾、伍子胥充耳不闻，伯嚭皱皱眉头对阖闾说："这不太好吧！"

"随他们去吧，他们也憋很久了，只要不去骚扰百姓，楚王的女人，就是战利品，他们可以享用，就算我对他们的犒劳。"阖闾轻飘飘地说。

第二十二章

阖闾住进楚王宫，他把王宫里几代君王积攒的各种造型奇特的青铜器、金银品、玉器和珍稀的宝物，以及暗库里成堆的黄金都洗劫一空，准备装运回国。这些钱可抵得上吴国一年的赋税收入。

他带了几百名卫士占据除后宫之外的整个楚王宫，包括楚昭王的寝宫和处理公务的宫室。这个高敞华丽的宫殿是几代楚王享受权力的所在，有无数诸侯国的国君和大臣在这里诚惶诚恐地向楚王表示臣服，献上珍宝，以博得楚王的好感。他完全可以想象，楚王那不可一世的得意神态和端详宝物的贪婪神情。可现在，这一切都随着楚昭王的出逃而骤然改变了。他，一个吴国的国君，成了楚宫的主人，他可以随意支配这个巨大宫室里所有的东西。

阖闾东看看西摸摸，他一点也不羡慕这里的奢华，但他有一种征服感，这种滋味十分美妙，是他从未有过的体验。

蔡昭侯将蔡小娇也送到郢都来了，他们俨然就是这座宫殿的主人。蔡小娇娇俏的身影在后宫闪来闪去，几天下来居然以她的宽容与平和赢得楚宫没有逃走的楚国宫女的尊敬。因为她阻止了吴军的暴行，这些楚昭王的宫眷和侍女以极隆重的礼仪对待她，感激她的庇荫。蔡昭侯和唐成公也住在楚宫内，他们曾先后被楚平王和囊瓦在郢都软禁三年作质，这座宫里也留下了他们当年的耻辱。现在他们可以尽情地享用和取走宫中的物品，可以扬眉吐气地走遍楚王宫的每个角落，出尽胸中的恶气。

夫概在宫里抢掠了许多珍宝，装了满满的几大车。昭王尚未大婚，没有王后和嫔妃。但荒淫无度的楚平王却留下了一大群嫔妃，平王死后，这些嫔妃都养在深宫里。昭王和太后外逃时，不可能把她们都带上，这些宫眷和宫女几乎都落入夫概等人之手。夫概在楚国的王宫里过着从未有过的放荡不羁、逍遥快活的日子。

蔡小娇进宫时，夫概已在宫中放肆了几天，后宫逃掉的、自裁的不少，到处是断钗遗簪、残脂零粉的惨凉景象。许多被夫概等人百般凌辱的佳丽，虽存寻死之心，偏偏欲死不能，到处可听到此起彼落的抽泣声，一见到夫概那一伙人，无不像见到鬼蜮般悚然变色，害怕得瑟瑟发抖。

蔡小娇看不下去了，对阖闾说："夫概简直是一条大色狼，他连看我的眼神都是不正经的，楚王后宫多少女子被他们糟蹋了！他是大王的弟弟，他口口声声说，是大王允许他有这样的特权，我不相信，大王一向治军严明，岂容得他这样胡来？"

"是的，夫概是太过分了些。他们几个出生入死，行为稍稍有些越轨，我也想睁一眼闭一眼。可没想到他得寸进尺，像发了疯似的！"

"那么，大王请他离开楚王宫吧，几个色狼住在后宫，成何体统？传到外面去，外界会以为大王和夫概同流合污。我住在宫里都觉得安不下心来。"

"你可别把我和夫概相提并论，后宫的佳丽我可没有欺侮。"

"我相信，不过，夫概坏了你的事，楚人会把他的胡作非为都算到你头上。楚王已逃，但毕竟这里是王宫重地，夫概虽是王弟，但说到底也是个臣子，有什么资格和大王住在一个宫里？再说，他又是那么不检点。"蔡小娇说。

"你说得对，让夫概住在楚王宫里确不成体统。"阖闾领悟地说。

于是，阖闾把夫概找来，令他和几个手下的将军立即搬出王宫，到军中营帐中去居住，夫概一听，一脸的不高兴，不服气地说："楚宫不是吴宫，我把脑袋拴在裤带上为哥哥拼死拼活，凭什么不能在这里玩玩楚平王遗下的破烂？是不是有人说闲话了？是王后吗？这里不是吴都王宫的中宫，我碍着她什么了？在楚国摆什么臭架子！"

阖闾听夫概出言不逊，傲然无理地斜睨着自己，一只手甚至握住了剑柄，心里不禁大怒，厉声说："放肆！你是什么东西，竟敢辱骂起王后来？打了几场仗，你就居功自傲了？你有多大本事，我还不知道！胜仗是靠你打下来的吗？如果靠你，肯定连连败北，吴国早就完了，给你一个上将军当，已经照顾你了。到了楚国，你就像老鼠跌进了米仓里，恶形恶状，吃得快撑死了还不肯放手，叫人看了都恶心。"

给阖闾痛骂后，夫概收敛了刚才骄横的神色，表面上不敢再作顶撞，但心里对哥哥恨入骨髓，已打定了要和阖闾翻脸的主意。哥哥实在不把他放在眼里，处处挤兑自己，前几天，哥哥提出要打头阵和沈尹戌一战，他听了暗暗高兴，巴不得哥哥战死，这样他就说不定可以借此横刀夺位，和夫差争当吴国国君。虽然，这是他潜意识里一闪而过的念头，从来没有认真想过这件事，但他以为，一切都是有可能的，王室中兄弟翻脸的例子太多了，说不定老天有眼，会给他这么一个机会。当然，现在只能隐忍，等待着那么一天，如果命里有这么一天的话。

他快快不乐地离开了楚国君宫，但他没有搬进军营大帐，他不想住在不挡风又寒气逼人的营帐里。他住进了一户已人去楼空的贵族大宅内，天天喝得醉醺醺的，喝醉了便骂人。但从不讲情面的孙武对军纪丝毫不放松，斩决了一批放浪形骸、调戏民女、抢劫民物的将士，所以，除了借酒浇愁以外，他不敢公开做违法乱纪的事，免得给方正严明的孙武抓住把柄不放。哥哥是不太可能会为自己说话的，甚至会借孙武的手除掉自己，那真是白吃眼前亏了。

进入郢都后，孙武的神态淡定得出奇，他没有因为一战击溃沈尹戌而沾沾自喜，更没有表现出洋洋得意，甚至，连特别兴奋的表示都没有。反而，在一个人独处的时候，他脸上的表情有种掩饰不了的感伤。他常捧着一只秦汉子，乱弹一气，抒发着烦乱的心情，或者埋首苦读《周易》。

他不跨进王宫一步，以守城为由，拒绝参加大王在王宫举行的庆功酒宴。他一直和钮宣义、卓荣等将军住在城外的军营营帐内，但城内的情况，特别是王宫内的情况，他莫不了然。

这一天，他得到消息，有一部分囊瓦部和沈尹戌部溃散的散兵游勇，在芮射的弟弟芮驿的带领下，聚集在一起，组成了一支万把人的军队，开赴越国，准备和越国军队联合起来，攻打吴国，包抄吴国后院。孙武听说后，不得不第一次走进楚国君宫，向大王禀报此事。阖闾一听，不以为然地说："这些乌合之众，没有什么可怕的，太子能对付他们。"

"大王，不能小看这些楚国的残兵败将，自古有哀兵必胜之说。另外，越国也有三万多军队，一直在边寨屯兵训练，伺机犯吴。偷袭吴国船宫只是探探虚实，如果三万越兵和一万多楚军形成合力，对吴国还是会构成不小的威胁。"孙武说。

"那大将军的意思，是否我们要班师回国？可昭王还未追到，伍子胥还在寻找楚平王的陵墓呢！"

"不必全部班师，吴军在淮河边上还屯有上千号战船，臣以为可遣钮宣义率两万兵乘七百艘战船回国援助太子。"

阖闾想了想说："让夫概先率两万军队乘五百艘战船班师吧，省得留在楚国替我招惹麻烦，大将军以为如何？"

"夫概虽是王弟，但容臣直言，让他率军回国不太妥当，他不在楚国招惹麻烦，或许会在吴国招惹更大的麻烦。"孙武说。

"什么麻烦，难道他要起异心？大将军放心，他不敢，他既没有这份贼心，更无这份贼胆。"

孙武没有再说下去，凭他对夫概的了解，此人是个骄纵而野心勃勃的人，如果将两万军队、上千号战船交给他，身负重任，他完全有可能干出欺君罔上的事来。即便不敢，凭在他楚国的表现，他一路回去，无人约束，更会肆无忌惮。但大王既然信任他，孙武也就不能再坚持自己的看法了。于是，阖闾亲自下令夫概率一路军到淮河边乘停泊在那里的一半战船班师回国，增援夫差，并把从楚王宫掠夺到的黄金、珍宝、图籍、各种质地的器皿等顺便押送回去，移交给被离清点造册入库。

夫概开始有些不乐意，也不甚愿意，觉得作为征服者，在郢都还没有行够乐，还未过足瘾。而且，回去说不定又要和越国人打仗，鏖战疆场了。但转而一想，这未尝不是一件好事，便同意了。不过，他提出了一个条件，不能让孙武派钮宣义或卓荣随他同行，监视他，干涉他。

阖闾严肃地对他说："我可以答应你，但这绝不表示让你放任自流。越军压境，时不我待，你要竭忠尽智，和太子一起保境卫国，你是太子的长辈，要做个好样子给他看。我把越国交给了夫差，现在更是交给你们叔侄俩了。大将军原来要派钮将军回国，但我觉得还是让你回去好，我心里踏实。你可一定要替我争气，切勿辜负我对你的重托。"

"王兄放心，我会和太子一起固守边境。"

"夫概，你和太子的分工，是太子守边境，你守五湖兼守都城。防止越国精锐从水陆两路对吴国作进一步的逼迫，尤其是要防备他们的水师从五湖直插夫椒山和吴都。五湖为都城安危所系，前已有范蠡小股军队偷袭船宫的教训，你万万不能大意。这也是大将军让你带一半战船回国的原因，就是为了加强水面的战备。"

"我知道了。"

"人不犯我，我不犯人。越国不用兵，我们也不用兵，收拾越国是下一步的事。吴军主力在楚国，你只要陈兵五湖，一旦越军进犯，把他们击退就可以了。切记，你只是镇守国门，绝对不许做出举兵伐越的不智之举。"阖闾再一次郑重地叮嘱夫概，他之所以再三强调这一点，是了解夫概好大喜功的脾性，怕监督不严，他可能会擅自举兵攻打越国，坏了他的部署。孙武对他的担心并非是多余的。

"我是奉令回去守国，王兄又反复交代了我该怎么做，我唯王命是从，照办就是了，绝不会自作主张，更不敢擅自行动、违逆上命，也不会惹出什么事，有什么闪失。我再说一遍，王兄尽管把心放好！"夫概拍着胸脯，诺诺连声说。

阖闾满意地点点头，看着夫概一脸慨然的恭顺态度，想起平时动不动就苛责他，倒有些愧疚，口气缓和地说："弟弟，我有时对你可能严厉得有点过分，你可不要记恨我，我们是同胞兄弟，我对你绝无恶意，都是为你好。这次伐楚，你表现不俗，待我班师凯旋，我会重重犒赏你。"

少来这一套！重重犒赏，你能赏赐我什么？夫概在心里愤愤地想。但他面上却装得十分感动的样子，诚恳地说："王兄这么说就见外了，责之切，爱之深，我明白，王兄有时对我说几句重话，都是因为我不好，王兄爱护我才这么说的，我感激都来不及，怎么会记恨呢？不会的，臣弟永远不会。况且，我蒙恩特厚，报答都来不及，如果还要记恨王兄，我岂不是小人了？"

阖闾只以为夫概说的是心里话，赞许说："夫概，你能这么想，为兄太高兴了，你能这么通达，不愧是我的亲弟弟。俗话说，兄弟齐心，其利断金。我们兄弟俩抱得紧，吴国幸甚！"

夫概离开王宫，走到宫门外，骑上马，狠狠地朝王宫的朱门吐了口唾沫，心里骂道：什么兄弟齐心，其利断金？什么哥俩抱团，吴国幸甚？做你的大头梦去吧！你别指望我再随侍你身边了，我要走自己的路了，你能弑君篡位，我就不能有大作为？

第二天，夫概令出即行，率领两万人马，朝淮水屯船处直奔而去。

伍子胥因为没有擒获昭王，很是懊恼，他四处寻找楚平王陵墓。平王陵墓的墓址按理并不是特别的机密，但平王临死前也许意识到仇人太多，所以交代对自己的陵墓所在务必保密，且不树不封，没有显著的标记。郢都成了死城，能逃的都逃走了，逃不掉的都躲在家里，闭门不出，所以，整个楚国的王城，除了到处觅食的野狗野猫，难得看到一个人影。满城都是吴国、蔡国、唐国的甲士，巡逻的骑兵马队时而在寂寂的长街上急驰而过，马蹄敲打在平整光滑的青石板上，发出一片清脆的响声。小巷深深，家家闭户，大小商家更是铁将军把门，没有一家开门迎客的。

据说有一家茶楼悄悄开了半扇门，结果晚上有人闯进去，将店铺砸烂了。而砸店的不是入侵的外国军队，却是郢都的百姓。伍子胥连能打听消息的人都找不到，楚平王的坟地无人能告知。就是他熟悉的人，他以前的朋友，包括津夷和津香，也都见不到。他以为津夷和津香会来找他的，但几天下来，他们迟迟没有露面。

他曾带了五百精兵，大街小巷找津香家，但像大海捞针般毫无所获。他还曾礼貌地敲开几扇间巷住家的门，询问是否认识津香、津夷其人，但对方都大摇其

头。他想起囊瓦的儿子囊丹来吴国找过自己，他找到令尹府，但已人去楼空。

近在咫尺的亲人，竟不知他们在何处栖身，亦无从查探。他有点埋怨津香了，别人要躲避吴军，她和津夷为何要躲避呢？为何要让自己空等她呢？他几次在心里呼喊："津香啊，津香，你到底在哪里啊？你的夫君就在郢都，他杀回来了，你难道不知道吗？"可津香和津夷就是杳无音信。

他所想象的和津香激动相逢的场面没有出现，这让伍子胥大为失望。他常常在王宫外的广场上望着初冬高远的蓝天、舒卷的白云，怔怔地站着，等待着津香的到来。他到以前居住的几处府邸去过，发现他的故居已被捣毁，而且是新捣毁的，确切地说，是吴军攻陷郢都后捣毁的。到底是何人所为，伍子胥便不得而知了。

终于有一名品级很低的王宫内官，偷偷将平王陵墓的地址告诉了他。伍子胥立即带了一队兵卒直奔郢都郊外平王墓地，孙武知道后，单骑追了上去。在墓地上，孙武对他说："你不要失仪！攻破了郢都，你已报了仇，你若掘平王的坟，天地不容！"

孙武的话很有分量，伍子胥脸上挂不住了，一改平时的温文尔雅，粗暴地说："这是我的事，不用你管，你给我走开！"他不顾孙武的反对，指挥军队掘开了平王的坟墓，打开平王巨大的彩绘的梓宫，将身穿王袍、头戴冠冕的楚平王的尸骸挖出。伍子胥一见平王的尸身，双目喷出怒火，浑身上下一阵阵发抖，端正的脸庞变得狰狞可怕。

他用一根马鞭一下又一下对尸体进行鞭笞，用双脚在尸身上用力踩踏，还声嘶力竭地痛骂斥责。盔甲已脱卸掉，发簪也已丢去，蓬乱的白发像巨大的蒲公英在风中飘摇。伍子胥一边诅咒着，一边抡着皮鞭，王袍的碎屑和烂肉在鞭下四处飞溅，溅得伍子胥脸上、身上都是，伍子胥一点都不在乎。站在一边的孙武向后退去，他的脸色越来越凝重。伍子胥的行为大异于往日，这是孙武没有料到的，伍子胥是他敬重的人，但他没想到伍子胥会做出这般事，行迹会如此凶残、恶劣，这让他感到无奈、失望，也替伍子胥感到羞愧。很快，楚平王成为一堆碎骨肉泥。腐臭的浓重气味向四周飘散，士兵们忍不住用手捂住口鼻。

有一群楚国的老百姓远远地看着伍子胥这种异常的疯狂举动，他们默然着，脸上的表情毫不掩饰地充满着愤怒，有几个壮汉紧紧握住拳头，要不是有一大列全副武装的兵丁围着，说不定会不顾一切地冲上来。

打进郢都以来，伍子胥还是第一次见到有这么多楚民聚在一起，而且没有被占领国的百姓的那种惶然不安的神色。国破之痛加上眼前的惨境，让他们不再胆

战心惊，不再惴惴不安，他们由哀痛而气愤，差不多忍无可忍了。

孙武对此看得很清楚，他知道这就是民意。楚平王叫弃疾，是楚国公子，身壮力大。他在楚灵王十二年，弑灵王而夺位称王，他贪婪暴虐，做了许多不仁不义的事，所以，在位时口碑并不好。可现在伍子胥毁棺鞭尸的做法，极大地刺痛和激怒了楚国百姓的心，因为这种举动不仅仅是针对已死的楚平王，而且是对整个楚国和人民深深的侮辱，民心不可欺啊！

孙武几次起身劝阻伍子胥罢手，但伍子胥完全进入了一种疯癫的状态，他根本不理会孙武，当然也不在乎楚国百姓愤怨的目光，他已控制不住自己。他打累了，打得筋疲力尽，终于放下了鞭子，大口大口地喘着粗气，坐在地上号啕大哭，嘶哑地喊道："父亲、兄长，你们的在天之灵可以安息了！子胥已经为你们报仇了！你们睁开双眼看看，这个害死你们的恶人已碎尸万段了啊！"

伍子胥哭够了，喊够了，跌跌撞撞地站了起来，指着墓室梓宫中的陪葬品对士兵们说："你们随便去取吧，这是战利品，谁取归谁，这是我允许的，你们愣在那里干吗？快上去拿啊！"

于是，士兵们蜂拥而上，争先恐后地将陪葬的车马器、兵器、编钟编磬、瑟、鼓、琴、金银器皿、金饰银佩、竹简、牍片、鼎、釜、盘等以及各种陶器、漆器等物品哄抢一空。围观的人群终于发出咆哮声："不准拿！不准拿！墓中之物，取之不仁！"

"谁在那里说这样的话？"伍子胥歪着脑袋，披散着一头白发，用手指着人群，厉声问。

孙武在一旁实在看不下去，示意哄抢的士兵将陪葬品物归原位，并走到伍子胥身边，在他的耳畔低沉而严正地说："你知道你在做什么吗？楚平王已是一具死尸，你堂堂吴国宰相，岂能和一个死去的故王过不去呢？刨坟鞭尸，非同小可，残忍之至！这是要触犯众怒的，不，已经触犯了！宰相，够了，你到此为止吧！"

伍子胥根本听不进孙武的话，他奔回墓室，拾起一件精致的刻着颂扬平王的文字的鼎，往墓石上猛摔，鼎顿时摔成碎片。他又拾起第二件，举过了头顶。

人群中又一次发出吼声："不准砸！不准砸！墓中之物，砸之无德！"

伍子胥将那件铜器再次往坚硬的墓石上摔去，喘了几口气，对着远处的人群说："谁再敢妄言？我伍子胥鞭了、砸了，这是楚平王罪有应得，谁还敢替他说话？有种的，站出来！"

有一个身穿锦衣的年轻人从人群中走了出来，一看就是贵介公子，他沉着冷静地走到伍子胥面前，说："我不算有种的人，但我不得不站出来，伍宰相，楚平

王的功过，自有公论，我不加置评。但他已是一具死尸，平生纵有多大的罪，既死了，就该让他入土为安。宰相出于私怨，竟连平王的尸身都不放过，这太过分！从古到今，我还未听说过有谁以这种残暴无道的行径报私仇。宰相地位尊贵，德高望重，至少我在以前是这么看你的。可今日先生此举，令人大失所望。"

这个人就是囊瓦的儿子囊丹，伍子胥曾到令尹府找他，没想到他在这种场合出现了。

"你是囊丹？就是那个装得超凡脱俗、卓尔不群的囊丹？囊瓦的儿子？"

"不错，我就是囊丹，已战死的令尹囊瓦的儿子。"

"楚平王作恶多端，你为何要替他鸣不平？"

"因为我是楚国人。楚平王生前做了不少坏事，确实积怨甚多。可你伍子胥今日所为，不仁不义，千夫所指，神人共愤！先生知道吗？你侮平王也在自侮，必招后人侮之！"

"囊丹，你口出狂言，胆大包天！"

"伍先生！此言差矣！囊丹不过是一介商人，我胆不大气不壮，不过是看破了世间的一些事情。我说过，霸道不久，天道长存，若干年后，吴不再是吴，楚不再是楚。我也说过，下一次见面是在楚国了，不幸被我言中。我以局外人的身份奉劝先生适可而止。楚国已破，但不等于楚国人的心亦破。石可破，而不可夺坚，丹可磨而不可夺赤。"

这番话，要是在平时，伍子胥会很欣赏，可现在他不以囊丹的话为然，但他也找不到什么话可以驳斥他。他恼羞成怒地下令："你算什么局外人？你明明是囊瓦的儿子，有其父必有其子，竟到这里来摇唇鼓舌，大放厥词，蛊惑人心，来人，将他拿下！"

几个甲士冲上来，把囊丹捆缚起来，人群中出现了一阵骚动。

"伍子胥，且慢！你休要为难囊丹公子！"一个清脆亢亮的声音在人堆里响起。这声音让伍子胥感到耳熟，他循声看去，一个熟悉的身影向他款款走来。她，正是他日夜思念的津香。伍子胥情不自禁地擦去脸上那发着异味的渣子，用手理了理白发，心上涌上一股暖流。

津香走到伍子胥面前，冷笑着上下打量他。伍子胥被看得脸上讪讪的，他也觉得自己的样子很狼狈。

"津香，你怎么会在这里？你让我找得好苦。"伍子胥有些发窘地说。

"把囊公子放掉！如果你不放，就把我也抓起来。"津香干脆地说。

"他是他，你是你，何必要牵扯在一起？"

"因为我们都是楚人，我不帮他帮谁？"

"津香，你别忘了，我伍子胥也是楚人。"

"呸！你有脸说自己是楚人？你对楚平王有仇，这些，我都知道，也很同情你。可报仇也有个限度，两国交战，死了那么人，我不去说它。可吴军攻破郢都后，简直像一群入室抢劫的强盗，把楚国君宫当成自己的家，凌辱宫妃，把宫中的黄金宝物一抢而空，还烧了楚国的粮仓，毁了楚国宗庙，这些暴行你敢说和你这个宰相没有干系？为了报一己私仇，你竟做出刨坟鞭尸这样狠毒的事情来！我原来以为你是有仁有义的人，可我看走眼了，你是个不仁不义的伪君子，你的本性之恶，今天在光天化日之下暴露了！你说，你和你所痛恨的楚平王、费无忌、囊瓦有什么两样吗？和专诸刺死的吴王僚有什么两样吗？你回答不出来，我可以告诉你，你们是一路货，你说不定比他们更坏。你让我恶心，让我看不起，让我感到耻辱！"

津香的大义斥责让伍子胥面红耳赤，无言以答，半晌才说："楚吴两国是敌国，不共戴天，怨恨难解。交战后，采取一些无情的做法实属正常。不过，我们没有暴掠百姓，犯了军纪的被处死的都有。至于我惩罚楚平王，这是他罪有应得，像他这样的暴君，怎么对待他都不过分。正是因为平王的暴虐，才导致楚国灭国，这是对他的报应。"

"有这么多楚国的百姓在，楚国没有灭，楚国仍然在。"囊丹在一旁插话说，"你们占领楚国是不可能长久的，因为民心不归顺你们。你看看，为何你们得到的郢都是一座没有活气的死城？就是你们不得人心。连你最亲的人都不支持，你不感到可悲吗？她可是你的救命恩人，你儿子的生母啊！"

"伍子胥，快放了囊丹！"津香催促说。

"好，津香，看在你的面上，我答应你放了他，本来我就不想为难他。不过，囊丹公子，希望你能谨言慎行，这对你有好处。"伍子胥下令放囊丹，松了绑的囊丹微笑着走回人群。津香转身跟随而去。

"津香，你留步。"伍子胥喊道。

津香站住了，背对着伍子胥。

"津香，跟我回吴国吧，伍树在等着你，我们一起好好过日子。"伍子胥说着，要上去拉津香的手。津香一甩手，忍不住流下两行热泪，她极力压住心里涌起的一阵阵酸楚，用袖管擦拭掉泪水，头也不回地朝前走去。

伍子胥呆呆地看着津香消失在人群中，怅然若失，他明白，津香这一走，恐怕再也不会回到他身边来了。他忽然生起气来，对着周围的士卒说道："愣在那里

干什么？快把这老东西掩埋掉，听着，里面的东西谁也不能碰，谁碰，军法论处！"

士卒们立即捂着鼻子，手忙脚乱地忙起来。孙武不知从何处取来一匹白布，交给士兵，让他们包裹平王的碎尸残骸。他作了具体的布置后，发现人群中的囊丹还在，便唤他出来说："伍宰相今天是做得有些过分，但他是个好人，只是仇恨让他丧失了理智。我知道你和津香、津夷关系不错，你能不能劝劝津香，让她原谅伍子胥，回到他身边去？津香对他来说，是非常重要的。他不能没有津香，拜托公子了！"

囊丹是第一次见到孙武，他看得出来，孙武的心情并不好，甚至有点忧伤，对伍子胥的行动，他表现出明显的不满和反感，现在，他几乎是在低声下气地为伍子胥说情。这就是让敌军闻风丧胆，置父亲和沈尹戍于死地的孙武？这真是匪夷所思！

"好的，我可以试试，不过，这件事不好办。据我了解，津香对伍子胥感情很深，可这次，她太痛心，太失望了。她是个有豪侠之气的女子，性格很偏，我不能违背她的本心。"囊丹说。

鞭打楚平王后回到楚宫，伍子胥依然郁郁不乐，阖闾已听说他受到了津香的奚落和斥责，便安慰他说："别担心，津香只是受人蛊惑，说几句气话而已，你是一国宰相，她舍不得离开你的。她真的要拿架子，我派兵挨家挨户地抄，把她抄出来，送到吴国去。"

"大王，不可，万万不可！"伍子胥摇头说，"强扭的瓜不甜，她吃软不吃硬，等她气消了后，会回心转意的。"

"好，那么，你按部署去打郑国和随国吧，反正楚国的百姓和诸侯各国把恶名都加到我们头上了，我们一不做二不休。"

郑国是楚平王的盟国，当年太子建出逃到郑国时，郑定公欲杀太子建，太子建闻讯连夜又出逃到宋国，在那里隐姓埋名，才过上了平常人的生活。所以，伍子胥非常怨恨郑国。在预定的计划中，攻占郢都后，吴国便将挥师灭掉郑国。攻占随国，是因为随国收留了逃亡到那里去的楚昭王、太后和其他王室成员，还有一些将军和大臣，将军石光和从柏举突围出来的子期率领仅有的五千多人马保护着他们。郑国和随国都是小国，夹在楚国和秦国之间，在阖闾眼里是不堪一击的。

伍子胥带着一万人马杀向郑国，很快就到了郑国的边境。郑定公得报后大惊，不知如何是好。郑国的兵拼凑起来，也只有五六千人，绝不是伍子胥的对手。郑定公急中生智，向全国发诏书称，如果有谁能够设法让吴军退去，他就和他平分郑国，和他一起统治国家，但很长时间无人应诏。郑定公不得不考虑投降了。城下之盟，条件自然很苛刻，但可以免去血战，保全宗庙，百姓也可少受苦难。

终于，有一个渔夫前来应诏。郑定公对他的能力很怀疑，问："你用什么办法退兵？"

"我自有我的办法。不过，现在我不能跟国君说。国君只要知道我是楚国人就行了。"

"楚国人？你怎么到郑国来的呢？"

"捕鱼人四海为家，哪里有鱼就在那里安生。退兵以后，我可以当半个国君了，再也用不着到处游荡了，大王许诺当真不当真？"

"当真。只要你能退兵，寡人和你共治郑国。"

大臣都瞧不起这个一身鱼腥味的渔夫，都窃笑国君穷途末路，竟会听信一个渔夫的胡言乱语，实在太荒唐了。郑国公也不信，但情势紧迫，无法从容筹议他策，只能死马当活马医了。

郑定公问渔夫："你需要什么东西？兵器还是财宝？"

"我任何武器都不要，只要给我一支船桨就行。"郑定公满腹狐疑地给了他一支木桨。

朔风中，马蹄扬尘，旌旗翻卷，伍子胥的军队来到城下，扎营准备攻城。渔夫来到帐前敲着木桨喊道："芦中人啊！芦中人！"

接着又反复唱起一首渔歌：

月亮升起来的时候啊，
那是多么幽静，月亮多么温柔啊，
阿哥和阿妹啊，
相约在河岸！

伍子胥听到歌声，走出营帐找到这个渔夫，吃惊地问道："你是什么人？你怎么会唱这首歌的？"

渔夫回答说："我就是溧水边救过你的那个渔夫的儿子，他临死前跟我说过，伍子胥做了大官，你有事找他的话，可以唱这首歌，不过，这件事不能是私事，要是有利于百姓、有利于国家的事。你还记得我父亲吗？"

"当然记得，没有他，就没有我伍子胥的今天。那么，你找我有什么事呢？"

"看在先父和你有过一面之交的份上，请你退兵，保全郑国，因为我现在是郑

国人了，郑国河流里的鱼养活了我，而且我父亲死后，就埋葬在城外的墓地上。渔民是没有一寸地的，是郑国的百姓给了我葬父的土地，他们有恩于我，我要报答他们。"

伍子胥想起十多年前那个他藏在芦苇荡里的危急万分的夜晚，那个老渔夫冒险为他渡江，这番恩义，他是绝不会忘记的，当时，他就想把身边的父亲传给他的七星宝剑赠给老渔夫，但老渔夫婉拒了。这些年来，他一直在寻找这个好心的老渔夫，报答他的高义。

伍子胥有些为难，固然这是回报老渔夫的好机会，但攻打郑国是王命，事关吴国这次伐楚的军事目标，岂可作为人情送给别人，以此来报个人的恩？但他很快就想通了，如果错过这次机会，他不可能再有第二次机会来报答老渔夫了。

"好吧，我甘愿接受大王的处置，也不能忘恩负义。"伍子胥对渔夫决断地说。他下令放弃对郑国的入侵，并到老渔夫的坟冢上，上香敬酒，伏地磕了头，然后便回师楚国。

郑定公背信毁约，他不准备将国家分一半给渔夫了，只愿送给他大量的黄金。渔夫淡淡地说："我本不打算和你共享江山，我只是感恩郑国的父老乡亲对我不薄。你真的以为我是为了权力、黄金救郑国的吗？不过，大王言而无信的做法，实在让我太失望了。"说完，他把那支木桨掷在郑定公面前，转身就走了。

阖闾见伍子胥不战而退，感到很奇怪，伍子胥说明了退兵的缘由，向阖闾请罪。阖闾非但没有怪罪他，反而说："宰相此举做得对，不愧是当世英雄，深明信义二字的重要。做人做事就是要这样，恩和仇要分清，有恩必答，有仇必报，这就是为人应循的道义，就是侠肝义胆。"

"可是，这几天我在想，我掘了楚平王的墓，还鞭笞他的尸身，我的仇可能报过头了，因为，我看到了楚国百姓眼中对我的仇恨。就是我最亲近的津香，都不再理我了，她鄙视我的行动。"说到这里，伍子胥激动了，激动中又有些负气，喃喃自语，"我没有想到，没有想到会这样。她对我起了从未有过的厌恶之心，还当众斥责我。她何至于如此？"

过了两天，伍子胥又率军攻打随国，将随国围得水泄不通。楚昭王是一路逃到随国的，他们一行先逃向楚国的边城云梦，卓荣率军追击，眼看就要追上，楚昭王决定改道逃往国外，于是他们到了郧邑。卓荣到云梦扑了个空，听说楚昭王到了郧邑，便又直扑这个弹丸小国。郧国公害怕了，将楚昭王礼送出了境，楚昭王不得不来到随国。

随国虽然也是小国，但背靠日益强大的秦国，并不怕吴国。随国收留了楚昭

王一行，把最好的宫室让出来给太后和昭王居住。太后是秦哀公的妹妹，但她不愿带儿子逃回故国。近二十年前，平王将她从太子建手里夺过去，在秦国闹得沸沸扬扬。这么长时间，秦楚两国的关系一直不错，岁月蹉跎，故国梦绕魂牵，高贵、美丽、聪明的公主慢慢上了年纪，虽然风韵犹存，但毕竟在不可挽回地走向衰老。她多么想再回一趟秦国，但那桩引来多少闲言碎语的丑闻，始终让她觉得没脸回家。所以，这么多年，她一次都没有回去过。若要逃亡回去，她更是顾虑重重。因为，归根结底，楚国被吴国所破，最重要的一个原因说来说去还是和那件事有关，伍子胥背负的仇恨就是由这事而起的。太后无法撇开这个伤疤逃回秦国去，这在秦国朝野又会掀起轩然大波。昭王倒希望去秦国，秦哀公是他的舅舅，会善待他们的，但看到母后固执地坚持不愿归去，只得作罢。

毕竟是寄人篱下，随国国君虽以上宾之礼待他，他仍感到不安。不过，国内每天都有人来投奔他，还有一些散兵溃卒在重新集结抗吴，这使他稍稍感到安慰。连郢都的老百姓都以特有的方式，抵抗吴师的占领。但也有不好的消息传来，粮仓被烧，宗庙被毁，宫眷受辱，特别是父王陵墓被伍子胥掘开，父王暴尸受笞的消息让昭王和太后受到沉重的打击。他们心如刀绞，相对大哭，哭得撕心裂肺。

太后黯然说道："都是因为我，都是我不好。有人说得对，我是楚国的祸水。"

"母后，你别这么说。这怎么能怪你呢？这是命！"年轻的楚王归咎于无助的宿命。

"我总有一天要和伍子胥算账，听说他的发妻就居住在郢都，我饶不了她。"昭王又说。

"儿子，别报仇了，无休无止的冤冤相报，只会带来更多的两败俱伤。算了，我受够了，要是有可能，我除了太平以外，什么都不要。你记住，别去伤害伍子胥的女人，她是无辜的。"太后郑重其事地叮嘱儿子。昭王点点头，心乱如麻，幽幽地直叹气。

伍子胥在城下将写在绢帛上的劝降书射进了城。随王不为所动。城头上密布了几千弓箭手，随侯和昭王站到城头，严厉斥责伍子胥残酷无情，丧尽天良。

伍子胥用如雨的箭回答他们的谩骂。随王下令还击，无数的箭射向吴营，伍子胥只得往后退去。伍子胥不想硬攻，斗大的随国都城，是经不起围困的。

城池和外界的交通都已给吴军封死。城内的十万居民和一万多士兵的给养无从筹措。已经是冬天，青黄不接，备粮不会充足，要不了几日，就会粮食断绝，城内之人将成为饿殍。伍子胥想不战而胜。

伍子胥的估计是对的，随国都城是秦国帮着修的，高大坚固。但城内的粮食

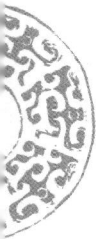

确实储备不足，几天后，许多百姓就断了粮。官库亦所剩无几，剩下的是给军队留着的，即便这样，军队的供餐也由原来的三餐改为两餐。无以果腹的饥民开始吃树皮、草根，恐慌的情绪像冬日的雨云，压着这座小城的上空，偏偏又遇连日的阴雨绵绵。伍子胥又一次将招降书射到城头，招降书落在了子期手里，子期读完信，信中内容已不提招降，而是议和。信写得很实际，也很简单，只说，如果愿意罢兵息战，双方可派专使议和。至于怎么个和法，信中没提。

子期把伍子胥的信交给了昭王，昭王看完后说："什么议和？这分明是骗局，吴军已经兵临随都城下了，而且已占领郢都，他们的所谓议和，就是要我们投降。就像孙武说的，不战而屈人之兵。不行，不行，我们不能上他们的当。"

"申包胥已在秦国搬兵，我们不妨装作和他们商谈，为申大夫争取时间。"

"你的意思是，我们借议和来个缓兵之计。"

"是的，我们可先提出：让出一条通路，以便我们运粮入城，解决百姓的粮荒。百姓是没有什么错的，不应跟着受罪。"子期出主意说。

"伍子胥不会发这个善心的，他巴不得随国的都城饿殍遍地。"

"他当然不会答应的，我们不过是借这个理由拖延时间。"

"谁当这个专使呢？"昭王问道，未等子期回答，又用恳求的口气说，"我看这个差使非你莫属，这件事只能有劳你了。这很危险，但没有比你更合适的人了。"

子期没有犹豫，干脆地说："好吧！大王信得过我，我就做一回出头橼子，反正和他们没有什么可议的，只是磨磨时间。"

子期嘴上这么说，但心里确实认为，如果有议和的可能，只要条件不是太苛求，当然以和为贵。申包胥迟迟没有动静，秦国出兵的可能性眼看就要落空，太后又怎么也不愿去秦国，难道就这样在随国束手就擒？与其在随国玉石俱焚，不如暂且忍辱负重，保护好太后、楚王，或许还能为楚国辟出一条图存之路来。作为楚国的大臣、将军，昭王的远亲，他有责任保全楚国君室，只要楚王不废，太后不废，王室不废，一切条件都可考虑。况且，他和申包胥从儿时开始，就和伍子胥有过不浅的交往，也许，伍子胥看在旧时情分的面上，能够和他说上话。

于是，他也用同样的方法，射回一封帛书到吴营，表示他作为楚国的专使，可赴吴营和伍子胥议和。很快，伍子胥的复信来了，欢迎子期前去，约定了时间，并承诺，不管议成什么样的后果，都会保证他的安全。

虽然这样，子期还是作好了最坏的准备，他关照了后事，并要昭王不要整日愁眉苦脸，要学鲁国的孔丘在困境中保持乐观。孔丘有一次厄于陈楚，至于绝粮，仍弦歌讲诵不辍。昭王忍不住笑了，是苦涩的笑。他将妹妹芊兰许配给了石光，自从石光背着她逃出郢都，她就发誓跟定了石光，石光当然求之不得，但坐困危城，岂有心思举行婚典？昭王说："天公美意，不可辜负。子期说得对，我们应冲冲喜。"

于是，一切从简，石光和芊兰喜结良缘，给慌张和纷乱紧张的气氛增加了一点温馨。没有丰厚的陪嫁，没有隆重的仪式，太后掉泪了，对这个最小的女儿说："你贵为公主，却连寻常百姓的婚礼都不及，委屈你了。"

"不，母后，我很幸福，能嫁给在危难中护着我的男子，哪怕明天去死，我也甘心。"芊兰回答，她的脸上充满着憧憬和光彩照人的幸福神情。

随王还是送了份厚礼，黄金和美玉。可这对新人来说，已毫无价值，因为它们已没有什么用处，它们换不到稀缺的粮食和柴火。冰冷的宫室里要是有一盆温暖的炭火多好啊，可整个随国，柴火已越来越少，更别说炭火了。石光将芊兰紧紧抱着，用一个男子的热血和体温，给了只有十五岁的公主需要的温暖。

士兵从城头上用绳子将子期缒了下去，子期一身公服，佩着剑，庄严地捧着昭王委任他为专使的诏书，从容地向吴营走去。

伍子胥对他以礼相待，子期向伍子胥递交了昭王的诏书。在这个时候，这封诏书的意义非凡，它象征着楚国仍然存在。伍子胥开出了条件，只要昭王公开向吴国投降，吴国可保留昭王的国君地位，军队撤出王宫，昭王还都郢都，复建宗庙。而昭王必须和吴国签订"从约"，对吴国表示臣服，每年向吴国进贡粮食、青铜和金帛。作为他个人的要求，昭王要为伍奢、伍尚、佰犁洲及所有被楚平王迫害致死的忠贤平反昭雪，披露真相，理清是非曲直，要对他们重新进行厚葬，并重建他们的宅邸，赔偿他们的损失。同时，要清算对楚平王、费无极、囊瓦等当年陷害忠良的行径。

子期知道答应这个条件就意味着楚国的国家地位将一落千丈，楚国从此大衰。昭王是不可能接受的，但他还是设法和伍子胥周旋下去。

"这是大事，我回去要禀告昭王，昭王也需和大臣廷议，不过，我相信昭王会认真对待的。"子期平静地说。

"昭王应该清楚，随都是守不住的，破城在即，他已无路可走。念他还是孩子，为人尚谨厚，我给他一条路走，否则，别说王位，连性命恐怕都很难保。何去何从，请你们昭王和太后尽早裁夺，吴国大王的耐心是有限的。"

"伍员，我有一事你要帮忙，就算积点德吧。"

"什么事？"

"我直说了吧，随都粮食已绝，从朝廷到民间，无不饥寒交迫。在我朝国君拿出决断之前，能否让出一条路，让百姓出城求粮，时间不过一两天，随国上下，会对你感激不尽的。昭王出走，也是迫不得已。请你看在你我少年同伴的面上，放一马吧。太后、昭王看到你的仁慈，也会免去不必要的顾忌，下定决心投诚。"

"仁慈？楚国人都把我伍子胥当成了疯癫残暴的复仇狂，都对我恨之入骨，还会说我仁慈？这绝无可能。"伍子胥苦笑着说，"不过，我应允你，对随都百姓让路三天取粮。不过，你们不许玩花招，我一旦发现有诈，会立即攻城，有什么后果就不能怪我了。"

"玩花招？你说能有什么花招可玩？我倒担心，随都城门打开后，你的部下会趁机入城。"子期开玩笑说。

"随都已是我囊中之物，我用不着趁机。这种背信弃义的小人之举，我伍子胥是不屑做的。"伍子胥有些不快地说。

"我还不了解你伍子胥的为人吗？如果你是个为德不卒的小人，我还敢到你的营帐来吗？"

"子期，你和申包胥是我少时的好友。现在，吴国称霸，是早晚的事，你和他到吴国来和我共同谋事吧，何必还要为一个垂死的朝廷卖命呢？"

"这不行。楚国告危，我不能背叛楚王，我想申包胥也不会。"子期严肃地说。

"听说申包胥到秦国求援去了？"

"是，不过，至今未见秦国有何援助的动静。秦王连自己的妹妹都见死不救？"

"秦王不痛快是明摆着的，秦国虽和楚国关系尚可，但孟嬴之事让秦哀公很难堪。他不可能以倾国之力来援助楚国，况且楚国已灭，要挽回败局已很难。我断言申包胥会碰壁。"

申包胥并没有像伍子胥说的在秦国碰了壁。一开始，秦哀公确实犹豫不决。他对楚平王的荒唐一直很反感，他认为楚国到今天这一步，都是他一手造成的。而且，吴国远征之师，实在太强大，把多于他们几倍兵力的楚军打得落花流水，秦国要打败这支由孙武、伍子胥指挥的常胜军是很不容易的。申包胥见秦哀公态度暧昧，便站在咸阳的秦王宫前，不食不寝，号啕痛哭，哭得昏厥过去，醒来继续哭，竟哭了七天七夜！

秦哀公感动了，同时想起了妹妹的可怜，他不能无动于衷了。他决定出兵救楚，挞伐吴军，他亲自到王宫前，扶起瘫软在地的申包胥，告诉申包胥，秦国打算举兵助楚，还念了一首《无衣》诗，表明自己的态度：

岂曰无衣？与子同袍。王于兴师，修我戈矛。与子同仇！

申包胥听罢，连连朝秦哀公磕头谢恩。秦哀公令公子子蒲和子虎率领五百辆兵车及四万军队奔赴楚国。这时，伍子胥给随都的百姓宽限了三天，三天时间内，家家求谷，户户购粮，初步使粮荒缓和下来。三天过去，子期却不再理伍子胥了，因为昭王和太后已得知秦国出兵的消息，他不必再和伍子胥议什么和了。

子蒲、子虎的军队到达随国，石光率楚军和秦军会合，伍子胥自悔失计，坐失良机。他只得拔营和秦楚联军打了一仗，但不敢恋战，匆匆撤回了楚国。秦楚联军坐镇随国募兵筹饷，许多逃难的楚民纷纷入伍参军，队伍越来越壮大。

孙武得知秦国发兵救楚，便觉得情势变得严峻起来。在出征前，阖闾和伍子胥都排除了秦国干涉的可能。秦国是个强国，有三十多万军队，但树敌太多，不敢轻举妄动，虽然楚国太后是秦国的公主，但秦楚的关系一度闹得很僵，现在也是不冷不热，他们以为秦国不至于会出师救楚。眼下四万秦军精锐和一万多楚军反扑而来，孙武思考破敌之策，觉得从未和秦军交量过，双方都摸不到底。可有一点是肯定的，秦军都是西北人，所谓的"秦汉子"，身材彪悍，骁勇非凡，又是久经战阵，所以和他们交战必是硬仗。孙武不敢轻敌，计划先抢占战略要地，再根据秦楚联合的动静，作进一步的部署。

昭王那边解了围，原来已吓破胆的一些大臣和将军却对子期产生了怀疑，认为子期曾经劝昭王降吴，签订"从约"，臣服吴国，以保全王位，保全宗庙，可现在看来，那样一来即使王位存在，宗庙得保，也是傀儡而已，而国之根本已捏在吴国的手里，这种不战而降的行为，实质是祸国殃民的私通叛逆行为，是子期和伍子胥里外串通，彻底搞垮楚国的大阴谋，所以，子期里通吴国谋反有据。

已身为国君妹夫的石光也对子期在战场上的表现提出了置疑，说他贪生怕死，临阵脱逃，现在秦楚联军欲收复郢都，明敌要战，暗敌要肃，否则，弟兄们在前线血战，他暗中捣鬼，其危险不喻而明。

"亏了子期只身赴敌营，说服伍子胥宽限三天，才使随都的饥荒得以解决。子期反叛，我不太相信，毕竟他还和寡人沾亲带故。"昭王说。

"那是以救随都断粮的小恩小惠，来谋得整个楚国，以便将楚国拱手交给伍子胥，用心何其毒啊！"石光说。

那些将军听后，觉得大有道理，便冲入子期营帐，将他杀害。

太后听说后，伤心地说："我们还未还都，内乱又起了，唉，人啊，为什么总要这样自相残杀？一个国家无政自乱，不能一心，是引颈受戮啊！"更让他伤心

的是，石光在这里面起了重要的作用，她叹息说，"看来芊兰的命不会比我好多少。"昭王也慌了手脚，但木已成舟，对这无端生出的一件事，他也无法挽回了。

伍子胥回到郢都后，不再住在王宫里，而是住在军营中。他因为没有攻下随国、活捉昭王而感到沮丧，他在阖闾面前又一次谴责自己，但阖闾很大度地说："算了，昭王还是个孩子，太后是个不幸的女人，我们放过他们吧。至于楚国，能征服其王，但征服不了其民。他们清楚被征服被占领就意味着被奴役，哪个国家的百姓愿意当被人奴役的绵羊呢？"

伍子胥点点头，说："大王所言极是。只要看看郢都自被我们占领后，街无行人，市无闹声，家家闭户，就足以说明楚民安的什么心了。这是无声的抗议，沉默的抵抗，连津香都敢当众羞辱我，和我决裂，她一句话就把她为何这样做说明白了。她说，她是楚国人，这区区几字就够了。"一说到这件事，伍子胥的心底就掠起阵阵寒意。

"放心，津香是女人，只是一时说几句狠话，你千万不要当真。她会回来的。即使不回来，又怎么样呢？你还有乐范，她可是你的正室。"阖闾不忘敲打他一下。

伍子胥心里七上八下，听阖闾这么一说，也觉得为了津香有些过分失态了，差点忘了大王就是乐范的哥哥，他对津香的情深，不是正映衬了他对乐范的情薄吗？想到这里，他心里一沉，连忙装出很豁达的样子说："是，是，大王说得对，失津香不足惜，她只是我在林子里迷路时偶尔撞上的一只野兔，走了就走了吧，我还有公主在呢！她才是我的来自神木的尊贵锦鸟。"

阖闾听后哈哈大笑。

这天，伍子胥的营帐来了位客人，他是津香的哥哥津夷。丰神俊朗的津夷神色惨然，一脸悲痛，伍子胥心里有种不祥之兆，第一感觉就是津香有了麻烦，他惊疑地问："津夷，出什么事了？津香她，她好吗？"

"津香死了。"津夷掉泪说。

"那天我见到她时还好好的，怎么说去就去了？这到底是怎么回事？"伍子胥急急地问，脚底下已经软得摇摇晃晃，站不住了。

"被乱民打死的，死得很惨，惨不忍睹。"津夷将经过情形说了一遍，说完，不停地长叹，自责说："只怪我太不当心，没有保护好她，没想到有人会盯上她！"

事情是这样的：郢都本来无人知道她和伍子胥的关系，那天，在楚平王坟地

上，津香挺身而出，切责伍子胥后，她和伍子胥的故事就传开了。有人赞佩她的大义凛然，大义灭亲；也有不少人鄙夷她的下贱，卖身给伍子胥，犹如卖国。她和伍子胥的事被夸大，被曲解，经过无数人的添油加醋，津香成了一个充满情义但又妖冶十足的荡妇。在他们口中，她原来是一个微不足道的青涩村姑，为了飞黄腾达，委身于逃亡中的伍子胥，她在这个侍奉过楚平王而又失宠的男子身上下了赌注，成了一个野心勃勃的女人。她所以会和伍子胥大闹一场，是因为伍子胥娶了吴王的妹妹而无情地抛弃了她，什么大义凛然，统统是令人作呕的做作，她其实只是借题发挥，发泄内心的失落和私愤而已。善良而正直的津香被妖魔化了，她浑身长满了嘴都说不清楚，她也不想作任何解释。

这天，下着蒙蒙细雨，她从一条死寂深巷走过，巷子连着的是另一条死寂的大街。她走到巷子中间时，一扇关闭着的门忽然打开了，从里面走出两个板着脸的人，指着津香说："她是伍子胥的小妾，一个下贱的女人。"

她不响，白净的脸上没有表情，她想走过去，又一扇门打开了，又出来了几个人，接着又是一扇门，她被团团围住了，她走不过去了。人们的情绪爆发了，用恶毒的语言骂她、诅咒她、侮辱她、嘲讽她，对她狂吐唾沫。

她始终沉默着，她的沉默使围着她的人感受到一种桀骜不驯的力量，愤怒的人们开始对她拳脚相加，甚至动了刀，她倒地了，紧紧抱着一个布包袱，包袱里是十几件小衣服，是她一针一线做的。她拿着这个包袱到津夷家去，这条长巷就通往津夷的家。等津夷闻讯带人赶来时，围着她、辱骂她、殴打她的人已散去。雨哗哗地下着，津香躺倒在水里，紧抱着包袱。她死前只说了一句话："不要告诉伍子胥，否则这些隐匿在小巷里的人都完了。伍子胥会报复的。"

"是我害了她！"伍子胥听后，顿足说。楚人把对吴国的仇恨，对他伍子胥的仇恨宣泄到她的身上。而她恰恰在几天前才当众痛斥他伍子胥，和他断绝关系。这多像一个残酷的玩笑，她救了他，他又害了她。

伍子胥捧着那个包袱，里面是她给伍树做的衣服。她显然是想让津夷将衣服给伍子胥送去，她还不想直接去见伍子胥。伍子胥将脸贴着衣服，眼泪纵横，心里像刀割般疼痛。

津夷站起来，默默地走出了营帐。

"是我害了她！"当孙武听说了这件事，赶来看伍子胥时，他依然是这句话。津香是山野中长大的蝴蝶。如果在山野中，她会单纯地成长，像所有平民女子一样，艰难、贫困而快乐地活着，生儿育女，慢慢变老。偏偏她遇到伍子胥，偏偏她来到繁华的郢都。风雨如晦，生死只是在股掌之间！

就在孙武面对秦楚联军反攻、思考退兵之计，伍子胥为失去津香痛苦时，千里之外的吴国又出了大麻烦。夫概在淮河屯船处遇到了芮驿所率领的楚军的阻击，这虽是由溃散的楚军组成的军队，但有着一股置死地而后生的劲，他们要夺走这里所屯的吴国的战船，然后直扑吴国，和越国的军队联合起来，包抄吴国的后院。吴国的重兵都在楚国，他们想趁吴国国内的空虚，掏了阖闾的老巢。

孙武已预感到国内有险。在伍子胥和孙武的耕战思想的指导下，吴国采取了一系列革新之策，使得吴国骤然强大。征服楚国，就是这种强大的结果展示。但劳师远征，又带来了一个极大的漏洞，那就是本国的防守由于吴军主力外移而陡然虚弱，甚至可说造成了一个暂时的真空。这让孙武一直很担忧，大王、宰相、大将军和主要的将领都在国外，国内顿时显得空空荡荡，这实在太危险了。沈尹戌之所以提出两包抄，就是看到了这吴国的薄弱处。

虽然有太子夫差镇国，但留在国内的力量终究还是不够强大的，时间一长，就可能出现隐患。所以，孙武建议派钮宣义带一路军回去，增强国中的实力。但阖闾却让夫概回国，阖闾的想法当然是因为夫概是自己的亲弟弟，值得信任，可以放心地把两万兵交给他。但孙武恰恰和阖闾的看法截然相反，凭他对夫概的观察，此人自以为是贵胄出身，妄自尊大，拥兵自重，让他统领两万军队回家，实在是非常失策的。觊觎王权王位的，大多都是君王的至亲，有王家的血统才容易有非分之想，为争王位王权，王室手足反目、弟兄杀戮很常见。所以，孙武认为对夫概这样野心勃勃的人，不得不提防。

果然，孙武的预感不幸成了事实。夫概率兵和芮驿部接战后，打了几个败仗，折了不少将卒，他无心再战，到蒲口屯船处，让两万不到的军队，除几千车骑兵外，全部乘上战船，水陆两路，日夜兼程，浩浩荡荡，威风凛凛，很快回了吴都。守城的将军见上将军夫概班师，连忙大敞城门，让夫概率军进入都城。

夫概进入城内，命令将都城城门全部关闭，一万多军队守王城，三千军队乘战船防守夫椒。驻守在船宫和夫椒军事堡垒的原守将有四五千人，由公孙雄带领，公孙雄开始并没有觉察夫概有反意，还为增加三千兵卒感到高兴。

夫概带了几百卫士，昂首阔步地向王宫大步走去。被离见了，连忙阻拦他，婉转地说："上将军，你在楚国打仗打得连都城里的路都认不得了，这是禁中之地，不是驻军的大营，将军不要走错了！"

"我明白得很，这是王宫，君主之位正虚席以待，我夫概暂时代王兄做几天大王，这有什么不可以的吗？"夫概虎着脸对被离说，话音里透着杀气。

夫概的话让被离吓了一大跳，他定一定神，问："上将军真会开玩笑，可这玩笑是开不得的，请上将军还是回大营去吧！免生疑窦，造了个犯上的误会。"

"太傅，你看我像开玩笑吗？王兄不回来了，可国一日不能无君，吴国君位空虚已久，不能再空虚下去了，我暂且坐上几天王位，这也是为了吴国。被离，你把留在国内的大臣和将军唤来，我有话要说。"夫概说。

被离知道夫概绝不是随意说说的，他已心生歹念，准备谋反篡位了。他紧张地思考着，寻找对策，首先想到的就是稳住局面，将夫概篡位反叛的消息通报给身在郢都的大王、宰相和大将军，以及在吴越边境守国的太子夫差。想到这里，他连忙回答说："我马上去办，请上将军稍等片刻。"

被离进行了布置，先派两个可靠的禁军将领快骑赴郢都禀告，再将这个消息马上通报给公孙雄，要公孙雄把跟随夫概回来的三千兵稳住，防止他们哗变，最好设法争取过来。同时他派人密报太子夫差，要他警惕越国的动静，夫概很可能和越国里应外合。他还将守卫王宫的禁军统领找来，调遣兵马，派禁军严守后宫及机要之地。这个统领叫钮世平，是钮宣义的堂弟，为人耿直，处事果断，更重要的是无比忠勇。他立即派重兵对后宫和阖闾平时处理公务的密室、库房，以及宰相、大将军等府第进行卫护。被离同时关照他要灵活对待夫概，尽可能不要发生大的冲突，夫概居心不良，为人粗野，一旦激怒他，他什么事都做得出来。

布置完后，被离通知住在都城的亲贵勋臣和留守的将军前来大殿议事。夫差和公孙雄，一个镇守吴越边境，一个镇守五湖水面，被离以此为由，没有通知他们。大家匆匆云集大殿，见夫概坐在大王的位置上，大感惊疑，本想提出异议，但见全副武装的甲士立在殿前，杀气森然，都不知所措了。被离向大家使着眼色，要大家镇静沉着，见机行事。他则从容地对夫概说："上将军，留在都城看家理事的大臣，能来的都来了。你有话就说吧。如果是大王托付你的，最好能给各位看看诏书，以便我们能遵上谕尽责。"

"是这样的。王兄在楚国一时回不来，遣我回来主持国事，国不可一日无君，王兄亲征前曾授命太子监国，但太子现在镇守吴越边境，因而这段时期由我代为国君，统摄国政军务。秦楚联军已发起反攻，关于这件事的诏书来不及颁布。从现在起，吴国的事都归我管了，大家不要惊慌，只要遵我的命，不，遵寡人的命，各负其责，我不会为难大家的，我会保证各位的富贵爵禄，有功者必重赏。你们知道吗？楚国国库的藏金和楚宫的珍宝都给我带回来了，国帑极为丰盈，够我赏你们的。如果蓄意抗命乱政，非常时期，非常之法，我决不容忍，一律严惩不贷！"夫概目光从每个人的脸上扫过，气势汹汹地说。往王位上一坐，他残留的一点顾虑和理智都消失殆尽了，他已找到了称王的感觉，摆出了一种君临天下的

姿态。

"关于宰相和大将军，寡人等着他们归顺。在他们归顺之前，由潘缮暂代大将军之职，被离暂代宰相之职。另外，连年征战，国力大伤，生灵涂炭，为保百姓平安，我欲遣使前往越国，促其遣使来我都城，缔结和约，重修友善，永葆太平。"夫概继续说。

他的话音刚落，人群中便引起一阵小小的骚动，大殿的大臣和将军低声议论着，这哪里是受命代理国君之权，分明是篡位谋反！那么，阖闾现在处境如何？伍子胥、孙武又在哪里？大家方寸大乱，非常迷茫，对时局深深担忧起来。同时，大家也感到很为难，在没有弄清事实真相之前，对这场如同游戏的闹剧般的宫廷政变，只有不知所措，也打不定主意如何应付这个局面，对付自立为吴王的夫概。

被离走前一步说："既然是大王授命上将军暂为代理国政，想必大王对宰相、大将军的任务，也会作出安排。伍子胥、孙武不管在何处做何事，都是吴国的宰相、大将军，至于代理宰相职权，被离断然不敢僭越领命，除非有大王的诏书。"

"什么诏书不诏书的，现在是听大王的，这个大王不是在楚国的阖闾，而是坐在你面前的夫概！"潘缮抽出剑，大声说，"被离，你不要不识抬举，我可以告诉你，阖闾已被秦国军队包围住了，秦国人的厉害，你没有领教过，我们都是领教过的。他们的士卒，以取到的首级多寡论功行赏，打起仗来，一手拎着一束首级，一手挥刀拼杀，他们的勇猛，无人可比，可说一个个都是不怕死的疯子。阖闾、伍子胥、孙武都不是秦国大军的对手，阖闾注定要葬身于异国了，他回不来了。识时务者为俊杰，你们不要对阖闾抱有希望了，还是拥戴新君吧！"

从潘缮的话里，被离已基本肯定，夫概所谓受大王委托先归吴国代理王权是欺人之言，他是有计划有预谋的谋反篡位，但凭夫概的才具，当一个将军马马虎虎，要当一国之主，是远远不够格的。他岂能敌得过雄才大略的胞兄阖闾？岂能敌得过伍子胥的算计、孙武的军略？夫概手下没有一个栋梁之才，十足的草包潘缮居然能当大将军，可见夫概的班子不过是乌合之众而已，是不堪一击的。

但他们是一批凶残的人，被离认为没有必要过分触犯他们，引来无谓的牺牲，而应该示意群臣对他们虚与委蛇，等候阖闾班师，里应外合，挫败夫概篡位夺权的阴谋。这将又是一起残酷的兄弟相残，阖闾对夫概的谋反是绝对不会宽恕的，夫概的结局可以预测，他必身败名裂，自取灭亡。被离看着夫概煞有介事地在大殿居中端坐，这样的场景，只让他觉得很荒诞，充满了嘲弄和讽刺，蚍蜉撼树，可笑不自量！

被离在心里琢磨着，望着夫概那张和阖闾几分相似的脸，那张脸上流露着掩盖不住的得意和激动，也有着细微的不安。是的，兵权在握，让他野心膨胀，王位也从未像现在这样富有诱惑力，让他兴奋不已。但毕竟是篡位，他心里还是有点儿虚，还有些自卑。他明白，这些大臣不一定会顺从他，但他不能硬压，只能笼络、收买他们，以利诱之，当然还要施以威吓。被离吃透了他的心思。

"我等为吴国大臣，当会以吴国社稷为重，现楚秦联军反攻我远征之师，面对强秦，必有恶战。兵者，国之大事，死生之地，存亡之道，不可不察也。将军既受命镇守吴都，暂理国事军务，我等大臣当尽力辅之，以卫护吴国社稷。我前几天观天象，便发现有险象，这是天道警示，我不得不提醒将军。"被离说，他始终不以大王之名称呼他，但话中模糊地告诉他，愿意辅助他。夫概对大臣不呼他为"大王"虽不快，但被离作为留守的最高级别的大臣表态顺从他，他已经很满意了。他并没有注意到此话有个前提，即"将军既受命镇守吴都，暂理国事军务"，言下之意，如果不是"受命"，那就另当别论了。可夫概哪里会听出被离话中的伏笔。

"天道警示？警什么示？"夫概问道。

"当然是要发生对吴国不利的事。"

"是指王兄受秦楚联军抵抗的事吗？"

"有这个可能，也可能指别的事。"被离模棱两可地说。这几天，天象确有不祥之兆，他当时深虑楚国的形势会出现逆转，现在天语已解，既有楚国战场的坏消息，更是指夫概谋反，而且，后者是主要的。

大臣和将领退去后，夫概和潘缮及其他心腹商议下一步的打算。夫概本来想迫不及待闯到后宫去，哥哥的嫔妃中美女如云，不乏国色天香之人，他可尽情享乐一番。潘缮提醒他，现在暂且忍耐点，不要坏了人心。人心向背比兵力更重要，一贯粗野不堪的潘缮都能这样想，夫概当然不能不有所收敛。话题就是从约束纪律开始的。夫概部的军风在吴军中历来最差，如果不加管束，个个凶神恶煞一般，现在这样的人居然议论起约束军纪，可见他们地位改变了，自以为坐了江山，还是觉得要以德服人。

后来他们又提到了一个至关重要的事，就是缺乏像孙武、伍子胥那样的盖世奇才，夫概说："我哥哥之所以有今天，就是有孙武、伍子胥这样的大才的辅佐，阖闾与我说过多次，得孙武、伍子胥者得天下！可我们到何处去觅孙武、伍子胥者啊！"

有一个心腹，在夫概营帐中充当军师的角色，他建议说："像孙武、伍子胥这样的人物，踏破铁鞋都无从觅处，不如干脆设法将孙武、伍子胥策反过来。"

夫概眼睛一亮说：“这倒是个好主意，可孙武、伍子胥都是君子，且与我不和，如何能把他们策反过来。”

军师说：“争取孙武，只能用一个‘间’字。”

“你是说用离间计？离间孙武和阖闾的关系，让阖闾怀疑孙武是和我们一伙的，孙武为人孤傲，他受不了委屈，便会投我们而来。孙武过来了，通过他再拉拢伍子胥。”

“嗯，好办法，先在孙武身上下手。即使伍子胥拉不过来，得孙武也可以了。我可学郑国的国君，和他平分吴国，共治国家。”

“大王有了孙武，就过河拆桥，不要我们这班死心塌地跟你的兄弟了？”潘缮酸溜溜地说。

“你们能与孙武比吗？你们这些人加起来都不如孙武一个手指，懂吗？”

“孙武的妹妹孙燕和孙武感情很深，可以把她抓来，对了，还有孙武的儿子孙平，更是他的心肝宝贝，也要把这小兔崽子逮住。对孙武这样的人要软硬兼施，要用点让他上心的东西要挟他。”军师说。

“这主意不错。同样可把伍子胥的儿子伍树抓来，也让伍子胥知道我们的厉害，警告他少给阖闾出馊主意。”夫概说，“就这样，你们分头去办吧。”

夫概亲修帛书一封，上写他已继位登基，要孙武速班师回国，按约，他将分一半国家给他，与他共治吴国，就像郑国国君承诺渔夫的那样，但他决不会像郑国公自食其言。在帛书中他还写道，其妹孙燕已在宫中做客。他的一位心腹将军将帛书送到楚国孙武营中。

孙燕已被潘缮骗到宫里，他言称夫概已回国，孙武在楚国受了伤，夫概会将孙武的情形告诉她，还要转达孙武带的话。孙燕深信不疑，到了王宫，才知道夫概已窃国谋反。夫概要孙燕写简书给孙武，劝他反戈，给他的厚赐将是半壁江山。孙燕不从，嘲笑夫概的伎俩太拙劣，根本不了解孙武的为人，夫概的谋反注定要失败的。她劝夫概赶快投降认罪，减轻自己的罪孽，以求大王对他的从宽处理，否则死路一条。孙燕的处变不惊和义正词严让夫概恼羞成怒，他把孙燕软禁了起来。婚后的孙燕变得更俊秀，脸若桃花，红润而美艳。夫概第一次在校场见到她时，她纵马飞奔的英姿就让他动了心，此刻她的凛冽怒容、铿然言语，更显出她异样的风采，使得夫概心旌神摇，难以自持。但夫概知道孙燕是个烈女，武艺又高强，况且还是阖闾的义妹，不可操之过急，否则适得其反。孙武如归顺，一切都好办了。可惜没逮到孙平，他原由子蝶的姐姐抚养，等夫概摸到子蝶姐姐家，孙平已被子考秘带到珠岛，由公孙雄严密保护。

夫概先倨后恭，对孙燕利诱威胁，孙燕哪会屈从一个近乎无赖的叛将反臣？她怒视着夫概，眼睛里要喷出火来，对潘缮的凶横，对夫概的谄媚和恐吓，她不屑一顾，连眼皮都不愿抬一下。夫概错误估计了孙武，同样错误估计了孙燕。他们兄妹本身就是一块白玉，他们有坚实的底线。

夫概又亲自带兵到伍子胥家，要妹妹乐范交出伍树，他对乐范说："我现在是吴国的大王了，阖闾已废，念你是我亲妹妹，你若劝伍子胥回头，我依然会重用他，保全你们一家的富贵。"

"夫概，你怎么能坏了祖制，做篡位乱政的事？该回头的是你！"乐范指责夫概。

"礼制早就给阖闾破坏了，他的王位就是弑君篡位得来的，他能篡位，为何我不能？"

"吴国的王位本来就属于他，再说，你不想想，你何德何能？有什么资格称王？天下安危，社稷所望，你担待得了吗？你别痴人说梦了！"

夫概被乐范羞辱得暴跳如雷，他大声说："别啰唆了，快把那野种交给我！津香那野婆子已被乱民殴死，没有人给你使绊子了，我再替你收拾了伍树那野种，你就清净了，我替你着想，你反而不识好歹！"

"夫概你休想，你要碰一碰伍树，我马上死给你看！"乐范夺过夫概的剑，横在自己的脖子上决然地说。这时，伍树已被潘缮抓来，乐范抢过伍树，用自己的身子护住他，剑锋在脖子前闪着暗光。

夫概软了下来，快快地说："好了，好了，别动伍树了，女人啊，就是贱，为了个野种，何至于要寻死觅活的？"说着，夺过乐范手中的剑，气呼呼地走了。

阖闾在楚国郢都获知了夫概在吴都篡位的消息，同时捉住了给孙武送帛书的那个夫概手下的将军，审问了夫概反叛的全过程。他哈哈大笑说："夫概这头蠢猪，居然想策反大将军，剪我重翼？大将军一身正气，岂会和他这样的小人同流合污？他大概没有想到，正是大将军，早料他有异心。是我看走了眼，以为他是我弟弟，把两万军队交给了他，我悔不该不听大将军的劝阻。"

阖闾识破夫概给孙武的信是拙劣的离间计，他当着伍子胥和孙武的面将帛书烧掉，安抚孙武说："大将军的耿耿忠心，日月可鉴，寡人岂会上夫概的当？夫概愚不可及，他这样的人，也想收买孙武，真是滑天下之大稽！"

孙武心里很坦荡，不管是陷阱和圈套，他都不会上当。但他也隐隐感到不安，阖闾虽不信他会和夫概勾结，但被夫概相中这件事本身，也会让阖闾心存疑忌。更使孙武揪心的是帛书上"孙燕已在宫中做客"那句话，这说明孙燕已落入夫概

之手，这个狂妄自大的夫概是什么事都做得出来的。

伍子胥担心夫概会联越及楚国残部，里应外合，攻占吴国其他地方，太子夫差恐怕会不敌，他建议吴国大军退出楚国，班师讨伐夫概。阖闾已在考虑撤军，面对楚秦联军的强势进逼，在楚国和他们硬拼，是不智之举，况且，对楚国的讨伐已取得完胜，再留在楚国没有必要。他原来有吞并楚国之意，但他很快意识到，吴国无实力吃掉楚国，国土可占领，民心不可得。另外，国中出了夫概窃位的事，如不及时处置，情形会变得更糟。

于是，他接受伍子胥的建议，下令由孙武当先锋，钮宣义断后，吴国大军以最快速度班师。阖闾、伍子胥、伯嚭随同回国，铁骑金甲，凯旋归去。

吴军退去，楚秦大军迅速夺回郢都，不日，昭王和太后返回王宫，宫中财宝和国帑已被洗劫一空。整个国家满目疮痍，楚国的强国地位已摇摇欲坠。第二天，郢都便飘起大雪，纷纷扬扬，一连下了三天都没有停，道路的雪盈积数尺，整个郢都银装素裹。可和前几天相比，都城一扫原来的冷寂，变得热闹起来，店家已悉数开业，而且顾客盈门，街道车水马龙，嬉戏的儿童满街奔跑，打着雪仗，堆着雪人。

在一家"削皮"商店里，坐着一个神态寂寞的女子，她呆呆地望着洁白晶莹的世界里一群孩子快活地玩耍。她就是津香，她那天在巷中被揍是事实，也确伤得奄奄一息，她也确对津夷说了不要告诉伍子胥，怕他血洗小巷的话。眼看她不行了，囊丹请来了一个神医，神医配了药给津香外敷内服，使她奇迹般地复苏了。但她心灵的创伤不可能愈合了，她思念的牵挂的只有一个人，那就是远在吴国的伍树。她知道很难见到儿子了，因为，经过楚吴战争，经过这场浩劫，她已不可能回到伍子胥身边，她在伍子胥心里已"死"掉了。她成了他永远的记忆和伤痛。那天，伍子胥鞭平王尸身时，她很鄙视他，那狰狞疯狂的面容和颤抖飘散的白发，让她几欲作呕。被人辱骂时，被人毒打时，她咬着牙一声不吭，她有一种奇怪的心理，虽然打骂她的人曲解了她，但她愿意受到严厉的责罚，这样她心里反而会觉得好受些。她活下来了，她既不庆幸，也不伤心，有的只是牵挂，对儿子的牵挂。至于对伍子胥，这个曾经至爱的亲人，她是永远失去他了，她有些伤心，也觉得他很可怜。她知道她在他心中的位置是没有其他女子可替代的，可她"死"了，而且是为他死的，他的后半辈子会在自责、后悔、痛苦中度过。他们的情义，竟会这样简单而荒谬地结束。

津夷走进来，对津香说："囊公子在郢都最大的食铺请吃狗肉，雪天吃狗肉，是件难得的乐事。囊公子一定要你去。"囊丹钦佩津香的义烈，对她产生了爱慕之情，他的夫人在这次兵灾中保节自尽，他有意娶津香为继室，津夷当然乐见其成，但津香的心如死灰，她婉言拒绝了囊丹。

"哥哥，我不去了，今后，我不想见到囊公子了。"津香又拒绝了囊丹的邀请。

勾践收到夫概的帛书后，大为惊喜，一颗心狂跳不已。想不到苍天会赐越国这样一个良机！夫概取代阖闾，为了稳固自己的基业，将和原来的敌国越国、楚国化敌为友，结为盟国，这对越国来说，当然是个天大的喜讯。范蠡听说后，欣喜地说："这太好了，天佑越国啊！"这对越国来说，是一个福音。以后再无战火，再无兵争，越国可集中精力发展农桑贸易，苍生安居乐业，老有所终，壮有所用，幼有所长，居者有其屋，耕者有其田，渔者有其网。

"为了这一天的来临，越国必须出兵，会同入越的楚军，攻打吴国，支援夫概。以战止战，这次倾全国的兵力伐吴，就是为了结束战火连年的岁月。"范蠡继续说。

"可夫概此人，放荡不羁，少年时是恶少，现在也非常不检点，军风很坏，口碑很差，他镇得住吴军吗？"勾践怀疑地问。

"是的，他就是个痞子，但这些我们不用管。他夺了吴国的王位是真的，他想和越国媾和是真的，不管怎样，我们要抓住这个天赐良机。"范蠡回答说。

"当然！即使结果不成功，我们也要赌它一把。此时不搏，更待何时？"

于是，范蠡率全国的兵力，加上楚军，分水陆两路，向吴国发动进攻。

在吴越边界，他们遭到了夫差猛烈的抵抗，一次又一次硬仗，楚越联军前进不了一步。有一次，楚越联军又一次发起进攻，逼得夫差顶不住了，只得后撤。其实这是诱敌之计，退了十多里，夫差回师反击，伏兵四起，楚越联军大败，从此就变得小心了。

在水面上，几百艘戈突船迫近五湖吴国的水域，公孙雄按夫差之命早在越吴交界的湖面上打入了粗大的木桩，深嵌湖底泥层，形成一道木桩防范线。而拔掉一根木桩要费很大的劲，公孙雄见越国水师来犯，令弓箭手不待越船破桩阵而进，便万箭齐发，越军水师只得后退，和吴国水师对峙在湖面上。勾践不解，夫概分明说夫椒水师已由他的军队控制，为何会遭到反击？范蠡告诉勾践，抵抗的水师是孙武出征前部署在夫椒的公孙雄部，据谍报，这支水师仍忠于阖闾，而且把夫概安排在战船上的士兵也拉了过去，夫概根本无力制伏他们。

勾践叹了口气，下令撤回水师。他开始意识到，事情并不像他想的那样简单。

孙武的部队已到了吴都城下，夫概着了慌，他的离间计没有生效，他已没有退路，浑身禁不住发抖战栗。他们一伙人脸上写着疲倦和惊恐，像一群越冬的鸟，

在躲避猎人的弓箭。孙武在城下喊话："降者留，不降者诛。"潘缮和那个军师想出一计，押着孙燕到城头，夫概喊话："孙武，你撤退，留孙燕。你攻城，杀孙燕。你反戈，按前约，将吴国一半国土分于你。"

孙武犹豫了，他清楚地看到妹妹被押在城头，站立在寒风中，他一颗心越揪越紧，紧得他喘不过气来。

"哥哥，不要顾我，快攻城。夫概已众叛亲离，跟着他的人没有几个了！快啊！"孙燕在城头上喊道。

可孙武还在犹豫，垂死挣扎的夫概会随时杀掉孙燕，这可是两条命啊！在出征前，欧剑子偷偷告诉孙武，小燕子已有了身孕，她说，孙平将有一个弟弟或妹妹，她的这个孩子还要过继哥哥，让更多的后代延续孙家的香火！

"哥哥，快啊！快攻城啊！"孙燕继续在喊。

孙武还在踟蹰，为了消除哥哥的顾虑，抱着必死之心的孙燕趁看守她的兵丁不备，猛然跃下城楼。孙武见此情景，如同被一把利剑刺进心窝，一阵剧痛，大喊："攻城！攻城！"

孙武的部队对刚才的一幕看得一清二楚，早憋足了一口气，听孙武一声令下，便以排山倒海之势攻城。城头上的守卒早就不想替夫概卖命，见一队队昔日的兄弟从云梯上冲上来，有的主动放下武器投降，有的反戈一击，夫概的军队大溃，潘缮见势不妙，慌乱中逃窜而去。孙武也跃上了城头，生擒了夫概。

阖闾率大军开进了吴都，他骑在高头大马上，披着战衣，在冬日的阳光下，战衣闪烁着炫目的光芒。万民夹道欢迎，神情激昂，鼓乐震天。乐器中居然出现了秦汉子，它的沉闷而有力的声音，咚咚地敲叩着大家的胸膛，传达着战争的光荣和残忍，原来这种乐器已在民间传开。欢腾声中，只有孙武伤感地躲在一边，他的心在流血，痛如刀割。

孙武大殓了孙燕后，抑制内心巨大的悲伤，走进王宫。阖闾正在大殿审问夫概，夫概忽而求饶，忽而强词夺理，忽而百般狡辩，还无中生有说孙武是他的同党。大殿的文武百官都轻蔑地看着他的丑态。

听到他还在乱咬人，阖闾戟指厉声地喝道："夫概，时至今日，你还不认罪，还在胡言乱语诬陷大将军！那我可以告诉你，正是大将军在我令你班师前，就看出你心怀异志。是我瞎了眼，以为你我是兄弟，可以信托你。不料你这只九尾妖狐，终于露出了尾巴。背叛事实不可抵赖，我能容你，祖制不容，天道不容，你还有什么可说的？"

"阖闾，你别装蒜了！什么祖制？什么天道？别人有资格说这话，你没有，你

不想想，你的王位哪里来的？我出生入死，志不负国，你能弑君篡位，我何以不能效你取位？不错，我是心存异志，可这是你逼出来的，你哪里当我是至亲骨肉？在你眼里，我连一个客卿都不如，只是你唤来唤去的奴仆而已。你不仁，我不义，吴国的社稷，也我有一份，凭什么只能让你独占？我取不伤礼！"夫概见辩之无用，索性在大殿上撒起野来，对阖闾恶语相向。朝中的大臣们见他成了阶下囚，罪不可赦，还一味无理取闹，恬不知耻，无不痛恨，忍不住对他群起而斥之。

被反缚着手的夫概乱蹦乱跳，继续信口雌黄，完全失去了理智。阖闾盛怒之下，还保持着几分冷静，本来已下定非杀他不可的决心，可见他状如疯魔，精神崩溃，已不像是一个正常人了，倒对他起了几分怜悯之心。

"押下去！简直像个疯子。"阖闾下令说。夫概以为要把他押往刑场，更加声嘶力竭地吼叫着，挣扎着，到后来只是干号，一句话都说不清。

潘缮及那个军师等一伙夫概的心腹，经查证，在夫概的谋反中有着不可推诿的罪责，都被处以极刑，爵位当然被剥夺，家眷连坐，都被问了斩。

夫概彻底疯了，饿不知饥，困不知眠，大小便都不能自理了，浑身臭不可闻，整天"寡人、寡人"的说个不停。朝中和坊间都说他是装痴，阖闾实在看不下去，让他的家人把他从牢狱中领了回去，他一到家便乱打乱砸，闹得一家鸡犬不宁，个个怨声载道，但都只得忍着。幸亏他大疯，否则，他犯的是死罪，有十个脑袋都不够用的，而全家也都要陪着他上黄泉路。当然，他们心中也清楚，主要还是大王手下留了情。

吴国平静下来了，征服了不可一世的楚国，挫败了一场叛国篡位的阴谋，吴国的国力达到了鼎盛，雄心勃勃的阖闾正在盘算着下一步计划。他对征楚将卒论功行赏，有一大批将领进了爵，得了重赏。伍子胥、夫差、公孙雄、卓荣、钮宣义等都得到了封赏。阖闾封孙武最高的侯爵爵位，授世禄邑地十里，孙武婉拒了，他沉浸在孙燕惨死的悲痛中。孙燕得到了厚葬，哀荣无比。孙武把她和子蝶葬在一起，一个妹妹，一个爱妻，两个坟冢，这是他在吴国所得到的"报答"，任何封赏都抵偿不了这两个毫无生机的坟冢。他成了地地道道的孤家寡人，他要封地有什么用呢？

他万念俱灰，他是个天才的兵略家，孜孜以求战争之道，其军略当世后世罕有其匹。战争是冷酷无情的，铁血烽火，以生命为代价的，偏偏他又是个心地极善良，甚至有点妇人之仁的男子。他是大将军，统帅吴国的军队，在金戈铁马中勇往直前，指挥若定。但他又是那么厌恶战争，痛惜战争对生命的摧残，感念苍生因战争所遭受的苦难。他性格中的两种截然对立的东西纠结在一起，在他的内

心苦苦挣扎着。从踏上疆场那刻起，他的内心就充满着挣扎。

这就是孙武，天才而又矛盾的孙武。

从楚国回来后，他或闭门不事，或和伍子胥喝酒，或和子考下棋，更多的时间则是呆呆地坐在子蝶和孙燕的墓前，他感到孤独，无可名状的孤独、难以摆脱的孤独像昏昏的暮色和黎明的重雾那样缠绕着他。孤独中，反复在他脑海中浮现的是种种血腥的场面和百姓的哀号、伍子胥鞭笞楚平王尸身的情景、孙燕从城头跃下血溅城脚的惨状，还有津香之死、子蝶之死等未目睹但完全可以想象的景况。他的心头升腾起一种悲壮的情绪，悲壮之中，是刺骨的深切的苦痛。孙武终于决定，离开吴都，离开战场，放弃一切，包括他的官职、爵禄、声誉，到一个偏僻角落隐居。

一天，他和伍子胥、伯嚭喝了顿酒，几乎喝了一夜，伍子胥和伯嚭喝得酩酊大醉，人事不省。伍子胥和伯嚭醒来后，仆人告诉他们，主人已去远游，不会再回来，留下的这些东西请他们转呈大王。伍子胥打开孙武兵法十三篇外的新篇，上面只有一行字：不战不兵，闲云野鹤。除此以外，他留下的还有他亲手绘制的所有用于战争的地图、大王赐给他的几把宝剑和象征军权的虎符。

孙武是带着幼小的儿子孙平悄悄登上一艘渔舟的，和他同行的是子考和欧剑子。他随身带着子蝶的曲简和她的几件首饰衣服，以及孙燕留下的一把佩剑。

伍子胥将孙武留下的东西交给阖闾。阖闾惋惜孙武的离去，要伍子胥设法把孙武追回来，他说："孙武正当年，岂能不战不兵，闲云野鹤？再说，吴国不能没有孙武。"伍子胥说："孙武把他的兵法留了下来，而他不想再打仗了。新篇上这句话不仅指他的归宿，更是指一种新的境界，他期盼能有一个不战不兵、人人心平如闲云野鹤的世界。别去找他了，他已累了，让他寻求安宁去吧！"

一剑封喉
YiJian
FengHou

高仲泰

著

吴王
夫差
传

下册

上海辞书出版社　中西書局

图书在版编目（CIP）数据

一剑封喉. 2，吴王夫差传／高仲泰著. —上海：
中西书局，2022

ISBN 978−7−5475−1985−1

Ⅰ. ①一...　　Ⅱ. ①高...　　Ⅲ. ①长篇历史小说−中国−
当代　Ⅳ. ①I247. 5

中国版本图书馆 CIP 数据核字（2022）第 142499 号

吴王夫差传

第　一　章

阖闾的灵车回到吴都的时候，是夏天一个晴朗的早晨。

蔚蓝的天空万里无云，从平静的五湖吹来的风是湿润而温暖的，有极重的水腥气，那是湖中茂密的水草在连日烈阳下炙烤后散发出的气息。然而，在今天这个令人汗流浃背的一天刚开始的时候，人们却感到背脊冷飕飕的，打着寒战，整个吴都笼罩在阴郁得令人窒息而又无处躲藏的巨大阴霾中。

伍子胥已派快骑将大王薨逝的噩耗传达给守国的钮宣义。钮宣义克制着巨大的悲痛，对朝中大臣和都城的百姓宣布了这一消息。所有人都惊呆了，无不痛心疾首地号啕起来。阖闾战死疆场，是那么突然，那么意外。吴国国人都以为他们的国君雄姿天授，老而弥坚，还会在王位上坐很多年。可他们哪里会想到，祸从天降，大王也会像凡夫俗子那样死去。这一切来得猝不及防而又无可挽回，哀痛之余，人们都深深担忧起来：没有了大王，吴国怎么办？

钮宣义按伍子胥带来的口令，派人赴吴楚边境，命令镇守国境的军队时刻备战，以抵御楚国乘吴国大丧突袭。夫椒山①的兵船加强了对五湖的巡航，各军事营垒的守军严阵以待，吴都戒严，外国商旅无关符不得入内，边境各关卡一律关闭。另外，按伍子胥口传的要求，内务大夫被离将王宫大殿腾空，以停放大王的棺椁。被离精于此道，他很快从库房中抬出早已准备好的棺椁，并对大殿作了布置。考虑到天气酷热，他让人从冰窖里取出藏冰，置放在铜质的冰簋中，大殿上很快凉气弥漫。

吴王阖闾没有想到槜李一战会是这样的结局。

他更没有想到他的生命会终止在吴越边境这个开阔的战场。

---

① 夫椒山，一说即今江苏无锡市西南五湖中马迹山，简称马山。

吴国的太子夫差和所有的大臣及吴国百姓也都没有想到。

战争爆发之前，阖闾已过了盛年，头发花白，脸上爬满皱纹，身子也略显佝偻，这让阖闾每每顾盼铜镜，都会在心中发出人生迟暮的感喟。但更多的是不甘，他觉得自己血气犹存，不要说饮食男女之欲犹存，就是上操演场，手中的剑、胯下的马，还驾驭自如，射箭也很少虚发；走起路来，虎虎生威，没有半点蹒跚。伐楚告捷以后，伍子胥上谏休战，让国家休养生息、养精蓄锐，使吴国变得更强大，更具实力。阖闾采纳了伍子胥的建议。

这一休战就是整整八年。这八年，是吴国立国以来难得和平的八年，没有了兵荒马乱，农夫白天静心耕作，收成一年好过一年，茅屋添上新草，家中增了新丁，栏内多了猪羊。女人的心安分了，踏实了，不再焦灼地惦记在前线打仗的丈夫，男人就在身边；即便在军营中，因无战事，也不远征，虽然不免思念，却无须担忧。这个密布湖泊河道的国家，水使它显得富有温情，河网里满是苍翠田园的倒影，栖息着耕牛与舟楫。无比壮阔的五湖，白天帆樯如云，到了夜晚，迷蒙的点点渔火中飘出阵阵吴歌。吴都也变得越来越繁华，集市货物充足，各方来的商贩和旅人川流熙攘，沿街一间间酒肆食府扬出喧哗声，间杂歌女婉转悠扬的歌声。公卿贵戚的府邸高梧阴翳，花草可人，华灯如菊，溢出醇酒的浓香，那是另一种风情，安逸而奢华的风情。当然，吴国还有穷困潦倒、为衣食操心的穷人，但这个人群在不断减少。

八年过去，阖闾不能再安逸下去了，他决定要趁自己还有体力披甲上阵，亲自带兵征战。第一个目标当然是越国。越国是吴国的宿敌，不灭越国，吴国的后院就不会太平。在阖闾、夫差、伍子胥眼里，越国虽是个蕞尔小国，但很顽强，也很奸诈，在与楚国结盟的几十年里，和山水相连的吴国作对，两国曾发生过多次战争，边界上的摩擦不计其数。越国不是吴国的对手，于是，越国几次向吴国表示过臣服，但它在输诚的同时，又不忘伺机抗争。八年前伐楚时，越国乘机偷袭过吴国，阖闾凯旋后，提起越国在吴国背后捅一刀的行为，恨得牙根痒痒的，念念不忘要对越国动武。然而，吴国的休战，使得这些年里，吴越两国基本上相安无事。

阖闾十九年，阖闾亲自率领五万兵士，命太子夫差为主将，伍子胥为监军，伯嚭和公孙雄为副将，从陆路南下，闪电般地向越国发起进攻。阖闾乘在一辆战车上，打着"吴"字大纛，头盔下他那发白的眉毛及高耸的鼻梁，此刻显得格外的严峻和威武，已失去光泽的脸庞，居然泛起了红光。他的胸中又一次激荡起大决战的慷慨豪情，这种壮烈的情绪曾在举世震惊的刺僚夺位和伐楚战役中在他胸腔里翻腾过。而他的表情是从容的、冷峻的，对于这次伐越，他胜券在握、志在必得。憋了八年的劲，要在这一仗中尽情宣泄了。伍子胥嘱公孙雄带一队禁军在阖闾的战车上护卫。夫差骑马打头，接下来是伍子胥和伯嚭，紧随着的是绵延不绝的战车、骑兵和步卒所组成的队伍。战马骤雨般的铁蹄声，战车行进的辚辚声，吴军将士铿锵有力的歌声、鼙鼓声响彻吴国大地。

越国在第一时间得到了吴国进攻的情报。越王勾践马上召集范蠡、文种、灵姑浮、诸稽郢、曳庸、扶同、若成等文武大臣商量对策。越王宫里的气氛陡然紧张起来，但没有一个人骇然失色、惊恐失措。这八年中，越国朝野都知道这一天会不可避免地来临。在和平的表象下，越国不遗余力整军经武，以争取在随时可能爆发的军事对抗中占据主动，在战争开始的时刻，给吴军致命打击。灵姑浮主动讨令，由他率敢死队抢先越过边境，对吴军先头部队来个迎头痛击，兵贵神速，更贵占先。

范蠡否定了灵姑浮的计划，提出诱敌深入，在越国境内的槜李布阵。这里地势宽阔平坦，吴军将不得不把队伍分散开来，这样就扰乱了他们惯用的集中兵力、车骑兵打头、步卒紧跟在后进行猛攻的阵形。越兵可预先横摆阵势，鼓乐齐鸣，以逸待劳。另外再出一支奇兵，那就是安排一支由死囚组成的敢死队在阵前用快刀齐崭崭地割喉自刎，吴军必会受惊，乘其错愕之时，越军几千弓箭手万箭齐发，吴阵必乱。两军咫尺相对之际，弓箭已无用，越国上万兵士再挺刀直扑，和吴军展开白刃战。勾践思索了好一会儿。他消瘦的挺立着一个鹰钩鼻子的脸上，平时总是阴阴的，令人莫测高深。突然，他笑了，犀利的目光盯住范蠡，说了句："好！就听范大夫的。"

一个闷热的上午，勾践和范蠡率领大军至钱塘江北岸的槜李，横排成一里多宽的阵形，背水而立，阵中飘扬着一面面旌旗，鼙鼓声震天撼地。勾践骑在一匹白马上，那双深陷的眼睛里闪着刀锋般冰冷的光芒，清癯的脸上毫无表情。范蠡骑马和勾践并列，温润的面庞上，有着他平时常有的轻裘肥马、顾盼自雄的英气。其实，他的心情十分复杂，激战前的兴奋之外，也感到沉重的压力，需要时时深舒一口气才好过些。

没有隔多少时候，先是滚雷般的轰鸣声，越来越响，接着是地平线上升起一股股黑云般的烟尘，夹杂着惊恐地在空中乱飞乱窜的鸟群，吴军终于黑压压地像钱塘潮水那样涌了过来。

两国的队伍相隔里把路，面对面站住了。夫差见越国军队排成这么宽的阵形，很自然地怀疑他们会从两翼包围过来，便令原来纵形的队伍散成横排阵势——这

种变化在演练时反复练习过，能够在很短的时间内大开大合，收放自如。阖闾望着越国策马而立的君臣，捋了下花白的胡子，令数名神箭手拉开弓，一支接一支飞箭射向越军挂有"越"字的大纛和"范"字的帅旗，箭簇不偏不倚地射断了旗杆上的绳索，两面大旗立即随风飘落了下来。越军队阵中出现了骚动。夫差和伍子胥向阖闾建议乘此机会向越军发起进攻，但阖闾要主力军团及夫差、伍子胥、伯嚭等暂驻原地不动，自己亲率几百禁军冲到前沿，公孙雄紧随其后。

阖闾心血来潮，要和勾践单挑。主将的单挑在早先是很通行的，两军交战，由主将先相互格斗，决一雌雄，几个回合，便见分晓。主将胜，就乘胜追击；主将败，便鸣金收兵。但这种方式后来就不太实行了，主将失利是小事，如果中了暗算危及生命，那就是大事了。所以，当阖闾跃马出阵，战马唏律律地长嘶了一声，伍子胥大声阻止："大王，勾践此人狡诈，这太危险了，快请回阵！"

伍子胥如不这么喊，阖闾未必真的会和勾践较劲，虚晃一枪就会退回来；伍子胥一喊，反而激得他认真起来。他回头看了伍子胥一眼说："勾践有几斤几两我清楚，我自信还是能和他比试一下！"

伍子胥不响了。他懂得阖闾的心态，这个要强的大王就是不服老，他和三十不到的越王勾践单挑，如果战而胜之，便能显示他的刚勇强健，继续能叱咤战场，从而声威远播。

阖闾一个劲地喊话，勾践和范蠡说了几句话，带了一队士卒旋风般地冲上来了，收马立定，冷冷地看着身板挺直、怒目而视的阖闾。他还是和范蠡当年去吴国谢罪和吊唁吴王后时见过他，这么多年过去了，打败楚国、称雄诸侯国的这位吴国国君明显苍老了，可看上去精力还很充沛。

"吴王阖闾，你精神矍铄，声气很壮，居然还能冲锋陷阵，真是越活越年轻啊，勾践佩服！"勾践阴笑着说。

"是吗？看来你还不糊涂。"阖闾哈哈大笑，"今日本王和你单挑，我的年岁比你大一倍多，可年龄并没有让我不中用，估摸对付你还可以。不信，你勾践小儿上来较量一下，本王谅你没有这个胆量！"

"阖闾，你真的以为自己有多了不起？年岁不饶人，我劝你不要硬充好汉。还是回去吧，让你儿子出来与我比试比试！"

"别口出狂言！是我硬充好汉，还是你没有胆量和本王较量？"

"和比我大一倍多的老人一比高低，我于心不忍，你输了，世人会责我不义，何以要欺侮老人。阖闾，你不惜自己的命，我惜，请回吧，不要上来送死了！"

两人互相攻击着，阖闾跃跃欲试，但勾践没有迎战的意思，伍子胥和夫差焦虑不安地注视着，向公孙雄做手势，要他劝大王回阵。正在这时，范蠡取出一面令旗开始挥动。很突然地，自越军阵中，步出由三百多名死囚组成的队列，他们上身赤裸，光脚，脸上用颜料画成兽面獠牙，上身文身，嘴唇上涂着鲜血，以一种令人恐怖的神情疾步行走，嗷嗷地叫喊着。在他们的背后，无数将士着甲胄，长戟如林，旗帜蔽天，刀矛剑戈在夏日炽热的阳光下反射出光亮。

"为土地而战！"

"为社稷而战！"

"为宗庙而战！"

这群仿佛来自地狱的魔鬼般的人群，疯狂地惊雷般地吼叫着，声音从胸腔中爆出，在这块即将收获的土地上空会合着，像怒涛一样汹涌地翻滚。突然，更意想不到的情景出现了，这些人边吼边齐刷刷地从腰间拔出一把锋利的短剑，在距离吴军十丈远的地方站住了，然后横剑对准自己的脖子，一齐刎颈而死。顿时，鲜血喷射而出，像飓风横扫庄稼和树林一样，他们几乎同时倒地，成片的横七竖八的尸体，使空气中充塞着浓重的血腥味。

阖闾、夫差、伍子胥都惊呆了，伯嚭和公孙雄既惊且骇，情不自禁牵住手中的缰绳驱马后退。倒是阖闾很快镇静了下来，但当他的目光触及到那一地血淋淋的短剑时，他心里一阵颤抖——一瞬间，他的眼前出现了十九年前专诸刺僚的一幕，当时身穿厚重盔甲的吴王僚也是这么血肉模糊地躺在地上的。

吴国的许多将士面对这噩梦般的场景，仿佛得了寒疾，牙齿和四肢颤栗不停，一时还不过神来。就在这时，原来紧贴着这批引颈自杀者的越国军队向两侧闪去，几千弓箭手开弓搭箭，向吴国阵营射去。飞矢雨点般地击中不少吴军，吴军阵脚顿时大乱。勇猛无比的吴国军队，竟然四处溃退。伍子胥见势不妙，大喊："快保护大王！"已从阖闾战车旁退下来的公孙雄连忙冲过去，但来不及了，溃退的吴军已不听指挥，像决堤的洪水，裹挟着夫差、伍子胥、公孙雄等进退不得，只能眼睁睁地看着大王的战车身陷重围。

阖闾用他的佩剑左劈右斩，身手十分矫捷。车上的两个甲士也挥刀搏击，击退了靠近他们的越兵。驭手连忙驭马掉转车头，果断地撤退，驱车狂奔。越国大将灵姑浮见状冲杀过来，策马猛追阖闾，伍子胥和伯嚭杀开一条血路，来到阖闾车旁护驾。灵姑浮眼看阖闾就要逃脱，便从腰间的剑鞘内掏出一把淬毒的戈，挥臂猛掷过去。阖闾用余光瞥见一道银光从空中向他飞来，灵活地闪身一避，戈不偏不倚地击中了他的脚趾头。

夫差、公孙雄率兵奋力拼搏，止住了军队的溃退之势，重新聚集起部队，和

越军进行激烈的交战。吴军毕竟训练有素，越战越勇，越军顶不住了，往后退去。因不放心吴王，他们无心恋战，回师赶上阖闾的战车。他们撤退到一个离槜李七里之遥的叫陉的地方。阖闾的伤发作了，神色十分痛苦。伍子胥选了一间空宅，由禁军搀扶吴王进屋休息。伍子胥检视了阖闾的脚伤，大为吃惊：整只脚和小腿已严重肿胀，色呈青紫，这显然是中毒的症状。伍子胥取过那把戈端详一番，喊了起来："不好，此戈有毒！"

阖闾早有预感，他心里明白，单单是脚趾受伤，不可能这样钻心彻骨地疼痛。他也明白，这是剧毒，非药石能够救治。他镇定地看着大惊失色的太子夫差，让他坐下来，自己也坐直了身子。这个姿态，表示他有重要的话要说。

"夫差，父王中了毒，已无药可救了。"阖闾平静地说，"没想到被阴险的勾践算计了，这是寡人轻敌所造成的，寡人不该和勾践小儿单挑，也许寡人不该亲征，晚了，一切都晚了……"

"大王，大王，你不会不治的，你绝不会离开我们的！"伯嚭喊着，眼泪哗哗地流下来。

"伍相国，父王真的中毒了吗？有什么办法解毒吗？"夫差急急地问伍子胥。

"只有一个办法，说不定有救。不过，也只能试试，盼大王命大，能逃过这一劫。"伍子胥吞吞吐吐地说。

伍子胥说的办法，就是将腿截掉。但在这荒郊野地，既没有器械，也没有医术高明的医师。当然可以用利剑或斧钺来替代器械，可谁来动这个手呢？谁又能下得了这个手呢？而且并没有多大的把握，如大事不济，让大王白受痛苦不算，还极有可能受到误解。阖闾猜到了伍子胥的想法和疑虑，他摇着头说："我知道相国说的是什么办法，可来不及了，没有用了，而且，我不愿缺胳膊少腿地去见列祖列宗，那样子多难看啊！"

"父王，没有了你，吴国怎么办呢？"夫差伤心地说。

"不要说这种没出息的话。人总是要去的，没有了我，还有你嘛，还有相国，还有伯嚭大夫。记住，继位以后，你要做一个明君，做一个有大作为的国君，众臣和黎民百姓助你、拥护你才行。"阖闾牵着伍子胥的手，含着眼泪说，"伍卿，寡人把夫差、把吴国托付给你了，越国之仇要报，但万万不可轻敌，勾践、范蠡不是等闲之辈。"说着，阖闾解下自己的佩剑，递给伍子胥，"寡人拥有不少宝剑，但最喜欢的就是这把伍卿十九年前相赠的七星宝剑，欧剑子重新为它开了锋，上刻阖闾两字，七星剑从此就成了阖闾剑。现在寡人回赠给伍卿，用它监国，若夫差无道，可持此剑处置。"

"是，臣遵命！"伍子胥双手颤颤巍巍地接过阖闾剑。

"夫差，你可要知道，你若误国，伍相国可出示此剑处置你，杀你的头都可以！"阖闾对夫差说。

"父亲，孩儿知道了……"夫差泣不成声。

"伍卿，无论如何要把孙武劝回来，吴国可少我阖闾，不能少大将军啊！"

阖闾说完，紧咬着牙，紧闭着眼，额上冷汗直冒，脸色苍白如绢，但他一声不吭，顽强地克制着，忍受着酷刑般的伤痛的煎熬。

当晚，阖闾在回国的王车上因伤重不治身亡。在最后的时候，他的神智还是清醒的。他最后一句话是问夫差："你会忘记勾践杀死父亲的仇怨吗？"

夫差抹着眼泪回答："誓不敢忘！"

阖闾神态安详地慢慢合上了眼睛，伍子胥摸了下大王的胸口，凉到他的心底。

"大王去了！"伍子胥一字一句地说。王车里每个人都肝胆欲碎。

在几万军队的前呼后拥下，载着阖闾遗体的王车风驰电掣般地飞奔在吴国大地上，伍子胥、夫差、伯嚭守护着静静躺着的阖闾，他们神色黯然，眼睛已哭得发肿。伍子胥微闭着眼，梳理着纷乱的思绪。夫差一言不发，时不时拭着眼泪，失神的眼睛显得茫然无助。伯嚭面有哀戚之色，但眼睛在不停地眨巴着，显然是在打什么主意。

在一队骑卒和上百辆战车的引导下，王车从吴都外城的正门缓缓进城。吴都有二城，分别为外城和内城，内城亦称为子城。内城又分东城、西城，西城是宫城。外城呈正方形，周长四十七里，有护城河环绕，城墙宽达二丈七尺，高四丈七尺，辟有陆地城门八个，两个城楼，八门以象征天宇的八面来风；水城门亦有八个，象征四通八达。宫城周长十二里，同样筑有城墙，城墙厚二丈七尺，比外城墙还要厚实，高四丈七尺，与外城墙相同，并辟三个城门，都建有城楼。这三个城门之外，还建有两个水门，有水渠沟通护城河，其中一个水门建有城楼。内城还另辟一扇侧门，用以运送日常生活所需的物资，这条通道俗称柴路。内城北面、西面、南面均开门，唯朝向东面的门不开，这个朝向对着越国，据说闭门是表示"绝越"，也就是和越国势不两立。

吴国的宫阙建在内城里的东城，吴国重臣的府邸建在西城。宫城是吴都的中心，也可说是吴国的中心。在内城里建有一系列的宫室，九级石阶之上是由石栏相围石板铺成的平台，平台后面便是高大巍峨的大殿。大殿为重檐坡顶，铺有金光闪闪的瓷瓦，屋顶有鸱吻、朱雀、卧龙等装饰，气势非凡。大殿面阔九间，进深五间，是王宫的大殿，国君上朝和大臣议政的地方，也是举行祭祀等重要活动

的所在。大殿两侧建有同样重檐坡顶、面阔五间的配殿；两侧城墙转角处各有一望楼。大殿左侧为先贤祠，即祖庙。此后还有后寝殿、西苑、社稷台（即点将台）等建筑。

吴国的都城原在梅里①。二十年前，楚平王听信少傅费无忌谗言，将原许配给太子建当太子妃的秦国公主夺为继后，伍子胥父亲伍奢坚决反对。他是太子建的老师，也就是太子太傅。他说："天下都知道秦国公主是嫁与太子建的，大王岂能见其貌美便夺为己有？这会招来各国非议，也是违反礼制的，臣请大王三思。"楚平王听了深感不快，说："我才不理会别人的浮言，也无所谓礼制不礼制，我娶定秦国公主了。再说，我已让太子另娶齐国公主了。这有什么不可以的呢？你少管闲事，奉好你的职就是了。"伍奢说了很难听的话："大王帷薄不修，是在自污。"楚平王一气之下，把伍奢赶出宫去。费无忌是太子的第二位老师，伍奢的助手，他是个嫉贤妒能的人，不甘心居伍奢之后，便乘机攻击伍奢有"谋反"之心。楚平王将伍奢囚禁起来，后来干脆把伍奢和伍子胥的兄长伍尚杀掉。一不做二不休，平王还要杀伍子胥。伍子胥得到风声，只身出逃到吴国，此后和阖闾相识，交往密切，共谋大业。伍子胥起用五湖渔夫专诸，用鱼肠剑刺杀了当时的吴王僚。阖闾夺得王位，拜伍子胥为相。问伍子胥以治国方略，伍子胥回答一句话："立城郭、设守备、实仓廪、治兵库。"其中"立城郭"为第一位，阖闾深解其意，将都城从四野平旷、不宜屯兵的梅里迁到五湖边夫椒山畔，于是，就有了这座军事位置十分优越，依凭五湖天堑易守难攻，扼制着通往楚国、越国通道咽喉的恢宏的吴都。

此时，从外城到内城，整个吴国都城气氛萧索压抑，虽是暑热天，但让人感到一阵阵浓浓的寒意。王车从外城驶入内城，停在大殿前，钮宣义带了十多个黑衣禁军抬了一副锦缎铺就的担架等候在那里，黑衣禁军从车上将覆盖着一面"吴"字大旗的阖闾遗体移到担辇上，由夫差、伍子胥、伯嚭、钮宣义执抬，慢步登上台阶，进入大殿。大殿下了雪般一片白色，锦缎的帷幔已换成白麻布，朱漆描金柱子和彩绘的木梁都蒙上了白布，朱门、朱窗等都挂上了白帘。大殿正中，端放着一口巨大的三重棺，每重棺椁上都彩绘着精致的盘龙祥云、蝙蝠蟠螭、日月星宿以及伏羲和女娲交尾的图案，美轮美奂，繁复堂皇。阖闾的棺椁三层棺三层罩都齐备了，这是一国诸侯最高等级的梓宫了。

在棺椁旁边的地上铺了三层席子，旁边放着六个冰篚，散发出一缕缕冷气，

———————————
① 梅里，即现在的梅村，在今江苏无锡市新吴区。

这是用来暂厝尸身的，以便对阖闾正式擦身、换衣、化妆、装饰，入殓后再置放大量随葬品，供大王到另一个世界享用。

大殿大而高，通风少光，因而，即便是大热天，也比其他各殿凉爽得多，今天触目皆是白色，更让人感到阴气沉沉的。当夫差等四人抬着担辇步入大殿时，本已汗出如浆，热不可耐，但来到大殿，顿时暑气全消，这里比外面毒辣辣的阳光下凉快多了，尤其置身于冰簋边，寒气逼人，使他们忍不住打了个激灵。他们将阖闾遗体轻轻放在草席上。

被离披麻戴孝地走来，一看到他们，便呜咽起来，说："殿下，晴天霹雳啊，国之大殇啊！"

"被离大夫，该称殿下为大王了，夫差在先王驾崩之时起，按国家礼制，已承袭王位，为吴国新君了。这也是先王遗愿，亦是吴国大臣和百姓众望所归。"伍子胥庄重地说，"大王，国不能一日无君，从现在起，你就当之无愧地执掌国杖了，登基大典容后补办。"

被离赶忙伏身叩拜说："臣被离拜见大王，先王驾崩，吴国之大不幸啊，太子登位，吴国之大幸啊！"

伯嚭见伍子胥以顾命大臣的口气，不和自己作任何商量，甚至招呼都不打一个，就在先王的灵柩旁，突然对被离宣布夫差登位，明显是冷落自己。他很不满地瞥了伍子胥一眼，赶忙整一整衣襟，伏地拜了下去，行起大礼，钮宣义和几个黑衣禁军也紧跟着伏地下拜。伯嚭用他带有磁性的声音咏叹般地说："臣谒见大王！"

夫差以国君会见大臣的礼节还了礼，略有些不自在地说："免礼，免礼，大丧之期，都不必拘礼了，都起身吧，各位为吴国辛苦了，寡人感谢之至。"

大家起身。被离弯腰对夫差说："大王，请稍作洗漱，换上孝服吧，臣已预备好了。"

"被离，你很会办事，想得也很周全。听父王说，杀僚那天，你还是个普通内官，但你连君王的礼服端委都准备好了，真的是这样吗？"夫差扫了一下素白如雪的大殿说，"这些都是你料理的？"

"那是僚的礼服，他一向奢华，做了好多套，先王登位，服饰一时不及，便从僚的新服中选了一套给先王，并非臣为先王预制。至于这里，钮将军将噩耗告诉臣后，我就着手操办治丧的事，这是臣的应尽之职。"被离不慌不忙地回答。

"你不会也替我准备端委了吧？"夫差微笑着问。

"没有，臣以为先王壮硕如牛，万寿无疆，所以暂没有为太子殿下预备王服，

请大王恕罪。"被离说，"先王生前节俭，臣几次要制几套新的端委，可先王就是不允，他这些年穿的，都是僚留下来的那几套，一穿就是十九年了，连入殓的礼服都没有。不过，臣已让人连夜开始缝制了。"说到这里，被离的声音又哽咽了，他背过脸去，用袖子拭去脸上的泪水。

伍子胥听了，悲从中来，心痛如绞，眼泪忍不住掉了下来。但举行国丧，葬殓先王的大事在等着办，现在不是哭的时候，他便克制住悲痛，对夫差说："大王，听被离大夫的，先稍作洗漱，换上孝衣，再商议诸事，天气甚热，不宜久拖啊！"

夫差点点头，这么热的天，先王尸身确不能长久保留，刚才抬到大殿时，夫差看了下父王的脸色，已灰暗不堪，似乎隐隐透出异味，亟待入殓了。他环顾了下大家，说："好吧，一个时辰后，到先王内室会合。"

大家正要站起散去的时候，远处传来一声带哭音的狂喊："大王，大王，你怎么能撇下我了呢？"旋即响起环珮之声，接着，一阵风似地卷进一条影子，扑倒在阖闾的尸身旁，呼天抢地地痛哭起来。她是蔡小娇，这么多年过去了，蔡小娇除略丰满些外，可说没有多大变化，甚至比刚嫁给阖闾时更仪态万方，更有一种成熟的女人味，肤色白里透红，发黑如漆，杏眼秋波荡漾，总是喜滋滋的一脸的甜笑，说话爽朗中不失娇媚。作为王后，她或许略欠端庄，但毕竟是蔡国宫廷中长大的公主，天然有种高贵的姿态，能做到母仪天下；作为女人，她是可人的，深得阖闾宠爱，也得到太子夫差和大臣的尊敬。

她是最后一个得知阖闾暴死战场的，开始，并没有人告诉她，她是看到被离神情异常，忙里忙外地布置大殿，许多人行色匆匆，表情有些怪异，她才起疑的。追问被离，被离才把实情告诉了她，这时，阖闾已躺在大殿的席子上了。夫差见王后哭得死去活来，同情地看着她。这些年，她死心塌地地伺候父王，从不干预国事，也从不替父王牵惹什么麻烦，让父王在日理万机之中，得到慰藉和温暖。为此，夫差一直很敬重她，现在，她年纪轻轻的就守寡了，漫长的余生将在冷寂的后宫中度过。而且，让人感到遗憾的是，这些年，她从未为大王添丁，膝下无儿无女，孤苦伶仃。

夫差轻轻走到蔡小娇身边，好声说："王后，请你节哀，大王是为国捐躯的，他是我们吴国的骄傲。"

蔡小娇站了起来，抹着满脸的泪水说："我不觉得骄傲！吴国的骄傲，难道要靠大王的性命来换？太子，你不觉得代价太大了吗？你们都在这里，我问你们，征越之战不是小事，大王那么大年纪了，你们为什么不劝阻他？你们口口声声拥戴大王，难道就是这么拥戴的吗？”

"我们都劝过大王，可大王执意要披甲上阵，我们实在是拗不过他。"伍子胥插话说。

"伍大夫，谁都知道大王最听你的话，我相信你劝过他，但你以死进谏了吗？还有伯嚭大夫，你说了些什么，不用你招，我都清楚。太子夫差，我要问你。"蔡小娇以从未有过的寒光四射的眼神盯住夫差说，"你是大王的儿子，你尽孝了吗？踏着你父王的血迹加冕为王，你感到心安理得吗？"

这番话说得很严重了，平时温文尔雅、笑口常开的年轻王后会发出严厉的责问，这使得在场的所有的人都感到意外，也感到尴尬。不能说蔡小娇完全是无理取闹，但这种时候她这个样子，是有点像在撒泼了。

"王后说得是，大王亲征，我作为相国，没有劝阻大王，我罪不可赦，我愿意受罚。"伍子胥认真地说。他是真心的，他已在返国的路途中反省过，自己对大王亲征劝得确实不够。如坚决阻挠，晓以利害，绝无商量余地，阖闾还是有可能听的。一念及此，他感到异常不安。

伯嚭不吭声，他用凄然无比的表情来掩饰内心的恐慌。谁都知道，他是力挺大王亲自率领大军奔赴战场的，他的迎奉之言无疑使阖闾增强了信心和决心，终于造成了永难弥补的遗憾。

"王后，不，太后，请节哀，回宫去吧！父王亲征，是他的决断，父王是一言九鼎的人，谁都无法改变他。现在我们要商议父王的后事。"夫差提高声音，平静地说，说完对几个随王后飞奔而来的宫女下令，"扶太后回宫休息，好好照看，如有什么闪失，我拿你们是问。"

宫女不敢迟滞，硬是把怨气冲天又悲痛欲绝的蔡小娇架走了。夫差看着她丰腴的背影，把一只手搁在伍子胥的肩膀上，重重地按了一下，低声说："大家都是明白人，别自责，没有人会陷你于不义。"说完，看了眼诚惶诚恐的伯嚭，便扬长而去。伯嚭的嘴角露出一丝难以觉察的笑容，一颗悬起的心放了下来。

一个时辰后，夫差、伍子胥、伯嚭、被离四人聚集在阖闾的内室。这里处处留着阖闾踪迹，可是没几天，就物是人非了。伍子胥环顾着室内的一切，睹物伤情，一阵剧痛又涌了上来。从梅里到迁都后的吴都，伍子胥和孙武是王宫内室的常客，他们无数次在内室里和阖闾纵论天下大势，商谈治国治军方略，撼天动地的伐楚就是在这里议定的。

夫差、伍子胥、伯嚭三人已换上了孝服，加上最先穿孝服的被离，四人的这种装束在那年王后被医师武锦清毒死后，是从来没有过的。麻布服比甲胄要轻薄

得多，大家坐着，喝着被离送上的冰水，吃着一大盘鲜果，其中有齐国产的苹果和梨子，还有越国的枇杷和柑橘。

夫差取过一颗橙黄色的枇杷，剥了皮吞吃后说："各位都是辅佐父王的重臣，吴国的基业有今天，诸位爱卿功不可没。父王饮血槜李，为国捐躯。寡人继位后，请各位爱卿像扶助先王那样扶助寡人，一报勾践害我父王之深仇大恨，二要完成先王会合诸侯一统天下之遗愿。当然，这是以后的事，当务之急，是办理入殓安葬先王的后事。寡人任命伍相国为国丧治丧官，伯嚭、被离两位大夫协助，寡人要以最高的礼仪安葬父王，伍相国，你看如何为好？寡人听你的安排。"仅仅一个时辰，夫差已将"寡人"说得颇为熟练了。

"臣追随先王二十年，先王对臣的恩情如山。先王为兴吴出生入死，茹苦含辛，披肝沥胆，勾践杀先王之仇，非报不可，这当然要从长计议。从此以后，伍子胥要铭记先王遗诏，扶助大王踏平越国，活捉勾践逆贼，报仇雪恨。眼下最要紧的是，先把先王寝宫安顿好，以最高礼仪厚葬先王，这是所有吴国人的心愿。"伍子胥说，"事出仓促，天气炎热，既要尽快也不能草率。先办两件事，第一，令上万役工继续以最快速度修筑竣工先王已修得差不多的陵寝，此事由伯嚭大夫监督；第二，今日即将先王入殓盖棺，并择日安葬，随葬品要精而齐，礼、食、乐、兵等各器一件都不能少，吴国宝库中珍藏的珍品中要挑最上等的陪侍先王，木偶、鹿鹤和车马也要跟着先王去。先王生平简朴，到了另一个世界，该好好享用了，这些由被离大夫监制，挑负责任的内官做具体的事，伯嚭在凶肆待过，懂得凶礼，你多出出主意。"

伯嚭的祖父伯州犁冒犯了楚王，被楚王杀掉了，伯嚭逃到了吴国，在梅里西市的凶肆里唱挽歌，后被伍子胥推荐给阖闾。阖闾登位后，伯嚭入朝为官，且官运亨通，升迁到大夫及副相的高位，享尽荣华富贵，对于他在凶肆出卖涕泪的营生讳莫如深，不愿提起。现在听伍子胥揭他的老底，很不高兴地说："那里的凶礼都是适于庶人的，至多是有爵位的公卿，岂能和一国之君的葬礼相提并论？伍大夫，你糊涂了！"

"你对君王之礼也是很熟悉的，越国国君允常去世后，你不是派谍人探视了他的葬殓过程？我听你说过，允常陵寝的形制别具一格，可说很奇异，越人称之为木客大冢。"被离插话说。

"什么样的形制，说出来听听？"夫差很有兴趣地说。

"允常墓墓道长足有三百尺，墓底铺有三尺厚的木炭，在两条垫木上用一根根粗大方正的木头铺在木炭之上，在墓室两侧也用紧密排齐的方木互相斜撑，构成

人字坡状。陵寝方木外面再覆盖一层树皮，树皮外又是三尺厚的木炭层。而墓室中间三根垫木上放置一具独木棺，那就是允常的棺椁。"伯嚭说。

"允常的棺椁是独木棺?"

"是的，用一根一丈二尺长、三尺多宽的巨木对剖挖空而成，一半作棺身，一半作棺罩。据说，随葬品甚丰。"

"是有点怪，但这是沿用了蛮夷之俗，不足为奇。我国葬礼用的是周人葬俗，先王太伯、仲雍都是周太王之子，故吴人与周人同出一脉。所谓'以爵等为丘封之度与其树数'。'庶人不封不树'，可见巨大的封土，即大墩，墓室为巨型石室的，非王墓莫属。"伍子胥在负责修筑阖闾陵寝时，曾作过一番研究，按周制选址和形制。此事是最高机密，除了阖闾及伍子胥、被离、伯嚭等知道外，对外严加封锁，修墓的人都是精心挑选出来最可靠的人，并立下誓词，一旦查出泄密，格杀勿论，株连九族。

阖闾墓就修在离吴都十几里外的一座五六丈高的小山的山坡上，从山坡挖开墓道，筑石室多间。山并不高，整座山就是巨大的封土；也没有刻意去栽树，然而，依山为陵的墓园可说郁郁葱葱。这处地方是伍子胥和被离跑遍了吴都和环五湖地区许多山陵才选中的，被离用龟甲占过卜，卜辞说明此处是祥瑞之地，能庇佑吴国兴隆不衰，逢凶化吉，遇难成祥。

夫差原先并不怎么关心父王的陵寝，也很少想到过这些事。现在要安葬父王，他不得不认真地了解一番。他是悟性很高的人，听了伍子胥、伯嚭的介绍，马上醒悟到墓陵的选址和地形有关。越国多沼泽，地势低洼，而山区交通闭塞，勾践一直主张向平原向沿海迁移，允常墓不可能在大山里凿洞为室，只能放在都城会稽①原太子宫的平坦之地。伯嚭所说的很奇异的形状，木炭加巨木加独木棺，实际上是用来防潮防水的，看来越人心思还是极细的。

"先王的石室，要仔细查看有否山水渗透，或地泉冒漏。在洞内要挖水沟，棺椁石基要铺木炭，木炭上垫三四根大方木。父王的随葬品绝不能简单，由寡人来挑选，还要听听王后的想法。父王是很听她的话的。"夫差很果断地说，"另外，吴楚边界、吴越边界不能疏忽，大将军以前对我说过，兵以诈立。楚军、越军狡狯成性，极有可能乘我们国殇之机，给你来个偷袭。这次我们吃亏，就是给那群不要命的囚徒搅了战局，竟致俄顷之间，形势全盘改变，勾践、范蠡太狡猾了，不得不防。还有楚国，八年来，贼心不死，天天在想着报仇，变起不测，我们绝

---

① 会稽，今浙江省绍兴市。

不能大意。"

"是，遵命。"伍子胥、伯嚭、被离齐声说。

会散了，大家分头去办事。伍子胥刚要起身离开，又被夫差喊住了："伍相国，我此刻去守灵，你再向各国派遣驿卒，发布讣文，允许各国派人来吊唁和参加葬礼。"

"楚国、越国要不要发？"

夫差略一思索说："照发，来不来是他们的事！晋国、蔡国、齐国是吴国的盟国，蔡国和齐国还与吴国有姻亲，请他们国君来吊唁。"

"好，臣马上去办。"

"还有一事，你知道孙武隐居在何处吗？"

"可以打听得到，大王想请他来送送大王吗？"

"是，父王临终前念念不忘的就是大将军。"夫差对孙武是很崇拜的，对于孙武的离去，他始终心存疑惑，想不通到底是何缘故。他要伍子胥把孙武找来，除了完成父亲的遗愿之外，更重要的是和孙武推心置腹地谈一谈，揭开他离朝隐居的疑团。当然，还是要劝说孙武归朝，父王自孙武出走后，一直把大将军之职位空着，等待孙武归位，父王可说是用心良苦。他知道，孙武一去不复返，是父王的一个心病。

"好吧，我来设法找到他，请他参加先王葬典，依孙武对先王怀有的衷情，他得知先王崩逝，说不定会自己来的。"

事情就这样定了，但事务繁多，伍子胥脱不了身亲自去寻访孙武。他亲笔写了一封简书，委托儿子伍树带上几个甲士去孙武所居住的那个偏僻山村见孙武。

伍子胥和津香的儿子伍树已快二十了，长得高大英俊，举止优雅，又不失血气方刚。他始终忘不了孙燕，多少年了，还时常惦记她，动不动就燕妈妈长燕妈妈短的。他和乐范有段时间相处得很别扭。乐范脾气有点乖戾，为了一点芝麻绿豆的小事，就无名火起。她最容不下的就是伍子胥身边出现年轻漂亮的艳妇，家中的仆女平头正脸的都给她打发走了，留下的都是粗蠢的婢媪。伍子胥看不入眼，宁可自己动手整冠系带，穿鞋着袜，而不要这些粗女伺候。而公主出身的乐范只会呼来喝去，端个茶水都不会。

但是，乐范对伍树不错，像生身母亲那样无微不至地照管他，对他百依百顺，宠溺得有点过分。伍子胥觉得伍树玩性太重，亲自教他读书写字识礼，伍树懈怠一点，伍子胥便厉声痛骂，甚至用木尺打其手心，打得伍树手心红肿不堪。乐范心痛了，一把夺过伍子胥手中的木尺，把伍树拉到自己身后，大声对伍子胥说：

"你要么忙于你的那些破事，对孩子不问不闻，要么乱打乱骂，一点耐心都没有。你是一国之相，连自己的儿子都不管，何以治理得好国家？你凭什么对孩子这个态度？"

"凭我是他爹。"

"我还是他娘呢。我不许你胡来。有我在，你别想动伍树一个手指。他不是顽劣的孩子，有事好好说不行吗？何必这么凶巴巴的。"乐范说着，轻轻揉着伍树的手，"伍树，别怕，有你娘在呢。"

不料伍树把手一抽，避得远远的，黑亮的眼睛死死盯住乐范："你不是我娘，我娘在楚国，还有燕妈妈，她死了，我要给她上坟。"说着，便眼泪汪汪的。

这种话伍树当着乐范的面说过几次，乐范很伤心，在心里直骂伍树是"小黑良心"，但她眼里噙着泪，依然和颜悦色地说："是的，伍树，你亲妈是在楚国，燕妈妈也死了，可我也是你娘，只要你亲娘不在你身边，我就要尽到当娘的职责。"

伍子胥听乐范这样说，竟不解一个对自己这么悍然无理的妇人，对并非亲生的伍树会百般呵护。而伍树还不领情，犟得很。可乐范伤心归伤心，对伍树一如既往地视同己出，甘心情愿地像母鸡张开翅膀庇护小鸡那样对待伍树。后来，她和伍子胥育有一女一子，女儿叫伍青，儿子叫伍敖。伍青长得活脱像乐范，脾气也像娘一样任性，伍敖文文静静，言语不多，和陌生人说话会脸红，憨态可掬。即使有了自己的子女，乐范也并未怠慢伍树。兄弟兄妹难免吵吵闹闹，乐范总是处罚伍青和伍敖。看在这一点上，伍子胥就不去计较乐范莫名其妙的醋劲和悍然不顾的行为。

真正让伍树对乐范转变态度的是夫概在伐楚一战中乘阖闾身在郢都，杀回国内自称吴王，图谋篡位，要抓捕尚年幼的伍树作质，以此要挟伍子胥背叛阖闾，倒戈辅佐他充当他政变的帮凶。夫概亲自带兵闯入伍子胥府邸，要妹妹乐范交出伍树。他对乐范说："我现在是吴国的大王了，阖闾已废，念你是我亲妹妹，你快劝伍子胥回头，我会重用他的，还会保全你们一家的富贵。"

"夫概，你怎么能坏了祖制，做篡位乱政的事？该回头的是你！"乐范指责夫概。

"礼制早就给阖闾坏掉，他的王位就是弑君篡位得来的，他能篡位，为何我不能？"

"吴国的王位本来就属于他的，再说，你不想想，你何德何能，有什么资格称王？天下安危，社稷所望，你担待得了吗？你别痴人说梦了！"

夫概被乐范羞辱得暴跳如雷，他恼火地说："别啰唆了，快把伍树那野种交给我！津香那野婆子已被乱民殴死，没有人给你使绊子了，我再替你收拾了那野种，你就干净了，我是替你着想，你反而不识好歹！"

"夫概你休想，你要碰一碰伍树，我马上死给你看！"乐范大声说，乘夫概不备，一把夺过夫概的剑，横在自己的脖子上，决然地说。这时，夫概手下的一个叛将把伍树抓了起来，伍青和伍敖紧紧拉住伍树的手，伍青瞪大眼睛，尖声叫着："我不许你们抓走哥哥，我不许你们抓走哥哥！"伍敖突然抱住那个将军，在他手背上猛咬了一口，那个将军痛得"喔唷"一声喊起来，逮住伍树的手松开了，乐范乘机抢过伍树，伍青和伍敖也跑了过去，乐范用自己的身子护着三个孩子，剑锋在脖子上闪着暗光。

夫概毕竟底气不足，面对横眉冷对自己的妹妹软了下来，怏怏地说："好了，好了，别动伍树。女人啊，就是贱，为了个野种，何至于寻死觅活的？"说着，夺过乐范手中的剑，气呼呼地走了。

这以后，伍树对乐范不再冷漠和疏远，他会主动地依偎在乐范的身边，小眼睛里闪现的眼神是亲热的、眷恋的，就像小犊子紧跟着母牛那样。乐范便疼爱地抚摸他的头，轻轻地拉拉他的小耳朵，甚至亲亲他的小脸。乐范做这些动作时，伍树再也不像以前那样躲开了，而是表现得无比幸福。不久，伍树很自然地称乐范妈妈了，当伍树第一次脱口而出，喊她"妈妈"时，她一时反应不过来，还以为自己听错了；当伍树第二次喊她"妈妈"时，她才感到这是确凿无疑的了，激动得眼泪都出来了。

乐范给了伍树深厚温暖的爱，这份爱伴随着伍树成长到二十岁。津香在他心目中淡薄了，孙燕在记忆中远去了，乐范在他生活中的位置越来越不可替代。她可以对伍子胥撒泼，可以让阖闾唯恐避之不及，她对丈夫的同僚，包括那个风雅的伯嚭都爱理不理、阴阳怪气。但她从来没有给过伍树不好的脸色，伍树从小到大，她都是一个尽心付出、忍受委屈、不求回报的慈眉善目的母亲。

伍树对孙武有很深的印象，孙武那么文质彬彬，却是位让国人敬畏、让敌人闻风丧胆的人。吴人素来尚武，吴人的男子无不佩吴钩，伍树在潜移默化中，树立了他的崇高的理想，那就是当一位叱咤战场的将军。伍树多次到军营观摩孙武练兵，只要一听到战鼓声和战车的隆隆声，他幼小的心就会在胸膛里剧烈地跳动起来。他痴迷骑兵骑着马飞快驰骋的气魄，痴迷五湖湖宫里停泊的大翼、中翼、小翼、突冒及王舟、将舟、楼船等战船。孙燕还领着他去看欧剑子锻打兵器，那冲天的火焰和发红的铁条铜条在欧剑子手下神奇地变成利剑、吴钩、金戈、弯刀、

斧钺，这是伍树百看不厌的景象，只要一想到火星飞溅中的这一景象，就有种向往在他心头蠕动。伍树崇拜一切与战争有关的物件，凡此种种，都会使他产生一种很庄严、很伟大的感觉。

孙燕跳城楼壮烈捐躯，他哭得死去活来，声嘶力竭地喊着："我要燕妈妈！我要燕妈妈！"一天，父亲带他去看望孙武。在大将军府，威震天下的孙大将军竟是一脸无奈，他在痛惜妹妹的不幸，那疲惫憔悴的神色让伍树看了很不好受。他心目中的大英雄孙叔叔第一次用沉重凄楚的声音和父亲讲话，这和他练兵时那果断、沉着、有力的声音截然不同。和孙武交情甚笃的父亲不住地劝他、安慰他，但他说着说着，便潸然泪下。有一句话，伍树记得特别清楚，孙武说："子胥，这都是战争带来的啊！我痛恨战争！"这句话是从牙缝里迸发出来的。这时候，父亲的表情似有所动，但可能不知说什么好，一直默然不语。

后来，孙武就不辞而别了。那时，伍树只有十二岁，许多事情还不甚明白，他难过了很久。他问过父亲几次，孙叔叔到哪里去了。父亲叹了口气说，他出远门了，不会再回来了。伍树追问：为什么呀？他为什么要出远门呀？他这一去，吴国的军队怎么办呢？伍子胥没有回答儿子的问话，只是摸了下儿子的头。伍树看得很清楚，父亲的额头上竟沁出一层细汗。

伍子胥早就看出儿子好武，心里很矛盾。这个世道，周室衰微，战乱不断，各国相互杀伐，烽火连天，大小诸侯国无不整军经武，自己的儿子理应钻研戎事，刻苦习武，驰效王命。儿子不愿青春蹉跎，对军略心向往之，并立志做在战场拼杀的将军，这个选择自然不错；但战争残酷无比，将士随时会血洒疆场，这可不是纸上谈兵那么轻松，也不像演兵那么壮观，那是剑拔弩张、金戈铁马的对峙，是你死我活、人头落地的厮杀。成全儿子的志向，就要作好让儿子献身沙场的打算，他不是舍不得，也不是自私。伍树来到这个世上，说来也可怜，津香怀孕时，自己仓惶逃命，孩子出生时，作为爹的自己不在一旁不说，连有了一个儿子出世都不知；津香身怀六甲，过着颠沛流离的日子，自己也没有给予一丝照顾。后来，孩子被送到吴国来了，母子分离使伍树长期感到落寞。当然，后来总算和乐范相处得不错，给孩子带来了安慰。但毕竟生身母亲死了，死在乱民手中：吴军大举攻伐楚国，郢都沦陷、王宫被占，自己鞭尸复仇，这些都激怒了楚国民众，知道津香和他关系的人就把怒火发泄到她头上，津香悲惨地死在乱民围殴之下，这都是自己的罪孽。想到这里，让伍树去玩命，他实在于心不忍。但伍树自己有志于军略，硬是阻挡，大非所宜，只能走一步看一步，尽量把事情做得稳当些。

伍树听说父亲要他去孙武隐居处走一趟，将竹简交给他，可能的话，和他一

同来都城，高兴得跳起来，睁大了眼问道："孙叔叔还住在那个山坳里吗?"伍树去过孙武那里几次，记得路程怎么走。

"是的，随你去的一个甲士也去过，他认得路，你把简书给孙叔叔就行了，孙叔叔自然会明白的。"伍子胥交代说，"你要快去快回，路上不要耽误。晚了，孙叔叔恐怕见不到大王最后一面了。"

"好！我会照爹的吩咐去办，今晚就把孙叔叔请来。"伍树说完，便带上几个甲士，骑上快马，冒着盛夏的炎炎赤日，飞快地沿着五湖边的三尺之道，向北边疾驰而去。

大殿内，太后蔡小娇，新王夫差，王后齐姬，王子友、地、山及阖闾其他嫔妃，阖闾的妹妹乐范及伍子胥、伯嚭、被离、公孙雄、钮宣义、卓荣、华元等人及全朝的公卿大夫，一律一身缟素，个个容颜惨淡，涕泪交流。殿内氛围肃穆庄重，笼罩着一股浓重的郁抑难宣的悲痛之气。

蔡小娇、齐姬和一群嫔妃嘤嘤哭泣的声音，此起彼落，夫差也不断垂泪，伍子胥心里酸痛异常，但肩负治丧重职，只能硬抑悲怀，密切注视着先王大殓的每一个步骤、每一个细节。事关礼制大事，容不得发生一点差错。他要伯嚭也留点神，以便这个过程能顺利进行，把先王安置入棺，盖上三重棺罩，其他事就好办了。

几个巫士念念有词，乐器有节奏地鸣响着，哀怨凄苦，如诉如泣。几个入殓师将穿上新王服、戴上新冠冕的阖闾轻轻移入铺着一层层锦缎的棺木中。阖闾的胸前挂着长长的玉璜，手中握着玉柱，身旁置放了多块玉璧，口中也含了块核桃大的玉铃。棺木的空处放进了几件闪闪发光的金器，以及许多大小玉器，有玉剑、玉虎、玉牛、玉镇、玉羊、玉猪、玉琮、玉编磬等，塞得满满的。这时蔡小娇发出一声凄厉的抖颤的哭声："慢！"她走过来，亲手重新替阖闾簪发，重新戴上国君的冠冕，束结冠上的缨，然后将阖闾生前使用过的一面光亮的铜镜、一把玉梳和罗帐上的一副铜钩放在阖闾身边，抽噎着说："大王，你太累了，先到那边颐养，等着我，我不会太久的……"说着，悲恸地号啕起来，那批嫔妃全都拥了上来，顿时哭声震天，把乐声全盖了下去。

她们一声声哭喊着："大王，大王啊！你把我带走吧！""大王，你怎么这么忍心把我们丢下啊！""大王，你快醒醒，没有你，我们过不去啊！"

这一声声呼唤，叩击着夫差的心，他知道，棺罩一盖，父王就一绝永绝了，这个国家、这座宫室所有的一切，无不和他十九年付出的心血息息相关，但他却

一瞑不视了。想到这里，夫差痛心疾首地哭着扑倒在棺椁旁，一声声狂喊："父王！父王！"

伍子胥看到场面有些乱了，而下面还有许多事要进行，如任凭他们凭棺大哭，一旦失控，会对入殓的仪礼顺利完成造成影响，便极力忍住痛苦，对乐范低语了几句。乐范会意了，她平时对蔡小娇就有些看不太惯，说她疯疯癫癫，哪像母仪天下的样子；有时还会当着阖闾的面，尖刻地说："哥哥，你那蔡国小娘子嗲声嗲气的，她年纪也不轻了，装什么腔？她忘了是你的王后了，而以为是你的娃了。对了，按年龄算，她可以当你的娃了，那她该叫我伯伯了！"在吴地民间，把女儿称作娃，而对父亲的姐妹，无论大小，一概喊"伯伯"。

乐范走过去，见蔡小娇哭得悲痛欲绝，悍劲便上来了，对蔡小娇厉声说："太后，现在不是说这些话的时候，入殓之礼还未办完，快让开，你要陪大王，乘盖棺前，自己进去也不迟！"

嫔妃们都领教过这位公主的厉害，平时对她惹不起躲得起，见了她都会赶紧躲开，此刻见她杏眼圆睁，含着亮晶晶的泪珠，说出了这么伤太后心的话，不自觉地身子一抖，都为蔡小娇感到不平。身为太后，先王的妻子，哭几声都不行吗？想驳斥她几句，一想不是地方也不是时候，惹恼了她，她什么事都做得出的。于是她们抹着眼泪，回到人群中去。伯嚭也扶起夫差回到原位。棺椁旁就剩下蔡小娇了。她继续抚棺痛哭，对乐范的话根本不理会。

"太后，你听到没有？别哭了，以后有你哭的时间。"乐范说。

蔡小娇这才回过身来，满面泪水，原本杏眼桃腮的脸，变得苍白如纸。她停止哭泣，以出奇的平静问乐范："公主，你刚才说，乘盖棺前，我进去陪大王，是不是？"

乐范见她这么平静，突生怯意，发愣着不知怎么回答。

"你怎么不响了？我来替你回答，我是准备陪大王的，没有了大王，我活着还有什么乐趣？还不如和大王一起去，也可一解大王的寂寞！"蔡小娇恨恨地说。

伍子胥有种不祥之感，觉得太后是认真的，绝非在说气话，便想上前安慰她几句。可是，来不及了，太后以极快的速度，一头向阖闾的棺椁撞去。一声惨叫，鲜血迸溅，她一头栽倒在地，昏厥了过去。在场的人都目瞪口呆地站着，没有想到会出这样的事，更没有想到平时和和气气、快快活活的太后居然会做出这样义烈的举动。伍子胥在心里喊道，不好了，出乱子了，太后果真死了，乐范脱不了干系。太后之义烈，会留下贞名，千秋景仰，但乐范之凌逼，众目共睹，也出于自己和乐范低语之故，自己就难脱教唆之嫌，传出去人们还以为是有预谋的，那

他伍子胥会贻笑大方，浑身是嘴都说不清了。

还是被离见机行事，他预先让医师在一旁待着，防止有人伤心过度昏眩晕倒，能随时抢救，这时，他一挥手，几个医师已奔了过来，他镇静地喊道："将太后抬下去抢救！"几个甲士立即上去，将蔡小娇抬起，由医师紧随，直往殿侧的内室。

伯嚭做了个手势，乐声变得高亢劲急，有种使人振奋的雄壮，紧接着旋律愈加激越，犹如战场上金铁交鸣，铿锵作响，鼙鼓震天，马嘶车奔，难分难解。伍子胥懂得这是合上棺罩的时候了，便示意入殓师盖棺。入殓师大喊一声："天地合拢，跪拜！"随着这惊人一吼，巫师开始作法，挥舞着手中的一根系着用马鬃制成的流苏的木杖，嘴里"咿咿呀呀"地唱着什么。所有的人都跪拜下去，三重棺盖合上了，浑然而成一个长方形的巨大的华丽梓宫。

入殓仪式告一段落，接着是梓宫前摆上红漆祭台，台上亮起长明灯，烛火摇曳，还有一具香炉，炉中青烟袅袅升起。殿庭虽然宽敞，但今天郁闷无风，实在使人觉得热不可当，无不盼望来场倾盆大雨，让天气变得凉爽些。祭台上又摆上大盘大盘的鲜果，整条整条炙烤的大鲤鱼，煮熟的猪头牛头，烤得流油的整只羊，两大罐酒等供品。棺椁两边站立着执戟备剑的黑衣禁军。乐手轮流奏乐，乐声一刻不停。

在大殿的屋檐上和木柱上都缠绕着白绫，殿前平台上的石栏杆上一面面幡旗飘扬着。平台和殿前的广场上，排列着一队队武士，神情严肃，在烈日下站了好久，加之甲服厚重，一个个汗淋淋的。天气果然变了，突然而来的乌云顷刻把阳光遮住，天色骤然暗了下来，天空闪过一道道电光，紧接着几声让人吓一跳的惊雷，伴随着呼啸而来的大风，暑气一扫而空，瓢泼大雨铺天盖地地落了下来。

夫差和伍子胥来到内室，医官禀报说："太后无大碍，只是撞伤了额头，流了不少血，敷了伤药后，已包扎好。太后早就醒了，除了有点晕晕乎乎外，没有其他不适。"

伍子胥听后，松了口气，只要太后撞棺没有造成致命的后果，一切都好说，传出去也只是太后悲伤过度的举动，令人感动，也值得赞许。有段时期，诸侯国的国君去世，后妃跟着从容而殉的事例常有发生，也算得上是节妇贞女的义烈之举。但这些年，这样的事很少听到了。他没有想到蔡小娇倒是个烈性女子，他歉疚地对夫差说："都是乐范不会说话，出言不逊，太后给她一逼，竟想随先王而去，好险哪！"

"没关系，太后真的想尽节，寡人可以成全她，父王的陵寝里，无非多一副棺椁而已，夫妻同穴，生死同命，倒也成了一段佳话。"夫差微微冷笑说，"如果那样，太后的葬仪，我一样都不会少，父王也有人陪伴了，否则冷清清的，太寂寞了。"

伍子胥心里一惊，他没想到夫差会这么狠心，竟真的会让太后走这条路。他轻轻说："太后很难得，可敬之至！别看她平时嘻嘻哈哈的，对先王的情分倒很深，大王要不要进去安慰一下太后？"

"不用了，让她休养吧，先把伤养好，再冷静冷静。她为国珍重，自然是好，太后之尊，她会得到应有的礼待。如果说她执意要随父王去，寡人绝不会拦她。"夫差说完，又对被离说，"你让宫娥安置太后去后宫休息吧，有何动静，立即奏报寡人。"

"臣遵命！"被离大声说。

"伍相国，孙武告知了吗？他会来参加父王的葬礼吗？"

"臣已让伍树去了，带去了亲笔书简，如能找到他，他今晚就能赶到都城。"

"太好了，大将军一到，相国立即陪他来王宫，我要见他。"夫差说，"重孝在身，按理不便见客，但孙武不是外人，在寡人心目中，他还是吴国的大将军。我的心愿，乘这次下葬父王的机会请他归朝。父王临终前说，吴国可以没有他，不能没有孙武啊！父王此言，也是寡人肺腑之言，请相国帮寡人劝劝他，他有何要求，一切好说。"

"臣知道了，臣暂归居舍，等候孙武。"

"相国且回吧，这几天太辛劳了，回去打个盹。明日上朝，朝议上寡人有话要说。"

伍子胥乘马车回府，一路上，雨后清风徐徐，凉快宜人，他双眼涩重，想闭目养神，但一点睡意都没有。想起殿上为先王入殓过程的情形，夫差的神态和说的话，他陡然感到烦躁不已，怎么也静不下心来。太子登位一天都不到，讲话的口气，处事的态度，已俨然是国君的气派了，和不久前的太子判若两人。伍子胥有种不祥的预感：今后和夫差的相处，可能不会像他与先王那样融洽。

伍子胥坐在马车上感慨万分的时候，一队快马发出清脆可闻的马蹄声，飞一般地进入吴都，这是伍树和孙武，孙武的儿子孙平，义子孙星、孙明，孙燕的丈夫铸剑师欧剑子等一行。吴都戒备森严，守将威严地举手拦住了他们，用警惕的眼色打量着这行色匆匆的一批人。国丧期间，这么晚了，来了这么些人，是不寻常的。

明晃晃的火炬之下，伍树勒住缰绳，滚鞍下马，取出关符，递给门将。守将

一看是国相之子伍树，马上释然了，客气地说："是伍公子，哪里来啊？"虽然是熟人，但按规定，还是要检视关符。守将把关符交还给伍树后，举着火炬，眼光扫到已下马受检的孙武等身上。孙武虽是庶民的打扮，但守将马上认出了他，顿时肃然起敬，他明白了，大将军是回来奔丧的。他把火把递给身旁的门丁，单膝跪下，垂首拱手说："参将拜见大将军！"

"起来吧，不必行礼，我已不是大将军了。"孙武和气地指着身后的人说，"这是我三个儿子，这是妹婿欧剑子，请检验！"

守将站起来，说："不必了！放行！"

孙武道了声谢，和伍树一起跨上马，进入城门。夜色中，建筑街巷都是熟悉的，但户户闭门，道路寂寂，灯火黯淡，有种异样而萧瑟的沉重气氛。孙武顾不上去打量都城的景色了，随伍树向伍子胥的府邸直奔而去。伍子胥在吴都城内有三处府邸，一处在内城的西城，一处在内城外的山坡上，一处在夫椒山上，伍子胥这些年图清静，一般都住在第二处。伍子胥刚到家不久，就听到叩门声，门一开，孙武大踏步地走进来，八年的养气，使他显得年轻而精神，风采依旧，和白发苍苍的伍子胥相比，仿佛是年少了一代。

孙武一把抓住了伍子胥的手，握得紧紧的，哽咽着说："先王他，在疆场倒下了，他不该这么早就去的。"说着，眼泪夺眶而出，清俊的脸上露出哀痛的神色。

"是的，他给勾践害了，丧命于淬了毒的戈。你是知道的，那毒一旦透进伤口，是无可救药的。"伍子胥让孙武坐下。

"使用凶器，我历来反对，这不合人道，也不合战争之道，亦非诡道。诡者，计谋也，决非暗器伤人。可战场杀伐，实际上已无道可言，往往为击败敌人而不择手段，大王太大意了，他不该亲征。"孙武说完，一声长叹，其中含着无限的无奈。

"都怪我不好，出征前，我没有力劝住大王，和越军对阵时，我也没卫护好大王，竟让他到阵前和勾践单挑。越军组织囚徒充当敢死队，引颈自刎，引起混乱，大王就是在乱阵中被击伤的，我没有尽职……唉！"伍子胥愧疚地说。

"这不是你的错，子胥无错，是大王自己犯下的错，他不该发兵伐越。"孙武淡淡地说。

"为什么不该？越国不灭，吴国不宁。以前你不是也这么说的吗？"

"这些年，我退隐山林，清静无为，粗茶淡饭，明白了不少道理。虽不求闻达，但因生有耳，能听；生有目，能观。有些消息，也略知一二。我听说，你们伐越，举国雀跃，从上到下，摩拳擦掌，我心里很不安，有种不好的感觉。可我

已一介布衣了，不便出来讲话，况且，吴国已'上下同欲'，以我之微力，阻挡不住你们了。"

"你兵法上不是说过'上下同欲者胜'吗？"伍子胥问。

"不错，我说过这样的话。但吴国上下的这种同欲，是一种骄狂之气，吴国战汉水、破郢都、决柏举以后，飘飘然了，自以为已雄起东隅，堪与强盛的齐国、晋国争一高低。轻敌可是最大的灾祸啊！说到底，还是应验了一句老话，骄兵必败！"孙武滔滔不绝地讲着，他已很久未和别人论兵法了，只因伍子胥是无所不谈的知心老友，所以他一吐为快，"善于克敌制胜的人，任何时候都大智若愚，大盈若冲，大成若缺。伐越一战，从君王、统帅、将军到士卒都是咄咄逼人，志在必得，与其说是去打仗，还不如说是炫耀武力，这是最足以坏事的。"

伍子胥不响了，孙武这番入木三分的谈话，他不得不服。孙武确实说到了要害，而自己除自责外，却从未认真总结过失败的原因，只是一味怨恨勾践奸诈。当然，大王突然驾崩，使他来不及多加思考。他想起另一件要紧的事，说不定夫差正在宫中急不可耐地等他们。于是，他不再说什么，见孙武一身粗布衣服已湿透，脸上也流淌着雨水汗水，他要孙武马上去沐浴，吃点东西，换上孝服进宫祭奠先王。

"明天不行吗？不是说梓宫要摆五天吗？"孙武有点诧异，不知伍子胥为何这么急切。

"不行，新君连夜要召见你，王命不可违啊！"

孙武明白了，按照伍子胥的安排，匆匆沐浴、更衣、吃饭。孙平、孙星、孙明也都换上了孝服，在别室和伍树、伍青、伍敖说话。乐范还在宫中守灵。

"夫差召见，是不是要我归朝？如果是这样，子胥，那不用多说什么，我是断乎不会接受的。"孙武坚决地说，"我已习惯了逍遥自在的山林生涯。今天是已解甲归田的一员老臣来送送先王，先王之恩我是不会忘怀的，但我八年前的出走绝非一时冲动，我无意重返庙堂。"

伍子胥无奈地说："好了，我不当说客，你的犟脾气，我早就领教了，我伍子胥人微言轻，让新君跟你说吧！"

"你别激我，谁不知你伍子胥在吴国一言九鼎？"孙武忍不住一笑，"好了，时间不早了，我们进宫去吧。"

于是，伍子胥陪同孙武父子来到王宫，直入大殿，夫差降阶亲迎。孙武率三子伏身行大礼，说："庶民孙武率子叩见大王！"

一身丧服的夫差忙说："大将军，快起身。"

"谢谢大王。恕庶民率直，大王对庶民称呼不宜，孙武已不是大将军了。而且，国以礼立，大王对庶民孙武亲厚，可见大王爱护黎庶。但庙堂之上，礼不能不讲。"

"大将军，在先王和寡人心目中，你一直是吴国的大将军。自你走后，大将军之位都是空缺的，父王无一日不在盼大将军回来。庙堂之上，礼确实不能废，但寡人曾拜大将军为师，受教过兵法，寡人当以师礼拜见大将军。"说着，夫差弯腰向孙武深深鞠了一躬。

"不敢当，不敢当，老师之名孙武受之有愧。"孙武伸直身子，膝行数步，再次俯身下拜。

"大将军，你可知道，父王至死都在念叨着你。"夫差扶起孙武说。

"先王对孙武的恩情宽广，孙武避难吴国，获得先王重用，可庶民有负先王爱重，让先王失望了，孙武深以为惭。"孙武动容地说，"大王，请让庶民去先王灵前一拜谢罪！"

"好，见大将军来，父王可以瞑目了。"

夫差、伍子胥带头，孙武率孙平、孙星、孙明三子随后，登上台阶，来到平台，殿内传出孙武熟悉的武乐声，是编钟、编磬、建鼓、排箫等各种乐器的合奏，可以声闻十里之远。

孙武站在平台上，凛然静听武乐，顿时一种慷慨的激情涌了上来，仿佛一瞬间又回到厮杀逐敌的战场。他三步并作两步，跌跌撞撞奔到阖闾的棺椁前。见棺如晤先王，他情不自禁喊道："大王，孙武来看您了！"说着，泪如雨下，扑倒在地上，叩拜起来，孙平、孙星、孙明也跟着拜起来。

伍子胥也跪伏在地。他当然也听到了武乐，不由得佩服夫差的用心，这肯定是夫差刻意安排的。刚才夫差下阶亲迎孙武，并以师礼待之，都是为了让孙武动心。夫差坚信孙武虽已心如止水，但非铁石心肠。伍子胥却并不乐观，刚才在自己家中，孙武已明确坚持自己不肯应召的素志，夫差不一定能说动孙武。在这一点上，先王比夫差沉得住气，八年来，他虽然念念不忘孙武，耿耿于怀盼孙武回来，但他一次都未上门恳劝，他对孙武太了解了。

孙武边哭边说："大王，不辞而别已有八年，八年里一次都未来见大王，孙武罪不可赦啊。大王，决非孙武自命清高，实在是孙武已身在草野，不便出入庙堂了。大王，庶民向你请罪，孙武虽已是草茅之人，然大王深恩时在心中，绝不会逃避责任的。"

夫差听了孙武最后一句话，心里很高兴，他以为这是孙武已答应归朝了。他也有几分得意，父王八年未等来的孙武，他正题未提，只是略作姿态，孙武就回心转意了。孙武正值盛年，好比栏中良驹，期待日驰千里。眼下困守山林，像孙武这样才具非凡的人岂会受得了？

想到这里，他走上前去，如弟子服侍前辈似的，亲手搀扶起孙武，在孙武耳边轻轻说："大将军，你能回来，足以告慰先王了。好了，到内室小坐。"

"大王尚有垂询？"

"是，寡人还有些话跟大将军说。伍相国一起来吧。"

这时钮宣义闻讯赶来，老远就喊道："大将军，大将军，你来了，我知道你迟早会回来的。"说着，来到孙武面前，行了军中参见统帅的大礼。

孙武一把把钮宣义拉起，端详着他说："钮将军，你还是这么英武啊！你来得正好，我三个儿子，你帮我暂照管一会，我去去就来。"

孙武、伍子胥随夫差来到内室。室中一正两侧三方席子，夫差走到上方，跪了下去，用宽大的白麻孝衣的衣袖，拂了拂席上的灰尘，然后转身做个肃客的手势："大将军，如父王在，一定会让你坐在这里，请大将军上坐！"

"这不符合国礼，万万不可！"孙武坚辞说，"况且，孙武已不是大将军了，一介布衣能和大王共处一室，已是逾格了，大王，你别难为庶民孙武了。"

"大王，孙武说得对，你别让他为难了。"伍子胥插话说。

"此是内室，不是朝堂，你们是先王股肱，我的老师，室中就只有我们三人，这里莫论国礼，只叙私情。先王突薨，我登了位，经国安邦，要仰仗两位扶助啊！夫差拜托了！"夫差俯首行礼，"这也是先王临终嘱咐，伍相国是亲耳听到的。"他已改了口，自称"我"，以示是朋友式的叙谈私情，但伍子胥和孙武当然不会逾礼。

"是的，当时臣在先王之侧，是亲口听先王这么说的。拜托不敢当，扶助大王，是臣应尽之职。不过，即便在王宫内室，礼也不可违啊！"伍子胥说。

"那么，请两位随意坐下吧。"夫差知道拗不过他们，便在上方坐下，伍子胥和孙武侧坐在两边。寒暄了几句后，夫差的脸色就变得凝重起来，他望着孙武说："大将军，你知道先王在临终前，还说过一句很重要的话吗？伍相国没有告知你吧？"

"我不知，伍相国没有告知我。"

"那我告诉你，先王说，吴国可以没有他，不可无孙武，叮嘱我一定要把孙武你请回来。伍相国，父王是这么说的吗？"

"是这么说的。"

"先王言重了，令孙武惶恐不安。孙武只是一个逃亡到吴国的兵将，承蒙先王器重，和伍相国一起，助大王整军经武。先王宽容贤明，仁而好礼，使得吴国君臣和睦，上下和谐，仓廪充实，军队精锐，短短几年，吴国已跻身于强国之林，国泰民安，真是国有明君，社稷之福，黎民之幸啊！大王不世之勋，功垂青史，名在口碑，孙武只是先王麾下微臣，请大王恕罪，孙武实在不敢领受先王之说，孙武何德何才，岂敢以虚名盖主？"孙武震动了，有些发急。他也产生了深深的警惕：吴国无阖闾可，无孙武不可，这不是功高盖主吗？这虽是阖闾说的，但传出去，人们会怎么看他？

"大将军太谦逊了，大将军和伍相国有开基立业之大功，可说是先王的左右臂。但父王是带着遗憾离开这个世界的，他壮志未酬啊！父王的志向是成就霸业，可惜，他的遗愿只能交给我了。而父王明白，由我夫差执掌国柄，需要你俩继续辅助，但他的左右臂只剩下了一臂，因而嘱我和伍相国怎么也要让孙大将军归朝，他的遗志才有实现的可能。吴国可无阖闾，但不能无孙武，就是此意，大将军不必多虑。"夫差是聪明人，他猜测到这句话在孙武看来，容易给人僭越之感，是很忌讳的，于是作了番解释，以消除孙武的疑虑。说到这里，夫差又加重语气说，"大将军，请接受先王的一番盛意，回来吧，吴国需要你，寡人需要你。我以重孝之身，请求大将军应允！"说着，肃然下拜。

一国之君不惜屈尊下拜，孙武怎能承受？他连忙伏地谢恩，伍子胥也跟着伏下了身。孙武边道谢边迅速思考如何对夫差作答，先王对自己情感的真挚和寄托的厚望，夫差对自己逾分的礼遇和推心置腹的诚意，都超乎他的想象，在离开朝中八年后，这份盛情丝毫没有减弱，而且是异乎寻常地强烈，这让孙武为难了。他无意接受夫差的邀请和恳求，他已铁了心，不可能再重返大将军之位。然而，生性厚道、善良的他又不忍出口拒绝夫差。他抬头看了下伍子胥。

伍子胥会意了，他定一定神，说："大王切莫如此，礼遇太逾分了，大将军不知如何才好了。大王的激赏，大将军已领会了。"

"能领会就好。"夫差说着，端端正正地坐好，接着上身前俯，端详着孙武和伍子胥，"伍卿和孙卿也平身吧。"

孙武和伍子胥在席子上坐好。孙武沉吟着，抬起了头，正好对上了夫差的眼神，夫差的眼神中充满着期待，显然在等孙武肯定的回复。

"大王，先王和大王的爱重，孙武感激万分，永世难忘。先王薨逝，我无比哀伤。孙武离朝已八年，归朝的事从未想过。请大王容我携子先替先王守灵，待安葬了先王，我一定会答复大王。"孙武诚恳地说，"请大王再给我点时间。大王，

恕我无礼！"

夫差有点失望，但马上痛快地说："这样也好，大将军再想想吧，我给你几天时间。等安置好父王，我们再从长计议。"夫差猜测孙武说给他点时间是个托词。国之大贤，难免有点架子和矜持，八年前的孙武也是个坦诚的人，八年之后的孙武可能变得深沉了，这是可以理解的。他还了解到，孙武离开吴都时，已将自己的两处府邸交出，但阖闾始终不允他人占用，因此这两处房一直空置着，虽派人看守、打扫，毕竟八年无人住，年久失修，霉气充斥，鼠虫出没。现在孙武带儿子入住，恐怕不太合适了。夫差便要孙武住到阖闾在夫椒山的一座别宫去。孙武婉转地拒绝了。他表示，别宫远了点，来去不太方便，他就在伍子胥家暂住几天，有事可随时由伍子胥给他传话。

夫差点点头，说："我知道大将军对宅邸不太讲究，十九年前，大将军刚入朝时，一度住在伯嚭家中，伯嚭对令妹还颇为垂青，是不是？"

孙武和伍子胥当然记得那段历史，但可爱的小燕子死得太惨烈了，他们都不愿揭开这个伤疤，所以，孙武只淡然地说了声："是的。"便没有深谈下去。

当晚，孙武带了孙平、孙星、孙明跪坐在阖闾棺椁旁守灵，钮宣义陪着。夜半凉气阵阵，灯光摇曳，白幡拂动，大殿有种阴森森的气氛，特别是那口巨大的彩绘的红色棺柩，在飘忽的烛火下令人生畏。孙星、孙明有点怕，也有点倦，孙平年龄比他俩还略小些，但他跟父亲一样，到半夜都挺直着腰，黯然神伤地跪着，还时不时提醒孙星、孙明不要打瞌睡。孙武是持重的人，他双手交叉，半闭双目，回忆着阖闾亲自到他的乡间草屋请他出山的情景，也回忆初次练兵时，他怒斩眉妃和皿妃两个阖闾宠妃的情景。更多的是征战楚国时的腥风血雨。他想起了子蝶，想起了妹妹孙燕，她们都已经不在人世了，随着时间的推移，孙武不仅没有淡忘她们，思念之情反而日增。子蝶和孙燕的遗物，他还好好地保存着，他想起她们时，就取出这些东西细细看着，能从它们身上感觉到她们遗留下来的气息。孙平越长越像子蝶，性格也像，懂事、宽厚、开朗，只要看到孙平和孙星、孙明，对战争的厌恶、反感，对受害者的同情就会油然而生。而天下因频发的战争而成为孤儿、孤老的不计其数。为了天下的和平，慎战和止战是多么重要，他期许战争尽皆息灭，可是，他退隐的八年里，战争不仅没有停止，反而愈演愈烈。每次，战报传来，他往往会辗转反侧。许多将军在运用自己的兵法，伐楚几场恶战成了营帐里津津乐道的战例，被反复传授，说得神乎其神，这让他深感不安。他离开吴国，就是逃避战争。作为大将军，他只要在位一天，就会卷入战争，指挥战争，他无法制止战争，只能躲起来独善其身。

欧剑子开锻冶铺以打铁为生，打的是农具，有时也打兵器。伍树来过几趟，一来就窝在欧剑子的铺子里，穿一条犊鼻裤，赤膊举锤，锻打剑、刀、钩等兵器。他很快就精于此道，也痴迷此道，拜欧剑子为师。吴国男儿无不佩钩，欧剑子打的吴钩形制极其讲究，而且很锋利，很快就声誉鹊起，远近的男子都慕名而来购钩。欧剑子隐去了父亲和自己曾是天下一流冶工的真相。孙武并不阻挠欧剑子打兵器。在孙武督促下，欧剑子娶了亲，妻子是一个农家女，娘家比一般农家富裕。欧剑子成亲后，和孙武仍住在一起。孙武外出，欧剑子总要跟随他，卫护他。

孙武的生活平淡而丰富，钓鱼、下棋、种菜、读书、著文。有段时期子考随他，陪他下棋、聊天、吟诗。后来，子蝶的二姐子规其丈夫患重病而卒，夫家带着她的两个儿子迁居陈国，把她抛下了。她丧夫失子，孤苦伶仃，悲痛不已，不得不回娘家，郁郁寡欢，以泪洗面。子考不放心，便回去陪她了。他们还是住在那个栽一院黄菊、有块棋盘石的院子里，离五湖仅咫尺之遥，离吴都也不远。

孙武静静地跪着，脑子里盘旋着往事故人，又思虑着葬礼结束后，如何婉拒夫差的邀请。他心绪很乱，理不出个头绪。

钮宣义守了一会儿灵，就到王宫周围巡视一番，他负责王宫和先王梓宫的守卫，国丧期间，不能有半点的闪失。他第一趟巡视时，碰到了在宫中盘桓的被离，被离在看天象，手里捧了个木盒，里面是一只守龟，用来占卜测算，择定先王出殡的时辰。见了钮宣义，他讲了有关伯嚭和新王私下商议的一些蹊跷的事，钮宣义一听，暗暗吃惊。非常时期，有些人必想方设法投靠、讨好新君，同时设谋排斥异己，结党营私，至于新君，也会培养心腹，重用亲信。先王尸骨未寒，是非漩涡便在宫中激荡的局面在各国屡见不鲜。钮宣义为人耿直，是个诚实君子，从无野心，但深知佞人难防，这种时候，还是谨言慎行为好。

被离的用意是明确的，他对钮宣义说，大王一心要孙武归朝，大将军是个重情的人，可能会觉得却之不恭，说不定会留下来。伯嚭听说孙武要回来，很不情愿。这个人一向心术不正，擅长诡诈，他是不愿大将军归朝的，他深知孙武在朝野威望极高，和伍子胥一向投机，两人一旦抱团，他伯嚭的气焰不免要低几分，这是伯嚭最为担心的。更严重的是，孙武对伯嚭的为人素来不屑，孙武回来是不会给他好脸色看的。夫差从年少时就崇拜孙武，只要孙武在夫差面前数落他一番，他伯嚭弄不好从此就靠边站了，这还算是好的结果，如果一旦他犯事，给孙武、伍子胥捏住了什么把柄，他就彻底完了。所以他要挑事、搅局。

"怎么个挑法呢？难道他要设谋阻止大将军回来？"钮宣义问。

"这不敢，伯嚭最善察言观色，夫差盼孙武归朝心切，伯嚭不会那么傻，明着

反对。他要从别的地方下手，让大将军见难而退。"被离说。

"他到底想做什么？我听不懂。"

"伯嚭提出要生葬，就是以活口殉葬。他是明知故犯，不怀好意，清楚此礼已废，孙武、伍子胥必反对，这样就能挑起大王和臣子之间的不和。"

"有这样的事！"钮宣义大吃一惊，不由自主地喊起来。

"还有呢，他上奏大王弹劾公孙雄和我，以卫护不力为由，处罚公孙雄；以伐越前我占卜看天象有误，未测出先王遇险凶相为由，处罚我。伯嚭太卑鄙，太跋扈了！你要把这些真相告诉大将军，让大将军有所准备。"被离神色严肃地说，"明天朝会，大王就会下谕。我个人进退是小事，可吴国不得安宁是大事，伍相国那里，我也会告知他的，伍相国特别要小心。"

钮宣义对被离的话将信将疑，他了解伯嚭和被离向来明争暗斗，不知被离是否是捕风捉影，添油加醋。他问："被离大夫，你是怎么知道这些事的？是你亲耳听到的？"

"这你就别问了，我自有消息的来源。"被离环顾四周，有些神秘地说，"可我讲的这些，都是可靠的，决非虚言，你是个磊落之人，我没有必要骗你。"

钮宣义点点头，心想也是，被离为人机灵，左右逢源，但平时不会像伯嚭那么使坏，做人做事还有分寸，亦知书达理。他郑重地说："被离大夫，我知道了，多谢你的信任。"

钮宣义打定主意，被离讲的这些事，如果是真的，自然非同小可，绝不能外传。他不免感到痛心，先王刚死，有些人就蠢蠢欲动，他顿时觉得这阴沉沉的王宫暗角里，潜伏着常人所看不见的鬼怪妖魔，正在兴风作浪。他回到殿内，见孙武神容哀戚，着实感人。想起他八年后重新归朝，等待他的，却是无尽的纠葛和重重矛盾，便悄然问："大将军，你打定主意要回来了？"

"大王有此意，可我尚未打定主意。不过，我已闲散惯了，这次回来，只是祭奠先王，别无他意。"他实际上是婉转地告诉钮宣义已不准备归朝了。

"好，大将军，你要回来，我求之不得。但我说句实话，你还是不回来的好。"

"为什么？请明言。"孙武诧异了。钮宣义是明快人，和自己交情不浅，不久前初遇他，还为自己回来欣欣然的，此刻口气变了，必有内情，这倒要问个清楚。

钮宣义说了句："有人闹事。"便把被离说的话在孙武耳边简略地复述了一遍。孙武听后，缓缓说道："这不像是虚言，按伯嚭的脾性，他会这样做的。可我已不在其位，不谋其政，不便多说什么了。"

"大将军能提醒一下伍相国吗？"

"我只能以局外人身份和伍相国说。钮将军，我有一语，不知当说不当说？"

"大将军请说。"

"今后请钮将军多帮帮伍相国，吴国不能没有伍子胥这样的高义之士。"

"明白了，大将军！"

这时，晨钟震荡，曙色初露，素车白马纷纷向王宫奔来，寂静而又充满哀伤的王宫迎来了国丧后新的一天。

一剑封喉

YI JIAN FENG HOU

第　二　章

　　孙武守灵守了两个时辰，天色大亮，前来凭吊的公卿和贵胄越来越多，成群的百姓在王宫前广场伏拜，抽泣声隐隐传来。

　　孙武不愿多见人，悄然乘车回到伍子胥府邸。待他走进树荫蔽遮的院子，已是红日满窗了。

　　孙武昨晚急急赶路，到伍子胥家，草草吃了点食物，在王宫待了一夜，早已饥肠辘辘。伍子胥备了丰盛的早馔，他以一陶盆粥汤相陪，竭力劝孙武多吃些。三个孩子也早就饿得发慌，由伍树带着狼吞虎咽地吃起来。

　　孙武一边吃一边谈，把钮宣义告诉他的几件事转告给伍子胥。伍子胥陡然警觉，夫差对待太后蔡小娇的态度已让他心里很不舒服，现在听信了伯嚭的谗言，说不定因此会生出什么变故。

　　他对夫差的性格、脾气是非常熟悉的，他非长子，按传长不传幼的礼制，王位是轮不到他的。实在是太子终累不成大器，先王阖闾便按着自己心愿，立夫差为太子。阖闾从小就看好夫差，这个儿子不仅虎胆神力，气概昂然，而且在孙武、伍子胥手把手的教导下，既精军略又通文章，且操行端直，是个明君的样子。但他也有他的弱点，大概生在盛世，国家物力丰盈，他对父王阖闾的"席不三重，食不二味"的简朴生活已不以为然了。

　　作为一国太子，未来的国君，他好排场好阔气，厚自奉养，裘马翩翩，随从甲士前呼后拥。凡是新鲜玩意，稀罕之物，他都要设法取来享用鉴赏，极尽奢华。不过，夫差又懂得分寸，享受归享受，做事从不马虎，国之大事更是不敢有丝毫的懈怠：打仗练兵习武，他吃得了苦，肯动脑筋；经典章籍，他每天浏览，细加研修。他清楚国之大任早晚要降临到自己身上，绝不能沉湎于浮华中不能自拔，像哥哥终累那样。阖闾生前对夫差寄予厚望，在培养他治国治军等方面孜孜不倦，

然而对他的铺张睁只眼闭只眼，这使夫差形成了大事不虚、小事不拘的性格。

对于夫差的奢靡，伍子胥是看不惯的。俭约是一个明君必备的品格，因奢而昏，因昏而庸的君王最后垮台的例子从古至今不胜枚举。他曾向阖闾暗示过，也明说过，阖闾口头称是，却只不痛不痒地对夫差说："夫差，你这么豪阔，国家都要给你弄穷的，父王不希望你像爹这么悭吝，但手脚给我小一点，行吗？"

夫差点头："父王，我知道了，以后当了国君，我也席不三重，食不二味。"

阖闾明知儿子是在虚与委蛇，抚摸着花白的长须，哈哈大笑，说："这倒不一定，当国君的，太寒酸了也不好。父王生性如此，悭名已传开了，也无所谓了。"

有一次，夫差宴请国中耄老，有退居林下的老臣、解甲归田的将军，还有虽未入过庙堂，没有爵位，却在民间享有大名的贤哲之士。这是夫差第一次以太子身份和大家见面。一切由夫差自己去操办。

夫差以王侯之礼招待宾客，动用阖闾的乐坊，编钟、石磬、琴筑等一应俱全；还有宫廷乐舞伎人，是八佾舞，即舞者八排，每排八人，合起来六十四人，每人都着彩绸服装，在大殿中央翩翩起舞，边舞边唱。不按周礼举乐，跳起了八佾舞，这让耄老们觉得有点过分了。接下来的场面更是惊人。盛装的宫娥捧着食器和食物，列队上堂，为宾客一一陈设。乐声达到高潮，舞蹈眼花缭乱，铜鼎中所烹的牛、羊、豕、鱼、鹿等一一摆上了案。这些肉食，都是先用火烤、油煎后，再置放鼎中用文火隔水烹蒸。有三道美食，是宾客们平生从未品尝过的，一道是炙鱼；第二道是"捣珍"，取牛、鹿脊上的肉，用木锤反复锤打，去其筋膜，蒸煮后冷却，包在刚出炉的面饼里蘸了肉酱吃；第三道是马肝，在香料酱汁中浸透，用香木炙烤，色泽油光闪亮，香气扑鼻。酒也有好几种，一爵爵递上来。因为天已热，还备足了冰镇的梅汁汤。

这种称为"礼食"的王家盛宴，食器之高贵、食物之讲究以及相应的繁复隆重的礼仪，都是国君宴请他国君王才会采用的。耄老们没想到太子竟会对他们这样优隆，有点受宠若惊，也有点逾格的感觉。

当第三道美味端上来时，许多人还以为是羊肝、牛肝，只听夫差笑着说："请各位前辈尝尝，这是马肝。"

夫差的话音刚落，全堂震撼，响起一片哗然声，许多人大惊失色，有些人已将马肝吃在嘴里，赶紧吐出口，个别的甚至呕吐起来。马在当时非常重要的，杀马取肝，只为满足口腹之欲，实在让人感到残忍和不可理喻。此事传到伍子胥耳中，他忍不住了，对阖闾说："太子杀马取肝，招待国中耄老，自以为是殷勤款待他们，结果给他们留下恶劣的印象。大王知道他们是怎么说的吗？"

"怎么说的？肯定没有好话。"

"说得够重了，他们说，马是神赐珍物，以助人为天职，只知奉力，不求回报，以草料充食。人们称颂立大功者，譬为汗马功劳，可见马是我们的不会言语的功臣。杀马如同杀人，吃马犹如吃人，太子也太残暴、太奢靡了！另外，招待宾客用大王之礼，这也是逾格之举。"

阖闾也知道事情严重了，把夫差狠狠骂了一顿，罚他到军中马厩当清扫工一个月。其实，夫差也有点冤，这马肝不是他下令宰杀活马取下的，而是伯嚭从越国的商人那里买来的。夫差向父亲认了错，不过，也咕哝了一句："我吃马肝是不对，但这些老先生也不识好歹，我善待他们，他们却不识抬举。"

夫差没有供出伯嚭，而是一个人把责任扛了下来，老老实实去马厩打扫了一个月，这才平息了耄老们的怒火。此后，夫差有所收敛，可风头一过，他又故态复萌。

安葬先王，符合礼数很重要。周礼对诸侯的葬礼及葬仪有严格的规定，例如规定天子随葬铜鼎为九只，诸侯七只；梓宫大些，其他随葬品多点尚且无妨，生葬是万万不可的。懂得葬礼的伯嚭私底下居然出此主意，明知不可为而为之，太无状了！伍子胥气愤地说。他又对孙武说，他此生最后悔的事，就是将伯嚭荐举给先王，这个贪婪而奸诈、冠冕堂皇之语说尽、内心卑劣肮脏的楚人，进入吴国庙堂以后，可说成事不足，败事有余。实在可恨！

"新君不谙礼俗可以谅解，作为儿子想厚葬父王，也是想一尽孝道，这都无可非议，但伯嚭出此主意，不仅仅是逢迎大王厚葬先王的愿望，而是有其不可告人的目的！"孙武把钮宣义对伯嚭用心的推测说了一遍，伍子胥一听，恍然大悟，把筷子一放，愤愤地说："钮将军的推断完全不错！"

"真是江山易改，秉性难移，当年，我曾在伯嚭家住过几天，孙燕看他仪表堂堂，吐语隽妙，为人风趣，对他很有好感，我当时也为他的外表所迷惑，很想成全他们。"

"于是，你就应伯嚭之邀，借住在伯嚭府邸，让小燕子和伯嚭有接触的机会。孙武，你差点害了孙燕。"

"不过，和伯嚭相处没几天，我就发现伯嚭贪而诈的本性，便断然反对孙燕和伯嚭好下去，为此，孙燕对我这个做哥哥的还颇有怨言。后来，还是她自己看透了伯嚭的为人，才明了了我的苦心。八年过去，我以为伯嚭会有所改变，未料他老毛病越来越严重了！"孙武叹了口气说，"吴地有句俗话，一条泥鳅搅浑了一缸水。伯嚭就是吴国朝廷的一条滑之又滑的泥鳅啊！"

"当年混入宫中当医师的越国奸细武锦清是伯嚭引荐的，武锦清毒死了王后，伯嚭罪责难逃，可杀他的头。当时先王有严惩他的打算，我念在同为楚人，为他说情，保下了他一条命。早知今日，我悔不该宽恕他！"伍子胥一脸的悔恨之色，还有些许无奈，"可现在他尾大不掉了，要治他，有点难。"

"子胥，按理，我不便多言，但你我老友，我不能不说。"孙武神色凛然地看着伍子胥。

"大将军请说。"

"此人不除，后患无穷。此人野心之大，超过我们的想象。子胥，养虎成患，个人进退事小，危及社稷事大啊！"

"既然如此，我有一言奉告。"伍子胥郑重地说。

孙武已猜到伍子胥要说什么了，但还是装作全然不知的样子问："相国有什么话，先说来听听。"

"伯嚭最担忧的，就是大将军归朝。他知道，先王和新君对你敬如天神，你一旦回来，必担治军大任，伯嚭之势必受掣肘。所以，为了吴国的安宁和前程，请大将军回归吧，有你我在，料他伯嚭翻不了天！子胥相求了！"伍子胥拱手说。

平心而论，伍子胥说得是很有道理的，可这有悖于孙武的本意，孙武犯难了，他犹豫着，沉吟着。

"孙武老弟，算啦算啦，我知道你只图自己清静，已不想操劳吴国的国事了。好了，我也不想让你勉为其难，你尽管逍遥自在去吧，吴国就让我孤军奋战好了！"伍子胥顿足嗟叹。他想用以退为进的说法，激一激孙武的将。

"你这是激将法！"孙武说，"诚然，先王见赏，新君诚邀，你伍子胥激励，我从心底里感激不尽。并非我孙武不领情，实在是心有余力不足了，此一时彼一时啊！"

"好吧，我不激你，也不强求你。但退而求次，下午的朝会，我希望你能参加，我们共同有个担待，一起来压压伯嚭的威风。而且，只要你一露面，我保证会给大王一个惊喜，这就够了！"伍子胥用那双蕴涵着极深智慧和世故的眼睛逼视着孙武，嘴角露出一丝微笑，"大将军，你就帮这一回忙，过了这个坎，你爱上哪儿就去哪里，我二话不说，任你自由，你看怎么样？"

"我非卿非臣，参加朝会，师出无名，未免太唐突了吧？"孙武神闲气定地回答。

"你错了，你的大将军一职，先王始终给你留着，你的爵位是世代承袭的，你是重臣贵卿，参加朝会，名正言顺，谁也不敢说半句闲话。就是伯嚭，心里一百

个不愿意，也只能有苦说不出！"

"我八年不来吴都，贸然赴朝，你替我想想，这会让我多尴尬。"

"不用你自己去，我有办法让大王遣人来上门请你，此人不是钮宣义就是伯嚭。"

孙武无法推辞，他不再犹豫了，干脆地说："'君命召，不俟驾而行。'如大王召见，我当然要领命而去，不过，我跟你说清楚，就此一回，下不为例。另外，你要婉词奏报大王，我参加今日朝会，不等于我已应诺了归朝。这是两码事。"

"好，就这么说定了。"

下午，夫差在先王阖闾的棺椁旁，召开他登位后的第一次朝会，议论先王葬礼、接待邻国前来吊唁的专使及有关的几件事。朝会开始前，他把伍子胥唤到面前，把几件事简要说了一遍，说公孙雄在槜李一战中卫护先王不力，被离卜筮不确，造成战争失利，两臣理当受罚。还有为彰表先王功勋，拟筑庙纪念，以及厚葬先王等，果然是钮宣义请孙武转告的那几点内容。但厚葬说得比较含糊，没有明确提到生葬。伍子胥点着头说："臣有一提议，大将军就在吴都，大王何以不请他一同来参与朝议，让他谈谈见解？"

"好啊，寡人巴不得大将军来参加，可大将军未必愿意来啊！"

"大王可遣人去传达召见之谕，大将军必应命而来。"

"好极了，钮宣义、伯嚭！"夫差喊道。

钮宣义和伯嚭站出来，朗声说："臣在！"

"大将军孙武昨晚来都城祭拜先王，并率子替先王守灵，现在相府休息。你们传寡人诏谕，请大将军立即来大殿参加朝议。"夫差目光扫视着一律穿着孝服、神情凝重的文武大臣，提高声音说。

"臣遵命！"钮宣义行礼回复，心里一阵喜悦。他知道孙武已将有关事宜告知伍子胥了，伍子胥显然已和孙武进行了商议，并作出了布置。孙武入朝非同小可，他和伍子胥联盟反击伯嚭，伯嚭几天来打的算盘告败的可能性很大了。钮宣义脸上没有什么表情，但细细观察，他这段时间紧锁的眉头舒展开了。

伯嚭也回应说："遵命！"但声音并不怎么响亮。夫差的话一出口，他仿佛当胸挨了一拳，脸色顿时发白，心里一阵慌乱。他没有想到国君会下谕召孙武参加朝会，孙武虽已离朝八年，但八年来，声誉有增无减，从先王到新君及群臣，无不惦记他，盛赞他。先王临终前，叮嘱太子夫差无论如何劝说孙武归朝，甚至说了"吴国可以无我，不可无孙武"这样的分量奇重的话。伯嚭清楚，孙武对他是不屑的，甚至是鄙夷的，在这紧要关头，他若到廷朝议，和伍子胥联袂，自己是

敌不过他们的。但事出突然，他除了和钮宣义去相府宣命逢迎孙武外，别无他法了。

当两个大臣跨出大殿时，文武百官无不感到振奋，虽大丧期间，不能表现出喜悦之情，但相互交换的眼神里都传递出激动和欣慰。有些人仿佛大旱盼来甘霖般倏然动容，眼眶都润湿起来。

在等待孙武前来这段时间，伍子胥提议全体公卿国戚再次在先王的灵前伏拜致哀，夫差带头磕起头并呜泣起来，大臣们也跟着抽噎起来，有的放声哀号。正在这时，蔡国、唐国和陈国的国君来了，除他们之外，还有一些国家的吊丧专使，免不了一番繁复的奠仪。等这些仪式结束，各就各位，孙武就随钮宣义和伯嚭匆匆来到大殿。孙武先在先王灵前跪拜，再到夫差案前，俯伏在地说："草野孙武，叩见大王！"

"大将军，快起来吧，以后别这么谦逊了，什么草野之士，草民、庶民的，寡人听了心里不是滋味。楚、越、齐等国提到大将军，无不闻风丧胆，这庙堂之上，能和大将军勋绩媲美的，除伍相国外，恐无二人。"夫差站起来，趋前亲手将孙武扶起来，"给大将军赐座，就安置在寡人身边，各爱卿落座吧！"

一宫廷内官又置一席，放在夫差之侧，和伍子胥并列。孙武跪坐了下去，神色平静而肃穆。他不看殿内任何人，一副不卑不亢的样子。

夫差跪坐在案前，脸色忧伤而沉重，他轻轻叹息了一下，用低沉的声音说："先王血洒槜李，为国捐躯，吴国举国痛悼，山河处处呜咽。父王是为逆贼勾践所害，我君臣应上下一心，雪耻报仇，不达目的，誓不罢休。先王殒于疆场，和我吴国一些大臣、将军失职有关。今天在先王灵前，寡人为告慰父王，不得不对个别人问责究办。先王生前一再告诫寡人，待人驭下，总要宽厚，但治国治军，成于律严，荒于律疏。鉴于此，寡人对上将军公孙雄和内务大夫被离作一个处置。"说着，夫差正一正神色，宣布处置的决定。

"公孙雄在战场对先王卫护不力，越囚引颈自尽时，竟却步于阵，越军向我突袭时，先王安危受到威胁，没有死力保护先王，致使先王受伤致命。念公孙雄多年来行事颇为忠顺，故从轻发落，革去上将军一职，到军马场饲马。被离掌管内务、卜卦、观天象等国之要事，伐越时，先王要其占星卜筮，明有凶象而未察，所陈极为不当，造成战场失利，先王殉国，过咎严重。念被离公忠体国，故从轻处分，罚一年俸禄，降爵位两级，调任司农大夫。"

公孙雄事先对问他的罪毫无所知，听大王点到了他的名，宣布了对他的惩治后，愀然变色，既悔又恨，一时脸涨得通红，愣在那里，手足无措。伍子胥见他这般神色，心里觉得老大不忍。阖闾之死，怪不得别人，执意亲征不说，还要到阵前和勾践单挑逞能。却步于阵的不是公孙雄一个人，仓皇之间，几乎所有吴国随征的大臣将军都被那血淋淋的骇异场面镇住了，包括他伍子胥。后来，范蠡扬旗，一支响箭，直上云霄，越师直扑而来，吴军未战先溃，一片混乱，这能怪公孙雄吗？但出了事，总要有人来做替罪羊，公孙雄的职责是保护好阖闾，对他作出这样的处罚，并不算严苛。

被离是何等聪明的人，他早获悉大王要对自己下手。伯嚭在阖闾健在时，就把自己视作眼中钉。阖闾是明君，他不听谗言，对自己还是信用不疑。但夫差就不一样了，他有阖闾之悍勇，无阖闾之精明，伯嚭投其所好，百般奉承，并利用占卜失误之事，想扳倒自己。伯嚭这一手，果然起了作用，只是没想到来得这么快。但是，有祸逃不过，晚来不如早来。听大王宣布完对自己的处置，被离心里顿生一种解脱感：内务一职，不胜其烦，在王公、贵戚、嫔妃中周旋，如同在泥淖浑水中跋涉，常常无所适从。当然，更难的是伺候国君，俗话说，伴君如伴虎。这些年来，自己小心翼翼，惟命是从，实在太累。幸运的是，他碰到的阖闾，是一代明君，对自己并不怎么苛刻，对自己处境的困难也很体恤，使得自己在内务任上能安稳了这么多年。但阖闾这样的英主可遇不可求。

而现在去司农，这倒是合了他的心意，虽贬了爵位，削去了权限，少了一年的俸禄，但得到的，却是自由之身。而且，稼穑是国之大事，今后自己可远离是非之地，脚踏实地为国家做点实事了。

他从容地起身，向夫差行礼说："臣感谢王恩！"抬起头来时，脸上竟带着愉悦之色，好像国君下的谕，不是对他的处罚，而是奖掖。

而公孙雄就和被离迥然不同了，谢恩时，哭丧着脸，脚步不稳，可看出他是勉强抑制住自己的情绪，才没有让眼泪流出来。

接下来，夫差又自责了一番说："我身为太子，伐越主将，也有不可推卸之责任，这是血的教训。国耻大恨及先王遗命，我君臣应牢牢记取，永远不可忘却，如寡人有背弃之心，违逆之举，请各位爱卿和全体子民共鉴，讨之诛之皆可，而且，神鬼不容，必遭天谴！谁若违我血誓，动摇寡人伐越复仇之策，格杀勿论！"

这一席话，说得诸臣荡气回肠，伍子胥立即回答："是！臣遵命！"

紧接着，夫差又宣布几项任务：伍子胥继续为吴国之相兼辅国大夫，辅佐他处理军政事务；封伯嚭为太宰，兼大行人，执掌宫廷内务、祭祀、占卜和外交，把原来被离职守范围中的事务统统给了他；任命钮宣义为上将军兼卫骑都卫，负责都城和王宫的警卫，同时兼吴国步骑车兵统领；专诸之子卓荣为镇关大将军，

负责镇守吴越、吴楚边境。原跟随夫差多年的裨将华元为水师副统领，负责战船的训练和舟舰的督造。华元是贵介公子出身，但无纨绔子弟的习气，自愿从军，从步卒、伍长做起，被夫差看中，升任为夫差卫队司马。此外，钮宣义的儿子钮寒，也在军中脱颖而出，他原是统领大翼兵船的行官，后升任多艘战船组成的编队水师之参将，这次被宣布为华元的副将，是大家没有想到的。他还很年轻，刚满十六岁，前程无可限量。

穿戴着重孝的文武百官都保持着缄默，但大家心里还是有异议的。登位刚一天，先王还未安葬，夫差就在先王灵柩之侧宣布这些事，不能过些时候再计议吗？也太急于显示自己的威风了。

从局外人的角度看，孙武对夫差采取的这些举措，是很认同的。至少说明夫差已成熟了，有能力有智慧治理这个国家，阖闾后继有人，吴国的繁荣可以维持下去。虽然他已心如止水，但还是为此感到欣慰。

而和他并列而坐的两个吴国最有权势的大臣心里却很不平静。伯嚭是喜忧交加，喜的是自己的政敌被离如自己所愿，终于被贬出中枢，虽未一撸到底，当了个管种田的司农大夫，但权力已大大削弱，可说已失势失宠，暂时成了自己的手下败将。另外，被离所管的那些事，也纳入到自己手里，这些事杂而繁，甚至琐碎，但却件件重要无比，涉及大王和国家以及王室的核心机密，大王将这一块交付自己，意味着大王对自己的高度信任，从此他可代天说话，代神倡议，人人都不敢有半点违逆。为了得到这个权力，他努力了多年，这是让伯嚭最为称心快意的事。

但让他担忧的是，孙武居然复出了，尽管长留还是短待尚不得而知。他的搅局似乎未起作用。今天新君下谕召他来参加朝议，并派他和钮宣义上门逢迎，给足了孙武面子。孙武行大礼时，夫差居然离座亲扶，这个待遇，说明孙武在夫差心目中地位的崇高。这当然是为迎迓孙武返朝所作的姿态，说不定孙武一感动，就决定回来了，但这绝非好事。孙武是伍子胥的知己密友，两人志同道合，十分投机。他如果真的归朝，必然会和伍子胥合力主政主军，其地位必在自己之上。虽说大王相信自己，但一旦自己和他俩有冲突，夫差多半会站到他们那边。

还有一点也让他担心：被离虽被贬，但此人城府极深，在伍子胥、孙武的支持下，很可能会卷土重来，说不定会伺机狠狠咬上自己几口。伯嚭想来想去，要挫挫孙武、伍子胥的势头，只能借先王葬仪的事继续搅，搅得越凶越好。他了解孙武最怕卷入这些是是非非，如果自己的建言被大王采纳，那最好不过，孙武一气之下，便会打消归朝之念。如没有采纳，孙武和伍子胥也会费不少口舌，孙武也许会生出倦意而却步。当然，最后结果无法预料，但不搏上一场，他是不甘心的。即使不成，让伍子胥、孙武和百官领教领教他的厉害也是好的。想到这里，伯嚭陡然来了劲，顿时挺胸凸肚，精神抖擞，等待着夫差提最后一个也是今日朝议最重要的主题，那就是先王的葬仪。

夫差果然提出了这件事。伍子胥是治丧大夫，所以夫差让伍子胥先讲。伍子胥说："伯嚭大夫具体在操办这些事，大王垂谕制定安葬先王仪节，葬仪宜厚，这我赞成。大王一代雄主，葬仪不能马虎。先王一生节俭，不尚奢华，先王他，他老人家太辛苦了。"说到这里，伍子胥哽咽了，他顿了一会儿，看着伯嚭，继续说，"先王到了泉下，该过得舒坦些，不能太简朴了，礼制有定之内，理当俱有。伯嚭现在是掌管仪典的上大夫，还有被离大夫，现虽司农，但许多事他都参与的，办得很周全，大王曾表彰过他。你们可先提草案，朝议后由大王定夺。大将军也被大王召来参加朝议，他自然也有定见，等会请大将军倾谈。总而言之，这是头等的国之大事，请各位尽出肺腑。"

"对，对，伍相国所言，正是寡人所思，请众爱卿畅言，大将军，请多赐教！葬礼是国家大礼，不仅仅是寡人尽孝的事。"

孙武立即回答："赐教不敢，待几位深谙礼法的大夫说过了，我会向大王陈述我的浅见！"

"大王，大将军既然谦让，臣就先说了。刚才伍相国说，先王葬仪宜厚，此议极好。君主葬礼绝不能既简且陋，不谐时俗。"伯嚭提高嗓门，用他好听的声音，清晰流畅地说，"不过，何为厚，如何厚，这大有讲究。不错，周礼对此有定规，但师古不可泥古，臣以为参照周礼，固然不错，但需考今古沿革，因时制宜。古时之厚和今日之厚，不尽相同，而各国对厚之评判亦不相同，这和国力与时俗有关。因此，臣以为，吴国乃大国，厚葬先王，要尽显大王对先王的孝心。"

伯嚭口才极好，他的侃侃而谈，一下就引得众臣频频点头，夫差目不转睛地看着伯嚭，脸上露出欣赏的神色。

"伯大夫，请说得详尽些，什么是吴国之厚？"伍子胥说。

"伍相国别急，听我细细说来。吴国之厚，先要体现先王征战敌国，驰骋疆场，震慑天下的凛凛威风和赫赫战功，因而，我以为先王墓穴要有四马两车随葬，马自然是健马，车自然是华车；另外，除刀、戈、戟、钩、钺、弓、箭、矛等兵器置入墓中外，大王生前收藏的欧剑子所铸铜剑五口'纯钩''湛卢''豪曹''鱼肠''钜阙'，另有风胡子所铸铁剑'龙渊''太阿''工市''昆吾'及他国朝贡和缴获的各式名剑五十二柄，尽数陪葬；其次，按用途不同，陪葬品应有礼

器、乐器、食器及其他供先王享用的器皿，鼎、簋、釜、盘、匜、鬲、盉、编钟、编磬，瑟、鼓、琴、爵、壶，还有金饰银佩，对了，先王沐浴时喜欢用磨石磨脚底，浴具中别忘了置放几块磨石；按质地不同，应有铜器、陶器、漆器、铁器、木器等；再次，应有锦缎、丝绸、布匹、简书等。这些陪葬品应取吴国最好的，如鼎当用七只，乐器当首选鎏金铜编钟二十只，漆器首选金漆彩绘屏风，丝织物当选绫罗彩绣。总之，要精心挑选，非上品、绝佳之物，不能置放入墓。先王为国辛劳了一辈子，日常生活何止是简素，可说是清苦了，做臣子的实在看不下去，臣曾多次劝先王善待自己，但先王的回答是，已习惯了，席子一重和三重，有何区别？陶罐与金爵同样盛酒，喝在嘴里，味有何异？先王太自制了，心中除了国家和黎民，绝无他自己啊！”伯嚭讲到这里，脸色转为凝重，语音变得哀戚起来，末了几句已是哭腔，最后便呜呜地哭起来。

夫差也垂下了头，用孝服的宽袖轻轻地拭泪。殿宇重重，大堂一片沉静，众臣中也有掩面掉泪的，但大多数都端然而坐，神色严肃。伯嚭所说的，虽有些夸张，但基本是实情，公子光时的阖闾，为迷惑吴王僚，装得沉迷酒色，夜食住行，无不求精。其实，他不尚奢华。登位后，阖闾以国事民情为重，不思享乐，生活力求简单。只是他对夫差的放荡和奢侈是宽容的，大概太偏爱这个要接班的儿子了。

遭贬谪的公孙雄和被离相互看了看，公孙雄撇了撇嘴，露出讥讽的神色。他对伯嚭是憎恨的，他被革去上将军一职，主要是伯嚭在夫差面前说了他的坏话。被离不作声，他唯恐失态，但他和公孙雄心照不宣：伯嚭是刻意的，讲了那么多话，都是在兜圈子，最重要的话还没有讲出来。

伍子胥和孙武也知道伯嚭正在步步深入，最后再切入正题。他们都边听边捉摸，从伯嚭的口若悬河中寻找耐人寻味的意思。看着伯嚭痛哭，伍子胥和孙武明白，伯嚭要吐出关键的话了，两人镇静地坐着，等待着伯嚭表演下去。

果然，伯嚭定了定神，又开始讲了："大王，臣刚才讲到伤心处，实在无法自制了，臣继续说下去。臣以为，先王之卓荦不凡，最能表现在军略和征战上。先王的陵寝中，车马、兵器俱全了，但还缺少一样东西，而这样东西是必不可少的，这是何物呢？就是驾车的驭手、打仗的甲士、弓箭手。先王一生南北征战，到了另一个世界，先王依然要和敌国血战，扬我吴国国威。先王不能没有士卒啊！所以，大王，臣建言遣派四十名年轻而壮实的士卒，随先王而去，听先王指挥，继续拼杀。刚才，大王已在此向天盟誓，我君臣决心雪耻报仇，不达目的，誓不罢休，而这四十名士卒为实现这一血誓奋勇当先，以死明志，让天下人看看，我吴军是何等英勇，何等同仇敌忾，何等气壮山河！"伯嚭声泪俱下，充满激情，最后几句话几乎是像喊口号一样嘶吼，声音变得如裂帛般的尖厉。

"伯嚭大夫就先王的葬仪说了他的想法，寡人听了，觉得考虑得很周全。不过，这是他一家之言，是否可行，是否还有可斟酌之处，请各位爱卿畅言。"夫差说，"这是国家大典，绝不是寡人家事，既要尽显吴国之厚，又要符合礼节。士卒入室，这很令人鼓舞，伯嚭说得好，不能简单称为生葬，而是以死明志！"

"是的，不能等同于生葬，而是别有深意啊！"伯嚭附和说。

伍子胥知道，他该出来表态了。他用他那浑厚的楚音说："大王说得好，先王葬礼是国之大典，要办得隆重，办得有尊严，也要办得符合仪节。丧礼是大礼，不能草率从事，亦不能随心所欲。周制有严格的规定，吴国是礼仪之邦，吴国之礼仪是自周礼沿革而来，因而安葬先王还是要参酌周礼议定。伯嚭刚才说到的陪葬器物，我认为大部分并不为过，珍稀之物供奉先王，是完全应该的。只是四马两车僭越了，只有天子才能用四马两车随葬，我建议改成两马一车。还有遣派武士四十名，我不赞成。以死明志，其气概可敬，但实质还是生葬，以人殉葬，此是殷商旧礼，早应废止！纵观各国君王殓葬，虽有个别生葬，但那是蛮荒小国所为，凡大国均不为之，厚葬先王若有生葬，是有损吴国礼仪之邦的名声的。大王，对此倡议，臣以为断然不可为！"

"伍相国，以人为殉原是古礼，你不是主张不能置古制于不顾的吗？"未等夫差开口，伯嚭立即反问。

"伯嚭，你在凶肆待过，对丧仪仪典应该是熟悉的。难道你忘了，依周公所制之《周礼》，以生人陪葬的恶礼已经废止二百多年了。仁者爱人，为礼而生葬，杀人也，非礼也！"伍子胥说，"臣不得不要提出一件往事，几年前，大王以太子之名，以马肝招待国中耄老，引来一片哗然。当时先王亦认为大为不妥，罚大王清扫马厩为戒，此事大王想必还记得吧？"

"寡人当然记得，但寡人并非杀马取肝。"夫差的脸色不好看了，他对伍子胥重提这件不太光彩的事大为不悦。

"臣知道，这并不是大王杀马取的肝，而是伯嚭供奉的。大王以马肝招待耄老是出自好意，臣不是要重提旧事，而只想举此例说明，杀马取肝都被视为不义之举，何况生葬我吴国军士？这种冒天下大不韪的举动，臣坚决反对！"伍子胥口气强硬地说，然后转过脸看着孙武说，"大将军，你倒说说看，把你的兵士生葬，你有何感受？"

"以甲士陪葬，甚非所宜！"孙武很干脆地说，"暂且不说生葬之礼之可恶，

就凭生殉的是甲士，我觉得残忍之至。甲士之贵，在于他们是军队之本，国之基石。伯嚭大夫，你如此大声疾呼以死明志，说什么气壮山河、同仇敌忾，那么，你是否愿意将你的儿子列入其中呢？"

"大将军，这，这，这是另当别论的事，不能相提并论……"伯嚭愣了一下，回答得有些语无伦次了。

"为什么不能相提并论？你明知生葬恶礼早已废止，却力主恢复，何不让你几个儿子奋勇当先呢？也可让天下人看看你伯嚭对先王是何等忠心赤胆！"被离插话说。

"伯嚭大夫，如果你不慨然允诺，那么，你今天的慷慨就是假惺惺的。大王，你问问他，他到底愿意不愿意？"公孙雄扯起了大嗓门说，"伯嚭若荐他儿子替先王的战车当驭手，臣亦自荐随先王去饲马，反正我已是饲马官了。"

向来善辩的伯嚭对被离、公孙雄的发问无言以答，他装作不愿理会的样子，但心里却有点发慌。

"大王，臣以肺腑之言奏报，生葬甲士此议实不妥，不仁不义，有悖礼法。如执意要这样做，将为天下所耻笑。"伍子胥起身伏拜说，"请大王三思。"

"伍相国所言极是，伯嚭出此下策，不知他居心何在？庶民已不问国事，但旁观者清，提出这一倡议者，若不是一时糊涂，便是存心误国，或者是以一己之私，蓄意搅局，从中渔利，其用心可说险恶之至。庶民可以断言，先王泉下有知，定会断然反对。先王爱兵如子，岂能如此糟蹋吴国南征北战的甲士？"孙武这番话把伯嚭说得坐立不安。伯嚭心想，这个孙武实在是太厉害了，如果他返朝，和伍子胥一唱一和，自己还有什么活路呢？

"大将军，你误解我了，我只是想厚葬先王，别无他意，上天可以作证，我是问心无愧的。"伯嚭委屈地说，"如果诸公认为此议不妥，可以商议嘛，大王不是说了吗，大家畅所欲言，再由大王定夺。"

夫差一看这局面，知道生葬甲士之议通不过了。当伯嚭提出此议时，他也未加深思，加上对葬仪又不太了解，只觉得有此排场，对得起父王，自己也尽到了孝道。战车、骏马、兵器再加甲士，让父王在地宫中够威风凛凛的了，特别是伯嚭"扬我军威，扬我国威"的话更是打动了他。他初登王位，迫切要让天下人看看他夫差的气魄。因而，当伯嚭向他密陈这个计划时，他欣然接受了。此刻听伍子胥、孙武这么说，他也觉得有些欠妥，伍子胥是辅佐父王夺回王位、致吴国强盛的大功臣，父王临终前，又嘱他监国，带有托孤的味道，他的话当然不能置之不理。孙武又是天下有名的大英雄、大将军、大战略家。至于其他大臣，几乎都对他们的话心悦诚服，而对伯嚭，显然是从心底里排斥的、反感的，连遭贬的被离和公孙雄当着自己的面毫不留情地嘲讽他，使他下不了台。没想到这个深得父王和自己欢心的伯嚭，人缘竟会这么差，伯嚭的计议显然犯了众怒。而孙武最后对他的质问，简直一下把他逼到墙角，可见孙武心里异常愤慨，在他印象中，为人谨厚的孙武极少说出这样刻薄的言词。事情到了这个地步，已足以说明，生葬之议是不可行的，自己不能不有个明白的表示了。

"伯嚭，这是怎么回事？既然于礼不合，且在周礼中已废止，你怎么还会提出来呢？为何要明知不可为而为呢？这么重大的事，不替寡人多想想，便贸然提出，你是何居心？伍相国是葬殡大夫，你为何不和伍相国好好商议呢？好端端的事，差点给你惹出祸来！"夫差手指伯嚭，厉声问。

伯嚭惊惶失措，顿时额头冷汗涔涔，大热的天，背脊上却涌上一股彻骨的寒意。他慌忙扑倒在地，嗫嚅道："是臣考虑不周，臣，臣罪该万死……不过，臣并非恶意，请大王明察……"

"考虑不周？哼，寡人以为你考虑得太多了。今后处事切勿自以为是，无事生非。能见机是好的，但机灵要得当，寡人不喜献媚，今后媚俗之语少说，君臣之间，要坦诚平直，起身吧！"夫差说。

伯嚭连连叩头："是，臣遵命，臣知道大王不喜恭维。"

"好了，四十名甲士随大王安葬此议不妥，寡人不予采纳。另外，伍相国提到两马一车为宜，四马两车是天子之礼，寡人也觉得此事重大，不能僭越，就按伍相国所议办吧！"夫差提高声音说，"厚葬是要的，但仪节不能不顾，吴国乃礼仪之邦，所言所行，循礼尊礼是理所当然的事。各位爱卿都要忠心体国，不要误导了寡人，致寡人于不仁不义的境地！"

这次朝议，伯嚭的建议落了空，他并没有感到太大的意外。他没有想到的是，之前对自己提出的生葬之议满口答应的新君在伍子胥和孙武的双重压力下，会那么轻易地改变了态度，而且把责任推到了自己头上。但他不承认自己输了，他搅局的目的达到了。孙武的情绪很激烈，他显然有些生气，这就够了，这样就会使孙武对归朝增加疑虑。即使孙武抵挡不住夫差和伍子胥的力劝和诚邀，勉强归朝了，在这个大殿上，今后自己还是可伺机制造麻烦，让孙武陷于各种是非中。夫差不像他父亲那么成熟、深沉、诚恳，他刚愎自用和好大喜功，和孙武这样的诚实君子之间迟早会出现裂痕，自己还是有机会的。

朝会散了，夫差再次率领众臣在阖闾灵柩前行礼告别。在这种时候，这样的场合，谁都没有多说一句话，但大臣是三五成群结伴走的，只有伯嚭是孤零零一

个人离去的，显得很落寞，他悻悻然地、匆匆地走到马车旁，不和任何人打招呼，就乘上车回府去了。

五天以后，先王阖闾的葬礼正式举行，吴国上下一片素裹，从城池到乡村，到处能见到贵族和平民在路边搭建白麻布的祭棚祭拜先王，烟火袅袅中响着哭泣声。前一天，下了整夜的滂沱大雨，天气很凉爽，但路途变得泥泞不堪，送葬的队伍足有六七里长，只能艰难地走着。

阖闾的巨大梓宫安放在一辆特制的六轮丧车上，六个木制车轮都是实心的圆轮，轮箍外沿包着铁皮，轮子中间的圆盘漆成了朱红色，车轮比平时乘坐的马车和战车的轮子要小得多，这样就使得丧车能够贴近地面，重心放低，行驶起来，容易保持平衡和稳定。阖闾的彩绘棺椁的四周围着巨木，巨木呈金字塔形状，在棺椁的上方合拢，成为一个尖顶，这是受到了越王允常墓葬棺柩周围用巨木构筑披屋的启示，是伯嚭的建议。

丧车的后面有十多辆装运陪葬物品的车子，叫作遣车。遣车里装着吴国最珍贵的珍品，有原来收藏的鼎和赶制出来的、刻有颂扬和记录阖闾生平功绩铭文的铜鼎、铜盘、铜尊、铜鉴、铜簋、铜鬲等礼器和食器。此外，还有各种乐器，其中最珍贵的是错金铜编钟，这套编钟是先王寿梦传下来的。寿梦是吴国第二十代王，他甫一称王便立即北上到中原去朝见周天子。当时吴楚两国尚未交恶，边境虽有些冲突，但总体上还能和平相处，因而，寿梦途经楚国时，楚共王按诸侯之礼设宴款待他。席间，寿梦第一次见到了中原诸侯礼仪的排场。归途中他经过鲁国，与鲁成公在钟离相会。鲁国是周公之后的封地，完整继承了周礼，其中就有礼乐制度。寿梦便虚心地向鲁成公请教周公制定的整套仪节和器具制度，他明白，他在楚国目睹的那些礼乐排场只是一小部分，而且已不是原汁原味的了。

鲁成公常以能拥有周礼仪仗而自傲，他听了寿梦的话后，欣然地把自己珍藏的全套礼乐器具都陈列出来，并让乐工按照礼制分别演奏了《周颂》《大雅》和《小雅》，又让乐坊的舞女合着音乐的节拍歌唱、舞蹈，编钟编磬一齐奏响，铿锵有力，余音绕梁，肃穆的气氛和壮丽的场面让寿梦如痴如醉，叹为观止。

寿梦对鲁成公感叹说："我今天才真正领略了什么叫作'礼'啊！周天子对我说，国之富强，礼治为要，这是至理之言啊！我身在蛮夷之地，哪里见过这样庄重而优美无比的场面啊？真是惭愧之至。我太倾慕鲁国的礼仪风尚了！"

鲁成公为寿梦发自内心的赞美和向往礼仪的诚意所打动，便慷慨地说："既然如此，我赠你一批乐器，再派几名乐师随你回国，帮你建立乐坊，推广礼乐，这

样，你就可以天天听到这样的乐声。从礼乐开始，你再完善其他礼制，吴国就可像鲁国一样，成为礼仪之邦了！"

寿梦听后，大感意外，但马上意识到这是鲁国国君借此向吴国示好，以期南北两国成为友好国家。鲁成公的这番盛意和用心，着实可感。他马上起身拜谢说："鲁公盛意我领受了，吴鲁两国虽路途遥远，但吴国衔五湖依江水，鲁国临大海，水是贯通的，贵国的礼制会像滔滔水流流向吴地，吴地和华夏从此就融为一体了。"

"好，好！"鲁成公深深点头，"吴地融合进周礼盛行的中原，也像江水流向大海那样，大势所趋，事之必然啊！"

就这样，寿梦带了一批乐器和三名乐师满载而归，在乐器之中，就有这么一套错金云纹铜编钟。乐师帮寿梦建起了吴国王宫的乐坊，寿梦从民间召集了一批仪态娴雅、能歌善舞的舞女、培训了一批乐工，练习周公制定的礼乐制度和舞蹈、乐曲，整套的礼乐就传到了吴国，再由王宫传到民间，和吴乐融合到一起，从而具有了吴地的特色。吴王僚是昏庸的，但在音乐和美食的鉴赏上是个行家。阖闾登位后，不讲铺陈，节俭勤政，把宫廷乐坊解散了，乐器闲置起来，乐工舞女也遣散到民间。后来在五湖边造了新都，伯嚭上奏阖闾，要恢复礼乐，宫廷乐坊才得以恢复，吴都又响起了礼乐声。伐楚时，吴国大军攻进郢都，楚王匆匆出逃。阖闾进占楚王宫，撤退时，把王宫中的器物作为战利品征收了，其中就有不少铜器、玉器、漆器，铜器中有大量编钟之类的乐器。

阖闾晚年，对音乐舞蹈有了点兴趣，他不精通礼乐，只是用来解闷。乐器无数，他还是喜欢先王寿梦传下来的那些乐器，尤喜那套鲁成公赠给季札、季札又转赠给他的错金云纹铜编钟。这次选陪葬品时，就选上了这套编钟和寿梦从鲁国带回的另外一些乐器，其他铜器选了伐楚时得到的战利品。遣车里还有金器、锦缎、珠宝、陶器、漆器等，更多的是兵器，有阖闾生前使用和收藏的宝剑，还有几百件戈、戟、钩、刀等武器。两匹高头大马牵引着一辆战车，战车的车马器都是鎏金铜质的，有马衔、节约、马镳，尽显王者气派。车里还有几十个木偶和一群丹顶鹤，木偶当然是沉默的，而鹤关在车上的木笼里，发出一声声凄厉的叫声，好像明白自己要永远被关在黑暗的墓穴中了。

送丧队伍缓缓地行进，乐队打头，吹奏着哀乐。乐队之后是仪仗队，由五百名全副武装的黑衣禁军组成，由钮宣义率领，踏着整齐的步伐，神态严肃，手中的戈戟闪烁着逼人的寒光。仪仗队之后便是丧车，夫差和先王"五服"之内的贵戚护持着灵车，执绋徒步行走，太后蔡小娇及先王的嫔妃、王后齐姬、王子友、

王子山、王子地紧随其后，女眷乘带白篷的白马素车。他们都身披麻皮，这在当时是最庄重、最高等级的孝服，叫作斩衰。王室成员后面是文武大臣和外国前来参加葬礼的宾客和专使，其中有蔡侯和唐公。齐国国君杵臼（景公）没有来，只派了个级别很低的行人府管礼仪的官员充任吊唁使节，这让夫差非常不悦，把王后数落了一番。齐姬容颜惨淡，无言以答，只觉得有愧于吴国。除王后娘家来的吊唁使外，还有陈国、鲁国、晋国等国派来的吊唁使节，他们都身穿素服，执着白麻布做成的绋。再后面就是来自全国各地的地方官吏和贵族代表，还有自发前来送葬的平民，不计其数。他们大都出于对这位把吴国推向强盛的君王的崇仰之情而来，也有一些人是出于好奇，挤进来看热闹的。这里面不乏楚国和越国的谍人，他们是来一探实情，好回去禀报的。

凄凉的挽歌声，伴着音乐的节奏，前后递相应和。伯嚭对唱挽歌是驾轻就熟，他那浑厚的嗓音，在合唱声中时不时地冒出来，但很少有人注意到。在歌声间歇时，听不到一点儿讲话声，只有车轮声和脚步声，以及抽泣声和哀哭声。夫差整个脸都藏在麻皮制的高高的帽子里，他英俊的脸完全扭曲了，涕泪交流。伍子胥和孙武一步步走着，嘴里哼着挽歌，眼睛里闪着泪花。他们和整支队伍一样，在粘湿滑溜的路上已走得疲惫不堪，麻皮衣服和裤腿上都溅满了泥巴，但谁都没有停步。每条绋都用整匹白麻布搓成，执绋的人有几百人，一条条绋紧紧地被人执着，在此刻，倒成了大家互相牵制的一条粗大的绳缆，像溺水者在水中碰到一根小树枝，有了个依仗，稍稍地能借些力。而举了招魂幡的那些人显得异常吃力，长长的白幡在风中飘来荡去的，要稳稳地举着它，确实很费劲。所以，那些白花花的幡到后来就变得东倒西歪了。终于有人经受不住了，瘫坐在路边湿漉漉的蓬蒿和茅草上，大口大口喘着气。后面空手的人捡起白幡，跟了上去。

总算到了墓地，那里有预先赶到的兵士守卫着，一个巨大的祭台已搭建起来。下葬的典礼盛大而烦琐，先在台上放上刚宰杀的整只的猪、羊、牛及无数的果品，接着是伯嚭带着十几个从全国凶肆召来的丧歌歌手齐声唱挽歌，乐工们奏起哀乐，一排排号角对天吹响。白幡像鼓着风，驱鬼的巫师站在祭台上，指挥身后的一列武士手持锤子、斧钺跳打鬼舞，他们跳跃着、吼叫着，手舞足蹈的。几十个士兵用竹竿担起阖闾灵柩，缓缓走进墓室，把灵柩安放在铺着方木的石床上，然后在棺椁旁和耳室里置放上陪葬品，包括那些木偶和丹顶鹤。

最后将马车推入墓穴。将两匹战马宰杀后，置放在马车前。要用巨大的石块封住墓门了，夫差、伍子胥、孙武、伯嚭、被离等君臣悲痛地号啕大哭，捶胸顿足。送丧的大臣、将士和阖闾的嫔妃们也哭成一片，太后蔡小娇哭得死去活来。

当几百名士兵用黄土一铲铲往塞满石块的墓道填土时，她挣脱搀扶她的几个宫女，发疯般地冲进墓道，用双手扒着泥土喊道："大王，你把我带走吧，你不能扔下我不管啊！没有了你，我怎么活下去啊！"

填土的士兵停了下来，他们不能把土填在太后身上。但这样停着，势必要耽误葬礼，他们面面相觑，眼神就都落在夫差身上。

夫差沉着脸，冷冷地看着悲痛欲绝的年轻太后，一句话也不说。

伍子胥走过去，对夫差说："大王去劝劝太后吧，要她别伤心过度，保重身子要紧。"

夫差迟疑了一下说："伍相国，你去请蔡侯来，让他劝劝他的女儿。"

伍子胥领命而去，结果没有找到蔡侯和唐公，有人说，曾看到他们累倒在路边，估摸掉队了。蔡国和唐国这两位国君年纪已不小，平时过惯了奢侈生活，锦衣玉食，出入豪车，很少走路，像今天在泥淖中走这么长时间，哪里能受得了？早就在半途被甩了下来，正坐在路边的祭棚里上气不接下气。他们向行人府陪同的官员提出找辆马车送他们到墓地去，可这时找辆马车是不容易的。但蔡侯和唐公毕竟是一国之君，行人府还是设法找了一辆帷车。这辆王室专车载了两位国君和其他几位掉队的外国专使，向墓地赶去，无奈路途拥塞，马车根本跑不快，只能慢吞吞地向前移动。

伍子胥找不到蔡侯，急得团团转，无奈之下，只得硬着头皮走上去，劝说蔡小娇："太后，请无论如何节哀珍重，大王不会寂寞的，你陪他的时候还远着呢，他会等你的。他不忍你这个时候去，好了，回去吧，葬仪还要进行下去呢。"

蔡小娇不理会伍子胥，依然用玉笋般的纤手，狠命地扒墓道口的填土，一边扒一边继续哭喊着："大王，让我进来，大王，让我进来啊！"

太后的悲痛是可以理解的，但置丧礼于不顾，任性地宣泄自己的痛苦，做出反常的举止，劝都劝不听，未免有些失态了。他想起第一天先王大殓，她撞棺后夫差说的话，不禁为太后今后和新君的关系忧虑起来。如果不是必须为先王守制，他真想建议蔡小娇随父回蔡国休息一段时间，同时也可避免惹夫差不悦。但这个时候，提出这个建议，既不合礼制，搞不好还会引起太后的猜疑，怀疑他和夫差设谋撵她离开吴国。伍子胥想到这里，马上打消了这个念头，看着近乎疯狂得不能自制的太后，犯难得不知如何是好。

这时，那个在台上指挥着武士跳打鬼舞的巫师走到伍子胥面前，行了个礼说："相国，请允许我和太后说几句话，我有办法让太后节哀！"

伍子胥打量了一下这个巫师，他三十多岁，相貌端正，身材高大伟岸，双目

深凹，气度文雅，虽神态很谦卑，眉眼之间却有股傲气，一看就是个很深沉的干练之人。伍子胥不知道此人的来历，只知他是伯嚭推荐给夫差的。先王亲征，曾让被离用岁龟占卜，又观天象，得出了吉卜和祥兆的结论，认为出师有利，天将佑吴。而结果却恰恰相反，不仅伐越受挫，还赔了先王的命。据伯嚭禀报夫差说，他认识的一个祭司当时也观过天象，发现岁星在越，不宜出征。被离的卜筮和观天象都是错的。夫差问伯嚭："这么大的事，你为什么不早说？"伯嚭说："先王伐越心意已决，相国和被离大夫一味逢迎，朝议也是一面倒，都以为征服越国指日可待，我出来讲这样的话，无异于唱反调。臣曾婉言提醒过伍相国，越国再弱，也需大动干戈，举国用兵，是否三思而行。伍相国不仅听不进去，反而在先王面前说我有怯敌之意。臣就不宜多说什么了。"夫差想了想说："你说得不错，当时稳操胜券似的，反对的话是没有人能接受的。这位祭司能否叫来让寡人一见？"于是，伯嚭将这个叫巴豪的巫师引荐给了夫差。巴豪向夫差献上了四头凶悍无比的神獒，两头毛色深黄，亮如黄金；另两头的毛色黑如胶漆，柔滑如缎。它们用铜链拴缚着，看到生人，便跃上蹦下，眼睛透出凶光，狂吠不止，样子极其可怕。

夫差见了，忍不住退却了几步，说："这犬长相甚奇，凶相毕露，寡人从未见过。"巴豪对夫差说："这是产自西南雪域的神犬，是通人性的，它们会忠诚于大王，充当大王行猎的好帮手。"说完，他端上一箩筐血淋淋的鲜牛肉，要夫差扔给神獒。夫差扔了几块过去，神獒几下就把牛肉撕成碎块，大口大口吞咽了下去。吃完后，吐着血红色的长舌，意犹未尽地看着夫差。巴豪用一种大家听不懂的语言对四条神獒说了几句话，四条神獒便蹲伏在地上，摇晃着尾巴，发出粗重的鼻息。伯嚭说："大王，这神犬在向你行臣服之礼呢！"夫差大喜，重赏了巴豪。后来又问起巴豪那次伐越时，看天象的事。巴豪说："那几天草民观天，发现正宫紫微星暗淡，这表明吴国王气不张，恐有不测；而岁星在越，且明亮异常，这显然是不宜征越的兆头。当时，草民几次向太宰说了，但吴国大军还是开向了越国，后来发生的事，证实了草民所观天象的预示并没有错。"夫差听巴豪说完，说："被离误导父王，罪不可恕！以后巴豪就留在宫中当祭司，专司占卜、观天象、祭祀，这次父王墓地的打鬼仪式就交给他了。"巴豪伏地谢恩。伯嚭说："礼有五经，莫重于祭，天无私覆，地无私载，祭祀先祖是对古礼的尊崇，是天经地义的大事。这次安葬先王，一定要用最高的礼仪。"祭不离肉，生杀牛、羊、猪，用鲜血和鲜肉供祭先王，这叫血食，是必不可少的。也是在这时，伯嚭提出用四十名甲士陪葬，夫差答应了。这个巴豪也就留在了宫里。伯嚭接替被离的观望天象、占卜、祭祀等重要事务，实际上就由这个向夫差献神獒的巴豪来担当了。

"你叫什么名字？是做什么的？"伍子胥装作不知情地问他。

"回相国的话，草民叫巴豪，是大王让我参与先王祭礼的。"巴豪说。

"嗯，对了，你就是指挥驱赶鬼魅之舞的?"

"是的。"

"好，你去吧。"

蔡小娇还在一声声凄厉地长嚎着。巴豪走上前去，和善而小心翼翼地说："太后，我是驱鬼的巴豪，你这个样子是进不去的。听我说几句话，你要上路，待我把鬼驱逐掉了，你再进去也不迟。"

蔡小娇一惊，吓得不敢哭了，她转过身来，惊慌地看着巴豪："你说里面除了大王外，还有什么鬼魅?"

"当然啰，我做的事，就是招魂打鬼，你现在到里面去，会碰到许多鬼的，那是很可怕的。太后，你对先王忠心可鉴，但为何非要现在就急于去陪先王呢？里面不仅鬼魅重重，而且阴暗森严，你片刻都过不下去。我劝你别做傻事，人间一切美好的享受是远胜那里的。我是巫师，我了解那个地方是怎么回事。"巴豪低声而清楚地说，嘴角甚至露出了一丝笑意。

蔡小娇虽有些疑虑，但还是勉强地、缓慢地转过了身。这时伍子胥一挥手，两个婢女立即走上去，把太后扶了下来。填土继续，不多时，墓道封得严严实实。接下去，还要在墓室周围堆上大量的土，并动用上万役民将其夯实，和山坡连成整体。这时，巴豪的打鬼仪式结束了，他不再用一种神秘的语言和奇怪的声调哼唱谁都听不懂的歌谣，整个坟场变得十分寂静，天空开始放晴，阳光像金色的箭照射下来。伍子胥朝孙武看了一下，又死死瞅着那堆新土，像被抽掉了主心骨一样，感到一种浓重的悲哀。孙武静静地肃立着，脸色是平静的，看上去他心中汹涌的波澜已平静下来。其实他此时的心境复杂而沉重，绝不是语言所能表达的。

待夫差命令返回时，那辆帷车刚刚赶到，蔡侯和唐公等从车上下来，踉踉跄跄地走上前来，颤颤巍巍地朝那堆封土弯下了腰，说："吴王，给你送行来了，后会有期啊！"说到这里，便禁不住老泪纵横，无法再说什么了。

夫差行礼，大声说："有劳各位跋涉，本王感激不尽！"说到这里，举起一爵酒，"借此一爵酒，谢谢各位对父王的敬意和凭吊之情！天佑吴国！"说着，从容地干了酒。

第 三 章

丧礼结束后，夫差君臣乘车回城。

披挂了大半天厚厚的麻片，再加上冒着暑热，在泥泞的路上走了那么长时间，繁复的葬仪又十分累人，夫差汗出如浆，浑身上下早湿了个透。回到宫里，他第一件事便是马上沐浴，换上王袍。按礼制，丧服可脱去，但在七天内仍须戴白冠，不佩玉璜。宫眷衣饰素色为主，绝不能着艳丽服绵，不能浓妆，不宜佩戴金器。一年后，方可恢复如常。如国君丧妻，一年服制后，便可立继后，并举行大婚之礼。如国君薨逝，继位新君有王后的一年内不宜纳妃，无王后的不宜立后。包括丧礼正日在内，前三后四，一共七天，民间不能举乐、鸣炮、婚嫁娶亲等。国家在三年守制期内不举兵，国君不远行、不举盛筵。

按礼仪，晚上夫差要以国君和先王之子的双重身份举行一个简朴的聚餐，答谢吊丧之客。

到晚上还有一段时间，夫差想起了太后蔡小娇。从此以后，太后便是孤鹄了，她还只有三十出头，虽有太后之尊，但孤独而无望地在宫中的孤灯下，吞声饮泣，慢慢老去，这样的日子实在是很可怕的，倒不如以死明志，还能留下个贞烈之名。想到这里，夫差对太后产生了怜悯之心，便起身想去探望太后。

夫差刚跨进去，见蔡侯从里面迎候出来。原来葬礼结束后，是蔡侯陪同女儿一起回吴国都城的。蔡小娇虽被巴豪一番话劝住了，但心里还是惨然不欢，回来的路上一直伤心地哭着。回宫后，不洗不吃，也不换衣服，蓬头散发地躺在铺上，涕泪模糊的，满脸压不住的哀伤，原来一张白里透红、色如桃花、艳光四射的脸，却被忽至的灾难和巨大的悲痛折磨得如同枯槁。当年，夫差去蔡国、唐国视察军备，并借此机会见到了蔡国公主蔡小娇。见她玉立亭亭，花容月貌，他对蔡国公主印象颇佳，回国后在父王面前赞不绝口。于是，蔡小娇成了吴国的王后。按理，她也是夫差的继母，但也许是年龄相近的关系，夫差从未把蔡小娇当作是继母，多年来，从来没有称她一声"母后"，只称"王后"。他更愿意把她看作一个生性快乐的美女，一个父王宠爱的女人，而不愿认真地当她为继母，好在阖闾和蔡小娇都不在乎。

但自从父王薨逝后，蔡小娇在夫差眼中成了真正的太后了。他看到了蔡小娇对父王的死那种让人震动的哀痛，只有和父王最亲密的人才会哀痛得这样肝肠寸断。

今天在坟场，太后手扒黄土时，他曾环视四周，但见大多数人都悚然动容，足见在大家的心目中，蔡小娇无疑是个节妇贞女。刚嫁到吴国时，多数臣民都以为她年纪太轻，怕难胜中宫之位。但几年下来，凡接触过她的人都称道她的贤淑，不愧是一国公主。想到这些，夫差在心中不由得对蔡小娇平添几分尊敬。想起她撞棺后，自己当着大臣说了些不该说的话，觉得有些不安。

看到神容哀戚的蔡侯，夫差赶忙趋前以最隆重的礼仪行礼。蔡侯虽是小国之君，但他得到讣告后，不顾年高，连夜乘快车赶来奔丧，这种态度让夫差很感动。加上他是太后的父亲，是吴国的姻亲，自己的长辈，绝不能怠慢。前几天，蔡侯和唐公到吴国后，便来大殿先王的灵柩前吊唁，夫差以阖闾之子的身份在一边行礼答谢。吊丧完毕后，只是寒暄了几句，没有深谈。今天在后宫相遇，夫差便以正规之礼相见。

"蔡侯，多承你远道而来赴父王之丧，夫差再次表示谢忱！"夫差坐定后说，宫女立即端上了茶汤。

"这是应该的。不用说八年前吴国征服楚国，一报蔡国饱受楚国欺凌之仇，这些年蔡国又托庇于吴国之威，百姓得以安居乐业，单凭我是小娇之父，就该送一送先王。我们是亲戚，又是情同手足的至交，我爬都要爬来的！"蔡侯说到这里，眼泪汪汪的，他赶紧举袖障面。

"死生有命，请蔡侯不要过于伤心。先王是被越国害死的，我发誓要按先王遗命，血洗越国，活捉勾践，为父王报仇！"夫差提高了声音说，"蔡国是吴国的盟国，起兵后，还望蔡国、唐国相助，像八年前伐楚那样。"

"这是一定的，蔡国会倾举国之力会同吴军伐越。但吴王要为先王守制三年，这三年中不宜起兵。"

"守制是要的，但是否等三年，我要视情况再做定夺。我已承诺先王，时刻将这血仇大恨牢记在心，不报此仇，誓不罢休！"

"逝者已矣，生者何堪？"蔡侯说，"我最不放心的是小娇。她还年轻，先王在

世时很宠爱她，她以前在娘家是很任性的，可入了吴国中宫后，对先王却一向柔顺。先王薨逝，她伤心过甚，口口声声说要随先王一起去，我还听说了她撞棺椁、扒墓道的事。虽她义烈可嘉，但作为她父亲，我大为焦虑。我有一事相求吴王，不知当说不当说？"

"蔡侯，说什么'相求'，言重了，有什么事尽管说。只要我能做得到的，一定如你的愿！"

"能否让小娇随我回国，在娘家静养一段时间？当然，在宫中，吴王会善待她的，但我担心在这里她会触景生情，倒不如回家，和我们在一起热闹些。我知道，这样做大非所宜，于礼不合，作为王后，她要守制，但也请吴王能体谅一个父亲的心情。"蔡侯恳切地说，"回国后，我和她一起守制，我懂得要她怎么做。"

"这事由太后决定，她愿意回娘家住一阵，我不会阻挠她。蔡侯的担心你不说我都知道，这是情理之中的事。至于有人会议论什么，我会解释的，这尽请放心。"夫差很干脆地说。

"这真是太感谢了！请吴王放心，小娇回去，只是暂住，待她情绪好些，我就会送她回吴国的。"蔡侯说着，深深一揖。

"我不回去，我蔡小娇生是吴国人，死是吴国鬼。大王尸骨未寒，我怎么能离开吴国呢？万一大王的魂魄回来，他见我不在，会失望的。"突然，一个声音在蔡侯和夫差耳边响起，他俩回头一看，不知什么时候蔡小娇已从寝宫内走到外室帷幔旁，由宫女搀扶着站立在那里，她头发蓬松，脸色苍白得可怕。

夫差赶紧站立起来，向太后行礼问候："太后，蔡侯也是出于好意，我不勉强你，我尊重你的意愿，一切由你自己定。另外，无论如何请太后节哀。父王走了，王后不懂事，还要太后多教教她，怎样把后宫管好。"

蔡侯颇为感动，连忙对女儿说："你不想回去，我不会勉强你。不过，你要听为父一句话，不要再寻死觅活了，你要听吴王的话，好好活下去。"

"父王，国不可一日无君，既然大王的葬礼已结束，你就早点回去吧。你和母亲不必为我操心，我已想通了，哪一天先王要我去，自然会召我的，不召我，我就等，不会硬生生地要随先王去了。可要我回蔡国，我不会回去的，我的家在这里。"蔡小娇说完，由宫女扶着，蹒跚地回寝宫去了。

"圣尊后多休息，等会我会让宫中医师给圣尊后把把脉，开个方子调理调理。"夫差朝着她的背影说。

蔡小娇转过身来说："我没有病，不用服药。还有，今后大王不要这样称呼我，圣尊后之称我愧不敢当。我来吴国将近十年，女子之荣，莫过于此。所不足者，未给大王留下子嗣，无以报德。幸亏有了新君继位，这是吴国之幸。"蔡小娇说完，就转身缓缓地走了，再也没有回头。

夫差和蔡侯又坐了下去，夫差说："母后谦虚了，这十年，幸亏有了她的陪伴，父王过得很有乐趣。父王年届六十，身体还那么强健，酒能饮十几爵，饭几大盆，肉十余斤，母后功不可没。"

"小娇能嫁与雄才大略的一代英主，是她的福气，是蔡国之大幸。小娇不愿回去，就不勉强她了。请善待她！"

"这是当然的。这样好不好，过一个月，她愿意的话，我会派舟船送她回蔡国住一阵，我会尽力劝她。"

"好，你尽管按你的意思去办，我听你的。至于和越国开战，国丧未过，吴王也需调养守制，用兵是国之大事，不能不缓图。"

"我知道了。请蔡侯放心。"

蔡侯离开王宫，回驿馆去了。夫差回到自己的宫中，打算憩息一会，晚上还有个酒会，程序繁复，应付一遍，并不轻松。他刚躺下，伯嚭和巫师巴豪来了，王后齐姬告诉伯嚭，大王在休息，而且刚从太后那里回来。伯嚭诺诺连声告退。可夫差却想起了一件事，葬礼上，是巴豪劝住了太后。巴豪到底与太后说了些什么？他再也无法静心休息了。他起身走出内室，对内侍说："叫太宰进来吧，那个巫师巴豪，也叫他一起进来。"

内侍领命而去。伯嚭在外面心神不定地踱着步。葬仪结束后，孙武和伍子胥找到了他，对他出言不逊。

伍子胥对伯嚭冷笑说："大王初登大位，要学的东西很多，你倒好，弄了四条猎犬献给大王，撺掇大王玩物丧志。我奉劝你要自重些。"

孙武说："我久居乡间，军国大事已不过问，但我还是要劝劝你，伯嚭大夫，你是朝廷重臣，一言兴邦，一言亦可丧邦。生葬四十名甲士是你提出来的，巴豪是你举荐的，他的话真假难辨，你是怎么认识这个人的，他是什么样的来历？你能对伍相国说清楚吗？"

"这个巫师绝非善人，弄不好是吴王僚时的神蛇第二。"伍子胥语中有刺地说，"当年就是这个神蛇勾结了王后长姝，制造伪诏，篡夺了原属先王的王位。后来专诸用鱼肠剑刺僚，先王才得以复位，可因为这个叫神蛇的巫师，先王着实大费周章。伯嚭，这段故事你应该明了的。"

伯嚭被伍子胥、孙武说得脸上一阵红、一阵白，既急又愤地解释说："槜李一仗，先王蒙难，新君要我主管占卜、观天象，我不谙此道，出于好意才将巴豪推

荐给新君，我绝无他意。神獒是给新君打猎用的，围猎也是练兵的一种方式。"

"我们在冤枉你？你肚子里的肠子打几个弯，我和大将军都知道，你能糊弄得了别人，可绝对蒙不过我们俩。我和你都是楚人，又都是客卿，在吴国受到厚待，成为经国安邦的重臣，先王对我们恩重如山，我们当尽忠回报，扶持新君治国治军，最重要的就是替先王报仇雪恨，早日征服越国，饮马钱塘江。"伍子胥说，"这才是你我的正经事。我给你道明了吧，我对你无所求，只求你不要太贪恋钱财权势，不要为取宠而不择手段。做人，不管得势还是失势，总要顾全点自己的脸面。"

这话讲得很重了，无异于说伯嚭不要脸，未等他回答，伍子胥和孙武就转身走了。伯嚭气得直跺脚，恨恨地说："好你个白头翁伍子胥，我们走着瞧！"

骂骂咧咧后，伯嚭心里还是很不快。伍子胥和孙武竟找上门来毫不留情地像老子训诫儿子般地痛斥自己，自己好歹也是吴国的太宰了，地位稍稍比你伍子胥差一点，你伍子胥，还有卷土重来的孙武，凭什么对自己摆出咄咄逼人的气势？回到家，洗漱后，渐渐地，他的心情比较平静了，警觉到伍子胥和孙武说不定会在今晚的酒会上借殉葬和巫师及神獒事对自己发难，利用他俩在新君心中的地位和分量，将自己撵出朝廷。自以为在和被离的较量中占了上风，却不知有比自己更强的人在算计自己。想到这里，伯嚭感到极度的不安，但他马上作出决断，不能坐以待毙。于是，他喊了巴豪，换上白靴白袍，乘车来到王宫。

内侍传令伯嚭和巴豪入宫。伯嚭跨过门槛，疾趋到夫差面前，和巴豪跪拜下来。夫差有点不耐烦地说："想不到你们精神这么好，这么大的事刚完，寡人想歇一歇，你们又来了，什么事这么急？"

巴豪见大王话中有点恼火，不仅不惊惶失色，反而抬起头，说："大王请息怒！草民知道大王还伤心，再加上烦躁，最易伤肝。草民见大王，是想请大王观看神獒追逐兔子，以消解悲切之情。"

"这种时候去玩这种游戏，大非所宜。"夫差摇着头说。

"不，大王的身子关乎到国家的祸福。我在先王墓场，观天象雨过天晴，几缕阳光落在大王身上，又有一溜大雁临空飞过，大雁是'随阳之鸟'，随时序南北迁徙。而现在并非雁过之季，它的出现绝非偶然，而是冲着大王的阳气而来。阳光加上'随阳之鸟'，叫做吉光金羽，所以，草民一是来向大王报喜的；二是惦记着大王悲伤的心情，特请大王不可过于伤心。草民请大王观看神獒逐兔，只是稍尽侍奉之职。"巴豪一字一句地说。

这一番话很中听，夫差刚才的不耐烦一扫而光，他笑吟吟地说："阳光照下来，寡人是注意到的，可大雁飞过倒没有留意。伯嚭，你跟寡人说实话，你看到大雁飞过了吗？"

"回大王的话，臣当时正领着唱挽歌，没有注意。但臣事后就听巴豪提起此事，而且，臣听到有人议论，他们都看到了这吉光金羽，甚感稀罕，这是大大的吉兆啊！"伯嚭跪在地上说。

"太宰，你们起身吧，坐下再说。"夫差说。

"大王，臣虽才力不称，自感对先王和大王尽忠竭智。可有人不知何故，对臣总是百般挑剔。今天，他们为臣向大王举荐巴豪，巴豪向大王敬献几头神獒的事把臣骂得狗血喷头，体无完肤。斥责我伯嚭倒也罢了，可是，他们言语之中，竟把矛头指向了大王，臣太气不过了。说心里话，他们怎么泼臣脏水，臣都受得了，可有辱大王的话，哪怕半句臣都是承受不了的，唉！臣实在难以启齿。"伯嚭说到这里，眼圈红了，很无奈地说，"臣心里乱极了，不得已才来打扰大王的，请大王为臣做主。"

夫差知道伯嚭人缘不怎么好，背后骂他的、议论他的人很多。父王生前对自己谈到过伯嚭，说伯嚭此人善于逢迎，是个圆滑之徒，但为什么要用他呢？因为他有他的长处，他听话、乖巧、察言观色，是条忠顺不二的狗！这样的大臣，在我们身边是少不了的。再说，臣子之间有不同的人，可互相钳制，这有什么不好呢？况且，君子有君子所长，小人并非一无是处，君主的本事，就是取他们的长处，为我所用。

可是，夫差从伯嚭的话中听出事关自己，他不能不问个究竟了，便神色严峻地说："伯嚭大夫，你给寡人说清楚，是谁委屈你了？又是谁对寡人说三道四了？"

"他们说，大王初登王位，要学的东西很多，而我献四条雪域怪犬给大王，撺掇大王玩物丧志，祸国殃民。还说，巴豪是叛臣神蛇第二，大王竟相信这样的人，言下之意，大王就像僚那样昏聩了。"

"你说的他们到底是谁？寡人养几条狗就玩物丧志，就祸国殃民了？"夫差厉声问。

"大王息怒，是谁说的，臣不便说，免得大王更生气。大王为先王薨逝，已伤心怀，再为这些无端生气，臣实在于心不忍。臣还是不说的好，反正大王知道有这么回事就可以了。"伯嚭闪烁其词地说。

"这是你过虑了，不管谁说的，寡人都不会生气的，寡人不会和他们一般见识。你说吧，到底是谁口出狂言的？"夫差装出豁达的神情说。

"是伍相国和大将军。"

夫差倒抽了一口冷气。当伯嚭提到这件事时，他的脑子里浮出了一连串的人名，但他认为最有可能的是被离和公孙雄，因为这两人刚受到贬谪。但夫差万万没有想到对伯嚭出言不逊的居然是相国伍子胥和大将军孙武，他的脸沉了下来。这两个朝中重臣，对伯嚭说这样的话，认为自己这几天的所作所为，不像一国之君。想到这里，夫差有点心灰意冷，觉得伍子胥和孙武未免太看轻自己了。夫差心里又陡起警惕：伍子胥和孙武会不会联起手来篡权？凭着他们的威望和才干，这并非难事，那自己的处境就很危险了。但这只是一刹那的闪念，他马上推翻了自己的猜疑。伍子胥和孙武都忠君忠国，和先王相知之深，和先王及自己感情之深厚，是经过生死和时间考验的，他们绝不会萌生出这样的歹念来。更何况，孙武至今还未承诺正式归朝。

夫差平静了下来。伍子胥和孙武的那些话一定是责怪伯嚭的，绝不是针对自己的。想到这里，他对伯嚭说："我不是神明昏乱的人，伍相国和大将军不管怎么说，都是持平之论，即使对寡人说了什么，也绝非恶意。先王生前教诲寡人说，做人气量要大，一国之君更要有宽阔的胸怀，心中要装得下丘壑。伯嚭啊，寡人也劝你气量大些。"

"是，臣知道了。臣的气量看来还不够大。"伯嚭连忙回答。

"巴豪！"夫差不理伯嚭了，喊了声。

"草民在。"

"今后不要自称草民了，你已经能出入王宫，替寡人办事了，怎么还是草民呢？寡人封你一个官位，授你为宫廷祭礼内官，你就不是草民了。"夫差说。

巴豪连忙离座跪拜："臣巴豪谢大王恩典！"

"这就对了嘛！不要总是草民草民的了。有人把你比作当年的神蛇，你知道神蛇此人吗？他出主意唆使先王余昧的王后长姝炮制了一个伪诏，违制让自己的儿子僚在余昧薨逝后继承了王位。这个王位本来是父王的，神蛇不安于他占卜、观天象的分内事，勾结太后，操纵国柄，这可是祸乱国政、败坏礼法的谋反之举啊！"夫差说。

"禀报大王，臣出身微贱，能得大王赏识，臣已知足了！臣是行巫术之人，不懂政事，也绝不会干预政事，请大王放心，巴豪只是为吴国、为大王尽一点犬马之劳，绝不会起任何邪念。巫人若有不义之行，违逆了巫人应有之道，天地不容。大王说的那个神蛇就是这么一个有负天道的宵小之徒，所以他注定没有好结果的！"巴豪谦恭地说，"臣很瞧不起这个神蛇，吴国在公子光当大将军时，便敢于和强楚抗衡，几有称霸之势。神蛇有眼无珠，他去帮扶不上墙的僚，宅邸的屋顶

上还装饰了王侯才有的鸱吻之饰，简直是愚鲁悖逆之极。"

"巴豪，看来你对吴国的历史还挺熟悉。"

"这是求教伯嚭大夫才知晓的。他给臣讲了先王的故事，先王真是个了不起的君主，德可比文王，功可比武王啊！"巴豪说的文王、武王，就是周文王和周武王，将诸侯和周天子相比，这是僭越了，但夫差听了很高兴。他忽然想起一件事，问道："巴豪，今天在墓地，太后伤心过度，举止有些失常，伍相国劝都劝不住，可你上去说了几句话就劝住了，你当时到底怎么跟太后说的？"

"臣对太后说，草民是替先王驱赶鬼魅的，墓室中可说鬼魅重重，等我把鬼赶走了，太后再进去也不迟。太后听说里面有鬼魅，就不敢进去了。臣还对太后说，人世间的一切远比里面美好，单看这明晃晃的阳光，那里可是一丝一缕都没有的。太后还这么年轻，吴国又是这么天清地宁，还有具有仁孝之德的新君照拂你，你安度余年，这是先王的遗愿。如果你执意要随先王而去，虽成全了你的义烈，却陷先王于不义，不解真情的人，还以为是先王要你这样做的，你是不是太自私了？"巴豪说得天花乱坠，有些话纯属子虚乌有，而夫差却信以为真，没有察觉巴豪是在表功，还暗暗有愧，特别是"虽成全了你的义烈，却陷先王于不义"这句话，非常有力，也非常得体，连自己都想不到这个道理。

"伍相国、大将军是吴国股肱，他们说这些话，完全是好意，他们是提醒你，也提醒寡人，防患未然，大有必要。话说得虽有些不太中听，却是语重心长。寡人初登大位，处事为天下共见共闻，要有所作为，不负父王重望，建顺乎民情之大业。"夫差看着伯嚭、巴豪，一本正经地说，"寡人已布置下去了，每天晨起出门时，由武士大喊：夫差，你忘了勾践杀父之仇了吗？这样的问话，至少要问上三个月。国仇家恨，绝不能忘却，因而这段时间，宫中不举宴、不举乐，停止所有嬉戏活动。神獒逐兔虽属猎事，但父王刚刚入土，应志哀悼，行猎不是很合适，寡人兴致也不大，暂时作罢。"

伯嚭没有料到夫差会这样说。原以为夫差还脱不了年少气盛的性情，可从刚才他的一席话可以听出，自己将夫差看低了。听了伍子胥、孙武那么说，他心里是很生气的，可他克制住了，这说明他有了足够的定力；另外，装模作样地说了通漂亮话，这说明他变得深沉了，懂得把自己的内心隐藏起来，这一变化作为君王来说是最难得、最可贵的。这也提示自己，伴君如伴虎，今后在夫差面前还是要留点神，不能轻忽。

"了不得啊！大王胸怀之广阔，足可装得下高山长河。孝是百德之本，周礼六行之首，天之经，地之义，民之行。方今周礼不兴，世事乖戾，大王以身作则，

倡导周礼，对先王所怀有的仁孝之心，真可以动天地，泣鬼神。臣分明在大王身上见到了太伯遗风，臣心悦诚服，钦佩之至！"伯嚭吟诵般说道。

这天晚上，夫差在大殿举行了一场简朴的聚餐，这是丧礼中一个仪式，既是再次祭奠逝者，又是答谢吊唁之客。王亲国戚、满朝文武大臣、外国专使和地方官员都应邀参加，案几上几道简单的看馔，一壶薄酒，灯火是昏暗的，只大殿的铜灯柱上稀拉拉地点了几根蜡烛。和吊唁及参加葬礼时穿披白麻服不同，今晚吊客一律着黑色衣服，这样一来，巨大的殿堂黑压压的一片。人虽多，但个个默不作声，大殿别有一种萧瑟。按程序，先由伍子胥代表吴国朝廷答拜来客。全体俯首默哀，乐队吹奏起凄凉的哀乐。其中有几支箫，吹出的旋律如同泣声，让人听了，顿时感到一阵阵彻骨的惶悚和哀伤。伍子胥不禁想起二十年前，他历经艰险，从楚国逃奔吴国，吹箫于市，与公子光相遇的情景。一切仿佛就发生在昨天，历历在目。不知怎的，他又想起了津香，二十年，他轰轰烈烈，叱咤风云，襄助先王成就了大业，报了楚王杀父兄之仇，自己官至极品，人生到此，可说夫复何求了。可是，此时此刻，他没有一点自傲感和满足感，有的只是无限的空虚、沮丧和困惑；人生到底是什么？事业功名又是为了什么？到头来都是一场梦而已，都会像阖闾那样撒手而去！

"唉！"伍子胥在心中长叹了一声，心神恍惚地读着竹简上的答词，看着下端坐在那里屏息静听的孙武，忽然明白孙武为何在人生的顶峰毅然引退隐居了。孙武原来早就勘破了这一切，而自己，到现在才有了些醒悟，比孙武整整晚了八年。接下来由蔡侯代表各国专使宣读祭文，祭文称颂了阖闾的丰功伟绩。最后是夫差致答词。

他从案上取出一把寒光闪闪的戈，举得高高的，"此戈就是致父王于死的那把毒戈，我发誓，要用此戈劈刺勾践，割下其首级告慰父王！"

"若说勾践残忍如狼，范蠡便是狡诈如狐；勾践当诛，范蠡，也不能饶了他！大王下此血誓，便是通国之誓，我伯嚭在此请命，愿立即带兵伐越，攻占会稽，活捉勾践、范蠡，报仇雪耻。"伯嚭慷慨地接着夫差的话头说。

伍子胥冷眼旁观，他虽然也有突袭越国的想法，但看到伯嚭如此做作，十分反感。他不愿贸然揭破，反而顺水推舟说："伯嚭大夫深明大义，忠心可嘉，勇气可敬，请大王准了他的奉求，统帅三军入越征战！"

"越国是小邦，不足为惧，我吴国破楚铁军，打越国必一鼓而荡平。寡人的心情完全和伍相国与伯嚭大夫一样，恨不得立即发兵，踏平越国，替父王报仇雪恨。"夫差半晌才沉着冷静地说，"但大丧期间，举兵不合礼，还得从长计议。"

孙武松了口气，感到夫差成熟了，已不是当年那个略有青涩骄纵之气的年轻王子了。

大殿最后的仪式结束后，孙武和伍子胥同车回到府邸。其他大臣贵胄的车跟着一辆辆驶出王宫，在昏夜中慢慢行进。

到了伍子胥家，因为在席间几乎未动箸，伍子胥和孙武都感到肚子饿了。他们沐浴后换上平常的衣服，伍子胥吩咐庖厨，切一盘牛肉、炙鱼数条，另将菜蔬几盆、冰镇米酒一大壶、米糕几块送到院子水池边，让家仆在那里设下案几，铺下席子，点上一盏烛火。凉风习习，两人边吃边谈。孙武饮了半爵醇香清爽的冰酒，感到畅快无比，舒了口气说："伍兄，这冰镇酒我多年未饮到了。"

"你是知道的，先王简朴，夏天不用冰，冬天尽量不用炭火。但这几年，国家安定，大王也讲究了，夫椒山面对五湖的避暑宫进行了扩建，夏天那里比城内凉爽，先王一般都在那里避暑。被离大夫在宫廷设有'凌人'之职，专事斩冰、藏冰、启冰，大夫家都有凌室，由宫里送冰来储藏。伯嚭你是知道的，他最懂得享乐，府邸有专门的凌人，家里有很大的冰室，还有一个装潢华丽的冰井台，专用藏冰来降温。"伍子胥说完，喝了一大口冰酒。

提到伯嚭，孙武来气了，说："这次回来，和八年前相比，吴国君臣中，讲究晏安逸乐，风气奢靡多了，特别是伯嚭，我听人说，奢侈如王侯，府中还豢养着三百门客，三教九流都有，还有一批武夫，那个巫师巴豪原来就是伯嚭的门客，有这回事吗？"

"有，不光伯嚭养门客，一些大臣贵族也在家里养了门客，人头很杂，来历不明，少则几个，多则几十个。其中不乏有谋略的策士，但大部分是妄论世务的清客，甚至是阿谀奉承、陪主人玩乐享受的食客。巴豪原是很得伯嚭欣赏的一个门客，后来才荐举给先王的。先王在时，我与先王说了这件事，先王觉得，养门客之习，各国都有，如果有忠义之心，还有些才，济济多士，自然是好事。只怕这里面混进了佞人，那肯定会坏事，待伐越以后，臣子贵戚的门客要作番清理。"伍子胥说，"新君会不会赞成清理，我还不得而知，毕竟他当太子时也养了些勇士。"

孙武说："门客不宜过多。伯嚭居然养了三百门客，有其主必有其仆，我估摸这些人大多居心不良。伯嚭养这些人，依我看，一是他好讲排场；二是扶植亲信，为其乱政篡权所用。伍兄，此人不除，吴国不宁。为不致社稷倾覆在他手中，你这个楚国同胞，万万留不得了！"

"只恨我看错了人，把他举荐给先王。唉，我真是错尽错绝！"伍子胥切齿顿足。

"伍兄，你别自责。伯嚭不仅仅是个厌物，他和那个神蛇一样，是个有野心的人。他处心积虑在算计政敌，被离、公孙雄被他除掉了，而你，是他最大的眼中钉。国君有治国治军之才，但先王勤俭的品性，他一点都未承袭，这还在其次，更重要的是，先王也用伯嚭，但洞明忠佞，心里有分寸。而新君头脑不会那么清醒，说句心里话，我很替你担心，伯嚭现在还不敢对你下手，新君也要让你三分。"说到这里，孙武犹豫了一下，续道，"我可断言，如果新君重用奸臣，听信谗言，久而久之，你的处境将十分严峻。"

伍子胥心里一震，看着烟水迷离的池塘，沉默了很长时间，才低声说："你是不是过于悲观了？伯嚭虽可恶，篡权窃国还不敢。"

"但愿我多虑了，但这次我来朝中参加先王葬仪，短短几天，我感觉很不好。巴豪此人得宠，被离、公孙雄被贬，绝不是好兆头。为安葬先王发生的争执，虽最后伯嚭的主张未得逞，但足以说明他已蓄意左右国君了。"

"既然如此，你就返朝吧，有我们俩合力，伯嚭是翻不了天的。新君诚然不如先王英明，也绝非昏君，这点你是清楚的。为了吴国的昌隆，也为了先王，你就回来吧，哪怕几年，不，一年两年都行，让局面稳定后你重返山野也不迟。"伍子胥诚恳地说，"我是一心希冀你能回心转意。我承认，我要你回来，既出于公心亦有私心。公心是，吴国不能没有你孙武；私心是，我伍子胥少不了你这个良友。"

"伍兄，你是我兄长，亦是良友，不是我孙武不领情，我不可能回朝了，孙武非昔日之孙武，吴国也非昔日之吴国。先王对我的恩典，你伍兄对我的至诚，我会记在心里，至死不会忘记的。"孙武未加思索，就回答说，"八年之前，我离朝时，不是一时冲动，而是经过深思熟虑才作出的决定。我已见不得生民涂炭，士兵横尸疆场，我已不是能担当大将军重职的人了。"

"大将军何必自谦？"伍子胥说，"今生能和你结识，是上苍对我伍子胥的恩惠！大将军淳谨知礼，为我伍子胥所不及。伐楚时，我掘楚平王陵寝，鞭打平王尸骸，你是不赞成的，连津香都站出来骂我做得过分。人谓我狂而不狷，狷者，有所不为也。回来后，我静下心来反省，明白不该去掘陵鞭尸。我最对不起的就是津香，她是为了我被殴死的，她死得太惨了。如果我能听大将军的劝，克制一些，津香不至于丧命。这么多年过去了，伍树都二十岁了，我还是忘不了津香，想起她，心里就疼痛不堪！"说到津香，伍子胥就伤感起来，举起铜爵连喝了几大口酒。这样自责的话，他从未跟其他人说过，今天是第一次向孙武倾诉。

孙武倏然动容，心里涌上一股酸楚，他想到了子蝶和孙燕，既为伍子胥痛失津香唏嘘，亦为子蝶和孙燕早逝而哀。他像伍子胥一样，八九年过去，始终忘不

了她们。但他怕伍子胥更伤心，所以绝口不提。

"人非圣贤，孰能无过？事情已过去这么多年了，伍兄不必自责太甚！"孙武劝慰说，"至于津香，我能体谅到你一片怜惜之心，这是个奇女子，你落难时，她冒险救你；你富贵时，她并未一味攀附，而是躲得远远的。你对楚国做出了出格的举动，她站出来斥责，这样一个女子，值得你记住。"

"好在伍树长大成人了，他正直、善良，性格像津香，也像小燕子，她们在九泉下可以瞑目了。"伍子胥说。

"伍树长得一表人才，生性尚武，几次到我那里来，整天和欧剑子一起铸打兵器，我不是很赞成。世道纷乱，战火频起，我们不幸卷入其中，我希望我们的后代不要步我们后尘。我以为他们还是当个普通人为好，身在草野，心在庙堂，握有一技之长，尽一份应尽的责任，照样能尽忠报国。"孙武陈述着他的见解。

"大将军所言极是，我并不想伍树继承父业，还是让他远离庙堂，身在草野吧。你还记得楚国令尹囊瓦的儿子囊丹吗？他就是个不愿入仕的人，虽为宰相之子，却宁为商人，到处漂泊，潇洒自如，他身上倒不失有一种豪爽儒雅的风范！"伍子胥说，"当时我还感到匪夷所思，都说虎父无犬子，想不到楚国的令尹府会出这么一个子孙！"

"这个人我记得，看上去虽有些落拓不羁，但却是个外圆内方的侠义之人。你鞭笞平王时，在津香之前，不顾生死，站出来斥责你的，正是囊丹，极平常、极正经的几句话，听来却叫人服气。我这样说，你别生气，他能挺身而出，在当时是要有极大的勇气的。你说他勘破人生，但面对国破家亡之际，他却表现出了报国尽节的凛然之气。足见他是个爱憎分明的性情中人。"

伍子胥没有生气，但却没有接孙武的口。他沉默了一会儿，换了个话题说："大将军，我知道你不想留下来我不勉强你了。不过，大王那里，你该有交代，不能不辞而别。"

"言之有理，这一点我早就想好了，我不准备向大王面辞了，而留一封简书给他，请伍兄代为转交。"

"可以，你打算何时离开吴都？"

"如果伍兄没有别的事，我打算今晚就离开吴都，我的岳父在家里等我，我在他那里住上几天就回乡间居舍去。"

"今晚就走，你真是归心似箭了。"伍子胥不胜难过地说。

"伍兄，弟只能愧对你一番拳拳之忱了。"孙武拱着手，不慌不忙地说，"我非铁石心肠，这几天我犹豫过，但思之再三，还是下决心回归田里，做我的庶民

去。既然要走，我也就不久留了，伍兄重任在肩，国务繁重，我不便多叨扰。"

"如果大王下谕，坚决要你归朝，你若不从，岂不是宣召不至，目无君上？"

"大王不会这样做的，他知道强扭的瓜不甜。"

"如果大王出动兵马，四处追索，非找到你不可呢？"

"这更不可能了。我知道，八年来，先王仁而好礼，一直在等我回去，但只是等，并未派人光顾舍间劝说。你来看过我，钮宣义也来过，但并非奉命而来。先王应该了解我的脾性，一旦决定了的事，不太会轻易改变的。大王也应该是了解的，所以绝不会用宣召和发兵拦截这样的做法来坚留我，除非我……"

"除非什么？"

"除非我孙武离开吴国，奔赴别国。大王能容我留在吴国，哪怕不为吴国谋，亦无顾虑。如我到别国去，大王就会起疑了。"

"这是多虑了，八年了，你孙武安贫乐道，绝无二心，要怀疑你的忠诚，实在是太没有道理了！"伍子胥愤愤不平地说。

"伍兄，我也是随便一说，不值得你萦怀。只要吴国有我立足之地，我会终老在这里的，因子蝶和小燕子的墓室在此，我可舍弃一切，但舍弃不了她们。伍兄，不谈这些了，请给我取来笔墨，我作一通书简，向大王告一个罪。"孙武笑道，"还有，给我一个关符，出都城用。"

伍子胥一言不发地站了起来，向屋里走去。不一会儿，伍子胥捧着数方竹简，一支削成刃形的竹笔，一盘上好的黑漆，放在孙武的面前。伍子胥后面紧随着乐范，手中执一盏烛火。八年不见，乐范已清瘦多了，也显老了不少，但仪态依然娴雅，一双眼睛黑而明亮，看上去炯炯有神。她上了年纪，脾气愈发孤傲怪僻，说话尖利，一不称心，对先王也会抢白几句。然而，她对孙武一向尊重，认为他是少有的诚实君子。对于丈夫的这位生死之交，她于公于私，真心盼望孙武归来。正是有了伍孙这两个大贤作为自己的左右臂，阖闾才建立了丰功伟绩，吴国才能如此强大和繁盛。她看到久别八年的孙武回来奔丧，满以为孙武要回朝了，欣喜若狂，对孙平、孙星、孙明三个孩子照顾得无微不至。十三岁的伍青和孙平很合得来，伍青已长成绝色美女，她的性格活脱像乐范，娇贵而矜持，伶牙俐齿，脾气极其难惹，但对孙平，她却显出难得的可爱活泼。她弹得一手好琴，平时除独自弹奏外，从不轻易示人。蔡小娇有一次和阖闾上门做客，要伍青弹上一曲《贞女引》，伍青冷冷地说："我琴艺粗糙，不敢在王后面前献丑，王后还是饶了我吧！"

"伍青，你别谦虚了，弹一曲让王后高兴高兴。宫中乐坊的乐工在她面前夸过你好几回，说你琴艺超凡，都是自己人，你就在舅妈面前露一手吧！”阖闾笑着说，还摸摸伍青的头，“将来不知谁有福气当我的外甥女婿啊！”

“我说不行就不行，那些乐工的话不足信。”伍青说完，一转身翩然而去。

伍子胥和乐范一脸的尴尬，伍子胥歉疚地说：“大王、王后，小女任性，请不要在意。以后我送她来宫中为王后操琴。”

“没关系，看来是我请不动她。据说弹琴的人讲究有知音听才高兴，在她眼里，我谈不上是她的知音。姐姐，是这回事吗？”蔡小娇怏怏不乐地说。

“王后想多了，一个小孩子，哪里来这么多心思？”一向和蔡小娇格格不入的乐范不客气地回答。

“对，小女能为王后操琴，实在是莫大的荣幸。臣想，大概是她见大王、王后驾到，有点胆怯，不敢抚琴了。”伍子胥惶惶不安地说。

但伍青对孙平却一反常态，热情而又主动地弹琴给孙平听。大概有母亲子蝶的遗传，孙平对音律颇有研究，会弹“秦汉子”，会唱吴歌，但他性格忠厚内向，看到女孩子，还感到害羞。伍青拉着他的手，在她琴房里那方细篾席上坐下，弹了一曲又一曲。因为在国丧期间，她弹了几首武乐。先王治丧期间，乐坊乐队在阖闾的棺椁旁也奏了这首极其雄壮的武曲，伍青随父去王宫大殿吊唁先王时亲耳听到的。只见伍青细长的十指翩然如飞，诸弦铮铮，仿佛有金铁交鸣、厮杀马啸的声音传来。

孙平听懂了，琴声接近尾声，孙平已是泪流满面。琴声戛然而止后，孙平竟然还在埋首抽泣。伍青惊呆了，不知所措地看到这个腼腆的仅比自己大几个月的小哥哥，不安地问：“孙平，你怎么啦？你身体不舒服吗？”

孙平抹着眼泪，一个劲地摇头。

“那一个男子汉，无缘无故哭什么呀？”伍青喊出了声。

“谁说无缘无故了？你弹的曲子，虽如急风暴雨，可最后那段，太悲切了，太残酷了。战争固然免不了死人，但未免血腥气太深了，令人感到不胜伤痛。”孙平不好意思地说，“对不起，我失态了，实在是悲从中来，不能自制。”

“原来是这样，这么说，是我的琴声感动了你？”

“是的。你的琴艺实在太出色了。”

伍青听孙平这么说，兴奋得脸都红了，心中颇为得意。能听她弹琴听到失声痛哭，这还是第一次，这大概是人们所说的知音吧。自此以后，两人形影不离地一起玩耍、聊天、读书，当然还有奏琴。

“看来他们是有缘的。”乐范见状，对伍子胥说，“把伍青许给孙平吧，他们

倒真是很匹配的一对。"

"你胡说什么呀，孙平和伍青都还是懵里懵懂的小孩，谈婚论嫁为时还早。"伍子胥嗔怪地说，"我知道你的心思。我告诉你，没有用，我已苦口婆心劝大将军多次了，他都不为所动。不过，伍青和孙平，确是天生的一对。这事以后再说，守制期间，不宜谈这样的事。"

此刻，孙武见乐范秉烛站在一旁，显然是为他照明的，他赶紧站起来说："嫂夫人，有劳。"

"听子胥说，你铁了心要走，即便不想归朝，多住些时日也无妨啊！"乐范用埋怨的口气说，"大将军，你太固执了。不想做官，住在都城里有什么不好呢？现成的府邸都在，稍稍整理一下就可入住，我们两家也可走动走动，孩子们在一起，多热闹啊！你不替自己想想，也该多体谅体谅孩子啊！四野平旷，不是久待之地，孩子们不觉得寂寞吗？"

"乡间野趣盎然，田园竹栅，虽风物粗陋，住惯了，自有其无穷的乐趣。"孙武说，"嫂夫人盛情可感，孙武多谢了。"说着，坐了下来，很快地写了简书。简书寥寥几句，向夫差辞行，对不能应承返朝表示歉意，乞恕罪。原因没有多说，只说闲云野鹤多年，已不宜重返庙堂。对君王将在野之身的自己奉如上宾的这番情意，他感激不已，永志难忘。伍子胥看完简书，平静地说："也罢，躲在草野，也可免去不少麻烦，我也不强求你了。只是兄弟有王佐大才，实在可惜。"

"伍兄保重，由你辅助新君，必成就先王未完成的霸业。伍树愿意，可来我处常住，二十岁的一条汉子了，伍兄准备怎么安置他？"

"伍树本性憨厚，才智见识一般。本来想让他多研读些经论，成为一个士人，平安度日。未料这不是他的志向，他偏爱军略、兵器，一心要从军。孩子大了，有他的主见，由不得我了。依我的想法，干脆让他到冶坊打铁去，也算有一技之长。我不在了，不至于没饭吃。"伍子胥苦笑着说。

"听说先王临终前，赐予你七星剑，若夫差无道，你可持此剑处置。处置是何意？"孙武问。

"先王之意，是以此剑作为他的化身，监督夫差以仁义之道治理国家。但在夫差看来，这把剑对他是个莫大的危险，他以为你会持剑而狂，权倾朝野，危及王位。如夫差有道，此剑用不着；如夫差无道，此剑用不上。或者说，未等你用剑，他早就把你拿下了！"孙武冷峻地说，"找个机会，将剑还给大王，他因此会去掉一块心病，伍兄也讨个安然无事。说实话，一把剑是镇不住一国之君的，能镇得住的'剑'在他心中。是明君必贤，贤则自制，除了君自己，旁人是左右不了他的。"

"你说得有道理，挑个适宜的时机，我会交还大王。"伍子胥对孙武考虑事情那么深沉发自内心地感到钦服，他感动地说，"兄弟还有什么交代的？请明示！"

"该说的都说了，记住，伯嚭可恨，不忠不义，用心险恶！此人不除，会误大事。如任其胡作非为，吴国将亡在他手中。"

"知道了。"伍子胥说。

"还有，吴越必有一战，晚战不如早战。国丧不举兵，这不错，但师古不是泥古，礼战的时代过去了，宜早不宜迟。当然，我不主张马上要对越用兵，我很担心大王意气用事，急于报仇，这没有好结果。但过了一年半载，越国以为吴国因守制而不会发兵了，绷紧的弦就会松下来，乘他们懈怠之际伐越，必胜无疑。不过，伐越不能暴掠，民不能犯，国不能留。"

"我懂了。"

"我惭愧得很，把你丢下，还要指手画脚，实在太无状了。"

"莫这么说，金玉良言，胜过珍宝，我是真心感谢。"

"易日再叙，草庐之门对你永远敞开。"

欧剑子和孙平三兄弟早已把行李收拾好。门外马车已备好，孙武和伍子胥依依不舍，似乎有说不完的话。屋内，孙平对伍青说："我们要分别了，下次再来听你操琴。"

伍青不响，脸上慢慢淌下两行清泪。孙平愣怔怔地看着她，不知说什么好。

"你稍候。"伍青说完，回房待了一小会儿，又飞快地奔出来，把丝绸包裹着一件东西塞到孙平手里，"现在不许打开，出了吴都再看，是我送给你的一样东西，见物如晤。还有，我要向你索件东西留作纪念。"

"什么东西？你说，只要我有的，你尽管拿去。"

"你把'秦汉子'留给我。"

"好。不过，这是粗陋的乐器，上不了大雅之堂，和你的琴不能比。"

"乐器无精粗之分，要看谁拥有。你的乐器，在我看来，就是大雅之物。我听说，这'秦汉子'是你父亲入吴时带来的，后来便在军中民间传开了。这乐器为秦役工所创，声音沉而有力，和你的嗓音相似，弹着它如同和你说话。"

孙平听了这样的话，满心欢喜，也琢磨到其中别有含义，他的脸顿时刷地红了起来，马上转身走出去，从行李中取出"秦汉子"，交给伍青。伍青拿着它，默默地看了孙平一眼，往里屋走去，再也不露面了。

载着孙武一家的马车离开了相府。暮色苍茫，银汉迢迢，这个繁华的都城沉

睡了，加上治丧期间的戒备森严和特有的氛围，让孙武觉得这座酣睡中的城市跃动着某种不安的东西。很快便到了城门口，城门紧闭，门将和一行兵丁把守着，见两辆马车驶来，威严地举手阻挡，示意下车受检。孙武走下车，亲自持了关符，递给门将，关符上写着出城人的姓名、身份和年龄。门将一看是孙武，顿时肃然起敬，单膝下跪，行了个军礼："末将参见大将军！"并随即将关符还给孙武，说道："放行！"

两个兵丁将沉重的城门缓缓打开了，像这样深夜出城的车马是极少的，需要得到伍相国特许的关符才能放行。孙武朝门将点了点头，上了马车，马车夫的鞭子在空中打了个唿哨，马车驶出了城门。很快，五湖就在眼前了，月光下，湖水波光粼粼。而隔水相望的就是夫椒山以及散落在湖中的许多座小岛，其中有一座就是和钮宣义一起泛舟听到子蝶唱吴歌的珍珠岛。重临故地，勾起太多的美好回忆，一种眷恋之情油然而起。他吩咐马车夫把速度放慢，他坐在车上，凝望着黑暗中辽阔的湖面和隐隐在望的岛屿的剪影，心里寻思：住在子考家会有些时日，要择一个日子去珍珠岛上一趟，凭吊这座令他无法忘怀的小岛，更让孙平走一走母亲留下的足迹。

孙平从包裹中摸出了伍青给他的那件用丝绸包裹的器物，打开滑溜溜的绸布，里面是一面小铜镜，在朦胧中金光闪亮。他抚摸看镜面上的纹饰，那双黑亮的眸子又出现在他面前，他还不谙人事的年轻的心猛烈地跳动起来。他想起了母亲留下的曲简《硕人》中的两句"巧笑倩兮，美目盼兮"，这让他感到心里有种从未有过的惆怅和温暖的情思。

终于，五湖看不见了，前面的路越来越窄，且高低不平，两边都是怪石嵯峨的崖壁。孙武对车夫说："跑快一点吧！"于是，车夫猛挥一鞭，马蹄在路面上发出清脆的声响。

孙武没有想到，那个查看他关符的门将，此刻敲开了伯嚭府邸的大门。

第 四 章

从大殿丧宴上回来后，伯嚭又累又饿，吩咐庖丁在厨下精心整治了十余道肴馔，摆了满满一桌。他还从冰井台里取来冰块置放在内室，然后坐在铺了三重席子的地坪上，仰头连喝了几爵冰酒，感到通体的舒畅。

一人饮酒，不免孤单了些，门客倒有几百，其中能与之言、引为心腹的也有十多人，但他此时最想说说话的只有两个人，一是巫师巴豪，二是公孙雄。于是，他遣人通知巴豪、公孙雄前来一晤。

巴豪很快就来了。

而公孙雄正在马厩旁的场地上躺着。革职削爵，降为饲马官后，他一直感到很委屈。把先王之死完全归罪于他，他觉得实在是太冤枉了！可他有口难辩，心里很明白，这是夫差把他当替罪羊，一国之君战死疆场，随同作战的太子、亦是这次大征伐主将的夫差罪责难逃，相国伍子胥、太宰伯嚭也脱不了干系，而先王本人的骄狂轻敌，更是他中了越王勾践圈套的主要原因。

马厩里散发的气味扑鼻难闻，马匹的喷鼻嘶叫声终日不绝于耳，碰到烈性子的怒马，不小心还会被马蹬上一脚。而饲马官舍堆满草料，又闷又热，夏天待上片刻，就会汗流如雨。

马厩共有三十多个饲马兵，公孙雄几天内一遍遍巡视厩舍，手持一根马鞭，对不顺眼的饲马兵不是恶毒地谩骂，就是用马鞭没头没脑地抽打，在饲马兵的惨叫声中，公孙雄感到了一种报复的舒畅。

这暗淡无趣的生活实在无法让公孙雄忍受，他寻思着，与其在这比监牢都不如的地方丢人现眼，还不如向大王告退回乡种田去来得一身轻，草房几间，田地几垄，自由自在，和一家老小布衣粗饭、无牵无挂地过日子。大将军孙武都能寄身草野，自己为何不能？庙堂的凶险，他算领教了；战场的残酷，他也经历过了。

这些年，他虽不具伍子胥、孙武那样的雄才大略，但也算得上是一员让敌人闻风丧胆的战将，出生入死，在腥风血雨中闯荡过来，没有功劳亦有苦劳。而现在一下被贬谪到马厩里来打杂，这使公孙雄一想起来就满腹怨艾、气恨难平。

今晚大王要在大殿举行丧礼宴席，文武百官、王公贵族和各国来使都集聚在大殿，对先王作最后的凭吊。而自己连在先王的灵柩前祭拜的资格都被剥夺了，这使得他的心里如火炙一般难受。这是莫大的侮辱和蔑视。想到先王，他忍不住悲伤起来，竟捶胸顿足，哭倒在地。那些饲马兵远远地看着他，面面相觑，不知怎么办才好。但因为惧怕这个蛮横凶暴的头领，没有哪个敢上去劝解。

哭了整整一个时辰，他才停了下来。经此一番宣泄，他心里倒畅快了不少，拭着泪水，不禁觉得饥肠辘辘。正在这时，一个叫良人的伍长牵着一条肥硕的黄狗走来，公孙雄喝道："良人，这里是饲马场，不是遛狗场，快把这畜生牵出去。"

"将军，我估摸你肚子饿了，所以，特来孝敬你老人家。"良人嬉皮笑脸地说。

"不错，我是饿了。难道让我吃狗肉？"

"将军说对了，我当兵前在狗肉铺干过活，吃到我煮的狗肉，扇巴掌都不肯放。"

"这么壮的一条狗，你要宰杀它？"

"宰猪宰羊宰牛可以，为何不能宰狗？狗可以替人看家护院，也可供人食用。当然还有别的用处，那个神神道道的巫师巴豪就用四条神獒讨得太宰和大王的赏识。什么神獒，不过就是四条长相别致的狗而已。"良人说，"将军，虎落平阳是不好受，不过，到哪山砍哪山柴，你跟我来美餐一顿吧，人嘛，凡事要想开些。"

未等公孙雄回答，良人就牵了狗往前走了。公孙雄不由自主地跟在他后面，来到马场的一间泥墙草顶的房子里。里面有一口土灶，灶上置有一釜，还有碗瓢盆勺等食具，屋里还有几张粗木案几，屋角堆着满满的柴禾。有一个兵士正往灶膛里塞柴草，釜中水已煮沸了，冒着滚滚热气。那大黄狗意识到了什么，先是"汪汪"地叫了几声，接着发出哀伤的呜咽，一双眼睛哀求而恐惧地看着公孙雄，公孙雄起了怜悯之心，小声说："放了它吧，看它那样子，怪可怜的。"

良人没有理会公孙雄，手持一把闪亮锋利的快刀，拿一碗酒，往狗嘴里倒入。不多时，大黄狗就歪歪斜斜倒卧在地上，眼睛已微微闭上，显然是醉了。良人很快将狗宰杀，把狗肉放进釜内，盖上釜盖，添柴猛烧。不多时，一股香味就散发出来。良人打开釜盖，倒入些许酒，加进些调味的东西，撇去泡沫，搅拌了几下，吩咐兵士将火势压下，盖上用文火焖煮。然后在案几上摆上一罐酒，一盆酱醋。又等上片刻，揭盖盛起狗肉，用快刀切碎，分别放入两个陶盆，当香喷喷、热腾

腾的狗肉端到案上时，公孙雄早已饿得发慌，也不怕烫，用手抓起一块，蘸着酱醋就狼吞虎咽地吃起来。一入口，顿觉味道之鲜美，是他从未品尝过的，他一边吃一边连声说："好吃，太好吃了！"几下就把一大块狗肉啃完了，然后在身子底下的柴草上擦了下手上的油腻，端起酒罐，倒了一大碗，咕噜噜地一饮而尽，接着，又从陶盆中取过一只狗腿啃起来。他见良人吃得很慢，和刚才屠狗时的干脆敏捷相比，显得慢条斯理，觉得此人不简单，便道："你烹狗肉的手艺不错，这狗肉如此鲜嫩可口，我还是第一次吃到。好吃中的好吃！"

"能得到将军谬奖，我真是受宠若惊。今后将军要吃狗肉，只要动动嘴就可以。能有缘为将军效劳，也算是我的福气。"良人恭敬地说，"刚才见将军在失声痛哭，我听后，心里很难受。将军南征北战，威名远扬，受此贬损，实在是太受屈了！"

"你错了，我是哭先王，先王对我恩重如山，我愿意用我的命换回他的命。至于我个人，我情愿以戴罪之身，上战场杀敌，死也死得痛快！"公孙雄啃完了那条狗腿，又干了两碗酒。他其实不善饮酒，几碗进肚，已有明显的醉意了。

"良人，你知道吗？过去我吃的肉，是盛在铜鼎里的，喝酒是用的铜爵，我从来不用陶制的食器。如今我成了引车卖浆一流的人，我完了！你可知道，我原来是带几万兵的上将军？"公孙雄捧碗在手，口齿已有些含糊，说到最后一句，两滴晶莹的眼泪，忽然落入酒中。

"将军不必悲伤，依我之见，将军会东山再起，重振雄风！"良人喝了一口酒，劝导说，"将军像厩内的战马一样，只是暂时修身养性。吴越之战在所难免，朝廷举兵，急需用人，像将军这样的虎将，朝廷肯定会重新起用的。战马养壮了，不可能一直关在厩栏里。将军饲马，权且当打个瞌睡而已。"

"良人，你谈吐不俗，看来你读过点书？"

"家父是读书人，我从小跟着他读了点书。可惜父母早亡，家道中落，我也就只能从军了。"

"借你吉言，我若有东山再起的机会，念你这番话、这顿狗肉，我一定将你调出马厩，好好安顿你。"公孙雄信誓旦旦，"别以为我喝醉了，我清醒得很，记住，我说话算数，绝不会食言。"

"将军真是慷慨仁义之士，能遇将军，是良人我这辈子的幸运，良人下半辈子就靠将军你这棵大树了。"良人举碗相敬，"我敬将军，我干了，将军随意！"说着，把满满的一大碗酒喝得一滴不留。

正在这时，一辆马车驰进马场，停在马厩前，一个着深色服饰的人走下车，

手里拎了盏灯笼，打量着空荡荡的广场和一间间静谧的马房，大声喊："太宰传召公孙雄。公孙雄听到了吗？公孙雄在吗？"此人正是伯嚭府邸的内侍。他一遍遍喊着，声音在这片充塞着异味的马厩上空回荡着。没有人回应。

伙房在僻处，伯嚭的内侍靠近伙房后，里面才听到他的喊声。良人先听到了，他顿现兴奋之色，对公孙雄说："将军，你听，有人在唤你。"

公孙雄侧耳一听，果然听到很亢亮的声音在喊："太宰传召公孙雄，公孙雄听到了吗？"

公孙雄满腹狐疑地自言自语："太宰？不是伯嚭吗？他干吗传召我？这么晚了，会有什么事？"他和伯嚭的关系不算密切，他崇拜孙武，很留意孙武的兵法，在伍子胥、伯嚭、被离等重臣中，一旦发生政见的对峙，他多数时候还是站在伍子胥、被离一边。他也有些看不惯伯嚭的奢侈、贪婪和张扬，但似乎并没得罪过伯嚭。伯嚭曾刻意笼络他，但公孙雄没有应和，这使得伯嚭很不满。按伯嚭的意思，公孙雄护驾不力，犯的是死罪，不杀不足以向先王交代。但夫差不忍心杀公孙雄，他跟了自己好多年，曾有战功，也算得上名将，于是，手下留情，削夺他的兵权和爵禄，发配到马场当个饲马官。

"太宰唤我有什么事？"公孙雄问内侍。

"我不知道，你穿上衣服，快随我走，别多问了。"内侍有些不耐烦地说。狗仗人势，伯嚭府邸里的内侍、僮仆在外都是神气活现的。

公孙雄这才发现自己还赤着膊。回屋寻找衣服，良人把一件已准备好了的干净的军服递给他，公孙雄披上衣服，便上了马车。坐在车上，他心里有些忐忑不安，不知伯嚭要自己去有何用意。不一会儿，马车就到了伯嚭家。这是吴都最讲究的大第之一，围墙之中，树木葱茏，掩映着深宅大院，长廊碧池。来到内室，公孙雄深深惊讶，这内室规模虽逊，而华丽的程度却超过了先王的内宫，这固然是因为阖闾生性简朴，但伯嚭内室的精致和豪华至少在吴国都城里屈指可数。公孙雄以前来过伯嚭家，那只是在客厅里的晤谈。他早就听说，伯嚭的大第如何如何华丽考究，果然名不虚传。地上铺有打磨得极其光滑的石板，柱、梁、门窗、椽子都是用的上等木料，涂有朱漆，梁架上有彩绘，案几、帷幔、屏风亦都色彩庄重，质地都是最优良的。整个厅堂已富丽堂皇，内室更为奢靡：一个极其幽静的别院，壁上画着整幅的壁画，朱漆木地板上铺着细篾竹席，柱子和梁架饰金描彩，挂着锦缎帐幔，灯火通明，到处摆着红珊瑚、象牙、玳瑁、铜器，一座铜炉中散发着浓郁的香味，几个青铜冰鉴内，置放着剔透晶莹的冰块，使得室内凉飕飕的。更让公孙雄不敢相信的是，几个乐工在举乐，两个艳丽的年轻女子随着乐

一剑封喉
YI JIAN FENG HOU

曲轻歌曼舞，舞姿优美，歌声动听。伯嚭穿着丝绸的素服和那个浓须隆鼻的巫师在案几上饮酒。公孙雄疑惑了，国丧期间禁止举乐，伯嚭这样做，不是有悖礼仪吗？

伯嚭看到了他，扬手喊道："是公孙将军，快入席吧，我们等你老半天了！"说着，朝一旁的一张案几指了指，那个到马场接公孙雄的内侍把他引到案前，案几上摆满了酒浆果饵、美味佳肴。公孙雄犹豫了一下，拱手朝伯嚭行礼说："卑职参见太宰！"

"免礼，免礼，我们私室相见，莫论国礼，只叙私情，将军请坐吧！"伯嚭带着一脸笑容说，并吩咐侍女侑酒，"唤你来，没有什么大事，先王丧事已毕，累了好些天，我们一起喝点酒，轻松轻松。"说到这里，伯嚭从公孙雄身上闻到了一股浓烈的酒气，他皱了下眉头问，"马厩还不错吧，不光有马尿喝，还有酒喝。"说完，一阵狂笑。

"一个伍长煮了条狗，其味之美，为生平第一次品尝到，所以，多喝了几口，卑职失礼了！"公孙雄坐下后解释说。

"不错、不错，人嘛，不管得意失意，都不能亏了自己，可丰可俭，只要快活就行。这位是宫中内官，主持祭祀、观天象之变的巫师巴豪，他是我朋友。"伯嚭指了下案对面的巴豪。

"巴豪见过将军。"巴豪拱一拱手，然后举起酒爵，"将军，我敬你！"

"谢谢，我干了！"公孙雄还过礼，举爵一饮而尽说，"我见过你，那次朝议，大王将我贬为饲马官，被离改任司农大夫，巴豪内官亦在场。"说到这里，公孙雄仗着几分酒意，问伯嚭，"太宰，因为你的照应，我公孙雄戴罪马厩，已落到底了，你传唤我到尊府，不光是请我喝酒吧？有何吩咐，尽管说，可我这个养马的，除了能帮太宰伺候良驹之外，已做不了什么事了。"

"公孙雄，我知道你在怪我，心里委屈得很，把你发落到那种地方，也确实委屈了你。"伯嚭也很有酒意了，一面用绫巾擦着额头的汗水一面说，"你可知道，我是说了你的不是，可卫护先王不力是死罪，大王原本有严谕，要将你问斩的，是我在大王面前为你说了情，恳求大王念你是追随先王多年的老臣，立有战功，务必手下留情，大王这才对你从轻处置，你怎么还如此牢骚满腹的？怨我不要紧，可怨大王就不对了，传到大王那里，麻烦可就大了。"

公孙雄一听，酒醒了大半，可嘴还很硬："不就是命一条、头颅一个吗？一刀一个疤而已，反倒比现在这样委委屈屈、窝窝囊囊地活着痛快得多。你转告大王，公孙雄愿意到另一个天地护卫大王去！"

"公孙雄啊，你怎么这么糊涂呢？你也是久经沙场、身经百战的老将了。你觉得痛快，一死了之，可你是真不知道还是假不知道，这可不是你一个人去留的事。一旦定了死罪，按律罪在不赦，要处以抄家灭族的重刑，父母、妻子、子女、兄弟、姑妈、舅爷皆斩，几十口人陪你就戮，你难道忍心？"伯嚭厉声说，"你别像死了的鸭子，嘴还硬，好死不如赖活，这不是闹着玩的。"

公孙雄顿时神色愁苦，敛眉垂眼，低着头沉默了。

"刚才你问，我要你来，不光是请你喝酒，还要其他什么事。你猜对了，我找你确另有事。我告诉你，我要救你。"

"救我，怎么个救法？"

"把你从马厩调出，官复原职。不过，你要给我点时间，伺机而动。这段时间，你要忍住气。你能做到吗？"

"能做到。"

"你明白就好，你若能做到这些，我尽力在半年内让你从马厩内走出来，重新作为上将军披挂上阵。"

公孙雄霍然而起，在伯嚭面前扑通一声跪了下来，涕泗交流地说："大恩不言谢，凭太宰这番盛意，公孙雄当尽忠尽力，追随太宰左右。"

"将军这么说，我实在不敢当。我救助将军绝非出于私情，而是为了安邦保国。大王继承大位，志向远大，要像先王那样，做一番惊天动地的大事业，像将军这样的忠君义士，是国家之珍宝，可遇而不可求。我会向大王痛切陈词，说清赦免的理由，大王用心仁厚，宽宏大量，懂得人才得之不易，定会纳忠言而饶恕你之过。"伯嚭侃侃而谈，站起来跨上两步，把公孙雄扶起。

"乞求太宰斡旋，必不忘盛德。"

"好了，我知道你是个聪明人，这样的话再说就见外了。记住，隔墙有耳，今日你我的谈话，你务必保密，天机不能泄漏。"

"我当谨守太宰之诫。"

"还有，你刚才说到那个马厩的伍长，有烹狗之长的？"

"可说是一绝，像这样好吃的狗肉我还是第一次吃到。"

"什么时候，荐他到舍下一展身手。"

"好，这是小事，可随叫随到。"

正在这时，城门正门的门将到了。这个门将叫良丕，是养马场伍长良人的堂弟，他是伯嚭安插在禁军中的一个耳目，虽是小小的门将，但进出人马的动态他都了如指掌。像这样的耳目，伯嚭掌握了不少。他不惜人力物力，布置了一个消息网，都城中发生的事，都能很快就获知。

这几天，他特别关心孙武的去留。巴豪占了一卜，预测孙武去多留少，这个结果符合伯嚭的心愿。但他将信将疑，总觉得夫差对孙武的器重之意会打动孙武。他不否认孙武是清廉淡泊的，他和孙武在一个屋檐下共居过，孙武不慕荣利、行事方正的品性，他是亲眼目睹的，也确信这绝不是表面文章。也许，正是有这样一颗清纯、简单的心，才使得孙武军略上的超人才智发挥到了极致。他也承认，孙武的复出，对吴国以后的伐越，乃至征伐其他国家，直至最后一战而霸，对夫差的王业、霸业是至关重要的。

正因为如此，夫差对孙武的逾格恩宠，甚至纡尊降贵下拜求孙武归来，引起了伯嚭深深的警惕，也引起越国深深的不安，派密使见伯嚭，要他设法阻止孙武归回大将军实位。

听说良丕来了，伯嚭立刻意识到，孙武持关符离开吴都了。他关照过良丕，孙武一旦出城，就立即禀报他。

内侍领了良丕站在内室门口，伯嚭看了公孙雄一眼，公孙雄明白，他要闪避了，便起身向伯嚭拜别。伯嚭吩咐另一个内侍用马车将公孙雄送回马厩。

良丕大踏步走进来，向伯嚭行过礼后说："孙武偕家人刚刚持关符出城去了，是卑职亲自验的关符。"

"你没看错吧？真是大将军孙武？"

"千真万确，当时孙武走下了车，和卑职还讲了几句话，卑职不可能看错的。"良丕用肯定的口气说。

"好，你做得好！"伯嚭抑制不住内心的兴奋，笑着说，"天助我伯嚭也！来人，重赏良丕，取黄金两镒。"话音刚落，内侍便入内室旁一间耳房，不一会儿就捧着一个沉甸甸的布包，里面包的是黄金。伯嚭接过来，递给良丕，良丕连忙称谢领受。

良丕走后，伯嚭手里捧着铜爵，面带笑容，神采飞扬地踱来踱去，嘴里情不自禁地哼起了小调。巴豪喝着酒，也是一脸的喜悦之色，因为他占的卜得到了证实。

"这个孙武，韬略无双，清廉谨慎，带兵是没话说的，普天之下恐怕很难再觅到这样的大将军了。伐楚那几场硬仗，以少胜多，用兵如神，把楚国令尹囊瓦、大将军沈尹戌率领的楚师打得落花流水。八年过去了，楚国到现在还没有恢复元气。但这个孙武偏偏有点儿迂，多年之前，和我还有一点芥蒂，至今未解。他要是回朝，必会跟着伍子胥和我作对，这可是件非同小可的事。"伯嚭得意地对巴豪

说，"你是知道的，这些天来，既要忙先王的葬事，又要对付孙武伍子胥结盟，通宵不寐的日子，不是滋味。今天总算等到了结果。孙武到底还是走了！"

"天意偏爱太宰，孙武不走也得走，一山容不得两虎，看来孙武还是识趣的，巴豪向太宰道贺了！"巴豪举爵说。

"巴豪，我可要谢谢你的通神之卜，来来，我们干了！"

"恭喜，恭喜！我敬一爵！愿太宰要风有风，要雨有雨，一切如意！"

两人哈哈大笑，昂头饮完爵中的酒。不过，伯嚭心里明白，孙武没有留下来，去了自己的一个心病，但朝内还有伍子胥在，论地位权势都在自己之上，先王临终前，是把太子夫差向伍子胥而不是自己托付的，这意味着伍子胥的权力在吴国居一人之下万人之上，而这"一人"也不得不因了这个"托付"而让他三分。更让伯嚭耿耿于怀的是，在其他国家，太宰就是相国，唯独吴国，既有相国又有太宰，而太宰比相国矮半截。他心里不舒服，但不能不接受这个事实。况且，先王和伍子胥是患难之交。

巴豪已从伯嚭神色中，知道他在想什么，他站起来说："太宰，不必过分焦虑，伍子胥不足惧！"

"何以不足惧？"

"先王将儿子托付给他，他必然要事事过问，两人不免会意见相左。相国倚仗是元老，有先王遗命，不免桀骜，而大王一向骄矜气傲，性格不像先王那样宽厚，他们会互不相让，直至闹翻。"巴豪放低声音说，"太宰要做的事，只有一件，对大王大拥大顺，和伍子胥大唱反调。"

伯嚭听后，深深地点了下头："巴豪，你这话说得太透彻了，就这么办，大拥大顺，好，太好了！"

吴越携李一战，越军击退吴师，吴王阖闾战死。消息传来，整个越国沸腾了，家家户户杀鸡宰猪，津津乐道议论着这场胜利。

吴越交恶已多年，由于吴强越弱，越国只得对吴国臣服，连年向吴国进贡玉帛、稻米、金银、珍宝等。这次阖闾亲征，目的很明确：一举将越国吞灭。结果大败而归。对越国来说，这是场大捷，举国欢庆理所当然。

范蠡和灵姑浮立下了奇功，勾践发出诏书，重赏两人，犒劳将士，对临阵自戕的囚犯的家人——抚恤，是奴隶的，脱去奴籍，变为庶民。但范蠡婉拒了赏给他的百镒黄金、千亩良田、多幢华屋。他上表给勾践说，此役取胜，固然与出奇兵有关，但实质阖闾败在轻敌上，越军不能不说是侥幸而胜，大王绝不能因此沾

一剑封喉
YI JIAN FENG HOU

沾自喜，以为吴国不过如此。吴军必变本加厉，对越大加征伐，时不我待，越国务必早定抗敌大计。

可那几天，勾践沉浸在槜李大捷的喜悦中，天天大摆筵席，莺歌燕舞，鼓乐齐鸣，君臣都以为这一场胜仗，会使越国从此不再受吴国的欺凌。对于范蠡的上表，勾践只是看了一眼，并没有引起足够的重视，反而认为范蠡危言耸听。不错，吴国是心有不甘的，但经此挫败，它不会轻举妄动了，就像楚国经吴军征伐，郢都沦陷，从此便一蹶不振。

范蠡托病没有出席王宴，他心里不仅没有释然，反而有种说不出的沉重。他很理智，这场战争打退了吴军的进攻，当然是值得庆幸的事，但其后果并不像大王和大多数大臣以为的那样乐观。吴王之死，必使吴越之间的结怨大大加深，吴国绝不会就此罢手，恰恰相反，越国的一时之胜，必招致吴国数倍的报复。这场胜利其实是个巨大的隐患。

勾践踌躇满志，连王后季婉也大大松了口气。这天，一脸的轻松，带着十岁的儿子兴夷、六岁的女儿兴秸在鹿圃中逗鹿玩，西施陪伴着他们。兴夷是个神童，三岁就能只字不遗地背诵《诗经》，五岁便会写字作诗，到了七八岁，便写得一手好文章了，但就是身子单薄、孱弱。范蠡曾建议王后，不要一味将孩子关起来死读书，他是未来的国君，要放他到民间去，遨游山林田野之间，过着随性的生活，和部落的少年游泳、爬树、摔跤，借以锻炼自己的身体，也能了解百姓的疾苦。

季婉不否认范蠡说得有道理，但她太宠爱这个儿子，让他出宫到民间去吃这些苦头，她实在舍不得，但她记住了范蠡的话。这会儿，兴夷在鹿圃里和小鹿追逐，玩得满头大汗。

前两天，范蠡入宫，他有不必通报、可径自进王宫见勾践的特权，持有这种特权的越国只有他一人。内官告诉范蠡，大王一家都在花园里，范蠡便来到花园。会稽王宫有两处，一处是会稽的老王宫，还有一处在平阳埤原来的太子宫。范蠡来到的是平阳新王宫，这是早先由他负责督造的，所以熟门熟路。来到花园，见勾践和兴夷父子俩在逗着两头麋鹿角斗，两头鹿低着头，四蹄在草地上挺住，用枝桠般的鹿角互相顶撞着，难分难解。勾践为一方，兴夷兴秸为一方，为两头鹿大声地鼓劲呐喊，季婉和西施则站在栏栅外，撑着绸伞，兴致勃勃地观看着。

范蠡看着他们无忧无虑的样子，忍不住在心中叹息了一声。本来是想找勾践谈谈他上表的事，直言相告自己的担忧，但见此情状，他不忍心去扫他们的兴。

"范大夫，你来了，要喊大王吗?"季婉声音欣快地问。

"他们父子兴趣正浓，我不能去打扰他们。"范蠡回答。

西施站在季婉身边，循声看了范蠡一眼，那灵活的双眸，迅快地一转，触及范蠡的视线，很快又避了开去，眼神中有种掩饰不住的喜悦与期待。范蠡懂得她的意思，战争结束了，国家太平了，她和范蠡也可以正式举行因战争而推迟的婚礼。

贵为楚国公主，季婉没有一点傲气和娇气，她和西施在苎萝村一见如故。季婉和时为太子的勾践大婚，西施和另一位少女郑旦受邀担任季婉的伴娘，这是苎萝村全村人的荣耀。季婉成为太子妃，西施和范蠡也成了郎才女貌的一对。后来，范蠡成了越国的上卿，西施也受季婉之邀，住进了太子宫继续陪太子妃。两人虽地位悬殊，但情同姐妹。再后来，西施和范蠡订了婚约，在勾践继承王位、季婉成为王后之后，西施也始终伴在季婉的左右。因范蠡之故，加上和王后那样一种亲密的关系，西施备受众人的尊重，甚至超过先王的那些嫔妃。宫内外都关心着她何日和范蠡正式成亲，未料好事多磨，美人西施却迟迟没有嫁入范蠡的府邸。范蠡是越国的重臣，身为客卿，却几次使越国化险为夷，消弭战患于无形，越国上下都对范蠡尊崇万分。他们都乐见范蠡早日迎娶西施，但时间一天天过去，范蠡和西施的婚事毫无动静。于是，街巷村寨，传言就出来了，有的说，范蠡另有所爱，把西施甩掉了，是个负心汉；还有的说，大王看中西施了，要纳其为妃，范蠡只得忍痛割爱，但由于王后反对，这件事僵在那里。

王宫虽深，依旧挡不住这些传言像风那样刮进来，西施听到后，只觉得内心有股难以诉说的悲苦。季婉劝她："范先生自有打算。"

不管季婉怎么劝慰，范蠡怎么解释，西施对范蠡的做法总感到不能完全理解，有时夜深人静，孤灯之下，还是会涌上无可言喻的凄凉与委屈。

一次，勾践召范蠡进宫议事，正事说完，季婉出来了，对范蠡说："范先生和西施姑娘的好事不能拖了，我做主，最近选个吉日，你们把事办了吧！这不是商量，而是王后的决定！"

"王后的好意我领了，西施的委屈我知道。国势如此，我身为上大夫，实在没有心思想这些事，也不是时候，吴国威胁不解除，我不办此事。王后，恕难从命！"范蠡回道。

季婉叹了口气。

"范卿，你为何不替西施想想呢？"勾践郑重地说，"你的年龄已老大不小了。"

"我已经不止一次跟西施说过，既然我已以身许国，只能把国事放在首位。"范蠡徐徐说道，"为一个女子的委屈而迷离，是不足取的！"

勾践和季婉都很感动，勾践很满意地说："对范卿的高义，我感激不尽。"从此，他们再不劝解范蠡了。季婉将范蠡的话婉转地说给西施听，西施点着头说："我知道，范先生也是和我这样说的。"

"你和范大夫既有终身之约，你就等等吧！"季婉安慰西施，西施的心境渐渐平复了。但她对那一天的来临，可说魂牵梦萦。越军在槜李打了胜仗，西施听到这个消息后，高兴得蹦跳起来。她听季婉和越王议论，这一仗，把吴国的霸气和锐气打掉了，吴国再也不敢随随便便欺侮越国了，吴越边界大概会风平浪静了。但连续几天，并没有见到范蠡的身影，大王宴客，他都没有出席，据说身体有恙。西施得知后，很是着急。

此刻终于相见，西施鼓起勇气，打着遮阳的绸伞，仪态优雅地走到范蠡面前，问道："范先生，听说你病了？"

"我没有病，只是心里有点烦，想一个人静静。"范蠡说着，笑了起来。

"像你这样的人，除了国事军事之外，谁都不会在你心上，是不是？"西施瞥了他一眼说。

"你直说就可以了，说我范蠡是没心没肺的人，一点不念我的西施姑娘，我猜得没错吧？"范蠡的笑容中终于略显那久违的调皮，西施心里一动，可那笑容中隐隐可见不安和担忧，使西施生出了浓重的疑问，凭她对范蠡的了解，范蠡肯定心中有事。

"是，你说对了！"西施说。

"你错了，如果说，这世上的人我范蠡都可丢开，包括我楚国故里的父母、兄弟、故友，但唯有一人我是丢不开的，不仅丢不开，而且是无时无刻不在想念着她，因为照顾不好她而负疚不安。"范蠡看着她说。

"此人好福气，她到底是谁呢？"西施明知故问，但心里很舒坦。

"还有谁？浦阳江边的捣练女子嘛！"

"咫尺天涯，你自找的，王宫的门你可进出自如，既然想念，进宫看我就是了。"

"可是，浦阳江的捣练人又使我产生另一种烦恼，你知道吗？各国互相攻伐，男子都当兵去了。在前线，士兵想到家中的妻子，耳边便响起妻子在河边捣衣的声音。我们同处一城，近在咫尺，但念起你，竟也会有前线戍卒的这种感觉。这砧杵之声，响在耳边，常让我心神不安，唉！重兵压境，犹如泰山压顶，我怎么也轻松不了！"范蠡说到这里，脸上笑容消失了。

"不是打了胜仗吗？吴国从此不敢再欺我越国了，范郎还为何这么发愁？"

"是的，西施，槜李一战，吴军兵败，吴王受伤而死，这可算是一场胜仗，但

不值得那么高兴。越国从此太平、兵革不兴实在只是一厢情愿。居安尚且思危，而我们却是居危而不思危，越国上下一片喜庆，连大王、王后都毫无忧患之思，这，这太让我发愁了！"范蠡在王宫说这些，西施忍不住回头张望，不知什么时候，勾践和季婉一家子离开了，只剩下一群鹿悠哉游哉地在囿内徜徉、嬉戏着。

"范郎，我不懂，打了这场胜仗，为何反而危险了呢？"西施小心翼翼地问。

"这很简单，槜李一仗，越国虽胜犹败。吴王虽死，夫差继位，吴师受挫，但实力未减。可吴越之仇恨已不可解。你可能不知，吴越之间原只有些边境冲突，真正的结怨是由于阖闾的叔叔吴王余祭被越国一个俘虏刺杀而造成的，吴越由此成为敌国。大大小小的战争发生过多起，冤冤相报，无休无止。任何战争都是残酷杀戮，生灵涂炭。一个国家只有发展农桑、增加人丁才是正道。战争是迫不得已之举。"范蠡滔滔不绝，话语之中，洋溢着激荡的情绪，仿佛是在朝议中作力辩时的讲话。

西施听懂了，这些话，范蠡不止一次和她讲过，西施也明了他用心仁厚。但吴越敌对，争端激化，事情发展到这个地步，那就以战止战，兵戎相见，何以要发愁呢？西施对范蠡说了自己的看法。

"战则能胜，自然要战，只是吴越军力差距太大，而且，吴师因国君之死同仇敌忾，而越国却以为天下安宁。吴师若发兵伐越，以目前越国将士的骄恣，我们何以抵御？到那时候，宗社有倾覆之危，越国从此不守！"

"你的心病就是为国家的安危而担心？"

"是，吴国随时都会大举进攻，越国危在旦夕。"范蠡说，"这绝非我多虑，吴国可能顾忌规制、暂缓复仇，但据我对伍子胥、孙武的了解，他们惯用奇兵，定会主张乘虚而入。"

"孙武不是退隐多年了吗？"

"他回朝了。我听说，阖闾临终前曾有遗命，吴国可无阖闾，不可无孙武。言下之意，要夫差伍子胥务必要让孙武归朝，重掌兵权。孙武是武圣，他虽然厌倦战争，心怀仁善，但一旦带兵，便会不辱所命，要么不战，战则全胜。当年伐楚，孙武施行奇袭，巧用兵法，把囊瓦、沈尹戍的几十万军队杀得片甲不留，威震天下。"范蠡冷静地说，"西施，你说我能不着急吗？"

"这些话，你跟大王禀报了吗？大王是明白人，他不会不听的。"西施听范蠡这么一说，才懂得自己的范郎犯"心病"的原因了。看着范蠡那冷峻的脸，心里不由得沉重起来。

"我已正式上表给大王，可不知为什么，他没有理会。今日进宫，就是为此事来的，可见他们戏鹿，不忍打扰，也不想多言了。"范蠡叹口气说。

范蠡终于说出了真话，原来入宫是见大王的。她有点怨，但一想到他的重重忧虑，就不忍心了。于是，她轻声安慰范蠡说："你也别太着急，别真的急出什么心病来，我是平民女子，不便对国事说什么，但和王后聊天时，也可说上几句。你再和大王好好说说，大王为了吴国的威逼，心里悬着石头好多年了，这次檇李一战，总算出了口恶气，就让他高兴高兴吧，我还是第一次见他那样轻松过。一旦明白了事情的轻重，他会当机立断的。"

范蠡听西施说得在理，忍不住伸手扶住她的肩膀，柔声说："知我者，西施也，你识得大体，也体谅别人，记得你的生日快到了，等我向大王说完大事，为你庆贺一番，就我们两个，好好玩儿一天，好不好？"

西施凝视着范蠡，心里像饮了醇醪般，她点头说："只要和你在一起，我都愿意。"

暴雨几乎在转眼之间瓢泼般地倾泻下来，天空顿时变成灰黑色的，山峦、湖泊、河流、街道、房屋都淹没在茫茫的雨帘中。越国王宫的大殿内，烛火明亮晃眼，雷鸣震耳欲聋，使宫中的气氛有几分躁动不安。越王召集的一次重要御前会议恰巧在这个时候举行了。

在这之前，范蠡终于有机会和越王深谈了一次。是西施将范蠡和她说的那些话，在闲谈中说给了王后季婉听，季婉很快告诉了勾践。勾践不以为然。季婉记着祖国楚国被吴师袭击之痛，推开勾践的手，霍地坐了起来，说："大王，越国真的可以高枕无忧？你可以当安乐王了吗？范大夫的担心，难道是无病呻吟吗？我看不见得！"季婉神色凛然，话锋如刀。

勾践第二天一早就召见了范蠡，范蠡郑重地陈述了自己对国势的分析，着重指出：吴国完全有可能违制突袭越国，报吴王阖闾在檇李战死之仇，因而，越国绝对不能因为一战之胜而忘乎所以，麻痹大意。勾践一听，脸色陡然变白："有如此严重？阖闾刚刚下葬，夫差就要举兵？不会的。"

"大王以为不会，大多数人以为不会，也许夫差刚登位，也拿不定主意，但伍子胥和孙武正是会利用这个'不会'，策动夫差大举进攻越国，这在兵法上就是惯用的乘人不备，出其不意。"

勾践不响了，端然正坐，思索了很长时间，才说："你的分析是对的，吴国极有可能已屯兵边境。"

"大王，现在自警还来得及，我问过来报边情的参将，查过潜伏在吴国的谍人

发来的消息，到昨天为止，还未发现有吴师大部队调动的情况。"

"五湖里有情况吗？"

"不详，水师哨船没有提起什么。"

勾践稍稍放心了一点，他毫不含糊地说："大将军，你马上下令越国精锐连夜进军，屯驻吴越边境，水师在五湖几个隘口和我国境内的小岛上加强对吴国水师的监视。还有，下午立即召集主要大臣商量对策。"

范蠡领命而去，在军事上按上谕作了布置。受命的将军惊愕万分，以为战事又起，到了边境，见没有异样，浩浩五湖更是风平浪静，不禁怨言纷纷。

这天下午，勾践在平阳的王宫大殿紧急举行朝议。到会的，除范蠡之外，还有大夫文种、大夫扶同、大夫曳庸、太史皓进、上将军灵姑浮、将军诸稽郢等。

"各位爱卿，越国的处境就像突如其来的雷暴雨，刚才还是晴空万里，转眼间便黑云压城。大家可知道，越国危在旦夕？"勾践开门见山地说。

范蠡以外，众臣无不大吃一惊，目瞪口呆地看着勾践。

"此话怎讲？难道吴师进犯越国了？大王和大将军快下虎符，末将领兵前去抵御，兵来将挡，水来土掩。这次我要盯住伍子胥，也叫他尝尝厉害，干脆让他步阖闾之后，赶到黄泉路上君臣晤面。"灵姑浮站起来，眼睛瞪得圆而大，亮着大嗓门说。

"灵姑浮，这样千载难逢的好事不会总落在你头上，你击中阖闾，固然是你见机快，但我以为这多半还是运气，这样的好运气，不会再遇到了。"勾践像是在说笑话，但脸却板得一丝笑容都没有。

"大王，到底发生了什么事，请明示。"文种以他惯用的温和的口气说，"听大王这么说，越国已陷入险境。臣以为，越国之险恶莫过于吴国向越国大举进兵，可根据臣掌握的情报，吴国朝中并无向越用兵的计划，伍子胥、孙武和伯嚭为阖闾葬仪发生过争执，夫差继位后，被离失势，被贬为司农，公孙雄因护卫吴王不力，被裭夺兵权，削职夺爵，发配到马场饲马。而且，有一条更重要的消息，那就是孙武未被夫差挽留住，已离吴都而去，去向不明，这是刚刚送来的密报。"

"这密报可靠吗？"范蠡问。

"绝对可靠，是我安排的一个谍人提供的。"文种说。

范蠡心里一沉，他素来不太主张往敌国中枢安置谍人，能传递消息不假，但这些谍人一旦暴露，将会造成不可收拾的恶果。多年前，大将军石买安排谍人武锦清在吴国宫中任医师。伯嚭使越时，收受重金贿赂，并携两个美女归吴。伯嚭将这两个貌美非凡、婀娜多姿的越女贡献给吴王阖闾。作为谍人之一的越女后来不慎暴露，但作为武锦清的下线，她坚不吐实，并没有供出武锦清。武锦清却以为她是扛不住的，于是一不做二不休，在给王后治病时，在药中下了毒，然后匆忙逃回国。敦厚贤淑的王后本来只是偶染风寒，却被无辜毒死了。真相大白后，阖闾一怒之下，准备发兵踏平越国。当时，范蠡刚被文种所荐，为太子勾践的门客。当时的越国国力单薄，和吴国对阵，是不堪一击的。石买主张抵抗，范蠡认为这是以卵击石，自取灭亡。唯一的办法只有忍辱负重，向吴国认罪，才能拯救越国。太子勾践认为范蠡的提议是明智之举，于是由范蠡作陪，亲自将武锦清押送吴国，交吴国处置，并白马素服，披麻挂孝到灵堂吊唁王后，伏阙请罪。

孙武和伍子胥当时正在作伐楚的部署，于是谏劝阖闾顺势推舟，接受勾践、范蠡的谢罪和臣服之意，暂时不对越国用兵。盛怒之下的阖闾头脑很快冷静下来，权衡利弊，听了孙武和伍子胥的劝，对勾践、范蠡以礼相待，并未为难他们。这件事的和平解决，使阖闾得了胸襟宽广、宅心仁厚的好名声，而勾践、范蠡不惜冒着性命危险，使危局得到转机，避免了一场深重的兵灾。

听文种又在吴国安插了谍人，而且是潜伏在宫中，范蠡道："文种大夫，不要忘了武锦清的教训。"

"此事寡人知道，谍人不宜多，更不能像武锦清那样乱来。但必要的谍人还是要安插的。"勾践说，他有些歉意地看了范蠡一眼。

范蠡不响了，他知道文种安插的绝非一般之人，能打入宫中，得以重用，并能在门将向伯嚭禀报消息时在座，看来不是小角色了，这倒引起了范蠡的关切。

勾践很快转入正题，最后加重语气说："携李大捷以后，各处都热闹得很，从朝中到民间，从城池到乡野，都忙着庆功，各处的军备，可以说大为松弛，这对吴国来说，却是一个绝好的可乘之机。你们想想，如果夫差不顾规制的约束，悍然起兵，从陆路、水路，分头进攻越国，我们能抵挡得了吗？要怪就怪寡人，除了排日邀宴，酒食征逐之外，寡人未和各位举行过一次朝会，许多公事都耽误了。寡人太得意了，也太大意了，以致压根没想过，越国可能要受刀兵之灾了。各位爱卿，你们可曾想到？"勾践问道，眼神在越国的重臣脸上一一扫过去。

"臣不曾想到。大王，臣作为辅国大夫，严重失职，差点误了大事，臣罪不容赦！"文种听了勾践这番话，既惊又骇，慌忙伏地。

"臣也未曾想到吴国在国丧期间会兴师伐越！"其他大臣也都恐慌地跪拜下去。

"你们都快起来，要说有罪，罪在寡人。携李一战，阖闾受伤而死，夫差对越国有切齿之恨，绝不会不报仇雪耻。尤其夫差是个好胜的人，初登大位，最急之务，莫过于此。虽是国丧，不作兴举兵，但伍子胥老奸巨猾，孙武谋略无双，他

们岂会将此古制放在眼里？在他们看来，这'不作兴'恰好是他们的可乘之机，你以为'不作兴'，他们就来个'作兴'，天下人会说他们坏了规矩，但却奈何不得他们。所以，我们这'不作兴'之念，实在愚不可及，到最后，国家不守，你我君臣此身亦必不存。"勾践说得透彻，范蠡异常敬佩。

"吴国葬事已办完，痛定思痛，对越国采取何策，当在这几天会有个定夺。"看着大家归座后，范蠡以沉着有力的语气说，"不过莫慌！所幸孙武走了，这对越国来说，实在是个福音。但话要说回来，如果没有了孙武，吴师入侵，必暴掠无忌。"

"你这话我听不太懂，孙武走了，是好事，好像又是坏事。"灵姑浮瞪大了眼睛问。

"不错，是好事又是坏事。"范蠡说，"孙武神机妙算，用兵如神，无人可及。他不走，伐越他必是统帅。所以，孙武的离去，实在是件大好事，越国最大的隐患清除了，可说是天怜越国。可为何又说是坏事呢？孙武为人忠厚温仁，有恻隐之心，部队纪律严明，秋毫无犯。他不在了，无人制约，如吴军打进越国，百姓当然要遭殃。"

勾践沉吟着说："寡人一直不太明白，孙武伐楚以后，便卸职退隐了，这到底为了何故呢？阖闾那么信任他，倚重他，授予最高的爵禄，他却一走了之。当臣子的，功劳再高，本事再大，君命不该违，君恩不该负。"说着，瞟了范蠡、文种一眼。

"孙武是离朝不离吴，据说，他是因夫人、妹妹不幸去世，伤心过度，再加上厌战，才归隐田野的，而并非是忘恩负义。当然，臣这么说，不是苟同孙武所为，更不会仿效他。臣既负大任，自然不会有始无终。"范蠡从容地说。

"寡人深知深信，我们君臣之间，是荣辱与共的交情。寡人知道你们绝不会置越国和寡人于不顾。孙武寄身山野，不为国用，阖闾能容之，我勾践不能容之。"勾践见范蠡又要出言为孙武辩解，摇着手说，"好了，我们不谈孙武了。如果吴师来犯，越国该如何抵御？如暂不来犯，又该如何防备？"

范蠡对布防和对策，连日来想了又想，早已烂熟于心，他把已布置的和准备布置的详尽地陈述了一遍："从现在起，越国日夜警戒，全军动员，全民动员，水师、车骑、步卒都压到吴越边地，但绝不主动出击。水师由我统领，车骑、步卒由灵姑浮和诸稽郢统领，大王搬至会稽王宫，那里地势险要，易守难攻。下至里长、县丞都要进入战时状态。进出城门、关卡需持关符，关符由大王统一签发，任何人不能破例。另外，文种大夫既在吴国要害所在安插了谍人，一定要他听从命令，绝不能擅自行动，有重要密报尽快传到越国，一般的消息可写成家简，由邮人传送。吴越两国虽是敌国，但民间往来仍很频繁，走正常邮路反而安全。此外，可遣大夫出使楚国，楚王对阖闾的死可说欣喜若狂，旧日的耻辱他记忆犹新。楚国虽尚未完全恢复元气，但还是有相当实力的，我们可联络楚国，共抗吴国。"

众臣对范蠡的布置都表示赞同。文种补充说："联楚是必要的，但用不着派大夫去，楚国有信牍送来，最近会派专使。"

范蠡很有兴趣地问："楚使是谁呢?"

"已故令尹囊瓦的儿子囊丹，据说，以前不问政事，游走四方做买卖，是个江湖气很重的人。伍子胥鞭楚平王尸骸，他挺身而出，斥责伍子胥暴虐不仁。"

"噢，囊瓦我见过，他怎么会有这么个儿子?"范蠡有些诧异地说。

"待他来了，如你还未上船，可以会会他。"勾践说。

"是。"

朝会结束了，大家分头去落实和准备防备吴国进犯的各项事宜。

范蠡和文种一同回府去。文种坐在范蠡的马车上，自己的马车由车夫驾驭着，紧紧地跟在后面。

"范老弟，刚才大王数落孙武的那番话，用意何在? 你听出来了吧?"文种小声说。

"当然听出来，他是在敲打我们。不过，他说对我们深知深信，这倒不是虚言。反正我们俯仰无愧。"范蠡说。

第 五 章

早晨，旭日东升，夫差洗漱已毕，走出寝宫。

他走到宫室外的庭院，庭院里肃立着两列黑衣禁军，他们见到新王健步走出来，立即齐声喊道："夫差，勾践的杀父之仇，你敢忘吗?"

"我不敢忘!"

夫差回应。庭院的一角，摆着两只巨大的木笼，木笼里各关着两头神獒，两头是白色的，两头是金黄的。见夫差走近，四头神獒张牙舞爪，狂吠不止，模样十分凶悍，令人生畏。夫差佯装恼怒的样子喝道："见到寡人还这么凶，给我安分点，我知道你们肚子快饿穿了，来人，有什么吃的，给抬上来!"

早有几个黑衣禁军抬着两箩筐血淋淋的新鲜牛肉候立在那里，听夫差一喊，马上把牛肉抬上来，其中一人打开木笼上的一扇小门，夫差亲自动手，抽出身上的佩剑，挑起一块牛肉，向小门伸去，一头神獒猛然跳起，把牛肉叼走，撕咬而食。夫差又用剑挑起一块，另一头神獒早已急不可耐，一跃而起，牛肉便被它尖锐的牙齿啃啮住。夫差接着又喂了另一只木笼里的神獒，哈哈大笑着，用一个兵士递上的白麻布将闪着寒光的剑擦干净，收剑入鞘而去。

夫差在禁军簇拥下，向大殿走去。今日是安葬先王阖闾后第一次脱去白冠素服的朝会。当他现身大殿时，以伍子胥、伯嚭为首的文武百官早已肃立在殿内，见了新王，齐齐伏身跪拜："臣谒见大王!"

看到几十名年龄不一的大臣对自己行礼如仪，夫差意识到自己已是一国之君，国家的权柄已切切实实操在自己手掌之中。前一阵忙于繁复的葬仪，又是一身孝服，走到哪里都是父王的影子，自己的心情又被哀戚所笼罩，幸亏伯嚭和那个巫师常陪伴自己。伯嚭对自己说，哀戚最足以坏大事，大王初登王位，国事繁重，要有开阔达观的心情，才能举重若轻。还有那个巴豪，除了陪自己逗玩四头稀罕的神檗外，还讲了西域许多闻所未闻的趣事。

这时，夫差忽然发现孙武没有到，便问伍子胥，"伍相国，大将军怎么没有来？"

"臣禀报大王，孙武已在前日晚上出城了，这是大将军给大王的一方书简，委托臣转呈大王。"伍子胥边说边捧着孙武留下的一方书简，起身交给内侍，由内侍交给夫差。夫差接过竹简，仔细看了一遍，虽不免失望，但反应并没有伍子胥想象中的激烈。夫差低声说："寡人到底还是没有留住大将军啊，是寡人诚意不够，还是大将军一时还转不过弯来？"

"'君命召，不俟驾而行'，大王再三挽留孙武，优隆有加。可孙武不仅不领命归朝，反而不辞而别。大将军未免崖岸自高了！他眼睛里还有没有大王，有没有先王的临终遗言？"伯嚭起身说，"大王，想必孙武还未离境，臣建议派兵马追索，将孙武拦截回来！"

"伯嚭，这是胡闹！对大将军休得无礼。他既已离去，必有其道理。非常之人，必用非常之礼，归根结底，是寡人没有尽礼！"夫差说。

"大王，其实，大将军身在草野，心在庙堂。"伍子胥说。

"这话怎讲？"夫差问。

"大将军临走前，对臣强调，勾践设计害死先王，手段卑鄙，越国已是吴国死敌。不平越国，吴国会盟各国的雄心无从实现。吴越之间必有一战。但晚战不如早战，乘越国以为吴国大丧，按礼不宜举兵，乘虚而入，突袭越国，以迅雷不及掩耳的声势，发兵伐越！"

"好！大将军所言，正合寡人心意！"夫差击案称许，很兴奋地说，"可这古礼怎么办？"

"是啊！吴国是礼仪之邦，这个时候悍然用兵，大动干戈，臣以为大非所宜！"伯嚭插话说。

"大将军说，师古不可泥古，礼战的时代早已过去了，越国以死囚引颈自尽来扰乱阵脚，在戈上涂毒劈刺先王，何礼之有？"伍子胥驳诘，"越国早已破礼，我们还在循礼而行，这太便宜勾践了。臣以为讨伐越国，宜早不宜迟。"

"什么礼不礼的？咱先王给他们害了，这深仇大恨，军中将士无不咬牙切齿，要求征战越国，为先王报仇雪恨，这是最大的仁最大的礼！"钮宣义用他的晋地雁门口音大声说，斜睨着伯嚭，"咱就不信，有什么人会来指着脊梁骨骂街？他们喜欢骂由他们去，伤得了什么？除非他脊梁骨本来就是软的！"

伯嚭哑口无言，脸色讪讪的，他知道不如暂时附和，另找理由来劝说夫差暂

缓用兵。

他立即改变态度，坚决地说："各位说得也是，不必再要有什么顾忌了，同仇敌忾，踏平越国，以雪国耻，这是天经地义的。而且，这时候下手，越国还满以为我们会顾虑规制，按兵不动，岂非良机！"

朝议可说是一面倒，夫差一扫孙武再度离去的失望之情，信心大振。他待大家说完，最后拍板说："此事就这么定了，现时士卒劳苦，我们对外宣布释甲休兵，以迷惑越国。三军从现在起加紧备战，枕戈待旦，这仗怎么打，待我和伍相国另行商议。"夫差因连日忙于丧事，疲惫过度，声音略显嘶哑，但不失干脆利落。

散会前，夫差又扫了与会大臣一眼，正色道："今天所议的，是国之大事，请各位务必保守秘密，切勿泄漏。若发现有人泄露天机，一律作奸细处置，格杀勿论！"说最后一句时，夫差的眼睛里露出了一丝凶光，让人不寒而栗。伍子胥暗暗欣慰，从今日夫差的表现来看，倒确有几分阖闾的遗风。

"遵命！"群臣齐声答应，各自怀着复杂的心情离开王宫。

伯嚭有点失落，大将军孙武离朝后，伍子胥实际上是相国兼大将军，调兵遣将的事少不了由他统管，而自己始终握不到兵权。从先王在位时起，军略方面的事，似乎都倚重伍子胥，而他虽也参与军机，但因为无甚战功，所以，在这样的场合，他就显得不足道了。

他把巴豪找来喝酒。几杯酒下肚，他便透露了伐越的定议。这些年来，他收受了越国太多的好处，美女、黄金、珍宝、美玉、铜器等，他的丰厚的积蓄，有很大一部分来自越贡。拿了人家的手短，吃了人家的嘴软。凡是不利、有害越国的事，他都会自觉不自觉地为越国说话。

今日朝会提出伐越，他一开始表示反对，后来见势不妙，才顺势而变。此事看上去已成定局，以他的一人之力，要逆转是很难的。

"大王尸骨未寒，又要大开杀戒了，可怜越国还以为吴国守制，不会犯忌用兵。但全朝文武无不摩拳擦掌，只有我一个人表示反对。"伯嚭喝着酒，叹息着说。

巴豪听了，大为震惊，但他装得很镇静："太宰仁慈，心肠太好了，吴国举兵，为先王报仇，这并没有错，但太宰却想着敌国黎民百姓的安危，这令我太感动了！"

"我希望能制止战争，使两国百姓免受血光之灾。然要阻止这场战争的发生，我实在是心有余力不足，不过，只要有一丝曙光，我也不能不想办法。"

巴豪不作声。他投靠伯嚭的时间并不长，但已深知伯嚭此人贪婪而奸诈，他这番冠冕堂皇的话，绝不是出于真心实意。凭直觉，这个吴国太宰和越国的关系很不寻常，他一定是受了越国的重贿。巴豪得到的指令是，不能乱打听，包括对伯嚭本人进行探询。在任何情况下，不能暴露自己的真实身份，但尽量要投伯嚭所好，取得他的欢心和信任，并通过伯嚭，取得吴王的赏识。

当天晚上，巴豪回到寓所，马上写了封书简，卷好后，放在一个布袋中，送到一个邮人处，嘱他连夜投送。没多久，文种就收到了书简，打开一看，不禁一身冷汗：用暗语写成的谍报说得很清楚：吴国已厉兵秣马，不日内，兴师征伐越国。范蠡的担心和分析并非杞人忧天。好在越国在那次朝会以后，已紧张地进行了军事准备，三军已奉令在陆上、湖上密密陈兵，摆出迎头抗敌的态势了。范蠡还另在湖边芦荡和边境几处峡谷的密林里，设下伏兵。

文种直奔会稽山的旧王宫，勾践已由平阳迁到了这里。勾践看了书简，说："不出范卿所料！"

"和槜李之战一样，我们已做好了准备，以逸待劳，待吴师进入越境，正好给他们一个下马威。"文种说。

"我担心的是吴师到了吴越边境，不急于进攻，而是休整后一番后再伺机发兵。夫差和伍子胥不是等闲之辈，有了槜李的教训，他们加了几分小心。"勾践说。

"那就和他们决一死战，和槜李一样，不设退路，精锐全都压上去，置绝地而后生！"

勾践问，范大夫此刻在哪里。文种说，应该在五湖边的战船上，范蠡在五湖上编造上百的大筏，上载干柴、油桶，五湖水是向吴国方向流的，只要吴国处在下风，火筏就会向吴国水师冲撞而去，使得吴国战船首尾不能相顾。我们的战船和戈舟就全速迎上去，对乱成一团的吴国战船各个击破。水战用火攻，这是孙武的发明，在伐楚时，沈尹戍十万大军和孙武围郢五万大军对峙，孙武就是用火船和火筏借强风推送，风助火势，烈焰席卷沈尹戍连营，沈尹戍大败。范蠡此计就是借鉴孙武的这一克敌奇策。

听文种这么说，勾践大喜，说："范蠡这个办法好，伍子胥要落得像沈尹戍一样的下场了。但水战用火攻，风向最关紧要。"

"即便风不太顺，水流总是向吴国流的。"文种解释说，"我和范蠡曾乘舟细细考查过风向水流，可以说，除水流流向吴国外，大部分时候，风也是往吴国刮的。"

"这样，你喊上灵姑浮、诸稽郢、扶同、曳庸等人，随寡人一起去湖边，看看那里的备战情形。顺便将吴师将要来犯的谍报供他们传阅。"

"灵姑浮已率部从陆路去边境布防。"

"那立即派快骑传令给他，要他坚守边陲，按范大夫部署用兵，随时迎敌，务必战之能胜，不可辜负了寡人的期望。"勾践果断地说，"要灵姑浮遵诏令，听范大夫的。不要擅自行动，坏了全局。"

"是，臣马上去安排快骑，通知诸臣。一个时辰后，我们就可出发了。"文种应声而去。

过了几天，勾践君臣到湖口，只见月色下的洲渚沙草之间，帆樯林立，灯火通明，甲胄鲜明，有许多军士和民夫在岸边用圆木结筏，还有不少人站在浅水里打桩，并从船上卸下一块块巨石填进湖水中。桩已打了不少。木桩的后面是石阵，这显然是用来阻挡敌船靠近湖岸的。岸上的士兵可伺机用弓箭从四面方面歼灭乘船而来的敌军。范蠡真是用尽了办法。

范蠡的座船很大。吴国伐楚时，太子夫差和将军公孙雄留守。乘吴国大军远征、国内空虚之机，范蠡派一支敢死队潜入夫椒山，偷走了一艘将船，烧毁了几十条战船，使得夫差着实慌张了一阵。

这艘座船就是偷来的那艘将船改装的，有三层，底舱有几十个小窗，窗口伸出一支支巨型的木桨，由一百多名桨手划桨。一层、两层可容得下六七百名将士，三层是指挥舱。指挥舱外有一个巨大的平台，供远望观察、挥舞令旗和将军检阅之用。指挥舱内摆有席子、案几、作战图等，还有一个寮阁，是将军休息的地方。

勾践和范蠡、文种、扶同、曳庸、皓进等走入这艘巨舰的指挥舱，勾践很满意地说："两军相争，'夺气'为上，寡人看到这里的将士气锐而实，心里非常高兴。寡人以为凭这种气势，吴军要征服我们，可不会那么容易。"

"是啊，孙武在兵法十三篇中说'无邀正正之旗，勿击堂堂之阵'，吴王夫差要是记住了这句话，再看到我们这里旗帜整齐、部署周密，就不会轻举妄动了。"范蠡点头说，"当时孙武伐楚，先与伍子胥拟定了'三分疲楚'的消耗战略，仅一年时间，就把楚军的气夺掉了，令楚军战力消耗。后来，孙武从柏举直入郢都，一路追击，楚王弃都城出逃。吴楚争战几十年，终于以吴国大胜而告一段落。大王说，两军相争，'夺气'为上，臣谨记在心，任何时候都不会让军队懈怠、气泄的。"

勾践把巴豪送来的谍报递给范蠡："这是从吴国送来的情报，你估计得对，吴国已决定对越国用兵了，目前正在布置备战，大概在这半月之内，就会祭旗出师。

这段时间，够我们准备了吧?"

"伍子胥做事，向来周密，备战不充分，不会匆忙出兵的。有半月时间，越军的准备可以很充分了。只是联楚的事，还得抓紧才是，不知楚使何时到?"范蠡问。

"这两天就会到越国，到那时，你回都城和他一晤。"文种说。

"有劳文种大夫陪他到湖口来吧，我要请他见识一下我军护国保家的决心及备战的情形。希望楚国能牵制吴国，使得吴国分出一部分兵力，屯驻在吴楚边境。"范蠡对文种说。文种点点头，他和范蠡一样，期待楚国能在越国危难之际，对越国伸出援手。

对越国动武的会议是在夫椒山先王的避暑宫开的。

避暑宫沿平缓的山坡而筑，居高临下，面对一望无边的五湖，凉爽的湖风从深邃而平静的水面上一阵阵吹来，吹走了暑气。宫殿周围种植着一丛丛翠竹，殿院内长着几棵高大的古树，枝叶遮蔽了夏日的阳光。近处，湖边摇曳着菰蒲和芦苇，远处，帆影隐隐约约，大小岛屿和远山影影绰绰。

避暑宫是阖闾登位后修的，命名为避暑宫。

避暑宫有三四个内院，由雨廊连接，最高处的寝宫窗开四面，轩敞明亮。

夫差坐在正面向湖的席位，以下依次是伍子胥、钮宣义、卓荣、华元等十几位将军。钮宣义的大儿子钮寒是华元的副将、编队水师参将，他率领十几艘战船在湖面上巡游，驱散在这一带湖面上张网捕鱼的渔船。避暑宫周围，五步一哨，十步一岗，戒备森严。

不过，夫差很放松，他没有着君王穿的衮服，而是穿了身簇新的绸缎便服，将军们则着严实的甲服。夫差坐定后，看着将军们的穿戴，笑着说:"我们虽是商讨举兵攻越，但这里可不是战场，天这么热，各位宽宽衣，把盔甲脱了吧!"

"大王可能忘记了，十余年前，先王率领群臣选择新都之地，在湖边一别宫休息用餐。先王有点热了，把戎服脱了，其他着甲服的也解开衣襟，有的干脆解下，只有大将军依然兵服整肃，纹丝不动。他对先王说，将士在外，为防不测，要坚持做到甲服不解。先王听后，立即重披战袍，说:'大将军所言极是!你们知道，僚是怎么死的吗?他吃炙鱼时，虽没卸甲服，可将领扣解开了，这说明他放松了警惕，让专诸的鱼肠剑刺透了胸膛。大将军提醒得对，今后只要军务在身，无论在何地，都不能解甲卸剑，领扣也不能松!'今天议军务，当按先王遗命，戎装不解。"伍子胥神情庄严地说。

夫差面露愧色。当时，他也在场，听了父王和孙武的对话，心里很震动。但久而久之，就慢慢地淡忘了，要不是伍子胥旧事重提，他早就记不得了。今天在避暑之地议事，是他定的。在他看来，吴国必将旗开得胜。定议后，他要好好款待几位大将。未料，将军们一律是整齐的甲衣，连平时不太穿军服、亦不太佩剑的伍子胥也是一身戎装。他明白，这是伍子胥他们有意做给他看的，他们意识到自己虽报仇心切，对越国恨之入骨，内心却很轻敌，以为越国不堪一击，伍子胥便以这样的方式对自己敲敲警钟。

夫差立即令侍卫取来一套甲服穿上，撤去乐工舞女。他更装后，诚恳地说："伍相国提醒得好，今日议军，当按先王遗命，戎装在身。寡人太大意了，这几天，寡人对伐越的策略少有考虑，满脑子想的是出师必利，吴军必胜。先听听诸位的意见。"

伍子胥听得出来，这是夫差的心里话，肃然敬服，赞赏地说："大王能这样自省，这样谦虚，非常了不起！臣深为感动。大王因先王葬事，对用兵一事，想得少了些。而大王严以律己。其实，这并非大王的错，是我们为臣子的没有尽职。越国并非不堪一击，勾践狡诈如狐，范蠡城府很深，颇通军略，而越军虽兵力弱于吴军，但亦有良将，绝不能小看他们。加之槜李之战后，勾践明白，吴越已成死敌，吴国必报此仇，他们会有所准备的，只是以为我们会受礼法所拘，为先王守制期间不会用兵。这是千载难逢之机，兵贵神速，更贵占先，臣以为，吴军应当机立断，尽快发兵。"

伍子胥的话说得很漂亮，把轻敌懈怠的责任拉到自己头上。钮宣义听后，十分佩服伍子胥处事的老到和巧妙。

"臣以为，这次用武，可水陆并济，以水攻为主。越国水师不强，湖岸线又长，要全线布阵，恐怕顾不过来。我国新式战船这些年又造了不少，水师训练毫不放松，正宜初试锋芒。水师可从五湖直插越国，在湖岸守备薄弱处突破，登岸后扎下营垒，再挥师直进。"持重的钮宣义先说出了他的想法。

华元点头说："钮将军水陆并济，以水攻为主的方略，我以为是善策。沿五湖西岸，千帆齐发，那里均是浅滩，一向无兵把守，可选择几十处滩涂登陆，立住脚后，分两路进军，一路直捣会稽，一路控制沿海，防止越军从海上逃窜，沿海有甬东①，越军溃败后很可能会退守此岛。"

"《孙子兵法》曰：'形兵之极，至于无形。'大将军伐楚时，以假象示人，虚

----

① 甬东，今浙江舟山岛。

虚实实，实实虚虚，引敌生误，然后击之。大将军把示形与藏形的诡道用到极致。所以，我建议水陆并攻，以水攻作为佯攻，这是示形，诱导越师集中在沿湖岸备战，而我车骑、步卒之师先派小部队在边境活动，大部队开往楚境，越国以为我只是小股配合，而不会从陆路进军，这是藏形。待水师接战时，开往楚境的大部队掉头攻越。"卓荣提出了不同的看法，他是伐楚的主将，在战争中，他领略到了孙子兵法的无穷奥妙。

其他将军也各抒己见。有人突发奇想，水师从越国海岸线登岸，沿海几无营垒，登岸后将如入无人之境，甬东可先行攻下，这个出其不意的大胆想法，让夫差大感兴趣。

"从海上进攻越国，这是奇兵，勾践是做梦也想不到的。"夫差称赞说。

伍子胥马上反对，他说："由海上伐越，不失为奇兵，然而，舍近就远，对我水师来说，也有诸多不利。首先是巨舰出海，声势浩大，难以藏形。越国肯定会预先在几处海岸要塞处加强军备；其次，从江至海再南下越国海岸，臣估计要一月有余，这当中粮草不说，沿海的岛礁、浅滩、旋涡甚多，加上大风，均会危害我水师；再次，越国海岸甚长，地形复杂异常，我水师不识深浅，容易吃亏。故此计不可取。"伍子胥提的三点有理有据。夫差有点扫兴，但他不得不承认，伍子胥所说的不利条件，要考虑解决，是非常费劲的。

经过会商，伐越的方略最后取得定论。按兵贵神速、更贵占先的原则，半月内调兵遣将，准备粮草、武器。倾吴国三军主力，举五万精锐步卒、车骑，一万水师，出动车数千乘，大小战船五百余艘，水路并进，全面出击。夫差亲征，伍子胥任主将，钮宣义领陆兵，卓荣领水师，华元、钮寒分别任副将，徐承为主舰统领。为防止楚国进犯，由伯嚭率一万精锐镇守楚吴边境，太子姬友为镇国大将军，率五千禁军和一万精兵守吴都。

夫差认为伯嚭以太宰身份镇守楚国边境是合适的，但手下还缺得力的大将。伍子胥提议："不如派公孙雄到楚吴边境戴罪守关，如有立功表现，可赦其罪、恢复原职。"

夫差有些犹豫，说："公孙雄打仗还是有勇有谋的，多年在边境镇守过，楚境水陆交错，地形复杂，公孙雄对那里的情形倒是熟悉的。可他饲马还没有几天，是不是便宜了他？"

"国家有大事，正是用人之际，一个身经百战的将军在马厩里饲马，有点可惜，不如让他在战场上发挥作用，念他立有战功，就给他一个悔过的机会吧！"伍子胥说，"纪纲不可不讲，赏罚不可不明，公孙雄有过该罚，令他守边，亦可让他

体会大王仁厚的用心。"

"既然如此，就按相国的意思办吧。"夫差说，"还有一事，差点忘了，举兵伐越是大事，要让内官巴豪占卜、观天象，求一个吉凶。"

第二天朝会，夫差宣布了对越用兵方略和部署，并授予伍子胥金光闪闪的虎符，命其为主将。伯嚭听到令他去楚吴边境镇守，心里很不悦，不由皱起了眉。更让他没有想到的是公孙雄当他的副将。

伯嚭正想着，夫差又点到了他的名："太宰，有件大事，你要替寡人去办好。"

"臣听从大王诏令。"伯嚭连忙说。

"你让巴豪占一卜，再观察近几日天象之变，寡人要得知此战凶吉如何。你和巴豪务必格外用心，不能有半点差错，事关为父王报仇的大事，天意如何，必须确凿无疑。"夫差庄重地说，"当年建都城时，被离大夫和你占的卜，看的风水都证实这里确是王兴之地，果然不谬。"

"臣遵命，臣一定会格外小心。"伯嚭伏身下拜。

灵光一闪，待他起身时，一个阻挠吴国伐越的主意已有了，那就是借天象、卜辞说事。他本来一直为无法阻止伐越而发愁，很想为对他不薄的越国作出点回报，苦于没有好的办法和理由来说服大王息兵。现在有了，这是无人敢辩驳的理由，别说伍子胥，就是夫差本人在天象和卜意面前也只能听从。

伍子胥对占卜、观天象是赞成的，但他对巴豪此人不太放心，对他的来历不明和取宠大王的做法也存有怀疑。这个人使他想起十多年前那个篡夺大权、胡作非为的神蛇。因为巴豪得到了大王的信任，他不便把这些想法说出来。

回到府邸后，伯嚭立即派人把公孙雄和马场伍长良人一起叫来。公孙雄和良人正在树阴下下棋。几局下来，公孙雄盘盘皆赢，良人一脸尴尬。其实，他是故意做作，他的棋艺，远在公孙雄之上。根据他和堂弟门将良丕的分析，公孙雄贬到马厩养马是暂时的，他早晚会官复原职，东山再起。乘他落难的时候靠上他，下工夫博得他的欢心，将来就能时来运转。良丕投靠了太宰伯嚭，自己投靠上将军公孙雄，兄弟俩说不定有翻身之日。

"将军到底是懂军略的，棋艺非同一般，我在马场也算是个好手，称王称霸的，可和将军对弈，我甘拜下风了。"良人苦着脸说。

"比我棋高一着的多得是，孙武、伍子胥、伯嚭，他们才称得上是高手，我是他们的手下败将。对了，提到太宰伯嚭，我想起了一件事。"公孙雄吃了良人几个子后说，"我上次到他府邸去，和他谈及你煮的狗肉是一绝，太宰大人说什么时候要请你到他那里，尝尝你的手艺。真的让你去，你可要给我用点心，不要给我丢脸。"

"将军尽管放心，别的我不敢担保，这煮狗肉我是有绝对把握的。"良人从堂弟良丕那里得知伯嚭是朝廷炙手可热的权贵，在先王那得很得宠，新王登位后，晋他为太宰，可说位至极品，一出手就赏了良丕黄金两镒，让他啧啧称羡了好长时间。伯嚭要他去烹饪狗肉，他求之不得，但语气却是满不在乎："这种差使往往吃力不讨好，我不愿去。"

"那怎么行？告诉你，太宰答应我了，尽早让我离开这鬼地方。你可要使出浑身解数替我伺候好太宰，将来我有了好日子，绝不会忘了你。"公孙雄拍着胸脯说。

正说着，一辆马车疾驶而来，还是伯嚭府邸的那个内侍，和上次相比，他的态度明显客气多了，口称将军，还行了个礼："太宰大人劳驾将军去一趟，对了，请烹饪狗肉的那位军爷一同前往。"

"良人，看你的了，走吧！"公孙雄有点得意地说，在良人肩上拍了一下，两人登上了马车。车轮辘辘，蹄声得得，很快，马车就到了太宰府邸。

待安排良人下厨后，伯嚭便对公孙雄笑着拱手说："将军，恭喜恭喜！"

"太宰大人开玩笑了，我何喜之有？"

"大王今日在朝会上说了，要重新起用你，随我赴楚吴边境守边，我是主将，你暂时委屈一下，当一名参将，上将军之职以后恢复。"

"大人的大恩大德，我公孙雄绝不会忘记，请受我一拜！"公孙雄伏身对伯嚭行大礼，顿首相谢。

"起来，起来，你为国征战多年，功不可没，大王用你，你好好为国效劳就是了。我举荐你，绝不是出于私情，国家正是用人之际，你这样的将才，岂能埋没在马厩里。伍相国亦同意起用你，虽然是顺从大王的旨意，但他没有反对就值得你万分宽慰的了！"伯嚭一边说，一边把公孙雄拉起。

这突如其来的喜讯，在公孙雄看来，自然是伯嚭践诺的结果。他对伯嚭充满了感激之情。

香喷喷的狗肉端上来了，伯嚭用刀割了一块，放进嘴里，赞不绝口，连连夸道："好吃，好吃！"说着，又连吃了几块，并对公孙雄说，"你也坐下吃吧，你陪我喝一觞。"

公孙雄这时还沉浸在喜悦中，酒兴当然也很好，他举起铜觞，一饮而尽。发觉自己失敬了，又倒满了一觞酒，恭恭敬敬地说："太宰，大恩不言谢，我敬你，我先干了。"未等伯嚭回答，仰头一口气把酒喝得点滴不剩。

伯嚭颇能自制，才喝了两小口，又夹着狗肉送到嘴里。见良人还在一边站着，便问："你这手艺哪里学的？"

"我当过屠夫，宰过的狗少说有几千条。烹狗的手艺是跟师傅学的，他是蔡国人。"良人点头哈腰地说。

"你有这手艺，应当去开家狗肉铺，我保证你门庭若市。"伯嚭说。

"我在军队服役，不能去开铺子。再说，围着锅台转，没多大出息。当然，太宰大人要吃狗肉，我乐意伺候，随喊随到。"良人说。

"良人对我不错，我到马厩后，他见我心里不舒畅，马上杀了条肥狗，陪我喝酒解闷，他的情义让我宽慰了不少。"公孙雄说，"守正门的良不是他的堂弟。"

"噢，难怪看上去有点面善，你们长得有点相像。"伯嚭上下打量了良人一眼，"有了这份关系，我们交情就不同了，你放心，公孙将军是有担当的人，他会念你的情的。"

两天后，国君的上谕就到了，宣召公孙雄回军中，作为参将赴楚吴边境镇守。公孙雄在马厩仅待了半月有余。公孙雄经伯嚭同意，把良人带上，留在自己的营帐内当一名校尉。校尉是低级军官，负责传令、收发简书、卫护等杂务，级别不高，但是是将军的亲信。从一个带领七八个人的伍长提拔为校尉自是破格。

孙武在那个深夜驱车离开吴都后，并没有直接到子考家，太晚了，他们在一家旅舍歇了脚，喂了马。第二天一早，他们继续赶路，来到那个僻静的院子。在初升的太阳下，首先落入孙武眼帘的是那道爬满了牵牛花的篱笆墙，院里的草木长得稀稀疏疏，也缺乏应有的打理，但那块光滑的刻有奇异文字的棋石还好端端地摆在那里。那几间素雅的茅屋悄无声息。这么多年过去了，这里的景色粗看并没有发生太大的变化，但明显少了些什么，孙武知道，是少了原来有的那份温馨和热闹。那条黄狗闻声从它的小窝里窜出来，对着他们吼叫起来，和以前相比，声音明显低沉多了，动作也显得笨拙而老迈。孙武俯身抚摸着黄狗，感叹地说："阿黄，我是孙武啊，你太见外了吧？连老朋友都不认识了。"可阿黄后退几步，继续叫着。

孙武有些失望地直起腰，打量着这个他难以忘却的院子，心里空落落的。物是人非，院子还是那个院子，狗还是那条狗，篱笆墙还是那道篱笆墙，但曾经洋溢满园的欢声笑语永远不可能回来了。

马车停在院子外面，孙武带看孙平、孙明、孙星以及欧剑子等走到草屋前，对着那扇熟悉的木门举起手，想敲几下。此时，屋内一个女子在说话："阿黄，一

大早的，你叫什么呀？肚子饿了吗？好了，好了，我来了。"紧接着，门咿呀一声开了，一个长得极秀气酷似子蝶的年轻女子出现在眼前，她的声音、体态也很像子蝶，头发也是那样又黑又亮，只是身子比子蝶单薄；她的肤色是苍白的，略显憔悴，眉宇之间，隐含幽怨。孙武知道，她就是子蝶的姐姐子规，因丧夫无子，受到婆家的嫌弃，一气之下，便回到娘家。子考原同孙武一起居住在离虎丘不远的乡间，听说大女儿不得已回来了，便辞别孙武，回归故里。

子规一看见孙武，有些尴尬地说："妹夫来了！对不起，我听到阿黄叫，以为它饿了，没想到有贵客到了，真是失礼。妹夫快进屋吧！"可以看出来，子规是个颇重礼仪的女子。子蝶因难产而殁，子规和丈夫曾来奔丧，孙武从战场回来，和他们匆匆见过几面。当时，孙武伤心得不能自持，加上孝服在身，所以未对子蝶的亲戚留下很深的印象。

"没关系，多年不见，阿黄已不认识我了，以为我来者不善了！"孙武笑道，带着三个儿子和欧剑子走进屋子，站定后，对孙平说，"快叫大姨！"

"大姨！"孙平怯生生地低声喊道。孙明和孙星也很有礼貌地跟着喊。

子规原来微蹙的眉头舒展开了，说："我听爹说了，这三个孩子都很懂事。"又打量着欧剑子说，"这位是欧剑子兄弟吧？吴国有名的铸剑师啊！"

"大姐笑话了，我现在只是个冶工，偶然浇铸几把刀剑。"欧剑子有些拘谨地说。

"爹呢？还没起床吧，我们要把他吵醒了。"孙武问。

"哪里啊，他天不亮就起床了，到附近的林子里练拳去了，据他说，这拳法还是你教他的呢。"

"是，只是一套简单的拳谱，用以防身健体，没想到爹一直坚持下来了。他老人家身子骨不错吧？"

子规想起了之前见孙武的情形。在子规心中，官居吴国的最高军事统帅的孙武，一定是深沉肃穆，不苟言笑的，即使碰到家祸，也会镇定自若。但事实并非如此，她在丧礼上见到的完全是一个因丧妻而痛苦万分的平常人。棺盖还未合上，他看着棺内的妻子，抚摸着妻子的脸哭喊："你何以这么忍心，就这么去了，你让我怎么活下去？"其声之哀，其状之戚，令周围的人无不泪如雨下。此后，孙武连续几天守在子蝶灵前，时不时哭拜在地，泪流满面。吴王阖闾亲临吊唁，苦劝孙武节哀，孙武稍稍收泪，但还是哽咽不绝。这样的伉俪情深，让子规深为感动。丧事完成后，子规临走曾对孙武说："三妹夫，生死有命，你也不可过于伤心。好好把孙平带大吧！"

"别提孙平，都是他，把我的子蝶断送掉了。要是我在，我是宁可弃孩子也要保子蝶的，孩子失了还能得，子蝶只有一个，我再也得不到她了！"孙武不胜悲痛地说。这话让子规始终难以忘却。

今日的孙武一身士子打扮，温文尔雅，平易近人。这让子规很宽心，她知道父亲极敬重孙武，和孙武情同父子，以岳父身份，始终尊称孙武为大将军。现在，孙武和知礼懂事的外甥来了，父亲会有多高兴啊！这个萧瑟的院落也会生机勃勃，其乐融融了。

子规准备去厨下升火煮早餐，孙武立即阻止她："大姐，你别忙，让欧剑子来吧，他会铸剑，更会烹饪。另外，我们从都城带了点鱼干虾干，还有干肉、野栗子，是伍子胥送的，孙平，你去取出来给大姨。"

欧剑子去了厨房，熟练地忙开了。孙平取来了满满当当几大包，子规也不推辞，道谢着收了下来。待孙武坐下后，子规还是到厨房指点柴、米、盐、酢等置放的地方，拿齐了锅碗瓢盆勺等餐具，然后对孙武说："你先坐一会儿，爹马上就会回来，我去屋后菜垄割些菜蔬来。"说着，拎起一只竹篮和一把弯刀，走出门去。

"我去帮你。"孙武立起来跟在子规后面，到了院子里。

"不行，不行，怎么能让大将军去割菜蔬呢？爹见了要骂我的。"子规着急地说，她急起来的神态活脱像子蝶，孙武见了，心里忍不住一动。

"我凭什么骂你，你们三姐妹，自从你们娘早逝后，我一句重话都没有说过你们。"子考一边说，一边走进来，"我老远看到院门口停了两辆马车，就猜想是大将军驾到了，难怪我在林子里碰到几只喜鹊飞过，那可是祥物啊！子规，刚才你说什么要骂你？"

"是这样，大姐要去菜垄割菜蔬，我说我去帮她，她说你见了会责怪她的。"孙武未等子规回答，便抢着解释。

"子规，你就有所不知了，我和大将军在虎丘住在一起那段时日，他在山坡上开垦了好几亩菜地，下种、施肥、除草、收割什么的，干起这些活，不比当地的农夫差到哪里去。"子考大声说着，拉着孙武的袖子往里屋走去，"我们到屋里去坐。"

翁婿俩在里屋坐了下来。欧剑子和子考是非常熟悉的，听到子考的声音，他从厨房走出来，孙平兄弟更是"阿公、阿公"地喊个不停。子考打量着他们，连连说："长高了，都成了小伙子了。"笑得合不拢嘴。

早餐后，翁婿俩坐到院中那块奇石旁聊天，孙武发现两年多不见，子考苍老了不少，而且脸色也不太好，便劝慰说："这次重逢，觉得您老精神不如前了，您可要善自珍重啊。大姐也清减多了。"

"唉，说来怪我，当时她刚及笄，做媒的踏破了门槛，可她自视甚高，一个都看不上。碰巧有次我去江北淮水边帮人造船，她陪着我去的，认识了一个卖渔具的老板，他儿子是个读书人，见到子规后，便看上她了。子规看他长得斯斯文文，知书达理，便答应了。以为是一段好姻缘，未想到，嫁得那么远，命还那么苦。"子考叹息着说，他是个很识趣的人，在孙武面前，他从来不提家中的琐事，但这次憋不住了，把子规的种种不幸原原本本讲给孙武听。

子规的婆家也算是个殷实人家，世居长江以北淮水边上的一个村子里，开一家渔具铺，有良田百亩。子规公公性格刚愎，平时在乡里自以为有点钱，十分傲慢，不太愿意搭理人，对穷人更是瞧不起。知道子规的妹夫就是赫赫有名的吴国大将军孙武，渔具铺老板逢人就宣扬自己有这一门贵戚，几次要携子媳到吴都造访大将军，一心要子考帮忙在孙武面前说情，把舰船的锚链、篷帆、绳索等装备交予他做。他打好了如意算盘：吴国几百艘新兵船，他从楚国、齐国进货，转手卖给吴国水师，一进一出可大赚一笔。子考得知后，托人带口信给大女婿和亲家，船上所有器物，有专人采办，大将军绝不会插手，让亲家死了这条心，并厉言峻拒他们来都城。

子规公公嘴上虽然答应，心里很不满意，说什么大将军竟然这样无情无义，只要他有心，姐夫的荣华富贵、利禄爵位还不是一句话而已。这样的亲戚还不如没有的好。话说得很难听。后来，大将军隐退，子规公公在子规面前像换了一个人似的，从早到晚，都冷着脸。子规丈夫倒是个好人，耕读不休，但身体欠强健，平时小毛小病不断。有次淮水泛滥，乘船避灾时，他不小心掉进水里，受了风寒，咳嗽不止，后来发展到咯血，两年时间都不得好转，草药服了几十箩筐，最后还是病殁了。紧接着连连灾荒，收成大减，店铺的买卖也一落千丈，家道由此中落。加上子规没有生育，夫家香火难续，公公认为子规是克夫的妇人，是败家的灾星，后来，竟弃她而迁居他地。无奈之下，子规只能长住娘家。

听了子考的诉说，望着子规的身影，孙武对她的红颜薄命深为同情，由子规的不幸又想到子蝶的不幸，心中有着说不出的酸楚和怅惘。

"子蝶生小平时，我正在楚国打仗，一举攻下了弦城。可那晚，天空滑过了一颗扫帚星，我当时就有种不祥之感。其实，子蝶离去，正是我破城之时，杀生太多，上天罚我了，是我害死了子蝶。没想到，子规在夫家受公公白眼，也是因我而起，我对不住她们姐妹俩。"孙武心里乱得厉害，用低沉阴郁的声音说。

"大将军，你别这么说，子蝶能嫁给你，是我们家意想不到的福气。至于子规命运多舛，是我没想到的。人生无常，祸福相随，只能怪她命不好，这和大将军毫无关系。"子考说着，把话题岔开了，"这次先王葬礼，一切都很顺利吧?"

孙武原来出言慎重，但现在他已是个平民，没有那么多顾忌了，也深知子考历来深藏不露，极能自制。孙武向子考谈了用武士殉葬之争、蔡小娇闹灵、巴豪和四条神獒，还有夫差对自己的尊敬及挽留等。

"这是自然的，新王如果有点头脑，必请大将军归朝。可你这么走了，新王会轻易放过你吗?"

"我也在内心斗争过。先王对我有深恩厚泽，但夫差除对越国征伐报仇外，他极有可能打中原的主意，远征齐、晋、鲁等国，这个仗就无休无止了。穷兵黩武，必引火自焚。但这些话，我不能多说。所以，我思来想去，还不如趁早走开。"孙武敞开心扉，把他的想法向子考和盘托出。

"我懂你的心思，八年前你脱身离朝，是伐楚的惨烈让你受不了，加上子蝶、小燕子之死，心里疙疙瘩瘩的。但这次，你又从深一层去想了。这些道理在你兵法中已可见一斑，你身为大将军，却爱众亲仁，厌战思和，其心之善，实在可佩。你这些话跟伍相国说了吗?"

"说了一些，但没有这么深。他也不一定会赞同我这些想法。我走了，不能鼓动伍子胥再离朝，吴国不能没有伍子胥。"孙武说，"想到伍子胥今后要一个人对付伯嚭，我有点不忍心。但只要新王乾纲独断，不听谗言，伯嚭是翻不了天的。新王如昏聩到忠邪不分，由伯嚭这样的乱臣贼子掌管国柄，吴国说不定会遭遇立国六百多年未有之奇祸!"

"这么严重? 难道这奇祸是亡国?"

"不错，吴国从此不存。"孙武坚定地说，脸色极严肃，声音极清楚，丝毫没有戏谑的意思。

子考倒吸了一口凉气，他认识孙武这么多年，还是第一次听孙武用诅咒似的口气说话。而孙武绝不是在诅咒。他怔怔地看着孙武，不知说什么才好，隔了好一会才说:"那么，就没有什么办法了吗?"

"没有善策，伯嚭很得宠，新君一继位就封他为太宰，足以证明对伯嚭的赏识。伍子胥对他的警觉还不足。"孙武说，"子胥过于自信了。诚然，短时期内伯嚭可能不敢对伍子胥怎样，毕竟有先王的'托孤'遗命，不用说，连夫差都会让他三分。但随着伯嚭进一步得势得宠，他必处处跟伍子胥为难。到那时，子胥的日子就不好过了。"孙武说到这里，脸上又现出担忧之色。

子考认识孙武以来，还是第一次听他说国事说得这么多，而且对吴国的前程这么不乐观。这和八年前他悄然出走时截然不同，那时，孙武坚信战事暂定，吴国迎来了与民休息、百事繁荣、兵备充足的时代，前景可说一片光明。不料几年不见，国有大变，孙武的心境也变得不平静了。

"大将军，不在其位，不谋其政，别多操心了，伍子胥不是寻常之人，他会处置好那些事情的。你安心在这里住一阵，咱们爷儿俩钓钓鱼，下下棋，有你陪我，是我最舒坦的事。我年岁大了，近来精神头觉得一天不如一天。你没大事，就多住些日子吧！"子考有些伤感地说，很期待地看着孙武。

"我能有什么大事啊！这次，我可以多住些日子。就是欧剑子老惦记着他的冶坊，可以让他先回去。"孙武答应说，"不过，你要允我一件事。"

"什么事？你说吧！"

"大王要赏我两百镒黄金，我没收。伍子胥赠我十镒，我收下了。我要留五镒给你，你不能推辞。"

"好，我收下，女婿孝敬我的，我干吗不收。我知道，你是担心这么多人的花费会给我带来负担。其实，你不用替我发愁，这些年，我小有积攒，大富说不上，衣食是无忧的。"子考欣慰地说。

孙武和三个儿子就在子考家住下了，欧剑子住了几天，就回家张罗他的冶坊了。孙武每天和子考下棋、钓鱼、聊天。子规鸡鸣即起，忙于一日三餐，浆洗衣服，孙平尽量帮她，从屋旁的井里往屋内水缸里担水。孙武帮着到菜地除草。在和子规的接触中，他发现这个长子蝶四岁的大姐性格和子蝶是不同的，子蝶活泼爽朗，天真灵慧，子规温顺婉约，深沉多虑。她偶然提起夫家的事，眼中便会涌出豆大的泪滴。每到这时，她就会慌忙用手背拭去泪水，低声说："对不起，妹夫，你看我，说说就说到这些事了，惹你不开心。"

"没关系的，有些事别闷在心里，要想说就说吧，我又不是外人，大姐，说吧，我听着呢。"孙武善解人意地说。

这让子规很感动，一个叱咤风云的大将军，耐心会这么好，心地又是那么善良，连国君都要向他下拜的人，竟一点架子都没有。孙武总是默默地听着，有时眼眶也会变得湿润。他们去了趟子蝶和孙燕的墓地，两个小丘般的封土旁，已是草木茂盛，郁郁葱葱，但人稀地旷，还是显得有几分苍凉落寞。她们都是被赐予厚葬的，封土之旁还立有祭台、祭亭，孙武按祭礼摆上供品，烛火果品之外，按"无肉不祭"的礼仪，还摆上猪头、牛腿、大鱼，子蝶坟前还摆上琴一把，孙燕坟前摆上剑一柄。孙武长拜不起，痛彻心扉地向她们说着心里话，那富有感情的声

音，一声声叩击着子规的心，她受到了深深的震动。难怪妹妹会爱慕这个男子，正如父亲所说，她不是贪图他的地位、威望和富贵，而是为他的人格魅力和性情所倾倒。这以后，子规见到孙武的神情就有些异样，一接触孙武的眼神，便立即避开，有时孙武和她说话，她会莫名其妙地脸红。

　　阅尽人间事的子考见了，明白大女儿对孙武的心思，他心想：这两个人要是成了，孙武身边有个人照料，而子规也因祸得福，嫁了个真正的伟丈夫。他又担心大女儿有心，孙武却无意。子考不声响，慢慢观察着两个人。

　　一次，子考终于看出了端倪。那天，孙武在竹简上写文章，子规在一旁伺候。前夫读书写字，她是看惯了的，所以磨墨、削简、洗笔甚至用棉麻线上蜡后将简串连成片，都是得心应手，十分熟练。而《诗经》《周易》《周礼》等书籍里的内容，她亦能背诵不少。孙武大为惊喜，对子考说："大姐很难得，倒是个女才子。"

　　"是啊，她从小就读书，所以会看中前夫，就是因为他是个读书人。"

　　"她年纪还轻，才二十七岁，你就这么让她荒废大好年华，这太可惜了。其实，大姐是个难得的贤淑女子。"

　　"她可能心中有人了，只是没说出来而已。"

　　"这个人会是谁呢？"孙武问。

　　"不过，她有心不等于那个人有意，两情相悦才能幸福。"

　　"既然她有心，我想那人未必不会有意。这么好的女子，上哪儿去找？打着灯笼都无觅处啊！"孙武说。子考不动声色，喜在心中。

　　有一天，子考像平常一样，到树林里练拳，才练了几招，突然眼前一黑，晕了过去。孙武要孙平乘马车速回都城，找伍子胥请宫里的医师前来诊疗。下午，医师来了，把过脉，看了舌苔、瞳仁和脸色，对孙武说，子考的病情极为险恶，从他半身不遂、无法言语和嘴眼歪斜来看，是严重中风，可能医药难治。即便救得了命，也从此起不了身了。医师带来了最好的药，马上开了方子煎药。子规吓坏了，痛哭失声，孙武安慰她："父亲的病，我们一起来看护。你在爹面前，要尽量克制自己，病人需要静心养病，切忌让他再受刺激。"

　　整整六七天，子考神昏思乱。孙武对医术药材是有所了解的，他配合医师，每天数次喂汤药给子考，尽心地照料，甚至不嫌脏，替子考端尿端屎、擦身换衣。子规看不过去，要她来动手，孙武说："你一个女子，不太方便，还是我和孙平来吧。"

　　"怎么能让大将军做这些事呢？"

　　"子规，你这话错了，这里没有大将军，只有他的女婿和外孙，照料长辈，是我们的应尽之职。"

　　几天后，子考的病脱离了险境。这天，子考虽还不能连贯地说话，但能含糊地说几个词句，而且头脑清醒了，知觉也灵敏了。子规见了，破涕为笑，极力安慰父亲，说他享受着国君和王公国戚的待遇，是吴国的医师替他治的病，药又是最好的，只要安心静养，很快就能下床。

　　子考摇头，眼睛盯住孙武，说："我有话，与你说。"说着颤颤巍巍地伸出手，握住了孙武的手。孙武俯下身去，大声说："爹，你有话说吧，我听着呢！"子考又看着子规，抓住了子规的手，放到孙武的手上，说："你们，你们，一起……"

　　子规明白了父亲的意思，顿时脸泛红晕，把手缩了回去，抬头看孙武，孙武也在看她，一把握住她的手，对子考说："你老人家放心，我会不负你的托付，会对子规好的。"

　　子考脸上露出了一丝笑容，久久地握住孙武和子规的手不肯放。

　　一个月以后，子考病情恶化，很安详地去了。孙武安葬了子考，帮着子规处置好子考遗下的薄产，带着子规回到他居住的草房。

第　六　章

楚国派往越国的专使果然是囊丹。

囊丹的车队有五辆马车，其中一辆以鱼皮为饰的帷车，是楚王送给他的姐姐、越国王后季婉的，囊丹乘坐一辆，随从和卫士乘一辆，还有两辆装载着楚王送给越王勾践的礼物，其中有黄金千镒、一批新铸的铜礼器、乐器和酒器，还有十坛置放郁金香制成的香料的酒。五辆马车进入越国国境后，勾践派行人大夫曳庸带五百御林军迎接。这支队伍在越国坎坷不平的道路上行进时，备受越国百姓的瞩目，特别是那辆鱼皮车，华丽、精致，越国人从未见过。由于囊舟的车上插着一面旌旗，上有一个"楚"字，所以，越人都认出这是来自友邦楚国的客人。

曳庸把囊丹一行安置在会稽的驿馆后，便带了囊舟去王宫见越王勾践和王后季婉。囊丹穿的不是官服，而是一袭款式新颖的锦缎长袍，腰间束一条熟皮带，皮带上挂一把玉首、金柄、皮室的宝剑，脚上的一双履，是皮革与丝绸合制而成，十分华贵。

见到勾践后，囊丹从容不迫地跪拜行礼，方才起身。囊丹是第一次见到越王，越王清瘦而俊逸，鹰钩鼻子，清冷的目光，给人威严而又深沉的感觉。这是一个工于心计而城府极深的人。

"囊先生，听说令尊就是楚令尹囊瓦，八年前，蛮吴倾师袭楚，令尊在战争中不幸殉国。至今想起来，我和王后还深感痛惜，令尊是平章国事的一代名相，是越国民众所敬重的朋友。"勾践说到这里，轻轻叹息了一声，"阖闾、伍子胥贪恣暴虐，不仁不义，他们欠下的血债，总有一天要被清算的。"

"人之恩怨，国之纷争，皆事出有因。吴楚、吴越山水相连，本是近邻，却成为水火不容、势不两立的死敌。此一时，彼一时，许多事在当时双方都看得很重，可过了几年、十几年或几十年，会觉得实在是小事一桩，可伍子胥听不进这话，

举兵打进郢都后，楚王弃都出逃，他还不解气，竟把平王尸骸掘出鞭笞雪恨。这种无道之举，人神共愤。"囊丹很平静地说，仿佛是在说一件与他无关的平常事。只是在说到最后一句话时，才稍稍加重了语气。

"囊公子仗义执言的事，已传遍列国，我当时听了就肃然起敬。你说得对，伍子胥这么做，无道之极。父王即便有错，已入土为安，何以要受如此荼毒？"一直静坐在一侧的王后季婉忍不住插话。八年前的那段国难，对她来说，犹如一场噩梦。她那时夜夜惊悸不安，以泪洗面，恨自己无力帮助在吴军铁蹄下挣扎的楚国。这些年，这场梦慢慢模糊了、淡化了。今天听囊丹提起伍子胥鞭父王之尸的事，她的心里一下又变得不平静了，她用手轻轻抚摩胸口，竭力让自己平静下来。过了一会儿，她才轻声问："王弟他们可好？"

"国君他们尚且安好，我来越国前，国君曾召我去面谕，要我带这些礼物给越王和王后，一辆鱼皮帷车，国君关照是特地给王后的。这是礼单。"囊丹说完，从随从手里取过一方竹简，起身递给勾践。勾践接过来看了一遍，递给季婉说："楚国国力不裕，楚王还送这么重的礼。"

"是啊，给吴国洗劫一空后，他们自己日子也不好过。送我鱼皮车干嘛？我待在宫里的时间多，难得出去一趟。况且，国难当头，奢侈的排场大为不宜……"季婉说。

"国君说，这是做弟弟的一点心意。"囊丹说，"我入越境后，沿途百姓对这辆车都很感兴趣，像是看到了稀罕之物。国君说，我姐姐那样高贵的气质才配坐这样的马车。"

"没想到我这个弟弟的嘴这么甜。"季婉笑了起来，"囊公子，我问你一句话，你得如实告诉我，楚国百姓过得怎样？王弟问不问民间疾苦？"

"回王后的话，楚国百姓过得尚可，有食果腹，有衣遮体。可大族占了大部分土地。国君明白贫富的不均会激起民怨，亦不利国家的强大，所以经常到乡间，特别是贫瘠的山区巡视，准备下令大户将兼并的贫户的农田退出来，依周礼造民籍、造牛籍，保护耕牛，鼓励生育，让耕者有其田，并对边境屯兵组织垦殖。"

勾践关心的是如果吴国举兵伐越，楚国如何来支持越国。可这个囊丹就是不谈正题，好像他仅是楚国的贡使，除了递礼单介绍礼物之外，不提及吴国即将采取的进攻越国的军事行动。

季婉听了囊丹的话后，很兴奋地说："大王，我这个弟弟，登位后虽很坎坷，但这些年吃一堑长一智，成熟了不少，有点明主的样子了。"她一边说，一边侧身朝勾践望去，发现勾践似听非听，便伸手推了他一把，"你说是不是？"

"是，是。"勾践回答，双目一睁，光芒逼人。他尖锐地看着囊丹，突然发问，"吴国不顾国丧期间不举兵的规制，已谋定近日内对越征伐，三军已聚集吴越边境，水陆并济，来势汹汹，楚国国君对此有何见教？"

"国君说，吴国必报杀阖闾之仇。想来越国早有布置，国君要我来听听越国的计议，然后磋商细节。"囊丹说，"我懂得越王的意图，在吴军进犯越国时，期待楚军在另一端牵制吴国。"

"不错，越国是希望楚国在危难之际，能以实际之举援助越国，这对越国来说，比鱼皮帷车和黄金更重要。"

"鱼皮帷车和黄金当然不能变作甲士抵御吴军，但越王不屑一顾，错矣！这点，想必王后能体会，国君对越国的一片热诚都在其中了。至于王后问有关楚国百姓之事，我明白王后的心意。楚国之兴和越国休戚相关，一个民不聊生、饿殍遍野、国君昏昏的国家自己都顾不了自己，何以支援越国？"囊丹冷笑着说，"越王，王后比你心细。"

勾践大窘，他还是第一次碰到这样说话尖刻、态度傲然的来使，面对一国之君，竟这样放肆。他不明白楚王怎么会委派这么一个纨绔子弟充当使节，勾践逼视着这个轩昂英俊的楚国公子，突然一阵大笑，说："囊公子，请见谅。这样吧，天气炎热，你们在路上跑了好几天，你先去驿馆歇息。之后，我们去湖口，和越国上大夫、大将军范蠡商议。"

勾践陪同囊丹来到湖口战船上。囊丹对战船上的范蠡说："我们楚国专门出王佐之才！范大夫指挥越国三军，伍子胥指挥吴国三军，同为楚国人，却各为其主。"

"伍子胥是给平王逼走的，他和楚国有深仇大恨。我和文种大夫是自愿到越国来效力的，我和伍子胥又成了死敌，囊公子说得对，吴越之争，背后都有楚国人。那么，老家人总要给个态度，伍子胥挥师来犯，你囊公子是袖手旁观呢，还是拔刀相助？"

"阖闾、伍子胥伐楚前，我是作壁上观，诸侯之间相互攻伐不止，天下扰攘不安，尽管都打着匡复周室的旗号，其实都非顺天应人的义战，无非是掠地扩张，以强凌弱。我周游列国，以商为业，安闲度岁，见识了天下风物，也见过不少贤哲之人。鲁国的孔仲尼提出的'天下大同''仁爱治国''克己复礼'，我是很赞成的。孔仲尼的一个'和'字尤其可贵，天和则清，地和则宁，人和则安……"囊丹滔滔不绝地说着。

"囊公子，孔仲尼想得很美，但这套主张只是空想而已。吴国灭越之心始终不死，现在又以大军压境，妄图一举踏平越国。你囊丹有仁义之心，我范蠡何尝没有，可人家把刀架在你脖子上，你能坐以待毙吗？国家能任凭践踏吗？"范蠡用楚语对囊丹说。

囊丹看着不远处的越国军民正在水面上构筑阻挡敌舰的木桩和石垒，还有无数的大小战船停泊在芦荡外，旌旗招展。显然，越国在全力备战，这场面的确令人受到鼓舞。

听范蠡语气激动地责问自己，囊丹不为所动，他的眼神中闪现着一丝特有的带着嘲讽的幽默，淡然一笑："范大夫，你还没有听我说完。我至今仍认为和为贵，仁为道，但吴国伐楚以后，我的想法有所改变。当我得知父亲战死，都城陷落，王宫被占，瓦解覆亡之祸就在眼前，我猛然醒悟，前所未有地意识到我是楚国人，我生于斯、长于斯，这个国家的河川、山谷、平原已渗入我血脉，在我眼里，它是天下最壮丽之地，'皮之不存，毛将焉附'，于是，我决定不再作壁上观，看到伍子胥鞭尸，我忍无可忍，冒死斥责伍子胥。他那每一皮鞭，不仅仅打在平王身上，而且还打在每个楚人心上。楚民原对平王并无好感，但见他尸骸被鞭挞后，都为他抱不平。国君回国后，不忍回郢都，迁都他方。国家经此浩劫，已明显衰落，我期待天下太平的理想并未放弃，这场战争更让我看到战争的残酷和破坏，四海和平，应为天下人共同谋求的目标，但作为楚人，我当立报国雪耻之志。"

"听说囊公子把这些年经商积累的钱财都捐给国家了？"范蠡问。

"是的，散尽千金，充作国帑，更有价值。这是不值一提的区区小事，不必张扬。让我欣慰的是，楚国的那些巨室豪族也跟着慷慨解囊。我们原来打算让楚王用这笔款子造新都的王宫，但太后和国君将此款用于军备，并抚恤战争中捐躯将士的家人。"

勾践听后，十分感动，说："囊公子如此公忠体国，令人钦敬！"

"我可以帮国家做事，但不想入朝为官。这次入越，是我主动向国君请命的，我来的目的只有一个，听越王和范大夫指陈天下大势，尤其是楚吴越三国大势，共伸同仇敌忾之志。"

"共伸同仇敌忾之志！"勾践重复着这句话，"请范大夫将越国抗吴入侵的部署向公子作详细介绍，再请公子赐教。"

范蠡便把军事上的部署有条有理地说了一遍。囊丹听完后，默默无语，时而望一下湖面上的景色。

"楚国不可能出兵牵制吴军，这是个老办法了，吴国已警觉楚越可能会联动，早就有足够的准备。如果楚国用兵接济越国，吴国会在征服越国后，再来个回马枪攻楚国，那么，这个局面就不可收拾了。"

"这么说，囊公子来越的目的是告诉我们，吴国出兵，楚国见死不救了？当年，楚国被吴国打败后，申包胥哭秦廷，秦国念和楚国有联姻之亲，毅然出兵相救，逼退了阖闾。越国和楚国也有联姻之亲，不看我国国君面子，也得看看王后的面子，王后毕竟是楚王的亲姐姐啊！"范蠡急急地说，但囊丹极有涵养，他不气不恼，很平静地说："我入越是共伸同仇敌忾之志，楚国当然会相助越国，但相助可有多种办法。"

"请问囊公子，楚国到底用什么办法来钳制吴国？"

"兵法上有一条，声东击西。我们不犯吴国，但可犯蔡国，蔡侯仗着背后有吴国撑腰，女儿又是吴国的太后，这段时期时常在边境挑衅闹事，楚国已发文牒给蔡侯，如不收敛，后果自负。"

"这是先礼后兵，到时对蔡国用兵，蔡国必向吴国求救。好，这办法避开了楚吴直接交锋，但同样能起到牵制吴国的作用。"范蠡明白了楚国的意图，蔡国是夹在楚吴之间的一个小国，蔡国沦于楚手，吴国将失去一个屏障。楚国毕竟是个大国，吴国不能不有很大的顾忌。

勾践听囊丹说出楚国准备采取的策略，觉得很满意，不管怎样，楚国能在关键时刻配合越国，已经很不容易了。战事结束八年，楚国的元气还没有恢复，虽然是攻蔡国，但仍冒着和吴国再度交战的风险。楚王所以确定攻蔡救越，就是为避免楚吴直接冲突。

"楚国不希望再被拖入战争，吴越之间也并非完全没有暂时息战的可能。"囊丹忽然目光灼灼地看着范蠡和勾践，"其实，把阖闾打死，弊多利少，这仇结得太深了。这场战争，如能晚打几年，我们就从容多了。"

"我们也不想打，越国何尝不想太平无事，也何尝不想和吴国化干戈为玉帛？"范蠡摇着头说，"这仗已无可避免，时不我待。"

"据说，孙武来吴都参加阖闾葬礼后，又出走了。"

"是，孙武没有回朝，这对楚越来说，都是件幸事。"范蠡说。

"我特别能理解孙武为何要退隐。如果有合适的机会，我想结识他。"囊丹毫不掩饰地赞美，脸上露出神往的表情。

勾践听着他们对孙武赞不绝口，他半真半假地说："既然孙武这么人才难得，何不争取他为我所用？"

一剑封喉
YI JIAN FENG HOU

囊丹和范蠡几乎异口同声地说："使不得，这绝对使不得，孙武不为吴所用，亦不会为他国所用。吴王正是了解其为人，才放心让他归隐田间的，让他安适地过他的隐士生活吧！"

"我知道，我知道，我不过是说句笑话，范大夫早就提醒过我，山可移，孙武不可移。"勾践笑着说。

"孙武不可移，还有一个人可移。"囊丹说。

"是谁？吴国太宰伯嚭？"范蠡问。

"伯嚭算什么东西？"

"那你是指谁？"

"伍子胥。"

"伍子胥此人你还不了解吗？他断然不可移的。"范蠡摆着手说。

"你们有所不知，伍子胥大儿子伍树的生母津香还活着，至今还生活在郢都。津香的哥哥津夷是我多年的好友，据他说，伍子胥不仅没有忘记津香，而且对津香的怀念与日俱增。津香也念念不忘自己的儿子。"囊丹感慨地说，"八年前，郢都民众知道她是伍子胥的女人，把对伍子胥的恨发泄到她身上，在一个巷子里把她打得半死，是我和津夷救活了她。伍子胥以为她早死了。"

"好啊，如果津香能在伍子胥面前死而复活，伍子胥一定会欣喜若狂，津香可乘机劝伍子胥对越手下留情，伍子胥说不定会听她的话。"勾践说，"可这个女子愿意做说客吗？"

"只有我和津香一起入吴找伍子胥，劝解他收兵息争。不过，越国要为和吴国修好作出非一般的让步。"

"只要吴国收兵息争，越国是有诚意和吴国修好的。既然有这层关系，请囊公子伺机入吴，对伍子胥晓以利害。"勾践说，"不过，正如范大夫所说，伍子胥此人很倔强，恐怕很难说得通。"

范蠡对囊丹修好的建议不屑一顾，没有接他的口。

吴国万事俱备，就剩下占卜、观天象这件大事了。这是件不可轻视的事，上次伐越，被越军击退，吴王阖闾命丧檇李，就是被离将卜筮和天象所显示出来的凶象判断成吉兆。所以，夫差这次格外小心。

夫差骑上他的白马，由伯嚭、钮宣义、公孙雄陪同，来到都城外的一块演练场，巴豪正式表演四条神獒逐兔。先由一个士兵拎着两只兔笼，里面各关着四只肥硕的灰兔。巴豪牵着四条高大凶狠的神獒，对它们喊道："蹲下！"四条神獒便

乖乖地蹲伏在地上。这时，拎兔笼的士兵走到离神獒二十多步远的地方，巴豪朝他挥挥手，那士兵便把笼子的门打开，兔子愣了一下，撒腿就向四处飞逃。只见四条神獒箭一般地追逐兔子，仅片刻工夫，便分别用它们的利爪抓住了兔子，用利齿咬断兔子的脖颈，又将兔子撕裂成几块，吞噬进肚。另一只笼子里的兔子也很快成了神獒的美餐。

夫差和伯嚭、钮宣义骑在马上兴致勃勃地看着，公孙雄下了马，和夫差、伯嚭保持着一段距离。他虽脱离了马厩，但爵位尚未恢复。他大声喝彩着，四周身穿黑衣、手持锃亮的长戈刀剑的禁军也"呵呵"地喊叫着。

"大王，据巴内官说，这神獒还有一个本事，可预测吉凶。它们是有神性的动物，能传达上天的旨意。"伯嚭骑在马上对夫差说。

"以前怎么没听巴豪说过神獒有此神性？"夫差将信将疑地问。

"我也刚听巴豪说，他是受命占卜、观天象后才提起的。不妨让巴豪试试？"

"怎么个试法？"

"由巴豪牵神獒在演练场走上三圈，全场需保持肃静，不准喧哗，不准嬉笑，巴豪连喊三声'杀向越国'，四条神獒如发出雄壮有力的声音，便说明我们必胜。如仰头像狼嗥般地发出'呜呜'的哭声，那就是出师不利。"

"告诉巴豪，此事关系到国家大事，不许玩忽，也不要有意逢迎，天意怎样，如实明示！"夫差认真地说。

伯嚭唤巴豪牵着神獒走上前来，把夫差的话重复了一遍。巴豪听完后，用低沉的声音回答说："巴豪遵命，这是在求证神力，巴豪深知事关重大，不敢有丝毫的疏忽。"

"寡人相信你的神獒。伯嚭，传寡人口谕，在场所有人不准讲话，违者杖五十！"夫差说。

"是，大王。"伯嚭答应着，传达了夫差的口谕，演练场顿时鸦雀无声，只有风吹着旌旗发出的声响。

巴豪牵着四条神獒，默默地绕场三圈，然后松开牵绳，抚摸每条神獒的头，说了一通谁也听不懂的咒语。神獒们都蹲伏在地，发着寒光的眼睛盯着巴豪舞动着的手，四条猛犬竟出奇地镇静。突然，巴豪朝着越国的方向，声嘶力竭地吼喊："杀向越国！血洗越国！为先王报仇！"他连喊三遍，喊声撼人心魄。

夫差有些紧张地盯住那四条端坐在那里的神獒，眼睛眨都不眨。四条神獒随着巴豪一个手势，迅即站了起来，面对越国的方向，不约而同地仰起头来，像狼嗥那样发出哭一般的长啸声，顿时，演练场的气氛沉重到了极点。夫差傻眼了，

他呆若木鸡地坐在马背上，那四条通神的狗所发出的声音，清楚不过地表明了吴国对越国的讨伐将出师不利。这是夫差所没有想到的。

巴豪一摆手，四条神獒停止了嗥叫，恢复了常态。巴豪毫无表情地走到夫差的马前，跪拜在地，大声说："大王，经獒犬求证，征兆不佳，吴国不宜举师伐越，请大王三思。"

巴豪话音刚落，人群中便嘈嘈杂杂地议论起来。夫差沮丧地看了眼那四条神獒，说了声："回宫！"伯嚭、公孙雄紧随其后。

伍子胥听钮宣义说完巴豪用獒犬显灵，预测对越战争的凶吉后，只感到离奇。"谬矣，谬矣！自古至今，未听说犬可通神，钮将军，这分明是巴豪在糊弄人，你相信吗？"伍子胥声若洪钟地说。

"我当然不信，但那神獒叫起来确实异样，就像是狼嗥那样凄厉。可它平时不是这么叫的，而且四条獒犬都齐对越国那个方向。"钮宣义很谨慎地说，"在场所有人都耳闻目睹，这里面到底有何蹊跷，就看不太懂了！"

"肯定是那个巫师在捣鬼。"乐范闻声走出来说，"用狗叫声来决定军国大事，闻所未闻，肯定是骗人的勾当！"

"我去跟大王说，西域来的獒犬，对着什么方向，叫声如狼嗥，这都不足为奇，这是可训练的，这肯定是巴豪在耍把戏。"伍子胥说。

钮宣义轻声对伍子胥说："伍相国，这个巴豪的来历确让人怀疑，他有楚国口音，据说是伯嚭的亲戚举荐的。但他曾云游四方，经历很复杂，害人之心不可有，防人之心不可无啊！相国不妨婉转向大王提一下，他那个位置，如果为人不可靠，岂非贻害无穷？"

"嗯，我看此人不简单。"伍子胥忧心忡忡地说，"钮将军，你能否派一名机警干练的心腹，到楚国等地摸摸底细？"

"这当然可以，我早有此念，也有合适的人。"

"好极，你马上去办。只是……"伍子胥迟疑着，没有说下去。

"相国还有吩咐？"

"此事只限于你我知道。"

钮宣义当然明白，不便多说的原因是巴豪受到了大王的信任和宠爱。想到这里，钮宣义就像当年先王阖闾诛王僚，夺回王位，安排他率兵在王宫周围警戒一样，心里陡起一种庄严的感觉。他还想起孙武曾郑重嘱托他，要他尽力帮助伍子胥，他是一口答应的。他坚定地说："相国，我知道了。"

"知我者，钮将军也！"伍子胥说着，肃然一揖。

夫差回宫后，徘徊苦思，心里十分懊恼。相信吧，极不情愿；不相信吧，神獒的行为代表了上天意愿，是绝对不能背负的。他顿一顿足，喊道："请伍相国和太宰来。"

很快地，伍子胥和伯嚭进宫了。在内室，夫差亲自关上门，吩咐未经同意，任何人都不许靠近室门和窗棂。

夫差把事情说了一遍，伍子胥假装愕然道："这獒犬何以这样不体我国君臣之心？伐越报仇，天经地义，无可非议，臣以为，不管獒犬怎么叫，不足为信。"

"是啊！不过，寡人和太宰都在场的，亲眼目睹这四条神獒的反应。"夫差说，"太宰说，有些动物是有神性的，既然这样，这神獒能以叫声通神，也未可知。"

"大王所言极是。"伯嚭说，"刚才伍相国问得好，这獒犬何以会这样不体我君臣之心？是啊，要是这狗通人意，它们定会支持吴国踏平越国，为先王报仇雪恨，但它没有这样的表示。为什么？因为，这四条狗不是寻常之犬，而是西域来的神獒，它们不通人意而通神意。既然是神性的昭示，自有其道理。所以，臣认为，宁可信其有。"

"用犬叫声来测凶吉闻所未闻，仅是巫师一人所言。大王，臣认为不可信。"伍子胥力辩，"大王，臣还有一个建议。"

"伍相国请说。"夫差做了个请的手势。

"事关国家祸福，臣以为郑重起见，可请巴豪、被离同时用龟甲占卜，并观天象。如他们判断一致，大王可以此为凭，当断则断。"

"说得是！"夫差蓦然而起，"就这么办，太宰，你通知巴豪、被离同时用岁龟占卜，并观天象，要他们务必观察精细，不得有误。相国多费些心，监督他们恪尽职守。事情办妥了，寡人会有重赏。告诉被离，不要有什么羁勒，只要尽忠尽心，寡人不会有什么猜疑的。"

这下可急坏了伯嚭。然而他没有任何办法违抗夫差的上谕，他明白，夫差已下定了举兵讨伐越国的决心。

虽然当时被贬损为司农大夫，被离不太在乎，甚至有种从累赘中脱了身的轻松的感觉，但时间一长，世态炎凉带来的种种冷遇和闲话，使得他也不免灰心。伍子胥将夫差要他转告的话告诉他后，被离心里很激动，情绪为之一振，神色大为舒展。但他很不情愿和巴豪同时担当占卜、观天象这样的重任。

"既然用他来替代我了，何以还要我参与？这岂非多此一举？"被离以不屑的口吻说，"伍相国，卜祭历来为治国治军的要务，不让我服其事，这自然可以，但也得找一个比我强的人啊！"

"你说得不错，但有时候，要容忍万不能容忍之人。"

"于国于私，我绝不能容忍这样的人。"

"我所说的容忍，不是对他们姑息迁就。被离大夫，我知道你心里不痛快，可我必须告诉你，让你参与其事，是我的主意。巴豪用他四条獒犬的叫声来判断不宜用兵。我向大王提出，狗叫不足信，要以龟甲和天象为准。但把这样重要的事只交给巴豪，我当然不能放心，于是，就向大王力争让你参与。"伍子胥以冷峻的声音，严肃地说，"这么重要的事，希望被离大夫能不计个人委屈，以吴国福祉为重！"

"相国，我明白了。"被离一下理解了"要容忍万不能容忍之人"这句话的深意。"我听相国的安排。"他说。

"好，你不愧是一点就明的人，先王生前一直赞赏你的见机和聪明。"

"先王对我的隆恩，我无法报答了，想起来不免惭愧。"

"先王虽不在了，但我们辅佐大王完成先王未了的遗愿，为成就吴国霸业竭尽所能，这就是实实在在的报答。你司农亦好，农桑事关国计民生，与军备亦利害休戚，兵马未动，粮草先行，这粮草就得靠你了。你可在这方面一展才能！"伍子胥颔首微笑着。

夫差对巴豪和被离联合占卜、观天，十分重视，因为这关系到对越用兵，关系到"替父王报仇"的誓言。他亲自挑了个吉日，确定巴豪和被离同时在点将台上观天，他和伍子胥、伯嚭坐镇监督，派钮宣义带领五百名禁军封锁点将台周围的广场，文武百官列队现场见证。而且，在占卜、观天之前，他要亲自到祖庙祭祀，然后再由巴豪和被离登台观测天象。这么郑重的礼仪可说前所未有。

伯嚭一听，半天都说不出话来。后来，他把巴豪和公孙雄找来，对巴豪说："这件事，一切按王命从事，不必勉强而为！"

"这要看越人的造化了，如天意要灭越，非人力所能阻挡。"巴豪回答。

伯嚭重重地叹息了一声，"巴豪，你要小心些，不要横生枝节。如得出的是吉兆，你让良人把四条神獒斩了吧，大王不会信它了。"

"不用它们卜卦，陪大王打猎也可以啊！"

"你能通灵通神，未必通人事。今晚占卜、观天的结果若和神獒的预测不同，它们必成众矢之的，你说，还有留着它们的必要吗？"

巴豪没话说了，只好恭恭敬敬地表示遵从。

晚上，夫差和伍子胥率主要的文武大臣先去祭祖。事毕，被离和巴豪登上点将台观测天象。这是一个晴朗的夜晚，正是观测天象的好气候。

被离和巴豪先跪下望空而拜，再起身仰望着神秘而浩瀚的天空，细看一会，越国方向有些灰暗，仿佛有乌云涌动。而头顶的明月周围有两道淡紫色的月晕。被离笑了起来，这是吉兆无疑了，他侧身对巴豪说："巴内官，你看清楚了吧，祥气绕月，吴师伐越，必一战而霸，你认为如何？"

"被离大夫说得不错，这是吉兆。"巴豪毫无表情地说。

"听口音，巴先生是楚人？"

"是。生在楚地，但从小就出去闯荡了。"

伍子胥也略通天象，他望着夜空，忍不住喊道："好极了，好极了！多好的天象啊！"

夫差听后，如释重负："真是上天有眼啊！"

夫差话音刚落，蓦地，一颗彗星曳着长长的光尾划过夜空，一瞬间，就坠落在茫茫的五湖中了。被离一阵惊心，彗星不祥，举世公认，它偏偏在这样一个重要时刻出现了。巴豪自然是看到了，但他像没有看到一样，抬头望着幽深的天际，脸上露出痴迷的神情。伯嚭的嘴角露出了一丝难以觉察的笑容，顿觉浑身轻松，在心里说道："天助越国，一场恶战看来可以避免了！"

夫差也清楚地看到了这颗彗星，那条扫帚形状的光束，像一把利剑刺进了夫差的心窝，他的心猛然往下一沉，盛夏时节竟惊出一身冷汗。

伍子胥看到扫帚星后，半天没有反应过来。

夫差面色铁青，一语不发，转身就朝宫中走去，一只手紧紧地握着挂在腰间的长剑的剑柄。钮宣义愣了一下，马上带了一队禁军追上去。文武百官面面相觑，进退两难。伍子胥见被离和巴豪已从点将台下来，走到他面前。

"你们都看到了吧？"伍子胥问。

"今天天象很奇怪，开始是月有紫晕，星空皎洁无瑕，是少见的好天象。可风云突变，突然冒出了一颗不祥之星。今日天象的兆头说明，举兵伐越，毫无疑问是不适宜的了。"被离淡淡地说，"这是我之所见，请问巴豪先生，你以为如何？"

"长星凌空，险象也！被离大夫已说得很清楚了，我不再重复了。"巴豪轻声说。

"好吧，不管怎样，这也是一个结果。大家回去吧，今日到此为止了！"伍子胥对围上来的百官说。

扫帚星的出现一下就在民间爆炸似的张扬开来，大家议论纷纷，不知有何灾难降临。

这天，伯嚭找到伍子胥，说："伍相国，这人心惶惶的怎么办呢？"

"长星显现，确是不祥之兆，但全国并未发生大祸，百姓不过是有点议论而已。你我是国家重臣，我们无端慌张，更会扰乱人心！"伍子胥板着面孔，坚决地说。

"我知道你是对此星印证神獒的神性不服气，可事实说明，神獒果然神得很。"伯嚭很生气地说，"举兵报仇，也是我的心愿，我主张暂缓，和越国这个结早晚要解的，迟它几日有何妨？"

"迟它几日有何妨？你说得好轻巧。"

"大王有何打算呢？"

"无计可出，无能为力。不过，我奉劝你，见了大王不要说迟它几日有何妨。还有，不要用神獒去逗大王玩乐了！让大王静下心来好好想一想。"伍子胥不客气地说。

伯嚭被他说得脸上一阵红一阵白，却沉着得出奇，半晌，才用不带感情的声音说："伍相国，你说得不错。"

伍子胥知道他向来口是心非，便不再搭理他，转身向王宫而去，得到的答复是：大王在休息，什么人都不见。伍子胥充满疑惑地打道回府。不一会儿，伯嚭也到了王宫，夫差也没有见他，理由和回复伍子胥的完全相同。

夫差虽然依然让士兵向他发问，但他回答的声音不似以前那样咬牙切齿了。彗星出现后，伐越的计划不得不暂时中止，夫差命令吴国水师、步卒和车骑三军按原来的部署屯兵边境，随时待命进攻。但夫差憋的一股子劲一下泄了许多。他心里清楚，讨伐越国的最佳机会已错过了。他从谍报中了解到，越国已察觉了吴国突袭越国的行动，凡军略要地，特别是湖口，已是重兵把守，营垒高筑。对于越国的警惕和部署，夫差并没有特别重视，吴国调兵遣将、大军集中在边境那么大的动静，当然瞒不过越国，况且，越国在吴国安插的奸细绝非个别，正像吴国也有不少谍人潜伏在越国一样，双方都防不胜防。夫差几天都没上朝，躲在宫里闷闷不乐，每晚都盘桓在后宫。

当宫女把大王的动向密告给王后齐姬，齐姬感到很奇怪，也很不乐意。在她眼里，丈夫总是英姿勃发的，做太子时是这样，继位后更是这样。他是做大事的人，任何时候都不会忘记自己的责任和担当，绝不是那种贪图安逸、荒淫无度的昏君。可这段时间，丈夫宫门都不出，一反常态，沉浸在温柔乡里而置国家大事于不顾。

"我听她们说，大王的精神出奇的旺盛，像那神獒搏兔那样……"宫女支支吾

吾地说。

齐姬默然了，她挥挥手，叫宫女走了。她知道大王心境不好，原因就是天象不好，不能马上发兵越国。在齐姬看来，不打仗是好事，但男人都尚武，不打仗不舒坦，先王阖闾是这样，她的父亲齐公也是这样，继承了王位的王兄也是这样。和外国打不算，还要自相残杀。

齐姬是齐国的公主，在深宫里养尊处优，国色无双，就是身子单薄些。先祖齐桓公南征北伐，九合诸侯，称雄一时。此后，齐国成为一霸。虽然已过去了几代，它也依然是泱泱大国，她也生活得高傲而任性。及笄之年，该考虑她的婚事了。

但此时，齐国国势急转直下，大族结党营私，争权夺利。齐公听信谗言，逼死了孙武的族叔、战功赫赫的名将司马穰苴，又把孙武逼到吴国。吴王阖闾起用伍子胥、孙武，整军经武，实行新政，鼓励农桑，在短短几年中，吴国崛起，一举攻入楚国，威震天下。齐公后悔了，他重新厚葬了司马穰苴，还派专使到吴国找孙武致歉求和，但孙武已隐居了，没法找到他。齐公决定与吴国结盟。不管齐公是何用意，在中原首先称霸的齐国能成为吴国盟国，对吴国无疑是有利的，符合伍子胥和孙武帮阖闾制定的远交近攻的战略。阖闾便接受了齐国的好意，齐公还将女儿远嫁给了太子夫差，使得齐吴关系紧密起来。

齐姬在出嫁前，以为吴国是未开化的蛮夷之地。到了吴国后，却和想象中的大不一样，吴地繁华富庶，吴宫的殿宇之宽敞，一点儿也不比齐国临淄的宫殿逊色。加上丈夫夫差英武伟岸，公公阖闾对她很慈祥，年轻的王后蔡小娇更是热情、体贴，使齐姬的心头很温暖。她为夫差连生三子一女。

刚到吴国时，她特别想家，情不自禁地眼泪汪汪。蔡小娇起初以为她受了夫差的欺负，便去问她："什么事这么伤心，是太子欺侮你了？"

"不，没有。"齐姬抹着泪摇头说。

齐姬告诉王后，她想家了，刻骨铭心地想，不由自主地想。

蔡小娇笑了起来，原来是放不下家。她很理解，她从蔡国刚嫁到吴国时，也经常想故国，想父母兄弟，想家里的点点滴滴。但她性格开朗，一年半载后，对于故国和家的思念就慢慢淡薄了，而且把吴国作为自己的家了。

"原来是这样，傻孩子，我们做女人的，不管是什么样的出身，早晚都要离开娘家，到夫家过日子。夫家才是你真正的家，别哭了，给太子看到了，要笑话你的，男人最看不得女人无缘无故地哭闹。"蔡小娇掏出一块丝巾给齐姬擦掉眼泪说，"好了，好了，你有孕在身，别哭坏了宝贝，他可是王子王孙啊！"

齐姬一听，便收泪了，浓黑的睫毛上挂着晶莹的泪珠，美丽的眼睛闪着一丝

笑意，她轻轻说："王后，让你见笑了！"

但齐姬还是忘不了故国，思乡情更浓了。夫差和阖闾终于知道了齐姬的心疾。

"什么时候我凿一条河，直通齐鲁，乘咱们的艅艎去齐国，或者从海上去。"这是夫差劝慰太子妃的话。太子妃没想到，多年以后，夫差果然开通了邗沟，以沟通长江和淮河，随后又打通了沂水和济水。他兴这么大工程，绝非为了陪同太子妃去齐国归省，恰恰相反，他是率领吴国水师攻打他妻子念念不忘的祖国，使中原震动，这是后话了。

阖闾为了医治太子妃的心病，下令朝齐国方向开一扇城门，城门之上筑一座城楼，取名齐门，吩咐宫女，每当齐姬想家时，就陪她登上齐门城楼，遥望齐鲁大地。齐姬的思乡病好了，但她善妒的性格越来越突出。

现在，听说夫差连续几天在后宫流连忘返，甚至不理朝政，齐姬有些失望，有些伤心，更多的是妒忌。但她当然不能去后宫找夫差兴师问罪，她想到了太后蔡小娇。阖闾薨逝后，她像换了个人。不过她的亮丽丝毫不减以往，三十多岁的人了，还是个大美人，肤白如雪，头发乌黑，仪态万方。

齐姬是在水池边见到太后的，便趋前行礼，欲语不语地站住了，眼睛扫了一眼宫女。蔡小娇看出齐姬有事，挥手示意，那几个宫女便远远避了开去。

"王后，你是特意来找我的？有什么事吗？"蔡小娇问道。

"不，我出来散散心，来这里正好碰到太后，好多天未去太后宫中请安了。"

"我嘛，你不是看到了吗？王后怎样？胜玉好久不见了，我怪想念她的，有空带她到我宫中来玩。这小姑娘是个美人胚子，又机灵懂事。"

"好的，太后要见胜玉，让宫人过来说一声，我带胜玉随时过去。"齐姬说到这里，迟疑了一下继续说，"太后要是见到大王，方便的话，让他爱惜点自己的身子。这几天他不上朝，又不回自己的宫，大臣也不见，天天在后宫消磨，像中了邪似的。祭天那晚，见到了彗星后，他就这样了，实在让人担忧。"

蔡小娇也听说了彗星的事，好声说道："这些事，我不曾听说，也不想听。我劝你也不要多言，夫差是有头脑的人，会有分寸的，至于不上朝、不议政，伍相国和太宰自会直谏。"

"太后的意思，我去跟相国或太宰说。"

"后宫不得干政，这是规矩。说实话，我能嫁与先王这样的伟丈夫，心满意足了，你也要满足才好。"蔡小娇说完，未等齐姬回话，转身就走。

齐姬思量着太后的话，一步一步朝寝宫走去，内心异常地不安。还未到宫室，四岁的女儿胜玉蹦蹦跳跳地跑来，说："母后，父王在找你，你上哪去了？"

齐姬牵了胜玉的小手，赶紧回宫，见夫差一身戎装，脸色虽有些疲惫，但精神还算饱满。他见到齐姬，站起来问："你去太后那里了？"

"是，在花园陪太后赏了一会儿鱼，聊了几句。"

"这几天我在后宫待的时间长了一些，我心情不好，原来都预备好的事，一颗彗星就搅乱了。不过，这两天我想清楚了。彗星显现，固然是上天的旨意，但事在人为。我马上要去见大臣，伍相国和太宰几次入觐，因我还未想好，都拒之门外了。"夫差说，"此刻，他们已在大殿等候，怕你着急，回来跟你说一下。你们自顾进餐，不必等我，等把越国灭了，咱们去齐国省亲。你多没来，我不会怪他，他没了门牙，不好意思见人。"

齐公没有门牙是个笑话。齐公原有三个儿子，都是齐姬的弟弟，后又老年得子，他特别宠爱，伏在地上让小儿子当马骑。马有缰绳，为了学得像，齐公也在嘴里咬上一根丝线编织的绳索，让小儿子牵着，他在地上爬行。小儿子跨在他身上，嘴里还喊着"驾、驾"。他毕竟上了年岁，力气有限了，一次正爬着，小儿子嫌他爬得慢，猛拉绳索，齐公趴倒在地，一阵剧痛，满口鲜血，他的两颗门牙竟被"缰绳"拉下。夫差对齐公不来参加阖闾葬仪很不满，齐姬也觉得心里有愧，很失面子。夫差沉湎后宫，齐姬除了有妒意外，还担心他记恨岳父失礼的原因，故意在气她、报复她。

齐姬听夫差这么说，满腹的妒意和怨气顿时都消失了，心里升起一股暖流："我不着急，只是担心你饮酒过量，伤了身子。也听说了长星的事，真是天公不作美。你能想通，我太高兴了。"

夫差没有再多说什么，从柱子上摘下剑，挂在腰上，大踏步走出宫去。

大殿上，吴国主要的武将都受命来到殿前，其中有钮宣义、卓荣、钮寒、华元、公孙雄、徐承等。

夫差的案几上，摆满了舆图兵书，军马册籍，一卷卷地堆得很高。

"各位爱卿，观天象那晚以来，寡人还未和大家见过面。我想了几天，终于想通。寡人先问一句，伍相国，越楚有何动静？"

"据谍报，越国不断在调兵遣将，修筑水上工事，湖口打了几道木桩，几道石阵，沿湖禁止商旅过江，亦不准捕鱼。楚国边境没有异样的动静，但楚国派遣的专使在越国待了好几天，和勾践、范蠡、文种密商了好长时间，这个迹象不妙。"伍子胥回话说。

"越国备战，不足为奇。只是楚国这个时候派专使到越国，想必是想搞点摩擦，以牵制我国，这是老把戏了，但我们不能轻敌。那个专使是谁？"夫差问。

一剑封喉
YI JIAN FENG HOU

"原楚国的令尹、战死在柏举的囊瓦之子囊丹，此人是商人，从来不问政，曾潜入吴都转达楚王想和吴国修好之意，被我拒绝了。"

"此事我知道，他不是不问政事吗？怎么成了楚王的专使呢？"

"人是会变的，他父亲死在柏举大战中，他仇恨吴国是不奇怪的。据说，楚建新都，他捐出家财用于造王宫，楚王将此款项用在兵备上了，至今以民宅为宫。可见楚国国帑之可怜。此人极精明，见多识广，善于交际，估计楚王用他来司行人大夫之职。"

"这暂且不要去管他们。寡人想了几天，彗星出现，我们暂停对越用兵，过段时间，没有灾星了，我们再举兵也无妨。从现在起，我们君臣要当机立断，加紧整军经武。战是不可避免的，吴国绝不能因彗星而泄气，要随时伺机征服越国，然后进图中原，霸业可成。"随后，夫差作了详细的布置：首先要发展农桑，开垦农田，鼓励货殖，增加人口，使国库得到进一步充实。军备上要在平原山野中多筑城堡，屯兵把守，要造更大的船。另外，在五湖东南向东开凿一条河，西连五湖，东通大海。同时，在五湖和长江之间再开挖一条河道，增加一条通往长江的水道。此后，在平定越国，统一长江以南后，再开凿一条大河，引长江水北上流入淮河，将吴国边界推进至宋、鲁。如有了水道，伐齐、凌鲁、逼晋、攻秦就有了凭借。

夫差这席话，显然是经过深思熟虑的，伍子胥听了大为兴奋，捋了下雪白的长须，说："大王见解极是！大王英明果断，所见精到，计划周全，尤其开挖河道，既是兴农之必需，又是兵备之关键，可谓一举两得，利民利国。大王有如此高识远见的通盘之策，诚为国家之幸！子胥将尽力助大王去实施。举兵伐越，报仇雪恨乃是这计划中重中之重，臣已立誓，不平越国，臣不饮酒，不食肉，不修须。还有，臣愿将儿子伍树送入队伍，披上战衣！"

伯嚭悚然心惊，几天不见夫差，从被他买通的宫女那里听说他天天在后宫花天酒地，沉醉女色，惹得王后很不高兴，今天一见，难道是佯装沉沦，暗中在作新的筹划？不能排除他是和伍子胥密商定计的。想到这里，伯嚭警觉起来，自己显然低估了新君的城府和心思，他不愧是阖闾的儿子，又长期受孙武的训导，深沉得可以，倘若如此，自己要小心些，至少不能唱反调，暂时也不能和伍子胥处处作对。

他马上发表了一通热情洋溢的发言，同时，表示和相国一样，会把儿子伯龄送入队伍当驭手，因为他精于马术。还建言建规模巨大的军马场和陶场，争取从中原引进好马；至于陶场，是用来生产军用的陶器，并推荐公孙雄负责军马场和陶场及其他军备物资，自然，他的上将军之衔也当恢复。

夫差一边听一边频频点头，眼中露出赞许的光辉，神情显得很兴奋。

第 七 章

夜半，勾践被突如其来的风声和雷声吵醒，他翻身起床，心怦怦地剧跳，感到非常不安。

王后季婉也惊醒了。寝殿内只亮着几盏黯淡的灯。季婉起身，坐到勾践旁边，为他披上一件衣衫，柔声问："好端端的，怎么啦？做了噩梦了？"

勾践点点头，对季婉说："王后，给寡人倒点酒来。"季婉应声起身，到一张几案边倒了一觞酒，递给勾践。勾践几大口就把酒喝完，问季婉："你说，夫差真的因为天上有了彗星，就息兵不再进攻越国了？我总觉得吴国不会就此罢休，特别是伍子胥，他老奸巨猾，怎么也不会轻易放过越国的。还有夫差，据说天天在出入之处要士兵痛呼是否忘了杀父之仇。他岂会咽得下这口气？"

"大王，这些事你和范蠡他们不是商议过了吗？不管战与不战，越国都不能放松军备，绝不能掉以轻心。"季婉说。

"是啊，吴国发兵势成骑虎，除非他们朝中出大事。彗星缓冲了一些时日，细细想来，晚打不如早打。前些日子举国军民的弦都绷得紧紧的，听说吴国不用兵了，这两天就松弛下来了。"

"大王如此忧国忧民，我很感动。但我还是要劝大王宽心，不必这么焦虑，连觉都睡不好。夫差失其父，有愤；吴国丧其君，有耻。但天象有险，长星临空，从上到下气已泄了大半。"季婉很了解丈夫的性格，在大臣面前稳健沉着，但独处或深更半夜，他会变得很脆弱，会显得很多虑，所以好声劝慰丈夫，"依我看，晚打有晚打的好处，我们可将军备备得充足些，有些事情可从长计议，这总比匆促应战强。越国的国力和军力固然差吴国一截，但以弱胜强的例子不是没有，至于劲松了，是可以鼓的。现在是夜半，到天明还有几个时辰，还可睡一会儿。"

第二天早晨，勾践正在熟睡，文种已乘马车来到了范蠡的战船边。文种这么急迫地见范蠡，是因为他得到了巴豪的谍报，夫差在"消失"几天后，召开了一个朝会，夫差在会上对军事、国事作了全面的部署，发誓要择天象有利的时机伐越，要建造更大的战船，开挖贯通从五湖至长江的河道及其他河道，既灌溉农田、疏导洪水，又能运兵。他明确提出要北伐齐、晋、鲁，以进取中原，完成霸业。伍子胥在朝会上立誓，从现在起，不饮酒，不食肉，不修须，日夜练兵，直到拿下越国为止。他还表示要送大儿子伍树从军。伯嚭在会上提出要建规模宏大的军马场，要设法从中原引进优良的马种，还要办陶场，专门生产军用的陶器等。

文种将这些事详尽地向范蠡说了一遍后，范蠡久久不语，坐在船板上，眼睛盯着笼罩在薄雾中的湖面。

"范大夫，你倒说句话啊！对吴国的动向你有何见解？看上去夫差胃口很大，近攻远略，不仅仅是意在越国，而是想学齐桓公，中原会盟。越国是他嘴边的肥肉，他志在必得，然后再打别的国家的主意，齐国是与吴国有姻亲的国家，晋国是吴国的盟国，对吴国一向友好，夫差都要视友为敌，兴师进犯，他是不是疯了？"文种说到最后，笑了起来，是那种无奈而疑惑的苦笑。

范蠡这才转过身，说："这并不奇怪，纵观天下，诸侯互相攻伐，大开杀戒，都是想征服别国，称霸天下。阖闾伐楚后，在伍子胥扶助下，已产生此念，夫差不过是步其父亲后尘而已。我可以斗胆说一句，即便是越王，何尝没有这样的心思？只不过暂时没有这样的实力。"

"这两天，我仔细想过，觉得越国在备战的同时，是否可以乘吴国暂时休兵之机，向吴国示以和好的诚意，向吴国表示臣服，用这种办法避免一场兵灾？"

"你说什么？向吴国臣服？这不可能！"范蠡不假思索地喊起来，"吴国是断然不会接受和越国修好的，这和武锦清毒死王后的情况完全不同。那时阖闾、伍子胥及孙武的目标是伐楚，越国暂时还不在他们的计划中，如阖闾一时意气用事，举兵攻越，必自乱部署，所以伍子胥和孙武不赞成阖闾对越出兵。正是基于这一点，我和越王才冒死入吴，化险为夷。可眼下再重复这一办法，只会自取其辱。"

文种顺着范蠡的话说下去："如果真的走投无路了，越王宁死亦不会投降的，你我也只有以身殉国，以全臣节了。但我刚才说的和吴国修好，绝非向吴国投降，也不是由越王带着哪个臣子亲赴吴国屈尊求和，而是先遣使臣暗地说服吴王左右重臣，成功的话，再正式派出使臣，带了贡礼、越王求和书简以礼与吴和谈。"

"吴王左右重臣是伍子胥和伯嚭，伯嚭可以说服，说服伍子胥毫无可能。此人和阖闾是生死之交，他为阖闾的报仇之心，甚至强于夫差。况且，阖闾死前，将夫差托孤给他，命他为辅国大夫。他是辅佐阖闾夺得王位，中兴吴国的元老，在

吴国可说一言九鼎。"范蠡断然说,"此念不可行,赶快把它绝掉。"

"伍子胥虽死硬、固执,但他也是血肉之躯,也有七情六欲。你还记得楚使囊丹曾说过,动伍子胥有一法,伍子胥大儿子伍树的生母津香还活着。如果津香和她哥哥能出面劝解伍子胥对越手下留情,伍子胥纵然是铁铸的心,也会融化的。"文种说着,眼中闪出光彩。

"我不信伍子胥会为儿女情长所感化,他对鞭笞楚平王能反省自责,但不等于会放过越国。我何尝不愿吴越能修好?何尝不愿天下太平,永绝兵灾?可照你刚才得到的谍报,夫差的野心大得很,越国这块在他嘴边的肥肉岂会不吃?伍子胥发了血誓,不灭越国,不食肉,不饮酒,不修须。"范蠡说,"我不反对你策动大王去和吴国修好,我也不主张越国主动开战。最近,我读《孙子兵法》,对'慎战'很有体会。"

正在这时,大将灵姑浮骑马而来,他翻身下马后,将马拴在岸边一棵树上,快步走上战船,对文种和范蠡后说:"大王有宣,请两位大夫立即到王宫议事。"

范蠡和文种昼夜兼程,赶回都城来到王宫。赐坐后,勾践便直截了当地问:"范卿,湖上没有动静吧?"

"没有动静,哨船在日夜监视,吴国的水师若有行动,是逃不过他们眼睛的。"范蠡回答。

"寡人前晚半夜为噩梦惊醒,梦境是吴国大军如洪水猛兽杀进了越国,势不可挡,而我陆卒和水师溃不成军,就在这时,寡人醒了。只听到雷鸣震天,雨如瓢泼。"勾践很吃力地说着,"真奇怪,寡人从来不做这样的噩梦。"

文种看着勾践阴暗的脸色,竭力抑制住心中的不安,若无其事地说:"大王,不就是梦魇吗?大王在军备上操心太多了不必当真。吴国军队按兵不动,大王放心好了!"

"这番道理,寡人也懂,只是心里有点六神不安,召你们来,大敌当前,两位爱卿有没有新的对策?"勾践问。

文种开始讲述从巴豪那里送来的情报。他努力要勾践相信,吴国并没有将全部国力都倾注到对越作战上,而分散在许多方面,包括造船,挖河,甚至准备打到中原去,连盟国晋国和有姻亲的齐国都瞄上了。勾践听了,大为宽慰,夫差和伍子胥的通盘大局上,越国并非吴国的唯一目标。勾践觉得,吴国的兵力、国力、注意力越是分散,最后落到越国头上就越弱。

文种终于提出了他的和吴国设法修和的想法,勾践一听,倏地抬眼,用他寒凛凛的目光看着这个来自楚国的智多星。他起初觉得这个想法很大胆,听着听着,

他有了兴趣。听完了，勾践沉思了一会儿，说："这是个奇招。希望在伍子胥和伯嚭两个重臣的影响下，夫差能把伐越的计划放一放，集中兵力北伐。越国甚至可以助吴国一臂之力。只要避免兵灾，越国和吴国什么都可以谈。范大夫，你觉得怎么样？"

文种连连向范蠡使眼色，范蠡只当没看见，他斩钉截铁地说："只怕缓不济急，修好还未有果，吴师就打进越国了。"说到这里，范蠡起身，向勾践行礼说，"大王，臣离开战船已久，我要回去了！"

"也好，你先回湖口，寡人与文种大夫再聊聊。"

范蠡点点头，昂首阔步走出王宫。勾践仿佛是当胸挨了一拳，看着范蠡消失的背影，好半天说不出话来。沉默了一会儿，才有些不满地说："范蠡是怎么啦？"

"大王，随他去，他就是这样一个人，固执起来，八头牛都拉不回来。我会说服他的。他不愿参与也罢，他是统帅，备战带兵离不开他。"文种说，"臣以为，战与和这两手并用，能和则和，不能和则战，让范大夫抓备战。与吴国修好的事就交给臣吧。"

勾践说："你和范蠡虽为客卿，寡人深知你们甘愿与越国同休戚。越国多难，寡人幸得两位大贤辅弼。"

"我们日夜所思，只是如何以一片血诚报答知遇之恩。"

"寡人不敢以明主自居，却知周公握发吐哺以纳天下贤士之义。更知贤君择人为佐，贤臣亦择主而辅的君臣之道！寡人不会屈了你们。"勾践真诚地说，"吴国和越国已是势如水火。吴国上下，莫不想伐平越国才甘心，即便说服了伍子胥、伯嚭，夫差能听他们的吗？"

"这要看越国如何向吴国输诚了，如果有了足够的诚意，夫差或许会息兵。"

勾践从文种的话中体会到另有深意，他俯身低声问："文种大夫，按你的想法，越国该如何向吴国输诚，才能使夫差觉得既给足了面子，又解了心头之恨？你怎么想的，就怎么说，这里没有别人，你不要有任何顾忌。"

"那臣就实言奉陈了。"尽管勾践那么说了，文种还是不由得四下看了看，说，"阖闾伐楚以后，志得意满，急于要扩张疆域，许多弱国小邦，都被吴国一一吞噬。越国向吴国输诚，珍宝玉帛他们会照单全收，但不足以让他们动心，臣思量再三，只有将越国的膏腴之地，如临五湖的这些地方，割弃给吴国，让五湖为吴国独占，才可以打动夫差的心。"

"越国每寸土地都是先祖传下来的，寡人割去了那么一大块，太对不住列祖列宗了。"

"大王说得是，但反过来想想，倘或吴国举兵讨伐，胜败难料。如果越国不敌，整个国家尚且不保，遑论区区之地？"

"这倒也是。那么，可以忍痛割一块好地给他们。"

"大王能想通就好。但割地之外，还要许诺在五年之内，将越国每年赋税之半赔予吴国，约折合两千镒黄金。"

"好，只要不打仗，给他们就是。"

"这还不足以让夫差解恨雪耻。"

"这太苛刻了吧，越国已做到这样了，难道还不足以示倾心之诚？"勾践说，"你不会真的要让寡人率臣肉袒向吴王请降吧？"

"绝不是，但臣要冒昧问大王，夫差最恨的越人是谁？"

"那自然是寡人了。"

"除大王之外，还有用戈要了阖闾的命的……"

"啊！"勾践恍然大悟，"你说灵姑浮？"

"是的，就是他。夫差恨大王，因为大王是越国国君；恨灵姑浮，是因为将军用暗器置他父王于死地，对夫差而言，将军与他有杀父之仇。"

"你的意思，寡人要像当年押了武锦清那样，押了灵姑浮入吴谢罪？"

"这倒不必，大王可下令问灵姑浮的罪，将他斩首，遣使拿将军的首级去见吴王，割地、输金、首级，这三样缺一不可，这才能见得越国修好的诚意！"

"割地、输金尚可考虑，要将灵姑浮问罪斩首，这恐怕行不通。"勾践连连摇头。

勾践的反应在文种的意料之中，他也完全理解和体谅大王的心情。

"大王，这件事确实非同小可，但倘若以灵姑浮的牺牲换得越国与吴国的修好，这并非缺德事。相反，灵姑浮死得其所，以一人之死成全无数人的安生，会名垂千古，人们也会谅解和感激大王的非常决断的。"文种平静地说，"大王再仔细想想，权衡利弊，从长计议。"

吴国正在有条不紊地按夫差的部署，进行伐越的备战。按伍子胥的说法，如果说，原来吴国要用一把硬木锤子像敲死一只老鼠那样敲打越国，那现在要用一把青铜锤子来替代木锤子。

伍子胥负责在五湖东南开凿一条河，这条河向东掘进，西连五湖，东通大海。挖此河的同时，夫差又下令开挖多条小河，虽然伍子胥对夫差在备战过程中，分散国力，急于挖河不完全苟同，但挖河的好处他是懂的，旱涝之灾能得以解除，田野也会变得肥沃，交通还会便捷许多。或许夫差还有一个策略，以此来麻痹越

痛了。"

伍子胥服了这帖药后，果真汗出如浆，头不痛了，也退了烧，但内衣湿乎乎的。于是吩咐侍卫烧水洗澡，他在漱洗室的木桶中浸浴了很长时间，一身轻松，头脑也清醒了。他更了衣，整个人干净整齐多了。但巴豪的事依然束手无策，最后，他决定回吴都，和伯嚭见上一面，敲打敲打他，看他有何反应。如果伯嚭通敌，他必心虚，待他露出破绽后再见机行事。

下午，马车已停在竹楼底下，正待出发，楼下传来辚辚的车轮声和马嘶鸣的声音，紧接着从楼梯口传来甲士严厉的盘问声："你们是什么人？没有腰牌是不能上去的。听你们的口音，不像是吴人，你们到底从哪里来？怎么知道伍相国住在这里的？"

有一个声音在解释，竟然是楚音："我们是伍相国的亲戚，从楚国来吴做生意，顺便来探望他。我们不知道他住在这里，是挖河的兵士陪我们来的。"

伍子胥觉得那说话声很耳熟，便走到走廊尽头，看到一辆堆满货物的帷车拉开了车帷，车轮镶着铁轮箍，实木的轮盘涂着朱漆，是辆很讲究的马车，而车旁站着的竟是津夷和囊丹。他迟疑了一下，大声说："他们是我亲戚，让他们上来吧。"

八年不见，囊丹和津夷并不见老，只是胖了一点儿。囊丹表情淡泊，人魁伟了不少，衣饰极其讲究，脖子上挂着玉璜，带钩和发簪都是碧玉的，腰间挂着金首玉柄的短剑。而津夷依然丰润俊伟，脸色红润，装束整洁，看来日子过得不错。伍子胥没想到来了这么两个不速之客，脑子里第一个念头，就是他们是负有某种使命来的，所以不能不有所警觉。但他看到津夷，很自然地想到津香，不免有种亲切之感，脸上的警惕被淡淡而自然的笑容所掩饰了。他略有些矜持，很有礼貌地请他们坐下。囊丹和津夷重新见礼，坐定后，未等伍子胥开口，津夷望着伍子胥的皓首白须，便说："妹夫，你老多了，大概太操劳了。"

伍子胥心里一震，这一声"妹夫"使心里涌上了一种莫名的感触。他想起了楚吴边境那幢孤零零的吊脚楼，想起了在木盆中沐浴的津香，怀念和愧赧让他思绪万千。

"是啊，岁月不饶人啊，一眨眼，我是奔半百的人了。"伍子胥感叹地说。

"伍树呢，他长大成人了吧？"津夷问。

"快二十的人了，个子高我一头，那模样，和津香像一个模子里刻出来的。津香要是活着，母子相见，她不知会有多高兴。唉！"伍子胥怅然地说，还忍不住叹了口气。说到这里，他猛然惊醒，面前的这两个人，肯定来者不善，特别是囊丹国，以为吴国暂且息兵，倾国力于水利之事，对吴国可能的伐越的警觉和防备会松弛下来。

伍子胥觉得夫差登位后，一度受伯嚭、巴豪的摆布，做事有些草率。贬谪被离是听信了伯嚭的谗言，伯嚭与被离历来不和，明争暗斗，阖闾在位时，两人都用，利用他们的争执而加以制衡，而夫差一上台便扬伯嚭而贬被离，是极不智的。另外，公孙雄自从被重新起用后，和伯嚭走得很近了，两人几乎是形影不离。

伍子胥有所警觉，但只是冷眼旁观。

已经入秋，树叶黄了，花朵凋零，风吹到脸上已颇有寒意。而吴国的挖河工地人山人海，热火朝天。

伍子胥履行了他的誓言，不饮酒、不食肉、不理须，住在挖河的工棚里。挖河的人不是普通的民工，而是三万兵士，其中老兵和新兵各半。伍子胥将挖河和练兵相结合，半天时间挖河，半天时间练兵。挖河的工具除铲子、筐子、扁担外，用一艘艘独木舟装载泥土。这种独木舟形制和航行的不同，它长三十三尺，宽九尺，深三尺，为整段大木火烤斧凿而成。它一头是尖形的，另一头是畚箕形状，有扇活络的隔板，可插上卸下。船舷上都装有木把手，在上面拴缚绳索，一队人用铲子挖泥后装入船舱，堆满后，另一队在岸上用木绞盘套上绳索牵引。独木舟上岸后，将后端的隔板卸下来，士兵们用木棒将船头抬起，舱内的泥浆便会倾倒而下，省时省力。练兵时，插上隔板，便是密密封闭的一艘船，士兵们乘着它，下河练习水上格斗。这种船是徐承发明的，他是子考的徒弟，后来从军，成为一位水师将领。他和钮宣义的儿子钮寒一样，是吴国水师中的后起之秀。

徐承是徐国人，早年子考应徐国之聘，去该国造船时，徐承慕名而来，拜子考为师，当时他只有十三岁。后来他一直跟随子考走南闯北，二十出头，在造船工中便有些名气了。子考是吴人，孙武招募造船技师造战船，他毛遂自荐，结识了大将军孙武，并为孙武重用，两人结下了忘年交。徐承作为子考的徒弟，挑起了重担，在工地，他从不显山露水，但孙武发现，子考的这个徒弟，技艺娴熟，思维极其活跃，许多战船的设计都出自他手。孙武一向爱才惜才，识拔后进，便很看重他，尽其所长。

慢慢地，孙武又发现，徐承的才能不仅仅是造船，对水战也有很深的研究。孙武有一次在夫椒船宫偶然听他和子考谈论水战说，水无常态，水战亦无常态，河战、湖战、海战大不相同，因而，在不同的地方打水战，该用大小不一的战船。造船不能一味求大，应分大翼、中翼、小翼三种，还可造轻舟，在水面狭窄处，轻舟所向披靡。大江浪大水阔，当然要用大翼，至于大海，非更大的舟船不可游

也。子考问他，五湖中用何种战船适宜。他回答，中翼足矣！艅艎大舟可乘两千人，气派倒有了，但并不适合在五湖作战，五湖湖水浅，湖底平坦如砥，这么大的船，状如水中城垒，目标巨大，众矢之的，易攻难守，兵士只顾自保，哪里还有余力进攻？而水战之奥秘，简言之，在于能进能退。

孙武听了，大为震惊，这哪里是个造船师，分明是个水师之将。孙武听取了他的建言，建造了大翼、中翼、小翼和轻舟，还建造了王舟、将舟、桥舟和运载船。实战证实，艅艎确存有徐承所说的缺陷，孙武便毅然放弃吴国引以为傲的这种庞然大物，而着眼于战船的灵活和快捷，以增强战船的作战性能。孙武不顾子考的反对，让徐承当上了水师伍长，让他在实战中磨炼，伐楚回来时，将他提拔为大翼战船的统领。

孙武离朝时，将他推荐给伍子胥。伍子胥对卓荣、钮寒、徐承三人寄予厚望。卓荣在伐楚战中脱颖而出，他像父亲专诸那样勇猛，对孙子兵法体悟很深，活学活用，功勋卓著，极受孙武和伍子胥赏识，认定他必成大器，一跃而提为吴国的大将。

当时，钮寒尚小，钮宣义将他安置在车骑兵中当甲士，他练就一副驾驭车马的好身手。徐承年龄比钮寒大，资历深，但苦于八年没有实战。

檇李之战，徐承的大翼和吴国水军配合陆地车骑、步卒，在先王阖闾亲率下，向越国进发。来到越国湖口，只见这里风平浪静，渊深不测，是商舶避风的好去处，亦是戍守必保之地。徐承见深苇密林之中，隐隐可见密集的桅杆和旌旗，显然有越国水陆伏兵，便建议减速后退，将船分散，避免伏兵袭击造成后舟壅塞不前，前舟失群无援。同时，先派突击队乘轻舟穿梭芦荡，一探虚实，然后视薄弱处舍舟登陆，杀开血路，船上的弓箭手向伏兵处再来个猛射。

可是，突击队的轻舟刚入芦荡，便接到传令，水师立即撤退。徐承不知何故，但军令如山，不能不执行。他站在后撤的战船的瞭望台上，恨得牙齿咬得咯咯直响，举弓向芦荡中越国水师一艘战船的桅杆射去，飞箭击中一面旌旗，旌旗应声而落。到了吴都，徐承才得知大王遇难的消息，他顿时惊呆了，也明白了撤军的原因。

钮寒在战场上亲睹越囚引颈自裁的可怕场面，他站在战车上挥戈和越军交手，击毙了十余个越卒，后来便撤退了。阖闾临终时，他就在那幢破房子外和一队禁军站岗守卫，听到夫差、伍子胥、伯嚭大哭，他也跟着哭。载先王的灵车回吴都时，钮寒的马车紧跟其后，那时，他有种天要塌下来的感觉。

对于伐越，卓荣、钮寒、徐承三人是最为激烈的主战派，多次向夫差和伍子

胥请战，力主用兵，要求率兵水陆并进，讨伐越国，以生非我惜、死非我惧的决绝态度，立下了杀敌报仇的血誓。夫差很欣赏这几个年轻将军的忠义和勇敢，满足了他们的要求，任命他们为先锋，都有重要的"方面之任"。

但因为天象不好，战事搁下来了。卓荣、徐承、钮寒随伍子胥挖河练兵，徐承又发挥他的技能，设计了挖泥船。为表彰他，伍子胥将这种形状奇异的船命名为徐承船。伍树也入了伍，他是普通步卒，和卓荣等三人职位相差甚远。他开始很不习惯艰苦而乏味的军营生活，伍子胥不准他叫苦、偷懒，严禁他的顶头上司对他有额外的照顾。卓荣、钮寒和士兵同吃同住同劳作，用孙武的方法练兵。这段故事他对钮寒讲了无数遍："吴军之勇，始于两个美人头啊！"这句话，使钮寒一想起来就会震动。在练兵时，他必对受训的新兵首先讲这段故事，要兵士们以此为戒。他学着父亲的口吻说："吴军之勇，始于两个美人头啊！所以，你们必须明白，练兵非同儿戏，没有今日之苦练，就没有来日之甲士，谁马虎了事，本将也将按军法从事。"

这天钮宣义在操练场听儿子学着自己的口气在训诫兵士时，不由自主地笑了。这话是陈词滥调了，二十年里自己讲了无数遍，但从儿子嘴里讲出来，自己听着还觉得很新鲜，很振奋。而眼前的情景也是崭新的，尤其是这些新兵。可不需多少时候，他们就将是吴国的精锐。

钮宣义没有去惊动儿子，而是朝伍子胥的住所兼指挥所走去。这是小山包旁的一座用竹子和圆木搭建起来的干栏式的房子，一张木梯通到二楼，一条有竹栏杆的走廊连着五间隔出来的房间，柴门木窗，稻草屋顶，地上铺着几方粗篾席，其中有一间就是伍子胥的卧室。楼梯口立着几个执戈的甲士，他们是认识钮宣义的，没有阻拦他，但钮宣义还是拿出允许进出的腰牌，给甲士扬了扬，不快地说："怎么不检索腰牌呢？要记住，不管是谁，要见伍相国，都得查腰牌，绝不能大意！"

"是，遵命！"甲士齐声答道。

"给我重复一遍！"

"不管是谁，要见伍相国，都得查腰牌！"甲士又齐声重复喊道。

伍子胥听到了这扯开嗓子的喊声，有点好奇，便走出来，在走廊里看到钮宣义虎着脸站在楼梯口，几个甲士的神色有几分尴尬，笑着大声说："钮将军，你怎么来啦？是什么风把你刮来的？快上来吧！"

钮宣义几个箭步跨上楼梯，竹子台阶发出吱吱嘎嘎的声音。伍子胥把他引入室内，钮宣义打量了一下房间，一张粗木的案几，放着笔墨和竹简，一盏油灯，

一只陶罐，此外还有两只木架，摆放着一卷卷书籍。麻布帷幔的背后是一方草席，上面放着一条布衾、一条褥子和一个漆枕，还有些杂物，那个漆枕算是最奢华的了。壁上挂着几件粗布衣服和先王临终前回赠给他的那把阖闾剑，除此之外，就别无他物了。再看伍子胥，右衣草鞋，而清癯的脸上，神色泰然自若，脸色红中发黑。

"伍相国，你何苦呢？"钮宣义心里有些不忍，嗔怪说，"而那个太宰，锦衣玉食，钟鸣鼎食，隔三差五，烹一条狗，喝得酩酊大醉。我们不学他奢侈，但何必要这么自苦呢？"

"在这种地方，没有什么可讲究的。跟你说实话，耳边没有了乐范的唠唠叨叨，我清静得很，自由自在，心无旁骛。"伍子胥故作轻松地说。

钮宣义说："大将军不在，担子都在你身上，你年纪不小了，把身子搞垮了，如何来完成伐越雪耻的大愿？"

"好了，我知道了，我不会自苦的。你到这里来，不会是来讥讽老夫的穷酸样的吧？"

钮宣义走到门口，把门拉上，指指隔壁，轻声说："隔墙可有耳？"

"你说吧，这'宰相府'除我之外，别无他人。"

"这巴豪的来历，我打听清楚了，此人从小是个恶少，横行乡里，偷鸡摸狗，欺老凌弱，父母管教他，他便拳脚相加。村里有一个少妇，一天在井台打水，大庭广众之下，他竟对她动手动脚。少妇斥骂他，他竟恼羞成怒，将少妇推入井内。他以为少妇必死无疑，便逃之夭夭。其实，少妇没有死，被人救起。而巴豪一去就是七八年，杳无音信，他父母去世，他也未回乡送葬。去年他突然回来了，说自己去了荆楚、巴蜀、西域，最后去了高岭崎岖的山区，拜一个高人为师，学得卜卦、观天、驱鬼等法术。他不知通过什么关系，找到伯嚭的一个远亲，要他举荐到伯嚭处，谋一个差使。那个伯嚭的族亲一口拒绝，后来，他又消失了，不久乡亲们便听人说，他果真到了吴国，颇受吴王器重。据有人说，一次酒后，他曾吹嘘，他还到过越国，与越国的大夫文种交往甚深，后来文种还遣人到楚国找过他，给了他四条獒犬。但他的乡人都说此人从来谎话连篇，况且多年不见，其言不足为信。"

伍子胥听后，大为惊愕，正色问："此事是否确实？"

"相国，我派去的人，查得极仔细，句句是实。相国可以放心！"钮宣义用肯定的口气说，"而且这些人都是淳朴的乡民，不会凭空诬指他的。"

伍子胥听了点点头，沉吟说："看来我们对巴豪的怀疑没有错，他劣迹斑斑，犹在其次，重要的是，他很有可能是越国派来的谍人。他潜伏在大王和伯嚭身边，对吴国的事了如指掌，吴国还有什么机密可言？难怪我们尚无行动，只是策论，越国就马上严阵以待了。什么四条神獒，分明是文种给他的四条獒犬，你只要想想，西域路途遥远，山高水深，途径艰险，来回一次要好几年，他自身的食物都很困难，何以能携带四条每天要食几十斤肉的恶犬？"

"是啊！文种是楚国的贵族，官不大，到底也是楚廷的臣子，后成为越国的重臣，与范蠡两人为越王的左膀右臂，深得越王信任。他能屈尊和巴豪这样声名狼藉的人来往，其中必有缘故。巴豪投吴，十有八九负有使命，我看巴豪是越国细作已确凿无疑。"钮宣义急迫地说，"相国，你下令，我带领禁军把他逮起来，入牢后不怕他不招供。"

"不能轻举妄动，逮他是容易的，但所有的证据都是你遣人探听到的，在大王看来，也只是一面之词，缺乏直接的人证物证。再加上伯嚭夹在当中，和这件事是何关系还不清楚，这里面大有蹊跷！如果知道，那伯嚭无疑是同党或帮凶了，事情就闹大了。没有铁证，伯嚭、巴豪不但不会承认，反而会诬赖我们冤枉他们，大王便会觉得甚难查处，甚至会误解我们在挑事。"伍子胥摇摇头说，"事关重大，你可派可靠的人密切监视巴豪，暂时不要打草惊蛇。另外，对大王要严加保护，防止武锦清投毒的事重现。"

"是，卑职去安排，我会安排禁军加强警戒王宫。但有一点不好办，大王如果和巴豪、伯嚭出游，我是无法阻止的。"

"不用阻止，你以护卫大王为名，跟随而去，烹蒸任何东西，旁边不能脱人。这件事很棘手，我要好好想想。"

钮宣义走后，伍子胥苦苦思索，想不出一个妥帖的好办法。一想到一个奸细像鼹鼠一样钻到了吴国的心脏，窃取了大王的信任，他不寒而栗。这一夜，他通宵不眠，到天亮还无睡意，头痛欲裂，牙齿抖颤，背脊阵阵发冷，双眼也昏蒙生花。他起身唤来军医，军医一把脉，再一摸他额头，脱口而出："好烫，相国，你发热了。"

"是，我是肝火郁结，内热直上，所以发烧了。给我配些安神退烧的药吧！"伍子胥有气无力地说。

军医惊异地说："相国懂医？"

"岂止懂医，我还行过医。"

军医更不敢大意了，小心翼翼地开了方子，在药囊中取得十几种草药，交给伍子胥的侍卫，关照说："相国服了这药后，会大汗淋漓，热便会退去，头也不会

不久前还以楚国使者的身份去过越国。在吴越即将交战的敏感时期，囊丹来找自己，是何目的，不言而喻。他脸色立即沉了下来，眉目间闪出一股杀气，盯住囊丹，冷冷地说："囊公子，你称来吴国经商，恐怕是假，据我所知，你已是楚王寄以腹心的人了，前一时期曾使越，带去了黄金和酒，和勾践、范蠡共商了对付吴国的大计。我没猜错的话，你此次来，是勾践、楚王派遣你来的，你老实说，是不是这样？"

津夷感到大事不妙，顿时紧张起来，额头冒出了冷汗。他一会儿看着囊丹，一会儿看着伍子胥，不知说什么好。但囊丹从容优雅地喝了口侍卫端上的水，说："伍大人说得对，我是受勾践、楚王所托，来面见相国的，但目的并不是不可告人。我是商人，周游列国，以经商为业。我周旋于货殖，并非贪婪图财，只是不想托家父荫庇，也不想入朝为官，过那种唯命是从、束手束脚的日子。我生性散漫，只是想自由自在地各国跑跑，领略各地风土人情，观光和赚钱兼而有之，何乐而不为？"

伍子胥开始还勉强听他说着这些话，听到这里，他实在忍不住了，粗暴地打断囊丹的话说："囊公子，你别说了，我无暇听你闲扯。你无事的话，就请你赶快打住，念你是津夷的朋友，我对你手下留情，不作奸细论处，但请你快离开这里，免得吴国军士见你可疑，将你逮捕拷问。到时，谁都救不了你。"

"伍相国，你再费些时听我把话说完。我毕竟是楚人，绝非全无心肝的麻木之人。吴伐楚时，生灵涂炭，王宫被占，国帑国宝被洗劫一空。我囊丹岂能作壁上观？"囊丹振振有词地回答，脸上毫无惧色，"我一向不涉足国家之争。但我反对动辄举兵。越国是楚国的盟友，楚王遣我使越，我是居中调停，期望吴越争端能和平解决，别无他意。我和津夷这次入吴拜见伍相国，津夷是私事，我是半公半私。"

"你分明是越国和楚王派来的奸细，却诡辩半公半私，那我倒要问问，你半公是什么？半私又是什么？"伍子胥脸上摆出鄙夷的神色。

"半公，我自告奋勇来吴国找大人的，并非楚王所遣，如为国君所命，必有国书印封，可我没有。我自认是为国家做事，这是半公。另外，我入吴确是顺便做点买卖，吴楚民间买卖颇为兴隆，我和津夷入吴从事货殖已有好几次了，吴都亦去。这可说是半私。"

"妹夫，你别为难囊公子，他参与政事，是楚王要他帮忙的，他要入朝为官，恐怕令尹都当上了。战后楚国穷得不得了，囊公子把家产都捐出去了，让楚王盖王宫，但楚王和王后至今还以民宅为宫室，钱用来备战和抚恤死伤将士。囊公子

散尽千金，不得不重操旧业，带着我一家，还有老父老母，还有津香。这些年多亏了他。郢已不是都城，街市萧索，'洒削'店生意清淡多了，要不是和囊公子做生意，全家要活下去，只能返回乡下农耕去了。"津夷用哀求的口气对伍子胥说，"囊公子真的是好人，他爹战死后，他娘得到噩耗，就悬梁自尽了。"

伍子胥听了无言以对。这些年，他对伐楚中的一些事，特别是对楚平王掘墓鞭尸是作了反省的，内心隐隐感到愧疚，但对囊丹和津夷，他当然不会说心里话。他忽然察觉刚才津夷的话中提到津香，说什么"带着我一家，还有老父老母，还有津香"，津香早已不在人世了，津夷还说带着她，大概是急着辩解，一时说错了话。但他还是笑着对津夷说："你口不择言，连带着津香的话都说出来了，你说说看，津香怎么带的？难道带着她的魂魄？"

"伍相国，你可能不相信，津香确实还活着，活得好好的。我说津夷是私事，就是他今天是专门来向你奉告这件事的。"囊丹说。

"津夷，这是不是真的？"伍子胥疑惑地问。

"真的，不骗你。"

"那当年你说她被人殴死又是怎么回事？"伍子胥问，但心里已惊喜无比。

"她被殴打得奄奄一息，被囊丹安排在一个非常隐蔽的所在，医师说她不可救了，囊丹和我都替她准备后事了，我就是在那个时候来告诉你津香被殴死的消息的。未料津香慢慢地活过来了。"

"既然活过来了，为何这么多年，不向我透露一点风声呢？"

"这是津香的意思，她说，原来那个津香已死了，现在的津香和伍子胥没有一点关系了。她坚决不让我告诉你她还活着。"津夷说。

"她有一次跟我说，楚吴成了敌国，她不想让伍子胥为难，也不想让大家为难。就让伍子胥当她不在人世了，这可省去不少麻烦。"囊丹补充说。

"瞒了那么多年，何以今天要与我透这个底呢？囊公子，你跟我说实话，你是否想利用津香达到什么目的？"伍子胥责问。

"不完全是，津香太想儿子，想得快要发疯了，不得不同意我们来找你，说清楚她还活着，让你安排他们母子重逢。我也想借这个机会和你说说我的几点建议，如相国见纳，则是楚吴越三国黎民百姓的大幸事。"

"津香现在何处？"伍子胥问。

"她住在吴国一个富户家里，这个富户是贩夫出身，喜交游，朋友极多，为人豪放，是我生意上的伙伴，人完全靠得住。她在那里已住了好几天，本来想去吴都找你，但恐有诸多不便。富户打听到你在挖河练兵，我和津夷便设法找上门来。"囊丹说。

"她住的地方离此处有多远？"

"靠近楚吴边境，马车要半天时间。"

"我差人去唤来伍树，我们马上动身去见津香。"伍子胥已经迫不及待了。

"我朋友是一个商人，伍相国亲临访晤，足以使乡里轰动。我以为白天去不妥，还是晚上去吧，这样不至于惊动无关的人。"

伍子胥觉得囊丹说得有理，便点了点头。他吩咐庖人备几样好菜，款待囊丹和津夷。听到津香还健在并很快能见到她，伍子胥恍恍惚惚的，仿佛是置身于云里雾里，又惊又喜。他竭力克制自己的激动和欣慰，看日头高高的，正是正午时分，到天黑还有半天多，他感觉太漫长了。

伍子胥尽量不露声色，但他的情绪让囊丹和津夷看在眼里。伍子胥命侍卫将伍树叫来，津夷说："我跟着去，看他还认得不认得我。"伍子胥说："好，你要去就去，你肯定不认得他了，但他一定还记得你。他小时候的事记得清清楚楚呢。"

伍树在军中冶坊修铸兵器，他手下有三名冶兵，其中两名是新来的。一只熊熊燃烧的冶炉边，一个冶兵在使劲地"呼哧呼哧"拉动风箱，火苗直往上蹿。伍树紧盯着炉火，告诉一旁的冶兵说："火候到这会儿就叫炉火纯青了，它可以将铜、锡、铅融化，亦可将铁条变得像泥块一样，这个时候，就可将损坏的兵器重新回炉修理了。"说着，拿起一把大铁钳，从炉里夹起一把烧得通红的铜剑，放在砧上，另一只手举起一把锤子，用足力气敲起来，一时火星飞溅。伍树告诉冶兵，这锤子用的力是不同的，全靠自己手腕的微妙感觉来掌握。成型后，再淬火，然后开锋，开锋非常重要，开得锋利，能削铁如泥。他还说，"我师傅是欧剑子，大将军孙武的妹夫，我的这点技艺，都是他教的。铸剑难，用剑更难。至于用剑之道，大有名堂，师傅说过这样的话：'凡手战之道，内实精神，外示安仪，见之似好妇。'那些持了一把剑，张牙舞爪的，就像是要把戏的，实在是在卖弄，这些人根本不懂什么是剑道。"

几个冶兵听了，都露出钦服的神色，原来兵器的冶铸和使用兵器还有这么多门道。侍卫和津夷走到冶坊门口，正好听到了他说的话。津夷一眼就认出那个英俊挺拔的小伙子正是伍树，他的脸庞长得和津香太像了，使津夷想不到的是，短短的八年，这个外甥从天真可爱的小男孩，长成了一个英气勃发、相貌堂堂的美男子。妹妹经常担心伍树这个相国之子，成为华而不实、骄纵傲慢、只知享乐的纨绔。而眼前的伍树显然是一个做事认真、吃得了苦、明白事理的好孩子。侍卫看了津夷一眼，走进去，对着伍树耳边说了几句话。伍树抬起头，朝津夷看来，

迟疑了一下，然后会意地笑了起来，快步走过来，行一个礼，喊道："舅舅，真的是你！"

"小树子，你长成一棵大树了。要是在路上走，碰到你，没有人指点，舅舅真不敢认你了，只会想，这个长得好神气的小伙子，要是我外甥该多好啊！"津夷笑着说。

伍树也跟着有些腼腆地笑起来，被炉火熏得红彤彤的脸上，神色憨厚而愉悦。

薄暮时分，伍子胥和伍树坐在自己的马车里，后面跟着一辆马车，上面有四个甲士，囊丹和津夷坐在他们的帷车里。一路轮声辘辘作响，马蹄声嘚嘚地打破了四周的静寂。伍树已知道妈妈还活着，父子俩的心情兴奋异常，浑然忘却了车外呼啸的秋风。

这是个山陵地带，山都不太高，树木茂盛，溪流奔腾，山坳之间，垦殖出一方方农田，农田周围疏落地坐落着一幢幢草房，偶尔能见到一豆灯火。这个地方，伍子胥是熟悉的，这里离楚国不远，吴国在这一带建有营垒，屯有大量守卒。忽见前面有两三处黯淡的灯光，道路也平坦多了。待马车驶近，伍子胥看到了一片房子，他猜测是个较大的村子。在一个很大的院落前，马车停了下来。一个中年人举着一支火把从院子里迎出来，很热情地和囊丹寒暄。他就是囊丹生意上的朋友，一看就是个爽朗的厚道人。伍子胥和伍树跟了上去，四个挂刀带弓的矫健甲士紧随其后，警惕地注视着四周的动静。

囊丹向他的朋友说："兄弟，这是我所敬重的一位贤人，今日路过尊府，我邀他在这里歇上一夜，多有叨扰，一切拜托了！"

"贵客光临寒舍，不胜荣幸，快请，快请！"中年人把火把举得高高的，笑容可掬地说。

伍子胥朝他点点头，轻声说："先生，多谢了！"火光下映出伍子胥的满头银发，中年人觉得似曾相识，突然想起，一次去吴都，有人指着一个士卒紧拥、骑马路过的大官说，那就是吴国的宰相伍子胥。而眼前的这个人分明就是他。中年人虽在商场周旋多年，也见了点世面，但吴国赫赫有名的伍相国从天而降地出现在自家门口，是从未想到过的，顿时紧张得愣头愣脑地站在那里，话都不会说了。

还是囊丹反应快，他伸手一把拉住中年人，说："快在前面领路，等我们歇脚后，给马上豆料！"这是句双关语，既是给马上豆料，也要给客人备膳食充饥解渴。主人马上醒悟过来，带着囊丹、津夷走进院去，伍子胥和伍树紧紧跟着。

津香早已等得急不可耐。她在这里已住了三天，每当有车辆声和马嘶声，她都要出门张望，每次都失望而归。等人心焦，她这几天心里有股灼烤的感觉，急

一剑封喉
YI JIAN FENG HOU

迫地要一见分别多年的儿子。至于伍子胥，她当然也是思念的，郢都一别，她对伍子胥已是情断义绝，不奢望这辈子和他重逢了。雪天的那场殴打，伤了她的身，更伤了她的心，她对这个发疯般的男人恨入骨髓，发誓今生今世不见他。所以，她坚决不允津夷到伍子胥那里去告诉他她的消息。此后，她孤独寂寥地生活着，心如死灰，已没有一点热情，没有一点希望，她只想平静地过下去，就此度过残生。但人的感情是复杂的，时间隔得久了，她的内心又发生了变化，先是对伍子胥不再那么恨了，后来也时常想起他，想起他为逃离楚王的追杀所经历的艰险，想起他的男儿气概、高义和对自己的深情。但更多的是对伍树的思念，随着年龄的增大，那无限的母爱越来越强烈。世间最难割舍的，便是骨肉之情，这几年来，母子重逢成了津香按捺不住的最大愿望，哪怕只见上一面，叙上几句，她死也瞑目了。津夷是非常理解妹妹的心思的，也向来对妹妹的要求百依百顺，他和囊丹商议了好几次如何来成全津香的心愿。

囊丹答应由他来安排，但他要借此机会设法劝伍子胥利用他的影响力停止讨伐，化干戈为玉帛。至于伍子胥是否会听他的劝，他没有把握。根据他的分析，吴越之间必有一战，夫差和伍子胥是铁了心的，改变的可能性不大。但伍子胥也是有血有肉的人，据说，他对津香的这段情，刻骨铭心，始终没有忘怀；对鞭打楚平王尸骸也曾多次流露出悔不该的想法。这说明伍子胥骨子里是个有情义、通人性的君子，绝不是那种残忍如狼、杀戮成性的暴虐之徒。如果真是这样，伍子胥由津香在战争中的遭遇而产生厌战情绪，由厌战情绪再滋生出对和平愿景的向往，说服伍子胥主张和越国讲和不是没有可能。哪怕沉沉黑夜中只有一丝微光，也不能放弃。囊丹正是抱着这微小的希望，和津夷贸然带了津香来吴国找伍子胥的。

也许是出于所谓的妇人之仁，也出于对战争的痛恨，津香对囊丹的计划是赞成的。同时，她也有着她的私心，只要兵革不兴，她和儿子伍树，甚至和一生中唯一的男人伍子胥还有团聚之日。如果兵荒马乱，她的美好的梦便会被战争毁灭。在伐楚之前，她还能来往于楚吴之间，一场伐楚之战，她和儿子与伍子胥活活地被拆散，整整八年如隔天涯。

她定神细看，只见主人举着火把领了一队人朝自己的房间走来，她凭直觉，这回来的人中一定有朝思暮想的儿子，还有那个令她爱恨难分的男人。她的心怦怦剧跳起来，喜出望外之余，有几分仓皇，还有几分说不出原因的怯怯的感觉。她本来是半开着门，探着头往外张望的，待那队人离自己越来越近时，她想夺门而出，喊儿子的小名"小树子"，可她最后却做出了一个大悖常理、连自己都觉得

不可理喻的举动，重重地把门关上了。

很快，响起了一阵敲门声，接着是哥哥津夷的声音："妹妹，你快开门，咱们的伍树来看你了，还有妹夫，他们都来了。"

津香把门猛地拉开，却转身往里走去，走了几步又转过身来，愣愣地望着进到屋里来的一群人。主人已识趣地避开了，几个甲士站在门外两侧。进屋的是四个人，囊丹、津夷、伍树、伍子胥。

津香眼睛一亮，儿子伍树长得高高大大，英俊伟岸，正是她想象的模样，不，比她想象的更仪表堂堂。她恍如梦寐，浑然不辨自己是什么样的感觉，是欣喜，幸福，辛酸？泪水抑制不住地流了出来。

伍树跨上一步，喊了声"娘"便跪了下来。

"树儿，我的树儿！"津香俯身把伍树抱住，颤声喊道，忍不住哭出声来。这个场景让津夷和伍子胥深感心酸，津夷的眼睛也潮湿了。伍子胥望着津香，她布衣布裙，身材娉婷，三十多岁的人了，但一点都不显老，泪痕宛然的脸上，没有了当年的单纯、活泼和隐含野性的乡土气息，而多了几分沉静、成熟，看上去别有一种出尘脱俗的清雅之气。伍子胥想到自己八年来已很苍老了，当年过昭关时，急得头发花白，然而还不失风度翩然；而那时的风采现在全无了，时间无情地使自己变成了一个皓首老者，面对风韵犹存的津香，他的内心不禁有着自惭形秽之感。

不知什么时候，津夷和囊丹已悄然离去，房门也掩上了，屋内只剩下他们三个人。津香已把伍树拉起，仰着头仔细打量着儿子，用一块还是当年带着幼小的伍树住在梅里时使用的绫巾，替儿子拭去泪水，用极柔和的声音问："树儿，你想娘吗？""想。"津香又问："你想娘，怎么不来找娘呢？"伍树说："舅舅说，你被歹徒打死了。我上哪儿找娘啊？爹每年祭奠你呢。"津香再问："也是的，娘是死里逃生，乐范妈妈对你好吗？"伍树说："好，她对我比伍青妹妹、伍敖弟弟还要体贴。"

津香放心了，看来儿子没有变成玩物丧志的贵介公子，也没有受到脾气傲慢乖戾的公主的虐待，这是她最牵挂的两件事。她感到欣慰，也有些失落。这时，她想起了一旁一言不发、神情古怪的伍子胥。她携着伍树的手，朝伍子胥走来，打量着鬓眉皆白、脸上皱纹纵横的伍子胥，心疼地问："你怎么这么老啊？五十还不到，怎么像个六十多岁的老公公了？你身子可好？"

"还好，没有病。"伍子胥幽幽地说，"津香，我对不起你，你为我受苦了。"

"过去的事别提了，能活着重逢，我就心满意足了。"

"是的，是的，斗转星移，此夕相聚，实在难得。津香，过去的事诚然不堪回首，但今后我会好好安置你、补偿你，我不会让你们母子再分开了。"伍子胥认真地说。自从听说津香还活着，伍子胥偕儿子前来和津香见面，他一路上就在冷静地思考着怎么来安置津香。他与津香、伍树三人不能再分开了，津香为了他，历尽坎坷，差点送命，不能让她再孤独地生活在楚国了，他要负起一切责任。他知道，伍树是津香的生命所系，她随囊丹、津夷入吴，就是为能见儿子的强烈意愿所驱使。所以，最大的补偿，就是创造条件让伍树回到她身边，儿子能够尽孝，他尽量让她安享清福。按他的心愿，最好是接津香入相府，给津香一个应得的名分，朝夕和伍树相守在一起，但乐范是绝对不可能接受津香的，津香也未必会愿意。另置别室，把津香或津夷全家接到吴都，这是最为妥当的一个办法。大宅是现成的，先王生前曾赐予自己几套，从中选择一重好院落，配上庖厨、仆人、女佣照料起居，津香可以享用贵族才能享用到的生活了。

"子胥，你做的那些事，也不是故意害我，谈不上什么补偿不补偿，这话说得让我感到别扭，我和你有瓜葛，是我自愿的。楚国人把对你对吴国人的愤恨，发泄到我头上，我也不计较，这是我无心造的孽，怪不得谁。"津香说，"一切都是天意，你也不要难过。"津香嘴上这么说，忍不住又恻然，只是忍着不掉泪。

"我怎么能不难过呢？津夷来说你的遭遇后，我的心情沉重到了极点。我责骂过自己，何以要做出残忍如斯的事情？那是导致不幸的最重要的原因，如果我能忍你也就没事了。这不等于是我间接地杀了你吗？我杀了自己的女人，儿子他娘，而她还是我的救命恩人，我连救命恩人都不放过，我和夺太子妻、诛我父兄的楚平王有何不同？"伍子胥痛心而坦率地说，声音中带着浓重的感伤意味，"津香，这是我的心里话，伍树也在这里，知耻者勇，一个人应该有勇气反省和纠正自己的错误。"

"爹，你别说这些了，好不容易一家子重逢了，我们说些高兴的事。娘，我送你一样礼物，是我自己做的。"伍树说。

"好啊！我的树儿能给娘送礼物了，不管你送什么，娘都会当作天下独一无二的宝贝。"伍树拿出了一把不足五寸的小剑，镶金嵌玉，精致小巧，装在木鞘中，木鞘包着金皮，镌刻着兽纹，剑身寒光逼人，浮凸着纹饰。

津香一直在"洒削"店内帮忙，对整修剑和剑鞘已掌握了一套技艺，见过的好剑、名剑不计其数，但像这样一柄精致的短剑还真是第一次见到。她拿在手里，仔细察看，爱不释手，半晌才问："树儿，真是你做的？"

"是我亲手做的，当然，有剑子叔叔的指点。"

"伍树说的剑子叔叔就是欧剑子，是大将军孙武的妹夫。"

"燕妈妈死后，剑子叔叔一直跟着孙武叔叔，重新娶了亲也不分开。他开了个冶铸坊，我跟着剑子叔叔学了铸剑的手艺。"

"孙燕是跳城楼死的吧，是津夷告诉我的，我听到这消息，已是两年以后了。我哭了一场，多好的姑娘啊！又直爽又漂亮，小树子小时候最欢喜小燕子，唉，好端端的，为啥要动兵打仗？不打仗，小燕子也不会这么惨了。"津香神色黯然地说，"听说大将军隐居了，这是聪明的选择，子胥，你为何不学学大将军呢？他能看得透，你为何看不透呢？"

"津香！这件事我……"伍子胥说了半句没有再说下去，他觉得和津香一时讲不清楚，而且说什么都是多余的。

正在这时，津夷敲门进来，告诉他们，主人已准备了丰盛的膳食，请他们去用餐。

第 八 章

饭后，囊丹和伍子胥在另一房间里开始了严肃的谈话，津香、津夷和伍树在津香的房里闲谈。伍树滔滔不绝地谈这几年的经历，津香认真听着，始终微含着笑，目不转睛地盯住儿子，怎么也看不够似的，脸上是极其欣慰和甜蜜的神情。

而伍子胥此刻的神情却是凝重的、严肃的。他一上来就用警告的口气对囊丹说："据津夷说，这些年，你对津夷一家、对津香很照应，这次又带了他们入吴，使我们得以重逢，我感激之至。但我先把话说在前面，在国之大事上，我历来公私分明。我不会因为你抬出了津香而有负王命、有亏名节，更不会去损伤国家的利益。我劝你趁早放弃不切实际的想法。你我各为其主，我也知道你是个洒脱的人，眼下奔走于楚吴越三国，自有你的道理。你父亲在柏举之战中血洒疆场，楚国败于吴国，你作为人子，作为楚人，维护楚越，憎恨吴国，是符合常情的。超脱各自的国家，我们私下或许可以来往。"

"伍先生，我知道你是位极其方正严谨的人。我不指望能轻易说服你，但我这个人历来有话不说便如骨鲠在喉，所以，我借你和津香重逢之机，言无不尽，如有转圜的余地当然最好。如你觉得我所言荒谬，或你无法解决，就当我只是一番戏言。"囊丹不慌不忙地说，"我来之前，是犹豫再三的，我清楚，我和伍先生相谈，不太会有结果。伐楚之前，我已领教过先生的厉害和强硬，所以，来找你，恐怕是重蹈覆辙。但即便是自取其辱，也要一试！有了津香，先生会给我点面子。"囊丹的口才很好，这席话说得入情入理，毫无可驳之处。

"好吧！你说吧，我绝不叫你难堪。"伍子胥点点头。

"楚吴越三国接壤，民众往来密切，可现在成为死敌，三国之间，兵戎相见已几十年，各有胜败。吴越檇李一战，吴国是吃了亏的，先王阖闾受伤不治而薨，吴国上下力主对越用兵，只是天象之故，暂时拖了下来。但拖是拖不了多长时间

的，据我了解，伐越是吴王夫差和伍相国不可动摇的决心，吴国三军已整装待发，一声令下，便会发起对越的征讨，我说的没错吧？"

"没错。"

"我要说的是，先生能否促使吴国国君息兵罢战？我也知道，这场战争势在必行，已不可避免。"

"既然知道势在必行，不可避免，我凭什么劝说我国国君息兵罢战？不要说我不会这样做，我即便想这样做，也不知道用什么理由向吴王谏劝。"

"理由当然有。鲁国有个贤人叫孔仲尼的，他在各国游说他的学说。他说，四海之内皆兄弟也！他又说，和为贵，政者正也！孔仲尼的世界大同之说，更是说明天和则清，地和则宁，人和则安，心和则平。吴国的大将军，先生的朋友孙武说，兵者，诡道也，不得已而用，正道是以德治国，所谓为政以德，譬如北辰，居其所而众星拱之。德者，不战、慎战也，这是为政者的正道。所以，这是请吴国国君停止讨伐越国的理由。先生觉得我说的这个理由站得住脚吗？"囊丹见伍子胥听着听着，脸露嘲讽之色，还发出了几声冷笑，大大刺伤了他的心，便停下来问。

"这个孔仲尼又叫孔丘，我听说过。不错，和为贵，可有时你想和却不得和。因为有人不想和，不仅不想和，还要动辄对你用武。吴国非好战之国，我伍子胥亦非好战之人，孙武说，兴师十万，出征千里，百姓之费，公家之奉，日费千金，内外骚动……打一场仗，兴师动众，要花资费无数，于国于民，都是沉重的负担，而且战争的后果是极为惨烈的，血流成河，尸横遍野。可有时这仗又非打不可，吴国讨伐越国，是因先王被勾践设计致死，从古以来，不计大小强弱而必须一战者，不外四种情况，其中列第一种的即父母宗庙之仇，不得不雪。所以，越国的麻烦是自己找的，吴国上下同仇敌忾，兴师攻越，志在必得。"伍子胥回答。他觉得囊丹说的这些话非常可笑，孔丘是什么人？一介书生而已，他在鲁国只当了几天大司寇，就被逐出国了，以后到许多国家推销他的主张，很少有人理他。他的主张太不切实际了。

"很奇怪，伍先生关于和为贵的见解和越王勾践与范蠡惊人的相似，越国认为，虽吴强越弱，但越国并未到了无路可退，战亦亡、不战亦亡的地步。他们自知兵力不足，但并不畏惧，而是举国备战，众志成城。先生刚才说，自古以来，必须一战者，有四种情况，除父母宗庙之仇，不得不雪，其中还有一种：敌人进逼不舍，而又无路可退，战亦亡，不战亦亡，不如一战。越国现在就是抱着伸头一刀、缩头亦一刀的必死之心，哀兵不可小觑啊。吴国要征服越国，看来并不是唾手可得。"

"襄公子说话自相矛盾,越国既然要以一战以决存亡胜负,那你规劝吴国收兵息争就无从谈起了。你不是在瞎忙活吗?吴国要攻伐,越国要抵抗,双方剑拔弩张,其实已没有可商量的了。"伍子胥含笑说。

"吴越都只是在排兵布阵,尚未真正开战,胜负之数,尚无结果。我是作好了两手准备的,一手是所劝无用,吴越双方非战不可,我无可奈何。可毋庸讳言,一旦打起来,我作为楚人,会站在越国一边,因为越国和楚国是盟国,护卫越国就是护卫楚国。我对勾践说过,一旦吴国举兵,我会和他们同伸同仇敌忾之志。但我真不希望吴越大动干戈,这对两国百姓都非好事。所以另一手就是凭我的努力斡旋,尽力促使吴越两国和解,当然,我深知和解的希望非常渺茫,然而兹事体大,即使渺茫,我也要做到仁至义尽。"襄丹以恳挚异常的表情说,"伍先生,我此话出自肺腑。"

"不战而屈人之兵,这当然是好的。要吴国息兵,也不是没有可能。"伍子胥很干脆地说。

"噢,那么,伍先生要越国怎么做才好呢?"襄丹紧接着问。

"很简单,割地、赔款、臣服,越王素服白马,亲至军前请降。"

"还有别的条件吗?"

"对了,还有一条很要紧的,向先王阖闾投掷毒戈的越将灵姑浮要缚送吴国,由吴国处置。如能做到这些,也许吴王能考虑息兵。"

"这几项条件,无疑是釜底抽薪,越国不亡亦亡了。但越国的百姓可免去一场兵灾,越国宗庙也能得到保全。至于吴国,也不必耗费巨资,劳师动众,大举讨伐了。这不失为两全之道。"襄丹没想到伍子胥会承诺得这么爽快,他的苦心调停有点希望了。

"襄公子,我再问你一声,越国真的会听你的吗?肉袒投降,勾践和范蠡会答应吗?"伍子胥见襄丹那副把握极大的样子,好像他完全能左右越王勾践和上大夫范蠡,不禁追问了一句。

"勾践和范蠡都是有大聪明的人,审时度势,以恭顺输诚换得国家的和平,这是最明智的选择。"襄丹很兴奋地说,"你伍相国、范蠡、文种,都是楚人。我们楚人联手,在江南建一个兵革不兴、和睦相处、四海太平的天地。"

伍子胥看着襄丹眉飞色舞,觉得他憨态可掬,有几分可爱。自然,他的有些想法未免幼稚,但其用心是很难得的。接下来,襄丹做的一件事,让伍子胥看出襄丹促和的至诚。襄丹取出一方简书,递给伍子胥说:"这是越国的文种交给我的

一方谍报，这个谍人叫什么，在吴国做什么，我不知情，但可估计出此人是潜伏在吴王或某个重臣身边，其中所记情报，非常人所能获取。我赠予你，如何办是你的事。吴越修好，这些细作只会从中挑拨。"

这方简书就是巴豪通过邮人递送给文种的"家书"，这"家书"以暗语详述了吴国朝中议定的大事和吴国军队的动向。文种当时给襄丹的目的很明确，让襄丹带回去转告楚王，使得楚王相信越国处境艰危，以触动楚王继续进一步援助越国。不料，襄丹带回去给楚王浏览时，楚王将简书掷之一边，说："我不必看这种东西，越国的境况我还不知道吗？勾践杀了阖闾，也算为楚国解了恨，可吴国必伐越国，楚国当尽力而为，况且，我姐姐是越国王后，同胞之情，我不能不顾。"襄丹又把这封简书收了起来，入吴时把它带在身边，如和伍子胥谈得好，就把这方简书送给他。襄丹从来瞧不起奸细，说起这批人，总是很不屑，所以，他将这简书给伍子胥，倒不是以此献媚，他亦不屑向任何人谀奉，只是表示一下自己的坦诚。同时，伍子胥未必能查出此人，据文种说，此人隐藏很深，查不出来的；此人遭不了殃，他也无愧于越国。若查出来，诛了也好，省得这几个佞人兴风作浪。

襄丹好人做到底，干脆将"家书"中的暗语讲解了一遍，伍子胥心里一惊，这简书里提供的情报十分重要，可以肯定此人对吴国朝中之事了如指掌。伍子胥初步断定是巴豪所为，钮宣义派人到楚国调查的结果表明，巴豪此人有重大嫌疑，和他保持秘密联络的正是越国大夫文种。一时苦于没有过硬的证据，只得由钮宣义派甲士严密监视。正在为证据而发愁的伍子胥却无意中得到了最过硬的凭证，只要核对出是巴豪的笔迹，简是吴国宫廷用简，串连的线材是吴国产的棉线，铁证如山，巴豪便无从狡辩和抵赖了。

伍子胥拿着这方简书，强自克制心中的喜悦，装得无所谓的样子，将简书收起，轻轻地说："多谢襄公子，感激不尽。"

他们商定，由襄丹再次使越，说服勾践、范蠡、文种向吴国输诚修好，这样，吴越恩怨就得以了断。当然，伍子胥也留有余地，息兵罢战事关重大，他无权就这么定下来，必须禀报国君，经朝议后才能定下来。具体的处置，要由越国遣使到吴国商议后才能一一实施。襄丹对今天的谈话相当满意，他归结于津香的到来使得伍子胥心情大好。

津香、津夷和伍树絮絮叨叨地聊着，说不尽的话，诉不完的感触，津香笑得十分灿烂，但她眼睛里始终是湿润的。伍子胥和襄丹结束会谈过来时，伍子胥惊异地发现，此时的津香有种特别的美，而看向自己时，竟有着一分新妇样的腼腆。

伍子胥急于要回去，他对依依不舍的津香和伍树说，他们必须暂时分手，来日方长。但今天时辰已不早，路程不短，不能再拖延下去了，自己和伍树都需要连夜回归军营。

津香实在舍不得和儿子告别，她对伍子胥说："让小树子在这里住一夜，明天下午回去。"

"不行，他是兵士，通宵不归，追查起来，他会受到责罚的。"

"他是你的儿子，难道就不能通融一下？"

"不行，这是我规定的，军纪严明，岂能违背？"

"娘，我今晚先回兵营，过两天再设法来看你。"

"傻儿子，我跟舅舅、囊丹叔叔就要回楚国的，你过两天来楚国看娘？回去吧，你爹会安置的。"津香悻悻地说，"可是，关山阻断，我们娘儿俩又不知何月何日再能见面。唉！"

"津香，你忍一忍，儿子是你的，八年了，还是回到了你身边。到时，我会派人接你和津夷一家到吴都的，你要相信我，我一定会安排好的。"伍子胥说到这里，递给津夷一个沉甸甸的布包，小声说，"收下，你们搬迁来吴，总要有些花费。"

津夷在手里掂了一下，马上猜出是两镒黄金，便推辞说："津香知道，我手头还算宽裕，足够花了，这黄金我绝不能收。"

"津夷，收下吧，你不要固执了，这是伍先生的一番拳拳之意，别扫他的兴。"囊丹在一旁插话说。津夷点点头，将布包收了起来。

伍子胥的马车已等待在那里，伍子胥向津香道了别，向津夷、囊丹行了个礼，就带上儿子伍树登上马车。伍树登上帷车后，撩起帷幕，带着哭腔朝津香喊道："娘，我走了。"

津香哭了起来，她眼睁睁地看着两辆马车消失在黑暗中。等车轮声完全消逝后，四野寂寂，囊丹对津夷说："你妹夫不饮酒、不食肉，我只能奉陪，快把我憋死了。已是深夜，我们干脆作个长夜之饮吧。"

囊丹的豪情慷慨，激发了津夷的兴致，加上妹妹和儿子、妹夫重逢，解除了他多年来对妹妹的归宿的担忧，于是，欣然随囊丹走进房间，热情的主人已摆好了酒肴，三人席地而坐，一觞觞痛饮起来。而津香似乎有倦意了，吹灭了灯，悄然归寝，但在黑暗中，她的眼睛睁得大大的。刚才只是沉浸在和伍树、伍子胥久别重逢的喜悦和激动中，对于今后的生活安排并没有细想。此刻，她想开了，伍子胥承诺把她和津夷一家，还有她年迈的父母接到吴都，她相信伍子胥一定会把

他们安置得妥妥帖帖，一家子会享受着从未经历过的富贵，但她心里却有种不踏实的感觉。她清楚，伍子胥除伍树外，还育有一子伍敖，一女伍青。伍青长得娉娉婷婷，是个娇憨明艳的女孩子，伍子胥和乐范似乎已关注她的婚事，有意将伍青许配给大将军的儿子孙平，而伍青和孙平也很投缘，是绝配的一对。这些都是伍树说的。伍子胥是不可能离开这个温暖而热闹的家了。那么，伍子胥的安置，就是将他们接到吴都豢养起来，而她的名分像多年前一样，是模糊不清的，她是伍树的生母，仅此而已。不过，她比以前要淡泊多了，只要和伍树在一起，其他可以忽略不计了。可她又想到了一件事，伍树已不小了，娶亲就在眼前，办喜事时，她以什么身份出现呢？相国是国戚，先王嫡亲的妹夫，国君的姑父，公子成婚，乐范会不会答应让自己出面呢？

想到这些事，津香心里非常烦躁，头也开始疼痛起来，等到有朦胧的睡意时，鸡鸣声已此起彼伏了。

伍子胥回到工地的住处以后，前前后后将和囊丹见面的经过思量了一番，越国投诚和巴豪这两件事都非同小可，如何和大王陈述，如何采取行动，不能马虎，他要有步骤，有策略。当务之急是把巴豪逮起来，清除埋在吴国心脏里的隐患，不能让他再迷惑大王了。另外，除掉巴豪对越国也会起到敲山震虎的作用，这显然会使得吴国在处置越国投降上更占上风。他在挖河工地未停留多久，便乘马车返回吴都。

到了都城，才知道又发生了一件事。原来，太后蔡小娇和王后齐姬先后病倒，两人的病症相似，都是发高烧，额头发烫，上吐下泻，几天工夫，瘦得不成样子。医师称她们是感染了风寒，是暑过秋来时容易得的病，对症下药后却一点效果都没有。到后来，太后和王后的神智都有些迷糊了，似醒非醒，嘴里胡乱说着什么。待她们稍稍清醒了些，问起她们，她们又都茫然毫无记忆，仿佛魂不附体。医师每天来几次，每次都说，病来如山倒，病去如抽丝，唯有多多静养，才会慢慢好起来。

伯嚭知道后，便将太后和王后的病情告诉了巴豪，说："若是偶感风寒，服了草药，出了几身汗，热度下去，人就清爽了。可她们的病很怪，精神有些错乱，胡话不断，宫里的医师、民间的名医都轮流治过了，不但不见效，反而是一天比一天重。大王急得束手无策。巴内官，宫内出了两个病人，让大王够心烦的，军国大事也没有心思管了。"

"是有点邪乎了，那些庸医分明在胡言乱语，什么感染了风寒？宫里的医师都是高手，风寒病对他们来说是小病，岂会越治越重？依我看，想必病因没有找准。"巴豪默然半晌，才说了他的看法。

"那是什么病因呢？"

"这就难说了。可能……"巴豪说了"可能"两个字，把下面的话又咽了回去。

伯嚭见他吞吞吐吐，便鼓励他："巴内官，你不要有什么顾忌，有什么话尽管说，治病最要紧的就是找到原因。原因找准了，也就好办了。"

"我估摸后宫有蛊气，太后和王后的病症如出一辙，事情会这么巧吗？"

"你说的蛊气就是鬼魅之气？"

"是，正是蛊气侵扰后宫，让她们得病的。"

"那这驱蛊气的事，只有巴内官能操持了。"

"这是在下的分内事，不过，后宫绝非寻常之地，我去作法，会让宫中不太安宁，这一点你要跟国君说清楚。"

"这当然，我会跟大王说明的。后宫蛊气弥漫，必须驱除干净，否则后患无穷。"伯嚭说，"只是宫规森严，事关太后和王后，你尽量注意点。"

巴豪微微点了点头，补了一句："我还要带了神獒去。"

"四条神獒都要带上？"

"那倒不必，带两条就行了。"

伯嚭立即将此事禀报夫差。夫差一听，不假思索地说："只要太后、王后病愈，你就让巴内官来吧！"

就在伍子胥一行向津香所住的楚吴边境那个小村疾驰时，巴豪身穿青袍，一手持铎，一手牵着两条一身黄毛的獒犬，在伯嚭陪同下走进后宫。钮宣义亲率五六名禁军，紧紧地在一旁监视着，连眼睛都不敢多眨一下，这是伍子胥再三叮嘱的，绝不能有半点大意。巴豪开始振动铎，木制的"舌"撞击着铜制的铎壳，发出很响亮的声响，然后他唱歌般地吟诵起来，至于他念的是什么词，任何人都听不懂。巴豪先从太后的宫中开始，一路跑到王后的宫中。齐姬在床上已听到了铎声和吟诵声，她睁开眼睛，有气无力地问贴身宫女："这是什么、什么怪声音啊？"宫女十分惊喜，几天来，王后的神智难得这样清楚。

"这是巴内官在驱蛊，蛊气除掉了，娘娘的病就好了。"宫女回答她。

"怎么？宫中有鬼魅之气，难怪我见到……幢幢鬼影……"齐姬的语声是迷离虚幻的，宫女听了，浑身都起了鸡皮疙瘩，一颗心不由自主地悬了起来。她张望着四周，又看着脸色枯槁、形销骨立地躺在床上的王后，真觉得阴森森的，她害怕得直往床前的罗帐里躲去。正在这时，六岁的小公主胜玉一跳一蹦地走进来，

对着床上的齐姬喊道："母后，母后，我今天去马场玩了，那儿有好多好多匹马。"

齐姬最喜欢这个女儿，平时不管有多大的烦恼，只要一看见胜玉，心情立马就会好起来。为此，齐姬患病以后，夫差每天要宫婢将胜玉送到齐姬床边。

"马场？哪儿的马场？谁带你去的？"齐姬问。宫女的恐惧消失了，取而代之的是兴奋和宽慰，王后的问话很清晰，这是这段时间来所没有的。

"是太宰伯嚭带我去的，管马场的将军是公孙雄，他们给我吃了狗肉，狗肉很好吃的，我下次还要去玩，母后陪我去，好吗？"胜玉口齿伶俐地说。

"好，等娘病好了，你要去哪儿，娘陪你……"齐姬说着，脸上居然露出了一丝笑容。

这时，巴豪诵唱着进来了，牵着两条獒犬，手里的铜铎发出"吭啷、吭啷"的声响。胜玉觉得很有趣，她在马场曾由公孙雄抱着，坐在马背上骑了一段路，还摸了下马尾巴，所以胆子很大，看到獒犬，忍不住伸出小手，在其中一条头上摸了一下。开始獒犬未有反应，胜玉便拉了一下它的耳朵，大概把它惹恼了，獒犬往后退了一步，昂起头，龇牙咧嘴，露出极凶悍的样子，连声地吼叫起来。胜玉顿时惊恐异常，浑身哆嗦，"哇"地一声大哭起来，脸色煞白，而那条獒犬，竟张牙舞爪，咆哮着朝胜玉扑过来。幸亏钮宣义赶到，厉声呵斥，挥剑砍去，另一个甲士也高举手中的戈，朝狗击去，再加上巴豪收紧了绳索，这条獒犬才退了下去，但喉咙间始终发出低沉的"呜噜呜噜"的声音，双眼露出令人生畏的凶光。胜玉由宫婢抱着离去，宫内乱成一团。而床上的齐姬亦大惊失色，立刻昏了过去，然而，混乱之中，王后昏厥竟没有引起多少人注意。巴豪继续作法，直到做完，看了眼床上没有活气的王后，摇着铜铎离开。

巴豪驱蛊后，太后的病大有好转，头脑清醒了，心情也很平和，晓得腹中饥饿，开始吃喝了。而齐姬的病症则没有显出好的征兆，那天短暂的苏醒，就像昙花一现，神獒狂吠着扑向胜玉，她是目睹的，当时就受到了极大的惊吓，昏厥后再也没有醒过来，把汤药灌进她嘴里，喂多少吐多少。

而更不幸的是，齐姬的心肝宝贝，美丽可爱的小公主胜玉被神獒吓破了胆，惊哭不止，浑身冰凉，闻声音而惧，望人影而避，不食不睡，偶尔有点睡意，宫婢刚把她放到床上，她就四肢抽搐，翻着白眼叫喊："我怕！我怕！"夫差急召几个医师治疗，医师们轮流把脉，相顾失色，不约而同地跪拜在地："大王，公主因惊得痫，凶险得很！或许上天保佑，能够化险为夷。"

"这么说，公主不可治了？"夫差震怒地大声问，"就这么吓了一下，就会到这样的光景？你们这几个，平时一个个煞有介事的，什么妙手回春，什么药到病除，碰到公主这样的小毛病，就蔫头耷脑，一点法子都没有了？"

"臣罪该万死！"几个医师惶悚万分地连连叩头，藤编的药囊也滚到了一边。

"我要你们这几个人何用？来人，把这几个庸医拉下去办了！"

办了的意思有三种，一种是斩杀，另一种是收监待处，还有一种是革去职位，逐出宫去。通常这种情况，是甲士把他们送到监狱押起来再说。于是，几个禁军拥上来，对着几个医师喝道："快起来，走！"

其中有一个医师很冷静地说："民间自古有种说法，童稚受了惊，是魂不守舍了，要敲锅击罐沿街喊魂。公主是巴内官驱蛊时，为神獒所惊，臣以为，巴内官蛊气驱得，魂必招得，大王不如招巴内官为公主喊魂。"

夫差对巴豪的做法也很不满。果真给钮宣义说准了，王后病未愈，胜玉公主反而因惊得痫，巴豪到底会不会驱蛊？这蛊气又是怎么回事？巴豪能把胜玉的魂喊回来吗？夫差有点拿不定主意了。

"你们下去吧！"夫差沉默了一会儿，说。

几个医师谢过恩后，背着药囊下去了。

正在这时，内官通报，钮宣义和伍子胥在殿外待召。夫差一听，像盼来了救星似的，连忙说："快请！快请！"

夫差和伍子胥、钮宣义走进了一间侧室，还没有坐定，夫差就气恼地说："太后和王后不知怎么回事，患了怪病，服药也不见效。巴内官说后宫有蛊气，昨天他来驱蛊，太后倒好了许多。可王后不见好，昏睡不醒，神智不明。还有胜玉昨天受了神獒的惊吓，因惊得痫，抽起了筋，宫里的那几个医师居然说公主的病险得很。伍相国，你来得正好，老的小的都闹起了病，寡人心里烦极了，你们说该怎么办？"

"我知道了，大王千万宽心，等会儿臣召几个民间的医师来宫中会诊，他们手里有些秘方，往往有奇效，所谓秘方气死名医。我认识一个老医师，已到望七之年，他就有几个秘方。"伍子胥听完，用心地回答，"我来找大王另有大事，我知道大王心烦意躁，但这件事关乎国家的安危，我必须禀告大王，否则要出乱子。"

"国事重于家事，不管家中有什么麻烦，国事军事不能耽误，伍相国，你快说，看病的事先放一放。"夫差果然专注地看着伍子胥，听伍子胥说话。

"那个巫师巴豪是越国的细作，他是楚国人，从小混迹于市井，沾上了许多恶习，又到过巴蜀、西域、越国，为越国大夫文种收买，学了点占卜、驱鬼、观天象的皮毛，后设法潜匿到吴国。吴国的许多最高机密，例如我们决定兴师伐越，在朝会后不久，越王勾践、上大夫范蠡、大夫文种就知道了。这个谍报，就是巴

豪以'家书'形式通过邮人连夜传递过去的。"伍子胥很平静地说。

夫差震动了！他瞪大了眼睛，将信将疑地看着伍子胥，问："相国这么说，有证据吗？巴豪可是太宰举荐的，难道伯嚭也是奸细？"

"大王，我已掌握了确凿无疑的证据。至于太宰的举荐，是伯嚭在楚国的一个族亲写书简给太宰，让他使用巴豪。但这封书简并非这个族亲亲笔，是越国冒其名义所写。那四条神葵也是越国给巴豪的。"伍子胥依然用淡定的口气说，"我这里有一封巴豪的'家书'，实质是使用了暗语的谍报，大王可过目。"

伍子胥说着，从怀中掏出那封囊丹献给他的"家书"，递给夫差。夫差翻来覆去读了几遍，不甚理解，露出茫然的神色。伍子胥起身，跪坐到夫差旁边，把暗语一一指出，通篇解释了一下。夫差一身冷汗，果然是那次朝会决议的内容。再细看竹简、串连的蜡线，都是吴国宫中所用之物，夫差再唤人取来巴豪所写的卜筮简，两方竹简一对照，字迹完全一样。夫差不由自主地打了个寒噤。他对巴豪信任得很，什么事都不瞒他，这个人要是奸细，越国对吴都的一举一动，就无不了然了。他懊丧地说："可恨伯嚭，把一个奸细举荐给寡人，上次毒死母后的武锦清也是伯嚭举荐的。屡以奸人相荐，这伯嚭断乎不是好东西！钮将军！"他大声喊道。

"臣在。"

"寡人令你带禁军立即将伯嚭、巴豪逮捕入狱，寡人要亲自审案，要他们从实招供。一旦口供、人证、物证相符，寡人绝不会手软！"夫差的神情一下变得狰狞，"凡是奸细和谋叛通敌者，罪在不赦，抄家灭族。"

伍子胥还是第一次见到夫差的这一面，看上去，他的手段比先王阖闾还要狠辣。阖闾铲除神蛇时，从宽处置了不少人。

"是，臣遵命！"钮宣义站起来走了出去，心里涌上一阵莫可名状的兴奋。孙武和他谈过，伯嚭不除，吴国不宁，想不到这个机会这么快就来了，而且由自己去执行。大将军说得很对，伯嚭就是这样一个奸臣，不铲除他，吴国都会葬送在他手中。伯嚭除掉后，他第一个就要设法把这个消息告知孙武。

钮宣义刚走几步，就被伍子胥喊住了，要他暂缓。钮宣义疑惑地停住了脚步，看着伍子胥，夫差也有些不解，说："有什么事，待把他们逮起来再说，晚了，待他们得到风声，说不定会溜。"

伍子胥让钮宣义坐下，对夫差说："巴豪已看住了，他插翅难逃。臣意暂不要动他，他的背后是越国，我们逮了这个细作，可能会打草惊蛇，坏了对付越国的大局。现在臣有善策，可不战而屈人之兵，兵不血刃地让勾践率大臣向大王肉袒

投降，并拿下灵姑浮，在先王陵寝前斩了他，血祭先王之灵，报仇雪恨！"

夫差有点不相信地问："伍相国，勾践已屯兵应战，万事俱备，范蠡岂肯这么干休？"

"勾践表面狡狯强硬，实则色厉内荏，接到巴豪密报后，他故作镇静，心里却慌得很，一面厉兵秣马，一面存有侥幸之心，期待吴国息兵罢战。楚国那个死于柏举的令尹囊瓦，大王还记得吗？"

"当然记得，他率领近二十万军队被大将军分而歼灭。最后他那七八万精锐，在柏举全军覆没，他和军师史皇也阵亡了。柏举之战打得太漂亮了！"夫差津津乐道地说。

"囊瓦有个儿子叫囊丹，是个商人，臣也向大王提起过。"

"嗯，此人寡人知道，前不久，他不是使越了吗？"

"是使越了，他前天来见臣了，他断定，越国和吴国打仗，不管战与不战，其结果都是亡国。因而，他劝越国向吴国讲和，割地以通好，玉帛以事人，向吴国臣服，这样至少可以保全宗庙，百姓可免遭荼毒，勾践、文种、范蠡似乎也动了心。臣对他说，吴国大王一向仁义宽容，如果越国真的举国输诚，吴王会给越国一个机会的。条件是割地赔款，越王素服白马，亲临吴军阵前请降，并签从约。另有一条，致先王归天的越将灵姑浮需缚送吴国处置，这样，吴国可能会允越国投降。"伍子胥把和囊丹的谈话详细地复述了一遍。

夫差对此很有兴趣，他说："如果真能有这么个结果，可省去不少事，传到中原，那些三句不离'南蛮'的人，也会对吴国刮目相看了，越国望风而降，吴国的声威可想而知了。"可他转念一想，觉得这里面不会那么简单，会不会是个圈套？他又问伍子胥，"相国，囊丹会不会在骗我们？或者，这只是囊丹的个人意愿，勾践根本没有这种想法？还有，越国兵力是弱，但并非弱到不堪一击，为何会不战而降呢？这不合勾践的性格，这中间会不会有诈？"

"臣也有这样的疑问，但囊公子看上去不像在骗人，巴豪给文种的谍报书简就是他给我的。囊丹已再次使越，在他没有告知结果前，臣以为对巴豪暂时不动，免得逮了他和其他人，会把事情搅乱，让越国觉得我们没有纳降的度量。所以，不妨把他们先放一放，也许可以通过巴豪，观察到越国的真正用心。如果需要，我们也可以故意透点什么风给巴豪或其他人，既捏住新的证据，也可让越国误入歧途。反正，他们骗也好诈也好，我们都留着心，是上不了当的，也无亏可吃。"伍子胥说，"当然，有一点我们绝不能放松，那就是军备，如果发现越国捣什么鬼，吴国立即兴师问罪！"

夫差深以为然，伍子胥的这番话，说到了他心坎上，他看着伍子胥和钮宣义说："相国，这件事你全权去处置，大将军说，不战而屈人之兵，善之善者也。以前，寡人有惑，果然能不战而使敌投降？这次办成了。另外，钮将军令三军外松内紧，密切戒备，不得玩忽懈怠。"

伍子胥和钮宣义庄重应答："是，遵大王的命。"

"此事是第一等的机密，只限我们君臣三人知道。其他人暂时不说。日夜监视伯嚭、巴豪，防止其只身潜行。"

"是。"

"寡人要携公主去夫椒避暑宫小住几天，伍卿可召医师去那里就诊，越快越好。也请他们为王后把脉诊疗。"

"臣马上去办。"

"伯嚭等问起，可将寡人暂栖避暑宫告之，麻痹他们。就说宫内事烦心不已，到湖边安静几天，也是带了公主避蛊。"

"臣知道了。"

钮宣义和伍子胥一出王宫，钮宣义就着急地说："相国，逮伯嚭和巴豪的事不该拖延，大王好不容易下定了决心，我们要乘此机会，先把他们关进牢狱。拷问巴豪，待他招出伯嚭是同伙，马上将他们斩尽杀绝，一劳永逸。如暂时放一放，这两人狡如狐狸，不是设法潜逃，就是在大王面前巧言令色，玩什么花招，变着法让大王改变主意。所以，务必立即把伯嚭等除掉，万万不能拖，当断不断，反受其乱。"

"巴豪潜伏吴国一案扑朔迷离，伯嚭确可疑，但目前抓捕，为时过早，证据还不足。伯嚭是太宰，通敌护奸不亚于谋反叛乱，是严重的大案子。如有什么差错，伯嚭不仅不会认罪，而且会竭力叫冤，若他反噬，事情会更为复杂。此外，巴豪这样手段老到的浮滑之徒未必会轻易把伯嚭招供出来，他清楚，招出伯嚭他必死无疑，保住伯嚭，或许还有一丝活路。钮将军不用着急，等上一两天，让他们狐狸尾巴再露出来，不打自招，这个案子就是板上钉钉了，伯嚭要真的是吃里爬外的内奸，铁证面前，也就无计可施了。当然，更主要的，不能因为动了他们，惊了越王勾践等人，越国能不战而归顺，这才是当前最重要的急务。"

伍子胥很耐心地向钮宣义解释，但表情很严肃，不容钮宣义再多说什么了。撇开吴越争端的原因，伍子胥还有一层原因，怕别人说他挟嫌报复。他明白钮宣义是好心，记着孙武的叮嘱。自己何尝不想把伯嚭、巴豪拉到刑场，一刀结果了他们。但伍子胥内心深处有种直觉，伯嚭固然可恶，但他身居吴国太宰高位，享受着荣华富贵，不太可能背地里会去充当越国的奸细，伯嚭不屑也没有必要去冒这种风险。伯嚭到底在其中扮演了什么角色，负有什么样的责任，必须搞清楚。倘或不问青红皂白，不问证据事实就往深处罗织，那自己岂不成了楚国的奸臣费无忌那样的人？吴国朝内外，都知道他和伯嚭有隙，所以，他要格外小心谨慎，保持冷静，进一步查证，按律办事，秉公处断，绝不能让旁观者有任何的误解，也不能给伯嚭本人任何口实。

多年以后，伍子胥终于明白，他错过了一次除掉伯嚭的绝好机会，以致造成了无穷的后患。正如钮宣义说的，当断不断，反受其乱。他的疑虑没有错，他对伯嚭的分析也没有错，伯嚭确不是越国细作。但他收受越国重贿，纵容庇护奸人，又处处偏袒越国，所作所为，给吴国所带来的祸害，远超奸细。

伯嚭正在军马场附近的留城内。

留城是个小城，原来是个关押犯人的所在，犯人迁走后，改为军事营垒。留城有上百间后砌的房子，方圆三四里，有几千匹军马和数千名车卒，也住着军马场的饲马官。还有一部分尉官以上的家眷，城墙外的一条又深又宽的护城河，成了她们捣纱浣纱之处。春秋两季的晚上，都会传出军眷们用木棒捣纱的砧杵之声，使寂寞的小城显得格外孤独、冷清。

留城在延陵地界上，距吴都两个时辰的路程。留城再过去，在涡湖之滨有一个淹城，相传是古代淹国留下的一座城池，延陵一度是先王阖闾的叔叔季札的封地。阖闾的祖父、吴国十八代国君寿梦认为四子季札才德不凡，病重去世前，有意将王位传于季札。长子诸樊欣然同意，可季札极力推让，他认为这是有违礼制的做法。寿梦薨逝后，因诸樊屡次让位，季札干脆搬到梅里城外，结庐居住，关起门来读书，与外界断绝往来。诸樊不得不以长子身份继承王位，并把延陵封给季札。季札便居住在淹城内。

淹城原有两道夯土的城墙，两道护城河，城中心并不大，季札就在那里搭建了几间草堂，种植大片的竹子和树木，开垦菜畦，饲养鸡鸭猪羊，过着自由自在的日子。阖闾令孙武第一次伐楚时，吴王僚两个逃亡在楚国的儿子因城破而自尽，季札很气愤，又挖掘了一道护城河，并加了一道土城垣，以表明和阖闾为王的吴国绝交。

阖闾去世前两年，将淹城作为监狱，囚犯从留城迁移到这里。守护的士卒在城墙上种栽了带有尖锐硬刺的狗蒺藜，凡是有犯人冒险越狱，锋利而坚硬的尖刺会把他们扎得伤痕累累。

伯嚭正和公孙雄、巴豪以及良人、良丕等人在一起。伯嚭开始有些恼火，对巴豪大声训斥："你是怎么搞的？驱鬼驱鬼怎么让胜玉公主受惊了？胜玉公主可是大王、王后的掌上明珠。而且，太后病虽有好转，王后的病反而重了，巴豪，你到底是在驱鬼还是在弄鬼？"

巴豪却不以为忤，镇定地回答："这话我不能领受，我作法前，有言在先，驱蛊是有些动作的，会闹得宫里不太安宁，小公主受了惊吓，是她不该去招惹神獒，更不该在驱蛊时戏耍。神獒之神，极为微妙，原在可解不可解之间，当时鬼魅被驱得绕室而逃，正好碰上了小公主，就附上去了。神獒察觉后，猛吠驱鬼，却给钮将军的剑和禁军的戈挡住了，小公主的异征多半是鬼魅作祟，常人不知，以为是吓出了病，这是误解。"

"你是说小公主的病不是吓出来的，是鬼魂附体，真是这么回事吗？"伯嚭有点相信了，但还存有疑义，他追问巴豪。

"是，我已说得很清楚了。"

"你有什么办法吗？"

"当然有。我所通的法术，能卜卦凶吉，也能拘禁鬼魅，任意驱遣。不过，我不敢再去作法了。驱鬼求神，心诚则灵，没有诚意，我纵有天大的法力，也是没有用的，反而吃力不讨好。"

"不会吃力不讨好的，巴豪，你多虑了！只要你忠心至诚，大家都会明白你的好。"伯嚭安慰他说，"好吧，小公主的事待会我见了大王再说。"巴豪诺诺称是。

在阵阵秋风的劲吹下，青草已微微发黄。草丛中开出鹅黄色的小菊花。马场四周围着竹篱笆墙，一丈许之外又围了圈木栅栏，草野上建有一排排木板房，这是马厩。凉风袭来，不冷不热，夹杂着马厩和马场特有的干草的香味，伯嚭感到浑身舒畅。但想到小公主和王后的病，他心里又沉了下来。

公孙雄看了伯嚭一眼，不吭声。良丕在一旁小声说："我听门将说，伍相国昨天从挖河营署突然回国都，家里都未歇一歇，由钮将军陪着，就去了后宫见大王了。三个人说了半天话。当天，大王带着小公主去夫椒山避暑宫了，后来，伍子胥带了几个医师先去了后宫，又去了避暑宫。医师离开了，伍子胥和钮将军还留在那里。还有更奇怪的事，各城门和关卡突然接到上谕，原持有的出关出境关符一律暂停使用，而必须持由大王、伍子胥、钮宣义君臣三人加盖的封印的关符才能通行。这到底为了什么？"

"有这样的事，你怎么不早说？"公孙雄提高了声音问，"说不定太宰根本不知道有这回事。"

良丕所说的情况是真实的。夫差带了公主胜玉到避暑宫居住，伍子胥请了民间的两个名医，到后宫为王后齐姬把脉问诊，开了药方，配了草药。然后到避暑宫为公主配煎"安神汤"，服用后，小公主一下就安静下来。夫差重赏了这两个医师，让他们在避暑宫住下专门侍奉公主。又在避暑宫与伍子胥、钮宣义商量，作出了几个决定：第一，为防止巴豪等人闻风出逃，将原发出的关符作废，出关出境需持有国君、相国伍子胥和上将军兼卫骑都尉钮宣义三人的封印的关符才能放行；第二，下谕对巴豪驱蛊进行奖赏，称太后、王后因蛊气得到消除，病情明显见好，巴豪功不可没；第三，对暂停的姑苏台、下菰城、周城、平陵城、朱方城等工程恢复修建，特别是姑苏台，是国君新的行宫别苑，阖闾时期始建，时建时停，现要大力建设。其他几个城大都为吴国先王所建，有的已荒废，有的过于狭小，故要扩建。

这三条谕令，除第一条外，其余两条都是做给巴豪看的，是故意放出的烟雾，要让他感觉他继续得到信任，而吴国的目标已从讨伐越国上转移，要开始筑城了。

伯嚭并没有注意公孙雄和良丕的讲话，他有点心不在焉，把盏中水喝完后，起身对公孙雄笑着说："走吧，赴你的酒宴去，今天有何美味？"

"太宰，我早就准备好了，有炙鱼、鹿肉，有'貊炙'，还有羊肉汤……"公孙雄殷勤地回答。

伯嚭一听，顿时乐了，这几样美味是他的最爱，鹿肉嫩而鲜美，是稀罕的食物，而"貊炙"更是名贵；整只肥羊，挖去内脏，塞进大枣、鸡蛋、牛肝、香料、猪油等配料，再缝起来，架火烧烤，直到烤得通体金黄，羊肉肥而不腻，肚里的东西更是美味异常。这道佳肴，伯嚭亦不是经常吃的。

"大王也嗜'貊炙'，我吃得好，下次你再准备烤上一头。还有狗肉吗？"

"狗肉倒没有备，不过，良人在啊！让他去抓一条，现宰现烹！"

"好啊，让良人去弄条狗来。"伯嚭兴致勃勃地说。

留城的一处院落，宽敞、整洁，对着院子有一排六间平房，这些房间里住卫士、仆人，中间是门洞，通过门洞进入内院。内院很大，对着内院是一排干栏式的两层房子，这里有卧室、书房、客房、谈公务的密室等。楼下是厨房、庖人住的房间、库房等，靠围墙还有一排马厩，足可养十几匹马，另有几间房是堆放马具和饲料用的。这是公孙雄在留城的府邸，军马场上上下下都叫它将军府。

几觞酒下肚，美味的貊炙，再加上鹿肉、狗肉，伯嚭很快就饱了，话也多了起来，肆无忌惮地骂骂咧咧。良人朝公孙雄使了个眼色，公孙雄便凑过身子，小声说："太宰，我有几句要紧话与你说，咱们到密室去。"

"干吗要到密室去？就在这里说，有什么怕的！有我伯嚭在，吴国没有人是可怕的，即使伍子胥到这里来，也不用怕，他没有什么可神气的，刚到吴国时，他在梅里吹箫于市，是个可怜肮脏的乞儿。"伯嚭显然有点醉意了，开始口无遮拦。公孙雄力气大，膂力尤其强劲，他一把拉起伯嚭，几乎是拖着他来到密室，按他坐下后，把门关上。

"太宰，我得到消息，大王有令，从昨日起，所有关符全部作废，换上盖有大王、伍子胥、钮宣义三人封印的新关符，这件事你知道吗？"公孙雄问。

"有这样的事？我不知道，你从哪里听说的？"伯嚭惊奇地问。

"军中都传达了，每个关卡、边境城池的城门、水关的守将都接到了这道上谕。而且，前天伍子胥突然回吴都，和钮宣义一起见大王，在王宫待了很长时间，所谈内容无从得知。当天就下了换关符的命令，可推测与他们这次密议有关。"

"这不足为奇，关符的封印以前有钮将军的，他是统领禁军的卫骑都卫，还是车骑统领；也有卓荣的，他是镇关大将军；还有华元的，他是大王的卫队司马。"伯嚭不以为然地说，"用他们的封印，这和他们的职司有关。大王几次提到，封印太乱，要有所统一，这改成三人封印，大概就是出自大王的这个旨意。至于未通知我参与议论，是我向来不管这琐碎的杂务，也与我的职司无关。"

"如果是这样，我也就放心了。现在不得不事事多留点心。"

"多留点心是可以的，不过别疑神疑鬼。我知道，与我为敌，处心积虑要扳倒我伯嚭的人不在少数。"伯嚭冷笑，"但想害我的人都没有好下场。"

"是的。"

"你学乖了，小心是好的。走吧，我们继续去喝上几觞，今天你备的肴馔实在太丰盛了。"伯嚭一边说一边起身，挣脱了公孙雄伸过来扶他一把的手。

伯嚭和公孙雄又回到席上。刚坐下，一个伯嚭的心腹快马来到留城，凑到伯嚭身边，对他耳语一番。伯嚭大喜，宣布说："巴豪立了大功，到后宫驱蛊后，太后、王后病情缓解，太后胃口大开，王后神志清楚，病征已消，大王马上会遣人传达褒奖巴豪的谕旨。"

伯嚭刚说完，在场者纷纷举觞向伯嚭和巴豪道贺。之前，大家对巴豪驱蛊之举的效果很不放心，更担心小公主被神獒惊吓；事情突然有了极大的转圜，太后、王后、公主霍然而愈，巴豪得赏也就是自然的了。

和大家不同，巴豪却显得很冷静，这件事来得很快，也很突然。他凭直觉感到这中间隐匿着很多蹊跷之处，蹊跷在哪里？他说不上来。也许是真的，那当然是大好事。如果不实，那就是有诈，那夫差为何要这么做呢？这意味着什么？目的又何在？巴豪猜不透，说不清，但有一点是肯定的，这绝非好事。他心里有点忐忑不安，看着满案几的酒菜，发着呆，听着满堂兴高采烈的喧闹声，不知该作何表示。

前来宣旨的大夫竟是被离，这是伯嚭没有想到的。但转念一想，这又在情理之中，被离司农，而医药向来归司农大夫管理。

被离穿着官服，他扫了一下屋里的场面，笑吟吟地对伯嚭说："太宰好兴致啊！高朋满座，群贤毕至，留城留得住人啊！"嘴角露出一丝丝难以觉察的鄙薄。他说完后，未等伯嚭回答，立刻掏出一方写了字的绢帛说，"巴豪受谕！"

"是。"巴豪离开案几，跪拜在地。

被离照着绢帛念道："内官巴豪以法术驱除蛊气，鬼魅无所藏处，后宫得以安宁，巴豪有功，着奖赏金一百镒。"

"臣巴豪谢王恩！"巴豪大声回答。

"巴内官起身吧。"被离把绢帛卷起，很傲然地对伯嚭说，"太宰，大王另有旨意，要我单独与你谈话，请太宰另择一个地方吧！"

要是平时，被离这个态度，会让伯嚭很不高兴。但此刻，他心情实在太好，一点都不计较，他应道："这留城的公孙雄府邸，有的是讲话的所在，被离大夫，你随我来。"

公孙雄领路，依然来到那间密室，伯嚭、被离进入后，他把门掩上，在廊道里扶着栏杆等候着。被离这个伯嚭的死冤家，到底要对伯嚭传达大王的什么旨意，让公孙雄十分好奇，也十分关切。自从他投靠伯嚭以来，处处留意伯嚭的动向，在他看来，伯嚭对他有恩，有恩必报，自然要处处维护伯嚭的利益。

被离来这里，是伍子胥安排的，当然，整个部署他没有透露给被离，只是让被离到留城跑一趟，传达大王奖赏巴豪和其他几条谕旨。被离没有多问一句话。

在内室，被离放低了声音说："大王有令，出关出境的关符太乱，以前的暂时不用，改成盖大王、伍相国、钮将军的封印才能放行，这是其一；姑苏台要加紧建筑，争取一年内竣工，大王要派用场，另有下菰城、朱方城、平陵城、周城等城池亦要扩建和重建，这是其二；大王带了胜玉公主要在夫椒山避暑宫静养几天，朝政暂由伍相国和太宰署理，这是其三。太宰可明白了？"

"明白了，大王还另有旨意吗？有否提到伐越的事？"伯嚭试探说。

"要我传达的旨意已说完了。没有其他的话了。"

"好，好，我会照办的。是大王派你来的吗？"

"是伍相国派我来的，我领命而已。"被离说着，"我的事办完了，时间不早

了，我回去了，叨扰太宰雅兴，请勿见怪！"

"哪里，哪里！今天我是来视军马的，伐越在即，这批马就要出征，马虎不得。"伯嚭说，"有劳被离大夫了！"

伯嚭回到餐室，便把三点旨意原原本本复述了一遍。巴豪对关符的事未加注意，感兴趣是后两条。姑苏台和下菰、朱方、平陵等城，不是朝着越国的方向，且不是军事性堡垒，这说明夫差的伐越之军备有所松懈。另外，由伍子胥和伯嚭代为治政，可见至少未来六七天吴国不会举兵伐越。

回到住处后，巴豪立即写了封手札，也就是"家书"，连夜送到那个邮人处。巴豪以为神不知鬼不觉，他没有料到他的一举一动都在严密的监控之中，钮宣义派出的密探对巴豪的行踪都掌握无遗。钮宣义禀报伍子胥后，伍子胥果断地拘捕了那个邮人，并搜查了邮人的住所，抄出了巴豪的书简。书简中，被离向伯嚭传达的几点旨意，除关符一事外，其余都写得极明白。

伍子胥连夜密审邮人，尚未进行拷问，只是摆出了阵势，邮人便瘫作一团，把他所知道的如实作了招供。巴豪为越国谍人已毫无疑问。邮人送过的"家书"加起来有十余封之多。伍子胥问他，是否知道伯嚭和文种有无私下保持联络，巴豪有否和他说起过伯嚭。邮人均说没有。

钮宣义主张拷打，但伍子胥没有同意，他历来不赞成对罪犯用刑，除了对那些毫无人性、丧心病狂的凶顽之徒在确凿证据前还百般抵赖者可鞭笞棰楚之外，对其余囚徒一律不准动刑，尤其严禁在掌握证据前刑讯逼供。

这个邮人其实连暗语都不知，他只知道巴豪的身份特殊。他的妻子是越人，就凭这一点，他被越国收买了去。

伍子胥策反了邮人，要他照样将巴豪的"家书"连夜送到越国大夫文种手里，一切要和以往一样，不动声色，如能做到，可考虑从轻发落。当然，要以他在吴国的家人为质，如他不守诺言，就别怪对他的家人不客气。

邮人一再发誓，他会按伍相国所交代的去做，将功折罪，绝不会拿一家人的性命开玩笑。

伍子胥淡淡地说："谅你也不敢！"说完，请人重新写了封简书，竹简、串连的棉线、用的墨色都和原简完全一样，字迹几可乱真，交给邮人一早出发。邮人持有吴国越国共同签发的封传，可以通行。伍子胥将原来的书简留了下来，连同记录邮人供词的木简，和钮宣义连夜赶到夫椒山避暑宫谒见夫差，讲了被离传旨、巴豪传情报及逮捕邮人，邮人交代供述的全过程。

夫差看了巴豪的谍报和邮人的供词，脸上露出阴冷的笑容："连同囊丹交来的书简，这几件证据，硬得不要再硬了。伯嚭啊伯嚭，被离刚传给你旨意，你一点工夫都不耽搁，马上就告诉巴豪这个奸人了。"

"大王，对巴豪如何处置？"

"这还用说，先抓他，还犹豫什么？"夫差说着，伸开五指，又收拢来，这是个抓的姿势，"钮将军，连夜行动！"

"遵命！"钮宣义应诺，"伯嚭呢？"

"由伍相国到太宰府传寡人谕，先软禁伯嚭在府邸，不准他和任何人接触。他的所有家人、族人都不准离家一步。拷问巴豪，只要他供出伯嚭为奸，立即逮捕下狱！"

"遵命！"伍子胥、钮宣义同声答应。

第 九 章

伍子胥率领一千多精兵从吴都的寂寂长街上快步走着，在队伍前面是上百名骑卒，坚甲怒马，铁蹄敲打在青石板上，发出清脆的声响。马队后面是步卒，多达九百余人，每人手里都执着戟，铜戟在火光下闪着冷光。随伍子胥骑马走在前面的还有将军卓荣、钮寒、华元等。

钮宣义带领一百多名禁军，穿过几条深巷。

吴都沉睡的百姓在梦中被惊醒了，他们颤颤巍巍地从门缝里看着这气象森严的一幕，紧张得不敢大声喘气。当年，阖闾听从伍子胥建议，将都城从梅里迁移到这里后，十余年来，除大将军孙武远征楚国外，还未见到这么多兵半夜全副武装地行动。到底出了什么事？伐越应该出城，而这些骑兵步卒却是向内城奔驰。内城居住的不是朝廷大员，就是王亲国戚，或者是煊赫的豪门大族。

伍子胥率兵来到伯嚭住的太宰府，他的宅邸有多处，钮宣义早已布置好对伯嚭、巴豪的监视。伏探看着伯嚭的双驾朱轮帷车进入内城的这处豪宅。伍子胥命卓荣、华元带兵将太宰府团团围住，一群甲士在一个尉官指挥下，用长戟的木柄敲击着紧闭的大门，同时大声吼道："开门！开门！"声震夜空。这里住的人家非贵即富，一家主人闻声差仆人察看，仆人用梯子爬到围墙顶端，探头一看，吓得从梯子上滚落下来。太宰府被重兵包围了。主人不信，骂仆人准看错了。仆人反复说，肯定没错，火把照得像白天一样亮。主人说，坏了，朝中出大事了。

伯嚭今晚在留城喝酒喝得过量了，虽没有像公孙雄那样烂醉如泥，但也醉醺醺的，回到家后，呕吐狼藉。妻妾给他喝了醒酒汤后，他就倒头呼呼大睡。外面的巨大声响，丝毫没有把他闹醒。但府中的侍卫、仆人、婢女、乐人等被吵醒了，他们根本想不到是冲着太宰府来的。有谁吃了豹子胆敢在深更半夜如此粗暴地对着太宰府乱喊乱敲？听着听着，终于明白这喧嚣声确是针对太宰府。

侍卫把门打开，揉着眼拉开嗓门嚷嚷："你们是什么人？半夜三更的，聚众闹事啊！知道这里是什么地方吗？这是太宰府，听清楚了吗？当朝太宰的府邸，快给我滚开！到这里来瞎起哄，真是岂有此理！"

"我是伍子胥，我奉命向伯嚭宣大王谕令，请伯嚭快快接旨！"伍子胥语气严肃地对那个侍卫说。

一听是伍子胥，侍卫吓了一跳，睁大眼睛一看，无数的甲士密密麻麻地肃立在门口，火把明晃晃的，照得大门外的道路亮如白昼。站在他面前的，果真是相国伍子胥，还有将军卓荣、华元、钮寒等，个个利剑在手。他知道出大事了，连忙说："好，好，我去喊太宰起床。"转身时，太宰府管家匆匆赶来，他是认识伍子胥的，对伍子胥躬身行了个礼说："相国，太宰喝了点酒，睡得正沉呢，有事是不是明天再找他？"

"不行，请他立即起床，还有，妇孺老幼之外，其余人都集合，我要传达大王的谕令！请回去传话吧，我也是奉命办事。"伍子胥和这个管家有些交往，客气而毫不含糊地说。

管家见多识广，处事老练，看门外的阵势，听伍子胥的口气，他断定伯嚭闯下了弥天大祸，脸上泛起不安的神色，对伍子胥说："相国和几位将军请来吧，我去喊醒太宰，请稍候片刻。"

伯嚭终于被喊醒了，一听管家说，是伍子胥带了上千士兵来宣读大王谕令，他大吃一惊，睡意顿消，连忙穿好衣服，由婢女替他簪好了发，戴上缁布冠，自己结妥冠上的缨。他装得很镇定，但脑子里在急速地盘算着，判断着眼前的形势。发生事变是肯定的，最大可能是伍子胥谋反弑君，辅弼夫差年幼的太子姬友继承王位，然后清洗他的对手，那自己肯定是首当其冲，且有性命之忧。他忽然明白，被离傍晚来留城传谕、嘉奖巴豪就是用来迷惑他的阴谋，说不定那个时候大王已经被伍子胥、钮宣义绑架或杀害了，自己太轻敌、太大意了，难道今日是自己的大限之日？想到这里，他心里空荡荡的。妻妾和大儿子伯龄满脸惶恐地望着他，妻子两行眼泪簌簌地掉了下来。

"哭什么？我还没有死，天塌下来由我去顶，你们好自为之吧！"伯嚭没好气地说。伯龄为人谨厚，好读书，在伯嚭眼里是个懦弱不经事的人，他看了他一会儿说："伯龄，你是大王驾乘的驭手，这几天有没有随大王出去？"

"大王去避暑宫，我驾的辕马。"伯龄小声回答。

"你是伯家的长子，家里有什么事，你多管着点，要像个男人的样子。"伯嚭叮嘱他。转念一想，他若有不测，灭族之灾接踵而来，伯龄也不保了，说这些还

有什么用。他的嘴唇动了几下，没有发出声来，把胸一挺，大摇大摆地走到厅堂。伯龄和弟弟跟随在后。

厅堂里站满了家人、仆人、侍卫，伍子胥、卓荣、华元正等着他。屋外站满了层层叠叠的甲士，火光冲天，戈戟如林，这阵势超过了他的想象。他心头一凛，双腿顿时软了下来，迈不开大步了。

他心一横，走到伍子胥面前，从容地说："伍子胥，深夜造访，有何贵干啊？"

"少顷便知。太宰，你让我们好等啊！原来你还在整冠打扮啊！"伍子胥打趣说。

"伍子胥，废话少说，言归正传吧！"

"我都不急，你急什么？"

伍子胥展开了手中的一方绢帛，板起脸说："我是来传大王的上谕，太宰伯嚭听着。"

"是！臣领谕。"伯嚭躬身说，内心忍不住颤栗起来。

"查实巫师巴豪为越国特派奸人，潜入吴国朝中，以巫术为掩护，招摇惑众，窃取吴国机密，通过专邮送达越国，对吴国安危构成威胁，大逆不道，天地不容，罪孽深重，铁证如山。巴豪为伯嚭所荐，且平时来往甚密，朝中大事，与其议论；重要机密，任意泄露；蔑视国法，开门揖盗，欺罔辜恩，实为巴豪同党，情节严重，后果恶劣。着令伯嚭如实交代认罪。"

上谕对伯嚭的处置有三款：第一，暂停太宰重任，详实供出巴豪谍案所涉情节，不得隐匿，不得推诿，不得避重就轻；第二，以宅为牢，独居一室，由禁军把守，不得与任何人接谈；第三，除家仆经准许可外出办事外，其他人不得随意外出，违者严惩。伯嚭宅居期间，不得声色犬马，不得着官服。

伯嚭听完后，稍稍地松了口气，庆幸没有下狱。但听上谕的口气够严厉的了，虽是软禁，实与监狱无异，而且，这仅仅是第一步，而非最后的处置。如巴豪指诬自己为其同伙，自己便是死罪，怎么分辩都无用了。自己是命悬一线了。

他"扑"地一声跪了下来，带着哭声说："臣谢王恩！"

"伯嚭，你起身吧！"伍子胥看着平时神气活现的伯嚭顷刻间现出一副委琐的可怜相，和气地说，"你还有什么话要我传达给大王吗？"

"巴豪是越谍，这坐实了吗？"伯嚭起身后，结结巴巴地问。

"巴豪为谍，人赃俱获。昨晚，你向他透露的被离向你宣告的几点谕令，巴豪已写成手札，连夜要送越国，给我们拦截了。而他以前的谍报的书简，有的也在我们手中。"

"相国，我以我的脑袋担保，不，不，我以全家人的脑袋担保，我真的不知情，请相国禀告大王，我是受了这贼人的骗啊！我太冤了啊！"伯嚭说完，便号啕大哭起来。

看着伯嚭涕泗滂沱，伍子胥起了恻隐之心，凑近伯嚭的耳朵说："只要你确实不是通敌的内奸，你的性命不会丢。大王是圣明的，也是仁慈的。太宰担当该担当的一切，争取大王宽恕。"

伍子胥这些话，让伯嚭得到极大的安慰。他情不自禁长揖到地，感激涕零地说："子胥，我有愧于你啊！请在大王面前多多美言，我伯嚭如逃过这从天而降的灾祸，我替相国做牛做马以报救命之恩！"

"太宰别这么说，只要你没陷到不能自拔的境地，事情不会像你想的那么严重。依我看，真正能解救你的是你自己。"伍子胥说完这句话，留下守伯嚭宅邸和居室的甲士，其余的骑步卒都撤退了。

钮宣义率领一百多名禁军来到一条小巷深处的巴豪家，两个武艺高强的禁军轻松地攀援院墙，轻轻地把院门打开，钮宣义和十多个禁军冲了进去，其余的军士守住四角。巴豪家是一排平房，有很宽阔的四间房，院里有个狗棚，用来养那四条獒犬，有两个专人饲养。当钮宣义他们刚进入院子，那四条獒犬就发觉了，黑暗中，它们凶悍地跳跃着，声嘶力竭地吼叫着，拼命要往外冲，只是因为有粗木加铜皮的栅栏门挡住，它们才冲不出来。钮宣义对獒犬的情况早就摸清楚了，他令一排弓箭手向狗棚射箭，一瞬间，几十支箭射向木栅栏门，一阵呜咽声响过后，便复归于宁静。两个养狗人披衣走出屋子察看，手里还举着一根木棍，刚出屋，就被制服了。根据养狗人的指引，禁军一脚把巴豪的卧房门踢开，举着火把冲进去。巴豪坐在席上，只见他神色安静，衣冠整齐，瞟了钮宣义一眼，便像入定般地闭上了双眼。钮宣义一挥手，几个军士上去就把他缚住，他顺从地就擒，没有作任何的反抗。

军士马上把巴豪押上马车，关进大牢。巴豪家除两个养狗人外，还有几个奴仆，钮宣义把他们关在柴草屋，派军士看管。天明以后，钮宣义对巴豪的卧室和其他房间及整个院子进行了仔细的搜查。在巴豪的卧室搜出了大量占卜用的龟甲，祭祀、驱鬼、祈祷用的用具和宫中使用的竹简、削简用的小刀、几支尖端削成刃形的竹笔、黑漆、墨盒等。还有一个描绘着花卉图案的漆箱，摆放着一卷卷帛绢、金锭、金块。几个木架上和案几上摆满了书籍。在和卧室相连的一个密室里，钮宣义看到了一些更为奇异的东西：几十个布偶排列在地上，每个布偶上用布条写着字，从字上可看出，这些布偶分别为夫差五件，伍子胥五件，伯嚭五件，齐姬

五件，太后蔡小娇五件，太子、王子、公主各五件，钮宣义、卓荣、华元等各一件。每一件布偶上都插满铜针，并写有钮宣义不认得的怪异符号。布偶做得很精致，夫差穿着王服，伍子胥、伯嚭穿着官服，太后、王后、太子、王子、公主也都穿着王室礼服。钮宣义等则穿着甲服。

钮宣义看不懂巴豪为何要这样做，但意识到巴豪肯定是别有用心。

华元对钮宣义说："这是巫蛊，他每天对着布偶诅咒，用这种方式来害人，这是巴豪犯下的又一条罪孽！"

"这个巴豪太可恶了，他企图把吴国的国君、太后、王后和太子、王子和公主，还有文武大臣斩尽杀绝，越国可不战而胜。这么一个贼子，伯嚭竟举荐给大王，后宫难怪有蛊气，原来巴豪才是始作俑者，请巫蛊人来驱蛊，这岂不是贼喊捉贼吗？"钮宣义气愤地说，"伯嚭罪责难逃了！"

"钮将军，你没看到吗？伯嚭也没逃过巴豪的毒手啊！"华元指着地上写着伯嚭名字的布偶说，"巴豪为什么要这样做呢？按理，伯嚭是他一伙的，他能在吴国飞黄腾达，全靠伯嚭啊！难道是他们狗咬狗？"

"这，是有点弄不明白了！"钮宣义也感到有些诧异。

钮宣义派甲士对巴豪家进行封锁，严禁任何人翻动屋内物件。之后，他立即赶到伍子胥府邸，将巴豪屋内的查抄结果告知伍子胥。伍子胥沉吟着说："看来这个巫师比神蛇还要凶残阴鸷，他要借鬼神之力，帮着勾践除掉吴国的敌人。不过，伯嚭被诅咒，如果不是巴豪蓄意掩护伯嚭，也为伯嚭作了另一层意思的佐证。"

"佐证什么？"

"伯嚭和巴豪不是一伙的，伯嚭只是受巴豪利用，他不是越国的奸细。"

"相国，你的心太好了！伯嚭作恶多端，你还要替他开脱罪责。"

"不，我绝对不会替伯嚭开脱什么，在这件事上，他有不可推诿的责任。不过，伯嚭是越谍，下这个结论，为时还早。"

伍子胥到巴豪住处看过巴豪的物品，特别是看了那些布偶后，他坚信巴豪将伯嚭列入诅咒名单绝非掩护伯嚭。另外，巴豪对吴国君臣巫蛊施法，是极其隐蔽的，不能随便示人，否则就会失灵。所以，他一般都在夜深人静时进行。钮宣义破门而入，对他实施抓捕时，他衣冠整齐地坐着，伍子胥由此推断，他当时正在密室施咒术，听到外面有动静，便匆匆拉上密室的门，在席子上打坐。

"巴豪或许料到自己会暴露，为了保护伯嚭，就采取此策。"钮宣义说。

"不对，巴豪根本没有想到自己会暴露，他认为自己潜伏得天衣无缝，滴水不漏。如果他意识到有危险，他绝不会留下这些罪恶昭彰的证据，他早就该将它们销毁。"

"相国说得有理。"钮宣义佩服地说。他对伍子胥的品性和操守的高尚看得更清楚了，伍子胥厌恶伯嚭的人品作为，但在处置这件案子时，他并没有掺入个人的好恶感情、落井下石。伍子胥如借此机会置伯嚭于死地，在常人看来并不为过。而他依然对事不对人，秉公执法，为伯嚭辩白。没有磊落的胸怀，没有宽宏的度量，是绝对做不到的。

伍子胥说："伯嚭此人很坏，留着贻害无穷，大将军说，除之而安，这不错。巴豪案发，是个除掉伯嚭的绝好机会，但我以为，这是公案，必须公事公办。要除掉他，不能循一点私，而格外要郑重，做到人证物证俱全，定罪也务求有准确无误的裁断，这样，我们执法办案的就问心无愧，罪人也会心服口服，任何时候都翻不了案。"

钮宣义虽然觉得伍子胥不免有些愚直，但对于他的解释心领神会，觉得受到了很大的启发，也从伍子胥的言谈中感觉到一种凛然正气。

把巴豪冷落一天后，钮宣义和华元开始审讯巴豪。

巴豪对他的罪行供认不讳，但断然否认伯嚭是他的同伙。吴国除那个邮人外，无人是他的同党，文种特关照他，为确保他的深藏不露，不可结党，不可拉人入伙，不得轻狂得意。

"法网恢恢，"钮宣义问他，"你可知道，你是怎么露馅的？"

"人算不如天算！"巴豪说，"也许我没有听文大夫的，太轻狂了些。后宫驱蛊，惊动了王后、公主，还有过多参与政事，也许祸根就在这里。"

"你做了那么多人偶，是怎么回事？"华元问。

"这是明知故问，这些人如果暴死，越国也就不战而取胜。"

"伯嚭对你不薄，你为何还不放过他？"钮宣义冷不防地问。

"这很简单，伯嚭对我再好，他也是吴国的太宰，凡是吴国能调遣兵马、策定方略的人，都是越国的死敌，我都会诅咒他们！"巴豪沉着地回答。

"你是楚国人，何以要如此替越国卖力？文种给了你什么好处？"华元接着问。

"人各有志，我此生颠沛流离，前几年流落到越国，偶遇文种大夫，他曾在我楚国家乡当过县丞，大概是乡谊之故，文种对我非常照顾，委任我为贤良祠的胥吏，专管祭祀。我这辈子，从未有人像文种这样器重我。我充当谍人，与其说为越国，还不如说为了报文种的知遇之恩。"

钮宣义和华元互相看了一下，在记录供词的竹简上让巴豪画了押。华元细心，发现巴豪紧紧捏住一只衣角不放，伸手将巴豪的手挪开，顺手一捏衣角，软软地

有团东西，于是使劲将衣角扯开，摸出一只干了的荷包，打开一看，里面是一堆褐色的粉末。华元知道是包毒药，小心地托在手掌中，回到案几前，递给了钮宣义。钮宣义闻了闻，吃惊地问巴豪："这是什么东西？不想活了，是不是？"

巴豪沉默着，怎么问也不回答，和刚才有问必答的态度迥然不同。钮宣义令甲士再仔细搜查一遍他全身，什么都没搜到。于是，钮宣义对一个甲士使了个眼色，甲士取来两样枷具，一样叫"钳"，枷颈用的；一样叫"钛"，用来锁住双足。给巴豪上了枷锁后，便送回监狱收押。钮宣义不敢大意，吩咐狱卒对巴豪日夜看管。

钮宣义拿了巴豪的供词和那包毒药，赶往相府，向等着审讯结果的伍子胥禀报。伍子胥是懂得草药的，他检视了那包药末说："这是狼毒和草乌，这东西的毒性很厉害，这么一包，足以致人死命。"

"他都痛快地交代了，何以还要自杀？"钮宣义问。

"巴豪是个胆小鬼，怕我们还要继续逼供，说不定会对他动刑，不如服毒药一了百了。"伍子胥一面说一面浏览着记录巴豪供词的竹简，很快就看完了，"这个供词基本可信，如动刑逼供，他就会滥供了，什么样的话都会说。我看，巴豪可放一放，对他的家人要一个个盘问，如问不出什么，就放了他们。"

巴豪住在僻巷，周围没有几家邻居。加之他除和伯嚭、公孙雄、良人、良丕等人厮混外，从不和外人来往，所以他的被捕，几乎没有引起轰动，他的养狗人和仆人都不知他的来历，那间密室，白天总是上着锁，严禁任何人靠近，没有人进去过，也不知道里面放着什么东西，是什么样的布置。

但巴豪还是死了，是晚上咬舌而死的，看守他的狱卒竟没有发现。早晨送食物进去时，他躺在地上一动不动，狱卒喊了几声，他没有任何反应。狱卒觉得不妙，进去一摸，已僵硬了，满嘴是血，身下也是血迹斑斑。

伍子胥命令封锁消息，严禁知情人泄漏。但伯嚭的府邸被禁军包围的事在吴都，在吴国全国还是传得沸沸扬扬：有的说伯嚭乱军谋反，想弑君篡位，给伍子胥带兵镇压了；有的说伯嚭收受贿赂巨大，富可敌国，单黄金就有三四千镒，像真树那样大小的珊瑚树就有四五棵，鸽蛋大的珍珠有几百颗，各种铜器堆了几大间屋，各种宝剑几十把；有的说，伯嚭里通敌国，吃里爬外，和楚国、越国密谋，里应外合，占领吴都，杀进王宫，杀死国君后，由伯嚭登位为吴国大王等。昔日门庭若市的太宰府如今一片肃杀。大门、侧门、后门以及高墙脚下都站满甲士。而宅邸周围，则里三层外三层地站满了来看个究竟的人。但除了偶尔有一辆载着菜蔬等物的马车进出，看不到任何动静。伯嚭到底在哪里，他犯了什么的罪，他会有什么样的结果，都无人知道。

吴国发生的大事，由越国、楚国的其他细作传回了谍报。

勾践听到这些消息很兴奋，种种迹象表明，吴国发生了内乱，以伍子胥为首的主战派和以伯嚭为首的主和派兵戎相见，伍子胥可能发动了兵变，伯嚭被害，夫差受到了伍子胥的裹挟，已失去了王权。而太后蔡小娇、王后齐姬、公主胜玉则重病在身，根据文种接到的谍报，夫差困居在夫椒山的避暑宫。但谍报又称，吴王下令组织工匠、民夫、军队修建已停工多年的姑苏台及几座城市。不管用意何在，吴国前一时期气势汹汹的备战已开始向别的方面转移了。

就在这时，囊丹又一次到了越国，他这次的目的是劝和。他对勾践说，他与津夷、津香兄妹不久前见到了伍子胥，伍子胥对越国以割地赔款换得吴国停止伐越、和越国修好的计划极感兴趣，虽然称还需向夫差禀报，但从伍子胥的口气基本可断定，夫差对于"不战而屈人之兵"是没有理由反对的。他兵不血刃地报了仇后，可以腾出力量面向北方了。

勾践以最高的礼仪接待囊丹。他对囊丹穿梭吴越两国，为消弭战争、谋求和平而作出的努力高度称许。

"囊公子，如果你的斡旋得到成功，那真是为吴越两国人民造福。打仗终究不是好事，越国不愿和吴国血战，寡人治国的理想，是让越国子民享受国泰民安的愉悦。"勾践态度诚恳地说，"农者，天下之本也。越国是小邦，经不起战火的席卷，和吴国修好，虽付出甚巨，但和平会补偿给我们的，我们至少有时间用来致力农耕了，划给吴国一块膏腴之地，可以通过垦殖其他土地，加倍地要回来。寡人治国，是农为邦本，非兵为邦本，我们一言为定，寡人马上派行人大夫曳庸到吴国求和。"

"我没想到越王如此通达明理，有大王这样的英主，吴越剑拔弩张之势可缓解了！越国民众有救了，越国有救了！"囊丹倏然动容，"如果大王觉得有必要，我可修书简一封，设法交给伍子胥，我亦愿意陪同越使赴吴国和谈。"

"这当然最好不过了，囊公子出身高贵，为人侠义，慷慨大度，又和伍子胥有这么一层特殊的关系。今后国中诸事，免不了要仰仗公子之力，拜托了！"勾践作揖说。

"不敢。凡有可供驱策之处，请大王尽管吩咐！"

"和吴国修和的细节，你可和文种大夫详谈，你们可说是英雄所见略同。"

"我和文种大夫见过面了，我们所见所望完全相同，不过，文种有一个顾虑，

让我禀告大王。"

勾践微笑着说："文种有何顾虑，说来听听。"

"其实，这件事文种大夫已与大王禀报过，他怕大王心软，下不了手。"

"是灵姑浮的事情吗?"

"正是。吴国的条件中，有重要一条，即灵姑浮要缚押给吴国处置，以解先王阖闾命归檇李之恨。灵姑浮在战场格斗中出手击毙阖闾，对越国而言，是功不可没；对吴国而言，是奇耻大辱。吴越若要修好，灵姑浮交给吴国，或监押或处死，其结果不消说得。当然，这对灵姑浮是很不公平的，战场上你死我活，灵姑浮不仅无错，而且青史名标，勋业千古!"

"不错!"勾践点点头说，"寡人正是这么想的，把一个功臣交给敌国，寡人实在不忍。"

"不忍是当然的，大王不忍，越国民众更不忍，我亦不忍，但为国家计，为民生计，不忍也要忍。"囊丹情绪激昂地说，"在这件事情上，大王千万要去掉不忍之心，以一人之牺牲，换得国家的长治久安。灵姑浮其实是再树新功，他杀阖闾，拯救越国；他杀自己，更是拯救越国。他在越国黎民百姓心中，会恒久不死!"

"好，寡人不忍也要忍，至于灵姑浮，他是明白人，作为统率千军万马的将军，对于他来说，死不足惧。这事寡人自有安排，请转告文种大夫，一切按计划进行。"

"好，我记取此言。"囊丹说到这里，准备起身告辞。

"慢，请公子再略坐片刻。寡人还有些事请教。"

"请大王明示。"

"吴国国中好像发生了大事，囊公子听到些什么? 会不会影响吴越修和?"

"传言不少，大概是太宰伯嚭出事了，到底是什么事，详尽的情况我还未探实，但有一点是肯定的，吴国朝内主事的是伍子胥，不是伯嚭，而力主与越国修和的亦是伍子胥。所以，不管吴国发生了什么，绝不会影响吴越和解。"

"伯嚭会有什么样的结果?"

"我虽未和此人接触过，但耳闻他许多劣迹，说他贪婪成性，结党乱政，哪里像伍子胥和孙武那样公忠体国，深孚人心?"

"这次吴国内乱，会不会是伍子胥拥兵自重，弑君篡位? 因为夫差登位后，重用伯嚭，授予他太宰之职，太宰其实就是相国，一山容不得二虎，一国不能有两相，伍伯之争，在吴国早已不是秘密，而夫差重伯，伍子胥岂能善罢甘休? 他可是扶助阖闾上台的两朝元老啊! 公子以为如何?"勾践看着囊丹，很注意他的

反应。

"伍子胥不是野心膨胀之人，绝不会做出冒天下大不韪的事，说他拥兵自重，弑君篡位绝无可能。"囊丹用肯定的口气说。

"噢！"勾践越发注意了，"公子这么说的意思，吴王夫差还是国柄在手，伍子胥一心一意在辅弼吴王。"

"是！夫差是少不了伍子胥这条臂膀的。"

待囊丹走后，内室走出了一个人，一脸的沮丧，一见到勾践，又装出豁出去的样子，这个人就是越国将军灵姑浮。勾践正在绕室徘徊，听到了脚步声，侧过身看了一眼灵姑浮，用低沉的声音问："你听到了？"

"听到了。"

"你有何想法？"

"君要臣死，臣不得不死，况且这是为了国家社稷的安宁，臣粉身碎骨，在所不辞。只是家人今后的生计，请大王能予以抚恤，我去得也安心。"灵姑浮的话中有点伤感，眼睛也有点微微发红。

"你真的以为寡人会将你缚送给夫差，眼睁睁地看着你去送死吗？寡人绝不会做出这种有负苍天、有负越国子民的事来。灵姑浮，军人岂能不战而降？"勾践清冷而威严的眼光，仿佛要把灵姑浮的心腑看个透。

灵姑浮被震慑住了，也被搞糊涂了，他沉默着，猜不透大王的话到底是何用意。灵姑浮为人厚道、朴实，行伍出身，懂得军略，武艺高强，射艺、马术、驭车、水战都很出色，是一员难得的悍将。他的岳父石买原是三朝元老，在先王允常时期任大将军，为三军统帅。后石买反对太子勾践辅国和实行旨在强兵富国的新政，反对勾践重用客卿范蠡和文种，蓄意起兵谋反，被勾践识破镇压，石买被诛。灵姑浮是石买女婿，又是带兵的大将，被列为疑犯，入牢关押审查。后来查清，灵姑浮不仅没有参与，反而竭力抵制岳父的阴谋。真相大白，灵姑浮被赦免，重回军中带兵。槜李一战，越军第一次击溃了强大的吴军，灵姑浮的致命一击，使他成了举国公认的英雄。

对付吴国，他是坚定的主战派，多次主动向勾践请命，由他当先锋，带领越国水陆两军，乘吴国大丧，军心民心大乱，防务异常空虚之机，全线突袭吴国，水师直插夫椒，烧毁船宫，攻取吴都，活捉吴王夫差。与此同时，车骑步卒从陆途攻占吴国各城池、营垒，控制其粮草，吴师群龙无首，又缺粮草之援，只得向越军投降。灵姑浮说："吴国借故兴师，不过是迟早的事。与其束手挨打，不如伺机主动出击。"

沉醉在打了胜仗的喜庆中的勾践被灵姑浮的话吓了一跳。

但当得知吴国对越国的讨伐正在紧锣密鼓准备时，这一句话不由得在他的脑子里跳出来："吴国借故兴师，不过是迟早的事。与其束手挨打，不如伺机主动出击。"本来以为吴军在槜李受了重挫，会收敛一段时间，没想到仅几天工夫，就预备对越国大举进攻了。

文种热衷于与吴国修好，但吴国提出的条件极其苛刻。文种是看到了吴国灭越之心不死，越国获胜的希望不大。范蠡峻拒文种的建议，他同样看到了吴国绝不会罢手，但对策不是投降，而是充实兵备，或许能置死地而后生。不战而降，他坚决反对，任何议论投降的会，他一概拒绝参加。他和文种以前亲如兄弟，可因为意见不合，他不理睬文种了。文种到战船上去拜访，范蠡竟在桅杆上升起白麻布降幡，站在船头对文种说："我用降旗来欢迎你，你只配这样的礼仪！"气得文种掉头就走。

勾践同意文种和囊丹的建议，和吴国修和，答应割地赔款、进贡粮食帛绢、他率越国重臣赴吴边境肉袒投降、缚送灵姑浮交吴国任意处置等苛刻的条件。

文种和囊丹包括范蠡都对勾践的态度信以为真，他们做梦也没有想到，勾践是在演戏，他是在向吴国制造烟雾，让夫差、伍子胥放松警惕，他便乘此机会举兵袭吴。他一方面通过各种形式向吴国输诚，一方面独自部署进攻吴国的计划。他通宵达旦地谋划，连季婉都不告诉。

此刻，王后在重帷背后听丈夫对灵姑浮说的几句话，和灵姑浮一样，季婉也愣住了。丈夫话中有话。平时她是不参与政事的，丈夫和大臣间政议事时，她尽量避开。但今天她不自觉地收住了脚步，继续听着。

勾践看着茫然疑惑的灵姑浮，沉默了一会儿说："灵姑浮，今天寡人可以给你说真话了，不错，我是答应文种、囊公子提出的和吴国修好的建议，宗社无恙，是寡人梦寐以求的目标，可是，绝不是苟且偷安。什么肉袒投降，割地赔款，贡粮贡物，还要将立有盖世之功的将军灵姑浮缚送上门，这些寡人做得出来吗？如果寡人做了，是万死不足以赎的大罪！"

"臣不懂大王的意思。"灵姑浮问。

"告诉你吧，寡人是故意和他们敷衍的，今天，我还派了文种为使，由囊公子陪同使吴，和伍子胥商谈修好事宜。这是寡人放的烟幕，是为了麻痹吴国，乘他们得意忘形的时候，我们兴师攻吴，来个出其不意。灵姑浮你有句话讲得好，吴国借故兴师，不过是迟早的事，与其束手挨打，不如伺机主动出击。灵姑浮，你有这个决心和勇气和吴国决一死战吗？"

灵姑浮终于明白了，大王罢战修好之策原来是假的，是用来迷惑吴国的。灵姑浮心中的芥蒂尽去，他咧着大嘴笑着，挺胸大声说："大王，我灵姑浮这条命，已不属于我，我早就作好了一死的准备，我死不足惜。但说心里话，这样的死法，有点窝囊，说是为国捐躯，但到底是自取其辱，囚徒不像囚徒，俘虏不像俘虏。不过，我也想通了，虽死得窝囊，但越国从此就太平了，还算不上是轻于鸿毛。如能披甲上阵，我灵姑浮会以必死之心，与吴军一搏，一切唯王命是听！"

"将军，有你这句话，寡人就放心了。你听好，寡人思量已熟，水陆互为表里，吴水师极为强大，夫椒是吴战舰停泊的主要所在，集中了大翼、中翼、小翼和王舟、将舟、楼船数百艘，有名的艅艎大舟亦停在那里。你带一支敢死队，化装成渔船、商船，分散越过吴国船哨，往北驶，然后停下集结，顺风掉头转向夫椒，火攻船宫。"

"只是烧掉吴国一些战船吗？"

"你听好了，烧船是为了一个更大的行动。声东击西，在吴国船宫起火，吴师忙于灭火、追击时，你带一百余名精兵，扑向吴王在夫椒的避暑宫，活捉夫差，挟其下令签订不侵犯越国之协议，如不从，将其处死。这时，吴军必大乱，我车骑步卒及水师主力压上来，你率领敢死队攻占吴都，和我主力互为呼应，大事毕矣！"勾践一口气说完了他的计划，仿佛旌旗招展、鼙鼓阵阵、呐喊冲天、攻进吴都的胜利场景就在眼前。

帷幔后的季婉一听，惊得倒抽了一口冷气，心怦怦剧跳起来。她不懂军略，只是本能地意识到这绝不是善策：打不胜自取其祸；打胜了，也是背信弃义，旷代所无。

"大王，我本不该过问朝中之事，可我在这生死存亡关头，不能不说几句。"季婉走出帷幕，着急地说。

"王后，有什么话说吧！"勾践冷冷地说。

"既然议和了，何以又要出兵，这样戏弄吴国，不是授吴国以伐越的口实吗？这仗打不得啊！大王觉得议和条件太苛，可以和吴国商议，即使和不了，也不能贸然动武。大王这么做，是在玩火，望大王三思而行！"王后的声音颤抖起来，带着哭音。

"王后，不是我好战，我也想兵革不兴，天下太平，可吴国逼得我无路可走，这仗是免不了的，与其苟且图存，不如一决雌雄。"

"是啊，王后，大王说得对！王后，你在宫中等我的捷报，我会拎着夫差的首级来见大王！"灵姑浮插话说。

"吴军在夫椒有重兵把守船宫，夫差是否在避暑宫另当别论。他所到之处，禁卫重重，将军，我问你，你近得了他身吗？我听范大夫说，夫椒是吴国设防最严、兵力最强的营垒，你带几百人、上千人闯到虎穴里去，万一陷入重围，你能突围吗？万一失利，你不是前功尽弃了吗？"

"不入虎穴不得虎子，布阵最严密处，往往是最薄弱之处；最危险处，往往是最安全之处。"灵姑浮说。

"说得太透彻了！"勾践夸奖说，"灵姑浮，你分析得很对，与吴师作战，斗力不如斗智，王后，你说对不对？"他扭头问道，季婉不知什么时候离开了。勾践自嘲地说，"哈，夫人生我的气啰！"

勾践取出兵符，委任灵姑浮为先锋，带一千精兵，分乘化装成渔船、商船的六十艘兵船，三日后一早在五湖下水，分散向楚国方向行驶，以绕过吴国哨船和吴国水师，当晚薄暮时集结，掉头驶向吴国的夫椒山，乘其不备，直扑船宫和避暑宫。当天中午，骠骑、战车、水师、步卒共计三万多军士水陆并进，由范大夫、将军诸稽郢、将军计倪、将军若成率领杀向吴国。

"若烧毁了船宫，活捉了夫差，你可连续冲天射火箭数支为信号，进入吴境的部队会以最快速度配合你攻下吴都。占领了吴都，大局便定！"勾践说着，忽然想起了什么，问，"灵姑浮，你听说过当年曹沫挟齐桓公的故事吗？"

"没有。不过齐桓公此人我知道，他称过霸，当过盟主。"

"不错，当年鲁国与齐国三战而败，鲁庄公不得不割地求和，与齐桓公会于柯邑，曹沫突然上盟坛，执匕首挟持齐桓公。结果，齐桓公不得不应允将侵夺的鲁国疆土尽数归还。曹沫成了名垂青史的大英雄。"勾践简单地把这段故事讲给灵姑浮听。

灵姑浮马上明白国君的意图，是要他活捉夫差后，执利器挟持他，让他下令吴都守将不战而降，打开城门迎越军入城，他拍着胸脯说："臣会效法曹沫，胁迫夫差下令吴都守将投降。臣会押解吴王站在城头，迎越国大军入城。"

"好，灵姑浮，如果你能获胜，你的功勋超过曹沫，你打死了一个吴王，又擒获了另一个吴王，立下如此奇功的，绝无第二人。"勾践给灵姑浮打气说，"将军，这一路去，凶吉难卜，将军见机行事！"勾践说到这里，竟破格向灵姑浮行了个礼。

灵姑浮慌忙下跪，勾践一把扶起他，把兵符交到他手中，决然挥手："你去吧，按计按时出发，此行暂时保密，对一千将士，到了五湖中掉船头时再宣布，我们君臣吴国见！"

灵姑浮手持兵符，向勾践行了个礼，大步跨出宫室。待灵姑浮有力的脚步声完全消失后，勾践才唤来内官说："传寡人谕，着文种大夫，立即按所议的旨意快马赴吴和谈，邀楚国使者囊公子陪同前往，贡品另行安排发运，随后便到。"内官录下勾践的口谕，写成简书骑马送到文种手里。文种不敢耽误，立即到驿馆找了囊丹，好在都作了充分的准备，收拾简牍文书，带上衣物、个人备下的礼品，带了随员和几个侍卫，分乘两辆马车，向吴国疾驰而去。

与此同时，勾践在王宫召开了大夫和都尉以上的大臣会议，宣布了一个令所有大臣大吃一惊的决定：越国三军将乘吴国内乱之际，攻占吴国，而且，先头部队已秘密出发。同时说明，文种与吴国修和的倡议，经楚国专使囊丹的撮合，吴国表示接受，但条件甚苛。

"如答应了吴国所求，越国国将不国，寡人自然不会同意。但深知吴国不会就此罢休，于是顺水推舟，与吴国虚与委蛇。大祸迫在眉睫，越国别无选择，只能先发制人，不惜一战，以保境护国。"勾践说，并任命范蠡为统帅，诸稽郢、若成为副将，计倪为军师，扶同为监军，皓进负责粮草，立即水陆并途，向吴国进军。

勾践宣布完决定和任命，却没有他期望的热烈的响应和慷慨的誓言，整个大殿一片异样的肃穆。

勾践登位以来从未碰到过这种沉闷的场面，他颇为不悦，表面上却不露声色。他不得不点名了，对着诸稽郢问："诸将军，你马上要带兵挥师北上了，你说说，这个仗该打不该打？"

"只要能战，自然要战。臣当领命出征，激励军士，奋勇杀敌。军令如山，兵贵神速，还是赶快行动吧！"诸稽郢平静地说。

"诸将军说得对，吴国没有什么可怕的，征吴也是为情势所迫，除却一战，更无善策。"计倪说。

"这就是了！"勾践赞许地说，看了下计时的沙漏，"此刻灵姑浮率领敢死队正前往吴国，三日后的下午会掉转船头，向吴国进发，薄暮时分烧毁吴国水师船宫，冲击夫椒山避暑宫活捉夫差。拿下夫差，吴都必破，破城之际，我越军已抵达城下。范大夫，这是半爿虎符，我授予你，你统领大军出征吧！"

范蠡没有接勾践的虎符，而是对诸稽郢和计倪、若成说："你们先回军中调度，突袭贵在行动迅速，不宜迟疑。我还有些细节和大王磋商，你们先走一步，按大王吩咐行事。"

"遵命！"诸稽郢和计倪等大声回答，匆匆离去。勾践宣布朝议结束，大臣们心事重重地离开了王宫。

大殿内只剩下勾践和范蠡。勾践微笑着先开口："范大夫，你要跟寡人磋商什么？"

"大王，此仗不能打，不是我扫大王的兴，在这个时候征吴大非所宜，而且是极草率的。大王刚才所说的道理都极对，吴国对越用兵，确是迟早的事，我不主张修好也正是出于这个原因。文种、囊丹都是出于好意，他们的目的是为了越国免受兵灾之苦，暂且委曲求全，忍辱负重。但苟安绝非久安。"

"范大夫说得是，正因为结局可见，寡人才不得不出此一策，这非上策，但除此之外，别无他策。"

"可主动出击不是时候，吴国国中虽出了些事，但并非乱得不可收拾。吴国边境均有重兵把守，夫椒山的船宫泊有数百艘大小战船，夫椒岛是吴国最大的营垒，甲兵精锐，兵器俱全，灵姑浮区区一千多人偷袭，好比以卵击石，得胜的希望极为渺茫。更重要的是，吴国正等着越国上门修好，文种、囊丹已使吴，吴国发现是诈，必震怒异常，本来伐越的步骤已放慢，这下给了他们一个绝好的借口，将挑起兵衅之责推给越国，越军深入到吴境，凶多吉少。"

"没想到范大夫这么悲观。打仗总要冒点险，灵姑浮一千精锐，深入虎穴，进行突袭，这是奇兵。不错，夫椒布阵严密，但最严密处亦最有疏漏，最危险处最为安全。"

"还有，越国发兵之时，文种、囊丹在吴国，这么一来，他们处境就十分尴尬。"

"顾不上了，这要看他们怎样见机行事了。"

"另外，吴越议和，已传遍各诸侯国。越国食言背信，佯作修好，实为欺诈，不仅是弃信于吴国，同样弃信于诸侯，这会失天下之援。囊丹是楚使，他若有闪失，很可能会惹恼楚国，楚国可是越国最大的盟友啊！"

"寡人也顾不上了，楚国应该明白，越国此举如成功，是对楚国最大的声援，楚王聪明点，会举兵配合攻吴。"勾践有些不快，语风凌厉地说，"范大夫，战机不可失，你快带兵出征吧。不要再瞻前顾后了！"说着，把虎符塞给范蠡。

范蠡摆手，沉默了半晌，终于鼓起勇气说："臣以肺腑之言奉告，大王赶快收兵，因为此计比修好之计的后果更为严重。修好尚且能苟安，宗庙暂时能保全；而发兵攻吴，必招致吴国疯狂报复，自速其祸，宗社有倾覆之危。"

"那你觉得该怎么办？束手待毙？"

"加强军备，避其锋芒，保存实力，不打无把握之仗。臣劝大王慎战！"

"范蠡，你难道要抗命？"勾践终于大怒，厉声说。

"臣难以遵命！请免去臣大将军一职，另派他人统领三军征吴。"

"你敢！"

"臣告辞了！"

勾践本来要令禁卫军拘扣范蠡，但转念一想，大战之前，监禁主帅会动摇军心。另外范蠡这么说，并不是不忠，而是固执己见。于是，勾践叹了口气说："范蠡，你会后悔的！"

"悔之无及的是大王，非臣也！"范蠡大声回答。

"范蠡，寡人要治你抗旨之罪。"

"臣等着，如果大王凯旋，可治臣的罪。"

"你到何处去？"

"我自有去处，我要和西施去苎萝村成亲。"

勾践气得顿足："范蠡，你太无义了！"

"大王，你太无道了！"

范蠡来到后宫，找到西施，对她说："我自由了，我不再是越国的上大夫上将军了，我成了原来的我，走吧，我们回苎萝村，我要与你成亲。"

"我听王后说，马上要打仗了，你怎能走得了？你疯了？"

"大王要挥师犯吴，我不同意，便辞了官归隐，你随我走吧。我喜欢上哪儿就上哪儿，没人可管束我了。"范蠡答道。

"不行，你怎么能像孩子那样负气，甩下大王一走了之呢？你是大将军，你走了，军队怎么办？你还是上大夫。"西施倏地站了起来，凛然地直呼他的名字，"范蠡，你身为朝廷大臣，怎么可以做出这种事情来？"

季婉闻声赶来，她已明白了事情的缘由，但还是温和地问："范大夫，你何以要离朝而去？"

范蠡以平民谒拜王后的礼仪行礼后，把事情的经过说了一遍，说："王后，范蠡绝不是怕死的人，自从受到大王重用，拜为上大夫、大将军后，此身便不属一己所有。在我心目中，为国驰驱，为民效劳超过一切，我与西施的婚事延宕至今，也是出自这个原因。可大王不听劝，偏要贸然与吴国开战，取胜的可能微乎其微。这样的仗，我不会打，我没能力去打。我除了离朝归隐，别无选择。"

"范大夫，你说得对，大王太固执了，作出了不智的决定。你和西施走吧！但我有一个不情之请。"季婉郑重地说，眼眶里闪烁着泪花。

"王后言重了，有事请吩咐就是。"

"你们去苎萝村吧，越国不能玉石俱焚，以后不管出现什么样的局面，少不了

要请范大夫出来收拾残局。但你们不能远走高飞，浪迹天涯。"

"是，王后，范蠡和西施就待在苎萝村，我们不会离开越国。王后随时可找到我们。"范蠡肯定地说。

"王后，大王亲征了，你和兴夷、兴姑也随我们回苎萝村吧。"

"不行，我是一国之后，这种时候，我绝不能离开王宫。大姑娘终于要披嫁衣了，这可是你盼望已久的事。你们等我片刻。"季婉说完，匆匆离去，不一会儿，手里拿了一对晶莹碧绿的玉镯，一件簇新的绣襦，她将玉镯套在西施手上说，"这是姐姐给你的礼物，就算给你的一点妆奁，这是母后给我的东西。还有这件绣衣，我从未穿过，就给你做嫁衣吧！本来想像模像样把你嫁出去，可多事之秋，姐姐做不到了。妹妹，委屈你了。"

西施忍不住抽泣起来，她扑到季婉怀里，哭出了声。范蠡也有点感伤，他掏出一方竹简，交给王后说："这是拙作，请王后交给大王留个纪念吧。"

范蠡收拾好他和西施的行李和一箱书简，带了一个仆人兼驭手，和西施乘着马车，飞快地驶出都城，朝苎萝村方向驰去。

范蠡走后不久，勾践一身戎装地从外回到后宫，他问季婉："范蠡真的走了？和西施一起远走高飞了？"

季婉取出范蠡给她的竹简，递给勾践："这是范大夫临走前，让我交给大王的，不管范蠡还能否归朝，他所撰的《慎战篇》，我以为值得一读。"

勾践接过简书，扫了一眼，就掷在地上。竹简散成一地，勾践大声说："寡人马上出征了，看他什么《慎战篇》，打仗谁不知道要慎之又慎，可当屠刀架在你脖子上时，需要的不是谨慎，而是勇气和胆略。范蠡的兵法不过是从孙武那里学到点皮毛而已，他就摆起兵家的架子，教训起寡人来了。"

"大王，我替大王收拾好。"季婉弯腰捡起散落在地上的简书。

"王后愿意收拾就收拾吧。你别替寡人担心，照顾好兴夷和兴姑，过几天，寡人可能就坐在吴都大殿饮酒了，哈哈！寡人要让范蠡看看，没有他，越国照样能战而胜之。"勾践说完，按着挂在腰里的剑，头也不回地走出殿门。

季婉望着勾践远去的背影，一阵秋风刮来，她忍不住感到彻骨的凉意。再一看，十岁的兴夷和六岁的兴姑瑟缩在帷幔边，两双如受惊小鹿般的眼睛，可怜而又恐慌。季婉觉得一阵心酸，快步跑上去，把儿子和女儿紧紧抱在怀里，喃喃地说："别怕，别怕！有娘在！"

范蠡和西施乘坐的马车在越国的平原上奔驰，沿途是秋天的景色，田野的水稻一片金黄，壮年人在挥着镰，农妇在空场脱壳，老人童子在田里拾穗送水，辛

劳中透着喜悦，山野带着收获季节特有的芬芳之气。范蠡和西施沉默默无言。范蠡虽离开了都城和军营，但心还留在那里，他惦记着出征的车骑、战船和步卒。虽预测败局不可避免，但范蠡还是希望灵姑浮、诸稽郢、计倪能创造奇迹，大王能胜利班师。他宁愿接受勾践最重的处罚。西施的心也留在了宫中，王后季婉和太子、公主此刻在做什么？想到他们，西施的心里总有一缕摆不脱的忧伤。

"西施，你觉得我就这么离去对吗？我是不是像大王所说的，是个不义之臣，是临阵脱逃？你觉得我是怯阵吗？"范蠡忽然开口问西施。

"我，我不知道……我真的不知道……"西施说。

"我在想，我不该离朝，不该离开军中，那些将士见我不在，会有多失望啊！他们都是我的好弟兄啊！"范蠡有些怅惘地说。

"范郎，不要多想了，王后说了，越国不能玉石俱焚，被洗劫一空，总要留下些精英，出来收拾残局。我知道，你是无奈之举。"

"是，还是西施你知我啊！我是出于无奈，你可知道，我偷偷遣了一些人马，藏到山中去。"

"你要记住王后的'不情之请'！"

"我当然会记住。我说过，此身已不属一己所有，小部分属西施姑娘，大部分属越国所有。属你的那部分，你随时可取去。"范蠡一笑。

"又来了，不正经。我怎么取？难道挖掉你一颗心不成？"西施斜睨着范蠡，白嫩的脸上露出调皮的神色。

"可以啊！其实不用挖，这颗心早给你拿去了。"

"你瞎说，我可没有拿，我也不要。"西施脸上泛上一层红晕，艳如春花，明亮澄澈的大眼中流露出喜悦和甜蜜。

"停住，停住！"忽然一阵叫喊声传来，越来越响。西施听到，提醒范蠡后，范蠡拉开车围，一看，远远地有两匹马旋风般地奔来，便吩咐驭手靠路边将车停下。很快，随着急雨般的马蹄声，两匹战马奔到车前。马上的甲士下马，捧出一面黄缎，对下车的范蠡说："范大夫，这是大王给你的，请你收下。"

范蠡接过一看，是王袍的一部分，有点困惑地问："大王为何要送我这袍子？大王还有什么谕令没有？"

甲士是勾践的侍卫，他说："大王只交代将这一块袍料送给范大夫，其他什么都没有说。这段袍是大王亲手用剑割下的。"

"大王此刻在哪里？"

"在征讨吴国的路上。"

"你们怎么没随大王出征?"

"我们留下护卫王后和王宫。"

"好,你们回去吧。我收下这袍子。"

"这是什么?大王送你王袍是什么意思?让你回去?"

范蠡令驭手继续前进。他把王袍紧紧抱在怀里,伤心地说:"大王生气了,这是割袍断交,大王弃我了,和我断交了!"说着,眼泪夺眶而出。

第　十　章

文种和囊丹马不停蹄到了吴国边境，关卡守将已接到通知，知道他们的来意，所以，他们很顺利地办好了过关的手续，接受封传的查验。所谓封传，是由一国行人府出具的敕书，含使者的姓名、官衔、事由的介绍。他们在边境休憩了一会儿，接着赶路，轻车快马，大半天的时间，吴都已在望了。供奉官已在城门口候接。

在供奉官带领下，他们进入吴国都城。囊丹不止一次来过吴都，文种是第二次来，只见城池规整，城墙高大，宫殿巍峨，城内有水路与五湖相接。据他了解，这条河叫胥河，是先王阖闾取伍子胥的"胥"字命名，以彰伍子胥的功德。还有一条贯通吴都与五湖更宽的河道叫闾江，顾名思义，当然是取阖闾之名而命之。

文种坐在车上，掀开车围，一路打量。和十年前他首次来吴都时相比，他发觉新起了许多建筑，且市面兴旺，街巷纵横，物品丰盈，心中又好奇又羡慕。文种在楚国为官时，出使甚多。后来，他以越国行人大夫的身份，跑遍了各诸侯国，大梁、邯郸、临淄、咸阳这些名邑都去过，吴都和它们相比，毫不逊色。他望着隐约可见的王宫高大的屋宇，心里暗暗得意，他所遣派的一个谍人就神不知鬼不觉地潜伏在里面。文种并不觉得安插谍人与媾和有什么冲突，即便是友好国家，亦派有细作，其目的是为了探听各种消息和情报，这对国家制定各种策略是必不可少的。他还准备和巴豪偷偷晤面，通过巴豪，能迅速获取吴国对待修好的真正态度，以便随机应变。但不知为什么，巴豪已有段时间没来情报了，那个邮人仍来往吴越两地，传递信札函件，问他巴豪的情况，说见过他两次，很春风得意的样子，不过，无"家书"交给他。吴国和楚、越结仇，久无正式遣使往来，敌国朝廷之间已断交多年。这次对于文种和囊丹，吴国仍以礼相待，将文种和囊丹安置在一处安静而布置精致的驿馆。

傍晚，还是那位供奉官领了文种和囊丹来到相府谒见伍子胥。囊丹和伍子胥是熟人了，不久前还见过，像旧交那样打过招呼。而文种是第二次和伍子胥见面，十余年不见，不免有些生疏。伍子胥穿着官服，神色有些矜持，看着文种说："文种大夫，一别多年，你神采奕奕，一点没变啊！看来越国的山水很养人啊！"

"越国特遣亲和专使文种，奉我国君之命，特来叩谒伍相国，以表尊礼之忱。"文种装作没听到，弯腰长揖说，"还要请相国多多关照。"

"说来你我都是楚人，虽各为其主，但毕竟同出一方之地，颇有渊源的啊！"伍子胥还礼说，"请两位入座吧！噢，这位是钮宣义将军，这位是华元将军。"伍子胥指着身旁的钮宣义和华元说。

文种又恭敬地向钮宣义、华元行礼，钮宣义、华元还礼。文种当年来吴都时，匆匆见过钮宣义一面，钮宣义早就毫无印象，华元那时还未出道。钮宣义知道巴豪来吴国作谍，就是这个文种一手筹划操纵的。

"伪君子！"他不出声地骂道，不冷不热地应付着，眼睛里露出鄙薄的神色。文种自然注意到了。他上次来，就听说过这个钮宣义是个悍将，是从晋国投奔吴国的客卿，深得阖闾、伍子胥、孙武的信任和倚重。他是带兵的人，为人刚正，伐楚时任过车骑将军，立过战功，听说阖闾薨逝后又兼任禁军统领，负有护卫王宫和都城的重任。他对宿敌越国怀有敌意不足为奇。倒是那个华元，虽身着戎服，但文质彬彬，像个读书人，表情也很冷，一看就是个恃才傲物的人。文种不以为意，越国是来求和的，吴国的这两个将军骄狂傲慢，不必去计较，为了避免两国兵戎相见，使得国家和百姓能免受战争所带来的巨大创伤，这些小事，何足介怀？

坐定后，侍婢奉上茶汤，伍子胥淡然地问："越国国君已下定决心和吴国修好了？朝中可有争议？"

"争议自然有，但国君已下定了决心，我这趟入吴，就是受国君委托，向上国表示倾心之诚。囊公子和我国国君深谈过几次，他可见证越国修好求和的诚意。"

伍子胥点点头，对文种称吴国为上国很满意。他知道这个文种是个做事老练，善于辞令，也善于周旋的人，有点办理外交、治理国家的才能，但和范蠡比起来，则是远不及的。他没有范蠡那样的大智慧，也没有范蠡那样的指陈天下大势的眼光和胸襟。

"范大夫对此事是怎么看的？"伍子胥突然问。

文种一愣，一时答不上来。他没想到伍子胥一上来会提到范蠡，而这段时期的范蠡，在文种看来，变得有些乖戾，不可思议，让他头痛不已。这时，囊公子看了文种一眼，见能言善辩的文种竟语塞，便抢着回答："范蠡品性仁厚，体恤百

姓，他有些像大将军孙武，研究兵法而厌恶战争，主张各国以和一统，而不是以战一统。他对吴越修好当然是赞成的，但他和文种大夫最近却吵翻了，文种大夫去拜访他，他竟闭门不理。"

"既然都赞成修好，为何要闹翻呢？"

"范大夫想来吴国，但大王指派文种大夫使吴，范大夫就不高兴了。他认为，和吴国和谈这样的大事，应该由他出面。他倒不是瞧不起文种大夫，而是应由他上大夫、大将军的身份使吴，如此更能体现越国的诚心，也是对吴国的尊重。"襄丹信口说道，"文种大夫，是不是这样？"

"是，是，这个范蠡，恃才傲物，他就是看轻我啊！好像只有他的分量才勉强能和伍相国相配。也许他说得有理，文种虽也是越国大夫，但到底分量不够，我国国君之意，让我使吴，是我司行人，职守所系也。伏乞相国体谅。"文种接上襄丹的话，煞有介事地说。

"嗳！此话不妥，身份不是主要的，谁来都可以，只要能带上越国足够的诚意，能办事就行。再说，文种大夫为越王股肱，分量不能说不重。"伍子胥笑着说，"当然，礼不能不讲，越国如遣个巫师来，就与礼不合了。"伍子胥话中有话，并瞥了文种一眼。

文种心里一惊，伍子胥提到了巫师是何意？他难道对巴豪已有觉察？但看伍子胥表情上并无特别之处，便不动声色地说："伍相国这么说，我就放心了。说实话，真正具回天之力的，是我国国君勾践，我倒是把国君的倾心之诚带来了。"说着，从随身带的一个锦缎包袱中掏出临走前勾践遣人送来的谕旨，起身递交给伍子胥，"请伍相国鉴阅。越国别无所求，一片诚心，与吴国修好，惟愿以小邦托庇于上国，才能安生。"

伍子胥点点头，仔细看过后，放在案几上，说："好极，既然越王有诚意，那么我们彼此推诚相与，岂不甚好？"

"彼此就条件已简牍交换过，吴国最后条件如何？请伍相国见示。"

"那好，我先把吴王的意思说一说，除肉袒请降，缚送灵姑浮之外，赔款之数亦初步定了下来，是两千镒黄金，分两年付清，此外每年贡粮十万石。割地一项也该有个具体的说法，割多少，割哪里，这要明确。"伍子胥说到这里，要华元出示舆图，华元早准备好，从案上取出一幅帛绢交给伍子胥。伍子胥展开帛图说，"槜李以北至东，含五湖周围土地，含海上甬东岛屿，割与吴国，平阳埠中新都保留，仍归越国所有。"

文种一听，心里暗暗叫苦，吴国所提出来这块割地几乎占到越国国土的一小

半，是越国的膏腴之地，越国的一半水稻就产自这里。这么一大块国土入了吴国疆域，平阳埤中的新王宫，即原来的太子宫连同新城，就一下落在边境线上。吴国欲入侵，易如反掌。一旦发生冲突，那里地势平坦，没有坚固的守防营垒，根本守不住，都城就是个地地道道的危城。越国还有什么安全可言？那真像范蠡所说的，越国就好比是危卵一个了。

"伍相国，这块地方可是越国的粮仓，越国人靠它果腹，如割了它，越国民众喂饭都无从着落了，越国从何处去筹集十万石粮食贡给吴国呢？"文种加强语气说。

"贡粮食可以商量，吴国不会从越国百姓口中夺粮，但这块地方必须割让给吴国，不能再讨价还价了。"

"伍相国、文种大夫，若你们认为囊丹还堪信托，我对条件作些调整。我囊丹在这件事上绝无私利。既然修好是双方共同的意愿，那双方就要拿出诚信来。我觉得在赔款上可减去一半，另外在割地面积上，吴国再往后退二十里路，这样，越国新都所在的平阳埤不至于成为一个边境城池。王宫一开门，就能看到吴国镇边的戎马，换了谁，心里都不会踏实的。"囊丹插话说，"吴国是大国，让它二十里又何妨？如后人享着和平，兵革已绝于耳，天下已成大同，他们记着有那么一天，有几个人曾经审时度势，在这里议和，对我们来说，幸矣，足矣！我囊丹也算做了一件虽寸利未得，然价值无量的买卖！"

"好，我听囊公子的，吴国后退二十里，赔款减半，贡粮亦减半。当然，这是国之大事，如文种大夫无异议，我还要禀报吴国国君再正式定下来。"伍子胥说，他这么说只是一个托词，条件的提出，是和夫差磋商过的。即使后退二十里，割地的面积，也超过了夫差的预期，赔款和贡粮亦没有低于商量的底线。

文种不能再计较了，他只能表示同意。虽然条件还是苛刻的，但毕竟伍子胥作了很大的让步，比起兵戎相见，这点损失算不了什么。大功告成，他不虚此行，回去可以交代了。

伍子胥设宴款待，以五湖的湖鲜为主，其中有一道是炙鱼。伍子胥忽然问文种："文种大夫，有一个人，也是楚人，不知你认识不认识？"

"吴国、越国楚人很多，不过，在我记忆中，吴国好像没有熟人。"

"这个人言称和文种大夫甚熟。"

"到底是何人？"

"巫师巴豪，他骗取了吴国的信任，窃取了朝廷内官之职，专司祭祀、占卜、观天，先王阖闾的葬仪就是他主持的。可是，他的真实身份竟是深潜在宫里的奸

细，他的下场，我不说，文种大夫也能猜到。刚才囊公子说，要诚信相待，如果文种大夫将此话谨记在心，你就不该否认识得巴豪。"

文种十分难堪，以袖遮面，说："伍相国，我喝多了，晕晕乎乎的，已记不清人事了。巴豪，巴豪，我好像没听说过此人。"

钮宣义气乎乎地对文种说："文种，你身为越国大夫，楚国贵族出身，岂能一面和吴国修好，一面在吴国枢密部位安插谍人？这算什么诚信相待？分明是无赖所为，依我的脾气，我要斩了你这个伪君子！"说着，钮宣义抽出锃亮的宝剑，向文种砍去，文种大惊失色，吓得瘫倒在地。

伍子胥喝住钮宣义："钮将军，休得无礼！巴豪是文种大夫和吴国修好前安插的，两件事不能混为一谈。既往不咎，从此以后，再发生这样的事，就是你的不对了。"说着，朝华元使了个眼色，华元起身，把钮宣义拉了回去。

文种一脸的尴尬，垂着头，沉默不语，隔了很久，才惶愧地说："伍相国，文种惭愧！"

"文种大夫，在越国时，我就对你说过，安插细作这种阴诈之举，无益而有害。在市井安置一二耳目，以探些消息尚可理解，但在别国中枢伏谍，窥伺机密，是极不义的行为，极有可能导致严重的后果。"囊丹当众指责文种，"今后绝不能再做这种蠢事了！"

"是，是，当时也事出无奈，吴国要伐越，有个谍人，可掌握些动静，以备不测。伍相国，文种无状，对不起吴国，我在此向你道歉！"文种涨红着脸，硬着头皮向伍子胥伏地致歉。

"早知今日，何必当初。一个神神道道的巫师，加上四条獒犬，在吴国惹出了多少麻烦？太宰伯嚭受到牵连，至今还被软禁思过，职司被停，足不能出户，族人皆受株连，你害人不浅啊！"华元感叹地对文种说。

"我错了！该骂。"文种起身，回到席位坐下，嗫嚅着。

伍子胥向大家摆摆手，对文种说："文种大夫，此一时彼一时，此事已过去，不说它了。"

"顺便告诉你，巴豪在东窗事发后，企图服毒自尽，他身备的毒药，给我们搜缴了，他便夜半咬舌而死。不过，他把所有的事都一一说清了。"

文种哑口无言。对巴豪的死，不免感到惋惜。虽是草茅出身的一个游士，倒还是有几分骨气的，因为自己的原因，葬送了他，连累了对越国一向友善的伯嚭，这都是自己的过错。但是，更让他和囊丹下不了台的事紧接着就发生了。

一个参将未经通报，连奔带跑地冲了进来，伍子胥的侍卫立即拔剑拦住他。

那人大声喊道："是卓荣将军让卑职来禀报伍相国的，吴师和越军打起来了，打得很厉害！"

伍子胥大为诧异，他不相信这个消息是真的，问道："你有没有搞错？是边界摩擦，还是湖面战船相撞？"

"不，是灵姑浮带兵袭击夫椒山，火烧船宫，并偷袭大王的避暑宫，给卓荣、伍寒、徐承击退了。另外，快马急报，越国大军三万多人，水陆并进，已越过边境，向纵深挺进，直扑吴都，情况非常危急。"参将气喘吁吁地说，"相国，这是千真万确的消息！"

伍子胥脸色大变，霍然起立，脸上的肌肉都抽搐了，拿起案几上的铜觯，恨恨地往地上一摔，愤怒地对文种吼道："好一个文种，你竟敢耍弄吴国！用假修和来蒙蔽我，迷惑我，以掩护越军举兵袭吴，你这无耻小人，我伍子胥居然上了你诈和的当，我绝不会饶了你！"又转向囊丹，"囊公子，我虽不知你在这其中扮演了何种角色，但至少你是越国诈降的帮凶，狼狈为奸，你辜负了我对你的信任，你还有什么可说的？"

文种跌坐在席上，方寸大乱，他猛然省悟这是勾践使的诈术，表面赞同他和伍子胥周旋，以极诚恳的态度和吴国修好；暗地里却乘吴国和越国和谈所造成的战备上的放松，出其不意举兵攻吴。勾践太阴险，太恶毒了！难怪他爽气得出奇，连范蠡的反对都不顾，原来他是瞒天过海，埋下这个暴力的图谋，不惜坑害自己和囊丹。伍子胥一定误解自己所做的一切是虚情假意，是在配合勾践。勾践的这个毒计，自己哪怕浑身是嘴，伍子胥也不会听他的了。

囊丹也是目瞪口呆，他聪明的脑袋无法接受这样一个事实，勾践和文种装得太像了，他们不用堂堂之师王面宣战，而用这种卑劣的手段来先发制人，这无论如何是他所不能容忍的。

"文种，这是怎么回事？你们的大王和你演得惟妙惟肖还不算，还把我拉进来。越国背信弃义，以诈立国，必败无疑。"他气愤地责问文种。

"伍相国，囊丹公子，我知道怎么解释，你们都不相信了。但我还是要声明，越国发兵突袭吴国的计划，我真的一无所知。"文种脸色凝重地说，"事情到这个地步，我只能说这些了，伍相国，任你怎么处置我，我都没有怨言。请便吧！"说完，文种坦然地坐了下来。

伍子胥已没有时间也没有心思再听文种的辩白了，他吩咐甲士将文种和囊丹押到驿馆软禁起来，严加看管，未得他同意，不准离开房舍一步。

之后，伍子胥立刻调兵遣将：令钮宣义率一部分兵卒到前线和卓荣一起抗击越军入侵；令华元带一万精兵，坚守吴都；自己带了几千兵卒直奔夫椒山勤王。

快骑到了夫椒山，来到避暑宫，伍子胥见夫差和王后齐姬、公主胜玉、太子友和王子山、王子地都在，而且安然无恙，正准备在禁军护卫下回吴都王宫，他悬着的一颗心放了下来。夫差见了伍子胥，虎着脸，很不高兴地说："越国不是求和了吗？什么肉袒投降？什么割地赔款？使臣都来了，怎么当面说得好听，背后又使坏，发兵进攻了？相国，这到底是怎么回事？"

"这是勾践的诈术，臣轻信了他们的话，上了他们的当。臣先护卫大王、王后等回宫，已令华元守城。大王回宫后，臣率领吴师歼灭来犯之敌。"伍子胥回答。

"我们是张了口袋等他们钻进来的，口袋一扎紧，他们没有退路了。可灵姑浮是个怕死鬼，别人在拼命，他在地上一滚，逃窜了。不过，正派兵密密搜索，湖面已封锁，他逃不到哪里去的，等天亮了，他就无藏匿之处。他们装成商船、渔船来犯，企图火烧船宫，偷袭避暑宫，但他们的舟船刚靠近船宫就给吴军围歼，灵姑浮弃船登陆，刚到避暑宫附近，卓将军布置的伏兵四起，灵姑浮那些人白刃抵抗，被我们杀了一半，俘获一半。"

"灵姑浮胆大妄为，逮住了，绝不能便宜他。"伍子胥愤愤地说。

"那自然，他自己送上门来，岂能让他逃脱？灵姑浮已无处可遁，文种和囊丹呢？"

"已软禁在驿馆，据文种说，他不知情，囊公子亦受了蒙蔽。"

"别听他们的狡辩，这么大的动静，举国攻吴了，他们怎么会不知情呢？"夫差说，"勾践也太自作聪明了，兵不厌诈，关键是实力，没有实力用什么手段都不济，也罢，来而不往非礼也！这下，吴国已无所拘束，相国，寡人要亲征，举兵伐越，让肆无忌惮的勾践偷鸡不着蚀把米！"

"大王说得对，勾践这是自作孽。吴国已做到仁至义尽，没有什么可虑的了。不打则已，要打，就踏平越国，为先王报仇雪恨！"

"相国不必护卫寡人了，有这些兵足够了，你在这里坐镇指挥，击退越军后，我们马上部署反攻，让勾践尝尝吴师的厉害！他这是垂死挣扎，越国末日将临。"夫差说完，就带了王后、公主等上车回宫了，几千甲士前呼后拥。

伍子胥来到船宫，只见船宫已空空荡荡，战船已出港，镇关将军卓荣率领的水师严阵以待。

船宫里还停泊着几艘巨大的战船，一艘王舟，一艘将舟，还有装载货物及粮草的货船，目之所及，都是全副武装的甲士。勾践错误地以为吴国陷入内乱，又忙于挖河，兵力分散，兵备松弛，加上文种、囊丹使吴和谈，吴国必然骄矜轻敌。

事实并非像勾践想的那样，吴国对于伐越的军备一刻都没有放松，吴师水军、车骑、步卒按预定的部署，在吴越边境占领有利地形，构筑营垒死守严防，夫椒山的防线更是固若金汤，除大翼、中翼、小翼等战船分布在湖面及各岛周围，出入夫椒岛的隘口、水寨以及胥山水师演练场更是重兵把守。夫差居住避暑宫以后，伍子胥更是加强扼守，日夜监视，阻止可疑的船只靠近夫椒山周围的水面。

近年来，吴国在船宫入口扎有水寨，驻有重兵，把它及整个夫椒山作为吴都的第一门户来守备。至于避暑宫，吴国更视此处为最重要军略要地。况且，这一别宫的位置虽离湖岸不远，但港汊分歧，依山坡而筑，环境复杂异常，建筑为大树和竹林所掩蔽，客军到此，不识地形，不易到达宫室。且吴军在避暑宫周围筑有营垒，水面上筑有木桩，芦苇深处泊有哨船，艅艎大舟停拴在岸边，大舟上驻有上千精兵。还有轻骑、步卒日夜巡逻。这些情况，勾践一无所知，自以为筹谋周全。获得夫椒山舆图后，他查看了无数遍，对船宫和避暑宫的位置和周围的地形自以为了然于胸了。

伍子胥下马，上了一艘灯火通明的将船，船上是公孙雄、钮寒等将军。灵姑浮闯船宫、避暑宫后，卓荣奉王命将公孙雄从军马场调至夫椒山镇守。

公孙雄正和钮寒等参将在商议战事。见伍子胥来了，连忙起身行礼，伍子胥说："军中不必拘礼，快把详细经过跟我说一遍。"

在公孙雄之前，钮寒任守将，他是在前几天和徐承奉命从挖河工地调回夫椒的，同他们一起调回的还有边挖河边练兵的将士。已基本竣工的河道移交给全国征来服役的民夫继续开挖，只留下少数军士管理开河事宜。

昨天下午，徐承指挥他的大翼船，在五湖中巡湖。后来，他停泊在珍珠岛附近。这里的湖水较深，以出产珍珠蚌闻名，岛上曾居住了几十名能深潜湖底采珠的珍珠女，采珠的船两船柜连，称为鸳鸯船，是他师傅子考首创。大将军孙武一次和钮宣义乘船经过珍珠岛，听到了一个女子的清越之音，那是子蝶在唱吴歌。子蝶是子考师傅的小女儿，后来就成了大将军孙武的妻子，在大将军第一次伐楚时，子蝶生儿子孙平难产而死。孙武不胜悲伤，十多年过去了，孙平已长成小伙子了，孙武还忘不了子蝶，这次返吴都参加先王葬仪，事完毕暂住子考家，他特地和孙平以及收养的孤儿孙星、孙明到珍珠岛寻觅当年子蝶的踪迹，是徐承驾驭一条中翼战船送他们来的。当年子蝶住的房子还在，泊鸳鸯船的石码头还在，他和子蝶所陶醉的漫山遍野的野花依然开得轰轰烈烈。珍珠已采尽，珍珠女也散去了，人去房空，睹物思人，孙武唏嘘不止。当他对着孙平指着那一排萧索破旧的房子中的一间说"你娘当年住的就是这间"时，孙武的声音哽咽了。

这间房已前后灌风，荒草萋萋，鼠獾出没，孙平不禁问："这房这么破，娘是怎么住的啊？""当年你娘住的房子好好的，雅得很，有琴有笛子，有你娘的吴歌，还有埙，是一种陶制的乐器，有六孔，形状是圆形的。我送给你娘一把秦汉子，后来传给你了。"听父亲这么说，孙平说："以后我们把这房子修缮一番，也可来住住，请伍青、伍敖他们一起来。"孙武说："不行，这岛成营垒了，驻守水师，等天下太平再说吧。"

徐承停靠在珍珠岛，情不自禁想起这些事，他不由得登上小岛，站在岛的高处向五湖看去。湖面上帆叶片片，湖鸟成群，过往的船只大多是商船，也有捕捞的渔船，渔船吴国的居多，也有越国的，商船和货船各国的都有。忽然，精通制船的徐承看到一个奇异的景象，今天的商船特别多，而且都是大船，因为顺风之故，航速很快，但有些渔船，不张网捕鱼，却以极快的速度航行，这使徐承感到奇怪。再仔细一看，徐承更感到疑惑，这些经过吴境往北方扬帆行驶的舟船，包括渔船和商船，有许多特别像战船。

他唯恐自己看错，再定睛一看，肯定这些伪装成商船和渔船的船就是战船无疑。而且这些战船从式样、规模和某些虽经过掩饰但仍看得清的设施来看，显然是越国的战船，最显著的特征是船舷上有置放木桨的铜环，虽桨板抽去了，但一只只铜环犹在。有一艘大的商船，一看就是三层的楼船，底舱的船舷上，竟有一排圆形的窗孔，这是用来装桨板的。这些越国战船的目的地是哪里，为何要进行伪装呢？这是非常可疑的，徐承立刻找来几个珍珠岛的守将一同观察，经徐承提醒，他们举目望去，相顾失色。

几人陪徐承下船，在舟中会商后，决定拦截一艘盘问究竟。说来也巧，正在这时，其中一艘可疑的渔船的篷帆大概是断了绳索，突然间降落下来，速度顿时慢了下来，掉在后面。徐承的大翼船立即解缆，升起写有吴字的大旗，鼓手敲起鼙鼓，底舱的二十名桨手划动桨板，全速向这艘越国渔船驶去。

这艘渔船正是灵姑浮所率领的水师中的一艘战船，因为是分散行驶的，这艘船的掉队并没有引起别的战船的注意，见吴国一艘大翼船鸣鼓而来，船上的士卒并不紧张，而是不慌不忙地取出一口大网，向湖里撒去。这是灵姑浮预先交代好的，经过吴国水域时，万一碰到吴国水师拦截盘问，可撒网捕捞，或展示货物。

大翼船靠近了这艘越国战船，大翼甲板上的两个甲士伸出长长的竹篙子，竹篙的头上装有铜钩，伸向越船，正好套住船舷上的铜环，这艘越船就再也挣脱不了了。

"你们是哪里来的？要到哪里去？在这里干什么？"徐承大声问。

第十章

一个二十多岁精干壮实、眼窝很深、皮肤黝黑的汉子走到船头，回答说："我们从越国来，是到这里来捕鱼的，刚下网。"说着指指舱里稀稀拉拉的鱼说。徐承眼尖，他看到鱼层下面堆着一支支桨板。撒网的人手忙脚乱，一看就知道是生手。而从他们的举止神情上可看出是训练有素的军人，徐承大致数了数，大约有六七十人，有一个船舱铺搭着木板，舱里估计藏的是兵器。而船尾还有一个两层的船楼，估计还藏着十至二十人。

"捕鱼怎么要这么多人？都是打渔的渔民吗？"徐承冷笑着问。

"不都是渔民，有些人搭便船去蔡国。"那个头目笑着回答。

"不是渔民，又何以要渔民打扮呢？你们到底是渔船还是客船？"

"当然是渔船，不过，顺船带顺货，多赚几吊钱。反正是顺路嘛！"

"我看你们不像渔民，倒像是越国士卒，你大概是个参将吧？"

"军爷，这玩笑开不得啊，我们可真是老百姓啊！"

"你把船舱打开，让我们看看，里面有些什么东西？"

"下面有几个女眷，也是去蔡国的，晕船晕得厉害。"那个头目的凹眼闪出了凶光，从腰间抽出一把锋利的匕首说，"军爷，为何要为难我们打鱼的呢？"他的话音刚落，手腕一动，飞刀直扑徐承而来。徐承抽出剑在空中一劈，匕首"当"地一声掉在甲板上。徐承一挥手，从大翼船上挺立起分两层约两百弓箭手，每人拉弓上箭，居高临下，只要一声令下，越船上的这百把人立马成为活靶子。那头目见势不妙，猛地跳入湖中，徐承弯腰拾起那把匕首，往那人扑腾处投掷而去，直插那头目的背部，一股鲜血冒了起来，红色在水面洇染开来。他挣扎了几下，浮在湖面上不动了。其余人见了，立刻跪下投降。

大翼船上抛出钩索，拖住越船，放下跳板，徐承令越船上的士兵登上大翼船，将他们关在一个大的船舱里押起来。徐承亲自下越船检视，密封舱内果然是戈、刀、剑、矛等兵器。他们把越船拖至珍珠岛，将越俘押解上营房，一审问，这伙人果然是越国甲士，是由灵姑浮统领的乔装过的劲卒，共有一千人，悄悄由越国湖口出发，经五湖突袭吴国，计划火烧船宫、生擒吴王夫差，并称越国三军水陆并济，同时对吴国发起攻势，计划今晚深夜占领吴都，与灵姑浮所率领的敢死队会师。徐承听后大吃一惊，追问既然要攻吴国，缘何要朝北方继续航行。越俘答不上来，只说他们只了解到先将船只伪装成商船、渔船，傍晚时集合。

徐承将这批俘虏连同越国战船押回夫椒山，立即将这敌情报镇关将军卓荣，卓荣本想报伍子胥、钮宣义，但他们正在接待越使文种和囊丹，于是立即到避暑宫谒见国君夫差。夫差一听，也深为惊愕，这是他没有想到的。但夫差一点不着

急，反而暗暗高兴，勾践来这一手，他可放开手脚，没有任何顾忌了。他只是更觉得勾践可恨，在自己身边埋下卧底巴豪，做假动作向吴国求和，一套套的小伎俩，无所不用其极，耍弄吴国君臣。他从心底里瞧不起勾践，身为一国之君，居然做出这样的事来，好吧，我夫差要给你点颜色看看！他已明白勾践求和是假，挑起兵衅是真，虽吴国戒备严密，各处都有重兵设防，夫椒山一带更是固若金汤，越军的先发制人注定会失败，但如没有徐承的机灵，识破了越国战船，吴军还是会吃点亏的。夫差决定，伍子胥、钮宣义在和文种、囊丹和谈，暂不惊动他们，由卓荣任指挥，在船宫和避暑宫周围埋下伏兵。水寨、战船、寨堡要灯火通明。待灵姑浮一干人钻进口袋后，就把袋口扎紧，关起门来打狗。

灵姑浮的船队驶过夫椒山，在五湖湖心集结。查下来，少了一条船，但灵姑浮并不介意，他估计这条船掉了队，迷失了方向。暮色已笼罩在五湖上，湖面上升起了迷雾。秋风很强劲，但风向变了，向夫椒山刮去了，灵姑浮又喜又怯，喜的是天帮忙，水逆而风顺，战船可借风势，加上划桨和帆，其速会更快。且风声、涛声很响，打桨的声响可为风涛之声所掩；怯的是，夫椒山毕竟是虎穴，是吴国的门户，沿湖布垒必定严密。想到这里，他心里有点忐忑不安，大王对自己期望极大，自己偷袭得逞，越国进攻吴国的计划就成功了一大半。他竭力让自己镇定下来，命令各船取出武器，扯上帆叶，装上桨板，甲士脱去伪装用的服装，露出军服，套上甲胄，戴上头盔，为图轻便，这些甲胄和头盔都是藤条制的。一切就绪，灵姑浮下令向夫椒山鼓棹乘风前进。

不过费了两个更次的工夫，在湖面上隐约现出了一座岛屿的黑影子，岛屿的背后，是望不到边的陆地的轮廓线。灵姑浮知道吴国的第一门户不远了，他点起一盏灯，拿出舆图看了一遍，将船队分成两队，计划一队潜入船宫，纵火烧毁几条船，运气好，借风势，整个船宫会变成一片火海，再将点燃了的船直往船阵冲去，在和战船撞击、火焰迸发的一瞬间，甲士跳入湖水，登上未燃烧的战船，夺取几条，驶向避暑宫，援助灵姑浮。而灵姑浮亲自率领另一队十几条战船，在避暑宫前的湖滩舍舟登岸，直扑宫室。

夫椒山越来越近，让灵姑浮大感意外的是，夫椒山隘口的水寨、营垒和许多条战船居然都是灯火辉煌，并传来一阵阵鼓乐、琴笙之声，夹杂着欢笑喧哗之声，在静寂的湖面上，听得格外清晰。灵姑浮心中的怯意全消，这是吴军在狂欢，是何缘由，他不知道，但欢庆什么是肯定的。这又是天帮忙，这实在让自己碰到了一个天赐良机。两队船不用灯火，降下风帆，打桨的声音在风涛声中显得很轻，他们几乎是无声无息地接近夫椒山，没有人发现他们，两支船队顺利得出奇，一

支进入了距离船宫不远的隘口。而灵姑浮所带的船队如入无人之境，附近显然有哨船和兵船，然而人声鼎沸，乐声悠扬，没有任何人发觉他们。已经是密密的芦荡了，黑暗中可见到白色的芦花在摇曳，夫椒山赫然出现在眼前，还有一排排木桩，这是阻遏船只靠近这片禁地。灵姑浮下令弃舟登岸，蹚了一会水，三百多人在芦荡的烂泥地里高一脚低一脚地伏身而行，身上沾上一身的污泥。灵姑浮走在前面，他庆幸已越过最森严的防线，上岛后的危险反而要减少许多。当他感觉到脚下的地变得坚硬，而且有嶙峋的石块时，他知道自己已登上了夫椒山。

终于到岸了！灵姑浮弓着腰，手持利剑，腰挂弓箭，隐在岸边的一块大石头后，静气察看周围的动静，除风声、涛声、芦荡的沙沙声、秋虫声以外，岛上没有其他声音，也不见一个人影。这是一座已沉睡的岛屿。他一招手，三百多人都站了起来，看到一条车马大道就在眼前。灵姑浮大喜，根据地图，避暑宫和一条大道相通，沿道走上几百步路，可见一个山坡，爬上山坡就到避暑宫了。灵姑浮要大家准备好武器，沿着大道奔跑。跑了一会儿，果然见到一个缓坡，缓坡前有片平地，坡上有一溜宽阔的石阶，平地和石阶足以说明夫差的避暑宫就坐落在那坡上。他一挥手，准备攀登时，山坡上突然跃出一批吴国甲士，一排人手持火炬，更多的人或手里执戈刀，或箸箭上弓，一个小校"咣咣咣"地敲起了铜锣，伏兵四起，从四面八方蜂拥而来。为首的是一个年轻的将军，正是镇关将军卓荣。卓荣大喝一声："灵姑浮，你们被包围了，快放下武器，饶你们不死！"

灵姑浮傻眼了，他明白已陷入重围，要脱身是不太可能了。唯一的办法，只能和吴军白刃肉搏，咫尺相对，弓箭使不上，在混乱中多杀些敌人，或许还有一条生路。

灵姑浮对手下说了声"跟他们拼了！"说着，挺刀直扑。这三百多越兵，个个都是高手，视死如归，灵姑浮反应更是特别灵敏。此刻，他挺刀扑前一步，就地一滚，消失在芦荡中，岸上的三百多人和吴军杀成一片。卓荣见灵姑浮潜逃，忙派人追击，但终究芦密天黑，已不见了灵姑浮的踪影。三百多越兵寡不敌众，被砍死一半，其余全部被生擒，没有一个投降的。

另一支进入船宫湖面的越船败得更惨。当越国军士遥遥看见黑压压的舰群，其中不乏艨艟巨舰时，想到这些船要被自己化为灰烬，人人激动得不能自持，几个兵士用燧石点火时，双手发抖，竟有些不知如何是好了。为首的镇静了一下，用力一打，就点着了舱内的干草，干草旁是一桶桶油料，桨手拼命划起来，全速向战船群冲去。正在这时，空中飞射出一支响箭，"唏唏"的声音划破夜空。紧接着，火光映天，亮如白昼，吴军的弓箭手突然从船上、从水寨、从看不到的地方

向越兵发箭，一时矢出如雨。越兵大都还来不及搞清箭从何来，便身中数箭，而载有干草和油料的火船因桨手中箭身亡，动弹不得，霎时间火焰腾空，船连同活的死的人，在浓烟中化成了灰烬。六百多越军将士在吴军的箭雨中死的死，伤的伤，有一些跳入湖中，企图泅水窜逃，勉强游了一段路，便中箭而毙。一具具死尸和烧毁的船的残骸漂浮在湖面上，而那些伤痕累累的战船挤挤挨挨地横着，徐承和钮寒乘船搜索，发现船上还有几个受了重伤的奄奄一息的越兵，徐承想搭救他们，但钮寒不由分说，拔剑刺去，统统把他们刺死。

俄顷之间，这一支偷袭的队伍全军覆没，除灵姑浮在逃外，一部分被俘虏，大部分都被歼灭，勾践精心筹划的这一计划惨遭失败。而勾践亲率、诸稽郢为主将、计倪为监军的车骑步卒以及水师，也未能像勾践所预期的长驱直入，而是受到了吴军的顽强抵抗。公孙雄镇守夫椒山，加强吴楚边境的守备，卓荣则带一万精兵奔赴前线。徐承立了大功，夫差擢升他为临时水师将军，在五湖迎战越国水师。

徐承将水师全部战船一分为三，一部分开向北面水域，严防楚国水师从水途配合越国行动；一部分镇守夫椒山的其他水关、水寨；大部分驶往越国方向。徐承在越师必经之处的几个无人岛旁密布轻便的三四百艘小翼及上百艘更小的叫"突冒"的快艇，隐藏在无人岛周围的小港汊。以及芦荡和杂草丛中，在两个无人岛之间搭起几道钩索，将钩索攀附在岛上的巨石上。钩索的绳子有壮汉的手臂粗，浸了桐油拧成，绳子外分段包有铜皮。这种钩索亦是徐承的发明，它开始用于大船的缆绳，后来，加粗包铜用于水战。比起铜链、铁链，这种麻绳更加牢固、坚韧，用它来拦阻战船，经得起大船、快船的撞击和拖拉。徐承在训练中试用，效果极佳，大翼船给它阻拦得进退两难，像人的双腿被绳子缚住后无法行走一样，证实钩索是羁绊战船的有效武器。为保险起见，徐承又在钩索之后打了好几道木桩，打桩的甲士原来和徐承一起造过船，造船需要打桩做成托架，船舶是在托架上构筑的，这些兵士熟能生巧，这几排桩阵的完成对他们来说，并不费多大的劲。虽然天黑，有几十支火炬照亮湖面，木桩还是一根根顺利地打入湖底。

越国水师由若成率领，随船的还有监军扶同，共出动战船五百余艘，其中带楼阁的大战船四艘，每艘载兵两千人，中型战船五艘，每艘载兵五百余人，其余都是小型的战船，称为戈船，戈船形状如戈，在水面行驶，快若飞鱼。每艘戈船载士卒三十六人，它的缺点是船底狭长，容易倾覆。勾践出动了大半战船，将近一万兵力，这几乎是越国水师的全部力量了。勾践下定了决心和吴国水师决一死战。

若成和扶同站在指挥船的楼阁上，观察着湖面上的动静。桅杆上另攀着一个甲士，负责眼观六路，耳听八方。若成和扶同很谨慎，深知所负使命之重，丝毫不敢掉以轻心。若成跟着范蠡一起练水师，懂得驭船、观风向和水战的常识，在越国，是打水仗的后起之秀。

桅杆上照样挂着旌旗，在风中飘扬着，猎猎作响。若成把头探出阁门，看了一会儿，说："军师，风向变了，由顺变逆，真是糟糕。"

"风神不帮忙，帆板不起作用了。"扶同说。扶同在越国朝中当大夫，做过司农，亦当过太史，是个耿直的两朝元老。

从越国湖口起航时，本来是顺风，战船鼓棹而行，速度很快，但后来风向慢慢变化，帆板跟着调向，以借风势。此刻风向陡变，由顺风变为逆风，若成下令下帆，完全依靠桨手划桨板前进，航速减慢。水师一般不打夜战，若成和扶同从未在夜里出行过，白天是通过旗语来指挥队阵的变化和发出作战号令的。可晚上旗语看不清楚，只能通过挂在桅杆上灯笼的多寡来替代了，这是范蠡训练水师时所独创的一种夜间作战的指挥方式。当时，有人讥笑范蠡，用灯笼来指挥水战，闻所未闻。但勾践偏要夜袭，并规定每条船，包括戈船上都挂一盏风灯。风灯的灯罩用磨得极薄的蚌壳拼接而成，透的光很黯淡。

有两艘戈船被派出去当探船。探船离船队约三里路，发现有可疑或异样的情况，会飞速返回禀报，船头会有甲士燃起火把发出警告。若成牵挂着灵姑浮行动的成败，按预先的约定，灵姑浮成功后，会连续向空中发射火箭，可他既没有等到探船的任何消息和信号，更未见到火箭。也许这里离夫椒山还比较远，灵姑浮发射的火箭看不到。他尽量往好的方面想，但心里总有种不安的感觉。

船队迎着扑面的冷风，向夫椒方向疾驰着，若成不由得打了几个寒噤。

"扶同大夫，这里离夫椒山不是很远了，我意船队原地不动，把灯笼与风灯熄了，等候探船报信，更主要是等灵姑浮发出的信号。"若成说。

"要是探船一直不回来，又不见灵姑浮火箭怎么办呢？"

"那就大事不妙了，我们当然掉过船头回国。"

"可要是灵姑浮成功了，而我们见不到信号呢？那不是误了大事了吗？"

"只要灵姑浮发信号，我们不可能见不到。"

正说着，突然在沉沉夜空中，不远处呼啸着蹿出两支带声音的火箭，火箭燃烧发出的火光清晰可见，破空之声，亦清晰可闻。紧接着又是两支火箭凌霄而起，顿时火花飞溅，与星月交辉。

"成了，灵姑浮成了！夫差已活捉了！哈哈！"扶同欣喜若狂地喊起来，手舞

一剑封喉
YI JIAN FENG HOU

足蹈，"若成，快向夫椒进发，接应灵姑浮，从水上配合陆军，攻克吴都。"

若成心里也很激动，但他比较冷静，用兵也一向稳健。他判断，火箭不是在岛屿上发射的，而是在湖面上发射的，而且，离他的船队似乎不是很远。他颇费踌躇，没有立即下令启航。

扶同等不及了，催促他："将军，兵贵神速，更贵占先，我们还磨蹭什么？快下令开船吧！"

"大夫，我问你，灵姑浮他们应该在何处？"

"当然是在夫椒山上。"

"可这火箭并不是在夫椒山上射出的，像是在离我们不远的湖面上。其中必有讲究，可能我多心了。"

"你是多心了。打仗时，情况多变，灵姑浮大部分人上岸了，一部分人可能还在船上，或者和吴国水师发生了激战，歼灭了敌人，随即发射火箭告捷。我们只管看火箭，至于在哪里发的箭，不必深究。将军，可别误了战机。"

若成听了，觉得扶同说得有道理。不容自己从容思考了，自己有疑惑，但不能因为有疑虑而停泊不动，更不能掉头返程。于是，他下令升上七只灯笼，这是前进的命令，这时，风向又变了，若成下令扬起五面帆，各船跟着升帆挂灯，桨手鼓足劲划桨，船尾的掌橹的士兵亦紧张地摇动，首尾几里路的船队全速向夫椒并进。

若成是有经验的，他的判断是对的，火箭射出的地点不是在夫椒山上，而是在夫椒山附近的湖面上。当然他并不知晓非灵姑浮所射，而是徐承派人在无人岛上发射的。徐承俘获了越国的两艘贴水摸黑窥探敌情的探船，战俘交代有大批战船在后面，可能要等待先偷袭避暑宫和船宫的敢死队发火箭作为信号后，越国水师才会跟着向夫椒进攻，同样的，从陆途进攻吴国的军队也要看灵姑浮的火箭，才发起总攻，以和灵姑浮会师，一举拿下吴都。

徐承知道若成是个良将，作战小心。押走探船好一会儿，越国水师还迟迟不来，徐承断定若成在停航观望，等待火箭。于是，徐承派人到无人岛上射了四支火箭。

果然，很快，湖面上黑压压地来了一批闪着点点火光的战船，一艘大船上挂着七只大红灯笼，速度极快。吴军在暗处，越军在明处，吴国水师所有的船都熄了灯，不是掩蔽在无人岛的背面，就是藏匿在岛周围的芦荡水草中，声息全无，大翼、中翼、小翼、冒突、火筏等战船上的甲士个个睁大了眼睛，屏声息气，准备战斗。两座无人岛就像是五湖中的两座巨大的怪兽，静静地蹲伏在水中。无人

岛上的钩索安装在岛的尾端，绳索可松可紧，有固定在岩石上的两个巨大绞盘用人力旋转掌握。徐承的计划是，先放下绳索，让四条大船先驶过小岛，在木桩阵受阻，然后摇动绞盘木轮，拉紧绳索，使绳索变成拦索，后面的船全被阻塞，造成越国战船首尾不能相顾，然后由无人岛背后的火筏出击，向越国船群冲去，实施火攻。岛上埋伏的三千弓箭手拉弓射箭，再令所有大小战船对越船来个包抄。

若成看着前面相对屹立的两座无人岛黑森森的影子，对扶同说："要是我是吴师将帅，就在这两座岛上埋下伏兵，居高临下对我们进行夹攻，那我们只能坐以待毙。可看上去，小岛上吴师没有什么布置。是啊，夫椒山已失守，吴王夫差说不定已被灵姑浮生劫，就像上次阖闾被戈击中一样，吴军已经乱了阵脚，顾不到这些荒山野岛了。"

"他们白白有那么多战船，说不定已被灵姑浮付之一炬了。"

"骄兵必败，哀兵必胜，吴国败就败在骄狂上，而大王装出可怜的样子，派文种到越国乞降，迫使我军哀而愤怒，这就是哀兵必胜的道理。"若成说。他说完，不知哪儿来的灵机，将自己的指挥船改为断后船，命令其他战船往前冲，指挥船则停了下来，看着一艘艘大小战船从船侧飞速而过。

发现冲在最前面的是三条大船，接着是其他战船，而挂着大红灯笼的主船却停了下来，徐承在心里骂道："若成够狡猾的，他临时改为断后，一旦有情况，他可以掉头就溜。"于是，他选取数名神射手，对准了主船桅杆上的灯笼，数箭连发，七只灯笼应声而熄，系灯笼和大纛的绳索被射断，旗和灯笼哗啦啦地掉落在甲板上。这是总攻的命令。若成喊了一声："不好，中了埋伏，快撤，快撤！"喊声未落，无人岛上万箭齐发，矢如流星，朝主船及船队所有船飞来，最前面三艘大船避过了绳索，一头撞在木桩阵上，动不得了，后面的船来不及停顿，撞在大船上，壅塞一团，这么一来就成了乱箭的靶子，来自无人岛上的不计其数的箭，箭箭着船。

再后面的越船见状企图掉头撤退，两岛的绞盘立即收紧，想掉头的船被绳索卡得死死的，无法折回，也无法动弹，被成片拦阻而滞塞在一起，船阵已乱不成形。箭镞越来越密集，横七竖八被阻塞在无人岛之间水面上的越国战船根本无还手的余地，甲士、桨手、橹手一个个中箭倒下，吴国火筏、战船从四面八方团团包围住越船，火筏不可阻挡地冲进船队，在船队中引发大火，火箭像骤雨般落在船上，船上顿时升腾起浓烟和一团团通红的火焰，死伤无数，许多被烧着的越国甲士被迫跳进水里，被吴船上的士军用箭射毙或用长戈捅死。

越国水师进退维谷，一个时辰不到，全军覆灭，若成和扶同被活擒，只有不到二十艘船幸免于被火吞噬，有上千越军被俘。伍子胥、公孙雄站在驶出港的将舟上观望，虽看不到壮烈的水战场面，但无人岛上空的一片通红和顺风飘过来的烟气，足见徐承的火攻大获成功。跃跃欲试的钮寒几次向伍子胥请命驾几艘战船去助战，伍子胥没有同意，最后令他到无人岛探察一下战况，如全歼越水师，发十支火箭，半歼发五箭，小胜发三箭。

钮寒到了无人岛，见越国进犯吴国的舟船大多樯折船毁，余火还在燃烧，浓烟呛人，湖面上尸首横陈，惨不忍睹。而被俘的越军有不少是烧伤的、中了箭的或溺水救上来的，都押在无人岛上，有的痛得呻吟不止，有的冷得瑟瑟发抖。钮寒好不容易在无人岛旁的一艘将船上见到了徐承，徐承正在关照手下细细搜索，把落水的越军救上来，不得随便杀俘。钮寒说明了自己的来意后，拍着徐承的肩膀说："好家伙，你把越国水师的战船一锅端了，这一仗打完，越国从此无水师。"

徐承很淡定，说："不仅是水师，越国的步军、车骑军也会大溃，你父亲和卓荣将军正在围歼来犯之敌，我估计，这一仗打下来，说不定越国从此不再存在了。"

"你是说，越国会被我们吴国灭亡？"

"是的，勾践并非昏庸无道之人，但他过于自信，以为以攻为守，能挫败吴军，其实，他的正确选择是和吴国修好，虽然有点耻辱，但到底能免去一场兵灾。这下，不消说得，越国宗庙被毁不算，越国的百姓要受苦了。"徐承叹着气说，"钮寒，你快射火箭吧，伍相国在等你奏战报呢！"

钮寒"啊"了一声，掏出弓箭，对着夫椒山方向连发十支火箭，然后问徐承："听说若成和扶同被逮住了，陪我去看看。"

"可以。不过你不得无礼，他们是越国大臣。"

"越国大臣又怎么样？即使是越王勾践，依我的性子，也要对他们白刀子进，红刀子出，留着他们有遗患，除恶务尽！"

"杀降不祥。"

"徐承，就你规矩多，大概受了大将军的教化，我听爹说，大将军心肠特别软。"

"不是心肠软，打仗作战，死人是难免的，但能不杀就不杀，尤其不可妄杀俘虏和百姓，师傅子考也常对我这样说。我们举兵歼敌是迫不得已之举，是以战止战。"

两人说着，来到置放拦索绞盘的地方，几十名越国俘虏席地而坐，徐承指着两个穿普通士兵甲服的人说："他们就是若成和扶同。"

钮寒打量了他们一下，把徐承拉到一边说："那个年纪大的就是扶同，年轻的就是若成？"

"是，不错。"

"他们是越国大臣，怎么会穿士卒的甲服？"

"这个若成很有心计，他的主船断后，一看前面的战船受阻，就想掉过船头溜走，但他船大，掉转船头慢，未等他掉过来，就给我们的战船包围住了。若成发现处境不妙，就换掉将服，穿上士兵服。抓他们的时候，他们躲在底舱，若成自称桨手，扶同则自称火头军。但别的越俘把他们指认出来了。"

钮寒又回到俘虏集中的地方，大声对扶同、若成说："堂堂统帅，在关键时候贪生怕死，倒地示弱，装成甲士，这个仗，你们会打胜吗？"

若成抬起头看了钮寒一眼，又把头垂下了，没有搭理钮寒。

"悔之无及。"扶同欲哭无泪地说，"是灵姑浮的错。一着错，满盘输。打仗总有输有赢，成王败寇，只能听天由命了。"

钮寒还想说什么，徐承一把把他拉走了，对他说："你快回去，把这里的状况面奏伍相国，我天亮后再班师。"

诸稽郢为主将，勾践亲率的车骑步卒，以迅雷不及掩耳的速度，在吴越边境发起进攻。吴国守军顽强抵抗，越国的车骑兵横冲直撞，步卒紧随其后，勾践着铜铠甲，威风凛凛地居于中军。之前在越国境内碰到一件事让他很恼火，那是在一个叫七里坡的地方，大军前锋行至那里，闻得一片哭泣之声，呼天抢地，无比悲痛。开始大军以为是在做丧事，但细看既没有棺木，亦没有人执绋，只有七个身着白衣的年轻妇人跪在大道上号啕。诸稽郢下马问她们："为何要跪道啼哭？"

"我们思念丈夫。"

"你们的丈夫怎么啦？"

"死了。"

"为何而死？"

"打仗战死的。"

"你们没有得到抚恤吗？"

"得到了。"

"既然得到了，你们还哭什么？你们可知道，大军正在出征，你们这一哭，可要动摇军心！"

"我们就是看到越师出征，才思念丈夫，感到悲痛的。我们已经是寡妇了，不想越国更多的女子和我们一样命苦。"她们说完，哭得更伤心、更哀恸了，每个人都涕泗交流。路过的士兵不少触景生情，暗暗陪泪。

诸稽郢将这件事奏报勾践，勾践的兵车赶紧上前。勾践远远地就听到了哭声震天，不由得皱了下眉头。兵车停了下来，勾践下车，走到那七个白衣女子身边，微笑着说："我是越王，寡人亲率大军征战吴国，你们应该欢送寡人才是，岂能用素服用哭声来送行？这不吉利，徒乱军心。快给我停下来！不许再哭！"

可这七个女子不仅没有停下来，而是更哭得死去活来，全然不顾眼前是越王。

"寡人知道你们的心，但越师出征吴国是没有办法之事，吴国已秣马厉兵，欲灭我越国，如果我们不坚决和他们拼命，越国就要被吴国灭亡，我们就会成为吴国的奴隶，你们甘愿为吴奴吗？"

妇人们的哭声小了下来，等了一会儿才抽噎着回答："我们不愿意！"

"那好，如不愿为吴奴，我们只能兴师抗吴！"勾践用他有些尖厉的声音喊道，"寡人告诉你们，你们希望越国的女子不再做寡妇，孩童不再失去父亲，唯一的办法就是以战止战，打败吴国，制服吴国，你们明白了吗？"

"明白了，大王。"

"明白就好了。你们就不该哭了，眼泪不仅救不了国，反而会误国，只有血才能救国！不过，寡人不怪你们，更不会治你们的罪。寡人会檄令全军，七寡路哭，是为国而哭，为丈夫儿子而哭，将士们以此为励，把哭声当成最响亮的鼙鼓，最动听的歌咏，当振奋精神，将对吴国的愤恨化作力量，勇冠三军，打败吴人！"

七个年轻女子停止了哭泣，向勾践叩头说："大王，既然这个仗这么重要，非打不可，我们就哭不得了，但愿越军能为和平而战。我们等越师凯旋，那一天，我们会在七里坡为大王、为越师斟酒洗净战尘。"

"这就对了，到时寡人一定痛饮三觞，寡人还要诏令，举国同庆三日，免各种杂税一年，大赦除死囚之外的所有囚犯。"勾践认真地说。

七个年轻女子终于起身走了。勾践上车后，四匹马拉的战车在高低不平的道路上星夜急驰，马蹄声和风声营造出一种特有的气氛，这种气氛让勾践感到激战前的紧张，也感到有种压力。他要求全军的进军速度越快越好，绝对不能延误进兵的时机。因为灵姑浮的战船早已北上，如果后续大军不能按时赶到，灵姑浮即成孤军深入之势，显然不利。

勾践坐在车内，除驭手外，还有三个侍卫，都一手持戈，一手持一面铜皮盾。他吸取阖闾的教训，一再嘱咐侍卫要密切注意可能射来的暗箭和任何武器，包括匕首、短刀、短剑等，若发现有这种征兆，务必立即用盾牌甚至自己的身体抵挡住。

然而，他竭力要丢开七旦坡那一幕，却怎么也丢不开，他的脑海里始终驱散不掉那七个哀号的女子的悲怆身影，那一声声发自肺腑的哭泣声在他耳边久久地萦绕着。诚然，她们被自己慷慨激昂的一番话劝住了，但他还是为这件事感到恼怒和不安。不管怎么说，这是件很扫兴、很不祥的事。他怀疑这几个女子是受朝内外反对自己的某个大族或被某个大臣唆使的。不管此仗打得如何，战争结束，他要对此事彻查到底。

很快，先头部队已和吴国边关守军发生接触。让勾践多少有点意外的是，吴军并非昏昏欲睡，边关城池大门紧闭，但城头布满了吴国弓箭手。越军用盾牌组成挡箭牌，冲到城脚下，开始攻城，一张张竹梯架向城头，越军敢死队攀援而上，前仆后继。另有甲士用巨木撞击城门，但城门十分牢固，久撞不动。有几个越国甲士将钩索挂上城墙侧面，缘墙而上，杀开一条血路，后来者从钩索、竹梯潮水般涌上来，吴国守军败退，进入城头的越军斩锁开关，越军一拥而入，锐不可当。

越国军队占领了吴越边境最重要的城池，进入城内，发现吴军都已撤走，那里成了一座空城，城内到处是吴国守军丢下的武器。搜索兵库，都是满满的，诸稽郢下令不要去收缴这些武器，更严禁暴掠和滥杀无辜，而是乘胜追击。

越师已进入吴地的疆域，通过了一个关寨地区通常都有的乡镇，这里沿山而筑了一大片民居，大概有百把户人家，镇子设驿站、饭馆、冶铸坊等，是商旅带来的繁荣。大队人马经过，并没有惊醒白天极热闹而此刻沉沉而睡的一个镇子。越师长驱直入，过了一段山路，地势便开阔了，一条大道伸向吴国的东南腹地，一路通畅，没有遇到什么抵抗。很快便到了河湖交叉的水网地段，再往前奔几十里地，离五湖就不远了。勾践端坐在车内，沉静地观察着朦朦胧胧的吴国大地。虽然突破了吴国的第一道防线，但他深知还有第二道、第三道防线，更多的恶仗还在后面。

他的一颗心更放在灵姑浮身上，从时间上算，是灵姑浮应该攻入夫椒山、烧毁船宫、擒获夫差的时候了。种种迹象表明，灵姑浮的突袭极有可能已取得了成功，这一段路所以空虚，就是因为各防守部队被调去护卫都城了。这也符合自己的预料：吴国以为越国是全恃舟师进攻位于五湖边的吴都，各路戍守部队自然会奉诏赶赴吴都周围勤王，各地的防守自然会减弱了。

当然兵强马壮的吴国绝不会把所有主力都调回吴都，还会调集部队驻守重要营垒及重要水寨，但只要灵姑浮一举而成，吴国将全师震动，六神无主，怎么抵抗也无济于事，他所率领的越师将所向披靡，即便有硬仗也阻挡不了他的步伐。但整个战局的关键是灵姑浮的行动。为此，勾践激励部队不惜一切代价向吴都进

发，以驰援灵姑浮的敢死队和若成的水师。勾践多么希望在越师接近吴都的路途中就能看到天空中蹿出的火箭，那将是决定越国命运的神来之箭啊！

前面横亘着一条河，是伍子胥督导新挖的一条河，河水流得不算湍急，但水面很阔。卓荣和后来赶到的钮宣义早已算定勾践亲征的大军必渡此河，河北岸水草中有个寨堡，而南岸有个水寨，卓荣和钮宣义一商议，决定在南岸水寨下停十几条战船，在北岸布下重兵，待越师涉水渡河时，按孙武的兵法，半渡而击。越军到了南岸，肯定先攻水寨，以便夺船渡河。这时，驻守在水寨的吴军佯装不敌，乘上一两条船退至北岸的寨堡，让越军将战船夺去，用于渡河。而北岸毗邻河边的田野和树林里预先埋伏了四五千弓箭手，乘越军半渡时射击。在这道河的北岸的一个支流里，停泊着更多的船，供吴军反击渡河使用，离寨堡三里路的一个小山坡的背后更是埋伏着五六千骑兵、车兵和步卒，正是钮宣义率领的精锐。一旦"半渡而击"打响，骑车兵立即从山坡后跃出，渡过河流，冲到南岸，对越军进行包抄。这一部署最要紧的地方，在于不能有大的动静，勾践为人警觉多疑，他若有所察觉，便会滞留南岸，不敢渡河，甚至会掉头退缩。所以，卓荣和钮宣义严令伏兵不能发出大的声响，而战马布置在三里路外，以山为屏障，遮掩这支大部队的踪影和战马发出的声息。一切安排就绪，就等着勾践一头扑上来了。

越军来得比预料的还要快，老远就能听到战车"咕隆、咕隆"的车轮声，和战马清脆的马蹄声。而且，声音越来越近，越来越响，惊得夜鸟鸣叫拍翅而飞，一群群的，在夜空中乱飞。这是唯一一条能通车马的大道，而且路很宽，车能够方轨，马能够并骑，所以队伍拉得不是很长。

诸稽郢骑着马走在队伍前列，到了河岸边后，他命令部队向河岸两侧，向田野有序扩散布阵。勾践乘马车上来了，他不急于下令渡河，而是派探子搜索渡船，探子出去一会儿，就回来奏报，对岸有一个寨堡，寨堡下泊着十几条战船，有几个哨兵在寨堡的顶层站岗，整个寨堡和战船都没有动静。勾践沉吟了一会儿，又下车站在岸上，长久地察看南岸黑黝黝的阒寂的寨堡和对岸同样静寂的水寨，一言不发。他不敢轻敌，深知渡河的风险，被半渡而击的后果是严重的。当年宋襄公半渡不击，坐失良机，最终落败。他不得不格外小心。

诸稽郢有点沉不住气了，对勾践说："大王，我探过水深了，深秋水枯，才及腰，大王，我率领骑兵先渡河，战车再跟上来。乘吴军睡大觉，先把水寨攻下来，打他个措手不及。"

勾践责怪说："你是主将，切忌浮躁，况且，兵半渡而击的兵法你不懂吗？"

诸稽郢听了心里很不服，吴军军备松弛得很，何来半渡而击？即使水寨的吴

军伏击，上千兵无论如何是抵御不了几万越国精兵的，兵贵神速，时间紧迫，不容踌躇啊！但国君这么说，自有他的道理。忽然，勾践轻声对诸稽郢说："令二十来个弓箭手向对岸水寨和寨堡发射响箭，大军站在岸上的打起火把和盾牌。"诸稽郢懂得这是勾践的试探之计，如有伏兵，必有反应。诸稽郢亲自带了二十几个甲士向对岸水寨和寨堡发射响箭，几十支箭响亮地尖啸着，拖着尾音划过河面，寨堡的哨兵看到了，一阵骚动，几百人摸黑从堡里窜出，乘上两艘战船，向对岸慌忙逃去。而对岸的水寨里则燃起了灯火，有喧嚣声，但不大，显然没有重兵。

"把船夺过来，先锋队乘船过河，骑车兵同时渡河，步卒断后。"勾践果断地说。

一队兵在一个参将带领下把寨堡下的十几条战船驶过来，第一批兵一千多人乘上了船，向北岸驶去，骑兵和车兵涉水向北岸冲去，步卒按旌按伍为队列，打着火把，蹚水而渡，深更半夜，声势浩大。对岸的卓荣看得一清二楚，一声令下，几千弓箭手早已箭在弦上，从树林、田野里跃出，万箭齐发，半渡的越兵和战马遭到了吴军的痛击，损失巨大。上万在河里跋涉的越军根本无法还击，战马既惊且骇，慌不择路，东跑西窜，乱成一团，互相阻塞。为辎重所拖累，受惊的马匹欲挣脱而挣脱不了，最后溺死在河中，骑兵和步卒争先恐后转身逃回南岸，但背部中箭而倒在河中、被河水吞噬的不计其数。箭雨越来越密集，鼓声震天，火光中只见北岸的吴军黑压压的一片，望不到边。隐匿在三里外山坳里的钮宣义知道这边已打响，立即渡过河，向越军包抄过去。

勾践知道中了吴军的埋伏，而且吴军来势汹汹，势不可挡。在诸稽郢掩护下，勾践赶紧下令撤退。兵败如山倒，越军踉踉跄跄四处逃窜，丢盔弃甲，夜色里无处潜逃，混乱中大多成了吴军俘虏。勾践乘上战车飞也似地奔向越国。

钮宣义迟了一步，没有逮住勾践，但勾践的三万军队，除渡河的一万，其余还来不及渡河的两万，被钮宣义歼灭大半，跟随勾践和诸稽郢逃回越国的只剩下五千人马。勾践一口气逃到会稽，怕吴军乘胜追击，拼命逃往会稽山上，想依凭山势之险，构筑营垒进行抵抗。这时，曙色初现，惊魂未定的勾践仰天长叹，脸色苍白，自悔失计。他深知身处绝境，已无可挽回地惨败了，败得不能令人甘心，败得出奇的快，然而毕竟是败了。勾践拔出佩剑，欲引颈自刎，正在此时，有一个声音传来："大王，你如果自裁，就是一个不负责任的胆怯的国君，死是容易的，剑封咽喉，你就去了。但你有没有想过，你丢下的这个国家怎么办？臣民怎么办？宗庙怎么办？难道你用死就能逃避这一切吗？"

勾践一看，晨光中是王后季婉窈窕的身影。她是在几个禁军护卫下爬上山的，一脸的坚毅之色，厉声对勾践喊道。

勾践心头一震，愧疚地瘫坐在地上。诸稽郢乘机夺下他手中的剑。

"王后，我悔不该不听范大夫和你的劝，亡国之祸就在眼前，与其被夫差生擒受辱，不如自己了断吧！"勾践有气无力地说。他的神色是绝望的。

"天无绝人之路，我们还有办法。"

"什么办法？王后请说。"

"当务之急，先请范蠡回来！"

"我已送了他断袍，与他绝交了，我无脸再去请他。一切都太晚了！"

"我去苎萝村请他。"

"好，有劳王后了。请将我的宝剑带上，范蠡见到剑如见到寡人一样。"说完，勾践闭眼摇头，眼角流下两滴泪。他知道灵姑浮完了，文种完了，越国完了。即使范蠡肯来，他也未必有扭转乾坤的良计。

第 十 一 章

勾践这次对吴国的突袭行动，以彻底失败而告终。

越国的三万水陆精锐损失大半，战船在大火中被烧的烧，缴的缴，可以说，花了多年建立起来的越国水师毁于一旦。而勾践亲率的大军在河岸遭到了卓荣的正面伏击和钮宣义侧面包抄，大溃而退，落荒而逃，损兵折将惨重，最后困守在会稽山上。勾践身边只剩下五千多人，虽然断断续续有些散兵游勇前来勤王，留下守国的计倪、曳庸等大臣得报，也都上山追随国君。勾践深以为悔，但他知道，大势已去，越国的国运已无可挽回，君臣相顾惨然，已无话可说，一切都太晚了！王后去苎萝村请范蠡去了，但范蠡来了又能怎么样呢？他本事再大，也无法挽狂澜于既倒了。只能听天由命了！

最得意的是夫差，他以很小的损失取得了大捷，仅一个晚上的功夫，便把越师打得落花流水，几乎全部歼灭。吴国乘胜追击，便可轻取越国，越国从此就纳入吴国的疆域了。据悉，越王勾践带了几千人上了会稽山，穷途末路，亡国失位就在眼前了。而那个在夫椒山逃脱的灵姑浮天亮后也在芦荡中被抓到了，他抱住一根木桩，泡在水里，浑身湿透，又冷又饿，被吴军抓住时，已脸无人色，浑身发抖，一点力气都没有了。然而，被吴军绑缚后，他竭力昂首挺胸，脸带冷笑，神色无所畏惧。

押他的士卒把他带到伍子胥的船上，公孙雄见了，上去就掴了他两个耳光，骂道："灵姑浮，你是活得不耐烦了，上吴国来送死，好啊！我成全你，把你宰了，血祭先王，报仇雪恨！"公孙雄越骂越生气，"哗"地一声，从腰间的剑鞘中抽出了锋利的剑，狠命地要劈下去。劈到一半，他猛然省悟似的收了手，把剑架在灵姑浮的脖子上。伍子胥在一旁冷眼看着，一言不发。

灵姑浮一动不动，漠然地站着，好像什么事都没有发生，一副置生死于度外

的神情。倒是公孙雄有些尴尬了，握剑的手不知如何放才好。他知道灵姑浮必死无疑，但什么时候杀他，怎么杀他，不是他说了算，只有伍子胥和大王才能作出决定。但就这么收刀入鞘，太没有面子了，他情不自禁地回头看了伍子胥一眼。伍子胥明白了，慢慢起身，走了过来，平静地对公孙雄说："将军，你先放手，他欠下的血债，肯定要偿还的。但不是此刻，暂且让他再活些时辰，我有话盘问他。"

"伍子胥，要杀要剐，快点动手，别拖拖拉拉的，什么有话盘问我？别白费劲，我无话可说。不过，可以告诉你，我带兵袭吴，根本没有活着回去的打算。"灵姑浮大声说，"我杀了你们的阖闾，我死而无悔，我够本了！哈哈……"灵姑浮说完，仰天大笑。

"灵姑浮，我知道你不是懦夫，但你也不是真正的勇士，你充其量只是个莽夫。在越国，大家都把你视作一个大英雄，一个大勇士。可是，你有没有想过，你配享用这份荣耀吗？"伍子胥未等灵姑浮回答，接着继续说，"你不但不配，而且，你是给越国带来灾难的罪魁祸首。不消多少时间，越国的百姓就会这么诅咒你。"

灵姑浮有点糊涂了，他疑惑地看着伍子胥说："伍子胥，我不想当英雄，也不想当勇士，我是一介武夫，沙场杀敌，我何错之有？越国的百姓是拍手称好的，他们怎么会诅咒我呢？伍子胥，你可以杀我，但我不容你侮辱我，更不容你侮辱越国的百姓！"

"灵姑浮，你错了，而且是大错特错。你自以为用毒戈害死了吴国先王，是立了大功，但你冷静想想，你的行动带来什么后果？吴越本来是宿敌，积怨甚多，但并未到了水火不容的地步。只要越国臣服，宗祀是能保全的，百姓也会太平。可你把吴国的先王害死了，一下就把两国之间的仇恨推到绝处，吴国怎么能容得下这样的奇耻大辱呢？先王的死，使得吴国对越国恨之入骨，举国上下，同仇敌忾，不平越国，决不罢休。所以，不管你们国君用什么手段，诈降也好，偷袭也好，都逃不了亡国的结果，而且，由于你的鲁莽行为，使得越国百姓过早地经受了国破之痛，他们痛定思痛，就会明白一个道理，灵姑浮你杀吴国先王杀错了，换了任何一个国家，都会被逼急的，都不会咽下这口气的。吴越之间的冲突，都因为你而变得不可收拾了。灵姑浮，在你挥戈的一刹那，越国的灭亡之祸就注定不可避免了。越国老百姓终究会想明白，等他们想明白了，对你灵姑浮自然由敬变恨了，你由一个功臣变成一颗祸星！你不仅有罪于吴国，也有罪于越国。"

听了伍子胥这番话，灵姑浮目瞪口呆，说不出话来。

伍子胥惦记着软禁在驿馆的文种和囊丹，便退出战船，乘小舟登陆，再坐马车到驿馆。惶惶不可终日的文种和依然很沉着冷静的囊丹见伍子胥亲到驿馆来，并不感到很意外，昨夜勾践水陆两途偷袭吴国，他们心里都异常愤慨，尤其是囊丹，他平时最痛恨不知信义为何物的人，自己一心在吴越之间调和折冲，但没想到因此受了勾践的利用，充当了勾践欺骗、蒙蔽伍子胥和夫差的帮凶，传出去，世人都会瞧不起他，他甚至会背上"欺世盗名"和"卑鄙无耻"的恶名。一世英名，毁于一旦。

而文种也按捺不住对勾践满怀的怨怒，自己化解兵灾、拯救越国的一腔热诚和所作的努力变成了一场骗局，他没有想到勾践会用阴险的诈术来假和真战，把自己推到了非常尴尬的境地。驿馆离五湖不远，他的舍间虽有甲士把守，窗户也紧闭着，但还是能听到远处传来的兵革之声、战鼓声、呐喊声，从窗户的缝隙中，能看到夫椒山上空火光冲天，但后来就平静下来了。不过，空气中始终弥漫着一股浓重的枯焦味，从门缝和窗缝中渗透进来，他被呛得直咳嗽。这表明五湖中发生了火攻，那么，烧毁的战船是吴国的还是越国的呢？吴国的船宫戒备森严，越军的水师闯了进来，就如瓮中之鳖，万无生路了。

"完了，一切都完了！"文种绕室徘徊。他明白，勾践的冒险计划失败了，虽然他不知越师损失的具体情况，但勾践必定是倾力进攻，在强大的吴军的抵御和反击下，越军的损伤不会轻的。越王是生还是死呢？范蠡到底在哪里呢？这次袭吴是范蠡指挥的，还是诸稽郢指挥的，或者是国君亲自统率的呢？凭文种的直觉，这样的行动只能是勾践带领，其余任何人都不敢这样轻举妄动。文种特别理解，勾践性格高傲，意志坚强，他不会甘心受吴国的奴役。与其肉袒投降，还不如绝地反击。想到这里，文种除了怨恨之外，还有了些许担忧。至于自己的处境，不用说是凶多吉少了，明天吴军告捷时，自己就是现成的祭品。对于死，文种并不感到恐惧，但这么不明不白地丧命，他感到有些窝囊。他从楚国奔越，本意是想做成一番事业的，可壮志未酬，便在吴越战火的熊熊烈焰中被吞噬掉了。夫差、伍子胥这回受了勾践的戏弄肯定是极恼火的，是不会宽恕自己的。

囊丹也想到了自己的结果，他不认为自己会被处以极刑，他问心无愧，在促使吴越和谈中，他没有和勾践合谋。他是真诚的，这一点，文种可以为他作证。文种是个君子，即使文种是受勾践的指使，利用自己和伍子胥的不寻常的关系进行诈和，以骗取夫差和伍子胥的信任，他也坚定地相信文种绝不会诬指自己和他们是同党。他还可以据理力争，用事实为自己辩解。当然，夫差和伍子胥也有可能消除不了对自己的误解，恼羞成怒之余，不分青红皂白，将自己和文种严加处

一剑封喉

YI JIAN FENG HOU

置。如果这样，他也怨不得谁，只能怨自己对勾践太轻信了。不过，勾践此人实在是太不可捉摸，他竟会装得那么逼真，这太让人感到不可思议了！

这一夜，他和文种一样，几乎未合眼。到天色大亮，阳光灿烂时，他倒有了睡意，眼皮又涩又重。他想在垫褥上躺上一会儿。就在这时，驿馆外传来了很响亮的马蹄声和车轮声，接着一队甲士拥着伍子胥走了进来。

伍子胥有点憔悴、疲惫，显然是一夜未眠。他把文种招呼到囊丹的房间里，席地而坐后，说："告诉你们一个消息，越国昨晚进犯的水陆大军被吴军歼灭三万余人，这应该都是越国的精锐。灵姑浮、扶同、若成和一大批将军被活捉，越国的战船，在火攻中，小部被俘获，大部葬身湖底，无一漏网。吴国平越已指日可待。"

"出了这样的事，文种实在是无地自容。"文种吃力地说，神情颓丧地沉默了半晌，又轻声问，"伍相国刚才说的，都是真的吗？"他与其是在问伍子胥，更是在问自己。

"我说的这些句句是真，绝无半句虚言，吴宫水寨前的水面上，至今还有烧焦的越国战船在冒烟，如果不信，我可让你们去那里看看，也可安排你们和灵姑浮、扶同、若成晤面。"伍子胥挺一挺胸、扬一扬眉说，"我可不像你们，说了半天，结果是弥天大谎，我伍子胥被你们耍得好苦啊！我差点犯下了欺君之罪。"

"我惭愧得很，闹了半天，没想到陷入了勾践设下的一场骗局。虽然我不是故意的，但还是无意中戏弄了伍相国，我对不起你，对不起吴国。"囊丹深深顿首，坦然而歉疚地说，"这次经历，让我再次痛感到世路和政事的复杂，我自以为人情练达，超过常人，可还是上了当，唉，我好糊涂！这次我得了这个教训，够我一辈子谨饬。也许我说这些，伍相国不信，但老天有眼，请伍相国裁断，我听凭吴国处置，决无怨言。不过，即使刀架在脖子上，我还是要把事情分辩清楚的。"

"囊公子从中调和绝无私利，他只是希望吴越之间能息战罢兵。至于越王此计，他并不知情，乞伍相国宽恕他，要办就办我。"文种未等囊丹说完，就大声说。

伍子胥看了文种一眼，很欣赏文种这种敢于担当、是非分明、为人设想的态度，他笑了笑说："文种大夫，你为囊丹求情，甘愿自己承揽责任，并为囊公子正名，说他是受骗的，我可以相信，也很敬佩你立身正直，没有拖人下水。可是，你昨晚虽发誓并不知勾践命你来吴国求和是越王玩弄手段、用来诓骗和麻痹吴国的诡计，可有谁能替你作证呢？我又凭什么相信你呢？"

文种用低沉阴郁的声音对伍子胥说："是的，昨晚我是发过誓，我是以肺腑之

言奉告，句句是实，绝无抵赖之意。我领命来吴国，只知是和，不知是战。与吴国修好亦是我和襄公子向越王提议的，以我看来，修好乃是上策，关系到社稷苍生。范蠡大夫则不主战也不主和，他主张积极备战守国，吴国不举兵伐越，越国绝不动干戈。这都是事实。伍相国说的是，无人可为我作证，但我自己的良心可为我作证。不管结果如何，这件事我脱不了干系，加上巴豪的事，我罪不可赦了。"

"伍相国，遣谍人是文种的不是，但在诈和一事上，我昨晚初闻越国悍然挑起战端，也怀疑文种是参与其谋的，但我现在相信他所言是实，他是不知情的，也不可能知情。"襄丹插话说。

"你凭什么说文种的自辩是实，凭什么说他不知情？难道就凭他为你说情？"伍子胥追问襄丹。

"相国错矣！如果我襄丹是这样的人，未免太窝囊了！文种为我说情，我固然感激，但绝不会因此谀奉他；同样，文种诬罔我，我会瞧不起他，但绝不会反诬他。我是怀疑过他，但我今天忽然明白，依我对文种大夫的了解，他对修好求和是真诚的，甚至敢为此犯颜直谏。如越王使计，只要他有所知闻，他是不肯曲从附和的。加上他面临不测之祸时能挺起胸来担当一切的态度，我就可以下这个定论。"襄丹极从容地说。

伍子胥目光灼灼地看了文种和襄丹几眼，微微地点了下头，接着在室内徘徊起来。他在认真思考，如果继续把他们关押下去，夫差很可能会在处决灵姑浮的时候，把他们一并带上。他当然可以力争保全他们的性命，但他还是有点顾虑，接受越国求和是他向夫差提议的，其中襄丹参与其事，夫差虽不知津香已和自己重逢，但襄丹和津夷一起来找自己，襄丹从中斡旋、折冲他是知道的。自己到时诚然可以替他们辩解，夫差多半会听自己的；但夫差也有可能以为自己存有私心，或出于固执己见而听不进去，那么，文种和襄丹就有杀身之祸。

夫差继位后，对自己是尊重的，作为国君很多方面颇有阖闾的遗风，算得上是个明君。但他性格中的刚愎自用、好大喜功的弱点也逐步显现出来。凭自己的判断，他对越国的愤恨除了对灵姑浮外，还会迁怒到文种和襄丹头上，不杀不解其恨。而伍子胥觉得文种和襄丹是不该处死的。尤其是襄丹，虽倾向越国，但他父亲毕竟死于吴军之手，他再超脱，丧父之痛也是不可避免的，对他扶越的做法不应深责。且他并没有做过直接有害于吴国的事，反而为越国向吴国求和煞费苦心，到头来却无谓地送掉了性命，这是很不公平的。而且，襄丹和津夷津香情义匪浅，他一旦被诛，自己对津夷津香兄妹怎么交代？伍子胥踌躇了一会儿，觉得最好的办法，就是签发关符给他们，放他们离境返国。想到这里，他终于打定了主意。

"囊公子，我知道你是受人利用，你根本不知道勾践是诈和，文种大夫其实也是蒙在鼓里。不知者无罪，在这件事上，你们有错，但不足论罪；即便有罪，也决非死罪。再说，你们也是越国的使节，两国交战，不杀来使。吴国是讲是非的，绝不妄杀一人，我这么早到这里来见你们，就是怕有人不明真相，不存你们的体面，侮辱你们，甚至会办你们的罪。"伍子胥一字一句地说，"在吴军对越国发起总攻之前，局面可能比较混乱，我放你们走，你们赶快回楚国去吧，走得越快越好，路上尽量不要停留。文种大夫，谍人巴豪潜伏吴国朝内，差点惹出大祸，是不可原谅的。但两国为敌，遣谍这样的事一点不奇怪，况且巴豪已死，也就不去追究了。你是楚人，还是归隐故里吧。囊公子也该静静反省一番，你是聪明人，正直热心，却做了件蠢事，君子被小人心害了。在这件事上，可看出勾践的阴鸷狡诈，也可见你对他所知甚浅。"

文种和囊丹认真地听着伍子胥所说的每一句话，文种一面听，一面"嗯，嗯"地应着，等听完，他长揖到地："多谢，多谢！伍相国宽宏大量，文种感激不尽。但我身为越国大夫，不能临危脱逃，我理应要回到越国去，回到越王身边。"

"文种大夫，你未免太书生气了，越王戏耍了你，把越国拖进了深重的灾难，要不是伍相国宽大为怀，你我性命都不会保，你怎么还要追随他呢？这太不合情理了。"囊丹觉得文种的决定有些不可理喻，他劝导说，"文种大夫，你还是听伍相国的，与我一起回楚国吧。归隐故里静静心，再另做打算。"

"是啊，玩火者必自焚，勾践彻底完了，人们对他避之唯恐不及，你却还要投靠他，你忠心可鉴，但忠得实在没有道理。"伍子胥说。

"不，国家存亡于一线之际，我必须归朝。我要劝说越王停止无谓的抵抗，向吴国肉袒投降，求得宗庙之保，事到如此地步，不能一误再误。我个人生死前程事小，只希望越王能鉴我苦心。"文种很有决断地说。

"文种，你不愧为是勾践的忠荩之臣，但我可以告诉你，勾践肉袒投降的机会已没有了，越国九庙之祀将不得保全，当然，越国万姓之命是可续的，但他们已是吴国的子民了。你执意要投奔会稽山的勾践，我可以成全你。但到时，你同勾践一起被俘押来吴国，我伍子胥无力再救你了。你可要想清楚。"伍子胥提醒文种说。

"我想清楚了，不是我不听你伍相国的劝，我知道你们都是为我好。越王虽蒙骗了我，但他毕竟是一国之主，身为越国大臣，无论如何也该尽为臣之道。"文

种说。

"皮之不存，毛将焉附？越国尚且不保，你回朝又何以自处？我以为不可，已没有人救得了勾践了，你千万不能这么迂腐。你回去什么也做不了。"囊丹说。

"不！我知道越国已到了紧要关头，我理应守住臣节，和越国同生死，共存亡！"文种的神色严肃而哀苦，"若伍相国不准我返越，我断然不会去楚国，我宁可待在吴国听候吴王发落！"

"好吧！时间紧迫，不能再拖了。吴国大军就要出征，你们各奔东西吧。"伍子胥说着，取出关符，签上自己的名字和日期，交给囊丹和文种，"路上万一碰到吴军盘问，要如实说清自己越使的身份，避免节外生枝，他们见了我签发的这个关符，应该不会找你们的麻烦。好，请你们上路吧！"

文种和囊丹接过关符，来吴国时的马车已停在院子里，驭手和随从已等得迫不及待，他们向伍子胥打躬致谢后，便各自上了自己的马车，一个响鞭，喂饱了的双马撒腿便跑起来。为了不显眼，驭手早就将越国和楚国的标识去掉。常人见了，只以为是吴国的大族人士出行。

伍子胥长长地舒了口气，定了定神，乘上自己的马车奔向王宫。秋日下的吴都很平静，店铺、茶馆已开门，商幡已张挂出来。通往五湖的闾江和胥河，在阳光照耀下，静静地流淌着，船公同浣女对歌着，唱的是吴歌，曲调优美动听。伍子胥来吴国十余年了，已听得懂吴语的歌。他的心境一下变得安详起来，昨晚那惊心动魄的战争好像根本没有发生过。大小船只来来往往，满载着货物，帆篷高悬。吴国这座湖滨都城依然是那样安逸而繁荣。

到了王宫，伍子胥直奔大殿。殿内已挤满文武大臣，夫差神采奕奕，一见伍子胥，便大声说："相国，你去哪儿了？公孙雄说你早已离开夫椒来都城，可派人去你府邸，乐范姑妈说你未回去过，你不会忙里偷闲，到什么地方逛去了吧？"夫差说着，笑了起来。文武大臣听了，都哄笑了起来。这敞亮的厅堂里洋溢着欢愉的气氛。夫差喜欢白天都点着烛火，使得大殿显得金光灿灿。

伍子胥以跪拜之礼谒见夫差说："臣从夫椒回都后，去处理些杂事，又四处看了看，耽误了一点时间。"

夫差招呼伍子胥坐到自己身边，说："是啊！昨晚惊天动地的两仗，打得太好了！等平了越国，寡人自会论功行赏。这次徐承、卓荣、钮宣义用兵有法，特别是徐承，把越国水师主力几乎灭个精光，越国从此能打仗的战船所剩无几。徐承，你这一仗打得太漂亮了，可以和大将军指挥的柏举之战媲美！"

"大王，末将岂能和大将军相提并论！我只是学到大将军兵法的一点皮毛！"

徐承起身说。

"一点皮毛就打了这么大的胜仗，要是读通了大将军的兵法，那真是所向披靡了！哈哈……"夫差大笑说。他保养良好的皮肤在灯火下泛出红光，他的好心情使他的声音显得高亢而明亮，而清秀的脸膛上始终笑容可掬，"徐承，寡人知道你是子考的徒弟，子考现在怎么样？还和大将军住在一起？"

徐承再次起身说："禀报大王，子考师傅已在不久前病殁了，大将军给他送的终，治的丧。臣去守过师傅的灵，参加了他的葬仪。"

"子考对建吴国水师立有大功，他又是大将军夫人子蝶的父亲，他应该厚葬，不，应该国葬啊！你为何不跟寡人说一声呢？"

"师傅有遗言，葬礼从简，除家人与师傅徒弟外，大将军未惊动任何人。但可以让师傅欣慰的是，师傅最放心不下的大女儿子规随了大将军。"

"什么叫随了大将军？"夫差有些不明白，但马上就恍然大悟，"你是说，子蝶的大姐子规嫁给了大将军，是这么回事吗？"

"是这回事，子规夫死从父，长住娘家，大将军参加完先王丧仪后，在师傅家住了一阵，子规和子蝶长得很像，脾性温婉，大将军对她颇有好感。子规当然也很爱慕大将军，师傅看在眼里了，临终前，拉着他俩的手，把子规托付给了大将军，大将军答应了。但因为要替先王和师傅守制，他们不能马上成亲。不过，子规随大将军回到隐居之地了。"

这件事别说夫差不知道，连伍子胥也是第一次听到，两人听后，惊异之余，深感宽慰。

"相国，大将军抱得美人归，他们成亲时，不管大将军请不请寡人，寡人都要去道贺，到那时，相国可要陪寡人一起去。大将军不会给寡人吃闭门羹吧？"夫差大声问。

"大王能前去贺喜，这是求之不得的事，大将军虽谦恭低调，淡泊名利，但大王的光临，他不会不在乎，大将军肯定会欣然接驾，感到无比荣幸。"伍子胥回答说。

"那就这么定了，到时相国可要提醒寡人。"

"是。待得到确切的消息，我立即禀报大王。"

"好了，吴国好事连连，寡人感到欣喜异常。昨晚勾践重兵犯境，灵姑浮的敢死队到了寡人鼻子底下。但勾践的阴谋落空了。大家或许在想，吴国应调兵遣将，一鼓作气，乘胜追击，把越国灭掉，活捉勾践。大家来参加今天的朝会，都是怀着一个共同目的来的，那就是领命伐越，可寡人不谈正事，而是和你们闲扯，你

们肯定以为寡人给胜利冲昏头脑了，寡人没猜错吧？伍相国，你大概也是这么想的吧？"夫差用开玩笑的口气，轻松地说。

"不，臣不是这么想的。臣认为这是大邦风范。勾践进退维谷，败局已定。大王要困他几天，粮源断绝，他们只能在山上餐风饮露，万无生路，到了那地步再收拾他们也不迟。大王，臣说得对不对？"伍子胥说。

"相国不愧多智，识得透寡人的打算，寡人正是这么想的。寡人的方略便是大将军兵法中所说的'务广威信，使自归顺，不须急击'"。

"大王不仅高瞻远识，而且用心仁厚，越国的百姓，以后就是吴国的子民，吴越从此成了一家人。臣等自应仰体大王谕意，除勾践、灵姑浮之外，越国王亲国戚和文武大臣，只要望旗而降，能不杀就不杀。"伍子胥朗声说道，"臣等谨遵大王的法度！"

伍子胥说着，离座向夫差跪拜受命，华元、卓荣、公孙雄、被离、徐承等文武大臣也急忙离座跟在伍子胥后面，下跪说："臣遵命！"

朝会散后，夫差把伍子胥召到大殿旁的内室。

"相国，征越已势在必得，虽进兵不宜过急，但也不宜过慢，你的看法，何时平了它才合适？还有，除钮宣义外，还要用多少兵？"

"大王说得是，依臣所见，一周之内，可平越国，拖迟了，夜长梦多，节外生枝。"伍子胥沉吟着说，"至于用兵，再派一万兵就差不多了，越国主力已灭，但散兵游勇不少，没有足够的兵力，压不住阵脚。"

"一万车骑步卒，外加一万水师，越国虽已不堪一击，但国威不能不扬。"夫差说，"寡人想委任钮宣义为征越主帅，卓荣、徐承为副帅，卓将军统领车骑步卒，徐将军统领水师。勾践是条落水狗了，但要防他爬上岸来反咬一口。"

"大王所见极是！钮将军挂帅，卓荣、徐承辅佐，足矣！"

"这事就这么定，灵姑浮如何处置？"

"灵姑浮罪不可赦，臣以为可在卓荣、徐承率师征越前斩了祭旗。"

"寡人打算在父王灵前诛他，以告慰父王泉下之灵。"

"是！先王可以瞑目了。"

"文种、囊丹那两个骗子一起陪祭，如何？"

伍子胥对夫差提及文种、囊丹的事有准备，但没有想到夫差决定将他们和灵姑浮一并处之，他定一定神，回答说："文种、囊丹已给臣放走了。"

"什么？相国把他们放了？"夫差诧异地问，"这两个摇唇鼓舌的家伙，把我们耍了个够！我一想起来就恨，怎么轻易地饶了他们，相国也不和寡人说一声。"

夫差话音中有明显的责怪，脸色也阴沉下来。

"请大王恕我'先斩后奏'，事情是这样的，经臣调查，文种、囊丹入吴求和是真诚的，他们并不知道勾践是利用他们施放烟幕，蒙骗、麻痹我们。他们固然有错，但不足论罪，即便有罪，也非死罪。从古到今，律有不知者不究罪的明文，况且，两国交战，不杀来使。事出有因，臣就放了他们一马。他们也算是吴国的客，而不是人质，硬扣住他们不合适。"伍子胥坦率地说，"囊丹是局外人，他从中周旋，完全出于好意，他有个什么不测，我会愧疚不安的。"

"囊丹的情况，寡人知道。这次，他是不是完全出于好意，寡人还存有疑虑，他再洒脱，父亲的仇不会不记得。"

"此一时彼一时。这次他出于好意，当然是站在越国一边，旨在扶助越国，这点他从来不否认。他比勾践聪明，认为越国除却臣服，更无善策。文种也是觉得和吴国决战绝无出路，便力主向吴求和，他自然是和囊丹一样，这样做是为越国着想。"

"相国说得也有理，好吧，放就放了吧。不过，这回是便宜他们了。"夫差虽这样说，心里还是十分不快，陡起警觉：伍子胥即便要放人，也得向自己申告一声啊！可他仗着先王"托孤"，是辅国大夫，把国君都不放在眼里，这不是拥权自重是什么？一个念头忽然在他脑子里出现：父王明知伯嚭贪而狡，偏偏还要重用他，其意一直令自己不解，现在仿佛夜空中一道闪电划过，父王很可能是借重伯嚭而抑制伍子胥。

"伯嚭怎么样？既然有证据证明他不是越奸，他的案子可以了结了吧？"夫差像突然想起似的。

"当然，伯嚭有错，但绝不是越奸。"伍子胥肯定地说，"臣以为可以销他的案了，不过，虽不足论罪，大王也该下谕给他一个申饬，以昭炯戒，让伯嚭也能谨守教训。"

这倒是提醒了夫差，他点头说："当然，发个申饬是最起码的了，一个巴豪，四条獒犬，差点误了寡人的大事。不问他的罪也是看在他对先王的忠诚的面上，网开一面。细细想来，伯嚭的毛病不少，但他是个忠臣，永远不会目无国君，拥权自重。他对先王，对寡人还是忠心耿耿的，寡人能看得出来。"

伍子胥心里有数，夫差这么说是在敲打自己，要自己像伯嚭那样顺从他、逢迎他，他也猜测夫差已原谅伯嚭，准备起用他了。伍子胥琢磨着夫差话中的意思，他敏感地意识到夫差在借题发挥，但他绝没有想到，国君此刻提及伯嚭，有着更深层的原因。

"相国，伯嚭回朝后，太宰之职当然不适宜了，那怎么安置他呢？"

"臣还没有想好，由大王决定。"伍子胥小心地回答，他本来想建议让伯嚭在家休息一段时间，但话到嘴边，他没有说出来。

"征越之师还少一个监军，就安排伯嚭当监军吧，寡人也放心了。"

伍子胥默无一言。夫差对伍子胥这样的反应，并不感到意外。伍子胥虽然在巴豪案上，没有对伯嚭落井下石，而且还凭事实为伯嚭开脱"奸细"罪责，这是伍子胥的耿直的表现。但伍子胥对伯嚭的成见和积怨并没有消除。

"寡人知道相国可能反对这样安置伯嚭。但寡人自有道理，父王一直这样教诲，用人不疑，疑人不用，伯嚭是犯了大错，但他也是受人利用，他并不知道巴豪的图谋，首谋是那个文种，而文种并未和伯嚭串通。"夫差说到文种，瞟了伍子胥一眼，"外界有传伯嚭是奸细，而且传得满城风雨，最好的解决办法，就是让伯嚭担当征越军队的监军，这样，针对伯嚭的种种谣传便立马会销声匿迹。"

理由冠冕堂皇，伍子胥再一次感到，夫差此人真的不简单。伍子胥看着端然危坐，神情严肃，静静等着自己回话的夫差，不由得有些紧张，这可是夫差登位后与他相处时从未有过的。

"承大王的恩典，伯嚭确可以洗尽身上的唾沫星子了。大王能够对臣子这么体恤，实在是我们为臣的福气！"伍子胥避开了如此安排的对与错，违心地说了句恭维话。

"这就是了。"夫差笑了起来，"你们是寡人的左膀右臂，寡人治国是离不开你们辅佐的。即便有过失，只要不失其忠，寡人都不会太计较的。"

"臣和伯嚭都是客卿，当年亡命吴国，先王礼贤下士，委以重任，臣得先王知遇那一天起，便与吴国休戚一体。没有吴国的庇护，就没有我伍子胥的今天，对先王和大王的深恩大义，臣永志难忘。臣不才，但会为吴国竭尽所能，粉身碎骨，在所不辞。"

"相国言重了，相国和大将军所做的一切，青史标名。"

"臣不敢当。"伍子胥赶紧跪拜行礼，他确有些惶恐。

他和阖闾相处十余年，阖闾从未这样赞誉过自己，但君臣之间自有信任和默契，他听夫差这么说，反而感到生疏了。而且，伍子胥清楚地听到，夫差在提到伯嚭时，以太宰相称，他把伯嚭与自己相提并论，自是含着深意，很明显，大王对伯嚭已恢复信任，征越国之后，伯嚭的"监军"便会变成太宰了。

伯嚭自从被软禁以来，天天提心吊胆，他知道这次的事情严重了。偌大的府邸里，到处都是黑衣禁军，他的房间外都站立了两个，手持长戈，虽不进他的屋，但四只眼睛严密地监视着他的一举一动。他被命令不准闭门，天色稍暗便要掌灯，而且通宵不许熄，盥沐饮食，都在房内，由指定的仆人伺候，当然都不能离开禁军的视线。而且仆人悄悄告诉他，府邸的周围都有岗哨把守，日夜轮值，这个阵势，虽然比关在大狱中好些，但伯嚭明白，这仅仅是百步和九十步之区别，自己随时会被押解到牢里去，大王最后如何处置他，他很难预料，但有一点是肯定的，官位和爵位是保不住了，能免一死就是最好的结局了，总之，这次他是彻底完了。即使大王会放过他，伍子胥也绝对不会，这么一个除掉自己的好机会，伍子胥当然求之不得，换了自己，也不会手下留情。伍子胥一定很得意，吴国从此无人和他作对了。伯嚭有些懊悔，对巴豪这个人，他不是没有怀疑，一度也觉得此人行动诡谲，不可捉摸，但自己却放松了应有的警惕，受了这个巫师的蒙蔽和利用，而且会那么信任他，还举荐给大王，这不是引狼入室吗？他可以辩解自己不知情，但纵容奸人，误导君上，自己还向他泄露机密，这些都是事实，他无词以解了。就凭这几条，就是误国的重罪，不可容忍，想到这里，伯嚭不寒而栗。

后来，仆人偷偷地告诉他战事的情况。仆人说，越国必亡无疑了，勾践逃到会稽山上，大王和相国正在调兵遣将，讨伐越国，活捉勾践。吴国举国皆知，越国已不堪一击了。伯嚭听到这消息后，手里盛粥的陶钵一下掉落在地，掩面哽咽起来，喃喃自语："完了，这下真的没救了！"

仆人不解地说："越国完了，何以会牵连到太宰您呢？"

"你不懂，勾践犯吴，大王肯定恨之入骨，我是受越国株连，大王一怒之下，把气出在我身上，必会加重对我的处罚！我这下真是死路一条了。"

伯嚭越想越胆颤心惊。过了很长时间，他才稍稍安静下来。中饭时，他哪里还有什么胃口？仆人送来的食盒开都未开，原封不动端回去了。仆人将伯嚭的情况偷偷告诉了伯嚭的大儿子伯龄，伯龄发急了，以为父亲得了病，央求禁军允许他探望一下父亲。

禁军心有些软了，想了想说："我不是为难你，我实在是做不了这个主。我去禀告门外的长官。"

正在这时，一辆宫里的朱轮马车在伯嚭府门前停了下来，大夫、禁军统领华元奉了一方竹简下了车，对守在门口的禁军头目说："受大王之命，你们不用待在这里了，立即撤离。"

"是！"禁军头目答应道。

华元径直向里走去，老远就听到伯龄带着哭声在哀求值勤的禁军，那个禁军

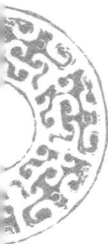

迟疑片刻，说了句什么，便转身往外走来，正好和华元相遇。见是华元，禁军立即站住行礼。

"出了什么事？"华元问。

"伯嚭不吃不喝，躺在床上，他儿子伯龄以为父亲病了，硬是要进去探视，小的做不了主，想去请示一下。"

"准他进去吧。还有，这儿的事结束了，你们撤回去吧。"

伯龄一听华元这么说，就不由分说往屋里冲去。几天不见，父亲已憔悴得不像人形，头发蓬乱，衣冠不整，一下老了十多岁，躺在铺上，闭着眼，唉声叹气。

"爹！你怎么啦？"伯龄喊了一声，跪了下来，失声痛哭。

"你怎么来啦？他们准许你进来的？你可不能自说自话偷着来见我，这对你不利。"伯嚭半睁着眼，牙床抖颤着说。

"他们准许的。"

"这就好。爹有话对你说，你一定要默记在心。在花园的池子旁，我埋着一千镒黄金，我这一关过不去了，这宅邸也保不住了，你要伺机将金子掘出来，全家靠它，几辈子穷不了。这事，绝不能外泄半点。"伯嚭耳语般地说。

"这个时候黄金堆成山都无用，儿子不稀罕，只要爹无灾无病，我什么都不在乎。你有什么不适快跟我说，我去求他们请医。"伯龄凄惶地说。

"傻瓜，你怎么能不稀罕？它们可比爹可靠。"伯嚭说着，朝门口瞥了一眼，忽然吓得背脊发冷，心胆俱裂，他看到华元捧着一方竹简，站在门外。他猜测这一定是华元奉上谕逮他入狱，或者是据律惩办。这可怕的一刻终于来到了，伯嚭反倒镇定下来，起身与华元平礼相见，说："华大夫来此，必是传达王命，该怎么处置，我早就听天由命了。华大夫，快宣谕吧！"说完，携伯龄一起跪了下来，膝行向前，等着华元入室。

华元平时也看不惯伯嚭那一套，此刻看到他这么狼狈，有些幸灾乐祸，但王命在身，他连忙说："太宰，你起身吧，你很幸运，大王赦免你的过错了，但你的过错是不争的事实，这是大王的申饬令，你自己拿去看吧！"

伯嚭简直不相信自己的耳朵，他依然跪着问："华大夫，你说大王赦免了我的罪责，这可当真？"

"千真万确，大王和伍相国认为你在巴豪一案上有过，但并非与巴豪同奸同党，且你也是受了巴豪的蒙蔽。大王念你是老臣，对吴国忠心耿耿，所以对你从宽处理，予以申饬，让你记取教训。"

伯嚭一字一句都听清楚了，连连叩头，大声说："多谢大王恩典！臣感激涕零！"

伯嚭说完，起身郑重其事地从华元手中接过那片竹简，认真地读起来。夫差对巴豪一案还是很生气的，认为巴豪耍奸弄鬼，妖言盅惑，窃取情报，铁证如山，罪无可逭。而伯嚭身为吴国重臣，丧失戒备，荐引奸人，过失不用说是极严重的，但念伯嚭入朝以来，忠于国君，功过比较，功大于过，除传谕申饬外，暂停太宰之职，降爵位两级，委派为讨伐越国的监军。伯嚭读着读着，一颗心慢慢地变得温暖起来。待他读完，他多日来所怀着的一团疑惧全消逝了，那个神采飞扬的伯嚭又悄然回来了。

"太宰，恭喜你！"华元作揖说，"伯龄，全家人好好吃顿饭，你为父亲敬上几爵，压压惊！"

"当然，当然！"伯龄欣喜若狂地说。

"大王仁慈，古所罕见，唉！不瞒华大夫说，这段日子，我也作了深刻反省，自知过失严重，没想到，大王对我如此宽大，大王的隆恩，我会终身不忘的。"伯嚭说着，泫然泪下。而伯龄早已拿着申饬令到家人那里去报喜了。

"太宰，有一人你非得好好谢谢他，是他首先为你辩白，说你有过无罪，并列举事实证明你不是越国奸细，没有他秉公，事情不会这么简单的。"

"这位恩人是谁？伯嚭要亲自登门致谢，表示感激之情。"

"伍子胥，伍相国。"

"是他？"伯嚭的口气颇为怀疑。

"是他，这起大案是由伍相国主持侦查的，在头绪混乱、一笔糊涂账的案情下，他以事实为据，避免造成冤案。太宰涉嫌此案，伍子胥在判断上尤其小心。相国的方正实在令人钦佩！"华元说，"好了，我要回宫向大王复命了，这段时期，发生了不少惊天动地的事，吴师就要出征，明日大王会召见你，你准备披甲上阵，行使督军之责。这可是大王赋予你的大任啊！"

"是。"伯嚭答道，"伍相国处我会面谢，伯嚭历来是有恩必报的人，相国和我同为楚国人，我为朝廷效力，亦是相国所举荐。"

"这最好不过了，你们是吴国的重臣，能像兄弟那样相处，通力辅佐大王，这是吴国之大幸！"华元庄容说道，说完就告辞了。

伯嚭破天荒地将比他职级低的官员送到门外，他发现原来密布的禁军一个都没有了，这种自由的珍贵，他从未体验得这么深。突然，他觉得肚子饿得慌，连忙奔回家，把管家找来，要他去找良人，宰上一条狗，痛痛快快喝上几觥。

夏秋时节经常发生的飓风正在越国大地上肆虐。一辆马车冒着强劲的风雨行

驶着，车内坐着越国王后季婉，她紧锁着眉头，蜷缩在车内的一角，听着雨点在油布车围顶上蹦跳，劲风在车外呼啸。

雨一阵紧似一阵地下着，风一阵紧似一阵地刮着，收获过的空旷的田野空无一人，许多茅庐和干栏竹楼被卷走了屋顶的茅草，甚至吹塌倒地，隐约可见遭灾的农人在风雨中艰难地挣扎着。她担忧着这些灾民的处境，更担忧着会稽山上的丈夫勾践的处境。不用怀疑，勾践和整个越国已陷入绝境。勾践很清楚这一点，也清楚这个结局和他的固执武断、自以为是以及所作出的错误决策分不开。

那天，他率领越师袭击吴国大败，溃不成军，险被吴军擒拿，也险些死于吴军的伏击，他是在诸稽郢的拼死掩护下才狼狈退回国内的。但越国的绝大多数将士都没有他幸运，不是被俘就是战死，在这个可诅咒的黑夜，无数人在吴国变成了冤魂。随他逃脱的甲士只剩了五千多，钮宣义的一万余士兵紧追不舍，在会稽山下，扎下了营盘。从会稽山顶看下去，只见山下甲帐旌旗，一望无际。吴军如发起进攻，勾践和他的残部是招架不住的。而越国各地还有些零星部队，除了很少一部分沿着崎岖不平的山道投奔到勾践身边，大部分都被吴军阻挡住了。

会稽山方圆几十里范围内村里里的村民早已逃往他乡，有的逃往了楚国，有的甚至逃往吴国避难。别说会稽山并非可守可屯之地，即使守得住，五千多人的给养也不是容易解决的。粮源已断，所剩无几的粮食最多支撑三四天。勾践和几个主要大臣、将军待在一个很大的山洞里，那天，他企图引颈自刎被诸稽郢等阻止后，根据王后季婉的关照，几员大将和一群贴身卫士日夜守护着他，防止他再生绝念。季婉答应去苎萝村找范蠡来商议对策时，曾和勾践深谈了一次。

"局势还不至于坏到那样地步。你是一国之主，要做出决断。"季婉冷静地说，"自裁是容易的，你解脱了，可宗庙怎么办？百姓怎么办？我和兴夷、兴姑怎么办？你这样做，无异于临阵的逃兵，是可耻的懦夫，我会看轻你，百姓也会小看你。"

"唯死方可免辱，与其成了吴国的俘虏，还不如自己了断。"

"不行，你身为国君，没有权利扔下社稷一走了之，你必须和臣子、百姓同生死共命运，坚持到最后一刻。真到无可为的时候，我陪你一起殉国。但现在，你必须绝了这个念头，全国黎民百姓都在看着你，你是个有胆气有谋略的人，我坚信你会有办法。我去把范大夫请来，你们合力化解覆亡之祸。但现在最要紧的，就是你能朝好的地方去想。只要你稳得住，越国才有希望稳得住。"

"好，我答应你，你去请范大夫吧，快去快回！"勾践听了王后这么说，反思自己在危急时刻，只想到自己，而把国难抛在一边，不免内愧。他冷静了下来，

倏地抬眼，正接触到王后凛凛然的目光，终于显得坚强起来。随即又叹了口气，"只怕他不愿来了！"

"范蠡是血性男儿，绝不会坐视君父之难。依我对他的了解，他会来的。"

"好，一切拜托王后了，你放心，我再也不会置国家危难而不顾的。我等你和范大夫回来。"勾践噙着泪说。山下情况严峻，吴军随时会攻山，都城和两处王宫也必落敌手，下山之路是安全的，但去苎萝村的路上难免会碰到已入境的吴国士兵，勾践很不放心，但要挽回君臣之谊，只有靠王后了。勾践想多派几个兵士护卫她，但王后一口拒绝。

"还是轻车简从好，我一个妇人家，碰到了吴军，料他们也不会为难我。我也自有办法对付。如果带了兵，招摇得很，反而惹是非。"季婉说。勾践不响了，王后在这样的时候，冷静得出奇，极有主见，这是勾践所没有想到的。一种对王后从未有过的依赖感油然而生，他咬着牙，说了句"一路小心"，把一柄十分精致的短剑塞在王后手中，挥了挥手。

季婉带了两个宫女，一个驭手，且都换上了民间服饰。她本想让勾践写一封诚恳的诏书，但路上万一碰到敌人，被搜了出来，后果不堪设想。于是她打消了这个念头。

幸而一路顺畅，风雨大作中，季婉并没有遇到什么麻烦。只是道路泥泞，车速缓慢，摇摇晃晃的，颠簸使得季婉愈加焦躁不安。但她明白这是急不得的。

范蠡带了西施来到了苎萝村后，他住在猎户莫希家，西施自然是住在娘家。他们的突然归来，让莫希和村民们感到惊讶。范蠡只是说，这次回来是正式和西施成亲。

莫希信以为真了，西施的父母和兄嫂、苎萝村的村民也都信以为真了。莫希十年来，靠做麻布和丝绸生意，大大地发达了。他成了富甲一方的富户。

范蠡也非十年前的范蠡了，他是越国的上大夫兼大将军，是一人之下万人之上的炙手可热的大人物。莫希把他安置在一个单独的院落里。莫希提议由他来操办范蠡和西施的婚事，他要依照"六礼"，即纳采、问名、纳吉、纳征、请期、亲迎等程序举行，而且在昏夜举行婚礼，乘墨车、着缁衣，车服的颜色都尚黑，迎亲的行列中，只有马前有烛，这是从古代传下来的最隆重的大婚仪节。

范蠡听了，忍不住笑了，说："这是流传在中原的婚仪，楚国也流行过，没想到越国也兴这套。不过，以昏为期，我觉得不妥，昏黑莫辨的，不太方便。还是放在白天，另外，纳采、问名、纳吉这几步也免了，我借尊府作为新房，用马车将西施迎娶过来，然后全村人在一起喝顿喜酒热闹热闹就可以了。"

"好吧，范大夫，我依你，但你是朝廷大臣，简略些是可以的，由昏夜改在白天我也同意，但不能太马虎，连士庶都不及。婚姻是终身大事，西施姑娘又等了你这么多年。"莫希热心地劝说范蠡，"总之，你这桩事要办得体体面面，反正你不用管了，由我来办就是了。"他一面说，一面观察着范蠡的神色，见范蠡心不在焉的，好像有什么心事，莫希老于世事，阅人甚多，自然看出这次范蠡和西施突然回来成亲另有隐情。按范蠡的身份，婚礼应在都城举行，范蠡是国君的股肱，西施又是王后的女友，他们的婚典，隆重是肯定的，必定百官同贺，国君和王后也一定会前来道喜。怎么会这么赶到乡下，这么草率呢？

"莫师傅，不瞒你老人家，我和西施这次回来成亲，原不是计划当中的事，是临时决定的。为了一些事，我和国君闹翻了，他决定举兵伐吴，先下手为强，主动出击，我主张设坚守固，以防御为主，避其锋芒。明眼人都知道，吴越国力、军力相差其远，攻吴必招致吴国疯狂的报复，自速其祸。但国君听不进去，我无奈之下，只得带西施离朝。"范蠡把真相告诉了这位相识多年的老友。

莫希大惊，问："难怪大夫看上去心有芥蒂，原来发生了这等大事，大王准备何时发兵呢？"

"我在路上听说，他已带了三万主力踏上征途了！"

"大王岂能如此冲动？范大夫，恕我直言，这种时候，你身为上大夫、大将军，就是杀头也要阻止大王这种不智的行动，怎么还有心思和西施成亲呢？"莫希埋怨道。说着，揉搓着双手，焦急地在房内走来走去，脸色涨得通红。他发觉自己失态了，不安地看着范蠡，连说："对不住，对不住，我不该这么说，我猜范大夫尽力阻止了，却无可奈何。"

"是啊！待我知道，大王已作了部署，灵姑浮带领的一支水师已冒充渔船和商船出发了，但派快船追回还来得及。而整装待发的三万军士已集合完毕，大王命我统领攻吴，我坚拒不受，劝阻大王取消行动。我和西施在来苎萝村的路上，我还盼望大王能回心转意，追我回去。可是，我等到的是他派人送来的一块断袍，表示和我断交了！"范蠡痛心地说，"莫师傅，越国的吉凶祸福，全在大王固执而刚愎的一念之中，其势已非我之力所能挽回了，他是铁了心了。"

范蠡说着，取出那块断袍，双手捧着给莫希："莫希，你看，这就是大王送我的断袍，这可是王袍啊！"说着，低下头去，潸然泪下。

莫希见状，更为刚才对范蠡出言不逊而歉疚，诚恳地说："你别难过，我们只要问心无愧就可以了。既然大王不听劝，就随他去吧。你就和西施姑娘完婚，安心住在这里，要住多久就住多久。"

"我能安得下心吗？到底结果如何，这里也听不到消息，但愿不会败得那么惨！"

"你别多虑了，生死有命，富贵在天，人是这样，国家也是这样。不管怎样，你和西施患难相扶了这么多年，该和和美美地待在一起了，一切交给我吧。你只管把新房布置好就是了！"莫希说完，匆匆离去。

这时，屋外风雨交加，院落里除了仆人外，只剩下范蠡一人。他坐了下来，思考着勾践这次对吴国用兵可能出现的最坏的结果。如果全军覆没，大王被擒或战死沙场，越国肯定不保。那如何才好？他想起了在南部的深山里还藏有一千多人马，他们个个身手不凡。但对于国家来说，这一千多人无疑是杯水车薪。他苦苦思索着，想不出一个合适的对策。

雨小了，风也弱了，阴沉的天空透出一缕亮色。院子里出现了一个婀娜多姿的身影，打着一把褐色的布伞，遮掩了半个身子，但范蠡从那走路的姿势看出，正是西施。按礼仪，女子出嫁前，是不能和新郎见面的，西施却这么迫不及待地来了。

西施收起了雨伞，走进厅堂，她脸上亦没有要当新娘的喜色，只有凝重和忧愁。范蠡一看，连忙问："西施，你听到什么坏消息了？"

"没有，不过我心里很不踏实。昨晚还做了噩梦，梦到大王打了败仗，损失惨重，越军死伤无数……我很怕。"西施说。

范蠡听了，长长地叹了口气。

"范郎，不知道大王他们到底怎样了？如果攻吴的越军真的出师不利，该怎么办呢？"

"我正在想这件事。一开始我就预计，这次袭吴，败的可能性很大。我不知计从何出，但希望能保住大王的性命，王存国存，国存民存。"

"范大夫，你说得好，王存国存，国存民存。"一个坚毅的声音从门口传来，范蠡、西施闻声而望，王后季婉不知什么时候在莫希陪同下伫立在门槛前。布衣素面，掩盖不了她的美丽和高贵，大大的眼睛里饱含忧虑，微微抿起的嘴角则露出了她的决心和勇气。

范蠡和西施要跪拜行礼，季婉大踏步跨进门说："给我打住！要行礼的是我，我来恳求范大夫归朝，范大夫，救救越国吧！"说完，扑地跪了下来。正犹豫着的范蠡和西施也立即跪下。

他们对跪着，范蠡不知说什么好。而西施到底忍不住哭出声来。外面又下起了雨，雨声和哭声交织着，在这座浦阳江畔的院落里回荡着。

范蠡霍地起身，对西施说："西施，别哭了，快扶起王后。"西施连忙起来扶起王后。

王后坐定后，莫希端上食物，又冷又饿的王后随意地吃了几口东西，眼神触到了那块断袍，痛心而惭愧地说："范大夫，将它还给我吧，大王会用它来自省的。唉！我真不知从何说起了！"

"王后，你什么都不要说了。我跟你去见大王，共商图存大计。"范蠡决然道，又转过身来对西施说，"西施姑娘，范蠡有愧，我们的事又不能办了，我让你失望了，此身非己所有，请你原谅。越国不存，我们成了亲也没有幸福的。以后会怎么样，我也说不准，看我们的命吧！"

"西施，真对不住你了！我和国君欠你和范大夫太多了。"季婉歉疚地说。

"王后别这么说，范郎做得对，此身非己所有。什么都不要说了，你们快上车赶路吧！"西施很沉着地说。

范蠡点点头，他突然发现，西施的手上戴着王后所赠的一对玉镯，身上也穿上了王后所赠的那件绣襦。

范蠡和王后冒雨前往会稽山，西施留在了苎萝村。望着烟雨中远去的两辆马车，她心里空荡荡的，迷茫而凄凉。她深知范蠡这一去，前途难卜，很可能就是永诀，想到这里，只觉得天地空旷，触目所及，万事万物，是那样的虚幻缥缈。

第 十 二 章

吴国军队车骑步卒，由卓荣为主将，公孙雄为副将，向越国浩浩荡荡进发。同时，徐承率领大小战船一百多艘，从五湖水路攻打越国，刚被赦免的伯嚭任监军，他随卓荣部，乘坐战车行军。

出师之日，夫差把灵姑浮押到阖闾墓前。夫差要灵姑浮跪下谢罪，可给他个全尸。灵姑浮面无惧色，高声说道："我是堂堂越国将军，可杀而不可辱，你们快动手吧！不过，我得说清楚，两国交战，你死我活，我向吴王阖闾挥戈，是循道守义，保境安邦，誓死保主，吴王自己来找的死，岂能让我谢罪？哈哈，到了阴府地曹，我也会这么责问他的，看他怎么回答！"夫差怒火中烧，一声令下，四名武艺高强、膂力过人的禁军一拥而上，捉手的捉手，掩口的掩口，横拖直拽，硬是要按灵姑浮下跪。灵姑浮挣扎着，高昂着头，绝不就范，四个人怎么也制服不了他。伍子胥一挥手，一群愤怒的军士举刀围了上来，将灵姑浮乱刀砍死。

夫差率伍子胥、华元、被离等大臣在阖闾墓前跪下，夫差淌着眼泪说："父王，害死你的灵姑浮已诛，勾践也已山穷水尽。今天，我们水陆两途，将一举踏平越国，父王，你可以瞑目了。"

祭完先王，夫差亲自劳军送行。夫差对卓荣、徐承、伯嚭说："你们进入越国，不会有什么硬仗打了，勾践如果识时务，就该肉袒投降。不战而屈人之兵，自然最好。若勾践负隅顽抗，那就一举击溃。寡人再重复一遍，不得违犯军纪，骚扰民间，乱杀俘虏，否则严惩不贷。"夫差提高声音喊道，"伯嚭！"

伯嚭心里一震，他尚未完全从监禁的阴影中走出来，听了夫差的声音，有些怯怯地回答："臣在！"

"你是监军，这次攻越，胜负不卜可知。你不必担心打不胜了，把心思放在传播吴军的声威上，让越国百姓觉得吴师威而有道，严而有义，这就看你的了。凡

违法乱纪、有损国威军威的事，你绝不能姑息。一经发现，不管是谁，严惩不贷！你要理直气壮地申明纲纪！你的事已过去了，谁要是还抓住不放，以此为由不服从你的节制，从中作梗，寡人万万不会答应，寡人肯定会撑你的腰，不过，你自己要把腰杆子挺起来！"

"臣遵命！"伯嚭听大王这么说，心里一阵欣慰，他大声回答，"此去臣自应仰体王命，推爱布仁，争取人心。"

夫差这些话道理是不错，但听上去有些刺耳，伍子胥和卓荣、徐承、被离心里很不是滋味，他们不解夫差为何要在这样一个场合挺伯嚭，明显地长他的威风。钮宣义、卓荣、徐承治军，一向严格持重，秋毫无犯，军纪极好，公孙雄稍差些，但也不会做出格的事。大王这样说，到底是说给谁听的，又是谁会揪住伯嚭的事不放呢？伍子胥拉了一下卓荣的袖管，轻声说："大王是有所指的。"

"指谁？"

"我，伍子胥。"

"你又不出征，怎么会针对你这么说？"

"委任伯嚭当征越监军，我不甚赞成，这大概就是'抓住不放，从中作梗'了。"

"我想不会的，相国多虑了。"

伍子胥苦笑了一下，没有再说什么。但伯嚭很得意，大王在众人面前这么维护他，是异乎寻常的。想起几天来的沉浮，他意识到，他所以绝处逢生，是一只无比强有力的巨手在拉他、托他。这只巨手，正是吴国最有权势的人物吴王夫差。那天，华元向他宣布大王对他从轻处理，只下了个申饬令，他如释重负，当晚请来良人、良不喝酒，公孙雄托辞婉拒了。伯嚭很小心，当晚他除了饮酒、吃狗肉外，对于他自己的事只字不提，毫无怨言。他心里明白，大王宽恕他，自然是还用得着他，还需要他。第二天，他进宫谒见大王，痛心疾首地狠狠自责了一通，连连说："我好糊涂，我好悔，我该死！我中了越国的圈套，差点惹出大祸！我辜负了大王的期望。"

夫差态度十分温和，勉勉了他几句，说："是啊，你这件事做得太荒唐了，巴豪心怀叵测，神神道道，你怎么能被他迷惑呢？不过，事情已过去了，寡人还是相信你对朝廷是忠心耿耿的，绝不会起二心。你可知道，为什么寡人会派你为讨伐越国的监军？"

"臣戴罪之身负此重职，实在诚惶诚恐。"

"跟你说实话吧，寡人是给你一个洗刷污名的机会，全国闹得沸沸扬扬，传说你是越国奸细，让你当监军，传言便不辟而消了。哪有奸细当伐越都监的？你说是不是？”

“王恩浩荡，臣永生不敢忘怀！”伯嚭连忙谢恩。

“好了，你的事就算过去了，寡人也申饬过了，不要再念叨个没完。你记住教训就是，寡人不会亏待你的。”

伯嚭也去相府拜访过伍子胥，对伍子胥千恩万谢，伍子胥对他不冷不热，郑重地对他说：“伯嚭，你这次能脱厄，是因为大王的宽容大度。在你是否是奸细一事上，我是替你说了话的。此非有意替你开脱，而是事实如此。你的所作所为，凡是正人君子，无不厌恶，我不说你也该明白的。但处置大案，绝不容掺杂个人之私。你真心要谢我，以后就好好做人做事，看在同为楚人的面上，我奉劝你。”

“是，是！”伯嚭窘笑着说，“我会记住的，虽相国谦逊，伯嚭还是感恩不尽！”说着，再次伏身下拜。

可回到家里，伯嚭想起伍子胥的神态和说的话，越想越不痛快。儿子伯龄见父亲情绪颓然，便问：“父亲从相国那里回来，就很不高兴，是为了什么？莫非是相国责备了父亲？”

“大王对我都是好言好语，勉励有加，伍子胥倒好，竟端起架子把我教训了一番，什么以后要好好做人做事！他，他太自以为是了！”伯嚭恼怒地说。

“爹，伍相国的话是肺腑之言，我觉得并不错，爹该听得进去！”

“你竟为伍子胥帮起腔来了，你弄弄清楚，我是你爹还是伍子胥是你爹！你这个不孝之子！”伯嚭咆哮说。

当他坐在马车上，身披盔甲，在洪流般的队伍中飞速行驶时，那种志得意满的感觉又回来了，想起前一段时期被监禁时的沉沦和沮丧，仿佛是隔世的事了，那惊心肉跳的日日夜夜如一场不堪回首的噩梦！自己的人生能从高崖跌落到深渊，又从深渊垂死时被救上崖岸，这种大起大落说明了什么呢？

巴豪曾向他说过一句话，那就是大拥大顺。

他坚信，列国历代国君，再贤明，再豁达，再仁慈，多多少少都有个通病，就是听不得过分尖锐的批评。阖闾的开明在君主中已是罕见，但据他观察，也绝非什么话都很听得进去，尤其是伐楚以后，他对功高盖主的伍子胥、孙武有那么一点戒心了，孙武便识趣地隐退了。伍子胥以功臣自居，犯颜直谏，好几次有失臣礼，阖闾是没有计较，但心里绝不会乐意的。

在伯嚭看来，凡是君王，多疑的多，且大多只能共患难不能同享福。他们往往能治国家，不能治左右。他们总担心大臣中权力过大、威望过高的人觊觎大位，

拥兵或拥权自重。阖闾幸亏死得早，在王位上再待下去，他和伍子胥也会翻脸的。他所以一直不顾伍子胥反对而重用自己，就是因为自己对他言听计从，野心不大，构不成威胁。同时，阖闾也需要借助自己之力掣肘伍子胥。这次，自己过失这么严重，即使内奸之疑可以排除，判定"附奸罔上"的罪名也一点都不过分。但夫差居然能饶恕了自己，细想下来，还不是自己对夫差如同对先王那样恭顺、拥戴、附和。另外，夫差也极有可能像先王那样有着同样只能意会不能言传的目的，那就是借助自己之力来制衡伍子胥。没有人能知道今天大王的话是在对谁旁敲侧击，但伯嚭猜到了，那是说给伍子胥听的。也许伍子胥自己都迷糊着，他不懂得审时度势，一味固执己见。让他迷糊吧，总有一天，夫差不会给他好脸看的，他会后悔莫及的！

范蠡和王后季婉一路没有停顿，到了会稽山。勾践得报后，亲到洞外迎接。四目相视，范蠡陡然一惊，几天不见，大王竟似换了个人，双眼失神，形容憔悴，蓬头垢面，身上的甲服也是沾满泥浆、败草。范蠡心里一阵酸楚，含泪喊了声"大王"，便跪拜下去。

"这是什么时候，还讲究这些？范卿免礼，免礼！"勾践颤巍巍地拽着他的手在一块岩石上坐下，长叹一声，"范卿，我无颜见你了！"说完，眼泪已盈满眼眶。

"大王，以前的事，什么都不要说了。天无绝人之路，办法总会有的。"范蠡说，"文种大夫和其他大臣都在这里吗？"

"越国举兵之时，文种和囊丹正在吴国和谈。越军失利后，伍子胥放了他们，文种回了朝，也在山上。此刻，他设法觅粮草去了，我们从昨天起以野果、野菜充饥。军士把抓到的狍獐献给我来享用，我怎么吃得下去？局势至此，我已一筹莫展。也许会稽山就是我的葬身之地。"勾践很吃力地说，"范卿，这都是我的错！我悔不该不听你的话。"

"大王不要这么说，这不是大王一个人造成的，臣没有坚持到底，临阵负气而去，有辱使命。我们为此付出了沉重的代价。但眼下不是自责的时候，还是让大臣们集中起来，商量救国大计。"范蠡提议。

"不，你别安慰我，我最清楚，都是我一意孤行所致。我有负吾土吾民……"勾践痛苦地说。

王后季婉对范蠡的建议很赞同，很注意地看着勾践的反应，她当然希望丈夫能作出一个决断出来，但听着他还在自怨自艾，有些生气地说："我把范大夫给你找来了，你别说这些没用的话了，还是商议个打算出来！"说完，头也不回地走了。

文种回来了，他的后面跟着一队兵，肩扛手提着用麻袋装的稻米及其他食物。据文种说，这是越国的百姓冒险送上山的，他们自己也几乎断炊了，但还是掏空最后一点存粮，凑起来给会稽山的越军送来。勾践听文种这么说，深为感动，泪花莹然，站起来说："到这一步，越国的百姓仍不弃我，越国还有救，各位爱卿，我们到洞里去商筹对策吧！"说着，挺起胸，提着剑，朝山洞走去。

文种持伍子胥签发的关符堂堂正正出了吴国国境，以最快的速度赶到会稽山，避开吴军的营垒和巡逻，在今天上午登上山坡。勾践看到文种活着归来，既惊且喜：惊的是吴国未因越国诈和迁怒于前去求和的文种与囊丹；喜的是，于存亡的危急关头，文种还会投奔自己共患难。文种回国途中，想起受勾践糊弄的事，心里还愤愤然的，他也有过要驭手重新择路，向楚国奔去的念头。但好像会稽山有股强大的磁场，他始终没有改变方向，一直奔到会稽山附近，再下车化装成平民上山。他想好了要对大王的作为说上几句，但他一见到勾践，马上心软了，一句责备的话都说不出来，反而好言安慰了勾践一番。听说大王因断粮从昨天起，就未好好进食，便自告奋勇带了一队士兵下山找粮去。

大夫计倪在进洞的路上将文种的事简要地讲给了范蠡听，范蠡听了赞叹说："难得，难得！可敬之至！"

山洞的坡上、洞口荒草萋萋。洞很深，阴气沉沉，滴水叮咚，走了一段路，豁然开朗地出现一个天然大厅般的高大的空间，周围和洞厅怪石嶙峋，里面点燃着火把，把大厅照得亮如白昼，地上铺着干草，还有用干枝做的粗糙的案几。这几天，勾践和季婉就是在这里住着的。

越国的这次朝会就在这个奇特的地方召开，议题是何去何从。勾践在正中端坐，文武百官站立两边。王后照例是不能列席朝会的，可山洞里无处可避，季婉还是远远坐到一个地方，那里有两个干枝搭撑起来三角架，上面搁着一根竹竿，竹竿上挂着季婉和勾践的几件衣服，这些衣服组成了一道"帷幔"，季婉就像宫中一样，避到"帷幔"后。勾践看了大家一眼，有点苦涩，他的朝会竟在这荒芜阴森、到处堆着前人留下的柴火灰和动物尸骨的山洞里举行；更多的是宽慰，除了少数几个大臣不知去向，大多数文武官员，尤其是重臣都到齐了，而且，即使在这种地方，大家满怀愁绪，但仍不失臣子对国君应守的礼节。

熊熊燃烧的松枝"劈啪"作响，洞中央旺旺地生着一堆用来驱湿寒的篝火，加之火把烨烨，这个巨大宽敞的山洞暖洋洋的。

"国家遭难，吴兵随时会攻上山来。各位都是忠君之士，事至不济，仍不离不

散，誓与越国共存亡，寡人没有什么可赏赐给你们的了，只能在此回一个谢礼了！"勾践真诚地说，突然回过头来喊道："王后，你在何处？"

季婉从后面走出来，疑惑地看着勾践。

"王后，你过来，你我一起来向各位忠君之士下拜！"勾践庄容说。季婉走过去，勾践拉着她的手，一揖到地，顿首相谢。等抬起头来，他和王后满眼是泪。

范蠡、文种带领众臣全部跪了下去，范蠡了解勾践感激和惭愧相交织的复杂心情，不能让他一直沉浸在这种心态中不能自拔，这样无法处置眼前关乎生死存亡的大事。重要的是消解掉大王心中的块垒，恢复他的血性，以处变不惊的心境应对严峻的局面，重现大王的英勇气概和超常的心智。

待勾践坐定，王后重新退下后，大臣重新起身，范蠡开口了，他说："大王，刚才你赐给我们的，是分量最重、最宝贵的赏赐，那就是治国之本，礼也！君王这一谢，爱众亲仁，思错悔过，勇气非凡！我们心中所有的郁闷、委屈、不平统统消解了。越国礼犹存，故有望也！大王，臣建议举乐。"

"好，传鼓乐手，举乐！"勾践下令。

很快，几个甲士抬了一面鼙鼓走进山洞，猛烈而有节奏地擂起来，鼓声震撼人心，山洞里有回声，听起来更荡气回肠，声势浩大。勾践仿佛置身于金戈铁马的战场，顿时精神一振，几天来像一块巨石般压在胸口的沉闷、苦恼、痛楚和担忧消失了，取而代之的是奋发昂扬的精神。范蠡一扬手，鼓声停了，洞中分外静寂，众臣愁眉苦脸的神色也舒展了开来。

"好，越国并非无可为，诸位有何救亡图存的善策，请畅所欲言，怎么想的就怎么说，说错了也不要紧。"勾践笑着说，这是兵败以来，勾践第一次露出笑容。

"我以为没有别的办法，只有绝地一搏，我虽只有五千多兵士，但会稽之险，易守难攻，吴军要攻下来，并没有那么容易。"诸稽郢慨然表示，"果真失守，我就自裁尽节，这会稽山也就是我的葬身之处！"

"我也是！"计倪响应说，"国存我存，国破我死，我赞同诸将军所说的，我们已无退路，只有背山一战，和吴军拼到底，即使粉身碎骨，也在所不辞！"

几位将军也以高亢的声音誓死明志，顿时，一片凛然之气弥漫。季婉在不远处的帷幄背后听得一清二楚，她十分感动，可这种场合没有她讲话的份，她只能不断垂泪，但又隐隐觉得除了拼死力战，还有更好的办法。

"臣有点不同看法，殉国保节固然留下了一点正气，但你们有没有想过，我们君臣和五千精兵都在会稽山，人数虽不多，可是越国之托，百姓所望，我们完了，社稷也就完了，宗庙也就完了。"行人大夫曳庸徐徐说，"大王是要我们商议如何

救亡图存，而不是让我们蛮干。我说得不好听一点，个人名节保全了，但国家和宗庙不保，这种死看似壮烈，其实不得其所。我以为要考虑保存这支队伍和朝廷，有一线之路，就不能放弃！"

勾践对曳庸的话很注意，待他说完，便问："曳庸大夫，你说的一线之路是什么？"

"我以为死守不如突围，山下虽吴军扎有大营，但百密尚有一疏，并不是没有薄弱之处，范大夫、文种大夫、王后及一些百姓能避开吴军上山，说明还有一线之路，只要精心部署，突围的希望还是有的。"

"寡人再问，即便突围出去，遍国都是吴军，我们这些游离的孤军，四面受敌，时时有被吴军袭击的危险。我们应去哪里？"

"我意向楚国转移。"

"这不行，这不是弃国出逃吗？"

"这是权宜之计。十年前，阖闾和伍子胥、孙武破楚国郢都，楚王也是弃国逃往了他国，免受耻辱，又保存了有生力量。"曳庸回答，"后来吴师撤退，楚王返国还都，没有当初之转移，何来今日楚国之治。"

"越国和当时的楚国不同，楚国当时郢都和王宫虽被吴师占领，但楚国是个大国，吴国不可能吞并楚国整个国家，亦无此打算。而且，吴国出现了夫概反叛称王的事，阖闾急于要班师镇压平叛，加上我越国有伺机攻吴的势头，吴师就不得不撤回来。"文种接过曳庸的话题，连连摇头，文种的头颅特别大，摇晃起来就显得更有冲击力，"可今天的越国不同，越国既小又弱，主力已失，吴国不需花大力气就可把越国平掉，我们突围到楚国，寄人篱下，成了无根的浮萍，断无返国的可能，而我们抛弃的却是一国生民，这不是上策！"

"文种大夫说得对，寡人绝不能为一人之生计，而罔顾全国子民，突围到楚国不妥。寡人所说救亡图存，决非保寡人及少数人的命，而是全九庙之祀，续万姓之命。"勾践坚决地说，"我们采取何种办法，这两点不能不顾。"

这时一个神将进来奏报说，原来潜伏在吴国的几个越国谍人跑了回来，他们称有急事求见大王。勾践说："带他们进来吧，这些人都是爱国忠心的仁人志士，寡人和越国已到这个地步，他们都未忘自己的国家，可敬可佩。"身着破衣烂衫的越国谍人讲述了他们的所见所闻：吴师水陆两途两万人，已深入越国，都城和新王宫均被破，吴国水师将军是徐承，扶同、若成所部被歼，就是他指挥的，是吴军水师中的后起之秀。陆师将领是卓荣，是吴国的名将、孙武的高徒。监军是伯嚭。另得报，在出征前，灵姑浮已在阖闾灵前被诛戮，他临死前毫无惧色。

灵姑浮之死虽是意料之中的事，勾践听了还是很悲痛，掩面哽咽："灵姑浮是忠臣，是条硬汉子！他死得太可惜了！"

文种对监军是伯嚭大为惊讶，他说，他和囊丹在吴国和伍子胥、钮宣义、华元谈修好之事时，了解到巴豪咬舌自尽，四条獒犬被乱箭射死，吴王夫差对太宰伯嚭卷入其间十分震怒，已将他连同家人禁闭起来，此案由伍子胥一手操办。伍子胥和伯嚭虽同为楚人，伯嚭入吴还是伍子胥所荐，同朝为官，但长期以来，他们互不相让，斗得很厉害。这次伯嚭事发，吴国通国都断定伍子胥当然会借此机会铲除他。而且，据文种判断，伯嚭犯的是死罪，加上由一向执法严厉的伍子胥处置，伯嚭多半性命不保。

可结果伯嚭不仅没有受到严惩，反而摇身一变，成为讨伐越国军队的监军，这到底是怎么回事呢？内情无从得知，但有一点不用怀疑，伯嚭逃过了一劫，得到了宽恕，而且继续为吴国所重用。这对于越国来说，无疑是件好事。

"大王，伯嚭任吴师监军，臣虽猜不透具体的原因，但此人比伍子胥好打交道。伍子胥这次对臣求和虽表现得很热心，也很大度地放了臣和囊丹，但他刚直不阿，不贪不色。这次大王诈和，他深恶痛绝，他能放过臣，绝不会放过越国。他的脾气倔强而狷介，不好相处。有了伯嚭，这对越国来说，倒是一线真正的生路！"

"为什么伯嚭当了吴师的监军，会是一线真正的生路？"诸稽郢不解地问，"难道可以收买伯嚭，吴军不对我们发起进攻？"

"这是不可能的。我懂文种大夫的意思，越国目前的生路，就是向吴国肉袒投降，割地赔款，示诚臣服。文种大夫，我没说错吧？"范蠡插话说，"文种大夫还认为，伯嚭是吴军的监军，可通过贿赂之法，收买伯嚭，让他在夫差面前为越国说说话，以便夫差同意越国投降。文大夫，可是这样？"

"是的。臣以为，抵抗和突围是无济于事的，只能是死路一条，不可能拯救国家，拯救宗庙，拯救生灵。唯一的生路，就是越国举国向吴国投降，这次投降和我与囊丹赴吴修好已大为不同，如今即便想和，吴国未必接受，城下之盟，条件会比上次更为苛刻。但除了投降求和，别无选择。"文种慢条斯理地说，脸带苦笑。他自己都觉得好笑，上次他竭力鼓吹修好，结果给大王利用了。他虎口脱险后，回到勾践身边，提的还是投降。

他已知道范蠡当初不惜以和勾践断交为代价，反对勾践向吴国举兵。这次范蠡和自己一样，选择回到勾践身边。可以感觉到，局促不安的勾践对范蠡有种依赖感，范蠡的态度和提议对勾践会有举足轻重的影响。那么，范蠡会献什么计呢？

文种猜到了范蠡的心思，多半会像自己一样，主张向吴国投降。不错，以前他是坚决反对求和的，曾在船上升起白旗嘲讽自己，并拒绝自己登船。然而，此一时彼一时，从他刚才的插话中，就听出他的意图了。

"范大夫，想来你已有可行之策了？"文种问。

一向讲话处事干脆的范蠡欲言又止。

"范大夫，计将安出？请直言无隐。"

"好的。不过，是否可行，我尚不得知。"范蠡说，"我想了很久，摆在我们面前的局势实在是难。抵抗到底，结果很可能是全军覆没；突围去楚国，且不谈能否成功，就是能成功，楚国不一定会接纳，因为这样一来，楚吴之间又要剑拔弩张；山上绝非久留之处，粮道已断，腹背受敌，进退维谷，我估计吴军在等待我们困死或卸甲投降，如果这两天得不到我们的反应，便会进攻。吴军已长驱直入，城池大多被吴军所破，要道也多被吴军所占，我们四面受敌，区区五千饿卒，怎抵挡得住几万吴国精兵的围剿？会稽山必将成为我们君臣的葬身之地。越国从此就不存，所以，只有投降，才能争得一线生路，全九庙之祀，续万姓之命，这是越国的奇耻大辱，但只有把种子留下，才有复国之望。如果宗祀不保，山河破碎，什么都谈不上了！"

躲在衣服后面的王后季婉一听，一颗心不断往下沉，几乎支持不住。但她明白，除此之外，已无路可走了。她知道要勾践接受，很难很难，便鼓足勇气，破例走了出来，走到勾践的身边，对勾践说："大王，我们已没有多少时间了，快按范大夫、文种大夫的提议办吧！别再犹豫了。社稷苍生不至于同归于尽，全望大王决断了！"

即便是在光线暗淡的洞中，也可看出勾践的脸色苍白得可怕，失血的双唇不住翕动，手也在微微抖颤。范蠡知道勾践的内心翻江倒海，举国而降，成为吴之臣国，这对他而言，意味着什么？没有一个人比他更清楚，更于心不忍的了。

"大王，从古至今，忍辱负重而成事者，韬光养晦而翻身者，不在少数。昔文王囚羑里，一举而成王，齐桓公奔莒，一举而称霸，吴国的阖闾，蛰伏多年，终于弑君篡位，这说明，能屈能伸是一种智慧，一种谋略，今日之屈，是为了明日之伸。"范蠡说。

这番话勾践听进去了，他抬起头，重重地点了几下，那双失神的眼睛又露出了锐利的光芒。他站了起来，来回踱了几步，果断地说："范大夫所言极是，今日之屈，是为了明日之伸。诸稽郢，你立即去将旌旗换成白旗，文种，你去伯嚭营帐，向伯嚭求和，只要国存宗社不毁，其余条件都可接受，割地、赔款、肉袒投

降都可答应。"

文种下拜："臣遵命！立即下山求见伯嚭。"

勾践解下自己的佩剑，交给文种，说："请将此剑转交吴王，表示我投降吴国的诚意。"文种起身接过了勾践的剑。文种抽出剑，在火光映照中，这把宝剑闪闪发光。"文种大夫，这次不是诈术了，寡人拜托了！"勾践作揖说。

文种立即下跪回礼。诸稽郢却站在一边，虎着脸不动，勾践问他："你怎么不去扯白旗？还在那里发什么呆？"

"大王，就这么向吴国投降，臣实在不甘……"诸稽郢说。

"你以为我甘心吗？这是没有办法的办法！快去，再不去，要按你抗旨处置！"勾践怒冲冲地吼道。诸稽郢这才勉强领命而去。

伯嚭坐在营帐里就餐，吃的是粗粮，喝的是山涧水。他实在咽不下去，问身边的裨将说："除了这像马料般的食物，就没有好吃一点的东西了吗？你们把我当马喂了？"

"钮将军传令，随时要向山上的残兵败将发起进攻，没有时间花在烹饪上了。而且，钮将军一向主张官兵同食，从将军到士兵，吃一样的东西，一样以薪为床铺。军中有严格规定，不许饮酒，不许掠取越国百姓的食物。"副将回答。

"钮将军现在在何处？"

"他和卓荣将军在一起，正在议事。"

"公孙雄呢？"

"他去湖边接应徐承将军了，吴国水师有一部分要登陆，湖口那地方修了木桩和石阵，公孙雄带兵去排除，干活的都是越国的战俘。"

伯嚭听了有些不快，他身为监军，这些军事上的事一点都不知道，钮宣义和卓荣也不让他参与议事，这明显是不把他放在眼里。本来想将这个裨将作为出气筒骂一通，但一想自己刚刚得到赦免，不便乱发脾气，便忍下来了，挥挥手，让裨将出去，勉强地把饭食吃完。正在这时，外面传来卫士的盘问声，伯嚭便走出去，看到一个穿着平民服装的人在和卫士交涉，声称是太宰的好友，要拜访他。卫士不让他入帐，因为他虽是平民打扮，腰间却挂了把极其精致的剑。伯嚭一看，吓了一跳，这个自称是他好友的人竟是越国大夫文种。伯嚭思量一下，怕文种在帐外纠缠，惹人注目，便对卫士说："此人我认识，让他进来吧！"

坐定后，伯嚭劈头便对文种怒不可遏地骂道："文种，你好大的胆子，竟敢来见我。你来得好，我伯嚭给你害得好苦，差点被当成越国奸细从重处置。照律法来说，内奸之名一旦坐实，罪在不赦，妻儿、兄弟皆斩。幸亏大王明察我伯嚭不

可能有不臣之心，且查无实据，便宽恕了我。虽有惊无险，但你居心歹毒，遣巴豪为谍，差点置我于死地，今天你送上门来，我非宰了你不可！"

文种不慌不忙地听着伯嚭厉声痛斥，等他骂完后，才说："巴豪的事是我的不是，我向你赔礼道歉。"文种一揖到地，"不过，有一点我是问心无愧的，伍子胥曾当面问我，伯嚭是否是越奸，我断然否认了，你也知道我的话是有分量的。我有心要害你，只要点一下头，你太宰大人恐怕就不会在这里了。有了我这个证人证明你是奸人，吴王夫差和伍子胥再怎样宽大为怀，亦容忍不了你的。你道是与不是？念你太宰向来善待越国，我文种绝不能加害于你。伤及无辜，特别是伤及恩人，这决非是君子的为人之道！"

"我相信你文种没有像疯狗那样咬我，可四条獒犬可不是假的。你自以为是君子，何以要玩弄这样卑鄙龌龊的手段？这难道是君子所为吗？"

"吴越为敌，遣派谍人打入敌营，窥探个虚实，应该是正常之举，与个人恩怨无关。我抱愧的是，巴豪和四条獒犬给你带来了麻烦，险些酿成大祸。太宰，我除向你谢罪之外，今后会好好补偿你的。"

"今后？你越国还有今后吗？勾践还有今后吗？你文种还有今后吗？"伯嚭冷笑着说。

"太宰说得不错，越国危在旦夕，我正是为此受国君之命前来拜见太宰的。"

"这么说，你是越国来使？"

"正是。"

"你找我到底有什么事？"伯嚭警觉地问。

"识时务者为俊杰，越国国君痛感大势已去，与吴国作对徒劳无益。国君已决定向吴军肉袒投降，纳土归顺，成为吴国臣国，只要上国怜悯，容我越国宗庙保全，百姓不受侵扰就行。"文种眼神沉静，声音嘶哑而稳重，显得异常诚恳。

"听说你诈和过，耍了一回伍子胥，连吴国国君都上了你的当。我真担心你是在故伎重演，你凭什么让我相信呢？"伯嚭虽这么说，但心中大喜，临行前，夫差曾提到要对会稽山围而不攻，断其粮草，封其进退之路，迫其放下武器投降。这次文种找上门向自己求降，那自己岂不是立下了一功。但他有被巴豪所惑及伍子胥上当受骗的前车之鉴，内心存有戒备和疑虑，不敢轻易相信。

"太宰，我知道你对越国的诚意还抱有怀疑，因为，我国国君曾使过假和的诈术。但这次不可能有什么玄虚，时至今日，越国已没有任何本钱玩弄什么计策了，只求大朝能接受我们举国归顺，就是不幸中之大幸了。"说到这里，文种伸手往怀里一探，取出一方帛书，又从腰间解下勾践佩剑，双手捧着，献给伯嚭，"这是我

国国君要在下递交的降表，这是他的佩剑，以示输诚之意。"

伯嚭接过降表和勾践的宝剑，仔细看过后，心中的戒备和疑虑打消了，他对越国的投降已深信不疑了。

"一封降表，一把剑，你以为这就是输诚吗？"伯嚭还装作不信地问。

"请太宰随我来。"文种说完，便往帐外走去，伯嚭疑惑不解地跟在后面。来到一片空地上，会稽山历历在目，绿荫中间，一面面白色的旗帜在迎风飘拂，十分醒目。

"这是我国国君下令扯的白旗，这还不足以让太宰相信吗？万乞太宰从中斡旋，必不忘盛德。事成之后，作为大朝的臣子，我是太宰的属下了，届时我会上门拜谒，以表尊礼之忱，而眼下叩门有诸多不便。"文种在伯嚭耳边轻轻地说。弦外之音，伯嚭当然听得懂，他盯着山上的白旗，又惊又喜。

"好吧，我暂且相信你，但你要明白，要是要什么花招的话，对你们一点好处都没有，你和勾践，还有那个范蠡会死得很难看。"伯嚭板着脸说。

"越国的求和是真实无虚的。事到这一步，没有必要弄虚作假了！"

"这是大事，我要向大王奏报，朝中有什么消息，我会指定专人和你联络。这几天，吴军会倍加小心，你们想溜是溜不掉的，逮住了决无好下场，到时你们自食其果，可别怪我不帮忙！"伯嚭警告文种，根据他的分析，勾践如果要玩弄手段，最大的可能就是逃亡楚国，其他花样已是玩不转了。

"请太宰放心，越国愿投降，无非想保全宗祀，除此之外，无路可走了。"

文种走后，伯嚭立即将钮宣义、卓荣、公孙雄请到自己营帐，把文种前来求降的过程说了一下，把降表和勾践剑给大家看过。三人已注意到越王勾践在会稽山上扯起的白旗，所以对文种的请降并不感到特别意外，钮宣义在文种和囊丹在吴都修好和谈时，是当事人之一，双方交谈甚欢那次他是在场的。战事爆发后，伍子胥将他们释放回国，伍子胥也向他作过解释，钮宣义觉得伍子胥有些心慈手软，同时也佩服他的操行端直和真性情。钮宣义知道，伍子胥这样做，绝不是出于私情。

他略感到疑忌的是，文种怎么会偏偏找伯嚭？伯嚭虽排除了是越国奸细的嫌疑，但他毕竟和越国一些人，包括文种的关系说不清、道不明，也收受过越国不少财物金帛、美女珍宝，这已是公开的秘密；伯嚭明里暗里帮越国的忙，也是众所周知的事。先王在位时，对此是清楚的，伯嚭也为此付出过代价。夫差登位后，一开始就很倚重伯嚭，把他晋升为太宰，一度对他言听计从。巴豪东窗事发，夫差震怒，决定要严办伯嚭。但令人匪夷所思的是，伯嚭虽非奸细，所犯的罪责不轻，大王却只是降了他两级爵位，像拍灰尘似地轻轻拍了两下，又紧跟着委任他为讨伐越国军队的监军，这无疑是对他格外的抚慰了。

越王遣文种请降，这当然没有拒而不纳之理，但这是大事，他和卓荣、公孙雄不敢自作主张，也不放心伯嚭去处置。

"既然如此，请监军辛苦一趟，赶紧回都城复命！大王和伍相国商量定夺后，再采取行动。但军备松不得，勾践狡诈得很，文种、范蠡也是诡计多端，对他们不能不多留一个心眼。"钮宣义对伯嚭说。

"能不战而屈人之兵，当然是好事。在我没有带回王命之前，请钮将军按兵不动。最好能开一个小的口子，让他们得一点粮草，据说，山上已断粮了。"

"这不行，越国个别百姓送粮上山，我们是睁一眼闭一眼，要开个口子，使得勾践乘机备粮，这极不妥。越军残部极有可能以运粮为名，突围出去，这可就麻烦了！我做不了这个主，一旦出了事，谁来承担此责？"钮宣义坚决地说，"让他们饿饿无妨，我知道，他们还有些粮，能挨着过几天，一时是饿不死的。"

"也罢，你们看着办吧！山上诚然不是吴军的对手，勾践只剩下几千人，有钮将军、卓荣、公孙雄等名将指挥，加上徐承将军，越军要反扑，那是自取灭亡，我曾经警告过文种，如果想溜下山，逮住了绝无好下场。"伯嚭说完，带了一队兵士，分乘四辆战车，马不停蹄奔向吴都。

伯嚭回到吴都，立即到王宫谒见夫差，伯嚭说得天花乱坠，文种闯入他的营帐，重谈上次来吴修好之言论，被自己狠狠教训了一顿，对他指出，你战前来吴都，越国还有三万多军队，国家还是完整的，越国大小城池都有越军防守，可今日的情势，完全不可与当时相提并论，越军只剩五千多人，困厄在小山头上，已被我强大的吴师团团围住，唯一的出路，放下武器，肉袒投降，成为吴国的臣国，文种只得称是，这才取出降表和勾践的佩剑，正式向吴国投降。夫差听了，很是高兴，他赞许说："伯嚭，你不愧是吴国的老臣了，忠诚干练，一出马就让勾践望旗而降。但上次他是诈降，这次你觉得他是有诚意的吗？"

"臣起初也很怀疑勾践又在玩弄手段，所以不敢轻信，但文种一再表示越王已是穷途末路，只剩下束手就擒和肉袒投降两条路了，臣以为今昔异势，勾践再次欺诈吴国已无可能了！"

"寡人也料他不敢了！除非有天神天将突降会稽山，助勾践与吴军接战，或许他还能力挽败局，可惜的是，天神天将绝不会助一个亡国之君！寡人可以想象，勾践置身于刀山剑林，此刻进退维谷，左右为难，求天不应，求地不灵的绝望样子，哈哈……"夫差大笑不已，笑着，把勾践的佩剑抽出来。宝剑寒光逼人，剑

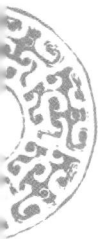

刃锋芒毕露，剑身上的波纹状图案，剑格、剑柄用黄金镶美玉、绿松石，剑鞘是鳄鱼皮包金的，显得高贵而华丽。近格处有两行鸟篆铭文，夫差细看，是"越王剑"三字，用双指略略弹了一下，铮然一响，余音悠然，不禁喊道："好剑，好剑！可断金切玉。天下名剑，出于吴、越、楚，这把剑也算是名剑了。古来雄主，皆求名剑，颛顼有'画影''腾空'；少康铸八方铜剑；太康有剑曰'文光'；武丁有剑曰'照胆'……勾践非雄主，而是败军之将、亡国之君，他不配佩这样的好剑，它归寡人所有是对了！"

"臣得知，此剑由越国先王允常请名师莫邪、干将所铸，允常临终前，将此剑赠予太子勾践，并叮嘱'剑亡人亡'。勾践接位后，在剑上镌上越王剑三字，日夜不离身。文种将此剑奉上，以表输诚之意。此剑已与越王分离，归于大王，象征着越国归顺吴国，正如大王所言，勾践已不配拥有这兵器中的奇宝。而大王佩之，才是绝配！"伯嚭说。

伯嚭听夫差对越王剑赞不绝口，心里很美，因为他也有一把越王剑，而且品质、装饰亦是一等的，甚至比这把剑还要好。允常在位时，和许多诸侯一样，喜收集天下名剑，也招募了一批铸剑名师。阖闾登位后，一次，委派伯嚭使越，时为太子的勾践派大夫扶同以美女、珍宝、黄金相赠，最难得的是，勾践代父王允常赠予伯嚭一把宝剑，此剑为越王平时所佩，鸟篆错金，墨玉相饰，剑格正面左右各镌"越王剑"三鸟篆字。伯嚭一看，便知这把剑是剑中之魁、镇国之宝，非常珍贵，他拿着剑，左看右看，爱不释手，嘴上却说："不，不！君子不夺人所好，而且，这把剑是越王所佩之物，伯嚭万万不敢收。"勾践说："不就是一把剑吗？越国多的是铸剑师，不足为奇，请伯嚭大夫不必客气。这是父王的一点心意，只怕大夫不见赏！""哪里，哪里！"伯嚭说，"此剑可同伍子胥赠给吴王的七星宝剑媲美，人见人爱，我伯嚭当然也喜爱得很。但正因为如此，我受不得这样的重礼！"尽管这样说，伯嚭还是紧紧握住剑柄不放。这把剑一直珍藏在伯嚭的密室中。这次巴豪案发，伯嚭被禁足，他担心一旦抄家，这把越王剑是罪证之一，便暗暗吩咐仆人将剑扔进花园的水池里，至今还未捞起。

"伯嚭大夫，越国投降，你觉得我国该提出哪些要求？越国还灭不灭？越王、王后及宫眷如何处置？越国宗祀还是不是让其保全？这些都要有一个定论，不是一个降表和一把越王剑就能了结的，你和越国打交道较多，你有什么建议，尽管向寡人直言。"夫差放下越王剑，笑着问。

"文种提出，望大王开恩，越国投降后，能全九庙之祀，续万民之命。以臣愚见，这两条可以成全他们。越王既然肉袒降吴，便成了吴国的俘虏，那就得按大

王不杀俘的上谕办，赦勾践、王后和宫眷不死。既然越王不死，越国自然也不能灭。当然，这个越国虽为国，不过是吴国的藩属国，也就是臣国，越王就是大王的臣子，每年都要以君臣之礼朝谒大王。除此之外，越国要割让五湖之畔的土地给吴国，赔款两千镒黄金，每年还需向吴国进贡粮食十万石，帛绢五千匹，铜三千斤，及木石等物。"伯嚭说，"只要越国恭顺、臣服，其国虽存，却是名存实亡，炙熟的鱼是鱼，但它翻不了身了，而大王及吴国的仁厚之心不仅会使勾践君臣和百姓感恩戴德、心悦诚服，而且从此传扬天下，大王会像始祖泰伯那样名垂千古，世所仰慕！"

"嗯，宽恕越王不死当然可以，这样能劝善天下，感化黎民。但勾践狡赖无比，是鼠辈小人，他是否会表面一套，背后一套？明里可怜兮兮的，暗里咬牙切齿，伺机谋反。连伍相国都差点上了他的当。到底如何办好？寡人问问伍相国，再交廷议。"夫差想了下说。

伯嚭心想，伍子胥、钮宣义、被离、华元、卓荣等大臣都恨透了勾践，只要他们发表意见，越国不存，勾践也死定了。

"大王，召集廷议，固然是要的，但伍子胥被勾践戏弄过，对勾践恨入骨髓，相国虽忠直无他肠，但复仇之心是强烈的。臣担心相国过于激愤而行事偏颇，而钮将军等必附和他，如此，大王就为难了。这样的大事，臣恳请大王乾纲独断，拿定主意后再廷议。不管怎么议，其结果只有一个，奉诏行事！"伯嚭看着夫差的脸色说。

"你过虑了，寡人不会为难的，无人可为难寡人。但伍子胥是相国，这样的事不能不和他商议，廷议也是要的。放心，寡人自有主意，绝不会受旁人所左右。"夫差脸色变得异常阴沉，冷笑着说，"越国的事，既然接受勾践投降，就杀不得了，也不必灭了它，暂时保留为藩属国为好。灭了越国，越国百姓不服，民怨永不止息，这是很麻烦的事。所以，还是让它存着，正如你所言，名存实亡，这是上策。但勾践是不会死心的，不能不防。寡人有一法，要他和王后入吴为奴三年。蛇无头难行，没有了勾践，越国休想翻天。另外，严禁越国整军经武，不准拥有一兵一卒，所有兵器收缴入库，舟楫只许渔船、货船，所剩战船，全部封存。"

"大王英明，这办法妙极！勾践和王后入吴为奴三年，勾践纵是只猛虎，到了吴国，就是置之柙中了，他不死心也只得死心。至于越国留守的臣子，只能听命于大王，替吴国跑跑腿、守守门而已，至多料理些向吴国朝贡之事。再说，如发现越国显露异迹，吴国动一个手指就可制伏。"伯嚭叹服说。

夫差打定主意，待伯嚭走后，便宣召伍子胥入朝，商议越国投降之事。伍子胥

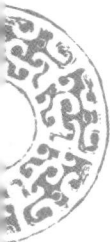

慷慨陈词，力主诛勾践、灭越国。伍子胥说："臣上过勾践诈降的当，差点误了大事，我再也不相信此人了。大王，越国和勾践已是笼中鸟、网中鱼，趁此机会，我们不能不作断然处置。臣以为一劳永逸之策，就是将越国灭掉，将勾践杀掉，吴越一统，以绝后患，若放了勾践，留存他的国，这无疑是放虎归山，斩草不除根啊！"

"相国，寡人要勾践和王后入吴为奴三年，三年后视情形再作处置，如他俯首称臣，可放他回国，如有异心，伏诛在即。至于存越国，这是名存实亡，一个无君无军之国，能有多少能耐？寡人所以这么办，还是考虑越国民心，陡然杀其君灭其国，越国百姓会心寒，由寒生恨，由恨为仇，群情激愤，总有一天会造反，让我们如何是好？难道大开杀戒，把他们杀尽杀绝？"

"大王说得不无道理。可吴国要勾践和王后入吴为奴，难道越民就不寒心了吗？国君在别国做牛作马，有一点爱国心的百姓，都会视作奇耻大辱，国君一日不归，他们一日不宁，三年功夫，心心念念，忧心如焚，积怨深重，大王就不怕他们甘冒不韪，奋起反抗吗？"伍子胥脱口相问。

夫差一愣，他没有细思到这一点，沉默了一会儿说："相国说得也对，将心比心，如果寡人入越为奴，吴国百姓亦绝不会坐视君父之难，定会大兴勤王之举。可这总比杀了勾践好，勾践挑起战端，举兵攻吴，罪在不赦。寡人免他不死，只是以别的方式处罚他。是非曲直自有公论，越国百姓应该懂得寡人的宽宏大量，怎么还会不识好歹地反对吴国和寡人呢？"

"大王，吴越敌对太久，敌意严重，对事情的判定截然不同，入吴为奴和遭诛戮在他们看来，是一回事，没有多大的区别。既然如此，大王的宽容大可不必，倒不如斩草除根，杀了勾践，灭了越国，一了百了，对越国百姓来说，河山改色，国君就刑，事实已不可逆，他们只能忍耐。长痛不如短痛，时间一长，自然会淡忘，我们只要施之安抚和体恤，以收揽人心，不需几年，他们便会真正归顺吴国。"伍子胥侃侃而谈，"对越国这样的敌国，不能讲仁义；对勾践这样的国君，不能宽大为怀；对他们施仁政，不免妇人之仁。"

夫差听到伍子胥说他是"妇人之仁"，很是恼怒，脸色铁青，生硬地说："既然是妇人之仁，文种入吴诈和，相国何以要赞同并积极促成呢？"

"此一时，彼一时，那时越国还有几万军队，范蠡作了固守的准备，若举兵伐越，还会打几个硬仗。臣当时以为，若越国能求和，兵不血刃，拿下越国，免去了一场兵灾，于国于民都是好事。未料到勾践是在耍诈术，臣有失察之过，后悔莫及。而眼下的形势，已大为不同，勾践偷袭未成，溃不成军，据守会稽山，已是瓮中之鳖，臣之所以主张诛勾践，灭越国，正是通过勾践诈和看透了他，此人狡猾成性，不仁不义，留下他，后患无穷。"

"伍相国，别说了，寡人自有筹划。"

"大王，文种何以先找伯嚭，内中必有原因，伯嚭素来护越，文种是否收买伯嚭说情，臣无证据，不能妄断。然巴豪案的事实俱在，伯嚭虽非越国内奸，但过失是严重的，巴豪能窃取枢密，与伯嚭庇荫不可分。所以，对伯嚭与越国的交往，不能不防。"

"伯嚭和巴豪案的牵连，已作了了结。相国不要再纠缠不清了，更不能无根据地对伯嚭猜忌什么，他是前线监军，文种向他递降表、越王剑，是再正常不过的事。伯嚭亦有权处置。你说要防他，这恐怕不宜。寡人身为一国之君，对大臣都是信任的，犯了错，认错就好，不会耿耿于怀。相国私自放走了文种、囊丹，在别人看来，是心存叵测，要问个究竟的，加上一顶罔上不臣的帽子，不算过分。但寡人知道相国为人正直，是吴国老臣，忠心赤胆，也就不予深究了。"夫差语气平和地说。

这话其实说得很重，呛得伍子胥半晌作不得声，谢过恩便出宫了。回到家，他闷闷不乐：夫差从太子到登位为王，还是第一次对自己说重话。联系到他突然赦免伯嚭的过失，让他复出任征越军队的监军，伍子胥似乎能领悟到大王出于某种意图，在扬伯嚭而抑自己了。这么一想，伍子胥一身冷汗，那说明夫差在防备自己了。

想到这里，伍子胥反省自己出于对文种、囊丹的安危的考虑，放他们归去有点操之过急，应该向大王禀报后再放。其实夫差未必会不顾自己的请命，硬是扣住文种、囊丹下狱治罪，或杀了他们。由于自己的疏忽，君臣之间，隔膜与误会已造成了；另一个原因，是有佞人谗言挑拨。能影响国君的佞人会是谁呢？最有可能的，就是伯嚭。伯嚭到底在大王面前说了些什么，自己不知，但夫差对越国和勾践的处置态度，是受了伯嚭的影响，而伯嚭的提议，势必来自文种。自己该怎么办呢？稳妥的做法就是超脱、淡泊些，任凭伯嚭等奸臣兴风作浪，把持朝政，这样，大王对自己不会有什么戒心了，自己就会安然无恙。但他马上打消了这个念头，觉得自己这样想可耻又可悲。别说自己的性格、操守不容那么阿谀奉承、庸庸碌碌地为官做人，就凭自己和先王结下的那种生死与共的情义，就凭先王临终赋予的辅国顾命重责，他也不该摆脱一切，置国脉苍生于度外。先王是一代英主，自己岂能为了一己之私，有负他的厚望呢？另外，自己身为宰相，一言一行，举足轻重，理应心存君国，刚正不阿，守职而不废，处义而不回。既当大任，庙堂之上，在利害攸关、大是大非之际，自己不挺身而出，谁挺身而出？自己不仗

义执言谁仗义执言？当然也得随机应变才好。

夫差不是昏君，他继承了父王阖闾的不少禀赋，例如有韬略，懂兵法，有决断，有大志亦有大才，但偏执自负、任性冲动、刚愎自用、心高气傲等弱点，也像他的优点那样，已暴露无遗。他有阖闾的才，却无阖闾的德；他也有阖闾的志，但无阖闾的贤；他能治国治军，然而不能治左右，他容不得反对意见。作为一个国君，这是致命的。由此可见，今后的吴国不会一帆风顺，自己要将得失安危抛在一边，与吴国休戚与共，尽忠竭智，为国效劳，粉身碎骨，在所不辞。经过苦思，伍子胥的烦躁和苦闷一扫而光。

外面传来了一阵阵异常悦耳的琴声，一串如松风流泉般的清响，流转在厅堂之中。伍子胥精神一振，推门出去，他知道，这是女儿伍青在操琴。伍青的琴艺这段时期有长足的进步，在都城的贵族乃至王宫中已有点名声了。伍青的纤纤小手，灵巧地在琴弦上拨动着，她身穿朴实无华的白色丝袍，衬托她的皮肤愈加洁白、细嫩，姿态优雅而秀气。伍树、伍敖及乐范安静地在一旁倾听，屋中燃着一炉沉香，一缕烟气清心涤俗，屋子里还摆满了她收集的陶器。伍青喜欢那红色陶罐、陶盆上的波纹和游鱼、花卉等花纹，壁上还挂着孙平送给她的那把"秦汉子"，使这间不大的闺房显得十分雅致。

这种恬适温暖的家庭气氛在此刻让伍子胥特别感动，他想起了津香，如果津香能入吴长住，那一切就很圆满了，无论如何不能让他们受到干扰和伤害，他有责任呵护他们。可宦海凶险，难免浮沉，这个家的安宁说不定会受到冲击，这份难能可贵的天伦之乐也会在折腾中大受影响。想到这一点，他的心里有些不安，也有些沉重。但他马上警觉起来，马恋栈，鸟依巢，人更是看重自己的家，但他不能为了这而忘了自己的身份和职责，他悄悄地踱进室内，在一边静立着，不去惊动陶然于琴声中的妻儿。

伍青弹得很投入，很专注，沉浸在曲调中，连她长长的眼睫毛都随着节奏闪动着，使得伍青认真庄重的表情中增添了娇媚自然的风姿。琴声时而铮铮有力，又时而婉转悠扬，时而如风雨交加，时而如鸟语林涛，伍子胥听出这曲子是《贞女引》，当年自己投奔到吴国，在都城梅里吹箫于市，也吹过这曲子的旋律。伍子胥被瀑布般流泻的琴声拉回到那段蹉跎的岁月。

忽然，伍青用清脆而略带童音的声调唱起来：

菁菁茂木，隐独荣兮。变化垂枝，含秀英兮。修身养行，建令名兮。厥道不移，善恶并兮。屈躬就浊，世彻清兮。怀忠见疑，何贪生兮？

这首《贞女引》的曲辞，伍子胥也记得几句，子蝶也奏过唱过此曲，孙武几次和伍子胥议论过曲辞中的内容。贞女高贵、美丽、聪明，性格义烈，极注重名节，一语见疑，便以死明志，这样一个有骨气的人物，不仅是女子们的楷模，更是宁折不弯精神的象征。听着听着，伍子胥被深深触动了，他感慨万千，不禁热泪盈眶。

琴声和歌声戛然而止，房间里一片寂静，伍青突然发现父亲站在一边，连忙起身，轻轻喊道："爹，你什么时候进来的？琴声没有吵闹你吧？"

"没有，没有，你这一曲《贞女引》，子蝶姑姑也奏过，你奏得不错，不，奏得太好了！"伍子胥拭泪说。

爽朗、傲气的伍青还是第一次听父亲这样赞许她，脸微微红了，说："孙平也跟我说过，在子蝶姑姑留下的曲谱中，就有这曲《贞女引》，有原曲，还有改编的吴歙曲。"

乐范和伍树也站了起来，乐范注意到伍子胥眼睛有些红红的，像哭过的样子，问："你怎么啦？是听了女儿的琴感动了，还是想起了子蝶？这倒是很难得啊！"

"怀忠见疑，何贪生兮？贞女乃千金之体，以死明志，其志可贵，做人就是要有点骨气。孙武的妹妹小燕子，宁死不屈，大义凛然，跳下城楼，用自己的生命反抗叛臣，她就是吴国的贞女节妇！"伍子胥坦然地说，"由此曲而想到她，想到许多人许多事……我，不能自制了！伍树，抽空去你燕妈妈坟前看看，她是给夫概害死的，唉，一眨眼十年了！"

"是，我会去的。"伍树含泪说。

"朝内没有事吧？你是有感而发吧，我看夫差犯了浑，伯嚭那么大的罪过，他不痛不痒地申饬几句，就完事了，马上又派伯嚭伐越去了！许多人说，都是你妇人之仁，保住了伯嚭一条命，你也是太迂腐了，居然帮他说话。他会感恩吗？不会的，他肯定又在什么事上作梗了。你别瞒我，我不问政事，但眼睛还不花，他何德何才？"乐范说，"我看哪，这个伯嚭就是第二个夫概，大将军说得好，此人不除，吴国不宁。"

"你别乱说，大将军什么时候说过这样的话。"

"大将军回来参加哥哥的丧礼，有个晚上，你们在池边议事，我听他这么说的。"

"你们三个给我听着，这话无论如何不要与人去说。"伍子胥叮嘱伍树、伍青和伍敖。

兄妹三人连连点头。

"你是举国敬仰、名震遐迩的名相，辅佐先王，又领遗命辅国，你何以要惧怕伯嚭这样的佞臣？要是夫差不明是非，偏向于他，我进宫去责问他。自古有无道之君才有无道之臣，我要告诉他，哥哥用伯嚭是有节制的，从来不听他的谗言，他夫差头脑要清醒些，少听些谀奉之言，要离伯嚭远点儿，更不能倚重他。"

"你别掺和进去，这样只会添乱。我为人为官，以国为重，俯仰无愧，无一事不可质诸天地鬼神。"伍子胥郑重地说，"对待伯嚭，我自有办法。我不会惧怕他，朝内附和他的人并不多，大王也并非昏聩之君，可能会在一些事情上受其蛊惑，但邪不压正，我谅他伯嚭掀不出什么大浪来。"

说到这里，伍子胥把三个孩子遣走，把今天去宫里商议越国求降的事并和夫差发生冲突的事简要说了一遍。伍子胥很少和乐范谈国事，像今天这样，是从未有过的。乐范听后，对夫差居然对伍子胥如此态度也感到愕然，这说明，夫差已对伍子胥抱有戒心了，他用伯嚭的目的也是明显的，就是借伯嚭抑制伍子胥。他固执地坚持这样处置越国和勾践，除了听信伯嚭的计议之外，还有负气的成分在里面，当然是和伍子胥置气。但转念一想，夫差这种孩子气的做法，也许出于他的要强和自尊，他不想让外界认为自己依附于伍子胥，他有自己独立处事的能力。而且，他确实是在独立地果断地治理这个国家了。

"孩子他爹，你不要放在心上，他翅膀已硬，用不着我们了，这没有什么了不起，咱不稀罕！"乐范拉着伍子胥的手说，"早点把她接来吧！"

"她是谁？"伍子胥一惊，故意装糊涂。

"还有谁？津香呗！"

"你知道了？"

"早就晓得了。我说过，你伍子胥做什么事，别想瞒得住我。"

"开掘河道时，囊丹和津夷来找我，我这才知道津香还活着，她想伍树了，我便带了伍树和她见了一面。"

"可怜天下父母心，尤其是做娘的，什么都能丢掉，就是自己的骨肉丢不掉。公主也好，村妇也好，王后也好，只要是女人，概莫能外。"乐范感叹地说，"我也是女人，也有儿女，我懂得津香的心情。我再说一遍，这些年，亏津香挺过来了。"

"好吧，待忙过这一阵，把津香、津夷和他们父母一起接过来，房子是现成的，让他们在吴都过几年安稳日子吧，伍树和他们一起住。我不定期过去探望探望。"

"这由你做主，我不便过问，但小树子离开家，我真舍不得，他虽然不是我亲生的，但到底是我一手拉扯大的，我没白疼他，他这些年和我很贴心，当我是亲娘。"乐范眼睛潮湿了，"伍树是好孩子，他跟我说，他有两个亲娘，她们在他心中的位置一样重要，绝不会厚此薄彼，你看，真是我的孝顺儿子！"

伍子胥突然意识到什么，问乐范："津香的事，难道是伍树透露给你的？"

乐范得意地笑起来："你别怪他，他那几天特别兴奋，我追问他，他就如实跟我说了。这是好事嘛，你不该瞒我。我已经老了，还会吃这个醋？"

"这小畜生！看他厚厚道道的，竟敢出卖自己的亲爹，这世道，还能相信谁？"伍子胥笑着说，心里却异常安慰。

"还有伍青，你也得操操心，知女莫若母，我看得出来，她的心整个就在孙平身上，女儿家的，迟早是人家的人，她快到及笄之年了，把这门亲定下来，再过几年，就可以出阁了。眼看他们就像一窝小鸟，把他们喂大了，一只只飞了。"乐范有点感伤地说。

过了几天的下午，夫差在大殿举行朝会，议处置越国及越王向吴国投降事。

钮宣义、徐承也从越国营垒召回，留下卓荣在前线统领，密切注意会稽山上的动静，严防勾践残部逃窜。

钮宣义回吴都后，先去相府找伍子胥，伍子胥把和国君的处理决定等情况告诉了钮宣义。钮宣义很气愤地说："大王既有了决意，干吗还要朝议？这不是多余的吗？这个伯嚭以监军身份出现，我就觉得不可思议，真不知大王是怎么想的。荒唐，太荒唐了！我下午非要提出来。"

"钮将军，你冷静些，伯嚭的事不用说了，木已成舟，大王不见得听得进去。我要力争的，就是勾践必诛，越国必亡，我是豁出去了。你和被离、华元等，不要一味附和我，给大王造成我们抱成一团的印象，这没有必要。我先让大王怪罪于我一人，我倒下了，还有你们支撑这个局面。徐承、卓荣更要沉着，兵权在手，就不怕奸佞横行！否则，像割柴草一样割去一大把，吴国会大伤的。"伍子胥推心置腹地说，掠一掠白发，露出一种千斤重担由他独挑的神色。

"伍相国，你未免天真了些，你倒下，难道我钮宣义还有立足之地吗？在伯嚭看来，我们早就是一条藤上的葫芦。"

"不，大王眼下最防备的就是我，因为我是先王'托孤'的辅国大臣，加上我脾气急躁，说话太冲，大王年少气盛，对君王之尊特别在意，对我的言行可能起了猜忌。对你们暂时不会，因为你们刚刚打败越师，功不可没，即使认为你们和我'同流合污'，也不会一竿子打翻一船人，你们都是身经百战的将军，吴国得

靠你们。还有，也许我是过虑了。我想，大王还不至于会这么昏庸。乐范说，他是在耍孩子气。"

"孩子气？二十多岁的人了，还是娃儿？嫂夫人也真是的。"钮宣义苦笑说，"相国，你的意思我明白了，今天朝会，该说的话我还是要说。违心的话我不会说，模棱两可的话也不会说，谁都知道，我是直肠子，有话憋住了难受。再说，孤掌难鸣，相国所言诚然有力，也得有人应和才好。"

"好吧，你们就直言吧！不过，矛头不要过分对准伯嚭，尽量就事论事！"

下午，除留守前线和边境的几个将军外，文武百官都早早来到大殿。殿外，黑衣禁军持戈肃立，个个脸色凝重，气象森严；但殿内的气氛却是轻松的，还隐隐透出一丝喜气。越国败局已定，勾践像丧家犬般地困于会稽山，绝望之下，派人送来降表、佩剑求降，胜利来得那么容易，吴国君臣无不感到扬眉吐气。

夫差身穿簇新的王服，精神焕发，他从容地扫了一眼，问："伍相国怎么还没有到？"

"估计很快会到，马车可能在路途中出了故障。他的车子太旧了，近来修了好几次。"内官回答。

"相国身份贵重，坐破车太不像样，寡人赐相国新车一辆，良马两匹！"夫差吩咐内官，内官俯首答应。

正在这时，一个洪亮而苍劲的声音在殿外响起："夫差！勾践杀父之仇，你敢忘吗？"

夫差一愣，所有的文武官员都一愣，抬头望去，伍子胥身着官服，头束象征最高爵位的冠，昂首阔步走进殿内。他见夫差怔怔的，没有反应，于是，再次大声喊："夫差！勾践杀父之仇，你敢忘吗？"

"我不敢忘！"夫差起身吼叫。

"诸位，勾践杀先王之仇，你们敢忘吗？"伍子胥又喊道。

"不敢忘！不敢忘！"雷声般的吼声响彻大殿。

喊声停息后，原来大殿内的轻松和喜气一扫而光，寂静中透着肃杀之气。钮宣义和徐承会心地对视了一下，夫差心里有点不悦，这一问一答的喊声，是他规定的，但不知从什么时候起悄然停止了，伍子胥大殿复喊，显然是在借题发挥、对他施压，让他改变对越国和勾践的处置。但他又不能说伍子胥喊错了，所以不便将不满流露出来，反而对伍子胥投以感激的一瞥，说："相国，何以姗姗来迟，在家练嗓子不成？"

这是玩笑话，也有点奚落，伍子胥并不在意，回答说："臣马车坏了，耽误了些时间，请大王恕罪。"

"相国请坐下吧，猜到你马车出了故障，寡人已赐你一辆新车，两匹骏马，待会派内侍给你送去。"

伍子胥连忙拜谢。夫差言归正传，他先说了勾践袭吴，兵败如山倒，吴军大捷的过程，对钮宣义、卓荣、徐承等所立下的战功大加表彰，奖以爵禄、采邑、黄金。正式任命徐承为上将军，水师统领，并负责舟舰的督造。军队重新按孙武的编军方式，一分为三，即中路、左路、右路，钮宣义为上将军，率中路大军，不再兼卫骑都尉；卓荣为上将军，率左路大军，不再兼镇关大将军；公孙雄为上将军，率领右路大军。华元司宫廷内务兼禁军统领，不再兼水师副统领。钮宣义之子钮寒为水师副统领。伯嚭恢复太宰之职，恢复所降的爵级。吴周制度，将军之下设副将。每路大军有一万五千名至二万名甲士。每路军下设十旌，每旌一千五百名至两千名军士。指挥旌的头领为嬖大夫。旌之下有行，行下面是两和伍。行有行官，两有两官，伍有伍长。敬泽、奇夏、书怡等经过伐楚战役的嬖大夫都擢升为副将，伯龄、伍树等在内的官宦子弟均提升为营官，伯龄在车骑兵内任职，伍树在铸造坊任职，饲马兵伍长良人、门将良丕等亦提升为营官。夫差同时宣布，伍子胥依然为宰相，有辅国之责，但不设辅国大夫一职，大将军一职不再空缺，由夫差自己兼任，不过，若孙武返朝，大将军理当由孙武担任。

对将领的擢拔，特别对年轻军官的提升，是正确的，恢复孙武任大将军时为伐楚所设置的编军方式，也未尝不可。这是确保军队处于战时状态，激发军人的斗志。但伍子胥不兼辅国大夫与伯嚭官复太宰令人寻味。伍子胥听后，更证实了自己的判断，夫差在贬抑自己而抬扬伯嚭。更让伍子胥纳闷的是，宰相掌百官选补拨调，国君在任命调整文武官员时，至少要和宰相商议一番，但这次的任命涉及的人那么多，却完全避开了自己，这一非常之举，让伍子胥的心沉了下去，胸口一阵阵发紧。在场的百官面面相觑，不免困惑，觉得有些不对劲，又不知其详。只有钮宣义心知肚明，嘴角隐隐露出一丝冷笑。对他的褒奖和重用，一点都引不起他的兴致。

伯嚭和公孙雄心中狂喜。两人因之前受挫，一度都心灰意冷，尤其是伯嚭，那一段关禁闭的日子里，连后事都交代给儿子伯龄了。可没想到几天就化险为夷，官复原职，声势又变得煊赫了。但伯嚭和公孙雄除伏拜谢恩，不敢将心中之喜溢于言表。

开始议越国投降事宜。夫差看着伍子胥，问："相国，你说说，应如何处置越国，又如何处置勾践？"

"臣上殿时，对大王所呼，大王所答其实已很清楚了。为不忘勾践杀先王之仇，臣主张平越。至于勾践，一旦拿下，当即伏诛，以告慰先王泉下之灵，同时永绝后顾之忧。"伍子胥起身回答。

"相国的意思很清楚了，要灭越国诛勾践，其他爱卿以为如何？请直言。"夫差不动声色地说。

"臣以为勾践既然求和，且递交了降表、佩剑，诚意可鉴。吴国从先王伐楚起，一再严谕，不许杀降杀俘，更不许滥杀无辜，因而臣以为对降王勾践应和降将降兵同等对待，不杀为好，以示吴国军纪法度严明，更体现大王的宽大为怀与王道仁慈。另外，为安抚越国百姓，可保留越国国号，不毁其宗庙；越国可存，但作为吴国的藩属，收缴其兵器，废黜其军备，越国虽存，然名存其亡，这样做，绝非姑息，而是收揽人心。如诛勾践灭越国，越国百姓势必切齿，后患无穷。心服口服才是真正的臣服，所以，从长远计，臣以为刀下留人，存越国为上策。"伯嚭从容不迫地说，"当然，勾践此人狡诈，为防他贼心不死，可命他与越王后入吴为奴三年，试问，还有什么后顾之忧？"

"勾践不死，越国不灭，何以替先王报仇雪恨？"钮宣义血脉贲张，扬臂而起，大声说道，"越国是敌国，勾践是杀先王的元凶，他挑起兵衅，用心险恶，诡计多端，罪孽深重，可恨可鄙可恶！对勾践宽大，就是对先王不忠，对勾践仁慈，就是对先王不孝！"

"是可忍，孰不可忍？任何人都可饶恕，唯独不能饶勾践，他活着，就是大患。吴越敌对已深，结怨几十年，越国虽小，狼子野心，一有机会就兴风作浪。吴国要长治久安，必须灭越国杀勾践！"被离说。

"吴国要剑指中原，图强称霸，先要除掉恶邻。楚越素来与吴为敌，近敌不克，难征远敌，我以为，杀掉勾践，平掉越国，是今后远征的必要部署。"卓荣说，"宽大勾践，虽能博得仁义的名声，但勾践忍辱负重几年，将来回国，只要存有复辟异心，以越国的富庶，百事可为。"

"可以让勾践入吴为奴，看他几年，如有异动，再杀他也不迟。再说，这几年中越国已无君无兵，留下几个臣子把把门而已，即使有贼心，也无贼胆，有贼胆亦力不足。卓荣将军说，以越国的富庶，百事可为。富庶是不假，但只要让他们每年悉贡所有，这就富在吴国了，而越国可说无以为富了。"公孙雄已从伯嚭处获知大王的态度，便站在伯嚭一边说。

"为吴国谋，能不杀当然不杀好，能不灭也是不灭为好，人心思和，修好为上，息战罢兵，应为天下人共同谋求的理想。赦勾践可以解经年不解之结。"有个大臣附和说。

夫差很注意地听着每个人的发言，体会他们的言外之意。他意识到伍子胥的意见得到大多数大臣的赞同，而与之相反的意见弱小得多，无疑，伍子胥的威望是不可低估的，这使得夫差更负气地固执己见，原来筹思已熟的想法在他心里变得不可动摇了。

"朝议就到这里吧，大王必是别有垂谕，伍相国，我们还是请大王定夺吧！"伯嚭客气地对伍子胥说。

"好，请大王下谕。"伍子胥回应。

"各位爱卿各抒己见，都是出于一片爱国忠君的至诚。杀有杀的理，不杀有不杀的理，灭有灭的好，存有存的好。仁者见仁，智者见智，依寡人看，这两种意见，无错对之区别，在报仇雪恨这点上，都是一致的。杀了固然报了仇，勾践入吴为奴，罚之辱之就不是报仇吗？"夫差用反问的语气说，"让他生不如死，颜面扫地，这也是报仇！寡人是这么看的。"

"是啊，就是要让勾践生不如死，苟且偷生。"伯嚭顺着夫差的口气说。

"寡人决定不杀勾践，不灭越国，越国成为吴国属国，割地、赔款、纳贡等条件再谈，除确保越民衣食之需，其余悉数贡吴，但勾践和王后入吴为奴是不能商议的。伯嚭和钮宣义为受降专使，赴越国谈受降事，形成降约后，押送勾践入吴！"夫差说到这里，做了一个决断的手势。

第 十 三 章

　　这是个阴天，天空灰蒙蒙的，风很大，而且很冷，刺骨的冷。一行人在茂密的灌木丛中，沿着蜿蜒的山道慢慢走下来，走在头里的是范蠡和文种，后面是越王勾践和王后季婉，季婉由两个宫女搀扶着，走得跌跌撞撞，她心里如同利刃切割，烈焰炙烤，但她的脸色是坚毅的。勾践不时回头看看她，在楚宫中长大的高贵的公主，从来没有吃过跋涉之苦，但见她坚强而吃力地走着，勾践心里很疼，但他帮不了她什么了。

　　勾践已作好了最坏的准备，大不了殉国，大辟、烹煮、车裂，一条命而已。使他略感宽慰的是，宗庙保住了，社稷保住了，国土割让了一大块，但国家未灭，虽成了吴国属国，但毕竟还据于东隅一地，黎民没有沦为亡国奴，而且，免除了一场兵灾和杀戮，否则，越国很可能变或一片凄凉无比的坟场。肉袒投降虽然是奇耻大辱，但除了投降，他已别无选择。

　　昨天，当文种将他和伯嚭、钮宣义商定的降约交给勾践签名盖印时，勾践痛苦而愧疚，先王传下来的江山到他手里，变成了吴国的属国，自己以越王之身入吴为奴，他有负于列祖列宗和全国百姓。他久久坐着，垂着眼，闭着嘴唇，神态是克制的平静，但心里却翻腾着，在山洞里燃烧的松枝的火光下，他的手在颤抖，一支簇新的竹笔，一盘黑漆，放在他面前，他几次举笔，都觉得有千钧之重而又放下了。

　　范蠡和文种在一旁静候着，不远处的"帷幔"后，季婉用极度痛惜和不安的眼神注视着丈夫，秀美的脸上透着无奈。她懂得丈夫此刻的心思，虽已想通，但事到临头又犹豫了。明天就要放下武器，遣散五千多人的军队，入吴为奴，他的心情之沉重，压力之大，简直会摧垮他。只有季婉能走进他的复杂的内心。极有可能，他会把笔一扔，拒绝签上自己的名字，盖上自己的玉玺，和吴军作自杀式

的一搏，甚至会起身撞洞壁而死。

"大王。"季婉站起来，走到勾践身边，轻轻喊了一声，"强敌压境，时不我待，请签下降约吧，留得青山在，不怕没柴烧！"

"大王，王后说得对，一切按我们计议的办，臣陪大王入吴，文种守国，只要活着，越国便有望，只要大王在，百姓便有盼头。文种会把王子、公主照料好的，请大王当断则断吧！"

"范大夫说得对，今后天荆地棘，步步皆难，但臣知道大王已有了忍辱负重的准备，今日之'屈'，正是为他日之'伸'。大王，伯嚭和钮宣义在等待臣将降约送去。"

勾践点了下头，抓起竹笔，在竹简上签上自己的名字，盖上自己的玉玺。签定后，一种听天由命的想法袭上心头。他抓住季婉的手，说："我牵累你了，要是吴国能放过你，我断然不会让你跟着我入吴的。可吴王蛮横，辱我不说，还偏要辱你，以后的日子……我不敢设想，你要受苦了！"

"大王，你不要这么说，我们是夫妻，哪怕入虎穴、下火海，我都要和你一起承受，我不悔！我心甘情愿。"季婉坚定而温柔地说。

"谢谢王后，都是我铸成的大错，将国家推入万劫不复的深渊，害国害民，害己害人。"勾践说到这里，转身面对范蠡、文种，哽噎着，"如只需我一个人来承担，也就罢了。连累到这么多人，范蠡要陪我入吴，我实在于心不安啊，太委屈你们了！文种等诸臣来收拾这个烂摊子，也为难你们了，一人闯下的祸，却要这么多人来受过，这是天地不容的事啊，我真是死有余辜！"

"大王别自责了，错已铸成，设法挽回才对，如一错再错，那才是天地不容。不惜受耻者必能成大事，如今，大王能纳臣之计，此乃顺从天意，效古之圣贤，胸有丘壑，这是不幸中之大幸。"文种说。

"道理固然不错，但寡人不可能心安理得，如果连一点惭愧之心都没有，那简直是毫无心肝了。"

"臣要提醒大王，据说伍子胥和伯嚭、吴王曾有歧见，伍子胥坚持要诛君灭越，而吴王和伯嚭力主存君存越，但限期让大王与王后入吴为奴。能活下来是好事，但夫差此计是在精神上灭杀大王，精神上垮了，即便活着，亦是苟延残喘，如同行尸走肉。夫差比伍子胥更毒辣。大王，此去不管处境如何凶恶，绝不能心死，大王心死就是自己废黜自己，到那一步，越国真正是名存实亡了，"范蠡声泪俱下地说，"大王此身不属自己，臣此身不属自己，为了越国的社稷生灵，我们君臣一定要扛下去，心不死！等待否极泰来。"

勾践郑重地点点头，说："好，扛下去，心不死！"

文种取了降约，立即下山递交给吴国的受降大臣太宰伯嚭和上将军钮宣义，约定第二天一早，吴军上山，收缴五千多越国将士的武器，原来答应遣散的决定作废。勾践率领亲贵勋臣，下山赴吴军大营肉袒投降。

文种又返回山上，传达吴军的安排。一早，未等吴军上山，勾践便令山上的兵将卸甲缴械，然后集中在一起，越军垂头丧气地听候发落。很快，上来一队由一名裨将带领的吴兵，将越国降将降卒带走了。又上来另一队吴国士兵，同样由一名裨将为首，他命令越王勾践和身边的大臣肉袒投降，王后随行。王后可有两名宫女照料。

名为肉袒，并非赤膊就降。其实只是不穿长袍，着和囚服差不多的青衣短装，头戴小帽。王后可不换装，但不能着锦衣。这些服装是文种去物色的。勾践一夜未眠，在火把下默默地端坐着。天色微亮，季婉亲手烘烤了几块白饼，一盆用鸡汤做的糜粥，用了伯嚭让文种带上山的两只鸡、一袋米。伯嚭说，估计越王饿得慌了，入吴前补补身子，吃得饱一点，以便路途上能有精神体力，若饿病了或饿死了，他负不了这个责。季婉连夜煨了一罐鸡汤，让勾践喝了一盆，范蠡也喝了些。

勾践换上青衣短装，朝王后苦笑道："我这样子，肯定丑陋不堪了。"

季婉也换上了布服练裙，她看着勾践的打扮，心里一阵酸楚。勾践从来到世上第一天起，便是锦衣玉食，她认识他的时候，他已是太子，眉宇间洋溢着顾盼神飞的英气。可此刻穿了这身衣服，加上这段时期的折磨，温润的面庞变得枯瘦灰败，就像五十多岁的老农，神情落寞，眼神呆滞。没有人会相信他是一国之君主。

"没什么，我们入吴是为奴的，谈不上体面了。"季婉故意轻松地说，"你穿这套衣服不难看，也盖不住你的王者之气。"

"王者之气？我是阶下囚了，还有什么王者之气，有的只是一身的晦气。季婉，你别安慰我了！"

好在下山的路不是很远，勾践一行在吴国将士的押送下，来到了吴军大营，伯嚭、钮宣义肃立在帐前，两边是两排军容整肃的甲士，旌旗招展，一片肃静。在文种、范蠡引路下，勾践来到伯嚭、钮宣义的面前，定了定神，作了个揖。

"勾践，你来了？"钮宣义直呼其名。从未有人面对面这么称呼他，勾践心里一震，一时竟无言以答。

范蠡在他耳旁小声说："请答话，预备好的那几句。"

勾践鼓足勇气，背书似的说："越国勾践偕妻季婉并率臣僚共十五人，以戴罪之身，向上国举国投降！"

"请入帐吧，我与钮将军有话向你交代。"伯嚭伸手做了个肃客的手势。

"是。"勾践答应了一声，走进营帐去。季婉和几个宫女被一个副将带往另一营帐。

伯嚭、钮宣义、卓荣、徐承坐下，勾践等人站立着。勾践很不自在，这样的阵势，他也是第一次经历，他终于真切地感受到，尽管自己在越国的疆土上，却已失去了王位。

"勾践，你听着，接我国大王谕令，按吴国和越国所签降约，你等十五人立刻押解吴国为奴，昼夜兼程，不住行馆。你们要服从监管，未经许可，途中不得和所遇任何人讲话、接触。另外，出发前要在各人身上搜一搜，以防有人挟带武器和毒药，这是例有的规矩。我们必须要把你们毫发未损地送到吴国，一路上要保证你们的安全。我和钮将军与你们同行，将有几千兵马卫护你们，你们听清楚了吗？"伯嚭趾高气昂地说。

勾践不吭声，范蠡诺诺连声。伯嚭、钮宣义等走出营帐，几个裨将进去，从勾践开始，逐个搜了一遍。在将军诸稽郢身上搜出一把短剑。诸稽郢抗议说，这是他用来护身的，也用来保护大王。裨将没有理会他。另外，在一个大臣的袖管里搜出一个小包，裨将打开闻了闻，顿时色变，原来这是包毒药。诸稽郢是自愿陪勾践入吴的，范蠡考虑要有几个武将在勾践身边作警卫，便同意了。文种与吴国讲妥，诸稽郢到了吴国便返越，由被俘的扶同和若成替代。那个私藏毒药的人是内官，范蠡要他同去，是要他照料勾践的饮食起居的，他藏毒药的目的不是为自己，而是为勾践，万一勾践不堪凌辱，求死不得、求生不能时，就以此为大王解脱。他叫伏濮，是越国的老内官，允常和勾践都视他为心腹。

勾践见伏濮藏有毒药，以为他有自裁之心，便喝道："你要干什么？不要胡思乱想！"

"是，大王，臣错了，是臣一时糊涂。"伏濮惶恐地回答，怕连累大王，吓得双腿瑟瑟发抖。

搜毕，伯嚭、钮宣义、卓荣、徐承等四人又回到营帐坐下。

"勾践，你们还有什么要说的？不入吴的人就到这里为止，文种，你该回去了。"伯嚭大声说。

"太宰，一路上，还求对我国君格外包容照拂，得方便处且方便。装贡品的船三十条，近几天便会出发。"

"卓荣将军会在越国留一段时期，收缴兵器，包括能熔解后铸造兵器的铜器，除留少量小件必用品外，任何人不得大量私藏。越国所有冶坊全部取缔，割地赔款事也由卓荣将军督促兑现。"伯嚭叮嘱文种。

"太宰、各位将军，我没有什么可说的了，只有一条，请尽量使越国百姓少受惊扰！"勾践说。

"是你惊扰了他们，你害了自己，更害了百姓。早点替百姓着想，你上次派文种来吴，就不该是诈和，而是真和，一件很好的事情都坏在你的手里！"钮宣义训斥说。

"将军说得对，我不该诈和，贸然犯吴，真是一着错，满盘输啊！"

"好了，你们该上路了！车上为每人备一件棉袍，用来御寒。我国大王的仁义之心，在这件小事上就可知一二了。"伯嚭说。

文种等越国大臣将勾践、范蠡等送上马车。范蠡把文种拉到一边，悄悄说："一件私事，拜托老兄传言。我与西施姑娘订有的婚约只能取消了，我陪大王入吴，前途难以卜测，我不能再耽误她了，嘱她忘了范蠡，嫁一个良善男子，有一技之长，对她好即可。我和她下辈子若有缘，再谈婚论嫁吧。告诉她，我范蠡对不住她，也顾不上她了，让她多保重。她是明白人，她会懂的。"

"好，老弟，我一定办好。你放心陪国君去吧！大王、王后就交给你了，我等鞭长莫及，一切的一切，都靠范大夫了！我等感激不尽。"文种说完，一揖到地，范蠡还了礼，毅然决然地登上车去，再也没有回头。

马车是囚车，整辆车车底以上做成长方形的木笼子，四周都是木栅栏，顶上是木板，捆绑着油布，若下雨，可将油布放下围上，用来挡风防雨。木笼内装有几支铜柱，铜柱上装有铜环，可以将车内的囚犯枷颈项，锁手足，紧系在环上，动弹不得。按夫差之意，要给勾践枷颈锁足，但伯嚭以为，越王在越国经过时，越国百姓一定会争相送行，见状会伤心的。还是"颂系"为好，以争取民心。"颂系"就是不枷不锁，散押在车内。夫差点头同意了，说，好人做到底，干脆给他们配一件棉袍，勾践的车子配一张犯人本不得享用的坐席。

勾践和范蠡、伏濮一辆车，季婉一辆车，两个宫娥同行。诸稽郢和两个越将一辆车，十五人共乘坐五辆囚车。勾践上车后，席地而坐，穿上棉袍。棉袍是新的，足能御寒，车内很干净，这比勾践想象的要好得多。更让他感到安慰的是，王后的车紧随其后，透过栅栏，可看得一清二楚，相互可传眼神、做手势。

马车行进得很快，车前是无尽的吴国车骑，车旁亦有骑兵驰骋。五辆车后是伯嚭、钮宣义等吴国将领的战车和一列列旌旗耀日、甲胄鲜亮的吴师，看上去威

风凛凛，车轮声汇成隆隆巨响，极有气势。徐承则另路至湖口乘坐战船返吴。越境内的湖面上停满了艨艟大舟和各式战船，桅杆如密林般矗立着，显示出吴国水师的强大。

勾践坐在车内，望着两岸秋色斑驳的河山，心中生出无限的留恋之情。此去虽约定三年，但三年中什么事都会发生，很可能归来无日了。他很清醒，只是觉得茫然，像做着噩梦，又深知这是残酷的现实。自古无不亡之国，越国虽未亡，但名存实亡了，自己还留有越王的虚名，但一国之君成了囚犯，成了任人欺侮的奴仆，这还算什么君王？这样苟且偷安，丢人现眼，无论为人为君，还不如一死的好。裹在棉衣里，他不寒而栗，拭一拭眼泪，将头埋了下去。

过了山路，便到了平原，道路宽阔了，道路两旁跪伏着无数的人，有的哭泣，有的呼喊，有的祈祷，这是闻讯赶来替越王送行的百姓。勾践站了起来，季婉站了起来，范蠡站了起来，手扶着木栅，向百姓频频点头示意。

又到了七里坡。不久前那个傍晚，勾践率越师迎着斜晖出征，在这里遇到七个身着缟素的村妇路哭，她们都是战死疆场的战士的遗孀，她们用哭声倾诉对丈夫的怀念，对战争的厌恶，用哭声劝阻越王息兵，可惜勾践不为所动。要是当时能有所触动，闻哭而返，也不至于招致吴军的反攻，自速其祸。勾践闭上了眼睛，不敢看七个寡妇曾经号啕的所在，心里有的只是深深的自惭。

忽然，马车停了下来，只见人影凌乱，脚步声、喊声、哭声杂沓，加上马嘶，顿时乱成一团。勾践和范蠡一看，只见成百上千的越民涌了上来，以莫希为首的一批猎户，横立在勾践车辆的前面，吴国一批将士冲了过去，阻拦越民靠拢几辆囚车。

伯嚭、钮宣义、卓荣立即下车，仗剑走了过来。伯嚭厉声对莫希说："你们为何拦车？可知这是越王勾践入吴的乘舆，按越律是犯跸，按吴律是有劫车之嫌？不论怎么说，都可当场格毙！"

"太宰，他们是我的臣民，我已失位，谈不上是犯跸，他们更不可能和强大无比的吴师相抗劫车。他们不过是寻常百姓，手无寸铁，只是送送我而已，乞求太宰不要为难他们。"勾践平静地对伯嚭说。

"你们到底要做什么？送你们国君不是不可以，何以要冲击队伍，阻车行进？"伯嚭责问莫希。

莫希趋前一步，双手抱拳，对伯嚭作了个揖，说："我是苎萝村草民莫希，得闻我国大王入吴为奴，特备薄酒前来送行，请允许我奉越王三觥，聊表心意，草民求太宰了。"

伯嚭看了下钮宣义，意在征求他的意见。

"我看可以，置酒送别，人之常情。"钮宣义说。

卓荣没有说什么，只是微微点了点头。

"好吧，敬完酒，你们就散去，这是格外的通融。"

"多谢太宰宽容！"莫希又作了个揖，一挥手，两个年轻汉子抬上一瓮酒，他取过一只铜觞，倒满了酒，伏地跪下，叩拜后，起身持觞，隔着木栅栏，递给勾践，又接一个陶钵，亦斟满酒。莫希将钵双手捧到头顶，对勾践说："大王，容草民替越国百姓奉你薄酒三觞，一觞恭祝大王一路平安，二觞祝大王身体康健，三觞祝大王安然归来，痛饮不晚！"说完，和勾践一饮而尽，又倒满，再干，然后再倒满，又干。勾践仰头持觞，心潮澎湃，眼泪潸潸而下，泪水和酒交织在一起，进了肚中。而与此同时，水果、炙肉、鱼干等食物，雨点般地落在五辆囚车内，勾践饮完酒，泪痕满面地一拜说："多承抬爱，多谢，多谢！你们不用为寡人担心，与国家和黎民百姓的祸福相比，寡人一个人的生死，渺小之至，只要国在民安，寡人得失算不了什么。各位的心意，寡人领了！"这是他这几天来第一次以"寡人"自称，让百姓知道他依然是越国的国君，以安慰百姓。而在他心中，向吴国肉袒投降那刻起，他就不以越国君主自居了。

伯嚭怕出事，对莫希说："好了，你们目的已达到，散去吧，我们要继续赶路了！"

莫希依依不舍地退下去，就在囚车将发未发的一刻，有个清亮而哀怨的声音突然在人群里响起："范郎！范郎！"

一个穿着布衣的苗条而婀娜的身影，冲了上来，扑向第一辆囚车前，她素面朝天，未作任何修饰，然而仍掩盖不住她无可挑剔的天生丽质。

"西施，你怎么来了？"范蠡吃惊地问。

虽有两个甲士拉她，但她还是不顾一切地冲到囚车前，死死地抓住木栅栏，泪水止不住泛滥着，对范蠡泣不成声地说："范郎，你，你带我一起走吧……西施活是范郎人，死是范郎鬼，你好狠心啊，竟扔下我，不辞而别！"

伯嚭看呆了，他见过无数美女，身边更是美女如云，但这个哭成泪人的美丽女子，还是让他目眩神迷。从她的衣着打扮来看，她是个庶民，一个普通人家的女子。让伯嚭吃惊的，是她高雅的风姿，高华的气度，国色天香的容貌，绝对为那些贵族小姐所不及。她在哭泣，在哀号，但奇怪的是，失仪却使她身上别有一种楚楚动人的凄婉的韵味，眼睛哭得微肿，长长的睫毛不住眨动，令人怦然心动，也为之深受感动，让伯嚭兴起无限的遐思。

"你是谁？是范蠡的什么人？"伯嚭好声问道。

"民女西施，苎萝村人，是范蠡的发妻。"西施侧身回答，"请太宰开恩让民女陪夫入吴。"

"范蠡的发妻？前几天文种提到要范蠡同去，称范蠡尚未娶亲。突然冒出个范蠡的发妻，这是怎么回事？"

"民女就是范郎之妻。"西施坚决地说。

"太宰，西施所言不假，文种所称亦是事实。我与西施姑娘订有婚约长达十年，因王命在身，婚礼一拖再拖。前几天即要和她在苎萝村举行婚仪，国家出了大麻烦，为时势所迫，我们的婚期不得不再度推迟。事情就是这样。"范蠡平静地解释。

"十年都结不了亲，范蠡，你公忠体国，不惜让绝色美眷独守闺房，其志可钦可敬。不过，我觉得你不免太傻太迂了！"伯嚭戏谑地说。

"太宰，人各有志，你不会理解的。"范蠡淡淡地说，"太宰，请容我对她说几句话。"

"这种场合重逢，有点难堪。好吧，我成全你。可别谈得忘了时候。"

范蠡谢过后，便隔着木栅，用手掌为西施拭去眼泪，说："西施，我跟你说过，此身已非我有，此去路途遥远，缧绁在身，凶多吉少，我自己都无法自主，更无法照料你了。再说，你我虽有婚约，然未正式结亲，你跟了我去，非妻非妾，不成体统，法所不容。即便你是我家眷，入吴为奴，得由吴国说了算，我没权利私带谁去。西施，我对不住你，拖累你这么长时间，事出无奈，也是天意，看来我们这辈子无缘，只能等下辈子了。天意不能违，你我就此分手吧，婚约只能取消了，你跟着莫希师傅回去吧，文种大夫会找你去的。"说完，凄然一笑，硬着心肠转过身去，再也不说话了。

"范郎，你带我去，什么样的苦，我都能受得了，你带我一起入吴吧！"西施央求说。

范蠡悲从中来，但他背对着西施，把眼闭了起来，不再搭理她。

"西施姑娘，儿女情长，我们都顾不上了。你去宫室和兴夷、兴姑为伴吧！"勾践看不下去了，在一旁发话。

"大王，让我去伺候王后吧！你们入吴为奴，西施愿为王后之奴。"

"你别说傻话了，你是聪明人，这不是闹着玩的。"

"妹妹，听范大夫和大王的话，快回苎萝村去。"季婉在另一辆车里大声喊道。

"莫希师傅，你快把西施带走，入吴事大，你们要顾大局。范蠡拜托了！我眼

下能做的，就是这些了。我宁负西施，不能负国。"范蠡对莫希说。

西施终于松开了手，流着泪喃喃自语："我懂了，宁负西施，不能负国！"

莫希不住点着头说："范大夫，我知道，我知道，天地之大，后会有期。"

"天地之大，后会有期。"勾践和范蠡异口同声。

囚车又开动了，西施和莫希站在路边，目送着车子远去，西施的一颗心也被带走了，她不由自主地跪伏下去，莫希和所有的乡亲都跪伏下去，吴国军队的铁蹄、车轮在他们面前源源不断地经过，剑戟和吴钩，弓箭和旌旗，在他们面前闪耀灼目，直到最后一个兵、最后一辆车、最后一匹马消失，他们才站起来。西施沿着大路奔跑起来，且哭且号。莫希追上了她，同情地说："可怜的姑娘，我们回家去吧！"

莫希领着失神的西施，来到河边，乘上回苎萝村的木船。河水蓝幽幽的，显得特别明净，在秋色中，这个无君的国家冷清异常，这个被战争摧毁的国家保持着缄默。西施一言不发，听着水流在船身下面发出一阵阵哗哗不息的声响。

在囚车里，范蠡紧紧地将身子裹在暖和而柔软的棉袍里，他怀着深深的内疚。他明白，他让一个可爱而痴情的女子的心受到了刀割般的伤害，它在流血，"西施！请你原谅。西施！你另托终身吧，你会幸福的。"他一遍遍在心里喊道，车子在颠簸，他的心更是沉到了谷底。

他们是半夜到达吴都郊外的。伯嚭、钮宣义连夜进宫复命去了，商议由吴王夫差在大殿前正式接受勾践投降之事。而勾践、王后、范蠡君臣则在车上蜷缩了一夜。油布放了下来，倒也挡风挡寒。早晨起来，掀去围帷，已摆好几个木桶，木桶里是冷水，供勾践等人洗漱。水寒刺骨，既已为奴，不能有任何计较了。之后，囚车便在吴国车骑押送下，经过波光粼粼的五湖，进入吴都城门。吴都宽阔的大街上人山人海，吴国百姓拥挤着争睹囚车中的越国国君、王后和大臣，诅咒声、奚落声、讥笑声响成一片，有些人还想冲上来，但被一路站岗的甲士阻挡住了。

"卑鄙！可耻！可恶！"

"暴君贼子，不仁不义！"

"杀了勾践，灭了蛮越！"

"越王为奴，长我志气！"

这声声斥骂，刺激着勾践，气得他四肢不自觉地战栗，而每一道充满敌意的眼光，都似一把尖锐的利刃，粉碎了他作为一国之君的自尊心。他低垂着头，脸露凄惶之色，深感颜面扫地。后面的王后看在眼里，欲哭无泪。

"大王，只当是狗吠而已，不必介意。"范蠡轻轻地在勾践耳边说。

伏濮洞悉勾践的内心，劝慰说："范大夫说得对，不管遇到什么，大王的心里都要保持君王的尊严。"

勾践受到了鼓舞，他整一整衣襟，把头高高抬起。很奇怪，摆出这个姿势，再这么一想，他觉得心里坦然多了。

囚车在王宫前停了下来，勾践等被唤下车，站成一排，勾践、王后打头，其次是范蠡、诸稽郢等，扶同和若成及几个被俘的将军早已被押在侧，此时也加入了队列，而照料王后的两个宫娥被拉了出来，在宫门旁的一间小屋里待着。一个裨将领着他们，沿着甬道走向大殿，甬道旁站满了执戟的禁军，与刚经过的人潮如涌的街市不同，殿庭寂静无声。甬道尽头是一座宽敞的大殿，大殿之侧和后面还矗立着多座壮丽的宫殿。勾践慢慢走着，开始还有点晕眩，但很快便镇静下来，这是吴王夫差受降，这一幕勾践早有设想，也早有准备，他目不斜视，一步一步走着，大殿越来越近。

多年前，时为太子的他，曾与范蠡来过吴国，那是为武锦清毒死阖闾王后前来谢罪并吊唁王后的，都城还在梅里，王宫还较为局促。后来阖闾听取了伍子胥的建议，迁都至五湖边，建起了新的都城，新的王宫。早就听说吴国新都规模宏大，王宫宏伟，今日一见，大概是心境关系，勾践并没有什么特别的感觉。

站到大殿的台阶前，勾践仰望殿前平台，发现站立着一批人，他认出有吴王夫差，太宰伯嚭、上将军钮宣义、公孙雄，水师统领徐承，禁军统领华元及其他文武官员，唯独少了相国伍子胥。伍子胥因为在处置勾践和越国一事与夫差发生严重分歧，托词身体不佳，没有出席勾践的投降仪式。

勾践正准备拾级而上，一阵鼙鼓敲响了，领行的裨将做了个手势说："传大王诏令，越国降王勾践、王后季婉率降臣膝行而上。"

所谓膝行而上，就是跪着爬上去。勾践没有犹豫，立即跪下，双手扶着台阶，一级级往上爬。石级有二十多级，对勾践和范蠡等人来说，虽然十分吃力，但尚能应付，可季婉就很困难，用足全身之力，极艰难地才能爬上一级，好不容易上了几级，白麻布裙已被受伤而出血的膝盖印上斑斑血迹。勾践看在眼里，疼在心里。爬到殿前的平台，他们无不气喘吁吁，但勾践还是伸出手来，拉了王后一把。季婉已蓬头跣足，差点要昏厥过去，她咬着牙，忍着痛，跪在勾践身边，整理了一下头发和衣服，穿上伏濮为她捡拾的鞋子。

勾践稍喘了口气，便率先膝行到夫差脚下，匍匐着说："越勾践偕妻向上国大

王请降，谢大王宽恕之恩！"

鼓声已停，夫差轻蔑地看着勾践，伸出一只脚，踏在勾践的背上，厉声说："勾践，你可知罪？"

"勾践知罪，罪在不该贸然攻吴。"

"勾践，你太自不量力了，你的阴谋早已为寡人所识破，寡人将计就计，你彻底输了。寡人要你活，你一命可存，寡人要你死，你就一命呜呼！"

"勾践当然信，勾践的命运和越国的命运都在大王手中，可我也相信大王一言九鼎，早有谕令赦免勾践一死，勾践是入吴为奴的，不是入吴就诛的。"

"勾践，你杀了吴国先王，安插谍人，玩诈和之计，早就失信于天下！"伯嚭插话说，"还不快谢大王不杀之恩！"

"吴王恩重如山，勾践无可回报，甘愿为大王做牛作马，三年后若有还乡之日，我会重新做人，倾越国之力，臣服大王。"勾践说着，和季婉、众臣连连叩头谢恩，"勾践想起自己的所作所为，真是懊悔极了！如今贻笑天下，都是我自作自受。"

"你刚入吴，就想到还乡了？你如有异心异迹，这辈子你就永无返乡之日了！"夫差用力踩了一下，勾践痛苦地呻吟了一声，整个身子都被压倒在地上。

"勾践不敢！"

"料你也不敢，你枉为越国君主，入吴为奴，还不是恋生畏死，你就是个硬不起来的人。"夫差冷笑说，把踏在勾践背上的脚收了回来。勾践连忙将趴伏的身子改为跪拜状。

勾践克制住自己，在心里说：我会记住这句话的，十年以后，十五年以后，会让夫差看看，我勾践是不是恋生怕死，硬不起来的人！

"是，大王说得对，勾践是懦夫。但勾践甘愿入吴，并非贪生怕死，而是大王答应全越国宗庙，续万姓之命，勾践才舍位为奴的。"

"勾践，你别口出狂言了，大王一上来就说了，你的命运、越国的命运握在大王手里。"伯嚭连忙说，恰好范蠡抬头，视线对着自己，便使了个眼色。

"越王，你别说负气话了，吴国大王教训得对。"范蠡又叩着头对夫差说，"大王，越王脾性倔强，大王不必计较他一派胡言。"

"寡人倒觉得勾践刚才说的话像条汉子，还有点君王的风范，好了，公孙雄，把他们押下去吧。先关进石室，满一个月后移送淹城。"夫差说完，拂袖而去。

石室在阖闾墓旁的山坡上，共有三个，一个是天然的，两个是开掘的。石室不大，每室可待三至五人。公孙雄被委任为监管勾践夫妇的统领，他罗致了刚升任营官的良人、良丕兄弟为监管官，带两营甲士看管。

按照夫差的谕令，勾践夫妇和范蠡为首的越国降臣，分别居住三个石室，为先王阖闾守孝。勾践等披麻戴孝，每天在阖闾墓前执臣子之礼伏拜，然后哭奠两个时辰，上下午各一个时辰，风雨无阻。其余时间在石室闭门思过，不脱素服，唱诵挽歌，食素。勾践仍和范蠡、扶同、伏濮一室，王后和两个宫娥一室，剩下的挤居一室。

哭奠之余他们还要在陵寝周围拔除荒草。夫差有谕，守陵时间以日代月，一日替代一月，三十日等于三十月，差不多有三年了。三十日以后，迁淹城关押。勾践得知，在会稽山放下武器的五千精兵，正在淹城挖河，淹城已有两条护城河，但夫差觉得还不够，再挖上一条，成为世所罕见的具有三道城墙、三条护城河的罗城。

第一天过去了，勾践坐在干草上，看着自己身上的孝服，心里很不是滋味。扶同坐在一旁闷闷不乐，他从入吴为奴的越臣那里获悉，自己被俘，生死不明，老父急火攻心，中了风，不治身亡。扶同不能回去奔丧，心里极为压抑。扶同因有怨气，对国君十分冷淡。勾践理解他，但在臣子面前，仍保持着国君的一份矜持。

范蠡看在眼里，心里有些不安。入吴为奴的三年时间，要应付各种难以应付之事，忍受各种难以忍受之耻辱，君臣之间要肝胆相照，同甘共苦，即使处境再难，亦不能丢掉君臣之礼。

范蠡把油灯捻得亮一些，对勾践说："把孝服脱了吧，换上便服！"说着，取来勾践的布衣衫，伏濮赶紧帮着勾践更换。范蠡又嘱扶同换衣。自己换好后，在泥炉上取过煮着开水的陶罐，给每人各倒了一盏。

勾践喝了几口水，心情稍稍平和些，他看向范蠡。

"大王、扶大夫，我知道你们心中不甘，这样披麻戴孝，祭奠与我们无关的人，不，祭奠我们的敌人，非自己所愿。你们一肚子不高兴，我范蠡感同身受。"范蠡轻声而有力地说，伏濮见机坐到石室门口望风。"但是，这不足为奇，千万要自宽。"

"自宽？堂堂越国大臣，义不受辱，我宁死也不受这窝囊气！"扶同痛苦地摇摇头。

"你错了，错就错在自己不知自己此时的身份。你我是越国大臣，但入吴以后，就是吴国的奴仆了。我们要认输，因为我们确确实实是输了，败了。"范蠡说，"我们入吴最大的目的，就是争取活下来，活着就是胜利，就有返国的希望。为此，我们要忍所不能忍，戒所不能戒。"

"忍所不能忍，戒所不能戒？"勾践抬头问，双目很有神采地盯着范蠡。

"是，此话臣在山上已说过，我们肉袒投降，入吴为奴，换来了宗祠保全，以臣之见，这是最好的结果了。既已为奴，要我们做任何事都不能计较，我们没有任何埋怨、不悦、不甘之理。因为这种情绪徒劳无益，只会让我们失去活下去的信心和勇气。囚禁并不可怕，怕的是我们自己的心囚。"

"何为心囚？"勾践问。

"想不开，想不通，自己与自己拧，就把自己一颗心囚禁住了。"

"范大夫，你说得好，我入吴前是想通了的，可一入吴的处境，就让我忍不住了。我差点是心囚了。"勾践有豁然开朗之感，心中的沉重也减轻了不少，"范大夫，还是那句话，以今日之屈，为明日之伸！"

"范大夫，给你这么一说，我就是个心囚之人，太不自制了！"扶同伏地，"大王，臣失礼之处，请勿见怪。"

扶同这么说，反倒让勾践负疚不安，他诚恳地说："扶同，你这是什么话？都是我的错，我把你们都牵连进来了，到了这一步，我只有赎罪的份，还计较什么礼不礼的？说真的，越国名存实亡，君是亡国之君，臣非亡国之臣。我不配你们对我以礼相待。"

"容臣直言，大王此话不妥。君就是国，君在国在，同为吴奴，同在苦境，然大王永远是我们的国之象征，君臣之礼不可失，君王之尊不可无。即便那些应有的礼节做不到，心中则万不能废。"范蠡说着，看了扶同一眼，"扶同大夫，你说对不对？"

"我知道了。扶同惭愧。"

"噤声。"伏濮轻喝，"有人！"

三人一听，果然传来一阵阵脚步声。勾践就地躺下，范蠡和扶同也在干草上卧倒。一个穿了军服的人举着一个火把，掀开草帘走了进来，一脸的煞气，他就是监管官良丕。他见君臣三人已入睡，只有伏濮在捣弄炉火，便喷着酒气说："你怎么还不睡？"

"回军爷的话，洞里潮湿，我在炉子里加点木炭，把炉火生得旺一点。"伏濮回答。

"臭讲究！你以为这里还是越国的王宫，这是石室，和大牢差不多。"

"是。"

伏濮答了一声，把陶罐放在泥炉上。良丕鼻子里重重地哼了一声，便走出去了。很快，隔壁王后待的石室里传出宫女急切的声音："你怎么能随便进来？王后要换衣服了，请出去！"

"这里没有王后，有的是女奴，别说换衣服，我要你们脱光了都可以，不信，可以试试！"传来良丕带有狎昵意味的声音。

"请你说话正经些，你是吴国官吏，受王命看管我们，应体现上国的风范。再说，男女有别，对女子不可非礼，这是世所公认的规矩，你怎么能明知故犯，对待蒙难妇人如此轻薄？这恐怕有损你上国官吏的体面。"这是季婉的声音，嗓门不高，但义正词严。

良丕被季婉说得有些尴尬，半晌说不出话，恨恨地瞪了季婉一眼，悻悻地掉头走了。勾践不禁为王后捏一把汗，欲起身走到隔壁去探望王后，给范蠡劝住了。范蠡说："大王不出面为宜，这些看管，和牢头差不多，不是善类。王后出言厉害，句句在理，他们是奈何不得的，大王只当不知就是了。"

"王后毕竟是大国的公主，但我担心这些人会暗算她！"勾践担忧地说。

"谅他们暂时不敢，让王后当心就是了。"

这入吴的第一夜，勾践竟熟睡过去了，醒来已有明晃晃的太阳光透过草帘照射进来。

伍子胥昨日未在受降大臣的队列中，但整个过程，自然有人详尽地告诉了他。他本来不想管这件事了，但听到勾践在夫差的脚底下，居然还说出"勾践甘愿入吴，并非贪生怕死，而是大王答应全越国宗庙，续万姓之命，勾践才舍位为奴的。"这样的话，再次印证了自己对勾践的判断，此人肉袒投降、入吴为奴只是权宜之计。自从勾践诈和事发以来，伍子胥就认定勾践不是个好对付的人，夫差安排了那么一个场面，接受勾践投降，并用一只脚踏在匍匐在地的勾践的背上，可勾践还会说这样的硬话，他绝不会真正臣服的，这样的人很可怕，养虎为患，后果不堪设想。为吴国计，为长远计，必诛杀勾践，而且，宜早不宜迟。伍子胥深思良久，决定再次向夫差进言，申明诛勾践的理由，哪怕惹怒大王也不退让。他知道夫差已很恼怒自己了，这么做会使夫差与自己的隔阂加深，但伍子胥顾不到这么多了。伍子胥想到夫差可能顾忌落下个撕毁降约、背信弃义的恶名，那么，就由他这个相国来处置，所有的恶名由他来承担。解除了这一顾忌，夫差或许会松口。

伍子胥来到宫里，发现伯嚭、钮宣义也在。夫差的神情很兴奋，他还陶醉在勾践投降那盛大而威武的场景中。

"父王泉下有知，会感到宽慰的。"他说。

"不，只要勾践活着，先王就瞑不了目。"伍子胥大踏步走进去，大声说。

夫差闻声抬头，看见伍子胥走来，不由得皱了下眉，但马上笑着说："相国来了，听说你身体有恙，正想抽空去探望你，相国哪里不适？"

"臣患的是心病。"

"心病？寡人不解相国何以心情不畅？"

"告诉相国一个好消息，越国的贡船到了，真正是悉贡所有，我看越国的国库差不多掏空了。"伯嚭喜滋滋地说。

"伯嚭，很可惜，越国最大的一样东西，也是最重要的一样东西没有贡奉出来。"伍子胥坐了下来。

"什么东西？"

"越国的宗庙，越国的河山，越国的国号。"

"越国已名存实亡，只剩一个空壳，已不足为忧。"夫差说。

"星火不灭，也会有燎原之势。"

"这个国家已无一兵一卒，毗邻五湖的膏腴之地已割给我国，黄金、粮食都为我国所有，更主要的，越王入吴为奴，正在替先王守陵。一个无兵无财无王的国家还能对我国构成什么威胁？相国如此危言耸听，实在是多虑了！"夫差耐着性子说，"相国，寡人知道你是出于爱国的血诚，可是，你也太固执了！相国是存心与寡人过不去！"

伯嚭半歪着头，微扬着脸，幸灾乐祸地看着伍子胥。

伍子胥已作好碰钉子的准备，听了夫差的最后几句责备的话，不以为忤，而是心平气和地说："大王，臣岂敢骄狂，与大王过不去？实在是勾践此人阴险无比，心怀鬼胎。臣原来也是主张对越能不战就不战，文种和囊丹从中调停，表明'修好'的诚意，臣也是接受的，结果是一场骗局。是的，他的诈和以失败而告终，可大王以为勾践眼下的作为就是真正的臣服吗？悉贡所有，割地赔款，入吴为奴，来这一套，大王就不担心他在故伎重演吗？从勾践在大王脚底下说的那些话来看，此人骨子里并没有服，而是像毒蛇冬眠蛰伏，一旦气候转暖，他又会蠢蠢欲动。"

"寡人不怕他，他有异心异迹，自会收拾他的。可现在，寡人不能杀他，即便他说几句硬话，也是出于一个国君的自尊，其实一点底气都没有。吴国和越国是签了降约的，言明不诛勾践，不灭越国，如寡人诛勾践灭越国，岂不是出尔反尔？此举不仅失信于越国，更是失信于天下。吴国堂堂大国，寡人堂堂吴王，绝不能在世人面前给人言而无信的印象！"

"相国，若照你的主张办，岂不是置大王和吴国于不仁不义的境地？"伯嚭附和说。

"伯嚭，你给我闭嘴，对勾践仁，就是对先王的不仁；对越国义，就是对吴国的不义。再说，就凭你在荐用巴豪一事上的过失，你不配言'仁义'两字！"伍子胥勃然大怒，又转向夫差说，"如果大王觉得不便出面，由臣来操办，所造成的恶名亦由臣来背，大王还可以以'罔上擅权，诛杀降君，于礼不合'之罪名，严处老臣，以谢天下，哪怕将老臣革职为民，臣也在所不辞。"

看到伍子胥的决心和强硬的态度，夫差有点动摇了，他沉吟着。

"伍相国，你真是不可理喻，没想到你胸襟这么狭隘，勾践诈了你一回，你就与勾践结下血海深仇，非要将他杀了才甘心。我总算明白，你为何会掘平王陵寝，鞭平王尸骸，复仇之火，让你失去了理智！大王，别听他的，他背不了这个恶名，即便是他操办，即便对相国处罚，在世人眼里，犹如子错父过一样，国君难脱干系，这还是要让大王为难。"伯嚭说。

"对！这倒提醒了寡人，伍相国这样做不妥。如果相国觉得非除勾践不可，也可以用别的办法。"

"我明白大王的意思了，就是悄悄把他干掉，对外声称勾践因病暴毙，这样，任何人都无话可说。这是好办法，大王英明。"一直伺机要帮伍子胥说上几句的钮宣义插话说。

"寡人可没有这么说，要把勾践悄悄干掉。你们去领悟吧，反正勾践已是只死老虎了，要怎么收拾他，易如反掌。"

"臣以为不可，我吴国是礼仪之邦，岂能偷偷摸摸诛杀一个降王？如泄露形迹，让世人知闻，吴国的威信，那肯定会大受损害！"伯嚭伏拜说，"请大王三思。"

"臣也以为不可，勾践罪恶昭彰，罪在不赦，诛他理所当然。采取暗杀大可不必，这是像勾践这等鼠辈的作为，我等正人君子不屑此举。诛勾践臣主张明正典刑，公开处置，以昭炯戒。"伍子胥伏拜说。

两个势不两立的大臣，对于"悄悄干掉"都持反对意见，都认为是小人所为，所不同的是，一个主张不杀，一个主张杀。夫差头疼了，不耐烦地说："勾践入吴才几天，至少有三年时间，来日方长，以后再议吧。相国，寡人给你一个机会，你去申斥他一次，如勾践愧赧于相国的训诫，无地自容，自裁而死，那是他的事了。好了，今天到此为止吧，王后身体欠佳，寡人得回寝宫了。"夫差说完，便起身而去。

钮宣义乘上了伍子胥的车子，这是夫差所赐的朱轮新车，马是从养马场挑选的骏马。伍子胥刚才说的不赞成暗中除掉勾践的理由，在钮宣义听来，未免有些迂腐，只要能达到目的，用什么手段并不重要，只要绝了这个祸害就好。

"伍相国，大王既已松口，同意悄悄干掉，何必一定要公开处置呢？这不免有点书生之见。"钮宣义说。

"钮将军，两军对阵，兵不厌诈，只要能打胜仗，用什么办法都行。可诛勾践不能采取暗杀的手段，第一，我们不能为杀而杀他，而要杀得明白，杀得有据。偷偷杀他，不明不白，好像我们不在理上。另外，要让勾践死得明白，让他感到罪有应得，咎由自取；第二，杀他以后，我自然会申明理由，列数勾践之罪，让天下人明白，勾践罪大恶极，人神共愤，我伍子胥杀他有理，是师出有名；第三，公开处置，能威慑越人，激励我国军民；第四，先王一生，煌煌伟业，硕硕丰功，祭祀先王以八牲之礼还不够，大祭上有一颗越王的首级，先王必含笑于泉下。你说，如果勾践'暴疾'而亡，这几条能做到吗？"

钮宣义听了伍子胥的解释，信服地点头说："伍相国考虑得这么周全，看来处置勾践，偷着做是失当的，你刚才应该将这些道理向大王言明。"

"大王已不耐烦了，他已无心听我的了。"

"他不是让你去训诫勾践，把勾践气得一头撞死在石壁上吗？"

"这是大王负气说的话，不能当真。再说，勾践此人极深沉，他能入吴为奴，是作好充分准备的。大王要他从台阶上爬上来，再踏上一只脚，还令他和王后披麻戴孝，为先王守制，这是何等的凌辱，可说诸侯国的战败国国君中绝无仅有，他这样的奇耻大辱都能忍受，还有什么不可忍受的呢？"

"这话不错！看来勾践脸皮之厚，到了无以复加的程度，相国去申斥他，不足使勾践疑惧。这么说，相国不打算会一会勾践了？"

"我为什么不呢？我们俩一起去会会他，狠狠地将他数落一顿，虽然震慑不了他，也让他知道吴国还有你我这样的大臣能识破他的诡计，你觉得如何？"

"好啊！警告警告他，让他有所收敛。"

阴冷的天，暗沉沉的，深秋的风寒意彻骨。勾践、季婉、范蠡等照例身着孝服，跪拜在阖闾墓前。勾践经过范蠡的开导，加上自己的思考，情绪已稳定了下来。麻片白袍里面，伏濮给他穿上了棉袍，鼓鼓囊囊的，显得很臃肿。见了季婉后，他轻声说："我虚胖了不少，丑陋不堪。"季婉回答："到了这里，还图什么体面？别受寒致病就好。"勾践说："我们挨紧一点，这样暖和些。"

忽然，陵寝前的大道上，传来一阵清脆的马蹄声和车轮声，范蠡回头一看，只见几十匹马旋风似的驰来，骑乘者一色的盔甲，为首的飘着白胡子。范蠡心里一惊，这是伍子胥，他来做什么？再细看，伍子胥身边是钮宣义和公孙雄。范蠡埋下头去，对身旁的勾践说："伍子胥来了，来者不善，不管他说什么，做什么，大王不要动气。"

"知道了。"

伍子胥等人在陵寝旁的一间很大的竹楼前下马。竹楼是在阖闾落葬后搭建的，供卫护陵寝士兵住宿用，实际成了营房。夫差有时去祭祀，也在这里歇息、就餐，甚至过夜。勾践等人来后，增加了看管人员，两拨人合在一起，一部分护陵，另一部分监管勾践，这竹楼就显得挤了些。竹楼有两层，下层是库房、伙房，楼上是寝室、轮值房，有道走廊，站在廊上，居高临下，可监视三座石室的动静。石室周围，再围了一道高高的木栅栏，栏内外昼夜有甲士巡逻。

良丕良人殷勤地迎上去，公孙雄将两人介绍给伍子胥，良丕良人伏拜行礼："卑职良人良丕参见相国！"

伍子胥扫了他们一眼，说："嗯，起来吧，你们就是良人良丕兄弟，听说良人在军马场当过伍长，良丕是门将？"

"是的。"良人良丕有些拘束地说。

"良人，我听说你有一手烹狗肉的好本事，屠狗如杀鱼，大王和太宰提到你，赞不绝口。你不会给勾践也烹狗肉吧？"

"当然不会，勾践不配。相国如要品尝，良人当效劳献艺！"良人说。

"相国从不食狗鹿之肉。好了，你等会提勾践到竹楼里，相国要对他训话。"钮宣义说。

"慢，我们去先王陵寝前，看看勾践祭奠先王态度敬不敬。"伍子胥说。

在一群甲士的簇拥下，伍子胥绕着勾践等人走了一圈，勾践、季婉、范蠡等个个把头深埋在胸前，对伍子胥等视而不见，很虔诚地祭奠着阖闾。

伍子胥站了一会儿，拔出先王临终前赠给他的阖闾剑，走上一步，直抵勾践戴着的麻片帽，说："勾践，别装模作样了，你知道今日我伍子胥来找你何事？"

"勾践不知。"勾践在剑下回答。

"那么，我可以告诉你，我来取你的首级！"

"勾践入吴为奴，命已不属于自己，相国要取就取吧！"

"哈哈，我大王所言甚是，你勾践是个恋生畏死的懦夫，硬不起来的一个人。先王曾在檇李和你单挑过，被你设计暗害。今日我伍子胥和你单挑，我虽垂垂老矣，你勾践是壮年，但我们一对一，格斗一场，像战场上那样，互相击刺，你不

必让我，也不要有顾忌，刺伤刺死了我，赦你无罪，在场之人，包括先王之灵，均可为证。公孙雄、钮宣义，把你们的佩剑给他，我的也放在一起，任由他挑一把。”

公孙雄迟疑了一下，把佩剑掷在地上，钮宣义也把佩剑放下，伍子胥收回剑，对勾践说："你们都起身吧，女眷可回室！"

勾践、范蠡等因久跪，手脚麻木，颤悠悠地爬了起来，不动声色地站在那里。王后季婉在两个宫娥搀扶下回石室，她不放心丈夫，一步一回头，脸上笼罩着忧色。

"勾践知道伍相国是一代豪杰，剑术高强，勾践虽比相国年轻，但绝不是相国的对手。再说，以勾践眼下的身份，亦不适宜和相国拼个死活。"勾践一揖到地，"勾践甘拜下风！"

"勾践，你害怕了？"

"和相国比劈刺之道，勾践不敢！"

"哈哈，勾践，你不是不敢，而是佯装不敢。你表面臣服，但心里未必。你是以曲图伸，以退为进。你能逃脱别人的眼睛，逃不过我伍子胥的一双老眼，你示诚的背后就是不诚，你日思夜想的就是有朝一日复国！"

"相国误解了，越国虽存，但名存实亡，已是无兵无君无帑。"范蠡知道伍子胥用的是"激将法"，如果真的动起手来，那就上了伍子胥的当，"我们不敢作任何非分之想，更不敢有逾限之举。至于越国，已是上国的属国，一切听命于上国，能全宗庙，保百姓就是不幸中大幸了。"

"范蠡，你别辩白，我自然清楚你在越国的作用。勾践突袭吴国，你是反对的，为此，勾践和你割袍断交。勾践兵败后，你力主投降，以保存实力，伺机再起。我没说错吧。"

"相国是在讥笑范蠡了，范蠡一向主张不与吴国为敌，固防守土，自保而已。这次越王举兵犯吴，我确是反对的。在越国山穷水尽时，臣劝越王肉袒投降，割地示好，赔款输诚，除此之外，别无所求。伺机再起这等痴人说梦的事，想都不敢想，这点自知之明，越国君臣还是有的。"

"我的所作所为，极严重地伤害了吴国，我落到这种地步，是我的罪孽。我甘愿受罚，这是天意。"勾践低声说。

"勾践，你别装了，范蠡，你也别装了，一个真心服输的人的眼睛里，不会有凶光，而你们有。另外，思路清晰，应付裕如，绝非一个绝望之人能做到。我没有说错吧？"伍子胥用逼人的眼光盯住他们，像一把无形的利刃，直刺他们的心

一剑封喉
YI JIAN FENG HOU

扉，钮宣义和公孙雄也警觉地看着。

勾践和范蠡心里一惊，难道自己的心思和谋划真的在言行、神色中有所显露，给老奸巨猾的伍子胥察觉了？还是伍子胥用攻心术来敲打他们？

"相国别笑话我们了，哪有的事。我是越王，范先生是上大夫，如果萎靡不振，自怨自艾，别说随行的大臣会瞧不起，国人知道后，也会失望透顶，而越国臣民上行下效，如何能好好劳作？"

"我可以告诉你，你还是早点死了这条心，吴国只要我伍子胥在，你别想玩花招。你别以为三年后你能返国。你还是让位给儿子吧！"伍子胥说，声音铿锵有力。说完，吩咐身边的甲士拾起地上的三把剑，死死地盯了勾践一眼，掉头而去。

公孙雄紧紧跟着，良人良丕尾随着，他们想请伍子胥上竹楼坐一会儿，或能留下一快朵颐，伍子胥已明言不食狗肉鹿肉，但羊肉猪肉大概是吃的吧。于是乘伍子胥训斥勾践之机，良人吩咐人去弄了一头羊，架火烧烤，做成"貊炙"，伍子胥尝后定会称好。

经过竹楼时，伍子胥等着牵马来，一阵阵香味扑鼻而来，伍子胥忍不住说："好香！"

公孙雄指指二楼，说："相国在这里用膳吧，良人让庖丁做了羊肉，味道甚佳。"

"是'貊炙'吧，我听说伯嚭和你经常在一起享用这道美食，还有狗肉。"伍子胥说，"这不是坏事，但也要适可而止！"

"相国难得来，吃顿饭而已。"公孙雄说。

"好吧，下不为例。"伍子胥想了想说，"特别在先王陵寝旁，酒肴狼藉的，是对先王的不敬。"

"相国说得对，你们要多加小心，不可惊扰了大王。"钮宣义深以为然。

"是，相国提醒得好，我会叮嘱他们的。"公孙雄有些惶恐地说。

伍子胥、钮宣义、公孙雄一起吃的饭，"貊炙"没有整只放上来，而是割碎了装在陶盘里，还有几盘菜蔬。伍子胥捧了酒爵，朝陵寝方向长揖说："大王，臣伍子胥、钮宣义、公孙雄三人敬你一爵，死敌勾践为你守陵，他有此下场，也是罪有应得。但臣看透了他只是表面臣服。今日臣受王命训诫了他，愈加觉得勾践不死，越不灭，后患无穷。请先王托梦给国君，要他万万不能心慈手软，斩草务必除根。臣向你发誓，臣不除勾践绝不罢手。大王等着享用血祭，以安慰大王于泉下。"伍子胥说着，哽咽起来，他把酒洒在木板铺的地坪上，猛地抽出佩剑，朝木案猛砍下去，一片案角应声落地。

钮宣义也拭一拭泪，大声说："勾践该死！"

此后的一天，伯嚭向公孙雄问起伍子胥训斥勾践的情形，公孙雄原原本本讲了一遍，讲了伍子胥要和勾践单挑，及如何对勾践、范蠡说的，最后流着泪发誓要杀勾践，并用剑劈去案几一角等等。

公孙雄只是据实而述，不加评论。自从伯嚭出了事后，他疏远了伯嚭，竭力要撇清和伯嚭的关系。伯嚭复出后，两人又有了来往，他对伯嚭拉他一把是心存感激的，后来得知伍子胥也在大王面前为他说过话，他也颇为感恩。在感情上，他感到伯嚭可亲，伍子胥可敬。

公孙雄讲完后，也就忘了。可伯嚭把公孙雄的每句话都记在心里。这天，夫差召他进宫，他讲话绕来绕去，绕到了伍子胥去见勾践的事。夫差已听伍子胥说过了，伯嚭刚提到时，只是随意地听听。但伯嚭说着说着，夫差就感到不对劲了。

"伍子胥指桑骂槐，说有人到竹楼大吃大喝，不成体统，这是对先王的大不敬。伍子胥知道大王在那里喝过酒，吃过'貀炙'，这话是有所指的。"

"你认为伍子胥说的是寡人？"

"他没说得那么明，但他的弦外之音是指大王，因为他特别强调说，大王对'貀炙'赞不绝口，这话锋所向，不是不言而喻了吗？"

夫差脸色沉了下来，好久不作声。

"伍子胥还捧着酒，以祭先王为名，发下血誓，只要有他伍子胥在，他非要杀掉勾践，任何人都不可阻挡。并且抽出佩剑，把案几的一角砍了下来，他这样急吼吼地，又是针对谁，是何用意，还用细说吗？"

夫差的脸色变得越来越难看，脸上的肌肉在微微发抖，眉头蹙得紧紧的，慢慢地，眉目中出现了一股煞气。他猛地拍了下案几，恶声恶气说："他也太放肆了，寡人还以为他是跟勾践过不去，这还情有可原，现在看来，他是跟寡人过不去！他到底想干什么？难道要寡人把吴国的江山让给他？"

这话说得太重了！伯嚭怕事情闹大，大王把钮宣义和公孙雄找来对证。钮宣义是伍子胥的人，性格耿直，当然会帮着伍子胥，不单会实话实说，还会替伍子胥辩解，公孙雄也不会认可自己添油加醋的那部分。要是一对质，自己说的话就要穿帮。

"大王息怒，都怪我不好，我多嘴了，伍子胥是忠臣，他怎么会有异心呢？这是不可能的。伍子胥不过是倚老卖老，自以为是而已，他也是替吴国着想。"伯嚭劝说道。

"话都是你说的，伯嚭，你到底在搞什么花样？一会儿把伍子胥说得一无是

处，一会儿又帮他说话。"夫差责问伯嚭。

"臣怎么敢胡言乱语呢？我所说的，绝无一句是虚言。"

"既然如此，伍子胥太过分了！寡人知道，他是忠臣，但他眼睛里没有寡人是真的。伯嚭，你可知寡人为何将他的辅国大夫拿掉？"

"臣不敢妄加猜测。"

"寡人就是厌烦他来说三道四。父王把寡人托付给他，他当真了，以为寡人还是孩童，事事要求教于他。"

"大王是英主，雄才大略，比我们这些做臣子的，不知高明多少倍。"

"嗳，太宰此话不对。什么雄才大略，寡人不爱听。平心而论，伍子胥和孙武是大贤，可谋大事，吴国有今天，他们有功！"夫差笑着说，"你伯嚭多才多艺，乖巧识趣，但才能上不如伍子胥和孙武。你不得不承认。"

"臣当然承认，不过，作为臣子，忠心和顺从是最重要的，才固然要，但才高而缺忠，那就是很危险的。伯嚭从楚国亡命吴国，蒙吴王逾格恩宠，今生今世，唯求报恩尽忠，做大王的犬马，不求其他。"伯嚭说。

"太宰谦虚了，你亦是父王看中的良臣！父王和寡人都离不开你。"

"绝不敢当。"

这时，一个宫廷内官走来，看了伯嚭一眼，迟疑着不作声。伯嚭要回避，夫差立即说："太宰是自己人，不必回避，有事尽管说来！"

"是。"内官说道，"王后又发脾气了！她要大王去！"

"告诉她，寡人正在处理国事，有空会去的。"夫差沉下脸说。

内官答应着退下。

"臣听说王后病了，身体欠佳。"

"她父亲薨逝了，她一定要寡人与她一起奔丧，寡人哪儿有时间离国？她大病初愈，也不宜长途跋涉。她又伤心，又不高兴，动不动就和寡人闹。"夫差诉起了苦，"寡人和百姓一样，也有不称心的家务事！"

因上次巴豪在后宫作法驱蛊气，胜玉受獒犬的惊吓，病中的王后也受惊昏厥，后来才慢慢好起来，但终究不如以往了。

胜玉原来是很活泼的，病好后，显得懒洋洋的，仿佛得了心疾似的，很少讲话。她以前和三个哥哥整天形影不离，一起玩耍，可现在见了三个哥哥就像陌路人。伍子胥请来的医师见了，轻轻地摇摇头，说，这是怔忡症，要慢慢调养，非短期内能治愈。夫差很疼爱这个纯真的小女儿，小女儿的病成了夫差的一个心病。

"大王的家事就是国事，臣以为，齐公是大王姻亲，他薨逝了，大王如不能亲赴吊唁，王后想去，还是应该让她去。吴国的艅艎大舟足可从海上至齐，派一名专使陪王后去，由几艘大翼战船护卫，以此机会显显吴国之威和大王之尊。"伯嚭建议说，"礼数也到了。"

夫差说："泛巨舟、浮沧海，不是不可以，但王后的身子，不宜经风涛，到了海上，遇上风暴，船再大也难挡得住，颠簸起来，王后肯定受不了。还不如从陆路走。"

"风暴多发于夏天，眼下已快入冬，有风暴的可能性不大。艅艎大舟犹如海上宫阙，比马车要舒适得多，有侍医宫婢伴随，不足为虑。加上王后从小近水，不会惮于海旅。所以，臣觉得还是乘船去为好，借此机会，可一探进入齐国的海路，有朝一日要讨伐中原，从海上进攻，亦不失为一次试航。"

"好！寡人令徐承为吊唁专使，并护卫王后去。你说得对，讨伐中原，可凭借水师之威。北人驭马，南人乘船，中原诸国，没有一国的水兵能敌吴国水师。"夫差作了决定，"太宰，这件事交给你去安排，要抓紧，齐公已大殓，还有一月下葬，去晚了，就来不及了。"

"大王令臣操办此事，臣当遵命。但臣以为，徐承虽为上将军，毕竟是刚拔擢的后进，资历上还不够。"

"以你所见，谁去合适呢？"

"伍相国，他德高望重，大名鼎鼎，他担当专使，分量亦不能谓之不重。另外，大王耳边亦可少了些聒噪。"

"好，就这么定！"

"那么，既然由伍子胥任专使，具体事务的操办由臣经手就不合宜了。"

"你的意思，是由伍子胥去办？"

"是，伍相国使齐，由他去打点出行之事理所当然。"

"行！寡人马上下诏，以伍子胥的身份，表尊礼之忱，足见吴国对齐国的看重。"

"也是对伍子胥的看重。"伯嚭王顾左右而言，"大王，臣还有一事奉告。"

"请直言，不要吞吞吐吐的。"

"臣在押送勾践入吴途中，遇到一越女，堪称绝色，天下无双，臣见过的女子不少了，但像这样一个女子堪称绝无仅有。后来臣打听到，她叫西施，和范蠡有过婚约，但未正式成亲，范蠡为陪越王入吴为奴，和她解除了婚约。此女长期在越国王宫陪伴季婉，受季婉教导，谨言慎行，举止高雅。"伯嚭看着夫差，继续说道，"这两天，文种要来吴国进贡物品，商议交纳赔款事，臣可以向文种提出，让他将西施送到吴宫来，这样天仙般的美女，只有大王这样的英雄才配享有。"

"范蠡正在吴国，将他的女人贡奉给寡人，他乐意吗？"

"西施姑娘和范蠡无关了，臣亲睹范蠡劝西施另嫁，西施伤心不已。范蠡太绝情了。"

第 十 四 章

伍子胥受命作为吴国专使，代表吴国国君夫差乘艅艎大舟从海上赴齐国吊唁刚去世的齐景公。随行的有副专使徐承，还有齐景公的女儿、吴国王后齐姬，太子友、王子地。在两艘大翼船、两千水师护送下，由五湖经长江，浩浩荡荡地驶入无边无沿的大海。

水天一色，海鸥群舞，艅艎大舟和大翼战船在茫茫的海上，一下就显得渺小了。伍子胥却觉得自己的胸怀在碧海蓝天中变得宽广了。这段时间，朝中的纠葛积聚在心头，把他折磨得烦躁不安。而此刻，瞭望着壮观的大海，他的心里反而得到了清静。

徐承没有航过海，但他了解航海的基本知识，他收集到一张从海上到齐国的航行图，图上标明所要经过的岛屿，航道基本上是贴着大陆的海岸线，很多时候都可清楚地看到陆地的影子。心情最不平静的是齐姬，她一想到父亲便泪水不断，心里一阵阵发紧，但即将回到朝思暮想的故国，又令她感到莫大的安慰。

生男育女以后，她把对亲人和故国的怀念深深埋在心灵深处，把精力放在丈夫和孩子身上，但她在享受着钟鸣鼎食、雍容华贵的王宫生活的同时，仍常常梦回齐地。夫差是太子，身边美女如云，打猎、宴乐、练武、出游，和门客厮混，时常彻夜不归，这让她很不放心，经常为此忧心如焚。她的身体每况愈下，疾病使她的容貌黯淡下来，她也越来越缺乏自信心。待夫差登位后，后宫佳丽更使她憎恨和妒忌。

这次回国奔丧，她最大的愿望是夫差和她一起去。但在阖闾去世后，齐景公只派来了一个官位不高的大臣作为专使到吴国参加丧礼。夫差为此在齐姬面前大发雷霆，好像是她负了他。她也觉得抬不起头来。父亲暴病而亡，噩耗传来，夫差露出了幸灾乐祸的笑，她明白，他还对父王记着恨。要指望丈夫夫差亲自赴齐是断然不可能的。但夫差派了相国伍子胥为专使，上将军徐承为副使，三艘大船，两千多名甲士，泛海回国，这阵势、这规格可说是罕见的，夫差给足了她的面子。齐国继位的兄长，王亲国戚和文武百官都会对她刮目相看。

服侍她的几个宫女暗暗吃惊：王后上了船，不知什么原因，好像变了一个人似的。

正当伍子胥乘船北上时，文种带着第二批贵重丰盛的贡物，来到了吴都。越国国君勾践和王后季婉，相当于宰相的上大夫、大将军范蠡虽被囚禁为奴，而越国的贡使文种，在到了吴都的第二天，就由太宰伯嚭设宴接风。文种送给伯嚭的礼物是五坛米酒，由四个伙夫扛了进去，看上去沉甸甸的，粗木棒子被压得微微发弯。太宰府的管家看到后心领神会，领着伙夫将酒坛放到伯嚭会客宴请的房间。文种走在前面，看到伯嚭站在廊下，便拱手说："太宰，送上几坛越国米酒，区区薄礼，礼轻意重，请太宰笑纳。"

"多谢大夫，送一两坛就可以了，这么一送就是五坛，这么重的礼，我要向大王据实奏报。"伯嚭笑着说。这大可不必，也不是伯嚭行事的风格。酒里肯定另有贵重之物。管家待五坛酒都抬了进来，悄然退下了。

这五坛酒里藏着半坛的金子，是形如豆瓣的小金块，比瓜子金稍大些，浸在酒里，再用泥封口，盖上木印。伯嚭心中当然是有数的。

"太宰，这是贡仪单子，请过目。贡物都在八艘船上，请安排人查收。"文种从怀中掏出一方竹简，递给伯嚭，再从怀中取出一串玉璜挂饰，轻轻放在伯嚭面前，"这是先王允常生前所戴之物，太宰留着把玩吧。"

"使不得，使不得，玉璜是王侯佩戴之物，我拿了它，岂不是僭越了！"伯嚭说着，目光却停在玉璜上不动了。那玉璜一看就是稀罕的美玉。而和玉璜串在一起的各种颜色的宝石，都是极品。

文种说，"越国先王的珍品珍玩，不乏瑰宝，但不关国计民生，守国大臣决定分批贡奉上国，这次带了一批，都录在单子里了。"

"好！你们的恭顺，我会禀报国君。大夫还有何要务？"

"我想见见越王，给他送一点衣物、食品。此事还要请太宰关照。"

"可以，我会向大王上奏。不过，勾践在囚禁中，正在替先王守陵，你们说话时，不要口无遮拦。伍子胥正在挑他的刺儿。"

"伍子胥不是使齐了吗？"

"他的耳目无处不在，大夫应该明白，他对勾践夫妇恨之入骨，欲置于死地而后快。要不是我在大王面前百般周旋，勾践说不定早已性命不保。请忠告你国君，

识时务者为俊杰，要他一言一行足示倾心之诚，不可倔强。"

"太宰如此厚爱，铭感五内！"文种举起铜爵，"大恩不言谢，越国忘不了太宰。"

"大夫，我问你一事，越国可有一个叫西施的美人？"

"有啊，她是苎萝村里的浣纱女，一个农女而已，有几分姿色，但年龄偏大了。太宰怎么会提到她？"文种警觉地问。

"据我知道，西施虽是浣纱女，陪伴王后，与王后姐妹相称。她曾和范蠡有过婚约，但范蠡入吴前将婚约毁了，要西施另嫁他人。西施应该还是处子。"

文种惊呆了，伯嚭对西施的情况了如指掌，他有种预感，伯嚭在打西施的主意了。这让文种非常着急。范蠡虽以决绝的态度，中止了与西施的婚约，但西施回苎萝村后，发誓要等范蠡归来，绝不另嫁。文种对西施的决心很敬佩，也暗暗作了打算，无论如何要替正在吴国陪同国君受难的挚友照看好西施，让他们有朝一日重续良缘。于是，他故意不以为然地说："太宰有意西施，当然是西施的福气，不过，西施不甚合适，文种可替太宰另觅几个佳丽。"

"你错了，不是我有意西施，是吴国国君有这个意思，大王爱慕西施的国色天香。"

"请太宰向大王奏明西施配不上吴王。"

"即便西施不是完璧，大王也不计较，大王久闻西施的美色天下无双，这恐怕不可违逆！"伯嚭的脸顿时拉长了。

"好吧，我去和西施说说。"

"越国倾国示诚，连国君都入吴为奴了，总不会小气一个女子吧？告诉西施姑娘，吴国大王赏识她，于她于越国于范蠡都是好事。"

"是！我会力劝西施入吴，见到国君和范蠡时，我也会把大王的意思陈述清楚。"

"此事其实与范蠡无关，勾践也管不了。不过，大夫以此为由晤见勾践和范蠡，也就顺理成章，大王也不会阻挠了。"

文种点着头，但他心里深感为难，倒不是因为勾践和范蠡会反对，他们已顾及不到这件事，也没有任何理由反对。他只是痛惜好友太委屈了，饱受缧绁之辱不说，西施一入吴宫，他和西施的姻缘就彻底绝了。文种知道，范蠡虽要西施嫁人，但他内心深处是舍不得她的。西施成了夫差的玩物，他会伤心透顶的！另外，西施说不定会以死抗争。夫差若得不到西施，恼羞成怒，对勾践和范蠡进行报复，后果不堪设想。文种思索着，不知怎么办才好，有一点他是明白的，这不是一个女人的事了，而是关系到国君及范蠡在吴国的安危，甚至关系到越国的国运。

文种很快被安排和勾践、范蠡见面。他脱下了官服，换上了肉袒投降时的青衣短装，持伯嚭签发的文牍，留下带来的食物、衣服等物让监管人员检视，在良人陪同下，走进了勾践的石室。

勾践已被告知文种要来，他急于要听到国内百姓及太子兴夷、公主兴姞的情形，虽然离国的时期不长，但勾践牵挂的事很多，他迫切地倚门而望。

文种一进石室，伏地而拜，大声喊："臣文种谒见大王！"

"免了，免了！这种地方只有囚徒，没有国君了！"勾践扶起文种说，"家里怎么样？"

文种见勾践的脸更瘦削了，脸色也不太好，但双眸沉静，腰杆挺直。而范蠡与扶同脸上竟露着浅浅的笑容，没有一丝想象中沮丧的神色，这使文种感到惊奇和安慰。

文种先把国内的情况说了一遍：军队均已解甲，武器已被收缴，但允许民团维护秩序。民团数莫希组织的以猎户为主的队伍最强大，还有，范蠡原藏于山中的一千人也分散到各处民团中了。全国铸冶坊只剩了几家，只准铸造农具，严禁铸造兵器，一经发现，格杀勿论。樵李以北，从五湖至东北和吴国接壤的土地已完成了交割，割归吴国所有。全国民心尚稳定，由于赔款贡物，国库已空，粮库除种子外，存粮已不多。

朝中大事，守国的大臣作了分工，诸稽郢负责安民护境，计倪负责农桑，文种负责与吴国和其他国家交谊。每次朝议，都由太子兴夷坐镇，他虽年少不谙国事，但是君权的象征。议毕，大臣都会问他："太子，你觉得怎么样？"太子兴夷会认真地眨巴着眼睛说："很好，你们就这么办吧！"有时，太子的老师太傅会坐在太子旁边，讲解给他听。这个时候，太子会显得格外老成。

吴国还有五千军队驻扎在越国各地，上将军卓荣是统领，他年轻而持重，是吴国大将军孙武一手带出来的。他带兵一向军纪严明，而且能与士卒同甘苦。前几天，一个行官喝醉了酒，调戏强奸民女，卓荣下令将其在闹市正法了。也有兵士在酒家吃了饭不付账的，或抢掠东西的，都受到了鞭刑、棒打、禁闭等惩罚。越民原来见了吴国将士很害怕，避之唯恐不及。但见吴军很规矩，秋毫无犯，慢慢便失去了戒备之心。

勾践与范蠡静静听着，心情十分复杂。无疑，国家已牢牢地被吴军掌控了，收缴兵器、铜器、遣散军队、割地进贡等都是意料之中的事。但民心的稳定，是他们没有想到的。他们一方面希望百姓能安居乐业，不至人心惶惶；但另一方面

也担心吴军树立威信，越人成为俯首帖耳的毫无反抗精神的顺民，一旦百姓被奴化，这个国家还有什么希望？在这种地方，他们不便说出自己的顾忌，只能将这种担心藏在心中。

但勾践不能一直沉默下去，文种破例来到石室，自己总得要交代几句。他向文种投以感激的目光："文种大夫，国内能有这样一个局面，我也放心了。这是你们管理得法，我万分感激。我们此刻是戴罪之身，又不在国内，一切都靠你们了。告诉太傅，教太子问政的同时，要学好'六艺'，这是一个君王必须具备的。你们管教要严，绝不允许他任性恣情。另外，对上国的供奉不能马虎，还要鼓励壮丁垦殖荒地。割给吴国的土地，是盛产稻米的膏腴之地，割去后，粮食短缺了，只能通过拓荒来增产。"

在勾践讲话时，良人站在门口，转悠了一会儿就离开了。伯嚭在文种来之前，曾召他到太宰府，郑重关照他，越君臣见面，稍加留意就行了，不要刻意去监听，他们总有些事要私下商谈。文种见门口无人了，嘱伏濮到草帘下望风，赶紧告诉勾践和范蠡，夫差贪恋西施的美色，强行要求越国立即将西施送到吴国，入宫侍奉吴王，且没有一点可商量的余地。

勾践听了，大为震惊，看着范蠡说："天底下女子有的是，怎么偏偏挑中了西施？他不是不知道西施的身份和来历，真是岂有此理！"

范蠡却无动于衷地坐在那里，没在任何焦躁的表现。

"范蠡，你怎么这样绝情？"勾践没好气地责怪范蠡。

"是啊！你的心肠也太硬了，怎么忍得下心让自己的未婚妻去伺候另一个男人呢？"文种附和说。

范蠡换了副郑重的脸色，说："我现在的处境，不必多说了，入吴为奴，起码三年，到底多久，我们谁都说不清楚，我怎么能去拖累西施呢？这一次入吴，我连自己都豁出去了，她还有什么盼头呢？你们说，是与她解除婚约、放她自由残忍，还是让她在无望中苦等残忍？"

勾践和文种面面相觑。

"还有，夫差铁了心要西施入宫，我们根本无法抗拒。若吴王得不到满足，祸及大王和越国，我们图存保国的计划也有可能会彻底落空。"

"范大夫，照你这么说，除了将西施送入吴国，就别无他法了？"文种问。

"硬顶肯定不行，大王和王后尚且忍辱负重，入吴为奴，我们凭什么去相助西施？"

"我有一个办法，也许能阻西施入吴。"

"什么办法?"勾践问。

"让西施去楚国,远走高飞,我可对伯嚭说找不到她了,她去了他国,夫差可能会不高兴,时间一长,也就过去了。对了,范大夫既然劝她另嫁,那干脆就让她嫁到楚国去,楚国的贵介公子,我倒认识几个,那个囊丹就是个不错的男子。"文种说。

"这要弄巧成拙的,在伯嚭提出之前,不失为一个办法,但现在做什么都来不及了。夫差不傻,他知道这是我们在变着法抗拒他,特别是准许你见过大王后,西施就逃匿了,明显是我们商议后的安排!"

勾践和文种点点头,范蠡说得有理。

"这未必不是好事,西施入了宫,受宠的话,能起到其他人起不到的作用,对越国是十分有利的。"范蠡突然说,他的声音放到最低的程度,但有种令人折服的力量,而且神色极其严肃,仿佛决定了一项重大的国策。

勾践一听,霍地抬起头,看着范蠡说:"对,这是好事,我倒是没想到,范卿,你的见解总是比别人高明,我服你了。西施姑娘是聪明人,她的献身,若能挽救国家,她会名垂青史的。"

"可西施姑娘会答应吗?"文种问。

"西施是深明大义的人,为了社稷苍生,天大的委屈,也会忍耐。"范蠡用肯定的语气说,"请大王写一封诏书,命西施入吴宫,再由文种向西施说明利害,面授机宜,据我对西施的了解,她一定会从命的。"

"范卿,承你的指点,我看到了一条路。你为了国脉,能舍弃一己之私,真了不起!"勾践伏身下拜,"我感恩不尽!"

范蠡和文种等也都跪了下来,"大王!使不得,使不得!臣不敢当,臣不敢当!"他们异口同声。勾践起身,将他们扶起,君臣相拥,热泪盈眶,他们都不再说话,但达成了高度的默契。倒是伏濮和扶同在一旁抽抽噎噎地哭出了声。

"伏濮,取简片来!"勾践冷静了下来,吩咐道。竹简和笔墨被允许随带和使用。伏濮立即拿来了备着的但进石室以来从未用过的竹简和笔墨。勾践略一思考,写下了一方诏书,交给文种,交代说:"虽是诏令,也不能强迫西施姑娘,她硬是不从,也没有关系,缓缓再说。"

文种接过竹简,"是,是"地不断应着。

"见了西施,说我对不起她,范蠡下辈子再报答她。另外可对她说,到了吴国,说不定能见到大王、王后和我。真有这样的机会,她可是我们的主人了!"范蠡一脸的歉疚,心里像针刺一般地疼痛。

"好了，我该走了，有什么消息，臣会设法禀报大王的，请大王、王后务必珍重！"文种行礼说，"范大夫等在这样的环境里，能臣节不堕，文种佩服之至！"

文种离开石室，回到吴都，待吴国方面清点接受完贡品后，办好交接手续，文种向驿馆、仓房、查验等胥吏一一打点，便向伯嚭辞行，取出了勾践命西施入吴的诏书，让伯嚭过目。伯嚭阅后，称赞文种忠诚干练，会办事。

文种以最快的速度返回越国，一路上，他细细想着范蠡提出的这一计策。西施如能顺利进入吴国王宫，肯定会受到夫差的宠爱。

西施得到夫差的信任后，她就可以在夫差心情愉快的时候，表达她的意思，例如，能优待大王、王后；能宽容地对待越国；更重要的是，能用她的聪慧、美色，使夫差淡化对越国的敌意和怨恨，而把注意力集中到其他方面去，使得越国能慢慢恢复生机，为越国的重生和复兴争得机会。总之，西施能办许多其他人不能办的事。

他是在一个晴日来到苎萝村的。离苎萝村越近，他心中的怯意就越强烈。

文种在莫希家见到了西施。西施那天拦截囚车，被范蠡劝导她另嫁后，她伤心欲绝。为表示她已是范蠡之妻，她毅然搬到范蠡准备的设在莫希宅院里的新房里居住。他当新郎穿的衣冠，厅堂里的灯彩，新的衾褥床帐，家具摆设，这些都是慷慨的莫希一手操办的。西施从家里搬来了父母为她准备的嫁妆，以及合欢草、嘉禾、九子蒲、苇草、丝绸、长命缕、干漆等仪礼之物。这几样东西，都有特定的吉祥含意：丝绸柔顺，蒲苇可屈可伸，石盘夫妻两固，合欢与嘉禾，则是取其口彩。嫁妆中还有漆器和四季衣服。这些都置进了屋子，摆得满满的。

西施的家人和莫希怎么劝她，她都不说话，眼中闪耀着泪光。这使人很担心。

莫希一再跟她说："西施姑娘，你心里不畅，就痛痛快快哭出来！也许，事情并不像你想的那么严重，过上一年半载的，范大夫就会回国。"

西施依然黯然无语。莫希喟然长叹，又说："西施姑娘，可别怪范先生，他这一去，颠沛流离，前途未卜，正是为了不让你牵肠挂肚，他才会这么说，你可要谅解他。"

"别提他，我不想听到他的名字，他，他，他何苦要捉弄我！"西施泣不成声。

"他怎么会捉弄你呢？他是为你好啊！"

西施再也不愿多说了，清丽的脸上毫无表情。

文种看到她第一眼，就大吃一惊，西施已变得憔悴不堪，明显地枯瘦了，先前黑亮的瞳子失去了应有的光彩，变得失神而茫然。

文种手持诏书，以肃穆的脸色对西施说："大王有诏书给你，请你按仪接受。"

西施伏身在地，疑惑地问："大王怎么会下诏书给民女？"说着，双手接过勾践的诏书，想起大王在吴为奴，还居然传来诏书，又泫然了。

谢过恩后，西施展开诏书，见上面赫然写着：命文种大夫将苎萝村浣纱女西施进献吴王，不得有误。

"请文种大夫回复大王，我不受这个命，我宁死也不会去侍奉吴王！"西施坚决地说，口气里充溢着委屈和激愤。

"西施姑娘，你听我说，越王及越国的安危都在你身上了。你是知道的，大王正在吴国受难，范大夫本来是可以留下来守国的，但他决意陪同大王入吴，因为大王旁边若没有一个得力的大臣扶持、周旋，大王的处境会更加艰险。所以，范蠡不得不咬咬牙丢下你，护卫大王和王后。他不愧是越国的英雄，他对你无情，但对大王对越国有情，他对你不义，但对大王对越国有义。范蠡这么待你，是迫不得已啊！希望你不至于误解他。"

"他去卫护陪伴大王，我不会阻拦，可为何要毁了婚约，劝我另嫁别的男子呢？我可以等他，别说三年，十年、二十年我都能等，可他硬生生地把我抛弃了，他对我根本就没有真心。"西施伤心地说。

"那是范蠡对你的真爱，此去虽说三年，范蠡不能不作最坏的打算。范蠡为了不牵累你，他忍痛割爱。"

"可是，大王怎么又下诏书要把我进献给吴王呢？大王下诏时，不会不征求范蠡的意见，而范蠡肯定是点了头。"

"西施姑娘真聪明，是夫差慕你的名而向大王提出的，大王坚决拒绝，但范蠡却表示赞成。你猜对了！"

"你说，大王和越国的安危为我所系，可我一个弱女子，难道如此重要吗？至多是讨得一点吴王的欢心罢了。"

"大王和范蠡要你利用吴王对你的宠爱和信任，在吴王身边起救国救君的作用，劝导夫差对大王对越国仁慈些，能手下留点情，若有人提出对大王和越国很不利的奏请，你可用适当的方式劝说夫差宽大为怀。西施姑娘，大王和范蠡活得太窝囊，太欠尊严了，屈辱不去说它，很可能还会变得更凶险。现在他们披麻戴孝，天天为吴国先王守陵，而见吴王时，他们是跪着爬上几十级台阶的，王后的膝盖磨得血迹斑斑……"

"文种大夫，你别说了。"

"吴王还把一只脚踏在大王的背上，百般讥笑、侮辱，可大王为了越国百姓的

安宁，只能隐忍不发。西施姑娘，越国立国数百年，可从未承受过这样的奇耻大辱啊！"文种哭着喊起来。

"文种大夫，你不要再说了，我从命就是。"

"西施姑娘，我代大王谢谢你，你可知道，大王写了诏书，曾向范大夫下跪致谢。他实际上是向姑娘下跪。"

"西施明白了，入吴以后，我自当见机行事。告诉大王，既然如此，我什么都不怕了，本来我但求一死。现身负王命，我还得活下去，不为我自己，是为大王和王后。"

"请姑娘静养几天，不可再伤心了。你不必整理行装，吴宫应有尽有。范蠡让我转告你，你到吴国后，有机会见到大王、王后和范大夫。"

西施冷冷一笑："我很想见大王、王后，做梦都想，那个姓范的，我看都不要看。"

文种走后，西施静坐着，思量着突如其来的这件事，心里很不平静。她明白这是一个计划，这个计划对大王对越国来说非同小可。她不了解夫差其人，断断续续听到了他的一些片断，形不成一个完整的形象。她还没有足够的信心能博得吴王的信任和宠爱，这让她有些不安，但她不怕，反而有隐隐的兴奋。很奇怪，万念俱灰的感觉没有了，有的是一种神圣感，是那种去完成一件重要的、艰难的大事的感觉，犹如一个战士要披挂上阵。她觉得肩上压着分量极重的东西。

三天以后，一个寒冷的早晨。当文种用王后的鱼皮帷车来苎萝村接西施时，西施已变得异乎寻常的平静，经过几天的思考，她对整个事情有了透彻的理解。让文种愕然的是，西施又变得光彩照人，她穿着王后所赠的绣襦，戴着家里为她出嫁时准备的首饰，手上套着那一对碧绿的玉镯，羊脂玉般光洁的脸，虽瘦了些，但脸色甚佳，泛着一层红晕，眼睛显得纯净而有神，漆黑的头发挽着高高的发髻。她迈着碎步走着，仪态万方，亭亭玉立，这种步姿是她在宫中练就的。

全村的人都聚集在村口送她，浦阳江呜咽着。没有嘈杂，没有欢笑声，亦没有哭声。但每个人的眼睛都噙满泪水，他们静静地目送着西施，怀着期待和敬意，他们都知道了西施此去的重任。

西施走到浦阳江边，耳边又响起"哒、哒"的捣练声，凝神望了一会儿浦阳水，她上了岸，向父母、兄嫂、族人和村民，向站在最前面的莫希，向所有前来送她的父老乡亲，深深地鞠了一躬，一字一顿地说："西施去了！"说完，转过身，头也不回地踏上马车。

马蹄得得，车声辘辘，西施坐到车上才回过了头，透过华车的帷围缝隙，她看着那越来越远的村子、竹楼、草房和码头，心头空落落的。她深知，这一去，很可能是永诀，顿时泪下如雨。

莫希带着自卫团的十几个猎户，骑着马在后面追赶，他们是在送她一程。西施拭去泪水，为自己鼓足勇气。

入吴第二天，文种就带着西施，先拜访伯嚭。伯嚭一见，和那天穿着农妇服装的西施相比，今天的西施更是显得气度不凡，美若天仙。伯嚭兴奋地说："西施姑娘，你来到吴国，吴国的女子会黯然失色，见了你会又羡慕又妒忌。"

西施脸一红，轻声说："太宰过奖了！"

"我说的是真话，只有吴国的大王才能和姑娘相配，范蠡不配！"伯嚭讥笑说。

伯嚭随后取出两串粒大圆润、洁白晶莹的珍珠项链赠给西施，说："这是珍珠中的绝品，送给姑娘略表心意，今后还要靠姑娘为我多多美言。我可以担保，姑娘的话今后大王最为入耳，我伯嚭不如你了！不过你要当心，大王要是有了你，神魂颠倒，从此不再问朝政，那吴国的臣子会怪你误国的，特别是那个伍子胥，他会对你不留情面的。不过，这几天他使齐去了。"

文种笑笑不语，西施只是略点一点头。

夫差听说越国最美的美人西施入吴了，在伯嚭家待命入宫，立即派来他的华车骏马，由一队禁军护送西施去王宫。马车停在宫室前，夫差已在帷幕前等候着，几个候在阶下的宫女搀扶着西施。她走入内宫时，夫差的眼睛马上发直了，眼前的西施比他想象中还要美丽，她的皮肤细腻而洁白，挺直的鼻子精致玲珑，眼睛大而黑亮，深潭般幽深而神秘。她的出现，让宫中的粉黛顿时逊色。

"西施，见过大王！"文种提醒西施，牵了一下西施的衣袖，和西施一起下拜，跟着来的伯嚭也伏身而拜。

"请坐。"夫差有些意乱神迷，隔了好一会儿才说。

夫差使了个眼色，宫女立即取过一只锦墩，让西施倚着它坐在席子上。这一个细小的动作，足以说明夫差对西施的态度。

"西施，你是浣纱女？"

"是，西施八岁起就浣沙了。"西施沉静地回答。

"听说你和范蠡订过亲，在越国王宫当过王后的侍女。"

"是的，不过，婚约已解除，范公子已入吴为奴了。这些，已过去了。"

"从今以后，你就是寡人的人了，只要你侍候得周到，在吴国，没有人敢怠慢你。让宫女陪你到你的宫室吧，那里是你的家，不必拘于礼数。"

"是，我听大王的吩咐。"西施低垂着眼帘，神色端庄地回答，由两个宫女扶

着站起来，朝夫差看了一眼，嘴角似乎笑了一下，又黑又长的睫毛眨动着，显得柔情如水，娇憨无比。夫差呆呆地看着，目光紧盯着西施娉婷的身影，直到西施的背影消逝在帷幔。

文种和伯嚭当然都看在眼里。

"太宰，你很会办事。还有文种，你尽心行事，颇为忠诚，与范蠡大不相同，现在越国国事由谁主持？"

"由守国的大臣分头办，除了农桑、保一方平安外，悉听上国的指令。"

"据说你去看过勾践、范蠡了，他还有没有非分之想？"

"绝对没有。我国国君安心为奴，别无他念。"

"真的吗？"

"臣岂敢欺罔？这次西施入吴，就是国君亲笔写了诏书，臣凭诏书召西施进宫的。国君对大王之命无不顺从。"

"能顺从就好，他的命脉其实掌握在他自己手里，只要他安分守己，寡人不会为难他。倘或另有所图，过咎不轻，寡人不办他，自有人办他。"

"都是我们的不是！"

"西施还怀念她的范公子吗？"

"她恨透了范蠡。"

夫差大笑起来，说："这个姓范的据说很有些才，以后寡人北征，此人可备咨询之用，你文种当然也会派上用场，吴越一统，你们都是寡人的臣子了。"

"臣谢隆恩！"文种伏身说。

过了不到一个月，王后齐姬偕使臣伍子胥和徐承乘艅艎大舟准备启程返国了，太子友一起回来。齐景公的葬礼很隆重，规格极高，陪葬品极丰盛，夫差送了几十件精美的铜器，其中仅铜鼎就有七件，一副纯金的马具，一套铜编钟，上百匹江南丝绸，几十件漆器、金银器、玉器。吴王阖闾去世时，齐国并未派重臣前去吊唁，且几乎是空手而来，这让齐姬深觉歉然，很埋怨父王没有尽礼，有失自己的面子。这次齐景公薨逝，夫差派伍子胥为专使，这么重的礼，三条巨舰，两千名甲士护送，这排场让齐国人有愧。齐姬心里明白，夫差是故意这样做的，对齐景公的怠慢以这种方式作出了报复，让齐国感到尴尬。

齐姬不去揭穿夫差的真实意图，她在齐国娘家人惊奇和赞叹的目光和话语中得到了满足。吴国给足了她面子，吴国的富足和强大让她深以为傲。伍子胥是名臣，是吴国的重臣，一人之下，万人之上，他和徐承等受到了齐国方面的隆重款待。

　　齐君对这位身为吴国王后的姐姐并不熟悉，齐姬远嫁南方的时候，他还骑在父亲的背上。他见吴国的吊祭使团如此隆重，感到很高兴，错误地认为是夫差在讨好他。他不愿示弱，也以破格的礼遇相待。碍于丧礼，他不能让宫中的百戏团来作精彩的表演，也不能举行盛大豪华的宴会，但私下款待时，规格很高，用的食器都是纯金的，摆出了齐国最好的菜肴。不能举乐，他就让乐坊奏哀乐；不能舞蹈，他就让舞女着素服跳舞。伍子胥和徐承受不了了，躲到了船上，图个清静。齐姬和太子友、王子地住在王宫。丧事毕后，她忙于见亲戚，一一拜谒长辈，送上从吴国带来的土仪。十多年不回家，齐崭崭地冒出了许多后辈，都是亲贵子弟，她一个不漏地送了礼物。也许和父王十多年不见，感情淡薄了的缘故，她对父王的谢世并不过度哀伤，伍子胥担心的事并没有发生。

　　返国日程确定了，齐姬提出要和两个儿子到陵前守灵几天，伍子胥只能同意。这天，齐国的一批将军来参观战船，上上下下看过后，对几艘船的规模、设计和装备大为赞赏，其中一个是齐国的大司马。他的父亲曾是孙武叔父司马穰苴手下一员悍将，司马穰苴在齐桓公薨逝后的内乱中，受迫害自刎后，他父亲也受到株连而去职归田，后齐景公重新起用他，委任他为大司马。他叫田光，在他力主下，齐景公为司马穰苴公开平反昭雪，恢复爵位，重新厚葬，并派专差来吴，要见孙武，请孙武回国。孙武连人都不见，对于齐景公的好意不予理会。

　　田光犹有余憾，认为若司马穰苴不死，孙武不离齐国，齐桓公所开创的霸业可延续下去，绝不会国力衰落。他对吴国的崛起有着极深的印象，上船参观，就是他提出来的。他和伍子胥一见就成了莫逆之交。

　　在艅艎的船舱里，伍子胥把徐承介绍给了田光和各位齐国将军，伍子胥说："上将军徐承就是名造船师，他的师傅是子考，吴国的大翼、中翼和小翼等战船就是子考设计的。徐承是子考最得意的弟子，深得子考造船的精义，他不仅会造船，而且对水战军略颇有研究，前不久，越国水师犯吴，在徐承指挥下，越水师全军覆没，溃不成军。他现在是吴国水师的统领。"

　　齐国将军们听后很佩服，也有些惭愧，齐国东面靠海，作为称霸多年的大国，却没有一支成规模的水师。原因很简单，中原少有大的湖河，自古战场几乎没有在水面上的，齐国虽然东面临海，但海上的敌人暂时还未出现，将来很长一段时期内也未必会出现。所以，从齐桓公到齐景公，把整军经武的重点都放在车骑步卒上。齐国拥有一支强大的陆战部队，在诸侯国战争中大显威风，鲁庄公与齐国三战而败，献地求和。此后齐桓公东征西伐，齐国成为强国，称雄中原。桓公率

兵盟会三次，乘车盟会六次，共九次会合天下诸侯。齐桓公去世后，内乱不息，齐国便逐渐由强变弱，一蹶不振。这次吴国三艘艨艟大船从海入齐，沿河道直抵临淄，万民争睹，啧啧称美，这对田光和齐国的将军触动很大。原来在他们心目中，江南的吴国是个不起眼的蛮夷之地，虽征服了强大的楚国，那还不是得力于齐人孙武的兵法？吴国充其量是个新兴国家，齐景公所以愿把女儿远嫁吴国，是看在孙武的面上，他一心要感化孙武，和吴国通好，也是做给孙武看的。当然，阖闾的雄武之姿、英勇气概也使景公颇为敬仰，从战略上，拉拢吴国，能抑制楚国，而楚国历来是齐国的一大威胁。吴楚一战后，楚国大伤了元气，但豹死犹留皮一袭，无论从哪方面看还是个大国。而吴国仅仅是个二流国家，打败楚国，孙武退隐后，长达十年里似乎没有大的作为。吴越携李一战，吴国兵败，阖闾战死，这让齐景公很失望，所以只派了个小官到吴国吊祭。三艘大船使齐国大受震动。能造这么大的船的国家绝不能小觑，况且，这个国家刚刚平了越国，报了阖闾战死的仇。

"伍相国，齐国也要建水师，中原虽无大湖，但有大河，另外，齐国靠海，早晚会有敌从海上攻齐，没有近忧，也有远虑。"田光说，"齐国有两件事要请吴国鼎力相助。"

"哪两件事？请大司马明示。"伍子胥猜不透田光何所求。

"国君的意思，入齐的三艘船，能否留下一艘？另外，齐国要遣人来吴见习造船，练水师。吴齐是姻戚，南北呼应，天下归矣！"

伍子胥稍稍思索了一下，回答说："此事该禀报吴国国君才能定，非臣下所敢轻诺。当然，这是好事，齐吴联手，所向披靡。"

"相国谦虚了，都知道相国是老臣，这样的事对相国而言，绝非难事，何需禀报。"

"大司马此言差矣！伍子胥确无权定夺这两件事，待我回国后，向大王奏明，必有满意的答复。有王后在，是好商量的。"伍子胥坚决地说。

西施入宫后，仅几天就让夫差神魂颠倒，在他眼里，西施的娇娆无与伦比，即使天界仙姬，也不如她。至于他之前所见到的无数佳丽，和西施一比，简直粗俗不堪。西施曾萌生一个念头，预备一把快刀或一把剪子，在那个时候，将夫差杀死，既保持了自己的贞节，也为国报了仇。但她很快放弃了这一闪念，她明白，夫差一旦死于非命，吴国必疯狂报复，囚禁在吴国的越王勾践、王后以及范蠡等大臣首当其冲，而越国也会遭遇一场更大的腥风血雨。

宫女服侍她在放着香料和花瓣的浴桶里沐浴，都对她凝脂般的皮肤惊叹不已。洗完澡，换上轻如羽翼的半透明的柔绫睡袍，她的身体曲线半隐半露，浑身散发着馥郁的香气，蓬松的发髻更显得她娇媚优雅。她在褥子上轻轻躺下，夫差竟不敢逼视她，她的美让他意乱神迷，她没有像一般女子对他露出逢迎的笑容。她没有笑，而且神色冷冷的，眉目间有点忧郁，这不但没有让夫差扫兴或不快，反而觉得她别有风姿。

要是在后宫临幸别的嫔妃，夫差的动作会很粗野，在他心里，女人就是他的一件玩物。但对西施，他才意识到她是一个高贵的女子。他的动作斯文而适度，显得极有涵养。夫差是个美男子，身体强壮、体魄魁伟，浑身散发着雄性的气息。西施对夫差没有感觉，只是不讨厌，她甚至有点庆幸，这个强迫她接受的男人不是愚蠢而丑陋的莽夫。

夫差轻轻地脱去西施的衣服，在朦胧的烛光下端详起她的脸容和身子。西施闭上了眼，她有些羞愧，一个女子的身体，包括最隐秘的地方，赤裸裸地尽显在一个男子的眼中。她不想看夫差的表情，但听到了他在喘着粗气，甚至可以听到从他结实的胸脯传出的擂鼓般的心跳声。他巨大的手掌在她身上慢慢地抚摸着，使她忍不住战栗起来。突然，她感受到身体深处一阵尖锐的剧痛，她意识到，她最珍贵的东西从此不存了。她想到了范蠡，这个让她爱之深恨之切的男人为什么不早一点把她娶去，而偏偏让给了敌酋，她感觉到自己一颗心被压得粉碎了似的疼痛。缠绵了很长时间，夫差喘着气对她说："西施，从此，寡人不再会去爱其他女人，有西施足矣！"

说完，躺在她旁边，昏昏入睡。而西施一点睡意都没有，她觉得自己身子软软的，有种从未有过的疲乏感。她侧身瞅了瞅身旁的这个吴国最有权势的男人，突然发觉，这是个多么英俊的男人啊！

第二天早晨，西施醒来，夫差已起身，在案几前阅览书简，轻轻地在诵念着："《计篇》曰，兵者，国之大事，死生之地，存亡之道，不可不察也。故经之以五事，校之以计，而索其情：一曰道，二曰天，三曰地，四曰将，五曰法……"

这多少有点出乎西施意料，这个吴王倒是个很勤勉的人。

突然，一个惊天动地的声音在宫室外响起："夫差，勾践的杀父之仇，你敢忘吗？"

夫差放下书简，整一整衣襟，跑出去，大声吼叫："我不敢忘！"

夫差回到宫室后，见红罗帐内的西施坐了起来。夫差连忙问："西施，把你吵醒了？"

"怎么一大早的就大声嚷嚷，我以为发生了什么事。"

"这是父王薨逝后寡人立的规矩，用来提醒自己不忘杀父之仇。"

"我有心悸病，这么大的声音，我实在受不了。"西施用手捂住胸口说，"大王还是将西施移置别宫吧。"

"寡人不会让你受惊了，明天起不叫他们打搅咱们就是了。"夫差说着，又走出去，对站岗的禁军说，"勾践已入吴为奴，越国已臣服，明天起就不必提醒寡人了。你们可要记住！"

"遵命！"禁军回答。他们看着大王铁板的脸，感到很困惑，大王原来应答他们的喊话简直是声嘶力竭，何以现在又要禁他们的喊声呢？

夫差又特地命令禁军统领华元，没有他的吩咐，原来的问答不要再喊了，违者重责不饶。

甲士的提醒是华元交代的，越女入宫，他是不赞成的，要甲士喊得更响一点，防止大王沉湎美色而忘了仇。夫差的吩咐，他当然知道原委。但他只能执行。又想起那次朝议，难怪伍子胥要喊着这句话上殿，相国是担心大王放松了对越国的警惕，看来他并不是多虑。

夫差交代完毕后，回到宫内，对西施说："你睡吧！再也没有人打搅你了。"

话音未落，忽然又传来一个高亢的女声："夫差，勾践的杀父之仇，你敢忘吗？"连续喊了三遍，惊得西施坐了起来。夫差不知是谁，他怒气冲冲地走出去，一看，喊话的人竟是太后蔡小娇。

"太后，你怎么来了？"夫差好声问。

"夫差，你纳多少嫔妃我不管，你父王的仇可不能忘！"蔡小娇身穿素服，幽幽地说。

"太后，夫差没有忘，只是用不着这么喊了。再说，杀害父王的灵姑浮已诛，越国和勾践已被打败，父王可暝目了。"

"可勾践还活着。"

"他入吴为奴，虽生犹死。"

"他不能活，先王曾托梦给我，勾践不能存，越国不能存。"

"太后，我知道了。这些事你别操心了，多保重身子，我最不放心的是，太后伤心过甚，对身体不利。至于杀父之仇，我一刻都没有忘，我会让勾践生不如死，越国永无翻身之日。而且，他的命捏在我手中，随时可像捏死一只蚂蚁一样捻死他。"

"夫差，我不能强求你什么，你是大王，不要自欺欺人。"说完，未等夫差回答，蔡小娇就转身走了。

夫差对太后的话并不在意，使他略感不安的是，太后突然一早出现，决非偶然，肯定是受人指使，此人是谁呢？他马上想到了伍子胥，可伍子胥在齐国啊！他还不知西施入宫的事。

夫差告诉华元，新进宫的西施姑娘册封为夫人，要他增派丁夫，加快修筑姑苏台，并在姑苏台林苑内增建馆娃宫一座，作为西施娘娘的别宫。

"华将军，寡人要和西施娘娘一起去姑苏台巡视在建的工程，你派禁军护卫，传太宰同行，你也一起去。"夫差郑重其事地交代说。这是他临时想到的，由西施清晨被吵醒，再想到齐姬、伍子胥就要归国，这两个人对于西施的入宫，不免会有非议。善妒的王后性情乖张，肯定会借故闹事，西施自然会难堪。而伍子胥也会借西施是越国所贡，出言不逊，大做文章。这点，夫差是有预料的。因而，修好姑苏台，扩建馆娃宫，他和西施干脆搬到那里去居住，避开了暧暧众目，耳根也清静些。

"是否等相国回国后一起去？姑苏台别宫是先王在时，伍相国倡议建的，最初的工程也是他主持的。"华元小心翼翼地说。

"不必等他了，我们明天就去。你怎么这样啰唆？"夫差责怪华元。

"是，臣马上派人传太宰，大王是乘船还是乘车？"

"自然是乘船，娘娘是越人，越人习惯乘船。"

第二天，华元安排了一艘华丽的王舟，除夫差、西施、伯嚭、华元及内官、内侍、宫婢以外，还有五百名禁军，从五湖驶往姑苏台。风平浪静，船上升起了三面帆。这是一艘既能指挥打仗又能供国君行巡的大船，装饰华丽、舒适，船体坚固，气宇非凡。

王舟有三层高，有宽阔的楼梯贯通，底舱是桨手划船的地方，一层是屯兵用的，第二层是瞭望层，打仗时，将军在这里观察敌情和风向，第三层才是国君待的舱房，金碧辉煌，张挂着丝绸的帷幔，三层席子，锦裘软垫，罗帐悬垂，家具一应俱全。王舟的前面有一艘小翼开道，后面跟随着两艘小翼护航。

夫差心情很好，他坐在席子上，靠着锦团，一面喝着酒，一面望着水天一色的湖面。西施在弹琴，这是她在王宫跟王后季婉学的。她弹的是《浣纱女引》，这首曲子是季婉作的，曲调中既抒发了浣纱女的艰辛，也反映了浣纱女为国织征衣的快乐，旋律中有期待天下太平、兵革不兴的憧憬。在越国民间流传过的浣纱歌，歌词是很伤感的，道出了在战争、课税双重压榨下，浣沙女的不幸和痛苦，和季婉写的曲词有很大的不同。西施轻轻地唱起来：

手持木槌，怀抱艾麻；归雀切切，月如霜白；

河边浣纱，砧杵声声，击水而歌，愁思不断；

年年征贡，四壁萧然，良人戍塞，儿饥而泣；

浣纱浣纱，织布养家，谁人哀哀，是我越妇；

村静吠止，夜风如刀，薄衫不寒，邻女已归；

芦荡萧瑟，我亦孤独，老母呼喊，何时能完？

这是西施的真实经历，想到辛劳了半辈子的父母在日夜牵挂远在吴国的女儿，心里不免哀怨，眼泪不知不觉盈满了眼眶。

夫差见了，惊愕地问：“西施，你怎么啦？为何要伤心？”取过一块罗巾递给西施。

“大王，对不起，我唱起这首曲子，就想起伤心事。越国百姓至今还是这么苦，特别是越国的女子，许多女子的丈夫在战争中战死了，她们差点要给生活的重担压垮了，真是‘谁人哀哀，是我越妇’。”西施说着，她一手借袖遮面，另一手用罗巾拭去泪痕，“越人好可怜啊！”

“都是勾践惹的祸，他挑起兵衅，偷袭吴国，害了他自己，也害了越国百姓。”夫差笑着说，“西施，你别难过了，不过，你发愁的样子真好看。好了，我们不说这些事了。”

“她们都是我的姐妹啊！越国每年要向吴国贡粮贡物，交纳赔款，国库早已空了，朝廷只能向百姓征收，百姓家哪有什么余粮？就像歌中唱的‘儿饥而泣’。”

“西施，这些事你不要管了，寡人不会让越民闹饥荒的，寡人交代伯嚭，要是交不出，可以减免。吴国不在乎越国贡的这些钱粮，寡人是惩罚勾践。”

“勾践在吴国为奴，怎么也罚不到他头上啊！是越国百姓在替他受难。大王若能发慈悲，减轻越民负担，他们会对大王感恩戴德的。”西施强笑着说。

“君无戏言，寡人说过的话，会记在心上，你放心好了。”夫差认真地说，让人把在二层船舱的伯嚭和华元叫上来。

“太宰，越国的贡粮每年是多少？”

“每年贡粮十万石，除此之外，还有赔款和其他贡物。”

“寡人听说越国朝廷国库已空，向越民征贡，闹得越国百姓勒紧裤带，苦不堪言。有这事吗？”

“这事当然是有的，越国守国的那批大臣，除了向百姓威逼之外，别无选择。”

“你跟文种说，有难处可如实说出来。越王有罪，越民无过，凭什么要让越民

替他受过？已贡的就算了，余下的就不用贡了，免得越国百姓骂吴国无情。该体恤的地方就该体恤，让他们心悦诚服。"

"是，臣遵命！大王这等仁厚的用心，越国百姓必当感激。"

"寡人早就说过，吴越一统，越国的百姓，也是吴国的百姓。不能太苦了他们。"

伯嚭和华元回到自己舱房，伯嚭小声对华元说："这个美人儿厉害得很，刚来几天，大王就听她的了。不过，对越国勒索过甚，越民不堪承受，早晚也要出事的。"

"其实并不过分，我算过一笔账，越国原来有三万多军队，军队的粮草是国家从民间所征，现在越国无一兵一卒了，粮草省下来了，三万甲士解甲归田，多了种田的人。这一来一去，贡给吴国每年十万石粮，并不会使越国百姓负担过重。"华元说。

"华将军，你快别这么说，大王能体恤越国百姓，总是好事。对越国百姓，笼络比打压好，要越国真正臣服，还是要争取越国民心。"

"国君入吴为奴，国家成了吴国的属国，免贡粮食，越国的老百姓未必会感激，只不过，怨恨稍稍减少了些罢了！"华元冷笑着说，"惩罚要严，要罚到他们痛不可言。打一下再摸一下，不痛不痒的，不足以让越国真正臣服，反而留下祸根。"

"这是伍子胥的主张，你是管宫廷内务的，深为大王信任，可不要受他的蛊惑。"

"伍相国忠心可鉴，如果说伐楚，他还存有报父兄深仇大恨的私心，而在平越一事上，他一点私心都没有。若说他是受了勾践诈和戏弄，怀恨在心，他何以要放掉文种呢？就像他当初认定你不是越奸一样，他认定文种同样受了勾践的骗，他也正是在诈和一事上，看到了勾践此人的阴险，觉得此人不可留。太宰，我有几句肺腑之言，不知当说不当说？"

"将军请说。"

"你和相国是吴国的股肱，肩上的担子有千钧之重，且都是楚人，伍子胥性格是倔强，说话不留情面。但他刚正不阿，是非分明，在你受巴豪之事牵累时，他并没有落井下石，而是据实为你开脱不白之罪，由此可见伍相国的正直厚道，朝中大臣谈起此事，皆有敬意。所以，我希望你们俩能消除隔阂，携手并肩，襄助大王治国，吴国必更勃兴。"华元恳切地说。

"将军，你所言极是，其实，我对伍子胥并无成见，我入朝为先王所倚重，是

伍子胥所荐，就凭这一点，我不能不领受这番恩德。他在我落难时，还能为我说话，我也是十分感恩的。但真正让我脱罪的是大王。伍子胥是为我辩解过，那是事实俱在，他不敢抹黑。但他还是向大王提出要重责于我，削爵去职，贬为庶民。是大王留用了我，伍子胥表面通达，但胸怀并不大，我受到大王器重，他并不乐见，心里很不舒服，私下曾训斥我谀奉乱政，话说得很难听。他是元老，朝中首辅，股肱之臣，他要一手遮天，容不得别人和他分权。大将军这次来朝奔丧，他曾撺掇大将军把我骂了个狗血喷头，警告我要维护伍子胥的权威，否则会千方百计打击我，让我身败名裂！"伯嚭知道华元此人比较单纯，所以添油加醋地胡说一通，以争取华元对他的同情。

"有这样的事？伍子胥和大将军可不是这样的人啊？"华元问。

"我实在不愿对外人多说这些，好像我是忘恩负义，和伍子胥闹意见。"伯嚭装得很痛苦地说，"你不知道我心里是多么为难，大王面前，我从来是不置一辞的，大王拿掉他的辅国大夫，他以为是我的谗言，其实，天地良心，我一句话都没说。我和伍子胥的区别，是我能让大王高兴，可伍子胥老是让大王不高兴。我承认，有时候我会说些违心的话，但我身为臣子，讨大王的欢心何错之有？伍子胥不愿做，我不能勉强他。"

"我明白了，太宰，话不投机半句多，你们既有这样的区别，看来是我一厢情愿了。"华元听了伯嚭刚才那些话，觉得不失为是实话。对于伯嚭对伍子胥和孙武的指责，他是将信将疑的。他只希望大家相安无事，"太宰，伍相国有些事对大王直言，也是出于一片赤忱，大王不听就算了，我们就不要火上浇油了。可能的话，我们帮衬他几句，朝中和谐，是国家之幸。"

"华将军，你是有智慧的人，你也知道，凡是国君，无不自负，我们必须顺从。当今大王春秋正盛，和先王比起来，更是雄心万丈。伍子胥不识时务，在大王眼里未免太狂狷，我怎么说他才好呢？这次西施入宫，伍子胥一定又会谏劝，木已成舟，西施已受册封，他反对有何用呢？反而扫大王的兴。"

"我来劝劝伍相国，要他别多言了。我担心的是王后。"

"华将军，这是大王的家事，我们不必掺和。"

船靠了岸，夫差和西施乘上了马车。马车是载在王舟上同行的，王舟上辟有马厩和安置马车的地方。伯嚭和华元乘的是战车，姑苏台驻有军士，华元已提前作了安排。

修筑姑苏台的胥吏和驻军的裨将早已在岸边候接。夫差等人在几百名甲士的卫护下，很快就到了正在修筑中的姑苏台。姑苏台依山坡而建，规模很大，周围

是树林。有上万人正在这里忙碌。这里由在建的十几幢宽敞的殿宇组成，一条涓涓溪流从山坡直流而下，汇入到山脚下一个小湖里。姑苏台始建于阖闾晚年，建了两年多，前不久，夫差才下令复工。

营造官一路领路，一路指点，对一殿一阁、一亭一池、一草一木都说得非常清楚。西施哪有兴趣赏看，但她不得不装得兴致勃勃。看到几处竹林，她触景生情，又想起范蠡住在苎萝村莫希家时的情形。她凝神回忆着，恍恍惚惚，周围的鸟鸣声、落叶声、风声都变作范蠡诵诗的声音和他们的窃窃私语了。

夫差见她的神色，以为她痴迷于眼前的美景，携着她的手问："西施，你觉得何处风光最佳？"

"那里。"西施不经意地指着一大片竹林说。

"那是片竹海，好地方！就在那里建一座宫！"夫差对身边的营造官说，"这是专门为娘娘造的宫，宫名寡人都想好了，叫馆娃宫。你可要记住。"

"是，臣下记住了。"营造官立即回答。

"馆娃宫这宫名好，隽永、响亮。"伯嚭在一旁说。

他们来到湖边，湖水清澈见底，在阳光下波光粼粼。夫差又问西施："听说勾践的宫中，也有一片水，那水池没有这么大吧？"

"小多了，可水上有只荡船，西施和王后常在那里泛舟。另外，御苑里有个鹿圃，开始只有两头，后来有十几头了。"

"各种船吴国有的是，寡人将这湖再挖得大一些，放两艘'冒突'船，供你泛舟游弋。对了，湖中造一座湖心亭，可上去驻足休憩，也可在亭内操琴，寡人名这湖为西子湖，西施，你看好不好？"

"西施不敢当！"西施微微皱了下眉头说，"我是在乡村长大的，家里周围都是竹子，所以觉得很亲切，这片湖让我想起家乡的浦阳江，我在江里浣过纱，鸭子在身边游来游去。大王，这湖里养些鸭子就可以了，加上竹子，我就心满意足了。可以我名字命名这湖，大为不宜。这湖是由山涧水从山上泻积而成，好像从天而降的飞流，就叫天池吧。"西施的声音，如呖呖莺声，清脆婉转。

"好，就叫天池。其实，这湖叫西子湖，再好不过了。什么大为不宜，没有的事，你已是寡人的嫔妃了，以你的芳名命名一个小湖，湖会因美人而变得风景更佳。依你所说，以天池为名也不错。"夫差笑着说，又嘱咐营造官，"在这附近，要筹划建一个麋鹿场，一个鸭场，供西施游赏，驯鹿至少在一百头以上，鸭子三百只以上。还有，要开一条河从这里直通五湖，五湖水要引到这河道和天池。这样，乘船就可直抵姑苏台了。"

营造官"诺、诺"地应答着，连连点头。

"这些工程限两个月内完成，迟一天，提了你的脑袋来见寡人！"夫差用毫无感情的声音说。

"大王，两个月时间，小的万万做不到，人手不够啊！从五湖引水需要上万人……还有馆娃宫，也是大工程啊！"

"挖河可另派人，其余归你负责，听着，两个月竣工，只准提前，不准推迟。提前一天，赏银一流，推迟一天，鞭刑一百。"一流就是千两，很大的数目了；鞭刑一百下，不死也是半死了。营造官只得答应，在凛冽的秋风中，他的额头却汗出如浆。

第 十 五 章

伍子胥回国了，他第一件事就是直奔王宫。夫差正在早朝，见伍子胥急急赶来，夫差笑着说："你昨晚漂洋归国，何以这么早来上朝？"

"大王，吴国怪事不断，臣不能不急。"伍子胥伏身而拜。

"吴国国泰民安，有什么怪事？从何而来的谣传？"

"越国献美，大王笑纳，还居然册封嫔妃，姑苏台里筹建馆娃宫、天池、鹿场、鸭场，连作为正宫娘娘的王后都未享过这等优隆，这岂非咄咄怪事？"伍子胥面凝严霜地大声说，"恕老臣直言，越国献美，别有用心，大王万不能受其诱惑，当将其退回越国！"

"相国有所不知，西施并非越国所献，而是寡人慕名向越国索取的，别错怪了勾践、范蠡，他们在吴为奴，有何能耐筹谋？"

"据臣所知，文种曾入石室见过勾践、范蠡。不错，西施是太宰向大王荐引的，并向使吴的文种提出。西施与范蠡是一对相爱十年的有情人，与越后季婉姐妹相称，越国通国皆知。文种绝不敢自作主张答应，必与勾践、范蠡商议，范蠡忍痛割爱，勾践亲写诏书，大王不觉得这其中大有蹊跷吗？"伍子胥放低了声音，尽量心平气和地说理，但他的声音是冷漠和严峻的。

夫差的脸色变得很难看。使他不悦的不仅仅是伍子胥当朝对他发难，而是伍子胥刚回国，就把这件事摸得一清二楚，显然是有人已连夜向他密报。能这样做的人，必是知道内情的人，且是伍子胥的死党。这个人是谁呢？这可要查个水落石出，否则，自己做任何事，都会落在伍子胥的眼里。

"相国，你尽管放心，寡人自会判断，自有分寸。一个妃子，不过是伴伴寡人而已。西施是浣纱女，不过是越后的侍女。这些已是过去的事，一个小女子，根本不参与国事，也无能耐设谋，她只是解寡人寂寞，予寡人欢愉，狐媚之计无从

谈起，相国言重了，也多虑了！"夫差抑制住怒气，尽量平静地说。

"真若如此，臣就不多言了。但臣不能不谏，这西施决非寻常女子，勾践阴鸷诡异，大王不能不防。"

"伍相国，你管得未免宽了些，大王难得遇到一个可人女子，纳为宫妃，你为何非要作对呢？就不能体谅一点大王吗？你伍子胥年迈力衰了，有了夫人，还要找回旧知津香，你不要以为自己行事隐蔽，无人知晓。你在边镇由囊丹牵线，私会津香，母子团圆，情人聚首。这些事，你以为神不知鬼不觉，可没有不透风的墙。本来我是犯不着提这些事，可看你道貌岸然的样子，我忍不住要揭你老底。"伯嚭起身，慢条斯理地说，"相国，如果我猜得不错，津香不久就会来吴都了。"

"这完全是两回事，津香依然活着，惦记儿子伍树，母子团聚，这并不是见不得人的事，伍相国不说，只是认为这是他的私事，没有必要张扬。我们应该为伍相国感到高兴，为他们庆贺。你将这件事和越国献美混为一谈，太宰，做人要厚道些！"钮宣义气愤地说。

"伍相国，寡人也听到一点风，津香来吴都后，寡人做个东，贺一贺你们。"夫差笑着说。

原来剑拔弩张的气氛变得轻松了。津香的事，大家都知之甚详，听说她安然无恙，分别十年而归，都为伍子胥感到欣慰，至少伍树找到自己的亲娘了，大家纷纷向伍子胥道贺。伍子胥也知道多说无用，但他还是谏劝说："大王，并非老臣非要与大王纠缠不休，实在是勾践奸猾无比，请大王多留心。"

"寡人知道了，相国使齐，海上劳顿，回府歇息去吧！"夫差根本听不进去，待伍子胥说完后，便迫不及待下逐客令了。

伍子胥叹了口气，一步一回首地离宫而去，很不甘的样子。

伍子胥走后，夫差宣布散朝，只留下伯嚭一人。夫差问："伍相国昨晚刚回来，何以对朝中之事如此清楚，你说，是谁连夜和伍子胥见了面，向他通风报信的？"

伯嚭猜测是华元，那天在去姑苏台的船上，华元和他说的那番话，至少可说明他是倾向于伍子胥的，最知情的也只有他。钮宣义是知道西施入宫的，但对于夫差在巡行姑苏台时，下令引进五湖水至姑苏台与天池，建馆娃宫及麋场和鸭场这些事并不清楚，还是华元的嫌疑最大。他不愿贸然揭破，华元赞同伍子胥的一些做法和见解，也钦服伍子胥的品行，但他不像钮宣义。钮宣义是死心塌地地和伍子胥站在一起，事事一个鼻孔出气，是伍子胥的应声虫。但他握有兵权，立有战功，夫差对他很欣赏，所以尽管伯嚭恨他恨得咬牙切齿，但见了他，是让三分的。

至于华元，他是个不结伙的人，清高自尊，对名利看得较淡。和伍子胥来往并不密，有智谋却无心机，大王对他很信任。把他扳倒了，也找不出一个称自己心的人选，与其换一个，不如先留着他，但可以择机敲打敲打他，或者抓住什么把柄要挟他，即使不会为自己所用，也不至于让他站到自己的对立面。

"伍子胥的关系盘根错节，耳目甚多，说不清是谁。"伯嚭回答说。

伯嚭猜的是对的，是随夫差的禁军中的一个神将把在姑苏台的见闻告诉钮宣义的，这个神将是钮宣义的心腹。伍子胥回国后，钮宣义带了酒菜深夜造访，替伍子胥接风，把这段时期发生的事细说了一遍。

伍子胥听了，怒不可遏。他说，这是越国的狐媚之计，大王如中了越国美人计，不能自拔，亡国也就不远了。

钮宣义怕事情闹得不可收场，于是对伍子胥说："有一言奉告相国，不知可愿见纳?"

"钮将军请直言。"

"相国，驰驿的人，对马不能抽得太狠，有时还要哄哄它，尤其对烈性子的好马，抽急了，它一怒跳脚，直立半空，会把你掀了下来，甚至乱蹄将你踩死。相国对大王谏劝时，话语也不能太尖刻，免得他恼羞成怒。"

伍子胥点点头，钮宣义说得有理。今天殿上，伍子胥没有和夫差争执下去，还是听了钮宣义的劝告。

伍子胥回到府邸后，有点泄气，也感到失望。阖闾时期知无不言、言无不尽的气氛已一去不复返了。伍子胥深深地意识到自己的孤独无助。

至于伯嚭在朝会上没头没脑提出津香的事来混淆是非，并以此为大王纳越女西施辩解，这么做，实在太可恨了！伯嚭唯恐天下不乱，在此事上会有所图，弄出一些是非来。所以，他要小心些，避免津香、津夷和乐范卷入是非漩涡之中。

对于西施的去留，他不能不作更深的考虑，一味谏劝已无济于事，就像钮宣义说的，鞭子抽得太狠，马会跳脚，把人掀下来。所以，要见机行事，目前要逼夫差将西施退回越国已无可能了，唯一的办法，就是设法密切监视西施。她若果真是谍人，不免会露出形迹，在事实证据面前，大王会清醒的。就像巴豪事发一样，大王一旦见于铁证，便毫不犹豫地铁腕除之。但西施不是巴豪，她深居简出，踪迹不定，难以接近，这怎么办呢？得有一个能从近处观察到西施的人来监察西施。伍子胥想到了两个人，一个是华元，一个是王后齐姬。

不过，伍子胥也知这种做法甚为不妥。露了马脚，容易让夫差起疑，深究下

去，是件不得了的事。但除此之外，没有更好的办法。自己这样做，也是为了维护国家的安危，绝无个人的私心杂念，即使被误解，自己也问心无愧。

他先找华元，闪烁其词地试探："华将军，西施入宫有些日子了，你觉得此人怎样？"

"虽是浣纱女出身，但美而多才，明慧可人，不输大家闺秀。不过，经常无缘无故地淌眼泪，让人看了怪可怜的。但她对宫女很好，宫女犯了错，她都能原谅，一句重话都没有。"华元说。

"大王与臣子，包括你商议国事的时候，她在不在旁边，或私下探问什么大事？"

"没有，这绝对没有，遇到有人来，她就避得远远的。她对国事不感兴趣，从不问三问四，她很懂礼节。"华元说着，口气中对西施印象颇佳。

"华将军，她是越女，勾践、范蠡所贡，不管怎样，不能不有所防范，今后，你要多劳点神。事关国家安危，马虎不得，发现她有异迹，你别惊动她，告诉我就是了。"

"我是禁军统领，对国家和大王的安危负有重责，相国交代的事，我当然不敢轻忽。可我要请教的是，何谓异迹？在这方面我有点愚鲁。"华元有点疑惑地问。

"有武锦清、巴豪前车之鉴，我们宁可多费点心思。西施如是谍人，必有往来密使。另外，她会对朝中的机密尤为关切，刻意打探，也会翻阅宫中文牍，这些就是异迹。"

"到目前为止，我还没有发现她有这些异迹。相国，平心而论，这个西施，除了多愁善感外，可说无可挑剔。她似乎对一切都漠不关心，不是我怜香惜玉，看她那郁郁寡欢的模样，实在觉得她可怜。那天去姑苏台的船上，听到她操琴，连琴声都是悲悲切切的。"

伍子胥默然了，华元显然很同情和欣赏这个越国美女。华元是个有头脑的人，也是个可以信赖的人，不会仅凭西施的美色就会油生好感，也不会随便褒贬一个人。看来这个女子不寻常，有机会要见一见她。

至于齐姬，果不其然，对于丈夫乘她赴齐国奔丧之机，纳了一个越女进宫大为恼火。她从宫女那里知道了一切，虽然没有几天，但宫女们似乎对她印象不错，尤其是对她的美貌，都夸赞不绝，可说在吴宫之内，无人可及。她借去太后蔡小娇处请安之机，问太后知道不知道此事。

"我听到点儿风，这不足为奇。"蔡小娇毫无表情地说，"我对大王多了句嘴，要他别忘了杀父之仇，可他听不进去，由他去吧。"

"我咽不下这口气，我要管他，不能让他由着性子胡来！"齐姬跺一跺脚，恨恨地说。

可蔡小娇一言不发，闭上了双目。

这天，宫女们又在议论西施的美丽大方，齐姬听不下去了。

正在此时，夫差陪着西施来了。齐姬只觉得眼前一亮，一个举止优雅、气度高贵的丽人大大方方地走进来，她已猜到她就是西施了。齐姬对夫差草草行了个礼，微扬着脸，打量着西施，故意矜持地问："大王，这是谁呀？我怎么从未见过？"

"王后，这是新入宫的嫔妃西施，越国人。西施，见过王后。"夫差挥一挥手。

西施整一整衣襟，伏身下拜，行大礼："西施谒见王后。"

"你就是西施，模样果然不错，名不虚传，你是从越国来的？"

"是，西施是越国来的，越国苎萝村人。"西施平静地回答，声如玉磬，清脆悦耳。

齐姬脸侧了过去，看都不看西施。这种轻蔑态度，西施根本不在乎，她已没什么不能忍了，还在意王后的醋劲吗？

"王后，休得无礼！"夫差竭力克制住怒气，喊道。

"我对有道者历来重礼，对无道者，尤其是轻薄者，我绝不待之以礼！"齐姬的声调提得很高。

"王后，恕我失陪。"西施轻声说了一句，转身翩然而去。等齐姬转过身来，西施已走得无影无踪，只留下一股淡淡的香味，在室内飘浮。

"齐姬，你太过分了，人家对你这么尊重，以大礼相待，你竟对人家如此轻蔑，你真是不可理喻。"夫差大声斥责。

门口忽然传来"哇"的一声尖利的哭声，夫差一看，原来是小女儿胜玉。她不知从什么地方闻声而来，站在门口，她感到很害怕。两个宫女慌张地把她带走了。

当天，齐姬和公主胜玉就病倒了。夫差对王后生病并不着急，但胜玉是他的掌上明珠。夫差传伍子胥找来以前替王后和公主看病的几个民间名医，再次进宫为她们诊病。

伍子胥见王后的机会来了，他带了两个民间名医来到宫中。上次在避暑宫几帖草药治愈了齐姬和胜玉，夫差就想征召他们为宫中的太医，但他们自称游医，散漫惯了，婉拒夫差所请，也拒收丰厚的酬金。夫差还是给了他们"公乘"的爵位。这个爵位较低，不算贵族，但在平民百姓中算是很有地位的了。

齐姬和胜玉的病势不轻。齐姬头脑还保持着清醒，还能与人说话，只是头痛欲裂，浑身乏力。而公主胜玉已不省人事，冷不防地会惊骇地喊叫起来，浑身抽搐，嘴里涌出白沫，很令人拒心。

为郑重起见，伍子胥还拉了乐范一起去探视。

走进王后的宫室，在重重帷幕中，宫女揭起一重罗帐，乐范走近床榻。仅在一瞥之间，就发现齐姬神色憔悴，面白如纸，医师诊得很仔细，而齐姬回答的声音轻而无力。

乐范伏身问候。齐姬喊了声："姑姑！"就泣不成声了。

乐范见齐姬瘦得不像样，一脸的病容，眼眶一热，说："王后，你这趟去齐国，一定累坏了，回来又碰到不舒心的事，快宽宽心，静养几天，自然会好的。"

伍子胥正为齐姬的病询问着医师，两个医师，一个在写医案，一个和伍子胥说话，声音放得很低。

"王后到底是什么病？她前一阵在齐国还是好好的。"

"王后的病很麻烦，以前的心疾没有断根，这种病是发作一回重一回，药石在其次，自我调养为主。"

"方子都是以安神定心的药为主？"

"是的，其中有白参、石斛、野百合、龟板、当归等草药和滋补品，也有越国进奉的药物。但多多静养，心胸开阔，心情愉快，才有逐渐康复之望。"

伍子胥点点头。

"相国，王后不能再经受什么刺激了，要是再有，她的病会酿成不治之症。这不是我危言耸听，王后实在是弱不禁风了。"

"有这么严重吗？"

"她是心疾，是郁症，所以，她的心情一定要开朗。"

伍子胥又默默地点点头。

这时，传来齐姬的喊声："伍相国，麻烦你过来一下！"

伍子胥连忙起身走过去，对满面泪痕的乐范使了个眼色，乐范便走开了。

"王后，有什么话，请吩咐！"

"那个叫西施的越女来历不明，她会让大王误国的。我不是妒忌她，而是替大王担忧，相国一定要把她从大王身边赶走，否则，吴国会毁在她手里的。"齐姬很吃力地说。

"王后，臣知道了。"

这是一个让齐姬监视西施的最好机会，但看到齐姬的身体如此虚弱，伍子胥到嘴边的话又咽了回去。伍子胥决定不再与齐姬提此事，有华元一人够了。王后当务之急是养病，绝不能让她再受什么刺激了，免得她的病势变得沉重起来。

"王后，老臣有几句话劝你，医家刚才说了，你的病并不重，没有很要害的症结，关键在自己调养。所以，要忘记任何烦心事，好好静养，大王不是糊涂人，大臣们也自有分寸。再说，我会记住你的嘱咐，绝不会再让武锦清、巴豪这样的奸人现身宫中，为非作歹，你放心吧！"伍子胥安慰齐姬说，"王后千金之体，定能过这个坎，只是病去如抽丝，要静养些时日。你凡事一定要想得通，万万生不得气了！"

"多谢相国！"齐姬眼泪汪汪的。

在伍子胥和齐姬讲话时，两个医师由宫女陪着，去诊公主胜玉了。时间不长，他们又回到齐姬的宫室，脸色很凝重，欲言又止。

"公主怎么样？"伍子胥问，对医师使了个眼色。

"公主只是受了点惊吓，不碍事，服上几帖安神汤就可以了，不过不能见人，所以，最好由宫女陪着，少去打扰她。"医师领会了伍子胥的意思，大声回答，这是有意说给齐姬听的安慰之词。

"我能去看她吗？"齐姬问。

"过几天吧，她现在一见人就哭闹，让她安下神来再去看她吧。"医师说，拎起药囊、医案，向王后行礼告辞，走出宫室。

来到殿前的廊檐下，伍子胥环顾四周问："公主到底如何？"

"公主心神失养，神明错乱，救不得了！"医师摇着头说。

"安神汤也无用了？"

"药石无效了，我们勉拟一方，犹冀天佑。"

"难道一点希望都没有了？"

"相国，你是知道的，医家眼中无尊卑，能治愈的人，我们都会尽力尽心挽救。但她已病入膏肓了，我们实在无能为力了。"

"能拖上多少日子？"

"这很难说，也许半月一月，也许不出三日。反正随时要做好这个准备，但汤药还是要伺候的，听天由命吧！"

伍子胥送走医师，连忙去大殿内室见夫差，伯嚭、公孙雄、华元都在。夫差见了伍子胥，迫不及待地问："医师怎么说？"

伍子胥把诊疗的结果说了一遍，夫差一听，悔恨交加地说："都是寡人不好，小公主受了惊吓，要是胜玉有个三长两短，寡人一辈子也不得心安。"

"大王不必自责，容臣直言，小公主病势早就有了，怔忡症非药石所能治，哪有见父母吵架就成绝症的？天下哪个家庭没有口角，有几人因此而一病不起的？大王即便没有与王后发生口舌，估计小公主也会发病。"伯嚭说。

"不，你们不用劝寡人，公主身体是弱，神情一直有些异样，但不至突然危殆。是寡人愤怒不制，吓着了她，她是禁不住吓的。要是她们母女能转危为安，寡人宁可忍痛割爱，把西施退回去，或在吴都好好安置她。当然，她是无辜的，王后也太小器了些。"

听夫差这么说，伍子胥很感动，大王心中还是有王后和公主的位置，也意识到西施入宫带来的严重的后果。不过，伍子胥吃不透大王是真心的，还只是随便一说。他看着大王满脸的惶愧，含糊地说："大王说得是，只要能救王后和公主，应该遵天命而尽人事！"

"不行，西施既然是无辜的，让她离宫，岂不让人觉得她是致病之由，有推卸不了的责任吗？这是很不公道的。"伯嚭说，"让无过者受过，公主和王后的病就会好了吗？我不太相信。"

"西施的事先搁一搁，再等上几天再说。西施对臣说，她也很不安，她说，早知道这样，杀了她也不会来的！西施跟我说，她要去探王后和公主的病，向王后道声对不起，那天她不该那么退出去。"华元对伍子胥说，他把西施的言行告诉给伍子胥听，让伍子胥去判断这是否是"异迹"。

"相国，还能不能找别的高手来会诊，吴国没有，到别的国家去请，只要能让她们母女好起来，什么代价都可以。你们几个，也一起想想办法，不，向各国求救，通国发榜，凡能治愈，封侯授爵。"夫差的眼光在公孙雄、伯嚭、华元身上来回扫过，发急地说。

"遵命！"伍子胥等人大声应道。

"还有，今晚寡人要去祈祷上苍垂怜，保佑王后和公主！传被离主持，文武百官都要到，这事由相国去办。"

夫差的这些做法无可非议，他是尽最大努力来挽救王后和公主。几个重臣心事重重地分头去办事了。

伍子胥和华元一起乘车离去时，伍子胥说："大王的决断是对的，但其他几项，恐怕远水救不得近火了。"

"西施真的和你说，要向王后去道歉？"

"是的，她很真诚，绝不是虚言。不过，我劝她不要去，王后见了她，又会大发雷霆，这对王后的病体有害无益。"华元说，"相国，这算不算'异迹'？"

"当然不是，你再观察吧！这特殊时期，如果她是越奸，必有异常的行动。而勾践、范蠡，当然会幸灾乐祸。你可暗地里看着西施的表现，她如果有高兴的表示，至少可看出她对你说的话是假的。"

华元点了点头，赞同道："对，如果她那些言行是假装的，那么这个人心机之深，可见一斑了。"

伍子胥和华元找到被离，被离驾轻就熟，很利索地安排了晚上的祭祀活动。接着，伍子胥又发出了大王征求天下医术高手的诏榜，通过快骑送到各邑、各县、各里。办完这些事，和华元立即返宫禀告大王。

夫差到后宫探王后和公主的病去了，华元和伍子胥在大殿廊檐下等候。一个内官走来，向华元耳语了几句，华元轻轻对伍子胥说："西施正在里面，相国随我来。"

华元和伍子胥蹑手蹑脚来到大殿的侧室，那是夫差处理公务和休息的宫室。西施在那里并不奇怪。

在门口，伍子胥和华元站住了，隔着一重帷幔和一个屏风，里面的人是看不见他们的。透过屏风，他们看到一角衣裙，华元从屏风后探过头去，发现西施跪在地上，背对屏风，脸朝窗棂，正在念念有词。仔细一听，西施正在向上天祷告。

"上天洞鉴，越女西施虔求你发发慈悲，救救吴国的王后和公主，她们因西施而发病，病势严重。西施罪孽深重，深为不安。望上天垂怜，使她们药到病除，早日康复。若对她们有什么亏欠，西施甘愿受罚，替她们消灾！"西施下垂着双眼，念了两遍，伏身在地，恭恭敬敬地拜了几拜。

屏风后面的伍子胥和华元看得清清楚楚，他们愣住了。西施并不知道他们就站在屏风后，夫差也不在，那么，她的祷告并非是做给别人看的，而完全是出于她的真诚和自愿。

这完全出乎伍子胥的意料，他在马车上跟华元说过，西施当面感到不安，那可能是故作姿态，背地里说不定会幸灾乐祸，这样，她真正的本性就露出来了。可眼前的所见所闻，证明伍子胥的猜度是错了。

伍子胥有点失望。华元轻轻地拉了一下伍子胥的袖子，两个人退了出来，又回到殿前的廊檐下等候。

"相国，西施是怎样一个人，刚才那一幕，基本可以见分晓了。至少到现在为止，我看不出她有真正的'异迹'。"华元说。

"但愿我的怀疑不对。你想过没有，她要是一个卧底，那有多危险？武锦清害死了先王后，巴豪搅得禁中乌烟瘴气，差点出惊天大事。她要是那种人，后果不

堪设想。"

"是啊！正因为这样，我才愿意格外地注意她的言行。"

内官走来，对他们说："西施娘娘听说相国在这里，她要求允许她来见你，她说她有话跟相国说。"

"她怎么知道我在这里？"伍子胥警觉地问。

"她不知道，是下官跟她随意提起的。下官多嘴了，相国要是认为不妥，下官可去回绝她。"

"请她来吧。"

不一会儿，内官领着西施娉娉婷婷地走来。伍子胥第一次近距离地看到西施，施淡妆，天然样，别有一番天生丰韵，实在是能压倒群芳的大美人。难怪大王一见之下，便会对她宠爱有加，也难怪王后会对她怀着极大的戒心。她高贵中带有纯朴的草木气息，这使得伍子胥有种亲切感，好像在哪里领略过。他猛然想起，多年前，在吴楚边境的那幢干栏式的竹楼里，津香身上也有这种纯然的、充满野性和洁净的气息。

"越女西施，见过伍相国和华大夫。"西施跪了下来。她不是以嫔妃的身份，而是以民女的身份行礼。

"娘娘使不得，老臣不敢当！这于礼不合。"伍子胥慌忙说，他这么说，实际上承认西施已是国君的嫔妃了。

西施起身后，垂着眼对伍子胥说："西施知道相国在吴国德高望重，位极人臣，西施有一事相求。"

"娘娘有何事？"

"西施入宫以来，引起了王后的不满，惹起不少是非，更导致王后和公主凤体大恙，西施实在于心不安。西施想来想去，只有出宫，王后和公主的病才会不治而愈。所以，请相国奏请大王将西施退回越国。西施求相国了！"

"老夫问娘娘一句话，你要如实答复。"

"好，西施一定实言相告。"

"你入吴宫，勾践和范蠡对你有没有交代？"

"有交代。"

"什么交代？"

"要我在大王面前为越国说点好话，越国臣服是真心实意的，要大王能宽恕越国，永绝兵灾。"

"就这些？"

"西施不敢欺瞒相国，勾践和范蠡就是这么交代我的。越国的百姓已对战争厌倦透了，他们期待的太平日子。"

"那为何勾践、范蠡要一边诈和，一边对吴国用兵呢？"

"这是越王的错，他落得今天这样的下场，是罪有应得。但范蠡没有参与诈和，也反对对吴国用兵。他只主张守国安境，越王为此和他割袍断交。"

"既然断交了，为何范蠡又抛弃你，甘愿随勾践入吴为奴？"

"相国问得好。当初，范蠡反对勾践兴师犯吴，和勾践闹翻了，断绝了袍泽之谊。但勾践兵败会稽山时，他却舍弃自己的一切，发誓要与越王共存亡，同休戚。他宁可负我而不愿负勾践。"

"他把所谓的义放在第一位，不外乎是博讲仁义的虚名，实际上是欺世盗名而已。"华元听了西施的诉说，很同情她。

"华将军分析得对，他就是那么一个游士，勾践把他奉为上宾，位居上大夫和大将军，他一心要回报，实际上迂腐得很。"伍子胥也不知不觉也劝说起西施来。

"哼！"西施在心里冷笑，"我虽然对范蠡有怨气，也确实有些恨他，但你们根本不了解他。不管怎么说，他是个卓尔不群的奇人，除了孙武，没有人可以和他相比。"

西施心里这么想，表面上还是一脸的困惑、气愤和屈辱。她的坦诚和直率使得原来对她存有怀疑的伍子胥也相信她是个没有心机的人，是个被范蠡出卖的可怜弱女子。她入吴，不过是勾践、范蠡讨好吴王的一个手段而已。

"你要求离开吴宫，老夫已早就把这种意思上奏大王了，我们是不谋而合。"

"西施知道相国要我回去。"

"你怎么知道的？"

"大王告诉我的，大王还说，相国认为我入吴宫是勾践、范蠡的狐媚之计。与其让大家误会我，还不如让我走。我还是离开的好，我只能唐突地求相国了。"西施歉疚地说。

伍子胥有点窘迫。

他不得不承认，自己似乎冤枉了西施。他看着西施满怀郁闷而期待的脸轻轻说："是留下来还是离开，归根到底要大王说了算。娘娘你好自为之吧！"最后一句带有告诫的意味。

西施说了声："多谢！"行了个礼，便转身回宫去了。

"相国，怎么样？我想，你对西施的判断可能是无稽之谈。"华元看着西施的背影说。

"勾践狡猾如狐，小心些好。她不是那种人，倒是大王的福气。日久见人心，我们再看看。"

伍子胥虽这么说，但他对西施的戒心和猜疑实际已解除了。人是很奇怪的，有时候往往见一次面，说几句话，浅浅的交流，就会对他的印象大变。伍子胥对西施就是这样。不仅伍子胥对西施的印象变了，就是西施对伍子胥的印象也发生了变化。原来，她以为伍子胥严厉、固执、凶狠、残暴，对越国怀有刻骨仇恨，还有着令人生畏的外貌。

西施太聪明了，仅和伍子胥见上一面，她就把伍子胥分析透了。她今天所以能使得伍子胥改变对她的看法，是经过精心考虑的。

西施见伍子胥，居然取得了她不敢想的几个预想中最好的结果，甚至超过了她的预想。

隆重的祭祀仪式结束了。

夫差便来到后宫，先去王后宫室，问宫女："王后安睡了没有？"

"刚服了汤药，还没有睡着。"宫女回答。

夫差轻步走到榻前，轻声喊道："你睡了？觉得好点了吗？"夫差很久没这样招呼王后了。

齐姬盖着锦衾，浑身散发着浓重的药味，她侧身朝里睡着，没有答应，也没有转过身来。王后显然不愿理睬国君。

"我刚祭祀回来，是替你和胜玉求上天保佑你们，你们很快会好起来的。那天我动了粗，是我不好，你不要生气了，生气对你的病不利。你听到了吗？"

锦衾下的瘦弱身躯动了一下，齐姬自然是听到的，她还是第一次听夫差说软话，心里一酸，眼泪便出来了，枕头上湿了一片。宫女们见状，互相对视了一下，都悄然无声地退了出去。

齐姬终于转过了身，枯黄的脸对着夫差，眼神是柔和平静的："祭祀有什么用？你那里自有灵药。"声音是有气无力的，但足以让夫差听清楚。

"我有灵药？在哪里？我给你去取。"

"让那个越女离开，不要让我看到，我的病可以马上就好。"

"可以，我答应你，只要你和胜玉的病痊愈，我会让西施走。"

"你不骗我？"

"君无戏言。"

"有你这句话，我就心满意足了。既然你喜欢她，就留下吧，但不能过于迷

恋，你是一国之君，要多替社稷百姓着想，也要爱惜自己的身子。"齐姬伸出瘦骨嶙峋的手，握住夫差温厚的大手，喘息着说，"我知道自己的病，不会好了，也伺候不了你了，不过，有一句话你一定要切记。"

"你不要胡思乱想，你会好的，我肯定会让西施走，明天就走。你要不信，我召伍相国来，我下诏，让他将西施遣送回国。"

"不用了，我说的是心里话，你册封一个嫔妃不算过分。不过，若我不行了，你要记住她是越女，她当王后，会给天下人讥笑，吴国君臣从此不和。"

"你想到哪里去了？这是不可能的！"

"你要对天发誓。"

"我发誓，绝不会做这荒唐事。"

"要把你的誓言下谕通告大臣。"

"好，我照你说的做。"

这时，一个宫女慌里慌张闯进来，见国君在王后榻前神情哀切地拉着王后的手，便犹豫了，显然有要紧话要说，但又不敢说。

"什么事？快说！"

"不好了，公主，公主她，她恐怕……"

夫差明白了，立即拔腿朝公主的宫室奔去，扑到胜玉的榻前。公主已奄奄一息，直挺挺地躺着，医师端了一碗人参汤，用一把银匙子撬开她的嘴，往里灌去，但都流了出来。医师已束手无策了。

"公主还有救吗？"夫差急急地问医师。

"回大王，公主不可救了。"医师硬着头皮回答。

"怎么？不可救了？你是做什么的？今天公主要出了什么事，寡人要斩了你！"夫差咆哮道。

医师没有回答，继续抢救。胜玉长长地叹息了一声，全身抽搐了几下，就不动弹了。医师伸手翻开公主的眼帘，瞳仁已散。他伏身跪下，说："禀报大王，小公主她已归天了！"

夫差向医师一脚踹去，震怒地斥责："你们这些庸医，白食了国家的俸禄，连公主的病都看不好，寡人养你们做什么？简直是草包一个，滚！给我滚！"

被踹翻在地的医师，顾不得收拾医具和药囊，翻身爬起来就直奔而去。

夫差抱起胜玉，紧紧地搂在怀里，失声痛哭起来，边哭边说："胜玉，都怪父王不好，没有照顾好你，你怎么可以扔下父王和母后，独自去了。你还这么小，好让父王不忍啊！"

太子友、王子地、王子山闻讯赶来，兄弟三个泪如雨下，宫女们无不痛哭不已。祸不单行，重病缠身的齐姬得知噩耗后，无声地滚出几颗泪珠，喉咙"呼噜、呼噜"地响了几声，便昏厥了过去。伍子胥、伯嚭分别带了医师进宫，采取了各种办法，然而，回天乏力，王后还是不可挽回地陪着女儿去了。夫差没有想到，他在病榻前听到王后说的那席话，竟是她的遗言。

在阖闾去世后不久，吴宫又一次白茫茫的一片，白麻布再次蒙在大殿的梁柱上，一大一小两口棺椁停放在殿中，夫差率领着十岁的太子友及八岁的王子地、六岁的王子山，为王后、公主守灵。他饱满的脸庞变得形神俱枯，在乐坊的哀乐声中，他一次次哭倒在她们的梓宫前，回忆齐姬从齐国嫁到吴国后的种种情景，心中的愧赧之情越来越深。

最为尴尬的是西施，她是国君正式册封的嫔妃，不能不到灵前去祭奠，但她的出现是最受人注目的。

夫差要西施不必去守灵吊唁了，但西施执意要去。

伍子胥、钮宣义、华元、公孙雄、卓荣、徐承等大臣联名上奏，西施已不宜留在宫中，应该送她回国。伍子胥所用的言语，比原来缓和多了，只是说，国中对西施有各种不利的传言，为她考虑，还是离开的好。

夫差没有发火，也没有拒绝。伯嚭摸透了夫差的心思，他建言说："大王，西施该避一避，但不能回国，回去了，再来就难了。"

"那怎么办呢？寡人也不知如何是好。"

"依臣所见，西施已册封为嫔妃，既然无大错，最好的办法，暂时把她移至别宫安置，过一阵再说。"

"把她安置到哪里去呢？"

"先让西施移驾夫椒山的避暑宫，离开宫中这个是非之地。"

"好，这样安置好。暂时让西施在避暑宫静静心。将来，干脆让她住到姑苏台的馆娃宫去，反正那里快竣工了。你给寡人再督促督促。"

事不宜迟，应当即刻行动。当天，由伯嚭安排，悄悄地接上西施乘上一辆围车，直奔五湖边的避暑宫。五湖近在咫尺，大片大片已枯萎的芦苇绵延不绝，满眼是白白的芦花，在怒号的寒风中萧瑟地摇晃着。宫室的周围，是茂林修竹，这景致让西施很欢喜。更让她中意的，是这里像远古洪荒般的静寂，除了涛声、鸟声、虫鸣声、风声等天籁之音，没有人间的喧嚣声。

王后、公主大殓以后，就入葬了，是厚葬，实际上的规模和礼节都逾越了规制。

夫差由于妻女病亡而引起的伤痛无可排遣，整整几天在胜玉的房间里默默无语地坐着，又到齐姬的寝殿里转悠，睹物思人，夫差忍不住掉下了伤心的眼泪。

　　伯嚭为了让国君排解伤感，建议他去边境巡视一番。伯嚭的话，使夫差想起了西施。他装作漫不经心地问："西施移居避暑宫，她过得怎样？"

　　"过得尚可，在宫中纺起了纱，织起了布，纺纱织布的器具是臣替她预备的。针对她的闲言碎语少了，像一阵风刮过了，连伍子胥也不说什么了。大王，你选个日子去看望她一下吧？"伯嚭看着夫差的脸色说。

　　"不行，寡人正在服丧期，不能去见西施，更不能亲女子。连这一点都做不到，枉为一国之君。"

　　"对，臣想得不周全，服丧期去，不甚适宜。可死生有命，大王不要过于伤心。看一眼有何不可呢。她毕竟是大王的妃子，又受了那么多委屈。"

　　"有人知道了，又会无端生出不少话来。"

　　"臣有一法，大王从闾江入五湖，到夫椒登陆上避暑宫，有人看到，就说顺道而访。"

　　夫差想了一会儿，说："也好，应该安慰安慰她，把公主留下的两只鹦鹉带给她，她寂寞了，也可以和它们说说话。"

　　过了一个时辰，一只画舫停在穿过吴都的闾江码头上。这码头离王宫很近，夫差和伯嚭君臣悄然下船，夫差仅带四五个禁军，不和任何人说，连华元都不知道。船夫解开缆绳，篙子一撑，便离开了码头，沿着宽阔的胥江驶出城去。这样的河有两条，一条闾江，是取阖闾名中一字名之；另有一条叫胥河，是经先王提议，取伍子胥名中一字名之。除胥河外，先王还将吴都附近的一座山命名为胥山。这对伍子胥来说，是极大的荣耀，可见先王对伍子胥的器重。闾江和胥河都穿城而过，和护城河贯通，直抵五湖。外埠来吴都的船只，大多是经五湖至闾江、胥河，通过水城门，抵达吴都各处。夫差下船的码头，是宫廷专用码头，非宫廷用船不准停靠。

　　画舫是宫廷特有的，国君、王后及王亲国戚经常乘了这船到五湖游览，别国来的重要使臣，有时也乘坐它观赏五湖风光或穿城领略吴都的繁华。它在河中出现，并不特别引人注目。很快就出了城，航行一段水路后，便进入了五湖。夫椒山离陆地三四里路之距，画舫进五湖后，便升起了帆，在湖中兜了一个小圈子，便朝夫椒山驶来。没多久，就在避暑宫的码头停靠了下来，夫差等弃舟登陆，从木码头走过长长的栈桥，就到了避暑宫前的广场。

　　西施闻讯至堂口，跪拜说："西施拜见大王！"

"起来吧！寡人心情不佳，到湖中散散心，顺路来看望你。"夫差从一个禁军手中提过一个竹条编成的精致的鸟笼子，里面有两只羽毛雪白的鹦鹉，这是从夷族引进的稀有珍品，"西施，寡人怕你寂寞，把它们送给你了，你可以和它们说说话。"

"多谢大王！"西施起身接过笼子，这是两只非常漂亮的鸟，弯钩般的嘴，碧眼红爪，西施很欢喜，也有点感动，吴王在这种时候还惦记着自己。她识得这鸟，越王宫内，王后季婉也养过这么两只，学起人话惟妙惟肖。

"公主好！"一只鸟开口说了一句话。

"公主吉祥！"另一只鸟也跟着说了一句，发音极清晰。

"它们说话了，还说的吴语呢。"西施忍俊不禁地笑着说。

"哈，西施，它们和你有缘，原来它们一直陪伴公主，公主归天后，它们闭口了几天，今天见了你才开口。"夫差有点惊喜地说。

"快叫娘娘！"伯嚭挤眉弄眼逗鹦鹉，"娘娘！娘娘！"

"娘娘！"

"娘娘！"

夫差笑了，伯嚭笑了，西施也笑了。西施发觉夫差身着素服，容颜惨淡，微作苦笑，突然警觉起来，这是在国丧期间，自己失态了，便吩咐宫女将鸟笼拎走，神色肃然地请大王和太宰坐下。她自己坐在一侧。夫差见她素服淡妆，神情沉静中有点负疚不安，低着头，垂下眼，隐约可见泪光莹莹。隔了一会儿，西施抬起头说："大王，你务必珍重，不要过于伤心，要节哀顺变！但愿她们在另外一个地方能如意。"

"这是天意，怪不得谁。"夫差叹了口气说，"你在这里怎么样？这地方冷清得很，你过得惯吗？"

"这是个好地方。可说实话，除了家乡，西施哪儿都过不惯。"

"说得是，"夫差顺着西施的话说，"不过，既来之，则安之，你先在这里待上一段时间，到适当的时候，寡人会接你回宫的。"

"大王误解西施的意思了，王后尸骨未寒，大王切勿言及西施回宫的事。大王还是特许西施回国吧！"西施再度伏身下拜。

"寡人心里有数，你万不可介意。"

"我岂能不介意？因为我的入宫，国中引起轩然大波，我知道大王对我好，我要为大王着想，不能让大王为难。"

"西施，寡人是绝对不会让你回去的。过段时间，姑苏台的馆娃宫造好后，你就住到那里去。你应该知道，那是寡人特地为你设建的，你可别辜负了寡人。"

"大王嫔妃成群，大王不会寂寞孤单的。"

"寡人不缺女人，但缺知己，能为寡人知己者，西施也！"

西施心里一震，不再说什么了。

第十六章

　　冬天的第一场雪终于到来了，鹅毛般的雪花在空中飞舞着，纷纷扬扬。冷冽的西北风一阵阵刮着。不过，这并没有挡住孩童们对新雪的好奇和喜悦，他们一群群走到屋外，玩起雪仗，堆起雪人，欢声笑语伴随着狗吠声冲破了冻凝了的空气，在一间间泥墙草顶的茅屋旁回荡着。

　　在离穹窿山不远的一个山村里，有几间带着竹篱笆墙院子的房子，和平常的茅屋不同，这几间房子装有透光通气的大窗户，是木格子蒙着麻布，可开可合。而普通的农舍墙上只是开有一个方形的小洞。

　　这几间房就是孙武的家，是孙武为子考送终后，和子规一起从原来虎丘的山林迁到这里修的。房子共有三大间，一间是他和子规的卧房，孙平、孙星、孙明兄弟三人及仆人住一间，还有一间是给欧剑子夫妇的，他们有时住在铸冶铺，有时回到这里住，但孙武和子规成亲后，他们回来得少了。这间屋还有两个空房间，是留给来客住的。

　　其实，很少有客人来，伍树带着伍青、伍敖来过一次，住了几夜。这个寂静的山村不仅牵动着伍子胥、钮宣义这些吴国元老的心，也牵动了伍树、伍青这些年轻人的心。

　　孙平带伍青参观过附近一家陶器制作坊，伍青立刻着迷了。这里的匠人用捶打过的红泥制成各种形状的罐、瓮、盆、缸、碗等器皿，有食器、储物器，也有装饰品。伍青流连忘返地看着画师在晾干了的坯子上描绘各种漂亮花纹，有水波纹、花卉纹、日月纹以及其他许多看不太懂的图案。伍青告诉孙平，在青器问世前，先民们使用的都是陶器。陶器不仅是日用品，还是一种财富。

　　伍青连续几天待在陶器制作坊里，如痴如醉地观摩着那些画师们在陶器上熟练地画着图案。陶坊的师傅不知道她是伍子胥的女儿，但看她清纯、优雅，皮肤细嫩、光滑、洁白，眉目精致，穿着白色的绸缎衣服，就知道她出身高贵。他们都认识孙平，知道他是大将军孙武的长子，都很喜欢这个很有礼貌、有点腼腆的大男孩。这个漂亮的小女孩是他什么人？大家都猜到了，因为刚问了孙平一句，他的脸就刷地红了，这就是最明确不过的回答。

伍青向师傅提出，她来试试给一个陶罐上彩，也就是描上图案。师傅说："这当然可以，但会弄脏你的手，这些颜色不小心就要沾到手上和脸上。"伍青说："这不要紧，再说，这些颜色都很漂亮，一点都不脏。"

在匠人们好奇的目光中，伍青用她那纤秀的操惯了琴弦的手，拿起了那支用猪鬃做的毛笔，凝神想了想，在罐上画上了鱼的图案，一条条鱼首尾相连，在水波上游弋着。

"啊！你画得太好了！你学过画画吗？"师傅惊讶地问。

"没有，但她从小喜欢用树枝在地上画来画去。"

"你怎么知道？"伍青白了孙平一眼。

"你哥告诉我的。"

这简直是无师自通！周围的匠人都露出惊异的神色。他们说，一般要学上一两年才能画得这么好。一个从未学过的女孩子能画成这样，令人难以置信。

"姑娘若以后描陶器玩，会成为一个好手。这个罐烧好后，就归你了。"师傅慷慨地说。

伍青得到了一个罐子，看着那一条条畅游的栩栩如生的鱼，她高兴极了。后来的一天，孙平和伍青坐在一条小河边。那是夏天一个炎热的午后，他们俩都把脚放在水里，一条条粼粼闪光的鱼在他们脚下游来游去。孙平盯着那些鱼，活像伍青画在陶罐上的，他回过头来，对伍青说："把手给我！"

"为什么？"伍青疑惑地问，但还是把小手伸过去。

孙平把她的手捧起来，细细端详了一番说："你的手长得太好看了，难怪又会操琴，又会描画，这是一双多巧的手啊！"

"孙平，你什么时候变得会说话了？"伍青欣喜地说。

"原来你一直当我是哑巴？"

"是，就当你是哑巴。一句软话都不会说，今天是第一次。"

"真的？你喜欢听，我就多说两句，你不仅手巧，而且美不可言，在我眼里，无人可和你比。仙女也不及你。"孙平笑着说，两只脚使劲在水里划动着，溅起了水花，把鱼都吓跑了。

"好了好了，羞死我了！"伍青用双手捂住脸。

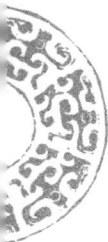

在附近垂钓的孙武虽隔了一段距离，但听清了他们的话，他们两小无猜的样子，使他脸上也不禁露出了笑容。他深感安慰，他对三个孩子，特别是孙平，倾注了全部的爱，孙平能娶到伍青这样的女子，可说是圆满如意了。这时，鱼竿剧烈地动了起来，孙武意识到是条大鱼，他想起竿，但怎么也拉不动。孙武放下竿，任凭鱼在水里挣扎，孙平和伍青闻声赶来，把鱼拉上了岸。是一条五尺长的肥鱼，肚子圆鼓鼓的。它在拼命地跳跃，孙武连忙把它从鱼钩上轻轻解下来，又轻轻地放回河里。

"爹，怎么把它放了？"孙平不解地问。

"你没看到吗？这是条鱼妈妈，它的肚子里有很多鱼子，会产下几十几百条小鱼，怎么忍心吃它？"伍青连忙说。

"孙平，伍青说得对。"孙武赞许地看着伍青说，"伍青比你明白事理。"

"是啊！反正伍青什么都比我好。"

"就是这样，你不要不服气，当然，你也有所长，人与人相处，要取长补短才是。"孙武知道伍青像乐范，心气傲然，故意这样说。

孙平略得意地看了伍青一眼。

伍青是何等聪明的女孩子，她当然听得出孙武的弦外之音。她虽然傲气，但对孙武是极其崇拜的，她认真地眨着明亮的大眼睛说："孙叔叔，说实话，孙平身上有许多长处是很让我佩服的，譬如他忠厚质朴，一点不张扬。父亲曾几次对我说，做人做事，你要像孙平那样就好了。"伍青说。

孙平的脸又红了，对伍青说："你在讥笑我吧？"

孙武哈哈大笑，拿了鱼竿鱼篓，起身走了。

伍树和伍青、伍敖住了几天就回去了。伍青从此就喜欢上制作陶器，回到吴都后，她设计了不少花样，但因为制陶器的窑大都在山中，而都城中虽有卖陶器的商铺，但没有制陶的工场，她没法画。伍子胥不顾乐范的反对，派伍树带了几个甲士到孙武附近的窑场，买了几十个陶坯，又买了颜料和工具，在家中专门辟出一个场所，让伍青上色。

津香由津夷送到吴都后，伍子胥安置他们住在另一幢大宅里，伍树便搬了过去，和生母住在一起。津夷在吴都小住了几天，便返回楚国侍奉父母了。津夷临走前一夜，伍子胥办了一席盛筵，替津夷饯行，伍树、伍青和伍敖作陪。

"还是劝高堂来吴国吧，一家子还是团聚在一起好。"伍子胥端起酒爵说。

"是啊！他们不来，我也不安心。哥哥，我真是牵肠挂肚，两头放不下啊。"津香有些黯然地说。

"人生聚散，都有定数，大家随缘吧，看开些，但愿妹妹妹夫能称心如意！"津夷感叹着说。

"伍树娶媳妇，你们一家带上爹娘都得来。"津香说。

"我有生意上的事入吴，便会来看你和伍树。"津夷又举爵喝了一大口，脸色显得格外红润，"伍树，早点把亲事办了，定了好日子，托人捎个信给我，舅舅会来道贺！"

"哥哥，嫂夫人在哪里，长得怎么样？给我们透点风。"伍青悄悄地拉着伍树的衣角，故意问道。

"早着呢，我不想娶亲，男子汉大丈夫，要报效国家，不能把儿女情长看得太重。"伍树一脸正色地对伍青说。

"可你娘猴急了，她最好你今晚就娶妻，明天得孙子。"伍青也在伍树耳边轻轻说。

"你们兄妹俩有什么话，大声说出来，不要咬耳朵。"

"哥哥说，他已有了意中人。"伍青大声说。

"是谁？"

"被离大夫的宝贝女儿鱼娃。"伍青挤眉弄眼地说。伍树见过鱼娃几次，对她印象颇佳，在伍青、伍敖面前提起过几次，伍青常拿鱼娃和伍树开玩笑。

"是的，我可以作证。"伍敖附和说。

"鱼娃是个好女孩，不过她娘太厉害了。"伍子胥插话说。

"娘厉害又怎样？我们是娶媳妇，不是嫁女儿，不会和她一起过日子的。"津香说。

津香多年前入住当时的吴国都城梅里时，就知道被离大夫家有悍妻。被离那么干练、有心机的人偏偏惧内，向伍子胥不止一次叹过苦经。

伍子胥没有吭声，伍子胥对鱼娃是很中意的，曾半真半假和被离说过几次。被离当然赞成，回去跟妻子说，被离妻子居然把话说得很难听："这孩子人不错，可惜是伍子胥跟那个野女人生的。我赞成女儿嫁给伍子胥的儿子，可婆婆只能是乐范，我不会承认那个野女人是女儿的婆婆，这太丢脸了！她不是早被打死了吗？怎么又活过来了？"

这样的话，被离不能向伍子胥直言相告，暗示了几句，伍子胥听明白了，从此他就不再提此事了，但伍树心里深深印下了鱼娃的影子。到相府提亲的人络绎不绝，门槛都踏破了，不乏德色俱全的闺秀淑女，但伍树就是不动心。乐范着急了，不断地催伍树，伍树总是说："还早呢，不用急，过一阵子再说吧。"

伍子胥是知道儿子心思的，他想与被离再商议商议，但相国的自尊让他迟迟开不了这个口。听伍青、伍敖跟哥哥开玩笑，便拉着脸说："小孩子家的，别乱说。"

听妹妹、弟弟在笑话自己，伍树不但不恼怒，一颗心反而"怦怦"地跳起来。他也耳闻鱼娃妈妈口碑不好，但听妈妈提起时，他并未作声，只是用心地听着父亲怎么说。听到父亲责怪妹妹、弟弟，他的心一冷，失望地垂下头不作声。伍青吐了下舌头，也不响了。津香也就没有继续追问下去。

津夷走后，伍树和津香住在一起，但伍树每隔两天就要回去看望乐范。有一次，因铸造坊有事，伍树三天没回去，乐范乘马车过来探望，碰到了津香，津香一再感谢乐范对伍树的养育之恩。乐范见津香举止大方，谈吐文雅，态度坦诚，便和津香拉开家常，很自然地谈到伍树的婚事，也提到被离大夫的女儿鱼娃。

乐范是知道原因的，直心直肠的她就把被离夫人的话告诉了津香。津香听了一愣，神情有点讪讪的，但她马上想开了，不能因为自己的关系，误了伍树的幸福。

"乐范公主，麻烦你转告被离夫人，我答应她的要求，你是伍树的妈妈，这门亲事成功的话，你是鱼娃的婆婆。她不必认我，鱼娃也不必唤我婆婆，就当我是家里的佣人，我帮他们料理家务，照顾孩子。"津香诚恳地说，"我不在乎什么名分，我生了小树子，但是你养大了他，你才是他的娘。"

乐范对津香的豁达大感意外，感动地说："你十月怀胎，生了伍树，他是你身上掉下的一块肉，这谁都否认不了。被离夫人也太不讲理了！"

"为了孩子的婚姻，我命都可以不要，怎么会计较一个名分呢？"

"好，为了孩子，你就受点委屈了。"

"都是自己人，什么委屈不委屈的？"

伍树回家，见两个妈妈谈得十分投机，感到很欣慰。她们的关系是他的心病，今日一见，自己是多虑了。乐范要走了，津香要伍树随乐范的马车送她回家。

乐范亲自带了礼物，上了被离大夫的门，正式提亲，并说："将来鱼娃的婆婆只有一个，就是我。但津香是伍树的生身母亲，关起门来，鱼娃还是要称她为娘，否则就有损人情了！"

乐范说得合情合理，被离夫人对公主有几分敬畏，公主亲自上门，给足了她面子，她没话可说了，也就一口答应了，这门亲事就这么定了下来。

风雪载途，河水尽冻，四辆马车出现在路上，艰难地跋涉着。车上坐着伍子胥一家子，他和乐范、津香，以及伍树、伍青、伍敖，还有钮宣义和儿子钮寒。拖在最后的一辆马车载着伍青描过图的陶罐坯，送回工场的窑炉去烧制。

马车停了下来，孙武和子规带着三个儿子出来迎接，这样的天气，贵客突然来临，确是他们没有想到的，他们都喜出望外。

礼不能失，迎进屋子，双方孩子都相互向对方的长辈行礼。乐范和津香与子规是第一次见面，也都行礼寒暄。乐范和津香惊异于子规和子蝶的酷似，都有子蝶重生之感。子规和孙武婚后，心情舒畅了，神采飞扬。子规钦慕乐范的高贵气质和快人快语的性格，也钦慕津香的年轻秀气。三个人亲热地扯开了。

"你和大将军成亲，都没告诉我们一声，否则，我们会来道贺的，闹一闹新房，没有比洞房花烛夜更得意的事了。"乐范笑着责怪说。

"没什么得意的，孙武不想惊动人，一家子吃了顿饭，就算是喜筵了。"子规说，"他的脾气你们都知道的，他最讨厌大事铺张。"

"大将军是个温文尔雅、体贴多情的人，不像我们家伍老头，除了国事，从不过问一下家务，脾气又倔又急。"

"伍相国很不容易，国之柱石，日理万机，担子重得很。你要多体谅他。"子规说。

"是啊！我这次入吴，见他心情有时很沉重，又不好多问，只能劝他往宽的地方想。"津香插话说。

孩子们到另一间屋里去了。外面下着大雪，屋内温暖如春，孙武、伍子胥和钮宣义的心情格外放松。

"你们能来，我说不出有多高兴！你们身负重任，非常辛苦。但也要顾惜自己，松弛一下。鲁国的孔仲尼说，一张一弛，文武之道也。"孙武指了下架上的简书，说，"我最近一直在读仲尼、老聃的文章，读来别具意蕴，耐人寻味，我真想会会他们，和他们畅谈一番。"

"一张一弛，文武之道，道理我懂。可今日朝中，和先王时期不一样了。几个月前，由伯嚭牵线，越国将一个叫西施的美女献给大王，大王宠爱得不得了，为她专门造了一个宫殿，叫馆娃宫，辟了一个叫天池的湖。王后负气而争，旧病复发，公主胜玉因为他们吵架，惊悸而死，王后哪受得了这一打击？病情因此恶化，不治而死。"说到国事，伍子胥的心情又变得沉重了，他叹息着说，"大将军，我很郁闷，一颗心总是悬着的，实在不得要领。"

"相国磊落豪放，可大王厌烦了，把他的辅国大夫一职也免掉了。王后薨逝，臣子们都担心，越女西施可能会成为新后，大王虽竭力否认，但苗头有了。"钮宣

义说。

"依我看，夫差吃软不吃硬，今后你们要顺着他，当然不是像伯嚭那样谄媚。还有，他是国君，作为臣子，谏劝的方法上要注意，不要当众使他下不了台。伯嚭巴不得你们和国君有冲突，他就有机可乘。相国要保护好自己，慢慢和伯嚭斗，可惜除不了他了，机会错过了。"孙武把双手放在火盆上烤着，慢慢地说，"好了，不谈这些了，你们好不容易来一趟，说些高兴的事，得乐且乐。"

伍子胥没有继续说下去，他清清楚楚看到由于自己的一时糊涂，一时心软，留下了这么个可能永远没法弥补的一大遗憾！

在大人讲话的时候，两家小孩堆起了三个大雪人，一个孙武，一个伍子胥，一个钮宣义。都披挂着盔甲，盔甲、眉目、胡子都是伍青用墨水描上去的，腰间的佩剑是竹子的，帽缨是芦花，他们一面堆，一面笑。后来，乐范、津香和子规都跑出来看，笑得前俯后仰。津香想起十年前，在郢都，同样是个下雪天，她在巷子里被人围殴，打得遍体鳞伤，差点丢掉了命，但上天让她活下来了。她心里一酸，双眼模糊了，她跑回屋子，躲到一个角落里，呜咽起来。伍树大为惊愕，赶快跟了进去，不知妈妈为了什么……

只有伍子胥和孙武明白，津香这些眼泪，已忍着好多年了，她是喜极而泣，也是感慨她这些年漫长岁月中所经受的苦涩和无奈。

吃过饭后，伍子胥夫妇和孙武夫妇商讨了正事。孙平和伍青正式定亲，一年后按礼制，择吉日举行婚典。按孙武的意思，婚典从简，但乐范坚持要依照"六礼"，第一步是"纳采"，然后"正名"。求婚已允，方始"纳吉"，再卜选吉期。再就是，他们的新房乡下和吴都各备一间，吴都的新房安在伍子胥府邸，乡下当然安在孙武刚修建的新宅里。乐范对孙武的新宅十分欣赏，虽不华丽，但宽敞、实用、舒适，而且安静，没有都城的嘈杂和喧嚣。

"津香，伍树和鱼娃成亲后，就退伍回家，自己开个铸造铺，伍青和孙平开个陶坊。这个世道，不入仕途为好，有一技之长，读读书，自食其力，太太平平过日子比什么都好，你看呢？"伍子胥当着大家的面说。他对津香还是有着强烈的愧疚，他还不能给她一个正式的名分，她不仅不计较，心地纯良的她，还大度地答应了被离夫人苛刻的条件，从而解开了伍树和鱼娃的婚姻中的死扣，这改变了乐范对津香的成见，也把伍子胥心中的愁云驱散得干干净净。

寒冷的冬天过去了，春天来了，春风骀荡。嘎嘎叫着的鸭子，时而将头伸进水里捕食，时而扑翅跃飞，显得很兴奋。燕子衔泥筑巢，忙忙碌碌。五湖之畔的

吴国到处是一片片浓得化不开的春色。

勾践一行早已转押到淹城。淹城已成了有三道城墙、三道护城河的罗城，三重水门。整个城只有一条道通向外面。高达数丈的城墙上种满了四季常青的狗荠藜，这种植物枝条上长满了坚硬无比的利刺，如要越墙而过，会被刺得伤痕累累。通道上，用巨木筑了一座吊桥，有重兵把守，只有持有公孙雄签发的关符才能通行。这是一座森严的监狱。

勾践、王后及范蠡、扶同、若成等关押在淹城的中心，即最里的一道城墙、最里的一条河所围的一块周长二十丈左右的空地。

这是片低洼的草坪，有十几间草房，与石室相比，关押的囚徒有了调整，勾践与季婉一间，范蠡和伏濮一间，两个宫婢一间，扶同和若成一间，其他亦是两人一间，空余的草屋堆放工具，还有一间干栏屋供驻屯守兵放哨用。

和石室相比，这里的条件要好得多。石室是阴冷的、潮湿的，终年不见阳光。这里的草房至少能通风透气，晒到太阳。草房附近还有一个池塘，不知谁在池塘里栽了荷花，荷叶田田。单这个景致就比石室强多了。在石室暗囚了一个月，被窒息的生机又有些许回到了这些囚徒们的身上，就像蛰伏了一个寒冬后对生命复苏又有了渴望。

淹城的不远处就是留城，最早也是关押囚徒的监狱。现在留城是吴国最大的马场。淹城三道城墙之间，有大块空地，也盖了一长溜马厩，从留城迁来几十匹马，遣勾践等饲养，王后季婉和两个宫女留在自己的草屋里纺纱织布。

淹城的看管官依然是良人、良丕兄弟，公孙雄是总管，但他大部分时间在吴都，处理事务的所在设在留城。留城还屯有一支上千人的骑兵，经常在留城附近的旷野里训练奔跑，勾践、范蠡常常能听到杂沓的马蹄声和战马的嘶鸣声。

只要不下雨不下雪，勾践等黎明即起，第一件事就是打扫马厩，接着是把草料用铡刀切碎，配以豆渣喂马，然后打水饮马，再放牧。下午是清洗每匹马，从刷子刷，用水冲。这里的每匹马都是良种，体格强壮，毛色光亮滑溜，健步如飞。

他们估计这几匹马不是一般人所使用的，果然，勾践无意中从饲马兵口中得知，他所打理的四匹马是夫差备用的坐骑，他宫中另有四匹枣红马。而范蠡所打理的四匹马竟是为西施牵车用的。勾践感慨自己和夫差一样是一国之君，却成了他的马夫，同样，范蠡成了昔日未婚妻的马夫。

良人对季婉一直怀有歹念，但在石室时，有宫婢在旁，不好下手。到了淹城后，季婉和勾践同关一室，他更没有机会了。而且季婉对这个狱吏已有了警惕，因为凭一个女人的敏感，她从良人盯着她的眼神里，看到了淫荡和邪恶，因而时

时提防着他。

然而，良人不死心，季婉的美貌和风姿，即使着了粗陋的服装，也是掩饰不住的。这让良人想入非非，每每看到季婉，都会心旌摇荡，难以自持。

可是，季婉虽在眼前，但她傲气得很，不好对付。可以任意差遣她，训斥她，但要她乖乖就范，决无可能。她总是保持着那种凛然的神态。但这个善于察言观色、善于烹饪狗肉的"兵油子"对王后邪念颇深，实在不甘放弃，他决定铤而走险。

主意打定，良人伺机而动。这天机会来了，两个宫娥被遣到留城纺纱织布。季婉自己烧了几罐水，把门死死关上，痛痛快快洗起了澡。因为没人把门，她比平时洗得快了些。刚擦干身子，门悄然开了条缝。

季婉仿佛觉得有动静，正要回头，突然有一双粗糙而有力的手从背后将她抱住，紧紧抓住了她的乳房，接着是毛茸茸的嘴唇，喘着粗气，急促地吻着她的脖颈。

"王后，你别反抗，这里没有人，你成全了我，对你和勾践都有好处。"良人气喘吁吁地说着，硬拽着季婉往草堆上拖。

季婉又羞又怒，高声说："我是越国王后，可杀而不可辱，你给我住手！"

"勾践他们到外城遛马云了，你还是给我乖巧些。做这种事，没有国君和王后，只有男人和女人！"

季婉忽然瞥见在炉灶旁有把夹柴草用的铜火钳，她放低声音说："我的命操在你手里，不依也得依。可门开着一条缝，你得将它关上才是。"

良人大喜，他一边脱外衣，一边走过去把门拴上。季婉以极快的速度把囚袍披上，操起那把火钳对准自己的心口，厉声说："我虽入吴为奴，但身为越国王后，义不受辱。你果真要凌逼，我只能自尽！"

良人扑将过来："到了这一步，你们还有什么节不节的？"说着，冲过去一巴掌把季婉的火钳打掉，将季婉按倒在草堆里，淫荡地说，"王后，将就些吧！"

季婉拼死挣扎，但良人有一股蛮力，他的身子像磐石般压得季婉不能动弹，疯狂地蹂躏着她。很长很长时间，外面传来了人声，良人一愣，季婉便叫喊起来："来人哪！救命哪！"一边喊，一边乘势爬起来，拾起那把火钳，抄起囚衣披上，朝门口退去。五六个吴国看守甲士已闻声站在门口，他们一看房内良人光着身子的狼狈相和季婉手中的火钳，立即明白是怎么回事了。他们面面相觑，进退两难。

"你们真是煞风景。你们什么都没有看到，是不是？"良人一边穿衣服，一边狞笑着说。

"是，我们什么都没看到。"

"等会儿，你们去弄两条狗来，我来烹制，解解兄弟们的馋。"

季婉乘机跑回自己的草房内，穿好衣服，倒在铺上大哭起来。自己虽然是个囚徒，但她还是无法忍受这样的奇耻大辱。

伏濮正生病躺在铺上，闻讯后，抄起一根木棒，冲到那幢干栏屋里找良人交涉。良人一挥手，一群甲士围了上来，拳打脚踢。伏濮大骂良人，最后甲士们动了刀子，伏濮被乱刀砍死。

勾践回来后，听了王后的哭诉，勃然大怒，他举起一把竹扫帚，要和良人拼命，给范蠡坚决地拉住了。

"大王，小不忍则乱大谋，王后受辱，忍无可忍，但我们只能忍。伏濮反抗，结果白白丢掉了性命。不是已说定了吗？要忍一切难忍之事。"

"一个牢头就敢这样肆意妄为，我真的忍不住了！范蠡，你不要拦我，我要和他拼了！"

"大王，你别忘记，当前，不，这三年，我们最重要的事就是能活下来，而且要活着回国。"

季婉冷静下来，虽然脸上充满着仇恨，但用低微而很清晰的声音说："大王，范大夫说得对，别影响了我们的大计。"

勾践不响了，但有好几天，他情绪极低沉，往往一宵只睡一会儿。

范蠡每天都劝他，和他说道理。过了几天，勾践有些想通了，他对季婉温柔地说："一切的一切都是我造成的。真是害己害人害国，我没有资格当越国的国君。"

"勾践，你又来了，你这自以为是的毛病怎么就改不了？范蠡为了国家，甘愿放弃了西施，我受此侮辱，你就这么放不下吗？和社稷苍生比，我们渺小得可怜，到现在为止，你还有什么必要硬撑着一个王的威仪以及一个男人的尊严？其实，从你肉袒投降那一刻起，你的威仪和尊严就没有了。但这是暂时的丧失，这暂时的丧失是为了今天得到一个国家和他的子民的威仪和尊严，这一失一得的道理，你早已想通了，怎么现在又糊涂了呢？"季婉锋利地说。

勾践抬起了头，挣扎着站了起来，在草房里来回走了几步，又坐到季婉身边，看着季婉。季婉也看着勾践，四目相视，眼里都噙满了泪水。

"好了，这件事过去了，就当给疯狗咬了一口，王后把它忘了吧！不能因为此误了大事。已经沦落到这种境地，还有什么不可忍之事。"勾践安慰说。

"大王能这么想，我就安心了！经此坎坷，忍此大辱，我们无所惧了！"

下起了雨，哗哗的雨声中传来辱骂声。勾践透过柴门一看，扶同和若成挺立在雨丝中，两张被雨水淋湿了的脸充满着愤怒。原来，扶同和若成听到王后被凌辱、伏濮被打死后，愤然找到良人和良丕交涉。

扶同和若成一脸的冰霜，高高地昂扬着头。

"给我打，狠狠地打！"良人下令说。

手持长长的皮鞭的甲士对扶同、若成没头没脑地抽打起来，鞭子被雨水淋湿了，变得更为凌厉和沉重，鞭及之处，鲜血马上渗出来。扶同和若成咬紧牙关，哼都不哼一声。

勾践站在半敞的门口，那一声声鞭笞，仿佛每一下都打在他心里，刀割一样的疼痛。

他终于克制不住了，愤怒的火焰在他胸中燃烧、升腾，羁押在淹城的越国的囚徒都站在门口，个个都有冲出去和狱吏狱卒拼命的冲动。

范蠡注视着周围的动静，紧张地思考着，他担心局面失控，尤其担心勾践会沉不住气。王后的受辱极大地伤了他的心，经自己和王后劝说，他的情绪缓和了下来，但他的心结还未真正解开。

必须要活下去，必须要活着摆脱囚徒生涯，回归越国。如果不能活下去，所有的心血都会白费，越国就会坠入无穷无尽的黑暗之中。

范蠡推门而出，对良人喊道："大人，我是上大夫、上将军，扶同、若成语言粗鄙，冒犯了大人，我代他们请罪，请饶恕他们的过错！今后我们一定多加约束，服从监管。"说着，不顾满地的雨水，伏身拜了下去。

"范大夫，你不必为我们说情受过，身为越国大臣，即使为奴，也不能有失臣节，我们岂能坐视王后受辱？他们要下毒手，这没有什么了不得！"扶同说。

"不，扶同大夫、若成将军，我们入吴为奴，应该遵守上国的规矩，不管大人做了什么，谁叫我们犯了错呢？如果和大人作对，这会罪上加罪，我们不要说回不了国，恐怕连命都保不了！大人，你说是不是？"范蠡起身说。

"是啊，范蠡不愧是明白人，能这样识趣就对了嘛！这种样子，我向上一禀报，你们就永无出头之日了！"良人从甲士手中接过皮鞭，在空中打着忽哨，摇头晃脑地说。

范蠡和良人的话，勾践都听清楚了，要不是季婉死劲拉着，他早就冲出去了。现在听范蠡这么说，他马上领悟了。

勾践完全冷静了下来，他对季婉说："我该出去了。"

"范大夫正在周旋，你不要去添乱了。"

"不会的，我是去帮范大夫一把。"

勾践开了门，沉着地看了一下刚刚下过雨的昏暗的夜空，还有那道将他们的囚房紧紧围成一圈的城墙，自言自语："不下雨了，可以收伞了！"

这是讲给扶同和若成听的暗语，意思是可以收场了。

这时良丕从外城回来，站到良人身旁，他和良人都看着勾践。

"勾践，你出来有什么事吗？你对你的臣子有什么'上谕'啊？"良丕阴沉地问。

"多蒙两公开导，我们君臣真心臣服，还望两公向上多多美言，勾践拜托了！"勾践作揖说，"刚才范大夫说得对，扶同和若成不该来纠缠你们。范蠡已代他们请罪了，请饶恕他们一回吧。请两公高抬贵手，放了他们吧！"勾践一揖到底。

范蠡又跪了下去："请足下开恩，感念不尽。"

良丕对良人使了个眼色，良人把鞭子在手中收了起来，说："好吧，看在勾践和范大夫的面上，我就饶了你们。不过，倘你们口无遮拦地乱说一通，那我丑话说在前头，在这淹城，我自有办法治你们，你们可得掂量掂量！"

良人说完，一挥手，扶同和若成两人带着伤痕跌跌撞撞地走回自己的监房，良人良丕带着狱卒扬长而去。

一场风波平息了。

虽然双方都没有声张，但消息还是透了出去。公孙雄得知后，十分震惊，他把良人找来，朝这个落难时的朋友扇了两巴掌。

"你这辈子没见过女人是不是？"公孙雄厉声说，"你还想封锁消息，掩盖真相？我一直以为你是个聪明人，没想到你这么愚蠢，淹城虽有三道城墙，但历来没有不透风的墙！"

良人还有点不服气，咕哝说："一个奴隶而已，是吴国的战利品，有什么了不得的。"

"先王和大将军在时，最痛恨的事就是滥杀俘虏和暴掠百姓、奸淫妇女。大将军治军最重视的是军纪严明，秋毫无犯！大王当太子时，随大将军打过仗，深知军风军纪的重要，他对违反律法者从不手软。"

"这是监狱，不是上阵打仗。"

"监狱是执法之地，岂容知法犯法？"

"也罢，我已做了，就依律处置好了……"良人抖索着说，"请将军念我对你忠心，手下留情，从轻发落！"

"我帮不了你了，这是重罪，说不定我都要受到处分。还有，什么废后，谁废

了越国的王后？是你吗？你是谁？你也太狂妄自大了！"

良人慌了，大冬天的，汗水淋漓，跪拜在地。公孙雄轻蔑地看了他一眼，愤愤地离去了。

公孙雄先向伯嚭禀报，伯嚭轻描淡写地说："季婉是楚国的公主，可惜嫁给了扶不上墙的勾践。良人这小子艳福不浅啊！"

"良人罪不可赦，如何处置他？"

"革了他的职，让他到留城重操旧业，饲马去吧！"

"这么便宜他，大王会答应吗？"

"当年伐楚，攻占郢都，先王之弟夫概和他手下潘缭那伙人奸淫了楚平王的嫔妃，先王也没有深究。胜利果实享用一点，杀杀敌国威风，并无大错。"

"这样合适吗？"

"有什么不合适的，这种时候拉他一把，他会感恩你一辈子。"

公孙雄心里不踏实，他心里明白，这件事若像伯嚭所说的这么处置，一旦捅开，他难辞其咎。于是，他又找到伍子胥，伍子胥一听，勃然大怒，同时他有更深的考虑，可以借此事灭绝勾践和王后深藏在内心深处的某种期望。

他和钮宣义、华元商量一番，决定不去惊动正和西施居住在姑苏台的大王了。他们三人连同公孙雄立即启程至淹城。伍子胥下令逮捕良人，立即处死，将他的首级挂在内城城头的一个竹笼里示众，并安葬了伏濮。传令淹城每个狱吏和狱卒，今后凡有类似事件，一律格杀勿论。

这天，勾践都被告知禁足于囚室。待处置完良人后，伍子胥走进了勾践的草房。伍子胥端详着勾践和季婉，发现他们神情还算沉着。但再细看，勾践和季婉的眼神中隐隐透出怨恨和悲伤。

"良人罪恶昭彰，已按军纪处死了，他的首级就挂在那里，你们出门便可见到。"伍子胥神色严峻地说，"可是，勾践，同为男人，我替你感到惭愧和可耻，你连自己的妻子都保护不了，你还能有何作为？"

"是，相国说得对，我不配当一国之主，不配为男子汉，于国，我保不了；于妻，我亦保不了。我罪孽深重，无颜见人了。"勾践垂着头说。

"看来你还算明白事理。"

"我早就不想活了，但我入吴为奴，无权去死，犯人自杀，狱吏必受处分。所以，我不想给狱吏狱卒带来麻烦。不如上国大王和相国赐我一死，我也就一了百了了。"

"你其实是个贪生怕死的懦夫，你口口声声要全九庙之祀，续万姓之命，可你对得起越国列祖列宗吗？对得起越国的百姓吗？"

"相国说得对，我是个贪生怕死的懦夫，我对不起列祖列宗，对不起王后……我是窝囊废，我无道无能，无耻之极！"勾践痛骂自己，他倒不是单单骂给伍子胥听，而是真正地谴责自己。

伍子胥看着勾践，说："我真没想到，越王竟变成了这么一个可怜虫。"

在伍子胥和勾践对话时，季婉一直在垂泪，看来她的镇静只是暂时的麻木和无奈。

"王后，妇人家最要紧的是名节，可恨狱吏良人毁了王后的清白，我除了将良人正法，为王后稍稍出口气外，对于王后的损失无从补救了。王后请想开些，你还得好好活下去！"伍子胥说着，解下自己的佩剑，扔在地上，"王后，此剑给你防身用！若再遇到不轨之徒，你可以此自卫！"

伍子胥说完就和钮宣义、华元离开淹城，返回吴都。

在马车上，说起赠剑的事，华元问："相国，你把佩剑留给季婉，是不是让她用此剑来自裁？"

"季婉若轻生，勾践就彻底被击垮了，这正是我们所希望的。"伍子胥有点得意地说。

"相国的谋略很巧妙，上策是诛勾践灭越国，这一条大王不同意，就来个中策，使得勾践彻底心死。哀莫大于心死，勾践心死了，他的任何图谋也就成了泡影。"钮宣义说。

"大王对他们也是有所警惕的，但越国的一切都在吴国的掌控之中。"华元说。

"可吴国要吃亏的话，也许也要亏在大王胸怀的宽阔了。"伍子胥说。

"何以见得？"

"天下的形势，诸侯争霸，互相攻伐。大王志在中原，只有制近才能攻远。特别要提防勾践、范蠡这伙人！"钮宣义用他的大嗓门粗声粗气地说。

"勾践那种可怜兮兮的样子，不像在偷奸耍滑啊！况且，淹城那么森严，三道高墙，三条宽河，他们也无法设什么谋呀！"

"我说过了，能诛勾践是一劳永逸，不诛则一定要使他心死。否则，他佯装臣服，大王心一软，放他回国，就有可能留下后患。"伍子胥说。

"是啊！这个人鹰钩鼻子、鹰眼，是异相，心机很深。"钮宣义说。

到了姑苏台，伍子胥、钮宣义、华元惊异于几个月不见，这里已立起一片巍峨的宫殿和亭台楼阁。在一座宫殿里，他们见到了夫差，入殿后才发现伯嚭已在那里，不知道他是什么时候到的。

"你们来得正是时候，寡人有事要和你们商议，等会儿再请各位爱卿各处看看。这里比王宫静多了，最大的好处，省略了不少宫里的仪礼，寡人可静下心来读点书，思考思考天下大势，也可无拘无束地吃顿饭。"夫差神情轻松地说，指了指台阶尽头的一片竹海说，"那里是馆娃宫，西施就待在那里，她消遣的方式很特别，纺纱织布外，奏得一手好琴，还在学一种叫埙的秦国乐器，这东西形状像鸡蛋，有六个孔，是土制的，吹起来声音很好听。她还喜欢吃野栗子，正好，这里的山坡上有几棵野栗子树。"

伍子胥和钮宣义对视了一下：大王满脑子都是西施了。伍子胥把良人的事说了一遍，夫差听了，拍案而起，责问伯嚭："寡人刚才问到你淹城的情形，你为何知情不报？是良人烹狗肉给你吃，把你的嘴吃软了？他胆子也太大了，居然奸淫越后，他是吃了豹子胆了吗？应该处以车裂！这件丑闻播于天下，天下人会怎么看寡人，怎么看吴国？这淫棍把吴国的脸皮都撕光了！"

西施在向夫差谈在越国的生活时，曾如实地讲述了季婉把她视作姐妹，还送给她绣襦、玉镯。说着说着，伸出雪白手臂，露出碧绿的镯子给夫差看，"很漂亮的美玉，越后对你不薄啊！"夫差仔细看了看玉镯。西施不响，只是轻轻地叹息了一声。

她说的都是真话，表情也很自然，夫差当然懂得那声叹息的意思。他说："以后我让你去看看她怎么样?"

"我现在的身份，见了她反而尴尬，还是不见的好。怪来怪去，都是勾践举兵犯吴的错，好端端的，非要大动干戈，过太平日子有什么不好？大王，吴国再也不要打仗了，好不好?"西施幽怨地说，"听说要打仗，我就怕。"

"不是寡人喜欢打仗，是因为你不打他们，他们就会打你，就像这次勾践，吴国按兵不动，他自不量力挑起战端，还用诈和来蒙人，害人害己!"

"勾践是可恶，但已投降了，就是认错了，不要太为难他们。"

"西施，咱们不说这些了，仗还是要打的，但对越国，只要勾践真心臣服，寡人念越国百姓的苦，不会对越国用兵了。寡人的敌人不是越国，是中原那些自以为是的国家，他们口口声声骂我们是南蛮，我就是要让他们领教一下'南蛮'的厉害。"

西施点点头，她不自觉地轻松了，不由得对夫差产生了一丝好感。她和夫差接触的这段时间，首先感受到他对自己的体贴入微，有时，依偎在夫差宽阔厚实的胸膛上，她会感觉到一种充实感和安全感。这个英俊的君王和勾践相比，没有那种阴郁气，言行举止里都透出一个男子汉应有的率直和阳刚，他的决断，他的英武，有时会给她冰冷的内心带来一点温暖。这使西施悚然，她难道对这个敌国的国君产生了感情？不会，她竭力否定。自己爱之深恨之切而铭心刻骨的是范蠡。但她不能有丝毫的流露，只能深藏起来。可不知怎么回事，这个身边的英俊男子，竟会使她情不自禁感到有些依恋。有时夫差在处理国务或参加朝会，她会感到无聊寂寞，会渴望夫差回到自己身边。意识到自己的这种变化，她有些仓皇，也有些惊慌。

她对夫差说话越来越随意，但她没有刻意去为越国、为勾践和王后说好话，她只是下意识地自然地流露出她对越国、对越王越后的维护，她没有忘记自己的使命，这是她答应入吴的理由，也是她留在夫差身边的理由。

夫差对西施的感情在不断发展，这种情感是他从未有过的。和西施相处，他不再是权力无限的国君了，而是一个被情丝牢牢束缚的男子。

第 十 七 章

夜色已深，寒气袭人，淹城一片沉寂。置放着良人首级的竹笼依然挂在城墙上，在枯萎的蒺藜坚利的硬刺中晃动着，令人感到恐怖。

草房内，勾践躺在用柴草铺垫的床铺上，季婉在草房的一角，一直盯着地上伍子胥扔下的那把上乘的佩剑，伍子胥把剑鞘带走了，把剑留下了。剑很锋利，在黯淡的油灯下闪着寒光。

伍子胥的意思，她和勾践都是清楚的。

她无法想象自己今后如何面对大王，如何面对心爱的太子和公主？当他们知道自己的母后发生了这样一件事后，他们会怎样看待自己？

她越想越没有活下去的勇气。她看了眼熟睡中的勾践，他已瘦不成形，自己的这件事对他来说更是雪上加霜。他虽然装得很沉着，但凭她对他的了解，他心里的痛苦和恼怒是无法用言语表达的，他在隐忍着。

没有其他选择了，也不能再犹豫了，还是乘大王睡着的时候自我了断吧。

季婉转身，跨过几步，拾起地上那把寒光闪烁的剑，双手举着，往脖颈上刎去。勾践霍然而起，一巴掌打掉季婉手中的剑，厉声说："季婉，你太残忍了，你明明知道在这种时候，你是我唯一的依靠，你却要丢下我，让我成为孤家寡人，你的心肠太硬了！"

勾践说着，狠命将季婉拉到自己的草铺上。

"大王，你还是让我去吧，这对我，对你，对越国都是一种解脱。否则，让我苟且活着，以后的日子会给你和我带来无限的痛苦。"

"王后，你太糊涂了，你以为你一死，什么都可以一笔勾销了？你这样做，正中伍子胥的下怀，你为何还要上他的当呢？"勾践眼睛里饱含着热泪。

季婉失声痛哭起来。勾践没有阻止她，抱起她温柔地抚摸着她的脸庞，她的脖子，她的肩膀，无声地陪着下泪。

"我不配为越国王后了。"

"不，越国的王后非季婉莫属。你能答应我一件事吗？"

季婉点点头。

"你我在这样的特殊时期，应共甘苦，同患难，不管什么样的处境，你都不能抛下我，执子之手，与子偕老。"

"是，我答应你。"季婉爽快地说。

"你莫口是心非。"回答得这么痛快，和刚才判若两人，勾践有些不信了。

"我何时骗过你，何时对你说过虚言。不过……"

"别吞吞吐吐的，有话快说。"

"等回国以后，你可另立继后。这是我的心里话，你也要答应我。"

"你刚才答应我不离不弃，现在又要把我抛之一旁？"勾践摇着头说，"这不行！我不答应你。"

"我不为王后，仍是你妻子，这一点不会改变的。再说，到那时我已精力不济，当王后已不适宜了。我可以陪你说说话，也可照应你的起居。至于出头露面，还是由一位年轻能干的女子协助你比较适当。"季婉诚恳地说，"你得听我的！当国君的，要为国着想，不可固执。"

"你也不可固执，你这些理由都是站不住脚的。我知道你还是心病在作怪。这件事咱们不说好不好？你一定要坚持，我倒有一个两全其美的办法。"

"两全其美？有这样的好事？"季婉疑惑地问。

"到时，我退位，让兴夷提前继位，中宫由王后去主持，我们选择一个僻静的所在，安安静静养老去，什么事都不管，轻轻松松，自由自在过日子。"勾践把脸贴到季婉的脸上，在她耳边说，"伍子胥是激将法，你不能上他的当，毁了我，毁了复国大计。范大夫不是早就说过了吗？此身已不属己所有，你不要光想自己，要想得远一些。"

季婉心里一震，她目光灼灼地看着勾践说："是的。我可能太自私了，我懂了，我再也不会丢下你先去了。"

"这就对了，你可要说到做到！"

"会的，我自然会做到。这把剑，既然是伍子胥留下防身的，我们就领他的好意。大王把它留在身边吧，你的剑已交了，现在又来了一把剑，这是个好兆头。"

勾践捡起那把剑，在灯火下仔细地观察了一番，说："确是把好剑，好，我总算又有了把剑。王后说得对，寡人复得一剑，不仅多了件护身之器，还别有深

意!"他说着，把剑悬挂在壁上。

季婉替勾践整理好床铺，示意勾践躺下继续安寝。自己则走向另一个干草铺。

"王后，你过来。"勾践注视着季婉，招呼说。

季婉犹豫了一下，走过去。

"你的床铺在这里，我们应共枕合衾，不该分开，难道你不想陪寡人?"

季婉的脸微微红起来，露出微笑，轻轻点了点头。

夜色越来越浓重，风大了起来，吹得草房摇摇欲坠。守卒感到奇怪，这房里有过隐隐的哭泣声，有过讲话声，声音都压得很低，后来却安静了下来，像一艘置身于风雨中的船，飘摇着，颠簸着，最后却出奇的安稳。

夫差和西施到淹城来了。夫差骑着一匹赤红色的高头大马，一身盔甲，后面紧随着一辆装饰极其华美的双匹骏马牵引的马车，车帷遮得严严实实，车上插着五光十色的旗帜，在劲峭的寒风中猎猎作响。车内坐着西施。车后是伍子胥、伯嚭、钮宣义、华元等，前后都有禁军，阵容十分威严。

淹城三道城头上肃立着甲士，三步一岗，五步一哨。河道里停泊着十几艘兵船，水师的甲士在船上全副武装地列队而立。整个淹城像个铁桶似的，守备森严。

伍子胥已得知越后并未持剑自刎，这有点出乎他的意料，但他马上意识到，这一定是因为勾践的阻挠。

伍子胥坚信勾践此人是绝不会死心的，他现在的"屈"，就是为了将来的"伸"。可惜大王意识不到这种后患，种种迹象表明，他对勾践已失去了足够的警惕，为了显示自己的宽宏和仁义，他已淡忘了勾践的杀父之仇和吴越两国不可磨灭的怨恨。

过了吊桥，夫差放慢了速度，收住辔头，公孙雄带了留城和淹城参将以上的将领武官，在外城门口候驾。

夫差下马，公孙雄等以大礼谒见。夫差问公孙雄："勾践在哪里?"

"勾践在二城外牧马，越后在草房纺纱。"

"二道城墙上能得见他吗?"

"能看得见。"

夫差来到第二道城墙上。勾践牵着骓骦，还有三匹跟在后面，时而低头啃一口草根。来到一个水池边，勾践系紧围裙，裹好头巾，拿起长毛刷子，将四匹马赶到水池里，自己脱下鞋袜，踏进水里，拿起一把长毛刷子，清洗起马匹来。池塘的水奇寒无比，勾践忍不住打起哆嗦。

范蠡见了，赶紧放开他的几匹马，走过来说："水太冷了，当心冻出病来。"

"说话声轻些，夫差在城头上。你快遛马去，告诉大家，一定要恭顺，不要再惹出麻烦来。"勾践一面使着劲刷马，一面用余光偷觑着城头。

勾践刷完马，从一个筐子里取出一大团柔软的麻丝，逐匹擦干水渍。然后用手捧起马粪，放入一个深色的布袋里。

夫差在城头上看得一清二楚，一个越国的国君，成了自己的饲马夫，而且干得心甘情愿，细心地道，他不觉有些飘飘然起来。

"勾践养的马都是寡人的宝马，他不会故意把它们养坏吧？"夫差问。

"他养的马从未生过病。只有一回，骕骦不肯吃东西，连豆饼都不要吃。勾践急坏了，在马厩里陪了他一夜，煮了些消化的草药给它喝了，骕骦第二天胃口就好了。"良丕在一旁小心地回答。昨晚夫差对良人凌辱越后之事大发雷霆，伯嚭摸到了夫差的心思，连夜召见良丕，先是痛骂一通，接着布置良丕适度说一点勾践的好话。他说，大王已被枕边风吹晕了，加上良人的事，此去是安抚勾践、越后等人的，以表示他用心之仁厚。良丕心领神会。

"嗯，勾践还算识时务。"夫差对群臣说，"伍相国，你看勾践这样子，对吴国有威胁吗？"

"禀奏大王，越后刚遭奸淫，勾践今天却若无其事，专心养马，还跳到冰冷的水中，这恰恰暴露出他的恭顺是做给人看的，尤其是做给大王看的。"伍子胥说，"大王可要明察。"

"相国，你说来说去就是这几句话，寡人已听腻了。"夫差皱着眉说，"平心而论，勾践能做到这样，可以了，至于他心里是否真的是心甘情愿，这无所谓，别说一个国君，就是一个普通人，也不免会有些怨气。"

伍子胥默然，怏怏不乐。

"走，下去见见勾践。"夫差对华元说，"让娘娘下车，随寡人一起去，让她见见以前的故交。"

"这合适吗？娘娘会不会感到……"华元说。

"感到什么？"

"会感到尴尬。"华元鼓足勇气说。

"这已经是过去的事了。"夫差扬一扬手中的马鞭，带头走下城头，径直来到西施乘坐的帷车前。西施已站在车旁，她身着裘皮锦衣，意态闲适，仪态万方，那双灵活的大眼睛，澄静如一泓秋水。

"西施，一起去见见越王、越后，你愿意的话，可以和他们说说话，不愿意，

打个招呼就可以了。你看好不好?"夫差征求西施的意见。

"我听大王的。"西施大大方方回答说。

夫差、西施向勾践等走去。还有十几步路,勾践、范蠡、扶同、若成等越国君臣便伏地跪拜,夫差大模大样地走到勾践面前,西施站在夫差身边。

"臣勾践拜见大王!"勾践大声说。

"这位是西施娘娘,你们不会不认得吧?"

"臣勾践拜见娘娘!勾践无礼,请娘娘恕罪!"勾践补充说。

西施不知说什么才好。她见到的勾践已完全变了一个人,头发蓬乱,脸庞又黑又瘦,如一个穷困潦倒的老者,身上的王者之气已荡然无存。而在勾践身后的范蠡穿着破旧的衣袍,腰间用一根草绳束住,原来丰神俊逸、意气风发的他,变成了一个乞丐样的人。

夫差令他们起身,勾践、范蠡站了起来,弓着腰,诚惶诚恐地站着。西施感到胸腹之间有种疼痛在弥漫。她得知夫差要带她到淹城时,就暗暗兴奋,她能见到她崇敬的越王、姐妹般的越后,还有差点和她永结同心的范郎了。

她渴望见到他们,哪怕不能畅所欲言,能见上一面也是好的。她不准备理睬范蠡,她还不能原谅他的无情无义,但常常止不住地想起他,而且一想到他,就唤起太多的回忆。这些回忆让她心里五味陈杂。

她知道他们经受了苦刑般的折磨,一定落魄得不成样子了。今日一见,他们仿佛鬼魅一般,变化之大,变化之可怕,远远超出自己的想象。她愕然了,简直不相信自己的眼睛,她的心"怦怦"乱跳。

她想问:"你们真的是越王,真的是越国范大夫吗?"但她的脖子仿佛被人死死掐住了,怎么也发不出声来。她的胸口被沉重地压着,连气都透不过来,而疼痛在加剧,她眼前一黑,无声地倒在地上。

夫差非常着急,亲自抱起西施,送到看守值勤和居住的房间里。随从中有一个医师,他给西施把了脉,禀告说,娘娘是受了惊吓晕过去的,并无大碍。他从药囊中取出一颗药丸,捣碎后和着水,用银匙送进她嘴里吞下去。不一会儿,西施果然醒了过来。

西施颤抖着说:"大王,对不起,我不知道是怎么回事,看到他们那模样,真是,真是惨不忍睹。我实在受不了,我再也不想见到他们了。"

"西施,你什么都不要想。是他们自己作践自己,弄得鬼不像鬼,人不像人的。你用不着替他们伤心。"夫差和缓地说。

西施含着泪点点头说:"是,他们固然罪有应得,但请大王给他们一点体面,他们已付出沉重的代价了。"

"寡人会下令善待他们的。你身子要紧，别难过了。"

有了夫差这句诺言，西施心里轻松了不少。

夫差看着宫女搀扶西施乘上帷车后，回到马群那里，走到勾践面前，哼了一声，说："你们沦落得如此不成样子，把西施都吓晕过去了。"

"囚徒顾不得面子了。娘娘她受惊了。"勾践恭恭敬敬地说。

夫差冷冷地说，"勾践，你也是一国之君，入吴为奴，关键要自己反省，如何补过赎罪。越后的事，是监管官的严重失职，这样的事，今后再也不会发生了。公孙雄！"夫差喊道。

"臣在。"公孙雄答应。

"今后要善待越后，她并无大错，只是嫁错了人。她懂纺纱织布，让她到留城向军眷传授手艺。"

"遵命！"

"允许勾践君臣着常人服饰，食宿不能太苦，有病要让医师诊治开方。可允许越国国内的大臣每月探视一次，他们住的草房可适当修缮。当然，监管不能放松，要定期申饬。"

"遵命！"

勾践率领臣子再次伏地谢恩。

夫差看了那几匹他珍爱的马，对勾践说："勾践，你把寡人的那匹骅骝牵来，寡人要试骑一下，好久没骑了，它说不定对寡人陌生了。"夫差说完，勾践将一身漆黑的骅骝牵了过来，驭手要去取上马凳，勾践连忙在马旁蹲下，让夫差踩着上马。夫差一见，既得意亦满意地哈哈大笑，一脚踏上勾践的背脊，跃身上马，双腿夹紧马腹，一支精致的皮鞭在马屁股上一抽，骅骝便飞奔起来。夫差在淹城兜了几圈，才回到原地，翻身下马，笑着说："久不骑乘，此马还认得寡人，一点都不欺生。"驭手牵着缰绳，交到勾践手中。

"寡人在公房里，公孙雄去请越后和范先生一同来见寡人。"

"勾践，你领我去请越后。"公孙雄站过来说。

夫差对伯嚭说："良人被诛，你大概会感到可惜，你从此再也品尝不到他烹饪的狗肉了，是吗？"

"良人该死，罪不可赦，臣有失察之责，对良人，臣痛恨之至。"伯嚭垂下头说。

"太宰，有些事情上，你要像相国、钮将军、华将军那样自制，不可自误！"

夫差说完，目光锐利地看了伯嚭一眼。

"是，臣知道了。"伯嚭很不自在，答了一句后，便闭口不言。

"伍相国，幸亏你处置果断，将良人斩首。伯嚭和你比起来，就糊涂多了。"夫差对伍子胥说。

伍子胥笑笑，说："臣是先斩后奏，但该做该说的，于国有利的，臣就会豁出去。"

夫差当然听得懂伍子胥的弦外之音，但他假装没听懂，快步登上这幢竹子和木头搭建起来的房子。季婉到了，见到夫差，跪拜说："罪臣季婉奉谒大王。"

"越后，你受委屈了，寡人于心不安，觉得很遗憾。寡人已下严谕，今后不准再发生类似的事。另外，寡人特地关照，越后入吴为奴，是受越王牵累，所以要善视越后！"

"季婉谢谢大王，越国有负上国，越王贸然犯吴，季婉身为越后，脱不了干系，种种遭遇，固然哀痛，究根寻源，都是越王的错。大王和相国申明纲纪，从重处置歹人，季婉感激不尽。季婉想通了，我求死不难，但越王会自暴自弃，坏了与吴国签订的从约，我要活着，以督促勾践悔过赎罪。"季婉说到这里，早已泪流满面了。

"越后，你起身吧！有什么话，但说无妨。"

"季婉不敢！我没有什么可说的了。"

"西施对你情分很深，你想见见她吗？"

"我是囚徒，她是娘娘，不便见她。"

"以后派你去留城替军眷传授纺纱织布，你愿意吗？"

"既然为奴，惟命是从。"

伍子胥有特别的感触，季婉是他的死敌楚平王的女儿，她的母亲就是秦国公主孟嬴，她本来要嫁给楚国太子建的。在奸臣费无忌的撺掇下，楚平王将美丽温柔的秦国公主占为己有。太子建失去了妻子，还被荒唐的父亲废黜了太子之位。伍子胥的父亲伍奢是太子建的老师，他反对楚平王的夺媳之举，楚平王恼羞成怒，杀了伍奢和哥哥伍尚，太子建被迫逃往他国，伍子胥在楚军的追击下，逃过昭关，得津香相救，流亡到吴国。

秦国公主被楚平王强占后，生下三个女儿，一个儿子。季婉是大女儿，嫁给了勾践；儿子就是后来的楚王，吴国破楚时，他慌忙弃国而逃。这位命运多舛的秦国公主生下的女儿季婉比母亲更为不幸。

"越后也够可怜的。"伍子胥对钮宣义说。钮宣义看了伍子胥一眼，他奇怪于伍子胥态度的微妙变化。

晚饭后，淹城的狱吏按照公孙雄的吩咐，第一次允许勾践等到户外放风，并传令，他们不再从事外面的活，而在马厩内断草、饲马、清扫和洗马，室外的遛马、到水塘饮马由饲马官接替。他们居住的草房将得到修缮，明天起，将为他们提供平民穿的服装，不必再穿囚衣。还允许勾践房内铺一层席子，一张案几，可读经过批准的书简。另外，将送来新的被褥，每日早中晚三次供应热水，以让他们洗漱，冬日每周沐浴一次，春秋每三天沐浴一次，夏日可天天沐浴和冲凉。淹城还配备了狱医，有病可随时得到诊治。季婉每周三日去留城传授纺艺，只要讲解演示就行，不需劳作。他们在内城和二道城之内，可自由行动。

更重要的一项优待，是允许越国国内遣臣子送衣物及日用品给勾践等人，当然，所送之物，要经狱吏层层检视。这让勾践、范蠡等人心头一宽。

夜色中，他们在内城的空地上三三两两地漫步着，城头上火炬错落，岗哨林立，戒备极严。淹城静寂如死，西风凛冽。

"你们切勿大意，夫差和伍子胥灭我之心未死，这些变化都是表面的。我们要表现得更顺从，要倾心示诚，争取让夫差对我们完全消除戒心。"勾践低声而清楚地对大家说。

"大王，今天你去给夫差当上马凳未免太过了，大王该保持必要的尊严。"若成说。

"是啊！是可忍，孰不可忍？"扶同说。

"若成将军，扶同大夫，你们不懂了，大王这样做就是让夫差受用、得意。让夫差以为我们对他真心臣服，对我们放心，三年后能放我们回去。夫差所忌者，是我们有不臣之心。我们所做的一切，就是要让他戒心尽除。在淹城，要把尊严放在心里，暂时放弃尊严是为了以后重建越国和大王的尊严。"范蠡很严肃地说，"这些道理已说过无数遍了，你们一定要时刻记住，这是国之大局。"

"范大夫说得对，我们的命都掐在夫差和伍子胥的手中，任何反抗都是以卵击石，反而只会坏事。"勾践板着面孔说，"你们切切记住，任何对吴国的不满，哪怕一丝一毫，都不能形之于颜色。"

"我起了个六壬神课，卦象上显示，只要我们忍住，我们会化险为夷。所以，我们在淹城一举一动，一言一行，务必做到一个忍字。"范蠡补充说。

勾践望着深远而神秘、布满繁星的天空，郑重地说："你们给寡人对天发誓！"

范蠡仰望夜空，严正地一字一句念起来："我们为越国大臣，拥戴越王勾践，

保全越国宗庙，维护百姓之命，寸心不渝，克己忍耐，忍辱负重，若有违逆，神鬼不容，必遭天谴！"

扶同、若成等轻声而坚决地念着。

勾践沉默着，他被深深地感动了，也被深深地震动了，他在黑夜中连连作揖，哽咽着说："寡人谢谢各位的忠义之心！寡人复国之愿，不管成与不成，都会感念各位爱卿与寡人的生死同命。"

"请国君和王后千万为国珍重！"范蠡回礼说。其他大臣也回礼附和，每个人都热泪盈眶，热血沸腾。说来也奇怪，在一阵紧似一阵的朔风中，他们不再感到寒冷了。

"回监舍去吧！"勾践说。

于是，大家分别走进自己的草房。城头上，良人的人头不见了，经公孙雄请示夫差同意，良丕把它置放进已装了良人尸身的棺木中，将首身相缝，连夜悄悄地安葬掉。他一边铲土，一边在心里诅咒："伍子胥，你不得好死！你死无葬身之地！良人至少在自己的家乡入土为安，你死了，只能在异国他乡当孤魂野鬼，见不了你的被楚平王杀掉的父兄和家人！"

范蠡这一夜，久久没有入睡，他极珍惜和西施这意外的一见，躺下后，满脑子都是她的影子。白天见到西施昏厥过去，他心急如焚，差点冲出队列去搀扶她。但他明白，他的冲动，对他，对西施都有害无益。

他不敢想象以后是否能够再见西施，他已作好了有生之年和西施不相见的准备。

可他忘不了西施，即使作好了永绝的打算，他仍对她牵肠挂肚，魂牵梦萦。这是一个秘密，只在心里深藏不露。

只有季婉以女子特有的细腻的敏感和观察力，觉察到范蠡隐秘的心思。她跟勾践说了，勾践不以为然，说："范蠡既然舍情取义，再去想西施，大可不必，应该早早把她忘掉。原本他决然地要随我入吴为奴，就希望西施另嫁他人，能过上安定的日子。"季婉说："你怎么能这么说，他和西施的感情那么深，他又是讲情义的人，怎么会容易忘记她呢？要不是为了国家，他绝对不会舍弃西施。范大夫和西施都是了不起的人，他们为越国付出的代价太大了。"勾践叹道："王后说得对，我失言了！我欠他们的太多了，今后恐怕真的难以偿还得清了，可是，我要尽力偿还。"

西施回到馆娃宫后，身体微感不适，于是躺在床上休息。她只觉得心口有种说不出的隐痛，痛得不算厉害，但很难受，像一只有尖齿的小虫子在啃啮着。她

一剑封喉
YI JIAN FENG HOU

的眼前出现了幻觉，仿佛很多影子在晃动，其中最突出的就是范蠡。

西施终于忍不住呻吟起来。医师诊治后，说是心疾。

"娘娘的病有救吗？不会像王后和公主那样吧？"夫差紧张地问。

医师回道："大王不用担心，娘娘的心疾和王后公主的心疾完全不同，王后是根蒂空虚、三阳并羸，公主是怔忡症，神明错乱。而娘娘的病起于情怀失旷，脉象尚可，元气未损，只要服些安神清火的草药就可以了。最主要是让娘娘心情开朗，不能受惊受气。"

西施服了两天药后，胸口的隐痛消除了，她紧锁的眉头也舒展开来。西施病情的好转，与其说是药石的作用，还不如说是她的自我调节。她苦思了两天，意识到自己是无力解救勾践、范蠡的，她能做的，只能是改善他们的处境，争取让夫差对他们解除戒心，直至放心、信任，能如期或提早释放他们回国。这原本就是文种交付给她的使命，只不过，西施比任何时候都更认识到自己所负使命的重要。西施想到了一个办法，这个念头一冒出来，就使得她精神一振，病也就自然好转了。

这天，西施下床，她由宫女伺候，细心地梳妆打扮了一番，重施脂粉，和以往一样艳光照人。夫差处理完国事后，立即赶至馆娃宫，见了西施，不禁喝彩说："西施，别人一病就是一副病容，可你越病越好看。"

"大王别讥笑我了，一场病生下来，我都不敢照镜子了，连宫女都说我清减了不少。"

"瘦是瘦了些，但更神清骨秀了。"

"大王这么说，是不是嫌我以前胖了？"

"哪有这种事？你增上几分，减上几分都不减色，寡人宠你都来不及，岂会嫌你？"夫差笑道。

西施也笑着说，"大王对我的体恤和呵护，我感激不尽。让大王担忧了，我心里颇为不安。"

"医师说你患的是心疾，寡人吃惊不小。你是知道的，王后和公主都是殁于心病，寡人以为这是不治之症。"

"老天保佑我，让我很快就好了。"西施说到这里，看了下侍候她的宫女，她们便悄然退下了，"大王，西施有件事，是病中突然想到的，可这事关国政，我也该避嫌，不知当说不当说？"西施继续说，坦然地看着夫差的脸。

"当然可以说。"

"那个越国的上大夫范蠡，和我有过来往，现在我是大王的妃妾了，而范蠡成

了吴国的囚徒，世上的事，实在太奇异了，真是无奇不有。"

"这些寡人都知道，都是过去的事了！寡人不计较，你的意思，是不是要放了范蠡？"

"不，我怎么会提出这种非分的要求呢？西施之意，为了让范蠡安心为奴，是否可以赐他一个女子为妻，这样，他和吴国之间，就有了牵连，将来如有了孩子，就是吴国人。范蠡对吴国就死心塌地地臣服了。"

这个建议正中夫差下怀，也打消了他心中的一个疑虑。虽然，西施和范蠡已不可能旧情复燃，但夫差极不愿意西施的心里有一块地方来容纳范蠡，他要的是西施整个的心。

西施这么说，正符合他的想法。他不假思索地说："好！这是个好主意，寡人可马上赐范蠡一个女子，容寡人好好想想。"

夫差开始物色合适的对象。他已锁定了一个范围，在贵族中寻找一个这样的女子，当然，这样一来，就必须让范蠡走出淹城了。可特赦范蠡是件大事，要通过朝议商议，伍子胥、钮宣义、华元等必持反对的态度。想到这些，夫差脸上的笑容消逝了，隐隐地露出犯难的神情。

西施猜测到了夫差的心思，其实，她心中已有一个合适的女子，就是执掌宫中图籍的女内官潘羽。潘羽是夫概手下的将军潘缯的女儿，夫概十年前谋叛篡位，自封为吴王，潘缯是得力干将，被封为大将军。谋反以失败告终，夫概、潘缯被诛，依照律法，遭到抄家灭族的从重处置。当时潘羽十岁左右，聪明伶俐，曾随夫概、潘缯到宫中，阖闾很喜爱她，处置潘缯家族时，不忍心潘羽就刑，把她赦免了，并留在宫中，跟着王子、公主读书。西施入宫后第一眼就觉得她与众不同，后来一打听，才知道了她的身世。西施和潘羽谈过几次话，很投机，潘羽也同情西施的处境。一次谈到最佩服的男子时，她坦率地说："我心目中能称得上真男儿的有两人，一个是吴国的大将军孙武，另一个是越国的上大夫范蠡。"说到他们，西施发现她的眼神中闪着异样的光芒。当时西施初入吴宫，处处小心，便没有接她的口。打过一段时间交道后，西施感觉到潘羽有自己独到的见解。

这个女子配给范蠡，不仅外貌、才学、门第相配，而且很可能对范蠡谋求的大业有所帮助。

"大王，我觉得有一个人倒是很合适的，身份、学识、模样都不错，范蠡可能会看得中。"西施装得很随意地说。

"谁？说来听听。"

"管图籍的女内官潘羽。"

"噢，是她?"夫差想了想说，"潘缯的女儿，是父王赦免下来的，合适倒很合适，不过这人性格孤傲，脾气怪僻，太后可怜她，几次要把她许配出去，她都不愿意。将她嫁给范蠡，她不一定会答应。"

"大王觉得她可以的话，我来试探一下她的态度。"

"当然可以，此人明白事理，嫁给范蠡，对笼络范蠡是有益的。不过，寡人刚才想到了一件事，有些棘手：范蠡是囚徒，赐个女子让他成婚，新房安置在淹城，岂不委屈了这个女子?潘羽还是内官，更不能把她嫁到淹城去。除非赦免了范蠡，让他住到淹城外面。"

西施怦然心动，如能赦免范蠡，离开淹城，这当然最合她的心愿，于私，她也算助范蠡一臂之力，使他摆脱淹城那艰险的环境；于国，范蠡可能会获得更大的自由。但她不好就此明确表示赞成，这会使夫差和大臣们产生怀疑。她沉默了，不再说什么。

"赦免范蠡是大事，伍子胥会第一个跳出来反对，寡人不怕他，可说不定会误解你的用意。"

"既然这样，就算了，绝不能让大王为难。"西施反应很快，"不过，大王，我别无他意，诚心可鉴!我本意是想使我和大王彻底从范蠡的阴影中走出来。"

"西施，寡人当然明了你的诚心，不管事情成不成，寡人很高兴你能提出此议，寡人很欣赏你这种毅然决然的态度。说实话，寡人还真担心你放不下范蠡。"

"大王，我可以很明确地说，淹城一见，除了有点可怜他，心中最后点滴的牵挂已放下了。我的一切，都完完全全给了大王了。大王是我唯一的依靠。"

"寡人相信你，你是上天赐给寡人最珍贵的礼物，寡人与你相见恨晚，有了你，寡人对其他女子连看一眼的兴致都没有了，没有你，寡人过不下去。"夫差真诚地说。

这样的甜言蜜语，即便是铁石心肠的女子也会动心。西施明白，夫差的话并非哄她的虚言。她竭力保持着平静，眼中却已含着亮晶晶的泪珠，不由自主地扑倒在夫差的怀中。在与夫差缠绵时，她有些忐忑不安，感情上极其矛盾，她一遍遍自问：自己难道就这样被夫差俘虏了?自己对得住越王勾践、王后季婉吗?对得住曾经在心里早就把一切给了他的范蠡吗?这是不是有负越国的行为?更让她感到害怕的是，她怀疑自己已爱上了夫差，"不会的，绝对不会，自己绝不会爱上敌国的男子，自己不过是和他逢场作戏。"可是，她很快就明白，这是自欺欺人。

最后，西施不得不承认，自己对夫差产生了好感，甚至对他动了真情。她也不得不承认，夫差无论是作为一个年轻的男子，还是作为一个大国的君王都具有

巨大的魅力和吸引力，他豪爽明快的性格和强有力的处事风格，以及对社稷民生的责任感，心怀高远、勇猛果敢的精神，还有他朗朗的笑声，都会使西施的心头充满兴奋和激动。当然，这个男人也有弱点，任性，自负，爱好奢华，我行我素。但这也许是君主共有的毛病，勾践败就败在一意孤行上，当初他若能听进范蠡的意见，不至于有今日的下场。

当她承认这一点后，她对范蠡的内疚更加强烈了。为了减轻精神上的沉重负担，她寻找几条借口来为自己辩解，那就是为了笼络夫差，履行自己的使命，她只能假戏真演，否则，她无法长久地获得夫差的宠爱。一旦失去了夫差的宠爱，她在吴宫就待不下去，也就无法使勾践、范蠡等的处境获得转机，他们就可能永无出头之日。越国恢复元气就更无从谈起了。

夫差想来想去，觉得将潘羽赐予范蠡为妻是阻断西施和范蠡最后一点情意，也是笼络范蠡的最好办法。

他终于在朝议上提了出来。他说，越国君臣不是用体罚能完全征服的，要让他们真正臣服，必须采取分化瓦解的办法，将这个凝成一体的团队从内部分裂开来。所以，他准备笼络范蠡，因为范蠡是这伙人中间最有谋略的人，也是勾践的股肱，如果能把范蠡拉拢过来，勾践的力量就会大为削弱。而笼络范蠡的办法也想好了：赐一个妻子给他。

所有的大臣都愣住了。夫差没有想到的是，伍子胥却没有提出反对，他认为夫差的想法有独到之处，至少认识到勾践等人贼心不死，以分而治之的办法孤立勾践。另外，范蠡在吴国有了眷属，至少可绝了他的归路。

"大王这么想，很有道理，范蠡是个核心人物，甚至是个关键人物，勾践对他言听计从。赐妻予他，可拴住他的心。另外，范蠡是个难得的人才，笼络他，进而策反他，为我所用。"伍子胥赞同说，"可他正囚禁在淹城，如何安置，得有个妥帖的措施。"

"相国所言极是，寡人顾虑的就是安置一事。"夫差笑着说，伍子胥难得地没有和他抬杠。

"大王所提实为绝妙之举。相国说，范蠡是个难得的人才，可为我所用，干脆就由大王下谕，封他一个职衔，从淹城搬出，再好人做到底，赐妻之外，再赏他宅第一幢。"伯嚭少见地和伍子胥唱同一个调子，这使得夫差更高兴了。

"好啊！太宰的建议可以考虑，封范蠡一个官职，赐妻赏宅，给予优待。勾践会认为范蠡背叛了他，这样，他们内部就闹翻了，也达到了我们分化他们的目的。"

"范蠡此人莫测高深，而且非常顽固。他反对勾践对吴举兵，和勾践闹翻，勾践与他断袍绝交。可勾践困厄在会稽山时，他放下了正在举办的婚事，不计前嫌，回到勾践身边。而且，他本可不入吴，却舍弃了未婚妻，甘愿陪勾践入吴为奴。"钮宣义说，故意避讳了西施的名字，"以臣所见，这个人可能会不识抬举，不接受我们的优待。"

"此一时彼一时，从石室到淹城，范蠡已吃足苦头，那样子人不人、鬼不鬼的。他是楚国贵介公子出身，好面子，好名，能有机会离开淹城那个地方，肯定求之不得。"伯嚭说，"范蠡在楚国是个浪荡的公子哥儿，投奔越国，无非是为了能得到一个好名，证实他有本事。现在越国垮了，他已一无所有，我们给他一个机会，他不会不识抬举。"

"太宰说得不错，那么，给他一个什么职司呢？"

"以范蠡在越国的地位，一切机要，无不尽知。在对越和其他方面，此人可备咨询之用。臣以为可封为参议一职。"伍子胥说。

"可以，就封他参议官一职，寡人以为要给他真正的优隆，亦望他感恩图报。"

此事就这样通过了，顺利得有点出奇。夫差兴冲冲地回到姑苏台，到馆娃宫将这消息告诉西施，西施也很高兴，再次主动提出由她说服潘羽接受这样的安排。

这天，西施将潘羽约到馆娃宫，屏退左右，坐在面向天池的房间，围着燃得火红的炭炉，听着窗外呼啸的西北风，东一句，西一句地聊起天来。聊了一会儿，西施便转入正题。

"潘姑娘，你也老大不小了，难道在宫里待上一辈子？你不能耽误自己的终身。"西施直率地说。

潘羽惨然一笑，她没有想到西施会提出这样一个话题，稍稍有点发窘，但明白西施是关心自己，也就直言说："我是叛臣之女，多数人唯恐躲避不及。再说，这世上的男子，俗不可耐的多，真正脱俗不凡的，我也碰不到。太后好心，给我物色了几门亲，都是显贵之家，可我不愿高攀，去当什么高门贵妇。有时想想，还不如找一个普通士子，能谈得来的，终身有托，可以白首偕老。可这样的人，实在无从觅取。"

西施明白了，潘羽并非不愿出阁，只是因为家世之痛，特别地敏感。她本人饱读诗书，多才多艺，对俗气势利的富贵之人不屑一顾。她看着潘羽说："有一个人，正合你意，我可以从中撮合。此人和我过去有点关系，我想你应该猜到是谁了。"

潘羽当然已猜到了。西施和范蠡的事，即便身在深宫，潘羽也听到不少。她

小时候见过范蠡一次，那是先王阖闾的王后被武锦清毒死后，她随父亲潘缯参加先王后葬礼，见到了前来谢罪和吊唁王后的太子勾践和大夫范蠡，范蠡的潇洒、儒雅和英气逼人，给她幼小的心灵留下了抹不掉的烙印。后来听父亲说，这一计是范蠡提出来的，他化解了一场兵祸，拯救了越国百姓。潘羽与其父大不相同，不仅知书达理，而且讨厌战争，渴望和平。她那时简直把范蠡看作圣人。据说，入吴为奴也是勾践在范蠡劝导下才接受的，范蠡再次保全了越国，保护了苍生，而他不惜牺牲了与西施的天作之合，这是何等的胸襟，何等的气魄？西施入宫后，她十分同情西施的处境。西施从未与她提到范蠡，倒是自己，直言不讳地说过最敬仰的男子是孙武和范蠡。

"你说的这个男子，现在正在淹城？"潘羽小声地问。

"不错。你猜对了。"

"难道真的是他？"

"真的是他！大王很欣赏范蠡的才干和智慧，想起用他，准备赐予他官职，赐予他妻子和宅第。我向大王推荐了你，因为我听你说过，你敬仰范蠡的人品和才华。你实话告诉我，愿意不愿意？"

事情来得太突然，潘羽出于矜持和傲气，不可能痛快地答应。她也有顾虑，事情是否像西施所说的这么简单，而随了范蠡，今后的日子绝不会太平。再有，她还有种奇怪的心理，自己如同意此事，对西施似乎太不公平。

"娘娘，这是大事，可否容我考虑一下？"

"当然可以。有一点，我得提醒你，你考虑事情时，不要对我有什么顾忌。你们能在一起，这是最好的结果。"

果然，这席话使潘羽受到鼓舞和安慰，心里一宽，脸上露出浅浅的笑容。

潘羽想了一夜，第二天上午就来找西施，说，她前前后后想了个透，决定接受命运的安排。大王起用范蠡，又是赐妻，又是赐宅，目的是要范蠡以后盘桓吴国，不思归国，这是怀柔之计。而她，如从了范蠡，绝不会使他迷失本心，以致误了应做的大事。她无论如何要帮他脱离虎穴，尽早返国，她当然也要去越国居住，跟他共患难。

潘羽和自己想到一块去了，西施很感欣慰，自己没有看错人，她的头脑那么清晰，能敏锐地洞察到夫差的用意。但她还不够了解范蠡，这种怀柔根本不可能动摇范蠡的意志和决心，他任何时候都不会迷失本心，更不会陷入温柔乡而不能自拔。不了解范蠡的，还有夫差、伍子胥，他们都低估了范蠡对越国的忠诚和献身精神，可以说，除了自己和勾践夫妇，世上没有人能透彻地了解范蠡。

西施微笑着说："潘姑娘，范蠡是大贤，嫁给这样的男子，有得必有失，你可要想清楚。"

"我想清楚了。"

"想清楚就好。"

范蠡接到夫差的谕令，深感意外。他马上明白，这是吴国在笼络他，目的是离间他与勾践的关系，分化瓦解这一批在淹城为奴的越国人，也要让留在越国朝中和在吴国的君臣之间制造猜忌，这一手很毒辣。

谕令是公孙雄向他传宣的，传宣完后，公孙雄向他道贺说："范参议，恭喜恭喜。"并告诉他，宅子已物色好，房子不算大，但结婚以后，配两个仆人，也足够住了。

范蠡觉得此事不能拒绝，同时认为不失为一件好事。虽然所谓"参议"是个有名无实的空衔，但毕竟脱离了淹城被监禁的状态，他能获得更多的消息，结交一些人，观察到吴国的动静，这都是非常有用的。

范蠡谢过恩后，对公孙雄说："将军，范蠡以戴罪之身，受大王起用，不胜感激。臣一定尽力为上国效忠。至于赐妻一事，臣不敢领受。"

"这是大王的意思，你为何拒绝？"公孙雄厉声说。

"臣入吴为奴，没有这种心思。臣所思所想，都是如何赎罪，添了眷属实在照顾不了。"

"这是谕令，范参议是想抗命？"公孙雄提高了声音。

"抗命不敢。臣说的是实情，请将军转禀大王。"

"我不会转禀的，王命不可违，你等着做新郎吧。告诉你，新娘可是国色天香，身份高贵，非粗蠢之女，这样的女子你都拒而不纳，真是太傻了！"公孙雄觉得范蠡可笑可怜，讥笑着说，说完便扬长而去。

范蠡回到监房，将此事禀报勾践和王后。勾践听后，惊诧不已，同样感到这事既突然又蹊跷。沉吟了很长时间，勾践才说："这是阴谋无疑，夫差是要拉拢你，为他们所用。夫差居心狠毒，企图挖我的墙脚，不，挖越国的墙脚！"

"大王，请放心，他们用任何手段，都不可能让范蠡就范。"

"范大夫忠心可鉴。依我看，我们不妨将计就计，你可以有机会做不少事，这对我们是有利的。另外，这也说明了夫差对付我们的策略在改变，至少没有接受伍子胥的主张。"

"可这是软刀子杀人。"

"只要我们不上当，他杀不了我们，相反，让他们自伤。"

"他们会时时监视我，我绝不能大意。"

"是。此事只有我们三人有数，其余人都不说明真相，扶同、若成等几个人一定会在背后骂你，我会顺着他们，这样，能让吴国认为，我们都反对你，而你禁不起考验，是个背叛者，造成我们内部因此而分化的假象，这对你有利。"

季婉原来一言不发，听他们谈到这里，起身走过来，小声说："你们也许想得太多了。我有种感觉，这个安排，也许出于西施。"

勾践拍了下脑门说："王后说得是。可是，她的目的是什么？"

"我想，西施那次晕倒，在夫差看来，固然是你们的模样使她受了惊，但也有西施对你范蠡还有感情的缘故。为了让夫差放心，她提议夫差赐妻于你，永绝你们的情缘。另外，也是想安插一个足可信任的心腹，来帮我们的忙，当然，也有可能以这种方式来改变你范蠡的处境。西施为了你，为了我们，可说煞费苦心了。"季婉说得头头是道，让勾践和范蠡不得不信服。

可范蠡有些局促不安，西施不但不恨自己的无情，反而处处替自己着想，这实在难能可贵。

"这个新娘既然有可能是西施安插的，她一定是宫中之女，会是谁呢？"季婉说。

"公孙雄说她国色天香，身份高贵。"

"这就对了，只有西施在安排，她才会将她最中意的女子交给范大夫。想到你们这一对有情人，活活被拆散，西施竟为你物色新娘，真是叫人又心酸又伤感，世上怎么会有这样残酷的事？"季婉说着，眼睛红了起来，赶紧用双手掩着脸朝里走去。

"可对此女，我不能轻易相信，即便是西施所荐。"范蠡沉思了一会儿说。

范蠡的新房设在离淹城不远的留城之内。

范蠡和潘羽都答应后，由伯嚭指定了一个吉日，为他们办了婚礼。潘羽蒙太后蔡小娇赏赐妆奁，加上西施所赏锦被绸衾、衣物、日用品等，满满载了六辆马车，其中一辆马车载的是书简。潘羽喜读书，这些书简都是潘缯留下的，其中有一部分是伐楚时从楚王宫抢来的，这些东西堆满了大堂。

按范蠡的要求，所有婚礼仪式一概都免掉，由越国王后主持仪节就行。勾践等人戴罪之身，当然不能出席，吴国方面请谁，范蠡做不了主，他也不想什么人来。在范蠡的心里，他的婚礼已办过，那是在苎萝村的莫希家。虽然，他和西施没有拜堂，但他认为那就是他今生唯一的婚礼。

一辆华丽的帷车将潘羽送到了留城这幢房子里，这辆车是西施指派的。太后蔡小娇遣了一个嫔妃作为代表，潘羽临走前，太后幽幽地对她说："限于礼制，不能亲自到场道贺，你嫁的男子是个特别的人，我是不太赞成的，嫁人最好嫁平常的人，衣食不愁就可以了。但既然你愿意，我也随你。这也许是命里注定的，你天生和他有缘。"然后，又遣她两个宫娥作为伴娘，阵仗也就可以了。范蠡换了身士子衣服，梳理了一番，和在淹城相比，判若两人，又恢复了几分以前儒雅、潇洒的模样。兼行走大夫的伯嚭派了一个胥吏作为代表参加婚礼，也算尽到礼节了。

　　当范蠡第一眼看到潘羽时，他心里一动，眼前一亮，公孙雄说得不错，这是个很有风姿的女子，那眼神、那神气竟有几分像西施。她很淡定，很坦然，灯烛之下，不羞不怯，大大方方。

　　季婉照本宣科似的主持他们拜堂。潘羽款步上堂，向范蠡盈盈下拜，范蠡还礼回拜，然后向来宾致谢。倒是来了一群军眷，喧哗了一番，草草吃了顿喜筵，就离去了。

　　因为都知道越后和范蠡是吴国的囚徒，这桩婚事十分诡谲。所以，来宾没有久留，很快就散去了。季婉也告辞回淹城了。新房里只剩下范蠡和潘羽，范蠡有如释重负之感。望着布置一新的房间，他有一种滑稽荒唐的感觉，但他必须和新娘开诚布公谈一谈。

　　"我叫范蠡，是越国大夫，也是吴国的囚徒，在这之前，一直囚禁在淹城为奴。虽给了个参议的名分，但只是换种形式服刑，白天没有事，我还得去淹城饲马。"

　　"我知道了，我不在乎。西施娘娘都跟我说了。"

　　"你到底是什么人？"

　　"我叫潘羽，叛将潘缯的幼女，十年前父亲跟着夫概谋反，被正法了。我是漏网之鱼，后来在宫内当女书官，就是管图册简籍。"

　　"你是西施所荐？"

　　"是的。不过，我是有心来帮你的，我要帮你回越国，帮你复国兴国。我恨吴国，我的父母、兄长、姐姐都被杀了，父亲谋反，诛杀尚可理解，可其他人根本没有参与此事，何罪之有？"潘羽有点激动了，这是她藏在心里已达十年的话，连对西施、蔡小娇都没有说过。今天见了范蠡，有一吐为快的欲望。

　　范蠡警觉了，他平静地说："你说的这些，我听不懂，也不想懂，我是入吴为奴的囚徒，只想臣服尽忠，争取吴王的宽恕。"

　　潘羽有点沮丧，低下头说："好，我不说这些了。不过，请范大夫相信我，我不是朝廷派来的奸人。"

"是不是奸人，我无所谓，我没有不臣之心。"

"你相信西施，就该相信我。"

"西施是吴王的宠妃，她和我已毫无关系，今后你不要提到她了，以免产生误会。"

"我知道了。"

"还有一点，我得郑重说明，我们这桩婚姻是怎么回事，我想你也明白。以我目前的处境，是不宜娶亲的。我尊重你，今后，我和你各过各的，大家相安无事，你说好不好?"范蠡很干脆地说，一副拒人千里的神情。

"我懂范大夫的意思。"潘羽轻声说，她理解范蠡的慎重，环境险恶，身置敌国，他不能随便信赖突然出现在他身边的一个陌生人。

"好吧，你早点安置，你睡这里，我睡书房，有事可使唤仆人。"范蠡的脸色和口气缓和了下来。说完，就走出新房，并体贴地把房门轻轻拉上。

第 十 八 章

　　范蠡和潘羽成婚，果然在淹城的越国囚徒中引起了愤怒。扶同、若成等对勾践说，范蠡是背主弃越，投吴求荣，当初他劝大王肉袒投降，其实是贪生怕死不安好心。这个楚国的浪荡公子，大王如此器重他，结果还是禁不住诱惑，甘愿充当吴国的犬马，大王，你下道令，将这个卖国贼宰了。其他人也对范蠡齐声讨伐，要勾践严惩范蠡。

　　勾践铁青着脸，他的双目中透出凶光。季婉觉察到草房外有个身影一闪，她料到这是吴国的狱吏在偷听。

　　"是啊！这范蠡毕竟是客卿，对越国感情不深，大王落难，他以为越国已灭，吴国礼遇他，正中他意，说不定他早就有弃越归吴之念。"季婉提高声音说，"我昨日被迫替他主持婚礼，他一副抱得美人归的得意劲，让人看了既可笑又寒心。"

　　"会不会是他迫不得已？吴国强人所难，他无法拒绝，只能俯首听命？"也有一个越国大夫这么说，"范大夫是操行端直的君子，我不相信他是你们所说的这种人。"

　　"入吴为奴，受辱受苦，都可以隐忍，可封官许愿，赐妻赐宅，这不是一个奴隶该得到的礼遇，明眼人都看得出这是离间之计，他却乐意就范，他是何居心，这还用说吗？"扶同立即反驳。

　　"他要是胆怯畏死，贪图安乐，完全可以在苎萝村和西施成亲，然后远走高飞，何必要弃西施而投奔会稽山？"那个大夫据理力争。

　　"可事实就是如此，范蠡毕竟接受了吴王的赏赐，迎娶了吴国美人，当上了吴国的什么参议官，凡是忠君之士不屑做的事，他都做了，你如何解释？"若成说。

　　"可王后不是替他主了婚吗？"

　　"王后是被迫的。"

"范蠡也可能是被迫的。既然为奴，由不得我们的啊！大王甘为上马凳，范蠡被拉郎配，都是为了向吴国示忠。"

这话有道理，扶同、若成不响了，眼看同情范蠡者有占上风之势，勾践不得不站出来说话了。他霍地起身，厉声说："不要吵了！难道不知道这是什么地方？范蠡固然可恶，但越国已是吴国的附属国，上国要我们做什么，我们就做什么。范蠡为上国所用，享用上国的优待，这没什么大错。说什么背越归吴，卖国求荣，说这种话，你们好糊涂，我们都归降上国了，都背越归吴了，你们这么骂范蠡，不是在骂自己吗？不过，说好了有福同享，有难同当的，范蠡一个人，免受非人之罪，而他该担的那份罪，由我们替他担了！"

众臣都沉默下来，他们都明白了勾践话里有话，勾践对范蠡已有了很深的猜忌。

正当他们的争论告一段落时，范蠡回淹城了。根据范蠡本人的要求，越国国君奴籍未脱，他也不应脱，他可以以戴罪之身参议吴国国事，但无事时，他还是要到淹城饲马，陪同勾践赎罪。牵涉到越国的事，伯嚭不敢自作主张，便禀告夫差，夫差不假思索地说："他要去饲马由他去吧，每天去半天，完了就回他的家。他愿意去吃苦，是不好意思独享其福，但范蠡已犯了勾践的忌，他回淹城，只会引起更凶的窝里斗。"

范蠡虽身穿囚服，但人样齐整多了，可丝毫看不出他当新郎的喜悦和自得。众人谁都不理他，鼻子里"哼"一声，就走开了。扶同阴阳怪气地说："新郎来了，可喜可贺！"

两个同情他、为他说话的大夫，善意地对他笑笑，说了声："恭喜！"，也离开了。范蠡和勾践去马厩清扫，按照夫差新的规定，他们的劳动强度有所减弱，户外的活不干了。

在臭味扑鼻的马厩，勾践仔细地望了下周围，确认无人监听，隔墙无耳，才挥着扫帚说："那个女子怎么样？听王后说，是个美人，气度高贵。"

"是，她是吴国叛将潘缭之女，灭族时，阖闾赦免了她，把她留在宫中，读了不少书，是宫中的女书官。我问过她，她承认是西施所荐，但她居然对我说，她要帮我们返国，完成复国大业。我没理她。"范蠡用木铲铲着马粪说。

"一见面就说此话，只有两种可能，一是她毫无心机，说的是真话；二是她太有心机，说的假话。在对她毫无了解的情况下，不能信任。"

"是，我不会附和她。我首先要求证她的真实身份和西施的关系，以及是否真的是西施的安排，西施的意图到底是什么。但不管她是什么人，我都不会碰她一根毫发。"

"这倒未必，如果是可信之人，是你的帮手，何必要坐怀不乱？"勾践笑笑说道，"再说，你和她已拜过堂了，且是王后主的婚。"

"不，处境艰险，我不想和她有何纠葛，这点我不会动摇的。"

"夫差、伍子胥以为我们在内讧了，这正是他们想看到的。"勾践走到门口望了一眼阴云密布的天说，"看来又要下雪了，这是瑞雪，不知越国会不会下点雪？"

"大王身处逆境，仍忧国忧民，臣十分感动。不过，大王尽可宽心，越国由文种主持国政，还有皓进、曳庸、诸稽郢等襄助，齐心协力昭彰大王的仁德，殚精竭虑治理各项事务，越国重压之下，自会在夹缝中倔强生存，老天有眼，也会怜越，来年定是个丰年。"

"寡人不幸中有大幸，国内有文种大夫等一批忠臣守国，身边有范大夫，正是由于你们的成全，寡人才有勇气屈中求生，困中守志。"

"大王别这么说。大王放心，没有人可离间我们君臣，我们永远是大王的忠诚奴仆。"

"寡人多谢了！"勾践拭着泪说。

潘羽的真实身份及与西施的关系，乃至整个事情的缘起，很快就得到了证实。夫差来淹城巡视时，特许越国国内可派人来淹城探望，也可送些衣物、食物和日用品。这天，两条船停泊在吴都，文种征得公孙雄同意，雇了一辆车，送了些寝具、衾褥衣服和咸肉咸鱼等食物给勾践等人。按惯例，东西需经狱吏仔细搜查，主要查有否挟带凶器、毒药、黄金等物，这些禁忌通用于各国：凶器防犯人暴动，毒药怕犯人用来自杀，至于黄金白银也在禁带之列，主要防止贿赂官员。可天下的监狱，越狱、自杀、死于酷刑的比比皆是。也少不了有酷吏敲骨吸髓，变着法子勒索犯人和家属，作威作福，大发其财。

文种、曳庸、皓进、诸稽郢等守国大臣当然知道这些规矩，大王、范蠡等不是一般的犯人，所关禁的地方不是普通的牢房，而是一座有三道城墙、三道河的城池。收拾东西的时候，带些什么，哪一样必携，哪一样不宜，费了不少踌躇。黄金白银也预备了一些，不放在所送的物品中，而是随身携带。还备了一船重礼，那是另派用途的。

因为国君有了谕令，公孙雄又一再关照要对越国来使以礼相待，所以良丕等狱吏只稍稍翻动了一下，便停了下来。

"文种大夫，这么多东西，我们也查不过来，该带什么，不该带什么，想来你们也明白。我直说吧，这里面，可藏有什么凶器或者毒药？出了事我们都要掉脑袋的，你们万万不能害我们。"良丕很客气地对文种说。

"这两样东西，我们国君、王后和诸位臣子都是用不着的。我们绝对没有也不可能夹带，今天当着各位的面，我以越国大夫的身份作担保，我要替你们负责，也要替越王负责。我来此，承上国大王的宽容，一是探望，二是送一点寻常的衣食和日用品，以便让他们更好地在此为奴，绝无他意！"文种从容不迫地说，说着，从怀中取出黄澄澄的金子，往案几上一放，"国君、王后在淹城多亏诸公照拂，越国感激不尽，本使不便款待各位，这点小意思，请大家去喝爵薄酒，只是略表谢意。"

　　良丕瞅了一眼那块黄金，心里痒痒的，但转念一想，这块黄金拿不得，它是烫手的。淹城是是非之地，众目睽睽，不能乱来，良人就是个教训。

　　"文种大夫，我们是吴国军人，守护的亦是国家禁地，不是普通监牢。别说黄金，就是一个铜钱都不能收。请大夫将黄金收起，别坏了我们的规矩。至于对贵国君臣的看护，这是我们的职司，大夫如有交代，只要符合上面规制，我们尽可能照办，说感谢之类的话大可不必。"良丕话说得很漂亮。

　　"好，久闻吴军纪律严明，今日一见，果真不是虚传。"文种把黄金收了起来。这块金子是文种用来试探他的，他能收最好，只要能善待大王等人，对今后出入淹城提供方便，今后还可加重贿赂他。文种从良丕的眼神中，已洞悉到他对金子是动了心的，只是良人的首级使他收敛了，加上还有其他狱吏、狱卒在场，工于心计的他怕落在众人眼里。不收也罢，另外想办法通过其他渠道打点他好了。

　　和勾践等人见面，一旁有狱吏狱卒监视，不便多说什么，但文种还是伺机告诉了勾践几件事：一是今晚要去伯嚭家拜访，当然是送礼；二是灵姑浮的遗孀鸢萝准备化装成富商夫人潜入吴国祭奠灵姑浮；三是国内民心安定，农桑发展，社会有序，各地民防之力有所增强。

　　"见到伯嚭后，可婉转打听潘羽此人的来历，以及是否获得西施的信任。伯嚭会说实话的。鸢萝化装祭灵姑浮不可行，不必偷偷摸摸，可公开向吴国提出来，获得批准后正式入吴。她现在人在哪里？"

　　"住在吴都附近的乡间，一个远房亲戚家中。这个亲戚早年从越国嫁到吴国，丈夫是与世无争的商人，他不知鸢萝的真实身份。"

　　"一旦发现，害己害人，叫她立即返越。好聪明的一个人，怎么做这等糊涂事？"勾践不悦地说，"记住，公卿官吏和他们的家眷入吴，要格外小心。"

　　"遵命。"

　　这天晚上，吴都在寒冷中过早地寂静下来，大街小巷几乎没有了人迹。一辆马车停在伯嚭府邸僻静的后门，黑漆大门悄然无声地打开了，马车驶了进去。伯嚭降阶亲迎，把文种接进客室。

文种先递上礼单，伯嚭看了一眼，礼很重，单黄金就有一百镒。二十四两一镒，一百镒就是两千四百两黄金。这是笔巨款，可购两千亩土地。他眉开眼笑地说："无功不受禄，没有帮上什么忙，我愧收这么重的礼。大夫太客气了。"

"不，我国国君近来受到了优待，允我国使臣入淹城探望和送物，范大夫又蒙赐婚赐宅，这些都少不了太宰在上国大王前美言，不腆之仪，不成敬意，太宰何足介怀。"

"这两块黄金，请太宰赏给淹城的狱吏狱卒，以谢他们对我国国君的照拂。就算我请他们小酌一顿。"文种从怀中取出两块黄金，放在案几上。

"今天接待你的是狱官良丕吧？"

"正是他。我想谢他们，他拒而不收。"

"我和他有点私交，我来交给他吧。良人已诛，他是罪有应得，发生这样的事，大王颇为震怒，伍子胥和我奉命查办，处以斩立决。请代达我对越国国君、王后的歉意。"

"上国能这样做，我国国君与王后已满意了。还有一事，范蠡新妇，到底是何来历，范大夫不得而知。既为夫妻，总要相互交底，否则，同床异梦，范蠡自然有虑，夫妻之情也必不谐，太宰知情的话，能否见教？"

"嗯！潘羽这个女子，是个美人，亦是才女。可惜其父潘缮跟着先王之弟夫概造反，丢了性命。她是在宫中长大的，据说，她和西施交往甚密，大王将她赐给范蠡，是西施的主意。她没有什么其他背景，范蠡尽可放心。"

"这就好，我会转告范蠡，让他对新妇不要有什么猜忌，夫妻同心，好好为上国效力。"

"范蠡之才，不在伍子胥、孙武之下，只要他效忠吴王，必将显贵。大王对他很赏识。可以告诉你，大王已有北进之意，孙武隐居，伍员乖张，我独木难支，力量有限。若大王北伐，虽有徐承、卓荣、华元等，但尚缺范蠡这样的大才，希望他能在北进一事上与我设谋，更愿他参与其事，立下功勋。"

"只要上国所需，越国君臣都乐意为吴王效力。"

"文种大夫，如越王和范蠡真能这么想，大王会对勾践改变成见，另眼看待，越王返国主政指日可待。"

"越王已意识到，吴越闹到这地步，都是越国的不是。"文种以庄重、恳切的神态说。

"越王若能真正作出反省，悔过自新，我会把你刚才说的话，禀明大王。"伯

嚭对文种这话很满意，而且，收了人家的礼，该负起责任。

"越王若能返国主政，更会以最大的诚意侍奉上国，请太宰放心。还有一件小事要叨扰太宰。"

"请说。"

"灵姑浮的夫人鸢萝有一请求，在灵姑浮周年时，能允她携家带口，入吴祭祀。"

"这请求在情理之中，灵姑浮虽罪孽深重，但既已伏法，家眷私祭还是可以的。"伯嚭毫不为难地说，"这事不需面呈大王，我可做主，你报上人数、姓名，我签发关符给她。但叮嘱她不要太过招摇，意思到了就可以了。"

文种连忙报上人数、姓名，伯嚭当即就签发了关符。这样，鸢萝就可带子女合法地到灵姑浮墓上哭祭了。文种不由得心想：还是大王想得周到，若让鸢萝偷偷到灵姑浮墓上，不定会出什么事。

一段时间下来，范蠡对潘羽印象不错。她不管范蠡的冷漠，一见范蠡回家，都会礼貌地迎上来，唤一声"范先生"，许多事都不要奴仆动手，而是由她亲自来做。她话不多，没有事时，就在书房读书，而范蠡的房间，除整理被褥、衣物外，范蠡在家时，她从不进入。

一起就餐时，她会和范蠡说上几句话，都是菜肴咸淡之类的问话，几天之内，就对范蠡的口味摸得很准，荤素搭配的菜极符范蠡的胃口。而每天到家，潘羽就让他脱下散发干草味和马厩异味的衣服交仆人洗涤，换上干净衣服，并预先烧好一大木桶热水供他洗漱。这使范蠡又想起西施，住在苎萝村和监修太子宫时，西施也是这么体贴照料他的。"成亲"以来，范蠡的模样发生了脱胎换骨的变化，基本恢复了原来儒雅而俊朗的气质，如西施见到他，再也不会受到惊骇，说他鬼不鬼人不人了。范蠡在感受着她的聪明体贴时，心里也在冷笑："不管你怎么殷勤，别想把我笼络过去！"

在餐案上，潘羽也会说说她读的书的内容，有时会背上几首《诗经》中的诗歌，可看出是烂熟于心。范蠡到她房内翻检她案上展开的简书，使他暗暗惊奇的是，有些书他都没有见过。藏书中有不少兵书，其中有孙子兵法十三篇和孙武叔父司马穰苴的兵法。

范蠡问过她："这是你父亲留下来的吗?"她回答："有些是，有些是我抄录的。"问她哪些书籍是抄录的，她回答说："孙子兵法就是我一个字一个字抄录的。我最欣赏孙武的几句话是，'兵者，国之大事，死生之地，存亡之道，不可不察也'；'百战百胜，非善之善者也，不战而屈人之兵，善之善者也'；还有'伐谋'

'伐交''慎战''不战'等，都是精辟之言。孙子兵法之精义与其说是论兵法，还不如说是在论弭兵罢战，或者是以战止战。"这是她对范蠡说话最多的一次。

范蠡没有和她深谈，只是微微点点头，淡淡一笑。但在他心里，他承认她有独到的见解，而且入木三分。这不能不让范蠡对她刮目相看，也更觉得她神秘莫测。

文种派人将伯嚭所说的有关潘羽的情况告诉了范蠡，范蠡放心之余又感到欣慰。那天，他回到留城的家里，跨进门槛时，破天荒地朝里间的潘羽高声说："我回来了！"

潘羽匆匆从里面走出来，用很奇怪的表情看着范蠡，红着脸说："范先生，今天你回来早了。"

"活干完了，狱吏就让我早些回家了。"

"你稍事休息，我去给你准备热水洗漱。"

"我帮你。"

"不，你不必动手，先喝口热水。"潘羽阻止住他，吩咐奴仆给范蠡端上陶盏。很快，就将炉灶上陶缶里的热水倒入木桶，预备好布巾、干净衣服。

就餐时，潘羽反而不像平时那样和范蠡说说话，而是默默不语地用筷子拨着陶罐里的米粒，不时偷觑一眼嚼得津津有味的范蠡。饭罢，仆人收拾干净后，潘羽走进范蠡书房，站着欲言又止。

"有事吗？"范蠡从案几后抬起头，和善地说，"你说吧，我听着呢。"

"范先生，你能到我房里来一趟吗？"潘羽还有些矜持，"我焚了一炉好香，请你来闻一闻。"

"就这事？"

潘羽没有答话，那双深邃的秀目定睛地看了他一眼，转过身子走去了。

范蠡猜不透她的意思，但对她的疑窦已解开，他笑着摇摇头，便起身朝潘羽的房间走去。走到房门口，一股幽香从里面飘出来，这股香味是他熟悉的，有种和久违的故友重逢的感觉。

"好香！"范蠡喊了一声，走了进去。这还是他们成亲后第一次步入潘羽的房间。房间干净而雅洁，案几上的铜香炉冒着一缕袅袅升起的青烟，潘羽斯文地坐在席子上。

"随便坐吧。"潘羽比刚才放松多了，大概这是她在自己房中的缘故。范蠡点点头，端坐下来，反倒感到有几分拘谨。

"这香的味道，你肯定是闻过的，而且不止一次。"

"你说得对。似曾相识，但在哪里闻过，一时想不起来了。"范蠡没有说实话，这香是西施常焚的，是她用几种香料调配而成的，是她特有的。

"你不应该想不起来，也许，你不想跟我说实话。"潘羽率直地说，神情是娇憨的，这样子尤其像西施。

"我想起来了，我在一个人那里闻到过相似的香味，那香是她自己调制的。"范蠡的谎话被潘羽揭穿了，讪讪的。

"何止是相似？是完全一样的香味，这里焚的香，就是她调制的。"潘羽直视着范蠡用有点调皮的口气说。

"对了，我闻出来了，正是西施调制的香。"

"别装模作样的，其实，你一进这门就闻出这是西施香了。"

"是。你说得没错。"范蠡不得不老老实实地承认，镇静地说，"是她赠给你的？"

"我出宫的时候，西施赠与我三样东西，一样就是这香，她说，范蠡一闻到这香，就会知道你我之间的关系不同寻常，因为范蠡知道我惜香如金，不随便送人的，只送过范蠡和越后季婉，你是第三个。"

"我想是这样。那么，你为何不早点让我闻这香呢？"

"我还要给你看两样东西。你绝不会想不起来的，这话不是我说的，是西施说的。"潘羽答非所问。说到这里，她站了起来，快步走到床头，那里叠放着两只木箱，潘羽打开第一只箱子，从中取出两件东西后，把木箱轻轻关上。她背对着范蠡，在帷幔后换了件衣服，往手上戴上什么后，款款走到范蠡面前。范蠡一看，顿时愣住了，潘羽身上穿的，竟是越后季婉送给西施的嫁衣，这件绣褥西施在苎萝村莫希家准备和自己成亲时穿过。潘羽又伸出一段雪白的手臂，手腕上套着一对碧绿的玉镯。

"怎么样？这绣褥，这玉镯，范先生不会不认得吧？"

"当然认识，是西施的东西，为越后所赠。"范蠡局促不安地说，潘羽嫁自己，是西施所为更确凿无疑了，也印证了文种从伯嚭那里获得的消息是可靠的。那么西施到底是何意图呢？除遣潘羽来当自己的帮手外，是否还表示她跟定了夫差，所以借潘羽绝了与自己的情缘？

但他很快就释然了。既然是自己放弃了西施，提议把她送到夫差怀里，他就没有资格再为西施耿耿于怀了。

另一种香气扑进范蠡的鼻子，这是从潘羽的头发、衣服上散发出来的。由于靠得太近，这香气愈发浓烈，潘羽柔软的衣衫袖口和披散下来的长发在范蠡的脸

颊上轻轻摩挲着，使得范蠡心荡神摇。

再抬头看潘羽，她脸上却没有一丝一毫的柔情蜜意，而是一脸的凝重之色。

"范先生，这下，你可以相信我是什么人了吧？我给你看这几样东西，让你闻西施的香，就是要让你相信，我是可靠的，是西施把你交给我的。西施已无法来到你身边，她就选择了我来代替她。"

潘羽说到这里，退回到她的席子坐下。

是的！西施已无法来到自己身边了，她安排潘羽代替她，这是千真万确的了。西施已是吴王的嫔妃，他范蠡已永远失去她了。想到这里，他隐隐有种怅然若失的感觉。

"我相信！可我还是要问你那一句话，为何在第一天不出示这些物证？"他掩饰自己的情绪，问潘羽。

"物证？说得好。我知道你怀疑我是朝廷派来监视你、策反你的，我也得看看，你到底会怎样对待我。新婚的那个晚上，我已把心里话都讲给你听了，可你拒人千里的态度，你说的那些话，让我寒心。拿出来你反而更不信。"

"为什么你会这么想？"

"你已认定我是奸人，你会认为这些东西不足为凭。我不想越描越黑。"

"那今晚你又怎么想到要给我看呢？你就不怕我怀疑你是为了骗取我的信任，从西施那里偷来的？"范蠡反问说，"你别瞪我，难道我说的不对吗？"

"你可问你自己，你不觉得你今天的态度和平时完全不一样吗？你一进门的脸色，就让我明白，我在你心中的疑点已消除了，你已从哪里得到了我不是奸细的证实，我就乘势把东西亮给你看了。当然，你要再不相信，我也没办法了！"潘羽笑了。

范蠡也笑了，但马上收敛笑容说："冒犯之处，请你见谅。我的处境你可能不完全知道，可说是命悬一线。所以，我不得不格外小心，你设身置地为我着想，就会理解的。"

"你的处境我都知道，我也理解你，也一点不怨你。正因为这样，我才会厚着脸皮待下去，尽一个妻子的责任。否则，我早就被你气走了。"潘羽有点委屈地说，"可这屋子的这种气氛，实在叫人难受。"

"我问你，西施要你来，她交代你什么了吗？"

"不是说了吗？她让我替代她，好好伺候你，让你不至于那么狼狈。"

"有没有让你帮我？"

"她当然希望你和越王能尽早脱离险境，但她没有明确交代我要帮你。婚礼那

晚，我说我要帮你们脱吴返越，避免和化解不测之事，这是我的打算，西施并没有要我这样做。我曾经向西施这么说，她没有作声，也许她有不便多说的苦衷。她虽深得夫差的宠爱，夫差对她可说百依百顺，但牵涉到越国的事，她尽量不过问。"

"那你为何要帮我，不，帮越国？"

"我已说过，我恨吴国，一家子好好的，突然都被斩杀了，只留下我侥幸活了下来。对越国，我本来没有好感，也没有恶感。但我敬仰你已久，爱屋及乌，我对越国也有了感情。"

"我懂了。"范蠡说，"你打算怎么帮我？"

"我可以探望太后的名义随时进宫探听消息，必要时可去见西施。她办事精细，又像羊一般温顺，内心却很坚强。连伍子胥、钮宣义、华元都很尊重她。但我觉得不要多去打扰她，她也不想多被打扰，不到节骨眼上，不能惊动她。和她，更多的是心照不宣。我说句不客气的话，西施只求你们和越国平安，并不奢望越国再对吴国报仇，她多次说过，兵灾对吴越两国的百姓都是祸害。"

这话范蠡相信，他太了解西施了，吴越十多年的争端，葬送了他们之间的情缘，一个沦为囚徒，一个变成敌国国君的妃子。

"好吧，遇见你我很幸运，我们之间虽是偶遇，但是奇遇，是天助我范蠡。许多事，我会慢慢对你说。第一步就是能让越王越后活着回去，我需要你帮我。"范蠡站了起来，"时间不早了，你安置吧。"

"范先生！"潘羽喊了一声，直率的她突然忸怩起来，脸上泛起一层红晕。

"还有什么事？"

"我们已是拜过堂的夫妻，如再分居在两个房间，在外人看来不合情理，也会产生怀疑。这……"潘羽没有说下去。

范蠡略略思索了一下，现在看来，西施把潘羽送到自己身边，更多的是让潘羽替代她，他不能辜负了西施和大王的好意。而且，潘羽所担心的也不是没有道理。

"好吧，你言之有理。我搬来，还是你搬到我那里去？"范蠡答应说，但在心里却对西施说，西施，这是你的一片苦心，我只能服从你的安排了。别怪我到底没有信守自己的诺言。

"当然是你搬过来，这里可是洞房。"潘羽脸上闪着光彩，羞怯地低声说。

冬去春来，夏秋相继，循环往复，不知不觉两年过去了。

对勾践的监禁外紧内松，允许勾践夫妇在内城及外城活动，但绝不许他私自跨出淹城一步。勾践毫无怨言，默默地饲养着马，把马厩清扫得干干净净，每匹马都养得肥硕健壮。他和王后季婉以及一班臣子始终对吴王对伍子胥、伯嚭、华元、公孙雄、钮宣义等吴国重臣恭谨有礼，甚至对狱吏狱卒都恭恭敬敬的，谦卑得连一些狱卒私下议论时，也认为太过分了。

夫差每年几次来淹城巡视，勾践都以臣礼拜谒，夫差上马上车，他都伏地作上马凳、上车凳。有两次，夫差到了淹城后，想去留城，勾践就主动提出由他在前面牵马。

从淹城到留城也有十多里路。一路上，种田的农夫，赶车的马夫，在河边洗涤的村妇，玩耍的孩童，都看到勾践牵着马，夫差骑在马背上的情景。

夫差坐在马背上，趾高气扬，后面跟着其他官员和禁军马队，旌旗招展，威风凛凛。勾践目不斜视，牵着马大步走着。一次是夏天，在烈日的暴晒下，勾践大汗淋漓，衣服都像从水中捞上来的；一次是春天，春光明媚，他也走得满头大汗。可勾践不擦汗，只顾朝前走。行人和劳作的百姓得到开道甲士的通知，见到大王，可以免礼，以观看越王勾践牵马。

于是，人们闻风赶来，一路上，两边都挤满了人，在对夫差发出欢呼声的同时，都对勾践指指戳戳。

勾践和他的臣子，逐步适应了淹城的环境和生活，良丕收受了文种通过伯嚭转送的黄金，在看管上明显地放松了，免除了越国君臣沉重的劳役，也不再虐待他们，而允许国内物品输送，使得物质上大有改善，虽无珍馔，但能喝上茶汤吃上肉，这在以往是绝对不可能的。充盈的食物除自己享用，还能多余一部分笼络狱卒。但勾践却节俭得很，不喝酒、不食肉，粗菜淡饭的也只吃到半饱为止，防止自己贪图安逸，而忘却自己所处的环境。

吴国的国力在继续增强，官库的充盈前所未有，被离司农有方，鼓励垦殖、拓荒、兴修水利。农桑和贸易的发达，使吴国这块膏腴之地，出产和流通的货品极其丰富，各国商人云集吴都。但民间并不如想象中那样富庶，官库的充盈，也为国家带来了奢靡的风气，而且官员太滥，俸禄成为国家沉重的负担。开拓边境，军费日增，更是财政上的隐忧。

伍子胥已看到了国家的这些弊端，他力主革新，撙节靡费，并主张要从王室做起，减少国君在兴修宫室和享乐上的过度消费，反对国君对勋臣国戚动辄巨额的赏赐；同时主张禁止大族对土地的兼并，轻徭薄赋，藏富于民；加强吏治，严惩官吏贪污。为确保国家政令的畅通，对各级官吏作出大规模的调整，健全各类

律法，以律治国，并在全国范围内提倡礼治，禁绝败俗的行为。

夫差对于伍子胥的这些国策，是赞同的。他是个明达的人，懂得民生丰啬关乎国家安定。农桑、货殖是国库的主要来源，而政风的廉明，也是极其重要的，事关民心所向，以律治国，当然是顺乎潮流的事。所以，对伍子胥的这些对策，夫差鼎力支持，力加推广。对其他各项，他也鲜明地表示赞同。但由于夫差本人的奢侈，上行下效，而伯嚭等官吏的贪渎行为更是到了明目张胆的地步。

夫差和伍子胥政见的分歧越来越严重。随着年龄的增长，伍子胥对人心思安、人心思和更有体会，他不主张吴国再贸然举兵讨伐别国，而应大行禹、汤、文、武、周公所奉行的王道，爱众亲仁，强国富民。

至于对周围邻国的判断，伍子胥认为吴国与越楚两国结仇已深，越国不可能真正臣服，所以对越国绝不能姑息，要诛勾践灭其国，以绝后患。越国不存，楚越之盟亦将不存，已大伤元气的楚国不仅不敢犯吴，还可作为吴国与中原的屏障。

然夫差认为伍子胥所主张的是自误之策。吴国的崛起已引得一些国家的不安，与其他们犯我，不如我先犯他们，称雄中原，问鼎中原，父王阖闾没有做到的事，我夫差定要做到。

一想到有朝一日决战中原，就会令夫差焦灼而又兴奋，想象自己率领铁骑战车，挥师驰骋在中原大地，就会有一股汹涌的热流不可遏制地涌上夫差心头。

可伍子胥老迈而倔强，目光短浅，晚战不如早战。

至于对越国，伍子胥未免看得太重，勾践已关得服服帖帖，像羊羔一样温驯，像看门犬那样忠诚。即使赦免他返国，他的能耐、越国的国力实在不足为虑。可伍子胥就像老藤缠住大树那样，让你不胜其烦。每次想到伍子胥的胡搅蛮缠，夫差都会感到极其的厌恶。

夫差决定不顾伍子胥的反对，先进行筹划和准备。夫差把伯嚭、华元、公孙雄和徐承召到宫中。没有召见伍子胥，连和伍子胥关系密切的钮宣义、卓荣都没有召见。

夫差皱着眉说："中原有几个国家，已在打吴国的主意，如今越楚之患已除，但中原之患陡增，你们看如何是好？"

"中原之患确有，但臣以为目前尚未到一触即发的地步，打主意不能说就要采取行动，大王的意思要主动出击，国力未足而劳师远征，臣以为不可行。"

"北边有齐、晋、郑、宋、秦等强国，还有陈、曹、邾等小国，臣不知哪个国家在打吴国的主意。晋国一向和吴国友好，而齐国是故王后的祖国，也算是吴国的亲戚，而郑、宋、秦、赵都在相互兵争，似乎顾不上南进，那些中原小国，既无实力，更无胆力，他们要攻吴，是做白日梦。"公孙雄有些困惑地说，"大王能否明示，想犯吴的到底是哪个国家？他们是吃了豹子胆不成？"

"哪个国家先不说，寡人要告诉你，若想图霸，无亲戚朋友可言，昨日是友，今日结仇，今日是亲，明日为敌的事层出不穷。讲什么亲戚朋友，这是妇人之仁。"夫差不耐烦地说，"你们要明白，在北进之战中，凡是成障碍的国家，一概为吴国之敌！"

"与其等下雨屋漏了再去修屋顶，还不如天气晴朗之时去修，这样至少避免了屋子漏雨。臣以为大王的意图，是在北方那些国家图谋征伐吴国前，我们来个先下手为强。打垮他们之时，就是吴国称霸之日。"伯嚭说，"这是大王的高瞻远瞩。"

"太宰说得对，就像十年前，父王伐楚一样，当时楚国并无灭吴的打算，但楚吴争战不可避，晚打不如早打，父王果断出击，把楚国打得落花流水，从此楚吴无战事。"夫差挥着手说，"寡人要像当年伐楚那样，挥师北上！"

"如果，臣说如果，吴国一旦北进，是从陆途过去，还是从水途过去？陆途有一千多里乃至更远，是名副其实的远征，道路坎坷，关山阻隔，搞不好，目的地未到，就师老民疲了。再说水途，断断续续，尚未贯通，吴国的强大水师难以抵达中原。"华元说。

"当然是水陆两途进军，陆途的确漫长而坎坷，要渡河越山，水途，寡人以为可从海上去。齐桓公去世时，寡人令徐承将军随伍相国、王后乘三艘大船去齐国参加丧仪。徐将军，你可知道，寡人为什么派你去齐国？当时寡人是怎么交代你的？"

"大王的意思臣是清楚的，有朝一日，吴国要远征北方，可以泛舟大海而去，大王是让臣去探探路。"徐承回答。

"不错，寡人就是这个用意。你觉得，一旦对北用兵，吴国水师是否可以从海上过去？"

"臣认为可以。但若遇上风暴天，船颠簸得厉害，兵士在船上易晕船。所以，正式出兵前，水师可安排出海训练，让兵士能适应海上的风浪。五湖的风浪不会这么大，那是不能和海浪同日而语的。"

"这是当然的。你可安排水师从五湖经大江出海，练上一个时期就会克服晕船的毛病。这事就交给你了，还有，吴国的兵船已不少，但还需造几百艘更大的巨舰，专门用来在海上航行。"

"是。臣遵命。"

"伯嚭，你给寡人办一件事。"

"臣在。请大王垂谕。"

"范蠡最近在做什么？"

"他除了去淹城饲马，就是躲在家里读书，臣有事找他商议，他也会出点主意。因有奴籍在身，他不免有些拘束，讲话说一半留一半。"

"他和潘羽相处得好吗？潘羽有梦熊之兆吗？"

"据说很恩爱，他应该知足了。至于潘羽有没有梦熊之兆，臣不便过问。"

"范蠡在淹城的越国囚徒中很不得人心，除了越王越后，其他人都不理睬他，还有人当面啐他唾沫星子，骂他叛君叛国。范蠡有一次到我家来诉苦，说他实在受不了自己人的讥讽。"公孙雄说，"潘羽不太出门，范蠡在家，她一心一意伺候丈夫，留城的人都说他们郎才女貌。还有人说范蠡入吴为奴，反而一跤跌在青云里。"

夫差听了，心里总算放心了，西施从此对范蠡毫无牵挂，范蠡也不会对西施念念不忘了。另外，还能离间越国在淹城的那帮人，又能发挥范蠡的才干，可谓一石三鸟。

"太宰，你可以找范蠡参议参议北进的事，寡人估计他会有高见。让他不要拘束，吴国既请他任职，他就不必自谦自卑。只要他真正效忠，寡人自会重用他，岂止一个潘羽和参议之赏！"夫差心情舒畅地说。

"是，是，臣知道了。"伯嚭应道。

"今天议的事，是机密，不能对任何人外泄一字。"夫差最后说，他把"任何人"三字说得很响。在场的人都领会，这任何人中包括了相国伍子胥。

华元心里一沉，这么重要的事，向伍子胥封锁，说明国君和丞相之间已是成见很深了，这不是好兆头，伍子胥有时虽言语过激，但对吴国忠心不二，为了吴国的强大，日夜操劳，劳苦功高。他为伍子胥担心，更为吴国担心，君王和相国失和，受到损失的是国家。

伯嚭第二天就乘车来到留城，亲到范蠡家拜访。范蠡以大礼接应，受宠若惊地道谢了一番。

"臣和妻子潘羽拜见太宰，多谢太宰的照拂。"说完，范蠡长揖到地。

"范参议言重了。今日我有事来留城，想起范参议新婚燕尔，特来道贺！"伯嚭稍稍作了个还礼的姿势，一挥手，跟随在后面的一个从人拎上一个箩筐，里面满满地装着时令鲜果，还有两匹丝帛，一块玉璧，算是重礼了。

范蠡将伯嚭请到书房，潘羽亲自端上水，便辞出了，并告诫仆从不准接近。

"我今天是受王命专来找你的。大王要我告诉你，请你不必拘谨，不必自谦自卑，只要能效忠吴国，大王会重用你，岂止一个潘羽和参议之赏！这是大王的原话。范先生，你我同为楚人，有乡谊，所以，我希望你能珍视这个机会。"伯嚭摇头晃脑地说，"我知道你是仁义之人，不过，你听我的劝，不替自己的前程着想，那是要不得的愚忠。"

"太宰，范蠡已接受参议一职，也议事了几次。"

"这不好算，你虽是参议，但还是越臣，还要去淹城为奴。我希望你能完完全全成为吴国的臣子，和越国和勾践再也没有关系。凭你的才干和智慧，你会受到大王的器重，你的爵禄不会在我之下。"

"太宰夸奖了，可范蠡连越王都没有辅佐好，有何才何德蒙受吴王的器重呢？范蠡不是自谦自卑，我就是亡国之臣，败军之将，我实在太惭愧了！"

"勾践已无前途了，能留住一条命返国已是上上大吉了。范先生不是不知道，伍子胥朝思暮想就是诛勾践灭越国，要是我附和伍子胥，勾践必死无疑。但我不会，我主张放勾践一条生路，不过，最终得由大王来作出裁夺。三年快到了，是否会放勾践返国，大王一直在犹豫。勾践还算聪明乖巧，很识时务，使大王手下留了情。但不到踏上返程那天，勾践的生死都定不了。就算勾践死里逃生，回国返朝，他充其量只是个傀儡，一个从属于吴国的藩主而已。跟着这样一个可怜的国君，有什么意思呢？你要想清楚。"

"越国已为吴国的藩国，越国的臣子就是上国的臣子，吴王之命，太宰之令，我会毫无保留地接受，也会竭尽全力去尽一个臣子的责任。"范蠡镇静地说，"良禽择木而栖，贤臣择主而事，我范蠡不会不识抬举，有什么事太宰尽管吩咐，不过，范蠡有一个不情之请。"

"请范先生直言，只要我能做到的。"

"越王对我不薄。知遇之恩，理应图报。我不指望随他有远大的前程，我亦不会一味愚忠。可我若在这样一个当口，不顾越王的死活，不念越国的存亡，而只为一己的荣华富贵盘算，我范蠡岂不是成了无情无义的势利小人了吗？太宰一定会理解我。范蠡无求，只求太宰转奏大王，恳望大王能宽恕越王，给他一个自新的机会。"

"越王无道无德，害己害人，范先生还能替他着想，这是勾践的造化，也是范先生的居心仁厚。越王今后如能返国，得好好感谢你才是，要是我，分出半个国家给你也不为过。"伯嚭笑着说，"放心！我会将你的请求禀奏大王，这亦是我的本意。我一向以为，越国已举国投降，越王已入吴为奴三年，回去什么都没有了，

还有什么可担心的?"

"太宰说得是，确实无可担忧，越国经此折腾，已山穷水尽。越王到那时，即便真的有不臣之心，大臣和百姓都不会答应的，痛定思痛，再也不会让他胡闹了。"范蠡坚决地说，"越王再愚鲁，也不至于丧失理智到这种地步，他要一意孤行，别说上国不会放过他，我范蠡也不会放过他。"

"好，我也谅他不敢妄动。范先生，我们言归正传吧。"伯嚭兜了一大圈，才正式将夫差北进的意图陈述了一遍，要范蠡帮着筹划，说这等军国大计能让范蠡参议，足以说明大王对其的信任和倚重，要范蠡郑重设谋，输诚立功。

范蠡认真听着伯嚭的讲述，对于夫差北进的计划，他和勾践已有所猜测。吴国这几年国力逐年增强，伍子胥治国有道，采取了一系列新政，使国家繁荣富强，有了打仗称霸的本钱，从上到下，踌躇满志。夫差的雄才大略和好胜性格决定了他不会甘心偏安于东南一隅，而有志于称霸中原。随着齐国与楚国的衰落，崛起的吴国已萌发称雄的野心，时常能听到淹城的狱卒口气颇为自傲地议论，说什么夫椒山在不停地造巨舰，徐承率水师在五湖频繁训练等等。而身边的军马场，一批又一批良种军马交付军队使用，初步估算达七八千匹之多，这都显现出吴国在备战，而规模如此之大，绝非对付楚越这两国。唯一的解释，就是中原。

吴国北进，对越国来说，利大于弊，劳师远征，日费千金，中原几场大仗打下来，吴国的军队人数至少要减半，战船、车马、武器、盾甲也会损失无数，这是越国所乐见的。更重要的是，注意力移北，可能无暇顾及越国，越国就有喘气的机会。但吴国对越国的勒索也会更甚了。

范蠡听了伯嚭的话，明白夫差北伐的决心已下，如何来替吴国设谋，如何利用吴国北进而解救越国，范蠡已胸有成竹了。

"发兵北上，实在令人鼓舞。北人历来小觑南人，甚至称南人为蛮夷，吴国可以让他们见识一下南人的勇猛和强大。"范蠡决然地说，"远征中原唯有力攻。"

"如何力攻?"

"可三线并进，左右夹攻。"

"请说得详尽些。"

"可开凿一条从五湖至大江以北，再至淮水的沟渠，这样战船便可直驱沂水、济水，兵临中原，我粮草、兵力可得运载之便，此为一线；陆途，逢山开路，遇河造桥，我车骑大军便可一路杀过去，此为二线；吴国多巨舰，水师可从海上北上，这是千古未有的海上通道，北人擅骑畏水，吴国强大的水师伐北，北军无可阻挡，此为三线。从河道、陆途北进，这为左路军，从海上北进，这为右路军，两面包抄，左右夹攻，两翼齐动，吴国之威，必使中原诸侯各国大为震动。"

伯嚭听得出了神，待范蠡讲完后，他意犹未尽地问："范先生，讲下去，请讲下去。"

"我讲完了，这是粗浅之见，尚需细细筹划。挖沟渠工程，如吴国需要，越国可出三万民夫，北进是上国的事就是越国的事，越国的人力物力，任凭上国调用。"

"范先生，你此计甚妙，三线并进，两翼联动，这真是上策。你能否将你的设谋写下来，我可专呈大王。我可告诉你，从海路北上，你与大王不谋而合。你挖渠之议更为大王解除了一大难题，大王正愁水途不贯通。由越国出民夫挖渠，表明修好的诚意，大王会更善视越王。你有功于吴国，更有功于越国。"

"太宰，此话怎讲？"

"我知道你的用意，你在救越王。不过，我可以告诉你，越王有救了。"

第二天，范蠡就将简策交给伯嚭，对自己提出的策对进行了细化，对渠道的线路作了具体的规划，并建议在淮水筑城，用于屯泊战船、囤积粮草。陆途逢河，建议宽阔的水面可搭浮桥，稍狭的水面可用桥船和渡船，至于山路，恰好在蔡、陈、曹、邾等小国境内，蔡国是吴国的友好小邦，曹国和邾国在楚国和吴国之间左右逢源，现在吴国占着上风，要他们办事，他们不敢不办。吴国可将开山辟路之事交给他们，吴国派人监督，以保证这几个国家修的路能对接。

伯嚭读过后，十分满意，对范蠡的才略暗自佩服，有罗致到自己门下的想法。昨天一席话，伯嚭已明白范蠡不可能脱越归吴，改换门庭，他愿意效忠吴国，但不愿背弃越王。他救越王心切，对越国怀有很深的情谊，亦顾忌越王及其他大臣对他的猜忌，所以，让他真正入朝为官，他可能不会接受。那么，就让他以参议之职当自己的门客吧，为自己出谋划策。

伯嚭立即进宫，将范蠡的简策交给了夫差，夫差以极快的速度读完，起身问："这是范蠡之策？"

"是，但臣和他商议过。"

"此策正合寡人之意。照此而动，寡人必一战而霸。范蠡果真是个大才，由越国派民夫挖渠，这是范蠡向吴国输诚，其意当然是要寡人善视越王。这是两面讨好，攀新枝而不弃旧主，真君子也！"夫差兴奋地说，"告诉范蠡，寡人会记他一功，也会善视越王的。"

"大王这等仁厚的用心，越国君臣百姓，必当感激。世人皆见，吴国击溃越军后，接受越王肉袒投降，虽将越王及臣子囚于淹城，可大王并未听从伍子胥所言，

诛勾践灭越国。大王还仁慈地保留了越国大臣治国安民，这都是善视越国的举动！"

"和范蠡商议一下，三万越国民夫何时启程入吴。另外，为加快进度，可采用伍子胥挖河的方式，驻越国的军队抽调回国，参与挖这条通往中原的大河，暂且叫它邗沟。你遣快骑向卓荣传寡人的谕令！"

"是。"

"这个范蠡，要给他点什么奖赏？或干脆让他入朝当大夫？"

"臣已试探过范蠡，他顾忌太重用他，会引起勾践与其他越臣的猜疑，怕他媚吴伤越。囚徒的心态是很复杂的，我们可以让他们内讧，但不能因此使得范蠡在越国过分孤立，许多事还得靠他去周旋。如三万越国民夫入吴挖河，估计会有争议，范蠡还得费些口舌。所以，可赏他些玉帛和金子，入朝当大夫不宜。臣准备将其罗致为门客，以参议之名出谋划策。"

"调三万越国民夫，勾践如敢反对，寡人可向文种要求，不怕他文种不答应。至于让范蠡入朝，太宰说得有道理，看来不妥，就按你的想法办，继续让他两面讨好。说实话，范蠡若是那种有奶便是娘的小人，寡人也会瞧不起他。"

"臣意越国民夫可由越国派官吏管理，按吴国民夫的同等待遇供应膳食，发给赏钱，这样他们也会起劲。"

"嗯，那就告诉范蠡，勾践要识趣。"

朝议时，伍子胥对挖邗沟没有异议，对征越国三万民夫挖河也是赞同的，只是反对将驻越的军队调回国挖河。伍子胥说："这是镇越之军，绝不能撤回，如需军队参与开掘，可调别的军队。越国要是没有了吴国的驻军，出了乱子，会不可收拾。"

"一万兵屯于越国已两年多，越国已无战事，而国中急需兵力，寡人不能让这么多甲士在越国无所事事。相国，你到底担心什么，能出什么乱子？寡人之所以不杀勾践，不灭越国，就是为安抚越民，他们真要闹事，由越国民团处置，用得着一万兵士吗？这岂不是杀鸡用牛刀吗？"夫差沉着脸大声驳斥伍子胥。

"臣就是担心那些民团会变成脱了甲服的军士，大王，不可大意啊！原来生虏的越国军士已分批放回去了，据卓荣将军说，这些人回国后，大都成了民团的成员，臣怀疑他们暗地里在做什么功夫。"

"民团无非是防盗防贼，制服歹徒，他们的武器也是木棒、扁担，何以摇身一变成为军士？"夫差嘴角露出嘲讽的笑容，但神色已很恼怒了。

伍子胥还想说什么，夫差伸手作了个阻挡的姿势，说："相国，你别多言了，寡人不想听，这事就这么定了。无论是谁，再抗谕干涉寡人的部署，格杀勿论，即使他有免死牌也无用。"

夫差此言一出，全朝文武百官大惊失色，这话是完全冲着伍子胥的，臣子中持有免死牌的只有两人，一人是孙武，他已身置草莽，百事不问，朝中任何决策都和他无关；另一人是伍子胥，夫差的放言，虽是气话，但分量也够重了，那种肃杀之气，是前所未有的，可见夫差对伍子胥的厌恨。大殿一片肃静，连伯嚭在内，都对吴国的局面起了忧虑。而钮宣义、华元、被离等的忧虑和伯嚭不同，钮宣义等忧虑的是伍子胥和大王的隔阂越来越深，而伯嚭的忧虑是，伍子胥的势力很大，盘根错节，军事将领都是他的人，把他惹得过急，这些人会迁怒于自己，以为都是他伯嚭从中挑起来的，如联合起来向大王施加压力，要究诘自己，那对自己是很不利的。

"大王，我伍子胥无所惧，亦无所求，只为吴国长盛不衰，吴王王脉永续，免死牌一块，臣不需要，因我不怕死，明日我就可交还大王。"伍子胥昂首回答，面不改色。

"大王息怒，相国也消消气。大王，相国是吴国的老臣，公忠体国，功勋卓著，辅国有方，他坚持在越国不能撤兵，自有其道理。臣建议先撤八千，留守两千，以防万一。"伯嚭起身说，"都是为了国事，相国说，他别无所求，只为吴国长盛不衰，吴王王脉永续，其心可敬可佩，臣完全相信这是相国的肺腑之言，请大王鉴纳。"

夫差和伍子胥以及其他臣子都为伯嚭的奏言感到意外，不知伯嚭的真实意图是什么。但不管他是何用意，他能出来圆场，也符合大家的心愿，于是都企盼大王能接受伯嚭的建议，撤兵八千，留守两千，给双方一个台阶下。

大殿静得掉下一根针的声音都能听到。夫差的脸色慢慢缓和下来，他思考了一会儿说："好吧！留下两千人，其余由卓荣将军率部归国。"

大家松了一口气，对伯嚭投以难得的赞许的目光。伯嚭弓腰说："谢大王！"

这天晚上，伍子胥没有回家，而是和被离一起来到津香的住所。伍树已和鱼娃成亲，津夷一家来参加婚礼了，襄丹也来了，津香的父亲有病在身，无法成行，母亲为照顾父亲，亦没有来，这让津香深以为憾。婚礼上，津香没有以生母的身份出现，乐范替代了她，这让鱼娃的母亲很得意：她的亲家公是吴国国相，亲家母是先王的妹妹，吴国公主，吴王夫差的姑姑。伍子胥内心对津香怀着很深的歉疚，津夷也替妹妹感到委屈，但津香却很平静，对津夷说："是公主把伍树养大的，十多年的茹苦含辛，她比我更有资格当伍树的娘。"

婚礼后摆喜宴时，乐范和被离一致要请津香坐上方几张案几中的一张，其余是伍子胥、被离夫妇、乐范。但鱼娃妈妈竟不愿与津香并列上坐。被离火了，低声劝妻子要顾全津香的面子，她毕竟是伍树的生母，新郎新娘拜堂时，作为高堂坐在那里的是乐范，津香已谦让了，喜筵再把她置到一边，有伤伦理。

　　"不可就是不可，伍树有两个娘，让人看了好笑。她要坐上方，我就不坐了！"鱼娃妈妈声音很响地说，还瞅了津香一眼。

　　"你给我轻点声好不好，这有什么好笑的，津香是伍树的生母，在场的宾客都知道，这不是什么秘密，你要讲点道理。没有津香生了伍树，你何来这个女婿，不就是一顿饭吗？你要这么较真干吗？"被离强忍心中的怒火，勉强赔笑说。

　　"我就是要较这个真，喜宴也是婚礼一部分，和她并坐，于礼不合，她也不该坐在上方。这是不能瞎坐的。"鱼娃妈妈就是不好商量，根本不听被离的劝，急得被离脸色涨得通红，搓着手，不知如何是好。其他人已听出是怎么回事，都觉得鱼娃妈妈太过分了，但她悍名在外，都不敢插话规劝，连伍子胥都远远地避了开去，局面很尴尬。

　　津香心里很不好受，她对被离说："被离大夫，算了，坐在哪里都一样，我侧坐相陪，和孩子坐在一边，上方让人拘礼，我反而不习惯。"

　　鱼娃看不下去了，她对她娘说："你不想坐就算了，别败大家的兴，伍树的娘就该坐上方，这是理所当然的。"说着，走到津香身边，拉着津香的袖子，来到上方，充满柔情地说，"婆婆，你的位置在这里，别和我娘计较，今天高堂上缺了你，我内心已颇为不安，再坐在下首，那真是让我做媳妇的大窘了。"

　　鱼娃妈妈被女儿说得哑口无言。现在，她不得不坐了下来，但气氛到底不同了，一顿喜筵并没有让人尽兴。

　　回到府邸，被离第一次大发雷霆，把一套精致的陶制食器砸得粉碎，大声叱责妻子的蛮横无理，在众人面前丢人现眼，使他差点下不了台。他的举动和骂声把两个儿子及仆侍们都吓呆了，妻子第一次见到丈夫这么生气，连忙赔笑脸说："我不好，我不好！下次我再也不会这样子了。"

　　伍树和鱼娃成亲后，津香和他们住在一起，照料着儿子媳妇。十多年来，她还是第一次享受天伦之乐，看着儿子媳妇相敬如宾，和和美美，想起这些年来的孤寂，从内心感激老天让她在困厄中和朝思暮想的儿子团聚，赐给她这样的好运和福分。这是她有生以来最快活的日子，如果不久以后，他们能添上一子或一女，那她即使死去，也没有什么可遗憾的了。

　　伍子胥时常来，坐一会儿，看看她，嘘寒问暖，便回去了，难得和大家一起吃顿饭。他也会和被离相约而来。鱼娃妈妈难得来，态度较以前有所改变，客气而有些局促，但没有歉意。津香早已忘了那天的事，每次她来，都诚恳热情地招待她，她应付一会儿，便到女儿房中，长久地拉起家常。离开时她笑容满面，鱼娃在她面前，不住地夸丈夫的憨厚和婆婆的贤惠，满脸挂不住的幸福。

今天伍子胥和被离的神情和平常不同，严峻而不安。伍子胥在这幢宅院里也有个书房，他要津香准备酒菜，送到书房，两人关起门来喝起闷酒，两个人都一言不发。津香有点诧异，在伍子胥的书房前站了一会儿，里面声息全无，但能感受到一种异样的气氛从门缝中传出来。到底是怎么回事？津香本能地感觉到，他们遇到了什么大事。

津香忐忑不安地走开了，她不愿有人以为她在偷听军国大事。伍子胥从来没有过这样一副神色，即使十多年前，被楚国兵马死死追索时，晕倒在草堆里，被她救上吊楼，他都没有像今天这样严肃、惶惑和忧郁，脸色苍白，目光呆滞，甚至浑身都在微微地抖颤。

一觞酒下肚，伍子胥缓过了神。他看着被离，吃力地说："被离，我不会闭嘴的，我宁可死谏，该说的也得说。"

"我知道。"

"绝不能让勾践返国，他和他的越国不能存。"

"可大王执意要放他回去，我们有什么办法可阻止呢？"

"我有办法。我要给先王一个交代。"

"伍兄，有你这句话，我可以放心了！"

"明天我把免死牌交还大王。"

"你再想想，这可是你最后的护身符。"

"我不需要，我交出这东西，就是告诉大王，我伍子胥置生死于度外了。"

被离凝视着白发盈头的伍子胥，被他那种俯仰无愧、生死无惧的气概所震撼，他含着眼泪举起了觞："伍兄，我敬你！"说完，仰头一口而尽。

"为了吴国，为了先王。"伍子胥说完，把酒喝完，起身为被离斟满酒，又回到自己案上，把酒倒得满满的。

"津香，津香！"伍子胥喊道。津香闻声推门而入。

"再拿一罐酒来。"

"你醉了，拿饭给你吃吧！"津香平静地说。

"不，我没有醉，我清醒得很，快去取酒！"

津香温和地说："喝闷酒最伤身体，你少喝点。"

"让伍树、鱼娃进来。"

"唤他们有事吗？"

"当然有事。"

伍树和鱼娃随津香走进书房，用疑惧的眼光地看着伍子胥和被离。

"你们听着，我明天就要将朝廷给我的免死牌还回去，今后没有了这东西帮着，意味着什么，你们该懂。人都要死的，谁都免不了。"

"爹，我们不要这东西。该怎么处置，由爹决定，孩儿听爹的。"

"爹不会谋国不忠，但爹此身已非爹所有。"

"孩儿知道如何自处。"

"你长大了，娶了亲，伍青已嫁孙平，由孙平照料，不用你管，但鱼娃，你娘，还有乐范妈妈，你弟弟伍敖，你得多担待着点。"伍子胥郑重交代。

"是。孩儿知道了。"

津香吓坏了，她不知道到底发生了什么大事，只觉得伍子胥言行大异，他对伍树说的话，仿佛是在交代后事似的。难道有什么灾祸降临了吗？她流下了眼泪，无声地啜泣着，刚过了几天好日子，似乎老天又要开始让她经受新的磨难了。她心中悬着不解的谜团，但有一点可肯定，伍子胥遇到了不好的事。

"伍树他娘，今天我不回去了，我住在这里。把火盆烧得旺些，我怕冷。"伍子胥看着眼泪汪汪的津香说，"你别替我担心，我没有什么事，朝中为一些事有些争执，水大漫不过桥去，一切都会过去的。你吃了这么多苦，我不会让你再吃苦的。我是相国，先王有遗命，我不能不尽责，这和你们关系不大。"

"伍树他爹，你不要太倔强，这国家不是你一个人的，归根结底是大王的，你早晚要走出庙堂的，何不学学大将军归隐呢？"

"我并非贪恋相位，待做完了几件事，我就归隐。"

"我陪你一起退居田庐，过几天轻松日子。"

"好，一言为定。"

第二天，伍子胥将免死牌送入王宫，请华元转交夫差，而孙武留在他那里的免死牌，他犹豫了一下，保留了下来。再隔几天，卓荣带着八千精兵，由越国撤回国内。文种也带着三万民夫，徒步入吴。民夫中有莫希为首的五千自卫团，由越国将军诸稽郢为统领，在卓荣和诸稽郢带领下，邗沟这条有史以来最长最宽的运河热火朝天地开凿起来，它的挖掘，将五湖，长江以南伍子胥督挖的运河连接起来，可通淮水，直抵中原。

第 十 九 章

一艘锦帆画舫在五湖中徜徉，正是暮春时节，阳光和煦，清风夹着湿润的气流，湖面上荡漾着迷蒙的奇丽。成群的鸥鸟鸣叫着，围绕着这艘富丽堂皇的木船盘旋着，其中不少纷纷栖息到船头、船尾、顶棚和桅杆上。

锦帆是用多层的锦缎所制，色彩鲜艳，柔软牢固，这种船是夫差特地为西施制造的。

西施这几天郁郁不乐，两年前在淹城见勾践、范蠡等受惊所落下的心口痛复发了，请医师诊视配药后仍不见效。今天夫差丢下繁忙的国事，陪西施游了鸭场、鹿场，在春水里嬉戏的鸭子和竞相奔跑的驯鹿见了西施，像见了熟人般地亲近她，她虽然也替鸭子和驯鹿喂了食，但全然没有了平时的盎然兴致，她没精打采地停留了一会儿，便离开了。

夫差便提议西施乘锦帆画舫游览五湖。西施很喜欢五湖，百游不厌，百看不厌。而今天，虽然是个难得的好天，可西施却像一只瑟缩的小猫，躲在舱房的一角，眉宇间夹着幽怨和愁闷。

夫差一直在逗她提起精神，透过撑起的船窗，夫差远眺着五湖的景致，如数家珍般指点着那是什么岛，那是什么山。夫差对西施的情真意切，西施从不怀疑；他对她的宠爱，不能不让西施感动。此刻，他在努力地体贴她，可她高兴不起来，不错，五湖是那么迷人，到处都是赏心悦目的美景，可在她看来一切都索然无味。

夫差很着急，一会儿站到舱外，一会儿又下到舱内。他的镇定沉着不见了。西施身体不适，有时会觉得胸口被紧紧地束缚着，有一种透不过气来的感觉。但她也不得不有所夸张。

勾践君臣入吴为奴即将满三年，是放其归国，还是继续关押，或者找一个理由将勾践处死，这几种意见在吴国朝中激起剧烈的争吵。以伍子胥为首的一派和

伯嚭一派严重地对峙着。伍子胥一如既往，他毫不退让地坚持要诛勾践，灭越国。他认为，勾践三年的表现，的确恭顺驯良，但这不是真心的，而是他的韬光养晦之计，这非常可怕，如放他归国，无异于放虎归山。

而伯嚭认为，勾践已悔过自新，吴国应按当时的降约，放他返国，不能失信于天下。由于国君夫差显然是倾向于放勾践的，所以，支持伍子胥的人越来越少，除钮宣义、被离外，原来站在他一边的，像华元等都保持了沉默，或出现了动摇。

伍子胥在朝堂上言到伤心处，潸然泪下，恳切地说："子胥老了，耳目失聪，言语狂放，对大王多有冒犯，但老臣只要有一口气在，不敢不忠于大王，不敢不尽忠于吴国，老臣事大王之日无多也，何必要固执己见，与大王为难？老臣实在是担忧吴国啊！勾践放不得啊！他入吴为奴，不过是诈和的伎俩重演而已，此人绝不可信！"

夫差不响了，他的头脑是清醒的，他在权衡，在思考。对于勾践入吴后的种种表现，他时信时疑，他不能不为勾践的恭顺所打动，但他明白伍子胥说得不错，像勾践这样深沉的人，是不会轻易臣服的。

但让夫差反感的是，伍子胥把勾践的能耐和力量，把勾践的危险过于夸大了，这是变相贬低吴国的实力。越国已空虚之极，无一兵一卒，国库早给吴国挖尽，无所积存，勾践回国后，即使有谋反之心，也无谋反之力。夫差对此是非常自信的，他坚信吴国的国力和军力，足以对越国造成强大的威慑力。

每次朝议都以无果而终，对立的两派都期待夫差一锤定音，然而夫差很沉得住气，他始终不下裁决，而吴国只有他真正掌握着勾践的生杀大权。他在迟疑什么呢？

华元提了一个折中的方案，先放越国大臣和越后季婉回去，勾践再关一段时期，至于这个时期有多长，视情形的变化再作考虑。夫差基本接受了这个方案。伯嚭把这个消息透露给了范蠡，这叫范蠡泄气到了极处。

潘羽立即进宫将此密告给西施，潘羽说："如其余人返国，勾践留了下来，那他很可能回不去了。吴国下一步的措施，会逼越太子兴夷继位，而范蠡，说不定也回不去，他在吴国入朝为官了。这绝非范蠡的本意。所以，绝不能让这个计划兑现。现在能救越王的只有西施你了。"

"喔！这是华元的主意，夫差为难，便从中折中一下，并不是出于对越王的成见。依我看，越王未尝不会返国，估计夫差要在伍子胥归隐后再放他，伍子胥是功臣，夫差要给他面子的。"西施说道，她是安慰潘羽，也是安慰自己。

"不！不能有侥幸之想，这次回不去，夜长梦多，恐有不测，夫差此人看上去粗犷，其实很有心思。还是要让越王和臣子一起安然返国，绝对拖不得！"潘羽坚定地说。

西施点了点头，但如何说服夫差，她想不出好的主意。夫差有时会和她谈起越国的事，但她一旦乘机侧面提到越王越后何时归国，夫差往往闪避不答。所以，她绝不能正面向夫差提出越国君臣分批返国的事，这样，夫差马上会起疑，会招惹不必要的麻烦。西施苦思之下，心情愈来愈沉重，连续几日寝食难安，便生起了病。西施急中生智，想到可利用夫差对她病的担忧，向他婉转地提及这件事。

画舫转了个方向，朝越国方向驶去。航行了一段时间，夫差到船头张望了一下，下舱对西施说："我们已进入越国国界了，吴国水师的两艘中翼战船过来替我们护航了，你要不要到船头看看？"

西施起身，俯在窗口看着，已是越国的界域了，她有激动，更多的是感慨和伤感，她情不自禁地哼唱起来：

彼采葛兮，

一日不见，

如三月兮。

彼采萧兮，

一日不见，

如三秋兮。

彼采艾兮，

一日不见，

如三岁兮。

歌声且悲且戚，充满着对母国、对故乡和亲人的怀念，有浓浓的乡愁，更有对自己坎坷身世的哀怨。唱着唱着，她的眼前出现了滔滔的浦阳江，月色下村姑浣纱的情景；出现了竹林茂密，草舍篱笆，鸡犬相闻，邻舍相呼的情景，那是多么亲切而温馨的景象啊！而如今，自己有家不能归，有亲不能见，孤零零地漂泊在吴国，饱受孤独空虚之苦，纵有富贵荣华，纵然万般宠爱集她一身，纵然有馆娃宫，有天池，有人间最好之物，可她总觉得自己无所依归，日子过得毫无趣味。如果让她选择，她会毫不犹豫地选择草庐麻衣，清苦而自由自在的生活。可这是可望而不可即的奢望，她的归宿是锦茵绸帷、鼓乐齐鸣、戒备森严的吴宫，故国

和家园让她梦牵魂绕，然而她永远回不去了！这使得西施感到无限的惆怅，晶莹的泪水夺眶而出，挂满了因生病变得憔悴而苍白的脸颊。而她的声音却不由得激越起来，穿云裂帛的，也愈加哀苦。

夫差听着西施的苦歌，看着她泪痕斑斑的脸，心里又酸又痛，真是不忍听下去了，但又不愿打断她，只是装出很赞许的样子，抚掌说："西施，你唱起哀苦之音来，怆然动人，催人泪下。"

"大王不会懂，大王不知西施心中之苦。"西施停下来说。

"怎么不懂？你是思归心切。"

"岂止是思归，西施心中有说不出的苦。"

西施跌跌撞撞地走到船头，迎风而立，遥望南方，虚弱的身子摇摇欲坠。风大了起来，夫差见西施好像要随风而去，急忙喊道："西施，你当心点！"并对船上的禁军说，"快扶住娘娘！"

几个禁军冲上去，拽住西施长裙。夫差跃步到船头，紧紧抱住西施。

"西施，你有病在身，不能多吹风，刚才太危险了，寡人以为你要随风而去。"夫差揽腰抱起西施，来到舱内，让西施躺在锦垫上，头枕在自己腿上，并用绫巾轻轻地为她拭泪，温和地说："越国是吴国的附属国，你要回乡，还不容易，你想什么时候回去，寡人就什么时候陪你归国。"

"西施有大王宠爱，当知足了。可我是越女，就像一棵树，在吴宫受大王庇荫，给我养分和雨露，可我的根系在越地，越国是我的父母之邦。西施知道大王可轻而易举地让我返国回乡，可越国的国君、王后都回不去，我也不敢回去，因为国君、王后不在，到底是个缺憾，就像家中父母没了，这个家是不完整的。越王虽无道，但毕竟是这个国家的主君。我不敢回，就是不敢面见父老乡亲。如果大王陪着去，我更不敢了，我会纠结得很。"西施喘着气，恻然地说，"我的话说得不中听，请大王别见怪。"

"你为何不敢见父老乡亲，寡人陪你去，又为何更不敢？难道寡人是老虎，要吃了他们不成？"夫差笑着说。

"大王仁慈，岂会是老虎？西施是担心他们会问，你倒回来了，国君、王后何时能归，会不会归。我心里不能不想。"

夫差明白西施的心思了，他虽然宠西施，但戒心未泯。西施是越女，而且和越王越后关系非同一般，和范蠡曾有过很深的情缘，现在范蠡已和潘羽成亲，并为吴国设谋，筹划了北进的战略和步骤细节。范蠡言称不能弃越归吴，但他的行动表明愿效忠吴国，对他的笼络见到了成效。这使夫差大为放心。西施柔顺美丽，让夫差心醉神迷，当她是至宝，但怕她绝不了归去之念，此刻一听，西施不仅归心强烈，而且还惦记着勾践和季婉，说什么越国是她的父母之邦，也就是说，她心目中的父母竟是越王越后。病中吐真言，一直以为西施的笑靥是快乐的，是真诚的，是把过去统统忘却了的表示，就像自己心中只有她，她也只有自己一样。可今天她这么说，只能说明她还没有放开过去。

夫差默然不答，脸上的笑容也收敛了，似乎还有些愠色。西施知道夫差已明了她的意思，但他的不答就是回答，他不仅没有表示会按她的意思让越王归去，而且已有警觉和不悦。

一种无可言喻的失落和绝望，像一根根蒺藜硬刺那样，尖锐地刺痛着她的心，使她额上冷汗涔涔。她按紧自己的胸口，紧咬着牙，紧闭着眼，痛苦得脸都变形了。她用微弱的声音说了句："要我绝了归去之念，不如，不如让我去死。"便痛昏了过去。

当西施醒来时，已躺在馆娃宫自己的房里，夫差和医师围在自己身边。

见西施苏醒，夫差欣喜地俯身说："西施，你终于醒了，你把寡人吓坏了。"

西施吃力地说："大王，既然不让我思国，何以要入越境？我说了，我是越女，我不能不想，或者，干脆把他们一刀宰了也好……"

"西施，你别说了，是寡人的错，你思归心切，是人之常情。寡人再也不会绝你归去之念了。"夫差扫了周围的医师、宫女等人一眼，他们都悄然退了出去，"还有，越王和越后，寡人早答应会善视他们的，否则，寡人不会放松对他们的监管了。"

"这是国事，大王想怎么办就怎么办，我倦了。"西施惨然摇头，闭上了眼睛。

"寡人可以告诉你，你的父母之邦，绝不会失去父母，不过，寡人需要时间，许多事并非你所想的那么简单。"夫差贴着西施的耳边说。

西施只当没听见，但她已清楚地领会到夫差"你的父母之邦，绝不会失去父母"这句话的意思，她心里顿时一松，欣慰之余，对夫差产生了一种深切的感激之情。她毫不怀疑，这个意志坚强的君王，对自己所怀有的感情是真爱，他从没有当她是一个玩物。

她真正地从他那里感受到任何一个女子所盼望所渴求的一个多情男子的真挚的深爱，她从他身上得到了所需要的一切，范蠡没有给她的、想不到给她的，夫差都给了。这逾分的爱，让西施感到安慰、满足，也不免发慌，担心夫差万一厌倦了自己，自己怎么办呢？

太后蔡小娇曾对潘羽说："西施是够幸运的，一个女子，无论贵贱，能拥有像夫差这样一个痴情男子，便是前世修来的福！凭这一点，先王这个儿子是个好男儿。"

潘羽把太后的话转告西施，显出忍俊不禁的神情，问西施："娘娘，太后说得不错，你的福分真好，有两个男人把你爱得死去活来，你还要怨自己命苦，你再喊苦，后宫那些人非气死不可！"

"这是哪里的话？其中一个人明明把我扔了，还出主意把我送给了另一个人，我变成什么了？"

"别怪他，我看得出来，他对你一直怀有愧疚，仍对你念念不忘。"

"你别猜疑，这是不可能的。"

"非我乱说，他好几次在梦中喊你的名字，不过，我可没有妒意，这正说明他是个有情义的人。"

西施没有再说什么，但她的内心却漾起一层层涟漪。

夫差在西施耳边说的话，很快传给了范蠡和勾践。这应该是好消息，但夫差是有心机的人，不排除他是用这话来安慰西施的，勾践这样分析。范蠡也有同感，但他认为夫差也不会像伍子胥所主张的，诛杀他们，灭掉越国。

天气继续转暖，已进入初夏了。夫差要与徐承率领水师一道乘新造的巨舰经大江出海，至少要二十余天。这是夫差极重视的军备大事，其他的事只能暂时放一放，包括对勾践等人的处置。

夫差在出发前夕，和伍子胥单独晤谈了一次。伍子胥觉得夫差大异于往日：他首先要伍子胥在他外出时，主持国政，并要他大胆处事，不必有何顾虑。还说，他近来两次梦到先王叮嘱他记住勾践杀父之仇。后来又提到伍子胥将免死牌交还的事。

"寡人知道你是负气将免死牌交还寡人的，这何苦呢？寡人是晚辈，年轻气盛，会说些伤人的话，相国不必当真。对于臣子，只要不谋反叛国，即使触犯了律条，寡人绝不会处以极刑。尤其像相国这样的大功臣，享受赦免的优待是应该的。"夫差双眉一扬，笑道，"相国什么时候把东西拿回去吧，你用不着，得为子孙后代考虑。"

伍子胥心里一暖，半晌才说："先放在宫中吧，我确实也用不着，至于子孙后代，不成大器而平庸的无所谓，只怕有宵小之徒，以为有了此牌，便无所顾忌，肆意妄为，这于国于己都无益。最好的免死牌是自我约束，恪守法度。如真的犯了重罪大罪，绝不能让他们逍遥法外，当依法处置，不可法外有情。"

"相国能想得这么透彻，实在让人钦佩，也好，暂且就放在宫中吧！"夫差干脆地说，后又沉吟起来，字斟句酌地措起了词，"勾践这件事，寡人还拿不定主意，勾践此人确不是良善之辈，要他真心臣服很不容易。可寡人已有言在先，三年为限，到期放其归去。寡人不可食言背约，如果背信毁约，所失者大。假若，寡人说是假若，那个被你斩首的良人不是凌辱越后，而是结果了勾践，那也就罢了。"

伍子胥还是猜不透夫差到底要谕示他什么，只能应道："良人敢辱越后，不敢诛越王。不过，大王说得是，真宰了勾践，他倒是歪打正着，做了件好事。"

"寡人与徐承训练水师这些天，相国当断就断，不必畏首畏尾。反正二十几天，寡人就返国了。"夫差说到这里，对伍子胥投以意味深长的一瞥。

回来后，伍子胥和钮宣义私下谈起了大王奇怪的神色和闪烁其词的样子，总觉得夫差不会随便这么说的。

"大王是不是在暗示你，他出海期间，你对勾践可先斩后奏，等他回来，木已成舟，把责任推到你头上。"钮宣义猜测说。

伍子胥心头一凛，马上省悟到夫差正是这个含义，他不能明说，以便为他回国后处理此事留有余地。

"钮将军，你猜得对，大王就是这个意思。"

"大王语焉不详，模棱两可，会不会是大王和伯嚭设下的圈套？"钮宣义疑虑重重地说，"他们是要害你，你的免死牌又交回去了，相国，你太耿直了！我觉得，他们不会安好心，防人之心不可无啊！"

"我说过，生非我惜，死非我惧，不管此计真假，我决定这样做了。在大王出发后，我便以大王有诏为由，率五十禁军，到淹城把勾践杀了，为吴国除害，其余人不足为患，留待大王归国处置。勾践既死，可放他们归去。"伍子胥霍然起立，断然说道。

"好，相国，我率一千兵士为你助威！"钮宣义说，他为伍子胥的决心感动了。

"钮将军，你不必卷进来，我伍子胥一人做事一人当，如果是圈套，问我一人的罪就可以了，只要杀了勾践，消除后患，我个人的进退，都不足道。"

这事就这么定下来了，但钮宣义还是不放心，事关重大，处理不当，反而会惹出大祸。矫诏是死罪，到时，谁都无法为伍子胥开脱，伍子胥自己也意识到这一点，所以峻拒钮宣义援手。钮宣义越想越不对劲，只身由儿子钮寒驭马，速驰至孙武处。孙武正在孙平开设的烧制陶器的窑场里，钮宣义由子规带路，来到窑场。孙武在看伍青着色，一看钮宣义来了，便对伍青说："钮将军身经百战，当过

车骑大将军，让他给你说说怎么表现战争。"

"伍青拜谒钮叔叔。"伍青将笔置放一旁，起身行礼。

"罢了，罢了，免礼，免礼，你做你的，我来找大将军有事。下次再来看你们制陶。"钮宣义拉了孙武离开窑场。在孙武的书房，钮宣义将过程说了一遍。

"勾践活不成了，他三年工夫的心血白费了。"孙武极从容地说，"大王如此暗示，设圈套诬赖伍子胥的可能不大。夫差一向乾纲独断，不太会以这样一种方式清除异己。一定是夫差觉得下令处决勾践有些为难，因先前又许诺要放勾践，突然变卦，缺乏让人信服的理由，就想出了此策。这一手很高明，叫借刀杀人。"

"可他怎么会突然变卦的呢？我实在想不通。"

"很简单，大王是受到了什么刺激，这个刺激，我想就是他说的先王托梦。他要是放了勾践，先王之灵不容。伍子胥和你，一开始就力主杀他，可大王都听不进去，纵勾践归国之意已决。而正是先王的托梦，使他不得不如此行事。"

"大将军，你是说，大王杀勾践，并非认为放他是纵虎入山，留下后患。而仅仅是为向泉下的先王作个交代？"

"对，告诉伍相国，这是最后一次机会了，绝不能错过。为社稷苍生之福，他务必决断。不能再像惩办伯嚭那样，一再错失机会。"孙武顿了顿，"还有，夫差想北进，实在不智，国力未足而劳师远征，我以为不可。即使打胜了几仗，也得不到什么实惠，而耗费的代价巨大，吴国会被毁掉的。"

"大王想称霸，这错了吗？"

"称霸只能由近到远，循序而进。楚国虽被吴国打败，但远未征服；越国本来是可以征服的，但大王又给它留了生路。这次应借杀勾践之机，把越灭掉，实现吴越一统，然后征服楚国和其他小国，到这一步，吴国才真正有国力和中原诸国抗衡。早晚要有一个最强大的国家一统天下，为一统而战，非贪土地也，非称霸也。"

"实现天下一统到底为了什么？不就是像齐国、楚国那样一战而霸吗？"

"天下一统，就是四海和平，兵革不兴，永绝战争。"

"那么，吴国会成为这个最强大的国家吗？"

"我不知道，如果要北进，国力不及，不单无功而返，霸业不成，反而树敌过多。凡犯人者，必为人所犯，吴国必亡无疑。"

"大将军认为北上会出大麻烦？"

"是，这是显而易见的事。"

"大王起用范蠡，范蠡以参议之衔成为伯嚭门客，他向大王献了北进一策，大王十分称赏，才有了邗沟工程，越国还以三万民工支援。大王挖此渠，是为了水陆并进。这些想必大将军已听说了？"

"早听说了，孙平和伍青成亲，伍子胥和你们来参加婚仪那次，相国就跟我说了。起用范蠡，不是不可。关键是范蠡是否真心帮吴国。从兵法上来说，范蠡此策很有见地，但越国煽吴北进，其意是消耗吴国人力、物力、军力。一句话，削减吴国的国力。除了伍子胥识得北进不可取之外，全朝热血沸腾，你、卓荣、徐承、公孙雄都跃跃欲试。我也不便扫你们的兴了。"

钮宣义原来对夫差北伐的部署是很赞同的，作为吴国上将军和晋国人，他希望吴国和晋国联手，南北夹攻，横扫中原。但听孙武这么说，他一下泄了气。孙武是他最为崇拜的人，他的话不能不信，但北进的军备正在有条不紊地筹划和准备，作为一个将领，他反对不了，伍子胥也反对不了。

可幸北进之期还未定，从夫差的口气判断，他还在审时度势，未下定最后的决心。钮宣义相信夫差会三思而行的。眼下先把勾践除掉再说。

在夫差乘着新造的王舟，随水师的几百艘战船经大江出海演练的第四天，一个无月的漆黑之夜，伍子胥带了五十个身手不凡、全副武装的精兵，直奔淹城。伍子胥除钮宣义外，对任何人都没有透露，但华元还是得到了伍子胥有异常行动的消息。大王外出，华元格外小心，对都城各处加强了警戒。伍子胥的人马穿城而过，打破了吴都的寂静。警备的参将迅即上报禁军统领华元。

据报，伍子胥这队人马是扑向淹城的。华元的第一反应是伍子胥很可能乘大王离都之机，擅自带兵诛杀囚禁在淹城的勾践君臣，以造成既成事实。但这样伍子胥就犯下了欺君罔上之罪，这是不可饶恕的死罪。

而伍子胥的免死牌已由自己交给了大王，至今锁在宫中。本来就当着伍子胥的面说过"格杀不论，不管他有没有免死牌"狠话的大王也许会恼羞成怒，极有可能对伍子胥处以枭首的重刑，甚至会抄家灭族，整个国家会陷入极大的混乱。

华元越想越怕，初夏季节，温度不低，但华元的背上却冷飕飕的。他情急之下，立即调两千禁军，骑上快马，奔向淹城。

离淹城不远的留城里的饲马兵和骑兵也被巨大的声响惊动了。范蠡正在书房读书，一听由远至近的马蹄声，连忙拉着潘羽来到城外。据目击者称，吴国相国带了几十人，在大部队之前，冲了过去，但谁都说不清是怎么回事。

范蠡立即有种不祥的预感，这个时候，伍子胥和华元率领禁军杀气腾腾地去淹城，大事不妙。他知道吴王出海去了，由伍子胥主政。会不会他们乘吴王不在，密谋对越王越后下手；也有可能，伯嚭在宫廷的争斗中败下阵来，吴王改变了主

意，站到伍子胥一边，授命伍子胥和华元在他外出时处死越王他们。想到这里，范蠡不寒而栗。

这时，和他比邻而居的公孙雄身穿甲服，手提利剑准备上马，见到范蠡和潘羽站在城门口发愣，便喊住他："范参议，淹城可能出事了，伍相国和华将军都赶过去了。"

"到底出了什么事？难道要处决越王？上国还是不肯宽恕他？"范蠡沉着冷静地问。

"发生什么事我不知道，但不会是处决越王，这绝无可能。大王在出发前的几次朝议中，因为意见有异，对此均无决断。伍子胥没有大王的诏谕，是不敢也不会擅自行动的，其他人更不敢了。"公孙雄摇着头说。

就在这时，伯嚭乘着一辆马车赶到了，围帷掀开着。他见到已骑在马背上的公孙雄，大声说："伍子胥带了一小队兵到淹城去了，华元将军怕伍子胥图谋不轨，带着两千兵马去阻截他。咱们快去，这个伍子胥不怀好意！"

"你说清楚，伍子胥到底想做什么？"公孙雄很着急地问。

"明摆着的，他想杀勾践。"

"啊！真有这事，伍子胥胆子也太大了，敢这样自作主张，这不是反了吗？"

伯嚭不再搭理公孙雄，令驭手以最快速度赶向淹城，顺势把范蠡拉上了车。范蠡坐在车上，对潘羽说："外面很乱，你快回家去。你放心，不会有事的。"

"你自己当心，该回避时回避，听天由命吧。"

伍子胥来到淹城的外城。吊桥已拉了上去，几个狱卒站在城头上，隔河对伍子胥喊："你们是什么人？有什么事？"

"我是伍子胥，传达大王的诏书！"

狱卒一听是伍子胥，吓坏了，立即要放桥。刚把系紧的绳索解开，有一个狱卒提醒，晚上有人马来淹城是从未有过的事，会否是流窜到吴国的越国歹徒冒伍子胥之名，聚众来劫狱的。这么一提醒，放桥的狱卒立即停了下来。他们睁大了眼，想看清是否是伍相国，但夜色沉沉，又隔着很宽的河道，只有马的嘶叫声是清晰的。

那个提醒小心的狱卒是个伍长，他有了主意，要其他人紧盯着对岸的动静，自己去报告良丕。良丕一听，赶忙来到城头。他大声问："是伍相国吗？卑职是良丕。"

"良丕，我是伍子胥，我要见勾践，传达大王的诏书，快把吊桥放下来！谁耽误时间，以抗诏罪论处！"伍子胥见吊桥迟迟不放下来，很恼火地回答，他声音洪亮，一口的楚腔，良丕和几个狱卒都听出确是伍子胥无疑。想起伍子胥杀良人的严厉，他们慌忙把沉重的吊桥缓缓地放了下来，同时把厚实的钉有铜皮的木城门打开，伍子胥直奔内城，良丕等持火把，在前面带路。良丕边走边思索，伍子胥出现得很蹊跷，说是见勾践，宣大王诏谕，看他的气势，是要收拾勾践。但伯嚭、公孙雄等却未出现，公孙雄是淹城和留城的统领，他为何不到场呢？更重要的是，大王似乎已饶恕了勾践，几次许诺放其归国，现在怎么会陡起杀心呢？会不会是伍子胥擅自行动？良丕警惕了起来，如果是伍子胥在瞒天过海，那么，事情的性质和后果不言而喻，以后追查下来，自己脱不了干系。他是个见机行事的人，领着伍子胥等人入内城后，对伍子胥说："相国，你不必直接去监舍，卑职可去将勾践等人唤出来，在监场列好队，相国再去宣诏。"

伍子胥不假思索地说："也好，你快去让他们集合，要勾践动作快些，不要拖拖拉拉。"

良丕应声而去。季婉已觉察到外面的异常动静，透过门帘一看，见伍子胥和一队甲士赫然站在那里，伍子胥的白发显得格外醒目，他的脸色严峻中透着杀气。

季婉的心剧烈地跳动起来，耳边"嗡嗡"作响，脑子里更是一片空白，全身发软得几乎要瘫作一团。这时，勾践也已起身，并看清了外面的情形，他若无其事地整了整衣服，拉了拉紧张而茫然的越后，说："兴夷他娘，我要先走一步了，返国后立太子为王，告诉他，复国图强之策不可变。我们泉下再相见！"这一幕，自他入吴为奴以来，想象过无数遍，所以，外面的情势并没有让他感到意外。

季婉心里一震，刹那间清醒了过来，她走到勾践面前，深情地注视着这张瘦削而端正的脸。她伸出手，在勾践的脸上抚摸着，轻轻说："一路走好，天怜越国，越国不会灭的。"

"我死越存，我死而无憾。你跟了我吃苦了，下辈子再偿还你。"

"不，能嫁与大王，是我之幸。"

季婉嘴角露出一丝苦涩的微笑，眼睛里噙满了泪水。

良丕站在门前，身后站着两个高举着火把的狱卒，"越王勾践、越后季婉，请出去列队，奉接大王诏令。"

"是。"勾践回答。

"伍相国上次赠越后护身之剑还在吗？"

"在。"季婉回答。

"去取来给我。暂由我保存。"

季婉从墙上取下剑，交给良丕，说："请交还给伍相国，我用不着，多谢相国

关怀。"

季婉说完，搀扶着勾践向草地上走去。扶同、若成等已排成一队，他们已明白了勾践和自己的处境，勾践凶多吉少，他们则尚有一丝存活的希望，但多数人也作好了最坏的打算。见越王越后走来，中间的人自觉地分开，让他们站了进来，并向他们行礼。勾践感到欣慰，到这种时候，追随了三年的臣子，还对自己保持着应有的礼节。

伍子胥走上前来，他脸色铁青，楚国口音嘶哑而稳重："我向你们宣告大王诏谕！"

他话音刚落，由勾践带头，一列人齐刷刷地跪了下去。

"越王勾践，为奴三年，表面臣服，内心不服，处心积虑图谋复国反吴，着令斩决！其余罪囚，另作处置。"伍子胥捧着"诏书"大声宣读，整个内城鸦雀无声。吃惊的不是越囚，而是淹城的狱吏狱卒。

伍子胥读完，两个刀斧手走上前，将跪在地上的勾践一把拎了起来，架着他要去行刑。突然，华元骑着马旋风般地冲了进来，一边喊："刀下留人！刀下留人！"

紧接着，两千多全副武装的禁军将伍子胥及所带的军士团团围住，越国君臣呆若木鸡地站着。

华元下马，跑到两个刀斧手面前，命令他们松手。刀斧手看看伍子胥，又看看华元，左右为难。

华元一挥手，上来几个禁军参将，将刀斧手拉开，让勾践回到队列。

伍子胥顿足说："华将军，你别糊涂，越王伏诛，国家之福！快让开，按谕令办！"

"这是矫诏，伍子胥，你好大的胆子，敢伪造上谕，你要谋反犯上不成！"一个高亢的声音传来，同样是楚国口音，伍子胥一回头，看到伯嚭站在他身后，怒容满面，手持利剑。

"伯嚭，你信口胡言，竟说执行上谕是矫诏，你该当何罪？"伍子胥把手中的简书朝伯嚭扬了一扬。

"伍子胥，你还要狡辩，上谕由内官所书，留有备份，再经我、华元将军、你伍子胥会审后宣达。这是朝廷的规制。此谕我和华元都不知，我查过了，没有哪个内官写过，亦没有备份。你不是矫诏是什么？"

"特殊之事特殊处置，这诏书是我按大王口谕所书，不按规制办，就是要防备有人从中作梗，里通外贼。"伍子胥义正辞严地回答。

在伯嚭和伍子胥对峙时，公孙雄派人拽住勾践的手，直往草庐方向跑去，再由一队甲士掩护，上了一辆马车，急驰到护城河边。内城外的河中静静地泊了一叶小舟，有人让勾践下车后，扶他沿着一张斜放的竹梯下到船舱，船舱有芦席搭的蓬，勾践跨入蓬舱内，感到黑暗中蛰伏着一个人影，看不清是谁。见勾践上船，摇橹的船夫用竹篙一撑，小舟便无声无息地荡到河中心。

勾践不敢作声，也不知道为何会被救到这船上，他估计救他的人是伯嚭。但华元为何会阻止伍子胥对他行刑，伯嚭接踵而来，言称伍子胥是矫诏，这些情形让人很费解。据他所掌握的情况，华元是伍子胥一路的人，与伯嚭素不同道，而今天看上去，他似乎倒戈站在了伯嚭一边，而且，又有人虎口拔牙般将他解救出来。对这一切勾践心中充满疑问，也不知自己还会遭遇什么。

伍子胥和伯嚭一来一去争执了几个回合，便不再理会伯嚭了。他转过身来，发现已不见勾践了。他抽出腰间的佩剑，厉声责问华元："华元，你为何要拦我？你把勾践弄到哪里去了？你可知道，勾践不能留存，当诛！可你没有让我杀成，你铸下了一个天大的错误！我伍子胥没有想到，你华元竟是这么个两面三刀的小人！我要砍了你！"

华元扑的一声跪了下来，流着眼泪说："相国，你骂我什么，我都能接受。我也恨勾践，我更知道相国的良苦用心和一片血诚。可你不能用这样的办法，这是欺罔死罪，用相国的命的代价取勾践的命，这不值得！不仅仅我华元不答应，凡是吴人都不会答应！"

伍子胥知道这是华元的真心话，但他丝毫不为所动，也丝毫不领情，他瞪圆眼睛逼视着华元，痛心疾首地说："华元，我不要你这份好心，你太迂腐了，有些事我无法与你分辩，但你要知道，我绝不是贸然行事。退一步说，我伍子胥即使为今天的事受到最严厉的处置，我也心甘情愿，死非我惧，只要能杀掉勾践，绝吴国之后患，丢了我的这条老命，完全值得！"

"伍子胥，你说得好听，什么死非我惧，你自觉分辩无用，在硬充好汉。告诉你，虽然勾践你没有杀成，但单凭你虚设伪诏，一经坐实，便是死罪，很可惜，你的免死牌交得快了一点。"伯嚭阴笑着，对周围的禁军下命令，"你们快把伍子胥逮起来，关进大牢，防止他脱逃别国！"

但没有一个禁军听他的话，他们都看着华元，站在原地不动。气得伯嚭跳着脚，吼叫起来："我是太宰，我有权命令你们逮捕犯了死罪的伍子胥，你们听到了没有？"

华元站了起来，拭去眼泪说："在没有将事情全部查实之前，你我都没有权利

逮伍相国，此事只能待大王返国后处置。好了，相国，太宰，你们都请回吧。我与公孙雄将军留此善后。"

伍子胥对天长叹了一声，带着随他来的几十个兵，匆匆离开了淹城。伯嚭幸灾乐祸地看着伍子胥的背影，告辞而去。

华元令两千禁军大部退到外城，少部留在内城。越国王后季婉和其他臣子都回到监舍，扶同等越臣都不自觉地出了一口大气，认为越王至少今晚逃过了一劫。伯嚭也许把他藏在了一个安全的所在。但季婉坐立不安，只要确定不了勾践在何处，吉凶如何，她是放不下心来的。她坐在草铺上，心乱如麻。

她反复思考着今晚的全过程，想理出一个头绪出来，判断勾践目前的处境和以后的命运。吴国两个最有权势的大臣和统领卫护王宫及吴都的将军先后出现在淹城，在处置越王这件事上，出现了严重的对立。伍子胥和伯嚭产生争端不足为奇，两人的分歧由来已久。但华元动用禁军阻止伍子胥，就显得很不寻常了。

自然，她想得最多的，是伍子胥所宣的诏令是真的还是假的，这实在很难下结论。如果是伪诏，伍子胥犯的罪是不可原谅的，他不至于冒这么大的风险。如果是真的，华元和伯嚭为何认为是假的呢？这里面到底有什么不可知的隐情呢？夜已很深，季婉仍没理出头绪。

勾践一直在那叶小舟上，这叶不起眼的小舟掩藏在河岸浓密的树影里，没有任何人能察觉。而那个蛰伏在舱里的人是范蠡，他随伯嚭、公孙雄到淹城后，被眼前的景象吓傻了，焦急万分，挤在人堆里无计可施。正在这时，他的衣袖被人牵动了一下，是良丕，他对范蠡使了个眼色，小声说，奉公孙雄之命将他带到一个地方去，是为了救出越王。范蠡只得跟着良丕走，很快便来到护城河边的小舟上，良丕嘱他待在船上不要动，等会儿自会有人将越王送上船；有人来通知之前，他们绝不能上岸。船夫是淹城的一个狱卒，平时就是撑船运东西的，船夫会把船藏起来，不会被人发现的。

犹如惊弓之鸟的勾践在舱内待了一会儿，范蠡才小声唤他。勾践见是范蠡，顿时喜出望外。碍于船尾有狱卒，他们不能多说话，只是耳语了几句，范蠡紧靠着越王，握着他冰冷的手，好壮他的胆。

直到半夜，有人在岸边打了个唿哨，船夫才把船撑过去，登了岸后，只见一辆围车停在岸边，由一匹马牵引。勾践和范蠡上车后才发现越后季婉也坐在车内，季婉见了勾践，惊喜得差点喊出声来。只要在勾践身边，哪怕上刀山下火海，她也能够撑持住。在马车的颠簸中，季婉把头紧靠在勾践的肩上，勾践把她的一只柔若无骨的手捏在自己的大手里，这双手因为三年的劳作而变得很粗糙，掌上生出厚厚的茧子。

"大王，好险哪！"季婉低低地说。

"天助大王。"范蠡说。

马车把勾践和季婉送到留城，那里有一大片营帐，是供训练骑术的甲士住的。为防万一，华元和公孙雄商量后，决定将越王和越后送到其中一座营帐内暂住。这座营帐的周围再腾出五座营帐，华元安排二十名禁军进行看护。而这个地方，除华元、公孙雄、范蠡外，没有任何人知道。

一场风波就这样平息了。伍子胥十分懊恼，眼看勾践要成为刀下鬼，却被华元搅了，这个缜密的计划，成了败着。钮宣义大喊可惜，他认为还有机会，干脆由他带上一队兵，杀进淹城，把勾践杀掉；或者把底细告诉华元，说服华元对外宣布大王诏谕确有其事，他由于不明真相，出于误会才出兵阻拦。这样，便可再次向勾践宣谕，让他就地伏诛。

"事情已成僵局，再故伎重演，不可行了。不说别的，你我带兵去淹城，守城的狱卒再也不会开城门了，也不会放吊桥了。淹城有三道城墙，三道河，壁垒重重，出了这件事，那里的守备不会像原来那样松弛了，必会加强警卫。我们除非攻城，否则绝对进不去。"伍子胥说。

"攻城就攻城，淹城虽有城墙河道几重，但防备的兵力很弱，几百个狱卒而已，武器也不精，是不经打的。"

"钮将军，假传诏书已超过了大王暗示的范围，举兵攻淹城，更是非同小可，大王绝不会容忍。此策极不妥当。而且，我不想你和华将军卷进来。事到如今，一切由我来担当，你们就不要管了。"

"哎！这个华元，好端端的一件事，坏在他手里。怎么说他才好呢？"

"不能怪他，他是好心。"

"伍兄，须防伯嚭借此事乱政，听说当时他竟下令要逮你，他的气焰也够嚣张了！"

"伯嚭巴不得我伍子胥犯下死罪，他认定我是矫诏，在他看来，这是个极大的罪，不过这真是一个大把柄，我伍子胥这下死定了。"伍子胥自嘲地说。

"伍兄，大王返国后会追究这矫诏之事吗？"钮宣义不免有些担心起来。

"很难说，我自淹城回家后，重新细想，觉得矫诏之事真有些不妥。其实，我写诏书时，也犹豫过，但没有诏书，如何能诛勾践？反正只要杀掉他，其他就不顾了，只要对国家百姓有利就好。"伍子胥坦然地说，"大王果真为此事问我的罪，就由他去了，我问心无愧，人皆知之！"

隔了十多天，吴国的水师在海面上的演练告一段落，夫差班师。二十天在海上的颠簸，让他备感疲惫，也备感兴奋。因为新造的战船完全经得起海面风浪的考验，夫差在王舟的最高层，看到一艘艘庞然大物变换着不同的队形，在海上疾驶。战船之外，还配有粮船、水船、马船等船只，以保证上万兵士的吃饭、饮水，及登陆后的作战之需。船队在海面上绵延数里，阵容极壮观，使夫差产生了莫大的自豪感和一种荡气回肠的自信。

夫差对身边的徐承激动地说："徐将军，吴国的水师在诸侯国中可说数一数二了。不见吴国战船，不知吴之强盛。连靠海的齐国这方面都远不及吴国，中原的那些只拥有旱鸭子兵的强国就更不用说了。你说是不是？"

"是，大王，吴国水师之强，无敌于天下。但今后之战，还是以陆战为主，战船已足矣！"徐承回答说。徐承所称"无敌于天下"是两层意思，一是没有一国的水师可与吴国水师比拟；二是吴国可能没有在水面打仗的敌手了。因为未来战争的战场主要是在陆地，可以再兴水师，但同时更要注重步卒和车骑兵的壮大和训练。另外，这几年用于造楼船的花费和发动的民夫的数量是惊人的。徐承说得很婉转，话中已有规劝之意。

朝中的有识之士，如伍子胥、钮宣义、华元、卓荣、被离等都提到过，水师的工程已过于浩大，造船所需的一种上等硬木叫格木，主要用于做龙骨和桅杆，就要从越国、蔡国、陈国等国输入，这种生长了上百年的格木树，从砍伐到运输，就要数十人干上好多天。而大船有九帆，一帆之杆要用三棵格木的树干相接而成，单桅杆一船就要用去近三十根，龙骨更不用说了。造几百艘这样的船，仅格木就要几千根。所耗财力巨大，役使的民力就更不计其数。

扬帆海上这些天，航程也遭遇到一些险阻，变幻莫测的大海亦逗性子发作了几次，但强大的吴国水师并没有被难倒，上万名水兵中晕船呕吐、身体不适的虽达一半以上，但躺下的仅是个别，大多数都挺住了。几天下来，就习以为常、如履平地了。就练兵而言，这支庞大的水师确实得到了锤炼。

返国的当天，当船队驶入五湖，停泊在夫椒山船宫和别的岛屿时，伍子胥和伯嚭率领百官在夫椒山迎接。因出发那天是凌晨，船队出船宫时，是静悄悄的，而且是分批离港，到江中再集中编队。这是徐承的主意，不需大张旗鼓，所以出发时的情景，很少有人见识。而回来就不同了，夫差令先遣船提早返国，告诉伍子胥，要组织盛大迎归之典，钟鼓齐鸣，公卿百官和万民列于码头，欢迎大王率水师归来。

成百上千艘战船出海，这是破天荒的，夫差有理由得意。当这些船徐徐入港，

激滟水光中，望不尽的云帆、楼船、旌旗，着实令人震撼而振奋。欢呼声、鼓乐声响成一片，连乐船也出动了，宫里的乐坊和民间的百乐都上了船，吴都可说万人空巷，都城和夫椒山沸反盈天。

当夫差全身披甲，踌躇满志地从船上登岸，伍子胥和伯嚭率百官以大礼谒见国君，齐喊："臣恭迎大王凯旋！"

伍子胥看了看夫差，他虽看上去很精神，兴高采烈，但瘦了、黑了，略显憔悴，可见海上的艰辛。夫差回到王宫，在王宫的大殿和百官再次见面，群臣朝贺。看得出来，夫差有点累了，百官便散朝了。但夫差招招手，把伍子胥留了下来。钮宣义和华元见了，心里"咯噔"一下，担忧地看了伍子胥一眼，而伯嚭则是一脸的得意之色。原来，在夫差的船队由海上入江口，伯嚭就给夫差送去了一件密牒，告伍子胥矫诏诛勾践，被其识破而阻拦。伯嚭断定，伍子胥这一次绝对逃不过去了。

"伍相国，你坐，寡人有话问你。"夫差坐在上方，他招呼伍子胥坐到侧面的一方席子上。

"是。"伍子胥端端正正坐了下来，"请大王垂问。"

"你是怎么回事？有人告你的状了。"夫差神情严肃地问，但口气是温和的。

"臣要向大王禀报，臣左思右想，总觉得放勾践回去是便宜他，先王的仇不能不雪。所以，臣记得大王出发前对臣说的话，便决断诛杀勾践，先斩后奏。可惜没杀成，给华元将军和太宰拦阻住了，当时，勾践已在刀斧手手里了。"伍子胥跪拜下来，"臣假传伪诏，擅自行动，罪不容赦，请大王严处。"

"相国起身吧，寡人明白你是出于忠心，那个勾践的命也大，本来杀了他也就罢了，也算了却寡人一报杀父之仇的心愿。寡人之所以迟迟不作决断，就是觉得在父王灵前要有个交代。没想到节外生枝，这事变得越加棘手了。"

"大王，臣以为不然，要杀勾践，还是有办法的。"

"不行，寡人已诺三年后放他归国，寡人若出尔反尔，说话不算数，那岂不是成了欺人之谈？寡人不能失信于天下。你伍子胥素来主张不能存勾践，你杀了他，寡人最多申饬你一番，此事就此一了百了。可现在，举国都知道你伍子胥矫诏，你让寡人好为难。"

"大王没有什么好为难的，一切由臣担当。"

"怎么不为难？你矫诏之举，虽是居心无私，但毕竟犯了欺君罔上之罪，相国不会不知道，这是死罪。但寡人不忍降你的罪。但不降，又如何向众臣交代？而且，你的免死牌又交了出来。若寡人称，确授意过你，你并未欺罔寡人，但就如

刚才说的，寡人就成了言而无信的人了。"夫差语调中有着明显的惋惜和气馁，也确有难堪之处，"你说，你来担当，你到底怎么来担当？"

"大王说得是，只要容我除去勾践，大王可以问臣的罪。"

"请相国自制，切不能意气用事，此事先放一放，寡人得好好想想。眼下得有个说法。"夫差说完就站了起来，乘车去姑苏台见西施。

在此后的一次朝会上，夫差当着满殿群臣，对伍子胥矫诏的事进行了严厉的指责，念伍子胥是功臣、老臣，故不予追究。夫差的宽容，使伯嚭，钮宣华、华元、公孙雄及其他大臣都大感意外。

让大家更奇怪的是，夫差并没有赞赏华元和伯嚭的阻拦行为，夫差不客气地斥责伯嚭"奉职无状"，当着越国君臣的面，"形容乖戾"；斥责华元"身负禁中典兵重任，调度无方"。

华元听了，很是疑惑，大王的意思明明在怪自己不该出兵阻拦。但因为伍子胥没有被问罪，他终于大大地放下了心。自从伍子胥进淹城宣诏诛勾践未成后，尤其是夫差归国后，他一直有种无可言喻的恐慌。他最不愿看到伍子胥获罪。按大王和伍子胥之间僵持的关系，再加伯嚭的谗言，他估计这次大王不会饶恕伍子胥。可听大王对伍子胥的指责居然避重就轻，借理由为他开脱罪责，最后竟是"不予追究"。这完全超乎了自己的想象。

华元的脸上还是展开了笑容，不知不觉地点点头说："大王骂得好，是臣调度无方，致使事态失控，激起了严重的冲突，真是太糟了，糟透了！"

伯嚭一听大王对他的斥责，胸膛像被重重地击了一棒，他神色大变，脸上一阵青一阵红，终于按捺不住，不服气地说："大王，伍子胥欺君罔上，臣下令拿他下狱治罪，完全是维护大王的德威，出于爱君的愚忠，怎么变成'奉职无状，形容乖戾'，臣想不通。"

"好了，你就慢慢想吧，不过，太宰忠心可鉴，寡人心中有数。"夫差咳嗽了几下，并用眼色示意，伯嚭这才平静下来。听到大王在咳嗽，众臣才注意到夫差的脸色很差，灰暗而憔悴，便说夫差海上劳顿，未得安歇，又为国事忙忙碌碌，劝大王珍重身体，多加休息，不妨召医诊脉。

第二天，夫差的病在姑苏台猝然发作，病势来得很凶，高烧、咳嗽、上吐下泻，喉咙"呼噜，呼噜"地上了痰，胸口像有沉重的东西压迫着，气喘如牛。华元带着医师，立即赶至姑苏台，伍子胥、伯嚭、公孙雄、徐承、被离等大臣也接踵而来。国君病倒的消息传遍了朝中，但并未引起多大的惊慌，夫差还年轻，身体素来健壮，很少得病。此次染恙，显然是在海上得了风寒所致，不致于危殆。

西施却抑郁不乐，她对夫差的病情比别人清楚。夫差出海后，她居然失魂落魄似的。有时夜晚降临，西施在宫室中了无睡意，脑子里都是夫差的影子。思念的同时，是浓重的担忧，她在心中默祷夫差一路顺利，安然归来。二十多天，西施每日每夜都在忐忑不安中度过。

她计算着夫差回来的时间，坐在房中静候，神情是淡然的，却急切地捕捉着外面传来的每一种声响。车轮声、马蹄声由远到近，最后在馆娃宫前戛然而止，接着是熟悉的有力的脚步声。那个她企盼的活生生的身影出现了。

"西施，寡人回来了！"夫差喊着奔过来，西施含笑站了起来。

夫差紧盯着西施看，说道："你让寡人想死了！"

"你骗人，你才不会想我呢，海阔天空，哪有我西施的位置？"西施被夫差看得有些发窘，垂下头说。

"寡人没有骗你，寡人想你想得好苦！"夫差一把抱起西施，往床榻走去。

热烈如火的缠绵之后，西施仔细打量着夫差，发现他气色不好，非常疲惫，脸又黑又瘦，有些心痛，说："大王，海路颠簸，航行艰苦，你暂把国事放下，也不准到我这里来，安安分分地睡上几天，叫庖厨煮些好菜，补补身子。"

"你这是要禁寡人的足，其他事寡人可遵你的命，唯不能不让我来这里。海阔天空，茫茫无际，寡人只念你一人。好不容易熬过了二十多天才重新见到你，你要不准寡人来馆娃宫，寡人得了相思病怎么办？"夫差边吻着西施凝脂般的颈脖、灼热的嘴唇边说。

西施知道夫差说的不是假话，但她真不能相信自己在他心目中有如此重的分量。她用温软的手轻轻推开夫差说："你别在那里胡说八道，别说叱咤风云的堂堂国君，就是一腔热血的七尺男儿，岂能为一个小女子得什么相思病？大王说这样的话，也太没出息了吧？"西施抬起脸，盈盈笑意中带着故意不讲理的神色，在夫差眼里，显得更娇憨可爱了。

"没办法，英雄难过美人关！"这时，大雨倾盆，馆娃宫和姑苏台其他宫殿一样，屋顶铺设的瓦是铜瓦，骤雨落在瓦上，声喧铿然，雨水从檐上流下，形成一个个小瀑布，哗哗地直泻着。

这天，夫差一直在馆娃宫陪她。谈海上的见闻，谈水师训练的情况，神情十分豪迈。外面下着雨，宫中气氛温馨。西施几次忍不住想向夫差询问伍子胥矫诏的事，但她还是忍住了。据潘羽说，这件事太诡异了。所以，夫差归国后，绝不能贸然开口。伍子胥夜赴淹城，剑拔弩张，越王幸免于难的消息，是潘羽到馆娃宫来探望时，偷偷告诉她的。这时，勾践和越后已被保护在留城的营帐里了。西

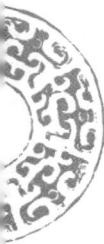

施听说后吃惊不小。

"伍子胥要是不罢手如何是好呢?"西施焦灼地问。

"你可知道,伍子胥没有人撑腰,何至于如此?"潘羽反问。

"你是说,是吴王授意伍子胥这样做的?"

"范蠡认为有这个可能。伍子胥当时对伯嚭称,是吴王口谕他采取行动的,伍子胥胆子再大,也不敢假传王谕的。"

"等他回来,我来追问他,伍子胥是不是他蓄意指使的。为何要对我口是心非?"

"西施,这使不得,若真的是他在哄你,你这样逼问他,他会恼羞成怒,也会引起他对你的警觉。除非他主动和你谈,你绝不能贸然开口。切记切记!"

西施记住了潘羽的告诫。

"你听说伍子胥去淹城的事了吗?"傍晚,面对面晚餐时,她为夫差斟酒,夫差很随意地问起。

"我听到了一点风,详细过程不甚清楚。可伍子胥怎么可以这么自作主张呢?幸亏华元将军阻止,否则出大事了。这更激起了我的思念之情。"

"思念之情?是念寡人?"

"当然,我想,要是大王在,就不会发生这样的怪事了。"西施向夫差报以深情的一瞥,"我真羡慕天上飞的鸟儿,要是我有翅膀,我就会飞到海上来向大王报个讯了。"

"你有翅膀,馆娃宫就关不住你了,你早就远走高飞了。"夫差喝着酒说,"不过,真正关不住的是心,心不在此,等于一颗心长了翅膀。"

"大王说得对,我的心是长了翅膀,大王走后,我只感到空虚,好像掉了魂似的,你这么一说,我才明白,我的心随大王去了。"西施不禁感伤落泪,她赶紧举爵,借袖障面。

夫差还是看到西施掉泪了,他顿时心软了,递上一块罗巾说:"跟你直说吧,寡人出海前,做了个梦,父王对寡人说,要报勾践杀父之仇。寡人把这个梦讲给伍子胥听了,他便有了寡人口谕他诛勾践的说法。可偏偏勾践没有死成,这恐是天意。这事你放心,寡人对你说过的话没有忘掉,君无戏言!"

"君无戏言?怎么没有戏言?大王说,我有了翅膀,就关不住了,早就远走高飞了,这不对,我的心早就给那个坐在吴宫里的人偷去了,翅膀也被他折断了,只能永远待在那个地方了。"

夫差自然听出西施的话外之音。她所说的"君无戏言",即是在再次提醒他要信守自己说过的话、作出的承诺。

连续几天，夫差夜夜和西施亲热，总是觉得不够似的，一次又一次的，近乎癫狂，仿佛要把离别二十天的眷恋补回来。但西施已感觉到夫差越来越力不从心了，他的虚弱已暴露无遗。西施很正色地劝他要节制，要爱惜自己的身子。

"寡人的身子强得很。"夫差拍着胸说。

但第二天夫差就病倒了，而且病得不轻。西施很自责，夫差生病的主因固然是海上受了风寒，但和归国后过于放纵不无关系。

医师和民间的名医高手轮番入宫把脉诊治，药石开了无数，可夫差的病非但不见好，反而有加重的趋势，整个人在病魔的折磨下，完全失去了平日俊朗而潇洒的神采。他直挺挺地躺着，气喘吁吁，眼睛微闭，连话都懒得说了，只有西施喊他，为他擦拭脸和手时，他才会张开眼睛，透出饱含爱意的光芒，对西施来说，这是心痛中所能感到的莫大的安慰。西施除了在吴国的臣子来探视、慰问时回避外，日夜都守在夫差的身边。

范蠡和勾践在密切关注着夫差的病情，吴王的病关乎越王的命运。范蠡随伯嚭到姑苏台探视了吴王，进贡了长在越国山林中的许多珍奇草药，这些草药是吴国没有的。潘羽也入宫看望了西施，西施伺机将夫差告诉她的伍子胥诛勾践的原委讲给了潘羽听。这使勾践和范蠡解开了谜底。原来伍子胥的矫诏并非杜撰，自有其凭恃。

由于华元不知真情，所以出兵阻止了他的行动，使伍子胥计划落空。这是天助越王，难怪夫差要说，这是天意！

"好险啊！要是华元晚到半刻，我早已在黄泉路上了。"勾践感叹说。夫差返国后，他已回到淹城。

但夫差的病使得事情又陡然复杂起来，复杂中又隐藏了新的危机。如果夫差不治，太子友尚小，他继位后掌控不了大局，而伍子胥的一派握有兵权，到时，必是伍子胥辅国，依仗钮宣义、华元、卓荣、徐承等大将的支持，伯嚭等人会在内斗中败下阵来。勾践的命自然保不住了。

夫差的病事关越国和自己的生死存亡，怎么办才好呢？

范蠡鼓励越王别泄气，既然有天帮忙，定会帮到底的。他提出了一个建议，据他和伯嚭去探视夫差病情，也据医师的介绍，夫差的病是出海训练水师，受了风寒，劳累过度，返国后已有病症，但不好好就医吃药，加上不注意休息，小病演变成了大病，但应该不是不治之症。越国有不少国手良医，原来大多居都城，

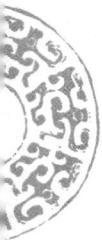

因战败降吴，散居到各地去了，也有的跑到别的国家去了。其实，越国不乏掌握救人一命秘艺的医家和效果奇佳的秘方。所以，可让文种在越国全国征集国手良医和秘方，到吴国治疗吴王。

勾践连连称好，立即送谕令给文种。文种很快征集了十多名国手良医和几十个秘方，亲自带了他们连夜赶赴吴国，由伯嚭、华元陪同至姑苏台，把了脉息，看了舌苔，又查阅了医案。其中两名七十多岁的老医师说，吴王的病虽是外感风寒所致，病灶在肾，原来所用的药石主要是消热清火的，但猛药用得过多，收效不大。他们的诊断获得越国来的医师和吴宫医师的普遍认可，伍子胥请来的民间高手也表示赞同。

于是，吴越两国的医家细细商量了处方，以及可能的变化和应对的方法，越医又奉上几个养肾的秘方，其中好几味药是之前范蠡进贡的珍奇草药。煮成药汤后，在华元监督下，经过严格的试服后，给夫差服用，一服下去，情势好转，三服下去，夫差大好。然后服用养肾的秘方，三天下来，夫差已能坐起，之前青灰色的脸色开始红润起来，两眼亦有了神。

越国医师都安排在驿馆，随时待命。伯嚭关照以上宾之礼招待，每人赏黄金十镒。夫差召见了范蠡，向他道谢。

"这个主意是越王出的，他当太子时，和越国的国手名医交往甚密，久而久之，也懂得医道了。是越王下谕把这些人召集到这里的。"范蠡说。

"请代寡人向越王致谢。"

"是。范蠡替越王谢恩。大王染恙以后，越王和越后焦虑不安，他有入宫向大王问疾之愿，却又自感卑贱，范蠡斗胆代越王请求，望大王成全。"范蠡跪拜了下来。

"太宰，勾践要来问寡人的疾，你说该不该让他来？"夫差转过脸问伯嚭。

"看在勾践替大王召来的医师治好了大王的病，臣以为，就给他一个面子吧。"伯嚭说。

"好吧，范蠡，就让越王来吧。"

范蠡连连叩头谢恩，心中充满了喜悦。原来恳求勾践进宫问疾是范蠡出的一个主意。他知道这几天夫差因服药而多溲溺，要勾践设法入宫向吴王问疾，求其粪便尝之，再称吴王的病已快痊愈。像吴王这样一个性情中人，肯定会大为感动，感念之下，说不定会赦免勾践，让勾践归国。

"此策虽能使吴王动情，但尝人粪便，会令天下人耻笑，寡人岂能为保命，而甘于下流？"勾践坚决地说。

"此计高明，忍一时之辱，保大王之命，有何不可？无损大王一根毫毛，亦不伤大王面子，为国为民，命都不足惜，哪里还有这么多顾忌？既然能当骑马凳，为何不能尝粪呢？大王，你从不觉世间有难事，这次怎么失去勇气了？这是多么宝贵的机会，如果错过，大王会后悔莫及的。"季婉劝导勾践。

"大王，王后所言极是。"范蠡跪拜下来，伏地恳求说，"请大王纳臣忠言，不致使三年心血辛酸白费。"

勾践无言，久久地沉默，在草房里徘徊着，最后扶起范蠡，说："范卿，起来吧，寡人答应你。你和王后说得对，此机不可多得，成败在此一举。"

第二天，勾践换了身干净的囚衣，乘上伯嚭提供的马车，在范蠡和季婉陪同下，来到姑苏台夫差宫室。范蠡和季婉留在外室，伯嚭领勾践入内室。勾践朝躺在床上的夫差恭敬地下跪行大礼，以头触地，久久不动，这是最隆重的"稽首"之礼。

"罪臣勾践谒见大王！"

"勾践，起身吧！"夫差略略抬头，满意地说。

"谢大王！罪臣勾践祝颂大王身体康健！"勾践边说边站起来，弓身站着。

"勾践，你举荐的医师诊好了寡人的病，你立了一功，寡人要赏你。"

"大王能允罪臣荐医，这是大王对罪臣的信任，只要能治愈大王微恙，罪臣哪怕赴汤蹈火，在所不辞。大王的健康不仅是上国之幸，亦是越国之幸！"勾践极恳切地说。

"寡人知道你的忠心，勾践，你入吴为奴已满三年了吧？"

"是，已超过一月了。"

"嗯，时间够快的。这三年，你还算能臣服，寡人心里有数。"夫差说到这里，眉头一皱，对身边的宫人说，"快拿便桶来！"

宫人忙抬上一只红漆带盖的木便桶至床前，扶夫差从床上移坐到便桶上，刚坐定，夫差便溲溺齐下，虽焚着香，仍盖不住扑鼻而来的臭味，夫差露出轻松痛快的表情。左右用干湿罗巾将其下身擦干净，夫差回到床上。

宫人盖上便桶盖，抬起欲移走。勾践喊了声："慢，请放下！"宫人放下便桶，疑惑地看着勾践。

勾践从容地揭开桶盖，将手探入桶内，收回时，指上已沾满粪便。勾践跪下去，毫不犹豫地将指上的粪送入口中，细细品味。有人惊诧地注视着勾践，也有人掩鼻窃笑。伯嚭则厌恶地别过了脸。夫差吓了一跳，失声问："勾践，你这是干什么？"

"罪臣勾践再拜大王，大王之疾，痊愈指日可待，可喜可贺！"

"可喜可贺！"范蠡跟着说。

"勾践，你何以知之？"

"罪臣少时喜结交医家，有道是'粪者，谷之味也。顺时气则生，逆时气则死。'罪臣方才尝大王之粪，味苦且酸，正应春夏之象，故知大王之疾痊愈在望。"勾践脸露喜色地回答，"这并非勾践凭空捏造，罪臣曾数次见到有经验的医师，观人泄便而知疾之轻重，据说无不灵验。"

夫差倏然动容，令宫人端来铜盘匜，盛香汤为勾践洗手，勾践摇头说："不必，不必，大王的器物，勾践不配享用。"说着，那只沾着粪便的手满不在乎地在囚服上擦了几下。

"越王，真是难得你这么忠心耿耿，即便所言不准，能这么做就是罕有的，寡人有这么多心腹之臣，亦有自己的亲儿子，但他们会尝寡人的粪吗？"夫差盯住伯嚭问，"太宰，你会吗？"

"臣爱大王，然此事不能为。"伯嚭低声回答。

"是啊！你们都做不到，寡人的三个儿子都做不到，可勾践做到了。"夫差说，"勾践，寡人要重重地赏赐你。"

"罪臣只是赎罪而已，大王的任何赏赐都受之有愧。"

"有一样赐物，你求之不得，绝不会拒绝。"

"罪臣什么都不要，只求上国更加强盛，大王早日北进称霸。"

"寡人三日内放你和越后归国，你的大臣也一起回去，怎么样？"夫差笑着问。

勾践内心欣喜若狂，但他装出很平静的样子，跪拜下来，朗声说："大王准许勾践归国，勾践有生之年，皆是怀德效忠之时。"

夫差嘱人取来三年前勾践肉袒投降时献给吴王的越王剑，将它还给勾践，并要他带着大臣移居驿馆，整理行装，三天后踏上返国之程。

第 二 十 章

夫差不顾伍子胥等臣子的反对，坚持放勾践回国。伍子胥说，大王如不愿诛勾践，将其关押为囚，再磨他几年锐气，让其老去亦是一策。勾践甘愿尝粪，做出常人不会做、不屑做的事，更显见其人老谋深算，不杀则应押，否则，吴国必亡于其手。夫差听了，非常反感，认为伍子胥危言耸听。

"相国，你说来说去就是这几句话，在你心底里，其实是小觑了吴国，小觑了寡人，也小觑了你自己。昔日，你和大将军挥师伐楚，今天，何以要被一个成为行尸走肉的越王，一个无一兵一卒的越国吓成了这样，你太没有底气了！"夫差说。

"大王，昔桀囚汤而不诛，纣囚文王而不杀，最终天道反转，亡国破家。今大王纵虎归山，如同桀、纣！"伍子胥气呼呼地说，"臣是老了，但并没有昏庸，倒是大王年正春秋，却老眼昏花。"

伍子胥几乎是在辱骂夫差了。夫差气得面色发青，指着伍子胥说："伍子胥，你居然诅咒寡人是桀、纣之流，你目无君上！放不放勾践，难道非要听你的不可？"

"臣犯颜直谏，只是痛大王为勾践所蔽；恨勾践用心阴险，手段卑鄙；忧吴国迟早会被勾践所害。忠言逆耳，老臣在朝一天，绝不会闭嘴。大王恶我也罢，斥我犯君、欺君、蔑君也罢，我有话就要实说！"伍子胥不断地手臂挥动。

"你不要以为寡人治不了你，就凭你拟假诏一条，就可问你欺君罔上之罪，且人证物证俱在，你无可推诿抵赖！"夫差拍案而起。

伍子胥知道夫差恼羞成怒了，他放低声音说："臣一人做事一人当，绝不会推诿抵赖。但天大地大，民心最大，释放勾践，民意不容。臣是遵天命，顺民心，尽人事，虽勾践就刑未成，但臣并不后悔，也自感无愧！"

君臣的情绪都失控了，讲话也都负着气，这样闹下去，只会使刚刚有所缓和的大王和伍相国的关系重新僵持，这是众臣不愿看到的。华元便出来打起了圆场，他说："伍相国措辞不当，但爱之深则言之切，相国所说所虑，皆为国家安危计，绝无私念，请大王息怒。"

"华将军此言差矣！伍相国纵使直言极谏，也不能以大王比作桀、纣，桀纣皆是女祸亡国之君，桀宠妹喜，纣宠妲己，且残暴不仁，所作所为，天怒人怨。伍相国把大王和这两个史上有名的昏君并提，绝非是措辞不当，而是彻头彻尾犯君、蔑君，加上矫诏欺君，伍子胥罪不容赦！"伯嚭驳斥华元。

钮宣义马上接上去说："伯嚭，你将相国的话肆意引申居心何在？相国提及桀纣时，是就事论事，明明说桀囚汤而不诛，纣囚文王而不杀，根本没有提到什么女祸亡国，你不要以为我们听不出你是在挑拨生事，蛊惑人心，大王明达，绝不会上你的当！"

"你们都不要多言了，寡人可以告诉各位爱卿，寡人绝不会做桀、纣那样的无道昏君，称霸中原才是寡人之志。至于勾践，在吴国为奴与让他回国一样，他永远被踏在吴国的脚底下。他要起反心，吴国不用吹灰之力，便可将他制服。伍相国，到那天，寡人令你带兵伐越，对勾践或剐或杀，任你取舍。"夫差降了些火气，用和解的口气说。

这次朝议，是在姑苏台的正殿举行的。伯嚭和华元见大王已息怒，便以大王大病初愈为由，劝夫差散朝回宫堂安歇，不要过分劳累，伤了身体。

"这么说，大王真的不想收回成命了？"伍子胥还不依不饶地问。

"君无戏言。"

"大王如此执迷不悟，老臣已无话可说了，吴国危矣，危矣！"伍子胥长叹着，脸露绝望之色，告辞出宫。

散朝后，夫差来到馆娃宫，夫差还为朝议引发的争论心烦气躁。西施已得知夫差当面允诺放越王归国，悲喜交加，喜的是越王终于得以安然回国，自己的使命也可算大致完成了；悲的是，勾践和王后这三年吃的苦、受的辱难以想象，甚至尝粪，这实在使她心酸不已。让她悲的，还有她自己的命运，该回去的都回去了，只有她，永远留在吴国了。虽然她对夫差、对吴宫已有了感情，但想到自己在吴国孤独一人，还是不免有些怅然若失。

西施见夫差悻悻的，便对夫差说："又有什么事让大王郁闷了？身体刚康复，不可忧心，不管什么事，要想开。"

"伍子胥为了勾践的事，出言不逊，竟顶撞寡人，他变得越来越乖戾了，简直不可理喻。"夫差勉强摆出笑脸，"他以为勾践归国了，吴国就会遭到灭顶之灾。"

"伍相国性格耿介，直言不讳，但他绝不是有意和大王为难。"

"你有所不知，伍子胥在朝中德高望重，寡人怕他拥权自重，所以不得不对他进行制衡，他就不高兴了。"

西施不想多谈朝政，便说："我不懂这些事，但我知道君臣相和是国家兴旺的根本，不然只会两败俱伤。国与国之间，也该罢兵息战，太太平平，兴农劝商，有什么不好的？非要打来打去，国家不得安宁，百姓不得安生。"

"西施，你太善良了。谁不想国家安宁，百姓安生，可天下的事不像你说的那样简单，你想安宁，有人不让，你不想战，但有人要攻你；你不称霸，便有可能为奴。像楚国越国，吴国若不伐他们，何来吴国今日之强大？"

西施似懂非懂，觉得夫差说的有些道理。她想了想说："大王，我说不过你，反正我不想打仗，一听到打仗，我就心慌，我希望吴越两国能永绝兵患。"

"只要勾践臣服，记吴国之恩，勿记吴国之怨，吴越之间不会再兵戎相见。"夫差肯定地说。

归国前，潘羽到王宫向太后蔡小娇辞行，又到馆娃宫和西施告别。夫差要范蠡留朝为官，助吴国北进。范蠡说，留他一人，仅一人之力助吴，让他回国，可辅佐越王以一国之力助吴。所以，留他是以小失大。夫差此后再也不提留范蠡之事了。

"我们俩真是阴差阳错，你是吴人，却去了越国，我是越人，却留在了吴国，真是世事难测。"西施感慨地说，"但越王越后能脱厄，也算是一大幸事。请转告范蠡，越国要记吴国之恩，忘吴国之怨，真正化敌为友，和平相处，这才能使两国免受兵灾之害。"

"西施，当了几年嫔妃，你已经站在吴国一边训诫范蠡、越王了。"潘羽笑话西施。

"我是偏向越国的，越王这些年苦不堪言，做上马凳还不算，居然尝粪问疾，到今天一想起来心里还不是滋味。越国百姓也跟着受累，年年向吴国贡物，好端端的国家，成了什么样子？"西施说，"我最担心的是越王回国后会记仇记怨，吴国远比越国强大，越王要有什么非分之想和非分之举，是不会有好结果的。再惹怒了吴王，吴王举兵讨伐，越王肯定不敌，再被生俘，必死无疑，无人可救了。"

潘羽震动了，她知道这是西施的心里话，完全是替越国着想，她点着头说："你说得对，越国是一个伤痕累累的国家，越王唯一该做的，就是带领百姓休养生息，富民强国，避战避祸，这才是正道。若一心想着报仇雪恨，会坏大事。"

"那么，我们相互有个约定，你对范蠡劝和，要让他明白，冤冤相报，互相攻伐，是自取灭亡。范蠡是明智之人，他会懂这个道理的。务必要他劝越王安分守己，不能妄动。我则劝夫差继续善视越国，给越国恢复生机的机会。"

"好，一言为定，我们就这么约定。"

"告诉越王，我西施生是越人，死是越人；我身在吴宫，心在越地。我无所求，只求越王、王后安康，越国兵革不兴。只要臣服，吴王不会找越国的麻烦。"

"我亦了解夫差，他志在北方，无暇顾及越国，只要越国老实，他会反过来庇护越国的。"

言下之意，吴王是仁厚的，可越王怎么样？这就很难说了。

西施和潘羽黯然相对了好半天，越王返国带来的兴奋顷刻间便过去了，剩下的是对未来的迷茫和烦恼。她们心里明白，勾践不是那种真正服输的人，伍子胥并没有看错他，看错的，可能是夫差，只是她们都不愿说出来而已。

勾践回到了越国，越国上下感到无限安慰，也无限辛酸：三年不见，大王昔日的王者风采荡然无存，三十多岁的人，变得又黑又瘦，头发花白，像一个五十岁上下的老者。王后眉目之间，隐含着莫可言喻的委屈、愤激和痛楚，其他的大臣也都是一副落魄相，可见他们受折磨之深。文种率领守国的全部大臣在都城城门恭迎越王，除了文种，其余大臣见了大王，都深感惊骇和痛心。

文种已安排了盛大的国宴为勾践接风，会稽的老王宫也已稍作修缮，但勾践下谕取消宴会，只是入宫和太子兴夷、公主兴姑团聚。十岁的太子，九岁的公主开始像见了陌生人一样愣怔怔地，然后才突然醒悟了似的，跪倒在地，哽咽着喊道："父王！母后！"季婉一把把他们拥在怀里，抱头大哭，恍如隔世。勾践见状，悲从中来，泪如泉涌，什么话都说不出来。不知哭了多长时间，勾践才轻轻地喊了声："好了，不用哭了，从今天起，要化耻辱为力量，复兴越国，灭吴雪仇。"

"大王，我们入吴为奴，没有埋骨异乡，能生还故国已是幸事。当务之急，是修复山河，使越国重生。灭吴雪仇可谓痴人说梦，且多说亦无益，传到吴王耳中，会招来祸害的。"季婉好意提醒勾践。

勾践听后，寒着脸好久不响，他恨不得立刻聚集人马，杀向吴国，置吴王于死地而后快。王后神色严峻地看着他，他才冷静下来，垂下头，低声说："寡人说的是气话，别当真！"

"不要以为我觉察不出来，我当真不当真无关大局，只是刚回到家，百废待举，气话也不应说。"

"这是在越国了，寡人在自己家里连说话的自由都没有，还能算一国之君？"

"大王失位已三年，刚归国，不可摆起国君的架子。大王要与民同乐共苦，一切从头做起，求得越国强盛。"

这时，宫人来报，范蠡和文种在宫外候见。勾践立刻让他们进来，并交代，以后凡大臣求见，不必奏报，让他们进来就是。

范蠡和文种入宫，跪拜说："臣谒见大王。"

"你们都给寡人起来，今后一律不必拘礼。国家有难，不要这么穷讲究了。"

"不，国家有难，礼更不可失。"

"那尽量简化些。"

"不能简化，大王在任何情况下，都是越国的君王。"

"寡人明白此意，很感激。但归国了，寡人不可摆起国君的架子，寡人要与民同乐共苦。这是王后说的。寡人觉得王后言之有理。"

"臣懂了，礼简略可以，但不能失仪。"

他们来到书房，三人围坐在一起，不分上方和下方。文种说了国内当前的窘境，割地、赔款、进贡，已将越国的国库掏空了，不得不向百姓以各种名目征税、索取粮食麻棉，以换取贡物。百姓为保大王和王后的命，即使一片萧条，大多都纳税尽忠。而各级官吏，包括守国的大臣，整整三年都未得俸禄，依靠积蓄和变卖家产度日。

"文种，那你何以每次来吴，都称国内甚好，粮足衣丰？你这是欺君冈上，你可知罪？"勾践以戏谑的口气说，心里却极为苦涩。

"文种大夫悄悄和臣说过，不向大王据实禀报，是怕大王难过。大王的压力已经够大的了。"范蠡说。

勾践和他的左臂右膀就今后的治国之计和对吴方略进行了具体而深入的商议。他们达成了共识：以保境安民，韬光养晦为重建国家的方针，为不刺激吴国，不提灭吴复仇。不仅不提，而要在今后相当长的时期里，继续向吴国输诚。然而，勾践的话中，流露出了对吴国咬牙切齿的仇恨，几次提到要以自卫民团的形式组建军队，暗地里整军经武，藏兵于深山山洞，伺机而动。所谓"伺机而动"，就是举兵伐吴。

文种对此完全赞同，认为在勾践入吴前，范蠡曾在山洞藏兵一千，这些人后来都已分散到各地民团中，成了骨干。可按此法，作出部署，组成八千人的军队，藏兵于山洞。这样的山洞，在人烟稀少的西南山区中有不少，藏上一万多兵，外界一点都看不出来。

第
二
十
章

勾践和文种越说越兴奋，范蠡却沉默了。

显然，范蠡对组建军队这种做法不能苟同，他有他的想法。

"范大夫，你意如何？"

范蠡立即答道："尚不到时候！"

"虽不到时候，先议议无妨，可预作部署，有备无患，岂不甚好！"勾践说，"当然，眼下实施是早了。"

"大王，越国国库已见底，田野荒芜，人口锐减，百姓饥肠辘辘，衣不遮体，有什么余力去整军经武。而且，吴国还有两千兵马驻扎越国，细作就更不要说，藏兵洞能藏得了一时，藏不了长久，一旦被吴国发现，必招报复，自速其祸。"范蠡平静地说，"再说，越国差一点遭灭顶之灾，目前国穷民贫，大王刚归国，就迫不及待筹划起军备来，大王难道还想再一次把越国拖入战火中吗？"

口气虽平静，然而是很严厉的拷问，勾践脸红了起来。自己的心思被范蠡看穿了。他口称"先议议无妨"，其实早有腹案，恨不得立即付诸实施。他看着范蠡，欲言又止，意识到范蠡责问得对。

"大王，越国不能再战了，至少这些年不能言及兵战。越国需要的是疗伤，别说伤疤未好，就是好了也不能忘了痛。"

"好，寡人不谈这些。一到国内，心境又自不同了，不免想入非非。"勾践发觉自己说话失态了，也太沉不住气了，想起王后季婉的话，不免面有愧色，马上明确表示放弃自己的想法。三年的囚徒生涯，使他变得谦虚而能时时反省自己的言行。

"是，现在谈这些，未免不切实际。"文种说。

"但所受的奇耻大辱不能忘，寡人无时无刻不记着。"

"当能不能忘，但要记在心里，就像在淹城一样，隐忍不露，发愤图强。"范蠡率直地说，"老天让我们生还，我们要珍惜这来之不易的机会。一言丧邦，一言毁邦，这一言当然不是指一句话，而是指一策之对错，大王还记得与臣的断袍吗？"

"当然记得。寡人至死不忘这段曲折，想起来就惭愧，当初要是听了范卿的话，不至于自速其祸。寡人要把那半截断袍挂在寝室，天天看它。"

"大王要凭自己的毅力、勇气去拯救越国苍生。"

三人推心置腹地谈了很长时间，走出宫室时，勾践心情舒畅了不少，胸怀也开阔了不少，他知道自己该怎样做了。

第二天，勾践在宫中举行朝议，除范蠡、文种、扶同、曳庸、诸稽郢、若成、计倪等大臣参加外，还邀请了莫希作为民团统领出席，同时邀了三十名百姓代表列席，济济一堂。勾践不戴王冠，不着王服，而是布衣布冠，足踏草履，王后季婉破天荒地和他并排同坐，但王后身穿素服，头罩白帛，全无修饰。

众人见了，面面相觑，都为大王王后的服饰感到惊异，接下来的一幕更增加了大家的不安。

"寡人和王后入吴为奴三年，这是老天对寡人的惩罚。但老天还是宽恕了寡人，让寡人活着返国，可这三年，国中的百姓，受到了寡人的连累，大家受苦了，寡人和王后向全体国民谢罪！"勾践痛心地说，说毕，拉着黯然垂首的王后深深一拜。

殿中所有人也都叩拜还礼。勾践坐直身子后，宣布了几件事：第一件事，将太子兴夷送到吴国作质；第二件事，越国百姓因战事和纳贡，贫苦不堪，为让百姓休养生息，国家在三年内，不征工役，七年内免征税赋。鼓励生育添丁，凡生男孩者，赐二壶酒、一犬，生女孩者，赐二壶酒、一猪。若妇人一胎产三子，配发乳母，产两子，赠送食物；第三件事，凡越国官吏，从大夫到里典，俸禄只取原规定的三成。鼓励垦荒，所垦荒地归垦者所有，还要发展养蚕、织麻、制陶、竹器、海货、铸铜等业，可自由与各国客商交易，也可由国家统一收购，输往外国，增加收益；第四件事，越国永远息兵罢战，在吴王德威荫庇之下求得安居乐业。

众人听了，无不欣然，但对送太子兴夷到吴国作质，大家心里颇为不快，大多人叹息，但保持缄默，也有人起来反对。

"太子少不更事，如弃学赴吴，今后继承王位，怎么治国？"扶同使劲摇着头说，"此条不可取。如是吴国要求，应请吴王赦免，待太子长大后再说。"

"大王王后在吴国囚禁了整整三年，越国倾国示诚，一再隐忍退让，割地赔款、贡物无数，到这地步还要如此相逼，还让不让人活下去？依草民所见，太子无赴吴为质之理，吴国不过是甲兵精锐，他们若要恃强凌弱，举兵伐越，我们男女老幼，和他们拼了！"莫希大声说。

"莫希师傅，你此言错了，吴国并不想灭越国，吴王保全了越国宗祀，释放了越国君臣，太子到吴国作质，非吴国强求，而是寡人自愿的，王后也很赞成，理由很简单，让吴国放心，让兴夷在吴国讨教强国之道，以便将来能更好地治国。还有一点更为重要，兴夷与吴国太子如有机会相处，结下厚谊，他们执政后，我们这代人的恩怨，到他们那一代，不至于再延续下去。"勾践解释说，"所以，请各位不要误解，吴越是近邻，和则两利，所以，寡人眼下所要的，就是带领大家

兴废图强，与吴国修好。请各位明白这个道理，务必以大局为重，想来你们会听懂寡人的话的。"

在朝会上，勾践虽这么说，但在他心里一遍遍对自己说，今生今世，发愤图强的唯一目的，就是破吴雪仇，不灭吴国，誓不为人！

兴夷是文种送至吴国的，他的师傅、仆人、宫女十几人陪着太子一起入吴。这出乎夫差的意料，勾践返国后，居然把儿子送来作质，这打消了夫差心中残留的疑虑，太子作质，虽不及越王本人，但分量亦不能谓之不重，这就是一个有力的证明，证明勾践被自己彻底征服了。

王后是舍不得儿子去吴国作质的，分别三年，母子又要再度分离，而且太子此去，遥遥无期，不知何时能返国，况且他还那么小，离开父母，身处异国，实在让她放不下心。但她还是忍痛同意了，明白儿子入吴，利多弊少。太子质于吴国，能进一步取信于吴王，另外还能使得越王约束自己的非分之想，因为儿子之故，他不敢贸然行动。

夫差将兴夷安置在一处大宅里，允许他一月中有三四天时间，与吴国太子友一起玩耍，可相互听取各自的太傅讲学授课。并允许兴夷每半年返国省亲一月。夫差对兴夷的善待，使勾践，也使季婉深感安慰。这样一来，吴越之间，增加了一点修好的氛围。

勾践在王宫住了几天，便搬了出来，在会稽山的山脚下搭建了三座营帐，一座作为自己的居室，一座作为和大臣议事的地方，一座供仆人、随从及内官安身。他每晚卧于柴禾之上，坚硬的柴薪使他浑身作痛，但他熬着痛，受不了时，便在心中喊道："勾践，你还记得马凳、尝粪之耻吗？你还知道儿子质于吴国吗？"如此，他便不觉得疼痛了。他把半截王袍覆在衾被上，时时提醒自己要忠言入耳。他取来猪苦胆一枚，悬挂在铺前，每日晨起必尝。苦胆奇苦无比，每尝都会让他感到一阵恶心，忍不住想呕吐。每当这时，他便在心中喊道："勾践，你这点苦都受不了，你能兴国图强吗？你能破吴雪仇吗？"

勾践不亲妻妾以考验自己的意志。每晚读兵书时，他还刻意自虐，有时困倦不堪，便抓一把苦草放入嘴里大嚼，强烈的异味使得他猛烈地咳嗽，眼泪都流了出来。冬天，帐内寒冷不堪，他不仅不许生火盆，反而取冰握在手中，不时在脸上、脖子上摩擦；夏天，帐内酷热无比，他反而生了盆火，烤得大汗淋漓。他处理国事之余，与农夫一起垦荒种地，苦劳身心，他自己吃的粮食和菜蔬都靠自己种植，播种、下肥、锄草、收割，这些农活，他都能干。他还和王后一起，乘了牛车，到各地去巡视，车内备上简单的饭食和浆水。返国以后，他和王后都不食

肉类，只吃菜蔬和咸鱼、咸虾。因为战争和开挖邗沟，国内壮丁稀少，留下了不少寡妇村。勾践听闻后，特地和王后一起到这些村子里去看望孤苦伶仃的寡妇和孤儿。看到儿童枯槁黑瘦的脸，勾践非常难过，季婉眼眶润湿。他们走下牛车，抚摸着他们的头，亲切地问："你叫什么名字？你几岁了？"孩子们一一做了回答。谈到自己的父亲，都称出门打仗或服工役去后，再也没有回家；对于父亲长得什么模样，几乎没有一个孩子能说得出来。

季婉从车上取来饭食和浆水，分赠给孩子们，看着他们狼吞虎咽的样子，不免感到怜悯和辛酸。后来，勾践将孤儿集中起来，由国家抚养。年轻的寡妇，鼓励她们再嫁，允许稍富裕的家庭一夫多妻。季婉带了各地农妇到苎萝村学习植桑养蚕，采葛织布，缫丝织锦。浦阳江和各处的码头河滩响起了捣练声，许多农村重现了男耕女织的景象。国家采购村妇织的麻布，为孤儿们送去寒衣，而丝绸锦缎则输出外国，换来粮食和银子。

三年过去了，越国农桑大有发展，物品日益充足，越国的商品销往各国，尤其是楚国和吴国。慢慢地，百姓家里开始有了余粮，国库有了储存。

战前，越国的铸造业是很发达的，打造出许多把闻名天下的名剑，勾践就拥有十几把好剑，他的父王允常爱剑如命，收藏的宝剑有二三十把。夫椒一战，越国大败，这些名剑好剑都流入了吴国，贿赂伯嚭的就有七八把，作为贡品献给吴王的更多。吴国驻军挨家挨户抄查大型铜器，冶炼坊被勒令封炉，只留下稀疏的几家制造农具。兵器一律收缴，民间除猎户之外，不许私藏刀、剑、戈、戟。冶工纷纷改行，铸剑师流落他国。农桑兴旺后，几家冶坊打造农具的量远远不能适应农户的需求了。

勾践要文种致书伯嚭，称冶坊所制的农具和屠宰用具不足以满足需要。按原来吴国对越国的限制，这些屠宰用的刀匕属严格控制的范围。伯嚭收到书简，奏报夫差，夫差一听，不假思索地说："屠宰用的刀具不必控制了，农具更不能去管制，准他们去制造，需要多少，制造多少。越国连兵都没有一个，有了兵器也没人使用，再说，杀猪羊的刀打不了仗，这不是兵器，不要怕。"

于是，越国的冶坊、铸造坊像雨后春笋般地冒了出来。勾践秘密下令诸稽郢铸造兵器，这些冶坊一般都设在山中。他们日夜开炉，鼓风，炉中所用的炭，选用坚硬的栗木，入窑而不闭穴火，这样烧出来的炭，名为"火墨"，火力强劲，是冶铸利器最好的燃料。

一些铸剑师又被秘密从各地召了回来，开始铸造锋利无比、装饰华丽的剑，由商人卖往各国，买客中不乏谋士、剑客、武士、侠客和豪门，还有各国的政客，

换来了很可观的金银，当然，更多的是备以自用。大量的各式兵器贮存在山洞里，可随时起用。

范蠡主张非攻，至少越国现阶段应该非攻，但他同时主张设坚固防。越国处处受吴国的掣肘，吴国只要稍不称心，便有可能用兵，所以，他刚返国时的观念已发生变化，越国也得开始筹建以防御为主的军备。开炉造兵器、卖兵器就是他一手筹划的，他授意莫希在浦阳江造舟进行竞渡比赛，获胜的木舟，由官府颁给彩帛、银碗，谓之"打标"。朝廷——留录打标的划舟人的姓名年籍，竞渡赛由苎萝村推广至全国，划桨、击鼓、助威的场面处处可见。

靠海地区，则鼓励经营渔业的大户建造渔船，每造一艘，由朝廷提供一定的补贴，船造得越大，所得补贴越多，渔业因此空前兴旺。海产鲜货常进贡吴国。越国还腌渍了大量海鲜，输入远离海洋、少见海味的中原国家，也赚了不少银子。在中原，海味奇货可居，是贵族才能享用的珍品。

渔船的增多和竞渡赛的火热，在吴国看来，是最正常不过的事，但无论是夫差，还是伍子胥，都没有觉察到这背后隐藏的一个玄机，那就是勾践和范蠡在为今后重建水师打基础。越国东面海上的甬东成了越国最大的渔港，日后会成为像吴国夫椒山那样的船宫，是舟师集聚的大本营。

但这一切只能在掩人耳目下进行，规模小，方式简单，分散零碎，缺乏整体的部署，不足以形成有御敌安境的军队。这使得处处谨小慎微的勾践心中充满了遗憾和渴望，他遗憾越国没有真正的军队，但建立正规军，吴国不会允许。

他在营帐内召集范蠡、文种、诸稽郢、若成、扶同、曳庸、计倪等大臣商议这事，要拿出一个既能组建军队，又不致招吴国之忌的两全之计。

"臣以为不要去顾忌吴国，越国虽是吴国附属国，但毕竟是一个国家，负有对外御敌、对内治安的职责。现在无兵无卒，靠民团镇不住，越国到该建军队的时候了！"诸稽郢说，"再说国仇家恨无一日不牵动着每个人的心，大王安然返国已三年多，仍事事要看吴国的眼色，王不像王，不住王宫，不着王服，有时候让人怀疑，越国是否是国。"

"没有军队，不成其国。"扶同说。

"臣以为不能贸然设兵，设兵要闹出事来。"曳庸神色忧虑地说。

"设兵之事要慎重，臣以为大王最近可去吴都，以送贡物为由，见一见吴王，乘吴王喜悦时，提出越国盗贼猖狂，山中部落谋反，请吴国派兵剿匪。事先可笼络伯嚭，让他献言，与其吴国出兵，不如允许越国少量设兵。"范蠡建言说。

"大王赴吴送贡物，不成体统。由文种大夫或范大夫跑一趟就可以了。"若成说。

"大王返国已三年，朝觐上国君王，也是应该的。吴王会很高兴。"文种说。

"什么叫朝觐？这是自甘为臣，自取其辱！"扶同愤然驳斥。

"扶同，你别忘了，别说为臣，我们君臣入吴为奴都达三年之久，这一点要想明白。寡人同意按范大夫说的，持贡物赴吴国朝吴王，由伯嚭配合，请吴王允许越国少量设兵。"勾践沉吟片刻，说，"可怎么个少量法？三百，三千，还是五千？"

"三百太少，五千太多，还是三千为宜。其实，多寡并不重要，只要吴王同意设兵，多少就由不得他们了。"文种说。

"对，对！"扶同抚掌，"这句话中听。"

文种专为此事去了吴都，拜访了伯嚭，送了厚礼后，提出越王有意亲率五艘贡船入吴朝觐吴王，因国内盗贼猖獗，山民作乱，奏请吴国派兵驰援。伯嚭说："吴国驻军要不撤离就好了，眼下大王全力筹备北进的事，乘船沿邗沟至邗城，住了几天才回来，这样的巡视已进行过几次。要吴国用兵剿匪恐怕顾不上。从长远计，不如越国自己组建一支军队，用来治安护民。"这正中文种下怀，便说："越王也想到这点了，但怕吴国不能谅解，不敢提出来。"伯嚭刚收了越国的礼，想作些回报，便爽快地说："这件事就交给我吧，吴王好说，只怕伍子胥反对。不过，吴王已不太听他的话了，特别在越国事宜上，伍子胥几乎无不反对，吴王已厌烦透顶。"

归程中的文种有点得意，自觉此行很顺利，带回了伯嚭从中照应越国的承诺。设军队这一条能获吴国同意，对越国意义非凡。三年来，文种和范蠡虽一直是勾践的股肱，但两人的想法不尽相同。文种已摸透了勾践卧薪尝胆的最终目的。

文种在以前曾主张与吴国修好，可勾践返国后，他的态度大变，完全支持勾践，主张整军经武，发愤图强，等待机会，举兵伐吴。勾践的涵养，实在可佩，平时从不轻言复仇。文种反而显得有些急躁，出言吐语难免偏激，给大王听到，会当众斥他失言失态。

范蠡和文种有些话不投机，甚至意见有些相左。范蠡认为，灭吴雪仇的想法不仅不符实际，而且十分有害。他首要的主张，就是走罢兵息战的强国之路，真正医治好战争所带来的创伤，待强大起来了，再逐步摆脱附属国的地位，争得应有的尊严和权益。对于军备，他以为是极其需要，亦是极其重要的，一个国家不能不设防，所以，他赞同尽可能多地制造兵器，饲养战马，组建军队，发展车骑、步卒和水师，但不能招致吴国的猜疑，不能惹事，更不能挑起兵衅。

勾践对文种和范蠡一样器重，对范蠡更是依赖，他知道范蠡比文种更睿智，更有才干，因此，勾践对范蠡始终是言听计从，尊重有加。

文种使吴的结果，使勾践精神一振，他积极准备贡品，并撰写了一篇颂扬吴王恩德的表状。一切就绪，勾践便启程赴吴，随行的是五艘大贡船，进贡帛布十万匹，良马三百匹，还有许多珍贵的药石，是吴国所缺乏的。依越国的状况，能奉上这些贡品已很不错了。

勾践身穿素服，除了王后外，只带少数随从和马夫。船队到了吴都，入住驿馆，贡品的单子先交太宰伯嚭看过，伯嚭遣人一一验收，帛布入库，良马入栏。

伯嚭建议勾践和越后先去看在吴国作质的太子兴夷，越后季婉也有此意，但勾践回答说："我到吴国来，是朝觐大王的，不是来看儿子的，岂能不见大王，先见儿子？我爱子，这是私情；爱上国之君，既是我的忠诚，更是越国的举国之忠。两者之轻重，绝不可颠倒。"

伯嚭将勾践的话进宫告诉了夫差，夫差满意地说："没想到勾践归国三年，对寡人的忠心一如既往，吴国有些臣子和勾践不可比，躲着寡人，像伍子胥已有两个月不来见寡人了。"

伯嚭把贡品单子给夫差过目，说："越国虽穷，但还是省吃俭用，向吴国上贡输诚，他们一心期望在吴国的庇佑下过太平日子。据臣所知，越国人心思安，担心触犯吴国，自召危机。"

夫差扫了一眼贡单，说："勾践是吓怕了胆，据谍报，他至今还不住在宫室，也不穿王服，一有空就上山拓荒，养了马，自己不用，他和臣子们进出乘的是老牛破车。这么一副寒酸相，哪像是一国之君？伍子胥称勾践居心叵测，这是无稽之谈！睡在柴禾上，尝苦胆，是警告自己勿忘耻辱，安于臣服。"说着，笑了出来。

"是啊！伍子胥把一个稻草人当作凶顽之敌了，真是可笑之至！"伯嚭也跟着笑了起来。

这几年，夫差虽将勾践等人放了回国，但他还是有些不放心的，起先由驻军暗中监察。驻军撤回后，还遣派了多名谍人，以经商、探亲、交友、游医等名义探询越国各方面的情况，谍报汇集起来，都证明勾践归国后循规蹈矩，处处自知约束，所制定的国策都旨在与吴国修好。而勾践本人，一切生活起居，均力求简约，布衣草鞋，不食肉不饮酒，粗茶淡饭；有王宫不住，而居营帐；冬天擦冰，夏天烤火，甚至卧薪尝胆，据说目的是刻意告诫自己，要痛记举兵犯吴，给国家和百姓所造成巨大伤害、濒临亡国的惨痛教训，不像是佯装出来迷惑吴国的。

伍子胥反复指责勾践是在韬光养晦，以屈求伸。夫差对此也认真思考过，勾践这么做，到底是出于什么目的。但想来想去，觉得勾践是以这样一种方式激励自己发愤图强，而报仇雪恨的可能性几乎没有，因为勾践、范蠡、文种都是有头脑的人，别说越国国力不裕，就是物力丰盈了，要对吴国宣战用兵，也是以卵击石。这一点，勾践是绝对清楚的，范蠡、文种也是清楚的，越国百姓也都清楚。

越国太子兴夷一直在吴国作质，年少懂事，性格仁厚，和吴国太子友很投缘。太子友多次在父王面前提到，兴夷每每提到其父入吴为奴时，不仅没有怨言，反而说这都是其父的不是，还说，父亲对以前的所作所为悔恨交加。孩子不会说假话，夫差对此深信不疑。

夫差看过越国的贡单后，感到一次次收越国这样一个穷国小邦的物品，实在有些不忍，便对伯嚭说："明天让勾践进宫来，寡人要宴请他，还要问问他国内有何难处，能帮的帮帮他们。并告诉他和越后不必拘礼，先去见太子吧，一家人难得在吴国团聚。"

"臣知道了，臣马上遣人去向勾践传达大王的美意。"

伯嚭没有派专差，而是亲自去驿站找勾践和王后。勾践和季婉一听，欣喜万分，儿子对他们来说，是朝夕牵挂在心的。于是，勾践用欣快的声音回答："好啊！大王美意，感激不尽，王后已迫不及待了。走，见儿子去。"

刚要起身，勾践心里突然有种警觉，吴王会不会借这件小事来试探自己说的话是否出于真心？

勾践马上收敛了笑容，对伯嚭说："太子在吴国好好的，既已来到了吴国，近在咫尺，不必那么急。我还得预备明天见大王的事，今晚就不去了，待见过大王，办完公事再去探望儿子也不迟。"说完，对季婉使了个眼色。

"越王多虑了，不过这样也好，大王其实洞察一切，正是越王的自制和小心，使大王心中的疑虑慢慢消退了，日久见人心嘛。"伯嚭已猜测到了勾践的心思，也就不勉强了。说完这句话，便离开了。

第二天，夫差在宫中接见了勾践。勾践穿着一身极普通的布袍，脚穿布靴，身上不佩戴任何玉璜之类象征身份的装饰物。勾践入殿后，在距夫差十几步的地方便跪了下去，然后膝行至距夫差五六步的地方，拜了下去，口称："臣勾践谒见大王！"说着，连连叩头。

夫差细细地打量着伏地的勾践，三年不见，这个勾践又老了不少，恂恂然如与世无争的老农。他若走在吴国的乡间，无人会识得这是越国的国君，确实，从他的外貌到衣饰，已找不到一丝一毫一国之君的痕迹了。如果说，入吴为奴时的

勾践到后期已成了一具行尸走肉，而眼前的勾践则是一个胸无大志的庸人。这样一个人，已完全磨去了棱角，没有一点豪迈之气，不可能再有什么"异心异志"了。

"勾践，起来吧。三年不见了。"夫差说。

一个内官唤勾践起身，安置勾践在右侧席子上坐下，面前是一张案几。勾践恭恭敬敬地坐着，看到对面坐着伯嚭、华元，自己的身边坐着被离、公孙雄，还有其他几位不认识的大臣，看服饰，地位都很高。

"臣这次入吴，有两事，一是带了些微薄的贡品，奉献上国，不腆之仪，略尽心意，拜谢大王盛德；二是面聆大王示下，臣愚昧无知，还要请大王多指教。"勾践诚恳地说。

"寡人知道你这几年不容易，不居宫，不食肉，坐牛车，穿布衣，还有什么冬天就冰，夏天就火，全国到处跑，恤死者，问伤者，养生者，慰有忧。越国在你治理下，有了起色，可越国的国力仍不裕，今后几年不要向吴国进贡物品了，你也不要太勉强，苦了越国的百姓。"夫差很和气地说。

"因臣之过，越国变得穷困不堪，臣刚返国时，田野荒芜，饥民遍地，道有饿殍，臣发誓越国从此干戈永戢，走太平富民之路。臣带头力耕，贱室力织，教民以劳，鼓励添丁，并开辟山林矿泽及海上渔业之利以使国库充盈。越国盛产皮毛、草药、海味，设法贩销于中原各地。得上国许诺，冶炉开封，铸造所需农具，耕者有一耜、一锄、一刀、一犁之用，屠夫有屠宰的刀具，三年以来，成效明显，越国起死回生。"勾践有条不紊地说。

"越国这些做法，先王登位后，伍子胥也推行过，效果确实不错。"夫差说。

"不尽相同，伍相国所策是筑城郭、立仓廪、设守备、治兵库，其意是图强称霸。越国不然也，臣不再有整军经武，以图扩张的野心，只求国家在上国庇荫下，安宁太平，百业兴旺，永离兵革，物足谷丰！"

"好，载戢干戈，物足谷丰，你此路走对了。你能吸取教训，改过自新，顺乎民心思安、民心思富的潮流，寡人很高兴。越国的百姓，也就是吴国的百姓，你有什么难处，尽管与寡人说。越国百姓能安居乐业，越国能国泰民安，寡人也就安心了，越国有难，吴国当助。"

"大王垂爱，臣有一事想叨扰大王。"

"勾践，你不要拘谨，有话直说。"

"越国近来盗贼横行，十分猖獗，加之有些山民因垦殖荒地，野兽减少，起而闹事，可越国无兵无卒，民团力薄，农器当兵器，无法制服盗贼，百姓怨言颇多。

臣恳请大王能遣兵入越剿匪。"

夫差听勾践这么说，感到有些为难，他正在着力部署北进的计划，准备在近期内吞并一些小国，且要把重兵压在北边和楚吴边境上，一时已分不出兵力入越。可刚才已许诺勾践，食言不妥。他便看着伯嚭说："太宰，越国的请求不算过分，你看如何是好？"

"臣以为越国窃贼猖獗，山民作乱，不可轻忽。若吴国兴师围剿，那些乌合之众诚然不是吴军的对手，可那些都是鼠辈小人，顽劣而狡猾，见势不妙，化整为零，散伏各处，吴师一撤，又会蠢蠢欲动。而且，铲除了一批，又会产生一批，衍生不息，成为不小的麻烦。臣建议让越国自行组建一支两三千人的军队，以治安护民，这样，朝廷就不必劳师动众，大举讨伐。"伯嚭回答。

伯嚭是极善于揣摩夫差心思的，他见夫差沉吟不语，马上醒悟到夫差对越国设兵有顾虑。他看了勾践一眼，勾践领会到伯嚭要他开口作些必要的解释，以让夫差释疑。

"大王，太宰建言，自然是好，越国有了自卫的兵，窃贼乱民就不敢胡作非为。但当年降约上写得很清楚，越国不准拥有军队，所以，臣不敢有此想法。臣不想吴越之间有任何疑云，臣要做的，就是让大王看到，无论何时，永为大王的不叛之臣。"勾践诚恳地说，"还是劳上国军队赴越国扬一次威，荡平盗匪乱民，保境安邦，越国百姓可以安享太平。请大王垂谕。"

勾践这么一说，反而让夫差感到自己所忌好像是多余的，勾践小心得想都不敢想。细细一想，对越国有区区几千兵卒都不放心，还要受制于伍子胥，未免有些窝囊了！

夫差主意已定：答应越国设兵，但派人监控，这样既成全了越国，又不必担心勾践，便看着勾践说："寡人知道你已知过悔过，洗心革面。寡人准越国设兵用以国内治安，不过，越国已三年无兵卒，吴国派两个参将赴越协助筹建。"

夫差此言一出，朝堂上一阵骚动。欣喜的是伯嚭和勾践。勾践拜谢道："大王开恩，派吴国将领助越设军，窃盗之弊、乱民之祸有望荡涤，臣多谢大王的体贴。"勾践心里当然明白，派人协助是假，监督是真，兵是越国的，调兵遣将的权柄仍操在吴国手里。但不管怎样，越国终于跨出了重要的一步。至于如何处理与吴国参将的关系，勾践自信一定可以想出很妥善的办法。

接下来是夫差设宴款待勾践，夫差觞到酒干，兴致极浓。勾践也放松了不少，一觞复一觞，他入吴为奴，没有饮过酒，返国后更是滴酒不沾，酒量大减，很快就有了醉意。夫差唤来宫中乐坊的乐师，奏起了编钟，唱起了高亢激越的吴歈，

还弹起了孙武带入的"秦汉子"。勾践还是第一次听到"秦汉子"的乐声，觉得别有一种醇厚苍劲的韵味，很符合自己的心境。勾践情不自禁起身向吴王朗声祝辞：

> 皇在上，全昭下，四时并心，察慈仁者。大王躬亲鸿恩，立义行仁，九德四塞，威服群臣。于乎休哉！传德无极，上感太阳，降瑞翼翼。大王延寿万岁，长保吴国，四海咸承，诸侯宾服，觞酒既升，永受万福。

夫差听了，愈加喜悦，对勾践的顾忌忘得精光，更加相信勾践对自己忠心耿耿。

"越王！"夫差改了称呼，不再对勾践直呼其名，"你也是一国之君，今后不必穿得这么破破烂烂，也不要住在帐篷里了，旧王宫不愿住，可筑一座新宫，国君该有的礼仪也该有，你不要面子，可你这样子有伤寡人的面子，越国毕竟是吴国的附属国。"

勾践听吴王唤自己为"越王"，顿时一愣，待夫差说完，便说："勾践虽承越民不弃，勉强算是国君，但勾践在大王面前，永远是臣子，不能僭越。越国国力不裕，筑宫之望太奢了。"

"三年之内，越国就不要给吴国上贡物品了，省下来筑个新宫吧。会稽的旧宫在山里，也旧了些，平阳的太子宫已毁，你在五湖边建个王城吧。"

"大王，越国毗邻五湖的土地已割给了吴国。"伯嚭连忙说。

"那里是越国的膏腴之地，越国就穷在那个地方割掉了。这样吧，寡人今天好人做到底，索性把那块土地还给越国，越王，这下你可满意了吧？"夫差醉醺醺地说。

勾践大喜，连忙谢恩，一口饮完一觞酒。他警告自己，酒醉失态在其次，酒后失言才是最危险的。但到后来他就醉得不省人事了。

夫差的大方，连伯嚭都觉得有些过分了，一句话，轻飘飘地将一大块肥沃的土地还给了越国，一句话，将越国三年的贡物一笔勾销了。华元、钮宣义等冷眼旁观，为大王的轻率感到不安，但在这种场合，他们只能保持沉默。

勾践醒来，已是第二天中午。季婉和太子兴夷坐在床边，太子是昨晚伯嚭遣人送到勾践、季婉身边的。

"你多年未喝酒了，明知自己不胜酒力，为何要喝那么多酒呢？看你醉成这样，太不自制了。"季婉嗔怪说。

"夫差要我喝，我不能不喝。"

"你就不怕酒后失言吗？"

"不错。我昨晚确有些失控，但心里还是清醒的，拼命为夫差祝颂，估计没有说不妥的话。你知道吗？夫差昨晚一高兴，准予越国设兵了。"

"真的？这下越国乱不起来了。"

"还有更好的消息，你猜猜看？"

季婉想了想说："免除越国上贡之累？"

"王后不愧是聪明人，一猜就准。还有呢，他将割给吴国邻近五湖的土地还给越国了，免去上贡三年，用于在离五湖不远的地方筑王城和王宫，他要还寡人以国君之尊。夫差的豁达，超出了寡人的想象。"勾践喜形于色，"不过，夫差并不糊涂，他要派几个参将到越国帮助筹建军队，实际上是要掌管越国军权。而王城的位置在五湖附近，一湖之隔，几乎可说在吴国的眼皮底下。"

季婉一听，反而觉得夫差这样做是好事，能遏制勾践的非分之想。季婉深知勾践为人，他虽然嘴上不说，然而内心那种报仇的冲动和欲望越来越强烈，这无疑是一种很不切实际的危险的打算。这几年，季婉和范蠡的想法已趋于一致，就是越国的国力刚刚有所提升，百姓也刚刚能喘过一口气来，还需要继续以养民为国策，对待吴国则以修好为主，即使进行军备，也以守备为目的。

但当着太子的面，她不想和勾践谈论这些事。在兴夷的心目中，吴王父子都是很仁厚的好人，吴国是个欣欣向荣的国家，国强民富，一心在作北进的准备，对越国已毫无戒心了。

"父王，今后尽量不喝酒，少喝酒，喝醉了要误事。"兴夷关切地对父王说，"我在吴国很好，你们不用担心，吴王对孩儿很仁慈，和太子友一起听太傅授课时，几次见到他，都问长问短。太子友还告诉我，吴王交代过他，在我面前，切勿提及父王入吴为奴的事，免得惹我不高兴。"

"好了，你到院子里玩一会儿，我伺候父王起身。"季婉见勾践沉下脸来，赶紧把兴夷打发走。待兴夷离开后，又说，"兴夷还是孩子，童言无忌，你不用这么板着脸，生闷气。"

勾践不响了，默默地起身洗漱、用膳。到了午后，一队甲士跑入门口和院子里列队守卫，一式的黑色甲服，腰悬弓矢，一看便是宿卫的禁军。驿站长急匆匆地跑来，对勾践季婉说："越王越后，赶快接驾！"

勾践一听，大为紧张，以为是夫差来了，便拉着季婉和兴夷，到驿馆门口恭候。一辆朱漆蒲轮的华美帷车停了下来，从车上下来的竟是西施，他大感意外。

西施一见越王越后，喊了声："大王、王后！"便要跪拜，季婉跨上一步，将西施一把扶住，小声说："西施，你是娘娘！别忘了自己身份！"

"在大王、王后面前，西施没有什么身份。"

"西施，快进屋坐吧。"

西施交代禁军头目："不准任何人靠近门窗，更不能随随便便进屋子来，你们替我看着。"说完，挽着越后走进屋子。

坐定后，季婉和西施互相含泪打量着，在季婉眼中，西施依然貌美如初，几年里竟无什么变化。当然，举止言谈，已非昔比。在西施看来，王后季婉还是那样端庄大方，但大大的眸子里却饱含着忧伤，微微抿起的嘴角则露出了坚毅。

"西施，刚刚说到你，你就来了，你还是那样国色天香，时间在你身上不管用，不像我，快成老妪了。"季婉有些伤感地说，"你怎么知道我们在这里？是他说的吧？"

他，就是指夫差。西施点点头说："当然是他说的，他昨晚宴越王，喝得酩酊大醉，没有回姑苏台。他是今天才回的，告诉我你们来了，说越王也醉得不行了。"

"是，我醉了，醉得不省人事，刚刚才起身。"勾践笑吟吟地说，"王后怪我了，说我酒后会失言会误事，吴王跟你说了些什么？"勾践最关心的是夫差的承诺会不会反悔。

"他说了，越国有内乱，允许设兵戡乱，还说把割地还给越国，再免三年越国上贡。这都是好事啊！"

"我以为这是他喝了酒后随便一说，怕他酒醒后后悔不认账。"

"不会的，他不是轻诺的人，只要答应了，哪怕错了，也不会悔约。今天伍子胥天不亮就闯入宫中，把他从睡梦中叫醒，硬要他撤去这几项承诺。伍子胥和他争辩得很激烈，但他不为所动。伍子胥扰了他的清梦，他对伍子胥厌恶极了，回到姑苏台还是气呼呼的。"

"伍子胥此人太死硬了，与越国为敌这么多年，到今天还不死心，此人不除，越国早晚会吃他的亏。"勾践说，"好在吴王有主见。不过，西施姑娘，我还得谢谢你，没有你从中规劝，我和王后不会这么顺利返国的。你是越国真正的奇女子，以后你有机会归来，我要铸一件大鼎，刻下铭文彰明你的大义，非如此不足以崇功报德。"

"大王，这万万使不得，我受之有愧，我不值得大王抬举，现在，我是吴王的嫔妃，过去的一切对我来说已统统割断了，我不可能回国了。我有负于一个男子，再也不能去辜负另一个男子了，还有，我爱上这个男子了，我离不开他了。不是由于他是一个君王，而是由于他是一个伟丈夫。"西施一口气把自己的心里话说了出来，说完，对王后强笑着，却淌着眼泪。

勾践怔怔地看着这个绝色女子，只感到心弦猛震，慢慢地，一股怒气从他心里升起，西施甘心情愿和这个越国的死敌过起了尽是浓情蜜意的日子，什么不能辜负他，都是托词，都是借口。说到底，西施不过是贪图虚荣和享受的俗妇而已，她也许做起当吴国的王后的美梦，这真正是无耻之尤了。

不过，勾践还是把这股怒气硬压了下去，轻轻说："你不说，我和范蠡亦早就想到了，潘羽已说过，西施的心已在吴王身上了。西施姑娘是讲情义的人，能在吴王身边，弭患于无形。"

"大王和范蠡把我像贡物一样献给吴王时，大概只想要我不着痕迹地在吴王耳边为越国多多美言，传递消息，不是细作，胜似细作。哪里会想到我西施的归宿？大王知道吗？刚入吴宫的我有多不堪和痛苦，献身于一个我痛恨的陌生人，又不得不强颜欢笑。那些天，我宁愿承受缧绁之辱，到牢狱去陪王后，也不愿在吴国的王宫里当人家的玩物，有时，我恨不得一根绳索结果了自己。只是想到国难当头，大王王后和范大夫都囚禁在狱中，我才鼓起勇气活了下来。"西施伤心地说。

"别听他的，他们哪里会替我们着想？我知道你心里很委屈。好在，你碰到的这个人还算仁厚，据潘羽说，他对你非常体贴，是这样吗？"知夫莫如妻，季婉也知道勾践说的不是实话，西施甘愿委身夫差显然惹恼了他，他的脸色一度变得很难看，这细小微妙的变化，季婉都一一看在眼里。

"大王王后一定恼火我不争气，可我也是人啊！他对我的体贴和呵护真是无微不至，我说在家乡见惯了鸡鸭，他就建了鸭场；我说在越王宫有鹿苑，他就建了鹿场。一次乘锦帆外出，在一座桥边，我见风景极佳，随便说了句这里宛若仙境，他就将那座桥命名为仙境桥。船行至另一座小桥边，他让宫女捧上化妆箱，亲自为我补妆，不小心将胭脂盒掉入河中，于是，他又给那座桥取名胭脂桥。他强悍，但有怜悯之心，他常说吾土即吾民，吾民即吾土。他把割地还给越国，就是因那土地上大多是越民，他说，将心比心，我是越王，也会感到地可割，民不可割。他赦大王，存越国，就是不忍灭掉越国宗庙社稷，不忍越民亡国丧邦。西施的话是有用，但若他无爱人之仁，他也是听不进去的。"

"西施姑娘，你别说了，你对吴王这些溢美之词，寡人不想听。"

"大王，你不要听就离开，难道只许你对吴王祝颂，就不许西施说他的好吗？西施说的都是实话，不错，吴王不仁，何以有我们的今天？"季婉低沉而又认真地

说，"做人要有良心，吴王善待西施，我们高兴才对。她够不幸的了，能碰到一个爱她的男子，我们可以放下一大半心，我不懂你是怎么想的，仇恨把你变得不可理喻了。"

季婉素来善解人意，这一番义正词严的话，使西施大受感动。想起自己的命运，感慨万千，眼泪簌簌地掉了下来。勾践见了，微感惶恐，带着不自然的笑容说："西施，我失言了，我这些年怎么过来的，越国怎么过来的，你也是知道的，对吴王对吴国，我不可能有好感。是的，我当着吴王的面，说尽好话，那是言不由衷，迫不得已。自己人这么说，我当然听不进去。"

"你也真是的！和西施见面不易，随便说说而已，你当耳边风就是了。对兴夷也是那样子，孩子说了几句在吴国的见闻，他听了不舒服，也虎起了脸。"季婉说。

"兴夷很懂事，书也读得好，我很喜欢这孩子。要是我有这么一个孩子，我此生就知足了！"西施说着，轻轻叹息了一声。苎萝村许多像她这样年龄的浣纱女，都儿女绕膝，差不多也有兴夷、兴姞这么大了。

季婉含笑抬眼，她明白西施的心思。忽然，一个念头冒了出来，她在西施的耳边低语说："我有个主意，当然要看你愿意不愿意？"

"王后的主意，西施不会不愿意的，王后快跟我说！"

"我让兴夷认你做义母，你能答应吗？现在，他就在吴国，在你身边，我也可放心。将来让兴夷加倍尽孝来报答你。"

"这当然最好不过了，可兴夷是越国太子，作他义母，我实在当不起。"

"兴夷从小和你亲得很，现在他在吴国作质，你又对他多有照拂，当他义母，你可谓最合适的了。"季婉转过身问勾践，"大王，你看好不好？"

兴夷认西施为义母，夫差就差不多成了义父，无形中使得吴国和越国的关系上加了一层亲。西施是越女，再加上一个义子是越国太子，夫差对越国会更加放松警惕，兴夷亦会得到更好的照顾。

"好，好，西施当兴夷的义母，这是他的福气！对于吴国与越国的修好，当然有益。"勾践笑道。

"我去叫兴夷进来。"季婉说着就走出屋子。

季婉出了门，只剩下西施和勾践两个人，西施深深地吸了口气，很认真地对勾践说："大王，西施有一事求你，大王千万要答应我。"

"有什么事，西施尽管说。"

"吴国和越国要真正修好，越国百姓不能再受流离之苦了。夫差那里，西施会继续劝说，让他逐步恢复越国和大王应有的尊严和地位，但大王不能以报仇雪恨作为立国之本，战到后来，不管胜败如何，受苦受难的都是无辜的百姓。西施求大王了！"西施说完，跪了下去。

"西施姑娘，你快起来，你身份已今非昔比，这样子不合礼数。"勾践急急地说。

"大王不答应，西施一直跪下去。"

"好，你起身，我答应你。勾践立誓不会和吴国再战了，这是我对你，也是对吴王的承诺。勾践一片血诚，日月可鉴。"勾践坚决地说。

这时，季婉和兴夷已站在门口，对西施和勾践的对话听得一清二楚。季婉拉着兴夷闪避到一边，待西施起身坐定，才入内。季婉对已十三岁的兴夷说："兴夷，这是西施娘娘，今后她就是你的义母，你快跪下，拜见义母！"

兴夷起初略有疑惑，片刻就完全明白了，他恭顺地跪下："儿兴夷叩拜义母！"

西施立刻起身，看着已长成小伙子的兴夷，趋前一步把他扶起拥在怀里，流着兴奋的眼泪说："你是西施的好儿子！第一个从接生婆手里接过你的，就是我。"

"儿知道，小时候，我是义母的小尾巴，义母到哪里兴夷也到哪里，母后骂我，你总护着我，这些我都记得。"

第 二 十 一 章

冬去春来，越王勾践朝觐吴王回国后，又过去了两年。

按吴王夫差的旨意，越国在离吴国边境不远的地方修筑了一座新的王城，王城很小，方圆不到三里，城墙也不高，而且，靠近吴国的方向，留出十几丈的豁口不筑城墙。勾践解释说，越国是吴国的属国，下国岂有防备上国之理？所以不需筑墙。城内的宫室也不大，室内的装饰和家具简朴得比不过越国比较富裕的人家。

勾践虽然从原来的营帐里搬到了新建的宫室，但床铺上依然是干草和柴禾，几天一换的猪苦胆也同样悬挂在头顶。越国的元气正在恢复过来，但他不敢松弛，更不敢贪图享受，他知道要达到打垮吴国、报仇雪恨的目的，他还有很长的路要走。越国还未积聚足够的力量，更重要的，天赐良机还未到。可自身的一些变化让他惊觉了，随着年龄的增长，他出现了心理上的倦怠，有时候，他会渴望安宁、渴望休息。他甚至怀疑，自己所胸怀的志向是不切实际，遥不可及的。有时，一觉醒来，身下坚硬的柴禾戳得他身体阵阵作痛，而头顶的那颗苦胆用不着去尝，只要瞅一眼，就会感到极度的不舒服。

多数大臣和贵族越来越沉湎于安逸，奢华之风日甚一日。战败于吴国的耻辱和所受的荼毒似乎都被忘得精光了。

勾践继续他刻板而自虐式的生活，他很不满臣子们追求奢华的风气，下了道谕令，对各级官员的住宅、衣着、坐车、筵席、器皿、家具、摆设等作了严格的规定，任何人不准僭越，谁违反规定，一经查实，便是重罪，轻则削职位夺爵禄，重则打入大牢，情节特别严重的可判死罪。勾践还真的重罚了几个臣子，革了他们的俸禄和官职，将他们的宅邸籍没入官，充作军资。

此举大快人心，奢华之风一扫而空。更大的变化是国力有明显的增强，三千军队是由自卫团改编而来，其中一千兵是禁军，负责保护王城，剩下两千兵用于剿贼平乱，全国治安迅速改善，民风变得淳朴而振奋。勾践当然不会满足于军队仅有三千人，他定了一个目标，先建一万步卒，将原有的民团集中成军；两千水师，从渔民中征兵。一万步卒都藏在人迹罕至的山洞里，分批训练，练兵和垦荒相结合。越国东面的甬东岛上有专门造船的工场，称"舟室"；有专事伐木的役夫，称"木客"；有专门造船的工匠，称"作士"；有专门从事管理的船官，称"治须庐者"——有这样的称呼，是因为越人土语谓船为"须庐"。

海面上驰骋着密集的渔舟，船舱里各种大小鱼儿蹦跳着，鱼鳞在阳光下闪闪发光，呈现着一派繁忙的捕捞景象。而甬东岛旁，停泊着更多渔舟，桅樯林立，高矮不一，而渔船上都升着一串串不同颜色的小旗，迎着海风猎猎作响。

这些"渔舟"中有一半是战船，装着捕鱼的样子进行水战的演练。水师由若成带领，步卒由诸稽郢带领。计倪协助总统领范蠡，具体负责制造战车、兵器和养马。兵器已打造了很多，铸造坊和炭窑还日夜不停地冒着火，继续生产更多的兵器，存放在一个个内库和山洞内。

夫差派了两个人到越国当监军。为首的是勾践、范蠡的老熟人，他就是淹城的狱吏良丕。在议论人选时，伯嚭推荐了良丕，他的理由是，良丕看管过勾践等人三年，对他们的脾性相当了解，双方也很熟悉，便于打交道。夫差想了想，问："良丕有没有打过仗？是不是带过兵？"

"良丕当过门将，后在淹城当狱吏，他没有带过兵，也没有打过仗。但此去只是监督越国设兵是否超员、三千兵平时做些什么，依良丕的机灵，他很适宜。"伯嚭说。

"好吧，就派他去吧！"夫差点了点头，他见过几次良丕，也知道他是良人的堂兄弟，满脸横肉，据公孙雄对他禀报，此人极有城府，奸狡如狐，在淹城当狱吏时，收受过越国的黄金。这是他喝醉酒时自己吹嘘的，并掏出一块金光闪烁的黄金向大家炫耀。公孙雄曾查问他，他承认那是一块涂金的铜印章，是伯嚭赏赐给他的，公孙雄一听涉及伯嚭，就没有深究。夫差没有当回事，但记住了。夫差同意的原因，是良丕镇守过淹城，在勾践、范蠡、扶同、若成眼里尚有点余威。

除了良丕，华元从禁军中选拔了一个叫王瑞的参将，此人有股精悍之气，参加过伐楚伐越的战争，打仗勇猛，为人端方正派，办事认真，只是年龄大了些，但到越国当监军还是能胜任的。

良丕赴越国前，伯嚭将他召到自己府邸，密谈了很长时间，嘱咐他到了越国不要较真，这是份美差，越国会厚待他的。伯嚭还赠给良丕一副华丽的鞍辔，一

把名剑。良丕自然心领神会，鲜衣怒马，同王瑞一起到越国赴任了。

范蠡将良丕安置在新筑的王城，配合计倪统领一千禁军，王瑞则安置到僻远的山区，那里散居着多个部落，向来自成一统，封闭自守，过着断发文身的群居生活，以狩猎为生。勾践返国后，鼓励垦荒，沿海平原的百姓便迁徙到山里，烧荒拓地，种植粮食，为进贡吴国造船所需的格木树等大木，朝廷所遣的民夫进山砍伐，惊扰动物四处逃窜，亦侵犯了这些部落的利益，于是和民夫发生了冲突。几场格斗，逼退了外乡人，民团受命前去平乱，可这些野蛮勇猛的山民用对付野兽的方法对付他们，面对山民的陷坑、网兜和涂有毒液的暗箭，民团根本不是对手，只能知难而退，但猎户出身的莫希以收买招安的方式，笼络住了几个部落，用粮食、盐巴、蔬菜、海味交换山民的皮毛，皮毛再销往中原。莫希甚至吸纳成批山民加入民防，以提供住房、耕田、牲口来争取一部分山民下山定居。其实在勾践向夫差提出设军时山民之乱已基本平息，但仍成为勾践的一个重要借口。

王瑞和一千余兵及一些民团常驻在深山里，王瑞去时，仍有上千个作乱的暴民被关押在当地的监狱里，不仅要派为数众多的民团看守他们，还要供应他们每天的膳食，是笔不小的开支。几个部落的头领派人到王城与范蠡商议，愿与朝廷修好，对垦荒、伐树等行动不再设阻反对，希望放了关押在狱中的山民。

这些在押的人都是部落的青壮年，他们的离家，使得家里变得窘困，不少家庭断了炊，老人小孩饿得吃树皮草根充饥。部落是集体劳作的，少了他们这些顶梁柱，捕获的猎物和采集的果实，远少于以前，库存的食物都快吃光了。猎物少了，皮毛自然也少了，拿不出足够的东西来交换粮食和盐巴，大家的日子越来越难过。更重要的，部落的山民在重重束缚的困境中，正在蠢蠢欲动。

范蠡和文种都主张放了这些山民，息事宁人。但勾践说，暂时还不能放，寡人要派他们的用场。

其意何在？范蠡和文种都不得解，再问，勾践脸上露出神秘的神色，说："吴国有将校来监军，设兵的理由是盗贼四起和山民作乱，如放了这些人，我们怎么证明乱过？"

范蠡和文种恍然大悟。

"大王英明，再起点骚乱，他们就没话说了。"范蠡沉吟着说，"但我们还是要小心。来的两个人，良丕是老对手，此人狡诈、贪残，还有那个禁军神将王瑞，是一员猛将，如今望六之年，虽力不从心，但据说生性刚直，忠于职守，不得不防。"

"良丕是伯嚭的心腹，也是伯嚭举荐来越国的，可以摆平。况且，他在淹城时，文种大夫喂了他不少东西，他也领情，没有与我们为难。只是这个人……"勾践说到这里，打住了。

范蠡从勾践迟疑的态度上看出他的心结：他由良丕想到了良人。良人的事在淹城时，大王好像并不怎么介怀，可返国后，尤其是最近，他似乎对此耿耿于怀起来，越后季婉为此很痛苦，向潘羽诉说了满腔的痛苦，令潘羽唏嘘不已。

"此人是条填不饱的狗，如他贪得无厌，索求过甚，可请伯嚭把他召回去。"文种说，"那个老将王瑞不是个好对付的，臣意把他放到山里去，让他带一支兵和山民去纠缠，让他领教领教山民的厉害。"

"寡人就是这个意思，良丕和王瑞，一个放在王城，把他供起来，他贪酒色、贪财物、贪享乐，这就好办了，只怕他不贪；那个不吃软的老家伙就放到山里去，先让他坐镇关暴民的监狱，再让部落头领组织人吓唬吓唬他，寡人已布置诸稽郢去办了。"

良丕和王瑞来了，良丕持夫差谕令，骑着马，带了五个甲士到了越国王城，勾践降阶相迎，入殿复以平礼相见，然后良丕占上首宣诏。诏令非常简单："良丕、王瑞为越军监军，越甲将士要听其监管、调配，军队人数限于三千，可配兵器，用于剿匪平乱，保全百姓，一经平定，即偃甲息兵。"

勾践跪接后，便欲设宴为他们洗尘，并移住驿馆，遭到王瑞峻拒。勾践也不勉强，把他们安置到营帐里，草草吃了顿饭，便由计倪、诸稽郢两位越国大将带他们检视由民团改编的三千兵。这三千人已整装待命，只是尚未配备兵器。王瑞板着脸一丝笑容都没有，有种让人捉摸不透的深沉。

良丕在淹城时是满脸的煞气，此刻却是笑意迎人的平和神态，有着凡事毫不在乎的劲儿，对曾是他阶下囚的越王君臣却相当尊重。

"我和王将军奉命来越国监军，我们仅两个人，三千兵不多也不少，我和王将军商议过了，公事不能不顾，但三千兵不能屯驻不动，是要随时行动的。这样，我们就顾不过来了，我们有个计较，可以两全。"

"好极了！"计倪欣然答道，"愿聆指教。"

"我和王将军分而治之，怎么分，由你们安置。"

这正中计倪等人下怀，便按勾践原来的设想，王瑞到山区平部落之乱。王将军是悍将，久经沙场，对于这些土匪，一出手就能镇住。计倪说，良丕暂留王城捉拿窃贼，贼有大小，有偷鸡摸狗的小蟊贼；也有打家劫舍，袭击豪门官府的大盗。且不管大小，这伙人神出鬼没，行踪不定。良丕精力充沛，可指挥一支军队四处追击。

良丕和王瑞对这样的安排，均没有异议，于是，计倪、诸稽郢在他们监视下，将兵器发给新建的三千兵，有戈、剑、刀、戟、矛和弓箭，王瑞暗暗为这些兵器的精致和锋利感到吃惊，便不露声色地提出马上要和这些士兵去山区。其时天色已暗下来，计倪表示黄夜进山诸多不便，要求第二天出发。王瑞答应了，依然不肯入住驿馆，和良丕在营帐住了一夜。

第二天一早，王瑞就起床，早餐后就由计倪带领进山。队伍的整齐和利索，以及军容之壮，再度让王瑞惊异，这绝不是草创的一支队伍，而是训练有素的一支军队，即便是民团改编，也说明民团并非想象中的乌合之众，应当说，会有相当的战斗力。既然有战斗力，何以要由勾践出面到吴国借伯嚭之口搬兵弹压国内之乱呢？王瑞心里冒出了疑团。

走了很长的崎岖的山路，穿过一片片树木繁茂的林子，王瑞到了监狱。监狱依山而筑，足有几十间，监狱外围着两道木栅栏，栅栏外，挖了条极深的沟壕，三步一岗，五步一哨，戒备森严。山坡下搭起了营帐，这是守兵居住的。

这时，那些所谓的乱民正在放风，衣衫褴褛的，有的甚至赤裸着上身，赫然露出文身的痕迹，在初春的带有寒意的风中，一群群挤在一起，看到王瑞和计倪等人进来，眼睛里都冒着不屈的火焰。也有一些十二三岁的孩子，像受惊小鹿一样，让王瑞见了很不忍。

王瑞停下脚步，在一间牢房门口探头看了看，只见里面比牲口棚圈还要肮脏，散发出阵阵恶臭，干草堆上躺着几个人，看不清样子，但从传来的呻吟声，可以判断他们是病人。

"他们生了病，有医师给他们诊视吗？备不备草药？"王瑞问计倪。

"他们自己会到林子里去采药草、抓小爬虫，一些稀奇古怪的东西都可入药，据说很灵。"计倪回答说，"山民还有一些秘方，但他们更相信巫师，生了重病，会请巫师驱除鬼魅。"

这时，十几个民团团卒暴喝起来："回屋去，回屋去！时间到了！"接着是皮鞭在空中抽响的声音，叫人听了心惊肉跳。

王瑞皱了下眉头，便和计倪回到营帐。一千兵分散几个点，王瑞又问了计倪一些事，着重问暴乱的原因。关押的是些什么人、到底犯了什么罪、准备把他们关到何时。

计倪告诉王瑞，大王返国后，见国中穷困不堪，为向上国朝贡，上山垦荒伐木，惊扰了山民，他们便用暗箭、投矛、陷坑、网兜等手段残杀进山劳作的民夫，死伤无数。关押的这些人都是凶手，或是民团的俘虏。计倪当天便回去了，民团也撤走了，只留下从当地雇来烧饭担水的伙夫。带兵的是两个越国参将，并一再关照他们，事事要听命于王将军。

几天下来，王瑞并没有发现部落有什么异样的情况，他又找了几个俘虏谈话，尤其是那群孩子中的几个。他们说的是土语，不好懂，由烧饭的伙夫翻译。王瑞发现询问他们很难，一个个问而不答，像哑巴似的。王瑞令伙夫端上米饼，几个孩子狼吞虎咽很快将它们吃完，这才断断续续回了王瑞的话。王瑞得知，他们并不是在格斗时被俘虏的，而是民团闯进部落把他们抓来的。此后，王瑞还带了两个兵，一番跋涉，来到山间的部落，接触了头人和一些山民，了解了许多真相。他由此断言，山民闹事是确有其事，但并不像计倪说的那么严重，而且，民团和自卫团极为强大，几个回合就把山里的骚乱平息了。有一个山民还告诉王瑞，他到过几十里外的大山，那里的山洞里藏有很多很多兵，还有铸兵器的炉灶和烧炭的窑，这是他亲眼目睹的。所以，许多部落头领已决定放弃反抗，朝廷也对部落采取了许多怀柔的政策，用粮食换取皮毛、干果，还鼓励他们下山种植等，但就是不肯释放拘押的山民，山里的劳力不足，日子过得艰苦。

"这些人没有犯重罪，为何要把他们像囚徒一样禁闭起来？"王瑞对带兵的两名越国参将说，"这会出事的，还是把这批人放了，让他们回山里去狩猎采果，养家糊口。"

"好啊！王将军说放，我们服从就是。说实话，这上千人关在牢里，每天要给他们吃喝，也要花费不少粮食，可纵虎归山，说不定他们又要起而反抗。"

"好端端的反抗什么？除非威逼他们，他们不得已被迫起事。但寨子里的头人说，他们并不想与朝廷作对。有些事可以坐下来好好商量，山民也有他们的苦处，世代传下来的生活习俗被打乱了，起来捣乱也情有可原，再说，朝廷对他们怀柔了，头领说，只要给他们活路，他们绝不会闹的。我看还是放了他们为好。我相信他们的诚意。"

第二天，关在栅栏里的上千山民被放回家了，几个部落都欢天喜地，点起篝火载歌载舞，热闹了通宵，一扫寨子里沉沉的死气。过了两天那几个山里孩子，扛了头獐子送到营帐来，说是答谢王瑞的礼物。王瑞自掏腰包，买了几斗稻米回赠给他们，和部下一起分享了獐子肉。

王瑞不动声色地暗中调查山洞藏兵、设有铸造兵器的工场的事，他怀疑越国以平乱剿匪的理由设兵只是个托词，其实是在扩军备战。越国的民团和自卫团足以维护治安，那么，何以还要藏兵于山洞，大量地制造兵器？从种种迹象来看，不难判断越国的意向。伍子胥、钮宣义、卓荣、华元等都怀疑勾践如此隐忍，怀

有不可告人的目的，这个目的就是积蓄力量，伺机反扑，一报越国沦为吴国附属国、勾践君臣入吴为奴的耻辱。王瑞决心要探个究竟。

王瑞的行踪被越国参将觉察出来，两人中的一人借个理由回到王城，向计倪报告。计倪大惊，连忙禀报勾践。勾践找来莫希商量，当即定了一条计。

这天，越国参将局促不安地对王瑞说，有探子报告，两个部落的山民们不知从何获得许多崭新的兵器，不知意欲如何。王瑞未多思索，带了两个吴国随他来的甲士，骑马到那两个部落去查探，这个寨子他去过好几次，与头人也是相识的。

三匹马沿着弯弯曲曲的山道走了很长时间，进了片大林子。王瑞急着要赶路，两个甲士紧随其后。

突然，响起一个响亮的唿哨，从密密的树林中探出一群山民，接着一阵怪叫，飞矢如雨。王瑞拔出佩剑，挥舞着挡箭，马奔跑得更快了。突然，马长嘶一声，前蹄腾空而起，一头跌入深坑中。那两个甲士见状，知道凭他们之力，救不了王瑞了，便掉过马头折回营地求援。援兵赶到，只见王瑞身中十余支箭，已丧了命，那匹坐骑还活着，但腿折断了，身上箭伤累累，发出一声声哀鸣。

王瑞的尸体运回了营地，经验明，中的箭是山民的土箭。越国军队进寨子挨家挨户地搜索，抓了几个可疑的人，关了几天，也未查出真凶。越军甲士砍伐了几棵大木，做了口又大又沉的棺椁，由四匹马牵着丧车，缓缓地运到越国王城。勾践率大臣亲迎王瑞的灵柩，并派丧舟将灵柩送回吴国，由曳庸和十个军人护送。曳庸带去了勾践向夫差的奏疏简书，除简叙事由外，深表哀伤和歉意，并给王瑞家人送上三镒黄金作为抚恤。那两个吴国甲士亦随船回国，亲口向华元禀报了王瑞被山民所害的情形。夫差得报后，对越国山民之乱深信不疑。

事实上，那群山民是莫希叫一批猎户扮的，这些人仿照山民的办法，挖了个陷马坑，在王瑞身中数箭随马栽入深坑后，他们一拥而上，对着坑中一阵发射，王瑞活活死于乱箭。勾践此计既除掉了对越国已有怀疑的王瑞，又使得夫差消除了对越国设兵的最后一点猜疑。

而良丕，在王瑞去山里后，便住进了驿馆。他独自住一个小院，摆设和家具是上等的，院子里一片芳菲，花香扑鼻。这样的宅第，良丕从未住过，他相当满意，这显然是越国对自己的抬举，也未记当年在淹城的仇。很快，驿馆的胥吏带了几个人来了，向良丕说："这是太宰伯嚭遣来服侍你的人，也是大王的美意。"

其中一名厨师、两名仆人，还有两名妙龄女子，杏眼桃腮，皮肤白里透红，发黑如漆，一个娇小玲珑，另一个身材较高，都是神清骨秀。

对她们的身份，驿吏介绍得很模糊，只是说："她们是来伺候将军的。"说着，

领着五个人向良丕行礼。良丕受宠若惊。

驿吏说了声"将军请便。"便告辞了。这伙人便忙开了，厨师下伙房，仆人摆开了食器，都是闪着光的铜器，酒是越酒，甘甜上口，但酒劲很足，菜肴海味居多，十分精致。两个妙龄女子一左一右侑酒，她们身上香风阵阵。良丕何时有过这样的经历？从小父母双亡，在一群无赖泼皮中混大，伍长出身，当过门将和狱吏，投靠了太宰伯嚭，才有了今天，但眼下的艳福做梦都想不到。

良丕很快就喝得不省人事，两个仆人把他抬入卧室，伺候他洗漱后便安置他上床，酒醉中他只觉得两个柔软温暖的身体在怀，折腾了很长时间，他恍恍惚惚的，似梦如幻。一觉醒来，天已大亮。

仆人见他醒来，伺候他穿衣束发，洗漱梳理。停当后，早餐便端了上来，昨晚的两个女子又来了，见了他，有几分羞涩，有种娇憨之态。此后，良丕便沉浸在酒色之中，勾践又不断赐他锦绣、白璧、黄金、马车，他本来想去军中看看，但一想起伯嚭"睁一眼，闭一眼"的嘱咐，便懒得去管这些事了，几乎天天遁入酒乡和温柔乡里，尽情地享受。

王瑞的死，让他感到蹊跷，他也去过越国新建的军队，那阵容威风凛凛，绝不是用来肃贼平乱的军队，但良丕已不愿多想了。他是扶着王瑞的棺椁上丧舟的，他的心情开始有些沉重，但很快就平静了，甚至有些幸灾乐祸，王瑞这么一把年纪了，过于认真，多管闲事，以致在箭阵中跌入了陷阱，这可说是他自己招惹来的祸事。自己乐得接受越国人的笼络手段，而专递给国内的奏报当然是多多为越国说好话。

两个监军，一个被残忍地置于死地，一个被收买成醉生梦死的傀儡。勾践没有了任何制约，放开手来整军经武了。在很短的时间里，已建成一万五千名步卒，五千骑车兵，五千水师的规模。另有三万自卫团和民团遍于国中，随时可摇身变成正规军，上阵打仗。

而对这些，夫差始终被蒙在鼓里，被越国的恭顺和臣服迷惑，也被良丕的情报误导。

就在这一年，吴国环五湖的农田蟹灾泛滥，水稻歉收。加上吴国连年来对周围的小国用兵，国家财力和粮食都告急了。

开挖邗沟以后，夫差派水师直抵鲁国边境，向鲁国索取牛羊猪等贡品达"百牢"之多，一牢即羊猪牛各一头。鲁国害怕吴国大举入侵，不得不如数交上贡物。紧接着夫差令伯嚭率吴师进犯鲁国的邻国邾国，迫使邾国臣服。夫差对周围小国

的攻伐，其实并没有多大的收益，军费却花费了不少。

连年的征战和大规模地开挖河渠，耗费巨大。而战争的胜利，使得吴国上下滋长了骄傲自满的情绪，官员的奢华之风愈演愈烈。更严重的是，从夫差开始到大多数大臣都不以为然，以为吴国的财力物力取之不尽，用之不竭。然而，一场蟹灾，马上让吴国感受到了不小的压力。

越国却遇上了少有的丰年，稻米甚至略有积余。每家每户屯上了半年的余粮，富裕的农家屯了一年的余粮。这是一个重要的转折，民不聊生、饿殍遍野的窘境变成了全国百姓有衣穿有饭吃的温饱状态，是极不易的。

勾践归国后，急于报仇雪恨，虽按范蠡的主张，发展农桑，垦荒拓地，开门引商，促进货殖，增加了国家的收入，但勾践最迫切的就是建军。在正式建军之前，铸造兵器，开挖铜矿，扩展民团。好在他没有摒弃范蠡的计议，将养民和养兵并重，把"民得以温饱，添丁增口"放在优先位置，山民之乱平息后，以绥靖怀柔之计，招安部落开山拓荒，山民尝到了农耕的好处，开始修筑梯田，加上夫差归还的五湖是膏腴之地，越国这一年粮食大幅增产。

吴国减产了，粮价暴涨。伍子胥向夫差提出，越国已数年不向吴国进贡，今年越国稻米丰收，而吴国歉收，可让越国向吴国贡稻米和粮种。勾践也从回国探亲的太子兴夷那里听说了吴国发生饥馑。

兴夷回吴都不久，伯嚭持了夫差要求越国贡粮的诏谕到了越都。这时的越都已扩建了一倍，伯嚭是越国的贵客，越国以最高礼仪接待他，将他安置在最豪华的驿馆。这座驿馆是新起的，勾践听说夫差偕西施要来越国巡视，西施还要回苎萝村省亲，便在原太子宫处修筑了一个园林，房子是在原基地上新筑的，轩敞而讲究，地上铺的不再是席子，而是红地毯，厚厚的帐幕，红漆描金的柱子，彩石地坪，白石台阶和栏杆，厚实的石墙，屋顶铺闪亮的铜瓦，窗户的窗眼镶嵌磨得极薄的贝壳，白而亮，大幅的窗洞蒙了细白的薄麻布。屋内的灯都是铜的雁足灯，大堂、书房、卧室都有熏笼和火盆，当然还设有冰窖，以便夫差和西施夏天入越。

西施打消了返国返乡省亲的念头。夫差在打着北进的主意，也无暇赴越巡视。这处远超于王宫的富丽的宾馆，只能一直空置着。伯嚭入越，勾践安排他住在此处，派了十个仆役、十个宫娥侍奉他，十个宫娥中五个是奏乐的乐伎，两个照料他生活起居，三个侍寝。

勾践甚是殷勤，要亲陪伯嚭去宾馆，伯嚭执意不让。其实，凡吴国来使，无论职务高低，勾践无不至驿馆或船上答拜，有些行程亲自陪同。范蠡、文种、曳庸等陪伯嚭入住。伯嚭一进园林，顿觉眼前一亮。

"越王现在住的地方又小又暗，生活起居简单到不能再简单，这里是准备接驾上国大王和西施娘娘的。他们暂时不来，太宰先享用吧！说实话，只有太宰才够这个格。"范蠡答道。

"我回去奏报大王，越国专门为他造了幢大邸，盼望他和娘娘大驾光临。"伯嚭东张西望。忽然，他想到什么似的问，"越王还卧薪尝胆吗？"

"早就不了，那是他刚返国时，为激励自己不忘教训，才那样做的。王城建起后，他就不这样自讨苦吃了。"范蠡说了句谎话，其实返国后，勾践无一天不卧薪尝胆，据他自己说，中间有半夜住在王后那里，为此深悔不已。

"是啊！越王何苦呢？能活着回国，就是大幸了。"伯嚭说，"不过，有人向吴王禀告，说勾践卧薪尝胆是为了灭吴雪恨，我是不相信的，越王如果有此妄想，那真的太自不量力了。"

"一定是有人在从中挑拨离间，这是无稽之谈！"范蠡喊了起来，"是谁在胡言乱语？我见了他倒要问个清楚。"

"除了伍子胥，还有谁？"伯嚭笑着说，"反正大王对他的话从未重视过。越王也不敢这么想，范大夫，你说是不是？"

"是，是，伍相国多虑了，不知越王是怎么得罪了他，就是不肯像太宰那样高抬贵手。那次他到淹城，幸亏太宰和华元将军，好险啊！现在想起来还后怕。"范蠡向伯嚭作揖说，"越国从上到下永远感激太宰的挺身相救，就凭这一点，越王也不会辜负太宰、华元将军的大恩大德！若恩将仇报，那真的不知好歹了！"

"太宰，伍相国对越国的成见未免太深了。"文种说，又加强语气添了一句，"可伍相国的操行是没话说的。"

"这算不了什么！越王命大。"伯嚭不爱听对伍子胥的赞语，挥一挥手，这个话题就算过去了，"吴国今年遇上蟹灾，稻米歉收，要越国帮上一把。"

"这好说，吴国的难处就是越国的难处，吴越既成一统，越国又是吴国的附属国，越王肯定会倾力援助。太宰，吴王的北进计划部署得怎样了？好像还在等待什么机会？"范蠡看了下左右，低声问。他在吴国时，伯嚭就和范蠡提出过北进方案，深得夫差赞赏，夸其为"大谋"。

"这是眼下大王心目中最重要的事，筹划多年了，按兵不动的原因，第一是伍子胥反对，第二是大王还在等待最佳的时机，那些挡路的小国，还要给他们一点颜色看看。"

范蠡从伯嚭的话中，摸到了底，伯嚭此行主要是来征贡的。但据范蠡了解，吴国为北进，已积了足够的粮草，今年稻米歉收，他们不动储备，这说明夫差对

中原用兵指日可待。越国日夜盼望吴国北进，吴王剑指中原之日，就是越国的重重束缚解脱之时。

辞别伯嚭后，范蠡、文种、曳庸便赶回王宫，勾践正在宫室徘徊，一见他们，连忙问："伯嚭此行，到底为何事？"

"伯嚭说了，是到越国来征粮的。"范蠡说。

"要多少粮食？"

"数目未说，明日大王去见他，伯嚭会提出来。他是有备而来。"

"夫差提多少，我们贡多少。"

"唉，越国好不容易有个丰年，家家有了余粮，国家也有了存粮，没想到他们上门来搜刮了。"曳庸发牢骚说，"不讨价还价，我理解，但也要力所能及。越国还是穷国，进贡太多，国家库存不够；要民间摊派，百姓又要遭殃。"

"力所不及当然不行。做好事，得留有余地，允承五分，做到八分，对方喜出望外。说足十分，做到八分，对方就会不乐意，人与人之间是这样，国与国之间也是这样。"勾践说，忽然，用一种诡秘的眼光扫向面前的几位大臣，说，"如果要种子，可以满足他们。这种子上，我们可做点手脚。"

"大王的意思臣不太懂，我们可做什么手脚？"范蠡问。

"将种子放在火上蒸一遍，让吴国明年颗粒无收。"勾践得意地说，"吴国又是歉收，如果正好北上讨伐，军队粮食断绝了，那么远的路，不打败仗也要饿死，越国便有了可乘之机。"

范蠡倒抽了一口冷气，这是十分恶毒的一计，固然对吴国劳师远征会带来影响，但深受其害的是吴国的百姓。而且，夫差一旦追查下来，越国如何向吴国解释？这无疑是一个险着。

"大王，蒸谷赠吴，臣以为不妥，伤害的不仅仅是夫差，而是吴国的百姓！"范蠡坚决地说。

"是，臣也觉得老大不忍。吴国闹饥荒，夫差又会让越国纳贡，那此举岂不是搬起石头砸自己的脚？"文种附和说。

听了范蠡和文种这么说，勾践心里冷笑："你们也是熟读兵书的人，怎么就不懂兵不厌诈的道理，真是妇人之仁！"嘴上却说："看来寡人考虑欠周了，此事再另作商酌吧！"

第二天，勾践带了范蠡和文种，来到宾馆，拜访伯嚭。寒暄一番后，伯嚭便出示了夫差要勾践贡吴国稻米、粮种以济吴国灾荒的谕令。勾践一看，要的量不算少，但还不算漫天要价，便干脆地说："上国有难，越国不能坐视不管，即日起，由文种大夫负责向全国征集，十天内将稻米和粮种运至吴国，以尽越国的绵薄之力。"

"多谢，我知道越国今年虽粮食丰收，但物产毕竟不丰，我对大王说，对越国不能索求过多，救了吴国，饿了越国，这就大事不妙了。"伯嚭起身，向勾践行礼说，"我清楚，这点数虽不算太多，但也不少，我实在惭愧得很。"

"太宰言重了，越国哪怕勒紧腰带，也不能让吴国百姓闹饥饿！"勾践还礼说。

事情谈妥后，勾践设盛宴款待伯嚭。席间，伯嚭又问起越国国内的治安，勾践说，有了兵，盗贼和乱民收敛多了，并要伯嚭转达吴王，王瑞之死，他深感遗憾，吴国折去了一员虎将，越国少了个挚诚的朋友，他为此好生不安，有几夜辗转反侧，无法入眠。今后，自己会借赴吴朝觐吴王之机，到王瑞墓前祭奠。

"越王不必放在心上，我听良丕说了，王瑞不该充好汉，只身闯到部落里去，野人哪认识你是越国人还是吴国人？他太冒失了，结果跌入山民的陷坑，这不能怪你们，只能怪他自己。"伯嚭喝着酒说，"大王也是这么说的。"

"不管怎么样，王将军是为越国殉职的，我很伤心。"

"越国够意思了，那么大的棺椁，上好的木材，还给了三镒黄金，丧事办得这么体面，可安慰王瑞于泉下了。"

勾践一听，便大为放心了。王瑞死后，勾践不免有些心虚，怕夫差对王瑞的死追查到底，还会通过别的渠道，刺探越国扩军备战的情报，识破底细。另外他还担心伍子胥反越的声音会触动夫差，把越国设兵这一条收回去，或者还会派什么将军到越国来监军。总之，自己不能不慎行谨守。蒸谷的事，范蠡说得对，这是个大破绽，会引起夫差的猜疑，不能因小失大。

"上国万事俱备了，邗沟可直抵鲁国，大王打算何时兴师远征？我知道这是国之机密，我不该问的。我的意思是，到时候，若用得着越国出力，越国极愿意效劳。"

"好啊！我一定把越王的心意转陈大王。北进是破天荒的大事，要倾全国之力，谋定而动。越国能与吴国并肩齐进，吴国当然欢迎之至。"

"越国力薄，又是小邦，恐怕帮不上大忙，兵只有三千，除护境安民外，恐怕分不出多少了。"

"昨晚良丕来看我，我问他越国有多少兵，良丕说，吴国限定为三千，越国严格执行，不可能逾过这个数。越国人很规矩。"伯嚭已有些醉意，"如果吴国北伐，越国没有兵，财力亦不厚，何以效力？"未等勾践作答，伯嚭自问自答，"越国再扩些兵也无妨。"

"这不行，我当了吴王的面，承诺只设兵三千，一个都不多，且用于护国安民。若不经上国大王同意，擅自扩军，使人起疑，到时，我无法解释。"

"我来解释，你不必多言，这是用来助吴的，谁也说不了越国什么。越王，你不用怕，有人为难你，有我伯嚭替你们做主。"伯嚭脸涨得红红的，挥着手说。

"我怎么会不怕呢？以越国目前的处境，最好是永远释甲休兵，以求个太平。"勾践叹了口气说，"太宰应当懂我设兵是不得已而为之。跟太宰实说了，我最怕吴国有人对越国猜疑，尤其是吴王。"

"这样吧，我授权良丕在三千兵以外，再建两千兵，由良丕统领，吴国有了动静，再随时听命开拔。"

"好，既然太宰授权良丕，那就任凭良丕做主。"勾践很干脆地说。他怀着一份警惕，始终没有顺着伯嚭的话表示要扩兵，最后一句话也是带着推脱的意味。他不是怀疑伯嚭这些话是圈套，是在套他的态度，他认为伯嚭只是喝了酒，在吹嘘和炫耀自己的权势。而伯嚭又是一个小人，真听他的话，答应扩军，夫差知道了，追究下来，他肯定会把事情推得干干净净。

范蠡认为伯嚭说的不是酒话，也没有夸大其词，吴国举兵北进，越国倒真的可以作出派兵的姿态，哪怕遣几百兵，也是象征越国对吴国的臣服和支持。于是，他很认真地对伯嚭说："到吴国北进那天，越国理应派些兵，不在于多，而在于诚。吴国猛将雄兵多得是，不稀罕越国出多少人，反正越国已有三千兵，那时，抽出一两千追随上国大军出征就是了。"

"好！就这么办，我会把越国的诚意转奏大王。"伯嚭说。

勾践连连朝伯嚭拱手。

伯嚭是第三天乘船归国的，勾践带了范蠡、文种、计倪、诸稽郢、曳庸、扶同、若成等文武官员登船送别，前去送行的还有良丕。待伯嚭的船远行后，勾践等乘牛车回宫。良丕把诸稽郢拉到一边，悄悄说，太宰已关照他，返回越国后，再可扩充两千兵。诸稽郢未发一言。后来，诸稽郢向勾践禀报了良丕的话，勾践说了句："没想到他说出来的话，真的要有着落了！"

稻米很快就征集到，除了每家献出一些，还动用了国库的储备。至于稻种，勾践想来思去，还是不甘心完全放弃他想到的"手脚"，只是作了些调整，蒸了三千斤种子，和没有蒸的掺和在一起，这样，吴国农民用这批稻种播种后，不至于颗粒无收，但也不会有好收成。押船的是范蠡，范蠡与勾践商量后，认为对于吴国北进的事，需要有进一步的了解。范蠡是北进之策的倡导人，夫差说不定会和他就此作些商议。潘羽随行，她要去拜访西施和太后，一来真的是想念她们，二来也可从她们那里摸清底细。

良丕也跟着回家探望妻儿。妻子以为他在越国很辛苦，托人带口信来要他多保重。他生出了几分内疚，另外，越国赠他的许多珍品也需携带回去。

越国粮船到吴，成了吴都的一件新闻，有人感激越国相助，有人觉得有失吴国体面，强吴弱越，却要越国送粮来充饥。

最高兴的是伯嚭，他自以为又为吴国立下一功。

但增兵的事，差一点遭夫差的拒绝。

"不行，兵多了，勾践会起谋吴之心。"夫差神色十分严峻。

"从臣在越所见，丝毫看不到勾践有不臣之异迹，臣传大王要其贡米的谕令，勾践二话不说，立即照办，乖觉得很。"伯嚭一愣，马上为越国辩解。

"太宰，虽然伍子胥夸大了越国的动静，但吴国就要北进，到时，国内就空虚了，勾践有了兵，就有可能乘虚而入。伐楚时，大将军和父王最担心就是吴国的后院出事。"

"今非昔比，今日之越国已是吴国属国，就那么一点兵，不足为惧。勾践要臣转奏大王，吴国若北伐，越国愿出兵与吴国并肩一战，以表忠心。臣以为，到时允越国将国内的兵力随吴师北上，让他们增两千兵，也跟着开拔，越国就又无兵无卒。"

"太宰言之有理，待越使送贡米来吴时，寡人会允越再设兵两千，就算寡人对他们送粮的回报。"

伯嚭刚才还为夫差峻拒越国增兵两千捏了一把汗，担心自己夸口的话落空。幸亏自己见机快，寻找了一个充分的理由，使得夫差消除了顾忌，同意越国扩军。但他也免不了惴惴，一直以为大王对越国已十分信任，刚才的话说明他其实还是存有戒心的。这个情况要告诫越国，所作所为不能让吴王生疑。

越国的粮船一靠岸，司农大夫被离亲到码头验收。伯嚭立即在相府见了范蠡，再次向越国表示感谢之意，并安排范蠡和潘羽住进驿馆。伯嚭对范蠡说，吴王正在接待一位重要的远道而来的客人，但不待吴王送走客人后，吴王可能会召见范蠡。伯嚭说了他向夫差禀报越国增兵的事，警告说："你们做事格外要小心。"

夫差接待的客人不是别人，正是鲁国的使者子贡，他是孔丘七十二个高徒中的一个。子贡是个商人，到过不少国家。

子贡是来搬救兵的。原来齐鲁两国国界相连，但却如同吴越一样，结仇很深。不久前，两国边境摩擦不断，眼看一场大战就要爆发。消息传来，夫差很兴奋，

他意识到，等待已久的北伐的机会来了。

事情起于齐国，齐国认为和吴国是姻亲，便想到联合吴国伐鲁，这时的齐君是齐悼公了。齐景公在相国晏婴辅佐下，平息了齐国的内乱。但晏婴一死，又祸起萧墙。齐景公在内乱中去世，五个公子互相残杀，四家大族再度作乱。乱中登位的齐简公因病去世后，太子继位，他便是齐悼公。齐国大族高、田、栾、鲍四氏一直争权夺利，内耗不止，使得齐国国力颓衰。

齐国使臣是大司马田光，伍子胥、徐承使齐时，和田光交谈得很投机。他对夫差说："齐鲁两国边境陈兵对峙，箭在弦上，一触即发。吴国是齐国的盟友，打败过一向骄横的楚国，震动天下，而指挥伐楚的正是齐人孙武。齐王之意，何不乘此机会，齐吴联合灭掉鲁国，再乘胜追击，荡平楚国，鲁、楚国土由吴齐分而治之。"

"齐吴素来友好，吴国助齐，理所当然。但鲁国弱于齐国，以齐国的国力伐鲁不在话下，何以还要吴国劳师远征？"夫差沉住气问。

"我可向大王直言，如能和吴国形成合力，南北夹击，也许会不战而屈人之兵，损失会降到最低限度。所以，齐君盼吴王能看在姻亲面上，和齐国联手。"

"请转告齐君，看在先王后面上，吴国不可能站在鲁国一边。"夫差诚恳地说。

这在田光听来，自然是已答应助齐伐鲁，他连连称谢。其实夫差的话说得很模糊，他的志向不是攻鲁灭鲁，而是称雄中原。在和田光的交谈中，夫差探得了一个重要信息，那就是齐国远非自己想象的那样强大了。

田光拜访了徐承和伍子胥，作为他们几年前使齐的回拜。徐承按夫差的旨意，陪田光参观了夫椒山的船宫，田光惊叹不绝，他对徐承说："徐将军，今日一见，大开眼界，北方任何一国的水师都远逊于吴国水师，我可断言，只要吴国无大的失策，今后天下霸主必是吴国。"

因为上次奉夫差之命赴齐航行，再加上几次海上操演，徐承已多少猜到，大王会选择海上进攻北方的国家，沿海的国家不是齐国就是鲁国。但徐承断定，若取海道，必攻齐国；若走邗沟，必攻鲁国。很可能齐国这个吴国的姻亲国家会成为北伐的突破口。这样一想，徐承心生警惕，在与田光的应答之际就格外小心。

田光又去见了伍子胥，他极敬重伍子胥，见到了便抢上两步，一揖到底："田光拜见相国。"一见之下，一阵惊诧：伍子胥比上次在齐国见到时明显苍老了，头发蓬乱得像冬日的芦花，面有重忧似的，看上去过得很不舒心。

伍子胥知道田光的来意，坐定后，便直截了当地说："足下远来吴国，是为搬兵助齐，但我反对吴国北伐，说得具体些，是时机还未成熟。"

"相国何以说时机未到？请赐教！"

"很简单，越国谋吴之心不死，而吴王昏聩，被勾践虚假的臣服所迷惑，让勾践归国，保全越国宗庙，甚至让越国设军，养虎成患，吴国近敌未除，岂能远攻？大司马，我话放在这里，吴国兴师北伐之时，就是吴国灭亡之日。"伍子胥正色道，"如果不信，大司马可拭目以待！"

田光是齐国权臣田恒的弟弟，田恒野心勃勃，见风使舵，官声极差，但田光与其兄不同，是个正人君子。听了伍子胥的话，知道吴国朝中的复杂程度，远超自己的想象。可他到底有求于吴国的，不便多发议论，只是同情地看着伍子胥说："看来相国与吴王在越国和北进步骤问题上，分歧很深，也许相国别有痛心之处，请相国想通些，消消气，世上没有过不去的坎。我和吴王谈下来，觉得他还是一个很有头脑的人，不像是昏君。"

"唉，大司马，一言难尽，这无关我伍子胥个人进退，而是有关国之安危。你是局外人，我不说也罢。依我的脾气，我早就想和孙武那样归隐了，但想到先王临终前的叮嘱，以及吴国的前途，我实在不忍心一走了之，再等等吧，待越国之患得解后，我肯定归隐田园。"伍子胥有些苦恼地说，"但愿这一天不会太迟，天下之大，总有我伍子胥的容身之地。"

"相国，你是一代英豪，是我田光钦慕的前辈，你若愿意，可带家眷到齐国安身，齐君久闻相国贤名，对相国极尊敬，相国赴齐，定会得到厚待。"田光说，"相国若想图个清静，不愿和齐国庙堂打交道，我有宅院几处，你可从中选择一处，一切具体的事情，都由小弟来办。当然，我不勉强相国。不过，如下定了归隐的决心，要早做决断，否则，以后就身不由己了。"

伍子胥为田光的真诚所感动，但他还根本没有要避居异国的打算。他曾有过一闪而过的念头，要归于田庐的话，就到孙武那里去，反正女儿伍青已在那里，在那附近再搭上两间屋也够住了，到时和孙武结伴养老，过上明月清风、鸡鸣犬吠的悠闲日子。

"多谢大司马，国势如此，我若去他国逍遥，上无以对国君，下无以对百姓。到时再说吧。"伍子胥郑重答道，神色有些矜持。

"这话倒也是。可我是真心的，绝无冒犯相国的意思。"田光有些后悔，也有点不安，自觉刚才的话有点唐突，可能引起了伍子胥的误解，连忙解释说，"小弟失言之处，请相国莫见怪。"

"不，我怎么会见怪呢？大司马的肺腑之言，我感激都来不及。以后若有机会，我会来齐国的，对齐国的风物我印象颇深，况且齐国是孙武和王后的故国。"

伍子胥脸上露出了一丝笑容。

田光回齐国了，自以为带回了夫差的承诺，也带着对吴国朝中乱糟糟的惋惜，尤其是国君夫差和两朝重臣伍子胥失和，这让田光对吴国的未来局势感到担忧，有种不好的预感。

吴国欲助齐伐鲁的消息传至鲁国，鲁国大为紧张，前司寇孔丘也十分着急，对弟子说："鲁国是我的母国，鲁国遭齐国入侵，情形危急，我应该做点事才好，不能袖手旁观！"

子贡自告奋勇地要求到吴国游说，他对孔丘说："吴国国君夫差虽然答应田光出兵，但学生以为吴国援齐伐鲁的态度并不坚决，很可能是口惠而实不至。吴国自阖闾起，在伍子胥、孙武辅佐下，开始强盛，攻伐楚国后，更是国力大增，其势甚炽，夫差早对中原有意了。夫差掘邗沟、练海舰的目的就是在谋北，而北方的强国是齐国，鲁国只是个弱国，夫差不可能舍强凌弱。学生分析夫差正在犹豫之中，他对田光的许愿只是草率的敷衍，学生愿意赴吴说服夫差。"

"寻常之人，夫差无必见之理。"孔丘摇着头说。

"夫差是有大智慧的人，老师盛名远播，凭这一点，他就不得不见学生，而且会对学生另眼相看。"

"夫差即便愿接见你，未必能听得进你的劝说。我一向主张各国止战，以仁义弭敌对，谋天下之大同。吴国穷兵好战，西逼楚国，南服越国，一心北进称霸，怎会对我这番见解感兴趣。你是不是太自信了？"

"学生有让夫差不得不听进去的理由，学生相信，夫差的北进计划是攻强让弱。齐国强于鲁国、邾国、郯国，曾是北方的一霸，近年来有衰退之势，正好是吴国攻齐的一个机缘。"

"何以见得？吴国不是威胁过鲁国，也攻打过陈国、邾国和郯国吗？"孔丘说。

"老师说得不错，吴国北进之念久矣，开始只是攻打小国以试实力，并给强国一点颜色看。这些年，他们屡战屡胜，骄气十足，自以为已到了可到中原称霸的时候，小国弱国已不在他们眼里，而要讨伐一个大国扬威了。齐国虽为强国，但国力衰退了，吴国攻齐，胜算较大。这就是我所说的机缘。"子贡滔滔不绝，"齐国攻陷，下一个目标就是晋国。"

"晋国和吴国是盟国，晋国对吴国多有帮助，吴岂能忘恩负义？"

"吴王夫差欲称霸天下，凡阻其大事者，均为敌也！"

孔丘对子贡的分析极为赞赏，他对众徒说："我原来以为子贡善商，现在看来，他更善政。好吧，子贡，你到吴国去跑一趟吧。救鲁国在次，救天下为主。"

正像子贡预料的，夫差听说孔子的学生来了，马上令伯嚭以上宾之礼接待。夫差早闻得孔丘盛名，可说如雷贯耳，子贡来吴国，夫差猜到与齐鲁争端有关，他刚和齐国的大司马田光交谈过，但更想听听孔丘怎么说。鲁国是孔丘的母国，他当然会维护鲁国。夫差还特别在意孔子对东南崛起的吴国是如何看待的。

在吴都王宫大殿的侧殿，夫差单独会见了子贡。

"吴王，老师孔子对吴国的兴起早有耳闻，说吴国山清水秀，五湖浩如烟海，风物清嘉，甲士骁勇，吴王贤明，老师特遣学生前来拜谒。入吴国后，果然名不虚传！"子贡一坐下来就对夫差说了些奉承话，"老师听说齐国大司马田光不久前来吴，请吴出兵助强齐凌逼弱鲁，老师着急异常，他说，吴王夫差是英主，岂会帮一头狼去吞吃一头羔羊？"

"田光是来过，子贡先生此来，到底是何意图？请直言，不要有什么顾虑。"

"大王助齐伐鲁，鲁国是小国，不堪一击，南北夹攻，必亡无疑。老师曾被人讥笑是丧家犬，这下我们师徒就真的成丧家犬了。"子贡说到这里，神色很哀戚。

"先生别伤心，事情没有这么严重。"

"怎么不严重呢？万乘之齐加万乘之吴，千乘之鲁还有什么活路？"

"寡人问你，如吴国不出兵，鲁国抵挡得了齐国的进攻吗？"

"抵挡不了，齐国这样的国家只有吴国才能对付，鲁国只能甘拜下风。"

"子贡先生的意思是要吴国出兵伐齐助鲁，是这样吗？"

"老师是这个意思，如齐国兴师伐鲁，吴国大军即北上，齐师不得不从鲁国边境撤离，鲁国之围自然而解。"子贡说，"不过，依我所见，吴国劳师远征，仅牵制齐师是不够的。聪明的办法，应有进一步的行动。一可乘势凌逼齐国签下盟约，承诺不犯鲁国，让齐国对吴国进礼，以示修好之意；二是乘胜追击，一举攻进齐国，吴国败万乘之齐，得服千乘之鲁，继而加威强晋，吴国可称霸天下了。请大王三思，伐齐伐鲁，其利若何？"

夫差一听，拍案叫好，子贡是说到他心坎上了。助齐伐鲁，意义不大，两个大国夹击一个弱国，鲁国自然不敌，一接仗便会垮下来，吴国逞不出威风，只是齐国帮凶而已。北进，助鲁伐齐是上策，就像子贡说的，败万乘之齐，服千乘之鲁，示威于更强的晋国。他已拿定了伐齐的主意。

"子贡先生，你的高见寡人已明白，可这样的大事，寡人不能独断，还得和相国、太宰及诸将作认真的商量，再作出布置。"

子贡和夫差晤谈后，其他人谁都没见，就匆匆离去了。

范蠡听说子贡在吴国，猜测和齐鲁之争有关，很想和子贡见上一面。当他从伯嚭处打听到子贡所住的驿馆，前去造访时，子贡的马车已在华元派出的禁军护送下，离开了吴国，经陈国回鲁国。范蠡深以为憾。

夫差召见了范蠡，谈到北进的事，夫差主动向范蠡提起了田光和子贡先后来吴国求援的事，但没有任何肯定的表示，反过来探询范蠡："范大夫，依你所见，吴国该帮谁好，齐国还是鲁国？"

范蠡当年提议开挖邗沟，贯通江淮，直抵中原的南沿，这条运河可用来运送兵力和粮草。由于邗沟的开通，暴露在吴国最前面的国家就是鲁国。现在，战争随时会在齐鲁这两个宿敌间爆发，战争的胜负很可能将由吴国的态度决定。吴国助齐，则鲁必败；吴国助鲁，吴鲁联军取胜的可能性很大。范蠡和文种、勾践分析过，夫差北进，志在称霸中原，齐鲁之战是个机缘。据范蠡判断，夫差最有可能的选择是助鲁攻齐。齐国是北方大国，称霸多年，击败齐国，对中原的震慑非同小可。

但范蠡不想就此多发议论。

"臣为吴国谋，认为助鲁攻齐为好。齐强鲁弱，吴国联齐攻鲁不值得。"范蠡徐徐答道，"大王不能跑这么远的路，去捏一个软柿子，而要去啃硬骨头。"

夫差自然懂得范蠡的意思，极深沉地点头："嗯，范大夫以前就说过，北进有几条线，海上一条，邗沟至淮水、济水、沂水等水途一条，陆途一条，左右夹攻，两翼齐动。如果像你说的，要去啃那个硬骨头，走哪条线为妥？"

"如果攻鲁，通过邗沟等水途加陆途两线就可以了；如果攻齐，必须要海上、河道、陆上三线并进力攻。"范蠡说，"这次送贡米入吴，越王再三关照，上国北伐，是越国一次将功赎罪的机会，越国境内的几千兵，可随吴师参战。越国渔船甚多，可派出几百条渔船为大军运送粮草。"

"好，不是吴国非要越国出兵，区区几千兵，吴国不在乎，但越王有这个诚心，寡人却之不恭了。但渔船就算了，那是渔民捕捞的器具，告诉越王，万万不能为了打仗去伤民。"夫差笑着说，"这次北进，寡人志在必得，正如范大夫所言，吴国要啃硬骨头，而且不是一块，而是几块。前两天，子贡见寡人时说，他的老师孔丘说过这样的话，当今世道，弱国是羊，强国是狼，狼一心要吞吃羔羊。寡人记得他还说过这样的话，天下无道，正是我们顺应天命进行血战的时刻。孔圣人说得多好啊！中原那些强国，都是饿狼，他们把中原的那些小国吞噬完以后，再互相撕咬，然后南下攻打我们，我们如果不乘这些狼疲惫不堪时主动出击，难道坐以待毙？正因天下混乱无道，我们不能退避。"讲到这里，夫差换了副肃穆的神色。

范蠡听了有些好笑，夫差明明是好战逞强，却要打出"行道救世"的名义，还搬出了孔丘的话和子贡的话，为自己的行为寻找理由。但范蠡还是诺诺连声。

从夫差这番言谈中，范蠡得出了一个结论，吴国要倾其国力北伐了！按照勾践的准备，吴国北攻，就是越国报仇雪恨的时机。

从吴国随勾践返国以后，范蠡体会到和平的美好，若勾践和夫差都能勤求治道，协和邻邦，大家便都有好日子过了。可这是自己不切实际的奢望。

范蠡和夫差约定，集中越国的三千兵士，随时待命。夫差谕旨一到，越国立刻遣一名大将率领部队入吴，原监军良丕撤回。越军编入吴师后，对越军另派监军。

"范大夫，待北进凯旋，寡人会重用你，拜你为上卿，入中枢替寡人谋划。你不能再推辞了。寡人在中原会有更大的动作，少不了你这样的大贤辅弼。"

"谢谢大王抬爱，只是臣实在不敢当大贤之称。臣和越王一样，只有一片血忱，回报大王，凡有可供上国驱策之处，粉身碎骨，在所不惜。"

"好，范大夫，你会成为寡人的军师。"夫差满意地说，"寡人有句话问你。"

"臣对大王知无不言。"

"寡人问你，寡人不顾伍子胥反对，放勾践归国，放得对吗？"

"臣以为如果勾践真心臣服，无疑是对的，反之就是错的。"

"那么，依你所见，勾践是真心臣服吗？"

"臣是大王的臣子，也是越王的臣子，勾践是否真心臣服，臣说了无用，要大王以事实为鉴。以前勾践尝粪视病，作上马凳不说了，就以臣这次上贡的稻米来说，几乎用尽了越国的国库。一个人宁可自己饿着也要帮助另一个存粮无多但还不太饿的人，大王认为此人是真心还是假心的呢？这还用得着臣下结论吗？"

"寡人信越王是真心的。请告越王，不要辜负了寡人对他的期望。"

"是。"

范蠡领命而归。他思量着夫差的问话，夫差还是对勾践对越国有所顾忌。而范蠡在向司农大夫被离交接贡粮，待见吴王的同时，潘羽获准进宫探望太后，再去姑苏台馆娃宫见西施。西施请潘羽泛舟天池，自己亲自划桨，在苎萝村，她是经常划船的。潘羽明白，西施定有重要的话对自己说，怕隔墙有耳，所以到水中央密谈。

在潘羽眼里，西施还是姿色明丽，但眉目之间隐含幽怨，显得心事重重。两人有许多话要说，但又不能敞开来说，心中不是滋味。西施停止划桨，任小舟横

在湖中。

"潘羽，你可觉得，我们此次见面，说不定是今生最后一次了。"西施突然说，声音是凄凄恻恻的。可见心境的灰暗。

潘羽大吃一惊，连忙问："西施，你怎么啦？何来这种想法？出了什么事了？"

"你不会不知道，夫差要北伐了，这是震动天下的大事，也是越王最乐见的，是他等待已久的时刻。夫差极度的自信和过分的大度，使他只见胜利，不见失败！"

"你是说夫差北伐会失败？"

"北伐之战，有七成的胜算，但越王会乘机攻吴，亦有七成胜算。我感到奇怪的是，夫差竟看不到这点。他志得意满，以为胜券在握。这个人太糊涂了！"

"勾践攻吴，是你猜测的？"

"这还用猜吗？依我对越王的了解，他隐忍了这么多年，就是为了伺机复仇。难道范蠡没跟你说吗？这一切都是范蠡帮着筹划的，我和你曾约定，以我们的能力，避免吴越两国百姓遭受刀兵之灾，现在看来，我们没有这个能力阻挡他们。这两场仗，势在必行了。"

"范蠡态度改变了，他也厌倦了杀戮和血战，可他控制不了越国的局势了，这如何是好呢？你能规劝吴王取消北进吗？"

"我一直以身子有病拖住他，但拖他只能一时，不能长久，除非……"

"你不会把这些告诉夫差吧，这样，越国就毁了！"潘羽说。

"哪会呢！我是越人，越王和王后待我这么好，我岂会出卖他们？但又不忍眼看越国乘吴国北伐之机，偷袭吴国，所以我心里悲苦。"西施惨然一笑，"这是无可奈何的事，一切都是天意，我只想请你乞求范蠡，入吴后，无论如何不要乱杀无辜，要善待夫差。"西施泪流满面。

"西施……"潘羽喊了一声，泪水立即涌满了眼眶，也说不出话了。

吴国的朝议异乎寻常的简单，因为西施生病，夫差不得不推迟北伐。夫差没有说清理由，只说需要观望、考虑，但作出了一个重要决定，派伍子胥为使臣，率三艘大翼船，赴齐国说明，吴国希望齐鲁和解，吴国在齐鲁之间，暂保持中立，但齐国必须从鲁国边境撤兵，否则，吴国会出兵驰援鲁国。伍子胥没有多说什么，也没有推辞，奉命率三千水师，和徐承一起出海赴齐了。

出发前，伍子胥去见了孙武，孙武对他说，吴伐齐之势已不可挡，勾践复仇之心不会死，你还是见势引退，免得招来杀身之祸。说到这里，孙武自责说："是我害了你，我只考虑自己的感受，过早地归隐了，让你孤军奋战。不过，即便我在朝，也逃不出这样一个结局。吴之北伐，越之复仇，都是正常的事。我原来说过以战止战，以暴止暴，其实是止不住的。我还说过，'归师勿遏''围师必阙''穷寇勿迫'，夫差对勾践似乎是这样做了，然勾践这个穷寇就是不服帖，凭你我之力去阻挠，就如螳臂当车了。"

"像我一样归隐吧，住到我这里来，除我之外，还有你的女儿和女婿在这里，他们会给你带来安慰。让他们去飞，让他们去跃。林下虽寂寞，但少了无穷的烦恼。"

"不，我想过归隐，我不留恋庙堂，但我不能看着吴国败于勾践。先王遗命，我岂能不顾？我知道吴王已恶我，但我身为吴国相国，在位一天，决无退却之理。以后泉下和先王相见，我也可有个交代。"

孙武不响了。他不再劝伍子胥，他知道劝也没有用。

伍子胥让津香带着伍树和鱼娃，以及小儿子伍敖随他一起赴齐。到了齐国后，伍子胥向齐公递交了夫差的简书，齐公一看，大惊失色，问伍子胥："吴王不是和大司马说好了吗？看在王后的面上，也要站在齐国一边，现在分明是站在鲁国一边，凌逼齐国，吴王怎能反复无常？"伍子胥无言以答。齐王召来大司马田光、相国田恒一起盛情款待伍子胥，同时商量此事。田光提出可从鲁国边境撤兵，田恒一直在阴笑，不置一词。之前，鲁国的子贡秘密到齐国见过他一面，对田恒说："我听说忧患在内，攻伐强国；忧患在外，攻伐弱国。现在的齐国一片混乱，足下成了众矢之的，齐公也疏远你，所以，齐国要攻伐吴国这个强国。齐国即便战败，这责任由齐公负，这对你是有利的。"

齐公衡量国内的情况，决定同意田光的意见，从鲁国撤兵，并和吴国签订和约，与吴国修好。田恒最后打破了沉默，当着伍子胥的面，对齐公说："堂堂齐国，怎么惧起蛮夷小邦吴国来了？夫差无非战船大一点，多一点，但战船没有什么了不起的，只能用于海战，跑不到陆上来的。沿岸设垒固守，吴国兴师远征，久攻不下，自然师老！所以，臣主张与吴一战！"

齐公再和伍子胥商议，问伍子胥："齐国撤兵了，吴国会不会北上？"

伍子胥心里清楚，夫差北上伐齐心志已决，即使齐国从鲁国边境撤兵，他还是会寻找别的理由攻齐。但伍子胥还存有一丝侥幸心理，或许齐国撤兵，夫差会转变态度，便百般劝说齐公接受夫差的要求。田光也连连表示，齐国不战为好，吴国如助鲁攻齐，造成吴齐交战，齐国走的是一着险棋。

事情就这样定下来，齐公修书一封，由伍子胥转交吴王。书中同意撤兵，与

吴国修好。大事完毕后，伍子胥将津香和伍树、鱼娃、伍敖托付给田光，田光拨出精巧的宅第一幢，让津香他们居住。

伍子胥临走前，津香劝他说："你不要太急太耿，和吴王好好说话，他听不进去，就随他去。何必闹脾气？大不了卸任回家，一家子好好地在一起，有什么不好？"

"我不坚持，就无人再坚持了，吴国就完了。你别说了，你不懂这些事。"伍子胥感到不耐烦，"你们在齐国待一段时间，我的事无需你们挂怀。"

"你不要嫌我唠叨，我还是要劝你，不要太固执，要给大王面子。"

"这不是面子不面子的事，我只知道守职不废，处义不回，做人是这样，做官更要这样。"

伍子胥返吴了，按夫差的命令，徐承和上千名水兵，始终不曾上岸。夫差对徐承面授过机宜，要他到齐国后，放下舢板，沿岸游弋，把营垒摸清，以便下次攻齐时，能有的放矢。齐国连水师统领徐承就在船上都不知道。

伍子胥上船后，津香带着伍树夫妇和伍敖到码头送别。津香心里有一种不祥之兆，她的眼泪滂沱如雨，一声声呼唤着伍子胥的名字。

伍树拭着泪说："娘，别哭了，我们只是和爹分开几天，不久就会团聚的。回去吧，给人看到不好。田叔叔说，在齐国少惹人注意。"

津香这才收住了哭声，但久久地凝视着远去的帆影，直到消逝。

伍子胥回国后，将齐公的书简交给吴王交了差。正如伍子胥所想到的，齐公的承诺对吴王夫差还是起到了一定作用，他和颜悦色地对伍子胥说："吴国威名在外了，齐国也是强国，一封简书就把它的十万军队从鲁国边境喝退了，这就是大将军所说的，不战而屈人之兵。"

但田恒是不甘心的。半年以后，在齐公外出时，久有弑君之心的田恒派人暗杀了他，又拥戴了新的齐公。田恒夺了自己亲弟弟田光的兵权，军政大权独揽，肆意妄为，排斥异己，齐国又陷入了内乱。田恒集中了十万精兵，部署在齐鲁边境，鲁国倾全国兵力迎战，彼此不进不退，成为僵持的局面。

这个令人震惊的消息传来，夫差认为全面北进的时机成熟了。第一步就是援鲁攻齐，攻下齐国。他决定三路并进：徐承率水师出海从海路直逼齐国右翼，钮宣义之子钮寒为副统领；公孙雄率三万军队，以车骑兵卒为主，从陆途经鲁国，与鲁国军队会师，直插齐国中翼；钮宣义率部从邗沟抵左翼，实行包抄，卓荣守楚吴边境。而吴越边境不设防。在夫差看来，越国三千兵已抽调北上，已剩下一些民团自保，陈兵吴越边境实属多余。

夫差亲任中路主帅，伯嚭为副帅。国政由太子友主持，伍子胥、华元辅之，留一万士兵守国，由华元指挥，几千禁军中一小半守吴都和夫椒山水寨，其余布防在姑苏台，其余都跟夫差出征，负责护卫夫差。越国的三千兵由诸稽郢统领，编入中路，由伯嚭之子伯龄及副将敬泽为监军。奇夏、书怡等青年将领都被委派统领上万人的军队，成为吴师的中坚力量。

夫差令被离取岁龟进行占卜，并观天象，一切迹象表明，出师有利。

但在宣布伐齐的朝会上，从齐国归来后沉默了一段时间的伍子胥又爆发了，宽敞的大殿回响着他有些嘶哑而苍劲的楚国口音。

"大王，你知道吗？你草率北进，劳师远征，势必要耗尽国力和军力，打胜了，只得到了虚名，而齐鲁国土，吴得之不能居，得其民不能使，这种仗打得既毫无道义，又毫无益处。成就霸业不是不可，但应由近至远，身边的越国你得之而弃，现在又舍近求远，自不量力地征战中原，大王，你太愚蠢了，太狂妄了！"

"伍子胥，你放肆之至，竟说大王愚蠢、狂妄，你这是目无君上，你可知罪？"伯嚭大声说。

"伯嚭，该知罪的是你，你身为太宰，不知廉耻，贪得无厌，作恶多端，你做过什么好事、正事？"伍子胥厉声叱责，"吴国一旦有难，你伯嚭罪责难逃！"

"伍子胥，你骂我，辱我，都不要紧，可你居然诅咒吴国。大王，伍子胥是疯了！"

"伍子胥，庙堂之上，你出口伤人，疯疯癫癫，成何体统？你不要再说什么了，大军就要出征。"夫差忍住心中的怒火，克制地对伍子胥说。

"大王，我并没有疯，我也不是偏要与你纠缠不休。臣已老了，事大王之日无多了，本可凡事不问不闻，也可归隐田林。但想到先王遗诏，想到吴国复兴图强大业，臣出于爱君的愚忠，还是要多几句嘴。"伍子胥跪了下来，"纵观天下，一个国家，其兴也勃，其亡也忽，兴亡往往在一念之间。北进之策不是不能实施，但臣以为，至少要将越国灭掉后再部署。勾践此人诡计多端，自肉袒投降后，他的所作所为，都是为了一个目标，那就是灭吴复仇。越国是吴国最大的威胁。勾践的用心，他的一举一动，臣莫不了然，臣以这条老命担保，越国之危胁，决非臣捕风捉影，夸大其事。大王，勾践不可信，当务之急，重中之重，不是北进，而是伐越。大王，你已一错再错，不能继续错了，养虎已成患，但挽回还来得及，请大王掉转部队的方向，将越国除掉。臣乞求大王三思！"说完，前额在坚硬的地上碰得砰然作响，额头很快青肿起来，并渗出了斑斑血迹。

夫差又好气又好笑，伍子胥这些话是老生常谈，夫差早就听腻了。

"伍子胥，你可以休矣！"伯嚭讥笑说，"你的越国威胁之说，就是捕风捉影、夸大其词，谁会相信你的这些梦话呢？"

"伍子胥，起身吧！寡人没时间听你，废话连篇，你已老朽昏庸，回家歇息去吧！"夫差不耐烦地说。

伍子胥颤颤巍巍地站了起来，眼光向大臣扫去，使他伤心的是，大臣中竟无一人站出来支持他。他看了被离一眼，被离的眼神连忙闪避开。他看到了钮宣义、华元、卓荣，三人表情不一，钮宣义是失望，华元是无奈，卓荣是愤怒。他们是理解伍子胥的，但已知道多说无用了。

伍子胥两行眼泪流了下来，他拭去泪水，面对夫差说："先王啊！你开创的一代基业，就将这么完了，你被勾践所害，而吴国就要被勾践所灭，臣遵天命，尽人事，可君上不分是非，纵容勾践，纵越伐齐。古有桀、纣，亡国破家，你的儿子与桀纣相比，有过之无不及！"

这是伍子胥第二次骂夫差是桀、纣了，夫差忍无可忍，气急败坏地说："来人！将这个疯老头赶出宫去！"

五六个禁军一拥而上，把伍子胥赶出了大殿。

这天晚上，一辆帷车停在伯嚭家门口，被离从车上走下来，敲开了伯嚭的门。伯嚭没想到这个老对手会来拜访自己。被离告诉了伯嚭一个秘密，伍子胥已将津香和伍树一家、小儿子伍敖安排到了齐国。说完后，他神色惶惑地对伯嚭说："太宰，伍子胥太自负了，我后悔把女儿嫁给了他儿子，如今，我不能不作打算，和他划清界限。"

"被离大夫，你能大义灭亲，我很赞赏，你是个聪明人！"伯嚭说。

"请将此事代奏国君，别人就不必说了。"被离勉强一笑，"拜托太宰了！"

"当然。除了大王，我不会泄露给任何人。"

被离告辞了。伯嚭连夜赶到姑苏台，在馆娃宫喊起了夫差。夫差睡眼惺忪地起身，伯嚭将事情一说，夫差惊道："好一个道貌岸然、自许忠诚的伍子胥，竟敢里通敌国，同田光勾结在一起。寡人对他说过，寡人最痛恨的就是谋反。寡人能容他乖戾、狂妄、对君不尊，但绝不能容他谋反大逆，难怪他竭力阻止伐齐。寡人还以为他疯了，原来他并不是疯！"

回到宫室，夫差余怒未息，西施问他何事，夫差将伍子胥私自将家眷安置到齐国的事告诉西施，并说，对伍子胥不能不降敕处决，以正国法。

西施惊骇地说："我不相信伍子胥会谋反。"

"这是他亲家被离告发的，他会诬赖伍子胥吗？我让伍子胥使齐，是逼齐从鲁

撤兵，但吴国要攻齐国是早晚的事，伍子胥不是不知道。他是明知故犯，有心通谋齐国。而且，据被离说，他的儿子伍树一到齐国，就为齐国制造兵器，这兵器是来对付吴国的。今天，他还在朝议上骂我是桀、纣，并一味维护齐国。他终于原形毕露了，这样的叛逆者不杀，杀谁？"夫差眼睛里露出了凶光。

"大王，不能杀伍子胥，我觉得伍子胥不是不忠不义的人。"

"西施，你怎么替伍子胥说起情来，他可是口口声声要诛越王，灭越国的人。"

"那是另一回事，伍子胥有功于吴，即使有错，也非死罪。况且，先王曾颁给他免死牌，他交出了这牌子，说明伍子胥居心无愧，堂堂正正。这样的臣子，大王该赦免他，念他是两朝元老，斥为庶民，许其归田养老吧。"西施恳求道。

"既然你这么说，寡人要伍子胥书写一份悔过书，并从齐国召回家眷，我可以饶他不死。"夫差想了想说，"兴兵北上，伐齐、服晋之际，寡人要申明纲纪，不然，寡人如何来统领三军将士？"

伍子胥到天明才酒醒，从津香旧居起身乘车回家。刚到家，只见华元带了几十个禁军坐在室内，脸色很难看，乐范在一旁冷笑着。

华元将夫差的谕令和那把七星剑默默地交给了伍子胥。伍子胥看完谕令，立即明白夫差要对他下手了。

"伍相国，大王让你在悔过认罪与自裁中选其一。我实在弄不懂，事情怎么会糟到这个地步？你，你还是认错吧。"华元轻声劝说。

"君要臣死，臣不得不死，我伍子胥绝不会悔过认罪。华将军，妻儿暂居齐国，与攻齐之战根本不相干，我何错之有？何罪之有？我若认了错认了罪，无罪无错就成了有罪有错，这是夫差在侮辱我。士可杀不可辱，华将军，这一天我早有准备，我该去见先王了！哈哈……"伍子胥抚须大笑，坦然地取过那把家传的名剑，抽出来轻轻抚摸着。

"伍相国，你不必这么倔强，自古以来，有道之君皆不杀谏臣。你暂且受点委屈，大王正在气头上，待他平静些，他会谅解你的。"

"华将军，你不用劝了，我志已决。我有一事拜托你。"

"请相国说，只要我能办到。"

"我死后，请将我的头颅悬挂在吴都城墙的东面，我要亲眼见到越国甲士攻入吴国都城的情形！"

"相国！"华元哽咽了。

"乐范，你不用伤心，我先走一步了。你要善自珍摄！你是夫差的姑姑，他不会拿你怎样的，好好替我活着。"伍子胥深情地看着乐范说，"有了你、津香和三

个孩子，我这辈子活得知足了！"

"子胥，别说了，我是夫差姑姑，你还是他姑父呢。你一路走好，我们泉下相聚的时间不会太远的。"乐范的冷静让华元感到惊讶。

"好了，我要吹一会儿箫。乐范，将我的箫取来，先王识得我的箫声。"

乐范从一只箱子里取出一支箫放到伍子胥的案上，伍子胥伸出双手，慢慢地抚摸着说："很久不吹了。我到吴国避难，在吴市吹箫乞讨，结识了先王，箫音就是我们的牵线人。好了，请你们回避一下。"

华元和乐范退了出去。屋子里传出了凄清的箫音。华元听出这是《贞女引》，原是一首琴曲，伍子胥吹奏的旋律在忧郁中有种超然的不屈和自尊。

"怀忠见疑，何贪生兮！"华元自言自语说。

后来，箫声又变得激越起来。

"这是《文王操》，他当年在吴市吹箫，经常吹的就是这首曲子，先王从这箫音中听到了伍子胥的抱负和志向。他们就走到一起去了！"乐范说。

忽然，箫声戛然而止，紧接着一声巨响。乐范奔过去，推门一看，伍子胥已倒地，颈间汩汩的鲜血染红了他的白髯，右手握着他的七星剑，也就是阖闾剑。

伍子胥引颈自刎了！

华元双腿一软，跪倒在地。乐范扑在伍子胥身上，恸哭着喊道："子胥，子胥，子胥！你死我岂能独活，我陪你去吧！"说着，从伍子胥手中取过剑，饮剑而死。门口的禁军拥了进来，看到倒在血泊中的伍子胥和乐范，都惊呆了。

华元泪流满面地说："相国和公主殉国了！"

第 二 十 二 章

　　虽然是自己发的谕令，但得到伍子胥和乐范引颈自刎的消息后，夫差还是感到有些不安，特别是乐范陪伍子胥慷慨赴死，是他没有想到的。他责备华元："你为何不加阻止？伍子胥谋反，姑姑是无辜的。"说得华元冷汗涔涔，仿佛乐范之死是他害的。

　　"伍子胥临死前说了什么？"夫差问。

　　"伍相国死前，吹了箫，曲调是《贞女引》和《文王操》，可说视死如归。他还说，他死后，将他的头颅挂在城门之上，要目睹勾践进攻吴国。"

　　夫差本来心里对伍子胥夫妇还有几分怜惜，欲令华元为伍子胥料理身后事，予以厚葬，一听华元这么说，他的脸色阴暗下来，终于，暴跳如雷地说："出师在即，伍子胥死到临头，还要诅咒寡人，他太恶毒了！华元，遣人将伍子胥尸身用马皮包裹了扔进闾江，流入五湖喂鱼鳖。"

　　"伍子胥为国效力有年，请大王垂念前劳，就让伍子胥入土为安吧。"华元跪求道。

　　正好伯嚭入宫，他已听到夫差和华元的对话。他边往前走边说："华元将军，你好糊涂，伍子胥犯的是死罪，应大辟、车裂、腰斩、烹煮，大王仁慈，赐他自尽，让他落个痛快，他不知感恩，至死尚如此凶狠，真是顽固不化，死硬透顶，他的尸身万万不能留了，扔到江中喂鱼亦不足以蔽其辜。"

　　华元实在听不下去了，起身轻蔑地说："太宰，伍子胥已死，你应该满意了，何以连一个死人都不放过？你说的这些可怕的酷刑在吴国历代从未实施过，始祖太伯，开创德政治国，先王立法禁用酷刑，你伯嚭难道要大王破国法而为？"

　　"华元将军，你曲解我的意思了，我要大王破法而为了吗？伍子胥谋逆，死有余辜，难道不该诛吗？"伯嚭面红耳赤地说，"你还是按大王所命，去收拾伍子胥

的尸身吧！'参夷'已不可能的了，伍子胥早已将家眷安置在齐国了，他们逃之夭夭了。"他说的"参夷"，就是刑罚中的一种，即一人犯罪诛杀九族，是最为严厉的酷刑。

华元不理伯嚭，定一定神，对夫差说："恕臣违命，辱伍员尸身之事，臣办不到。"说完，华元拂袖而去。

"华元和伍子胥有情谊，他不忍处置伍子胥尸身，不必怪他。臣谨奉诏遣人去行事，如何？"伯嚭用探询的目光看着踌躇的夫差说。说完，略一停留，看大王没有什么表示，便告退出殿了。

华元是忠厚人，勤谨尽职，忠心耿耿，从未顶撞过大王，而今天却一反常态，对夫差抗命了。夫差坐在那里，想到华元和伍子胥关系密切，他同情伍子胥不奇怪，可其他大臣和将军会怎么看呢？像钮宣义、卓荣、徐承等大将都是伍子胥的人，他们昨日在殿上没有帮伍子胥的腔，但从他们的神色看，他们是向着伍子胥的，只是暂时保持缄默。伍子胥之死，他们肯定是不服的。而他们都是握有兵权的将军，在军中威望极高，若心怀异志，那不仅伐齐大计要落空，而且吴国势必会陷入内乱，自己的王位和性命都会面临极度的危险。

夫差环顾空落落的大殿，一种前所未有的恐惧袭上心头。他感到赐伍子胥死有点欠理智，正如西施所言，将他贬为平民，放归田园更合适些。他隐隐地后悔起来，更觉得伍子胥不该杀。但事到如今，已无可挽回，为防兵变，一不做，二不休，决定褫夺钮宣义、卓荣的兵权，以防万一。主意打定后，他马上召华元。华元刚到，钮宣义不宣自到，他铁青着脸，脚步急促。伍子胥自刎，让他震惊又震怒，冷静地考虑下来，决定自贬去职，和儿子钮寒及全家归隐。

夫差见钮宣义怒气冲冲走来，微感惊愕，不由得警惕地看着钮宣义。钮宣义目不斜视，解下佩剑，连同手里捧着的虎符，跪下，双手奉举着说："臣老了，请大王允臣告退，永不过问国事、军事。"

夫差一愣，把手从剑柄上放下，扶起钮宣义说："将军尚在壮年，何言老迈？吴国伐齐在即，将军是主将，临阵归隐，折寡人一臂矣！将军还是打完伐齐之战再安置吧。"这并不是夫差的敷衍，而是真话。

"恕臣难以从命，恳请大王将臣放归田里。臣受吴王器重，深恩难忘，伍相国已殉国，臣留朝已无用了。但不为吴臣，永为吴人，臣退隐后将足不出吴，世代不移，也算是臣的最后一点忠心。"钮宣义坦诚地说。

"好吧，钮将军这么说，寡人就不勉强了。只是寡人深为可惜，将军今后可随时出山，担当国家大任。"说着，夫差接过钮宣义的佩剑和虎符。

华元跪下说："大王，伍相国已去，钮将军不能走啊！"

"你也听到的，寡人想挽留他，可无能为力。"

钮宣义叩了几个头，站起来朝华元说了声"华将军保重"，就头也不回地走了。夫差茫然地望向这位在战场上叱咤风云的悍将，心里一阵凄凉，脸上的肌肉不断抖动，嘴角斜斜地挂了下来。他不自觉地叹了口气。

这时，伯嚭入殿，禀报夫差说，已将伍子胥尸身用马皮包裹，投掷江中。

"伯嚭，你的动作真快啊！寡人还未点头，你就迫不及待将伍子胥之身扔江中饲鱼鳖了，你这是对他死后再动戮刑，是这样吗？"夫差忽然觉得老大不忍，斥责伯嚭。

"臣不敢，臣是遵命办事！"伯嚭下拜说。

"华将军，你出动'戈突'战船五艘，打捞伍子胥尸身，以上卿身份厚葬。墓穴置鼎五只，双马战车一匹，长明灯两盏，七星剑外，另置宝剑三把，木俑三十个。乐范以公主身份厚葬，丧礼参照王后之制。"夫差用很冷静的声音下令，"安葬后，寡人亲去墓前吊唁。另外，他在齐国的家眷，一律赦免不究，若他们返国，予以优恤。"

接着，夫差又召开了文武大臣参加的会议，在会上他说，在前天的朝会上，只是说了句气话，本无心诛伍子胥。伍子胥却当真了，自裁而死。伍子胥将家眷安排在敌国，是极错误的，有通敌之嫌。但他毕竟立下大功，功过相抵，是不该杀的，然而他傲气凌人，结果就是这样。伍子胥死了，钮宣义退隐了，但伐齐计划不变。十万雄师将大战中原，几百万中原黎民百姓，将会沐浴吴国的恩泽。

整个大殿默然，大臣的脸色都无比沉重，怀着重重疑惧。大王杀功臣，偏奸佞，给令人鼓舞的北伐战争蒙上了一层阴影。大王对伍子胥所给予的哀荣，在众人看来，已没有多大意义，丧事办得再体面，亦不能安慰伍子胥于泉下。

被离在一旁惶悚地垂着头，神色哀苦，怀着深深的愧疚。他到伯嚭处告密，致伍子胥自刎而死，还赔上了公主乐范，这样严重的结果，是他没想到的。他告密的目的，只是保全自己，可一代贤相伍子胥却死了！被离悔恨交加，深深自责，跌跌撞撞来到闾江边，垂泪不止，看到百姓们蜂拥而至，纷纷向江中投食，而几艘"戈突"战船在江中缓行，打捞伍子胥的尸骨。许多人都认出了他，毫无顾忌地向他表示对伍子胥之死的不平，劝他不要过度伤心，老天有眼，会替伍相国洗雪冤屈，亦会惩治奸臣的。

"是，是。"被离答应着，失声大哭，为伍子胥，也为自己。他的悍妻知道真相后，不闹不吵，当晚，她打点行李，回娘家去了。临走前只说了句："看你如何

向伍树、鱼娃交代？连自己的亲家都要害，你还是人吗？我可不愿与不是人的人待在一起了！"

伍子胥的尸身终于打捞出来了。但闾江里又多了一具尸体，那就是被离。他终于承受不住深重的惭愧和自责，纵身跳入了江水，挣扎了几下，很快消失在湍急的水流中。

暮色中，闾江翻腾着浪花，宽阔的江面映着吴都巍峨的城郭与宫阙的倒影，江水不息地流淌着，与胥江汇合，流向广袤的五湖。远处的胥山在黑暗中静静地屹立着，平时热闹的水师演练场此刻无声无息。吴都的城门紧闭着，街巷亮着灯火，各种流言乘着夜色，像阴风般地渗进家家户户，流言的核心，几乎都是说的同一个人：伍子胥；同一件事：北进。

听到这两个消息，最高兴的人是勾践。他当时正在用粗陶盆喝菜汤，文种急急走到他身边，在他耳边悄悄说了一番话，他鹰隼般的眼睛一下射出锐利的光，盯着文种问："这可是真的？"

"千真万确，是伯嚭送来的消息，而谍报也是这么说的。"

勾践的手抖颤了一下，一盆菜汤泼得遍地都是。他站起来，来回走着，仰天大笑，接着又仰天长啸，伸手一把扯下那颗苦胆，用力地掷向一个角落，又一把掀开麻布般的被褥，神经质地将铺在床上的干柴往下扒，扒得满地都是，神态悲喜莫辨，笑容中泪水纵横。

这时，王后季婉和范蠡也来了。他们呆呆地看着越王近乎疯狂的动作和表情。文种把消息向他们说了一遍，石破天惊的消息固然让他们喜出望外，但他们很快平静下来，继而变得沉着而严肃。

"天就要亮了，我就要熬出头了，我终于等到报仇雪恨的一天了！"勾践坐了下来，哽咽着说，激动得浑身发抖。

季婉走上去，用一块麻巾为勾践擦去泪水："这些年真难为你了！"

"上天给了越国再生的机会。寡人这些年，卧薪尝胆，心中想的就是灭吴报仇。为此，我们苦熬了这么多年，对吴国俯首听命这么多年。现在，我们最大的绊脚石伍子胥死了，吴王就要劳师远征。听说吴国今年稻谷的长势极差，歉收已成定局。"

"越国给他们的种子可是良种啊，吴国今年又是风调雨顺，怎么长势会这么差？难道吴国真的气数已尽？"范蠡说。

"你们有所不知，寡人在种子中掺混了三千石蒸谷。你们说得对，颗粒无收，会苦了百姓，三千石蒸谷使吴国歉收，但百姓饿不死，军粮却不足了。兵不厌诈

啊！"勾践露出诡谲的笑容说。

"大王，臣有一言可能不中听，但臣还是要说。伍子胥自尽，吴王倾国力北进，这对越国来说，固然有利。但依臣看，北进的时机尚未成熟，因为没有祥瑞之兆，而民意厌战，民心思和，所以，暂时不能兴兵攻吴。"范蠡觉得要给勾践泼泼冷水，尽量推迟战争。

"范大夫说得对，不用太着急，要有足够的耐心，再养它几年，到国强民富的时候，我们和吴国可以理直气壮地平等相处了。我们强大了，吴国又在征战中消耗巨大，再也不敢在越国头上作威作福了。"文种附和说。

"大王，能不战尽量不战，打仗太惨烈了！即使将吴国攻下来，我们也会死伤无数，这个代价是非常沉重的。如果失利，结果就不堪设想了。"季婉说，"越是对我们有利的时候，越要冷静，不可轻举妄动。我们输不起啊！"

这些话勾践听不进去，但又不得不听，他反问："你们说不到时候，时机还不成熟，祥瑞之兆还未出现，那么，何时是成熟的时机呢？什么是祥瑞之兆呢？"

"吴国国力衰颓之际，就是祥瑞之兆。不管吴国北伐是胜是败，都势必会过度消耗而衰落，这时，吴国和越国的强弱就会发生变化，再与晋、楚、齐等大国联手，对吴国便可不战而屈人之兵。"

勾践明白，范蠡、文种和季婉都主张养民图强，反对冒险攻吴。他们怕见血流成河、尸横遍野的残酷景象，他们的勇气和胆略哪里去了？他们的斗志和智慧哪里去了？和平是好的，报仇雪恨却更迫切。但他没有反驳他们，自己要实现多年的夙愿是离不开他们的。况且，他们说得还是有些道理。另外，眼下自己虽为越王，但被吴国压迫折磨掉的国君的威望和尊严尚未完全恢复，一个尝粪作马凳的国君还没有积蓄起足够的自信和威严。当他成为万乘之师的最高统帅，那一切都将改变！

"你们说得对，这事急不得。"勾践说，"我们可盘盘家底，知己知彼，百战百胜。"

"得吴国批准所建的军队名义五千，实则一万；山洞藏兵加民团可达三万余人；水兵近万，总兵力达五万多了，有扁舟、方舟、戈船、翼船等，都伪装成渔船和商船，只是楼船只有几艘，船底设戈的戈船有二十来艘，其余都是小船，加起来有三百多艘。"范蠡如数家珍般地说。

在伍子胥的风波平息后，西施又大病一场。西施在病中哀求夫差罢兵息战，夫差为安抚西施，勉强答应了。待西施病情稍稍好转，夫差决定举兵近十万，从海上、河道、陆途三线，向齐国进军。因钮宣义挂印而去，改由卓荣率精兵三万

经邗沟，从淮水、沂水抵鲁国，与鲁师组成联军攻打齐国的城池艾陵；公孙雄率三万车骑，从陆途经邾国达鲁国，从另一侧攻艾陵。待攻下艾陵，与卓荣会合，从左面包抄临淄。徐承为水师指挥官，执掌五百号大船，每船可容千人以上，经邗沟至淮水出海，从海上进攻齐国，目标是琅琊。登岸后，从右翼占领齐国都城临淄的门户东阳，然后与卓荣部、公孙雄部合拢，对临淄形成包围之势。三支大军十万余人，会将齐都围得水泄不通，不怕攻不下来。

夫差亲任公孙雄部主帅，太宰伯嚭为副帅，越国参战的甲士三千，由越国大将诸稽郢统领，监军为青年将领伯龄和敬泽。伯龄是伯嚭之子，夫差对伯嚭说："果真是上阵父子兵。你们要有赴死的决心，父死国，子死父，否则就不是忠孝。"

"臣遵命！为吴国而战，虽死犹荣！"伯嚭回答，带有磁性的声音极洪亮。

华元替代卓荣，带一万兵镇守楚吴边境，太子友带几千禁军在吴都守国主政，还要兼守姑苏台。夫差本来想要将西施安置在军中，随他出征。后来考虑战场危险异常，又是艰苦的长途跋涉，便放弃了这个念头。

卓荣部的线路是左翼，擦楚国边境而过，当年，他随孙武两次伐楚，第一次就是在淮南的楚国境内、离边境不远的地方来回奔袭，声东击西，神出鬼没，使楚军摸不到头脑，最后攻陷吴王僚的王子盖余、烛庸在楚国流亡小王朝的基地养城。孙武并不想杀两个王子，只想活捉，但盖余、烛庸畏罪服毒自尽。第二次在柏举大战中歼灭楚国令尹囊瓦带领的八万精兵，在汉水歼灭楚国大将军沈尹戌率领的十万军队。最后渡过汉水，一举攻进楚国都城郢都，楚王慌忙出逃。卓荣正是在两次伐楚中经受了锻炼，成为一位懂军略、善打仗的虎将。也是因为他对楚国边境地带的地形熟悉，夫差才部署他走这条线。这条线时而水道，时而陆途，舟车劳顿，十分辛苦，且随时会受到楚军的袭击。同时，还要押送十几号大船的粮草，这是两支陆上大军近十万人的主要后勤保障，两线之间相隔的路途不短，由粮兵来回驳运。由于吴国今年再度歉收，军粮带得并不充分。但夫差准备"暴掠于野"，尽可能沿途就地取粮，以充军粮的不足。

陆上大军是清晨悄然出发的。晨曦中，残月挂在树梢，吴都和夫椒山人影幢幢，显得有些朦胧。天色大亮，才显出极壮的军容，鼓点如骤雨叩地，战车车轮转动，战马铁蹄奔腾，战士脚步震耳，汇成一曲惊天动地的浩壮长歌。一支支队伍像滔滔不绝的洪流，望不到尽头，气势如虹。

沿途百姓多了起来，里三层外三层地聚在道旁或岸上，默默地送别出征的大军，许多人的眼睛里闪着泪花。战争意味着流血和杀戮，他们内心更多的是深深的担忧和惧怕。

夫差坐在装饰华丽的王车内，周围由禁军护卫，一辆辆战车前呼后拥。他身穿盔甲，腰挂长剑，显得格外威武，内心很激动，但表情出奇的沉静。他坐在铺着锦团的席子上，这三个锦团是西施亲手所做。他在思考着战争的前途，对于北进伐齐，他持有必胜的信心。然而，齐人人高马大，剽悍勇猛，久经沙场。数十年来，晋、齐两国为争夺霸主而战事不断，齐国虽因内乱不绝，国力军力开始衰落，但甲士的战斗力仍然极顽强，视死如归，杀人如麻，毫不手软，在成堆的死尸中绝无怯意，绝不退缩，哪怕战斗到一个人，也绝不投降。这是孙武亲口和他说的。大将军还说，和这样的甲士打仗，不能硬拼，而要巧斗，要远攻而避免的肉搏，要有组织地对阵，不要一对一地格斗。大将军的这些话，夫差多次对几位上将军说起过，他要士兵按此进行训练。

想到孙武，他叹了口气，要是大将军还在任上，北伐之战就用不着自己操这些心了。他始终不解大将军为何突然离朝隐居。他又想到了伍子胥，自己怎么会那么狠得下心，赐他自裁？他为何死前吹箫曲《贞女引》？这是首名曲，他听孙武的夫人子蝶奏过，听伍子胥女儿伍青奏过，听西施奏过，"怀忠见疑，何贪坐兮？"贞女乃千金之体，又秉刚烈之性，一语见疑，遽尔轻生。伍子胥是在自比贞女，他至死都在说，信而见疑，忠而被谤；还说守职不废，处义不回。唉！伍子胥对吴国的忠诚是不容怀疑的，他把妻儿安置在齐国真的就是和敌国暗通款曲，心怀叵测，意在叛国吗？一代忠臣，父王的生死之交，就这么死了？自己做得是不是过分了？自己是不是太轻信伯嚭了？忽然，他感到脸上有一丝凉意，一摸，手上湿漉漉的，才意识到是自己的眼泪。

徐承的船队浩浩荡荡驶过邗沟，在邗城靠岸停泊。邗沟是夫差听了范蠡的建议开凿的，耗费了大量的财力人力，施工多年。这是一个前所未有的工程，它的开挖，一下把江南和中原贯通起来。夫差初衷是便于运送军队和粮草，他没有想到，淮水流域万亩良田遇旱得以浇灌，遇涝得以排泄，亦使得各国商旅更方便来往于吴国，他无意中成就了一项惠农利民促商的大工程。

夫差所在的中路军水陆并济，也到了邗城。按部署，部队要在这里休整两天，夫差要和即将出海的徐承再进行一次会商，卓荣也将带一支轻骑前来赴会。因为，陆上的两支军队再前进一两天，便快接近鲁国的地界了，对下一步的作战行动，三支军队需要再作番研讨。

会商设在徐承的舟中，徐承早为夫差预备了休息用膳的舱房。邗城是吴国最北端的城池，其实是个营垒，主要驻扎军队，城内设有多座库房，用来储存粮草和其他军用物资。徐承在这里按计划补给了淡水、粮食和菜蔬、肉类。邗城周围

有成片的民房，这批居民是从长江以南迁移过来垦殖的，这是伍子胥制定的养民劝农之策，谁垦拓的地由谁种植，收获除缴纳一部分作为军粮外，其余均归本人所有。也有军民合一的房子，自成一体，住着为数众多的军眷，开荒之外，主要种菜养殖，屋前屋后，辟出一个个菜园子、猪圈、羊圈，供应给屯守的部队食用。

现在，三万多军队云集到这座新筑的小城内外扎营，邗沟两岸，甲帐旌旗，一望无际，十分壮观。夫差、卓荣、公孙雄、伯嚭等大臣及越军将军诸稽郢来到泊在码头的巨舰上。一幅巨大用羊皮制成的齐国地形图摊了开来，从图上看，齐国的版图恰如一只龟，龟头伸进大海，龟的背壳隆起处是巍峨的大山，而一道道交错的甲纹是沂水、淄水、潍水等大小河流。图标出了齐国七十余处大小城邑、军事堡垒，及齐国军队的布防形势。这幅图是鲁国绘制的，极为详尽。徐承两次入齐，对沿海一带的地形进行了秘密的勘察，下足了功夫，也亲手绘成了地图。

在两张地图前，夫差宣布了进攻的战略。齐国沿海港汊分歧，地形复杂异常。据谍报，齐军以为吴国水师必集中兵力攻琅琊，再从琅琊直插腹地，进逼都城临淄附近的重邑东阳。齐国在琅琊作了严密的布防，齐国水师的上百艘楼船停泊在港中，随时可出海迎敌。齐国将琅琊视作临淄门户，成守必保之地。这里有一个深不可测的港湾，扎有水寨，即使攻破沿海的城堡，进入这个易守难攻的港湾，扼守港湾两岸的齐军如施用火攻，以吴国的艨艟巨舰的笨重，回舟后退颇为不便。且无数的船壅塞在一起，无法组成有效攻击，一船着火，波及他船，不消多时，整个船队便会在烈火中化为灰烬。

齐国在琅琊驻扎的重兵，约占到齐国兵力的一小半。齐国大司马田光的兵权已被其兄田恒剥夺，田恒兼任大司马，由他的亲信国书任主将，高无平、公孙夏任副将。国书曾跟随孙武的叔父司马穰苴南征北战，用兵一向稳健，高无平、公孙夏也是经历过多次战役的虎将。

距齐国都城五六十里路之外，有两个军事重镇博城和嬴城，博城的守将是陈书，嬴城的守将是东郭书。陈书打仗勇猛，矫捷善射，擅长用奇兵，但缺点是好饮，每晚必饮，且每饮必醉。而东郭书为人狡诈，外强中干。东阳由国书镇守，田恒坐镇临淄，临淄驻有十万军队。临淄城墙高而坚固，有河道穿城而过，设有水城门和坚实的水栅。

齐国号称有二十万大军，实际约十五万，即使是这个数，亦超过了吴鲁联军。吴鲁联军加越国三千兵，合计十一万左右。所以，吴国伐齐，每一仗都是硬仗，吴国力攻之外必须巧攻，以避免无谓的损兵折将。

这就是吴齐两国兵力的对比和未来战局可能形成的态势。齐国是有优势的，不仅兵力超吴国，且占有地利及人和。据传，齐国沿海的渔民已自动组织起来，建立自卫团，配合齐军作战。这些渔民虽未打过水仗，但善水性，熟地形，躲在暗处，会对吴国水师造成不少麻烦。

会商中，夫差要徐承不能贸然进入琅琊的港湾，那里容易遭受夹击，如齐军用火攻，势必吃亏。可诱齐水师出海交战，齐国船小，缺乏打水战的经验。同时，不要正面攻打琅琊，可另选沿海营垒，派出轻舟登陆，包抄琅琊城，但要围而不攻，拖住齐国三万军队，为中路军、西路军攻博城、嬴城及东阳减轻负担。在攻下博城、嬴城、琅琊后，中西两路军再一举攻下东阳。最后三路军会师，以绝对优势的兵力和齐军决战艾陵，艾陵地势平坦，平原周围是丘陵地，多树木，可以用来伏击。吴师若在艾陵打败齐军，临淄也就守不住了。因艾陵之战直接关系临淄的安危，田恒必率都城守军参战。田恒的十万军队若被歼，临淄实际成为一座空城，已无兵把守，和伐楚时的情形很相似。

夫差在舟中提出的这些方略，让大将们肃然起敬，诸稽郢也暗自叫好，看出夫差是个深谙兵机的君王。他对伐齐的调遣，可说无懈可击。其实，他在吴都时就定下了此计，为了保密，此前一直不宣布。到了邗城，三军会合，他再一一作出具体的布置。兵贵神速，更贵占先，乘其不备，攻他个猝不及防，这是上策。然而，考虑这么精细的夫差居然对宿敌越国近乎麻木，他做梦都不会想到，他打败齐国之时，他的后院会燃起冲天的烽火。

会商结束，夫差设宴招待带领旌以上甲士的将领。部队的编制是每一路军设若干旌，旌的统领称为壁大夫，旌之下有行，行辖一百余名士卒。再下面是两和伍，两设二十五人，伍设五人。行设行官，两设两官，伍设伍长。专诸的儿子卓荣就是行官出身。敬泽、奇夏、书怡等将领是壁大夫出身。夫差举爵敬了将军们三爵酒，以示鼓励。众将精神更为振作。宴毕，各领命归营。而诸稽郢写了封蜡丸书，在薄如蝉翼的丝绸上写了吴师伐齐的方略路线，派密使化装成商贩，乘快船经楚国赴越国，交给勾践，让勾践掌握吴师在齐国的动向。

第二天，吴师各路便分头开拔，按既定的路线直扑齐国。

徐承的船队拐入淮水，从淮水出海。站在巨舰的顶层，徐承只见吴国的水师浩浩荡荡，风帆高悬，鼓风而行，犹如海上升起层层叠叠的白云，蔚为壮观。五百号战船全速前进，底层的划桨手摇动着巨大的桨板，动作划一，写有"吴"字的大纛在船顶猎猎作响。每船升有旌旗、号旗，设有鼙鼓，号旗和鼓声用来各战船之间的联络，打仗时，指挥船队队形的变化，当然也用来鼓舞士气。两日以后，船队在大雨中进入齐鲁的海域内。雨水逼退了捕捞的渔船，和上两次徐承与伍子

胥赴齐国不同，茫茫的汪洋大海上，一艘渔船都不见。在距齐国海岸线几里时，徐承下令降下帆篷，靠划桨行驶，避免为岸上察觉。

到了接近琅琊的海面上，夜幕降临，雨停了下来。徐承将船队一分为三，最大的船五十号左右，另加中翼、小翼各一百号直奔琅琊，另外两队各一百五十号，一队驰向沿海的一处叫三河口的堡垒，另一队驰向一处叫马迹山的堡垒施行奇袭。这两处堡垒的海岸都用巨石垒成海堤，高出海平面足有两丈之高。但徐承要大家备好竹梯、钩索等攻城的工具。徐承知道，来到堤下，仰面而看，海堤犹如城墙，与城墙不同的是，海堤的石块凸凹不平，形成许多突出或缝隙，可用来攀登，堡垒就筑在海堤上，黑暗中只见海堤如匹巨练横陈在岸上，壁垒森严，像一道天堑，似乎很难越过。还隐约闻见堡垒上有声响和火光。

吴国水师将中翼、小翼战船靠近海堤，三千多化装成齐国士兵的劲卒，用钩索缘堤而上，那些突出的石块和缝隙，都成了台阶，经过训练的吴国甲士抓住绳索飞快地越上海堤，有的在船上架起了竹梯。仅片刻功夫，三千多士兵便登上海堤，向堡垒靠近。在堡垒下，有几个哨兵靠墙而站，蜷缩成一团。虽是春天，但海风刺骨。在迷蒙中，突然看到几个黑影出现在面前，他们赶紧起身，还未喊出声，就被扼住颈项，紧接着利刃在脖上一抹，便无声无息地倒下了。

堡垒有三个，并排而立，每座堡垒均有三层，在第二层有廊桥互相贯通。底层都有门，每层有百把人驻守。堡垒朝海一面的墙上有几十个用来放箭和观测的窗洞，侧面和后面也有窗洞，但只有几个。三千多吴国士兵将燃得旺旺的火炬，不断掷进窗洞，堡垒顿时烟火弥漫，从洞口喷出一团团红色的火焰和浓烟。原来堡垒虽是石砌的，但里面的扶梯和地板都是木头的，还堆放着许多取暖和烧饭用的柴火。里面的守卒不知火从何而来，纷纷夺梯而逃，争先恐后，乱成一团，不少人被烟熏倒，再也没有爬起来，互相踩踏也死了不少人。后来，木楼梯被烈火烧崩塌，许多人从二楼三楼跌至底层，活活摔死。少数人逃出门，大刀迎头砍来，脑袋掉了还不知是怎么回事。

齐国两个重要的海防营垒被吴国甲士用同样的方式攻下了。琅琊城水寨见三河口和马迹山方向一片通红，知道不妙，连忙派五千精兵驰援。吴军两百多艘船朝海堤方向部署三千多弓箭手。天初亮时，五千齐兵刚奔上海堤，停在半里开外的吴国水师万箭齐发，齐兵纷纷倒下。指挥官见箭从海面的船上射出，队伍在箭雨中乱成一团，连忙下令撤退，登岸的吴军从几个方向挺刀杀过来，齐军腹背受敌，一阵肉搏，齐军死伤无数，但都至死不降。吴军越战越勇，援兵又不断从船上攀缘而上，齐军寡不敌众，剩下几十人落荒而逃。

天大亮后，海风呜呜地悲鸣着，海面上波涛肆虐，浊浪滔天。齐国的五十艘大船接近琅琊，船上鼙鼓大作，琅琊水寨的水师统领已听说有六千余兵被吴军歼灭，两个堡垒沦陷。见吴舟虽大，数量却不多，便下令停泊在港湾内的几百条战船倾巢而出，与吴水师在琅琊海面上接战。吴国水师训练有素，富有作战经验，吴国的战船比齐国战船大数十倍，居高临下射箭，矢出如雨，齐国战船的水兵毫无还手之力。接着吴军又实施火攻，从高处发射火箭，齐船一条接着一条着火。到后来，吴舰干脆对齐船猛力迎头撞击，齐船不是被拦腰撞沉，便是严重受损，齐国士兵掉落水中的不计其数，淹死的烧死的中箭死的，尸体密密麻麻地浮在水面上，一些尚未死的伤兵在水里拼命挣扎着、扑腾着、惨叫着。

一场血战，齐国水师的精锐被吴国水师消灭殆尽。几百条战船樯折船毁，海面上几十里范围内飘满了破碎的木板、帆篷、缆绳、桨板、盾牌、旌旗等物，还有就是死尸，一片狼藉，空气中弥漫着烧焦的气味，惨绝人寰。

徐承乘胜追击，从陆上和水上包围琅琊水栅。陆上的六千多精兵，将水栅团团包围，扼住齐兵的退路。徐承另派中翼、小翼战船进入港口，从水道封锁水栅。齐国水师主力已被消灭，但余部据寨顽抗，徐承在夜间派了一队人马，泅水潜入水寨，放起了一把火，水寨里的一千多兵已在铁桶之中，无法突围，琅琊城守军开垒救援水栅，徐承见状舍舟登陆，和包围水寨的吴国甲士合拢，乘机杀进城去，上万兵蜂拥而入，在城内，两国士兵展开白刃战。齐军因为接连打败仗，士气已十分低迷，又无统一的指挥，几个回合下来，溃不成军，三万多人组建的军队，只剩下三千多骑兵，夺路而逃。琅琊为徐承水师占领。

徐承留下那些最大的船，泊在水寨内，自己率船队沿内河向临淄驰行，在距临淄百里之外的一个能进能退的港湾泊下待命。

在徐承攻下琅琊的同时，卓荣部攻下了搏城。攻城很艰难，吴军死伤惨重，最后是挖了地道，才破城而入。齐国守军战死大半，守将陈书被俘。夫差亲率的中路军攻下了嬴城，俘虏了东郭书。夫差是在雨夜发起攻城的，雨夜用兵是大忌，但夫差利用齐兵在雨天放松警戒，东郭书夜晚好饮的弱点，进行偷袭。这晚上，东郭书果真喝得酩酊大醉，睡梦中，吴军攻下城来，攻入主将营帐时，他还未醒来，被吴军活擒。

中路、西路军紧接着完成了对东阳的合围，田恒得报大惊，和齐公及其他大臣和将军彻夜商量后，决定放弃东阳，不与吴鲁军队打消耗战，而是抽调主力南伐鲁国，以引开吴军。

当吴军对东阳形成合围之势时，发现东阳已坚壁清野，成了空城。东阳守军

不战而撤，连百姓也只剩下妇孺老幼。夫差派侦探四处探听，发现临淄的守军和东阳的守军会合，向南行动，而且，齐军击鼓而行，一点不隐蔽，这分明并不怕吴军觉察，目的是牵制吴师。战局显然与夫差设想的有了变化，田恒是有意要将夫差的进攻目标从临淄转移。

从战略上来说，田恒这一计划是正确的，可转被动为主动。但伐鲁必须经过艾陵，田恒不知，夫差处心积虑地在艾陵布下一个大口袋，让齐军主力往里头钻。当齐国放弃东阳，十万军队南下时，夫差很快明白了田恒的意图。这正合他意，三路大军立即合一，夫差任主将，徐承任副将，替代伯嚭。在行动中，夫差越来越感到伯嚭的无能，在商谈军略大计时，他往往迟疑瞻顾，拿不出什么主意；打仗时，他亦闪避在后，一有空闲，居然还有闲情逸致让军厨烹美味小鲜。在经过一处豪宅时，料主人藏有不菲的珍宝，便指使诸稽郢带的越军入户劫掠，果真抢得了一批金器和玉器。夫差得知后，勃然大怒，伯嚭串通诸稽郢，要诸稽郢向夫差说明，这些珍宝是几个越军打劫后献给伯嚭的，绝非伯嚭的授意。于是，那几个越兵成了替死鬼。

吴军由徐承、卓荣作先锋，带领五万兵，日夜兼程，赶到艾陵，在四周丘陵地带的树林里埋下大批伏兵。剩下的在艾陵平原扎营。随后夫差、公孙雄、诸稽郢率部迂回绕道，屯兵艾陵，摆开阻击齐军南下的阵形。看起来，夫差出兵确实是为了支援鲁国了。

田恒暗自高兴，夫差上了自己的当。在商议时，有些大臣提出，临淄守军去攻鲁国，都城空虚了，夫差不会乘虚而入吗？田恒说，夫差是以助鲁抗齐的名义出兵的，如他拥兵不救鲁，而去攻齐国都城，这会使天下人看出夫差伐齐援鲁纯粹是弥天大谎。按夫差的秉性，他不会对齐军攻鲁视而不见，而去攻临淄。田恒嘴上这么说，心里还是有些惴惴不安，连战皆北，夫差如果真的对齐军的行动不理会，来个"釜底抽薪"，攻下临淄，那么，自己就要承担失策的责任。但吴军已打进来了，齐国就去攻伐比较弱的鲁国，这场祸害是鲁国引起的，他田恒替齐报仇，何错之有？

艾陵在沂水的尽头，是齐国的腹地，双方摆开的阵势的规模、参战的军士人数之多在诸侯国无数战争中是罕见的。齐国大将国书任主将，高无平、公孙夏为副将。

夫差策马站在高岗上。鼙鼓紧播，掌管传令的两个小校"咣咣咣"地敲响了铜锣，全军进入紧急应战的状态。而齐军却唱起了丧歌，歌声中有种无畏的激昂，撼人心魄。这使夫差想起檇李之战中，死囚引颈割喉，使得吴师军心动摇的教训。

夫差为防吴师因几万人齐唱悲歌而受到像檇李之战那样的惊骇，于是骑着他的宝马骅骝，跃下山岗，冲到阵前，举起宝剑，向齐军杀去。公孙雄、徐承等将军紧紧跟着冲上去，国君、将军带头，士兵们士气顿时高涨，呐喊着，吼叫着，排山倒海般地涌上齐国阵线，双方开始厮杀，金铁交鸣，马嘶车撞，鲜血喷射，尸积成堆，声闻十里之外，双方打得难分难解。交战了一段时间，吴军出现了压不住阵的迹象，急急后退。其实这是诱敌之计，退到树林边，一支响箭飞上空中，余音未歇，又是一支响箭，"嗖嗖"的在齐阵头上穿越而过。紧接着，隐蔽在林中的弓箭手同时向扑来的千军万马射去数万支箭，箭既劲且密，齐国军队顿时人仰马翻，队阵大乱。伏兵乘机四起，从三个方向杀向齐军，夫差的车骑兵回师反击，势不可挡。

顷刻间，齐军大溃。这场激战中，齐国军队几乎全军覆没，齐师主将国书、副将公孙夏、高无平阵亡。损毁战车万乘，兵器无数。吴师也付出了高昂的代价，折兵数万，将军卓荣、奇夏、敬泽、书怡战死。最惨的是伯嚭的儿子伯龄，被齐军俘虏，听说是伯嚭之子，马上一刀斩首。随吴国参战的三千越军，死伤过半。田恒溜得快，逃回都城临淄，和齐公一商议，决定向吴国进贡求和。

鲁国扬眉吐气，鲁公专程来到齐国博城，犒劳吴师，吴、鲁、越三国将领无论功大功小，都一一得到赏赐。齐王委派田恒的弟弟田光作为专使，到吴军大营求见夫差。艾陵一战后，齐国朝野对田恒一片弹劾问罪之声，田恒以"奉职无状"为由，辞去他兼的大司马一职，田光复职，朝政还是由田恒把持。齐公对他已不太信任了，在朝议中说："发兵伐鲁，是误国之举，可惜国书、高无平、公孙夏。"齐公觉得可恨，但大势所趋，只得听田恒的奏参，向吴国投降。

田光见了夫差，脸有愧色地说："吴王，我受齐公之命，愿割地求和，执玉帛以修好，请吴王看在吴齐两国是姻亲，宽恕齐国，准予谢罪请和。"

夫差伐齐，本无灭掉齐国之心，把齐国打败，震慑晋国，扬威中原才是他的目的。夫差顺水推舟，同意齐国求和，并提出了几个条件：一是从此不再恃强凌弱，欺侮鲁国；二是割博城、赢城两城给吴国；三是由齐国出面，劝晋国让出盟主之位，重新组织盟会，推吴国为新的盟主；四是齐国向吴国献纳贡品。

这四个条件并没有超出齐国能接受的范围。

夫差在齐国又待了半月，齐国承诺并兑现了所有条件，签订了和约，博城、赢城划拨吴国守防，和邗沟之尾的邗城连成一线，并贡黄金千镒，齐绢千匹，玉器千件，铜器百件。另与晋国协调，在诸侯国联络歃血会盟，由中原晋、齐、宋、鲁、卫、郯、许、莒、邾等国君在盟约上签署，择定次年五月由周天子派出的使

者主持盟会，各诸侯国会于黄池，推吴国为盟主。

夫差所希望的都得到了。泰伯开创的吴国，从一个小邦起步，历经六百余年的奋斗，终于发展成为一个东南大国。从父王阖闾起，更是轰然崛起，而现在自己圆了一个列祖列宗不敢想的梦，即称霸于天下。中原那些老牌的傲慢国家，不得不向吴国低下了高贵的头颅。吴国百姓，从此再也不低人一等了，可以在任何地方，以身为吴人而骄傲，受到尊重。在回师的路上，夫差仿佛置身于云端，不由想到父王阖闾的屈死和嘱托，他禁不住涕泗滂沱。

诸稽郢带着残部回到了越国，向越王勾践禀报了伐齐的全过程，言语之中，对夫差的韬略和军事才智极为赞赏，让勾践听了很不舒服。这次夫差伐齐，勾践认为是一个袭击吴国的好机会，看了诸稽郢遣人送回的蜡丸书，知道吴师几乎是倾国力远征，又是水战，又是陆战，路线漫长，战争范围深广，国内肯定是空虚得很，更认为应该可以行动了。可范蠡、文种坚决不同意，说吴师实力犹在，风头极健，雄兵远征，不管打胜打败，国力和军力都会造成不可估量的损耗，但其势如何，还得衡量，如到那一天，吴越力量的比较发生逆转，再起兵就可避去了大的风险。而现在袭击，情况还不明，即使攻占了吴国，也只是占领一时，吴国如损伤并不怎么严重，班师反击，越国大事不成，反而招致吴国毁灭性的报复。总之，举兵是件大事，所系利害实在是太重了，不到时候绝不能盲动。勾践有些沮丧，心有不甘，亦觉得范蠡、文种过于谨慎，得了"恐吴症"，但王后季婉对他说，范蠡、文种对他对越国是以肺腑相见，用心都是真的，报仇雪耻已等了那么多年了，再等上一些时间有何不可呢？吴国违反天道，穷兵黩武，该受罚的时候到了，越国再动手，便是顺天而行。

勾践经过痛苦的思索后，认为范蠡、文种和王后言之有理，便继续筹备，养兵和养民兼顾，国库和每家每户都存了三年的粮。因为已无监军，军队以自卫团名义加紧操练，无所顾忌。吴国自伍子胥死后，已无人过问越国的动静。

夫差回国后，仍沉醉于伐齐的胜利之中，他不是在馆娃宫陪西施，就是在王宫举宴，吴国上下，文恬武嬉。对夫差来说，最重要的一件事就是半年后的暮春去黄池盟会。他做了五件王服，将禁军的黑装换成锦衣。为禁军重新打造弓箭、佩剑、短刃等兵器，每件兵器上都刻上"夫差禁军"四个字。赴黄池盟会，夫差决定乘王舟前去，许多艘船都被修缮一新。除此以外，还要筹备给各国诸侯的礼品，以及给周天子的贡品，这些事花去了夫差很多精力。

吴国的朝议已是一言堂，伍子胥死了，钮宣义退隐，被离投河自尽，华元保持沉默。除了伯嚭的附和，公孙雄的含糊其辞，夫差再也听不到不同声音。

只有一件事让夫差略有不快，那就是播下的种子长出的青苗十分稀疏，加上干旱不雨，眼看要收割了，收成别说和丰年相比，就是和常年相比也减产了五成。吴国已连续几年歉收，幸亏越国的贡粮使得伐齐的军粮得到保证。

马上要盟会了，军队出师的军粮还无着落，夫差要伯嚭再向越国开一次口，借粮十万石，明年偿还。

"据臣了解，越国不久前海水倒灌，淹掉了不少农田，今年的稻米收成大受影响。要越国出十万石米，恐怕有点勉为其难了。"伯嚭说，"臣以为算了吧！"

夫差的脸色顿时黯淡下来。

"要么，臣再与越国商量商量。"

"不要勉强，人家歉收了，再借给我们，越国百姓岂不要闹起饥荒？"夫差说，"把官库的存粮全部运至邗城粮库，不足部分，向所经国家索求，他们不会不愿意。"

此事就说到这里。夫差不禁想念起伍子胥和被离。伍子胥为相时，一直把农桑放在重要位置，紧抓不放，而被离司农后，他那聪明的脑袋，对增加养殖和收成想出了不少好办法，吴国的粮食从国库到民间都是充盈的，从来用不着自己担心。

虽然夫差为了面子，不想对越国索粮了，但在伯嚭暗示下，勾践还是送来了三万石稻米。夫差满意地说："看来越王还是知恩的，放他归国是对的，若听了伍子胥杀了他，如今没有人给吴国送粮了。"

华元心想：杀了勾践，灭了越国，越国的粮，吴国随便调用就可以了，不需要什么人送了。但他只是想想而已，没有说出来。

公元前482年5月，夫差率精兵六万，战船四百号，乘华丽庞大的王舟，偕同西施，经邗沟至淮水、泗水、沂水，到达黄池。夫差所以要倾巢而出，是听说晋国还不太服气，必须在会盟时展示足够的实力，让赴会的晋公见识一下。另外也要让周天子的代表单公对吴国的强大有直观的印象，他的话可是一言九鼎。

北伐一战，吴国折大将卓荣、敬泽、书怡、奇夏等，都是少壮派，他们的离去，是吴国不可弥补的损失，吴师一下显得青黄不接。钮宣义这样压得住阵脚的老将退隐，也使吴国军队少了一个主心骨。

夫差不得不把华元调任大军主将，徐承、公孙雄为副将。国内留了五六千兵，楚吴边境屯兵八千，由王子地统领。吴越边境只有上千人，都是老弱残兵。太子友守国主政。

这次出师和上次出征截然不同，上次是打仗，这次是炫耀武力，吴师队伍整

齐，甲胄更加鲜明，禁军锦衣灿烂，腰悬弓矢、长剑、短匕，夫差还随船带了朱轮华盖的王车，四匹一色全白的高头白马，轩昂而驯良，这是勾践在淹城饲了三年的马，还把宫里"百戏"的艺伎与乐坊的乐伎全部带上。乐器一应俱全，从编钟、铜鼓、铜钲等吴楚一带的乐器，到各国的乐器都有，其中包括秦国特有的缶和瓮。当然还有"秦汉子"，可奏地道的秦声。吴歈是重点要奏唱的，还要奏孔丘所整理的《诗经》中《雅》和《颂》两个部分的不少古乐，以表明吴国是礼乐之国。

礼品是五十匹良种马，赠周天子六匹，其余诸侯各四匹，另赠周天子一只镶七宝的黄金溺器。再赠各诸侯铜鼎一只，鼎的外壁装饰着饕餮纹、夔纹和蝉纹，鼎耳上有鱼的纹饰。四只鼎足的纹饰也匠心独具，在弦纹之上饰有兽面纹。这些鼎像所有铜器在铸造成型之初一样，色泽是璀璨夺目的金黄色，显得浑厚、庄重。鼎内铭文刻有"遍约诸侯，会于黄池"的字样。这样的礼品为历次盟会所少见。黄池在宋国境内，与鲁国接壤。夫差到达鲁国后，弃舟登陆，乘车前往黄池，六万军队分车骑、步卒、水师三队，水师分乘四百号船，各国诸侯也先后到了，吴师不惜一战的强硬气势逼退了晋君的气焰，提出不再与吴国争夺霸位。

夫差将礼品分送各诸侯国国君，各国诸侯也回赠了礼物，并一致同意以吴国为盟主，由吴王夫差先行歃血为盟，晋君次之，夫差自称为"公"，排名最前。至此，吴国首次在中原称霸，亦是南方国家首次获霸主地位。

接着，夫差设盛大宴会招待代表周天子的单平公和各国诸侯，由乐坊表演舞蹈和音乐。诸侯们相互敬酒，黄池数日欢腾，笙歌鼎沸。夫差偕西施坐了宾位首席，身边一侧是晋国的晋侯，另一侧是单公，其次是他的手下败将齐公，给足了夫差面子。在盟会上，夫差谈到了吴楚之间八十年的战事在父王阖闾手上完结。又谈到吴越成为敌对之国，不是一朝一夕的事。吴国占据五湖，五湖丰饶，引起越人垂涎。吴越两国，都是濒临大海，共据长江水网。吴国伐楚之时，越国不但是楚国的盟国，而且常在吴越边界进行袭扰。在吴国不得已伐越时，越国竟动用暗器毒杀先王阖闾，并在吴国为先王守制期间，使诈和之计，举兵偷袭吴国，结果被吴军打得落花流水，全军覆没，勾践君臣不得不肉袒投降，入吴为奴。看到勾践诚心悔改，吴国保全了越国宗庙社稷，并放勾践君臣回国执政，吴越争端从此平息，这完全归于吴国的宽大为怀。说到这里，夫差有一种无以言表的骄傲。是他仁义的光芒给了越国和它的国君重生的机会。言下之意，联合诸侯，一匡天下，威加四海，舍吴国其谁？

这个时候的夫差，志得意满，称霸已如愿，他当然是兴奋的。而西施的美丽和端庄早为各国君主所闻，亲眼得见，无不啧啧称羡，惊为天人，这也让夫差很是得意。

对夫差的乐不思归，西施很着急，她知道尝遍了人间的苦难、饱受侮辱和蔑视、侥幸死里逃生的越王勾践报仇心切，极有可能乘夫差拥军北上称霸、国家空虚的机会，聚集这些年所积蓄的军力，孤注一掷，以一场战争来实现自己梦寐以求的愿望，那就是剿灭吴国。不管谁胜谁败，这都将是一场残酷的两败俱伤的血战。

可能爆发的杀戮，深深地牵动了西施的思绪，越国也好，吴国也好，谁败了都会给她造成极大的伤害。夫差太大意了，对越国，对勾践的忠诚深信不疑，他一味沉醉在称霸的欢乐中，根本没有想到危险正在降临。黄池盟会是夫差王业的顶峰，也是吴国强盛的顶峰。就在夫差站在历史之巅，俯瞰天下，得意万分的时候，他做梦都想不到，他与吴国早已被绑在一架叫阴谋的战车上，将会迅速地从顶峰跌落到深渊。他在中原无比荣光时，却忽略了自己的后院。他太大意了，他低估了勾践，低估了越国，他自以为已报了越国杀父之仇，越国和勾践已服帖得不可能有任何非分之想、越轨之举了。怎么办呢？西施一遍遍问自己。对勾践的行动，她西施已无力制止，奈何不得，她唯一的办法只是提醒夫差，让他早日班师。只要吴国的精锐主力在勾践举兵前回到国内，勾践就无机可乘，他的计划只能作罢。

于是，她借口不适应北方的水土，吵着要归去。她对夫差说，这里的月亮没有吴国的圆，总是晕晕乎乎地蜷曲着；这里的风沙太大，几次尘粒吹进了眼睛；这里的水没有五湖水清甜，等等。总而言之，她一天都待不下去了，急不可耐地要归国。

夫差向来对西施百依百顺，但他实在还想多享受几天霸主的待遇，这种众星捧月般的感觉让他心中燃烧着炽热的豪迈之情。他好言哄西施，让她再住几天，再品尝一番中原的美味佳肴，多欣赏欣赏异国别致的风情。"另外，让中原人多看你几眼，他们对你的美丽崇拜得五体投地。"可西施还是坚持要回去。她的表情很复杂，有种按捺不住的紧张不安，喉咙里似乎壅塞着许多想说而说不出来的话，眼眶里甚至有泪水在转动。她低声恳求说："大王，回去吧，我真的想回家。"

"西施，你这么急着要回去，是另有原因吧？有什么不痛快的事情，说给我听听。"夫差对西施的固执有点怀疑了。

"《诗经》里有两句诗，说的是，知我者，谓我心忧；不知我者，谓我何求！"西施忧郁地说。

"不管有何心忧，有何求，你都给我说出来，别瞒我。心忧会伤心，求而不得会伤神，夫差舍不得西施受一点点委曲。"

"西施无所求，只求天下太平，吴国平安无事。可西施为吴国心忧。"

"吴国已称霸，何以要为吴国心忧？"

"西施听说，战马休眠的时候仍然站立，随时可以奔跑；蝙蝠休眠的时候两脚倒挂，张开翅膀，随时可以飞遁；刺猬休眠的时候，竖立起浑身锋利的针刺，随时防备敌人的攻击。大王，你带了全国大部分军队，来到中原，国家空虚，国君在外，你不觉得有危险吗？我忧心国不可一日无君，亦不可一日失防啊！"

"西施为这心忧不值得，吴国虽空虚，但没有人敢乘虚犯吴，楚国不敢，越国更不敢，你不必多虑。再说，吴国刚称霸，威震天下，谁会向老虎嘴里拔牙？"夫差笑着说。

"大王，西施也许想得太多了，但是，俗话说，君子斗不过小人，小人的种种反复无常，卑鄙阴毒，常在君子意料之外，使得他们防不胜防。所以，西施劝大王还是小心些好，早日归去吧。大王成了霸主，但中原虽好，毕竟是异乡他国，吴国才是大王和西施的家国。"西施苦苦劝说夫差。为了能制止勾践可能的乘虚伐吴，情急之中，她把越王和范蠡都骂成"小人"了，此话一出，连她自己都一愣。当然，夫差并不理解她说的"小人"是指谁，但他还是为西施替他和吴国操心而感动，特别是她所说的"吴国才是大王和西施的家国"这样的话。

"好，我听你的，既然你归心似箭，我们就早日归国。"夫差温和地说，"你说的那些小人，也确实有，他们就像稻田里的鼹鼠，钻在地底下，与人争粮。小人是可恶的，我不怕他们，不过，也要防着他们。"

西施的担心并非多余，在夫差赴黄池的盟会后两个月不到的时候，勾践以磐石般的耐性和毅力坚持了多年后，一天夜晚，他走出了他木墙木窗的茅草顶房舍，走进王宫，激情似火地为王后季婉宽衣解带，他那高高瘦瘦的身子将季婉柔软的身子圈进臂弯里。这是勾践归国后第二次和王后亲热，压抑了多年的情欲就此喷发。季婉觉得有点突然，她已不习惯和勾践亲热了，但她还是顺从地接受勾践的近于疯狂的热情。很久很久以后，季婉将脸贴上他那汗涔涔的肩胛，脸上挂着两行长长的清泪。勾践替她拭去泪水说："王后，明天，我要率兵杀向吴国了，我要替你、替越国报仇雪恨了！你看吧，夫差的霸业将会化作一缕青烟。"

季婉点了点头。但她心中却长长地叹息了一声，她百感交集。这是一个宁静如水的夜晚，勾践睡着了，明天就要征战，他竟打起了呼噜。十多年的历练，让

他积蓄了足够的底气。季婉悄悄起身，披上自己纺织的浅蓝色的布袍，坐在远离灯光的暗处，心里有着道不尽的沧桑。宫外是溶溶月色，宫中弥漫着漠漠寒意。

第二天，勾践以一往无前的勇气，率领五万甲士，从五湖和陆途突袭几乎毫不设防的吴国。在出发前的誓师仪式上，勾践为了激励士气，让人将美酒倒入河流的上游，自己亲自陪同将士们在下游迎流共饮，将士们能和君王共饮一江水，无不感到荣耀和兴奋。

勾践先派一支三千人的先锋队，由扶同带领，选择人迹罕至的沼泽地带北上，穿过许多个芦荡和小河，到了吴国，如入无人之境。他们沿着一条小溪来到吴都，当三千越兵出现在吴国都城的守军面前，吴国军人困惑地问："你们怎么又来了？是谁让你们来守吴国的？"

扶同将计就计，对城头的守卒说，是越王接到上谕，到吴国来帮着守都城的，快开城门。守军毫不怀疑地打开城门，先头部队一拥而入，缴了吴国守卒的械，并将城门打开，向天空发射了五支火箭，火光划破了五湖的上空。越国水师迅速占领了吴国的军事重地夫椒山，将多个水寨和船宫的守军歼灭。这时几万越军正在向吴国进发的路途中。扶同带着三千越兵，向内城发起进攻。

太子友得报，大吃一惊，连忙喊来仍在吴国作质的太子兴夷。太子兴夷心中有数，父王终于不听自己的劝，开始他的复仇行动了。

兴夷站在内城的城头，大声问："扶同大夫，我是太子兴夷，谁让你攻吴国的？是我父王吗？他在哪里？你把他找来，我有话对他说。"

"他在夫椒山，夫椒山和吴都外城都给越国攻占了，你有什么话跟我说。我来告诉你父王。"扶同骗兴夷说。

"告诉父王，我在吴国当人质，他这样贸然发兵，不考虑我的安危吗？再说，太子友是我朋友，你们欺侮他就是欺侮我。"太子兴夷大声说。

于是，扶同退兵，太子友要兴夷赶快跟着越军找越王去，留在内城，会殃及到他。兴夷依依不舍地走下城墙，守卒按太子友的命令，放兴夷出去。兴夷赶上了扶同，要扶同无论如何不能滥杀无辜，对太子友和两个王子以及宫眷，一定要善待。而太子友和弟弟王子山商量后，决定死守内城，并派两个喻使即传令官骑快马到黄池禀报父王。

越国大军很快畅通无阻地进入了吴都。勾践下令不准妄杀，不准扰民，不准抢掠。大军将内城团团围住。过了三天，勾践下令攻城。越军的箭，密得像雨点，火箭烧着了城楼，瞬间烈火腾空，内城守卒撤到王城，越军攻上内城城墙。内城一破，王城就岌岌可危了。王城坚固，越军久攻不下，后采用火攻，将一桶桶桐

油浇在城门上，桐油遍地流淌。点燃后，烈油沸扬，烟尘弥漫，不多时，城门就被烧塌。勾践率越军向大殿潮水般地涌去。面对十余级台阶，勾践想起自己被押在木笼里像囚徒般到吴国王宫时，曾和王后膝行上去，吴王夫差俯视着自己的情景，不禁怒火中烧，恨不得冲进去一阵杀戮。但他克制住了，传令所有将士，未经他允许，不准擅自入宫，违者军法论处。

这时，后宫一片惨烈，十来位秉性刚烈的先王老妃，毫不犹豫地用三尺白绫悬了梁。蔡小娇伏地朝阖闾墓方向拜了几拜，说："大王，小娇来了！"，服下了一包毒药，片刻便口吐鲜血，从容尽节。自己料理自己的宫女也越来越多。太子友和王子山端坐在宫室，脸不改色，一群守卒护卫在宫室周围，几个内官站在他们身后。当勾践、计倪、文种、范蠡等带兵入内时，太子友冷冷地说："看来，伍子胥无错，是我父王太相信你了，你太会表演了，真是一个绝妙的伎人。父王一世英明，毁在你们可恶的蒙骗上，你真是无耻之尤！"

"太子放心，看在你和兴夷的情分上，寡人不会亏待你。兴夷刚才见到寡人第一句话，就是'你要动太子一根毫毛，我就死在你面前'。"勾践说，"为了你们的安全，到我们大营待几天。"

"不，我是守国太子，我死活都不能离开王宫，要杀要剐，随你们的便！不过，父王是饶不了你们的！"太子友厉声说。

勾践一挥手，几个甲士上来，架了太子友兄弟两人就走。未殉节的宫眷、内官和兵士均被押走。勾践准备烧毁吴国的先贤祠，范蠡和文种坚决反对，说："吴王保全了越国宗庙，我们不能做吴国未为之事。"勾践以一种凛凛然的眼光看着范蠡、文种说："寡人是越王还是你们是越王？从现在起，谁阻挠寡人行动，以抗王命处置！"

范蠡和文种互相看了一眼，不吭声了。于是，吴国的先贤祠付之一炬，延烧了一天一夜，浓密的黑烟乌云般地压在吴都上空。余焰方息，雄伟的楼宇已成了一堆废墟。接着，勾践又下令捣毁了阖闾的坟墓，将陪葬品搬运一空，与此同时，对殉国的蔡小娇等宫眷妥帖安葬。

吴都的百姓虽然未受到杀戮和抓捕，但万户闭门，街巷绝人，越军便挨家挨户搜索粮食，除剩下糊口的粮食外，其余存粮全部掠走。部分贵族和大户人家在扶同入城后，便携家带口逃往别处。但大多数吴都的百姓都困在城中，勾践下令在吴都八门设兵把守，只许进不许出。

王子地从最早的逃难者那里获悉吴都遭到越军攻占，先贤祠被焚毁，哥哥太子友和弟弟王子山被抓，太后蔡小娇及一批嫔妃、宫女自杀尽节的消息，恨得咬牙切齿，大骂："勾践叛逆，不得好死！"恨不得立即下令集合部队，杀回都城与勾践决一死战。但他很快冷静下来，他带八千多精兵戍守吴楚边境，一旦部队开拔，说不定楚国军队会配合越军乘虚而入，那吴国就会腹背受敌。经过缜密思考，他决定按兵不动，死守边境，并派喻使快马北上向正在中原会盟的大王夫差告急。

夫差得报已是三天以后的事，吴都太子友派来的喻使和王子地派来的喻使都向他报告了勾践犯吴的事。这让他难以置信，但又不得不信。

他立即明白西施的担忧绝不是空穴来风，他怀疑西施事先得到了消息。

他板着脸去见西施，西施已知道了真相，多少天压在心头的郁闷沉重之感终于成为事实，她清楚事态已变得不可挽回。夫差冷冷地看着她说："西施，你跟我说实话，勾践犯吴的计划你早就知道吗？"

"我不知道。没有人跟我说过，勾践要向吴国用兵。"

"可是，你提醒寡人的那些话你怎么解释？你分明是在暗示勾践是小人，如果你不知情，你怎么会这么说？"夫差问。

"是我猜测的。说实话，勾践和范蠡入吴为奴和返国后的所作所为，都是为了有朝一日能复仇，出于这个大愿，他们忍受了常人难以忍受的一切。他们向大王撒了个弥天大谎，骗住了大王。"

"你是说，你早看出勾践和范蠡在耍弄寡人，你早知勾践会乘寡人北上时，偷袭吴国？"

"是的。勾践的忍和诈是一般人做不到的。"

"你为何不早点向寡人揭穿这个禽兽不如的东西的叵测用心？"

"他们入吴为奴时，我希望大王能宽恕他们，让他们平安归国。他们回去后的情况，我就不太清楚了。但据我对越王性格的了解，他是不会那么甘心罢休的。伍子胥对他看得很深，看得很透，但大王和相国关系越来越僵，我不便多说什么，我不想参与吴国的朝政，我至多只能向大王作些暗示。我尽力了。"西施坦诚地说，说着，跪了下去，"我请求赐西施一死！"

"听了刚才你所说的，寡人明白勾践设谋攻吴与你无关，你为何要求一死？"

"大王别忘了，西施是越女，而且与勾践和范蠡的关系非同一般，虽然这些年西施放在心里的唯一的男子就是大王，别无他人，但如今勾践等人恩将仇报，挑起战端，西施终究和他们有过千丝万缕的关系。在旁人看来，大王对勾践君臣的宽恕和大意，究其根源，多半是受了西施的蛊惑，我即便跳入五湖也洗不清了，我也不想洗清。但为了平息吴国百姓的心怨腹诽，也让大王更轻松上阵平叛，西施还是一死为好，免得拖累大王。说心里话，看到吴越厮杀，我心上的负担特别

沉重，无论对谁来说，西施都里外不是人。"西施垂着头，低声说。

"什么里外不是人？什么心怨腹诽？西施，你想得太多了，释放勾践君臣归国，受这个小人的蒙骗，都是寡人的不是，你没有蛊惑我。勾践、范蠡等在淹城为奴时，你是为他们求过情，要寡人善视他们，处在你的位置，你这样做并不为过。而提醒寡人要警觉他们的，也是你西施。伍子胥死后，没有人对寡人谏劝什么事了，这几天，是你在谏劝寡人，寡人还差点误解了你。"夫差满心歉然，"别放在心里，也不要有任何负担，更没有什么要洗清的，你是寡人的爱妃，早就是吴国人了。"说着，伸手将西施扶起。

"西施多谢大王！"西施感激地说，眼睛湿润了。

"好了，好了，别担心，勾践这样的无耻小人，太不知天高地厚了，拼凑了上万乌合之众攻吴，还不是故伎重演，他占不到什么便宜，寡人会收拾他的。"夫差坚定地说。

他令公孙雄率兵三万作先锋，乘战船先行一步，沿水路杀回吴国。再派喻使传命王子地，留下三千兵马屯在楚吴边境戍守，令他带五千精兵和公孙雄会师，夺回吴都。他自己和伯嚭、华元率主力随后返国。考虑到军中粮草已尽，夫差开口向鲁国、晋国借粮十万石，鲁国先送来三万石粮，其余还需分批发运。夫差先带走三万石，外加邗城库内剩余的两万石。剩余的七万石粮食由徐承的船队在邗城等待鲁、晋国粮船驳运装上吴国的战船，然后再从速返回吴都。徐承的船队有几十艘曾经漂洋过海的大战船，有两千多士兵分散在各船上护卫。

勾践和范蠡已获得夫差及王子地行动的情报，他们谋定而动，让大部队悄悄从吴都周围撤退，一部分由扶同率领，在邗沟两岸布垒，另一部分埋伏在通往楚国的大道旁的山林中。自己和其他将领一起，带着主力北渡长江，择军略要地隐蔽起来，屯兵观变。他的目标不是夫差的主力，待扶同灭掉夫差的先头部队后，他会让夫差杀回都城，自己则等待徐承的粮船。将徐承所押的这些粮食抢劫到手，对夫差来说，是个致命的打击；而对越军来说，则是非常重要的补给。夫差的主力入了吴都，终究会因断粮而不战而溃。为掩饰越军主力转移，吸引夫差接战，城外的帐篷一个也不撤，驻扎少量部队，白天埋锅造饭，炊烟袅袅，夜晚，帐内灯火通明，造成越兵固守在吴都和夫椒山一带的假象，以迷惑吴国。

王子地从未打过仗，缺乏经验，他带的五千兵马在返回吴都的山道上，遭到两边山坡上的越国伏兵的夹击，死伤无数。在震天杀声中，越兵从丛林里蜂拥而下，两军展开肉搏战，血战到最后，吴军只剩下三四百人，包括王子地在内都被活擒。

公孙雄的三万军队因缺粮，船队靠捕鱼捉蟹充饥，由于饥不择食，许多人得了痢疾，无药治疗，病员日增，元气大伤。在邗沟尽头，船队遭到以逸待劳的越国伏兵迎头痛击，扶同仿效多年前他和若成在五湖偷袭吴国时，徐承在无人岛用的办法，用绳索拦阻于河面。果然，毫无防备的公孙雄的船队被野藤所编的坚固绳索阻挡住了。公孙雄还以为是水枯造成搁浅，下令士兵下水推船，但怎么也推不动，这才发现是被几道碗口粗的绳索所绊。公孙雄知道陷入了重围，情势不妙，急急下令撤退，但来不及了，越军已发起进攻。无数的弓箭手发射一阵又一阵箭矢后，再施以火攻，邗沟狭窄，上百艘战船拥堵在一起，进不得，退不得。吴军苦撑着，射箭、投掷戈和短剑还击，但被越军密集的箭势压着，大部分射出的箭，掷出的戈剑对越兵几乎没有多大的杀伤力。接着，越兵一口气发射了几十支火箭，正是秋风劲吹的时候，几艘船着了火，风催火势，大火很快蔓延到整个船队，烈焰冲天，浓烟漫卷，邗沟成了火河，藤条绳索被烧断，公孙雄带了几十条船冲出火场，以最快的速度驶出一段河道，弃船上岸，一清点，三万军队只剩下两千多人。公孙雄带了残兵又和一支越兵打了场遭遇战，杀死越兵几百人，掉转方向向夫差所率领的主力靠拢。当公孙雄狼狈不堪地出现在夫差面前，夫差怒不可遏，他已得报王子地惨败被俘，现在又听说公孙雄遭到越兵伏击，损失严重的程度令人难以接受，强大的吴军竟不堪一击，身经百战的公孙雄竟会这么无能，这么大意，陷入埋伏，而且败得这么快，这么惨。

公孙雄清楚地看到夫差因愤怒和不满变得狰狞的脸，伯嚭幸灾乐祸的笑容，华元欲言又止的神色，其余的文武官员震惊中显得无奈，夫差身边的禁军已将手按住了佩剑的剑柄，营帐里出现了令人不安的沉寂。他明白自己这次是犯了死罪，十之八九保不住命了！作为大将军，打了败仗，死了那么多兄弟，自己却活着，也无脸见人了，还是陪着兄弟们一起去吧！这么一想，公孙雄心里坦然多了，腰一挺，头一昂，对夫差说："大王，败军之将，罪在不赦，臣对不住大王，也对不住死去的军中兄弟，臣不愿在愧疚中苟且偷生，请大王赐臣一死！"

"公孙雄，你可知道，因为你的愚鲁和昏庸，导致两万多军士捐躯，你以为你一死就可逃脱罪责了？告诉你，即便将你千刀万剐，也无法弥补万一！"伯嚭恶狠狠地说。

夫差的脸色忽然缓和下来，他叹了口气，说："伯嚭，你别这么说，公孙雄是中了勾践的奸计，兵以诈立，这个道理人人都懂，可惜有时会懈怠。勾践狡诈，不能完全责怪公孙雄。寡人和太宰你何尝不是被勾践的诡计迷惑，寡人和太宰你也是愚鲁昏庸之人啊！"

伯嚭一惊，赶紧伏身说："大王英明，是伯嚭愚鲁昏庸，被勾践、范蠡所蒙蔽。"

夫差轻蔑地扫了伯嚭一眼，鼻孔里"哼"了一声，对公孙雄说："寡人不杀你，我们和勾践还没有完，看来下面还有恶仗要打，寡人给你一个将功赎罪的机会。你下去吧，带好死里逃生的两千多兄弟，如果能以一当十，你公孙雄还有两万多兵！"

公孙雄深感意外，连连谢恩。伯嚭像被打了一巴掌，惶恐地闪到一边，不响了。

这天晚上夫差在大营中和华元、伯嚭及诸将商议破越计策，华元建议放弃吴都，屯兵邗城，先围剿过江来的越兵，再与越军隔江对峙，休整一段时间后，伺机杀过江去，歼灭入侵的越军，活捉勾践，解救被越军俘虏的太子友、王子地和王子山。这不失为一条能进能退的良策，众将都附议称好。夫差沉吟着不作反应。伯嚭看在眼里，在白天他领受了夫差的眼色，考虑再考虑后，他提出了异议。他说，越国先头部队得逞后早撤回江南去了，他们不会在邗沟边束手待毙。隔江对峙利少弊多，这会让勾践占领大半个吴国，且占据的土地大都是吴国的膏腴之地，勾践、范蠡自然会凭借优越的地理环境，征吴国壮丁、掠夺吴国物产扩军备战。相反，邗城一带要比江南贫瘠得多，要养活三四万军队已很不容易，越江消灭已站稳脚跟的越军还真有些为难。

"这些还不是主要的，主要的是，国被勾践侵蚀一大半，中原那些势利眼的国家，还会将大王作为霸主敬重吗？"伯嚭提高了声音问。

这句话说到了夫差心坎上，刚做了霸主，没多少时间就被推翻，这样短命的霸主实在让人感到屈辱，也会在诸侯国中沦为笑话。

"勾践没有那么可怕，他几斤几两，我们都领教过的，我们要像猛虎下山、蛟龙出水那样，直扑过去，先夺回都城。我们已借到了十万石粮食，可以支持一支大部队的作战，维持都城的用量。"夫差说，"再说，勾践几万兵远征，粮草也是有限的，吴国的良田成了赤田，他们想暴掠原野也掠不到多少东西。"

"大王，容臣带一支敢死队，摸到都城外的勾践大营放一把火。"公孙雄请战说。

"可以。不过，你的敢死队和大部队同时行动，在大部队向越军主力发起正面进攻时，你走另外一条路从后面包抄过去，前后夹击，杀他个出其不意。"夫差果断地说，"那七万石粮食是我们的命根子，但由徐承押运，寡人是放心的。"

计划就这样定了。第三天上午，夫差就率领大军乘船渡过长江，公孙雄从另一个渡口上了南岸，上岸后，稍作休整，马不停蹄向吴都进发。到旭日东升，吴都便遥遥在望了。有几千越兵守在都城外，营帐则绵绵无尽地密布在五湖之畔，几千越兵见吴军杀来，逃窜而去，夫差紧追不舍，把几千越兵杀的杀，抓的抓，没有费多少力就围歼了。杀向越军大营，却发现人去帐空。同样，公孙雄摸到营帐边，见埋着的锅还冒着烟气，但营帐内却空无一人。夫差感到蹊跷，也多少感到有些失望。这样一个结果，是他没有想到的。他在吴都外的广场上集合队伍，先派禁军保护西施进宫，令粮草船从闾江驶入都城入库，随后敞开城门，大部队列队入城。并没有见到百姓夹道欢迎，到后来，有三三两两的百姓出现了，但个个灰头土脸的，精神萎靡不振。一问，原来越军已将吴都内的粮食搜刮一空，大多数家庭已断了口粮，以菜蔬、树皮充饥。

夫差下令打开粮库，放粮济民。只是军粮有限，对于严重的饥荒来说，施这么一点粮无异于杯水车薪，而且，夫差了解到，饥馑的情况不仅仅存在于吴都一个城市，全国的百姓皆是饥肠辘辘，吴国缺粮的程度已到了极其严重的地步，在短时期内很难缓解。这并非天灾，而是人祸造成的，除了越国输送了蒸煮过的、无法发芽的种子外，还与自己两次北进有关，一次北伐，一次赴盟会称霸，消耗了大量的粮草和财力。

夫差终于明白，勾践为何攻占吴都后，很快就撤走，只是在城外布置些零星部队，其余的都是虚设的空营帐。原来他在诱使自己夺回都城的同时，将越军大部队转移到邗沟去了，目的是拦劫徐承押运的借来的七万石粮食。待他把七万石粮食抢到手后，再杀回来围困吴都。这时，三万多吴军和十万百姓可能已弹尽粮绝，困坐危城，勾践不费一兵一卒就可使自己不攻自垮。勾践太恶毒了！他的"武器"不仅是这些年偷偷积蓄起来的兵力，还有粮食。他的不择手段造成吴国歉收，再搜刮走吴国百姓赖以为生的一点存粮，又企图集中主要兵力抢劫自己借来的保命粮。显然，他对吴国粮食储备的情况和自己的军事步骤了如指掌，而断粮是决定战争胜负的非常有效的一着，战争史上，围城围而不攻，任凭城中粮食断绝，以致饿殍遍野，走投无路，最终惨败的例子不胜枚举。

早知道勾践打的是这个卑鄙无耻的主意，自己就应听从华元的建议，屯兵邗城，坐等粮援，和勾践隔江对峙。他有些懊恼、沮丧，一种莫可言喻的恐慌袭上心头，真是一着不慎，全盘皆输！这是他从未有过的情绪。他捶打一下自己的额头，难道自己就这么轻易认输吗？不！自己要和勾践决一死战，任何情况下都不能有半点气馁。眼下最重要的就是不能让勾践的夺粮之计得逞，他毅然决然地作出了几项重要决策，命公孙雄带一万车骑兵日夜兼程奔赴邗城，增援徐承；命华元带一万精兵守在五湖至长江的湖口，勾践不管在邗沟截粮胜败如何，回阵攻吴，湖口都是必经之处；自己率领剩下的一万多兵马死守吴都，誓与吴国共存亡。他对自己说，寡人毕竟是雄心万丈的一代霸王，勾践算什么东西？虽然低估了他的能耐，但充其量就如西施所说，他有超常的忍耐和奸诈而已，可骨子里就是个连上马凳、尝粪这样的龌龊事都做得出来的卑微"小人"。在黄池盟会时，各国国君提及勾践当年的作为都嗤之以鼻。

公孙雄和华元领命而去。出发前，夫差让将士们饱餐了一顿，然后空着粮囊上路了。公孙雄部队的几千匹战马和几百辆战车水陆并进，涉水越山，向邗城方向飞奔。但速度再快，也赶不上勾践的步伐。阻击王子地的部队和拦截公孙雄的部队早已会合在一起，勾践布置他们在邗沟两岸无边无沿的芦苇荡中扎下了营，等候着徐承的粮船，一旦他们装载完毕，解缆行驶，便乘其不备，连船带粮将其缴获。勾践和范蠡已摸清徐承的船队只有两千兵护卫，且分散在几十艘船上，首尾不能相顾，容易各个击破，扶同、若成为将的四千精兵对付徐承的船队应该会稳操胜券。但勾践一再关照，这批粮食要为我所用，不到万不得已，不用火攻。另外，范蠡已料到夫差入了吴都后，只见空帐，不见越兵主力，会意识到越国大军有北上夺粮之计，极有可能会另遣一支兵马进军邗城，驰援徐承，确保这批救命粮能安全运至吴都。因而这批粮食无论如何不能运入吴都，要尽量将其夺到手。到最后实在夺不到，再去烧毁之措，大家都得不到总比让夫差得到好。

进入邗沟的长江边有一处滩涂，长满茂盛的芦苇，摇曳着望不到头的芦花，这处滩涂处在入邗城的上游，范蠡经勾践同意，在这里和岸上驻扎了大军。为避免吴军发觉，范蠡将船只泊于洲渚芦草之间，并将桅杆放下。越军在港汊中埋伏了几百个满载干柴草和桐油桶的筏子，准备在吴军过江时，来个迎头痛击。公孙雄在渡江前，派探子到沿江各处细细察看，没有发现可疑的动静，便下令渡河。当大号的战船载满战车、战马和士卒扬帆北渡时，点燃了的筏子飞舞着火焰，顺流而下，朝公孙雄的战船飞快地冲击过来，公孙雄发现不妙，已闪避不及，筏子撞到一艘艘战船上，引发了熊熊烈火，船队顿时乱成一团。这批兵将中有一半是在邗沟越军的火攻中逃生的，尝到过火的厉害，因此望火生畏，纷纷跳江避火，未料越国筏子上的桐油浮在江水上，连江面都烧着了，无数跳水的兵士在浓烟火焰中挣扎着、扑腾着，传出一阵阵惊骇的呼叫声。公孙雄见大势已去，投火而死。

华元的船队接踵而至，他目睹公孙雄在烈火中全军覆没，见火筏子已向下游飘浮而去，亲自击响鼙鼓，向对面的洲渚发起进攻。勾践和范蠡正沉醉于击败公孙雄的胜利之中，见无数舟船将滩涂团团围住，声势浩大，飞箭像阵急雨一样铺天盖地，但因桅杆放倒，船只无法启航，只得慌忙应战。华元亲自带领兵士跃上滩涂，对扑上来的越军迎头痛击。一场血战，华元获胜，歼敌几千，但华元深知勾践、范蠡在岸上陈有重兵，不能轻敌恋战，于是，一把火烧着了芦荡，自己迅速撤退。江风劲急，火越烧越旺，烟火弥漫，很快，越军泊在芦荡的几百号战船烧成灰烬。

勾践当然知道华元是驰援徐承而来的，他击垮了公孙雄，自己驻扎在洲渚的一支劲旅却被华元击溃，最可惜的是损失了那些船，夺粮后带兵南下，渡江就紧张了。这是他入吴后，吃的最大的一次亏。看着华元的战船在长江的烟波中远去，他只能望江兴叹，因为他没有船追击了。这么一来，对徐承的袭击就显得尤为重要，既要夺粮，还要夺船。范蠡建言，暂且不去理会华元，重点要把徐承的粮船拿下。

徐承已得到了勾践大军集中在邗沟，意在掠夺自己所押运的粮食，以及公孙雄两次遭到火攻，第一次逃出两千多人，第二次全军覆没，公孙雄投火而死的情报。也知道华元的水师已在长江，而且和勾践的军队已打了一仗，越军受到重挫。他是奉王命前来驰援自己的。可华元救不了自己，勾践早就有了周密的部署，在邗沟一带的上下游，密布哨探，筑起深垒，埋伏数万精锐，兵力远强于华元和自己。华元的船队已无法接应自己，路上阻碍重重，难以一路杀过来，更难每仗都战而胜之。即便杀过来，抵达这里，虎视眈眈的越军早就对自己发起了攻击，所以等华元的救援只恐不及，而自己恐怕亦抵挡不住越军的进攻。总之，要将这批粮送到翘首以待的吴都，实在是进退维谷。

徐承决定不走邗沟，而是另辟蹊径。那就是调转船头，从淮水入海，再入长江经五湖入都城。虽水路要长得多，但只要能甩掉越军，保住粮食，迟几天也无妨。他派出两个信得过的士兵，化装成渔民，乘一艘渔船，向华元报告自己的行动，要华元千万不要深入邗沟，而坚持在长江边上巡航，在越军渡江南下时，杀他个措手不及。

徐承的考虑是对的，走淮水避开越军是善策。但意外还是发生了，在徐承的船队开出邗城，在邗沟中准备掉转船头，向东入淮水时，发现由于秋天水浅，大部分大船因载满粮食负荷太重而搁浅在河床上，只有几艘小一点的船能动。勾践得报后大喜，随即下令令岸上万箭齐发。矢如流星，接着，无数越兵跳下河，争先恐后，涉水登船，徐承大喊："弟兄们，绝不能让越军登船！"吴军用长短武器，坚决地杀退了一批又一批攀上船舷、船头、船尾的越兵。徐承用他的佩剑，左劈右刺，越杀越勇。勾践本来不想杀死徐承，他知道徐承是个难得的水师将领，能

造船，能打水仗，且打过海战，想俘获他后，劝他归顺。但见他骁勇非凡，很难制服，便调来十几个神箭手，要他们瞄准徐承发射。徐承身中数箭，倒在血泊中。就这样，七万石粮食连同几十艘战船都被勾践所夺。勾践设法征来一些民船民夫，将大船上的粮食搬运到民船上，使得大船重量减轻，能够移舟启航。

华元得到消息，大哭一场，在辽阔的江面上，向邗城方向伏拜，带着那两个报讯的"渔民"和几个逃生出来的徐承船队的士兵，班师回吴都请罪。

华元回到吴都，对夫差很吃力地讲述了三支部队和越军交战的经过，并要求对他作出最严厉的处置。夫差听后，脸色大变，半晌未作声。华元一直跪在那里，低着头，黯然神伤地沉默着，泪水在眼眶里打着转。大殿鸦雀无声。

终于，夫差站了起来，在华元面前蹲下，哽咽道："华元将军，你打了胜仗，烧毁了勾践那么多艘船，你有功无罪，寡人凭什么处罚你？只可惜徐承、公孙雄死得太冤，他们都是寡人的大将，寡人为他们，也为你感到骄傲！"说到最后，到底忍不住了，哭出了声。

四天后，吴都被越军团团围住，扎下的大营长达十多里。而城内已断粮，别说平民百姓，就是宫中，粮食也已所剩无几，夫差早就规定自己每天用餐一次，所食的是糠皮和鱼虾混合成的饼，另外是极稀的米汤。西施每天吃的是鱼虾、螺蛳、蔬菜、瓜果和野栗子。鱼虾、螺蛳是禁军从流经吴都的阊江和胥江里抓捕的，这两条河和五湖相通，似乎是天怜吴国，每天居然有鱼群和虾蟹从五湖随水流游入城，这成了人们用来果腹的主要食物。两条河的岸边挤满了张网捕鱼的人，人们往往为了一条小鱼发生争斗。

越军发现后，在城外两条河中安上了长圆形的竹笼，阻拦鱼虾等游入城内。吴都城里能吃的东西都被吃掉了，城内的树皮、树叶、花草、野果、苔藓、水藻等植物都成了充饥之物。鱼虾抓不到了，就开始仰头打鸟取食；不善射艺的人就挖老鼠洞，吃起了鼠肉，使得这些惊弓之鸟和无处躲藏的老鼠面临一场大劫难，加上城中已觅不到吃食，它们像得到指令似的，几乎在一夜之间，集体搬移到城外去了。粮食奇货可居，一斗米可换一幢大宅子或黄金三十镒。但其实再多的钱物也换不到粮食了，即使极个别家庭或许还藏有稻米、干果、咸鱼咸肉或地瓜干，也没有人愿舍弃这些比生命还珍贵的东西来交换身外之物。

吴都城里已久未出现炊烟。城里的饿殍一天比一天多，街上不多的行人个个骨瘦如柴，双眼深陷，无精打采，仿佛行尸走肉。有的人走着走着就无声无息地倒下了。凶肆在城内的山坡上挖了个大坑，将死者用芦席一裹，放入坑内集体掩埋，甚至出现了人相食的惨绝人寰的现象。死亡的气息笼罩着这个曾经繁华之极

的大邑。

守城的饿卒有气无力地持着刀戈，靠在城墙上昏昏欲睡。他们已饿得失去了起码的战斗力，要是越兵攻城，吴军绝无招架之力。但越兵偏偏围而不攻，他们在城下埋锅煮饭，聚在一起饮酒、吃喝，食物的香味和酒香飘上城头，更勾起城墙上吴兵的饥饿感。越军不是唱着"人本蝼蚁，陌上春秋。皇王在上，恩播春阳"的歌，就是向城头呼喊："出城降越，赏饭一锅!"这些招数起到了作用，成百上千的吴卒冒险用绳索吊下城去，到后来每天有几千人逃往越营，他们是奔饭食而去的，而不是向越国投降。

夫差下令宰军马，以维持军队和百姓的生命。军马在逐渐少下去。夫差原来相信，只要守住吴都，越军就会不战而退，他已秘密派出使臣，向鲁国、晋国、齐国、陈国、蔡国求救，恳求这些国家派出援兵驱逐越军，替吴国解围，但没有一个国家响应。只有蔡国和陈国运了几船粮食，停在外五湖，因越军严守，实在运不进来，只得退船而去。严酷的事实证明，这样硬撑下去，已不可能等到转机，全城百姓和几万守军最后的结果只有一个，那就是饿死。夫差也想开门迎敌，与其等死，不如和勾践拼个鱼死网破，但一集合队伍，只见兵士精神委顿，歪歪斜斜，站都站不住，连武器都握不了，这样的军队出去打仗，无异于是去送死。夫差只得挥挥手，让队伍解散了回营去。

夫差召集了他作为吴王的最后一次朝会。他怀着深深的歉疚，自责因为他的糊涂致使吴国落到今天的地步。瓦解覆亡之祸，就在眼前，死守无益了!他此刻只垂念百姓的死活，他们没有理由替自己陪葬。所以，他别无他求，只希望勾践以及范蠡、文种能看在他以前的宽宏仁义上，退兵放吴国百姓一条生路，至于勾践有何条件，尽管提出来，他愿意和勾践订下城下之盟。

伯嚭受命出面向越王求和。伯嚭见了勾践，说："我对你们不薄，你们能活下来，我伯嚭帮了大忙，看在我面上，请宽恕吴国君臣。像吴王对待你们一样，全吴国社稷，续百姓之命。"

"伯嚭，你是帮了越国不少忙，但你也从越国索走很多财物，你欲壑难填，以权谋私，肆意搜刮，是个地地道道的无底洞，心实在是太黑了。寡人真替夫差惋惜，竟会被你这样的奸佞迷惑。看来他能治天下，不能治左右啊!"勾践冷笑着说，"转告夫差，讲和已晚，肉袒投降可以。条件是入越为奴，寡人不杀他，允他在甬东饲马，但吴国不能存，宗祠已被寡人烧毁，王宫也要烧掉。吴国百姓愿意的，可迁到越国去。当然越国百姓也会移居吴国。"

"勾践，你太狠心了，吴王宽恕了你，你竟敢反噬，你良心何在?"伯嚭恼怒

地责问。

"别说废话了，快滚！惹恼了寡人，当心斩了你！"勾践大声吼道。

伯嚭吓得瑟瑟发抖，急急回城，将勾践的话禀告夫差。夫差知道勾践亡吴之心已决。"我悔不该不听伍相国的话啊！到了今天，我才明白，伍子胥是真正的忠义之士，他说得对！"说到这里，夫差眼睛里露出凶光，逼视着伯嚭，指着他说，"伯嚭，你是不可饶恕的元凶。华元！"

"臣在。"华元喊道。

"将伯嚭押出去砍了，以谢伍相国泉下之灵！"

"大王，你杀了臣也救不了自己，还是放了臣，让臣去和越王、范蠡、文种周旋，争取他们宽大处置。"伯嚭哀求说。

夫差抽出自己的剑，对华元说："华元，还迟疑什么？快领命执行！"

华元一挥手，几个禁军上来，把伯嚭押走。

"各位，你们自便吧！我们君臣之缘看来已到尽头。寡人无颜见国人了，亦无颜在泉下见父王和伍相国了。我已成了亡国之君，但士可杀而不可辱，与其苟且偷生，不如以一死警醒国人。"说完，快步走入内宫。

西施镇静地坐在案前，她在弹着琴，夫差坐了下来，默然无语。夫差听出西施操的是吴歌改成的曲子，这是多么熟悉的曲调啊，他多年前就听子蝶弹奏过、唱过。而这个时候听此曲，更使他感慨万分，大好河山，就要陷于敌手。不用说，一切都是由自己而起，自己能为这个国家所做的最后一件事，就是一死。可苦的是西施，有生之年，越女吴妃的身份，会使她非常尴尬。好在勾践、范蠡会善待她，她毕竟是越国女子，而且帮助过他们。他能舍去属于他的所有的东西，包括国家和子民，然而，他最感顾恋、难以割舍的仍是西施。这些年来，她已成为他生命的一部分，想到就要和她永诀，他在心里一声声长叹。

他竭尽全力，装出淡泊镇定的样子，平心静气地看着西施。他最后要说的话，就是郑重地劝西施不管发生什么事，都要好好生活下去，西施是个明达的女子，她会听自己的话的。

"西施，吴都已被越军团团围住好多天了，吴国就要灭亡了，我们已无望了。想起黄池称霸，就像一场梦。"

"我知道。我早就明白了，只是不忍说而已。"西施敛眉垂眼，低声说。

"你听我说，我别无选择，只有殉国。自古无不亡之国，肉袒投降，入越为奴，我做不到。他们不会为难你，你要好好活下去。只要你活着，我才真的是死而无憾。但愿你能在梦中常与我相见。"夫差恳切地说。

"不！没有你在的日子，我过不下去。再说，我活着，魂魄已随你去了，这样的活着有什么意思呢？"西施抬起头，深情地看着夫差，忍着泪，一把抓住夫差的手，脸上露出痛苦的神色，浑身上下瑟瑟发抖。

"不行，你要活下去，你可以回家，苎萝村的父老乡亲在等着你。你也可以跟随范蠡，你会和潘羽相处得很好的。"

西施惨然地摇摇头，喃喃说道："夫君，抱抱我，抱紧一点！"

夫差将西施抱在怀里，发现西施的脸色变得极其难看，苍白中显现出青紫色，五官因为剧烈的痛楚而扭曲，额上沁出一颗颗汗珠，澄澈如水的大眼睛迷乱而失神。她双手按住自己的腹部，浑身抽搐，夫差明白过来了，失声大喊："西施，西施，你是服了毒！你怎么这样傻？你太傻了，都是我害了你，我真该死，我该死！"

"你不要自责，我知道你已有必死之心，你绝不会像勾践那样委曲求全，你会死得很壮烈。你死我就不该活，谁叫我是你的妻子。我不可能回越国了，我无脸见父老乡亲。我更不可能再随范蠡，他已有了潘羽，即使没有潘羽，他在入吴为奴的路途中，已把我休了……何况，我受大王深恩，我只能这样自处。这些年，我过得很幸福……我知足了……吴国有这么一天……都是兵革战火所害，但愿战争永绝……泉下见……"西施挣扎着断断续续地说。未说完，头就垂了下去，眼睛微微地睁着。夫差一摸她的鼻下，已气息全无。她的枕边留着一封简书，要求勾践和范蠡将她安葬在吴国，如有可能，和夫差合葬。西施身边几个贴身的宫女呼天抢地地恸哭起来。两只羽毛雪白的鹦鹉在一旁清晰地喊道："娘娘好！"

夫差紧紧地抱住西施，感到摧肝裂胆般的悲痛。他默默无言地含着泪水，跌跌撞撞地抱起西施，慢慢将她放在锦衾上，替她盖上锦被。然后，他持剑走到宫外，令华元打开城门，让越军入城。迎着秋风，他拭了拭眼泪，昂头环视了一下高远的天空，远处秋色斑驳的群山，又久久俯视距城不远的五湖，迤逦而去的闾江和胥江。鼓声震天，越军成群成群涌了上来，在他百步之外站住了，勾践喊道："吴王，去甬东吧，寡人留你一命！"

夫差朝勾践冷笑一声，喊道："你不怕我和你一样，日后伺机反攻？"

"寡人不怕，吴国已灭，永无翻身之日。"

"吴国已亡，夫差苟活，天地不容！"夫差大声说。说完，从容地将脸用一块绫巾蒙上，以示到了泉下无脸见父王阖闾和被他赐死的伍子胥，然后毅然决然引颈自刎。

勾践、范蠡、文种带兵冲了过来。勾践对夫差的尸体行了大礼，脱下自己的王袍替夫差盖上，吩咐抬下。他们入宫，勾践久久凝视着西施，不禁泪下。范蠡没有哭，他看着西施已变得消瘦且青紫斑斑的容颜，一言不发，只觉得自己的心已变得粉碎。

夫椒山附近，有一座很大的礁盘，勾践下令，用战船组成长长的浮桥，几万军队冒着大雨，每人从岸上取土一筐走过浮桥堆于礁盘。礁盘越堆越高，越堆越大，成为一座岛屿，再遍植树木，这座岛矗立在五湖湖面上，和吴都遥遥相对。勾践厚葬夫差及跟随自尽的大臣于山上，并将此山命名为夫山。

西施并没有能如她的遗言，与夫差同穴被安葬在吴国。在范蠡的坚持下，她归葬于苎萝村的竹林。一个愁云惨雾的初冬的一天，她的棺木在几千越兵的护卫下，由四匹马牵引回故里。细雨绵绵，黄叶狂飞，从进入越境起，无数的越民站在凄冷的风雨中执绋、跪拜，人们脸上淌着雨水，也淌着泪水。

勾践兼并了吴国的国土，吴越一统，名为大越国。他不顾范蠡、文种的反对，烧毁了吴都王宫，破坏了吴都的建筑、街道和城墙，遣散城里的百姓。但他听从了太子兴夷和范蠡的主张，将吴国的太子友、王子地、王子山释放，但只许他们定居于越国，而不能回归原吴国的土地。后来，楚国的襄丹把他们接到楚国居住，三人改名换姓，潜心读书，不问政事。

越国灭吴，勾践绝地而起，范蠡当居首功。勾践向他表明将遵循早年的承诺，愿与他分国共享，也就是封相当于半个原吴国大的土地给他，世代继承。但范蠡识透了政治的凶险多变，他对他的好友文种说，大名之下，难以久居。而且，越王为人，可共患难，不可同安乐。飞鸟绝，良弓藏；狡兔死，良犬烹。我们已事毕，可学孙武，回归林下了。文种不听，认为自己为越王辛苦了这么多年，差点丢了性命，现在功成名就，有什么必要退隐呢？范蠡劝不动他，只得辞别越王，和潘羽隐居在五湖边上，荡舟捕鱼。众人视潘羽为西施，潘羽也不否认，她以此来纪念这位命运坎坷的越国女子。她相信西施如果在冥冥中知道她成了替身，绝不会责怪她，也不会有任何妒意，西施当初促成她与范蠡成为夫妇，就是要她续上西施与范蠡一波三折的姻缘。

范蠡后来去了齐国，经营农产品和陶器，自号"陶朱公"。他的陶器工场里有一个手艺绝佳、聪明伶俐的女画师，她是伍子胥的女儿伍青。她和孙平在伍子胥死后，经陈国到齐国和哥哥伍平、弟弟伍敖团聚。伍平已成了中原有名的铸剑师，他开了一个修理刀剑的作坊。津香的头发已花白，但每天还不停地在作坊里敲敲打打，她做的剑鞘漂亮而坚固，锈蚀破烂的剑会在她手中变得闪闪发光。范蠡设法买下了齐国最大的商号"鸱夷子皮"，成为巨贾，十九年内曾经三次赚取千万巨金。他留下的著作是《养鱼经》。

文种不听范蠡的劝说，继续辅佐越王，和勾践政见屡屡相左。一次朝会上，恃功自傲的文种当着众人的面顶撞勾践，勾践十分恼怒，几天以后，他将在吴国所缴获的阖闾剑，即伍子胥自刎的那把七星剑赐给文种。文种明白勾践的用意，他对家人无奈而伤感地说："百世以后，凡忠于君王的臣子，必定要以我的下场为殷鉴。还是范蠡聪明啊！"说完便横剑自刎。

王后季婉在勾践攻入吴都时，便用三尺白绫上吊而死。她从淹城遭良人侮辱那一刻起，便怀了必死之心，只是为了助勾践复国报仇，她才把自己的伤痛和保节的决心藏在心中。季婉的死让勾践伤心了很多年，从此，他再未立后，亦不亲女色。

钮宣义隐居在夫椒山的一个面向五湖的小村子里，子孙满堂，因他是晋国雁门人，后人称那里为雁门湾。

孙武在夫差北进时，便悄然移居陈国，他得了眼病，视力大退。他在夫差攻入齐国时，曾赴鲁国与孔子、老子晤谈了半天。他吃惊于孔子身材的高大、神情的肃穆，也惊于老子神色的安详淡定，无喜无悲，不动声色。孔子和老子瞥了孙武一眼，两人嘀咕了一句："这是威风凛凛的大将军孙武吗？看上去怎么像牧羊人？"

这一次，也许因为他们是坐在一条流水淙淙的小溪边，他们谈的内容与水有关。孔子说："仁者乐山，智者乐水。你们看，不管这世上发生多少事，这溪水，总是照着它的法则，奔流不息。可国家呢，今天强了，明天灭了。人呢，昨天还是年轻力壮，转眼就老了，真是逝者如斯夫！过去了的东西，不会再回来了啊！"

老子说："是啊！世上有些东西是循环往复而永不休止的，大音希声，大象无形，这就是道啊！说到水，我是最欣赏水的德性的，它是最具伟力的，上善若水。"他转身对孙武说，"水火是不相容的，将军是专门研究战争的，而且曾驰骋战场，威名远播。战争就是火，火往往容易失控，火性太烈，太伤人了。"

孙武说："我很惭愧，我曾争地以战，攻城以战，战争的危害我亲历亲为过。是的，你说过，驻扎军队的地方，长满荆棘；战争之后，一定是大凶的灾年。所以，我虽为将军，但我早就厌战了。可战争是不会停止的，我不战了，天下依然在大动干戈。我主张不战而屈人之兵，可没几个人听得进去。听了两位先生所说，我懂了，这是因为缺乏水性，水善利万物而不争啊！而战争是火性，就是用杀戮和掠夺来争夺天下，为了子女玉帛，土地城池，杀得昏天黑地，生灵涂炭，血流成河，一将成名，一国成霸，都是建立在万骨枯朽上的。"

孔子说："战火可能是熄不掉的。这次齐国攻鲁，我让子贡赴吴，请吴出兵援鲁，这是迫不得已。但说实话，这违背了我的本意。都说水火不容，其实不然。我之所以倡导克己复礼，主张仁义，就是能让诸侯礼治国家。人与人之间，国与国之间，仁爱至上，宽柔相待。要做到这样，是很难的，但我相信水会克火，战争最终会消失的。"

老子说："君主们要无为而治，治国如烹小鲜，也许就不会老是动脑筋要去占别国的土地，要去争霸。为而不争，报怨以德，这是圣人之道。这个世上的人们总有一天能省悟过来，懂得上善若水的道理！"

孙武说："是啊，说得不错，我兵法中应加上一条，天下最柔弱的是水，可攻坚强者，莫之能胜。"

孔子、老子听了哈哈大笑。

2022 年 10 月 8 日修改